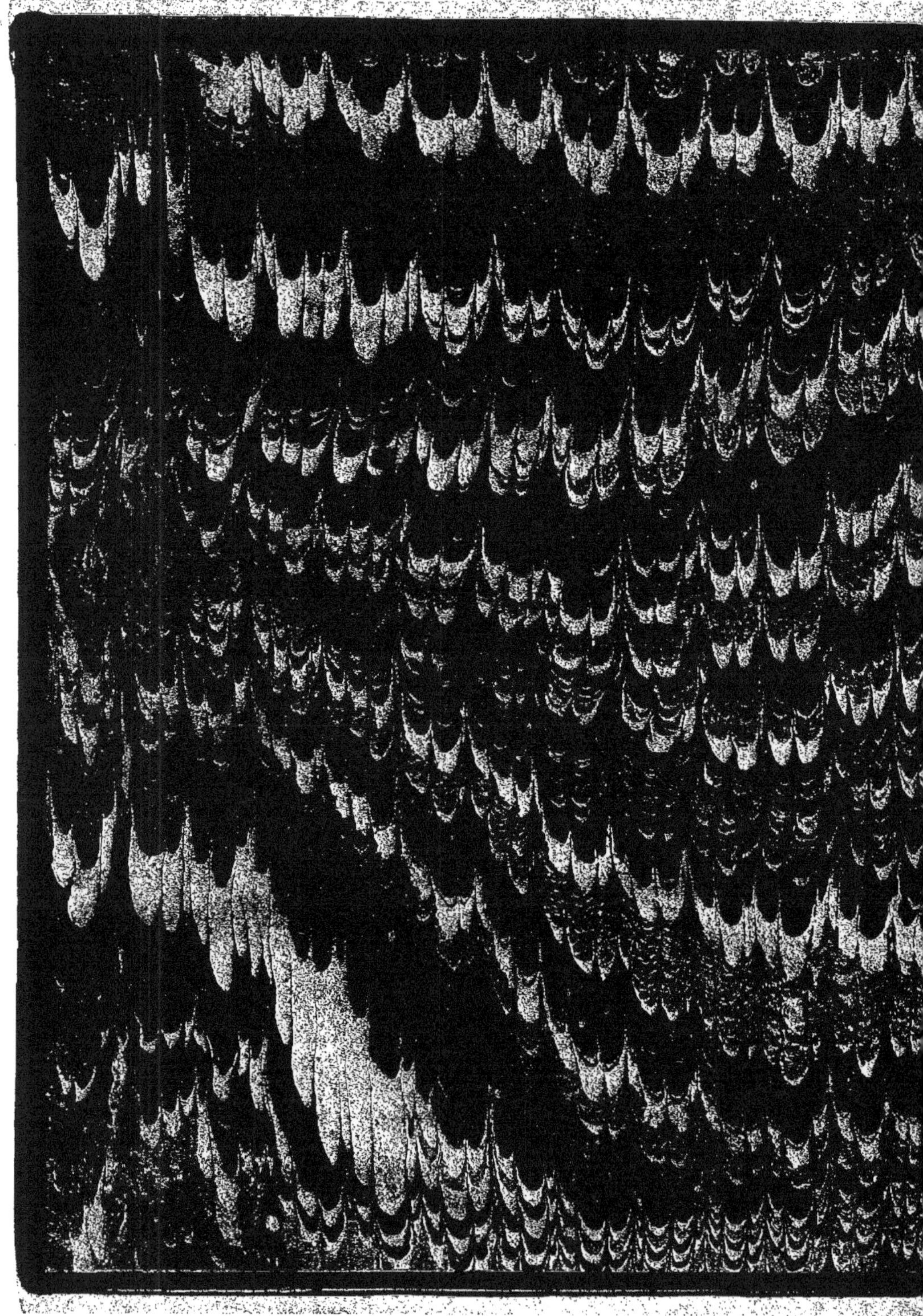

LE TRESDEVOT
VOYAGE DE
IERVSALEM,

Auecq les Figures des lieux saincts, & plusieurs
autres, tirées au naturel.

Faict & descript par IEAN ZVALLART, Cheualier
du sainct Sepulchre de nostre Seigneur, Mayeur de la Ville
d'Ath en Haynnaut, &c.

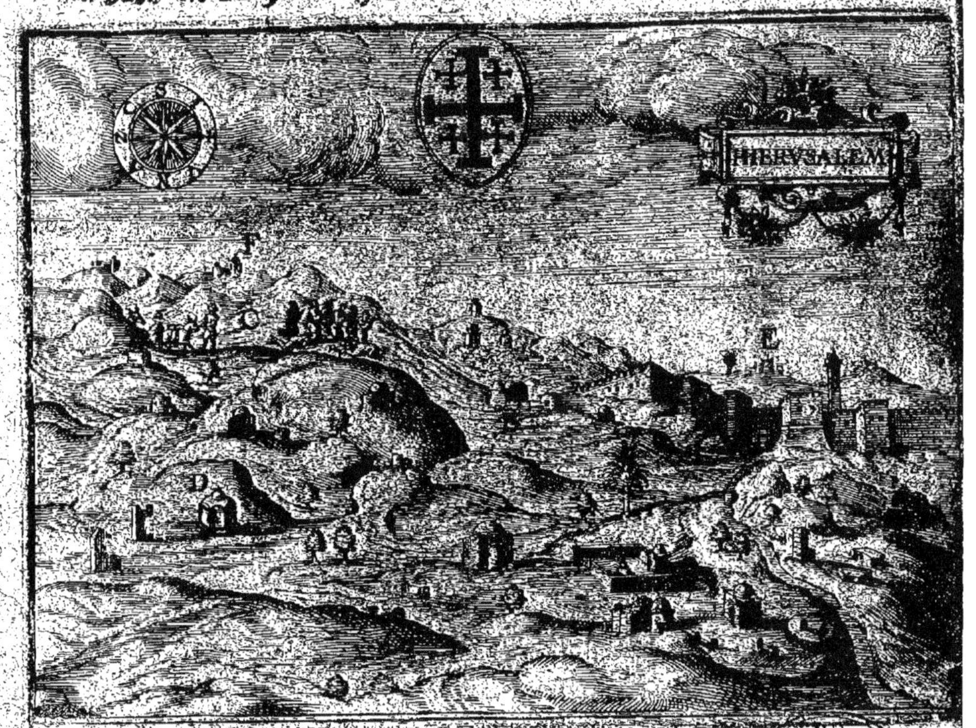

A TRESNOBLE

ET ILLVSTRE SEIGNEVR,

MESSIRE PHILIPPE DE MERODE,

Cheualier, Baron du sainct Empire, & de Frentzen,
Viscomte de la Ville & Chastellenie d'Ipre,
Seigneur de Middelbourg en Flandres,
VVatene, Chastellineau, Lambussart,
Machelen, la Marche, Forchies,
Bettencourt, &c.

ONSIEVR, i'estois à Rome, honoré de la charge de vostre personne, quand en pourmenant vn iour, & me tirant secretement arriere de Messieurs vostre frere d'Ognies, & feu vostre cousin de Haren (à qui Dieu face paix) me feistes promettre de vous suiure par tout ou voudriez aller, ie fus (ie ne sçay par quelle priere commanderesse, & affection de ne vous desplaire) subtilement surprins, & inconsiderement engagé sans au preallable pouoir sçauoir, ou tendoit vostre but, tant qu'apres madite promesse, il vous pleut m'en faire ouuerture, & declarer, que c'estoit de vous accompagner iusques à la terre saincte, dont ie me trouuay autant estonné, & empesché à l'execution, comme i'auois esté par trop hasté à m'y obliger, & ce de tant plus, qu'outre les trauaux & dangers anexéz à tels voyages, ie n'en auois le consentement ou licence de ceux qui vous auoyent mis en mes mains, pour vous seruir, conduire, & faire reoir l'Italie & Allemaigne seulement, mais vous trouuant fermement resolu en ce sainct propos, & que plusieurs grands & illustres Prelats de Rome, vous cognoissans, & en estans aduerty, me blasmoyent, de ce que ie taschois vous diuertir d'vne si belle & Chrestienne conception, ce que ie faisois pour ma descharge (me sembla il) considerant vostre qualité & ieune aage, les hazards,

* 2

ausquels

ausquels vous vouliez vous exposer, & le manquement de ladite licence. En fin,
à l'importune requisition vostre, & celles de mesdits Seigneurs, voz frere, Cousin & autres amis, ioinct le congé que nous en donna sa Saincteté auec sa pater-
nelle benediction, ie fus constrainct me disposer, & prendre la hardiesse de satisfaire & m'accommoder, à voz bons, deuotieux & vertueux desirs, aussy
Dieu prospera tellement nostre peregrination, qu'en moins de quatre mois &
demy nous l'acheuasmes, & qu'a tel iour (qui fut celuy de Saincte Catherine en
Nouembre, qu'auiez esté seruy, m'en faire la premiere proposition) nous r'entrames en Venise, l'an reuolu. Ce fut contre mon gré, ie le confesse, & vous doibs
remercier & à vostre bon zéle, cause mouuante de ce mien bonheur, desiré de
plusieurs Roys & Princes de la terre, mais mon cœur fremit de regret, & ma
face interieure se rougit de honte, quand il me souuient d'auoir esté si tiede à
l'entreprinse, si froid à la poursuite de ce beau & salutaire voyage, & si non-
chalant, à deuement reuerer ces lieux sacrez, foulez de pieds de nostre Sauueur, & arrousez de son sang trespretieux, & qui sont tesmoins de ses souf-
frances & operations diuines, lesquels ie reuisiterois encor plus volontiers que
iamais, pour auec plus de feruenr les rebaiser & baigner de mes larmes, i'en ay
par son assistence diuine, faict ce recueil, pour aider à ma memoire, & pour non
par vne oubliance paresseuse ensouyr ou cacher en terre sans proufit, ce riche
talent receu de sa bonté souueraine. Ce fut, Monsieur, vn lien bien estroit, duquel lors vous me liastes, quand ie vous fis insciemment la promesse, lequel lien
m'estrainct & forcera à tousiours de vous voiser & offrir mon seruice, pour le
grand contentement que i'en ay eu, & auray (Dieu aydant) perpetuellement
engraué en mon ame. Regardez, ie vous supplie, d'vn bon œil ce memorial des
choses les plus rares qu'y auons veues & peu remarquer : ie suis constrainct le
mettre autour, mais ie vous le presente en tant moins de l'obligation, & pour
vn arre des recognoissances que ie desire vous faire, pour euiter les reproches
d'ingratitude : Il est frere d'vn autre de mesme discours, qu'en vostre presence,
aux prieres & inligations de plusieurs, i'ay faict imprimer à Rome en langue
Italienne l'an 1587. soudain apres nostre retour, lequel ne vous fut point dedié pour beaucoup de regards à voz cognuz. Cestuy cy est vn petit mieux enrichy, & augmenté d'auctoritez & narrations conuenables au subiect, que le
premier, & plus digne de vous, qu'vn volume gros, que i'eusse peu dresser des
vertus, belles & pieuses fondations, & de la pure & ancienne noblesse de voz
ayeuls, dont vous tirez le sang, l'honneur & exemple, ayent imité, especiale-
ment feu Monsieur vostre pere grand, à faire ce sainct voyage, & de par apres
vous allyer (comme luy aux tresnobles generations de Boulers & Luxembourg)
à la tresancienne & Chrestienne lignée de Montmorancy, vne des premieres
(selon plusieurs Autheurs) qui en l'an 499. auec le Roy Clouys, s'est rangée sous
l'estandart de la Croix de Iesus Christ, & baignée au sacré fond de baptesme,
dont

dont venez à estre apparenté aux plus seignalées & illustres maisons des Gaules: i'en dirois d'auantage, mais voz grandeurs sont trop cogneues, & auez peu
de vanité pour vous y flater, aussi vous ne demandez que l'enuie m'attribue le
nom d'adulateur. Ce discours est plus propre à vostre honneur, & iaçoit qu'il
vous soit inutil pour auoir veu, cogneu, & mieux que moy inuestigué, & retenu
ce qu'il contient, neantmoins, il vous pourra seruir de monument, ou de fenestre ^{Daniel 6.}
pour reueoir en esprit (auec le Prophete Daniel, estant en la captiuité de Babylone) la saincte Cité de Ierusalem, non seulement celle que par la permission
diuine, auons veuz en la Palestine, submise à changemens & ruines, ains aussi ^{Galat. 4.}
celle d'enhault qu'elle represente, qui est franche & nostre mere, comme dict
S. Paul. Receuez donc Monsieur (auec ma volonté officieuse & desireuse de vous
honorer & seruir,) ce petit present, lequel (si vous fermes l'œil à ses imperfections & deffaillances d'ornemens d'eloquence y requis) espere sera maintenu
& sauuegardé soubs vostre nom. Tendez donc vostre main benigne à ce mien
puisné, qui sera beaucoup pour son progeniteur, si vous luy faictes la faueur de le
tenir pour ostager & asseurance, que ie seray toute ma vie.

Monsieur, de vostre Seigneurie,
le tres-humble & obeyssant
IEAN ZVALLART, de
la Ville d'Ath en Haynnaut
ce premier d'Aoust. 1607.

A V

CE sainct voyage, dont ce traicté faict mention, i'auois, comme en tous aultres, que par
la permission diuine i'ay faictz, auec Monsieur
le Baron de Frentzen, &c. a peu prez, & le plus
curieusement, qu'il m'a esté possible, faict an-
notation succincte, & comme en passant, de ce
que s'y peut veoir de remarcable, & tiré de ma
main (guidee plustost d'vn bon Ange, que de ma science, comme
n'ayant par occasion mis que trois ou quatre mois, auant partir
de Rome, pour apprendre vn petit à craïonner) les figures des
lieux principaux, que nous auons veuz en la saincte Cité de Ierusalem & és enuirons, non faicts par aucun deuant moy, & ce
seulement pour me seruir de satisfactió particuliere, de peur que
le temps mange-tout, l'essaçast de ma memoire, sans aucune volonté de le mettre en euidence, comme m'en sentant incapable,
peu stilé, de petite erudition, & foible iugement, specialement
pour traicter vn subiect si hault, meritant vn escriuain & pain-
ctre tres-exacte & tres-docte. Toutefois, ayant (durant nostre
seiour en Tripoli, & la Nauigation, pour euiter oisiuité) mis aucunement en ordre les petits pourtraicts, que i'auois simplement
marquez par poincts & raiettes, (car il n'est licite ny permis entre les Turcs, de faire aucuns dessaings) iceux furent tant agrea-
bles au Consul des François audict Tripoli, & à aucuns de noz
Confreres Pelerins, signamment au Reuerend Dominico Dane-
si de Montepulsan, Docteur en la Saincte Theologie & vn des
Chapellains de sa Sainctete, aussi Chanoine de S. Nicolo in Car-
cere, & à d'autres personnages me pouuans commander, qu'à
force d'importunité ie fus constrainct, à mes fraix les faire imprimer, & communiquer en publicq auecq leur description, & au
moins mal que i'ay peu (auec quelque assistence stipendiée) en
langue Italienne, & ce principalement à cause des dictz pourtraicts & figures, estans au iugement de tous ceux, qui auoient
lors veu les lieux saincts y remarquez, assez bien ressemblans le
naturel, & comme ceste premiere edition Italienne, imprimée
par le Sor. Francisco Zanetti l'an 1587. renouuellée de mot à autre,

tre l'an 1595. par le S^{or}. Dominico Bafi, fuperintendent de l'Imprimerie de fa Sainéteté au Beluedere à Rome, mefmes (comme m'a efté dict) reiterée pour la troifiefme fois, a efté veüe de plufieurs, i'ay efté derechef follicité & forcé, de le traduire & mettre en noftre langue vulgaire, pluftoft VVallonne grofsiere, fentant fon terroir, que Françoife, pour n'eftre doué d'eloquence, ny de phrafes de Rhetorique requifes pour coucher exactemēt, & d'vn ftil poly par efcript, comme font plufieurs de noftre fiecle. Et y ay mis affez long temps, non tant pour mieux faire, comme pour reuolter les autheurs y citéz, & pour y adioufter les auctoritéz requifes pour rembarrer les infolentes, erronées, & ignorantes opinions & obiections de ceulx, qui mefprifent ceft & aultres fainéts pelerinages, difans iceux eftre fuperfluz, & que l'on ne voit plus rien en la fainéte Cité de Ierufalem, aufsi qu'icelle n'eft plus au mefme lieu, ou elle fouloit eftre. Ce que neantmoins eft faux, & controuué par l'infpiration de celuy, qui de tout fon pouuoir cerche d'abolir l'honneur, & le vray cult deu à Dieu, & noftre falut: voire, obfcurcir & faire oublier aux humains, les lieux fainétz, ou ilz ont efté rachetéz, & luy vaincu : en quoy ie l'ay de beaucoup & curieufement augmenté. Ie l'ay diuifé en cincq liures. Le premier contient les inftructions conuenables à celuy, qui vouldra faire le mefme fainct voyage, & des verifications, que les lieux fainéts, que l'on nous a monftréz, font encore les mefmes, que S. Ierofme & autres grands perfonnages (tant deuant qu'apres luy) ont vifitéz ; & que la fainéte Cité n'a oncques efté fans Chreftiens ny Euefques, depuis l'Afcenfion de noftre Seigneur iufques à prefent.

Au fecond, ie trouue vne defcription hiftoriale & Geographique ou Topotefique fuccinéte, des Prouinces, Villes & Ifles que lon voit, & par lefquelles on paffe depuis Venife iufques Iaffa, fpecialement celles qui font à main gauche en nauigeant vers la Syrie, beaucoup defquelles font mentionnées es Æneides de Virgile, Metamorphofe d'Ouide, Iliades d'Homere, hiftoires de Tucydide, & autres femblables liures.

Le troiziefme contient, tous les lieux fainéts, qui fe voyent depuis la fufdite Iaffa, iufques au dedans & és enuirons des fainétes Citéz de Ierufalem, Bethleem, Bethanie, & Montana Iudée.

Le quatriefme, ceux de l'entiere Paleftine & terre fainéte, auec les merueilles qui y font aduenuz.

Le cincquiefme, comme au fecond, toutes les places, Prouin-

ces,

ces, Villes & Citez, que lon peut veoir depuis Iaffa, iufques Veni-
e, fpecialement celles qui font du long des coftes d'Italie & riues
Occidentales de la Mer Adriatique, auec vne particuliere narration des raretez & gouuernement dudit Venife.

Efquels fufdits liures ay adioufté certaines narrations & anno-
tations tirées des Efcritures fainctes & hiftoires d'aucteurs anciens, tant Ecclefiaftiques que prophanes, de ce qu'en chafcun
lieu eft cy deuant aduenu, faict, & opere de plus admirable, fi
auant qu'il eft venu à ma cognoiffance, m'eftant efforcé de recercher les efcripts de quelques Ethniques, pour en partie fatisfaire
aux honneurs d'aucuns de ce fiecle malheureux, qui adioufteront
pluftoft foy à ceux là, qu'aux efcripts des fainéts peres. I'efpere que
trouuérez les defcriptions & delineations de c'eft œuure, pour
veritables, veu, que (comme dict eft) l'impreffion en a efté par
deux ou trois fois iterée à Rome, & que mefmes vn frere Henry
Chaftela Tholofain, difant auoir faict le S. voyage l'an du grand
Iubilé dernier mil fix cens, a en partie prins & traduit ma defcription Italienne, & en contrefaict plufieurs figures, comme
celles des deux Eglifes de Ierufalem & Bethleem, le plan de la S.
Cité, le S. Sepulchre & autres iufques à nœuf, comme fe pourra
cognoiftre en les confrontant, pour n'y auoir rien obmis, l'ayant
faict imprimer Bordeaux l'an 1603. mais ilme faict tort, d'attribuer l'vn & l'autre à fon inuention, fans faire mention de celuy
de qui il les à tirez, & qui en a tout le premier eu le trauail &
defpens, comme a bien daigné faire le Seigneur Nicolas du
Hault, Seigneur de Froidmont, &c. Dontie me rends fon obligé,
ores que ie n'ay l'honneur de le cognoiftre.

I'ay encor à me plaindre d'aucuns Calomniateurs enuieux qui
fe font auancéz de dire, que mon œuure Italien feroit efté faict
par quelque Religieux noftre compelerin, & qu'iceluy eftant
trefpaffé, i'aurois prins fes memoriaux, & mis iceux en lumiere
fur mon nom, fupprimant le fien, ce qu'eft contraire à la verité
(en reuerence parlant,) car il n'y eut durant noftre feiour en la
faincte Cité & peregrination aucun Religieux, ne autre perfonne de qualité Pelerine, faifie par la mort, ny qui viuant meit la
main au craion ny à la plume pour defcire ou delinier noftre
voyage, que moy, comme ay moyen de preuuer par mes minutes
que ie referue, & par les bons Seigneurs, tels que Monfeigneur
le Baron de Frentz, &c. Les reuerends Dominico Daneff, Martin vanden Zande Chanoines, & tous autres qui furent auec
nous,f

nous, si auant qu'ilz sont encor viuans, partie desquelz l'ont atte-
stez par leurs Epigrammes & Epistres données & imprimées à
Rome, comme tesmoins oculaires, & à la requeste desquels, ie mis
le tout en euidence, ce que suffira pour rembarrer les maldisans
ingrats & proposeurs de telles faussetéz contre l'honneur de leur
bienfaicteur qu'ilz ne cognoissent, & qui vous prie Pelerin fidele, & Lecteur debonnaire, n'y adiouster foy, ains de receuoir ce
sien labeur d'vne main gratieuse, & d'vn cœur bening, & vous en
seruéz durant l'oisiueté de la naue, & de vostre maison, pour passer le temps, & estant au voyage, prenéz le pour guide asseuré
pour vous conduire à la cognoissance des lieux saincts sans auoir
regard aux fautes & imperfections qui y trouuerez, lesquelles il
vous plaira librement (& ie vous en supplie) corriger & amender, mais auec modestie requise, & la consideration que le temps
apporte tousiours quelque changement, car ie n'ay presomptueu-
sement ou par vne vanterie ambitieuse de vaine gloire, cerché
temerairement le mettre en lumiere deuant tant d'yeux cler-
uoyans, ains simplement pour complaire & satisfaire à ceux qui
m'en ont prié, & pour l'vtilité de tous Pelerins, inspirez à faire le
mesme voyage, aussi s'ilz y trouuent aucune assistence & en reçoiuent quelque fruict, ilz en rendent les louanges & remerci-
mens à Dieu, aucteur de tout bien, & prient pour moy poure pecheur, à fin que nous retrouuans tous ensemble en la vallée de
Iosaphat, au grand iour du iugement dernier, nous puissions
estre mis à la dextre de Iesus Christ le souuerain Iuge, & auec les
bienheureux transportéz en la Ierusalem celeste & triomphante,
ce que nous concede la Diuine triple vnité. Amen.

              ⁎   Aduer-

ADVERTISSEMENT AV LECTEVR.

 OMME à tous ne sont departis les dons de
langue, de la parfaicte maniance de la plume,
ny cognoissance de la vraye Ortographie, &
positions des punctuations de la location des
Maiuscules, & de l'obseruation de la difference, qu'il y doibt auoir en escriuant *n*. & *u*. du
nombre desquelz ie me confesse estre: aussi il
aduient souuent, que les Compositeurs des formes de l'impres-
sion, mesmes les Correcteurs, ignorent les noms propres contenues en l'œuure, tellement qu'ilz prennent quelque fois, comme
font les Apoticquaires, *Quid pro quo*: ainsi que verbi gratia, *Syon* pour
Gyon: *Ammon* pour *Ennon*: *Seuerus* pour *Seuerus*: *Isthine* pour *Isthme*:
& autres semblables, peruertissans le vray sens de la matiere.
Et ayant perceu, que ce liure est farcy de telles erreurs & faultes,
i'ay trouué bon d'en mettre icy aucuns des principaux, signamment des noms propres (sans que i'ay eu moyen de relire les an-
notations) & ce sur le deuant: à fin que le Lecteur en ait melieure
notice, & y cognoisse les corrections requises, lesquelles de sa
main il pourra mettre aux marges, & si s'en trouue d'auantage,
ie luy prie (comme i'ay encor faict) les vouloir excuser, & charitablement amender.

Facessat inuidia.

Iean Zuallart.

Anagramma Iacobi Vervliet Antuerpiensis. In nomen
eximij D. Ioannis Zuallardi, E. SS. S. Antuerp. 1607.

IOANNES ZVALLARDVS,
AN LAVS, ZOILE, DVRANS?

N omina doctorum cùm sint, monumentaq́; nullo,
   (Quamuis liuor edat) deperitura die:
Zuallardi dubitas erit AN LAVS, ZOILE, DVRANS?
   Zuallardi, Solyma qui loca sacra refert.
Hæc loca, quæ roseo Christi maduere cruore,
   In quibus est nobis reddita nostra salus.
Certè hic, aut nullus, viuet, bustóque superstes,
   Effugiet victos (sic mihi crede) rogos.
Dùmque cani lepus, aut aquilæ nocitura columba est,
   Zuallardi nomen, Zoile, dente teres.

D. PHI-

D. PHILIPPO DE MERODE,

BARONI FRENTZII, E. SS. S.

Iacobi Demij nobilis Bataui

EPIGRAMMA.

Romæ 1587.

Vallardo cùm semper honos, doctrina, salusq̃,
  Cùm fuerit cura & cuncta, Philippe, tua.
Cumq̃, tuum comitatus iter, ceu fidus Achates
  Affuerit, patris gesserit atque vices:
Deq̃, tuo latere haud latùm discesserit vnguem,
  Fugerit aut pro te nec metuenda pati:
Sidonios tecum, Tyriosq̃, Arabesq̃, Syrosq̃
  Viserit, & Solymis tot memorata sacris:
Nec satis hæc penetrasse fuit loca, & omnia tecum
  Lustrasse, & pelagi sustinuisse minas:
Quin scriptis expressa, typisq̃, benignus, & ære
  Mox proprio voluit digna patere pys.
Charius hoc igitur tanto taliq̃, Philippe,
  Aut potius (rogo, dic) quid queat esse viro?
Cuius consilys gaudere, fruiq̃, libellis,
  Aut de quo deceat te meruisse magis?

Philippi de Merode, Baronis Frentzij, &c.

EPIGRAMMA.

Ad Ioannem Zuallardum, Milit. SS. S. S. G. Romæ 1587.

Dvm studio, Zuallarde, pio, curaq̃, fideq̃
  Præcipua, Solymis visa ab vtroque refers.
Dum quæque Idumæis longe loca dissita terris,
  Grata peregrinis, ac veneranda bonis:
En socius licet ipse viæ, licet ampla laborum
  Pars ego, quiq̃, oneri tunc tibi, amice, fui:
Quamuis nota mihi, perceptaq̃, cuncta recenses,
  Te celebrante tamen, latior ista lego.
Namque oculis eadem videor loca cernere, ibiq̃
  Esse etiam modo, vbi perpetuò esse velim.

** 2

Ad

Ad Io. Zuallardum Belgam, & Equitem Sanctiss. Sepulchri
Iulius Roscius Hortinus, Rom. A°. ƆIƆIƆ. xxcviɪ.

Belgia te genuit, pietas sed fouit in vlnis,
   Inuictóq; dedit pectore ferre Crucem,
Adriaco soluis supplex è littore nauem,
   Credis & infido teq; , tuosq; mari.
Hinc rate curris iter, nemora ad frondentis Idumes,
   Atq; Palestinæ rura beata petis:
Inuisis cunásq; humiles , collésq; propinquos
   Quámue Deus sacro Sanguine tinxit humum:
Oscula das silice in nuda, lambísq; Sepulchrum,
   Et quæcumq; nitent marmora sculpta notis,
Hinc propter sacrum tumulum pia signa salutis
   Suscipis, intrepidum pectus & arma dicas,
Barbarico hæc soluenda iugo te vindice regna,
   Sanguine & effuso sunt reparanda tuo.

Ad Ioannem Zvallardvm. SS. S. M. D. Martinus vanden Zande , Can. S. Gaugerici, apud Cameracen-
ses, comes Peregrinationis Hierosolymitanæ. Rom. 1587.

CARMEN.

Non tibi iam satis est, tantum maris æquor arasse,
   Luminibus Solymûm rura notasse tuis:
Non satis est, iuisse vias, quas Christus iniuit
   Fixit vbi plantas , hic posuisse tuas :
Vestigasse locos, vbi quondam signa patrauit
   Plurima, dum Sobolem se docet esse patris
Non sat prostratum terra oscula mille dedisse,
   Quæ roseo Domini tincta cruore fuit.
Vidi ego te (quæ religio) iam nocte silenti
   Templum ipsum, & montem nudo obysse pedę.
Tecum ibat Baro Frentz, simili pietate Philippus,
   Cûi iuueni custos , & comes aptus eras.
Scilicet id cuiuis poterat satis esse videri
   At tu quid maius, quod mediteris habes.
Vis etiam loca sacra tuis effingere chartis,
   Quíq; domi remanent, cuncta legenda dare.
Pascere Christicolûm mentes, & flammea corda
   Picturis, quando non datur ire viam.
Hæc te cura premit : post quæ tibi cognita , curas
   Cognita sint alys hæc loca sancta Crucis.

Epigramma.

Epigramma Iacobi Demij nobilis Bataui Hagensis, In libros
Ioannis Zuallardi, de Hierosolymitana peregrinatione.
Romæ Anno 1587.

Non cuiuis Solymam contingit adire, sacrata
  Non loca diuino visere pressa pede.
Nempe via infirmis, senibusq; est ardua: ventos
  Horret, & iratum pars quoque magna mare:
Barbara gens odio est multis; incommoda molles
  Ferre negant, metuunt damna, pericla, famem:
Sed peragrare piè tamen hæc loca sacra licebit,
  Et natale Dei visere mente solum:
Quodq; Dei coluit Genitrix, vbi multa beatæ
  Pro Domino passæ terq;, quaterq; animæ:
Et quæ sunt Christi pretioso imbuta cruore,
  Humano generi est atq; vbi parta salus:
Et quæ rupe caua exciso meruere Sepulchro
  Condita felici tangere membra manu:
Quæq; resurgentis claros spectare triumphos,
  Et diti erepta, & tot spolia ampla neci:
Deniq; & ad Superos reditum, quo millia traxit
  Agmina sanctorum, restituitq; Patri:
Vnde suis promissa potens cælestia misit
  Dona sacro Patris numine, & aucta suo:
Et quæ intra muros operum vestigia Christi,
  Quæq; extra, & matris plurima signa ferunt:
Corporis hæc nullo meditantem cuncta labore,
  Fas erit, & pura cernere mente pium:
Quin etiam auxilio liber hic, quem relligione
  Zuallardus feruens edidit, esse potest:
Zuallardus prius ista animo qui cuncta, deinde
  Lustrauit patiens corpore, digna notans,
Quin modò & ipsa typis loca, miro expressa periti
  Ingenio artificis tot, proprio ære dedit:
Nec tantùm obseruata refert, recreatq; legentem,
  Sed monitis iuuenum corrigit acta pijs:
Seuocat à vitijs, virtutibus ornat, ineptos
  Instruit, & molles aspera ferre docet:
Et timidis animos addit, reprehendit & vrget
  Ignauos; stimulat, degeneresq; notat:

** 3   Laude

Laude bonos, pretioq́; accendit, fortibus ampla
Præmia proponit, desidibúsque malum.
Tot bona cùm liber hic præstet tibi, Lector amice,
Si sapis, vt quouis sit tuus ære, face.

Eximio Domino Ioanni Zuallardo, E. SS. S. in perpetuæ
amicitiæ monimentum posuit F. Petrus Carpin, Minor,
Sacræ Theologiæ Lector. Athi. Anno 1607.

Tota ducem Phrygium miratur Græcia, Troiæ
Dum flammas fugiens circuit alta maris.
Æolia fines illum, loca fœta procellis,
Atque suo vidit Ausonis ora sinu.
Non terra modo Saturni, Zuallarde, nec infers
Tantum Romanis arcibus ipse pedem.
Sulcasti mare Carpathium, fluctúsque tumentes,
Adria quos fundo mittit in astra suo.
Ista tuis nec meta vijs, operúmque labori:
Nec cœptum Cyprus Insula finit iter.
Ergo te (non Æneam) mirabimur omnes:
Illius est etenim gloria iniqua tuæ.
Eloquar, an sileam? Mens irrequieta manebat,
Conceptum donec perficeretur iter.
Post, Solymam, montémque petis, quo cælica proles
Porrexit rigida membra tenella Cruci.
Inuisis saxum, cuius sub fornice corpus
Tres iacuit, Parca tunc dominante, dies.
Et sacris vicina iugis loca cuncta pererras;
Nam vires animis dant ea visa tuis.
Sed pro tantorum quid erit mercede laborum?
Aurea virtuti debita regna petes.

Eiusdem Anagramma.

IOANNES ZVALLARDVS.
ZELVS NOVA RADIANS.

IN mare cuncta ruunt plenis vt flumina lymphis,
Sic mentem in propriam dona superna fluunt.
Et veluti riui cælantur Doridis vndis,
Dulcia neue inter flumina amara patent:

**Præclaro & pio viro, D. Ioanni Zuallardo, SS. Sepulchri
Equiti, & Vrbis suæ Maiori prudentissimo, hoc
μνημειον ponebat Schola Athensis. 1607.**

QVæ fuit Hieronymo pietas, dùm templa Syrissæ
  Dúmque Palestina mœnia sancta subit:
Dum pia sollicitans profusis numina votis,
  Montis oliui feri vertice stratus erat:
Hac, Zuallarde, tibi comes indiuisa remansit,
  Dum peteres Solymi Pergama celsa soli.
Sacratam bifidi coleres dum stipitis aram,
  Qua Deus est proprio victima facta Patri.
Dum veterum coleres diuina sacraria vatum,
  Qui cordis gemitus, qui tuus ardor erat?
Hinc sancti veneranda loci vestigia scriptis
  Concelebras, lachrymis sæpe rigata tuis.
Sed quia debetur merces condigna labori,
  Humana titulo nil tibi laudis opus:
Cælestes tibi det Solymas habitare benignus,
  Scribere terrestres qui dedit arte Deus.

**In sacram Hierosolymorum Peregrinationem D. Ioannis
Zuallardi, SS. S. E. æquissimíque Prætoris in Silly.**

QVi Palestinæ, Solymæq, sacras
  Gratia voti meditaris aras,
Dux sit hic codex, dubióque gressus
  Dirigat omnes.
Cæteri passim docuere partes,
At Zuallardus proprijs figuris
Hinc & hinc ornat, velutíq, totá
  Indice monstrat.
Sic, vt & si quis pietate limen
Scandere augustum cupiat Sionis,
Sumptibus parcens, residens domíq,
  Possit in vmbra.

D. Andreas Sallæus, Pastor in Silly.

AV SIEVR ZVALLART.
SONNET.

Lors que tu faicts ouïr le cours de ton voyage,
Et que d'vn sainct subiect tu nous faicts le discours,
Nous donnant à gouster le miel des saincts seiours,
Vous passez, ô ZVALLART, les sages de nostre aage.

Car seul n'y apprenons cognoistre ton passage,
Les destroicts de la Mer, ses Isles, & destours:
Mais aussi les lieux saincts, d'ou les sainctes amours
Nous ont vouluz guider au celest' heritage.

Celuy n'auance peu, qui dresse son histoire
Non à l'honneur de soy, ou seul pour sa memoire,
Ains à l'vtilité de tous ses successeurs.

La terre aussi t'en rend louanges immortelles,
Et le Ciel t'en promet indicibles faueurs,
Pour loger ton esprit és gloires eternelles.

S. PONCET, Agent de la feüe
Royne d'Escosse. Rom. 1587.

Table des Chapitres contenuz en ce present Volume.

Liure premier.

*** 15. De

                    18. Du

Liure cincquiesme.

1. **D**E nostre partement de Ierusalem, d'Antipatrida &
   Cesarea de Palestine.   135

*** 3   2. Du

Fin de la Table.

Erreurs du liure premier.

Pag.	Lin.	Erreurs.	Lisez:
1	4	Fentrer	Feutrer
4	28	foy	foy
8	27	amis	ames
21	39	anciennement	modernement
28	4	Gloistres	Choristes
31	13	Panthalerius	Panthaleonis
32	34	sont escripts	ont sine s
38	25	restitué	constitué
39	33	Antonius	Antoninus
42	14	au temps	le temps
45	3	Nerle	Neele
50	4	imite, & qui	inuite, & l'y
51	15	naulage	naulage
52	7	Eripoli	Tripoli
62	31	Fongaces	Fouaces
67	5	Gamacque	Saniacque
68	12	venir	benir
71	33	Canezal	Cauezzal
77	10	amesent	accusent

Du liure second.

Pag.	Lin.	Erreurs.	Lisez.
86	34	d'Almatia	Dalmatia
87	13	d'artes	d'autres
104	11	Caruanie	Acarnanie
105	30	Alegaudre	Alexandre
109	27	n'elle	nulle
111	23	Orateurs	Oratoire
112	12	Sasseur	Sasseno
115	12	moienneurs	prouiseurs
139	9	mammius	Mummius
136	40	Gouuello	Gonnello
142	34	Pegalipoli	Megalipoli
147	7	Aecia	Aeria
155	40	fourme	furnie
161	3	Bassa	Bassa
164	18	Marine	Marie

Du liure troisiesme.

Pag.	Lin.	Erreurs.	Lisez.
2	38	en	es
3	26	decreta	Derceta
9	8	premiers	primices
11	10	Stoza	Stora
Ibid.	31	Solins	Solms
21	2	hermitage	heritage
30	10	Caudace	Candace
31	9	lien	lieu
52	35	autre	antre
57	25	inuestie	close
102	39	Assamonees	Asmodees
106	8	lors	l'ont
197	15	Quirius	Quirinus
214	23	occasion	occision

Du liure quatriesme.

Pag.	Lin.	Erreurs.	Lisez.
33	11	Itaree	Ituree
56	15	celle	icelle
59	16	Bochri	Seba
78	27	vierge	verge
83	17	finars	fuiars
96	38	diffusion	effusion
102	26	Zamar	Zamry
129	7	Dinon	Dion
130	15	primogeniture	progeniture

Du liure cincquiesme.

Pag.	Lin.	Erreurs.	Lisez.
140	25	estant	est tant
145	29	Behemond	Bohemond
156	39	Macca	Macra
159	23	Compte	Comte
166	27	en	&
178	10	vingtpremier	vingtvniesme
196	24	Caudiano	Candiano
230	vlt.	Paulam	Paulinum

Leurs Altesses Sereniſsimes ont permis & conſenti, que IEAN VAN KEERBER-GHEN pourra imprimer, védre & diſtribuer ce liure, intitulé: Le treſ deuot & ſalutaire VOYA-GE DE IERVSALEM, faict & eſcript par IEAN ZVALLART. Et ſont faict defen-ſes à tous Imprimeurs, Libraires, & aultres, n'en imprimer, ni diſtribuer ſans le cõſentement du-dict Keerberghen, iuſques apres le terme de dix ans, ſur peine comme plus au loing eſt declaré par les lettres données au Conſeil de Braband, à Bruxelles le 16. de Iuillet, l'an 1604.

Signe

I. de Buſchere.

LIVRE PREMIER

DV TRESDEVOT
ET SALVTAIRE
VOIAGE DE IERVSALEM.

Contenant plusieurs aduertissemens necessaires de sçauoir à ceux qui voudront entreprendre ce Sainct voiage.

Comment l'on se doit preparer à faire ce sainct voyage.

CHAPITRE PREMIER.

LE Nocher, Patron, Capitaine sage & rusé d'vne Nauire, auant que se metre en Mer, est accoustumé de faire diligemment visiter, calfentrer, & mettre en ordre son vaisseau, auec ses Barques, Fregates, Arbres ou Mastz, Antennes, Voilles, Trinquetz, Chables, Cordages, Ancres, Rames, Auirons, & autres choses semblables requises à la conduite d'iceluy: Le pouruoyant de victuailles, bois, roilles, poix, caneuas, estoupes, filetz & cuirs pour restablir ce que par tempeste ou malheur se pourroit rompre, desaire ou defaillir: Mesmes le fournit d'armes & munitions de guerre, pour assaillir ses ennemis, ou se defedre d'eux: Il se conseille aussi, auec les plus experimentez pilotz qu'il prend en sa compagnie, afin qe par l'aduis d'iceux il puisse plus facilement trouuer l'adresse des portz, vers lesquelz il pretend s'acheminer: faisant au surplus resolution, de perdre le repos nuit & iour, pour veiller, & endurer les chaleurs, froidures, pluies, ventz, tempestes, & tout tel temps qui se pourroit presenter. Et l'Auentureux marchant procure de la charger de telle denree, & marchandise, qu'il entéd

A

estre la

estre la plus requise & recherchee, afin que tous deux puissent de
leurs peines & labeurs, biens & deniers exposez en hazard, rapporter le gain & profit espere. Ce que fait, leuent les ancres, de-
ploient les voilles & font tant tourner & vireuolter leur vaisseau,
selon, & malgré les vents, qu'en fin ilz paruiennent & arriuent au
lieu desiré.

Ainsi le Chrestien deuot, soit riche ou pauure, Ecclesiasticque
ou laic, qui desire se mettre en voiage, quel qu'il soit, & specialement celuy, qui meu d'vn zele pieux & deuot, aspire à faire cestuy
de la terre Saincte, se doit aduiser de bien preparer ses afaires, &
se pouruoir de ce qui luy peult estre necessaire, a sçauoir d'vne
bourse bien garnie, auec lettres de change ou de credit (qui sont les
plus asseurez) à fin qu'estant esloigné de ses parens & amis, & de
ses propres facultez, il ne tombe (par faute de moyen) en extreme
indigence, & à la mercy de ceux qui luy seront estrangers de langue, de foy, & de toute amitié : & ne se fier folement sur la libera-
lité de ses compagnons & côfreres pelerins: Car pour tout certain,
chacun y garde le sien, & luy diroit on, comme feirent les vierges
prudentes en l'Euangile aux foles: *Ne forte non sufficiat nobis & vobis.*
De peur que nous n'en aions à suffisance pour nous, & pour vous.
Et celuy qui ainsi est destitué d'argent & d'amis, ne peut fournir au
payement des gabelles & droitz pretenduz par les Turcs & Arabes (dont ie feray cy apres declaration particuliere) a cause de quoy
il se met en danger d'y demeurer pour les gages, & estre toute sa
vie esclaue ou mourir de pauureté, s'il tombe en quelque maladie.
Parquoy il est besoin d'estre honnestemét muny & fourny, & ores
que l'on en eust trop: On trouue des commoditez assez pour l'employer, soit en achapt de quelques raritez, qui se trouuent aux pais
estrangers, & que l'on cognoit estre vtiles pour soy, ou pour dôner
a ses amis en memoire du voyage, ou autrement.

Le voyager se doit fournir d'vne singuliere prudence, attempe-
rance & discretion, pour mieux s'accommoder aux temps, lieux,
& personnes auec lesquels il se trouuera & aura a conuerser, soit
riche ou pauure, magnificque ou abiect, Chrestien, Iuif, Turc ou
Arabe, sans se fascher ou se mettre en peine, si aucuns de petite reputation ne luy portent le respect qui luy est deu : aussi est il tres-
dangereux qu'vn grand, ou riche y soit congneu pour tel qu'il est,
ou qu'il y vse de propos haultains, ou iniurieux, signammét à l'endroit des estrangers, ou mariniers: Car il aduient quelquefois
qu'aucuns d'iceux se rendent Turcs, & accusent les personnes,

tellement

Math.25.

tellement que le meilleur eſt, que le voyager ſe ſouuienne de ce
qui eſt dit en l'Eccleſiaſtique. *Que la douce parole multiplie les amis & Eccle. 6.
appaiſe les ennemis, que la langue gracieuſe abonde en l'homme de bien.* Partant toutes les actions & paroles du voyager & pelerin, doibuent
eſtre humbles, prudentes, & pacifiques, craignát que par mauuaiſe
volonté, vindication, ou enuie, la perſonne intereſſee, ne s'é reſente
& luy faſſe quelque affron en pays eſtrange. Auſſi il aduient ſouuent, comme dit eſt, qu'entre les paſſagers, il y a des gés de diuerſes
nations, & religions, principalement des Iuifz (qui bien ſouuent s'y
trouuent) & y ſont enuoyez des Turcs, pour eſpier & leur faire
rapport, de quelles qualitez ſont les perſonnes embarquez, pour par
apres (les ayans ſoubz leur pouuoir) les trauailler, & circonuenir,
par faulſes accuſations & cauteleuſes inuentions, afin d'atrapper
leurs perſonnes & facultez: leſquels Iuifs ſont fort ruſez en ce me-
ſtier, car ils ſcauent toutes langues, & y ſont ſi expers, qu'ils cognoiſſent les diſtinctions, & prononciations des langues des prouinces de ceux qui parlent vn meſme langage. Ce que i'ay cõgneu
par experience, tant en Ieruſalem, Tripoli, Cipre, que alleurs: car
ſans y penſer (comme ie parlois Aleman auec vn gentilhomme
Tirolois, & vne autrefois Eſpaignol ſi peu que i'en ſcauois, auec vn
preſtre Irlandois) I'en trouuay aucuns qui m'arreſterent en deuiſe
& auec les meſmes langues, me demãdãs de quel quartier i'eſtois,
mais craignant que ma parole ne m'euſt manifeſtee (comme fit
celle de S. Pierre qui le fit recognoiſtre Galileen) ie me retiray de
leur compagnie au pluſtoſt qu'il me fut poſſible.

Pareil accident, aduint quaſi à vn autre perſonnage, pour ce que
audit Tripoli, il auoit quitté ſa robbe pelerine, & s'eſtoit meſlé d'a-
chapter quelque marchandiſe qu'vn autre vouloit auoir: Cela nous
fit penſer que Dieu luy auoit enuoié ceſte faſcherie pour punition:
Car il faiſoit le Sainct voyage par gaieure, & auoit vendu ſon bié,
pour a ſon retour en auoir plus grand lucre, & proufit. Ie ne veux
alleguer ces exemples, pour blaſmer aucunes perſonnes ou nations,
car par tout il y a des gens de bien, & d'autres peu ſages : Mais ſeulement pour aduiſer le pelerin ou voyager, afin qu'il entéde mieux
a ſes affaires, meſmes en ſon veſtement, comportement, & en ſa
conuerſation: Car il eſt requis ſoy tenir le plus ſimplement & mo-
deſtement que l'on peut, ioinct qu'ordinairement l'enuie ne commande tant ſur les pauures & humbles, comme ſur les riches, grans
& ſuperbes.

D'auantage, il eſt auſſi requis que le pelerin (comme faict le

A 2
marinier

marinier) prenne aduis de ceux, qui ont fait le mesme voyage, comment il s'y faut cõduire, & quelz accidens leurs y sont suruenuz, car encores que de iour a aultre il y arriue quelque changement, & que les inconueniens ou bonnes fortunes ne soyent a tous egales, si est il, que les succés & euenemens des premiers, seruent de mirouer aux suruenants:parquoy en ce traicté i'ay bien voulu inserer les nostres & dire auec Tibulle:

Vos ego nunc moueo, fœlix, quicunque dolore,
Alterius disces posse carere tuo.

Afin qu'en tant que faire se peult on les euite, ou que l'on sache, comment on s'y doibt gouuerner.

Il ne faut ausi, que le pelerin soit temeraire en ses curiositez, & ne s'escarte indiscretement hors de la compagnie des autres Pelerins ou voyagers, craignant que l'ennemy estant aux escoutes, ne le surprenne & en sequestre du tout.

Aussi ne se faut il trop arrester, à regarder ententiuement les Villes, places, & lieux qu'on va visiter, en faire apertemét quelque desseing, proiect, ou pourtraict, signamment s'il y a des Turcs, ou Iuifz, qui pouroyét ce descouurir:car en estant surprins & accusé, l'on seroit apprehendé, & puni, pour explorateur ou espion, côme voulant recognoistre leurs forteresses & gouuernemens, encores quilz sceussent fortbien l'intention de l'accusé, n'estre telle.

Il est encore besoing vser de grande prudence, au choix de celuy, auquel on veut s'associer & descouurir ses secrets: & ne declarer legerement à personne, la quantité de son argent, ny de quel pays & qualité l'on est, pour les raisons que i'ay encores dictes cy dessus, & celles qui esmeurent Mardochee ainsi le conseiller à sa niepce la Royne Hester. Et est le plus asseuré de soy dire, qui peut & sçait les langues, Venetien, ou François, ou de se faire bien de leurs Consuls residés en Tripoli de Sirie, Cipre, & ailleurs : Car ces deux nations entre toutes, sont les plus libres entre les Turcs, à cause des treues & commerce qu'ilz font ensemble: estant neantmoins fort bon, d'auoir en tel & si grand voiage quelque bon amy & compagnon fidele, soit vn ou deux, esquels on se puisse confier, & d'eux seruy & assisté en ses necessitez: au choix desquels il conuient obseruer ce qui est escript en l'Ecclesiastique: *Si tu possede vn amy, possede le en tentation, & ne te fie pas a luy de leger, car tel est amy selon le temps qui ne demeure pas au iour de la tribulation. Aussi il aduient qu'vn amy se conuertit en ennemy & y en a tel qui reuelera tes secretz par haine & en auras plusieurs oprobres, aucuns sont aussy amys & compagnons de table, mais ilz ne demeurent telz.*

Hster 2

Eccle. 6

rent tels en la necessité. Separe toy de tes ennemys & donne toy garde de tels ,,
amis, &c. C'est pourquoy (comme i'ay dict) il faut bien cognoistre ,,
auant que d'aimer, pour accepter vn amy & compagnon, autrement, comme moy & plusieurs autres, on se trouuera trompé, &
lors lon cognoistra que la bourse seule, faict telz amis tant que l'argent durera seulement. Et si apres il suruient quelque petite occasion entre les personnes, tel amy fainct fera perdre a son compagnon, ce qu'il aura de reste.

Plus il est expedient de se bien donner garde d'oourir impru-
demment son cœur, a tous ceux qui feront semblant d'estre amis,
ains seulement a vn ou deux, qu'on aura choisis, ausquelz (mesmes
a tous) il faut faire cordialement ce que l'on voudroit estre faict a
soy-mesme : sans ausi se monstret trop particulier & mespriseur
d'autruy : & ayāt trouué vn amy fidele, il en faut tenir cōpte, con-
siderāt ce qui est encore escript en l'Ecclesiasticque. Qu'vn amy fidel, Eccle. 6.
est vne forte defense, & qui le trouue, il trouue vn tresor. Il n'y a aucune compa- ,,
raison a l'amy fidel, & n'est pas à comparer la bonté de sa foy, au pris d'or, & ,,
d'argent. L'amy fidel est la medecine de vie & d'immortalité, & ceux qui crai- ,,
gnent le seigneur le trouueront. Celuy qui craint Dieu maintiendra bonne ami- ,,
tié, car selon luy sera son amy. ,,

Il ne faut aussi trop se fier aux Grecs, et point du tout aux Iuifs,
quelque beau seblant qu'ils fascent, car les vns nous sont ennemys
couuers, et les autres de tout leur cœur, et si lesditz Iuifs promettent
au pelerin ou voyager (comme me fit vn) de le mener veoir le
Temple de Salomon par dedans, et autres lieux secrets en Ierusalem ou ailleurs, prohibez et defenduz aux Chrestiens, pour n'estre
circoncis, et neantmoins aucunement permis auditz Iuifz à cau e
de leur circoncision : Il ne les faut croire, pour la crainĉte que ce ne
soit tromperie, et trahison.

Plus il est necessaire que le Pelerin et voyager, soit sage et vertueux, supportāt auec patience, Charité, et modestie, pour l'amour
de Dieu (qui luy a fait entreprendre ce sainĉt voyage) les facheries, iniures, et incommoditez qu'on y rencontre, telles que le
froid, le chaut, le doux et l'amer, le mol et le dur, la rustique conuersation et pouffement des matelotz, et autres gens semblables,
comme faisant resolution, d'y estre venu pour apprédre a endurer,
se scauoir gouuerner en temps d'aduersité, et postposer la souue-
nace des aises, delicatesses, bonnes viandes de sa maison, et au
tres commoditez passees.

Est aussi bien requis au Pelerin de patiemment et discretement
supporter

ſupporter les imbecilitez, & imperfections de ſes autres confreres
Pelerins & compagnons: Car bien ſouuent il s'en trouue, qui ſont
d'humeurs aſſez difficiles & rudes, meſmes qui ſe depiteront & faſ-
cherõt outre meſure, ſi le vent ne ſert, & le vaiſſeau ne vogue a leur
volonté, s'ils ne ſont ſuiuis en leurs aduis, ou reſpectez à leurs volontez: autres ſerõt ſi apreheſifz de la mort, qu'au moindre baláce-
mét de la nauire, ou naue, de l'enfleure de la mer, & tempeſte ſur
l'eauë, ilz ne ſçauét quelle contenáce tenir, & ſe tourmérent cõme
forcenez ou femmes deſeſperees: ce faiſant, ils cauſent de ſe faire
maluouloir, mocquer, meſpriſer, & hayr des mariniers & leurs cõ-
pagnons: car l'on ne ſcauroit faire plus grád deſplaiſir au patrõ &
mariniers, que de ſe monſtrer timide & paoureux en leur vaiſſeau.
C'eſt pourquoy il ſe fault armer de patience & force de cœur, meſmes s'eſuertuer au cõbat, ſi l'ennemy vient aſſaillir la nauire, & ſur
tout auoir recours a Dieu, par l'interceſſiõ de la glorieuſe Vierge
ſa Mere, & de tous les Sainctz, afin que vous trouuans deſtituez de
tout ſecours humain ſon ſainct vouloir ſoit vous aſſiſter: cõme il
aduiét ordinairemét à ceux qui de tresbõ cœur ſe fiét en luy, mais
il ſe faut bien garder en faiſant ſes prieres, d'vſer exterieurement de
geſtes autres que modeſtes, car cõme dit eſt, on ne feroit qu'irriter
le Patron & la cõpagnie. I'aduertis encore le voyager, qu'il ne doit
eſtre en ſoing de quelles formes d'oraiſons il peut lors vſer, parce
que les eſclairs, & tonnerres eſpouuétables, les ondes furieuſes, aſ-
ſaillantes la naue de toutes parts, quelquefois le récontre & regard
hideux des Barbares, luy en enſeigneront bié la methode, meſmes
d'eſtre deuot. Et ſi tels effects, ou ſon propre mouuememét ne l'in
inſtiguent, il aura vergõgne de n'imiter ceux qui en tels euenemés,
voire matin & ſoir & preſque à toutes heures, en fõt les deuoirs, s'il
n'eſtoit hors de ſõ ſés, ou d'vn naturel cruel, orguilleux & ſuperbe.
Et nõ ſeulemét les choſes ſuſdites doiuét eſmouuoir les voiagers &
Pelerins à ſupporter patiémét les incõmoditez, & de n'étreprédre
ce S. voyage, que par deuotiõ pure, mais auſſi l'exéple dè tát grás &
SS. perſõnages métiõnez es eſcritures Sainctes, Annales, hiſtoires,
& Martirologes, & qui regnét à preſét auec IeſusChriſt en la Ieruſalé celeſte, leſquels ſe ſont mis en peine, ſupportás tous les trauaux
poſsibles, pour veoir (cõme nous) les lieux ſaincts de la Paleſtine
& Ieruſalem terreſtre, figure de la Celeſte, à laquelle nul ne peut
paruenir, que par la voie eſtroicte, paines & tribulations, à l'imitation meſmes de Ieſus-Chriſt noſtre ſauueur. Auec les choſes ſuſdites il faut que le voyager ait ſoing de ſa ſanté corporelle, & de ſe
mettre

mettre par quelques legeres purgations en la meilleure difpofitiõ
que luy fera pofsible:pour eftre tãt plus habile à mõter & defcédre,
foit en la naue, fur les mõtures,par terre,ou es mõtagnes de difficil
accez,craignãt aufsi que par maladie, il ne foit cõtraint de demeurer derriere,& en tel lieu ou il fe trouuera deftitué des Medecins,
& de tout fecours d'amis,mefmes être gés lefquelz aimerõt mieux
la bourfe & habilemens,que fa conualefcence: & pour fe cõferuer
en fanté ie donneray quelque petit enfeignement cy apres.

   Ce faict, & eftãt le Pelerin preparé pour faire fõ voyage,il eft
encore requis que (fuyuant la parole que le Prophete dit au Roy
Ezechias)il difpofe premiereuuét de fa maifon & affaires, tãt tépo-
relles,que fpirituelles:Car nul ne fcait,en quel temps,lieu,eftat,ou
à quel heure,foit chez nous ou en voyage,il doit mourir(quoy que
les voyages loingtains doibuét eftre plus redoubtez,& reputez plus
hazardeux que les courts & cõmũs)fi eft-ce qu'es moins eflõgnez,
nous voyõs quafi aduenir plus d'inconueniés mortels qu'es autres,
cõme en celuy de Ierufalé: Car Dieu cõfiderãt le zele du voyager,
le preferue & garde:& s'il aduiét qu'il y ait des Pelerins qui meurent ou fe trouuent mal,cela procede pluftoft de leur propre indif-
cretion, & intemperance en leur gouuernemét de boire & mãger,
que non pas autrement,aufsi i'en ay veu mourir aucuns ou eftre bié
malades,es temps & regions chaudes,ou en leurs extremes altera-
tions,pour auoir vfé fans mefure & difcretiõ,d'eaue froide, de gla-
ces, & neges auec le vin, d'auoir mangé des Courges trop aquati-
ques & fieureufes en abondance, et fans confiderer que ce pouuoit
nuire à leur fanté,n'eftans prinfes moderement : Pour ces caufes
le voyager ou Pelerin doibt difpofer de fes affaires temporelles,par
teftament ou autremét,et foigner de fa fanté fpirituelle, par la pur-
gatiõ de fa confciéce,netoyãt icelle, du venin,fuperfluitez & fouil-
leure de pechź,par le firop de cõtritiõ & cõfefsiõ,puis apres pour
antidote, medecine preferuatiue et conferuatiue pour la fãté de
l'ame,il préne le pain des Anges trãfubftantié en la chair & fang de
Iefu Chrift noftre Sauueur.Cõme vray viatique:pour le rédre tant
plus leger, fort, & gay à monter (auec le Prophete) la mõtagne
fainćte du Seigneur,et fe faire digne de pouuoir vifiter et veòir fa-
luiairemét, les lieux que le mefme Sauueur à voulu choifir en ce
mõde pour eftre fa patrie, et fe refouldre d'y laiffer fon corps, fi
ce bon Dieu veut l'en feparer, pour la conduire en la compagnie des bien-heureux.

De ce.

*De ce que le Pelerin, faisant le voyage de la terre Saincte, y doit
porter pour faire prouffit.*

CHAPITRE II.

APres auoir pourueu & s'estre muny des choses requises pour
le voyage, & auoir disposé des afaires temporelles comme
dessus: Il conuient que les Pelerins & voiagers deuotz, speciallement ceux qui desirent faire celuy de la terre saincte, pour rapporter du gaing (comme aspirent faire les marchans en leurs voyages & nauigations, qui chargent leur nauire des denrees & marchandises exquises & propres à faire proufit selon les lieux ou ils
pretendent s'acheminer) & selon l'instruction que m'en donna vn
bon Pere Religieux auant mon partement, & qui'a depuis esté le
Reuerend Pere Gardien de Ierusalem, faut qu'ils fassent prouision
de profonde humilité, contemplation spirituelle, sincere & feruéte
deuotion, vraie contrition des pechez, ferme espoir de salut, tant
spirituel que temporel, ardante charité, foy parfaicte, & autres
semblables vertus: Et est besoin pour estre telles œuures aggreables, a celuy auquel on les doibt adresser (qui est Dieu nostre createur & redépteur tresbõ & qui cognoist tout) Qu'elles soyét bõ-
nes & loyales sans falsification, corruptiõ, ou meslange d'Incredulité, enuie, vengance, & rancune vers le prochain, vaine gloire,
curiosité, & esperance de gain terrien, par gaieure, ou vente de
leurs biens, pour les trouuer multipliez au retour, vsurairement,
& au detriment du prochain peu sage & hazardeux: Car telles causes les y menant, les Pelerins mettent leur argent et trauail en dã-
ger d'estre perdu, et vainement employé, ou volé par le grand Pi-
rate Satan, au dommage et perte de leurs amis: A raison qu'estans
aux lieux tressaincts, telz ne font que courir & hastiuement les visiter, sans deuotion, deuë et sainte contemplation, pour en ra-
compter à la volée, ou pour dire seulement y auoir esté? Car telz ne
pensent sinon a leur retour, pour trouuer le gain, quilz desirent: &
ores que tel voyage succede bié, et ameine à aucunsquelque prosperité mondaine:auec le profit terrestre a souhaid, il faut estre certain que ceuxla, ont i'a reçeu leur pretendu loyer en ce monde, et
font comme ceux qui seulement par curiosité, cher çoient de veoir
la presence corporelle de Iesus-Christ, pour auoir entendu qu'il
estoit

estoit beau, puissant en ses œuures, & merueilleux en parler & en son viure, ou comme le Roy Herode, lequel par mocquerie & **Io. 11.** passetemps (comme si le Redempteur eust esté quelque charlatan, ou ioueur de passe passe) luy demanda quelque signe : mais à faulte de foy & bonne intention, ilz se rendirét indignes d'estre exaucez, & obtenir ce qu'ilz requeroyent.

En premier lieu donc fault que la Charité soit bonne, tant vers Dieu, qu'enuers les hommes, & si ardante, que venant le Pelerin **La Cha-** aux lieux ou le Sauueur a voulu naistre, souffrir, & mourir, pour **rité.** la redemption du genre humain, il atendrisse son cœur & fasse distiller abondance de larmes des yeux, pensant a Dieu, & meditant le Corps tendre de Iesu-Christ son filz vnique, vn auec luy & le S. Esprit, nay d'vne vierge ieune & delicate, auoir esté la cruellemét ataché, mal traicté, mocqué, flagellé, & Crucifié, comme tresgrád malfaicteur entre les meurtriers, & enduré la mort, le tout pour l'expiation de noz pechez, luy qui n'auoit & ne pouuoit auoir faict offence : Que ces mesmes larmes, auec celle de la contrite **Luc. 7.** Magdaleine, lauent les piedz du Seigneur crucifié, & qu'elles donnent tesmoignage du regret & fascheries que l'on a en sa consciéce, d'auoir auec noz peres, commis le peche, qui en a esté, & est cause de le crucifier encores bien souuent. Et y adioustant vne vraye repentáce, auec vne feruére & deuote priere, pour en auoir remission: Il ne fault doubter que telle marchandise ne luy soit tref-agreable, voire de plus, si elle est meslée d'amour fraternel enuers le prochain comme de le seruir & assister en ses necessitez, & luy pardonnant, aussy volontairement les offences commises en nostre endroit. Parquoy s'il aduient que quelqu'vn de la compagnie tombe malade ou en tribulation (sans auoir esgard de quelle nation, qualité ou condition il est) ne faut luy denier aucun secours, faueur ou consolation: & conuient mesmes employer telle charité à l'endroit des infideles, au lieu de faire mal pour mal, comme font plusieurs, pour la haine & malueillance qu'ilz portent à nous & à nostre S. religion, par leur ignorance, & prier Dieu qu'il luy plaise les illuminer, & retirer des tenebres de leurs erreurs, les amener en la vraye lumiere & cognoissance de la verité, à son hóneur, & au salut de leurs ames & des nostres.

Que si la confiance & esperance est aussy ferme, et que Dieu ayt le zele & deuotion du Pelerin pour agreable : il ne l'abandonnera en ses necessitez, & sera ce sainct voyage profitable, pour son salut, signamment à ceux qui volontairement s'exposent à toutes ses

B

peines

peines, pour son seruice. Parquoy en tout euenement l'on se doibt confier en luy : qui est le vray protecteur des affligez & opressez, & le large remunerateur de tous bienfaitz, soit cy bas en terre, ou la hault au Ciel en la Ierusalem celeste, car comme dit S. Paul, l'esperance ne confond point, & ceux la seront sauuez qui auec icelle attendront en patience. Quant donc le Pelerin ou voyager se trouuera en peril, soit par mer, ou par terre, qu'il inuocque Dieu à son ayde, par l'intercession de la glorieuse vierge Marie, S. Nicolas Patron des mariniers, & autres SS. auec vne solide & asseuree confiance, & il se verra soulagé : comme furent Moyse & tous les enfans d'Israël, en grand nombre, se trouuans de deux costez enclos de hautz rochers, au deuant d'eux la mer large & profonde, & par derriere de l'armée de Pharaon ennemye, qui les poursuiuoit à mort : car se confians en Dieu, ilz furent deliurez & sauuez miraculeusement. A ceste cause suyuons le conseil de S. Paul prealegué, qui est de voyager & viure ioyeusement en esperance, auec patience en tribulation, perseuerance en oraison et bonnes œuures, et ce faisant telle esperance luy apportera aussi tres-grand profit.

Comme fera aussi la foy, fondement de la religion chrestienne, et tresrequise en ce S. voyage. Aussy le mesme Apostre, faisant d'ycelle vne belle definition, dit : que la foy est vn soutenement des choses qu'on espere, & vne certification des choses qu'on ne veoit point, car elle nous fait entendre que les siecles ont esté ordonnez par la parole de Dieu, que sans elle il est impossible de luy plaire : & qui vient à luy croie qu'il est remunerateur à ceux qui le requierér. Par la foy Abraham obeit, pour venir au lieu qu'il deuoit prédre en heritage, & demeura en la terre promise comme estranger, habitant en ses tentes auec Isaac & Iacob ses heritiers de la mesme promesse, car il estoit attendant la Cité qui a fondemét, & de laquelle Dieu est l'ouurier & fõdateur, &c. Or de quelle terre promise parle l'Apostre, sinon de la iadis Iudée (à present dite Palestine ou Terre S.) c'est de Ierusalem fondee es montaignes sainctes, comme tesmoigne le Prophete Royal en diuers endroitz : Pour laquelle veoir et pour visiter les saintz lieux qui sont au dedans et aux enuirons d'icelle, S. Paul vaisseau d'election, et plusieurs autres grands et sainctz personnages, pleins de foy et de pieté, regnans maintenant heureusement auec Dieu, sont venuz (et non sans grand peine) de bien loingtaines Regions : et dit S. Hierosme, que les Euesques, Martirs et hommes eloquens en la doctrine Ecclesiastique, se feussent reputez moindres en science, moins auoir de religion et estre

insuffi-

La foy.

Margin references: Ro. 5. 8. — Ro. 12 — Hebr. 11. — Psal. 86.

insuffisamment vertueux, s'ilz n'eussent esté visiter et adorer les lieux dont l'Euangile est sorty.

Et si nous croyons (comme nous sommes tenus pour nostre salut) que Dieu à prins chair humaine au ventre d'vne vierge, qu'il soit né d'icelle, sans corrompre sa virginité, qu'il ait esté baptizé au fleuue Iourdain, crucifié au mont de Caluaire, Resuscité du sepulchre par sa propre puissance, qu'il soit monté au Ciel sur le mõt des Oliues, et que le S. Esprit soit descendu sur le mont de Sion: Que toutes les merueilles contenues es escritures sainctes soyent aduenues: tout n'a il quasi point esté fait en Ierusalem et en la region circonuoisine d'icelle? ou encores s'en montrent les marques et vestiges. Mais en les visitant, il y conuient aller (comme dit l'Apostre) en pleine foy, auec vn vray cœur nettoié de mauuaises concupiscences ou intentions sinistres : car la foy est morte sans les œuures, et les œuures demontrent qu'elle est en nous. Aussi S. Hierosme parlant de ce S. voyage, et confortant l'enseignement des Apostres dit, que la personne n'est tant louable d'auoir esté en Ierusalem, comme d'y auoir bien vescu. C'est pourquoy y estant, il s'y fault bien porter, et auec toute deuotion et contrition d'auoir offensé Dieu, venerer ses SS. lieux, louër et adorer ce souuerain Seigneur en iceux et en toutes ses œuures: Ce faisant il ne fault doubter que le voiage ne soit au Pelerin tresprofitable et salutaire. Mais ceste foy, ne les autres vertus & bonnes œuures, ne peuuent proceder de nous mesmes, ains est vn don de Dieu, fort necessaire pour resister au Diable, lequel par ses astuces tend par tous moyens la nous oster, et faire sembler que tout ce qu'on veoid n'est rien: mesmes estant aux lieux principaux, comme au mont de Caluaire, au S. Sepulchre et ailleurs, ou il nous met tant de difficultez et fantasies en teste, et par ce moyen rend noz pensees tant egarees, distraictes, et diuerties de la vraye deuotion, que si ce n'est par force de prier & inuoquer la grace et assistãce du S. Esprit, nous n'y sçaurions dire vne seule oraison valliable. Et de ce mesmes nous aduertit le reuerend Pere Gardien du lieu et son vicaire nostre confesseur, parquoy ie conseille au Pelerin se fournir de quelque petit liuret de meditation sur la vie et passion de nostre benoist Redempteur, à fin qu'estant l'esprit et la memoire de ce imbuz, ilz soyét plus idoines pour en auoir la consideration cordiale et mentale, auec vne componction en l'Ame, se trouuant et voyant aux lieux, ou le tout à esté fait et accomply pour nostre salut.

B 2

Contre

Contre ceux qui mefprifent ce Sainct voyage.

CHAPITRE III.

IL aduient encores, que Satan ennemy mortel de l'honneur de Dieu & du falut des humains, nous empefche de tout fon pouuoir, et trouble noz deuotions, en quoy il eft toutefois fouuét tropé & furmonté en ces SS. lieux deuant lefquelz il tremble, comme deuant le Tribunal de fon Iuge (dit S. Hierofme parlant du S. Sepulchre) : Car le Pelerin y eftant, eft excité de faire fon debuoir, foit par les exhortation des Peres religieux, qui nous conduifent, ou par le bon exemple des plus vertueux : & fur tout par la preuention du S. Efprit, & par ainfi le Diable fruftré de fes intentions, cherche autre moyen par fes miniftres & fuppoftz, les heretiques hommes mondains, charnelz & contempteurs des anciennes vfances & fainctes inftitutions de l'Eglife Catholique, afin de diuertir & faire meprifer les deuotions & pieufes conceptions à ceux qui ont enuie & volonté de faire ce S. & falutaire voyage, difans auec les vieux Arriens, Pelagiens, Manicheãs & autres heretiques du temps paffé, que ce ne font qu'abufions, illufiõs diabolicques, pleine d'Idolatrie & fans fruict : nonobftant que S. Auguftin, lequel en difputant contre eux auec S. Hierofme & autres peres, les ayent refutez : & que les miracles qui fe font faictz aux Sepulchres, tant de Iefu-Chrift, que des martyrs, ayent efté monftrez à ceux qui s'y tranfportoyent, & dont plufieurs hiftoires font pleine & ample foy & tefmoignage. Auffy les modernes pretenduz reformez & les politicques libertins, ne laiffent de dire d'auantage : Affauoir que telz loingtrains pelerinages, ne feruent que de faire perdre temps & argent, à ceux qui les font : & fpecialement celuy de la terre fainate, à raifon que l'on n'y veoit plus rien de ce qu'eftoit en Ierufalem, lors que le Redempteur y conuerfoit, & fouffrit mort & pafsion : allegans que felon la fentence d'iceluy, efcripte en S. Lüc Chapitre dix-neufiefme) il n'y feroit demeuré pierre fur pierre, & que la Ierufalem moderne eft bien deux lieuës diftante de l'antique ruinée par Tite : Pour à quoy refpondre, coroborer & ayder à la deuotion & pieté de ceux qui font ou defirent faire ledict S. voyage : Ie puis bien affeurer, cóme auffy feront tous ceux qui ont eü la grace de veoir ces SS. lieux, fignamment ceux qui fe cognoiffent à la confideration

tion

tion des situations des lieux, & de conferer l'escripture S. & les hi- *Theode-*
stoires d'Egesipe, Iosephe, & autres autheurs, auec la situation de la *retusli. c.*
moderne Ierusalem, qne telles allegations sont vaines, friuoles, & *c. 16. 17.*
faulses, qui ne procedent que de l'induction de cest ennemy cõmun *18. 11. 2.c.*
le Diable : qui leur faict auoir en abhomination, les lieux esquelz *24. l. 4. c.*
il a esté vaincu, par le Lion du Tribu de Iuda Iesu-Christ, & des- *29. 11. 5. c.*
quelz au contraire, ilz deburoient parler en toute reuerence, veu *34. 36.* *Apoc. 5.*
que ce grãd personnage S. Hierosme, traictant seulement de Beth-
leem, a bien voulu dire. *Quo sermone, qua voce, tibi possumus speluncam* *D. Hier.*
saluatoris exponere, & illud præsepe in quo infantulus vagijt, silentio magis quam *ad Mar-*
infimo sermone hono andum est. Toutefois la saincte Cité & Bethleem *cellam.*
auoient esté deux fois destruites par les Romains ethniques, deux &
trois centz ans auant que S. Hierosme y eust esté.

CHAPITRE IIII.

E N premier lieu (benin lecteur, & Pelerin deuot) ie ne veux
nier que la sentéce du Redempteur mentionnee cy dessus n'ait
esté prononcee, & escripte par S. Luc : Mais ie prouueray qu'elle *Luc. 19.*
n'a esté executee en toute rigueur, non plus que celles que Dieu a
prononcees, par la bouche des Prophetes, Isaye, Ieremie, Ezechiel, *Esaias. 8.*
Ionas, Amos, Zacharie, Ioel, & autres, contre Babilone, Damas, *10. 13. 17.*
Tir, Niniue & leurs semblables : Mesmes par Iesu-Christ contre *Ierem. 47.*
Corosaim, Bethsaida & Capharnaum, villes grandes & superbes, *49. Eze-*
comme nous lisons en S. Mathieu & S. Luc, lesquelles sont neant- *chiel. 26.*
moins la pluspart encores en estre, & aucunes bien habitées & *27 28. 29.*
peuplées. *Ionas. 3. 4.*
Amos 1. 2
Zach. 9.
Ioel 3.
Math. 11.
Aussy ceste demolition de Ierusalem ne se doibt entendre tant à *Luc. 10.*
la lettre, comme au sens mistique, ne tant de la Cité, comme du
Temple, de la Sinagogue & ancien rit ou ceremonies legales de
Iuifz. Et ne parlent lesdictz S. Mathieu, S. Marc, & le mesme S. *Math. 24.*
Luc en vn aultre lieu, que dudit Temple seulemẽt : comme pro- *Marc. 13.*
pose Origene & plusieurs peres commentateurs sur ces mots. *Non* *Luc. 21.*
relinquetur lapis super lapidem. Car quant le redempteur les profera, *Orig. ho.*
les Apostres luy montrerent ledit Temple admirans la solide & ma- *10. In le-*
gnifique structure d'iceluy, lequel estoit (selon Iosephe) faict de *uit. Gene-*
brardus.
Iosephus
li. 15.

ant. c. 14. pierres longues de vingtcinq & quarante coudées, larges & espes-
li. 6. belli. ses de cinq : D'autres qui estoyent haultes de huict coudées & larges
c. 6. de douze, toutes conioinctes ensemble auec agrafes de fer plom-
bees: tellemét qu'il sébloit estre impossible de le pouuoir mouuoir
ou demolir par aucune force humaine, combien qu'il l'ait esté,
tant par les mains des hommes, comme par les miracles de Dieu.

    Mais pour demontrer en effect, que Tite ne ruina totalement la
Egesipua. S. Cité, Egesipe autheur Chrestien, les deux Iosephes Iuifs, Dio cassius, & Spartianus ethniques, Zephelinus, & Zonaras grecs, auec
Fla. Iose- diuers autheurs, tesmoignent que ledict Temple fut brusié & ruiné
phus. li 7. malgré ledit Tite, et qu'ayans les murs et les edifices principaux de
belli. c 18. la Cité, esté abattuz et ardz, tant par les mutins de dedans que des
Iosephus soldatz. Le mesme Tite estant vainqueur y laissa sur pied vne partie
bengorió. de ses murs vers Occident auec les tours appellez Phaselus, Hippi-
Hist. belli. con, et Mariamne, edifiées et faitz superbement par Herode As-
Iuda. Dio. calonite premier Roy estranger des Iuifs: Tite ce faisant, pour ser-
Spartia. uir de tesmoignage à tous peuples les voyans, et quelle ville forte
Zephelin. les Romains auoyent obtenue, par leur vertu, aussi pour seruir de
Zonar. in propugnacle, forteresse & retraicte, à la dixiesme legion, qu'il y
vita Ves- laissa en garnison auec quelques gens de cheual, soubz le gouuerne-
pas. ment de Terentius Rufus.

    Ces Tours et garnison demeurerent en estre en Ierusalem, en-
Euseb. in uiron soixante quatre ans, soubz les conduites dudit Rufus, Luci-
Chro. p. lius bassus, Liberius Maximus, Flauius silua, et autres comme disét
Daniel. Eusebe, Paul diacre, Orose, Nicephore, Zonaras, Dio, et autres:
et non seulement icelles Tours et murailles, mais aussi plusieurs
Euseb. li. domiciles et maisons capables à loger lesditz gés de guerre et legió
4. Hist. portante six mil six centz soixante six hommes de pied, et auec eux
eccl. c. 4. plusieurs Iuifz. Mesme ledict Iosephe escript, qu'estát la Cité prinse,
Niceph. li. Tite offrit de luy donner des ruines du pays, tout ce qu'il voudroit
3. c. 24. choisir, et que les liures sacrez luy furent octroyez auec la vie sauue
Orof. li. 7. de son frere Bonian et cinquante de ses amis prisonniers, puis gráde
c. 13. Zo- multitude de femmes et enfans, lesquelz s'estoyent sauuez entre
nar. To. 2. les ruines du Temple, qui tous auec le peuple Iuif soubmis & rendu
Dio. in es mains des Romains deuant et durant le siege, eurent la liberté
vita hadri. de pouuoir demeurer en Ierusalem, à Osa, Lobna, et Bittera voi-
Iosep. In sines l'yne à l'autre, auec ladicte garnison. Et comme Iosephe re-
vita sua & fusast de demeurer en sa desolee patrie, mesmes d'auoir sa souue-
li. 7. bel. raine sacrificature, en se retirant auec Tite à Rome, il laissa icelle à
c. 18. 19. son filz Hircanus et fut son frere Bonian auec vn Rabbi Iean ou
20.
Iohan-

Iohánan , establis et constituez princes sur le peuple Iuif demeurât
en Iudee: Lesquelz sacrificateur et princes ont laissé des enfans, disciples & successeurs, qui nous ont produit et faict de beaux liures en
diuerses sciences , mesmes introduit au iudaisme aucunes sectes in-
pugnees par Epiphanius Euesque de Salamine en Cipre , côme a remarqué le docte Genebrard , & apert par leurs œuures venuz iusques à nous.

Et non seulement la garnison romaine, & les Iuifz susditz, sont
demeurez eu Ierusalem ruinee, mais aussi plusieurs Chrestiens auec
leurs Euesques, desquelz ie declareray les noms : au sixiesme chapitre de ce liure . Ces Chrestiens en bon nombre, auec leurs fêmes
& enfans assemblez de toute la Iudee s'estoyent par admonition diuine (durant ceste piteuse & calamiteuse guerre, & selon que recitent S. Hierosme, Epiphanius, Eusebius, Nicephorus & autres anciens peres) retirez en la ville de Pella , laquelle est outre le Iourdain en la Region de Decapolers, ou ilz demeurerent iusques apres
la furie passee: puis retournerent en la desolee Cité, ayans pour
Euesque sur l'Eglise de Dieu , en la place de S. Iacques surnommé
le Iuste, & frere du Seigneur (occis & martirisé, dix ans auant la
susdicte ruine de Ierusalem) S. Simeon filz de Cleophas & de Marie métionnez en S. Marc & S. Iehan: ausquelz succederent quinze
Euesques tous Iuifz de nation, mais de religion tref-Chrestiens,
desquelz le dernier fut vn Iudas , du viuant duquel aduint la derniere desolation & ruine des Iuifz & de Ierusalem ancíene, qui fut
enuiron l'an de la Natiuité du Redempteur , cent trente-sept: Et
soixâte quatre ans apres auoir esté prihse & destruite par Tite. Or
durant ce temps, tout ce peuple ne pouuoit auoir la demeuré, sans
habitatió: & n'est à doubter qu'être tât de ruines, il n'y fut demeuré
des maisous entieres ou establies , pour les residens y estre garantis
des chaleurs, froidures, pluies, orages, & autres iniures du temps.

Nous trouuons mesmes que le peuple Iudaique, durant lesditz
soixante quatre ans estoit tant multiplié, que de toutes pars il trou-
bloit l'Empire,& que les Empereurs Traian & Aelins Adrian eurêt
de la peine beaucoup à les dompter. Car en Cirene, Egypte, Alexandrie, & Thebaide, ilz massacrerent tous les Romains, & Grecs:
En Cipre ilz despecherent enuiron deux centz quarante mil
personnes, la plufpart Chrestiens : Et en Iudee vn Barchosbas,
nepueu d'vn autre Barchosbas Princes des Iuifs en Bittera
voisine de Ierusalem , duquel le nom signifie Estoille , &
prenant à ceste occasion pour soy la Prophetie de Balaam:

Orietur

Orietur stella ex Iacob &c. resolut de se declarer Roy, Messie & Liberateur d'Israel, mettât à ceste fin deux centz mil hommes en campagne, pour chasser les Romains de leur patrie, selon le tesmoignage d'Eusebe, Orose, Nicefore, Paul diacre, Zonaras, & autres
autheurs Chrestiés; Auec les ethniques, Dio, Tacitus, Ammianus
Marcellinus, & Spartianus: Il voulut aussi reedifier le Temple de
Ierusalem, & persecuta fort cruellement & à mort tirannique, par
diuers supplices, les Chrestiens qui ne voulurent renier Iesu-Christ,
& adherer à sa rebellion contre lesdictz Romains, luy deplaisant
fort & aux Iuifz de sa faction, qu'iceux Romains & les gentilz habitassent parmy eux en la S. Cité, y exerceans librement leur Religion, par la permission de l'Empereur. Car au commencement,
Tinius Rufus gouuerneur de Iudée de la part de l'Empereur Adriãne les osa assallir pour leur multitude, mais ayant receu le Renfort
que luy mena Iulius serenus Consul, il les guerroya de sorte, qu'au
bout de trois ans, il en fut au dessus, ayât faict passer au fil de l'espee
(selon lesditz Eusebe, Nicephore, & Dion) cinquante-huict miriades de Iuifs, qui font en nombre cincq centz quatre vingtz mil,
sans ceux qui moururent de fain, maladie, & par le feu: Aussi il
ruina cinquante de leurs forteresses, & meit à feu & à sang, neuf
centz octante cinq de leurs bourgs & villages, mesmes ce qu'auoit
esté laissé en pied et reparé en Ierusalem: mais non encores le
tout, Car Epiphanius mentionné cy deuant; qui estoit du mesme
temps de S. Cirille Euesque de Ierusalem; soubz les Empires de
Constant, Iulien l'apostat, Iouinien, et Valentinien enuiron l'an de
grace trois cens septante, escript en son liure de Mensuris, qu'Aelius Adrianus Empereur retournant victorieux d'Egypte par la
Sirie, trouua le beau païs de Iudee despeuplé, et la Cité de Ierusalem
quasi aplanie, excepté, quelques maisons situees au mont de Sion,
auec vne petite Eglise, edifiée au lieu ou estoit, en est encore, le S.
Cenacle, ou Iesu-christ institua la S. Cene, et enuiron le nombre de
sept Sinagogues qu'il y auoit auparauant, seulement vne Tente
restant pour les Iuifz, laquelle y est demeurée en estre iusques au
temps de Maximinus Euesque de Ierusalem: mais ledit Empereur,
Aelius Adrianus en eut compassion, et la feit reedifier et ceindre de
murailles en partie nouuelles, la retroycissante en faisant abattre
la forteresse du costé du mont Sion, et l'eslargissant vers occident:
tellement, selon que tesmoignent les autheurs prealeguez, que partie dudit mont Sion et l'adionction appellée Bezetha (faicte par
Agrippa depuis la mort et Ascésion du Redempteur) demeurerét en
ruine.

Euseb.
Chro. l. 4.
c 4. 6.
Orof. l. 7.
c. 9. 13.
Nicc. l. 3.
c. 24.
Diac. L. 10.
Zonar. to
2 Dio Ta.
cit Spartia
vita hadria.
Naucler.
to 2. Ge
rart. 5.
Godefrid.
viterbien.
chro. 15.
Chronolo
gia. martiniana.

ruine & exclus, & le mont de Caluaire auparauāt au dehors de la S.
Cité, fut enclos au dedans, ainsi cōme ilz sont encores pour le iour-
d'huy: & pour ceste cause S. Cyrille Ierosolimitain, S. Ierosme, le
venerable Bede & autres, alleguent quelquefois, que la Ierusalem
de leur temps, estoit construite au dehors de la porte par laquelle le
Redempteur auoit porté sa Croix, pour estre crucifié, & que l'autre
estoit ruinee: mais ceste ruine, s'estendoit de la susdicte Bezetha &
partie du mont Sion & de la basse ville nommée Acra autrement
fille de Sion (en laquelle auoit esté le Pretoire & la maison de Pilate) & non du surplus: Car nous trouuons és autheurs susd ctz, que
le mont Moria (regardant la vallee de Iosaphat & le torrent Cedron) demeura aussi en l'enclos de la S. Cité, & que ledit Elius
Adrianus au lieu (ou au Temple de Salomon situé sur ledit mont
Moria, auoit esté le *Sancta Sanctorum*) fit edifier vn Temple, auquel
il posa le Simulacre de Iupiter capitolin, & fit entailler l'effigie d'vn
porc sur la porte conduisant vers Bethleem pour depiter les Iuifz:
ausquelz mesmes il defendit (non seulement l'entree, mais aussi la
veuë ou le regard, de quelque lieu hault ou loingtain qu'il fust) de
la Cité leur patrie, par luy lors rebastie & appellee de son nom & le D Hier.
ad Pauli-
nam mo-
nacham.
surnom de Iupiter, Aelia capitolina: lequel nō luy est demeuré fort
long-téps, & en vse S. Hierosme en plusieurs lieux, mais il vse aussi
de l'autre premier l'appellant, *Hierosolima vrbs celeberrima ad Paulinum*.

C'est Empereur, aiant d'icelle banny les Iuifz, en fit vne nouuelle colonie de diuerses nations, mesmes en recongnoissance de la
fidelité des Chrestiens enuers les Romains, & pour adoucir les trauaux par eux receu des Iuifz, à cause de ce: Il leur permit aussi la
libre habitation, defendant les recercher ou faire quelques dommages, pour cause de leur religion, ce que tesmoignent auec les au- Hug li. &
Lira. In
17. Esai.
theurs prealeguez, Hugo floriacensis, Lira, & diuers autres: qui fut
la raison pourquoy, on ne constitua plus desllors aucuns Euesques
entre eux, de la nation Iudaique, mais bien des autres, desquelz le
premier fut vn Grec nommé Marc, comme ie diray plus amplement en son lieu. Mais ledit Empereur paien, & fauteur du seruice
& cult de ses dieux, pensant petit à petit auec la loy Iuifue, aussi
abolir la foy Chrestienne, fit dresser (comme il auoit faict au Temple, en diuers endroitz de la Cité, ou les Chrestiens hantoient ou H. Hiero.
ad Pauli-
num.
Paulinus
epis. 11.
ad Senc-
rum.
frequentoient pour leur Religion) des statuës, & Idoles, à scauoir
sur le lieu du sepulchre & resurrection du Sauueur, celle de Iupiter, sur le rocher de son Crucifiement, auec vn aultre de l'impudique Venus, & en la spelonque de la natiuité de Iesus Christ en

C

Bethleem,

Bethleē, celle du Muguet mary ou l'amoureux d'icelle Venus, dit
Adonis: à fin que (quant les Chrestiens allans en ces Sainſts lieux,
se prosterner par deuotion pour y prier & seruir Dieu) il semblait
qu'ilz adorassent ces Idoles & faux Dieux, ou que les aians en horreur, ilz s'abstinssent d'y plus aller, & par ce moyen la memoire des
saincts lieux & du Redempteur qui les à sanctifiez, fussent mis en
oubly: lesquelles statues sont demeurées esditz lieux (selon le dire
de S. Ierosme & autres Peres) l'espace d'enuiron cent quatre vingt
ans, & iusques à l'arriuee de S. Helene, mere de l'Empereur Constantin le grand, en Ierusalem, ce qui aduint, selon le tesmoignage
des Grecs, comme Zonaras & autres, vn an apres le Concile general de Nice, qui se tint l'an trois centz vingt neuf: Eusebe recite
aussi, que ledit Empereur Constantin (apres auoir faict nettoier le
lieu du S. Sepulchre rempli de decombres, immondices, & terres
par ordonnance d'Aelius Adrianus) y fit edifier vne tressomptueuse
Eglise, aussi restaurer les murs de la S. Cité & enclore au dedans
ladicte Eglise, faisant nommer ceste adionction, la nouuelle Ierusalem: de laquelle & de ladite Eglise en Golgota, surnommee de la
resurrection, parle souuent S. Cirilie Patriarche de Ierusalem en
ses catecheses, toutefois comme dit est cy dessus, S. Ierosme depuis
l'a nommee quelque fois encores, Aelia.

Apres que (par la conuersion de l'Empereur Constantin) ceste
S. Cité, fut du tout dediee au cult diuin, elle demeura au pouuoir
des Chrestiēs & de l'Empire Romain, iusques enuiron l'an six centz
quatorze ou quinze, qu'elle fut prinse & saccagee, par l'apostat
Cosdroës Roy de Perse, mais non demolie, & fut reprinse & com-
mencee à restablir dix ans apres, par Heraclius Empereur: auquel
temps, assauoir l'an six centz dix sept, selon Isidore, ou six centz
vingt vn, selon Alfonce, commença Mahometh à semer sa pernicieuse secte entre les Arabes, se faisant leur Roy. Et de ceste annee
vingt vn ou vingt deux, lesditz Arabes cōmencent leur computation Annale, comme nous faisons de la Natiuité de nostre Redempteur Iesus-Christ. Or la restauration susdite, n'estoit encores
acheuee, quant Haumar troisiesme successeur de l'imposteur Mahometh (estant l'Empire Romain comme destitué de ses pristines
forces, par la dissention & ambition des Princes ou Gouuerneurs
& Gendarmes en Orient) se mit en campagne, print sur iceluy Empire, l'Egipte, la Perse, la Phœnicie, Antiochie, Damas: Et finablement la S. Cité de Ierusalem, apres l'auoir tenue assiegee l'espace de
deux ans, ce qu'aduint l'an vingthuitiesme de l'Empire d'Heraclius
& de nostre Redepteur six centz trente neuf ou quarante, ou suiuāt

l'opinion

D. Hiero.
3t sup.
Naucler⁹
generat.
11.
Theodo-
retus.
Eusebius
11.
Zonat.
to 3.

D. Cyril.
Cathet. 2.
4. 10. 13.
14. 18.
D. Hiero.
ad Pauli-
num.

Isid pacē
hist. Arab
Naucler⁹
gen. 11.
Math.
Palm.
In Chron.

l'opinion d'autres, l'an deuxiesme de l'Empire de Constantin quatriesme: Mais encores ne la print il de force, ains par compositiõ &
condition telle, que chacun, & mesmes les Chrestiens y pourroient
demeurer & exercer leur Religion, moiennant l'obedience & certain tribut annuel: Ce que racomptent tous les anciens autheurs,
& auec eux Nanclerus au lieu susdit, Paul Diacre & plusieurs autres, & le demonstrerons plus amplemẽt au chapitre suiuant: car icy
ie ne veux traicter que de la situation de la Cité de Ierusalem moderne qui n'est nullement differente de l'antique, fors en ce que i'ay
dit cy dessus, assauoir, qu'elle a esté retranchee du costé du mont Siõ
& le Bezetha vers Septétrion, & par Aelius Adrianus, Constãtin,
& Haumar, aggrandie entre Septentrion & Occident vers le mont
Sion, receuant en soy le mont de Caluaire & la porte vieille, qui
auparauant estoient, l'vne hors de la Cité, & l'autre se fermant alencontre du mont de Caluaire. Ce Haumar se tint longuemẽt en ceste
Cité, & ruinant vne partie des edifices qui estoient sur le mont Siõ,
edifiez du temps d'Aelius Adrianus (& desquelz se voient encores
quelques vestiges en abordant à la S. Cité) il restablit les murs antiques, mesmes se rendit fort familier, au bon pere Sophronius lors
Patriarche de Ierusalé, l'assistãt de ses propres deniers au paráche-
uemẽt & reedificatiõ ẽcõmécee des Eglises ruinees par Chosdroés
Roy des Perses: Il fit aussi fabriquer & bastir, vn temple fort riche
& magnifique, à l'honneur de Dieu & son Prophete Mahometh, au
lieu ou auoit esté le *Sancta Sanctorum*, au Temple de Salomon sur le
mont Moria, lequel y est encores pour le iourd'huy, par les Mahometistes entretenu fort curieusement, & en tresgrande reputation.
Pour ces causes estant la S. Cité ainsi restablie & en ceste forme demeurée iusques à present, il n'y a aucun changemẽt de situation,
sinon aux lieux declarez cy dessus: car ce qui est retranché du costé
de midy luy est rendu vers l'Occident. Et le mur qui souloit circuir
& ceindre tout le mont de Sion comme vn arc bandé (comprennãt
en soy la tour de Dauid, le S. Cenacle de nostre Seigneur, la maison
de Caiphe, & autres souuerains pórifes, auec quelques vns des principaux bastimés aupres le Roy) est coupé & remis au droit cõme au
long de la corde dudit arc, cõméceant à l'ẽdroict de la fõtaine Bersabee, & tirant droit vers l'autre coing, qui termine vers Oriét, entre
le Temple de Salomon & la fontaine Siloé, au dessus du pont du
Torrent Cœdron, & sont les lieux declarez cy dessus, telz que le S.
Cenacle, demeurez hors des portes de la Cité Moderne. De l'autre
costé, au lieu que la muraille souloit faire vn coing angulaire, à la
porte des poissons à present dite de Iaffa, & de la se courbant

P. Dia-
li. 19.
Cælius
augusti-
curionis
li 1.
Dœsan-
gus dies
Ierus.

au long des valees cauerneuses, seruantes de fossé entrel: mont de
Caluaire & la Cité vers la porte vielle, & tirant encores de la vers
Septentrion à celle d'Effraïn (côme on veoid encores en quelques
endroitz par les vestiges): icelle muraille tire presentement contre-
mont, depuis ladite porte de Iaffa (la laissant en vn coing, enfoncee
vers Occident) embrassante vne partie du mont Sion: & faisant en
ce lieu vn coing double en forme de deux cheurons, flanquans l'vn
l'autre pour la harquebuserie (à quoy est fort proprement accommodé la muraille nouuelle du circuit de la S. Cité) entre l'Occidét
& Septétrion vers le vent appelé, *Magistralis*, des Italiés Maestro, &
des mariniers Occidétaux Nort-west elle retourne tout court d'Occidét vers Septétriõ, & de la par l'Oriét, à la susdite Porte d'Effraïn:
Auquel circuit, est encloz le mont de Caluaire, contenát l'Eglise du
S. Sepulchre dicte de la Resurrection: portant cest aggrandissement quasi vn quart de la ville, & par ce moyen, au lieu que ledict
mont de Caluaire (au iour de la mort & passion de nostre Redempteur) estoit au dehors d'icelle ville; auiourd'huy il y est quasi au
milieu, entre les quatre portes principales, tyrant neantmoins, vn
peu plus vers l'Occident, & la porte de Iaffa, que vers les autres.

Quant aux valees creuses & cauees, seruans de fossez & sepa-
rations des trois ou quatre parties de l'antique Cité, tant au dedans qu'au dehors d'icelle, comme celle qui estoit entre le mont
Moria ou mont du Temple, & la cité de Dauid ou mont de Sion,
sur laquelle y auoit vn pont: celle d'être ledit mont Sion & Acra
la basse ville; puis celle qui estoit au dehors, entre la Cité & le môt
de Caluaire, & consecutifuement toutes les autres valees qui estoient au dedans, mesmes partie de la valee de Iosaphat au dehors,
ont esté remplies, & la Cité aplanie, des terrasses, ruines, & décom-
bremens des edifices abatuz par Tite & Adrian Empereurs: Toutefois celles qui sont au dehors, & seruans de marques ou bornes in-
faillibles & immuables, de la situation d'icelle S. Cité, tant antique
que moderne, & desquelles l'escriture S. mesmes aucuns autheurs
Ethniques font mention, sont encores en estre, comme celle de Iosaphat, causee par le Torrent Cedron, du costé d'Orient, entre le
mont des Oliues & celuy de Moria ou est le Temple: celle que fait
la fontaine Sion vers Occident, de laquelle Bersabee se seruoit en
son iardin estant à l'opposite de la maison & tour de Dauid (dont
se voient pareillement à present encores des vestiges bien amples
la voye de Bethleem passant entre deux, & au dessus du courant de
ladite fontaine, & à l'encontre de l'aqueduc ou conduitz soubter-
                                                                    rains

rains, que feirent faire les Rois Salomon, Achas, Ezechias, comme nous dirons en son lieu. Il y a encores vers midy, la valee des enfas d'Ammon, sur laquelle le mont de Sion est fort courbé en precipice, & la separe de celuy de l'Offesion, & l'Acheldemach ou Cimetiere, appelé champ de sang, qui est le champ achepté des trente deniers, dont Iesu-Christ fut vendu par Iudas: Puis le Tyropeon qui du mesme costé, conduit les eaues de la Cité, en la valee de Iosaphat, au dessus de la fontaine Siloë, qui est comme elle estoit au dessoubz des murailles de la Cité, à l'endroit du Temple & la maison de Salomon. e are conduicte. 4. Reg. c. 10. 2. Paral. 32.

Au regard des portes de la Cité moderne, leur nom, & situation, elles seruét aussi de tesmoignage asseuré, qu'elle est assise au propre lieu, ou elle estoit anciennement, reserué à l'endroit des retranchemens & eslargissemens susmentionnez : car es extremitez de sa largeur, qui est de l'Occident vers l'Orient, elle a la porte de Iaffa ou Ioppen, au lieu propre ou estoit l'antique (car selon qu'il se peult remarquer, elle ne peult auoir esté allieurs) *Porta Piscium* dicte aussi *Porta Dauid*, & *Porta negotiatorum*, proche de la tour Hippicon, edifiee par Herode (laquelle tour selon mon aduis, doibt auoir esté, ou est presentemét le Chasteau) & menoit, mene encores vers Ioppen, Lidda, Bethleem, Hebron, Gaza, &c. Des portes de la S. Cité. Porte de Iaffa. Porte &c.

Vers Orient sur la valee de Iosaphat, & tirant vers le mont des Oliues, Bethanie, Ierico, Samarie, & Galilee, sont deux portes, n'ayans change de place ne de nom, asçauoir *Porta aurea*, à present muree (pour les raisons que ie diray en son lieu) & la porte S. Estienne, qui est l'antique *Porta gregis*, ou *Porta-vallis*, mentionnée en Nehemie & es Chroniques : lesquelles aussi ne peuuent auoir esté allieurs, côme appert par la situation du Temple, de la Piscine Probatique voisine de ce lieu, & la descente vers la valee de Iosaphat. De l'autre costé, regardant du Septétrion au midy, par le trauers de la S. Cité, nous auons sur ledit Septentrion, la porte d'Effrain, laquelle n'a aussi changé de nom ne de situation, fors qu'au temps de Tite (estant de ce costé la Cité eslargie & augmentee par le Roy Agrippa) Il y en auoit encores vne autre en la nouuelle muraille portante mesme nom, & est ceste cy aussi nommee communement, Porte de Damas depuis que les lignees de Iuda sont abolies en la Palestine, & se nomme ainsi, parce que par icelle, on va vers la Cité de Damas, Metropolitaine de la iadis Syrie, anciennement appellee Surie on Sorie par vn mot corrompu, & meine aussi vers Samarie, Sichem, & Galilee : de laquelle porte est fait mention, Porte S. Estien. Nehem. 2. c. 3. 12. 2. Paral. c. 26. Damas porte d'Effraim 4. Reg. 14. 2. Pai. 25.

C 3

aux

aux liures des Rois, Chroniques, Nehemie, & Iosephe: Et à l'oposite
d'icelle vers le midy, y a écores la porte Sterquiline, ou *Porta Aquarū*
cōduisāt aux foraines Siloë et duDragō, par laquelle au tēps passé les
eaues & imūodices sortoiēt & sortēt ecores à presēt de la Cité en la
valee de Iosaphat par celle de Tyropeon separāte (auāt qu'estre en
partie rēplie au dedās de la ville) le mōt Moria d'auec celuy de Siō.

Lesquelles quatre portes, assauoir de Iassa, S. Estienne, Effraim,
& Sterquiline, estoient celles qui en diametre du long & du large,
fermoient la S. Cité, lors que le Redempteur y conuersoit corporellement, & ne peuuent (quoy qu'on en parle) auoir esté changees de
lieu, ains apres que ruinees, ont esté restablies sur les propres fondemens des anciennes, comme appert par les precipices voisins,
apparences des vieux edifices, & plusieurs vestiges d'iceux.

Au regard des deux autres portes, l'vne nommee des Esseens, &
l'autre l'Angulaire (laquelle estoit en la muraille derriere l'Eglise &
monastere de S. Anne) icelles sont abolies. Mais la vieille par laquelle sortit Iesus-Christ chargé de sa Croix, pour aller mourir au
mont de Caluaire: & la ferree mentionnee aux Actes des Apostres,
(laquelle me semble estre celle que Iosephe appelle Genath, elles sōt
maintenant encloses dedans la S. Cité, par le moyen de l'agrandissement, souuent narré cy dessus, & sont toutes les portes les huict
principales de l'antique Cité) dont les escritures sainctes font mention: & quant à l'agrandissement susdit, portant comme i'ay dict
encores enuiron vn quart de la Cité, iceluy a esté designé cy deuāt,
pour la demeure & habitation seule des Chrestiens, par vn Calyphe d'Egipte, Seigneur de toute la Surie, nommé Bomensor Elmo-
stensab, lequel ainsi l'accorda, à la requeste du Patriarche & Chrestiens residens en Ierusalem pesle mesle, entre les infideles les
molestans, et aians auec l'aide de l'Empereur Constantinopolitain
Constantin surnommé Monomache, reparé les murailles de ceste
partie, l'an mil soixante trois, trente six ans auant la venue de Godefroy de Buillon selon Tyrius, qui en descriuant la situation, dit en
ceste sorte. Ceste quatriesme partie de la Cité, n'a depuis ce temps
la, eu autre Iuge que le Patriarche du lieu. Et est distinguee des autres quartiers en ceste forme, à sçauoir: depuis la porte d'Occidēt,
qu'on appelle la porte Dauid, en cōprenant la tour angulaire (dōt
se voiēt encores les ruines, assez proche des nouuelles murailles, à
la main gauche en entrant en la ville) iusques à la porte de Septentrion, est le circuit de la muraille de dehors, & quāt au dedans de la
ville, ceste partie en est separee par la rue publicque, qui de droit fil
s'estend, depuis ladicté porte Septētrionale, iusques aux boutiques,

des

des orſeures (que maintenant on appele le Baſare lieu de marché tout voulté) & de la encores, iuſques à la ſuſdite porte d'Occidēt, contenāt ceſte quarte partie en ſoy, les venerables lieux ou noſtre Seigneur à ſouffert mort & paſsiō & ou il eſt Reſuſcité de mort
à vie, enſéble l'hoſtel Dieu (qui eſtoit la maiſon & hoſpital des premiers Cheualiers hoſpitaliers de S. Iean, à preſent Cheualiers de
Malte, proche de l'Egliſe du S. Sepulchre. Plus deux monaſteres,
appelez de Latina (encores en eſtre)la maiſon du Patriarche, & le
cloiſtre des chanoines du S. Sepulchre, auec leurs apartenances.
Voila ce qu'en à dit ce perſonnage Chancelier du Royaume de Ieruſalem & Archeueſque de Tyr, y à plus de cinq centz ans: Et tous
ceux qui y ont eſté depuis, & qui y vont encores iournellement, ne
le trouuent autrement, d'autāt qu'il n'y à nul changemét, mais peu
en a, qui le remarquent exactement, comme il appartient.
    Car depuis la reſtauration, premierement faicte par Haumar ou
Homar, la S. Cité a eſté au pouuoir des Saraſins, iuſques enuirō l'an
ſept centz et huict: que les Empereurs Leontius, et Tiberius, reprin-
drēt la Sirie de leurs mains, et fut d'iceux Saraſins encores reprinſe,
durāt les guerres et diſſentiōs de leurs ſucceſſeurs Empereurs, Phi-
lipicus, et Leon troiſieſme, et l'ont tenuë iuſques enuiron l'an mil
ſeptāte deux, que les Turcs la leur oſterēt, auec quaſi tout l'Aſie, et la
Perſe. Depuis leſditz Turcs la poſſederēt, enuirō l'eſpace de vingt
ſept ans, et iuſques à la ſolénele expeditiō des Chreſtiés, Princes, et
peuple Catholique ſoubz la conduite du noble duc Godefroy de
Buillon, qui par la grace de Dieu, leur grād zele, deuotiō, et vaillāce
obtindrent ſur les Turcs l'an mil nonāte neuf : mais ilz n'en ioyrēt
qu'octāte neuf ans, aſſauoir, iuſques à l'an mil cēt octāte ſept, que par
les pechez et diſcordes des ſucceſſeurs deſditz Princes & peuple
en Oriēt, meſmes par la trahiſon de l'vn des plus grāds d'ĕtr'eux, ladite S. Cité fut reprinſe et remiſe au pouuoir de Saladin Souldan
d'Egipte, et prince des Saraſins: la poſterité duquel la maintenue,
iuſques à l'an quinze cētz dix ſept, que Sultan Selian Empereur des
Turcs, regnant en Conſtantinople, (vaincquāt Campſon le dernier
Souldā d'Egypte et des Saraſins)ſ'ĕ ſaiſit et ſe fit Seigneur, de tout le
domaine d'iceluy, de la Syrie, et la S. Cité, iuſques à preſent, le tout
eſt encores és mains et ſoubz le ioug de ſes infideles ſucceſſeurs, qui
la gouuernét et maintiénent en grāde reuerēce, et l'ont fortifiee, ſelon que requiert la ſituatiō du lieu. Meſmes l'an mil cinq cētz qua-
rante-deux, le grand Soliman (qui eſtoit du meſme tēps des Princes heroyques l'Empereur Charles le quĭt & Frācois premier du nō
Roy de Frāce) à fait renouueller les murs de tout le circuit d'icelle,

d'vn marbre blanc, & dur, proprement taillé par carreaux, & composez par creneaux & replis pour flancquer, comme ie demon-
treray plus amplement en l'histoire Annale de la S. Cité, contenant
assez succintement, quasi tout ce qui y est aduenu depuis sa fondation iusques à present, si Dieu me donne la grace de la pouuoir
mettre en lumiere.

*Que les lieux Saincts, qu'on monstre encores pour le iourd'huy aux Pelerins,
sont les mesmes qu'ont visitez les anciens: Et combien le pelerinage
de la terre Saincte estoit frequenté au temps passé.*

CHAPITRE V.

I'Ay donné (comme i'espere) quelque contentement au deuot, &
curieux Lecteur, touchát la situation de la S. Cité, reste encores
à montrer, qu'il n'y a aussi changement, demolition, ou abolition
tel que l'on puisse auoir perdu la cognoissance, des lieux Saincts &
remarquables, qui sont au dehors, au dedans, & aux lieux circonuoisins d'icelle: car comme depuis l'Ascension de nostre Seigneur,
elle n'a esté aucunement despourueuë, ou desnuee d'habitás Chrestiens, par consequent ne l'a elle esté d'enseignemens, des lieux de
la Natiuité, Conuersation, operation de Miracles, Passion, Mort,
Resurrection, & la susdite Ascension d'iceluy nostre Seigneur &
Redempteur, & d'autres semblables lieux, en trop grand nombre
pour estre recitez icy particulierement, & dont neantmoins sera
faict mention aux liures, trois, quatre, & cinquiesmes cy apres.

Ignat.
Epist. 4.
Sophr.
serm. de
assutione.
Nicep. li.
2. c. 21.

    En premier lieu nous trouuons és escriptz de S. Ignace, disciple
de S. Iean l'Euangeliste & martyr, Sophonius, Nicephore, & plusieurs autres, qu'apres ladicte Ascension du Redempteur, & la mission du S. Esprit: sa diuine vierge mere, alla souuent visiter les susdits lieux Saints. Aussi que par exemples & paroles, elle exortoit
les fideles croians, de l'imiter en ce: & pour ce faire plus commodement, elle esleut & choisit vne petite demeure, proche du Sainct
Sepulchre d'iceluy nostre Redempteur, en laquelle (selon la tradition des Peres) elle fut des premieres par luy visitee, apres la resurrection, & tient on ce auoir esté au lieu propre ou est la Chapelle,
pour ceste cause surnommee de l'apparition en l'Eglise du S. Sepulchre, ou les freres Mineurs font leur office quotidien: Les mesmes
autheurs recitent encores, qu'estant ladite benoiste vierge mere,
occupee

occupee en ce S. exercice, ſur le mont des Oliues, que l'Ange Gabriel, qui auparauant, luy auoit annoncé les nouuelles, de la venue
& incarnation du filz de Dieu en elle. Le meſme Ange luy preſen-
tant en ce lieu la Palme luiſante de victoire, déclara que ſon filz Ieſus, l'appelloit pour regner auec luy au Ciel, & nous en eſt montré
encores la place, aſſez proche du lieu d'où le Redempteur y monta.

Semblables viſitations, ſans doubte, ont ſouuent faict, les Apoſtres, & ſaincts de la primitiue Egliſe, enſeignant aux eſtrangers
ſuruenans, & nouueaux croyans que Ieſus-Chriſt eſtoit le vray
Meſſias, filz conſubſtantiel & coëternel du Pere, & leur montrans
les lieux où il eſtoit né ſupernaturellemēt de la vierge immaculée,
où il fut circoncis, nourry, & bapteſé : où il auoit faict ſes œuures
miraculeuſes, ſes mellifluës & diuines predications, & où il auoit
ſouffert la douloureuſe paſſion, pour noſtre ſalut: Puis le ſepulchre
où ſon precieux corps auoit eſté enſeuely, & duquel (ſans fraction
ne ouuerture aucune d'iceluy, & à la terreur des gardes) il eſtoit
ſorty, reſuſcité glorieuſement au tiers iour: Leur montrans auſſi le
S. Cenacle (lieu de leur aſſemblée Eccleſiaſtique) où ſe faiſoit oſten-
ſion de la place, où il s'eſtoit tāt humilié, que de lauer les piedz à ſes
Apoſtres, & où en la derniere Cene qu'il fit auec eux, il leur dōna
realement, ſon treſdiuin & precieux Corps à manger, & ſon ſang
à boire, ſoubz les eſpeces de pain & vin, leur donnant outre, pouuoir & ordonnance à ſon Egliſe, d'ainſi le faire en memoire de
ſa paſſion, iuſques à la conſommation du monde : & pouuoient dire
leſditz Apoſtres & Diſciples: Icy les femmes nous apporterent les
nouuelles de ſa Reſurrection, & toſt apres, y entrant par deux fois
ſans aucune ouuerture des portes: il ſe preſenta au milieu de nous
en nous ſaluant, beuuant, mangeant, & faiſant toucher ſes plaies
par Thomas noſtre confrere: Il nous donna à cognoiſtre que c'e-
ſtoit ſa propre perſonne & non vn fantoſme.

Au meſme lieu ſe montroit la place ou le S. Eſprit eſtoit deſcen-
du (ſelon ſa promeſſe) ſur leſditz Apoſtres & croyans, en forme de
feu. Faiſans ainſi des autres lieux ſaincts, trop grands en nombre,
pour les particulariſer icy: & faiſoient cecy leſditz Apoſtres, & diſciples tout ainſi qu'il ſe faict ordinairement entre amis, ou aux
eſtrangers, quant on leur recite & montre, les choſes ſignalees &
memorables, aduenues en quelque lieu.

Or tous ces ſaincts lieux, ont depuis eſté remarquez & cōgneuz,
par la frequente & continuelle viſitation d'iceux : Car en la primitiue Egliſe, nul ne ſe tenoit quaſi Chreſtien, ou vray croyant en

D

Ieſus

IesusChrist, s'il n'auoit esté en Ierusalé, veoir la vierge mere du Sauueur, & ses Apostres. S. Paul aussi apres sa couersiõ, y fut par diuerses fois seul, & en cõpagnie, pour prier & cõferer auec eux de la foy,
& non pour offrir des holocaustes sanglans, à la façõ des Iuifz, cõme
il fit pédant qu'il gardoit la loy Mosayque. S. Ignace susmentionné,
escriuãt a S. Iean son maistre, de nostre cõbie ſo defir estoit d'é pouuoit faire le voyage. S. Denis Areopagite y fut auec les Apostres, au
iour que la vierge mere decedã, cõme luy mesme tesmoigne en ses
escriptz. S. Alexãdre Euesque de Capadoce, au téps de l'Empereur
Alexãdre filz de Mãmee Paié, enuirõ l'an de grace deux centz trẽte
quatre, & par vn si lõg chemin, & au téps de la persecutiõ contre les
professeurs du nom de Iesus-Christ, fut en Ierusalé, pour adorer &
visiter les SS. lieux, cõme noº recitét S. Ierosme, Eusebe & plusieurs
autres. Vn Cheualier nõmé Ieã, delaissãt l'hõneur de Cheualerie, &
la gloire mõdaine, y a la pour le mesme effect, sãs craindre la cruelle
tiranie de l'Empereur Diocletian: Le grand Ephré, si trãsporta de la
Cité d'Edesse (laquelle est l'ãtique rages en Medesmétiõnee ès liures
de Tobie) S. Porphirius Euesque de Gaza, S. Andronique, & S. Eustache, auec leurs femmes, & bon nõbre d'autres fẽrét telz deuoirs,
durant les Empires & persecutions des Paiens, & tost apres, estant
le voiage libre & ouuert par la Couersiõ de l'Empereur Constãtin,
& deuant les premiers quatre centz ans accomplis, y furent entre
grand nombre d'Euesques & autres, S. Nicolas Euesque de Myrre,
le grand Athanase Euesque d'Alexandrie, S. Martin Euesque de Pã-
nonie (à present dicte Hongrie) S. Paulin Euesque de Nole, S. Ierosme (aussi ã residé en Bethleem & en la Palestine l'espace de cinquante ans, remarquant tous les Saincts lieux: comme appert par ses
escriptz) Origene Alexandrin, Licinius de Tours, S. Iean Chrisostome, S. Ciprien, & vn nõbre infiny d'autres grands personnages, mẽ-
tionez ès escriptz, Annales, Histoires, & Martyrologes du mesme S.
Ierosme, de Seuerus, Paulinus de Nola, Eusebius, les Nicephores, à
sçauoir le filz de Calixte, le Constantinopolitain, & le Moyne, l'Histoire Tripartite, de Socrates, Sozomene, Theodorite, le venerable
Beda, Simeõ Metaphraste, Cassiodorº, Gregorius Turonẽsis, Vsuar-
dus, Ado Viẽnẽsis, Sigebertus, Fregulphus, Ammonius, Petrus Abbas
Cluniacensis, Zonaras, la Chronique Martinienne, & diuers autres
liures & Autheurs anciens, tant Grecs, que Latins, tous tenus pour
autentiques & de credit: disans vnanimement tous, que lesdits grãds
personnages ont faict ce voyage et pelerinage. *Orationis siue peregrina-*
tionis causa. Loca sacra visi antes Ierusalem & quacunque in Euangelijs legimus
deuotissime perlustrantes vbi aut natus, aut passus, aut sepultus fuit Christus, aut
aliu

aliud quid magnum operatus est, &c. Apres lesdits quatre centz ans, nous trouuós ce voyage auoir esté encores fait par S. Sabba Abbé, S. Athanase Moine de Perse, & Martyr, soubz le Roy Cosdroe, S. Germain Euesque de Paris, S. Martin Euesque de Galice en Espaigne, et vne infinité d'autres grands personnages: Puis plusieurs religieux, y ont esté enuoiez, par les Empereurs, Rois, & Princes Chrestiés, et en ót rapporté de belles reliques et dignitez, desquelles aucuns se móstrét encores pour le iourd'huy, en la S. Chappelle à Paris, à Aix en Allemaigne, et ailleurs. Tous lesquelz personnages auec S. Ierosme, se fussét reputez móindres en sciéce, móindres en religió, et insuffisans en vertu, s'ils n'eussent esté visiter lesditz lieux SS. de Ierusalé: et nó seulement les Ortodoxes Catholiques, l'ont ainsi faict, mais aussi les Heretiques arriens, telz qu'Eusebe Euesque de Nicomedie, celuy de Berith, et autres, cóme encores iournellemét font les Grecs, Armeniens, Nestoriés, Gostes, et autres sectaires ou Schismatiques, qui ne mesprisent ce S. voyage et autres pelerinages, cóme fót les maladuisez heretiques Occidétaux de nostre téps, qui en sont tant gráds ennemis, et des Sainctes reliques: qu'ilz ne pardonneróiét ny respecteroyent les Sacrez Sepulchres du Redépteur, et de sa glorieuse vierge mere, ne mesmes le tresuenerable bois de la S. Croix, et choses semblables, n'y les lieux SS. et de remarque, lesquels nous seruét de souuenance de la douloureuse passion du Sauueur, de sa Resurrection et Ascension, ains les mettróiét en pieces s'ils les auoiét en leur pouuoir, et puissance, cóme ont à present les Turcs, et Mores Mahometistes, ennemis de la Croix, et religion de Iesus-Christ, et les ont euz en leur pouuoir, y à ia pres de mil ans: aucuns desquelz faincts lieux telz que celuy de la Natiuité, et Ascésió de nostre Seignr et séblables, ilz ont en telle recómandation et veneration, (cóme entédrez en ce traicté) qu'ils sont vergógne et hóte, à nous autres Chrestiés. Pour reuenir à nostre premier propos, il faut sçauoir que nó seulement les hómes robustes et vertueux, ont eu le desir, et qui en effect se sót mis en peine de veoir, ces SS. lieux mais aussi le sexe feminin, & tédres femeletes, Imperatrices, Roines, Princesses, & plusieures autres, de toutes qualitez, postposantes à céste deuotion leurs fragilitez & delicatesses, ont en les cœurs & c'este bonne volonté, que de supporter, tous mesaises, & dangers, se submettre à la misericorde des ondes furieuses de la mer, pour faire vn si grand & penible voyage: Comme S. Helene ià agee d'octante ans, S. Melane, S. Paula Eustochium vierge, Blesilla vefue, ses filles, & tresnobles matrones romaines, S. Apoliaire vierge fille d'Empereur, S. Catherine fille de Roy, aussi Eudoxia Imperatrice féme de Theodose

D 2   le Ieune

Amma-
nius de
gestis
Franc. li. 4
c. 9. 87. 39.
Chron.
Mar int.

D. Hiero.
ad Paul &
Eust.

le Ieune, laquelle y alla par vœu, & entrant en l'Eglife de la Refurrection (a prefent dite du S. Sepulchre) vn iour de Pafques y donna
dix mil mefures d'huille, pour l'vfage des lampes, & quatre centz
deniers de reuenu annuel, aux Clouftres, pour honorer la memoire
de la S. Refurrection du Seigneur. Et felon Zonaras, l'Empereur
Martian en ce l'imita: Nicephore dit que cefte vfance de lampes
alumees (que noz heretiques voudroient bien efteindre) es veilles
des feftes, durant qu'on faifoit les prieres, eftoit fort ancienne en
Ierufalem, & autres villes principales.

Pour pourfuiure noftre premiere narration, nous trouuons és
autheurs cy cottez en marge, telz que lefditz Zonaras, Nicephore,
Euagrius, & Nauclerus, és hiftoires Tripartites & autres, que la
fufdite Imperatrice Eudoxia, fit edifier en Ierufalem & és lieux circonuoifins, plufieurs Monafteres, Hofpitaux, Chappelles, & Oratoires, fur les lieux SS. & de remarque; entre autres Eglifes, celle de S. Eftienne premier martyr, au lieu ou il auoit efté lapidé, de
laquelle pour le prefent ne fe voient aucuns veftiges: aultres Autheurs difent que ladite Imperatrice, apres auoir demeuré l'efpace
d'onze ans en la S. Cité, y trefpaffa l'an quatre centz cinquante, &
qu'elle fut inhumee en ladite Eglife S. Eftienne. Vne aixtre Eudoxia
fa petite fille (laquelle ayant laiffé fubtilement fon mary nommé
Hunnericq Roy Vadale en Africque, à caufe qu'il ne vouloit quitter l'Arrianifme ne fe faire Catholique) fe mit en ce voyage, pour
vifiter les SS. lieux, ou elle ne fut gueres, qu'elle ne s'endormit de
l'heureux fommeil: aiant donné & legué les richeffes qu'elle y auoit
apportees, aux Eglifes & aux Pauures. Fregulthe, Paul diacre,
Nicephore le moine, Sigebert, Ado Euefque de vienne & plufieurs
autres, difent que la premiere Eudoxia, ne mourut en Ierufalem,
mais qu'ayant acheué & fatiffait à fon vœu & defir, elle retourna
à Rome, y apportant le Corps du S. Prothomartir, & les Chaines
defquelles S. Pierre auoit efté lié par Herode, comme nous lifons es
actes des Apoftres, lequel S. Corps elle fit mettre & colloquer en
l'Eglife S. Laurens, hors des murs de la Cité, & lefdites chaines
en l'Eglife pour cefte caufe appelee vulgairement à Rome, *Sancto*
Pietro in vincola, fituee au mont viminal, ou on les vifite & reuere
encores à prefent.

Dauantage nous lifons, que non feulement les dames vertueufes
ont faict ce S. voyage, mais auffi aucunes pechereffes, comme Marie d'Egypte, Pelagie Antiochienne, & aultres, lefquelles y ont efté
tellement retirees de leur mauuaife vie, et attirees à penitence,

qu'elles

Zona. to.
3. de Mar-
cia. Ni-
cep. li. 12.
c. 34. li.
14. c. 50.
li. 15. c.
12. Hifti.
trip. li 14.
e. 15. B-
nag. li. 2.
c. 5 Nau-
cle. ge
ner. 15.

Freg. to.
2. li. 5. c.
11. Diac.
li. 14. de
geft. Ro.
Nicep. in
fupple-
ment
Hift. tri-
part. Sige-
bert. &
Ado. la
chro.
Aug. 12.

qu'elles ont merité d'estre colloquees, au nombre des SS. regnans,
bienheureux auec Dieu, au Royaume celeste.

Nous trouuons semblablement, que plusieurs moines & Religieux, s'estans par deuotion mis en ce salutaire voyage, ont esté,
par leur grand zele, dignes d'obtenir les reuelations & descouure-
ment de plusieurs SS. Reliques, comme ceux qui par semblable deuotion, s'en alloient en Sebaste, qui est l'antique Samarie, pour reuerer les reliques des SS. Prophetes Iean Baptiste, Helizee, & Abdie ensepueliz audit lieu, et eux aduertis, que le mechant Empereur
Iulien, surnommé l'apostat, les faisoit bruller (comme noz Cal- **Euseb. li.**
uinistes ont faict celuy de S. Martin à Tours, et plusieurs autres) y **II. c. 8.**
vindrent par la permission diuine si bien à propos, cõme dit Eusebe, **Hist.**
que eux faisans semblant, auec les ministres de cest ennemy de Dieu **Eccl.**
de ietter les ossemens au feu, ilz en sauuerent plusieurs parties, et
les rapporterent à leur superieur en Ierusalem, et en Alexandrie **D. Cipria.**
d'Egypte. S. Ciprien dit le mesme, de ceux ausquelz fut reuelé le **de sene-**
chef de ce mesme Prophete et precurseur de Iesu Christ S. Iean, et **ct. ep.**
ainsi plusieurs autres. Au regard de la continuelle frequantation des **B io.**
Pelerins, vers la terre S. les susmentionnez, Eusebe, Pamphile, Theo- **Bapt.**
dorete, Nicephore, Calixte, en leurs histoires Ecclesiastiques racõp-
tent, que l'Empereur Constâtin le grand, apres auoir faict edifier vn
Temple magnificque, au mont de Caluaire, aussi nommé le grand
Martyr, commanda aux Euesques assemblez au Sinode de Thyr,
d'aller en Ierusalem, pour la dedicace d'iceluy, et en fut la feste celebree, par huict iours continuelz et commêceans le quatorziesme
iour de Septembre, laquelle feste à ainsi esté gardee et solemnisee,
d'an en an, iusques au temps du susdit Nicephore, comme luy mesme
tesmoigne, disant: Lors que ce fit la dedicace du Temple de la Resurrection en Ierusalem, c'estoit le quatorziesme iour du mois de
Septembre, et depuis ce temps la iusques à present a esté en l'Eglise
de Ierusalem solemnisee par assemblees publiques huict iours durant, ou plusieurs personnes, de toutes les contrees de la terre, se
trouuoient et assembloiêt, pour celebrer la feste, seruir Dieu, & visiter les SS. lieux. Or ce Nicephore viuoit au temps de Michel Paleologue, qui dechassa enuiron l'an mil deux centz soixante) les
Baudouins Comtes de Flandres, Haynault, Namur, et Auxerre de
l'Empire de Constâtinople, estant la S. Cité occupee, pour la secõde
ou troisiesme fois des Mahometistes, Sarrasins, par la permission
desquelz, S. Loys Roy de France (estant d'eux vaincu) entra en
ladicte, S. Cité de Ierusalem & y demeura quelques iours, pour faire

D 3

ses deuo-

les deuotions & visitations, auec plusieurs princes de sa compagnie.

Sainct Ierosme afferme, que de son temps y venoient & affluoient tant de Chrestiens, de tous les quartiers du monde, que la frequente receptiõ d'iceux, le retiroit de ses estudes, & s'excusa vers la vierge Eustochium, que pour ceste cause, il n'auoit moyen d'acheuer les expositions par luy promis faire, sur le Prophete Ezechiel. Et qui plus est, il enuoya son frere Paulinien en Dalmatie, païs de sa natiuité, pour y vẽdre son propre patrimoine, afin de subuenir aux necessitez des pelerins suruenans en Ierusalem, & Bethleem.

Piere Abbé de Clugni, dit, que quoy que la terre S. fut occupee des infideles de son temps, toutefois, d'Orient, & d'Occident, de midy & Septentrion, les hommes par grãdes troupes, estoient accoustumez tous les ans, de venir vers le S. Sepulchre du Seigneur : Pour à la veille de Pasques y prendre la lumiere diuine, que lors y apparoissoit mesmes que les Sarazins y assistoiẽt (de laquelle lumiere ie parleray cy apres Chap. 10.) & que encores pour le iourd'huy, les Chrestiẽs Orientaux, y vont par milliers à mesme effect.

De semblables assẽbleẽs parlent, Guillaume Archeuesque de Tyr, & Iacobus de Vitriaco Euesque d'Acre & Cardinal legat en la terre S. aïas tous deux esté presens, aux guerres qui se font faictes pour la cõqueste et asseurãce d'icelle. Mesmes depuis et iusques a nostre tẽps, (auãt que les heresies, succitees par les heresiarques, Luther, Caluin, & leurs sectateurs, eussent refroidy la deuotion, tãt des grãs que des petits) tous les ans enuirõ les festes de l'Ascension du Redẽpteur, ou la feste Dieu, dite feste du S. Sacrement, l'on voioit partir de Venise, pour aller à la terre S. vne, deux, ou trois Galeres ou naues, à ce expressement destinees, selon le nõbre des Pelerins qui se presentoiẽt, car ordinairemẽt en ce lieu, se faisoit assẽblee de deux, trois quatre ou cinq cens personnes, de toutes nations & langues, & estoiẽt caressez, honorez, & bien venues du Senat Venetien : ainsi que font encores ceux qui y vont & se trouuẽt à la susdicte feste du S. Sacremẽt, cõme ie diray plus amplemẽt cy apres. Mais estant pour les causes susdites, le nõbre des Pelerins fort petit, & non tel que du tẽps passé, icelles Naues ou Galeres n'y võt plus : & cõuiẽt à present aux Pelerins modernes de s'accõmoder au mieux qu'ilz peuuẽt, aux Naues marchãdes vogás vers leuat, soit vers Cypre, Alexãdrie, ou Tripoli de Syrie. Tellement que dés le cõmencement de nostre Religion Chrestiẽne, iusques à present, les SS. lieux ont esté cõtinuellemẽt et sãs intermission, visitez, remarquez, & venerez, nõ seulemẽt des Chrestiẽs, mais aussi des Mahometistes, lesquelz, signamẽt aucuns d'iceux, les ont en

fort

fort grande estime, & reueréce, cóme le deuot Pelerin pourra veoir
oculairement y estant, & le curieux lecteur entédre particulieremét
en ce traicté:quoy qu'en premier lieu les Iuifz, puis les Idolatres,&
en fin depuis mil ans en ça ou enuiró, les Mahometilles ayét esté les
maittres poffeffeurs, & occupateurs de la Syrie, Palestine & S. Cité,
horfmis quelque petit interuale de temps que les noltres l'ont tenue.
Et qui en voudra auoir plus ample resmoignage, pourra lire ce qu'en
ont dit les anciens peres: souuét mét ónez cy deuát, & ce que depuis
cinq cétz ans en ça, en ont efcrit, Guillaume Archeuefque de Tyr &
Chacelier du Royaume de Ierufalem, qui compofa fon histoire l'an
mil cent octante trois, Iacobus de Vitriaco Cardinal & Legat en la
terre S. aufsi Euefque de Ptolomaide, l'á douze cétz & dix, Iacobus
Pantalerius Patriarche de Ierufalem, l'an douze cents quaráte fept,
Brochardus Monachus l'an douze centz octáre trois, Ieã de Made-
uille Cheualier Anglois, l'an treize centz douze, Rudolphus Pasteur
de l'Eglife de Suls en Eftphale, l'an treize cétz cinquáte, Stephanus
de Gópenberg, l'an quatorze centz quaráte neuf, Rudolphus Lógiª
Chanoine de Mütter, l'á quatorze centz foixáte & feize, Bernardus
de Briedenbach Doyen de Maiéce, l'an quatorze centz octáte trois,
(auec lequel en faifant fon voyage eftoit Euefque de Cábray) Fratér
Frácifcus Sorianus Gardien du mót Sió, l'an quatorze centz quatre
vingt cinq: Celuy qui à defcrits le voyage fait par Alexádre Palatin
du Rin, Iean Loys Compte de Naffau, Bugiflans deuxiefme Duc de
Pomere l'an quatorze centz quatre vingt 15. & 16. Petrus Anholt
Prieur de Doelzét l'á quinze cent vingt, Bartholomeus Saligniacus
Prothonotaire, l'an quinze cent vingt deux (eftant lors la Syrie & la
terre S. auec l'Egipte nouuellement conquife par Solym Empereur
des Turcs, fur les Sarrafins): Frere Noël Bianco: l'an quinze cét 28,
Hermanus Borcheloo, l'an quinze cent 38. Frater Bónifacius Stephani Gardien du mót Sió & Euefque de Stagno, l'á quinze cét 55.
Tilmannus Stella, l'an quinze cent 57. Fabius Locinus l'an quinze
cent 60. Gotfculcus Iferman l'an quinze cent 61. Leonard Rawolf
Medecin d'Aufbourg (lequel à exactémét annoté & faict mentió de
tous les SS. lieux, l'an mil cinq cent foixáte treize, quoy qu'il femble
eftre Lutherien, ou bié que quelque miniftre Satanique de fa fecte,
y ait mis fes grifes & femé fa zizanie, parmy les belles narratiós d'i-
celuy, & feulemét cótre les Indulgences): Frater Antoni⁹ de Angelis
Neapolitain de Lecio, l'an quinze cent 75,) lequel nous à laiffé vn
tref-bel & exacte pourtraict Topographique de la S. Cité moderne,
auec les lieux SS. au dedans & à l'entour d'icelle) puis moy indigne d'eftre mis au rang des autres l'an quinze cent octante fix,
le Sei-

le Seigneur de Vilamont Cheualier, gentilhomme de Bretaigne
l'an mil cinq centz quatre vingtz dix huit : & vne infinité d'autres
qui ne sont venuz à ma cognoissance, & que ie laisse pour estre le
nombre trop grand à le mettre en ce Catalogue. Lesquelz ont faict
le salutaire voyage de Ierusalem, & en ont tous escript, conformement & suiuant ce qu'en ont escript les SS. & anciens autheurs,
mesmes s'accordent fort bien tous en leurs escriptz és visitations, &
situations des lieux sacrez, comme on les montre encores aux Pelerins: Aussy est il tout certain que depuis le téps de Constantin Empereur, S. Cyrile Euesque de Ierusalem, Sainct Ierosme, & le venerable Beda Anglois (lequel deceda de ce monde, l'an sept centz
trente quatre) ont escript qu'il n'y a aucun, ou bien peu de changement en iceux lieux, si ce n'est, en l'ornement des Eglises, &
oratoires, estans (encore qu'abattuz) neantmoins remarquez de
quelques pierres (ou monumens en procedans) par les Chrestiens
qui y sont demeurez par prouidence diuine, dés le commencement de nostre religion, iusques à present, mesmes l'a amplement ainsi escript, ledit Beda, en vn liure qu'il a laissé entre ses
œuures, intitulé, De locis sacris, contenant en quel estat estoient les
lieux saincts en la Palestine, lors qu'il y fut, estant la ladite Cité és
mains des Mahometistes Sarrazins.

Les heretiques de nostre temps, mespriseurs des Pelerinages,
voulans diuertir les pieuses intentions de ceux qui desirent faire ce
tref-digne & salutaire voyage, disent, que S. Gregoire Nissene, &
mesme S. Ierosme, desconseilloient à leurs amis d'entreprendre ce
voiage, allegans entre autres choses, cé que ledit S. Ierosme escript
au Moine Paulin, homme tresnoble & riche, & lequel on estime
auoir esté Euesque de Nola & parent proche de la deuote & bien-
heureuse matrone Paula. Mais ceux là (comme dit fort bien le tref-
docte & laboureux Annaliste, Cæsar Baronius en cest endroit, cōme ilz font de toute l'Escriture saincte, dés peres anciens & Scola-
stiques modernes) abusent de l'autorité, de telz saincts personnages;
car l'intention d'iceux n'estoit aucunement, pour en diuertir les
bons propos & volontez de ceux ausquels ils sont escripts, mais
pource que ledict Paulin auoit nouuellement quitté les pompes &
biens mondains & s'estoit faict Religieux, il luy conseille de demeurer plustost en la solitude Monachale, que de l'aller trouuer
en Bethleem, & veoir Ierusalem, pour lors ville tref-celebre, en laquelle estoit la court, la garnison des soldatz accompagnez de femmes publiques & courtisanes, & autres saletez, les suiuant ordinaire

D. Hier.
ad Pauli-
num Mo-
nach.

nairement, ou estoit aussi vne multitude d'hommes de toutes sortes
d'humeurs, par le moyen dequoy, il pouuoit estre plustost distraict
de sa profession encommencee, que confirmé en icelle par la visite
des lieux Saincts, car il dit. *Vt & vrbe careat & propositum monachi non
amittat.* Et quant à S. Gregoire Missene, il en escriuit autant à quelques Religieuses & femmelettes, pour les considerations susdites, ou
qu'en la couersation des hommes au voyage, elles ne fussent cause
de quelque peché, ou de faire bresche à leur hôneur & profession:
Pour laquelle cause aussi, le Pape Sixte quint de mon temps, ne
voulut permettre à aucunes femmes ou Religieuses, de faire ce S.
voiage; & en ay veu faire le refus, à quelques nobles & bonnes Dames, estant pour ceste occasió venues expressemēt & par deuotió
d'Espaigne à Rome, aussi est ce refus auec grandes raisons: car estás
les ieunes hommes en danger d'estre vilainement corrompuz, par
force ou autrement: le laisse à penser ce qui pouroit aduenir aux
femmes. Il me semble mesme estre impertinent, de conseiller aux
hommes mariez faire tel voyage, voulans laisser femmes & enfans, pour despendre ce qui seruiroit à l'entretenemēt de leur mesnage: mesmes aux ieunes hommes delicatemēt nourris, & encores peu rassis, pour comprendre par eux, que le lieu de la Croix, &
de la Resurrectió, ne profite sinon à ceux qui portēt & gardent la
Croix grauee en leur cœur; & resuscitēt iournellemēt auec Iesus-
Christ, car autremēt: *Non Hierosolymis fuisse sed Hierosolimis bene vixisse*   Ad Pauli.
laudandum est, dict encores S. Ierosme. C'est pourquoy n'est reputé
faulte ou peché à ceux là, & autres qui n'ōt les moiēs ou la deuotió
de faire ce S. voyage: car estant toute la terre au Seignr, la diuersité
des lieux ne sauue l'homme, mais la foy, mariee auec les œuures
de charité, & tous vrais adorateurs, n'ont besoing d'aller en Ierusalem, ny au mont Garisin, comme dit le Redempteur, pource que
par tout Dieu, qui est esprit, peult estre seruy & adoré en esprit, &
n'est seulement en Iudee, ains par toute la terre.

Telles & semblables choses, nous obiectēt les ennemis des deuotions & peregrinations, quoy que les saincts personnages dessus
mentionnez, nous l'aient ainsi enseigné & escript, mais nō à tous,
ains seulement à ceux qu'ilz cognoissoiēt inhabiles, de pouuoir &
deuoir faire si grand voyage: aussi ledict S. Ierosme, en la mesme
Epistre, escrite audit Paulin, dit, ce dont ie parle, n'est des Euesques, des Prestres, ny des Clercs, ains des Moines & Religieux; &   Ad Paulã
dit d'auantage, comme est récité encores cy dessus, que nul Eues-   Eustoch.
que, nul martyr, & autres semblables, ne se tenoient suffisamment   & Mar-
                                                                        cellam.
E   instruicts,

inſtruicts, en la doctrine Eccleſiaſtque, ne proprement vertueux,
s’ilz n’auoient eſtez en Ieruſalem: meſmes ce qui deſconſeilie au
Moine Paulin, il le perſuade par ſes lettres, pleines d’vne merueilleuſe excitation, aux dames delicates, de l’entreprendre, comme appert par celles qu’il à eſcrites aux Sainctes Matrones Marcella,
Paula, Bleſilla, Euſtochium & autres, leur propoſant de laiſſer la
ſuperbe magnifique & treſgrande Rome, pour l’aller trouuer en
la petite ville de Chriſt, Bethleem, comme plus ſalutaire & plus
propre à ſuiure le Redempteur en ſon humilité. O dit il, quant
“ viendra le temps que l’Ange meſſager nous apportera les nouuel-
“ les, que Marcel a ſera arriuee au bord de la Paleſtine, &c. Et plus
“ auant en la meſme Epiſtre. Quiconque eſt le premier en Gaule
“ vient icy: les croians de Bretaigne, (c’eſt à dire d’Angleterre) de-
“ laiſſant l’Occident, cerchent le lieu à eux congneu par renommçe
“ & eſcritures: Que penſerons nous dit il, des Armeniens, Perſes,
“ Indiés, & peuples d’Ethiopie, d’Egipte (fertile en Moines) de Pôt,
“ Capadoce, Sirye Celen, Meſopotamie, & de tout l’Orient, qui arri-
“ uent icy en grand nombre, & nous font oſtention de toute vertu,
“ & quoy que d’eux la voix ſoit diſſonante, toutsfois la Religion en
“ eſt conſonante: Il y à quaſi autant de cœurs louans Dieu, qu’il y a
“ de diuerſitez de peuples, & tant de lieux d’oraiſon, que pour les
viſiter, vn iour entier ne pourroit ſuffir. En quoy ce S. perſonnage
contredit bien à ce que nous gaſouillent ces meſſieurs ſuiuans les
opinions Lutheraniſmes, Caluiniſmes ou des autres hereſiarques
de noſtre temps, leſquelz eſtans d’vn meſme pais, d’vne meſme
langue, voire d’vne meſme ville, ou village, ne ſe ſçauent accorder,
ny en la foy & religion, ny és traditions, & ceremonies, côme font
& ont touſiours faict les Catholiques. Le meſme S. Ieroſme, pour
tât mieux attirer leſdites matrones, voire tous autres Chreſtiés deuotz d’y aller: leur propoſe en outre, les lieux ſaincts qu’il auoit deſir leur faire veoir, diſant. Quant viendra le iour, que nous pour-
“ rons entrer en la Spelonque du Seigneur, pleurer en ſon Sepulchre
“ auec la mere & la ſœur, baiſer le bois de ſa Croix de volonté & de
“ cœur, au mont des Oliues, nous eſleuer en haut auec luy: veoir en
“ Bethanie ſortir le Lazare du ſepulchre par luy reſuſcité, nous la-
“ uer és caues du Iourdain par luy purifiees: cheminer vers le trou-
“ peau des paſteurs, faire Oraiſon au Manſole ou Sepulchre de Da-
“ uid: ouyr encore ſur le môt Tecua, Amos le Prophete ſôner ſô cor-
“ net paſtoral, aller aux Tabernacles d’Abrahâ, Iſaac & Iacob, & cô-
“ templer la memoire des trois femmes illuſtres, veoir la fontaine,
en la-

en laquelle l'Eunuque a esté laué par Philippe, venerer en Samarie, les cendres de Iehan Baptiste, Helizee & Abdie Prophetes, entrer en la grotte ou cauerne en laquelle au temps de la famine &
de persecution, ont esté nourriz les Prophetes de Dieu, aller en
Nazareth & y veoir (selon l'interpretation de son nom) la fleur de
Galilee, & gueres loing de la, Chana, ou les eaues furent conuerties
en vin. Ce faict, poursuiuerons nostre voie, vers le mont Thabor,
& saluerons le Sauueur en ses Tabernacles, non comme S. Pierre
auec Moise & Helie, mais auec le Pere & le S. Esprit : de ce lieu
nous irons à la mer de Genezareth, & verrons les lieux où il a
nourry de cinq & sept pains, cinq & quatre mil hômes. La Cité de
Naym no⁹ paroistra, ou le filz mort, a esté rédu vif à la mere vefue,
Nous apperceuerons Hermon & Hermonion. Le torrent Euidor,
ou Sysara a esté vaincu nous sera monstré, nous visiterons Capharnaum, en laquelle le Seigneur à demeuré & conuersé familiere-
ment, & ou il à faict beaucoup de miracles & predications, nous
nous pourmenerons par toute la Galilee, & de la en la compagnie
de Christ, par Silo, Bethel, & autres lieux, és Eglises esquelles ses
enseignes victorieuses sont esleuees, nous retournerons en nostre
Spelonque, chantans ioieusement les louanges du Seigneur, le prias
sans cesse, d'estre nostre hoste & conducteur.

    Le mesme S. Ierosme nomme encores plusieurs autres lieux de
remarque, & narre la maniere tref deuote, que tenoit la bien heureuse Paula en les visitant en l'epitaphe d'icelle. Toutefois long
temp auant luy, la saincte Cité, & tout le pais circonuoisin, voire
toute la Iudee, auoient esté par deux fois destruitz & ruinez des
Romains, & detenuz trois cens ans, en l'obscurité Ethnique des
Paiens & Idolatres : neantmoins par la continuelle presence d'aucuns Chrestiens, tous les saincts lieux desquelz S. Ierosme faict
mention, & autres que trouuerez remarquez en ce traicté, n'ont
esté mis en oubly, ny perdus de cognoissance.

    Et ou il y en auroit quelque doubte, ce debu oit estre à cause du
peu des fideles, & le grand nombre des infideles Paiës, qu'il y auoit
durant lesditz trois cens ans, & iusques au temps dudit S. Ierosme,
& non depuis: Car les Paiens & Iuifz, ont dessors & au commencement plus cerché d'abolir la profession du nom de Dieu, que nô
pas les Mahometistes: desquelz la loy est mesme meslée de la Religion des Chrestiens, & confessent que Iesus-Christ a esté conceu
par le S. Esprit, & né de la vierge Marie, & pour ceste cause reuerent fort les Saincts lieux, ou ils ont conuersez: Et qui plus est, ilz

Ad Enst.

E. 2   chastient

Math. 11.
24.

chaſtient de ſupplices extremes, ceux qui blaſphement leurs noms treſuenerables & ſaincts. Auſsi comme l'eſcriture S. dit, Ilz entreront comme les Niniuites & Sabeens, contre les Iuifz, en iugement contre les Chreſtiens, qui abuſent & meſuſent d'iceux en leurs ſermens execrables, & reuient Dieu à tout moment.

Les Idolatres haiſſoient les profeſſeurs de la foy du Saũueur, pour l'amour de leurs dieux, pour ce qu'au deſhonneur d'iceux, on leur preſchoit vne loy à eux inaudite. Quant aux Iuifz, ilz euſſent bien voulu abolir la memoire d'iceluy, pour la vergoigne qu'ilz auoient, d'auoir crucifié & mis à mort, celuy qui eſtoit reputé hõ-

Hier. ad Paul. Epiſt. 21. Paul. Epiſt. 11. ad Seuer. Dio. In vita Adri.

me iuſte, & des Payens meſmes, filz de Dieu : lequel a permis (comme teſmoignent S. Ieroſme, Paulin, & autres Docteurs anciens de l'Egliſe, & auec eux Diocaſsius Paien & homme conſulaire) que depuis le temps d'Elius Adrianus Empereur, iuſques à celuy de Conſtantin, par l'eſpace de cent quatre vingtz ans, le lieu du S. Sepulchre, à eſté couuert & remarqué, de la Statue de Iupiter : le lieu du Crucifiement du Saũueur, de celle de Venus, (dont le mont de Caluaire, ſelon le teſmoignage de S. Ambroiſe, à eſté nommé

D. Amb. In. Pſal. 43

quelque temps Venerarius) Le lieu de la Natiuité en Bethleem, eſtoit prophané de l'Idole de Thamus, autremét dit Adonis amoureux de ladite Venus, eſtimans les autheurs de la perſecution des Chreſtiens, par ce moien les en dechaſſer, & oſter la memoire de la Natiuité, Paſsion, & Reſurrection de Ieſus-Chriſt, comme i'ay la cy deuant dict : mais le Diable leur conducteur n'aperceuoit point, qu'à ſa vergongne, ce voille & l'erreur des meſcroians, ſeroit en fin oſté, & les ſaincts lieux, meſmes la S. Croix profondement enterree, par ce moyen decelez & deſcouuerts, & que ceſte couuerture n'eſtoit permiſe de Dieu, que pour tant mieux les conſeruer, & en temps opportun, les faire recongnoiſtre au monde, pour ſon honneur, & noſtre ſalut: tout ainſi que le Soleil au Printemps, reueille les choſes cachees ſoubz la nege, & deliure les plantes priſonnieres au giron de la terre.

Car eſtans ces treſſaintz lieux nettoiez & remis en bon eſtat par S. Helene, & ſon filz Conſtantin, ilz y firent & en pluſieurs autres endroitz, baſtir des Egliſes & Oratoires, comme teſmoignent

Nic. hiſt. Eccl. li 8. c. 30. Euſeb hi. Eccl. & in vita Conſtantini.

entre autres Nicephore, Calixte & Euſebe. Le ſemblable ont faict les Emperieres Eudoxe, & pluſieurs Roys & Princes Chreſtiens, dont ſe voient encores beaucoup de veſtiges, ſeruantz de marque pour les lieux ſainctz, ſur leſquelz elles eſtoiẽt baſties: & les Chreſtiens y habitans les recongnoiſſans, par la tradition de pere en filz,

les

les enseignant & monstrant aux Pelerins suruenans, & côme l'ay
dict cy dessus, la S. Cité n'en a onques esté despourueue: car depuis
Constantin, iusques au temps d'Eraclius, elle n'a esté habitee que
de Chrestiens. Et encore Haumar Mahometiste l'aiat obtenue par
composition, enuiron l'an six centz cinquante, selon Nauclerus, y
laissa viure & demeurer les Chrestiens, comme deslors & iusques
à present, ont faict ses successeurs: Bien en ont esté bannis, pour
quelque temps, les Latins tenans la Religion Catholique, Apostolique, & Romaine: mais les Grecs, Suriens ditz Maronites, Iacobites, Georgiens, Costes, Nestoriens, & autres Chrestiens Orientaux Schismatiques leurs vassaux, y ont tousiours esté libres, moié-
nant l'obediéce, & en paiát le tribut annuel, côme dessus est dict,
ou vne bonne vannie (ainsi nomment ilz les subsides forcez, que
l'on leur faict paier bien souuent & par contrainte, à la volôté des
Gouuerneurs (pour maintenir leurs Eglises en estre, lesquelles
iournellement ces canailles menassent d'abatre, quant ilz veulent
auoir argent d'eux: & a duré ce banissement des Latins depuis que
Saladin reoccupa la terre S. iusques à ce que Robert Roy de Naples, Sicile, & titulaire de Ierusalem, nepueu de S. Loys Roy de
France, & Sanctia sa femme (voians les SS. lieux & Eglises de la
Natiuité en Bethleem, du S. Sepulchre, & le S. Cenacle en Ierusalem, frustrez du vray cult Catholique) firent tant par prieres, &
grosse somme d'argent, qu'ils acheterent & obtindrent du Souldã
d'Egipte, qu'aucuns Religieux de l'ordre S. François, y pourroient
auoir leur residence, ausquelz par le congé susdit, ilz donnerent
moien de restablir ce qui estoit ruiné. Et ont ces Religieux la pree-
minéce sur les trois SS. lieux cy dessus nommez: & leur fut assigné
par ledit Souldan, le Mont de Sion hors de la Cité, pour y demeurer, auec licence d'y pouuoir recueillir & receuoir les Pelerins de
leur Religion, & y ont esté continuez au monastere du S. Cenacle,
iusques à l'an mil cinq centz soixante vn, que lors pour quelque
suspicion sinistre, il leur fut osté, mais au lieu de ce, leur fut baillé
le monastere de S. Saluator, dedans la Cité, ou ils se tiennent encore presentement.

Be la

De la succession des Euesques Ierosolimitains depuis Iesus-Christ.

CHAPITRE VI.

POur demonstrer encore plus apertement, que les Lieux sainčts ont tousiours esté congneuz, & qu'entre les habitans de la S. Cité, il y a eu de tout temps des Chrestiés, & Eglises regies & gouuernees, par certains Euesques, pour les maintenir en l'obseruation de la foy: Ie deduiray icy par catalogue, tous ceux qui ont vacqué en ceste fonction Episcopale, ou Patriarchal successiuemét depuis noltre Redempteur Iesus-Christ, premier & vray Euesque de noz ames, s'estant sacrifié soy mesine, pour lexpiation de noz pechez, sur l'Autel de la Croix, proche de la ville de Ierusalem, au lieu ou est l'Eglise de Golgotha, à present au dedans d'icelle ville, comme l'ay demontré cy dessus: Et dit S. Cyrille Euesque de Ierusalem, « qui estoit enuiron quatre centz ans apres. C'estuy cy a esté veritablement crucifié pour noz pechez, que si le voulez nier, ceste place laquelle apparoit vous cóuaincra, ceste S. Montaigne de Golgotha, en laquelle maintenant nous nous resiouissons, frapans les mains pour l'amour de celuy, qui sur elle à esté mis en Croix, &c. Or ie montreray la succession continuelle d'iceux Euesques, & le temps qu'ilz ont esté en ceste dignité, selon que ie l'ay tiré des histoires ecclesiastiques de Eusebe, Nicephore, & autres, signamment de la Chronologie Grecque, composee par Nicephore Archeuesque de Constantinople. Le premier donc qui apres l'Ascension de Iesus Christ y a esté restitué par les Apostres fut.

1. Sainčt Iacques le iuste, dit le frere du Seigneur, lequel gouuerna lEglise de Dieu l'espace de vingt six ans, a sçauoir iusques à l'á septieme de l'Empire de Neron, que pour le tesmoignage du Saueur, il fut ietté du sommet du Pinacle du Temple en bas, & massacré auec des gros bastons d'vn foulon, enuirô dix ans auant laruine de Ierusalem, comme racompte Ioseph Iuif: Le siege ou Throsne duquel à depuis esté garde longuement en grande reuerence à sa memoire, par les Chrestiens, selon que recite Nicephore Calixte. Et en son lieu fut esleu par les disciples & parens de Iesus-Christ (selon la chair) assemblez de toutes partz, en la S. Cité desolee par Tite, à leur retour de Pella.

2. Sainčt

2. Sainct Simeon filz de Cleophas & de Marie sœur de Ioseph, mentionnez en S. Marc, & S. Iean, lequel aussi regit l'Eglise de Ierusalem le temps de vingt trois ans, & mourut martyr, pendu en Croix (comme son Seigneur & maistre) par commandement de Traian, cerchant d'abolir la Race de Dauid: aiant ledit S. Simeon ataint l'aage de six vingtz ans. En son lieu fut subrogé,

Marc 16.
Ioan. 19.

3. Iuste autrement nommé Iudas, lequel fut Euesque six ans.

4. Le quatriesme fut Zacharias, alias Zachee, qui vesquit en ceste fonction quatre ans, & mourut au temps de Nerua. Apres luy fut,

5. Tobias, lequel aussi exercea ceste charge, quatre ans. Puis.

6. Beniamin, deux ans, En apres,

7. Iean, pareillement deux ans, iusques au dixneufiesme an de l'Empire dudit Traian, Et à luy succeda,

8. Matheus, qui fut Euesque deux ans. Apres luy,

9. Philippus, vn an seulement. Puis,

10. Seneca, quatre ans. En apres,

11. Iustus aussi quatre ans, au temps d'Helius Adrianus.

12. Leui, pareillement quatre ans.

13. Vaphris alias Ephraim, deux ans.

14. Ioseph ou Ioses, semblablement deux ans.

15. Iudas, aussi deux ans, & iusques à la derniere desolation de la S. Cité, & totale ruine des Iuifz, causee par leur rebellion, soubz la conduite de Barchosbas, comme dit est cy dessus. Et tous ces quinze Euesques, furent Iuifz de race, faisans profession de Iesus-Christ, & la pluspart martyrs: mais comme apres la restauration de la Cité S. Helius Adrianus en auoit banny tous les Iuifz, & permis aux gentilz & Chrestiens des autres nations, la libre habitation d'icelle, il fut lors encore establi Euesque sur l'Eglise de Dieu, & le premier qui fut elleu, fut vn Grec de nation nommé:

16. Marcus, lequel tint le siege huict ans. Et est icy à remarquer, que cest Empereur Elius Adrianus, comme aussi Tiberius, Traianus, Antonius Pius, Marcus Antonius, Alexander filz de Mammee, Galienus, Maximinus, & autres, quoy que paiens, & ennemis de la foy Chrestienne, ont toutefois fait en certains temps, des ordonnances de ne pouuoir comdemner les Chrestiens pour leur Religion, sans obiect de crime, côme tesmoignent Tertulian, Iustinus Martyr, Eusebe, Nicephore, Lampridius Ruffinns, Eutropius, Optatus, & autres: comme aussi les historiens Ethniques, assçauoir Pline second, Dio Cassius, Ziphilinus en son abreuiateur,

Flauius

Euseb.l.5
c.12.14.
li.6.c.7.l.
7.c.10.li.
10.c.17.li.
11.c.14.
Nicep.l.4.
c.19.l 5.c.
9.30.26.l.
6.c.34.l.8
c.6 l.14.c.
30.li.17.c.
36.
Theodo-
retus So-
zomeus
hist. Trip.

Flauius vopiscus, &c. Et ainsi les Chrestiens, & les Euesques de leur temps, sont demeurez aucunement paisibles en Ierusalé. Apres le susdit Marcus à succedé

17. Cassianus qui pareillemét à regy l'Eglise huict ans. Apres luy

18. Publius, cinq ans.

19. Maximus, quatre.

20. Iulianus, deux, iusques à l'an dixiesme d'Antonius Pius.

21. Gaianus, trois ans.

22. Symmachus, deux.

23. Caius, trois, iusques à l'an huictiesme de l'Empereur Verus.

24. Iulianus, quatre ans.

25. Elias, deux.

26. Capiro, quatre.

27. Maximus aussi quatre, venant à l'an seiziesme dudit Verus.

28. Anthonius, cinq ans.

29. Valeus trois.

30. Dolitianus, deux ans, qui estoit au temps de Commodus Empereur.

31. Narcissus quatre ans, en fin desquels il fut chassé par ses Emulateurs, lors qu'il les vouloit reprendre de leurs vices, & fut mis en sa place,

32. Dius qui fut Euesque huit ans, iusques à l'Empire de Seuere.

33. Germanion, quatre ans.

34. Gordias, cinq ans, dominant l'Empereur Antonin.

35. Narcissus susdit, r'entra en sa dignité, & gouuerna encore dix ans, aiant au parauant choisi vn exil volontaire, & estu vie solitaire & contemplatiue, selon que racompte Eusebe, plustost que venir en contention auec ses faux accusateurs: mais il reuint au téps dudit Gordias, qui luy rendit son siege. Il estoit de fort S. vie, & si plein de foy, que comme la veille de Pasques, l'huille defailloit en l'Eglise, pour faire le seruice de Dieu, le peuple estant de ce fort marry, ce Prelat commanda aux ministres qu'ils luy apportassent de l'eaue, & l'aiant, il la benist & ordonna qu'on la meit és lampes, estant ladicte eaue muee & changee en liqueur grasse cóme huille donnant lumiere & clarté plus grande que n'eust faict l'huille naturelle, & pour plus grãde aprobation de ce Miracle, dit Eusebe, plusieurs Freres Religieux de ce temps là, reseruerent aucune partie d'icelle eaue muee, tellement qu'on en trouuoit encore de son temps. Pourtant notez cecy, benin & Catholique lecteur, afin de congnoistre & remarquer combien est ancienne la coustume &

vsance

yſance des luminaires és Egliſes, qui meſmes eſtoit en pratique, du temps de l'Empereur Antonin Caracalla Paien, & ennemy de la foy Chreſtienne, enuiron l'an de grace deux centz quatorze, & centans deuant Conſtantin le Grand.

Ce S. Prelat eſtant deuenu aagé, choiſit pour ſon coadiuteur, Alexandre Eueſque de Ceſaree en Capadoce, lequel eſtoit venu en Ieruſalem par deuotion, pour viſiter & adorer les ſainȼts lieux, cõme eſcript Euſebe, & dit le texte: Au deuant duquel grande multitude de Chreſtiens alla pour luy faire honneur, & eſtans hors de la porte, fus ouie vne voix du Ciel diſant : receuez l'Eueſque que Dieu vous enuoie: à raiſon dequoy, les Eueſques des Citez voiſines, & ledit peuple le contraignirent de demeurer & aſſiſter le ſuſdit Narciſſus, ia aagé de cent ſeize ans, & que luy mort, il accepteroit la charge Epiſcopale ſeul. Quant à Narciſſus ſuſdit, il fut martyriſé par Alexandre filz de Mammee.

36. Alexãdre (apres auoir regy & gouuerné l'Egliſe quinze ans, & contruiȼt vne belle Bibliotéque en Ieruſalem, ſoubz l'Empereur Decius, l'an deux centz vingt cinq, (laquelle Biblioteque eſtoit encore au temps d'Euſebe) Aiant eſchappé le feu de Diocletian, ſelon ledit Euſebe en ſon hiſtoire Eccleſiaſtique, il ſeroit mort. Et fut ſubrogé en ſon lieu,

Euſeb. li. 6. c 14. li. 8. c. vlt.

37. Mazabenes, qui tint le ſiege vingt quatre ans, & iuſques au temps de Gallus, & Voluſianus Empereurs. Puis

38. Himeneus, la gouuerna vingt trois ans, iuſques à l'Empire d'Aurelianus, & veit la grande perſecution de Diocletian, laquelle eſt la dixieſme en nombre, exercee par les Empereurs, contre les Chreſtiens.

39. Zabdas, ſon ſucceſſeur, fut Eueſque dix ans. Apres luy

40. Hermon, neuf ans. Puis

41. Macharius vingt ans, au temps duquel, l'Empereur Conſtantin ſurnommé le Grand, ſe feit Chreſtien, & ceſſa la tirannie & l'Idolatrie. Ce Macharius fut au premier Concile vniuerſel, qui ſe tint à Nice en Bithinie, contre Arrius, & de ſon temps, S. Helene mere dudit Conſtantin, vint par deuotion en Ieruſalem: & fut lors en ſa preſence trouuee, & eſprouuee la venerable Croix du Redempteur, auec les Clouds, Tiltre, & Couronne d'Eſpines d'iceluy. Audit S. Eueſque Macharius, ſucceda l'Eueſque d'Emaus, autremẽt dite Nicopolis.

42. Maxime, qui tint le ſiege Epiſcopal ſix ans, & fut de ſon temps acheuee l'Egliſe de la Reſurrection du Seigneur, ordonnee

F eſtre

Theodo.
l.1.c.15.
16.17.18.
l.2.c.16.

estre faicte par ledit Constantin: Et la dedicace d'acelle, par mesme ordonnance celebree, l'espace de huict iours, comme i'ay dit au Chapitre precedent. Ce Maxime fut demy martyr, & eut l'œuil dextre creué, & les ioinctures de la main brisees, par Licinius Empereur.

43. Sainct Cyrille, succeda à Maxime, lequel endura beaucoup de trauaux, & fur plusieurs fois expulsé de son siege Episcopal par les Arriens, lesquelz (durant son exil) y mirent, Erenius dit Arsenius, Heraclius, & Hilarius, lesquelz Nicephore Constantinopolitain, ne nombre entre les Euesques, ny denote les temps qu'ilz ont occupé le siege Episcopal, pour auoir esté & estre heretiques & illegitimes Euesques. Et depuis ledit S. Cyrille y fut remis, au temps de Gratian Empereur, & du second Sinode, & a gouuerné l'Eglise,

Notez
l'obseruá-
ce des
anciens
mesmes
des Grecs.

par soixante deux ans comprins au temps de ses exilz. Pendant lequel temps, il veit les malueillances que luy portoit l'Empereur Constance, à la persuasion des Arriens & de Acace Euesque de Cezaree, voulant preferer son siege, à celuy de Ierusalem. Il veit pareillement les insolences de Iulien l'Apostat, & le desseing que les Iuifz auoient par la permission d'iceluy, de rebastir le Temple en Ierusalem destruict par Tite, lequel desseing fut par les prieres de ce S personnage, rompu miraculeusement, comme nous dirons plus amplement en son lieu. De son temps encore s'apparut au Ciel, vne Croix claire & luisante cõme le Soleil, s'estédant depuis le mõt des Oliues, iusques a celuy de Caluaire, & dura plusieurs heures en estre, a la veuë de to⁹, selõ que luy mesme escript à l'Empereur Cõstãce & diuers autres autheurs apres luy, Il no⁹ a laissé aussi par escrit és Catecheses, cõtenãs de beaux tesmoignages, des lieux SS. qu'on voioit de son temps: apres S. Cyrille fut substitué

44. Iehan, lequel tint le siege seize ans, durant l'Empire de Theodose second, & auparauant estoit Prieur du mont Carmel, enuiron l'an quatre centz douze: ce fut luy qui donna reigle à ses Religieux. Et apres luy fut

45. Paraylus ou Paulin⁹, qui fut 20 ans Euesque de Ierusalé. Puis

46. Iuuenalis, trente huict ans, lequel fut present aux Conciles, d'Ephese, & de Calcedoine, & estant dechassé par les Arriens, fut remis en son siege par la force des moines de la Palestine, lors en trasgrand nõbre, & durãt sa deposition y fut subrogné vn Theodosius, lequel estant expulsé par Marcian, Iuuenalis y reuint, & apres sa mort

48. Anastasius, exercea la dignité Episcopale, dix huict ans.

49. Martyrius,

49. Martyrius, depuis luy, huict ans, puis apres.

50. Saluftius aufsi huict ans.

51. Elias fon fuccefseur, fut aufsi chaffé par l'Empereur Anaftafé, & remis par la force, des fufdits moynes.

52. Iean apres luy, fut Euefque onze ans.

53. Pierre, au temps de l'Empereur Iuftinian, y fut vingt ans.

54. Macharius deux ans, qui fut aufsi expulsé, & en fó lieu mis

55. Euftochius, qui n'exercea qu'vn an, apres lequel fut le fufdit

56. Macharius reftably, & exercea la dignité encore quatre ans. Quant à fon

57. Iean fon fuccefseur, ie ne trouue combien de temps, mais bien de

58. Amos ou Thomas, qui obtint & maintint ladite dignité, l'efpace de huict ans.

59. Ifaacius apres luy, fut aufsi Euefque huict ans, puis

60. Zacharias vingt quatre ans: au temps duquel Cofdroés Roy de Perfe, print & faccagea Ierufalem, emporta le bois de la fainéte Croix, & emmena ce Zacharias, & grand nombre de peuple prifonniers en Perfe: mais il fut reftitué en fon fiege, & le S. Bois rapporté en Ierufalem, par Heraclius Empereur, enuiró l'an de grace fix centz vingt quatre, ou ce venerable Prelat mourut toft apres, & fut mis par ledit Empereur en fon lieu

61. Modeftus, qui ne vefquit qu'vn an, puis

62. Sophronius, eut charge dudit Empereur, de paracheuer la reftauration encommencee par Modefte, des Eglifes que les Perfes auoient gaftees: Et n'eftoit c'eft œuure parfaicte, quant au deuxiefme an de fon Pontificat, Haumar, Roy des Arabes, & troifiefme fuccefseur du tref-faux Prophete Mahometh, vint mettre le fiege deuant la S. Cité, & l'y tint deux ans, au bout defquels elle fe rendit par compofition. A condition telle, que les Chreftiens y pourroient demeurer auec les fiens, moiennant la deuë obeiffance & certain tribut annuel: par ainfi, fut laifsé aufsi ledit Euefque en fa dignité, duquel ledit Haumar fe rendit fort familier, l'afsiftát mefme de fes threfors, pour refaire lefdites Eglifes.

Ce Haumar demeura quelque temps en Ierufalem, & aiát fçeu de l'Euefque, ou auoit efté le Temple de Dieu (edifié premieremét par Salomó, & ruiné par Tite) il y en fit baftir & dreffer vn nouueau, pour fon cult, au lieu ou eftoit le *Sancta Sanctorum*, & le dota de grádes richeffes. C'eft celuy qu'on y veoit encore pour le iour-

d'huy, au milieu de la place, ou *Atrium Templi*, tenu d'eux pour S. &
tref-venerable.

Iufques icy (bening Lecteur) nous trouuons vray & affeuré cet
ordre de fucceffion Epifcopale en Ierufalem, mais comme par l[e]
peu d'accez, que nous auons eu des Annales de la terre faincte, depuis le temps qu'elle eft tombee entre les mains des Barbares Mahometiftes, nous ignorons les noms & les temps des autres Euefques, qui y ont depuis fuccedez, par la promotion des Princes d'i-
celle fecte y dominans, & ne regardans, fi iceux Euefques eftoien[t]
& font Ortodoxes, heretiques, ou fchifmatiques. Bien en trouuon[s]
nous aucuns és hiftoires de Zonaras, & Guillaume de Thyr, côm[e]
vn Orefte, qui eftoit Euefque lors que le Souldan d'Egipte, nôm[é]
Hecquen, ruina l'Eglife du S. Sepulchre, nonobftant que ce Prela[t]
fut fon Oncle inaternel. Puis vn Nicephore, lequel obtint pa[r]
l'affiftance de l'Empereur d'Orient, Conftantin furnommé Helio-
politain, la permiffion de Daber Souldan, filz dudit Hecquen, d[e]
faire reftablir & reddreffer ladite Eglife, comme il fit l'an mil quarante huict, en la forme ronde, qu'on la veoit encore prefentemé[t].
Nous trouuons auffi vn Simeon, qui donna charge à Pierre l'Hermite, Preftre Diocefain d'Amiens, Hermite de nom & de faict (felon Tyrius) de publier és parties d'Occident, ou de l'Europe, la
calamité qu'enduroient les Chreftiens de la S. Cité, & des lieux
adiacens, par la tirannie des infideles : laquelle publication & re-
monftrance, que fit ce perfonnage, fut de telle efficace, qu'elle ef-
meut tous les princes & peuple Chreftiens de s'armer & s'acheminer vers icelle part, pour deliurer leurs freres de telles oppreffiõs,
comme ilz feirent, foubz la conduicte du preux & noble Duc Godefroy de Buillon. Mais aians obtenu vn fi grand trefor, que la
terre S. par leurs prouëffes & bon zellé enuers Dieu : l'an mil nonante neuf, par leurs pechez, infolences, & diffentions, entre les
Princes, ilz à perdirent ignominieufement & miferablement,
quatre vingtz 4. ans apres, durant lequel temps, furent efleuz & mis
à la dignité Epifcopale, apres la mort de Simeon fufdit, des Euefques ou Patriarches de la Religion Catholique, Apoftolique &
Romaine : à fçauoir,

Dabert, auparauant Archeuefque de Pife, puis apres luy,

Gibelin, qui auoit efté Euefque d'Arles en Prouence, puis
fucceffiuement,

Guaremondus, natif de Picquignie en Picardie.

Eftienne natif de Chartres,

Guillaume

Guillaume de Malines.

Fulcherus.

Almericus, natif de Nerle en France, puis

Heraclius, boutefeu des diffentions entre lefditz Princes, & le dernier des Latins, qui s'eft afsis fur le fiege de S. Iacques : Car en fon temps, Saladin Souldan d'Egipte, reprint (par la trahifon du Comte de Tripoli) la S. Cité, & tout ce que les Chreftiens tenoiét par-delà, fans qu'ilz l'aient peu depuis recouurer.

Ie trouue aufsi, qu'vn Iacobus Panthaleonis, a efté Patriarche de Ierufalem, & qu'il a efcrit du voyage de la terre S. l'an mil deux centz quarante fept: & qu'auparauát luy, & en l'an mil deux centz, felon Iacques Philippe de Bergamo, il y auoit vn Patriarche nommé Albert, lequel renouuella, aux freres du mont Carmel, la reigle que le quarante quatriefme Patriarche ou Euefque de Ierufalem leur auoit donnee, comme nous dirons plus à plain au cinquiefme liure en la defcription dudit mont, auec l'origine de l'ordre des Carmelites chapitre deuxiefme d'iceluy: mais comme i'ay dit, ceux qui ont eu auparauant & du depuis iufques à prefent, cefte S. & honorable charge, me font incongneuz. Car les Patriarches refidens ont toufiours efté Grecz, & n'ay fçeu recouurer le Catalogue, de ceux qui iouiffent du tiltre, & y font eftablis par le S. Siege Apoftolique, n'eftans que titulaires, aians les Gardiens des freres Mineurs en Ierufalem, pour leurs fuffragans, ou vice Patriarches: neantmoins il eft tout certain, que iamais le fiege n'a efté vacquát, ou delaifsé abfolumenr, ains foit par les Grecs, ou autre nation Ortodoxe ou Schifmatique, il a efté maintenu. Et de mon temps, la dignité, (dont les Grecs poffedent à prefent) fut achetee bien cherement, des miniftres du Grand Seigneur, aufsi bien que le Patriarchat de Conftantinople & autres eftans foubz fon pouuoir & domination, ca foit Gouuernement, dignité ou office, tout eft venal entre les Turcs.

Tellement que, aiant la S. Cité toufiours efté habitee, & frequantee de Preftres, & Peuple Chreftien, (comme ie penfe auoir demonftré fuffifamment) par confequent, les lieux fainéts, ne peuuent eftre demeurez fans remarque, & eft tout affeuré, que ceux defquelz Sainét Ierofme, & autres peres font mention en leurs efcriptz, font les mefmes lieux, qu'on nous montre encores à prefent, & qui ne fe perderont ou effaceront, tant qu'il y aura Chreftien fur terre. Aufsi n'y a il
feulement

seulement eu des Chrestiés, & Euesques, en Ierusalé depuis le cō-
mencement, mais aussi en Cesaree, Ptolomaïde, Tyr, Sidon, Berith
Ascalon, Gaza & autres lieux de la Palestine: en Antioche, Alexandrie, Capadoce & autres villes Orientales, lesquelz se sont souu-
uent trouuez en Ierusalem, tant par deuotion, que pour des confe-
rences, negoces & autres affaires qu'ilz auoient ensemble, selō que
nous racomptent tous les Annalistes & Histories Ecclesiastiques.
Quelques vns pourront obiecter, disans, on nous peut bien faire
ostention des maisons de Pilate, Caiphe, Herode & autres lieux
mentionnez en ce present traicte:mais (diront ilz) ce ne sont les
mesmes esquelles Iesus-Christ a conuerse & faict ses Predications
& miracles, car celles la ont esté ruinez par Tite, Adrian & autres
ennemis. A ceux la ie responderay, qu'il est bien vray semblable,
que les murs & toutz desdites maisons & du Temple, peuuent biē
auoir esté abatuz, aussi ilz n'auoient esté touchez des piedz du Redempteur, ny arrousez de son tresprecieux sang, mais biē les pauemens des rues & maisons, esquelles il auoit esté flagellé, courōnné
d'espines & marche portant la tres-pesante Croix: lesquelles rues
& pauemens de maisons nous sont demeurez. Et si sur les fondemens desdites maisons & murs, on a faict des autres edifices, ce n'a
esté pour en faire des-habitations d'hommes, ains des lieux d'adoration & de contemplation des merueilles que Dieu y à operees
pour nostre salut, & soit que par noz pechez, nous voions aucuns
desditz sainctz lieux, estre par les infideles mis à autre vsance vile,
comme en celuy ou Iesus-Christ fut flagellé tant durement, mettre
les cheuaux du Saniacque, & ou Pilate parla à luy au Pretoire, y
loger ses Concubines (retenans neantmoins en estre, les reman-
brances & painctures, que S. Helene y a faict faire, comme ie declareray en son lieu): Pourtant, encore que ce ne soient les mesmes
bastimens, il ne les faut mespriser, non plus que le Sauueur n'a des-
dagné, le Temple de Dieu son Pere, pour n'estre le mesme, que luy
auoit basty Salomō, ne celuy qui auoit esté restably par Nehemie,
mais estoit nouuellement refaict, par ordonnance du Roy Herode,
estranger tiran, & vsurpateur du Royaume de Dieu, ornonné &
promis, aux heritiers & à la posterité de Iuda, procedant d'Abraham, Isaac, Iacob & Dauid.

Aussi si aucuns des lieux sainctz, sont despouillez de tout ornement ancien, & seulemēt remarquez de quelques pierres, ou d'autre matiere & marque, il ne les faut contemner, non plus, que les
Mages ou Rois d'Orient n'ont meconjgneu ne mesprisé d'adorer
le Roy

le Roy & Dieu des Roys Iesus-Christ, pour estre petit enfant trouué entre les bras d'vne pauure femmelette, la vierge mere, en vne
estable ou vile maisonnette d'vn charpentier, n'aiant pour tout
meuble qu'vn asne, & vendu son bœuf pour paier la taille & tribut
imposé par Cesar Auguste.

Nous ne debuons aufsi mefprifer les lieux fainctz, ne laisser à
baiser en toute humilité & reuerence, le pauement des maisons
de Pilate, Caiphe, Annas, & autres femblables lieux, touchez des
tresfaincts piedz de Dieu, n'obmettre de nous lauer auec l'aueugle
né, en la fontaine de Siloé : auec Naaman Syrien, & Iesus-Christ
mesme, au fleuue Iordain, & auec l'Enuque, en la fôtaine de Beth-
fura : ne pareillemét abhorrer de boire auec la vierge Mere, fainct
Iean Baptifte, & le Roial Prophete Dauid, des fontaines & eaues,
de Montana Iudee, du vilage des Pafteurs, & de la Cifterne de
Bethleem, encores que l'eaue (laquelle a efté touchee de fi fainctes
leures, & du diuin corps de Iefus Chrift) foit de long temps efcou-
lee : comme elle eftoit aufsi quant S. Ierofme, Beda, Paula & tant de
grands & fainctz perfonnages, fe font reputez tref-heureux de les
veoir, toucher, & en boire, mefmes d'en emporter des Phioles pleines, auec eux en leurs pays.

De l'antiquité de la Terre Saincte.

CHAPITRE VII.

SI la deuotion du Pelerin eft accompagnee d'aucune honefte
curiofité, à recercher & veoir des lieux d'antique memoire : Il
verra au dedans & à l'entour de la faincte Cité, tout autre chofe,
qu'vn Colifee tât celebre, arcs triomphaux, ftatues & vielles ftruc-
tures d'vne Cité de Rome, ne pouuans reprefenter aux efpritz des
hommes, que ruines & deuaftations des Prouinces & Peuples, s'ac-
cagemens de Villes & Temples, effufion de fang, & de tirannies
exercees fur les humains, fpecialement fur les membres & profef-
feurs du nom de noftre Saũueur. Mais en la terre faincte, fe trouuent des Citez, Villes, Chafteaux, Téples, & Autelz, pour le moins,
les veftiges de ceux & celles qui (felon les hiftoriens) y ont efté, nõ
feulement deuant Rome & deuant le temps de Moyfe & des Patriarches, Abraham, Ifaac & Iacob, mais aufsi le deluge general :
car on y peut veoir & contempler, la terre & prouince, où le premier

mier homme & pere de tous, à esté formé & cree, & laquelle, Dieu
a choisie entre toutes, pour estre l'habitation de son peuple esleu,
voire pour sa propre patrie terrestre: ou il a voulu naistre, prendre
chair humaine, & operer ses merueilles, & ou la pluspart de toutes
les choses mentionnees és escritures Sainctes, sont aduenues. C'est
la terre laquelle nourrissoit vn peuple innumerable la septiesme
annee, de ce qu'elle produisoit la sixiesme; ou le Pere eternel s'est
faict ouir, le Filz coeternel s'est monstré en chair, & le S. Esprit
s'est aparu visiblement. On y voit la saincte & Royale Cité de Ierusalem, qui tiet icy bas, le premier & plus honorable rang de toutes celles de l'vniuers: non seulemét selon l'opinion des Chrestiés,
mais aussi des Turcs, Iuifz, & toutes autres nations, qui est fondee
és montaignes sainctes, & aimees de Dieu, sur tous les tabernacles
de Iacob; C'est d'elle, dont beaucoup de choses sont dites, & d'ou
la parole du Seigneur, voire les loix tant anciennes que nouuelles,
sont issues, c'est la figure de la Ierusalem celeste, par laquelle le Redempteur a defendu a tous, de iurer, pour estre la Cité du grand
Roy, ou Dieu a voulu auoir vn Temple & des sacrifices, & nõ ail-
lieurs. Finablement c'est la terre, ou l'on peut veoir les places &
lieux, ou sur toutes autres, il a pleu à Dieu monstrer sa toute-puis-
sance, sa iustice & equité, son immense misericorde & amour, & ou
il a voulu (comme terrible & admirable en toutes ses œuures) faire
plus, que nul œil pourroit comprendre, nulle oreille pourroit entédre, ny aucun cœur excogiter. C'est celle terre de promission qui
par dessus la benediction generalle, qu'a receué l'vniuerselle, est
cõsacree & abbreuuee des sueurs & infusiõ du tressacré & tresprecieux sang du filz vnicq consubstantiel & coeternel de Dieu, createur du Ciel & de la Terre.

Psal. 86.

Si donc, comme escrit S. Ierosme, & se lit és histoires antiques,
dés le commencement du Monde, aucunes personnes signalees, telles que Piragoras, Platon, Appolonius & leurs semblables, ont frequenté & couru diuerses prouinces, cerché peuples nouueaux, &
passé les Mers, pour congnoistre & veoir à l'œil, ce qu'ilz trouuoient par les liures: Le Chrestié ne doit il estre desireux, de veoir
& toucher les lieux, ou sont adnenues de si grandes merueilles, &
ce que contiennent les escritures sainctes, & en partie mentionnez
cy deuant au Chapitre cinquiesme, auec ceux que vous (benin lecteur) trouuerez cy apres en ce mien oeuure, encore qu'il ne soit
pas si nettement couché, que la matiere le merite? car il est tout asseuré, qu'vn homme de bien, aiant eu la grace de les auoir veuz, &

Hier. ad
Paulinû
Monachû

oiant

oiant reciter les Euangiles, ou autres Sainctes escritures, n'eu reçoit vne grande satisfaction & contentement. Et ne faict rien si la
susdite terre de promission, n'est tant feconde & fertile, comme au
temps passé, ains sterile, pierreuse, & abiecte, les Citez desertes, &
les champs ne produisans que chardons, & herbes inutiles, des Serpens & animaux nuisibles: car tout cela prouient de la malediction
que Dieu à donnee aux Iuifz, peuple rebelle, opiniastre & ingrat,
de tant de benefices receuz, comme longuement deuant, auoit esté
predit par le Prophete Ieremie, disant: Le Seigneur en son cour-
roux, à obscurcy la gloire de la fille de Sion, & la ietté des Cieux,
Dieu à noré toute la beauté d'Israel, & gasté toute la matiere de ses
edifices. Mais S. Ierosme nous reconfortant dit, que si par ladite
sterilité, luy manquent les delices mondaines, elle abonde neantmoins és graces spirituelles: & semble que Dieu les permet estre
plustost entre les mains des infideles, qui ne cognoissent la dignité
de ces saincts lieux, qu'au pouuoir des Chrestiens, à fin de n'auoir
occasion de les chastier selon leurs demerites, s'ilz ne leur portoiet
le respect, & la reuerence deuë, tout ainsi que faict vn prince, qui se
formalise, si vn sien seruiteur ou familier, faict ou apporte quelques
immondices ou ordures en sa chambre, & s'il permet qu'vn chien
y siente. Ainsi Dieu frappa les Iuifz Bethsanites, pour auoir seulement regardez l'Arche, & auoir souffert qu'elle fut maniee des
Philistins, comme nous lisons au premier liure des Rois, chapitre
six. Mais attédant que le S. & ineffable vouloir de ce bõ Dieu soit,
que les Princes Chrestiens demeurent d'accord, & puissent recõ-
quester ceste terre saincte de luy tant aimee : Et tandis que nous
auons encore permission d'y aller (soit qu'auec peine & difficulté,
& par vne crainte que nous auons de tomber entre les mains &
en la puissance des Turcs ou Arabes, ennemis iurez de nostre S. Religion, laquelle craincte ne nous est mal salutaire, pour engendrer
en nous vne augmentation de deuotion) Nous ne debuerions toutefois negliger les graces que Dieu nous faict, de pouuoir adorer,
aux lieux ou nostre Sauueur à marché de ses diuins piedz, & en
rapporter vne heureuse memoire, & fructueux contentemét: mesmes d'auoir veu & touché, la Spelonque du Seigneur, d'auoir pleuré auec la Vierge mere & la Magdelaine, au sacré mont de Caluaire & S. Sepulchre & autres sainctz lieux.

Ne regardez donc, Pelerin deuot, à vn peu de despens & de trauail, ou loing voiage: car le chemin dur, est amolli, ou vaincu par la
pieté, selon que dit aussi S. Ierosme, Il n'y a longueur en la chose, ou

G   il y a

il y a fin: Embraſſez donc, ce ſainct & ſalutaire voiage, prenez les
incommoditez, pour conſolation, & les aduerſitez que pourrez
rencõſtrer, pour Croix petites & legeres, propre à ſuiure & recercher, les veſtiges de celuy, qui à ce nous imite, & qu'il a portée
treſpeſante & dure, ſur ſes delicates & diuines eſpaules pour noz
pechez: Conſiderõs que oncques nul n'entrera, comme meſmes le
Redempteur a dit, en la Ieruſalem celeſte ſon roiaume, (dont la
terrienne eſt figuré) ſans premierement auoir enduré en ce mõde,
& comme en ladite celeſte & eternelle, nous en attendons pour
remuneration incorruptible, la gloire de Dieu, ainſi en terre, nous
receuons l'hõneur des hõmes, d'auoir faict vn tel & ſi grãd voiage
voire le plus beau, plaiſant & ſalutaire, que le Chreſtien ſçauroit
faire en ce monde, auquel voiage ie ſupplie la diuine maieſté, conduire tout cœurs deuotz & leur dõner, cõme & mieux qu'à nous,
toute proſperité temporelle & ſpirituelle. Amen.

Inſtruction de ce qu'eſt neceſſaire au Pelerin deuot voulant
faire le S. voyage de Ieruſalem.

CHAPITRE VIII.

QViconque, à deſir de faire ce ſainct & ſalutaire voyage, il eſt
premierement neceſſaire, auant que partir de ſa maiſon, preparer & diſpoſer ſes affaires, tant de la ſanté corporelle que de l'a-
me, enſemble de la garniture de ſa bourſe, & autres choſes requiſes, comme i'ay declaré cy deuãt au premier chapitre: puis ſe trouuer à Veniſe preſt à partir aux mois d'Auril, May ou Iuing, pour
s'embarquer ſur la premiere Nauire ou Naue, faiſant voile vers
Cypre ou Tripoly de Syrie, ſans attendre qu'aucune Galere ou
Naue parte expreſſement pour les Pelerins, au iour du *Corpus Do-*
mini, feſte du S. Sacrement, comme du temps paſſé eſtoit accouſtumé: car cela eſt delaiſſé pour les raiſons que i'ay ia alleguees, bien
ſe faict il encor la proceſsion generale audit iour, & ſont les Pelerins, qui ſe veullent mõſtrer, conduitz en icelle par les Senateurs
magnifiques, qui ſuiuent le Doge ou Duc portãs chaſcun vn Cierge blanc, qu'on leur baille en la main, & les mettent leſditz Senateurs honorablement à leur coſté dextre: Mais pluſieurs Pelerins,
ne deſirans eſtre congneuz, ou eſpiez de ceux du païs de leuant s'é-
barquent quant ilz peuuent, ou ſe contentent de veoir les autres en
leurs

leurs honneurs. Ceux qui ne veulent se trouuer à Venise, s'embarquent à Marseille en Prouence, & font bien aussi court voiage que les autres, pour estre les Nauires Marseilloises plus legeres & allás quasi à tous vents : mais selon mon iugement l'embarquement de Venise, doibt estre beaucoup plus commode. Et pour faire choix desdites Naues, il est question de regarder & recongnoistre la meilleure, & laquelle n'ait fait gueres de voiages : Il se faut aussi informer, si le patron est homme de bien, craignant Dieu & qui aime les Pélerins, dont aurez assez bonne adresse, au conuent des freres Mineurs de Venise appelé *Sancto Francisco della vigna*: car audit Couuent, résident les Religieux, lesquelz auec vn des nobles Venitiens, sont procureurs & administrateurs des affaires, des freres qui se tiennent en Ierusalem, & par tout le costé de leuant.

Puis aiant faict accord auec le Patron, soit pour la table ou seulement pour le nauiage (qui est le port de vous & de voz hardes) il conuient que soiez diligent de vous informer, quant la Nauire doibt partir, & de ce vous faire bien acertener par l'escriuain, qu'ilz appellent Scribano, facteur de ladite Naue : car souuent ilz vous entretiennent long temps (comme nous) disans deuoir faire voile de iour à autre, & ne antmoins tarderont vn mois ou deux, apres le iour prins & declaré, ce qu'ilz font pour faire haster ceux qui ont enuie les charger de marchandises. Ne vous hastez aussi, d'y porter voz hardes auant le partement, & que n'aiez enuie vous embarquer quant & eux, craignant qu'en remuant & accommodant les autres hardes & marchandises, vous ne trouuiez les vostres, ainsi que les y aurez mises.

Partez si vous pouuez, auec la premiere faisant voile, afin qu'aiát plustost faict vostre voiage & deuotions en la terre saincte, puissiez trouuer en Tripoli, en Cypre ou Alexandrie d'Egipto des Naues, qui retournent aux mois d'Aoust, ou Septembre, pour y auoir hiuerné & faict leurs charges, & par ce moië, vous ferez fort court vostre voiage: car si nous eussions eu c'est aduertissement, nous eussions peu faire le nostre, c'est à sçauoir partir de Venise & y retourner, en trois mois aisement.

Aucuns se mettent en mer sur l'Autonne, & se tiennent tout l'hiuer, comme marchans, en Tripoli, ou Alepo, à fin d'auoir la cómodité en Caresme, faire de là le voyage par terre auec les Grecs, Suriens, & autres Chrestiens demeurans soubz la domination du Turc, pour veoir tous les lieux saincts de la Galilee & Samarie, & se trouuer auec eux en Ierusalem la semaine saincte, que lóguement

G 2

ilz y

ilz y vont vifiter le tout:puis apres, telz Pelerins s'accommodent
auec quelque Carroane, qui eft vne affemblee de Marchás ou Pelerins Turcs,allans vers le Caire & la Mecque, côme feroit le Pro-
caccio,qui va de Rome à Naples,mais plus grand : car fouuent ilz
fe mettent en troupe,de trois à quatre mille chameaux chargez de
hardes & d'homes pour paffer les defertz d'Arabie , laquelle Carroane,ou d'Alepo, de Tripoli ou de Damas, fe part vers Ierufalem,
& y aiant faict leurs deuotions à leur mode,s'en vont à Bethleem,
en Hebron,au mont Sinay,& de la au Caire,auquel lieu le Pelerin
Chreftien s'arrefte & vifite le corps de S. Catherine, porté en ce
lieu de noftre temps,& eftoit le monaftere du Mont Sinay,delaiffé
à caufe des infolences & continuelles incurfions des Arabes, puis
aiant veu les Piramides d'Egipte & autres raretez, s'en retournent
par Alexandrie,Auquel lieu fur l'Automne, fe trouuent toufiours
des Naues faifans voile vers Malte,Secile,Genes, Venife,ou Mar-
feille.

　　Et qui ne veult aller par les defertz d'Arabie,il s'ebarque à Iaffa,
pour tirer vers Damiette,& de la pourfuit fa nauigation , le long
du Nil,iufques audit Caire.Autres trouuét encore la commodité,
d'aller auec quelque Ambaffadeur iufque à Conftantinople,ou ilz
obtiennét vn fauf-conduit & paffeport du Grand Seigneur,par le
moien duquel,ilz vont librement par toute la Turquie.

　　Mais fur tout,le plus aifé embarquement,comme dit eft,fe faict
à Venife,pour eftre les Naues groffes,& en icelles les commoditez
plus grandes,& auec moindre balancement, ioinct que le voyage
qu'elles font,eft beaucoup plus aggreable , pour ceux qui font curieux de veoir le monde:car comme fouuent elles s'arreftét & font
fcale en quelques Ifles, on a moié de les veoir & s'y rafraichir: defquelles Ifles, villes, & autres lieux,le lecteur trouuera les noms, &
quelque petite defcription d'icelles au liure fecond,felon l'ordre du
voyage,& comment elles font fituees.

　　Quelques autres,au retour, fe mettent en Tripoli, fur les Naues
Marfeilloifes,lefquelles font petites & legeres,& fe defembarquent
s'ils peuuent à Malte,de la paffent l'Ifle de Sicile, & viennét à Naples,& de la à Rome,& par Lorette à Milan ou Venife, pour reprendre la route de leur patrie.

　　En allant (comme les Naues ne font ordinairement tant chargees,comme en retournant) ceux qui ont moien de defpédre pourront en paiant,feul, ou auec vn compagnon,ou deux,auoir en icelle Naue,quelque chambrette ou place abftraicte & recluse,laquelle
　　　　　　　　　　　　　　　　　　　　　　　　　　　vous

vous obtiédrez si faire se peult, en la poupe de la Naue: car en icelle les personnes n'y sont si trauaillées, comme en proue, & de ce il conuient parler de bonne heure au Scriuano, & de la table au Patron, comme nous dirons cy apres.

Au retour, il se faut reigler selon les commoditez qui se presentent: car pour estre lors ordinairement les Naues fort chargées, les passagers n'őt quasi moien d'y mettre leurs matelas, & moins leurs coffres, lesquelz s'il conuient laisser, se vendent en Tripoli, autant ou plus qu'ilz n'ont cousté à Venise, aussi le nauiage & table, sont souuent à plus hault pris qu'en allant.

Prenant port en quelque lieu, descendez hardiment auec le Patron ou ses officiers (au cas qu'ilz le trouuent bon) & sic'est en terre ou le Turc à domination, ne vous ellongnez de luy, & ne laissez de l'accompaigner au retour, craignant que l'ancre ne se leue en vostre absence. N'obmettez aussi, de caresser les Mariniers, & vous faire bien vouloir & aimer d'eux, à fin qu'ilz vous soient plus fauorables, & mieux seruy par eux.

Arriuant en l'Isle de Cypre, aucuns y prennent la barque & Trucheman, ou Dragoman (ainsi appellent ils l'interprete) pour la tirer vers l'affaire: car bien souuent les Naues s'y arrestent, pour charger ou descharger quelques marchandises, mais si elles passent outre vers Tripoli, patientez pour estre plus seurement accommodé, & ne faictes rien en ce cas, sans l'aduis du Patron de la Naue Venetienne, & voz amis. Et soit en l'vn ou en l'autre lieu, pouruoyez vous d'vne barque, qui soit bien calfeutrée & bőne, & de mariniers qui soient seurs, & congneuz des Religieux, Marchans ou Consulz residens audit lieu. Recouurez semblablement vn Trucheman fidele pour vous guider & cőduire, & n'é trouuát aucuns qui soient Chrestiens, fiez vous autant aux Mores qu'aux Grecs; car entre le More Mahometiste, & le Chrestié, de ce pais là, il y a peu de differéce au faict de la Cősciéce, & pourrez estre aussi bié seruy ou deçeu de l'vn, que de l'autre, ainsi que feusmes, nous aians esté contrainctz, de changer par trois fois de vaisseaux & Truchemás: & diray icy en passant l'occasion, pour vous seruir d'exéple & aduertissemét. Il aduint que nous estás arriuez en Cipre, & y faisét nostre Naue scale, que par l'aduis du Patrő & autres amis residens à Limisso (ausquelz auions des lettres d'adresse) nous loüons vne Barque, auec vn trucheman Grec, à raison de Six ducatz appellez Chequins de Venise, & nous deuoient mener à Iaffa, & nous y attendre, tant que ledit Trucheman & nous, serions retournez de Ierusalem

rufalem, penfant lefditz Patron & amis, nous auoir bien accommodez & mis fort feurement: Mais eftans en haulte mer, trouuafmes noftre Barque vielle & bien caducque, pourueuë de Patron,
Mariniers, Cordages, & autres chofes y appartenans, tout de mefme, & digne d'eftre parangonnee à la Barque d'Acharon, l'eauë
y entrant de forte, que continuellement l'vn de nous, auec vn Marinier eftions bien empefchez, de l'en iecter hors par feaux, & fi
eftoit fi petite, que pour dixfept Pelerins que nous eftions, vn Trucheman, & trois Mariniers, dont les deux eftoient Chreftiens Suriens, & l'autre Turc, perfonne ne fe pouuoit tenir debout, ains co-
uenoit que fufsions toufiours afsis, ou couchez comme brebis, au
defcouuert, & venans en plain golfe de Mer, nul de nous ne fut
exempt de vomiffement extreme, pour le continuel balancement
& agitation de ladite Barque. Ceux qui m'accopagnoient, eftoiét,
les Reuerend Domenico Daueli de monte Pulchiano docteur en
Theologie, Meffire Martin vandez Saude Chanoine de S. Gery à
Cambray, Frere Pierre Iehan de Sardigne, Religieux Conuentuel
de S. François, refidét à Cefena (lequel y alloit pour la fecôde fois),
Frere Bernardin Baudini Florentin, Celfo Gadaldo, frere laïc (on
compagnon, Religieux de l'obferuance, Sire Guillaume Aillo Irlandois, & Meffire Iehan Behou Curé d'vn village pres de Paris
en France, Puis Meffire Philippe de Merode Baron de Vrentze,
Paulo Albano Milannois (lequel femblablement y alloit pour la
feconde fois), Iulio Poliere de Sauona, Antonio de More Neapolitain, Bernardo d'Audorno Piemontois, George de Pent d'Hprug
en Tirole Chambellain de l'Archiduc Ferdinant, Nicolas Oliuier
Liegeois, Eftienne Rocquerte Tholofain, & Mathieu Semerpont
de Lifle, tous lefquelz, aufsi bien que moy, furent tref-malades, &
feufmes ainfi à voguer, deux iours & deux nuicts, fans gueres manger ne boire, pour le defgouftement que nous auions: & eftans paruenuz enuirô vingt miles pres de Iaffa, l'vn de noz Mariniers qui
eftoit More (car ainfi on nomme les Arabes Sarazins ou Mahometiftes encores qu'ilz ne foient noirs ou de la Mauritanie) conduifât
le Gouuernail de nuict, s'eftoit endormy, & au lieu de môter vingt
miles pour gaigner le vent, s'en eftoit laiffé defcédre plus de trête,
& vogames à cefte caufe encore iour & nuict: & pour nous re-
dreffer ces fages Mariniers firent fi bien, qu'ilz perdirent la con-
gnoiffance de l'endroit ou nous eftions, & n'auoient Boffole, ne
compas, ny Efquif, pour fe mettre en terre, à fin de f'en enquerir.
Nous autres de ce troublez & ennuiez des fafcheries & trauaux,

mefmes

mesmes soubsonnant mal d'eux, & de quelque trahison, côme s'ilz
nous eussent voulu exposer ou vendre aux ennemis de noître foy,
Et redoubtans d'autrepart, la debilité de la Barque, deliberasmes
de laisser noître chemin, & contraindre noz Mariniers & Trucheman prêdre la volte de Tripoli: D'autrepart, ces vilains nous vo ás
ainsi estonnez, vouloient lors estre paiez, & auoir double salaire,
pour nous remettre sur la bonne voie perdue, ce qui augmenta en
nous, l'opinion qu'auions conceuë de leur malice, & ce montroit
noîtredit Trucheman si timide, qu'il n'osoit quasi parler à eux, nous
disant que c'estoient de tres-meschans hommes: de noître costé, nul
de nous, n'entendoit leur langage, dont aucuns des noîtres, furent
tant irritez, qu'ilz les voulurent iecter dans la mer, mais les autres
plus moderez, considérans le lieu ou nous estions, estrangers de religion & de langue, inexperts en l'art de nauiger, & la cause pour
laquelle y estions venuz, empescherent ce dessing, & trouuerent
meilleur de carésser ces Barbares, & leur promettre vne bonne
courtoisie, s'ilz nous vouloient conduire vers Tripoli: à quoy finablement ilz condescendirent, mais non sans grandes difficultez,
comme ie deduiray plus amplement, quant il viendra à propos, au
liure second.

Arriuez que feusmes audit Tripoli, nous y reposames quelques
iours, pour no⁹ r'asseurer & refaire des peines, fraieurs, & trauaux
que nous auions euz & endurez en la susdite nauigation, cerchans
cependant le moié, de nous rembarquer vne autrefois, en fin nous
trouuasmes vne barque vn peu plus grâde que l'autre, & couuerte,
de laquelle, le Patron qu'ilz nomment Rais, estoit Chrestien Maro-
nite residêt à Ramma, & portoit le pact & accord que feismes auec
luy, qu'il nous debuoit conduire iusques à Iaffa, & là nous attendre
quinze iours au port, & s'il y seiournoit d'auantage, nous luy deuions paier pour chacun iour vn Ducat, & puis nous remener au
susdit Tripoli, ne pouuant charger sadite barque d'aucune marchandise, ne d'autres personnes que nous: Mais en pensant nous embarquer, il nous suruint vn nouueau trouble, à cause que le Pere
Gardien du Couuent de Tripoli, cerchant moyen de nous assister,
auoit sans noître sçeu, requis vn marchant Venetien (qui estoit côme procureur des affaires dudit Couuent) de nous pouruoir aussi
d'vne bonne Barque, & de bons Mariniers, ce qu'il fit, ignorant ce
que nous auions faiçt, & auoit loué celle de l'Emir (qui est le Supe-
rintendant de la Douane, pour le grand Seigneur) lequel Emir, ou
Emin vint nous empescher l'embarquement sur l'autre Barque, &

defendit:

defendit aux Mariniers d'icelle de nous mener: eux aussi craignans
les bastonnades ou d'encourir la disgrace, refuserét de nous seruir.
Nous de nostre costé, voians que la Barque de l'Emin n'estoit plus
grande ny guere meilleure, que la premiere qu'auions prinse en
Cypre, refusasmes de la prendre & plustost nous mettre en hasard
de prendre vn Ianissaire auec nous & aller par terre : ce qu'entendant ledit Emir, ou Macadene, il nous en fit faire defense, voulant
que nous prinsions sadite Barque, ou qu'eussions a paier, le pris de
la conuention, que le susdit marchant auoit faicte auec luy. Finablement, pour ne perdre temps, nous prismes resolution de nous
accommoder, à cest embarquement forcé : mais venians enuiron
cinquante, ou soixante miles, en haulte Mer, la Barque auoit vsé &
perdu tout le calefat & estoupes, qui estoient és crenaces d'icelle,
tellement que l'eaüe y entroit de toutes partz, & de telle abondance, que six personnes auoient continuellement du mal assez, pour
l'en espuiser & reiecter hors: n'espargnans à cest effect, noz Iarres
(qui sont cruches de terre pour mettre la boisson) que nous cas-
sions, & tout ce qui y pouuoit seruir, & sans le labeur & grande diligence dont nous vsames, nous estions en tresgrand danger d'estre
submergez. Ce qui nous donna de rechef tel estonnement, que fumes contraintz prier les Mariniers, de tourner voile vers Tripoli:
mais ils n'y voulurent pas entendre, sinon leur promettant, de ne
prendre d'autre Barque, de paier leurs iournees & le nouueau cal-
fentrage, ce que feismes volontiers, pour sauuer noz vies, sans toutefois faire se ment de l'accomplir. Aussi estans retournez par la
grace de Dieu audit Tripoli, & auát que fournir à ceste promesse:
nous feismes remonstrance au susmentionné marchant, du tort
qu'on nous faisoit, & aiant visité la Barque il fit tát que ledit Emin,
nous quitta pour la moitie du pris de la conuention, & ainsi il nous
licentia, puis pour r'auoir noz hardes, nous feusmes forcez, donner
encore la courtoisie au rais, & mariniers. Durant ces entrefaites,
comme nous estions encoire sur la Marine, arriua à la Plage, vne
barque (qu'ilz appellent Scaramutzala) sur laquelle estoient vng
Docteur Theologien de Paris, nommé maistre Iacques Preuost,
trois Freres Mineurs, & deux gentilz hommes, l'vn nommé Loys
de Saneuse filz du Seigneur de Bouquinuille pres Amiens, & l'autre Isaac, Seigneur de Ierponille en Normandie, auec chacun leur
Seruiteur, & venoient de Constantinople, ou ilz auoient accompagné l'Ambassadeur de France, & apportoient passeport du grád
Seigneur, pour aller én Ierusalé, & partout son domaine libremét.

Ce

...encontre, nous sembla, en noz aduersitez, estre vn recon-
fort, & renforcement de bonne compagnie: mais comme il aduient
souuent, *vbi multitudo, ibi confusio*, signammment où il y a diuersite de
nations & langues: elle nous causa aussi quelque confusion, ne procedant neantmoins, d'icelle compagnie furieuse, laquelle estoit
tres-honnorable, & lesdictz Gentilz-hommes bien courtois, & aggreables à tous, ains seulement parce que l'augmentation des hommes, nous amena des grades varietez d'aduis, tellement que y fusmes plus de quinze iours, auant que pouuoir resouldre, quel chemin
nous deburions choisir, ou celuy de terre, ou derechef celuy de la
mer: car chascun s'informoit de ses amis, & de ceux qui estoient
pratiquez au voiage, lequel debuoit estre le plus seur & plus expedient, & tousiours nous nous trouuions en rapportz, & opinions
contraires, les vns disans que celuy de terre estoit beau, & que l'on
y veoit plusieurs lieux fort remarquables, tant en Damasco, qu'en
la Galilee & Samarie, aussi que lors & à ce iour, vne Carrouane
s'achemineroit vers ledit Damas, qui nous seroit, vne seure & belle
commodite: à quoy les autres respondirent, que telle commodite
ne nous seruiroit seulement, que iusques audit Damas, & encore
assez petitement, & que speciallement pour aller plus auant, selon
le rapport qu'ilz auoient eu, il y faisoit fort perilleux, d'autant que
pour l'absence des Bachatz & autres chefz de iustice, qui estoient
allez à la guerre, contre les Perses, les Arabes, Druses, Baduins &
semblables gens, deualisoient tous passagers, sans acception de personne, & auoient peu de iours auparauant, massacré deux centz
Ianissaires à cheual, enuoyez par le grand Seigneur, à la susdite
guerre, pour l'inimitie, qui estoit entre les Turcs & Druses, ausquelz Ebraim Bassa l'an deuant, assauoir mil cinq centz octante
cinq, auoit faict forte guerre, & escorché tout vif, vn de leurs chefs,
duquel la peau mise euidemment, se veoit au pied du Mont Liban,
sur le grand chemin de Tripoli, allant audit Damasco, qui seroit,
cause, que nous ne trouuerions nulz Ianissaires, pour nous y accompagner & conduire, sans tresgrand salaire, & bonne escorte: à
quoy aucuns de nostre trouppe, n'eussent peu fournir, & de les laisser derriere, ou ainsi les abandonner & se separer de ceux qui iusques alors, nous auoient fait bonne compagnie, & esté participans
des incommoditez & fortunes qu'auions trouuez, en vn pays si
estrange, nous ne le pouuions faire, sans grandement blesser noz
consciences, nonobstant qu'ilz eussent esté gés de basse, ou pauure
condition: Puis considerant l'extreme chaleur, poulsieres, penurie

de viures & mauuais logemens, que y euſsions trouué, en la ſaiſon
ou nous eſtions, à ſçauoir au mois d'Aouſt, le tout bien debattu, en
fin, nous feiſmes reſolution, de nous mettre pour la troiſieſme fois
ſur Mer, à la miſericorde de Dieu, ce qu'entendant le ſuſmentioné
Emir, Il nous fit preſenter ſa Barque, et euſsions eſté forcez la prẽ-
dre, ſi par l'addreſſe du Viceconſul, n'en euſsions eſté deſpeſtrez.
Nous aiant donc loüé, vne autre plus grande Barque, pour quarante Secquins, quoy que nous euſsions eu celle de l'Emir pour
trente, & le Guide, qui eſtoit Chreſtien Surien, reſident en Ieruſalem pour cinq Secquins : toutesfois, pour ſortir de telles peines, &
paruenir au port de noz intentions, y condeſcendeiſmes volõtiers,
meſmes de donner dix Ducatz à vn autre Trucheman nommé
Sabbatin, More ou Mahometiſte de Religion, neantmoins aſſez
homme de bien ſelon ſa qualité, & nous conuint donner à l'autre,
pour en eſtre quitte, la moitié de ce que nous luy auions promis.
Ainſi nous ne feiſmes que tirer argent, eſtropier & diminuer noz
pauures bourſes. Partant ſuiuant ce que i'ay conſeillé cy deuant, il
eſt neceſſaire que celuy qui veut faire, ce grand & ſainct voiage, ſe
pouruoie abondamment.

Or le pact & accord dernier, que feiſmes auec le Rais ou Patron
d'icelle nouuelle Barque, portoit qu'il nous deuoit mener à Iaffa, &
la nous y attendre vingt iours, puis nous r'amener audit Tripoli,
auec la condition, que perſonne autre que nous n'y entreroit, & n
chargeroit aucune marchandiſe, ſans noſtre conſentement. Mai
ce nonobſtant, a l'heure que voulumes nous embarquer, y trouuaſ
mes dixhuict ou vingt perſonnes Turcs & Mores, auec aucunes d
leurs femmes : & luy remonſtrant que c'eſtoit contre la promeſſe
nous faicte, il reſpondit que l'vn eſtoit le frere d'vn Ianiſſaire, l'au
tre de ſes parens, & que partant, il ne les auoit peu refuſer : Ainſ
doubtant, que ne le voulât permettre, il ne nous en fut de pis, nou
le priſmes en patience lombarde, ſans en oſer trop murmurer.

D'autrepart, les Freres Mineurs, venuz de Coſtantinople, nou
voians és diſputes ſus narrees, s'aduiſerẽt d'vne Barque chargee d
marchandiſe qu'on diſoit aller vers Iaffa, ſur laquelle ilz ſe mirent
en païant ſeulement chacun vingt maidins, comme les autres paſſa
gers, mais ceſte auanture arriue peu ſouuent, auſsi elle eſt dange
reuſe : car quelquefois telles Barques abordantes en Cypre ou ail
lieurs, s'arreſtent pour leurs negoces, & ne bougent de la, qu'ils n
les aient acheuez. Auſsi il aduint, à ceux qui auoiẽt faict ce S. voiag
auant nous (& leſquelz en allant vers Ieruſalem, nous trouuaſme
à Ramm

à Ramma eux en retournás) que le Rais de la Barque, qu'ilz auoiét
prinse expressement, comme nous en Tripoli, arriuant e en Cypre,
s'accorda auec le Soubassa de Limisso, pour le faire arrester en ce
lieu, comme s'il en eust eu afaire, pour le seruice du grád Seigneur,
ainsi furent ces gens de bien, quites de leur argent & barque, & en
soucy d'en recouurer vne autre.

Quelques Pelerins venans en Tripoli, pour faire le S. voiage
depuis nous, & tandis qu'y estions, attendans le partement des
Naues retournantes à Venise, prindrent certain hasard, comme
auoient faict les Freres Mineurs, mentionnez cy dessus, mais leur
Barque abordante à Acre, autrement dit Ptolomais, (qui est quasi
le mi chémin, d'entre ledit Tripoli & Iaffa, allant terre à terre) le
Rais ne voulut cheminer plus auant, s'il n'estoit quitte de ses marchandises, & furent ces bons Pelerins contraintz, à leurs grands
fraiz, faire venir vne autre Barque dudit Tripoli, pour les porter
plus auant. Toutes lesquelles choses, & autres accidens, que ie diray encore au texte de cest œuure, ie n'ay voulu passer soubz silence, à fin qu'en les lisant, vous soiez instruitz, & sachiez de quelles
tromperies & inconueniens, il est necessaire se garder, prenant à
profit ce que dit Plautus: *Feliciter sapit, qui alieno periculo sapit.*

*De ce qui est necessaire au Pelerin, estant és Naues
ou Barques.*

CHAPITRE IX.

VOila comment il se conuient porter, touchant l'embarquement, reste maintenant d'instruire le Pelerin deuot, de ce qui
luy est necessaire estant en la Naue, ou és Barques susmentionnees.
Premierement pour reposer de nuict, vous acheterez à Venise, vn
petit Matera, auec son trauers de lict de vostre longueur, & vne
Casse ou Escrein, de cinq piedz de long, pour de iour l'enfermer,
auec les autres choses que vous aurez, & de nuict le mettre dessus
pour coucher, & quant aux couuertures de lict, il n'est beaucoup
necessaire, d'en auoir en allant, signamment quand on faict son
partement au Printemps, ou en esté, car voz vestemens vous suffi-
ront: Mais au retour, il conuient s'en pouruoir en Tripoli, pour
se garantir contre le froid, qui sur l'automne & approchant l'hiuer, est assez vehement tant sur Mer que sur Terre, desquelles cou-

H 2

uertes

uette, soit contrepoincte, ou quelque tapis velu, qui y sont à bon
pris, vous vserez en la barque au lieu de materaz, au cas que ne
trouuiez moie d'en auoir, & les reuendrez à ladite ville de Venise,
plus qu'ilz ne vous auront cousté.

Vous acheterez aussi, vne paire de draps ou linceulx pour vous
enueloper, & seruir de l'vn quát l'autre sera ord: & vous despouillez le plus souuent que pourrez. Aiez aussi cinq ou six chemises,
sans autre collet qu'vn rabat à l'Italienne, deux paires de haultes
chausses, & autant de paires de chaussettes de toille, auec quelques
chaussons, coiffes & mouchouers, gráds comme petites seruiettes,
& se faut renouueller souuent de linge blanc, ne hanter beaucoup
les Mariniers, speciallement és barques, ne les pauures Passagers,
qui n'ont moien de se tenir nettement. Il est bon aussi d'y apporter vn peu de sauon, & n'estre honteux d'apprendre à blanchir vostre linge: Neantmoins si vous auez moyen d'attendre à ce faire,
tant que la Naue fera scale en Corfou, le Zante, Candie, Cypre,
Tripoli, ou Ierusalem, vous trouuerez des Chrestiens du Pais, ou
des Iuifz qui vous le blanchiront: Mais en leur liurant vostre linge
il ne faut oublier leur dire, qu'ilz fassent la buee, ou lesschiue auec
eaue chaulde, & qu'ilz vous rendent bō compte de tout ce que leur
aurez baillé, non plus qu'eux n'obmettront de s'en faire bié & cherement paier, premierement du sauon, & bois, puis apres de leurs
peines.

Estant en la Naue, vous porterez vn petit bonnet à la marines-
que, ou comme ceux des Cordeliers, pour euiter l'eschauffement
d'icelle, car le chepeau empesche fort, aussi que ces Barettins ou
petitz bonnetz, sont plus volontiers veuz des Turcs, que non pas
des Chapeaux, estant neatmoins besoin d'en auoir par les Champs,
pour les grandes chaleurs, & ardeurs du Soleil, mesmes pour les
pluies en retournant.

Quant au boire & manger, si vous auez le moien, accommodez
vous à la table du Patron, à laquelle durant mon voiage on paioit
à raison de six Sequins le Mois, & y est on raisonnablement traicté,
selon le lieu & le temps, & à cause de ce, respecté & accommodé.
Il y a encore la table du Scalco ou despensier, ou l'on ne paioit que
quatre Secquins, mais le traictement n'y est pas si bon: Parquoy
(soit pour prendre quelque peu de chose du matin, attendát l'heure
du disner, ou tant que soiez accoustumé de leurs viandes mal ac-
coustrées, aussi que pour lors par les vomissemens, ou autres accidens, vous seriez dégousté) Il est bon de prendre auec vous, du

Biscui

Bifcuit pour demy efcu ou enuirõ, du pain d'efpice, qu'à Venife on
appele Borzelay, quelques Saulciffes, du fourmage Parmefan &
chofes femblables, qui font de garde.

Pour vous conforter quant l'occafion s'offriroit ou que feriez
comme dit eſt degoufté, ou indifpofé, prenez vn peu de gingebre,
& noix de mufcades, confites, de la canelle & cloux de girofle, deux
ou trois onces, & n'en vfez qu'en temps de necefsité, craignant
que leur chaleur n'augmente voftre alteration, laquelle (fans
tout cela ou pour manger des iambons, langues de bœuf & chofes
femblables falées, comme aucuns confeillent) n'eſt que par trop
grande, & en cas de befoin, on en trouue dans la Naue, chez ledit
Scalco: mais mon aduis eft que l'on fe doit pouruoir audit Venife
de chofes adoubées ou confites en vinaigre & qui font refrigera-
tiues, comme Oranges, Citrons, Limons, Grenades, Raifins de
Corinthe, de Pruneaux, & gros raifins de Damas, qu'ils appellét Cibi-
bes, Abricotz feichez qu'il faut mettre treper en eaue, laquelle beuë
& l'abricot mâgé dône vn grãd rafraiciffemét, & fe trouuét toutes
ces chofes abondâment à Venife, Corfou, le Zãte, Cãdie, Cipre, Tripoli, & par tout l'Oriét: & craignãt qu'on ne tõbe en quelque fiebu-
ure, ou que la chaleur & alteratiõ ne fõiét trop vehemétes, il eft bõ
d'eftre pouruen d'vne phiole de Iulep rofat ou violat, pour le boire
auec de l'eaue, & d'vn petit pain de fucre : mefme d'vn peu de firop
rofat, ou autre laxatif pour en vfer quãt (à caufe du chãgemét d'air,
& des aifes de voftre maifon en maladie) vous vous trouuerez con-
ftipé & ferré par le ventre. Prenez aufsi en vne petitte boifte de
plomb, que l'on fait propice à Venife, vn peu de Theriaque vieille, pour feruir d'ãtidote & remede contre la maladie contagieufe,
fi d'auanture defcendiez en quelque part ou elle fuft : Mais n'vfez
de toutes ces chofes que bien rarement, & en cas de necefsité, vous
accouftumãt de manger & boire ce que le Patron vous prefentera,
foit froid ou chaut. Et s'il aduient qu'il conuiéne quitter la Naue,
& fe mettre en Barque (ou chacun fe traicte comme il veut, fans
auoir du feu pour cuifiner) lors vous ferez prouifion de iambons,
faucilles & autres chofes falées & cuites, du fourmage, oignons,
aux, œufz cuitz durs, de l'huille & vinaigre. Toutes lefquelles
chofes fe trouuent en Cypre & en Tripoli, & n'eft indecent, n'y
impertinent de s'accommoder deux, trois, quatre ou cinq enfembles, felon la compagnie qu'auriez, & ne faut prendre pour tous
qu'vne caffe bien ferrée & petite, tant pour les petiteffes des
barques, que des facheries que l'on a de les charger & defcharger,

H 3

les

les autres on les laisse en la garde du Patron de la grosse Naue,
en Tripoli, iusques au retour de Ierusalé, & prendrez des viures
autres denrees susdites, tant qu'en aiez plustost la moitie trop, q
pour vn iour de faute: mais il conuiét les bien enserrer, signamm
ce qui vous restera estant arriué à Iaffa, & le consigner & mettre
mains du Rais ou Patron, s'il vous semble aucunement fidele
fin de vous en seruir au retour vers Tripoli ou Cypre, autreme
il y a danger que ledit Rais mesmes les Mariniers Mores, Arab
ou Turcs, ne les visitent & emblent: car si tost que l'on descend
la Barque, ilz y acourent, & se saisissent de tout ce qu'ilz y trouu
& sont si gouluz & gourmands apres le vin, qu'ilz le sentent (*ve
gratia*) de demi lieuë, & le boiront sans respecter la defence q
leur en est faicte, par la loy de l'Alcoran, laquelle eux, aussi peu q
plusieurs font la ioy Euangelique, ne font grand scrupule de trar
gresser, & s'ennyurer tres-bien. Et est à noter qu'il ne se recouu
du vin qu'en Tripoli & en Ierusalem, aucunefois à Ramma, que
que peu de tres-mauuais entre les Chrestiens du lieu, mais secret
ment. Quoy que soit, il est necessaire de faire comme dit est, ass
bonne prouision: car non obstant que le voiage ne soit que de deu
trois, ou quatre centz mile Italiennes, & que quelquefois il se pe
faire en trois ou quatre iours, il aduient souuent, que l'on y en
bien dix, quinze, vingt, voire trente iours & plus, & encore qu
Mariniers ou autres, vous asseurent le contraire, ne les croyez p
si ce n'est que l'on puisse aller terre à terre, le long des costes de S
don, Thir, Prolemaide, Cesaree, &c. car il faut cosiderer que la d
position, en est és mains de Dieu, maistre & Seigneur des vent
autrement vous en pourrez bien estre deçeu, comme nous & pl
sieurs autres l'auons experimenté.

    Prenant port à Iaffa & arriuant à Ramma, n'aurez besoing d
viandes qu'aurez apportees: car les habitans circonuoisins en po
tent assez à vendre, & à bon pris, comme du pain, fongaces
gasteaux, des pouletz, œufz, & choses semblables, qu'ilz cuisent, d
fruitz, raisins, & angouries, puis de l'eaue pour boire, laquelle
prend en vn puis, qui est du long de la Marine, de laquelle ilz a
breuuent leurs Chameaux & Asnes: mais comme elle n'est fo
bonne, vous pourrez donner vn Maidin ou deux à quelque Mo
pour en aller querir de la millieure, que l'on tire d'vne Cister
qui est sur la Montagne, proche des tours de Iaffa. Estant aussi ar
ué en Ierusalem, vous n'auez plus soin de la nourriture, d'auta
que le Gardien ou autre tenant son lieu, y pouruoit par tout,
                                                              au

auez befoing d'aller, fans qu'en payez rien: mais en partant la raifon veult qu'on i'en recongnoifle honeftement.

Auec les prouifions cy deffus, il eft tref bō fe fournir en la Naue
d'vn bon barillet de vin garbe, foit vicentin ou autre, qui ne foit
trop fort ny chaleureux, & le tiendrez au p'us prés de vous, fans le
laiffer entre les mains du Scalo ou defpenfier, fi ce n'eft que le con-
gnoifsiez fidele & voftre amy: bien eft-il vray fi vous vous confie-
tez de celuy du Patron, vous vous en pourrez bien paffer. Aucuns
vous confeilleront de prendre auec ce vin Barillet d'eaue: mais il
me femble eftre en partie fuperflu, car donnant quelque courtoifie
à celuy qui a les eaues de la Naue en charge, il vous en fournira,
mais vous mettant és Barques, fi ne voulez toufiours boire de
l'eaue chaulde & bien petitement, Il eft queftion fe pourueoir de
vin & d'eaue, & les bien ferrer, comme dit eft cy deffus.

Sur tout ne vous chargez en allant, de trop de hardes: car il ne fe
peult dire le trauail que l'on a, principalement par terre, à les porter & trainer, fur les Afnes qu'on prend de Iaffa pour aller en Ierufalem, aufsi pour le retour vous recouurerez affez en Ierufalé, Tripoli & ailleurs, des Sáctuaires, Croix, Chapelletz, Agnus Dei femblablement d'autres denrees, comme pierres & gentilleffes d'ouurages Indiennes, Perfiennes & Turquefques, que l'on vous mon-
trera, & que defirerez d'achepter, tant pour les garder en memoire
du S. voyage, que pour en faire part aux amis. Et ce qu'aurez ache-
té, vous donnera de la fafcherie & peine à rapporter.

Touchant l'habillement du Pelerin, port d'armes & licences.

C H A P I T R E   X.

QVant à voftre habillement, vous prendrez en partant de Venife, tel pourpoint & chauffes que bon vous femblera: mais
le meilleur eft, qu'ilz foient de pauure ou vile eftoffe, & non riche,
bordee ou paffementee: car le danger eft qu'eftant bien en couche
& en ordre, que me foiez accufé vers les Turcs, (qui ne tendent
qu'à la pince) qu'ayez la faculté de leur fair veoir le Soleil luire, &
à cefte occafion, ceux ne tácheront que de vous faire tomber en
leurs lacqs, pourquoy les plus pauurement veftus, font les plus à repos: & comme la commodité ne permet, de foy charger de beaucoup d'habillemens, vous en ferez donc prouifion d'vn bon, pour

vous

vous en seruir par tout le voyage, qui soit d'vn drap, ou autre estoffe
grise, sans boutons, passement ou façons de soie. Prenez aussi vne
bonne paire de souliers legers, & a semelle double & forte, qui
vous puissent durer & seruir, aux chemins aspres & terrasses rudes:
car vous n'en trouuerez a achapter, du moings faitz a nostre façon,
si ce n'est par hazard en Tripoli, ou il y a beaucoup d'Italiens &
François, & sur tout gardez-vous bien, de prendre ou porter quelque chose de couleur verde: car elle n'est permise qu'aux Musul-
mans, les parens descendans de la race de Mahometh, & les Prestres de la faulse loy: laquelle ne permet (selô qu'ilz disent) qu'autre
soit digne de la porter, ou couurir les parties, que nature veut auoir
cachees, de la couleur, qu'iceluy grand Mahometh, à portee sur sô
chef.

Au dessus du corps, au lieu de manteau, vous prendrez vne
robbe lôgue iusques aux piedz, serree deuât à la mode & de la couleur, que portent les Freres Mineurs ou Capucins en Italie, qui est
d'vn gris noirastre, & le plus vil ou gros (mesme viel plustost que
nouueau) est le meilleur: car si le faictes bô ou qu'alliez trop braue,
ou vn peu richement voire court vestu, vous paierez bien l'interest
du port. Aucuns souloient porter par dessus leurs robbes, des man-
telins ou petitz manteaux courtz, faitz de cuir ou de drap passans
les espaules, pour resister à la pluie, & dessus y auoir vne Croix
rouge, comme plusieurs Pelerins les portent en Italie: Mais en ce
voyage, ilz sont superflus, speciallement par terre, & sont les Croix
odieuses aux Mahometistes ennemis d'icelle: Car il ne pleut quasi
iamais en Sirie, du moins bien rarement, & y est la chaleur si grande, que peu d'habitz empeschent, si ce n'est au retour, vers Italie ou
la France approchant l'hiuer, & lors il faict bon estre bien vestu, &
couuert, pour se garantir du froid & des pluies, qui souuét viénent
en ces lieux tres-abondantes.

Icy en passant, i'ay remarqué & consideré, que ce n'est sans
grand mystere occult, & digne d'admiration, que celuy qui a voulu
naistre de pauures parenz, en vne petite & sale estable, entre les
animaux, marcher à chef nud, & piedz deschaux, & se maintenir
en conuersation humble & abiecte, puis estre pendu en Croix ig-
nominieusement, despouillé de ses vestemens pour noz pechez,
luy qui donne toutes les richesses, & estoit dans offense: Veut en ces
SS. lieux, estre suiuy & recherché en humilité & pauureté, soit
simulee ou autre: & non seulement au dedans en Esprit & œuures,
mais aussi par l'exterieur es habitz, afin que sans empeschement &

tant

tant plus legerement (suiuant la Croix nuë) puissions monter
l'eschelle de Iacob. Aussi il appert que Dieu aime l'humble pauureté, par le choix qu'il à fait du pauure trouppeau de S. François entre tant de Religieux Ecclesiastiques , pour estre gardiens, d'vn si
grand tresor, que son tressainct & tref-venerable Sepulchre, le
lieu de sa diuine naissance, & autres semblables lieux SS.

S'y l'occasion s'offre que vouliez faire le voyage par terre, assauoir de Tripoli par Damas, la Galilee & Samarie, auquel se voiét
beaucoup de lieux remarquables & de grande deuotion , quant ledit voyage est seur, & qu'auriez moien entre cinq , six , ou huict
compagnós de le faire non de moins, ny aussi guere de plus pour la
confusion, prenant pour vous conduite des Ianissaires & Truchemans qui coustent assez. Lors pour le mieux , il est bon de s'habil-
ler à la Grecque en marchant, & pour tel soy declarer durát ledit
voyage, lequel côme dit est, est assez dangereux , à la saison que les
Mores & Arabes sont sur les champs , recueillans leurs grains &
choses semblables, ou quant pour quelque expedition de guerre
(comme ilz estoient de nostre temps en Perse) les Bachas, Saniacs,
Caddis,& autres ministres de Iustice sont empeschez, lors les Passagers ordinairement sont volez & assasinez, n'espargnans & ne
respectans personne: comme ne font aussi les Druses, ou Trusces,
Baduius, Dogzans, & generalement tout la Canaille , qui habite
presentement ce noble pays.

Mais qui voudra faire ce voyage ainsi par terre, le plus expediét
seroit d'estre en ce pays là deuát l'hiuer, & s'entreténir en Tripoli,
ou en Alepo iusques au Quaresme, & lors y aller auec les Grecs,
Armeniens, Maronites, & autres Chrestiens Shifmatiques de ses
quartiers là, habitans soubz la domination des Turcs, lesquelz lors
y vont par miliers , & passent librement par tout, visitans & allát
& reuenant, tous les SS. lieux de la Iudee ou Palestine, & se trouuent en Ierusalem, la S. sepmaine. Lors l'Eglise du S. Sepulchre est
ouuerte a tous venans, l'espace de trois ou quatre iours, sçauoir est
le ieudy, vendredy S. & le samedy S. veille de Pasques, sans aucun
destourbier ou paier quelque chose, pendant lesquelz, l'on y veoit
les ceremonies & deuotions de diuerses nations: entre autres celles
dont les Grecs vsent, en prenant du feu des lápes du S. Sepulchre,
qu'ilz estiment Sainct, & estre descendu du ciel , ainsi qu'il souloit
faire c'y deuant comme recite le Reuerend Pere frere Bonifacio
Stephani Euesque de Stagno, aiant esté longue espace de temps
Gardien du Mont Sion, & vicaire ou Superintendent de l'Eglise

I

Chatholi-

Catholique en Orient, en vn sien liuret intitulé de *rerum cultu ter-*
ra sancta. Disant que la veille des Pasques le Patriarche, le Roy,
Clirgé & peuple Chrestien, s'assembloit en l'Eglise de la Resurrection de fort bon matin, & y estoient en prieres iusques à l'heure
de sexte que communement Dieu enuoia vne flamme du Ciel, qui
alluma vne ou toutes les lampes, qui sont au dedãs du S. Sepulchre
auparauant estainctes, tout ainsy qu'au temps ancien il auoit faict
sur les helocaustes & offrandes de Abel, Salomon & Helye le Prophete, & ladite heure de sexte (qui est enuiron le midy en ceste saison, selõ la cõputiõ Hebrayque) aduenue, on y euoya vn des Prelats de melieure reputation, lequel (s'il ne trouuoit les lampes ardantes) sortoit criant à haute voix, que Dieu ne les auoit encor visitez comme il souloit, pourquoy on augmenta les prieres auec larmes, tant que le feu Diuin s'aparoissoit, lors ce Prelat y alluma vn
cierge, duquel il alluma aussy ceux du Patriarche, diacre & soub-
diacre, & iceux en faisoient autant aux cierges du Roy & de tout
le peuple, apres on portoit ces luminaires en procession autour du
S. Sepulchre, & estant l'office Diuin acheué, chascun s'en retourna
chez soy auec sa lumiere. Ce que cõfirmẽt aussi, Iacques de Vitriaco
Cardinal & legat en la terre saincte, en vn liure, & Pierre Abbé
de Clugny: l'abbé d'Vrsperg, en la chronique (qu'il escriuit du tẽps
de l'Empereur Fredric second du nom, auec lequel il fut en la palestine) dict que l'an mil cent & vng, au iour du samedy sainct, estãs
les fons baptismaux consacrez, les Chrestiens attendoient deuotement la lumiere que Dieu souloit enuoier du Ciel à la veuë des
gentils, mais ce don celeste ne venant pour leurs offences, l'on
s'abstint de faire le seruice Diuin, & passoient tout la nuict de la resurrection, en pleurs & lamentations, & de fort grand matin s'en
alloient en procession à pieds nuds chãtans les letanies, de l'Eglise
du S. Sepulchre vers le Temple du Seigneur sur le Mont Moria
(presentement occupé des Mahometistes & dict le temple de Salomon) & la prierent Dien de cœur deuot & contrit auec larmes,
pour estre exaucez, à fin que comme il auoit faict audit Salomon, il luy pleut leur enuoier le feu desiré, & sortans dudit temple,
voicy aucuns de ceux qui estoient demeurez en l'Eglise susdite, qui
accoururent annonçans auec ioye, que diuinement deux lampes
s'estoient allumees, & lors se paracheua le baptesme & l'office que
l'on auoit delaissé le iour precedent, & ne fut du tout finy qu'auãt
les vespres chantees, il n'y eut des lampes iusques à seize visiblement illuminees : mais ce bien & honneur diuin à dü depuis este
                                                          denye

denyé aux hommes pour cause de leur pechez & incredulité. Sy
est il que les Grecs, Armeniens Iacobites, & autres schismatiques
& heretiques orientaux, voulás imiter en ce les Catholiques, abusiuement font encor les cerimonies anciennes & achetant bien
cher du Gamacque & Emir l'honneur de pouoir entrer au mesme
iour, le premier au S. Sepulchre & administrer ou vendre au peuple vn feu qu'il disent encor descédre du ciel, & neantmoins n'est
autre que frappé & extraict d'vn fusil & caillou, puis mis aux lampes, pour apres le destribuer audit peuple abusé, lequel viendra de
bien loingtains pays comme d'Amenie, Caramanie, Perse, Egypte
& autres, pour l'auoir & rapporter, dont mesmes les Turcs &
Iuifs se mocquent, disans estre grande impiete de croire que le feu
qui brusle & consume peut descendre du ciel, & prisent les Catholiques pour cause qu'ilz n'en sont participans: Auec ceux la donc
se peut faire le voyage par terre, & lors il seroit bon soy vestir de
tel habit que portent les Maronites ou Chrestiens Suriens, desquelz s'en trouue à vendre à bon marché en Tripoli, & duquel
aussi on peut vser en faisant le voyage ordinaire: auquel neátmoins
cestuy ressemblant celuy des freres Mineurs, & le plus pauure, est
le plus seur. Vous prendrez aussi le chapeau de mesme, ou selon
qu'on vous conseillera à Venise, lequel doibt estre vn peu large au
sommet, pour resister tant mieux, à l'ardeur du Soleil: car c'est
pour la mesme cause que les Turcs, portent leurs gros & larges
Turbans, afin que leur cerueau ne soit par tout eschauffé. Si le cas
aduient, au retour du S. voyage, que vous seiourniez en la ville de
Tripoli, ne quittez legerement vostre abit de Pelerin, & ne vous
mesliez de vouloir achepter des noix de galles, ou autre semblable
marchandise dont les marchás Veneciens ou François sont transi-
quans: mais bien quelques ioyaux ou pierreries (lesquelles y sont à
fort bon marché) & non en nombre, ou pour en vouloir faire negoce, du moins apertement: car la ialousie desditz marchans, vous
pourroit bien nuire, comme i'ay veu faire à quelque-vns de mon
téps, N'ayez aussi sur vous à la veüe de chacun, chose qui soit belle
ou conuoitable, comme cousteaux, tablettes de memoire, esguil-
lettes, & choses semblables, ne mesme de chapelet: car les Turcs
& Mores vous les embleroient, & vsent desditz Chapeletz comme
nous, mais de cent grains, disans a chacun grain, Sancta Forla,
qui signifie : Pardonne nous, & le tiennent pour penitence, en la
main dont ilz ont offencé: les autres les tenans pour deuotion,
ou voulans prier pour les trespassez, disent à chacun grain : alla

kibir, alla kibir, c'eſt a dire en Arabeſque, Dieu eſt grand, Dieu eſt
grand, ou Alla hillala Machomet riſul alla, qui ſignifie, Dieu eſt
Dieu & Mahomet nonce de Dieu, y adiouſtans quelques paroles
commandatiues pour le Mort, laquelle vſance de chapeletz, leur a
eſté enioinĉte dès le commencement, par leur Legiſlateur Mahomet, y a enuiron mil ans, & luy l'a tiree de celle des Chreſtiens,
meſme la prierre pour les deffunĉtz, & non ſeulement d'eux, mais
auſsi des Iuifz, & par ce, l'on peut cognoiſtre, l'antiquité de telles
œuures pieuſes en l'Egliſe Catholique, & que ce n'eſt que par les
inſtigations impies de Sathan, que les heretiques de noſtre temps,
les veulent abolir. Parquoy, Pelerin deuot, quant en aurez, ſoit vn
ou pluſieurs, pour les faire venir, ou toucher les lieux SS. cachez
les bien ſoubz voz habitz, & ſi n'en auez porté auec vous, il s'en
trouue aſſez à vendre en Ieruſalem : car iuſques là ces Barbares
n'ont eu couſtume de viſiter les Pelerins, du moins comme l'on
nous diſoit, toutefois en chemin & proche de Sarith, vn Arabe
courut aprés nous criant zequin zequin, qui vaut autant à dire que
couſteau, & nous fouilla pour en trouuer. Les Pelerins ſe fourniſ-
ſoient c'y deuant, d'eſguillettes de ſoie pour en faire preſent à ces
meſsieurs, meſmes aux enfans accouſtumez de courir par les rues
& champs aprés les Pelerins, crians beughi franqui beughi, qui
ſignifie des eſguillettes Chreſtiens des eſguillettes. Le meſme faiſoient, & font encore quelque fois les Moucqueres, mais ceſte façon de faire eſt aucunement delaiſſee, par ce que l'on n'en porte
plus, à cauſe que quant l'on commençoit à en donner, tout la
tourbe en vouloit auoir, moleſtans & oppreſſant les Pelerins, que
ſouuent ilz ne ſortoient de leurs mains ſans bleſſeure, quant les eſguillettes leur ſailloient, & aimoient mieux celles de couleur rouge que les auttres. Il y en a aucuns qui en portent, mais à cachette,
pour en donner quelques vnes aux Truchemans, & Portiers des
Conuentz, leſquelz auſsi en font cas & comme ſi c'eſtoient choſes
de grand valeur.

Faut ca-
cher la
bourſe.

Il eſt auſsi neceſſaire, de bien ſerrer & muſſer ſa bourſe, & n'en
tirer argent à la veue des Turcs, Arabes, ou Mores, autremét ſoit
par force ou fineſſe, ilz vous tireront par paroles blandiſſantes,
arriere de voz compagnons, pour la deſrober.

Viſite des
pacquetz
& hardes.

L'on viſite les pacquetz & hardes des Pelerins, a l'arriuee ou
partement de Cypre, Tripoli, Iaſſa, & Ieruſalem, meſme par tout
où l'on va, & encore que n'ayez rien qui doibue gabelle, il conuient donner la courtoiſie de deux, ou trois, Maidins aux Gardiés
des

des portes ou de la Marine: bien aduient il, qu'en aduançeant premier, ladite courtoisie a ses gardiens ou sergens, & que vostre
Trucheman afferme que n'auez aucune marchandise, que par ho-
nesteté voz pacquetz demeureront sans ouurir, signammment en
Tripoli.

Au surplus, vous n'auez besoin d'aucunes armes, baston, ne
Bourdon, comme portent les Pelerins deça la Mer, car si en auez,
vous en serez des premiers batuz, & demeureront confisquez. Et
si par cas fortuit vous en auiez, ou eufsiez licence d'en porter allat
par terre, pour vous defendre contre les voleurs, & bestes sauuages, il ne faut oublier de les presenter aux Turcs, ou gens du Saniacq ou Caddi, qui vous viendront receuoir a la porte de la S.
Cité de Ierusalem, & auant qu'ilz les demandent, autrement si ne
le faites & qu'il soit sceu qu'en aiez ilz viendront fouiller tout le
Conuent des freres Mineurs, & feront tant qu'il les trouueront,
donnant grande fascherie aux Religieux, & tous ceux qui seront
audit Conuent, & si ce n'est à force d'argent, vous n'eschaperez
la mort.

Le Pelerin deuot sera encore aduerti, qu'il n'est licite ne permis
a nul Chrestien d'aller en Ierusalem, sans le placet de sa saincteté,
ou de son legat à Venise, sur peine d'excõmunication: mais à ceux
qui en ont legitime excuse, comme venans par Marseille ou d'ail-
lieurs, sans auoir eu moïen de passer par Rome ou Venise, en ce
cas, le pere Gardien du mont Sion (ainsi appele on encore, le gardien des freres Mineurs en Ierusalem, quoy que les Religieux ne
soient plus possesseurs ou habitans dudit S. Mont) & par auctorité Apostolique, leur en donne absolution, mais ceux qui ont ledit
placet, sont plus seuremẽt receuz, & moins suspeɣz d'heresie: Car
les heretiques, s'ilz n'abiurent leur heresie & n'en prennent absolution du Pere Gardien, ne seront admis d'entrer en l'Eglise du S.
Sepulchre, ny en celle de Bethleem, quelque Argẽt qu'ilz en voulussent donner aux Turcs: lesquelz Turcs mesmes, ont en abhomination les heretiques, comme vous entendrez à la fin du liure
second.

Quant aux autres lettres de recommandations & de credit, a-
dressans aux marchans François & Venetiens residens en Cypre,
Alepo, Tripoli, Damas, Damiette, au Caire & Alexandrie, pour
auoir leur assistance & aide en quelques necessitez, maladie, ou
desastre, vous en ferez prouision si pouuez. Et faut porter respect
a leurs consulz ou viceconsulz, qui y sont comme iuges & prote-

I 3   cteurs

cteurs deſdites nations, & qui peuuent beaucoup enuers les Gouuerneurs deſditz lieux. Aiez auſsi des lettres, addreſſantes aux Religieux de Ieruſalem: Et finablement, n'obmettez rien de ce que
pourrez obtenir de toutes ces choſes, qui guere ne peſent à porter, & vous peuuent ſeruir de beaucoup de ſoulagement & auancement: auſsi qu'il vous ſouuienne touſiours de la leçon eſcripte
cy deuant, & ce que conſeille Don Anthonio de Gueuare, diſant,
ſoiez humbles en côuerſation, doux en paroles, ſimule en voz affaires, patient contre les iniures, & endurez pluſtoſt vn mal que de
vous en venger, ou le vouloir faire a autruy.

Du choix de l'Interprete ou Trucheman.

CHAPITRE II.

QVant à ce qui touche l'Interprete, appelé en ce pays le Dragoman ou Trucheman, ſeruant de guider les Pelerins ou
marchans voiagers, comme eux qui ſcauent les langues Italien,
Arabeſque, & Turc, on les prend auec la Barque en Cypre ou en
Tripoli; Il eſt beſoin auant que l'accepter, vous informer, s'il eſt
homme de bien & fidel, s'il a encore mené auparauant des autres
Pelerins, ſans regarder de quelle nation ou Religion il eſt, ſoit
Chreſtien ou Mahometiſte: car l'vn n'eſt guere plus preud-hôme,
que l'autre, en ce pays là, comme i'ay dit parlant des Rais ou Mariniers des barques: Puis il ne faut regarder à ſes ſalaires ou deſpens, car (s'il eſt homme de bien) il peut bien faire regaigner, ce
qui ſemblera luy eſtre trop paié, & eſtant d'accord auec luy de s'eſditz ſalaires, faictes le meſme ſi pouuez, des Gaffares ou Caffares,
qui ſont certains droitz de paſſages que lon paie aux Arabes, en
quatre ou cinq lieux entre Ramma & Ieruſalem, par deſſus les
droitz des Soubaſſa, l'Emin, & Scriuan dudit Ramma, & aux gardiens & meſſagers de Iaffa, & puis au chef des Arabes à cheual, &
pour noz montures; Iceux Gaffares par tel accord nous couſteret
a chacun vingt-cinq maidins, valans enſemble quaſi de noſtre tếps
demi ducat, en allant, & autant en retournant: Mais comme i'ay
entendu ceſte vſance eſt changee, & ſont les Pelerins contraintz
de donner audit Trucheman, chacun ſept, dix ou douze ducatz,
ſurquoi il les affranchit deſditz Caffares, paiement des montures,
droit du Soubaſſa, Emir, chef des Arabes, & tous autres, par ainſi

l'on

l'on veoid de iour à autre, des nouueaux changemens. Or outre le
falaire dudit Trucheman, l'vfance eftoit de le defraier par tout, des
defpens de fa bouche, & de fa monture: mais pour n'en eftre chargez, & confiderant que l'vn en euft peu eftre plus intereffé que
l'autre, auffi afin qu'il peuft manger à fa mode, nous accordames
auec luy pour dix maidins par iour, tant qu'il nous auroit recon-
duitz audit Tripoli. Au refte, ce Trucheman fert pour parler aux
Arabes, Turcs & Mores, pour les Pelerins ou paffagers, n'entendans leurs langages, & vont querir & faire apprefter, les montures
& chofes femblables, dont l'on a de befoin, au regard de leur naulage, Gaffares & entree de Ierufalem, ilz en font francs & exéptz
mefme du droiĉt de l'entree de l'Eglife du S. Sepulchre, s'ilz font
Chreftiens.

Des Mouqueres.

CHAPITRE XII.

LEs Mouqueres, font ceux qui nourriffent & donnent à louage
les Afnes, fur lefquelz les Chreftiens montent, pour cheminer
par les champs, de ville ou lieu à autre, feruans & fuiuans les perfonnes, comme font les Verturins en Italie: mais vn peu plus bar-
barement, auffi ce font des hommes rudes & de peu ou point de
confcience. Ilz fe difent la plufpart Chreftiens: mais ce font de ces
maronites Chreftiés à la ceinture, guere plus beaux ny plus courtois que les Arabes, & fe cognoift la difference d'entre eux, par les
Barretins noirs qu'il portent en tefte, fans eftre enuelopé d'vn peu
de linge blanc, comme font ceux des mores mahometiftes, & les
fufdits Arabes: ceux cy, comme dit eft, nourriffent & donnent
des Afnes à louage, pour la monture des Pelerins & voiagers, n'e-
ftant permis aux Chreftiens de monter à cheual, fans licence ex-
preffe des Superieurs, & conuient fe feruir d'iceux Afnes, foient
bons ou mauuais: & quant l'on voudroit aller à pied (ce que bonnement ne fe peut faire, pour les exceffiues chaleurs, & afpre-
tez des chemins) Il en faut paier le falaire, & font ordinairement lefditz Afnes fans Canezal ou bride, n'alans aucun Cordeau
à la gueule pour les tenir & conduire: mais il fe faut feruir d'vn petit bafton, aiant vn picot au bout, pour leur donner fur l'oreille,
ou les poinçonner par le derriere.

Outre

Outre ce, ilz sont difficiles à monter, pour n'auoir autre selle
qu'vn pauure couſsin ou baſt, large & haut esleué, comme sont les
pancaux chartiers ordinaire de ce pays bas, ſans eſtriers ou eſtriui-
eres, c'eſt pourquoy, il ſe faut pouruëoir de cordages pour en faire,
auec vn billõ de bois qui ſert à mettre ſoubz la plante des piedz, &
ne faut les poſer ſur l'Aſne, tãt que voudriez mõter: auſsi n'oubliez
en deſcendant tenir la maïn deſſus, & les reprendre, car ſi leſditz
Mouqueres ſont plus habiles que vous, ilz demeureront hors de
voſtre commandement, outre leur ſalaire.

   Auant que monter & en deſmontant, iceux Mouqueres (auſsi
bien que les Mariniers) demandent ordinairement la courtoiſie,
& ſi on ne la donne (nonobſtant que l'on ny ſoit tenu) ilz vous feront beaucoup de faſcheries, meſme au lieu de frapper ſur leurs
Aſnes, ilz laiſſeront gliſſer le baſton, iuſques au milieu de voſtre
doz, bien eſt il vray, que telle courtoiſie, importe de peu de choſe:
car en donnant vn maïdin, ou deux, ou trois liberalement, ilz vous
ſeruiront bien volontairement.

   Aucuns d'entre eux ſont ſi malings, qu'il courent touſiours crians, ſifflans, & huans apres leurs Aſnes, & les picotans par derriere, tant qu'il les font courir & ruer pour vous faire tomber, en
quoy ilz prennent vn grand plaiſir, car pour vous aider à remonter,
il faut nouuelle courtoiſie, encore y a il danger que vous retenant
à l'eſcart, & ſeparé de la trouppe, ilz ne vous faſſent deſplaiſir.

   Ilz prenoient de nous pour chacune monture, depuis Iaſſa iuſques à Ieruſalem, par deſſus les courtoiſies forcees, demi Secquin,
& autant au retourner.

   Des voiages de Bethleem & autres, ilz prenoient ce qu'ilz
pouuoient auoir, c'eſt aſſauoir, trois, cinq ou huict maidins pour
voyage.

   Et pour l'inſtruction du Pelerin, ie metteray icy deux exemples
de la malice deſditz Mouqueres, dont ilz vſerent en noſtre endroit. La premiere eſt, qu'au ſortir de la S. Cité, lorſque nous nous
en retournions, vers Iaffa, il aduint qu'a faute d'Aſnes, ilz ame-
nerent deux vieilles mules, à deux de noz compagnons, & comme
nous cheminions touſiours deuant, eſtans ces deux demeurez derriere: à ceux qui ces mules apartenoient les retindrêt, faiſans ſemblant de racommoder quelque choſe au baſt, & les aians ſeparez de
nous, ſans nous en apperceuoir, ils les voulurent forcer de paier
double voyage, pour cauſe que c'eſtoient mules, & non aſnes: tellement qu'apres longues contentions ilz furent cõtrainctz de deſcendre

cendre & s'en venir à pied chargez de leurs hardes, iufques au lieu
ou nous les atendions, les voïans ainfi tarder. Et faut croire, que fi
les eufsions abandonnez de veue, ilz eftoient en danger de receuoir quelque defplaifir: ce neantmoins ces Mouqueres fuiuirent, &
feufmes contraintz de leur accorder ce qu'ilz demandoient : Et
pour ne fouffrir qu'aucun ne fut plus intereffé que l'autre, chacun
de nous y contribua, & en paya fa part egallement.

L'autre aduint à moy & fut l'accident tel, que venans pres les
ruines de l'Eglife & Monaftere S. Hieremie Prophete (dont ie
parleray au liure troifiefme) mon Mouquere me fit defcendre de
mon Afne, pour auec les autres, l'abbreuer en la fontaine qui y eft,
& me tenoit affez bonne efpace de temps apres les autres, fans me
laiffer remonter. Ce pendant la compagnie auanceoit chemin, &
ie demeurois feul derriere, lors il aduint qu'vn Arabe à pied, gros,
hideux, & robufte, & vn de ceux qui auoit ia reçeu le Gaffare,
m'arrefta, & me volut tirer à l'efcart, ny profitant mes prieres, ne
aucunes remonftrances de fes compagnós, felon que me fembloit,
ny celles de mon Mouquere, & m'eut emmené, fans qu'a force de
crier, ie feis retourner noftre Trucheman vers moy, pour me deliurer des mains de ce barbare, cóme il fit, mais contre tout droit,
il luy conuint encore donner vn faye, qui vaut cinq maidins, cóme
pour ma rançon, & fus tref-ioyeux d'en eftre efchappé à fi bon
marché : mais depuis mondit Mouquere (ie ne fçais à quelle occafion, ne s'il s'eftoit accordé auec le fufdite Arabe) me fut fort rude,
& me fit toufiours courir deuant les autres, mefmes au trauers des
Arabes, à cheual, quant ilz venoient nous arrefter en certains de-
ftroitz, pour nous rãçõner & exiger de quelques ducatz, me mettát
en danger d'eftre battu ou bleffé d'eux, car pour tirer de nous ce
qu'ilz demandent, ilz nous menaçoient, & fouuent par derriere
& aux coftez nous picquoient des fers de leurs iauelines, dards, &
fleches. Partant le Pelerin fe gardera tant qu'il pourra, d'eftre des
premiers ou des derniers, car la tombét les coups, aufsi ne faut s'ef-
carter de la compagnie, pour le danger qu'il y à, d'eftre deualifé,
ou efgorgé, mais fe faut tenir proche du Trucheman, ou au milieu
de la trouppe.

Le Pelerin fera aufsi aduerti, qu'il n'eft licite aux chreftiens, dé
cheuaucher parmi la S. Cité de Ierufalem : car les Mahometiftes
les en reputent indignes, pourquoy en aprochant, il conuient defcendre de bonne heure de fa monture: Il fe faut aufsi abftenir de
toucher ou marcher, fur les Sepulchres & monumens des Iuifs &

K   Turcs,

Turcs, estans ordinairement hors des villes, bourgs & villages
du long des chemins roiaux : car il y à grande punition, & sont te
nuz en telle reuerence desditz Iuifz & Turcs, qu'ilz les tiédroien
pour violez, & le lieu prophané, comme si les Chrestiens estoien
& feussent gens immondes.

Des Arabes, & comment il conuient se conduire auec eux.

CHAPITRE XIII.

AV regard, du naturel origine, & façõs de faire des Arabes fre
quérans la terre S. nous en traicterõs auec l'aide de Dieu, alli
eurs : car en ce liure, ie desire seulemét d'instruire le Pelerin, com
mét il se doibt gouuerner & cõduire en ce S. voiage, & entre cest
gent barbare, & sont ces Arabes. hommes rudes, fortz, & brutaux
de couleur basannee & tres-hallez du Soleil, aians le regard furi
eux, layd & hideux à veoir, donnans à leur rencontre vn grand es
pouuantement aux passagers : Ilz se tiennent, tant ceux de cheua
que de pied, par toute la Palestine, entre les ruines des anciens edi
fices, es bois & Cauernes, ne viuans que de proie, vollerie, & d
ce que leur donne le bestial qu'ilz meinent paistre, par les desertz
montaignes & lieux champestres.

Pour euiter les mains de telles gens, il est necessaire qu'arriuá
le Pelerin à Iaffa, il soit sur sa garde & se tienne serré, mesme qu
nuict, il couche sur la Naue plustost qu'en terre. Puis partant dudi
Iaffa vers Ramma, qu'il attéde l'escorte ou conuoy petit ou grand
que luy enuoie le soubassa dudit Ramma : & estant la arriué, il n
faut passer plus auant (si ne voulez mettre vostre vie & faculté
en danger d'estre perduz) sans auoir trainsté & conuenu, auec l
Roy ou chef desditz Arabes, qui se tient es vestiges d'vne Eglise
Monastere ou Chasteau, vulgairement appellé le Chasteau du bõ
larron, situé à dix mile dudit Ramma, & aiant conuenu auec luy,
vous conduit ou fait cõduire & accõpagner par ses gens de cheual
iusques aupres de la valee de Therebinthe : en laquelle Goliath fu
occis par Dauid, & tant que serez hors du danger de ses subietz : o
s'il n'y veut enuoier de ses gens, il donnera (pour demõstrer qu'l
reçeu son droit) quelque contre signe, comme son espee ou cime
terre & chose semblable seulemét, comme il fi à nous & montrã
ledit cimeterre à ceux de cheual, ilz nous laisserét passer libremé
mai

mais il ne fert pour eftre garantis de ceux de pied, car nonobftant
le mandement de ce fuperieur, les vilains font paier leur Gaffares
en quatre ou cinq lieux: defquelz le dernier, eft celui qui fe paie à la
fufdite Eglife S. Hieremie, & la ou n'auriez fait ce debuoir, ou que
ne fcauriez montrer de l'auoir faict, vous n'yrez la longueur d'vn
traict d'arc, fans rencontrer aucuns d'efditz Arabes qui vous arre-
fteront, bateront, molefteront, & ferôt plufieurs exactions à leur
plaifir, voire au quadruple & vous metterôt en doubte, de n'efchap-
per iamais vif de leurs mains. Qui plus eft, vn feul vilain tout nud
fequeftrera & foullera, & fi pour le péfer eftre feul vo° faictes refus
ou refiftéce, de luy donner ce qu'il demāde, ou vous vous reuangez
en receuant les baftonnades (lui faifant vn cri ou iettant de la main
quelque fable en l'air) il fera venir des môtaignes ou cauernes voifi
nes, de cefte race fes femblables par centaines, pour vous faccager.

Or pour reuenir au point, nous paiafmes a ce chef quafi l'ordinaire qui eftoit vn Secquin pour tefte, tant en allant, qu'en retournant, & les conuenoit fournir promptement contant, auant que
nous mettre en chemin en allant, côme feirent aufsi les peres Religieux de S. François (lefquelz ne fouloient paier que la moitié de
nous) & s'enquit combien il y en auoit d'entre nous, qui debuoit
demeurer en Ierufalem: car à ceux la il ne demandoit le retour,
aufsi fi audit retour, quāt ilz nous viennent recompter en quelque
deftroit, ilz y trouuoiét faute, tous en patiroient: & encore qu'en
allāt on ait fait les debuoirs telz que deffus, toutefois l'on efchappe
à peine de leurs mains, fans les fourrer de nouueau, de quelques
Secqu ns, comme nous feifmes: Car rencontrant le frere du chef
que deffus, accompagné de fept ou huict autres à cheual, au fortir
de l'eftroit du bois, il feiguit n'auoir parlé à fon frere, & nonobftāt
qu'il lui fut monftré l'efpee ou cimeterre d'icelui, il voulut eftre encore paié du retour, & ne fceut noftre Trucheman parler fi bien,
qu'il peuft nous exempter, de lui donner encores trois checquins:
mais en recompenfe il uous accompagna & preferua des infoléces
des autres iufques à Ramma.

Icy le Pelerin fera aduerti, que pour aller feulemét en Ierufalé & à
l'entour, il fuffit de côtenter ledit Chef ou Roy des Arabes deffufdit
mais voulant voiager plus auant, côme vers le fleuue Iourdain, la
Quarantaine, Hebron, le môt Synai, ou le grant Caire, il côuient
faire ces debuoirs auec autres, refidés particulieremét en ces marches, côme s'ilz auoiét, malgré le grand Turc, partagé entre eux la
Paleftine, de nous dite meritoirement & à bon droict, Terre S.

K 2

La ma

La maniere comment il se faut gouuerner entre les Turcs.

C H A P I T R E. X I I I I.

REste encore à dire, comment il est requis, soy gouuerner se
trouuant entre les Turcs, & le peuple barbare, occupant
presentement les nobles parties Orientales. En premier lieu, il si
fault maintenir en toute modestie, sans soy mocquer, ou prendre
question auec eux : car pour la moindre occasion du monde, par
laquelle leur donnerez quelque mescontentement, ilz vous taxe-
ront à tref-grosses tailles ou amandes (qu'ilz nomment vannies)
& si par quelque querelle vous les blessez à sang, à peine eschap-
perez vous la vie. Parquoy encore qu'il vous batent, poussent, &
dient mal ou iniure, il ne se faut reuencher, ains sans faire aucun
semblant n'en dire mot, & le supporter en toute patience, Plus s'il
vous rencontrent sur vn asne, encore qu'aiez payé le louage, s'il le
demandent il leur conuient ceder, si tost qu'il en font le signe, autrement il vous en iecteront bas par le pied & aurez encor force
bastonnades : Il conuient aussi leur obeir, en la moindre partie de
leurs commandemens, soit de porter leurs hardes, leur tirer de
l'eaue d'vn puis, ou d'vne fontaine, tát pour eux que pour leurs be-
stialz, s'ilz vous y trouuét, & par les rues il leur faut ceder la meilleure place, & ne leur empescher le chemin. Qui plus est, encore
qu'ilz vous fascent quelque tort (si ce n'est par bien gráde afsistáce,
des consulz ou vice consulz) vous n'aurez droit ny iustice d'eux,
qui sont à vostre aduantage.

Il se fault aussi abstenir, de les regarder fermement en la face,
à raison qu'ilz nous en tiennent indignes, & si les rencontrez par
les rues, estant question les honorer & saluer, il ne faut oster vostre
bonnet ou chapeau, ains tenát la main droicte ouuerte & platte sur
la poitrine, saluez les seulemét d'vn clin de teste: N'allez aussi par
les rues sans Trucheman ou vn frere Mineur du lieu, qui vous ac-
compagne specialemét en Ierusalem. Et si trouuez du grain amoncelé par les champs, gardez de le toucher, ou d'estacer les seaux
dont ilz sont marquez & seellez, tout au tour par le bas, sans que
quasi on s'é apercoiue, pour estre faict du grain mesme n'approchez
aussi, comme dit est, de leurs Sepultures, ny des lieux ou sont leurs
femmes, & ne faites semblant de les regarder, autremét elles crie-

ront

ront & vous bateront si elles peuuent : Ne montrez aucune chose
de la main ny du doigt , & ne vous arresté ferme en vne place pour
regarder quelque maison, edifice, fossez, murailles, ou les forte-
relles, ny mesme au Bazarre (qui est le lieu ou ilz vendent leurs
marchandises & danrees) si ce n'est pour y acheter quelque chose :
fuiez leur rencontre & leur presence, quant ilz sont yures, qui est
bien souuent apres disner , car lors plus que du matin ilz vous feroient desplaisir : N'escriuez & ne desseignez chose qui soit par les
rues, du moins qu'ilz le puissent aperceuoir, craignant que comme
suspect, ilz ne vous emprisonnent & amesent de trahison , ou estre
la venu pour espier , car vous n'en sortiriez à voltre premier souhait, ny sans bien amaigrir voltre bourse , comme il aduint peu de
temps auant nostre arriuee, à trois ieunes gentilz hommes François, lesquelz estant desbarquez à Iaffa , & l'assez d'eltre toufiours
enfermez es caues ou voultes, ou l'on nous met, s'en allerent pourmener vers le haut ou sont les tours & furent aprenhendez pour
explorateurs, & estroictement mis en prison, pour de laquelle sortir, leur conuint à grands fraiz , enuoier à Tripoli vers le viceconsul, pour auoir attestation de leurs qualitez & innocence, & pour
fournir à leurs vaines. Aussi les ieunes gens, comme dit est, & specialement ceux qui n'ont la bourse formee ne doibuent faire ce S.
voiage, si ce n'est auec grande discretion : Ne disputez pareillemẽt
auec eux de leur foy & religion : ne vous aduienne aussi , d'entrer
en leurs mosquees, ne d'auoir cognoissance d'aucunes femmes de
leur secte, ny de leur appeller chien : car pour l'vn de ces poinctz
seul, sans aucune remission , vous seriez bruslé ou empallé vif , ou
pour sauuer la vie , il faudroit renoncer la foy Chrestienne & se
faire Turc, tout ainsi que puis n'aguere il aduint à vn ieune Prestre
Grec, lequel pour auoir appellé vn Turc chien, fut apprehende, &
luy fut proposé le choix, ou de mourir ou de le faire circoncir, c'est
à dire le faire Turc , & eux le voians plus enclin à receuoir la mort
qu'autrement feirent preparer vn grand feu , auquel ilz l'aproche-   Grande
rent petit à petit , esperant que par la longue & continuelle peine   cruauté
ilz le feroient changer de volonté, mesmes l'aiant ieté dedans, ilz   desTurcs
l'en retirerent puis auec plusieurs promesses & blandices, luy demandoient s'il ne vouloit encore renoncer à sa religion & sauuer
la vie à sa ieunesse. Luy pressé de douleur & de tourment continuel qu'il souffroit sans pouuoir mourir, commença à vaciller &
requilt d'en parler & communicquer à sa mere : laquelle fut aussi
tolt mandee, sur l'espoir qu'auoient ces Tirans, qu'elle par la com-

K 3

passion

paſsion maternelle,ſeroit eſmeuë à le côſeiller de preſeruer & ſauuer ſa vie,mais la bonneDame à l’imitation de la glorieuſe Machabee, au contraire le tâça de ſa timidité & peu de fermeté en la Foy,
l’exortant de pluſtoſt ſauuer ſon Ame que le corps,dont il repring
telle force & conſtáce qu’il ſe reſolut (en la preséce d’elle, qui touſiours le reconfortoit & animoit) de mourir pluſtoſt, que s’accorder à leur damnable volonté.

Vn autre ſemblable cruauté fut faicte,l’an mil cinq centz quatre vingtz, en la S. Cité de Ieruſalem en la perſonne d’vne Dame
Eſpagnole, nommee Dôna Maria,laquelle par permiſsion y auoit
demeuré ſi long temps, viſitant auec grande deuotion le SS. lieux,
qu’elle auoit aucunement apprins la langue du pays, & ſe fit tellement familiere auec certaines femmelettes, qu’elle s’enhardit en
priué, leur enſeigner la foy Chreſtiéne, à quoi elle profita quelque
peu, & croiſſante par ce moien ſa ferueur,elle commenca à le faire
publiquement, nonobſtát que ſouuent elle en fut redarguee ou reprinſe,admoneſtee du peril ou elle ſe mettoit,& lequel auſsi la ſur-
print:Car ne s’en voulant deſiſter,elle fut aprehédee par le Caddy,
& auec vn billon de bois en la bouche,qui luy defeudoit le parler,
elle fut bruſlee viue, & quaſi toute reduite en cédres,& la place qui
eſt deuant le S.Sepulchre,à l’édroit du S. mont de Caluaire:& pour
luy faire plus grand deſpit, elle fut tournee le derriere vers icelle
Egliſe, & ainſi mourut bien heureuſe,auec treſgrande côſtance &
foy, & nous montrerent les peres Religieux encore le lieu de ceſte
execution,tout noirci du braſier.Pour ces cauſes(côme dit eſt)il ſe
faut ſogneuſemét garder de les offencer , ou leur dôner occaſion de
vous faire paier des vannies(ainſi appele on leurs compoſitions ou
amendens qu’ilz exigent des Chreſtiés(car ilz ſont ſi auidez & de-
ſireux d’attrapper argent , que la moindre cauſe dont ilz ſe peuuét
aduiſer,ſoit à tort ou à droit,ilz font tant qu’ilz tirét la ſubſtáce des
perſonnes qu’ilz peuuét auoir en main : meſme menacét ſouuét les
peres Religieux de ruiner leur Monaſtere, s’ilz ne leurs fourniſſét
telles exactions qu’ilz demandent.

D’auátage,ſi le Pelerin eſt gentilhôme,ou de qualité pour mener
vn ſeruiteur & y eſtant,il le faut tenir côme côpagnon,ſans le faire
ſeruir,au moins que l’ô s’en appercoiue:Car ſi les Turcs cognoiſſét
que l’on à du moien,ilz ferôttát qu’ilz tronuerôt occaſion de vous
attraper, ou ilz moleſteront tant le Gardien & les Peres, qu’ilz en
emporteront pince à leur volonté, côme ilz feirent lors que nous
y feuſmes: car le Saniac (qui eſt le lieutenát du Baſſa, manda querir le

tir le pere Gardien vers lui, & l'accusa d'auoir tenu & celé en son Conuent vn grand Duc ou Prince venu en ce lieu pour espier la forteresse de la Cité, voulant à ceste cause auoir deux cent checquins pour l'amende, & ne sceut le bon pere si bien le nier par serment ny s'excuser, qu'il ne fust contrainct d'en donner Cent.

Les mesmes Peres Religieux, nous firent recit d'vn autre acte mechant, que peu de temps auant nostre arriuee, ilz leur auoient cuidé faire, sçauoir est, qu'vn iour ilz furét aduertis par aucūs bien vueillans (car tous ne leurs sont egaleméent ennemis, & y trouue on, des gens de bien & de bonne conduicte, sauf leur erreur) que quelques vns d'entre eux estoient apostez, pour de nuict ietter en leur iardin ou Monastere par dessus les murs, la teste d'vn more ou turc qui secretemét auoit esté decollé, afin d'auoir occasion de les accuser de meurtre & les saccager. Ainsi sont les pauures Peres & les Chrestiens, tousiours en peine & en danger de perdre leurs vies entre ceste canaille, plus ennemis en ceste S. Cité aux Chrestiens, qu'en nul autre lieu de leur domination, & ce pour noz pechez qui empeschent Dieu, de susciter vn prince qui les deliure de ces miseres, & nous fasse ioir librement (cōme iadis firent le grand Constantin, & le Noble Godefroy de Buillon) de la veüe de tant de SS. lieux contenuz en icelle.

I'ay obmis encore cy dessus, d'aduertir les deuotz Pelerins, qu'il leur conuient s'abstenir de fouller publicquement & souuent à la bourse, pour le danger qu'il y à, qu'elle ne soit connoitee, & que pour à ce obuier, il est requis choisir vn de la compagnie, qui soit despesier, tant pour acheter ce qu'est necessaire pour la nourriture en la barque, que pour fournir aux aumosmes qu'il cōuient donner en plusieurs des lieux SS. que l'on va visiter, auquel ainsi choisi, chacun doibt deliurer sa contingéte portion, quant besoin sera, & qu'il en fasse compte : par ce moien les harpies Turquesques, Moresques, & Arabesques, n'auront occasion de voler ny veoir vostre argent, & sentirez en telle cōpagnie vne grande quietude & contentement, voire si apparoissez estre pauures: & s'il y à grande cōpagnie, il ne sera impertinent d'en eslir & constituer vn, qui soit chef & commandeur, voire qui ait la cure & soin des affaires & soit obei de tous, & si vn seul ne suffit, on luy pourra donner vn collegue ou cōpagnon, pour l'assister & aider. Et vous gouuernát ainsi, & en partie selon le temps & les occurrences qui se presenteront, vous vous en trouuerez fort bien; car autrement on n'y

scauroit

ſçauroit donner aucun conſeil abſolut, à raiſon que dan vn iour
autre il y à des euenemens diuers, & du changement, comme e
toute choſe humaine & mõdaine il y en à, & pluſtoſt en mal qu'au
trement : pour à quoy ſeruir d'antidote & remede, la patience e
treſ-bonne, & la ou icelle ny pourroit fournir, il conuient que l'ar
gent y vienne à ſuppler, lequel, comme à la guerre, eſt le nerf de
voiagers.

*De l'argent qu'il conuient auoir, pour faire ce grand & ſalutaire
voyage.*

CHAPITRE XV.

OR comme en ce S. voyage, il faut faire eſtat & ſe reſouldre d
quitter toutes ſes aiſes & bons traictemens, & d'endurer pa
tiemment toutes les peines, incommoditez & trauaux qui ſuruien
nent, voiageant par mer, auſsi comme nous n'auons apres Die
& ſes SS. lieux meilleur ami & ſupport que la bonne bourſe, vou
la garnirez au mieux que pourrez, & ferez que du moins vous aie
pour aller & retourner de Veniſe en Ieruſalem, cent Secquins do
du coing de ladite ville de Veniſe, qui ſont & vallent comme le
petitz ducatz de Hongrie, deſquelz en trouuerez aſſez qui ſe chan
gent pour autre argent à Veniſe, au lieu de la monnoie qu'on ap
pele la Secca, bien eſt il vray, que les eſcus dor de France ſont bon
mais ces Secquins, ſignamment les nouueaux ſont mieux cogneu
des Turcs que tout autre argent, & auſsi bien venuz que leurs pro
pres Sultanius, qui ſont de ſemblable grandeur : neantmoins il e
bon d'en auoir & porter d'auantage, ſoit pour ſubuenir aux nece
ſitez de quelque maladie, ou autre accident qui peut ſubuenir, õ
pour faire plus grand voiage par Damas, par l'Egypte, pour veo
les piramides du grand Caire, ou s'en retourner par Conſtátinople
le tout ſelon la bonne compagnie que l'on trouue, & le deſir qu
l'on à de veoir le monde : mais pour ce faire, ie ne vous ſçaurois li
miter aucune ſomme : car il en faut bien trois ou quatre fois autan
que i'ay dit cy deſſus. Auſsi en voiageant il ne faut eſtre eſchars &
chiche, quát il eſt queſtion de deſpédre pour ſa ſanté & ſauuemé
toutefois qui veut vn peu regarder deuant ſoy & ne deſpendre e
ſuperfluitez, les fraiz ne ſont ſi grans que l'on penſe, en eſgard a
long & fatigable voiage.

Il e

Il est vray que plusieurs y vont, qui n'ont les cent secquins, ne quasi la moitie, & qui sont honestement leurs deuotions, mais c'est en hazard d'endurer beaucoup d'incommoditez, & d'estre faict esclaues du Turc, si le moien leur defaut au paiemet de son tribut, car il faut, veuillez ou non, que payez les neuf secquins, pour l'ouuerture de l'Eglise du S. Sepulchre, encore que n'ayez enuie ou moien d'y entrer. Or de se fier de debuoir, ou honteusement mendier l'assistance de ses confreres Pelerins & passagers, c'est folie, à raison que (comme i'ay encore dit cy deuant) elle luy sera deniee, tant pour leur estre estranger incogneu, côme pour la doubte que chacun a de demeurer court.

De nostre temps les Secquins de Venise valoient en Tripoli de Serie, seprante trois ou seprante cinq maidins, & les escus d'or soixante, & en conuient changer aucuns en Cypre ou audit Tripoli, entre les marchans Italiens ou François, pour auoir de la menue monoie, assauoir des maidins, & non des aspres: car ilz n'ôt cours en Ierusalem. Lors que i'y fus, les philippus daldres d'alemaigne, & de holande, se reccuoient audit Tripoli, & les appelloit on plastri, & valoient quarante maidins, & autant l'vn que l'autre: mais i'ay opinion que depuis, les marchans leur ont apprins à cognoistre difference de l'alloy & bonté de l'argent, de l'vn & de l'autre.

Piastri ou Daldres.

CHAPITRE, XVI.

Touchant les fraiz ordinaires, qui se faisoient de nostre temps en ce S. voyage, pardessus les prouisions & habitz necessaires estoient telz que s'ensuit

Au Patron de la Naue pour la despence de bouche à sa table, nous luy donnions six Secquins ou ducatz d'or par mois pour chacun: mais mettant pied à terre, il n'estoit sobiect de nous nourrir ains seulement en la Naue, & celuy qui vouloit se refraichir, ou manger ailleurs, s'estoit sur sa bourse, comme nous feismes en l'Isle de Zante, pour quartre ou cinq iours: car on est bien aise de se renbuueler.

A la table du Schalco, qui est le despensier ou bouteiller, se paioit quatre secquins.

Au Scriuano, pour le port ou Naulage de Venise en Cypre ou Tripoli, semblablement quatre secquins.

Et pour auoir quelque petit lieu separé des autres, comme vne chambrette pour y coucher & enserrer voz hardes, baril de vin & choses semblables, ou estre logé en la chambre du Patron, se paioit pareillement quatre secquins, ou selon que l'on peut traicter & conuenir, auec les susditz Patron & Scriuano. Laquelle commodité d'auoir ainsi quelque lieu retiré, ne se donne sinon en allant : car en retournant la Naue est tant remplie de marchandise comme i'ay dit cy dessus qu'il n'y à place que bien rarement en la chambre du Patron.

Quant aux despens qui se font par Terre & es Barques, ilz sont incertains pourquoy ie n'en sçaurois icy rien dire.

Arriuant a Iaffa, il fut donné au Soubassa de Ramma, qui nous vint querir, pour chacun demy secquin.

Aux gardiens de la marine à l'emin, leurs clercs & gens, certaine courtoisie forcee à leur volonté qui estoit de quelque nombre de maidins.

A l'hospitalier de Ramma, pour ses peines & seruices, chacun vn secquin.

A nostre Trucheman, pour satisfaire aux Arabes & vilains de pied, que l'on rencontre par cinq fois, entre Ramma & la valee du Terebinte, chacun vingt & cinq maidins.

Aux Mouqueres, pour chacune monture ou Asne, demy secquin, auec quelques courtoisies. Et tout ce que dessus nous paiasmes en allant, & le mesme en retournant.

Puis, pour l'entree de la S. Cité, quant on est arriué, au Saniac qui est le Gouuerneur, chacun deux secquin.

A luy, pour l'entree de l'Eglise du S. Sepulchre, neuf secquins chacun, & toutes les fois que l'on y va vn maidin à ses officiers qui ouurent & ferment les portes d'icelle Eglise.

Pour menues parties & aumosnes, qui se font aux Eglises des Costes & semblables, Il falloit bien demi secquin.

Au pere Gardien, pour les cires & luminaires que l'on donne aux Pelerins, & qui s'usent es processions qui se font es Eglises du S. Sepulchre, & en Bethleem a leur venue & occasion, chacun vn secquin & demi.

Et pour faire quelque present au Bassa (s'il y est) Saniac ou Caddi, selon le temps & la saison.

Au Conuent de Ierusalem pour les despens & aumosne, se donnoit se-

noit ſelon la conſcience, & bonne volonté des perſonnes, Semblablement en Bethleem : Mais non des deſpens, car le pere Gardien
y pouruoit. Auſsi ſe ſeroit vne vergogne treſ-grande, de ne donner autant que l'on penſe auoir fraié, pour la nourriture, & quelque choſe d'auantage, pour les peines qu'il ont à nous ſeruir, traicter & mener par tout : car ilz ſont fruſtrez de ce qu'eſt ordonné
pour c'eſt effect par les Princes Chreſtiés, & eſt emblé & prins des
gouuerneurs & leur ſuitte, meſme ſouuent d'auantage.

Aux Truchemans & portiers deſditz Conuentz , & à ceux qui
guident & ſeruent les Pelerins, ſe donne auſsi quelque honeſte
courtoiſie.

Quant aux fraiz qui ſe font pour aller plus auant que Ieruſalem,
ou de faire le voyage par terre, ie n'en puis dóner aucune certitude,
pour ne les auoir faitz : toutefois bien veu marchander du naulage
& nourriture, depuis Tripoli iuſques à Marſeille, pour douze eſcus au Soleil, mais l'on ny eſt accommodé, comme es Naues Venetiens : car les vaiſſeaux ſont beaucoup plus petitz.

De noſtre temps s'obſeruoit vne regle, que ceux qui ſe diſoient
Mezzo Frati (c'eſt à dire, demys Freres, ou Religieux obſeruans
quelque regle, & deſquelz il y en à aſſez en Italie, adherans ſpecia-
lemét aux freres Mineurs) ne paioiét par tout que demy ſalaire, en
comparaiſon des laiques : mais il ſe falloit dire & faire cognoiſtre
pour tel, dés le commencement de l'embarquement.

Neantmoins i'ay ſçeu que depuis , ilz paient autant que les autres, meſme les propres freres Mineurs, Auſsi que preſentement le
Trucheman s'accommode auec les Pelerins, pour certain nombre de ſecquins au moyen deſquelz , il prend en charge de payer
par tout, tant l'entre du S. Sepulchre qu'autrement.

Voila benin lecteur, & deuot Pelerin , ce qui ma ſemblé eſtre
neceſſaire vous declarer, aduertir, & enſeigner, & à tous fidelles
Chreſtiés, qui deſirent faire ce beau delectable & ſalutaire voyage
de la terre S. Ie dis beau & delectable à cauſe qu'é paſſant, on veoid
pluſieurs belles & treſ-renommees prouinces, deſquelles toutes
les anciennes hiſtoires, annales, poëſies & autres eſcriptz, nous
enſeignent & narrent choſes eſtranges, admirables, & heroiques :
Puis delectable & ſalutaire à raiſon que l'ame deuote (ſe trouuant
aux lieux ou le Redempteur, ſes diſciples, & vrais ſeruiteurs, ont
fait tant de merueilles) peut receuoir tout contentement, ſouhai
table & fructueux pour ſa ſaluation : comme faiſoit la bonne Matrone Paula (ſelon que recite S. Hierome) diſant. Qui m'as faict &

Hier. in
Epitaph.
paul. ad
Euſtoch.

L 2

iugee

iugée digne moy pauure pecherelle, de baiser la creiche, en laquelle
le Seigneur a esté mis? de faire Oraison en la Spelonque, ou la saincte
& tendre vierge l'a enfanté? la est mon repos: car c'est la patrie de
mon Seigneur, c'est la que resider le veux, a raison que mon Sauueur l'a esleuë: I'ay preparé la lumiere a mon Christ, mon ame vi-
ura en luy, & ma semence le seruira &c.

Que donc le Chrestien, pieux, s'aprete a faire denotement &
alaigrement, ce S. voyage, & s'il desire encore meilleure & plus
ample instruction, il pourra plus particulierement s'en informer,
a ceux qui l'ont faict depuis nous, & qui auront peut estre mieux
que moy, obserué, & prins plus de cure, d'annoter le tout, pour le
seruice commun, ou auront veu des choses, qui ne se sont offer-
tes à nous.

Partant, ie supplie le benin lecteur & Pelerin denot, de vouloir
prendre c'est œuure, & le zele qui me la faict encommencer, pour
aggreable, encore qu'il ne soit tel, ne mis en stil & ordre, comme
la matiere le requiert: neantmoins s'il luy sert de quelque instruction, & consolation, me remunerer d'vne petite Oraison, quant i
sera au lieu ou ie voudrois souuent estre, & ou le Redempteur
tant souffert pour nous attirer a la Ierusalem celeste, en laquelle
par sa misericorde il nous veuille tous conduire, quant nous vien-
drons au bout de nostre grand & commun Pelerinage: fauorisan
ce pendant d'vn heureux voyage, tous ceux qui desirent visiter, l
Ierusalem terrestre sa figure. Amen.

Fin du premier liure.

Vicit iter durum pietas. D. Hiero. ad Eusto.

LIVRE SECOND.

Contenant vne succincte description des Pays, Isles, Citez, villes, Mers, Goulphes & Fleuues, pres desquelz l'on passe, faisant ce tresdeuot voyage ou pelerinage de Ierusalem, depuis la fameuse Cité de Venise, iusques à Iaffa.

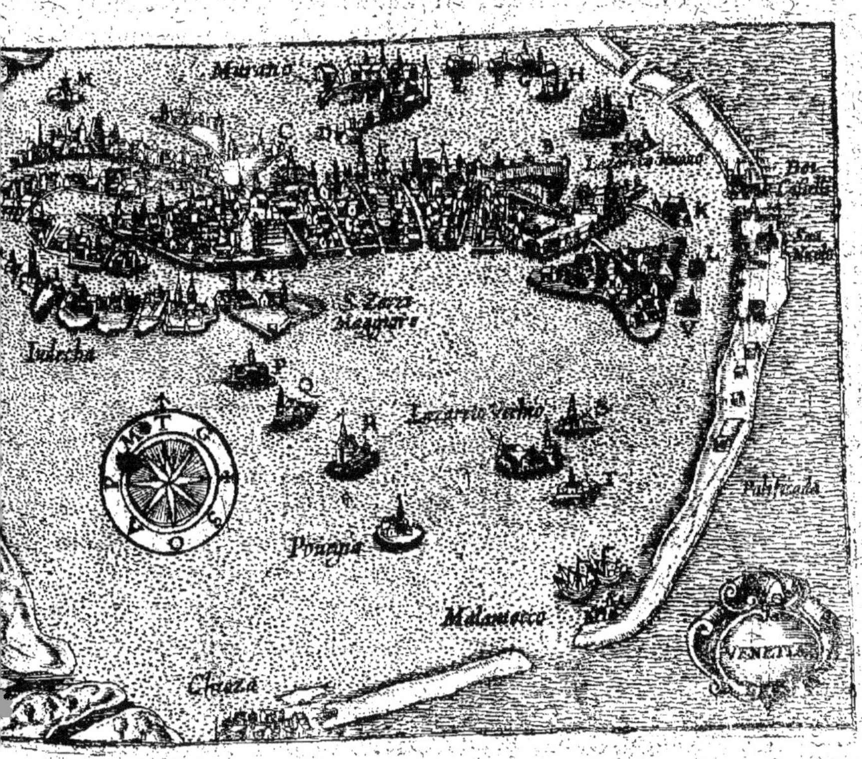

A	La place S. Marc.	L	Les chartreux.
B	L'Arsenal.	M	S. Segondo.
C	S. Christofle.	N	S. George d'Alegha.
D	S. Michel.	O	La Concordia.
E	S. Iacques des paluz.	P	S. Maria delle gracie.
F	S. Nicolas.	Q	S. Clemens.
G	Torcello. Burano.	R	S. Spirito.
H	Mazorbo.	S	S. Serualo.
I	S. Francisco del deserto.	T	S. Lazaro.
K	S. Pietro.	V	S. Helena.

De mala

De Malamocco, Chioggia, les goulphes de Venise & de Trieste.

CHAPITRE I.

L'An de grace mil cinq centz quatre vingtz cinq le vingtneufiesme iour du mois de Iuin, auquel on celebre la feste des glorieux Apostres S. Pierre & S. Paul, se trouua au port dudit Venise pour faire voille & partir d'icelle Cité pour aller vers Tripoli ville de Syrie, vne Naue mediocrement grande appellee la Tourniellé Augustine, de laquelle estoit Patron vn fort honeste homme nommé Iacomo Augustino, & estant preste à partir: Messire Philippe de Merode Baron de Frénts, & moy en la compagnie, auec plusieurs autres mentionnez au huictiesme chapitre du liure precedent nous embarquasmes tous sur icelle Naue, en intention auec l'aide de Dieu, à son honneur, & pour l'auancement du salut de noz ames de faire le tressainct voyage de Ierusalem.

Icelle naue ou nauire sortit le iour dessusdit, dudit port de Ve-

Malamoc coCastello.

nise, qui est proche de Malamocco autrefois bonne Cité, dit en latin Metamaucum, situee à cinq mile Italiennes dudit Venise (desquelz mile ie vseray en ce traicté à raison que par tous ces pays, on ne parle autrement & faut pour vne lieuë françoise enuiron trois miles Italienne) En laquelle Malamocco ont esté autre fois les sieges Episcopal & ducal, qui à present sont transferez, à sçauoir l'Episcipal à Chioggia, & le ducal audit Venise, depuis que ladite Cité a esté ruinee par les innodations de la riuiere de Brete (qui y faict profondeur) rencoutree de l'impetuosité de la mer voisine, appelee à present goulphe de Venise, & anciennement Adriatique, à cause

Golphe de Venise.

de l'ancienne Cité d'Adria, dont se voient encore les vestiges entre les bouches & braches, ou la riuiere du Po se desgorge en ladite mer ou goulphe, lequel se termine entre ledit Venise & l'Isle de Corphou, & quittant tous ses anciens noms, se reserue seulement celuy d'adriatique ou de Venise): dont la distance en la longueur d'iceluy, porte enuiron sept centz mile, & la largeur quasi cent quarante, quelque fois plus ou moins, enclos, de l'vn des costez de riues d'Italie (ou il a peu de portz si ce ne sont ceux d'Ancone Brindise & Ottrante, & peu de poisson) & de l'autre costé aussi borne de l'Istria, d'Almatie, Sclauonie & patrie d'Albanie abodat en ports & poissons : Ledit goulphe est plein d'ilettes, Rochers &

escueil

efcueilz trefdangereux à paffer en temps de tempefte, & fort fub-
iect aux tourbillos de ventz caufans fouuent plufieurs naufrages.

L A Seigneurie & domination dudit golfe fut donnee aux Venetiens par le Pape Alexandre troifiefme du nom, l'an mil
cent feptante vn, en recognoiffance de ce, que par leur affiftance
il auoit vaincu l'empereur Frederic furnommé barberouffe, fur
iceluy golfe : car ceft Empereur perfecutoit tellement ledit Pape
qu'il fut contraint fuir de Rome & fe cacher à Venife au Monaftere de la Carità, en habit de iardinier: mais eftant recogneu, la
Seigneurie Venetienne le remeift en honneur, & print les armes
pour fa defence, tellement que l'armee dudit Empereur fut rompu
fon filz Otto prins prifonnier, & par leur moien, auec l'interuen-
tion d'artes Potentatz, la paix traictee entre lefditz Pape & Empereur: Lequel auffi leur confirma la donation fufdite, & dota la
Seigneurie de Venife de grands preuileges, octroiant auffi à fon
Duc des ornemés Royaux, auec les enfeignes & trompettes qui fe
portent

sorent ordinairement deuant luy aux iours solemnelz & alors qu'il
se monstre en public, signamment au iour de l'Ascention de nostre
Seigneur, qu'il va en grand pompe, espouser la Mer, iectant en
icelle vn anneau d'or, comme plus amplement i'espere declarer au
cinquiesme liure, & en vn autre plusgrand traicté contenant les
histoires & auctoritez dont ay tiré ceste cy, auec plusieurs autres
obmises en ce liure, pour le rendre plus portatif & commode
au deuot Pelerin & voyager: en cas que ie voy que cestui-cy soit
agreable.

Pour poursuiure le cours de nostre voyage, nous dirons que le
mardi premier iour du mois de Iullet, ayant nostre Patron faict
tirer la Naue hors dudit port de Malamocco par plusieurs barquettes (comme il se fait ordinairement a cause de la difficulté de s'entrée d'iceluy), & estant entré au Golfo, il feit iecter l'ancre a l'endroit de la susdite Chioggia, petite Cité situee sur le Lito, qui est
comme vne Dicque separante les lagunes de la Mer, laquelle Cité
s'appele en latin Fossa Clodia, premierement fondee selon Ptolo-

mee, Pline, Strabon, Volateran, & autres, d'vn Clodio Capitaine
des Albains ou Albanois, & puis apres agrandie par les habitans
d'Este & de mont Silice, Refugiez en ce lieu pour la furie des
Huns; & est ceste ville de Chioggia distante d'enuiron vingt cinq
miles de Venise, sur le chemin qui tend dudit Venise par terre, vers
Ferrare.

Nous estans, côme dit est, sur l'ancre attendants encore autres
passagers, le susdit Patrô feit reueue de ses gês, mariniers & officiers, & les ordonna par escadrons soubs certains chefz, pour faire la
garde chacun à son tour, commandant que nul fut si ose, de iurer
ou blasphemer le S. nom de Dieu, ny de iouer aux detz, ou rober
le bien & hardes d'autruy, sur peine de griefue correction, ce qu'il
fit fort exactement obseruer, aussi Dieu fit prosperer son voyage.

Ayant la demeuré vne nuict, le lendemain les ancres furent le-
uees & commancé ainsi a cheminer par ledit Golfe de Venise,
bien que ce mesme iour nous veismes le mont Caldiero à main

gauche, situé au dessus d'vn petit Golfe nommé Golfo de Trieste, à
cause de la ville de Trieste en latin nômée Trigestum ou Tergestum
anciennement colonie des Romains, selon Ptolomee, Pline, Pomponius mela & plusieurs autres, distante d'enuiron vingt deux miles
de la desolee Aquilee, de laquelle sont escriptes choses grandes, plus
a plain narrees au traicté susdit. Par cestui Golfo de Trieste, entrent
en celuy de Venise, diuers fameux fleuues, telz que les Timauentus
Natizonus

Natizonus, & Formionus de Ptolomee, à preſent ditz Taillaméto, Nadizone & Riſano, procedans des prouinces de Frioul & d'Iſtris (auquel ſuſdit Taillamento ou Timane, entrant par neuf bouches au ſuſdit Golfe de Veniſe, les Poëtes & hiſtoriens ont dit auſsy, choſes eſtranges) que nous paſſerons icy ſoubz ſilence.

De la Prouince d'Iſtria & du Golfe Carnero.

CHAPITRE II.

ENtre le Golfe de Trieſte & celuy de Carnero à noſtre main gauche en allant, eſt la pen'iſule & prouince d'Iſtria, apartenát à la ſeigneurie de Veniſe; laquelle Iſtria vers Occident, eſt bornée dudit Golfe Trieſte, & du coſté d'Orient du fleuue Arſe, vers midy de la mer Adriatique ou de Veniſe, & du coſté de Septentrion (ou ſon Iſthine eſt large d'enuiron quarante miles) des Alpes, & de la prouince des Carmioles, qui ſont les Iapides des anciens.

Ceſte Prouince d'Iſtria, ſelon Ptolomee & Pline, peut auoir cent & vingt mile de circuit, ſa Cité metropolitaine eſt Capo d'I-ſtria (ainſi nommée pour eſtre ſituee à l'entree de ladite Prouince ſur vne Iſlette eſloignee de terre ferme d'éuiron trois traictz d'arc) & fut premierement fondee & habitee par les Colches, qui iuſques, en ce lieu pourſuiuirent les Argonautes & fut d'eux appelee Egida & depuis Capraria pour eſtre propre à nourrir Cheures. Capo d'I-ſtria cité

Du temps que les Eſclauons fourragerent l'Illirie & s'y eſtans les peuples d'Iſtria retirez à ſaueté, ilz l'amplifierent de beaucoup & à l'honneur de Iuſtinus filz de Iuſtinian Empereur regnant en Orient, l'appellerent Iuſtinopolis, ce que demonſtre aſſez certaine Inſcription entaillee en vn marbre contenant ce que ſenſuit.

D. N. Cæſar Iuſtinus. P. Sal. pius fœlix victor ac triumpha-tor ſemper Auguſt. Pont. Max. Franc. Max. Gotth. Max. Cos. IIII. Trib. VII. Imperator. V. conſpicuã hanc Aegidis Inſulã intima Adriatici maris commodiſſ. interiectam, venerádæ pa-ludis ſacrarium, quondam & Colchidum Argonautarum perſe-cutorum quietem ob gloriam propagandam Imp. S. C. in vr-bem ſui nominis excellentiſſ. nuncupandam honeſtiſſ. P. P. P. deſignauit, fundauit C. R. P. Q. & gente honeſtiſſ. refertam.

M   Nauigeant

Nauigeant au long de la coste de ceste prouince nous nous trou-
Parenzo
Cité.
uasmes le mercredi troisiesme iour dudit mois de Iuillet à l'endroi
de Parenzo ausi tresantique Cité d'Istria, appellee de Pline Par-
tium ciuitas Romanorum, ayant vn tres-bon port pour toutes sortes de vaisseaux, auquel s'arrestent ordinairement ceux qui viennent de Leuant, auant qu'aller à Venise, pour les raisons que ie diray ailleurs : Ceste Cité est ausi situee sur vne peninsule enuuiron-
des trois pars de la mer, & quasi vis a vis de Venise par l'interua
de cent miles, comme ausi du coste d'Italie & ce distance de cen
quarante miles, de la Cité de Rauenne. Il y a siege Archiepiscopa
& est l'Eglise Cathedrale decoree de plusieurs Corps SS. à sçauo
des SS. Nemetrius & Iulianus martirs, Berta & Agricola vierge
ausi y ont esté ceux de SS. Maurus & Eleuterius martirs, mais le
Geneuois (faisans la guerre aux Venetiens & ayans prins sur eu
ceste Cité par force l'an mil trois centz cinquante quatre) les emporterent & colloquerent en leur Cité de Genes.

Le mesme iour nous passames encore au deuant de la Cité
Rouigo
Cité.
Rouigo, ausi assise sur vne Islette coniointe à la terre ferme pa
vn pont de pierre : en l'Eglise cathedrale de ceste Cité repose l
Corps de S. Euphemia vierge & martire, arriué en ce lieu mira-
culeusement, depuis que les infideles se sont faictz maistre de Constantinople, comme dirons plus amplement au volume dessus me
tionné. De ceste Saincte, Nicephore calixte, Euagrius, Zonara
Simon Metaphraste & diuers autres escriuent choses merueilleuses : elle souffrit martire soubz la tiranie de Diocletian Empereu
Proche de Rouigo sont deux bons Portz, l'vn appelé val de Bo
(faisant vne Islette nommee Sancta Catharina) & l'autre Sanct
Andrea. Vne chose y a de remarque en Rouigo, c'est que qua
toutes les filles y naissent boiteuses, à cause de quoy, les homme
faisans difficulté de les auoir pour femmes, sont contrainct en chercher ailleurs d'alentour dudit Rouigo, & de Brioni (Islette situe
entre ledit Rouigo & la Cité de Pela) viennent les beaux marbres & pierres nommees Istriennes, dont on fabrique les palais &
autres edifices d'importance à Venise.

Quelques miles plus auant que ledit Rouigo à la poincte de C
sana, se voient les vestiges d'aucuns grands edifices ruinez, lesquel
Nesatiü
ville.
on estime estre de Nesatium ville tres-antique, où les Rois &
Princes d'Istria auoient leurs residences, & où Aepulus le derni
Linius de
cada l.1.
d'iceux, se sauua & finit les iours, estant poursuiui de Tulius Manli
& Claudius. Consuls Romains, qui prindrent ce royaume & le
mirent

reirent en l'obeïssance desditz Romains, le reduisans pour la derniere prouince ou Regi o d'Italie. Tite liue dit, que lors que lesditz
Romains eurent assiegé ladite ville & destourné d'icelle la riuiere
qui la fortifieoit, les habitas pour ne tomber es mains & seruitude
de leurs Ennemis, & à la veuë d'iceux tuerent leurs femmes & enfans, & en iecterent les corps en bas des murailles, puis se presenterent à la defence, pourquoy lesditz Romains irritez, s'estonnans
de telle barbarie & cruelle opiniastreté, s'efforcerent de les piciser
si pres qu'ilz les vainquiret & passerét tous au fil de l'espee: mais
ledit Aepulus leur Roy (estant lors yure, & oyant les clameurs des
susdites femmes que l'on tuoit, & aussy le bruit des vainqueurs ia
entrez & saccageas ladite ville) pour ne tober vif entre leurs mains,
s'occit de son propre glaiue, & depuis la ville n'a esté restablie.

Le mesme iour, qui estoit le troisielme de Iuillet, nous veismes
assez loing, la tresantique Cité de Pola, situee trente mile plus
auant que Rouigo, laquelle à vn beau promontoire & vn petit
goulphe luy seruant de port, contenant en longueur deux mile &
en largeur vij, audeuant duquel est ceste petite Ilie de Brioni des-
us mentionnee. La premiere pointe du susdit promotoire & port,
appellee la Punta del Compare, est distante d'Ancone en Italie par
internal de la mer, d'enuiron cent & vingt mile, & de Venise cer-
rente l'autre point se nomme Punta del Crucifixo. A l'entour d'i-
celles pointes, sont six ou sept Illettes, comme le susdit Brioni,
Sancto Hieronimo, Sancto Pietro, Sancto Andrea delle Fraische,
Sancta Catharina, & Sancto Floriano. Au dessus duoi Goulphe
sur vne montagnette, est situee la susnommee Cité de Pola, laquelle au temps de Pline on nommoit Iulia Pietas, colonie des Romains, & fut aussy fondee premierement par les Colches susditz, au
temps que Gedeon estoit Iuge sur les Israelites, lesquelz colches
lassas assez de poursuiure les Argonautes emmenäs Medee fille de
leur Roy, s'arresterent en ce lieu.

Au sommet d'vne petite montagne qui est au milieu d'icelle se
voyent les vestiges d'vn chasteau ruiné, & en iceluy vne tresgrande
Cisterne pour conseruer les eaües de pluie. L'Eglise Cathedrale est
fort vieille, gouuernee par vn Euesque Catholique, & y seoit du
temps de l'Empereur Charles quint le Reuerend pere en Dieu
Messire Iean Baptista Vergius, du frere duquel nommé Loys Vergius Sebastien Munstere dit auoir eu la description d'Istria. Lesquelz Iean Baptiste & Loys estoient fort doctes, & neueux de Pierre Paul Vergius Euesque de Capo d'Istria, grand compagnon

 d'Erasmus

d'Erasmus Roterodauius & de l'heresiarque Martin Luther. Au
dessus du Portique ou Portail de la susdite Eglise se trouue engra-
ue en lettres latines, *Regn. Carolo Quarto.* Il y a encore tant deho[rs]
que dedans ladite Cité, les vestiges de plusieurs sumptueux & br[a]-
ues edifices, telz qu'vn Theatre & vn Amphitheatre, faitz & e[la]-
bourez fort industrieusement, de grosses pierres carrees & de d[i]-
uers marbres comme Porphire, pierres Serpentines & autres semblables.

En vne place nommee l'Arena, y à vn gros edifice nommé Zad[i]
& vn arc triomphal d'œuure Corinthienne, qu'ilz appellent l'or[?]
Ratta, lequel (selon qu'il semble par l'inscription que l'on troui[e]
es bales d'iceluy) à este fait du temps de L. Sergius & de Lepidu[s]
tous lesquelz edifices & plusieurs autres, mesme aucunes ancie[n]-
nes sepultures demontrent, comme i'ay trouué, que ladite Cité d[e]
Pola a este l'habitation d'aucuns Romains & de personnes de gr[a]
qualité, aussi qu'entre autres, Crispus filz aisné de Constantin [le]
Grand y residoit, & y fut occis par charge de son pere, à la pou[r]-
suitte de Faustala maraistre, & femme seconde audit Constanti[n]
comme plus à plain est narré par Pomponius Letus & diuers a[u]-
theurs faisans mention de beaucoup d'autres choses rares adu[e]-
nues audit Pola. Outre le port susdit, est vne tour vieille & gro[sse]
regardante la Mer, appellee le Chasteau d'Orlando, fabriquee, selon aucuns, par Rolland Pair de France, & parent à l'Empere[ur]
Charlemagne.

Ceste cité de Pola fut auec Aquilee ruinee par Totilas Roy d[e]
Gorz, & à este depuis restablie des Venetiens: & donne sa situation aussy assez à cognoistre, qu'elle à este plaisante & amene, ma[is]
à present l'air y est si dangereux, corrompu, & infecté, que peu d[e]
personnes y peuuent habiter, sans deuenir malades, ce que l'on a[t]-
tribue aux eaues d'vn petit Lac voisin, corrompues & puantes à fa[u]-
te d'auoir cours. Lesditz Venetiens donnent le terroir des enui[r]
à qui le veut: mesme l'an mil cinq cens soixante vnze, ilz y enuo[y]-
erent les pauures Cipriotz dechassez par le Turc de leur patri[e]
mais ilz ne s'y peurent arrester: c'est pourquoy ladite Cité n'e[st]
habitee que de pauures gês, portans les faces terrassees de coule[ur]
obscure, & palle, & ont les ventres enflez comme hidropiques.

Au bout du port de ceste Cité, & à la pointe susdite del compa[r]
cômence le golfe dit Golfo Garnero, long de soixante mile, & larg[e]
de trente à quarante, lequel se courbe & tourne du long de l'I-
stria, vers la Sclauonie iusques au lieu ou le fleuue Arsa s'ebouch[e]
da[ns]

dans la mer. Ce golfe est tresdangereux à passer, & nonobstant son
nom particulier, il est (comme aussi plusieurs autres) du contenu
de celuy de Venise. Ce danger procede du voisinage des Montagnes
& Isles, entre lesquelles les ventz (s'engoulfrans & enfermans) font
mouuoir les eaues, & les rendent ainsi furieuses, boullonnantes &
impetueuses, qui cause bien souuent plusieurs naufrages, perte des
vaisseaux & des hommes, c'est pourquoy on luy a donné le nom
de Carnero, & Golfe enragé: Anciennement (selon Ptolomee, *Ptol. l. 5. tab. Eur. Plin. l. 3. c. 19. & 21. Strab l. 7. Mela. l. 2. Blondus li. 3.*
Pline, Strabon, Pomponius Mela & autres) on l'appelloit *Sinus Fa-*
naticus ou *Flanaticus*, des peuples Fanates de la Liburnie, à present
dite Bosna ou Bossena, on le nommoit aussy Polaticum, pour estre
voisin de la susdite cité de Pola.

Continuant la riue de la mer depuis Pola & tirant vers la Scla- *Castelno-uo ville Arse fleu-ue.*
uonie, se trouue encore vne petite ville nommee Castel nouo, la-
quelle est proche du fleuue Arse, procedant d'vn lac nommé desditz Ptolomee & Pline, Collinco. Ce fleuue est large à l'emboucheure d'vn mile & se nauige seurement contre mont iusques à six
mile & d'auantage, si separe (comme dit est) l'Istrie de la Sclauonie, & est la derniere borne d'Italie de ce costé.

Des Prouinces de Sclauonie, Illyrie, & d'aucuns Isles voisines à icelles.

CHAPITRE III.

L A terre ferme adiacente au golfe de Venise, depuis ledit fleuue *Sclauonie Prouince.*
Arse iusques à celuy de Titio au dela de la Cité de Zara, & qui
est à main gauche venant de Venise vers le Corfou, s'appelle Sclauonie, des Esclauons iadis peuple barbare, robuste & cruel residét
au dela du Danube, & qui (durant les guerres des Gotz, au temps *D. Greg. Epist. ad Episcopos Blondus l. 1, de Incl.*
de l'Empereur Maurice enuiron l'an 590.) raugerent quasi toute
l'Europe, lesquelz finablement se sont venuz emparer de ceste re- *Illyrie, re-gion.*
gion, laquelle au parauant estoit du contenu de l'Illiryé, aussy habitee au temps passé d'hommes felons, larrons & grans ennemis
desditz Romains, comme tresamplement ont laissez par escript
Tite Liue, Appian Alexádrin, Florus, Zonaras, Paul Diacre, Orose,
Eutrope & plusieurs autres.

Au long de la Sclauonie y a grande quantité d'escœilz, Secques *Pline l. 3. c. 16.*
& Isles, voire iusques au nombre de mille selon Pline, qui sont la
pluspart habitees pour leur fertilité & bon air, aucunes desquelles

M 3 & des.

& des plus signalées, ie parleray icy succinctement quand il viendra à propos.

La langue Illyrique ou Sclauonique, est celle qui s'estend plus loing, & qui est la plus ample qui soit quasi en l'vniuers, du moins de celles qui nous sont cognues: car comme de la latine deriuent l'Italienne, l'Espagnolle, la Françoise & la Valacque, ainsi de celle cy deriuent les Polonoise, Hongroise, Bohemoise, Croatienne, Vandaloise, Moscouite, Russienne, Lituanienne, Bulgare, Bosnienne, Seruienne, Stirienne, Dalmate, Sclesienne, Pomerienne, Carniole, Sarbienne, Ruthenienne & autres Regions voisines & adiacentes aux susdites: mesme elle se parle iusques en Tartarie, & vulgairement en la cour du grand Turc entre les courtisans Bachatz & Iannissaires, estans aussy quasi la pluspart Esclauons, hommes robustes, de belle stature & tous enfans de Chrestiens, que l'Turc fait desrober, puis circoncir & enseigner en la saulce loy Mahometique.

Quand aux Caracteres dont les Esclauons vsent en escriuant, ilz sont fort differens à tous autres tant en noms qu'en figures, & se vantent de les auoir receuz ou apris de S. Ierosme ce grand docteur de l'eglise leur compatriot: Ilz sont aussy la pluspart Chrestiens Catholicques, obseruans le rit & statuz de l'Eglise Romaine, signamment les villes qui sont depuis Seigne de Trieste, & des domaines & apartenances de l'Archiduc Charles d'Autriche, filz de l'Empereur Ferdinand, comme aussy celles, qui du long de la Marine, sont au pouuoir des Venetiens, & qui viuans soubz le tribut des Turcs sont libres & en neutralité iusques à l'Albanie: mais le surplus & quasi toutes les Mediterranees, comme estans occupees & soubmis au fleau Turquesque, obseruent la pluspart les superstitions Mahometiques.

Et icy à noter, que du rapt que fait le Turc des enfans esclauons mis par apres en seruitude (& quelquefois agrandis par luy, selon qu'ilz le seruent bien) est deriué le nom d'esclaue que l'on donne aux forçatz & serfz venduz.

Le peuple de ceste Sclauonie Maritime s'adonne encore, comme faisoient anciennement les Liburniens, à desrober les naui- geans & marchans passans, & speciallement les Turcs & Hebrieux, & appelle on ces voleurs ou pirates à present Scocques, fort redoutez des passagers qui n'ont vaisseaux de defence.

Pour

Pour reuenir a nostre voyage, vous entendrez benin lecteur, qu'en nauigeant les iours de Ieudy, Vendredy & Samedy qua- tre, cinq & sixiesme de Iuillet, il nous fut induit pendant ces trois iours, entre plusieurs Isles qui sont du costé de ladite Sclauo- nie, celles de Cherso & d'Ossera, laquelle Cherso est la Crelia ou Chisla, & l'Ossera, l'Abloros ou Absirrides, de Ptolomee, Mela, Strabon, Pline & autres, ainsi nommées d'Absirrides frere de Medée, es enuirons de ces lieux inhumainement par elle mis en pieces, comme racontent lesditz Strabon & Ouide; celle Ossera peut auoir quinze mile de circuit, & est distante des montz d'An- cone & de Pesaro en Italie quasi par egal interual, d'enuiron soixante dix mile, & en cest endroit est au plus estroit le golfe de Venise.

Sont encore pres de ces lieux, entre beaucoup d'autres les Isles de Veggia, Pago, (de Ptolomee nommée Curita) & Arbi au- trement dite Scordoua, contenant en soy deux Citez, à sçauoir Arba, & Sancto Stephano qui est le Colentum de Ptolomee, Pli- ne & Mela: laquelle Arba est subiecte à la Cité & Comté de Zara metropolitaine à present de Sclauonie, & iadis fabriquée des vesti- ges de l'antique Iadera colonie des Romains selon ledit Pline. Icelle Zara, est situee sur vne peninsule conioincte à terre ferme d'vn petit Isthne ou col estroit de terre, de la largeur d'vn pont, & fut cy deuant vendue par Ladislaus Roy de Hongrie & de Sicile, aux Veneriens, qui l'ont depuis fortifiée & munie pour s'opposer aux Turcs leurs proches voisins, elle est distante de Pola en Is- tria cent soixante mile. Il y a son Arsenal & vn chasteau gouuerné par vn gentil-homme Venetien. Les habitans d'I- celle se vantent & glorifient auoir en leur Eglise, le Corps de Sainct Simeon (surnommé par Sainct Luc le Iuste) qui receut nostre Redempteur nouuellement né entre les bras, lors que par la trespure Vierge Mere, il fut presenté au tem- ple. Ilz ont aussy les Reliques du Sainct Prophete Ioel, & de Saincte Anastasie Vierge & Martire: Soubz la Iuris- diction de ceste cité de Zara, sont aussy les citez de Mor- lara & Scardona, occupees autrefois par le Turc, depuis reprinses par lesditz Veneriens en l'an mil cinq cens soixante vne.

Cherso insolæ ra insolæ Ptol. l. 7. tab. 4. P. Mela 2. Strab. l. 2. Plin. l. 3. 26. Ouid. E- pist. 6. & 12.

Veggia, Pago, Ar- bi insel.

Zara cité & comte.

Plin. l. 3. c. 21.

Luc. c. 2.

Morlacco n ont.
Iader &
Scardon
fleues
Ptol. l. 2.
tab. h.
Europ.
Plin. l. 3.
c. 21.
Delmi-
nio.

Pres de ce lieu est le mont Morlacco assez haut, qui se veoit bien amplement en nauigeant, & proche de ladite Cité Zara d'vn costé passe le fleuue Iader, qui donnoit anciennement son nom à icelle, & de l'autre costé passe celuy de Cherca ou Scardon (qui est le Titio de Prolomee & Pline) separant la Liburnie ou Sclauonie, de la Dalmatie, lequel est nauigable iusques à la Cité de Drino, autrefois fort grande & appellee Delminio de laquelle la prouince à sa nomination de Dalmatia par mot corrompu.

De la Dalmatie Prouince.

CHAPITRE. IIII.

Dalmatia
Prouince.

OVtre ledit fleuue de Cherca ou Scardona, côme dit est commance la Dalmatie, depuis lequel fleuue il se compte iusques à celuy de l'Arsa susdit (separant la Sclauonie de l'Istrie) huict cens mile, mais c'est en costoiant les riues maritimes. Laquelle Dalmatie s'estend aussy du long de la Mer, & finit à la riuiere Drino, qui la separe de l'Albanie: Les villes mediterranees d'icelle Dalmatie sont la pluspart ruinees, ou au pouuoir du Turc, & les maritimes, en celuy des Veneciens: mais cy deuant toute la prouince apartenoit aux Rois de Hongrie.

Sebenico
Cite.
Pli. l. 3. c.
21.

Clissa for-
teresse du
Turc.

La principale cité de la Dalmatie, est la tresancienne Sebenico, de Pline appellee Sico colonie des Romains, distante de Venise par ligne directe, trois cens mile, de Zara susdite vingt deux, & cinq de Clissa principale forteresse du Turc en ladite Dalmatie esloignee d'autant de la marine. En cest endroit hantent aussy les Scocques, larrons & escumeurs de Mer mentionnez cy dessus, & guere loin de Sebenico est la montagne ou Promontoire des anciens nommee Adria, separant la Dalmatie en deux, laquelle est toute creuse & cauerneuse, pour la grande quantité des marbres que l'on en tirez cy deuant, & seruent aussy lesdites cauernes de retraicte auditz voleurs. Plus auant & quasi au milieu du Golfe de Venise, est vn Rocher haut esleué en forme de pyramide, appellé Pomo, distant de l'vne & l'autre riue à sçauoir de l'Italie & de Dalmatie de cinquante à soixante miles, sur lequel rocher y à seulement vne Cabane ou hutte, en laquelle au mois de Septembre se retirent les vendeurs aux Fauçons, y nicheans en grand nombre.

Passant plus outre contre terre ferme & au riuage de la Mer, se
trouue

rouue la Cité de Trau dite Tragurium anciennement, fortre- Trau che.
ommées, pour les beaux marbres qui en viennent, & pour l'a-
ondance des Sardelles que l'on y pesche. Puis se trouuent en Mer
es elcueilz, appellez l'vn Petronilla & l'autre Sancto Andrea, ha- Petronilla & sancto Andrea elcueils.
itez seulement de quatre Caloiers ou hermites Grecs, auisy fre-
uentez des susditz voleurs & pirates.

Il se veoid aussy d'autres Isles, l'vne appellee Il Buso, & (à l'en- Il Buso & Lissa Isle.
roit de Salona en Dalmatie) l'Isle de Lissa anciennement dite Issa
& vne autre nommee Liessena Isle & Cité notable, de Ptolomee, Liessena Isle.
line & Strabon appellées Pharia, patrie de Demetrius Pharius,
raue Capitaine & grand ennemy des Romains, selon que dit
pianus Alexandrinus, Lucius Florus & autres. Icelle Isle de Lief- Appia l. 1. Re l. ciuil. c. l. flo. l. l. c. 6.
ena, qui est fort fertile & peuplee, appartenante a la Seigneurie de
Venise, & a enuiron soixate mile en lögueur & vingt cinq en lar-
eur, si n'est distante que d'vn mile seulement de terre ferme, à
endroit (comme dit est) des ruines de l'antique Salona, d'ou es- Salona la Cité patrie du tyran Diocletian.
oit natif le Tiran Empereur Diocletian, au temps duquel & par
on ordonnance se fit la dixiesme persecution contre l'Eglise de
Dieu, en laquelle furent martirisez plus de dix mille Chrestiens,
voire plus de soixante mille, lors que Maximian commandoit auec
luy. Ce Diocletian estoit issu de race roturiere & obscure, il auoit
suiuy & porte les armes comme soldat à pied es Gaules: mesme esté
en garnison en la ville ou Cité de Tongres Belgique (selon que le Flauius vop. in vita memoriam Imp. P. let Zonar. In vit. Diocl.
diset Flauius Vopiscus, Pomponius Letus, Zonaras & autres) ou estat
loge chez vne vieille femme Druide, elle luy reprocha vn iour
son auarice, lors il respondit qu'il seroit liberal quand il seroit Empereur, sur quoy elle replica disant. *Diocletiane tocare noli, nam Impe-*
rator eris cum aprum occideris. c'est a dire, Diocletian n'en riez pas, car
vous serez Empereur, quand aurez occis aper, qui signifie en Fra-
çois porc sanglier: Depuis Diocletian prenant ce à augure (car les
Druines gaulois, comme les Mages Persiens, se mesloyent d'augu-
rer & pronostiquer les choses futures) & aspirant a ce degré, il alloit souuent a la chasse & tuoit de sa main tant de Sangliers qu'il
pouuoit: mais le Sanglier fatal fut le prefect Arrius aper meurtrier
de l'Empereur, Numerian, lequel aper ce Diocletian occit en la
presence du Senat & peuple Romain, duquel à l'instant il fut appellé & salue Auguste.

Ce Diocletian estoit fort altéré du sang Chrestié, au reste assez
bon Empereur & politique, & apres que Maxence ou Maximian
son colegue fut deffait par Constantin le grand, & soubz couleur &

N

excuse.

excuse disoit il, que le faix de l'Epire luy peloit trop, il s'en de
porta laissant le tout audit Constantin, & se retira audit Salona &
en Spalato voisins l'vn de l'autre, ou il vesquit priuement l'espac
de dix ans, passant son temps a construire des iardins, & finablem
il y mourut d'vn poison qu'il print luy mesme, pour ne tomber e
mains dudit Constantin detenu Chrestien. Il auoit de son temp
fort embelli la Cité de Rome de Thermes, Arcs triumphaux &
autres somptueux & superbes edifices, comme aulsy lesdites ville
de Salona & Spalato, desquelz se voient encore iusques a ce iour
ce tres amples & merueilleux vestiges, signamment a Rome : de
puis icelles villes de Salona & Spalato, ont esté plusieurs fois ruinee
puis restablies, & en fin totalement destruites par les Gotz, a
temps de Iustinian Empereur, selon que nous ont laissez par es
cript, Baptista egnatius, Agathias & Procopius.

Plus auant que la susdite Isle de Liessena, est celle de Cursola, d
Ptolomee, Pline & Strabon appellee Curcura & Corcira Melana
ou Cercira nigra, pour la difference de l'autre Corcira, qui est l
Corfou à present. En icelle y a vne Cité du mesme nom fonde
(selon ledit Strabon) des Guides, puis amplifiee par Antheno
Troien, qui s'y arresta (fuiant de Troye) auant qu'entrer en Italie
ou il fonda Padoue, à present en la domination des Venetiens qu
l'ot fortifiee. Assez pres de là est l'Isle de Meleda, des anciens nom
mee Meligna : comme est aussy celle d'Augusta, & plusieurs autre
moiennement grandes, auec bon nombre de petites, les noms es
quelles pour briefueté ie passe.

En terre ferme sur les riues de la Mer est la fameuse Cité de Ra
guse, des Turcs appellee Debronica, bastie par les habitans d'icell
dix mile pas pres de l'antique epidaure d'Illyrie, iadis colonie de
Romains, & destruite par les Gotz enuiron l'an de grace quatr
centz cinquante sept. Ceste Raguse est Cité & republique libre
renommee & fort marchande, gouuernee à la mode Aristocratic
que (c'est à dire par les nobles, comme celle de Venise) reseru
qu'elle paye quelque recognoissance au Roy de Naples qui est ce
luy d'Espagne, son protecteur, & au Turc. Les marchans d'icelle
traficquent librement par toute la Mer Mediterranee, & ont le
Naues appellees Ragousees, plus grosses & en plus grand nombre
que nulle Cité de toute la contree : Le chasteau d'icelle, est assis
sur vn hault rocher, & s'en renouuelle le Gouuerneur tous le
iours par election & ballotage, comme sera dit plus amplement en
la description de Venise.

Plus

Plus auant est Catharo, qui est l'ancienne Ascriuio, ville forte, **Catharo ville.** situee au bout d'vn golfe, portant a present le nom de Catharo & anciennement celuy de Sinus Rifonicus, laquelle ville fut prinse par les Turcs l'an 1571.

Au retour duquel golfe de Catharo tirāt vn peu vers terre ferme est Antiuari, ou Antibari, ainsi nommee, pour estre situee a l'op- **Antinari ville.** posite de Bari en la Pouille, ou repose le corps Monsieur Sainct Nicolas confesseur euesque de Myrre: & est cest Antiuari encore en la possession des Veneriens.

Passant plus outre, sur la pointe d'vn autre golfe surnommé de **Dulcigno ville.** Lodrin, est la ville de Dulcigno, de Ptolomee appellee Vlcinio, à present en la possession des Turcs depuis ladite annee 1571: pres de laquelle entre en la mer le fleuue Boiana procedat du lac de Zenta autrement dit de Scutari.

La ville de Scutari est celle que Prolomee, Pline & autres nom- **Scutari ville.** ment Scodra, iadis colonie des Romains, & qui estoit ancienne- ment le siege royal des Roys d'Illyrie, entre autres de Gentius, le dernier d'iceux, qui a donné son nom à l'herbe appellee Gentiane: icelle ville est tres-forte, & en la subiection du Turc, qui la tient pour la Metropolitaine de Macedoine, & frontiere a la Dalmatie & Albanie, proche de laquelle passe le fleuue Drino, qui se degorge dans la mer par cinq bouches ou Canaux faisans le golfe susdit de Lodrin, au bout duquel la mer se courbe la vers Italie.

Le benin lecteur doibt notter, que nonobstant que ie nomme icy beaucoup de golfes particuliers sur ce sein Hadriatique ou golfe de Venise, qu'iceux sont neantmoins des apartenances & depen- dances d'iceluy golfe de Venise: mais s'auanceans plus vers terre ferme, ou faisans (a cause de la reception d'aucuns fleuues) des golfes separez, iceux prennent des appellations particulieres & diuerses, selon le voisinage des villes, ou la puissance des fleuues qui les engendrent: Ce qui seruira icy, pour aduertissemēt general.

De Tremiti Isle, le Mont Sainct Ange & lieux de la Pouille.

CHAPITRE V.

AYans passé assez proche d'aucunes des villes & lieux susditz, & nous estans encore a l'entour de l'Isle de Meleda, le vent que les Italiens nomment Sirocco, les Latins Vulturnus & les

    Mariniers

Mariniers Septentrionnaux Suit-oeft) nous poussa par vn dimenche fixiefme de Iuillet, vers les coftes d'Italie: & fut fi grand &
rude, que le Patron fe trouuua confeillé de mouiller l'ancre à l'endroit des Ifles de Tremiti, fituees en Mer à quatre centz cinquäte
mile de Venife, de Lieffena par les trauers cent trente, & de terre
ferme de la Pouille, vingt cinq à trente.

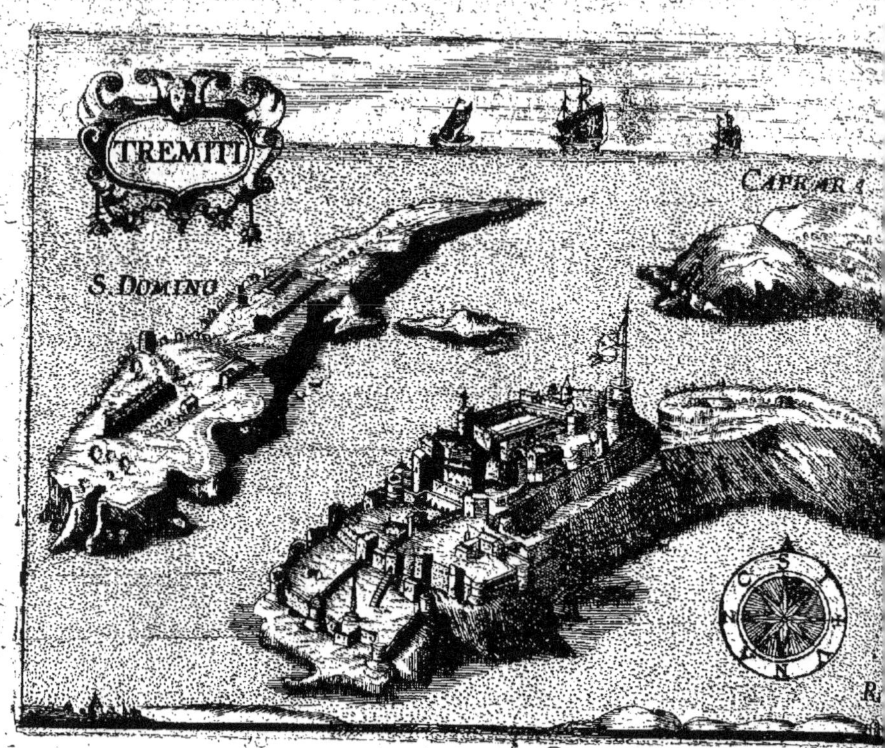

Icelles Ifles, font celles que Pline, Strabon, Solin & autres appellent les Ifles Diomedees, à l'honneur de Diomedes filz de
Thideus & de Deiphile, Roy & Royne d'Etholie prouince d'A-
chaie à prefent nommee Romanie: lequel Diomedes, retournant
de la guerre de Tcoye, fut iecté en ce lieu par fortune de Mer, &
s'y arrefta auec fes compagnons & foldarz: defquelz il en perdit
quelques vns par naufrage, qui (felon les fables grecques) furent
transformez en oifeaux affez grands, & de plumage blancheaftre,
ayans les yeux rouges comme feu, des dentz au bec, des ongles
fortz & aiguz, iettans vn cry, comme la voix humaine. Iz volent

par

Tremiti
Ifle & mo-
naftere.

Strabo l.
2. & 5.
Plid. l. 3.
c. 26.
Solin.
c. 8.
Nicol.
Leon. l. 1.
c. 24.

par trouppes & suiuét deux d'entre eux qui femblét les conduire &
s'appriuonent facilement auec les hommes Grecs: mais furent &
moleftent les eftrangers. Il y en a encore de femblables iufqués au
iourd'huy nommez oyfeaux de Diomedes, defquelz, de leur tranf-
formation, & de la mefme Ille, parle Sainct Auguftin en fon liure
de la Cité de Dieu. Loys viues fon commentateur, allegue auffy
fur ce fait plufieurs auctoritez, que ie paffe icy pour brieueté, pour
en parler encore au liure cinquiefme, chapitre vnziefme.

Aug. de
ciuit. dei
lib. 18.c.
16.

Lefdites Illes (felon Pline) fe font faites fameufes, par la Sepulture du fufdict Diomedes, qui y eftoit auec vn Temple, auquel on
luy faifoit des honneurs diuins: mais a prefent on n'y veoid veftige
aucũ de l'vn ny de l'autre, fors que le bruit court qu'ilz y auroient
efté, & que l'antique temps auroit miné & confommé le tout.
Or moy, retournant de ce fainct voyage de Ierufalem à Rome, re-
contray vn Religieux de ce lieu, qui m'affeura, que depuis quelques
annees en ça, & befongnant à la fortereffe, l'on defcouurit deux
Sepultures taillees en la Roche, en l'vne defquelles on trouua vn
grand trefor, & dans l'autre le corps d'vn homme, de fort extraordinaire grandeur ou hauteur, ayant encore l'efpee mife du long de
la iambe, auec fon pendant garny de boucles & ferrures d'argent:
mais en ouurant ledit Sepulchre, tout tomba en pouldre, hors
mis lefdites boucles, ferrures & la lame.

Ces Illes font trois en nõbre, feparees feulement de quelque internal de mer, en la principale defquelles (anciennement nommee
Teutria, & a prefent Tremiti) eft vn beau Monaftere de chanoines reguliers de l'ordre de Sainct Pierre d'Ara, veftus quafi à la
mode de ceux de Sainct Auguftin. Et fi au temps des Ethniques
(comme dit Pline) ladite Ille a efté renommee, pour le Temple &
Sepulture de Diomedes, à prefent elle l'eft pour les grands miracles
que Dieu y fait, par l'interceffion de la glorieufe Vierge fa Mère,
du vulgaire appellee Sancta Maria de Tremiti: Caufe pourquoy
y a ordinairement grande affluence de peuple, qui va par grande
deuotion la feruir & venerer en ce lieu. Le fufdit Monaftere eft
honeftement fortifie, auec bonnes gardes, contre les incurfions
des Turcs, ennemis de la foy, qui frequentent fort ce golfe.

Quand aux deux autres, ce font iflettes, l'vne eft appellee Sancto
Domino & l'autre Caprara, fur lefquelles, lefditz Religieux font
paiftre leur beftial: ou y a vn petit port, pour receuoir des medio-
cres vaiffeaux, telz que ceux qui viennent de Barletta, villette fur
la mer en la Pouille, diftante de Tremiti (comme dict eft) de vingt-

N 3

cinq

cincq milles. Aucuns de noftre naue, durant qu'eftions fur l'ancre
auec le Reuerendiffime Euefque de le Zante & de la Chefalenie, s'y
firent mener par la fregate, & y furent honeftement receuz du
Superieur & religieux, & en rapporterent quelque rafraichif-
fement.

Le lundy feptiefme iour du mois de Iuillet au matin, apres auoir
falué la Vierge Marie de trois coups d'artillerie, felon l'vfage &
couftume des mariniers, les Ancres furent leuez, & les voilles tenduz pour nous remettre en voyage, mais le vent Auftral, nous
tant vireuolter & tellement balancer, que la plufpart des paffagers,
mefme aucuns des mariniers, furent malades : & ne peufmes ce
iour, ne le lendemain abandonner le Mont Sainct Ange, voifin de
ce lieu du cofté de la Pouille. Ce Mont eft affis haut, & appellé de
S. Ange, depuis que l'Archange S. Michel s'eft apparu en la grotte
ou a prefent eft vne tref-belle & riche Eglife, fort frequentee de
plufieurs Pelerins, pour les grands miracles qui s'y font iournellement : & aduint cefte apparition (de l'aquelle fe celebre la fefte le
huictiefme iour du mois de May, felon l'vfage de Rome) l'an 580
audit iour huictiefme de May, gouuernant lors le S. Siege Apoftolique le Pape Gelafius, & l'empire, Zenon, felon aucuns, mais autres difent que ce fut l'an 897. en la quatriefme annee du Pontificat d'Eftienne cinquiefme.

Cedit mont eft encore des Apennius aboutiffant comme vn promontoire bien auant en la Mer, & s'eftend en longueur enuiron
quarante milles, portant fur la croupe quelques Citez & bourgs
des ditz Caftelli : il y a auffy plufieurs bofquetz, terres & pafturages, fertilz en diuerfes fortes d'herbes medicinales, bletz, vins &
fruitz auec des lacs abondans en poiffons : Le nom de Gargan luy
eft fort ancien, & d'iceluy l'ont appellé Ptolomee, Pline, Strabo,
Mela, Virgile & autres, parquoy apert que le perfonnage mentionné en la legende S. Michel, a pluftoft prins fon nom ou furnom
du mont, que non le mont de luy, lequel eft fitue en l'antique Iapigia partie de la Pouille. La mer le baigne de trois coftez, & trouuons que le furnommé Diomedes (regnant en Italie) le voulut retrancher de terre ferme pour en faire vne ifle, mais l'acheuement
de ceft ouurage luy fut defendu par la preuention de fa mort. Par iceluy mont les Sarrafins & Turcs, ont quelque-fois attaquez & fort
moleftez l'Italie.

Au long dudit mont, mefme depuis Ancona iufques à Naples,
fur le riue de la mer, de demy mile à autre, font des tours pour
faire

Mont S.
Ange.

Ptol. l. 2.
tab. 6.
Europ.
Plin. l. 3.
c. 11.
Strab. l. 6.
Mel. l. 2.
c. 11.
Virg. E-
neid. l. 11.

aire la garde cotre les auenues d'iceux Turcs & autres ennemis,
lquelles (ceux qui y sont commis, voyans venir des galeres,
Naues, ou autres vaisseaux) font quelque signal pour aduertir l'vn
autre, comme de nuict auec du feu, & de iour par grosse fumee,
& ainsi cela va de iour à autre, tellement que tous ceux des pays
voisins & adiacens, en sont incontinent aduertis, & en peu d'heure
en armes. Le mesme se fait en Cypre & en plusieurs autres lieux
maritimes. Ptolomee dit qu'au pied dudit mont, ou bien depuis
Garo, ceste mer est appellee Ionique, pour vne femme impudique ainsi nommee, que Hercules y occit sur la riue, & en iecta le
corps en icelle mer, mais les modernes commancent seulement ce
nom de Ionique à l'endroit de Brindise ou Ottrante, ou bien aux
dictz Chimeres, laissant à tout le Golfe iusques là, son nom d'Ha-
diatique ou de Venise.

Ne pouuans lors, (pour la contrarieté des ventz, comme dit est)
abandonner la mort Sainct Ange, nous veismes en passant au pied
d'iceluy, la petite Cité de Bestia, anciennement dite Vestice ou
Veste, de la Deesse Vesta qui y auoit son temple: & fut ladite Cité,
totalement bruslee & ruinee par les Turcs, lors qu'ilz occuperent
le Mont Sainct Ange, mais elle a esté restablie, & de fait au temps
du Concile de Trente en estoit Euesque, Hugo Boncompagno
Boulonnois, qui depuis a esté Pape nommé Gregoire treiziesme,
cest Euesché ne portoit à son pasteur qu'enuiron deux cetz escus de reuenu par an, selon que nous recita le reuerend Prelat de le
ante susnommié.

En cest endroit & en plein golfe, sont aussy plusieurs Isles entre
autres la Pelegose, auoisinee de grand nombre, d'escueilz & Seches, les vns paroissans à fleur d'eau, & les autres demy couuertz:
tellement qu'il n'y a lieu en tout ledit golfe, plus redoubté des mariniers pour les naufrages en temps de tempeste, que cestuy là.
Il y a aussy l'Isle de Pianta, des anciens dite Planasia, en laquelle
(selon Appian Alexandrin & plusieurs autres autheurs) Agrippa
neueu d'Auguste Cesar, (qui a fait fabriquer à Rome plusieurs
somptueux edifices, entre autres le Pantheon, Temple de tous les
Dieux des gentilz & depuis dedié à la Vierge Marie & tous les SS.
vulgairement nômé Sancta Maria Rotonda) fut confiné & meur-
dri à la suasion de Liuia Drusilla seconde femme dudit Auguste, &
Tribere successeur d'iceluy, au temps duquel nostre Sauueur &
Redempteur fut Crucifié. Or le vent (comme dit est) nous fut
quelques iours fort contraire, tempestueux & variable, mais en fin
il se

il se rendit occidental, & nous ietta entre Brindisi en la Pouill
& Durazzo en Albanie, distantes par internal de Mer, cent mil
l'vne de l'autre.

De la Prouince d'Albanie & peuples & Albanois.

CHAPITRE VI.

LA susdite Durazzo, est situee sur le bord de la mer, & au bo
du prenommé golfe de Lodrin, ou se commence la partie
la Grece nommee Albanie, qui estoit l'Epire des anciens,
partie de la fameuse Macedoine dominatrice du monde sou
Alexandre le Grand son nourrisson & Roy, cette region d'Epi
(comprenant en soy la Caruanie & l'Aetolie des anciens, s'este
doit du long d'vne partie du golfe de Venise, & de la Mer Ionic
& puis Durazzo iusques au fluue Acheloo, qui la separe de l'Ach
& luy fut son nom d'Epire changé en Albanie (selon Eusebe & a
cuns autres autheurs) par les Albanois, premierement sortis de
ville d'Alba (voisine & emulatrice de Rome au commanceme
de son acroissement, & lors que Tullius Hostilius troisiesme R
des Romains, s'eut ruinee) & comme vagabonds & exillez
leur patrie, s'estoient retirez en Asie proche du mont Caucase
la mer de Caspie, entre les confins des Hyberes, Massageres, &
region ou on dit auoir commandé les guerrieres Amazones. C
Albanois ont tousiours estez fort belliqueux, & ennemis natur
desditz Romains, comme ilz demontrerét encore au secours qu
donnerent à Michridates Roy desditz Hyberes, combatant Po
pee le grand, mais enfin ilz furent dechassez de ces marches
les Scites, puis incitez de reueoir leur ancienne patrie, s'en reu
drent en Europe, & passant par cette partie d'Epire, la trouuer
si forte d'aisiete, si commode & propre pour soy garantir de t
ennemis, qu'ilz s'y fermerent, & luy firent changer de nom, v
(comme ilz font encore) d'vn langage particulier, n'ayant rien
commun à celuy des Grecs, iny des Esclauons leurs anciens & m
dernes voisins.

Ceste Prouince a esté fort renommée par les Historiens, prin
palement pour deux Pyrrhes qui y ont regné. Le premier, es
filz d'Achilles, qui espousa Andromache vesue du preux Hec
Troyen, selon Virgile: Et le second fut filz d'Ayax, duquel plut

que & autres racomptent les grands faitz, mesme l'ont estimé le plus vaillant Prince & Capitaine de son temps. Cestuy guerroya Demetrius, Lysimachus & Antigonus Roys de Macedoine, & les Romains aussy par six ans continuelz, a la requeste & assistance des Tarentins en Italie & des Carthagenois en Sicile enuiron l'an du monde 3819. & de la fondation de Rome quatre centz soixāte huict, ou 472. selon aucuns. Ce fut le premier, (selon le recit desditz Plutarque, Pline, Polybe & plusieurs autres) qui amena des Elephans en Italie, lesquelz effraierent tellement de leur odeur, & par leur grādeur & difformité, les cheuaux des cheualiers Romains, que facilemēt par deux fois ledit Pyrrhus les deffeit: Apres sa mort les Romains pour la premiere fois, passerent la Mer pour faire la guerre aux estrangers, & lors subiuguerent a leur Empire, la Macedoine & ledit Epire auec Perseus leur Roy: Hannibal de Cartage disoit ledit Pyrrhus estre vn second Alexandre le Grand, aussy il luy estoit parent, car Olimpia mere dudit Alexandre, estoit fille de Neoptolemus oncle dudit Pyrrhus, & ne regna ledit Alexandre le Grand que vingt six ans deuant ce Pyrrhus, auquel (nonobstant que tref-grand ennemy) pour ses vertus, preudhommie, prudence & vaillance naturelle, les Romains ont fait dresser des statues a sa semblāce, & desquelles s'en voyent encore aucunes a Rome: voyla quand au faict en partie des princes ethniques de ceste region.

Mais le tref-Chrestien Scanderbech, depuis l'an de grace mil quatre centz quarante, a par ses prouesses & entrerefoy, bien autrement fait reluire la renōmée d'icelle prouince: & en dirons vn mot en passant. Ce Scanderbech donc, ayant esté donné en sa ieunesse auec trois de ses freres, en ostage a Amurath Roy des Turcs, fut par son commandement circoncy, & enseigné en la faulse loy de Mahometh, & au lieu de George Castriot qu'il se nommoit, il fut appelé Scanderbeg, qui signifie, Alexandre Seigneur: mais son pere tref-prudent luy procura des seruiteurs, qui secretement l'entretindrent & instruisirent en la foy Chrestienne. Il fut esleué & bien dressé en l'art militaire, ou il prospera heureusemēt, a cause de quoy estoit bien aimé du grand Seigneur, lequel le menoit par tout auec luy en guerre, & n'ayāt encore attaint que l'aage de dixneuf ans il fut fait par luy Sanizcq & conducteur de cinq mil cheuaux. Ie serois trop prolix si ie voulois mettre en cest œuure (ne seruant que d'Epitome) toute l'histoire des faitz excellens de ce Prince magnanime: mais qui la desirera veoir, pourra lire ce qu'en recitēt Francisco Saisouino, Laonicus Calcocondile Grec, Andreas Cambrini,

O   Paul

Plut. in vita Pyrrhy. Plin. l.8. c.6. Polib. l.2.

Scanderbeg Prince des Albanois.

Pau. Ioue, Marinus Barletius, & autres notables Historiens, desquelz ay tiré ce que i'en ay escript plus amplement en l'autre volume, n'antmoins i'en diray icy quelque peu de chose.

Or est il, qu'ayant ce Scanderbec ia acquis grand bruit entre les Turcs, & s'estant rendu formidable aux Chrestiens, son bon pere Iean Castrior mourut: ce q̃ le Turc ayant sceu, & soubz ombre de prendre la tutelle des enfans d'iceluy, il se saisit cauteleusement de leurs terres & forteresses, mesme fit secretement mourir par poison, les freres de Scanderbeg, entretenant iceluy de belles paroles & promesses, de non seulemẽt luy remettre es mains l'Estat paternel, ains de luy donner & octroyer (suiuant son merite) de plus grands biens & honneurs, si tost qu'il seroit au dessus de certaines entreprinses qu'il auoit en main, mais cõme le perfide passa vn an & plus, sans rien effectuer, Scanderbeg aperceut sa malice, & se facha aucunement, parquoy secretement & auec patience, espia le temps propre pour s'emanciper de la seruitude de son cruel Seigneur, & se vanger du tort qu'il auoit fait, & faisoit à luy & aux siens. Fort à propos Dieu voulut lors, que Iean Huniades pere du Roy Mathias de Hongrie s'estoit mis en campagne cõtre les Turcs, & que ce Scanderbeg fut enuoié auec vne forte armee contre luy, mais s'aignant auoir du pire (contre sa coustume) il se mit à fuir, causãt par ce moyen vne glorieuse victoire audit Huniades & vne grande desfaite des Turcs, ce qu'aduint l'an mil quatre centz quarãte, selon Dresseres & autres autheurs susmentionnez.

Scãderbeg, s'estãt retiré auec ceux qu'il cognoissoit luy estre fideles, se mit en vn lieu seur & secret, auquel (par permissiõ diuine) le principal Secretaire du grand Turc Amurath, le vint trouuer la nuict suiuante, & Scanderbeg prenant l'occasion si bien venuë par le front, le caressa tant qu'il peut, eux complaignans ensẽble de leur commune fortune & vergogne, & seictant vers luy (soit par force ou autrement) qu'il escriuit de la part du grãd Seigneur au Gouuerneur de Croya ville principale de son patrimoine, vne lettre de mãdement qu'incontinent icelle veuë il eust à mettre la place entre les mains de Scanderbeg, comme le voulat gratifier de ses bons seruices: Ce fait il reconforta ledit Secretaire, & luy promit plus grands biens qu'il ne pourroit esperer du Turc, s'il le vouloit suiure & se faire Chrestien: mais le voyant obstiné, & redoutant que son dessein ne fut descouuert & interrompu, il le tua, puis auec trois centz hommes (la plus part Albanois & ses feaulx amis) au plustost qu'il peut, se transporta vers l'Albanie, & se presenta
auec

auec la lettre patente soubsite au Gouuerneur de Croya, lequel voiant le mandement de son Seigneur, signé de son plus grand Chancellier & Secretaire, considerat l'affection que l'on portoit à Scanderbeg, & le credit qu'il auoit en la cour, par l'aduis de plusieurs
Geniuaires, y acquiesça promptement, sortit à l'instant & luy ceda la place.

Lequel Scanderbeg, se voyant maistre de la place, ietta les armes & enseignes Turquesques à bas, y remeit la S. Croix & Religion Catholique auec les armes. Puis assembla le plus de gens qu'il
luy fut possible, auec lesquelz il alla assaillir les autres villes de son
patrimoine, occupees par le Turc, lesquelles il recouura en quatre
iours, & en moins de vingt, toutes celles que ledit Turc tenoit en
Albanie, non tant par force, que par le vouloir de Dieu, & estonnement que les garnisons Turquesques receuoient de ce changement & de la rigueur de mort, dont il vsoit vers ceux qui ne se
vouloient faire Chrestiens. Cela fait, il se transporta en Alexio,
ville forte en Albanie appartenante aux Venitiens, ou il fit alliáce
auec eux, sachant bien que le Turc Amurath ne tarderoit guere à
le venir visiter auec force (comme il fit) auec Mahomet son filz
& successeur, lesquelz luy firent de tres-cruelles guerres, & quasi
sans relasche l'espace de vingt sept ans, sans auoir neantmoins peu
rien gaigner sur luy. Au bout desquelz vingt sept ans, comme il
se retrouua en Alexio, pour renouueller l'alliance faite auec lesditz
Venitiens lors trespuissans: Il fut assailly d'vne forte fieure, qui
l'incita à disposer de ses affaires & consigner l'Albanie auec son filz
aisné Iean Castriot, en la protection desditz Venitiens: sachant
bien qu'apres son decedz, il ne pourroit soustenir les forces de ses
ennemis, sans leur tutelle & assistance. Et ainsi il finit sa vie, estar
aagé de soixante trois ans, l'an de grace mil quatre centz soixante
trois, au grand regret de toute la Chrestienté, & specialement de
ses fidelz vassaux & subiez les Albanois preuoyans leur malheur
futur: desquelz les principaux vendans ce qu'ilz auoient en Albanie, se retirerent au Royaume de Naples, auec le susnommé Iean
Castriot leur Prince, duquel la race y dure encore, & auquel son
pere George autrement dit Scanderbeg, y auoit acquis de grans
biens, cognoissant qu'il ne pourroit (comme luy) retenir l'Albanie
contre l'effort & l'enuie qu'auoit le Turc de la reconquester.

Ce Prince tres-Chrestien, valeureux & inuincible bouclier de
la Chrestienté (auquel le Pape Pie second auoit designé, mesme
estoit venu iusques en Ancone, pour en la Cité de Durazzo, de

               Couron-

Couronner Roy de l'Epire & Albanie, & le faire chef de la puif-
fante armée Chreſtienne, qu'il auoit aſſemblée & croiſée pour aller contre le Turc. Eſtant ce prince decedé, ſon corps fut (auec
telle pompe & honneur qu'il conuenoit) inhumé en l'Egliſe Cathedrale dudit Alexio, & y a repoſé iuſques à tant que ceſte pauure
Cité fut prinſe deſditz Turcs enuiron vnze ans apres, leſquelz ayans diligemment recherché, & trouué ſon corps, au lieu qu'en ſon
viuant il eſtoit d'eux crainct & hay, au contraire luy firent lors
autant d'honneur & reuerence, comme nous Catholicques, Grecz
& autres Chreſtiens Orientaux faiſons aux ſacrées reliques d'vn
corps S. de martir & Canoniſé, ſe reputas bien-heureux, ceux qui
pouuoient auoir & obtenir la moindre piece de ſes os, pour la faire
enchaiſſer en or & argent, & la porter au col, pour par ſon moyen
(ſelon leur opinion) eſtre renduz plus hardis, bien fortunez & victorieux.

Ce prince en ſon viuant fut tant redoubté du Turc, que Mahomet ſon treſ-grand ennemy, oyant les nouuelles de ſa mort, en fut
fort reſiouy : mais ſe tint coy vn an entier, ſans pſer le bouger pour
doubte qu'il auoit que telles nouuelles ne fuſſent veritables, & que
ce ne fut qu'vne mort fainte & ſuppoſée, pour encore attraper ſes
gens : Eſtant l'an reuolu, & luy bien acertené d'icelle mort, il en-
noya grand nombre de gens de guerre, aux confins d'Albanie, leſquelz la trauaillerent cruellement, l'Eſpace d'vnze ans continuels
ſans intermiſſion, conſommant les plus valeureux des princes
& ſoldatz Albanois, & en apauurirent le peuple, tellement que ſe
voyans deſtituez de tout ſecours, & Mahomet y venir en perſonne auec treſ-grãde armée, ſans qu'ilz euſſent moyen d'y reſiſter, ſe
laiſſerent (partie par force & partie par famine) ſubiuguer ſoubz
ſon miſerable youg.

L'an mil quatre centz quatre vingtz deux ledit Iehan Caſtriot
filz de Scaderbeg, imitateur de la vertu du pere, ſe meit en deuoir
(par l'aſſiſtance de Dom. Ferdinand Roy d'Arragon, de Naples
& Secile) de recouurer le domaine paternel : Mais Baiazet filz de
Mahometh le reprint derechef, l'an mil quatre centz quatre vingtz
douze, & ſoubmit toute l'Albanie à ſon Empire comme elle l'eſt
encore à ſes ſucceſſeurs Turcs, horſmis les Albanois qui deſlors ſe
refugierent, & ſe tiennent encore es Montagnes de Cimeres (deſquelles ie parleray cy apres,) retenans leur ancienne nobleſſe, religion & liberté, ſans que le Turc, quelque effort qu'il leur ait fait,
les en ait peu chaſſer, & ce à cauſe de l'aſpreté & dificil acces deſdites

dites Montagnes. Ce sont ces Albanois appellez des Irasiens Srra-
notti, & de nous Albanois, qui par leur vaillance sont renommiz
& bien voüluz de tous Princes aians à faire de guerre : Il est bien
vray que ceux du Royaume de Naples, venans de la race des susmentionnez, & estans mieux à cheual que les autres, sont le
semblable soubz mesme nom.

Ie vous ay reduict icy (benin lecteur) trop long temps en la narration de l'histoire de ce tres-vaillant & tres-illustre Prince, mé-
ritant neantmoins d'estre plus estenduë, pour les merueilleux faitz
y contenuz : mais craignant vous offencer, & pour n'estre ce traicté (comme dit est) qu'vn abbregé d'vn autre que i'espere (moyennant l'ayde de Dieu auec le temps) mettre en lumiere, si par
cestuy cy ie cognois qu'il vous soit agreable : Ie me deporte d'en
parler plus auant, me semblant toutefois n'estre indecent de sortir
quelque fois hors de propos, pour s'arrester & extrauaguer (côme
fait la Naue à faute de bon vent) hors du droit chemin & cours de
nostre principal dessein, considere que la narration variable es histoires, ne doibt moins donner de delectation aux lecteurs & escoutans curieux, qu'aux amateurs de iardinages, la diuersité des
plantes, & varieté des couleurs, es belles fleurs de leurs parterres.

Pour reuenir donc à noz premieres erres, nous feusmes iectez
(comme dit est) le mercredy neufiesme de Iuillet, vers la coste de
l'Albanie dessusdite, de laquelle la premiere Cité maritime du lôg
du golfe Lodrin est l'Alexio ou Alesso susdite, où a esté ensepulturé ledit Prince Scäderbeg : & est, la Lisso colonie des Romains
selon Ptolomee, Pline, Strabon, & autres, situee à quarante cinq
degrez n'elle minutes de longitude, & quarante-vii degrez dix
minutes de latitude.

Trente mile plus auant en terre ferme, sur le fleuue Drino (separante la Dalmatie de l'Epire ou Albanie) est la forte Scutari
(dont est fait mention cy deuant sur la fin du quatriesme chapitre
du present liure) qui est la Scodra des anciens, laquelle ayant esté
auec autres reconquises sur le Turc, & mise es mains des Venitiens par Scanderbeg, fut d'iceux (par apoinctemét faitt en Constantinople l'an mil quatre centz soixante dix sept) renduë audit
Turc Mahometh, au grand detriment des prouinces circonuoisines : Car par icelle, luy & ses successeurs ont tenuz & tiennent les
prouinces de Dalmatie, Sclauonie, Albanie & autres, en subiectiô.

La seconde ville ou Cité Maritime d'Albanie, est Durazzo, situee au tournant du promontoire appelé Capo Pali. Ceste Durazzo

Cetinua-
tion du
voyage.

Alexio
Cité.

Plin. l. 3,
c. 22.
Strab. l. 7.

Scutari
ville forte.

Durazzo
Cité.

razzo est l'antique Epidamnum ou Dirachium d'Epire, distant
par l'interual de la Mer, cent miles de Brundufe en Italie, & est
celle que Pompee le grand fuhit (estant pourfuiuy de Iulius Cefar
& attendant le fecours des Confulz) & qui à efté renduë fameufe
par la faim qui en fura ledit Cefar & fon armee, & encore par le
hafard, où il fe meit, en hiuer & malgré les fortunes & tempeftes
de la mer, feul, auec vn marinier, en vne peute barquette, pour
de là paffer en Italie & faire hafter fes legions, comme racopten
Plutarque & Appian Alexandrin, mefmes ledit Cefar en fes commentaires. Les princes Chreftiens, au temps de la guerre fainct
s'en font aufsy feruis, & finablement elle eft venuë auec les autres
voifines, foubz le long miferable des Turcs, d'an mil quatre cens
quatre-vingtz treize: & au lieu de Dyrachium (nom que luy a-
uoient impofé les Romains) elle eft par langage corrompu ce
Modernes appellee Durazzo, fituee à quarante cinq degrez, null
minute de longitude, & quarante degrez cinquante minutes de
latitude: plufieurs autres chofes digne de memoire y fot encor ad-
uenuës, & dont ay fait narration au volume deffus-mentionne
pourtant les pafferay icy brieuement.

En terre ferme, font encore les villes de Croya (principal patrimoine de Scanderbeg) & Driuafto, laquelle Croya, clef de la
Macedoine, eft fituee fur vn roc de toutes pars en precipice, diftat
quatorze mile de Durazzo, & cinquante fept de Scutari. Elle s'eft
rendue pour vn temps bien renommee auec ledit Driuafto & Scutari, pour les pauuretez & famines qu'elles endurerent & les braues refiftances qu'elles firent (du moins leurs habitans) auant qu'
fe foubmettre au cruel Mahometh.

Paffant outre Durazzo, au deuãt du promotoire appellé Cappe
l'Aghy, & les emboucheures des fleuues Spirnaffe & Caurion, l'on
veoid aufsy a l'enttee du golfe de la Valona, l'Ifle ou efcueil appellé
des modernes Saffono, que Ptolomee nomme Sazo à prefent encor feruant (comme elle faifoit au temps de Pline) de retraicte
aux Pirates & Corfaires, qui le rendent inhabitable.

Le golfe fufdit de Valona, fe courbant vers Orient contre la
terre qui tient à l'Albanie, eft ainfi appellé, à caufe d'vne grande
ville ayant ce nom, qui eft au bout d'iceluy, laquelle Ptolomee appelle Aulon cité natale, & luy fert ce golfe de tres-grand & beau
port propre a tenir vaiffeaux de Mer, foit pour armee ou autrement, & eft trefcommode pour de la paffer en Italie. En ladite
ville de Valona ou Vellona, & pluftoft Bellona, à prefent fans
murail-

Plut. In
vit. Cæf.
Appian.l.
3 bello
Ciuile.
Cæl.l. 3.

Croya &
Driuafto
ville.

Laghi Pro
montoire
Spirnalle
& Caurió
fleuues
de l'Al-
banie.
Saffono
efcueil.
Ptol.tab.
10.
Europ l.3
Plin. l. 3.
c. 26.

Valona
Golfe &
ville.

murailles, tenoient anciennement les Roys d'Epire & de Macedoine, leur Arsenal & Naues de guerre. Aussy pour ceste cause &
pour mieux faire la guerre a l'Italie, Baiazet premier du nom s'en
empara, & s'estant ladite ville (apres sa mort) rebellee, Amurat
second la reprint, & depuis les Turcs l'ont touiours tenue, & y a-
massent leurs galleres, iusques a present, au grand deshonneur des
Princes Chrestiens, & grand danger de l'Italie.

L'An mil cinq centz trente sept, Soliman y assembla vne fort
grande Armée, de laquelle il fit passer en la Pouille trente mille
hommes, qui saccagerent & bruslerent Barletto, Castro, & plusieurs autres villes, Chasteaux & Casals : mais suruenant l'Empereur Charles les quint, ilz les abandonnerent & se retirerent derechef en ladite Valona, laquelle nonobstât qu'elle soit ouuerte, ne
peut estre bonnement prinse, a cause d'vn fort Chasteau, situé sur
vne montagnotte nommee Canina, qui la defend & y commâde,
& aussy d'vne forte tour auec vn bouleuert, qui en guise d'vn
promontoire en mer, en defendent l'accez. Aucuns ont estimé,
mesme ie l'ay escript par erreur, en mon liure Italien imprimé
à Rome, que ceste Valona seroit l'Appolonia d'Epire Macedonique, ou commença la guerre Philippique, & en laquelle
la ieunesse, mesme Auguste Cesar & Drusus frere de Germanicus
ses nepueuz, furent iustruitz en la langue Grecque, & es artz
d'Orateurs & militaire (comme escriuent Suetonius Tranquillus,
Appianus Alexandrinus, Tacitus & plusieurs autres) & de fait ledit Auguste en fut reappellé, quand son onsle Iulius Cesar fut tué
à Rome, en laquelle Appolonia commançoit aussy le chemin royal qui conduisoit vers la Thrace, appellé via Ignatia : mais ceste
Appolonia, est plus arriere de la mer au lieu ou est vn village tout
ruiné nommé Appoloni, ou Piergo selon Theuet, non gueres distant de la susdite Valona. Au territoire de laquelle, est le mont ou
rocq nommé Nympheo qui ie stoit feu, & auoit au pied des fonta-
nes de tresbon betume : la aussy (comme recite Plutarque en la
vie de Scilla) fut trouué vn Satyre dormant, tout tel que les paintres les figurent & representent, à sçauoir demy homme & demy
cheual, lequel estant amené à Scilla Consul Romain, fut interrogé
par toutes sortes de Truchemans & langues, mais il ne respondit
que par vn barbotage de voix aspre meslee de hennissement che-
ualin, ou muglement de bouc, sans pouuoir estre entendu, surquoy
aucuns docteurs ont presuposé & dit, que c'estoit le diable ainsi trâs-
formé, & que veritablement ne se trouuent telz animaux au môde.

Plut. in
vit. Sillæ
strab.l. a
c. 7.

En ceste

En cest endroit & autour des montz Chimeres, est le golfe de Venise autrement dit Adriatique, au plus estroit, n'ayant de largeur par le trauers (depuis lesditz montz, iusques a Otrante ou le promontoire vulgairement dit Capo sancta Maria) que cinquante a soixante mille. Ce qui fit memoire cy deuant Pyrrhus Roy des Epirotes dessus nommé (lorsqu'il fit la guerre aux Romains) & depuis luy le Consul Marcus varro (conduisant l'armee nauale de Pompee en la guerre contre les Pirates) d'y vouloir faire vn Pont de Naues, pour plus aisement conduire leur armee de l'vne region a l'autre, mais ilz en furent diuertis pour autres afaires qui leur suruindrent.

Apres auoir passé les susditz escueilz de Saseno & golfe de la Valona, l'on veoid les haultz Montz a present appellez Chimeres, par cy deuant Ceraunes, Aceraunes & Acroceraunes: comme autres semblables qui sont entre l'Armenie mayeur, & les Hiberes, a cause qu'ordinairement ilz sont Agitez & battuz de la foudre du Ciel, ainsi que dient Strabon, Pomponius mela, Pline, Lucanus & autres. Ces Chimeres s'estendent depuis la, iusques au golfe & cité d'Ambracia, & y souloit auoir au dessus vn ancien chasteau du mesme nom, lequel fut prins sur le Turc & demoly par Ferdinand Roy d'Arragon l'an mil quatre centz quatre vingtz vn, ayant failli la Valona fortifiee par Bayazet. Au dessoubz duquel Chasteau estoit vne fontaine nommee Aqua Regia, de laquelle Pline au lieu susdit fait aussy mention. En icelles Montagnes, pour leur aspreté & difficil accés (l'on se tire, comme est dit cy dessus) & se tiennent encores le reste des vrays Albanois eschappez de la furie Turquesque, lesquelz (comme les Grecs es montagnes de Maine en la Moree) ont iusques a present maintenu leur Religion Chrestienne ensemble leur noblesse & liberté.

Auxdites montagnes finit la partie d'Epire ou Albanie surnommée Macedonique Occidentale, & commence la Chaonie aussi partie d'Epire, au pied du milieu quasi desquelles montagnes, est le golfe Adriatique a l'opposite d'Otrante, Entre les anciennes & desolees citez d'Orico & Panormo a present dites Orcho & Porto Palormo: iadis bien puissantes & fort renommees par les guerres d'entre Iulius Cesar & Pompee: comme se veoid es commentaires dudit Cesar, Appian Alexandrin, Lucanus, Suetonius, Plutarque, Zonaras & vne infinite d'autres, en la description des vies d'iceux Princes.

En cest endroit aussy la mer commence a prendre le surnom de Ionique

Ionique : & nous y estans arriuez auec peu de vent le mercredy neufiesme de Iuillet, mourut sur nostre Naue, vn Charpentier naure d'vne moulette cheutte du mast, qui luy tomba de cas for-tuit sur la teste, le corps duquel estãt mis en vne quesse de bois, auec force cailloux & pierres pour le faire enfoncer, & deux ou trois heures apres son decedz, fut iecté dedans la mer auec peu de ceremonies. Le ieudy dixneufiesme dudit mois, le vent der chef, se leua & nous iecta du costé vers le Promontoire à present dit Capo sancta Maria, & anciennement Promontorium Iapigium &Salentinum; Et illec au lieu ou est l'Eglise nostre Dame, estoit le riche Temple de Venus, auquel selon Virgile aborda Aeneas, Troyen arriuant premierement en Italie, & est distant de la sus-dite Ottranto d'enuiron quinze à vingt miles. Mort ser-uice & façon fu-nebre sur la marine. Virg. Ene-id. l. 3.

Entre les susdites Chimeres, Ottrante, & l'Isle de Corfou, pro-che des Portz de Sancti quarata & Cassiopo, sont encore deux es-cueilz ou Islettes, l'vne appellé Fano, & l'autre le Merlere, bien fertiles & plaisantes, mais desertes pour la frequentation des cor-saires, lesquelles nous passames le mesme iour. Fano & Merlere, Islettes.

Au bas desdites Cimeres & à l'opposite de l'Isle de Corfou en terre ferme, est l'antique Butintro, iadis Cité fort grande & opu-lente d'Epire Chaonique, appellee lors Butrorum Colonie des Ro-mains & metropolitaine de ladite Chaonie, de laquelle les peu-ples estoient nommez Molosses: mais à present elle est reduite à vn pauure village situé en forme de Peninsule sur vn petit golfe portant mesme nom, y ayant vn port appellé Pelode, qui signifie fangeux ou limoneux: En ceste ville (selon que racomptent les-dictz Virgile, Dionis Halicarnassee & Ouide, fut honestement receu Aeneas Troyen, de Helenus filz de Prian Roy de Troye qui y regnoit apres Pyrrhus filz d'Achilles : mais à present elle n'a re-tenu que le nom & les pecheries possedees par les Venitiens. Le Promontoire de sa peninsule regarde droit l'Ile de Corfou, distãte par l'interual de mer, d'enuiron dix ou douze mile, & de ce lieu le Turc fit passer cinq centz cheuaux & bon nombre d'Infanterie en ladite Isle de Corfou, pensant la prendre tandis que l'armée de la saincte ligue Chrestienne s'assembloit à messine en Sicile l'an mil cinq centz soixante vnze, comme ie diray en son lieu. Butintro ville an-tique. Virg. E-neid l. 3. Halicar l. 1. Ouid. Meta. l. 3.

Iusques icy benin lecteur, i'ay poursuiuy la coste de l'Illyrie & Sclauonie sans faire mẽtion de celles d'Italie : à raison que i'ay pro-posé d'en parler, ainsi que i'ay fait de ceste cy particulierement, au retour du S. voyage, afin de n'extrauaguer & saulter (comme

P

l'on

l'on dit, du cocq à l'asne, & en la dlera pourtant le voiager voiant
les lieux en passant, d'en auoir bône cognoissance, sans penible
recherche.

<hr>

Des Isles de Corfou, Paxu, Sancta Maura, Compare & Cursolaires.

C H A P I T R E   VII.

L'Ile de Corfou peut auoir quatre vingt mile de circuit, elle est
situee a quarante six degrez trente minutes de longitude, &
trente huict degrez quarante minutes de latitude en sa plus haulte
eleuation, en forme longuette (c'est a dire plus longue que large)
& distante de Capo sancta Maria, d'Ottrante susdit, enuiron soixante mile, cinquante des Cymeres, & sept cenz de Venise : de
ce lieu, finissant le golfe de Venise, on entre en la mer Mediterranee surnommee Ionique (comme dessus est dit). Audit Corfou
l'on parle Grec corrompu, comme se fait aussy par tout la Grece
antique, mais par phrases & prononciations differentes, ainsi qu'il
se fait de toutes langues, es prouinces diuerses. Elle estoit anciennement du contenu de l'Epire & a eu plusieurs noms, en premier
lieu Pline l'appelle Ephira & Sceria, Homere Pheacea (d'vn Pheacius filz de Neptune qui y regna) Callimacus la nomme Drepa-
num, & depuis a l'honneur de la mere dudit Pheacius nommee
Corcira le nom luy a esté imposé de Cercira ou Corcyra, auec l'e-
pitete de magna, a la difference de Corcyra Nigra mentionnee
cy deuant.

Ceste Isle a esté renduë fameuse par les beaux iardins qui y auoit
construit Alcinoe, filz du susdit Pheacius, & le recueil qu'il y fica
Vlixes eschappé du naufrage qu'il auoit enduré retournât de l'expedition & sac de Troye selon que le disent Lucanus, Homerus,
Propertius, Virgile & Ouide. Sa premiere forteresse fut fondee
d'vn Syssiphe, Aarron, filz d'Eolus selon Eusebe & Glarean. La ville
fut fabriquee & faite Colonie des Corinthiens, l'an neufiesme du
regne de Manasses Roy de Iuda, le quarante neufiesme an de la
fondation de Rome, & de la Creation du monde quatre mil quatre cenz quatre vingt quinze.

Quant aux grands faicz d'armes & autres actions des anciens
Corcyriens ou Corfoussiens, ie les ay escripz assez amplement au
volume principal, parquoy pour les raisons autrefois alleguees, ie
m'en deporte, seulement ie diray, que depuis qu'elle a esté subiecte

aux

aux Empereurs Orientaux ou Grecs, & commäcent l'empire d'-
ceux à decliner, elle a souuent changee de maistre : & estant finablement ruinee des Gotz, & assaillie des Turcs, ceux dudit Corfou (pour estre garantis, se rendirent aux Venitiens. L'an mil trois
cent quatre vingtz deux, lesquelz en sont encore possesseurs, &
ont tellemét fortifié la ville principale, par le moyen de deux forteresses ou Chasteaux edifiez sur deux pointes de rochers ceignás
quasi icelle, qu'elle est reputee pour imprenable, & pour clef à
toute la Chrestienté.

Le Turc Baiazet filz de Mahomet la sentant fort propre pour la
conseruation de son estat, auoit trouué moyen de gaigner l'intelligence & volonté d'aucuns Grecs moienneurs, pour la luy liurer :
mais le Capitaine de l'armee Venitienne (s'en doubtant) vint en
toute diligence de Candie, & en renoüue la la garnison, causant par
ce moyen sa conseruation. Selin & Soliman grands Seigneurs des
Turcs, ont depuis souuent tentez de l'auoir, signamment ledit Soliman lequel l'an mil cinq centz trente sept, la vint assaillir auec
deux centz soixante dix voilles, & fit batre la ville par douze iours
continuelz : mais n'y voyant aparance de faire son profit, il s'en retira, apres auoir brullé les faux bourgs & grande partie du plat
pays. Ce fut au mesme temps que s'estant refait à la Valona, il se ie-
ta en la Pouille, ou il fit vn grand dommage.

Le premier iour d'Aoust l'an mil cinq cétz soixante vnze, estant
ledit Turc deuenu superbe de la conqueste de Cypre, & se forgeát
au cerueau, que aucunes Isles ou lieux terrestres ne luy pourroyent
plus resister : enuoya Aly & Occialy Bachatz, auec grand nombre
de galeres assemblees au port de la susdite Valona, lesquelz ayant
fait passer cinq centz cheuaux du costé de Butintro, & mis aussy
bon nombre d'infanterie en terre, sur ladite Isle de Corfou pour
emporter ladite ville : de premiere abordee ilz y firent leur effort,
mais voians n'y pouuoir rien faire, à cause desdites forteresses, ilz
se retirerent vers l'Epanto pour eux rafraichir, en intention (qu'a-
pres s'estre faitz maistres de toutes les autres Isles circonuoisines)
de chercher, voire combatre l'armee Chrestienne, la part ou ilz
la pourroient trouuer, comme se proposans d'auoir le pouuoir, &
à ce coup deuoir ruiner toute la force Chrestienne : mais Dieu, qui
tousiours contregarde les siens, & qui a l'oreille ententiue aux prieres & clameurs des gens de bien, en disposa tout autrement. Et ne
fut ce superbe enemy si tost deslogé dudit Corfou, que le Seigneur
Don Iean d'Austria y arriua de Messine, auec l'armee du Roy Ca-

P 2.   tholique,

tholique, les y cuidant encore trouuer : & y attendit celles de
saincteté & de la seigneurie Venitienne, liguées sainctement ensemble, pour s'oppoler à l'effort du Barbare : lesquelles armées a-
semblées, & mises toutes en ordonnance tres-belle, elles se parti-
rent dudit Corfou le penultiesme iour de Septembre, & rencontrerent celle du Turc proche des escueilz nommez Cursolaire
entre ledit Lepanto, Patras, les Isles de Zephalenie & le Zate (de
quelz lieux ie parleray cy apres en leur lieu) & où, par la grace
misericordieuse puissance de ce bon Dieu, celle du Turc fut de-
faite par la Chrestienne le septiesme iour d'Octobre audit an mil
cinq centz soixante ynze. Et estans les Princes victorieux, retournez audit Corfou, ilz y firent la repartion des despouilles ennemies,
se retirans à sçauoir ledit Seigneur Don Iehan general de tous &
de l'armée d'Espagne particulierement, vers la Secile, Marcan-
thoine Golonna, general de la Papale vers Rome, & Sebastien Vi-
uiero qui estoit chef (& depuis à esté Duc) de celle de la Seigneurie Venitienne, vers Venise.

La susdite victoire fut certainement obtenue miraculeusement,
car l'ennemy au milieu de ses fortes retraictes, & plusgrand en
nombre tant de vaisseaux que d'hommes, fut vaincu sans doubte
plus par les oraisons & larmes des pieux & deuotz Chrestiés, que des
glaiues des cóbatans: Ce que l'on aperceut lors, par ce que à l'abordée le vent se montroit contraire aux Chrestiés, & venans au combat, il se tourna subitement en leur faueur. Aussy le sainct & pieux
Pape Pie Quint, auoit ordonné en ce temps de faire par tout des
processions & supplications, & luy mesme se mit nuict & iour en
debuoir de prier pour le salut des Chrestiens: Et m'a esté recité &
asseuré estant à Rome, par aucuns ayans esté bien familiers de sa
maison & de sa chambre, hommes dignes de credit & de foy, que
ce bon sainct Pere auoit esté lors deux ou trois nuictz toutes entieres en son Oratoire cubiculaire incessamment priant, & que
luy sortant du matin de ce lieu, le iour suiuant la desfaite desdits
Turcs aduenue, il dit (comme s'il en eust eu reuelation, car iusques
lors on n'en pouuoit auoir nouuelle) que les Chrestiens estoient
vainqueurs, & qu'il en conuenoit rendre actions de graces au Seigneur Dieu : ce qu'aiant esté depuis confirmé, comme chose vraye,
chacun fut estonné, & depuis il a esté tenu du peuple en plusgrand
admiration que deuant.

Pour reuenir à nostre propos, l'Isle de Corfou est fort feconde en
vin, huilles, oranges, citrons, melons, & autres semblables fruicts,

il y a aussy vne riuiere d'eaue douce sortant d'vn lac nommé Cardache, l'eaue de laquelle se garde deux ans sans corruption, côme celle du Tibre à Rome par plusieurs annees, & selon l'ancienne coustume nul n'a esté à Corfou s'il n'en a beu.

Le premier promontoire & port ou on aborde arriuant à ladite Isle du golfe de Venise, & regardant l'Occident (à l'opposite d'Orcho ou Onchime en Albanie mentionnee cy dessus) est Porto Casopo, qui est le Cassiopo de Ptolomee, proche duquel port se voyent les ruines de l'antique Cassiopoli, n'estant à present qu'vn petit Casal ou village, ayant vn lieu de denotion fort frequenté, & nommé sancta Maria dy Casopo, auquel lieu fut iadis vn Temple dedié à Iupiter Cassiopeus.

Du costé du vent dit des latins Libanotus, des Italiens, Mezzo giorno libeccio, & des mariniers Occidentaux Suid suid whest, est le second Promontoire appelé Phalacro, & vn escueil voisin ayãt forme de Naue, lequel (selon Pline) les Poëtes disent auoir esté la Naue d'Vlixe ainsi transformee, & que en cest endroit ledit Vlixe fut en son plus grand naufrage.

Le tiers promontoire & le principal regardant l'Orient, est Capo bianco, de Ptolomee, Strabon & Tucidide nommé Leucimna ou Leucina, sur lequel les Corfusiens dresserent vn Trophee des despouilles Corinthiennes, apres les auoir vaincus en bataille.

A dix mile ou enuiron de la cité de Corfou, y a vn petit village nommé Lyapades, ou se mõtrent certaines masures d'vne maison reputee par le vulgaire Corfusien, auoir esté l'habitation du Pere de Iudas Iscariot, (Disciple tresmalheureux qui trahit Iesus Christ nostre redempteur, son bon & diuin Maistre) & y a des insulaires si hebetez que de s'oser vanter & dire estre descenduz de la race, & qui permettent & souffrent d'estre appellez Scariotes: mais cecy est contre l'opinion du Venerable Bede, qui le dit auoir esté du tribu Isachar. Il peut estre aussy bien veritable l'vn que l'autre, par ce que les Iuifz en ce temps faisoiét (côme ilz font encore a present) leurs residences, par toutes les contrees de la terre, ainsi qu'il apert par les Euãgelistes, actes des Apostres & histoires Ecclesiastiques.

A l'opposite de ceste Isle de Corfou, sur le costé Septentrional, & en la region de la Chaonie: Le fleuue Velechin, des anciens dit Acheron (prenant sa source aux monts Chimeres dessusditz) se desgorge dans la mer, apres auoir passé au trauers du lac d'Acherula, ou se voient encore les vestiges d'vn pont, aiant eu (selon Pline) mille piedz de long, & separe cedit fleuue, la Chaonie de

l'Acar-

Cardache lac & riuiere.

Orcho ville. PorteCasopo.

Phalacro Promontoire. Plin. l. 4. c. 12

Leucine ou Cape Bianco Promontoire. Tucid. l. 1. c. 5.

La maisõ de Iudas Iscariot.

Beda sur le 3. chapit. de S. Marc.

Valechin ou Achero fleuue.

l'Acarnanie, à present dite Il ducato di Larta, lequel s'estend de là iusques au fleuue Acheloo. Sur le mesme costé & en cest endroit est aussi le golfe de prenese, iadis portant le nó d'Ambratia, à cause d'vne ville ainsi nommee, & situee sur le bord d'iceluy, En laquelle les Roys d'Epire residoient souuent, & maintenant il s'appele de Prenese, d'vn chasteau de mesme nó assis à l'Embboucheure d'iceluy au lieu ou estoit l'anciénne Nicopolis fondee par Auguste Cesar, en memoire de la victoire, que là es enuirons il obtint sur Marc Anthoine & Cleopatra Royne d'Egypte. Car Nicopolis signifie Cité de victoire. Vis à vis dudit Chasteau Prenese: à sçauoir sur l'autre pointe de l'Embboucheure dudit golfe, est Capo Figalo, qui est l'Actium Promontorium, des anciens renommé, pour cause d'icelle victoire, octroyante audit Auguste, la fin des guerres Ciuiles entre les Romaias, & le commancement de son Empire ou Monarchie.

Nous ayans laissé ladire Isle de Corfou à main gauche, & passant au lóg d'icelle sans y mettre pied à terre ne Ancre en Mer, nous veismes à dix mile du susnommé Capo bianco, les deux Isles de Pacsu, autrefois dictes Ericusa & Paxos, iadis conioinctes à ladire Isle de Corfou, & depuis separees d'icelle par tréblement de terre. Ces deux Isles sont du nombre des Eschinades, appellees Paxes: & au temps que regnoit sur l'Empire Romain Tibere Cesar (selon qu'escriuent Plutarque & Philostrate) aduint en ce lieu vne chose estráge, c'est à sçauoir, qu'vne Naue chargee de marchandise venát d'Egypte, & tirant vers Italie, fut là arrestee par faulte de vent, & comme les passagers acheuoient de souper, vne voix hautaine venant de l'vne desdites Isles fut ouye, qui appelloit Thamus le Pilote de ladite Naue par trois fois, & à la troisiesme fois le cry fut tellement renforcé, que tous ceux de la Naue l'ouyrent, & conseillerent Thamus respondre & demander ce que celuy qui l'appelloit vouloit: Lors la voix repliqua, & luy commanda, que quãd il viédroit à l'édroit des Paxos & Platis, qu'il eust à crier tout haut, que le grand Pan estoit mort, ce qu'apres plusieurs difficultez debatues, entre luy & ceux de ladire Naue, y arriuant il fit, & soudain furết ouyes plusieurs voix se lamétantes enséble. Ce qu'Eusebe refere & rapporte à la mort de nostre Saueur & Redépteur Iesu-Christ, parce qu'icelle aduint, au temps dud t Tibere Empereur, & pouuoit estre au mesme iour.

Plus auant que ces Isles de Paxu, est celle de Sancta Maura, ayát de circuit enuirõ soixáte mile, qui souloit estre peninsule attachee, par vn Isthme ou col de terre contenant trois stades, à la terre con-

tinente

inente de l'Acarnanie: mais par industrie humaine, & les mains des Corinthien, au temps de Cypsele leur Roy (lequel estoit du temps de Manases Roy de Iuda) elle en fut retranchee, & faicte Isle, d'eux appellee Leucadia, de Leucadius filz d'Icarus, se, ô Pomponius Mela, ou à cause d'vn rocher de marbre blanc, appellé Leucos, regardant la Cefalenie.

Ie me deporte icy (benin lecteur) pour les raisons ia assez alleguees, de narrer plusieurs choses qui ont esté faites anciennement, tant en ceste Isle qu'es autres circonuoisines: à sçauoir, par qui elles ont esté erigies, quelles fortunes elles ont passé, comment elles ont esté possedees, par les Venitiens, & à diuerses fois des Turcs (à cause des tiranies de leurs Princes, & dissension du peuple propre) mesmes comme l'an mil cinq centz soixante vnze, elles furet reprinses par iceux Turcs, conduitz des Bachas Aly & Occiali, susmentionnez, lesquelz iusques à present les ont renduz quasi desertes & inhabitees, si ce n'est de quelques Iuifs illec & ailleurs refugiez soubz l'aisle dudit Turc, apres que par commandement de Philippe second du nom Roy Catholique d'Espagne, ilz ont esté dechassez desdites Espagnes & Royaume de Portugal.

Quelque mile plus auant en mer, est l'Isle de Compare, anciennemet dite Itaca, patrie & residence plus aimee, du vaillant, sage & rusé Capitaine Vlixes filz de Laertes Roy d'Itaca, Cephaleni, de le Zante & des Eschinades: Lequel Vlixes fut en partie cause de la prinse de la grand Cité de Troie, comme tesmoignent Homere, Ouide & Virgile, auec plusieurs historiens: Ceste Isle, selon Strabon, n'a que quatre vingtz Stades qui font dix mile de circuit: elle est fort pierreuse & sterile, habitee seulement d'aucuns pauures Grecs. En icelle vers Septentrion, est vn mont assez haut appelle Neritos, duquel les autheurs susditz font mention, le nommant, la residence des Nimphes. Il y a aussy des portz bons & asseurez, mais l'on n'y veoid plus apparence d'aucunes villes, à cause du teps viellart, qui en à mangé les vestiges.

Assez pres de ceste susdite Isle, & de ladicte Sancta Maura, (approchant terre ferme de l'Acarnanie, autrement dicte Aetolie & à present par mot corrompu Natolie) sont plusieurs Isles & escueilz nommees des anciens par deux noms (comme disent Mela, Strabon, Pline & autres) Eschinades, & Salies, aucunes desquelles ont eu en particulier cy deuat, des noms à present quasi oubliez, à cause que pour leur sterilité, ilz ont faulte d'habitans, & estoient ses nôs anciens Teleboydes, Thasies, Duliciu, Ossies, Macbro & Suerda.

Entre

Scades en faut il huit pour vn mile.

Mel. l. 13

Compare Ifle dite Itaca patrie d'Ylixes. Homere l. 1. odiff. Ouid met. l. 13 & Epift. 1. Virg. Aene id. l. 3. Strab l. 1. 2. & 8. Plin. l. 4. c. 12.

Mela l. 2. Strab. l. 2. & 10 Plin. l. 4. c. 12.

Entre iceux escueilz, y en a trois vn peu plus grands & esleuez, que les autres, vulgairement appellez Cursolaires, distans de ladite terre ferme d'vn mile seulement, de l'Epanto, trente, de Sancta Maura, quarante-cinq, de la Cephalenie soixante dix, & de la Zante quatre vingtz : lesquelz Cursolaires ou Eschinades ont acquis grande renommee, par les choses signalees qui sont aduenues à l'entour d'iceux : Car suiuant ce qu'escriuent plusieurs historiens & Poëtes, & en premier lieu Ouide, c'estoiét Nayadés Nymphes des eaues, par Diane muees en rochers iectez au bord de la Mer, & puis separees de terre ferme par le fleuue Acheloo, duquel fleuue lesditz Poëtes ont aussy prins grand subiet de fabuler & appliquer son nom a vn personnage qui combaut en diuerses formes & essences contre Hercules.

Mais laissons ces fables & choses semblables : car nous trouuôs (& est chose emerueillable) qu'autour & es enuirons d'iceux escueilz (du moins en ce sein ou golfe qui est entre le Corfou, la Cephalenie, le Zante & la Moree) ont esté donnees les quatre plus grandes & memorables batailles nauales, que l'on lit estre aduenues au môde depuis sa creation : En premier lieu celle d'étre les Corinthiens & Corcyriens ou Corfousiens, laquelle Tucidide dit auoir esté la premiere & plus ancienne, qui ait esté donnee sur mer entre les humains : La seconde est celle d'entre Octauianus Augustus, & Marc Anthoine auec cleopatra Royne d'Egypte, en laquelle Auguste demeura victorieux & Monarque de l'Empire Romain, comme i'ay dit cy dessus. La troisiesme aduenuë l'an mil cinq centz trente huit entre l'armee de la saincte ligue du Pape Paul troisiesme, l'Empereur Charles cinquiesme, & la Seigneurie de Venise, contre celle du Turc conduite par le grand Corsaire Barbarosse, en laquelle les Chrestiens eurent du pire. Et la quatriesme, celle qui à rendu les susdites Eschinades, les plus fameuses, & en laquelle l'armee de la saincte ligue Chrestienne obtint (par vn Dimenche septiesme iour du mois d'Octobre mil cinq centz soixante vnze) tres-glorieuse & miraculeuse victoire, sur celle du Turc, estant la Chrestienne conduite (comme est dit cy dessus au present chapitre, en la description du Corfou) par feu de tres-louable memoire Don Iehan d'Austria frere naturel du Roy Philippes second du nom Roy des Espagnes, Marc Anthoine Colôna & Sebastien-Viuiero, & fut ceste cy, la plus grande & plus insigne victoire nauale, qui ait esté depuis celle des susditz Cesar Auguste & Marc Anthoine, car de deux centz soixáte dix galeres & autres

naues

Cursolaires escueilz.

Ouid. met. l. 9.

Acheloo fleuue.

Tucidides lib. c. 1. 2. &c.

Quatre treigrádes batailles nauales aduenues quasi en vn mesmelieu.

mes que le Turc y auoit, il n'en eschappa que trente seulement
vec Occhiali Bassa, qui se sauua à Coron en la Moree; & y demeurerent tant prisonniers que mortz plus de trente mille Turcs:
furent aussi deliurez, plus de quinze mille Chrestiens, qui estoient
esclaues. Il y à encore eu d'autres batailles & deffaites en ses lieux,
dont le sudit Tucidide, & diuers autheurs sont mension: mais non
si grandes & importantes, parquoy ie les passe soubz silence.

De la Chefalenie & Izara Isles.

CHAPITRE. VIII.

AV costé meridien desdites Cursolaires, & distant de Sancta
Maura de cinquante stades, & cent cinquante miles de Cor-
est l'Isle de la Chefalenie apartenante aux Venetiens, & ay
enuiron cinquante mile de circuit, laquelle fut ainsi nommee
un Cephalus, athenien, qui autresfois l'a eue en don d'vn Cleo-
mais au parauant selon Strabon, on l'appelloit Samo la pier-
le, Melena & Thetrapolis, pour y auoir quatre villes, desquel-
Samo estoit Metropolitaine, & Cité Royale d'Vlixes, comme
comprent Homere, Ouide, Pline, ledit Strabon & autres. La
conde ville estoit Thaphas autrement dite Palis & Dulicium, si-
au lieu ou est à present le village de Palichi, les trois & qua-
siesmes, estoient Preneso & Craui. Ledit Strabon dit que de son
Gaius Anthonius oncle du grand Marc Anthoine, y estant
ne (apres auoir esté Consul de Rome, auec l'Orateur Marc
le Ciceron, qui fut enuoié en exile à le Zante) & fit encore e-
fet vne cinquiesme; de laquelle il ne declare le nom: mais à
sent il n'y en a qu'vne seule, situe au lieu ou estoit iadis la susnommee Samo appellee comme l'Isle Cephalenia, & est en vne
te entre les Montagnes si basse, que bien souuent les ondes,
nes trauersantes ladite valee y vont d'vne mer à l'autre.
la plus haute montagne de l'Isle, situee du costé du vent Eu-
rant vers le Sirrocco des Italiens, ou le Suit vest des marini-
occidentaux, estoit vn temple dedie à Iupiter Enesius, qui si-
courtois & debonnaire, duquel se voient encore quelques
signamment des coulomnes auec leurs corniches & cha-
d'œuure Ionique. L'air y est tant bon & salubre, qu'Ho-
le Poëte aiant mal aux yeux (selon que dit Heraclide, si tras-

Samo.
Dulicium
Preneso.
& Craui
villes.
Strab. l.
10.
Hom. Illi.
l. 4.
Ouid.
Met. l. 13.
Epist. 1.
Virg. E-
neid. 3.

Heracl. L.
de Poli-
tia.

Q

porta

porta pour en recouurer guerilon: Vers Septentrion, elle
promontoire de San Sedro, vers midy proche du grand por
est celuy que l'on appelle, Capo trapano, & vers Orient Por
Guilcardo.

Ceste Isle est fort boscageuse, & en aucuns endroitz bien fer
tile, produisant huile, vin, raisins (que nous appellons de Corin
the, & les Italiens vua Passa) de la bonne chair tant sauuage qu
autre, & y rend la mer de bon poisson, & en abondance, mais
n'y a point d'eaue doulce autre que de la pluie, qui se conserue
cisternes & dit on en ceste Isle, que les animaux s'y desalterent
passent leur soif par la reception ou halenement des ventz & ai
Ainsi pouruoit le pere de nature, à chacun lieu & contree, d
commoditez & proprietez necessaires. On dit aussi que ladite I
ne nourrit aucun animal nuisible: Il y a bien vne sorte de Serpe
assez grands, mais tant amy des hommes (selon qu'ont aussi ol
serué Ananias & Theuet) que les trouuans endormis par terre
quelque lieu de fraicheur, ilz se mettent sur eux pour contempl
leurs faces sans aucunement leur meffaire. Le peuple de ce lieu,
pluspart est Grec obseruant le rit ceremonial de la religion Gre
que: Il y a aussy des Italiens, qui y font l'office diuin à la latine,
ont vn Euesque Catholique.

Pres de ladite Cephalenie ou Zephalenie & des dependan
d'icelle, tirant vers le val de Compare susdit, est l'islette d'Iza
ou Thiara, qui est l'Asteria, d'Homere & de Strabon, en laquelle
eut iadis vne petite ville appellee Alalcomene, au lieu ou est p
sentement celle d'Izarra, donnant le nom à l'Islette.

De le Zante & Sirmales Isles.

CHAPITRE IX.

ENuiron vingt deux mile de ladite Cephalenie, deux centz de Corfou, & neuf centz de venise, (s'inclinant plus vers le Midy,& tyrant vers Orient contre la Moree) est l'Isle de le Zante, n'ayant qu'vne ville ou cité de mesme nom: & a cent mile de circuit & trente de longueur: Icelle est situee à quarante sept degrez trente minutes de longitude, & trente six degrez trente minutes de latitude: Anciennement on l'appelloit Hyria & Zacinthos, auec l'epitete de magnifique & fertile, apartenant aussy au susdit

Q 2 Vlixes

Vlixes: plusieurs graues autheurs ont escript choses grādes de cet
Isle, lesquelles (pour n'vser de prolixité en ce liure portatif) ie
passeray icy soubz silence, esperant de mettre vn iour le tout en
lumiere plus amplement: mais pour donner quelque contentement au curieux lecteur & luy enseigner les lieux de telz escrip-
re les ay bien voulu mettre & cotter icy en marge, & comme Virgile est quasi le plus vulgaire, il trouuera au troisiesme liure des
Eneides, le recueil qu'y feceut Eneas Troyen en passant. Ceste Isle
est fort belle & plaisante, signamment du costé de Septentrion:
mais vers midy, assez alpre & montagneuse: Il y a fort bon air &
serain, abondance de pasturage, & de fontaines deaue douce: elle
est fertile en bleds & fruits, telz que Grenades, Citrons, Limons,
Oranges & autres semblables. Il y croist aussy de fort bon vin que
l'on appelle Romanie, & grande quantité de raisins, que nous sur-
nommons de Corinthe, desquelz se fait tel commerce, que de
toutes les regions d'Occident (comme d'Espagne, d'Italie, de
France, Angleterre, Flandres, Dannemarc & autres pays Septentrionnaux) les naues y en viennent charger: tellemēt que pour
y planter des vignes qui produisent ce petit raisin, les insulaires ōt
laissé leur autre labourage, & disent que de leur Isle viennent les
ceps des vignes & sermens, des excellens vins, qui croissent ēs
Isles de Canarie.

Plusieurs autheurs disent, entre autres S. Augustin en son liure
de la Cité de Dieu, que les Sagontins ruinez en Espagne, au commencement de la seconde guerre punique par Hannibal, estoient
de la race d'vne colonnie & trouppe de ceste Isle, appellez Hia-
cinthiens, lesquelz, s'estans de la transportez audit Espagne, y
fonderent la ville de Sagonte.

Il n'y a en toute l'Isle (comme dit est) qu'vne petite ville, assise
comme vne Citadelle, au sommet d'vne montagnette, assez facheuse à monter, laquelle sert de forteresse à l'Isle, & est tellemēt
situee qu'elle la descouure toute, comme elle fait aussy les Isles de
la Cephaleme, & autres circonuoisines, mesme la Moree: En icelle
dicte ville resident les Gouuerneur, autrement dite Prouidadeur le
Chancelier (qui sont Gentilz-hommes Venitiens) & autres, officiers y enuoyez, & renouuellez de deux ans en deux ans, par la
Seigneurie de Venise, comme elle fait par tout ou elle a domination: Semblablemēt y reside l'Euesque, lequel y fait son office à
la Romaine, en vne petite Eglise appellee le Dom, laquelle n'est
de si magnifique structure, cōme est le Domo de Milan. Au milieu

ce

Homerus
l. .. odiss.
Ouid.
Met. l. 13.
& Epist. 1.
Halicar. l.
Virg. E-
neid. l. 3.
Herod. l.
1. c. 6.
Sicul. l. 15.
c. 12.
Polib. l. 2.
Liuius.
decad. 3.
l. 2. & 6.
Ananias
tract. 2.
Teuet. l.
18. c. 7.

D. Aug.
de Ciuit.
dei l. 3.
c. 2.

& la place de ceste Cité est vne belle & grande cisterne faite puis
nagueres, proche de laquelle y a vn petit conuent de freres mineurs de l'obseruace. Plusieurs marchans Italiens y habitent aussy
& aucuns soldatz seruans à garder la place.

Entre le pied de ceste susdite petite montagne, & le port nommé de Sancto Nicolo, est le bourg portant mesme nom, s'estendāt
au long de la marine enuiron deux mile, mais n'a en largeur que
demy mile seulement. Il n'y a murailles, fossez, ne portes, & contient bien quatre mille maisons, la pluspart mal basties, sans che-
minées, & d'vn seul estage, à cause que l'Isle est subiette à tremblement de terre. Quand aucuns passagers, marchans, ou Pelerins
y arriuent, on leur donne de louage, certaines chambrettes wides
de tous vstanciles, & sans autre commodité que d'vn petit materaz ou paillasse pour reposer, & des linges bien mal nettoiez.
& quand aux viures, ilz se recouurent chez certains cabaretiers
Italiens.

Il y a en ce bourg bon nōbre d'Eglises toutes officiées à la Gree-
que, qui sont ornées & pleines d'Images de Saintz & Sainctes en
platte peinture, peinctes contre les pilliers & muraille d'icelles:
Ausquels Images les Grecs portent grand reuerence: ce qui est
le contraire du dire des heretiques de nostre temps, aucuns desquelz pour seduire le peuple, crient & disent faulcement estre d'a-
cord au fait de la religion auec les Grecs: car lesditz heretiques, en
Iudaysans, & suiuans les preceptes du Seducteur Mahomet, auec
les anciens des Grecs appellez Iconoclastes (reprouuez par
plusieurs Conciles generaux) ne tollerent & ne permettent aucuns Images, ou au contraire les grecs (comme dir est) en font
tresgrand cas: Comme il nous aparut estans en ce lieu, auquel
aduint, que trois iours auant que y feussions arriuez, quatre Anglois, estans enyurez, & allans puis apres pourmener, trouuerent
en vne petite Eglise, aucunement à l'escart, vne image de la Vierge Marie peincte sur vn tableau de bois, lequel ilz prindrent, &
par mespris le mirent en pieces: de quoy les insulaires furent fort
esmeuz, irritez & scandalisez, tellement, que sans la diligence du
Prouidador, ilz les eussent massacrez sur le champ, neantmoins
blessez qu'ilz estoient, ilz furent mis en prison, ou ilz estoient encore apres nostre partement & celuy de leurs compagnons (qui
furent contraitz eux en aller) & se disoit entre le vulgaire, que
l'on les deburoit faire mourir.

Audit Bourg, allez pres de la marine, & vn peu outre la place

publique ou marché, est vne petite Eglise & monastere appellé
l'Anonciata, ou l'office se fait a la mode Romaine, par quelques
freres mineurs y residés, auquel lieu on met en Sepulture les corps
des Chrestiens Catholiques trespassez. Plusieurs autheurs disent
entre autres le Cosmographe Andre Teuet, que en fossoiant au
coste gauche de ladite Eglise, pour y faire les fondemens de quelque nouuel edifice, en l'an mil cinq centz quarâte vn, il fut trouué
vne concauité faite de massonnerie, en façon d'vne petite chapelle, en laquelle estoit vne Sepulture esleuee sur quatre pilliers de
marbre, & entre iceux, estoient trois vales de verre espais de deux
doigtz, & hautz de deux piedz, tresbié fermez, bouchez, & seellez
au dehors: sur lesquelz estoient grauez en lettres maiuscules latines
ce qui ensuit. M. TVLL. CIC. AVE ET TV SEPTIA
ANTONIA: qui fait coniecturer que c'estoit le monumét, & dedans ces vales les cedres du grad orateur & pere d'eloquece Marcus Tullius Cicero, & que sa feme (n'ayant eu moyen de l'ensepulturer à Rome, pour crainte de Marc Anthoine & autres ses ennemis, qui l'auoient fait tuer miserablement sur le chemin qui meine
& côduit dudit Rome a Naples, pres du lieu qu'a present on nôme
Castel Astura, guere long de Piperno) l'auoit fait en ceste Isle
transporter & brusler, pour ce qu'il aimoit ce lieu, & y auoit autrefois esté continué, ou selon aucuns gouuerné.

En la mesme Eglise, a aussy esté inhumé, le tresfamé docteur &
Anatomiste Andreas Vesalius, lequel y mourut retournant de visiter la terre S. l'an mil cinq centz soixante six, auquel, on auoit fait
poser vn honorable Epitaphe de cuiure: lequel fut depuis emporté des Turcs, qui spolierent & bruslerent ledit bourg & toute
l'Isle l'an mil cinq centz soixante vnze: Sur l'vne des montagnes
de l'Isle qui est proche du port de Sancto Nicolo, est vn petit Oratoire des Caloiers Grecs, ayant vne chapelle dediée a la glorieuse
Vierge Marie dicte Sancta Maria, del Scopo, ou de Piscopo, fort
reclamee des mariniers, ou se fait beaucoup de miracles comme
disent les insulaires, lesquelz y vont ordinairement faire leurs deuotions & Pelerinages.

Au bas d'icelle montagne, & des autres contignes est vne fort
belle plaine, replie de jardinages & Casalz ou metairies, s'estendant depuis le port surnommé Pelolo, iusques a celuy de Sancto
Nicolo, ou nous abordasmes premierement, & sur iceluy Port est
vne petite chapelle, nouuellement edifiee, & dediée audit S. Nicolas. Et sont ces deux portz fort bons pour y stantier les Naues,
venans

venans ou allans vers Constantinople, Syrie & Alexandrie d'E-
gypte; mais ne sont aucunement commodes en hiuer pour galeres, à cause qu'ilz ne sont gatais ne couuers des vents. Les Tures
& les marchants de Leuant, y ameneut souuent des esclaues noirs,
de tous sexes & aages, & les vendent pour quarante ou cinquante
ducatz, selon qu'ilz sont robustes & apres pour en tirer seruice,
mais nul Chrestien n'en peut acheter, s'il ne s'oblige pardeuant le
Magistrat du lieu, de les faire bien tost baptiser. En ceste Isle &
quasi par toute la Grece, ou l'on a moyen d'auoir des Horologes,
on compte les heures tout autremèt que l'on ne fait pardeçà, còme
en Italie, France, Allemagne & autres parties de l'Europe: car ilz
les disposent, selon la longueur du iour & de la nuict, commàn-
ceans a compter vn, au leuer du Soleil & le mesme quant il se ca-
che, ou couche.

Or, estans arriuez en ceste Isle le vendredy dixiesme iour de
Iuillet, nous y demeurasmes iusques au mardy ensuiuant, & lors
vers les douze heures (selon le compte que dessus, qui estoit deux
heures deuant le Soleil couchant) nostre Patron (contre l'vsance
des mariniers Grecs, qui ne commancent volontiers à nauiger,
par vn tel iour) fit leuer les ancres & faire voille, & passames à la
veue d'vne forteresse sise en la Moree, appellee Castel Tornese,
qui est le promontoire Celonite des anciens, occupee des Tures,
laquelle se veoid fort à plain, de l'Isle de le Zante, qui en est distante de dixhuict mile seulement. & la vont les Zachintiens, querir leurs victuailles. Ainsi nauigeans, auec vn vent Maistral en
poupe (qui est le Magistralis, & le Nortwest de noz mariniers)
costoiant toujiours ladite Moree, & tirant vers l'Isle de Candie,
enuiron quarante mile de le Zante: nous veismes à main droite en
pleine Mer, deux escueilz, nommez à present Strivali, & ancien- *Strivali escueils.*
nement Plotæ & Strophades, selon le tesmoignage de Pline & *Plin. l. 4.*
Strabon, distans de terre ferme de la Moree ou Peloponese, d'en- *c. 12.*
uiron quatre centz Stades, qui sont cinquante miles Italiennes. *Strab. l. 1.*
Ouide & Virgile en font mention, disans qu'Aeneas Troyen à son
abordee en iceux, y fut fort moleste des Harpies, Oyseaux infectz *Ouid.*
& puans, portans face humaine, lesquelz y repairoiét depuis qu'ilz *met. l. 7.*
y auoient esté chassez & confinez d'Arcadie, par Zetes & Calois *l. 13.*
enfans de Boreas & d'Oritia, pour ne plus tourmenter le Roy *Virg. æ-*
Phinees, desquelz Oyseaux l'on ne parle plus: Il n'y à en ce lieu *neid. 3.*
qd'vne tour, en laquelle se retirent les Caloiers ou moines Grecs
habitans sur ces escueilz, lesquelz ne viuent que d'aumosnes qu'ilz

vont

vont querir aux Isles circonuoisines.

Vn Prestre Grec, qui estoit auec nous en la Naue, nous asseu qu'il y auoit en l'vn de ces deux escueilz vn sourgeon ou sourc fontaine, procedant d'vn lac qui est en la Moree, & que d'ic fontaine, les conduitz passent par certaines veines de la terre, soubz la Mer, ce qui se cognoist (disoit-il) à cause que souuen trouue en l'eaue d'icelle, des fueilles de certains arbres croissan tour dudit lac, & non esditz escueilz, chose assez difficile à croi n'estoit que Diodorus Siculus, Ouide, Pline, Aristote, Strabo plusieurs autres autheurs, en racomptent estre de semblables, qu'il y a des riuieres & ruisseaux en diuers endroitz du Monde, specialement en ladicte Moree, qui se perdent en terre, & vienn resurgir es Isles circonuoisines, mesmes aussy en Sicile, com aussy a remarqué le susdit Cosmographe Theuet.

Diod. l. 15. c. 13. Ouid. met. l. 5.

Theuet. l. 21. c. 14.

De la Moree Peninsule.

CHAPITRE X.

La Moree peninsul jadis Peloponese.

IL me semble n'estre inutile, ains bien à propos (pour l'exerci du voyager, pendant la nauigation) de faire vne succincte na ration de la Moree, laquelle nous veismes & costoiasmes asse longuement : car ç'a esté la region, jadis la plus noble & puissant la meilleure, voire la gloire & forteresse, de toute la Grece, cedant (selon Pline & autres autheurs) en bonté à nulle au region du Monde : c'est pourquoy elle merite bien qu'en passa on la cognoisse & contemple, qu'on l'assiste à deplorer son d astre, auec la notable perte de sa pristine beauté & splendeur.

Ceste region est vne Peninsule, abonuissant en la mer Mediter ranee, de laquelle, soubz diuerses nominations, elle est enuiron nee, reserué à l'endroict d'vn Isthme (qui est vn col de terre, larg de cinq à six mile) qui le conioinct, à la terre continente de l'At tique, & le reste de l'Achaie. Car du costé de Septentrion, com menceant audit Isthme, il y a le golfe de l'Epanto, lequel est celu qu'anciennement on nommoit golfe de Corinthe : vers Occiden elle a le golfe de Patras, & la Mer Ionique : vers Midy la mer de Candie : vers leuant celle d'Egee, & puis retournant vers l'Isthme (entre ladite Peninsule & l'Attique, qui est la comté d'Athenes) le golfe Saronique ou Megarique. Ceste Peninsule peut auoir de

Golfe de Lepanto ou de Corinthe.

circuit

ircuit, enuiron cinq cenrz soixante trois miles Italiennes, & est
à façon d'vne feulle de plane ou de vigne, pource que par le moy-
en des portz, promontoires, & anguleux replis des golfes des
Mers, tant en longueur, largeur & rondeur incisee, elle les res-
emble, & en est l'Isthine comme la queuë. Elle à souuent changé
le nom, ainsi que plus amplement ay escript au grand volume, &
iusques à la venuë des Barbares, elle à retenuë celuy de Peloponese
qu'elle imposé à l'honneur de Pelops filz de Tantalus Roy de Phrigie, lequel eut ceste region en dot auec Hippodamia fille d'O-
enece Roy d'Elide, & regna au temps que Debora & Gedeon es-
oient Iuges, sur les Israelites, enuiron l'an du monde trois mille
neufcentz & dix.

Ce Pelops, estoit pere grand d'Etra mere du preux Theseus A-
thenien, & d'Alcmene mere de Hercules : & comme il auoit gaigné le peuple par ses liberalitez, & façon de se maintenir politi-
quement, ou au parauant il viuoit miserablement, selon le tesmoignage d'Eusebe, Pline, Tucidide, Solin, Strabon & Diodore
Sicilien : Ledit peuple luy defera tant d'honneur, que d'appeller
ur Prouince Peloponese, lequel nom (comme dit est) luy à duree
usques à tant, que les Barbares Turcs, la sont venuz occuper : lesquelz comme leur maniere de viure & forme de police, ilz luy ont
aussi changé ce nom en la Moree, signifiant (selon l'interpreta-
on d'Ananie) terre grasse, & ainsi s'appelle encore au iourd'huy.
ceste peninsule estoit au temps iadis, diuisee en huict Prouinces,
bien renommees & florissantes, desquelles les noms estoient Co-
rinthie, Achaie Peloponesiaque, Scicione, Elide ou Pisidie, Ar-
dique, Messenique, Laconique autrement dite Lacedemonique,
& Arcadie : Il y auoit aussi selon Volateran, soixante seize Mon-
gnes de remarque, entre autres & des principales, celles de Stim-
halide, Taigete, Cronius, Zarix & le Pholoé des anciens.
Sur l'Isthine, qui est vn col estroit de terre, entre deux Mers
mme l'on dit Bostphores, vn destroit de mer entre deux terres
mes) souloit estre vn Temple, dedié à Neptune Isthinien, situé
milieu d'vn petit bois de pins, ou l'on iouoit de cinq, ou selon
cuns, de trois ans à autres, les ieux Isthiniques, instituez par
siphe, Roy & fondateur de Corinthe, ou dudit Thesee : des-
elz ieux font mention, Solinus, Plutarque, Pline, Strabon, Lu-
an, Pindarus, Ouide, Philostrate & autres : Et fut le premier d'i-
ux ieux institué de Thesee, (comme anote Eusebe en sa Chro-
que) enuiron l'an du monde. 4640. au temps que Daniel &

R   Ezechiel

Plutar. In
vita The-
sei.

Eufeb. in
Chro.
Plin. l. 4.
c. 4.
Tucid. l.
c. 1.
Solin. c. 18
Strab. l.
7. 8.
Sicil. l. 5.

Isthine de
Corinthe.
Solin. c.
11.
Plut. in
vita The-
sei.
Plin. l. 4.
c. 5.
Strab.
l. 5.

Lucian.
Pind. ac
mre.
Ouid.
faft. 6. &
Math. 4.
Philoft.
tab. de
Palemes
Suete. in
vit.
Hered.
l. 1.
Plin. l. 4.
c. 4.

Ezechiel prophetifoient, & que le peuple Iudayque eftoit en la captiuité de Babilone. Diogenes, Suidas, Suetonius, Herodotus, Pline, Philoftrate, & plufieurs autres efcriuent, que les Cuides, Periandre filz de Cypfele, l'vn des fept fages de Grece, Roy de Corinthe, & qui eftoit du temps de Iofias Roy de Iuda, & de Ieremie le Prophete: Demetrius (l'vn des fuccefleurs d'Alexandre le grãd) Iulius Cæfar, Calicula, Domitius Neron, Helius Adrianus & vn Herode Athemen, ont tentez & eflayez de trencher ceft Ifthine, & faire conioindre la Mer Ionique auec celle d'Egee, pour abbreger & accourcir la nauigation d'Occident vers Orient, auffi pour fortifier le Poloponefe contre leurs ennemys: mais pour la dureté des rochers & autres empefchemens, nulz d'eux, quelques puiffans qu'ilz fuffent, neurent le pouuoir de venir à chef de cefte enteprinfe: dont eft venu (felon que dit Paufanias, L'addage de l'Ifthinum fodere, quand on vouloit parler de chofe impofsible à faire. Diodorus Sieulus, Herodote, Thucidide & autres recitent

Diod l. 13.
c. 5.
Herod.
l. 8.

que pour empefcher la venuë de Epamides, Capitaine des Boëtiens, iceux Poloponefiens firent faire vn mur au trauers de ceft Ifthine, s'eftendant de l'vne defdites mers à l'autre, & l'appelloiẽt Hexamilo, à caufe qu'il embraffoit le trauers de fix miles, lequel à efté reftably & entretenu par Temiftocles, Euribiades, Cleombrotus & Leonides, redoubtrans l'affaut de Xerxes Roy de Perfe, qui ia auoit bruflé Athenes: Le mefme mur à efté diuerfes fois iecté par terre, & puis refait par les Grecs: & dernierement par les Venitiens, à la venuë, & pour refifter aux Turcs Amurath fecond du nom & Mahomet fon filz, lefquelz le forcerent & pafferent de force, l'an mil quatre centz foixante quatre.

Cencree
& Lechee
portz de
corinthe.

Act. 18.

Corinthe
Cité.

Au bout du col dudit Ifthine vers leuant, & fur le golfe Saronique vers Corinthe, eftoit le port de Ceucree, auquel l'Apoftre S. Paul (venant d'Athenes) aborda & pour accomplir fon veu, s'y fit rafer la refte, comme nous lifons aux actes des Apoftres. Puis de l'autre cofté d'iceluy Ifthine vers Occident, fur le golfe furnommé iadis de Corinthe, & à prefent de Lepanto, eftoit celuy de Lechee, tous deux feruans à la Cité ou ville de Corinthe: Laquelle eft affife, comme vn Theatre entre deux Mers au deuant de l'Ifthine, & eft diftante egalement de chacun defditz Portz, par huict mile ou enuiron: Icelle Cité fut fondee par Sifyphe fufdit, furnommé Larron & tiran, l'an du monde trois mille fix centz quatre vingt cinq, au temps d'Ottoniel, fucceffeur de Iofué Iuge & Duc d'Ifrael, & fut appellé Corinthe, par vn Corinthus filz d'Orefte, qui la

                                                                          reftabli

reſtablit & amplifia, ſelon Heraclides en ſes politiques: elle eut auparauãt des autres noms, mais ie les paſſe icy pour brieueté, côme
ie fais auſſi, la forme de ſon gouuernement iuſques à ſa premiere
ruine, pour euiter prolixité : mais le nom de Corinthe luy à eſté le
plus familier, & luy eſt demeuré iuſques à preſent, reſerué que les
Barbares au lieu de Corinthe, l'appellent Coranto : Elle maintint
ſon eſtre premier, par neuf cents cinquante deux ans, au bout
deſquelz elle fut ſaccagee par les Romains, la meſme annee qu'ilz
ruinerent Carthage.

Strabon & pluſieurs diuers autheurs diſent, qu'entre autres rá- Strab. l. 8.
ritez, qui eſtoient en ceſte ville, eſtoit vn Temple fort riche &
ſompeueux, dedié à la Deeſſe Venus, auquel elle eſtoit ſeruie, au
lieu de Preſtres, de cét filles lubriques ou Courtiſanes, qui ſe pro-
ſtituoient aux eſtrangers, dont la Cité abondoit, pour cauſe du
grand commerce qui s'y faiſoit des marchandiſes venantz des
Ponant, Leuant, Septentrion & Midy : car elle eſtoit ſituee quaſi
au milieu du monde lors cogneu, & des mers mediterranees &
d'Helleſpont: leſquelles filles, faiſoient bien ſouuét deſpendre aux
plus riches marchans, toutes leurs facultez: Entre toutes les Courtiſanes ſuſdites, & deſquelles les autheurs font mention, les plus
fameuſes ont eſté Cirena, Leena, Sinope, Sicione & Lays, laquelle
Lays (ſelon que diſent Aulus Gellius & Phocion Philoſophe) Aul. gell.
n'admettoit nul homme, s'il ne luy donnoit tout ce qu'elle deman- noct.
doit, dót naſquit l'addage ou Prouerbe que recite le Poëte Horace attic. l. 2.
non cuiuis homini contingit adire Corinthum. La meſme Lays, con- c. 8.
traignit Demoſtenes Philoſophe) auquel elle demandoit dix mille Hora.
Dragmes) de dire *Tanti pœnitere non emo.* Le premier addage veut Epiſt. 17.
dire en vulgaige, il n'eſt à tous licite d'aller à Corinthe, & l'autre:
Ie n'achete point ſi cher vn repentir.

Pour pluſieurs occaſions, Tite Liue nommoit c'eſte Cité noble T. Liuius
& opulente : Lucius Florus & Tucidide, l'honneur, ornement & l. 5. dec. 5.
empire de toute la Grece: Eutropius, communauté renommee & Flo. l. 2.
principale d'icelle: Paulus Diaconus, la plus floriſſante du monde : c. 16.
Bref, Ouide, Cicero & pluſieurs autres autheurs ne ſe ſça- Eutro l. 4.
uent ſaouler, de la priſer & loüer : Auſſi elle reſplandiſſoit, en Ouid. faſt.
grandeur & richeſſes, en abondance d'hommes valeureux & in- l. 4. met.
duſtrieux, tant pour la guerre, que pour le gouuernement de la l. 6. 7.
republique, comme pareillement en toutes ſortes d'artz manuelz, Cicer. O-
entre leſquelz y eſtoient en grande perfection l'art de painǎure rat. cont.
& de Sculpture, par eſpecial du viuant d'vn Ariſteus peintre, & de Tuell. lex.

R 2   Fidens

Fideus se voient encore pour le iourd'huy des œuures a Rome, sur le mont Esquilin, dite *monte Caualle*; à sçauoir l'vne des effigies ou statues d'Alexandre le grand, tenant le cheual Bucephalus, par la bride comme il semble, estant l'autre des ouurages de Praxiteles son emulateur : Or ceste ville estant au comble de sa felicité mondaine, fut pour cause de son orgueil (ainsi qu'il est aduenu, & aduient souuét à plusieurs autres) ruinee de fond en côble, par les Romains, soubz la conduite de Quintus Cecilius Metellus, & L. Mammius : & aduint selon Loys Viues & autres, l'an de la creation du monde, trois mille huict centz & vingt, & de la fondation de Rome six centz & six, ou selon Pline, six centz trois, la mesme année que Carthage en Affrique, fut par iceux Romains aussi destruite, ainsi que dit est : & demeura deserte iusques au temps de Iulius Cæsar, lequel la fit restablir : Et au lieu que auparauant elle auoit de circuit quatre vingtz cinq stades, qui font enuiron dix miles Italiennes, ou quatre lieuës Françoises, il la fit reduire (selon Strabon) en quarante, qui font cinq mile, & en cest estat elle estoit encore, lors que l'Apostre S. Paul y fut pour y prescher l'Euangile, comme il fit par dix huict mois, residant au cómancement chez vn Iuif nommé Aquila, & sa femme Priscilla. Auquel lieu le vindrent trouuer Silas (qu'il y constitua Euesque, comme escript Dorotheus Euesque de Thir) & Tymothee ses disciples : & de la maison du susnommé Aquila, le S. Apostre se retira en celle d'vn nommé Iuste, voisin de la Sinagogue, puis il conuertit Crispe le principal d'icelle Sinagogue, au Christianisme, auec toute sa famille, & plusieurs Corinthiens, selon que nous lisons aux actes des Apostres : de laquelle ville estant parti, il leur escriuit deux belles epistres pleines de loüanges, eruditions & diuins mysteres: Il se trouue aussi es histoires Ecclesiastiques de Nicephore & Eusebe, que S. Pierre l'Apostre y à presché l'Euágile, & qu'il y à eu deux SS. Denis pour Euesques, l'vn l'Areopagite, & l'autre le grand Champion, qui batailla vaillamment par paroles & escriptz, contre l'Heresiarque Marcion, & autres heretiques.

Finablement, ceste tant florissante Cité de Corinthe (par la dissension des Princes Chrestiens, signamment d'entre les enfans de l'Empereur Emanuel Paleologue) paruint en la puissance des Turcs, lesquelz l'ont ruinee, & au lieu d'vne belle & grande ville, en ont faict vn village bien abiect, n'y restant que le Chasteau, anciennement appellé Acrocorinthe, & à present Coranto, situé sur vne Montagne, au pied de laquelle est la source de la fontaine renommee

ommee Pirene, courante au trauers de la dire ville, & en laquelle
suiuant le dire des Poëtes) Bellerofont prin le cheual aislé Pe-
gase en beuuant, qui en frappant du pied vne pierre fur le mont
Helicon, fit fortir la fontaine Hippocrene, de laquelle touſ les
Poëtes veulent boire, pour eftre rendus plus expertz en leurs artz
& fciences. Voila ce qu'à prefent, ie defire dire de cefte tant celebre, & maintenát defolee cité, a fin d'abreger ce qu'eftoit encore
anciennement de plus remarquable en cefte Peninfule, commenceant à ce qui eftoit & eft du long de la cofte marine, tirant de
l'Ifthine vers Occident & la Mer Ionique.

Ie commenceray donc icy à parler premierement, du golfe qui
eft du cofté Occidental de l'Ifthine, anciennement appellé golfe
de Corinthe, & à prefent de Lepanto, à cauſe d'vne ville ainfi
nommee, fituee fur cedit golfe du cofté d'Etolie, voifin de l'vne
des Dardanelles, forterefle afsife fur l'Emboucheure d'iceluy au
lieu ou eftoient iadis le Rio & Antirio, gardans l'entree, comme
font celles aiant mefme nom, fituees fur le deftroit de Galipoli
fur l'hellefpont, qui furent les Ceftus & Abidos des anciens: lequel
Golfe de Lepanto, à de longueur depuis ledit Ifthine, iufques au
Promontoire ou deftroit de Drapano (qui eft l'ancienne Rio)
quatre vingtz fept mile, & de largueur, feulement cinq ftades, qui
font quafi trois quartz de mile. Cefte ville dé Lepáto, eft l'antique
Naupactum, de laquelle font efcriptes beaucoup de chofes, pour
cauſe des armees nauales, qui s'y font fouuent preparees, tant du
paffé, que encore à prefent par les Turcs, fignamment l'an mil
cinq centz foixante vnze: lefquelz la prindrent fur les Chreftiens
l'an mil quatre centz quatre vingtz dix. Au long des riues dudit
Golfe, du cofté de la Moree ou Peloponefe, le premier lieu qui fe
rencôtre, depuis ledit Ifthine, eft Lefteicori, autrefois dit Leches
& Lechea nauale, de Ptolomee, iadis eftant le fufdit port Occidental de Corinthe, & à prefent reduit en rien.

Affez pres de ce lieu, fe veoid l'enboucheure du fleuue Afopo,
modernement nommé Arbon, ou commançoit la prouince des
Seicioniens, ainfi dite de Sicion ville royale & fort renommee, à
prefent nommee Chioreuza, laquelle à efté la premiere, qui au
temps iadis s'eft reduite en republique, & la feconde qui apres les
Afsiriës, à vfurpé la domination fur fes voifins : aufsi elle eft celle
qui le plus longuement s'eft maintenue fans changer de loix : Eufebe à la preface de fa Chronique, Paufauias, Loys viues & autres
autheurs, difent qu'vn Agialee, (qui eftoit du temps de Belus,

R 3   pere

pere de Niuus Roy defditz Affyriens) en fut Roy l'an du monde
mil huict cenz foixante dix huict, auquel fucceda Europs: (Au
vingt deuxiefme an duquel, & le quarantiefme dudit Niuus, ou
felon le docte Genebrard, l'an deux cenz quatre vingtz treize,
apres le deluge general) nafquit le Patriarche Abraham: Et pour
euiter prolixité, ie ne feray icy plus longue narration des autres
Roys qui y ont regné depuis, par l'efpace de huict cenz foixante
deux ans, n'y mefmes de l'entre-regne des Preftres qui y ont do-
minez apres: & comme cefte ville (fubiecte ainfi que toutes chofes mondaines, à vicifsitude & mutation) eft en fin paruenuë foubz
la domination & puiffance de ces ennemis: En cefte region de Si-
cyon, y a plufieurs riuieres qui fe perdent dedans les abyfmes de la
terre, fans que l'on puiffe veoir ou elles refourdent.

Sur la mefme cofté, font encore Scolicaftro autrement dit Xi-
locaftro, (à prefent petit village). Niora, Voftica, Carnaro &
Caftri villes, des anciés dites Egira ou Egire, Ega ou Egió, Bura &
Hellica: Puis fuit le fufdit promontoire de Drepano, ou fe termine
le golfe de Lepanto: de la ou la Peninfule fe courbe vers Occidét
& faict changer le nom à la Mer & appeller golfe de Patras, de
l'ancienne ville de Patras premierement dite Aroë & depuis, Patras, à l'honneur de Patreus fon Roy, defcendant de la lignee d'A-

genor: Cefte cité de Patras eft fituee cinq mile plus auant, que le
fufdit promontoire & Dardanelle, fur le retour de la Peninfule regardant l'Occident & la Cephalenie, ou y à vn petit port pour receuoir quelque nombre de naues: icelle Cité à efté illuftree, &
rendue fameufe, par la predication & crucifiement, de S. André

l'Apoftre, comme tefmoignent Abdias, Dorotheus, Nicephore
Calixte & autres autheurs anciens: Depuis elle tombà entre les
mains des Turcs, l'an mil quatre cenz foixante quatre, au temps
de Thomas Paleologue, defpote d'icelle, & frere du dernier Empereur Chreftien de Conftantinople: lequel Thomas, n'ofant attendre la furie des Barbares, s'enfuit & emporta auec foy, le chef
du fufdit Apoftre à Rome, & en fit prefent au Pape Pie fecond,
qui fe nommoit auparauant Aeneas Siluius: lequel chef ledit Pape

pofa en l'Eglife Monfieur S. Pierre, au Vatican, au mefme lieu ou
il eft encore au iourd'huy, felon Volateranus & autres: & de ce
temps, la Magnifique Cité de Patras, fut ruinee & reduite en vn

paure village. Apres Patras fe trouue Cauigritzà, anciennement
dit Olene & Panacharia Promontoire, auec fon golfe receuant le
fleuue nauigeable Melas, ou fe voient les veftiges d'vn Temple, cy
deuant

deuāt dedié à Esculapius. Puis viēt la ville de Dime, iadis Colonie
des Romains, retenāt son nom ancien, mais non son pristin estre.

Se rencontre en apres le promontoire de Chiarenzo, anciennement appellé Arasse ou Arapo, & en ce lieu, proche du fleuue
Peneus (modernement dit Igliach) finit le destroit de l'Achaie
Peloponesiaque, & commance la Prouince d'Elide, ainsi nommee
d'Elis Cité tres-antique & metropolitaine d'icelle, maintenant
aussi reduite en vn pauure village appellé Beluedere, & estoit ceste Prouince le Royaume du viel Nestor, vn des principaux chefz
d'entre les Grecs, qui ruynerent la Cité de Troye: Lequel Nestor
(selon Ouide, Iuuenalis, & autres) vesquit quasi trois centz ans.

Le principal port de la Prouince d'Elide, est Silene, retenant
encore son nom ancien : & suiuant le recit de Pomponius Mela,
nasquit en ce lieu Mercure, entre les payens reputé pour Dieu &
messager des Dieux : & illec n'y a que quatre vingtz stades, qui
font dix mile iusques à l'Isle de la Cephalenie. Plus auant est Capo
ou Castel Tornese que lon nommoit iadis Promontorium Ce-
loniticum, lequel se veoid de la Cephalenie, & de le Zantē : De la
se courqe derechef, la Peninsule plus vers le midy, & fait le sein
Vlonate des anciens, dit golfe Celonite, tres-dangereux pour les
escueilz, Islettes & rochers qui y sont cachez à fleur d'eauë : & la,
nostre patron de nuict pensa auoir mauuaise fortune : En ce golfe
Vlonate entre le fleuue Roseo (qui est l'antique Alpheo) naissant
en Arcadie, & passant par la ville de Pilo, (iadis residence du susdit Nestor, distante de deux mile de Cilene:) & est ce Pilo, à present dite Nauarino, forteresse du Turc. Les anciens disoient que
l'eauë dudit fleuue Roseo, guarissoit plusieurs maladies, mesmes
de l'alienation d'esprit, dont l'experiéce se mōtra es filles de Preto.
Quide dit aussi, que l'vne des branches d'iceluy fleuue entre en
terre, & passe par dessoubz la mer, iusques en Sicile, ou elle engendre la fontaine Arethuse: mais Theuet reprend ces autheurs,
disant qu'il n'en est rien : cōbien que les raisons alleguees par iceux
& le renom vulgaire, mesme encores du iourd'huy, le font sembler veritable.

En ceste Prouíce d'Elide, tirāt vers l'Arcadie, estoit la ville de Pisa
& non guere loin de laquelle, estoit la ville & le mōt Olipe auec le
tēple de Iupiter Olympius, & pres d'iceluy, en vn bosquet d'Oliuiers sauuages, estoit le Parc & place ou se iouoiēt les ieux Olympiques tant fameux instituez par Hercules au tēps de Iayr Iuge d'Israël: auquel ieu les vainqueurs n'auoient moins d'honneur que les

Princes

Chiarēzo
Promon-

Ouid.
met. L.12.
Iuuenalis

Silene
ville &
port.

Castel
Tornese.

Celonite
golfe.

Alpheo
fleuue.

Pilo dire
Nauarino
ville.

Pisa Cité.
Olympus
mons
ieuxOlim
piques.
Tit.l duc.
s. l. 7.
Philostra.
l.5. c.2. 3.
c. 25 de
vii appol.

Princes victorieux qui entroient en triomphe à Rome : parquoy s'y assembloit lors ordinairement, grand nombre de peuple de toutes partz pour les veoir, & se reiteroient lesditz yeux de cinq ans à autres, à sçauoir au commencement de la cinquiesme annee, & les quatre ans d'entre deux, faisoient l'interual des ans Olympiques, par lesquelz (des leur institution, qui fut enuiron l'an du monde, selon Bardus, deux mille sept centz cinquante vn, ou du renouuellement d'iceux fait par Iphetus Eolus, descendant dudit Hercules, l'an de la creation du monde, trois mille cent quatre vingtz douze selon Eusebe) les Grecs faisoient la computation de leurs annees, appellees Olympiades : laquelle façon de computation, & lesditz yeux Olympiques ont durez & continuez (selon plusieurs autheurs) iusques au temps de Constantin le Grand, & suiuant l'opinion de quelques autres, iusques à l'Empire de Theodose le grand : lesquelz estans delaissez, à esté en leur lieu institué, le denombrement des indictions : Les habitans de la susdite ville de Pisa, (reuenans auec Nestor leur Roy, de la guerre de Troye, & allans en Italie) fonderent (selon Strabon) Pisa en Toscane.

Strab. l. 5.

Quand à la particularité de l'Idole de Iupiter Olympias, de son Temple, & desditz yeux : aussi quel estoit cedit Iupiter, & commét les anciens entendoient ce nom pour vn Dieu : semblablement la difference, des montz Olympes, d'Hercules, Venus & autres noms des faux Dieux, i'espere le declarer aucunement au volume dessus mentioné : & pour estre le recit fort long à repeter en ceste epitome, ie me deporte d'en parler icy plus auant : mais en passant nous dirons qu'il y à vn autre mont Olimpe en l'Isle de Cypre, duquel nous parlerons cy apres, afin que le lecteur ne pense que ce soient repetitions inutiles. Dion historien dit que le temple susdit de Iupiter, estoit auparauát le Sepulchre Deuencalió filz de Promethee Roy de Tessalie, soubz lequel, & de Pyrra sa femme, aduint le deluge Tessalique, duquel deluge, & des autres estans cinq en nombre, comprins le general, ay aussi escript les temps & l'essence, au volume susdit.

Pour reuenir à noz premieres brisees : il faut sçauoir qu'auprez du susdit Castel Torneze, la mer se courbe de rechef, & fait vn Golfe aiant enuiron soixante dix mile de circuit, au long duquel sont Nico (qui estoit la Caparissa de Ptolomee, donnant son nom audit golfe & la bouche du fleuue Laguardo, anciennement dit Sela, & la ville de Zonichia : Au bout dudit golfe tirát vers Oriét, est le promontoire dudit Capo Gouuello, & plus auant la ville de

Methone,

Methone, situee en vne plaine qui est le long des riues de la Mer aiant vn bon port: laquelle ville auparauãt la guerre de Troie, s'appelloit Pedasia, & à present Modon, forteresse du Turc, par luy prinse sur les Venitiens, le treiziesme Aoust mil cinq centz & sept, & en laquelle Ochialy Bassa se sauua, auec trente galeres, apres auoir perdu la iournee, contre l'armee Chrestienne de la saincte Ligne l'an mil cinq centz soixante ynze, comme i'ay dit plus amplement cy deuant, en la Narration du Corfou, & des Cursolaires. Nous lisons en Trogue Pompee & Iustin son abreuiateur, que deuant icelle Modon, Philippe Roy de Macedoine, & pere d'Alexandre le grand, l'ayant assiegee, y perdit vn œil: Plusieurs autres choses remarqnables, y sont encore aduenues, que ie laisse pour brieueté.

Guere loin de Modon, se trouue Capo san Gallo, cy deuant nommé Acritum Promontorium, que Theuet appelle Castel grit & la finit la Prouince d'Elide, & commence la Messenique, auec son golfe, ayant prins leur nom de la ville de Messena, apartenãte au teps de la guerre de Troye, à Menelaus mary de la belle Helene: les peuples de laquelle Messena (selon Volateranus & autres) ont fondé la Cité de Messena: Le sein Messenique s'appelle à present golfe de Coron de la forte ville de Coron, les habitans de laquelle, se rendirent au Turc Baiazet, apres qu'il eut prins Modon: depuis les Cheualiers de Malte, l'ont eu reprinse, mais Barbarossa, s'en est fait derechef le maistre.

A l'endroit de ladite ville de Coron, la mer fait encore vn autre golfe, ayant de circonferance enuiron quatre vingtz mile, & par le trauers d'vn promontoire à autre, trente: En iceluy le fleuue Stomia (qui est le Pamiso des anciens, & le plus grand de la Moree) entre en la mer, & se voyent sur ses riues, les ruines de Messina, à present dite Niso, Calamata, & Chieres, iadis appellées Fere & Abea.

Or ayant doublé le promontoire dudit Golfe, (nommé Capo delle qualie) & la bouche du susdit fleuue Pamiso, l'on entre au golfe & en la Prouince de Laconie, qui est la renommee Lacedemonie, anciennement ainsi appellee: de laquelle la fameuse Sparta, à present dite Misistra, estoit Metropolitaine. Ceste Prouince de Lacedemonie, s'appelloit aussi Hecatompoli, pour auoir en son contenu & apartenances cent villes, toutes reduites à rien ou a peu de chose: entre lesquelles estoit la Cité de Sparta, en son temps la plus respectee (pour sa puissance, discipline militaire & insti-

S   tutions

Ouid. met. l. 15.
Liuius.
dec. 1. l. 10. Dec. 3. l. 9.
dec. 5. l. 5.
Paul diac. l. 2.

Modon ville & forteresse

Iusti. l. 7.

Teuet, 18. c. 9.

Messena villé, Prouince & golfe.

Volat. l. 7. Geograph.

Coron ville & Golfe.

Niso Calamata, Chieres ville

Lacedemonie

Prouince Sparta Cité.

tutions de bonnes loix, par elle receuës du braue legiſlateur Licurgus de toute la Grece, voire du tout l'vniuers, donc ſont fideles
teſmoins Tirthee, Heraclides, Trogue Pompee, Iuſtin, Tucidide,
Herodote, Plutarque, Aelius, Teſias perſien, Blondus, Tacitus,
Aule Gelle, Strabon, Pline, & vne infinité d'autres.

En la ſuſdite ville de Sparta ou Lacedemone, regneret aucuns
Roys, par l'eſpace de trois centz cinquante ans, & ſe feirent appeller Heraclides, eux vantans eſtre deſcenduz de la race d'Hercules: & depuis y furent inſtituez les Ephores, qui eſtoit vn certain Magiſtrat, comme les Areopagites en Athenes, meſmes Licurgus leur legiſlateur, n'en eſtoit point Roy, ains filz de Roy &
gouuerneur du Royaume, durant la minorité de ſon neueu Cha-
rilaus: les loix duquel Licurgus furent trouuees tant bonnes, iuſtes & equitables, (comme dit S. Auguſtin) que les Romains les
voulurent apprédre, & que pour icelles il a merité d'eſtre mis au
rang des hommes les plus illuſtres. Il faudroit par trop de temps
& d'eſcritures, pour mettre icy par le menu, meſmes en bref, les
principaux faitz, par leſquelz les anciens Laecedemoniens, ſe ſont
acquis en vn ſi grand & eternel renom, mais le curieux Lecteur
qui en voudra ſçauoir dauantage, pourra auoir recours aux Hiſtoriens deſſus mentionnez, ſuffira ſeulement d'entendre icy que la
grandeur des Lacedemoniens, a prins fin par le moyen de leurs
contentions & guerres ciuiles, diſſenſions domeſtiques, & voloté
d'entreprendre ſur leurs Voiſins: & ne ſe ſont peu exempter de
tomber auec pluſieurs autres, ſoubz le ioug des ſuperbes Romains
& depuis ſoubz la miſerable & brutale ſeruitude du Barbare Turc
qui les à reduitz auec toutes leurs villes en cendre: tellement qu'à
peine y apperçoit on à preſent, aucune lueur du moindre rayon de
ſa priſtine ſplédeur. Et eſt preſentement ceſte dite puiſſante Sparta
ou Lacedemone (iadis bien peuplee, noble, franche, & bien policee Cité) reduite en vn treſpauure, vague & mal baſti village,
nommé comme dit eſt Miſiſtra.

D. Aug.
l. 2. c. 16.
de ciuit.
dei.

Apres ſe trouue le grand promontoire appellé Capo Maino, à
preſent des Mariniers dit Matapan, qui eſt le Tenare de Ptolomee,
iadis auſſi fort renommee, pour les beaux marbres qu'on en tiroit, & d'vne fontaine cauerneuſe, des anciens reputee pour vne
des bouches & entrees des Enfers, gardee du chien Cerberus,
comme diſent Volateranus, Strabon, Ouide & autres: Et qu par
icelle premierement Hercules auec Pyreteus, & depuis O phoeus,
entrerent en iceux; ce que autres diſent eſtre aduenu aux Montz
Theſpies

Capo
Maino ou
Matapan.

Ouid.
Met l. 2.
Strab l. 8.

Thespies en Boece: Herodote dit qu'a ce Promontoire, arriua Arion (musicien & ioueur de harpe) à sauueté illec porté par vn Daulphin marin au temps de Periandre Roy de Corinthe, selon Eusebe.

Quasi à lendroit de ce promontoire & la ville de Maino, iadis dite Leuctium, habitent es montagnes inaccessibles, des Chrestiens Grecs assez belliqueux: lesquelz (comme iay dit des Albanois Chimeriens) ont maintenus iusques a present (& par le moyen de la forte situation de leur demeure) leur Religion, liberté & noblesses contre l'effort dudit Turc.

Outre cedit Promontoire, est le golfe de Colochina, anciennement dit Laconique, sur lequel sont Cerapoli, Vitilio, & Colochina, villes de Ptolomee nommees, Tenarium, Cena & Teutrona, la plufpart ruinees: Puis y sont Laza, (ayant retenu son ancien nom) Capo dy Pago, qui est le Gitium antique, & le Paleopoli des modernes, à cause que les Paleologues l'ont fait restablir: Et apres suit Trinasso nauale, ou s'embouche en mer le fleuue Eurota, à present dit Bassilipotamo courant tant paisiblement & doucement, qu'il a donné occasion de dire, pour ceux qui s'adonner à tous plaisirs, *Manere in Eurota.*

Par de la ce fleuue, suiuent Ormoas, Capo Rampa, Esopo, Capo dy Maluesia, Sancto Angelo, & puis Capo Maleo, des anciés Grecs & de Ptolomee nommees, Acria, Blandula, Asopo, Onugnatum Promontoriü, Boa & Maleum Promontorium: ou se récontrent, à sauoir à l'endroit de ce Promontoire, les Mers de l'Archipelago & de Candie, tref-dangereux & redoubtees des mariniers.

Et se courbant la mer de rechef en ce lieu, commence le golfe de Napoli, ou se rencontre premierement le promontoire modernement dit Altamura, qui est le Minoa de Ptolomee, & puis suit la ville de Maluesia, situee sur vn rocher, & iadis appellee Epidaurum Limera, par abreuiation de Liminera, selon Strabon, ainsi dite pour distinction & difference de l'Epidaure d'Escalape, des modernes nommees, *Napoli dy Romania,* comme je diray cy apres, & de l'Epidaure d'Epire, qui est la Durazzo en Albanie, dont est cy deuant parlé. Cest-Maluesie est fort renommee, à cause du bon & exellent vin portant mesme nom, qui y croist: & fut icelle ville vendüe aux Venitiens, par Nicolas Paleologue, lors que Sultan ou le grand Turc Mahomet, s'empara de la superbe Cité d'Athenes. Continuant la costé Marine, se voyent Zaracasi & Ciparissy, de Ptolomee nommees, Zaressa &

Margin notes:
Herod. l. 1. c. 4.
Cerapoli Vitilio, & Colocina villes.
Laza, Capo Pago, Palleopoli & Trinaso villes.
Eurota fleuue.
Ormoas Capo rampa, Esopo, S. Angelo &c. Maleum Promontorium.
Napoli dy Romania
Maluesia ville.

Prasia:

Praſia: & vn peu auant ſur terre ferme, eſt Paramo autrement dit
Cardamilum, & la ſuſdite Sparta ou Lacedemone, autremēt dite
Miſiſtra. Apres leſquelz ſuiuent Pephuo, (auquel lieu Volateran
Anania & autres diſent naiſtre des fourmis blanches) Cintra ou
Ciſanta, Cameſtra, Milophaes, Drobolizza, Botonia, Cidariſo, &
Brodagut, leſquelles ſont les Turio, Blemina, Talamo & Gereni
de Ptolomee: par la derniere deſquelles villes, court le fleuue Inachus, prenant ſa ſource des montz d'Arcadie, lequel diuiſe la Laconie ou Lacedemonie, de Largolie ou Argiues, & en ceſt endroit
eſt pareillement l'antique Nauplia nauale, dont ie parleray cy
apres.

La Prouince d'Argos, commēce comme dit eſt, au ſuſdit fleuue
Inachus (de Theuet dit Cioteri) laquelle Prouince à prins ſon
appellation, d'vne ville ainſi nommee par le Roy Argus ſon fondateur, deuant laquelle, le vaillant Pyrrhus Roy des Epirotes fut
tué, & furent les habitans d'icelle appellez Argiues. Ladite Prouince ſe nommoit auſsi Doria, & ce qu'en procedoit Dorique, le
peuple de laquelle, eſtoit tant laborieux, qu'il auoit couſtume de
demander aux Oiſifz, dequoy ilz viuoiēt: Cedict peuple par l'eſpace de cinq centz quarante quatre ans fut regy de quatorze Roys
deſquelz les Hiſtoriens & Poëtes, ont eſcript choſes merueilleuſes: mais pour brieueté, ie les paſſe icy ſoubz ſilence.

La ſuſdite Nauplia Naualis, modernement dite Napoli de Romania, eſtoit auſsi de la Prouince Argolique, & nōmee Epidaure
ou Epitaure, & ſelon Volaterā Mileſia & Aemera, pour l'effuſiō de
ſāg des beſtes & taureaux que l'ō y tuoit & ſacrifioit au Tēple d'Eſculape, en ce lieu fort veneré, pour l'opinion que le pauure peuple
aueugle & Idolatre, auoit qu'il guariſſoit toutes ſortes de maladies, auſsi il y auoit pluſieurs lieux, comme hoſpitaux, ordinairement pleins de malades, attendans guariſon: De ceſt Eſculape,

ont fait mention pluſieurs autheurs, comme Strabon, Ciceron,
Lactance Firmien, & autres en partie citez icy en marge. Ceſt
Eſculape y eſtoit adoré, en guiſe de vieillart barbu, & puis apres à
Rome, (ou il fuſt transferé, au lieu ou eſt preſentement l'Egliſe
S. Bartholomé en l'Iſle) en la forme & eſſence de Serpent: ainſi
le Serpent ancien vſoit encore de ſa pratique premiere, pour abu-
ſer & ſe faire adorer, ou atribuer des hōneurs diuins, en la meſme
forme qu'il auoit, quand il deceut nōz premiers parens Adam &
Eue. Quand à ladite ville de Napoli, donnant ſon nom au golfe
voiſin, elle eſt enuironnee, à ſçauoir les trois pars de Montagnes

&

le reste de la marine, & comme tresforte & commode pour la
nauigation, le Turc y tient ordinairement bonne garnison, tant
d'hommes que munitions de galeres.

Entre ledit Napoli & Troezene, est la Peninsule dite Pharan, Metana
Peninsule
de Ptolomee & Strabon nommee Metana & Metone, qui est vn
lieu bien fort. Plus auant sur mer estoit l'antique Troezene, Cité
iadis des plus Illustres de la Prouince Argolique, dont les habitans
estoient surnommez Troezeniens: Cette ville a souuent changee Troezeze
Cité.
de nom, car en premier lieu, on l'appelloit Affrodisia, puis Appolonia, & apres Saronia, pour cause de la riuiere Saron qui y passe,
laquelle faisoit appeller le golfe qui est entre ledit Troezene, & la
Comté d'Athenes (autrement dit le pays Attique, iusques au retour vers l'Isthme de Corinthe) golfe Saronique.

Apres se trouue le village de Midea, qui fut cy deuant vne ville Midea
Cape
Scilo.
Volat.l.9.
apartenant à Perseus. Et tirant plus outre se rencontre Capo Scilo,
qui est le Promontorium Scilium de Ptolomee ainsi dit, selon que
referent Eustachius & Volateranus, pour y auoir esté trouué le
corps de la fole Scilla, laquelle s'estoit precipitee en la mer, pour
s'estre veuë abusee du Roy Minos, apres qu'elle luy eut par trahison liuré Nison son Pere, Roy des Megariens; Ce Capo Scilo, fait
vne pointe entre les Mers Egee & Saronique, & d'iceluy se re-
tournat vers le susdit Isthine, ny auoit autre lieu de remarque, fors
le port & Arsenal Oriental des Corinthiens nommé Cenchris,
dont est fait cy deuant mention, au commencement du present
Chapitre en la description de la Moree: mais à l'opposite & outre
ledit golfe Saronique, estoient Alcotee (qui fut iadis l'antique
Megara) & la tresrenommee Cité d'Athenes, situee quasi comme Athenes
Cité.
vne langue, entre ledit golfe & le destroit de Negropont: laquelle
Cité d'Athenes (demonstrant l'instabilité des afaires humaines)
ne se retrouue seulement priuee de son ancien & fameux nom,
mais est muee de Cité (glorieuse, noble par armes, & illustree
de tant de somptueux edifices, de Sciences & Artz liberaux) en vn
pauure village abiect, qui n'est habité seulement que de pecheurs
grossiers & ignorans, meprisans mesmes les vestiges de son antique excellence, & ayant vn Chastelet nommé Cetiua.

Or de parler de ceste desolee Athenes & des lieux adiacens, seroit s'extrauaguer du chemin & du subiet que i'auois prins de descrire seulement ladite Moree: Car aiant parlé des lieux & Prouinces exterieures & maritimes d'icelle, i'en sortirois, voulant
saillir outre le golfe Saronique en la Ducé & Côté d'Athenes, ou

S 3

pays

pays Attique : Pour ces causes (ores que pour son voisinage & extreme renommee, & ou selon le dire de Tite Liue) les Romains Tit. liuius decad. 1. l. 3. daignerent bien enuoier les Consulz P. Sulpitius Camerinas, S. Postumus Albus, & A. Manilius, pour apprendre à cognoistre & descrire les Loix & institutions que Solon y auoit establies, auec les meurs & façons de viure des Grecs, ie m'en deporte, pour reuenir à la Moree : Au milieu de laquelle, & de toutes les Prouinces susmentionnees, est situee l'antique Arcadie, nourrice des parfaitz Musiciens, ayans par tel art reduit les habitans d'icelle (tresrudes & barbares) à estre humains & pleins de ciuilité. Tucidide dit, que c'estoit vne des plus opulentes Regions de la Grece, toute enuironnee de Montagnes, mais à present elle est si pauure, que mesme le Turc l'a desdaigné.

Arcadie Region.

Ladite Region à eu semblablement diuers noms, à sçauoir Pelasgia, Parrhasia & Licaonia : les peuples d'icelle se vantoiet (comme font les Biscaiens) d'estre les plus anciens Chrestiens de l'Espagne, de l'Estre aussi Peloponese, à raison que comme iceux Biscaiës se sont sauuez, & ont maintenuz la religiō Catholique, contre l'effort des Mores & Sarrazins entre leurs montagnes, de s'estre aussy preserué sur leurs montagnes, du deluge qui fut au temps de Deucalion & Pyrrha, 800 ans apres le general soubz Noé, & 810 ans auant la fondation de Rome, selon Orose. Le nom d'Arcadie luy à esté imposé, à l'honneur d'Arcadius filz de Iupiter & de Calisto fille de Lycaon Roy d'icelle Prouince, laquelle Calisto (selon Ouid. Metamor. l. 1. 2. les fables Metamorphosius Ouide) fut muee en l'Ourse maieur, posee au firmament vers Septentrion, & sondit Pere en loup. D'icelle Prouince estoit aussi Io, transformee en vache, apres auoir esté violee par ledit Iupiter, & qui depuis (s'en allant en Egypte) y fut reueree comme Deësse soubz le nom d'Isis. Siringa aussi y fut muee en roseau, dont le Dieu Pan fit & inuenta la fleute, Attalante Vierge, & plusieurs autres personnages, mesme les chiens, qui estranglerent leur maistre Actéon (selon les Poëtes, & signament Ouide en ses Metamorphoses) estoient tous Arcadiens.

Entre les Citez plus illustres d'Arcadie, estoit Pegalipoli, patrie de l'historiographe Polibe, & Amesidore (à present dite Londari) Psophris modernement dite Dimizant, (ou passe le fleuue Erimante) Strimphole (residence du Poëte Terence & maintenant nommee Longanique) Mantinee de Ptolomee, des modernes appellee Gorize, en laquelle mourut le tresfameux Capitaine Epaminondus. Puis il y à Tristan, anciennement dite Nemee,

proche

proche d'vn mont boscageux, ou Hercules tuá le Lion, de la peau
duquel il se vestoit ordinairemét, & y institua de ceste occasion les
yeux Nemees. Il y auoit encore beaucoup de villes assez renommees, & à present toutes ruinees & mises en oubly, pour auoir chã-
gees de nom, & (comme la Peninsule) souuent de maistre & de
fortune: tellement que pour le present, on ne diroit, que la Peloponese eust esté telle, comme les anciens nous l'ont descripte, ne
iceux en ce croiables, n'estoit qu'ilz sont tenuz pour autentiques,
& qu'en aucuns endroitz on en trouue des inscriptions és marbres, & les vestiges de somptueux edifices qui iadis y furent.

   Voyla benin lecteur, ou pour le present ie borneray la description de ceste tant belle Prouince, attendant que Dieu par sa grace
me permette d'en dire chose plus ample, tant de son gouuernement, que de ses actions dignes de recit & remarque, ce qu'attendant, ie retourneray au progrez de nostre voyage.

Des Isles de Cerigo & Cicerigo.

CHAPITRE XI.

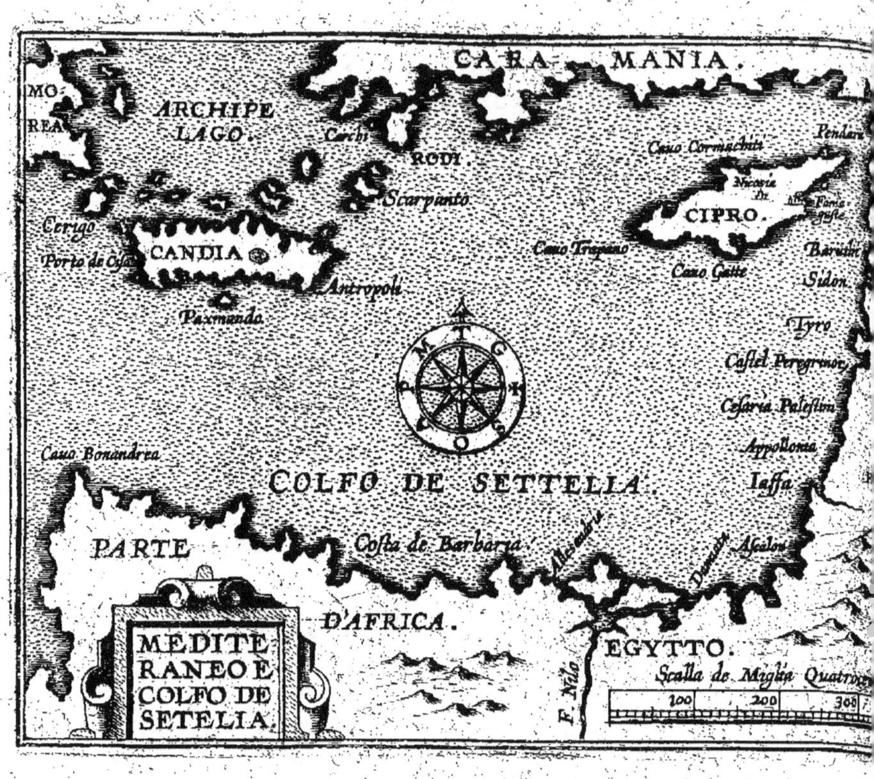

COstoiant comme dit est, la susdite Moree, fut par nous descouuert le mercredy seiziesme iour de Iuillet, l'Isle de Cerigo, anciennement dite Cithera, Scotera & Porphiris, à cause des marbres de mesme nom que l'on y tiroit, selon Solinus, Strabon & autres. Elle est situee du costé de Capo Sancto Nicolao, à cinquante degrez dix minutes de longitude, & trente quatre degrez quarante minutes de latitude, distante de quarante stades de Capo Maleo, & autant de la ville de Maluesie, & de l'Isle de Cerui (ou croist

croist abondance d'Elebore). Elle est aussi auoisinee de plusieurs
Escueilz, qui rendent la rade fort redoutee des nauigeans. Au temps
de Strabon, ceste Isle, apartenoit a vn Euricle Prince des Lacedemoniens, & a de circuit soixāte mile. Outre ce elle est fort mon-
tueuse, pleine de Porphire & marbre, fort estimé, mais tresdur,
voire a present quasi impossible a tailler, quoy que les anciens en
ayét faits de tresbelles Statues, & autres œuures excelletes, cōme
l'on fait d'autres marbres; parquoy il semble que la science en
soit perdue. Il y auoit vne ville de mesme nom vers Occident, qui
n'est a present qu'vn Chasteau, auquel reside le Prouidador, ou
Gouuerneur, y enuoie de la Seigneurie de Venise, a qui icelle Isle
apartient: mais il n'a guere de subietz, pour la petitesse de ladite
Isle, & le voisinage du Turc.

Herodote recite, que ceste Isle seruoit cy deuant de Bouleuert
aux Lacedemoniens, & qu'anciennement les Phœniciens y basti-
rent vn Temple a Venus, & aprindrent aux insulaires, les ceremonies, conuenables pour la seruir, lesquelles Aegee enseigna depuis aux Atheniens. Ouide dit que ladite Venus y nasquit, ou estāt
nee, elle y aborda premierement, & que pour ceste cause, elle a
esté appellee Citerea. Ce qui est contre l'opinion d'autres, qui disent ceste naissance estre aduenue en l'Isle de Cypre, comme ie
declareray en son lieu. Le temple susdit, estoit sur la coste de leuant d'icelle Isle, vers le port de Delphino, ou s'en voient encore
quelques colomnes: Ce fut en iceluy Temple, qu'Helene femme
de Menelaüs Roy de Messena, s'enamoura de Paris; & d'où elle
fut (ou volontairement ou autrement) raue d'iceluy, & menee
a Troye, laquelle à son occasion, fut totalement ruinee, enuiron
l'an du monde deux mille sept centz quatre vingtz trois, & auāt
la natiuité du Redempteur, vnze centz soixante dix huict ans.
De laquelle arriuee de Paris & Helene en ceste Isle, font aussi
mention Orose, Martinus Polonus, Virgile, Ouide & autres.
Dionisius Halicarnasseus dit, qu'Aeneas Troyē passant par icelle
inhuma aucuns des siens, autour de cedit Temple.

A quinze mile de la, est Cicerigo petite Isle pleine de rochers,
anciennement nommee Sichilo & Egina, par Strabon, Pline &
autres: & de Ptolomee Epla. En icelle se trouuent beaucoup d'Asnes sauuages, lesquelz on chasse & tire, pour en auoir les pierres
qu'ilz portent en la teste, tres-vtiles & souueraines au mal de costé
& mal caduque. Elle apartient aussi aux Venitiens, & la es enuirons commence la mer, a prendre le nom d'Archipelago.

I

De Can-

De Candia en Creta Isle.

CHAPITRE XII.

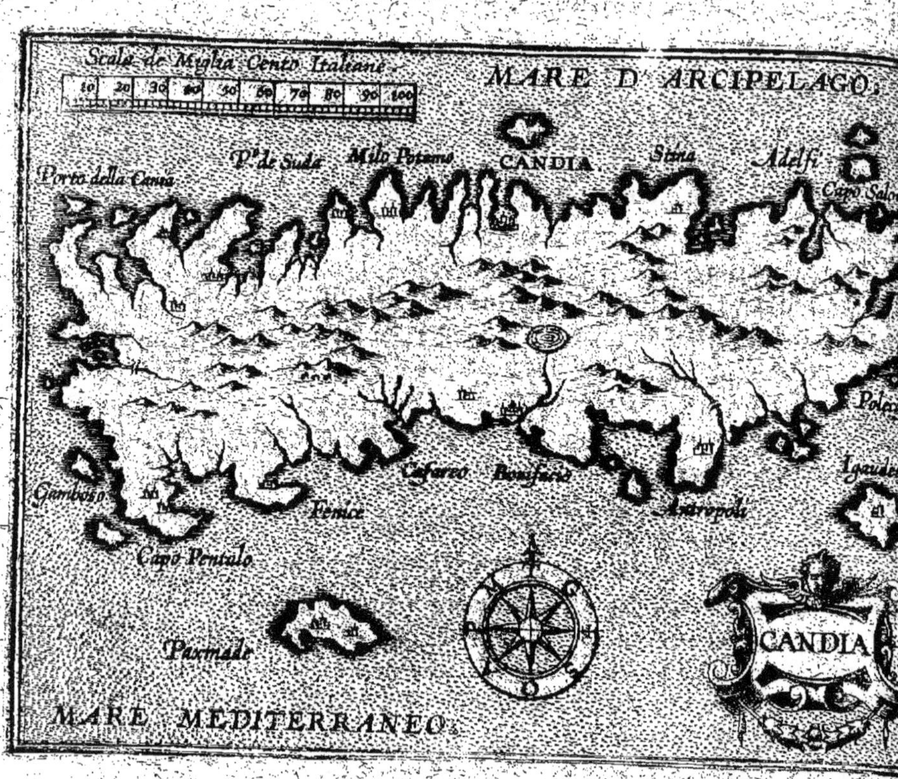

L E vendredy dixhuictiesme Iuillet nous passames au long de
l'Isle de Candie, distante vingt cinq miles de Cicerigo susdit,
du Capo d'Ottranto en la Puille cinq centz miles, d'Alexandrie
en Egypte quatre centz cinquante, de Iassa ou Ioppe six centz
soixante, & d'Affrique vers midy (à present dite Barbarie) deux
centz cinquante, à sçauoir des derniers promontoires, regardans
les lieux susditz. Elle est posee & assise en sa plus haute eleuation
vers le mont Ida, à cinquãte quatre degrez nulle minutes de longitude

gitude, & trente cinq degrez nulle minutes de latitude. Selon les
Cosmographes modernes elle a de circonference quatre centz
cinquante six mile, de longueur par diametre deux centz quinze,
& de largeur quarante cinq, tirant la longueur directement de
Ponant vers Leuãt. Anciennement (selon les temps & gouverne-
mens, elle a eu diuers noms, desquelz les principaux ont esté, selon Aulu Gelle) Aecia & Macaria, pour la bonne temperature de
l'air qu'il y a, comme n'y faisant iamais si froid, que on y puisse
veoir de la glace : Laquelle temperature, a donné occasion aux
Grecs & Latins, de l'estimer la patrie & habitation des Dieux :
mesme pour sa beauté, ilz l'ont comparee au Ciel.

    Ladite Isle est situee quasi au milieu de la mer Mediterranee, &
selon aucuns au cœur du Monde, distante presque par egal interual, de l'Europe, Asie, & Affrique : mais le nom de Crete luy a esté
le plus familier, & luy a duré iusques au temps que les Sarasins l'o-
cuperent, & y fonderent vne ville qu'ilz appellerét, comme aussi
l'Isle, Candia : lequel nom elle retient encore iusques a ce iour-
d'huy. Virgile dit qu'on la nommoit aussi Hecatompolis, pource
qu'elle auoit cent villes bien famees, a present reduites en quatre
seulement, posees sur le flanc de l'Isle vers Septentrion, la premiere desquelles (situee le plus vers Orient) est Sittia. La secõde
Candie, (fondee comme dit est des Sarasins enuiron l'an de grace
huict centz vingtz six, & par eux faite Metropolitaine de l'Isle.)
La troisiesme est Rhetimo, des anciens dite Rhytiua, regardante
le Peloponese, & la quatriesme est Cauea, situee vers Occident,
laquelle auec Candia sont les plus fortes.

    Il y a aussi deux portz notables par dessus plusieurs autres, à
sçauoir, Spina longa, & la Suda, tous deux capables de tenir en
clos miles galeres : il n'y a que trois promontoires principaux, les
deux vers Occident, dont l'vn est appellé modernement Capo dy
Spada, & anciennemét Cimerio : l'autre Capo Leone, & le tiers
qui est vers Orient est Capo Salomone, des anciens dit Salomo-
nium, duquel est fait mention aux actes des Apostres. Outre ce il
y a grand nombre de Bourgs & villages, qu'ilz appellent Casalz :
Elle abonde aussi en bledz, vignes, Cypres, Oliuiers, Orangers,
Citronniers & autres semblables fruitz, comme aussi en grain a
teindre draps, cires, miel, casse & diuerses sortes d'herbes medicinales, mesme il y croist l'excellent vin de Maluoisie, lequel a plus
de renom de ceste Isle de Candie, que de la ville de Maluoisie en la
Moree, d'ou son nom procede, duquel il en y a de deux sortes, l'vn

T 2

appellé

Gell. noct
attic. l. 14.
c. 6.

Sittia
Candia
Rhetimo
& Cauea
villes.

Capo
Spada.
Capo
Leone.
Capo Sa-
lomone
promon-
toires.

Act. 27.

appellé Maluesia garba (c'est à dire brusque comme elle croist)&
l'autre Maluoisie doulce qui est bouillie : tellement qu'on dit que
de ceste Isle, il en sort chacun an plus de douze mille bottes.

Entre les choses les plus remarquables qui sont en ladite Isle,
est le haut mont Ida, situé quasi au milieu d'icelle: Auquel mont Iupiter estant ieune, fut caché & nourry par les curetes : Proche &
quasi au dessoubz dudit mont, se veoid le lieu ou estoit le fameux
Labirinthe faict de la main de Dedalus par le commandement du
Roy Minos, les vestiges duquel ne semblent estre autre chose,
qu'vne Lapidicine ou carriere, d'ou on auroit tiré cy deuant,
grande quantité de pierres, pour les fabriques & edifices de la ville de Gorinne iadis dite Gnoso, fort renommee, & dont se veoyet
des ruines & vestiges bien notables, proche de la Cité de Candia
moderne: De ce Labirinthe, & du fabuleux Minotaure, parle aussi
S. Augustin en la Cité de Dieu.

En cest Isle ont regnez Saturne, puis ledit Iupiter son filz (reputé par les gentilz, Ethniques & Idolatres, le plus grand de tous
les Dieux, & duquel (selon Ciceron, Lactance Firmian, S. Cy-
prien & autres) se veoit le Sepulchre en la susdite ville de Gnos,
ruinee & bruslee par vesta. A ce Iupiter succederent, Minos, Ea-
cus & Radamautus ses filz, tant seueres & grands iusticiers, qu'O-
uide, Aulus gellius, Herodotus, Heraclides, Homerus, Lactance
firmian se mocquât d'eux & diuers autres autheurs en leur fables
les ont declarez Iuges supremes es Enfers: Mesme que la republique de Crete, gouuernee ou instituee par eux, est la plus anciene
de celles, qui ont mis leurs loix par escript: Aussi celles que ledit
Minos y auoit establies, estoient tant iustes & equitables, que Licurgus les y vint apprendre, & puis les porta & enseigna aux Lacedemoniens.

Tucidides & Plutarque disent aussi que ledit Minos fut le premier qui assembla quantité de nauires en Grece, pour faire guerre
sur mer, & vanger la mort de son filz Androgers, tué en trahison
au pays Attique. Et qui contraignit les Atheniens à luy enuoier
tous les ans, neuf ans durant, par forme de tribut ou satisfaction,
sept ieunes hommes, & autant de ieunes filles, entre lesquelz fut
Theseus filz du Roy d'Athenes, qui par l'adresse d'Adriadne fille
dudit Minos enamouree de luy, tua le Minotaure & sortit du Labirinthe, comme recite Ouide : lequel Minos fut du temps d'Ot-
thoniel Iuge d'Israel. Il auoit encore vne autre fille nômee Phœ-
dra. Lactance firmian dit qu'vn Melissa Roy de Crete, y à introduit

duit nouuelles pompes, & nouueau rit de Sacrifier aux Dieux : mais il est à presupposer, que les Cretois les auoient oubliez, & n'estoient plus si bien regis, ne si bons obseruateurs des bonnes loix, au temps que S. Paul y fut, puis qu'auec Epimenedes le Poete (selon Beda) il les appelle, *Cretenses semper mēdaces, ventres pigri &c.* Ladite Isle fut reduite au pouuoir des Romains par Metellus consul, pource surnommé Creticus, & eut ce bien d'oyr la parole de Dieu, par la bouche de S. André Apostre, auant que s'en aller en Achaye, & puis de S. Paul estant prisonnier, lequel en passant par la pour estre mené à Rome, y laissa pour Euesque S. Tite son disciple, duquel le corps y repose encore.

Il aduint en ceste Isle, l'an de grace quatre centz quarante vn (comme nous lisons en l'histoire Tripartite, Socrates, Paul diacre, Sabellicus & autres) vne chose tres-estrāge: c'est à sçauoir qu'vn personnage, (ou bien le Diable en forme humaine) s'apparut aux Iuifz, habitans lors en Crete, & leur persuada, qu'il estoit l'ancien Moyse, enuoié de Dieu vers eux, pour les deliurer de la captiuité Romaine, & les mener à pied sec parmy la Mer, iusques en la terre de promission leur patrie: Ce que croyans legerement lesditz Iuifz, pour le desir qu'ilz ont (par le moyen d'vn Messias qu'ilz attendent encore) de paruenir à ce bon heur, plusieurs d'étre eux abandonnerent leurs maisons & richesses, & auec leurs femmes & enfans, le suiuirent par tout ou il les conduisoit; & estans paruenuz au haut d'vn rocher s'espanchant vers la mer, il leur commanda, de s'en rouler en bas, & qu'ilz trouueroient la mer disposée, pour la passer à gué. Ceux qui y obtempererent se deschirerent & froisserent tellement (pour l'aspreté dudit rocher) que la pluspart moururent auant que venir en bas: les autres tombans en l'eauë furent quasi noyez, & n'y auoit celuy qui ne voulut estre le premier à se precipiter, mesme que tous eussent fait ainsi & fussent periz, sans aucuns Chrestiens pescheurs en bas du long de la marine & proche d'iceluy rocher, lesquelz voyans ce cruel & espouuantable spectacle s'escrierent & signifierent au residu, le malheur aduenu à leurs compagnons. Ce qui fit cognoistre à la tourbe restante la tromperie de leur faux saluateur, lequel ilz voulurent lors empoigner pour le massacrer, mais il disparut & s'euanouyt, sans qu'ilz le peussent toucher: Et lors aperceurent que c'estoit Sathan, lequel cherchoit à les abuser & perdre : parquoy la pluspart d'entre eux se feit baptiser pour estre Chrestiens. Plusieurs autres choses fort grandes, sont encore aduenues en ceste Isle,

T 3

lesquelles

lefquelles pour euiter prolixité en ceft œuure, ie paffe prefentemēt
foubz filence : feulement ie diray en bref de qui elle à efte regie,
depuis que Metellus la mit au pouuoir des Romains, auquel elle
eft demeuree iufques au temps du diuorce des Emperes Romain
(ou Occidental) & Conftantinopolitain: & lors elle eft demeuree à
celuy de Grece, tant que Baulduin Comte de Flandres & de Hai-
nault, fut fait Empereur dudit Conftantinople, & que pour gratifier Boniface Marquis de Mont-Ferrat fon Emulateur, il la luy
donna, lequel Marquis l'an mil cent quatre vingtz quatorze, la
vendit aux Venitiens : defquelz s'eftant depuis reuoltee, elle fut
par eux reprinfe l'an mil trois centz quarante quatre : Et afin que
femblable reuolte n'aduint plus, ilz y enuoierent de leurs habitās
pour colonie, tellement qu'il y à trois fortes de nations en icelle
Ifle, à fçauoir des Venitiens, Candiotz naturelz, & des Grecs: les
deux premieres nations nommees, tiennent la Chreftienne Religion, & viuent felon le rit de l'Eglife Catholique, Apoftolique
Romaine, & les aftres à la Grecque: Lors auffi y furent les terres
& poffeffions diuifees entre eux, en cheualeries (qui font comme
les fiefz nobles en Europe.) ayans des Sarmenteries, Carattes, &
Cefinnes, ainfi les appellent ilz (& font comme ariere fiefz) dependant d'eux, tous fubietz de tenir & auoir cheuaux, pour le feruice du Prince & la deffence de l'Ifle, laquelle par ce moyen fe repofe & eft encore affeuree (mais non fans eftre bien conuoitee du
Turc) foubz la bien policee republique Venitienne. Il y à aucunes Iflettes voifines & des dependances de Candie, lefquelles ie
paffe foubz filence.

Nous paffames (comme dit eft) au long de la cofte auftrale de
ladite Ifle de Candie, fans y mettre le pied, & n'y vifmes que des
haulx rochers de pierre blanche, s'aboutans fur la mer qui l'enui-
ronne; & comme au temps paffé les naues ou galeres deftinees
au feruice des Pelerins, allans de Venife vers Ierufalem, s'ache-
minoient ou vogoient d'Ifle en Ifle pour fe rafraichir & aller plus
feurement prenoient la route de Rodes: pour cefte caufe me femble n'eftre hors de propos, d'en dire auffi vn mot en paffant, quoy
que depuis l'an mil cinq centz vingt deux, que les Turcs de force la prindrent des mains des cheualiers de S. Iehan, on n'y voife
plus que bien rarement.

CHAPITRE XIII.

A Yans passé Candie, & nous estans forcez de suiure la volonté du vent, sans pouuoir tenir le droit chemin de Cypre, on ncontre, ou se veoid bien souuent à main gauche tirant vers A-, l'Isle de Scarpanto, distante seulement cinquante mile dudit Scarpanto ndie, laquelle Scarpato est longue & estroicte n'ayant qu'enui- Isle. n 60. mile de circuit, & gist en sa plus haute eleuation à cinquâte t degrez quarante minutes de longitude, & trente cinq degrez x minutes de latitude. Elle a esté cy deuant nommee Pallene, à ule d'vn sien Roy, filz de Tyran ainsi appelle, ou de Palas qui y tnee, nourrie & honoree comme Deesse, de laquelle y auoit e statue d'iuoire fort magnifique, designee auec sa forme & ve- mens, ensemble la signification de toutes les parties d'icelle par nedicto Gallo, & Thomas porcaccro, en leurs descriptions des es par moy aussi amplement descripte en l'autre volume. Ceste e s'appelloit aussi Porphiria, pour le marbre de Porphire qui trouuoit comme en Cerigo: mais son nom principal & ancien Strab. oit Carpatho, selon Strabon & Homere, qui signifie fruict en l 10. rec, pour estre fort abondante en fruitz, quoy qu'elle soit bien ute: Plusieurs sont d'opinion, entre autres Herodote, qu'elle nsi munie de montagnes & fort hautes, soy montrant comme Herod. me de ceste mer, elle luy à donné le nom de Carpatium Mare, l 1. laquelle Rodes & autres Isles plus importantes sont situees. On veoid de fort loin trois hautes montagnes assises quasi au milieu celle, l'vne appellee Anchinara, l'autre Oro, & la troisiesme San- o Helia. Il y a aussi trois bons Portz, desquelz celuy qui est vers ccident est nommé Porto Grato, & anciennement Cheatro, ant a l'entree deux chasteaux qui le gardent, l'vn appelé Sacto heodoro, & anciennement Arcassa, & l'autre Tuetho: Le se- cond Port est du costé d'Orient anciennement nommé Tritho- ium, & à present par voix corrompue Porto Tristano: Et le troi- sme estant vers Septentrion appellé Agatho, faisant vne pointe en aigue, pres de laquelle se veoid le mont Gomalo, portant au nps passé les villes de Menete & Carachi ruinees, & au bas d'i- uy en vne belle & fertile plaine proche du susdit dernier port,

est la

est la ville de Fianti assez grande.

Il se dit desditz Scarpentins, vne histoire assez plaisante, à sç
uoir, pour ce que l'Isle ne produit aucuns lieures, certains insul
res en ayant veu ailleurs & conuoité iceux, y en porterent quelq
quaniité: mais eux voyans qu'ilz estoient fort multipliez, & ma
geoient leurs bleds & grains, ilz s'en repentirent & trouuere
moyen de les chasser & tuer: dont sortit entre les Grecs vne
çon d'appeller ceux qui auoient regret d'auoir despendu leurs b
inutilement, lieures Scarpentins. Au milieu de ceste Isle y à
chasteau, nommé comme l'Isle Scarpento, auquel reside le Go
uerneur: & quant au peuple, il suit la pluspart la religion, ri
Idiome des Grecs. Il y croist du fort beau Corail, & y nasqui
(on Anania) Promethee, qui le premier forma de terre (selon l
pinion fabuleuse des Poëtes l'Image d'vne creature humaine,
laquelle lesditz Poëtes ont forgé plusieurs fables soubz le nom
Pandore.

Soixante mile de Scarpento en la mer Carpatienne, est l'Isle
Rodes, iadis fort renommee, laquelle n'est distante de terre fer
de la Carie & Licie en Asie, que de vingt mile: elle est la prem
des Isles Ciclades; ainsi nommees pour leur rotondite à la di
rence des Sporates, signifiant dispersees. Ceste Isle a de rond
enuiron cent quarante mile: & son nom premier selon Stra
fut Ophiusa, depuis elle a esté nommee Stadia, puis apres
chine, & finablement Rode de sa cité principale, ainsi appelle
Rodanim. Ses premiers habitateurs furent les Telchiniens,
estoit vn Peuple mechant, & la pluspart sorciers venuz de C
lesquelz (comme les Vaudoises de nostre temps, font leur m
fice auec de la pouldre, que l'ennemy de nature humaine leur
ne) vsoient de l'eaue du fleuue Stix, auec du soulphre, iectans
sur les animaux & fruitz pour les faire mourir: mais aucuns
theurs Historiens, les voulans excuser, maintiennent que
probre leur estoit obiecté à tort & par enuie, & qu'au cont
ilz estoient hommes excellens, & les premiers en l'art de m
le fer & le Cuiure en œuure: disent aussi que la faux de Saturn
forgee d'eux.

Tlepoleme venant de la Guerre de Troye, y conduit depu
autres peuples appellez Helliades, descendans des Heraclide
quelz y edifierent trois villes, à sçauoir Lindo (patrie de Cle
lus, l'vn des sept sages de Grece) situee sur vn haut mont du
demidy; en laquelle ville estoit le Temple de Pallas, les deu

tres, villes, estoient Ialiso & Camira. Depuis, & au temps des
guerres du Peloponese, y à esté fait des vestiges de ladite Ialile, la
cité principale, appellee encore a present Rode, du nom du Roy
Rodos son fondateur ; ou selon aucuns à cause d'vn rosier qui y
fut trouué en faisaut ses fondemens : & d'icelle Cité, l'Isle a esté
aussi nommee Rode, & est gisante à cinquante huict degrez vingt
minutes de lôgitude, & trête six degrez nulle minutes de latituce.

Le susdit Tlepoleme, estoit vn Prince descendant des Heraclides, & vint d'Argos auec quelques Nauires chargees d'hommes
d'iceluy pays, y aportans la langue Dorique, de laquelle depuis
les Rodiens vsoient ordinairement, ores qu'elle soit de l'Asie. L'air
y est tant bon, qu'il ne se passe iour que l'on n'y voye le Soleil,
parquoy l'Isle a esté dediee audit Soleil, & fabulent les Poëtes, que
Iupiter engendrant Minerue en cèste Isle, y fit plouuoir de l'or,
signifiant qu'auec les lettres & bonnes estudes, l'opulence & richesses y estoient coniointes, car ceste Isle sur toutes les autres, à
esté splendide en sciences, gouuernement politique, art militaire,
& de nauigation, tellement que pour vn temps elle fut maistresse
de toute la mer, donnant aussi assistance tantost aux Romains,
puis aux Grecs quant ilz en estoient requis. Les Rodiens ont eu
le renom, comme dit Strabon, d'estre fort liberaux enuers les
pauures, parquoy il n'y auoit nul indigent en ceste Isle, ne personne despourueuë : semblablement les Gouuerneurs n'ont eu
faute d'ouuriers pour besongner aux fortifications, ou munitions
pour la guerre.

Les premieres estudes en bonnes lettres & Philosophie, y furét
introduites par vn Philosophe appellé Eschines, chassé d'Athenes :
apres luy y vint fortuitement, poulsé par la tempeste de mer, A-
ristippe Philosophe Socratique : Puis y ont esté Panetius, Strato-
cle, Andronique Peripatetique, & Leonide Stoyque, enseignans
ladite Philosophie, Poësie & Grammatique : comme aussi Praxi-
fane, Eudeme, Ierosme, Pysandre Simnia, Aristocle & plusieurs
autres : mesmes les deux derniers du temps de Strabô Geographe,
qui estoit pendant le regne d'Auguste Cæsar, soubz l'Empire duquel nasquit le Redempteur. Il y à encore eu en ceste Isle vn Pos-
sidoine Sophiste d'Apamee en Syrie, deux Appolones d'Alabáde,
disciples d'Eucleus orateur, Dionis Tracien, & Appellonius Alexandrin : Lesquelz ores qu'estrangers, & naiz de lieux signalez,
pour l'honneur de l'Academie qui estoit en Rodes, se faisoient
surnommer Rodiens. Les Romains aussi y enuoierent leurs en-

V

fans

fans, pour apprendre les bonnes lettres, les artz Militaire, Orratoire, d'Architecture & Mathematique, Pompée le Grand en tira Possidone, pour seruir de Pedagogue à ses enfans: Ciceron y estudia, soubz le Philosophe & Orateur Appollonius surnommé Molon, Cato quitta son armee pour y aller, & ouyr Antenidore : Tibere Empereur, du viuant d'Auguste son oncle & predecesseur, delaissa Rome & sa femme pour y venir apprendre l'Astrologie & l'art de Deuination, à la mode des Caldees & Mages d'vn Trasile, tellement que (comme ont escript plusieurs Historiens, & specialement Strabon) ceste Isle a fleury merueilleusement en toutes bonnes estudes, en obseruance de loix, & diligence de gouuernement: elle se maintint pour Amie des Romains, & des Roys ses voysins, & par ce moyen a longuement conserué sa liberté, & reçeu d'eux de tresgrands dons & presens: entre autres le tres-

Le Colosse Rodien.

puissant Colosse d'arain, ayant la hauteur de soixante dix couldees lequel fut posé sur le port de la ville Metropolitaine, ayant l'vne des iambes sur vne des moles ou arche d'icelle, & l'autre iambe sur l'autre arche, de façon que par l'entredeux de ses iambes, vn nauire à voille desploiee, passoit libremét, cóme parmy vne porte ou archeure d'vn pont. Ce Colosse fut fait par vn Cares Lindien, natif de la mesme Isle, & disciple de l'excellent Sculpteur Lisippe, lequel fut douze ans pour l'acheuer, & le faire de plusieurs pieces si bien & industrieusemét ioinctes l'vne à l'autre, & faictes d'vne telle perfection, qu'il a esté nombré pour l'vne des sept merueilles du monde : mais il ne demeura, que cinquante six ans debout & en estre, car il tomba par vn tremblement de terre, estant rópu aux genoux, enuiron l'an du monde trois mille sept centz quarante

Paul. diac
l.22.&.
l.19.

deux, en l'an second de la cent trente neufiesme Olympiade, qui fut enuiron deux centz cinquante ans, auant la naissance du Redempteur du monde: & estant tombé il demeura couché par terre sans que l'on eut trouué moyen de le redresser, iusques à l'an de grace six centz soixante sept, & lors, (selon ledit Diaconus, Zonaras, Dresserus, Cœlius Curio Augustinus, Genebrandus & autres) ladite Isle fut prinse par Muauias Roy cinquiesme des Sarazins apres le seducteur Mahomet, l'an douziesme de l'Empir de Constant fils d'Heraclius, & mil trois centz soixante ans, apres que ce Colosse auoit esté dressé : le cuiure duquel, fut vendu à vn Iuff marchant Messenien, & trouua qu'il y en auoit la charge de neuf cétz chameaux: mais Theuet auec Iacques Philippe de Bergamo, contrarians au dire de tous ces autheurs, dient que l'an sept

centz soixante sept Abdalach Roy d’Egypte, & successeur audit
Muauias ou Mehua, l’ayât fait trâsporter en Alexandrie, le fit fondre & en fit faire vingt cinq portes à son Palais : quoy qu’il en
soit, il est tout certain que ce grand Colosse, à esté fait, dressé &
dedié à l’honneur du Soleil en ceste Isle, & estoit de proportion
telle, que les doigtz de ses mains estoient de la grandeur des Statues ordinaires. Il y en auoit encore d’autres en bon nombre : mais
non de telle grandeur, selon Pline : tellement que plusieurs ont
pensé, qu’a cause d’iceux, l’Isle eust esté appellee Colesse, & que
c’estoiét les peuples d’icelle que l’on nommoit Collocéses, auquel
l’Apostre S. Paul, à escript des Epistres, mais c’est vn abus, car c’e-
stoit aux habitans de la ville de Colosse situee en Phrigie proche
de Laodicee, qu’elles s’adressoient.

Les Rodiens sont demeurez libres, viuans paisiblement soubz
leurs loix, iusques au temps de l’Empereur Vespasien, lequel les
surprint, & oubliant l’ancien pact fait par eux auec les Romains,
les reduit en prouince, au grand regret des insulaires, lesquelz depuis sont demeurez en la subiection des Empereurs Romains &
Grecs, iusques au temps du susdit Muauia, qui print l’Isle & la
ruina de fond en comble, enuiron l’an six centz soixante sept, &
estant reprinse par les Grecs, elle à depuis souuent changé de
maistre & de fortune. Or apres la derniere perte de Ierusalem, &
que les Cheualiers de S. Iehan & les Chrestiens furent iectez hors
de la Syrie & terre Saincte par le Souldan Saladin & ses successeurs, ceste Isle à esté recôquise, partie par force & partie par don
qu’en fit Emanuel Empereur de Constantinople, l’an mil trois
centz & neuf, des Cheualiers susditz, lesquelz l’ont maintenue
depuis lors, contre l’effort des Sarrazins & Turcs, par l’espace de
deux centz quatorze ans, au bout desquelz, à sçauoir l’an mil cinq
centz vingt deux, elle à esté reprinse de force par Soliman Empereur des Turcs, au grand detriment & deshonneur, des Princes Chrestiens, lors empeschez à faire la guerre l’vn contre l’autre, & negligens de la secourir, & qui depuis n’ont cherché, moy-
en de la r’auoir, tellement que iusques à present, elle est demeuree
soubz la miserable & barbaresque seruitude du Turc, lequel y tiét
presentement l’vn de ses filz, qu’il à esleu pour luy succeder. La
Cité ou ville principale de l’Isle, est appellee comme dit est Rodes, laquelle à esté iadis bien fortifiee par les susditz Cheualiers,
elle est situee sur la mer, proche du lieu ou estoit l’antique Ializo,
en vne plaine assez longue & estroicte, bien fourni d’arbres frui-

tiers,

tiers, vignes & choses semblables, apportans neantmoins plus
stost par art que par nature, pour estre icelle plaine fort pierreuse:
l'on dit que le Colosse susmentionné estoit assis sur les moles du
port Moderne: Il y auoit encore, comme dit est, deux autres villes l'vne appellee Lindo, & l'autre Camiro, mais elles sont ruinees
& ne s'en veoid guere de vestiges.

Au milieu de ceste Isle est le mont Artemire, auec le fleuue
Gandura, & deux mile de la Cité de Rodes le beau mont Philere-
mo, sur lequel Soliman durant le siege de Rodes, fit faire vn fort,
pour dompter ladite Cité, en laquelle y auoit plusieurs belles E-
glises officiees, les vnes à la Catholique romaine, & les autres à
la Grecque : La principale des Catholiques estoit celle de S. Iean
apartenante ausditz Cheualiers, dotee de beaucoup de dignitez,
richesses, & reliques des SS. mais maintenant toutes (hors mis
aucunes Grecques, pour les Chrestiens y habitans) sont profa-
nees & poluës du tres-infect rit Mahometesque: Ie laisse encore
declarer beaucoup d'autres choses, bien dignes de recit, mais pour
les causes souuent dites ie m'en deporte.

Il y à encore assez proche de Rodes, entre autres Isles vne petite qui s'appelle à present Carchi, & anciennement Caristo, ou
regnoient les Geans, selon Strabon : les habitans modernes de
laquelle sont fort deuotz, & grands venerateurs de monsier sainct
Nicolas, confesseur & Euesque de Myrrhe, à l'honneur duquel il
y a aussi vne belle Eglise. Vne chose rare y a, qui de long temps a
esté obseruee en ceste Isle : c'est que les peres donnent à leurs enfans, en faueur de mariage, des coultres & ferailles pour labourer la terre, lesquelz vont continuellement ainsi de pere en filz,
d'autant qu'ilz ne s'vsent & consomment iamais, & outre la lecture qu'en ay faite en aucuns historiens, il me fut (par des Prestres Grecs & autres) asseuré cela estre veritable, & que la voix
commune de ce peuple afferme ce benefice leur auoir esté octroié
par les prieres dudit S. Nicolas, en recompense de certaine courtoisie qu'il receut d'eux passant par la, & venant de visiter la terre
saincte, lesquelz luy requirent ce don, pour y estre le fer fort rare
& mal recouurable. Beaucoup d'autres Isles & Islettes sont encore
en cest endroit de la mer, signamment tirant vers l'Archipelago
& Constantinople, mais pour estre en trop grand nombre, &
hors du destroit du voyage de la terre saincte de Ierusalem, ie ne
diray icy rien & retourneray vers l'Isle de Candie, ou i'ay laissé le
discours de nostre voyage.

Du Golfe de Satalie & Isle de Cypre.

CHAPITRE XIIII.

VOus auez entendu cy deuant, benin lecteur, comment le vendredy dixhuictiesme iour de Iuillet, nous passames du ſing de l'Isle de Candie, sans y mouiller l'ancre: tellement que le ſamedy dixneufiesme nous entrames au Golfe de Satalie nommé ſes anciens Mare Atlanticum & Pamphilium, ayant de longueur ſrois centz mile, commençant pres l'Isle de Rodes, & se termine ſntre Candie & Cypre: il s'appelle maintenant Golfe de Sata- ſe, de la ville de Sattalia en Caramanie ou Cilicie, & est ceſte Sat- ſalia l'antique Attalia de laquelle eſt fait mention es actes des A- ſoſtres, ou selon autres Antioche de Piſidie, de laquelle on cõpte ſaſques à Conſtantinople par terre six centz mile, & en laquelle ſ Paul & Barnabas ont preſché la parole de Dieu, comme auſsi ſſt eſcript auſditz Actes. Ce Golfe eſt fort impetueux, dangereux ſ eſpouuentable, à paſſer, & extremement redoubté des nauige- ſns, pour les diuers concours des eanes de l'Archipelago, & autres ſui se rencontrent en la mer Mediterranee, & à eſté du tẽps paſſé ſeaucoup plus perilleux & furieux ſpecialement en yuer: mais on ſir (& comme pluſieurs Hiſtoriés nous ont laiſſé par eſcript, entre ſutres frere Eſtiéne de Luſignan, noble religieux natif de Cypre) ſue S. Helene mere de Conſtantin le grand retournant de Ieruſa- ſem, & se trouuât en danger ſur ce golfe, y iecta vn des cloux treſ- ſaintz, deſquelz noſtre Seigneur fut attaché à l'arbre de la Croix ſ que depuis ladite mer s'eſt rédue plus tranquile & pacifique: ne ſaiſſant neantmoins d'eſtre encore redoubtee par les mariniers.

Le lundy vingt huictiesme dudit mois de Iuillet, vers le soir, ſous arriuaſmes ſans mauuaise fortune (grace à Dieu) à l'endroit ſe l'Isle de Cypre, diſtant de Rodes trois centz mile, de Candie ſuatre centz, de le Zante vnze centz, de Sicile quinze centz, de ſeniſe deux mille & cent, de Conſtantinople par mer mil, de ſrypoli de Syrie enuiron cent, d'Alexandrie en Egypte cinq cẽtz, ſe Iaffa deux centz & vingt, & de la Caramanie ſoixante, à ſça- ſoir de l'vn des Promontoires à l'autre: ſans y comprendre la lon- ſueur & largeur de l'Isle, laquelle eſt des dependances de l'Aſie ſineur en la fin du troiſieſme climat & au commencement du ſuatrieſme.

Eſt à

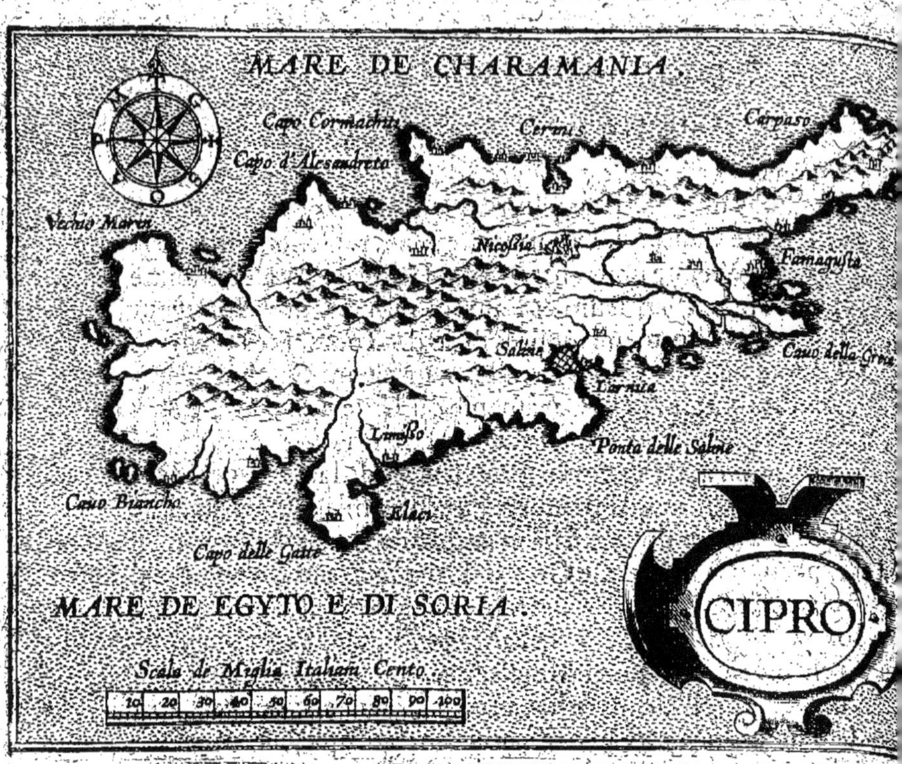

Est à noter que ladite Isle à eu plusieurs noms: Le premier, fu
Cetina, de Cethin filz de Iauan, lequel estoit filz de Iaphet, & v
des septante deux Princes qui estoient à la fabrication de la Tou
de Babel, auquel elle escheut en partage, selon Berose Caldeen
Ce nom de Cethim est assez cogneu en l'escriture saincte, comm
au Genese, en Esaye, Hieremie, aux Machabees & allieurs: Le se

Genes.10. cond nom estoit Cerafte, c'est à dire cornue, des Serpens cerafte
Esaye.c. portans deux Cornes au front, desquelz y auoit en grand nombr
23.
Hier. c. 2. ou à cause de ses deux montagnes haut esleuees, qui semblent lu
Machab.1. donner des Cornes. Le troisiesme selon Virgile & Pline esto
Zonaras.
To. 1. Aspelie. Le quatriesme Crypta, qui signifie soubsterrain, pourc
Iosephus qu'elle semble estre soubz la mer, ou soubz terre, d'autant qu'o
de Ant. l.
1.8. 6. ne la veoid de guere loin, comme on fait les autres Isles: Le cir
quiesme estoit Collinia, à cause qu'il n'y a que deux montagne
grades, à sçauoir Olympe, & celle de saincte Croix, & que le su
plus ce ne sont que Collines: Le sixiesme estoit Aeria, pour l'abor
dan

dance d'Arain qu'on y trouue : Le septiesme fut Amathuse, de la
ville d'Amathe, selon Strabon, & la se trouue le meilleur metail :
Les huict, neuf, & dixiesme, estoient Achimatide, Paphe & Salamine : comme aussi l'onziesme Cytherea, des villes ainsi nommees, qui en ont eu la domination chacune à son tour : Le douziesme estoit Macaria, signifiant Beata, ou bien-heureuse, pour sa
grãde fertilite, delices & voluptuositez : Le treiziesme fut Aphro-
disia, d'vne ville portant ce nom, qui signifie escume de mer, &
que de ceste escume Venus y doibt auoir esté engendree & nee,
selon les fables des Poëtes, & esleuee en Cithera, dont ilz ont inuenté infinies & diuerses fictions : Le quatorziesme & dernier
nom (aussi le plus familier & qui luy a demeuré plus long temps,
& qu'elle retient encore) est Cypre, deriuant selon aucuns, de la
multitude des Cyprés qui y croissent, ou de la Deesse Venus, des
Grecs appellee Cypris, ou bien d'vne ville anciéne ainsi nommee,
en laquelle icelle dite Venus a aussi esté nourrie, & y a regné côme
Royne, mesme esté adoree pour Deesse, & est ceste dite ville à
present appellee Cerines, bastie ou reedifiee cy deuant, du grand
Monarque Cyrus, estant encore vne des plus notables forteresses
de l'Isle : Ie laisseray (comme dit le susdit frere Estienne de Lusignan, en la description de Cypre) à parler des noms & Epitetes,
pleins de lubricité, que les voluptueux Poëtes, luy donnent & a-
tribuent, pour n'estre necessaires au deuot voyager.

Ceste Isle est de figure beaucoup plus longue que l'arge, s'estendant de Leuant vers Ponant comme Candie, & a six Promontoires principaux, si comme celuy que l'on nommoit anciennement
Sancto Epiphanio, & à present Piphano regardant l'Occident,
guere loin duquel est vne fontaine, nommee des anciens, fontaine, amoureuse : puis il y a le Zephirien, dit capo Celidoni, regardant le vent Zephire, qui est entre Occident & Midy : Le troi-
ziesme est le promontoire des Chatz, dit capo delle Gatte, res-
pondant au Midy ; Le quatriesme capo Pedalio, dit de la Gice, tirant vers Soleil leuant, & le vent que les Italiens appellét Sirocco :
Le cinquiesme capo Bianco, sur le golfe Isico, à present dit Car-
pesso, ou Layasso, & le sixiesme est celuy de Cormachito, entre A-
quilon & Occident. Il y a encore d'autres petitz promontoires,
comme celuy de Sancto Andrea, mais pour n'estre importans ie
les laisse pour brieueté. Les deux tiers de ceste Isle sont en montagnes, & l'autre tiers est vne plaine, bien fertile en bled, contenant
enuiron soixante douze mile en longueur & dix en largeur : au
milieu

milieu de laquelle est situee la iadis royale & metropolitaine cité de Nicossie. Toute ladite Isle peut auoir de circuit, enuiron sept centz mile, & par le trauers depuis le Capo delle Gatte, iusques à celuy de Cormachite soixante six, & de longueur depuis le promontoire S. Epiphane, iusques à celuy de Sancto Andrea, deux centz & vingt, tellement qu'elle est trois fois plus longue que large. Il y a comme dit est, deux motagnes principales: La premiere

Mont Olympe. est appellee Olympe, & des Latins & Grecs Tochodos & Troödos, qui signifie tres-haut, elle a de rotondité ou circuit enuiron cinquante quatre mile, & de hauteur quatre, couuerte de toutes sortes d'arbres tant fruictiers que autres, ensemble y a des monasteres & fontaines: sur icelle souloit estre vn Temple de Venus, auquel les femmes ne pouuoient entrer, qui est à present dedié à S. Michel l'Archange: Et pour ce que nous auons cy deuant parlé d'vn autre mont Olympe, (au dixiesme chapitre du present liure, en traictant de la Cité de Pisa en Grece & les yeux Olympiques, celuy la est autre, que cestuy cy, & sont les deux bien esloignez l'vn de l'autre. Quant à l'autre montaigne de ceste Isle, elle n'est

Mont S. Croix. guere loin de Limisso, & est appellee mont S. Croix, à cause qu'au monastere qui est au sommet d'iceluy (& qui iadis estoit vn Temple à Iupiter) on visite & garde vne partie de la Croix, que l'on dit estre celle du bon Larron.

Anciennement icelle Isle de Cypre, auoit beaucoup de grades villes & riches, d'aucunes desquelles se voyent encore les vestiges.

Paphos ville. La premiere estoit l'ancienne Paphos situees sur les riues de la mer vers Midy, proche du promontoire Celidoni, qui fut bastie & faite Capitale de l'Isle par Papho Roy & filz de Pigmaleon l'an mil quatre centz quatre vingtz quinze, deuant la Natiuité de nostre Redempteur, & fut dediee à Venus, laquelle y auoit son Temple principal, auquel le Diable luy faisoit faire des honneurs diuins durãt sa vie, & apres sa mort, comme tesmoigne mesme Virgile en ses Eneides: lequel Temple (ores que la ville eust esté ruinee par tremblement de terre) estoit demeuré en son entier, iusques au temps des Apostres, dont il apert assez, car nous lisons

Act. 13. aux Actes d'iceux, que S. Barnabé (lequel estoit de Cypre) auec S. Paul, y ont Presché l'Euangile, & conuerti le Proconsul Paul Sergius. Les Annales de Cypre racomtent d'Abondant, que ledit S. Barnabé, voyant l'abominable Idolatrie que l'on commetoit audit Temple, les hommes & femmes y entrans tous nuds, Le fit par ses prieres foudroyer & tomber par terre, neantmoins il s'en

veoit

yroid encore quelques vestiges.

Il y a aussi audit lieu, quelque partie en estre, de la neufue Pa- *Papho ne-*
pho (dite Baffa, par mot corrompu) situee audit riuage de la *ua cité.*
Mer, loin de la susdite ancienne d'enuiron trois mile : mais plus
vers Orient, laquelle fut fondee d'Agaper, prefect de l'armee d'A-
gamennon Roy de Miffene, acompagnee d'vn femblable Temple, port & tiltre de Royale, en laquelle auffi les Apoftres S. Paul
& Barnabas fufditz, ont prefché la parole de Dieu, & y confti-
tuerent Epaphras leur difciple, pour premier Euefque, ordonnant a Heraclide, auffi Euefque de Salamine, le Confacrer &
oindre. A ceftuy Epaphras ont fuccedé, plufieurs autres Euefques
de fainéte vie : mefme au temps que l'Ifle à efté foubzmife aux
Chreftiens Occidentaux, il y en auoit deux, l'vn Catholique Romain, & l'autre Grec.

En cefte mefme Ifle, y auoit encore Citeree ville, auffi apar- *Citeree*
tenáte à ladite Venus, dont elle a efté appellee Citeree, ce qu'auec *ville.*
les Poëtes, afferme auffi Egefippe, laquelle ville n'eftoit diftante
que de deux mile de la fufditte Baffa, eftant auparauant apellee
Porphirufe, mais a prefent ce n'eft qu'vn pauure village, nommé Chenoticha, abondant en bledz, cotton, fucre & bonnes
eaues. Au dehors de ladite Citeree fe voyent beaucoup de vieux
fepulchres, maifons & chambres foubfterraines, efquelles on a
autrefois trouué, chofes merueilleufes, mefme auffi en Papho &
Salamine, comme des corps mortz, ayans des braceletz d'or &
d'argent aux bras, & des anneaux aux doitz des piedz & mains,
auec beaucoup d'vftanciles de diuerfes fortes: mefme des tables
richement & fubtilement ouurees : Frere Eftienne de Luzignan
furnommé en fon hiftoire de Cypre, dit que l'an de grace mil cinq
centz foixante quatre, certain payfan defcouurit bon nombre de
telles chambres foubfterraines: Et trouua en l'vne d'icelle vn Roy
couronné, ayant pres de foy vne licorne auec fa corne entiere, &
à fon Sceptre eftoit vne Efcarboucle (qui eft vne pierre precieufe,
comme vn Rubis, donnant clarté en l'obfcurité) mais fi toft qu'il
y euft air, ledit Roy & ce qui eftoit corruptible, tomba en cendres:
ce peuuent bien eftre des lieux cauerneux & admirables, que l'on
yeoid la encore es enuirons. Douze mile de ladite Citeree, eftoit *Arfinoé*
Arfinoé, fondee par Arfinoé feur de Ptolomee, premier de ce nom *prefent*
Roy d'Egypte & de Cypre, fituee fur le mefme riuage de la Mer *Afdime.*
contre le Midy: ce n'eft a prefent qu'vn bourg nommé Afdime.

La moderne Pifcopia, eft à prefent auffi vn bourg contenant *Pifcopia*
Bourg.

X enuiron

enuiron mil feux, fitué fur la mefme cofte, & eft diftant du fufdit
Arfinoé neuf mile: elle eftoit anciennement ville nommée Curias, où y auoit beaucoup de Temples des Dieux, fignamment de
Venus d'Acree, & lors que l'ifle fut diuifée en neuf Royaumes,
l'vn defdirz Roys auoit en icelle ville fa refidence : Le dernier
defquelz, eftoit Amy, & du temps d'Alexandre le grand. La
foy Chreftienne y a efté plantée par les Apoftres, & conferuée par
les Euefques du l'euleurs fucceffeurs : elle a aufsi apartenué aux
Cheualier de S. Iehan, lefquelz y auoient vn commandeur, refident en fon chafteau, iufques à l'an mil cinq centz foixante vnze,
que le Turc les en chaffa, & s'empara de toute l'Ifle. Le bourg S.
Iehan, qui eft l'antique Cury, fitué au milieu du promontoire appellé Capo delle Gatte (c'eft à dire en Italien, promontoire des
Chatz, & eftoit loin dudit Cury de fix mile feulement.) a efté du
tout ruiné par les Sarazins : Lequel Capo delle Gatte, a de circuit neuf mile, & eft quafi du tout enuironné de la mer, excepté
vers Septentrion, ou il y a vn lac d'eaue falée, tres abondant en
certaine efpece de bon poiffon, qu'ilz appellét dorade. Les Senat &
nobles de Venife, ont autrefois voulu rebaftir cefte ville de Cury
& la fortifier, comme il euft efté bien neceffaire & aifé à faire,
mais pour raifon qu'il n'y auoit point d'eaue douce, ilz laifferent
leur entreprinfe. Sur ce promontoire, à caufe de fa fechereffe, s'en-
gendrerent autrefois grand nombre de Serpenteaux, pour lefquelz extirper, Caloier premier Duc ou Gouuerneur qui y fut
enuoié par Conftantin Empereur Grec, y fit baftir vn Monaftere
à l'honneur de S. Nicolas, auquel il mit des Religieux de l'ordre
S. Bafile, leur donnât tout ce promontoire, à telle condition qu'ilz
nourriroient tous les iours du moins cent Chatz, pour deftruire
ces Animaux, comme ilz firent, & eftoient iceux Chatz acouftu-
mez, de reuenir matin & foir au fon d'vne clochette pour auoir
à manger, & le refidu du iour & de la nuict, ilz eftoiét à la chaffe
defditz Serpenteaux, ce qui s'obferuoit encore du temps dudit
frere Eftienne de Lufignan, puis naguere decedé en France, &
pour cefte raifon ledit promontoire a efté & eft encore appellé
Capo delle Gatte, & duquel anciennement (comme aufsi du cap
blanc) on precipitoit en la mer ceux qui touchoiét indignemét le
Teple d'Appolo. Cronia, ville & chafteau antique, eftoit fituée au
mefme promontoire, à vn mile & demy pres de la fufdite Cury.

Lemife, Limonce, ou Limeffon la neufue, eft l'Antique Ne-
mofie ou Neapolis de Cypre, diftante de Curia ou du fufdit Capo
delle

delle Gatte six mile, & situee sur vn repli de la mer, faisant vn
plage au lieu de port : elle à esté cy deuant ornee de beaucoup de
beaux edifices, Eglises & monasteres, tant Latins que Grecs, e-
stant iadis vne des quatre villes Episcopales de l'Isle, de laquelle,
a esté Euesque, le bon pere Leontide qui à descript la vie de S. Iehan l'aumosnier: mais icelles Eglises & monasteres, ensemble le
chasteau, sont à present toutes ruinees. Le lieu & place de la mer,
estoit fort commode aux nauigeans, allans ou voulans secourir
la terre Saincte, car il n'y a de la que cent cinquante mile iusques
a Iaffa ou Ioppe, mesme a present la plus part des Naues allãs vers
Leuant y mouillent l'ancre en passant: Il y a aucunement bon air,
& vne belle plaine garnie d'eauë douice en abondance, mais la
ville est sans murailles & n'y veoid on que des ruines, & quelques
maisons renouuelees à vn estage de haut seulemẽt, pour la crainte
du tremblement de terre. L'on y veoid aussi les vestiges d'vn chasteau, qui à esté abatu par ordonnance du Senat de Venise, l'an
mil cinqcentz trente neuf, tellement que ce n'est à present autre
chose qu'vne ville ou grand bourg se resentât du feu: Les entrees
des maisons modernes, signamment des plus riches, sont la plus
part à degrez ou marches, & ont vne pierre au deuant des huis,
comme en ces quartiers y a aux entrees des cimetieres des Eglises,
& ce fait cela, afin que la caualerie, ou gens de guerre Turcs & A-
rabes n'y entrent à leur volonté.

    La resident aucuns facteurs des marchans Venitiens & Fran-
çois, & quelques Chrestiens restez des anciens Cypriotz, mesme
des Turcs & Mores qui se meslent de trafiquer ensemble seruit
de Truchemans & d'espies aux Turcs, pour cognoistre les natiõs
Chrestiennes qui y arriuent : Lesquelz Chrestiens residens, y ont
fabriqué nouuellemẽt vne Eglise voultee, comme aussi les Turcs
y ont vne Mosquee & des baingz. Les moutõs qu'ilz nourrissent
y sont fort gras, portans (comme en Arabie) les queuës si larges,
qu'elles leur conurent tout le derriere, & sont longues & pendantes iusques à terre, aucunes desquelles poisent vingt & vingt cinq,
& iusques à trente liures. Il s'y trouue grande abondance de per-
drix grosses comme celles d'Espagne, ce que tesmoigne aussi le
docte Cosmographe Teuet. Il y a aussi des bons iambons de porc,
quasi semblables à ceux de Mayence, & des petitz fourmages fort
bons: Icelle Limesso souffrit beaucoup par la surprinse que feit d'i-
celle l'Empereur Frederic second du nom : puis l'an mil quatre
centz vingt cinq, elle fut encore du tout destruite & pillee par le

X 2   Soldan

Soldan d'Egypte: & derechef l'an mil cinq centz trente sept, sae
cagee & bruslee, ou bien ce fut l'an mil cinq centz soixante dix
quant la Caualerie Turquesque, y meid premieremét pied à terr
pour enuahir l'Isle.

Sur le mesme riuage de la mer, & à six mile de Limesso, esto
Amathe ou Amathuse, antique ville situee sur vne petite colline
elle fut premierement fondee par les Assyriens au temps de Ni
nus, & fut ainsi nommee, à cause qu'il y auoit vne fontaine d'e
aue chaulde dite en leur langue Amathe. Ceste ville estoit ancien
nement dediee à la Deesse Venus, & l'vne des neuf royales de l'I
sle de Cypre: mais pour le tort fait par le Gouuerneur de Cypre,
la femme du Roy Richard d'Angleterre, allant à Ptolomaide, ell
fut d'iceluy Roy du tout, & pour la derniere fois destruite au
son chasteau, l'an mil cent quatre vingtz dix, dont on en voi
encore les ruines, par lesquelles se peut coniecturer, quelle ell
estoit.

Douze mile d'Amathuse, & trois de la mer sur vne petite colli
ne, estoit le bourg ancien de Marine, auquel Saincte Helene re
tournant de Ierusalem feit sa premiere reposee. Autres douze mi
le plus auant & trois aussi de la marine, sur le promontoire appel
le Chite, estoit l'ancienne ville de Chite ou Chiteon, à presen
bourg, laquelle a esté la premiere fondee en l'Isle par Cetim per
filz du Patriarche Noé: Car Iaphet filz de Noé engendra Iauan,
Iauan ledit Cetim, qui pour son partage eult ceste Isle, comm
nous lisons au Genese, Zonaras & Iosephe Iuif, lequel dit ainsi
Chethim occupa vne Isle, qui pour lors fut aussi appellee Chetim
(laquelle on nomme auiourd'huy Cypre): de la est aduenu qu
les Hebrieux appellent plusieurs lieux maritimes, Chethim, d
nom de ce pays, & pour preuue de ce il y a encore vne ville e
Cypre, qui en retient le nom. Ceux qui ont voulu conuertir l
noms en determination Grecque, la nomment Cition, qui n'e
guere loin de ce mot Chethim: ce que l'on peut coniecturer, pa
la grande antiquité de ceste ville, ayant depuis aussi esté metro
politaine de l'vn des Royaumes, neantmoins à present, reduite
pauure estat. D'icelle sont issus cy deuant de grands personnage
telz que Zeno Cithicus, autheur de la Secte des Stoyciens, Appo
lonius medicus, & autres hommes de renom.

Trois mile plus auant que les ruines de Chite tirant vers Leua
est vn lac ayant de circuit neuf mile ou enuiron, dans lequel y
des fontaines d'eaue salee, laquelle meslee auec les eaues pluuial
descen

descendantes du Ciel durant l'hiuer, & renues illec enferrees en
Esté, par les chaleurs & ardeur du Soleil, elles s'endurcissent & se
congelent en sel tres-beau, plein de saueur, & blanc comme neige,
sans qu'il soit besoin autrement l'affiner, il a en aucuns endroitz
plus d'vn pied d'espesseur, & semble à le veoir estre vne glace, laquelle est tellement blâche, qu'elle esblouit les yeux des passagers,
& de ceux qui la regardent. Ce sel se rompt & se tire auec tterre-
mens durant la Lune du mois d'Aoust, puis on le met sur le bord
dudit lac, amoncelé comme montaguettes de neige: & est ce sel,
le principal thresor, & d'ou procede le plus grand reuenu de l'isle,
car on en charge anuellement, grande quantité de naues & basteaux, pour le mener en diuerses regions, mesme iusques à Venise.
I'ay veu encore de semblable sel, au susdit promontoire des Chatz,
creu seul en ce lieu, entre les fossettes & pierres creuses & cauees
ou l'eau marine auoit esté, dont noz Barquerolles recueillirent
bonne quantité, pour le mener à Tripoly, comme ie diray cy a-
pres.

Autres trois mile plus vers Orient sur la mer, est le village de
Larnach, autrement dit la pointe de Salines, ou arriuent toutes
les marchadises que l'on veut descharger en l'Isle de Cypre, côme
cy deuant on faisoit à Famagoste: & en ce lieu aussi se chargent
les Naues des marchandises de ce pays, qui sont sucre, cotton, sel
& choses semblables: car le Turc n'admet que bien rarement,
l'entree de Famagoste aux Chrestiens Occidentaux, de crainte
qu'ilz n'espient la forteresse, & ordre qu'ilz tiennent à la garde:
neantmoins ce n'est proprement vn port, ains seulement vne plage, pour receuoir les naues, sans pouuoir approcher la terre, tout
ainsi qu'à Trypoly de Syrie & a la susdite Lemisso: Ce fut aussi
en ce lieu ou le Turc aborda, & desembarqua le principal de son
armee, l'an mil cinq centz soixante dix, quant il print & vsurpa
par force, toute l'Isle sur les Venitiens, en laquelle salines y a aussi
grande disette d'eau douce.

Tirant plus bas, se veoid vn village appelle Pille, ou estoit
l'atique Trone, iadis bonne ville, distate douze mile de Salines, &
dixhuict de Thide, lequel est situé proche du promontoire de la
Gree, ou de la Grette, iadis nommé Pedalia, sur lequel estoit aus-
si la ville d'Estremia, à present pareillement reduite en village.

Passant plus outre à trois mile de la, est la tres-belle & renommee Famagoste, iadis dite aussi Arsinoé, du nom de sa fondatrice,
seur au premiere Ptolomee Roy d'Egypte & de Cypre: laquelle

X 3   est situee

est situee à soixante six degrez quarante minutes de longitude, &
trente six degrez trente minutes de latitude, proche de la mer
vers Orient, & y a vn petit port fermé de chaines, ou y auoit vn
autre port, proche du promontoire susdit de la Gree: & se nommoit l'encloz Grecque ou delle Grotta, à present gasté & remply
de sables, neantmoins il s'y retirent encore quelque barques ou
petites naures, ores qu'en diuers temps s'y en sont peries plusieurs, mesme des naues & Galeres, & de celles du Turc en sa derniere expedition sur Cypre: Aussi les Cypriotz, au temps passé, y
ont eu & obtenu diuerses victoires, trop prolixes à les narrer icy.
Mais reuenant à la susdite cité de Famagoste: plusieurs autheurs
sont de differentes opinions, sur la deriuation de son nom moderne: car les vns disent qu'elle fut ainsi appellee, apres qu'Auguste
Cæsar, eust obtenu la victoire sur Marc-anthoine & Cleopatra,
Royne d'Egypte & de Cypre, comme voulans dire, *Fama Augusti*.
Les Grecs luy donnent vne autre etimologie, & l'appellent A-
magosta, qui signifie cachee dãs les Arenes, pource que le territoire
circonuoisin, est du tout sablonneux, disans encore que les Latins
ayans corrompu se mot l'appelleret Famagosta: autres sont d'aduis, que ce nom luy à esté imposé par Coste Roy de Salamine, pere de Saincte Catherine vierge & martyre, lequel la restablissant,
& au lieu de *Fama Augusti*, luy changea le nom d'Auguste au sien,
& l'appella *Fama Costi*: voyla ce que ie trouue de l'origine du nom
de ceste iadis belle, & à present miserable Cité, laquelle auoit esté
premieremét fortifiee par les Romais, depuis par les Turcs ou gouuerneurs de l'Isle au nõ des Empereurs Grecs: & estãt Ptolomayde tõbee, entre les mains des Sarazins, Henry de Lusignan deuxiesme du nom Roy de Ierusalem & de Cypre, la fit reparer, voire
fortifier, & y attira la negociation, tant d'Orient que d'Occident,
qui estoit auparauant audit Ptolomayde: Mesme ordonna que ses
successeurs, apres auoir esté couronnez Roys de Cypre en Nicol-
sie iroyent y receuoir la Couronne & proclamation de Roys de
Ierusalem: Ledict Frere Estienne de Lusignan, procedant de ceste
Royale maison, & duquel ay prins en partie, la descriptiõ de ceste
Isle, dit que les murs d'icelle ville estoient si larges, que facilemét
deux chariotz de front, pouuoient aller dessus, contre lesquelz au
dedans, y auoit de larges rempartz de terre, & que la moitié desditz murs & fossez, mesme la contrescarpe, estoien ciselez &
taillez en la viue roche, voire si hautz, qu'à peine voioit on le
haut des maisons, & si estoiét garnis de Tours, Bouleuers, & d'vn
tres-beau

res-bean rauelin, seruant à la porte qui respond vers Nicossie, a-
uec deux pontz leuis: de l'autre costé vers la marine il y auoit aussi
(& y est encore) vne porte, à l'endroit du Port, auec vn tresfort
chasteau, duquel les fossez estoient remplis d'eauë marine. Au dedans de la cité, y auoit deux belles Eglises Cathedrales, l'vne dediee à S. Nicolas officiee par les Latins, & l'autre à S. George, ad-
ministree selõ le rit & idiome des Grecs: plus y auoit quatre Monasteres, des Ordres mendians, & plusieurs autres Eglises, Officiees de l'vne & l'autre religion.

Apres la ruine de Salamine, ceste cité de Famagosta, à esté honoree du siege Archiepiscopal qui y estoit, lequel depuis fut transferé en Nicossie. On veoid fort à plain ceste cité nauigeant à l'endroit du port d'icelle: mais l'entree en est souuent difficile, signamment aux Chrestiens Occidentaux, pour les raisons susdites,
& s'ilz y entrent, ilz ne permettent qu'ilz y couchent de nuict (au
moins faisoient ilz ainsi, quant ie feis le S. voyage) Quant à la
derniere & lamentable prinse d'icelle par les Turcs, elle aduint le
xiesme iour d'Aoust l'an mil cinq centz soixante vnze, qu'elle
leur fut renduë par les Chrestiens, ayans soustenu six assaux generaux, & vn siege furieux d'vnze mois: les conditions accordees
portoient, qu'ilz auroient les vies, armes & bagues sauues, & que
les bourgeois demeureroient paisibles en leurs maisons ioyssans
de leurs biens & foy Chrestienne: mais l'infidele Mustapha Bassa
le leur tint promesse: car comme Marc Anthoine Bragadin, Gouuerneur de la ville, & plusieurs autres Seigneurs & Gentilz-hommes, sortans d'icelle l'estoient allez trouuer, pour luy porter les
clefz, il les fit de premiere abordee asseoir pres de luy, les entretenans de caresses & deuises, puis les tirans d'vn propos à autre, en
fin on leur fit vne querelle & faulse accusation, à sçauoir, que ledit Bragadin auoit fait tuer, quelques esclaues Turcs, durant la
treuë. A l'instant ledit Bassa les ayant tous fait lier, (& soubz
pretexte d'auoir entrez en sa tente auec espees) il fit tuer tous
lesditz Gentilz-hommes & Capitaines, en la presence dudit
Bragadin, auquel apres il fit couper les oreilles & le nez, puis le
xseptiesme dudit mois, fut mené ainsi blessé tout à l'entour de la
ville, & tiré sur l'antenue d'vne Galere, & de la conduit auec tambours & trompettes, iusques au pilori de la place: & finablement
l'ayant la estendu par terre, fut escorché cruellement tout vif, sans
qu'il perdit aucune constance. Ainsi reprochant au pariure Bassa,
sa promesse rompue, il rendit son ame a Dieu, & ayant ce cruel
fait

fait remplir ſa peau de paille, la feit montrer par tout, puis apres
l'enuoia, auec quatre teſtes des principaux deſditz Gentilz-hommes, au grand Seigneur ſon maiſtre, en Conſtantinople, ou elle
eſt encore gardee pour trophee, au ſerail du Prince des Barbares.

La treſ-ancienne Cité de Conſtance, auparauant nommee Salamine, eſtoit à ſix mile de la ſuſdite Famagoſte, baſtie premierement par Teucer filz de Telamon, à ſon retour de Troye, de la
race duquel, y a eu pluſieurs Roys ſes ſucceſſeurs deſcenduz de
luy, deſquelz Euſebe Pamphile, fait mention en ſa Chronique.
Ceſte cité eſtoit ſituee ſur vne poincte au dernier deſtroit de l'Iſle
vers Orient regardant la Syrie, & auoit ſon port appellé Salami-
nicque: Ce nom de Salamine (ſelon pluſieurs) a eſté changé
ceſte cité, en Conſtance ou Coſtance, au temps que Coſte, pere de
Saincte Catherine, en eſtoit Roy, à ſçauoir durant l'Empire de
Diocletian, comme diray cy apres. Icelle dite Salamine ou Conſtance, n'eſtoit ſeulement metropolitaine de ſon Royaume particulier, mais de toute l'Iſle: car en icelle anciennement reſidoient
les Satrapes ou Vicerois, y enuoyez par les Roys Darius & autres de Perſe, lors maiſtres de l'Iſle. Auſſi elle eſtoit jadis fort grãde
comme le demonſtrent ſes veſtiges, & decoree de pluſieurs beaux
Temples des faux Dieux des Ethniques, depuis reduites & changees en belles Egliſes, dediees au ſeruice du vray & ſouuerain
Dieu viuant, & regies par les diſciples propres de Ieſu-Chriſt &
leurs ſucceſſeurs: ſont auſſi ſortis d'icelle, pluſieurs grands perſonnages, tant Chreſtiens que Payens, comme ie diray cy apres
en ſon ordre, entre leſquelz ont eſté S. Barnabé, autrement appellé aux Actes Ioſeph, collegue de l'Apoſtre S. Paul & Hera-
cleas leur diſciple. Nous trouuons qu'enuiron le temps de Trajan
Empereur, les Iuifz ſe rebellans contre l'Empire, ſurprindrent
icelle ville, ou ilz tuerent & en l'Iſle, deux centz quarante deux
mile creatures, tant des naturelz de ceſte Cité, que d'autres lieux
y refugiez, meſme fut lors par eux deſtruicte iuſques aux fondemens: toutefois reedifiee par le ſuſdit Coſtas, & puis l'an ſix cent
quarante trois, derechef totalement ruinee, par Morauias Roy
des Sarazins, tellement que depuis elle n'a eſté reſtablie: Au dehors d'icelle, y auoit vne Egliſe baſtie des deniers de Zenon Empereur a l'honneur du ſuſdit S. Barnabé, lequel s'apparut à An-
themion, Archeueſque de ceſte Salamine, durant l'Empire du dit
Zenon, luy montrant le lieu ou eſtoit inhumé ſon corps, auec le
volume de l'Euangile S. Mathieu, eſcript de ſa main, & par

tranſ-

aflaté de l’hebrieu en grec: Il y auoit vne chapelle fur le puis, ou
s reliques de ce S. furent trouuées auec ledit volume, lequel e-
oit cóme fur fa poictrine : Il fe montre vne autre chapelle, edi-
e fur la prifon, en laquelle Saincte Catherine fut enfermee, auát
ſe d’eftre menee en Paphos, & d’illec en Alexádrie d’Egypte, ou
tant martirifee, fon S. corps fut par les Anges porte de ce lieu,
ſommet du mont Synay, au defert de Sin en l’Arabie pierreufe
reuclé aux moines dudit mont l’an quatre cens quarante trois
ar la vierge Marie felon Maffeus.

Carpaſie, ville fort ancienne, eftoit fituee plus auant fur le
romontoire S. André, des anciens furnommé Carpaffo, & des
ioderne; Laiaffo, laquelle ville, reduite en vn pauure village,
appelle le bourg S. Iéhan, erigé en comté, par Iacques le Baftard
Roy vfurpateur de Cypre. Aux extremitez dudit promontoire de
. André, eftoit Clide, ville tref-ancienne, & proche d’icelle vne
nontagne, nommee le fommet du mont Olympe, fur lequel ladite Venus (furnommee d’Acree) auoit vn Temple, auquel les
ommes ne pouuoient entrer. Tournant de l’autre cofté de l’Ifle,
ers la Caramanie (qui eft l’antique Cilicie) eft vn village appellé
Acathou, au lieu ou eftoit iadis, la ville d’Acte, fabriquee par les
Argiues, y a plus de trois mille deux centz cinquante ans. Puis
uit Aphrodiſia, ville & pays de cefte Deeffe Venus, & dont elle a
orte aufsi le furnom.

En apres, fe trouue les ville & chafteau de Cerines, ditz à pre-
ent Ceraunia, & anciennement Cypre donnant fon nóm à l’Ifle,
aquelle eft tref-ancienne, & iadis fondee, par le grand Cyrus
Roy & Monarque des Perfes, elle eft fituee fur le cofté Septentri-
onnal de l’Ifle, & fut fon chafteau reedifié, par les Luzignans
Roys de Cypre, & tellement fortifié, que depuis il n’a peu eftre
orcé: Aufsi ledit Muftapha Baffa General du Turc (s’eftant fait
maiftre de toute l’Ifle, audit an mil cinq centz foixante vnze) ne
e peut auoir que par compofition, & de fait, le Capitaine ou Gouuerneur d’iceluy voyant que les tres-fortes villes de Nicofsie &
Famagofte, voire le refte de l’Ifle, n’auoient peu refifter, & que
l’apparence du fecours n’eftoit à efperer, & ayant compofé, il le
rendit : à prefent le Turc y tient forte garnifon. Or comme i’ay
cy deuant dit, cefte Venus en eftoit aufsi dame & maiftreffe, & à
fon occafion a efté nommee Cyprio : Et quoy que d’icelle nous
ayons cy deuant plufieurs fois fait mention, toutefois nous dirons
encore icy, qu’elle fut fille d’vn Roy, Regnant fur quatre villes, de

Y

l’Ifle

l'Isle de Cypre, elle estoit belle en perfection. Et comme son
pere estoit Astrologue, il cogneut selon la superstition des Ethniques, par ce qu'il estimoit elle estre nee au temps que la planet
Venus estoit au siege du Toreau (ayant puissance sur l'Isle) qu'el
feroit extremement encline à lasciueté & luxure (comme aucu
opinent estre aussi à ceste occasion la pluspart des Cypriotz) pa
quoy il la fit appeller Venus, & la maria bien ieune au Roy Ado
nis, aussi tref-beau ieune Prince, Roy de Paphe : laquelle Ven
(suiuant ladite opinion Ethnique de l'inclination de sa naissan
& son nom, & selon la preuoiance de son pere) fut tellement de
reiglee en volupté, que les Grecs ont à cause de ce, surnommé l
paillards & lascifz, Cypriens & les Latins Veneriens : car Cypr
en Grec, vaut autat à dire que Venus en latin. Lactance Firmie
& autres autheurs disent, qu'elle estant dame & Royne, ordonn

qu'impunement & sans crainte, les femmes pouuoient paillarde

Iustinus raconte aussi, qu'à son institution, les Cypriens enuoie
leurs filles sur le riuage de la mer, se prostituer à tous allans & v
nans, speciallement aux estrangers, pour ainsi gaigner le dot d
leur mariage.

    Sainct Augustin, Cicero & plusieurs autres doctes en l'Astr

logie, disent qu'il y auoit diuerses Venus, & que d'icelles, sig
namment les deux, estoient venerees en ceste Isle, à Rome &
lieurs, à sçauoir, l'vne chaste (de laquelle en ceste Isle, les Templ
estoient es montz Olympe, & sommet d'Olympe sur le Cap
André, ausquelz les femmes ne pouuoient entrer) & l'autre l
brique veneree par tout. Quoy consideré lesditz Astrologues
thniques ont selon leurs imaginations remarquez, deux effec
contraires en la Planete Venus, car ilz disent qu'elle encline cer
qui sont naiz soubz icelle, les vns à l'amour diuin, honeste & sp
rituel, & les autres à l'amour charnel plein de volupté deshonn
ste, lesquelz diuers effectz procedent du different mouuement
ladite Planete, & selon les astres qu'elle a en son opposition ou a
pect, ensemble les triplicitez, faces, horoscopes, maisons, eleu
tions, signes & autres qualitez, cognües par les Astrologues e
pertz : non que les Astres necessitent ou forcent les naturelz d
personnes, mais bien donnent quelque inclination, laquelle pe
estre regie & commandee, par les personnes prudentes.

    Or ie laisseray, ce que i'ay encore à dire, sur ceste matiere, po
n'estre le subiect de nostre voyage & poursuiuray en bref, la de
cription restee de ceste Isle tant renommee, pour estre aimable

oy, & pour sa richesse & beauté : Ayant bien voulu estendre la
susdite matiere, parlât de l'autre premier costé regardant le midy,
à cause qu'en passant le long d'icelle (ores qu'on ne mette pied à
terre) on a moyen de la veoir, cognoistre & contempler. Il y a
donc encore au mesme costé susdit, regardant le Septentrion & la
Caramanie, des villes ruinees, ou reduites en village, à sçauoir
Magaria, qui n'est guere loin du susdit Cerines, & pource l'Isle au- **Magaria.**
trefois a esté nommee Macaria, c'est à dire bien-heureuse : Puis
Egida, appellé à present le bourg du Temple, & encore Lapithe,   **Egida**
ville iadis fort magnifique, bastie par les Lacedemoniens, & capi-   **ville.**
tale de l'vn des neuf Royaumes de Cypre, en laquelle a residé Phi-   **Lapithe**
lostrate : Le susdit Frere Estienne de Lusignan dit, que de son téps **ville.**
c'estoit encore vn bourg & Euesché, mieux peuplee que Famago-
ste, Paphé ou Limesso, & en auoit esté Seigneur, Henry de Lusignan, portant aussi le tiltre de Prince de Galilee : Il y croist du
sucre, cotton & diuerses sortes de fruitz, comme limons, oranges,
grenades, citrons & autres semblables, mesme des pommes de cedres d'admirable grosseur, & de bon goust, desquelles vn homme
ne sçauroit porter deux en ses mains.

Plus auant sur le riuage de la mer, & à l'opposite du mout O-
lympe, sur le promontoire Cormachite, estoit afsise Cormie, ville   **Corma-**
pareillement tres-ancienne, maintenant reduite en village, auquel   **chite pro-**
iadis habitoient les Maronites Chrestiens Schismatiques. Quel-   **montoire.**
ques dixhuit mile plus auant, & trois mile pres de la mer, est le   **Cormie**
bourg de Solie, iadis tres-bonne cité, rebastie par Solon, l'vn des **ville.**
sept sages de Grece, lequel luy imposa ce nom & l'erigea en Roy-   **Solie**
aume : Auparauant on l'appelloit Pelure, depuis estant reparee   **Bourg.**
par Demophó filz de Thesee Roy d'Athenes, elle fut par luy nommee Apamea, Epene, & depuis Acamanthida, de laquelle Auxibe
Romain, fut estably & Sacré Euesque, par Heraclide Archeuesque de Cypre, apres S. Barnabé, par l'ordonnance de S. Paul.

Lescare bourg (& iadis cité, nommee aussi Arsinoé, fondee   **Lescare**
comme les deux autres susdites, d'Arsinoé seur du Roy Ptolomee,   **Pantaye.**
surnommé Lagus) est aussi situé sur ledit riuage, comme pareillement Pantaye, ville ruinee l'an mil cent quatre vingtz dix, par
Richard Roy d'Angleterre, & s'appelloit lors S. Sixte : Puis suit
Alexandrette, qui est sur le Golfe de Crusocco, laquelle fut bastie   **Alexan-**
du temps d'Alexandre le grand des ruines de l'antique Galineuse.   **drette**
Sur le mesme costé, & proche du Cap S. Epiphane anciennement   **villes.**
dit Achameo, est le village de Crusocco, qui vaut autant à dire, que

doré, ou d'or, à cauſe que l'on y trouue des minieres d'or, meſme l'on y tire de certains puis profōds, le vitriol dit des Italiés Chruſocco, qui eſt l'eſcume ou l'ordure de la miniere d'or. Anciennement on la nommoit auſſi Achame, ou Achamitide, baſtie incontinent apres la deſtruction de Troye, par vn Achamas Athenien, amy des Troyens, qui à ceſte Occaſion fut contraint de quitter la Grece : auquel lieu de Chruſocco, ſouloit eſtre vn bon port, à preſent gaſté.

Vn peu plus auant, eſt vne fontaine, appellee la fontaine amoureuſe, fort celebre être les Poëtes, diſans que tous ceux qui en beuuoient, deuenoient amoureux. Il y a encore deux bourgs, l'vn appellé Terre & l'autre Booſure, iadis villes, dont Strabon fait mention. Puis ſur le promontoire Celidoni vers Occident & guere loin de Paphos la vielle, eſt le Bourg d'Hierocopio, iadis ville portant le meſme nom. Toutes leſquelles places deſſus nōmees, ſont les principaux lieux: ſituez ſur le riuage maritime, & de la circonference d'icelle Iſle de Cypre.

Reſte donc à parler des villes Mediterranees, comme de Tremiti, ſituee à dixhuit mile de Nicoſſie, laquelle Tremiti, qui eſtoit Eueſché, fut deſtruite par le ſuſdit Roy d'Angleterre, & depuis reduite en vn petit village, à preſent encore nommé Trimitogo: de laquelle Tremiti, a autrefois eſté Eueſque Sainct Spiridion, demy martir, lequel par ſa ſimple & ſincere foy, ferma la bouche au plus ſubtil des Arriens au Concile de Nice, comme diſent Nicephore & Zonaras : duquel S. le corps eſt tout entier au Corphou. Tomaſſes village, fut auſſi cy deuant tres-bonne ville, dottee de minieres d'Or, & de Vitriol, & a eu pluſieurs Eueſques de renom.

Il y auoit ſemblablement Idalie, dediee à Venus, & à preſent appellee Dalin, Centrie, Cynaria, Arſes, Liminea, Palee, Carinea (encore bourg de trafic) Epidaura, Golga ville royale, & Amyanthe, ville illuſtre au temps des Romains, pour cauſe de la pierre Amiante que l'on y tiroit, en laquelle pierre ſe trouuét des veines qui ſont comme cotton ou laine, aptes à filer, dont ſe tiſſoit des toilles bien fines, ſeruans à faire des ſacs, pour mettre & enfermer les corps mortz des Empereurs ou autres grands perſonnages, quant on les bruſloit, à fin d'en retirer les cendres, à raiſon que ceſte toille auoit telle energie & proprieté, qu'elle ne pouuoit eſtre endommagee par le feu: on dit auſſi que depuis, on en à tiſſu & fait des toilles & touailles, & que pour les nettoier de ſouillures, on les lettoit au feu, puis on les retiroit toutes purgees ſans leſion

aucune

aucune, qui est vne grãde vertu & proprieté, esdites pierres Amy-
antes, dont i'ay veu & eu quelque petite piece ou parcelle en ma
possessió. Toutes les susdites villes (la pluspart Episcopales, & qui
ont reçeu la foy chrestiéne, dés le téps des Apostres) sõt quasi ruinees & reduites en villages, & aucunes à rié, n'é restát rien pied seulemét, que la cité de Nicossie aussi tres-âciéne & qui merite bien
d'é faire icy métion, & partát nous en dirõs ce petit mot en passãt.

Ladite cité de Nicossie, est situee comme au milieu de la plaine
& de l'Isle, en vn tres-bon endroit, & soubz vn air bien temperé,
distante de Famagoste trente six mile, de Salines vingt quatre, de
Cerines quinze, de Limisso cinquante quatre, de Papho & Car-
passo cent & huit : elle à eu plusieurs & diuers noms, & a retenu
le dernier de Leucas filz du premier Prolomee, qui la restablit, amplifiee, & l'appella Leucóra, ou Leucossia, comme l'appellent encore les Grecs, mais les Latins par voix corrompue, la nomment
Nicossia. Elle fut aussi capitale de l'vn des neuf Royaumes, & à
present elle l'est de toute l'Isle de Cypre, ayant eu anciennement
neuf mile de circuit & ornee au dedans de beaucoup de somptueux
Edifices, comme de Palais, Eglises, monasteres & autres semblables, desquelles Eglises, les Latins, Grecs, Armeniens, Côstes, Iacobites, Georgiens, Maronites, Nestoriens, Nubiens ou Iudiens,
auoient chacun les leurs en particulier : comme auoient aussi les
Cheualiers Templiers & Hospitaliers. Outre ce il y auoit plusieurs
Monasteres de Religions, telz que les Carmes, Augustins, Iaco-
bins autrement ditz Dominicains, Freres Mineurs, Chartreux,
Benedictins, Bernardins, de S. Iulien & autres : mesme diuerses
sortes de Religieuses y auoient encore des Monasteres, entre
lesquelz le principal estoit celuy de S. Dominique, situé au dedans de la Citadelle, auquel les Roys & Roynes, se retiroient
en temps oportun pour faire leurs deuotions, & y auoient leurs
sepultures, comme aussi plusieurs autres Princes & Barons : Le
Senat de Venise, l'an mil cinq centz soixante sept, voulans fortifier icelle cité, la retrancherent tellement qu'au lieu de neuf mile,
elle n'en retint que trois de circuit, & pource faire, il y fut abatu
diuers Palays & quatre vingtz, tant Eglises que Monasteres, entre
autres celuy dudit S. Dominique, reduisant icelle cité en forme
d'Estoille à vnze poinctes, & à chacune vn Bouleuert, tous faitz
de simple terre, & non encore acheuez ne les fossez faitz, lors que
le Turc y mit le siege & la print de force.

Outre lesdites citez, villes principales, chasteaux & bourgs,

Nicossie
cité.

portans les lettres desusdictz, il y en auoit encore beaucoup d'autres, & plus de huit centz cinquante villages, les vns fermez de
murs comme ceux qu'en Italie, on appelle Castelli, & les autres
ouuertz, auec vne infinité de hameaux. Quant aux sieges, prinses
& pertes des susdites villes de Nicossie, Famagoste & autres, voire
de toute l'Isle royale, ie n'en feray icy plus ample narration: mais
si quelque curieux en desire sçauoir d'auantage, plus particulierement & au long, il pourra auoir recours, a ce qu'en ont escript
frere Auge Calepien de Cypre, docteur en Theologie, religieux
de l'ordre des Prescheurs, & Vicaire general en la Prouince de la
terre saincte, l'an mil cinq centz soixante douze, puis Iean Pierre
Contarin, Francisco Sansouino & plusieurs autres qui en ont discouru amplement & exactement, de ma part i'ay aucunement icy
acheué ce que i'en voulois dire briéuement.

Mais ie ne veux passer outre a ceste œuure sans donner aussi
contentement au lecteur (comme i'ay promis cy dessus) & luy
declarer quelz personnages illustres, grands & signalez, sont sortis de ceste Isle, tant du temps des Payens & Ethniques, que depuis
la venuë du Saueur & Redempteur Iesu-Christ au Monde: premieremét entre les gentilz il y a eu Pigmaleon & Eburne sa femme (desquelz les Poëtes ont fait des fables, que ie passe soubz silence) Paphe leur filz, fondateur de Paphos, Cinare filz dudit Paphe, qui engendra de sa propre fille Mirrhe, Adonis, lequel fut depuis mary de la belle Venus, desquelz est Issu Cupidon leur filz,
appellé le Dieu d'Amour: Il en est aussi sorti Asclepiade, tres-ancien Historiographe, qui estoit du temps dudit Roy Pigmaleon,
Poënon aussi Historiographe, & Philosophe de la ville d'Amathe,
Protagoras Roy victorieux, Cleobole Poëte, reputé entre les sept
sages de Grece, Solon natif de Salamine, gouuerneur & legisla-
teur des cité & republique d'Athenes, Phisistrate orateur, natif de
Curias, a present dire Pucopia, fort renommé audit Athenes, Eu-
demon Euagrias Roy de Salamine, desquelz Aristoté & Plutareue
ont descript les vies: Zenon Philosophe, natif de Chite, Prince &
autheur de la secte des Stoïciens, lequel viuoit enuiron quatre cétz
trente six ans, auant la venuë du Redempteur: Zenon second, aussi
Philosophe, son sectateur & compatriot, pareillement gouuerneur
d'Athenes: Stanfaron & Phisistrate, l'vn Roy de Curia susdire, &
l'autre de Lapite auec Neocreon, amis d'Alexandre le grand. Ilme, Ariste, Demetrius & Zenophen, Philosophes & Historio-
graphes, tous Salaminiens: lequel Zenophon fut precepteur de
Strabon

Strabon le Geographe: Eucole Poëte plus ancien qu'Homere, O-
resuus Poëte & Orateur, & plusieurs autres grands personnages,
entre les Ethniques, que ie ne nomme icy pour euiter prolixité:
Puis entre les Chrestiens S. Barnabé disciple de Iesu-Christ, na-
if de la susdite Salamine, mais Hebrieu & leuite de race & qualité
aussi grand compagnon de l'Apostre S. Paul: Aristobulus ou Ari-
starchus son frere, & selon aucuns, beaupere de S. Pierre prince
des Apostres, duquel ledit Apostre S. Paul fait mention : S. Iehan
autrement dit Marc, l'vn des septante deux disciples, & Marie sa
leur mere de S. Barnabé: Iason ou Naason, aussi l'vn d'iceux septante deux Disciples : Epaphras autrement dit Epaphrodite, duquel ledit S. Paul fait memoire en son Epistre aux Colocenses &
à Philemon: Paul Sergius Proconsul romain, qui y auoit sa residence, & fut conuerty par lesdit SS. Paul & Barnabé en Paphe:
Stephanus & Rufus Paphiens, l'vn Euesque de Narbonne, & l'autre d'Auignon: Titus aussi Paphien, disciple de S. Paul, & com-
pagnó à Tite de Crete: Nicanoe vn des sept Diacres, sacrez par les
Apostres en Ierusalem: Auxibe Euesque de Solie: Heraclius Sala-
minien, disciple de S. Barnabé & son successeur: Afre Martire,
fille d'Afer & d'Hilarie Roy & Royne de Cypre au temps d'Aure-
lien Empereur, les corps desquels (auec celuy de Denis Euesque
d'Augsbourg leur filz, & de Digne, Eutropie & Eudomie, seruantes & compagnes à la susdite S. Afre) reposent audit Augsbourg,
& fut ledit Roy chassé de Cypre pour sa tyrannie, & vint auec sa
famille demeurer à Rome & depuis audit Augsbourg, ou ilz furét
conuertis à la foy, & receurent couronne de martyre soubz Diocletian, auquel lieu tous les ans le septiesme iour d'Aoust, se fait
vne belle solemnité & procession generale, à l'honneur de ladite
Saincte Afre: Puis en est aussi sortie saincte Catherine vierge tres-
docte, & martyre tres-illustre: Laquelle estoit fille vnique de Coste Roy de Cypre de la race des Ptolomees & Lagidaires selon
l'histoire de Cypre, Io. Echius, I. Clistoueus, S. Vincent, & diuers
autres aucteurs, lequel Coste, comme dit est, restaura Salemine &
Arsinoé, & les fit nommer Costance, & Famacosta, & regna au
temps que Diocletian Empereur, chastia durement l'Egypte & la
cité d'Alexádrie, pour auoir adherees à la rebellion d'vn Achilleus
vsurpateur d'icelles, & suiuant lesdites histoires, il fut laissé pour
quelque temps, en ladite Alexandrie pour la regir, lors qu'iceluy
Diocletian se retira vers la Mesopotamie, ayant ledit Coste sa fille
vnique Hecatherina ou Catherine auec luy, qui a donné à plusieurs le

Act. 4.
13.
12. 15.
21.

Collos.
c. 4.
Philem.
c. 1.

Act. 6.

S. Stepha.
de Lusig.
Hist. Cyp.
Io. Echius
Hom. de
Ioach.
Clich.
Serm. de
SS. S.
Vincent.
Orosius.
l. 7. c. 16.
Eusebius
in Chro.

eurs le subiect de la dite Alexandrie. Aprez la mort de son pere elle fut r'appellee pour gouuerner son bien paternel, mais son oncle, desireux de s'impatroniser en iceluy, perceuant qu'elle estoit Chrestienne, s'ayda de l'occasion, & la fit prisonniere, premierement en Costance ou Salamine, & de la en Paphos pour la commodité qu'il y auoit & a encor pour da la, ou des enuirons, nauiger vers Alexandrie, & sont lesdites deux prisons esté decorees de deux chapelles, iadis, & comme encor a present quand l'occasion se presente, fort frequentees & visitees par les pelerins de la terre saincte, apparat par leurs escripts. Or dudit Paphos la saincte vierge aagee de dixhuit ans seulement, fut menee en Alexandrie, ou captiue, elle conuertit en disputant cinquante Philosophes Orateurs, Fausta femme du Tyran, & Porphyrius son Capitaine ou Gouuerneur de Cirene, qui tous receurent couronne de Martyre & elle semblablement aprez eux, par vn vendredy vingt-cinquiesme du mois de Decembre l'an de grace troix cens & dix, selon Metaphraste, D. Anthoninus & autres. Sansouinus dit que ce fut entre les ans trois cens & huit, & trois cens & dix, au mesme tẽp que S. Afra, Agnes, Barbara, Dorothee, &c. souffrirent martyre, & Masseus affirme que ce fut l'an trois cens & nœuf, en quoy il n'y a guerres de discordance, mais il y a question, si ce fut Mayence ou Maximin, qui la fit mourir, toutefois si nous deuons ou pouuons croire les offices ecclesiastiques de plusieurs dioceses, mesme le Romain approuué au concile de Trente, les Martyrologes, histoires & sermons, de Metaphraste, Vsuard, Petrus de Natalibus, Lippomanus, Surius, Molanus, S. Vincẽt, Vincentius Beluacẽsis, Iudocus Clichtoue⁹, F. Hereus, Sabellicus, Masseus, Martinus Polonus, Io. Echius & vne infinité d'autres, tous disent ce auoir esté ledit Mayence, a quoy s'accorde aussi le temps presigé par Orose, Le Venerable Beda, Otto Euesque de Phrisinghen, l'Abbé d'Orsperg, Godefroy de Viterbe, & Nauclerus, lesquelz disent que Diocletian commẽça a regner l'an deux cens quatre vingts & dix, & regna vingt ans, au dixneufiesme desquels il commença la dixiesme & plus cruelle persecutiõ, l'an deuxiesme de laquelle, qui estoit ledit vingtiesme de son Empire & l'an de grace trois cens & dix, iceluy Diocletian & Maximian Herculee fondit collegue, se desuestirent des auctorité & ornemens imperiaux, laissant Constans (pere de Constãtin le grand) & Galerius Maximianus (par luy faicts Cæsars) pour Augustes ou Empereurs, lesquelz furent les premiers, (selon ledit Orose, Eutrope, Hermanus contractus & autres

autres) diuiserent l'Empire Romain, mais ledit Constant se contentant de la Gaule & dignité d'Auguste, Galerius establit Seuere
pour Cæsar en Italie, & Maximin pour l'Orient, l'an troisiesme de
la susmentionnee persecution, ou de grace, l'an trois cens & vnz-
iesme, & l'an quatriesme ou 312. Maxence filz de Maximian Herculee, fut proclamé Auguste en vne reuolte qu'il y eut à Rome entre les soldats de la garde ditz pretorians. En quoy se voit que
Maximin eut la charge de l'Orient vn ou deux ans aprez le martyre de Saincte Catherine. Et pour demonstrer que durant ce
temps Maxence fut en Alexandrie, Clichtoueus dit que comme il
aspiroit à la susdite dignité, il eut en sacrifiant respōce de ses dieux,
que s'il y vouloit paruenir, que luy estoit necessaire de nauiger
vers ledit Alexandrie, pour y restablir le cult d'iceux dieux pour
lors fort negligé. Ce qu'aduenoit à cause de la predication de S.
Pierre Archeuesque du lieu, lequel fut le premier qui excommu-
nia l'heresiarche Arrius & fut martyrisé par Maximin l'an 312.
& tient on que ce fut celuy qui auoit conuerty & baptisé Saincte
Catherine. Sabellicus auec Iac. de Bergamo affirment le mesme,
touchant la residence dudit Mayence, le martyre de sa femme, de
Porphyre & la Saincte vierge, auoir estez en Alexandrie. Et dit
Masseus qu'y estant, il reçeut nouuelles du deportement de son
pere, & que pensant à l'instant nauiger vers Rome, il en fut empesché par l'aspreté de l'yuer, mais le printemps venu, il se mit sur
mer, & arriué à Rome il fut proclamé Auguste comme dit est.
En quoy se peut veoir ou i'ay prins le fondement de mon dire non
necessaire à la foy, neantmoins aussi ie remets le tout au iugemét
de l'Eglise & des plus versez es histoires que moy.

Pour reuenir au Catalogue des personnages illustres qui ont e-
stez en l'Isle de Cypre. Il y a eu aussi S. Spiridion Euesque de Tre-
miete, lequel fut demy martyre, Hyrene vierge, Triphille & Artenius disciples dudit Spiridion, mis par S. Ierome au nombre des
hommes Illustres, Lucianus Abbé, Gelase Archeuesque de Salamine, Papou Euesque son compagnon, Epiphanius Euesque dudit Salamine ou Constance, contemporain audit S. Ierome, & auquel il dedia son liure escript contre octante Heresies de son téps,
Callotrophe sa sœur, Paul Patriarche de Constantinople, Theodore & Hilaire, Artenius Euesque de Salamine, auquel S. Barnabé
s'apparut & reuela ses saintes reliques au temps de Zenon Empereur, Sainct Iean l'Aufmonnier, Theodoret, Cyrille Euesque de
Paphes & vne infinité d'autres grans personnages, Euesques mar-

Z   tyrs &

tyrs & vierges, docteurs & grands champions de l'Eglise Catholique Apostolique Romaine, contre les heretiques & autres ses aduersaires, lesquelz sont comme dit est, sortis de ceste iadis tant fleurissante & ensigne Isle de Cypre, les autres (desquelz les noms se trouuent aux Cathalogues de ceux qui ont anciennemét assistez aux conciles generaux, & es martyrologes) ie les laisse, & me contente d'auoir mis icy les plus signalez: Il y a encor en la dite Isle de Cypre, des Eglises, monasteres & oratoires en bon nombre, iadis bien riches en grande quantité de sainctes Reliques, dignitez & ornemens, mais ont estez quasi tous ruinez & icelles reliques indignement prophanees & absconsees, depuis la prinse de l'Isle par les Barbares mahometistes Turcs l'an 1571. au grand des-honneur des princes Chrestiens, & indicible regret des cœurs pieux: car ie trouue par escript, qu'il y auoit plus de mil corps de martyrs & autres sainctz.

Reste maintenant à dire, par supputation brieue, de qui ceste Isle a esté gouuernee depuis Cethim petit filz de Iaphet, en la part duquel ceste Isle tomba l'an cent quarantiesme apres le deluge, & y à regné auec les siens cent cinquante sept ans: apres lesquelz l'an deux cétz quatre vingtz dix sept apres ledit deluge, Ninus y commanda, & depuis luy, ses successeurs, tant qu'ilz en ont esté chassez par les Pharaons d'Egypte & des Argiues: Puis y a regné Pigmaleon auec Eburnia sa femme (laquelle les Poëtes faignent auoir esté auparauant vne Statue d'yuoire, animee par les Dieux, mais cecy se disoit à cause de sa beauté & blancheur) lequel Pigmaleon estoit filz d'vn Roy des Sicioniens, & eut Paphe son filz & successeur, fondateur de Paphos: apres luy regna Cinare son filz qui de sa fille Myrra, engendra Adonis Mary de la Royne Venus, desquelz naquit Cupidon reputé pour Dieu d'Amour, lequel y à commandé auec ses successeurs enuiron trois centz quarante ans, & iusques enuiron l'an de la creation du Monde deux mille sept centz soixante dix, que Troye la grande fut destruite des Grecs, & que plusieurs chefz, Princes & Capitaines d'iceux, par fortune y vindrent surgir, & trouuans l'Isle belle & delectable, y edifierent & restablirent plusieurs villes, comme est dit cy deuant, & diuiserent l'Isle en neuf royaumes, qui fut ainsi regie, par l'espace d'enuiron neuf centz ans: mais non tousiours paisiblement. Car les Megariens, Atheniens, Perses & Macedoniens, les rendirent souuent leurs tributaires. Prolomee successeur d'Alexandre le grand en Egypte (debatát le Royaume de Syrie, auec Demetrius

filz

filz d'Antigone) anichila quaſi ces Roys. Caton, aleché des richeſſes Cypriennes, l'oſta aux Egyptiens, & la fit ſubiecte aux Romains, leſquelz la mirent au nombre des prouinces: mais Marc.
Anthoine, la rendit a Cleopatra Royne d'Egypte. Auguſte Cæſar,
depuis victorieux d'iceux, la remeit derechef en l'obeiſſance de
luy & deſditz Romains. Puis, l'an de ſalut cent dixhuit, les Iuifz
rebelles à l'Empire, la ſaccagerent, & y tuerent plus de deux centz
mille creatures, comme a eſté dit au quatrieſme chapitre du premier liure. l'Empereur Trayan l'ayant repriuſe, y eſtablit vn Roy
tributaire, lequel auec ſes ſucceſſeurs, y ont regné cent quatre
vingtz ſeige ans, du nombre deſquelz Roys, eſtoyent Afer & Coſta ſuſnommez: Ce Coſta ne laiſſa qu'vne fille vnique Saincte Catherine, demeuree en Cypre ſoubz la ſauuegarde dē ſon oncle, qui
eſtoit frere dudit Coſta: lors que l'Empereur Diocletian fut contrainct, pour la rebellion d'Achilee, d'entrer à main armee en Egypte, & l'ayant vaincu, y laiſſer Coſta, pour regir & gouuerner
icelle: mais aprez qu'iceluy fut mort en Alexandrie, l'oncle ſuſdit
de la vierge la trouuant Chreſtienne, & aſpirant à la ſucceſſion de
Coſta ſon frere, l'empriſonna, premierement en Coſtance ou Salamine, puis en Paphe, & en fin il l'enuoya audit Alexandrie, ou
Mayence (grand perſecuteur des Chreſtiens) la fit mourir & mar-
tyriſer. Son ſainct corps porté par les Anges ſur le mont Syna, fut
reuelé aux moynes par la vierge Marie l'an 443. ſelon Maſſeus.

Apres lequel martyre, l'Iſle fut trente ou trête ſix ans ſans pluie,
& la ſeichereſſe telle, qu'elle fut abandonnee & delaiſſe deſerte,
iuſques à tant que Saincte Helene y arriuant de Ieruſalem, fit par
ſes prierres reuenir des pluyes : laquelle Saincte eſtant retournee
à Conſtantinople, fit tant que ſon filz Conſtantin, y enuoya des
Epirotes & Macedoniens, ſoubz la conduite d'vn Galloier leur
Duc, pour la repeupler. Ainſi fina le regne des Roys, & commēça
celuy des Ducs, qui a duré enuiron huict centz quarante ſix ans,
mais non ſans debatz & diuers aſſaux des Sarazins, leſquelz au
temps d'Heraclius Empereur, prindrent icelle Iſle, la ſaccagerent
& ruinerent entierement, & pour la dernierefois la Cité de Conſtance ou Salamine : Puis encore l'an de grace ſept centz quarante
quatre, iceux Sarazins la rauagerent derechef, & la laiſſerēt quaſi
deſerte, comme auſſi ilz firent iteratiuement au temps de Charlemagne, ſoubz Aaron leur Roy, & la tindrent quinze ans, au
bout deſquelz elle fut ſur eux repriuſe par l'Empereur de Conſtantinople. L'an mil cent cinquante quatre, durant le regne de Baudouyn

Z 2

douyn troisiesme du nom Roy de Ierusalem, ceste Isle fut fort
mal traictee de Renaut de Chastillon Prince d'Antioche, pour
quelque different qu'il auoit contre l'Empereur Emanuel, auquel
estoit rebellé Isaac Comneno gouuerneur d'icelle Isle, & l'an mil
cent quatre vingtz dix Richard Roy d'Angleterre, allant au secours des Chrestiens de la terre Saincte, ayant reçeu dudit Comneno quelque grande iniure, print iceluy Comneno, conquist &
saccagea toute l'Isle, puis la vendit aux Cheualiers Templiers,
pour cent mille escus : mais iceux cheualiers, trouuans les Cypriotz mal disposez & peu volōtaires à les reçeuoir pour maistres, signamment pour estre Latins, ilz la rendirent au bout de trois ans
audit Roy Richard, lequel la reuendit à Guy de Lusignan, Roy de
Ierusalem, en la race duquel elle est demeuree iusques à l'an mil
quatre centz vingt. Mais l'an mil trois centz soixante treize, elle
fut prinse & saccagee des Geneuois, ayans quelque debat auec le
Roy & son conseil.

L'an mille quatre centz & vingt susdit, le Souldan du Cayre,
surprint aussi ladite Isle à la despourueuë, & ruinant Limisso, print
le Roy Ianus, & le mena auec luy, comme prisonnier en triōphe,
au Cayre : mais peu de temps apres il le r'enuoya, moyennant v-
ne rançon de deux centz mil escus, & de tribut annuel cinq mille.
Apres luy regna Iehan son filz, lequel fut Roy de Ierusalum (de
tiltre) Cypre & Armenie, mais non guere sans troubles, comme
ne fit aussi Charlotte son heritiere, car Iacques filz naturel dudit
Iehan, & frere bastard d'icelle Charlotte Royne, par l'assistance
du Souldan Sarazin d'Egypte, s'en fit Roy par force, en dechassant
ladite Royne Charlotte, l'an mil quatre centz soixante, laquelle
se retira vers Rome, pour implorer le secours des Princes Occidentaux, ou elle n'eut guere d'adresse : lequel Roy Iacques, pour
tant plus se fortifier & se preualoir contre elle & ses assistans, fit
alliance auec les Venitiens, espousant Catherine fille d'vn Marc
Cornare noble Venitien : laquelle fut adoptee pour fille du Senat,
auec vn dot de cent mille escus : Quelque temps apres, à sçauoir
l'an mil quatre centz soixante quatorze, ledit Roy Iacques mourut, à cause dequoy sa vefue fut declaree Royne, tellement que lors
s'esmeurent vne infinité de tumultes, meurtres & factions, cōme
il aduient souuēt à telz changemens : Et de fait ladite Royne vefue
fut dechassee par plusieurs Nobles, voulans remettre la Royne
Charlotte, fille legitime du susdit Roy Iehan, en la possession de
son patrimoine, les autres vouloiēt maintenir la Royne Catherine
vefue,

ſue, au nom de laquelle, eſtoient ia ſaiſies toutes les fortereſſes
ernies des forces Venitiennes & d'Eſpagnolz, qui la vouloient
marier auec Ferdinand Roy de Naples; En fin eſtant demeuree
ſtorieuſe & enceinte, elle enfanta vn filz, qui fut auſsi nommé
cques, lequel peu de mois apres ſa natiuité fut couronné & iuré
oy: mais au bout de deux ans il mourut.

D'autrepart la Royne Charlotte, eſtant au lict mortel, donna
en preſence du Pape Clement ſeptieſme, & Charles le quint
mpereur, lors qu'il fut couronné à Boulongne) par ſon teſtamét
reyaume & Iſle à ſon couſin, Amé Duc de Sauoye, dont ſour-
rent derechef, de treſ-grandes queſtions, entre ledit Duc & le
enat de Veniſe, lequel maintenoit d'é auoir le droit par donatió à
y faicte, par ledit Iacques le baſtard, à faute d'hoirs, tellemét que
eluy Senat, fauoriſé de la Royne leur compatriote, fit tant ſoubz
ain, qu'il obtint la plus part des Offices, dignitez, fortereſſes &
ouuernemens de l'Iſle, & que ladite Royne, ſe retira à Veniſe,
our eſtre plus aſſeuree, auec les baſtards de ſon feu mary, l'an mil
quatre centz quatre vingtz neuf: tranſportant par ce moyen, la
Courône & l'Iſle en la protection du Prince d'iceluy Senat, lequel
eſlors s'en eſt ſaiſi & mis en poſſeſsion, & l'a tenu iuſques à l'an
cinq centz ſoixáte vnze, que Sultan Selin deuxieſme du nom,
mpereur des Turcs, la print de force, & encore l'occupe à pre-
ent, au grand detriment & vergongne de la Chreſtienté. Ceſte I-
le de Cypre eſt fort ſubie&te à ſechereſſe, à raiſon qu'il n'y pleut
guere ſouuent, & n'eſtoit les fontaines, ruiſſeaux & conſerues
l'eaüe, qu'il y a en aucuns endroitz, elle ſeroit ſouuent ſterile: neantmoins il y croiſt de fort bon vin, du bled, ſucre, miel, cotton,
dont la plante s'appelle bombix, ſafran, coriandre, ſumac, len-
iſques, caroubles & pluſieurs ſortes d'herbes medicinales: Plus il
y croiſt du corail rouge & blanc, poiſſe, ſoulphre, ſalnitre ou ſal-
peſtre, & de la graine à taindre l'eſcarlate: Il y a auſsi des minieres
l'or, d'argent, cuiure, criſtail & de la pierre Amyante, dont on faiſoit du linge, comme i'ay cy deuant dit.

Du progrex de noſtre voyage.

CHAPITRE XV.

V Oyla ce que pour le preſent, i'ay volonté de dire, de ceſte iadis tant delicieuſe & fertile Iſle de Cypre, appellee de Leonce

                          Eueſque,

Euesque, & au Concile de Calcidoine, l'Isle amye & bien aymee
de Iesu-Christ, en laquelle, comme est cy neuant dit, nous arriuasmes, le lundy dixnenfiesme iour du mois de Iuillet l'an mil cinq
centz quatre vingtz six, vers le soir: & y mouilla nostre patron
l'ancre, en la plage deuant Limisso (côme font quasi toutes les naues y arriuantes, a cause qu'il y a des marchans & facteurs, de plusieurs nations). Le lendemain, qui estoit le iour & feste de Saincte
Marie Magdelaine, nous y meismes pied à terre, & y demeurasmes deux iours, neantmoins retournans le soir, en la naue coucher.
Pendât que seiournions la, nous veismes en la maison du Soubassa
du lieu (lequel on nous disoit estre, vn Anglois renié, aussi il
en auoit bien la mine) vn marinier Turc, prisonnier pour s'estre
voulu partir vers Alexandrie, sans la licence dudit Soubassa & luy
payer certain droit: auquel prisonnier furent liez les piedz ensemble, & estant couché par terre à la renuerse, ledit Soubassa luy
donna certain nombre de coups, d'vn long baston sur le ventre
& aux plantes des piedz; qui est vne façon de correction, dont
anciennement vsoient les Iuifz, par ordonnance de Dieu: mais
les coups ne pouuoyent exceder, le nombre de quarante, selon
que nous lisons au Deuteronême, aussi Sainct Paul aux Corinthi-
eus dit les auoir reçeuz par cinq fois: mais les Turcs y ont adiou-
sté, qu'il faut que le patient les compte luy mesme, & paye de chacun vn Aspre. Apres que cest homme eut ainsi esté batu, on le remit en la prison, de laquelle peu apres il fut deliuré, & partit pour
aller vers Alexandrie.

Il y auoit auec nous quatre Gentilz-hommes François de nation, lesquelz (pensans auoir rencontré, vne bonne & facile commodité, pour veoir l'Egypte & le grand Cayre, puis trouuer le
semblable pour reuenir, par les mont & desertz de Sinay en la
terre saincte) resolurent de s'embarquer, auec le marinier susdit,
& furent à ce assistez du Viceconsul des François en l'Isle de Cypre, qui estoit Grec ou Cypriot viuant à la Grecque : & presenti-
rent le Seigneur de Frengen & moy de les accompagner audit
voyage: mais ledit Seigneur, comme inspiré de son bon Ange, les
remercia bien fort, disant estre plus expedient (puisque nous e-
stions si proche d'icelle terre saincte) d'accomplir nostre premier
concept & deuotion, que de l'alôger par curiosité, à laquelle nous
pouuions bien suppler par apres, moyênant l'ayde de Dieu, & ainsi
prenant congé l'vn de l'autre, nous demeurasmes en l'Isle, & eux
se mirent en voyage vers Egypte, estâs accompagnez d'vn Italien,
appellé

pellé le docteur Pigafetto. Or il aduint qu’estans en mer, il
ururent vne grande fortune, & endureret vne infinité de maux
nt par famine qu’autrement, en fin apres vne longue perilleuse
facheuse nauigation, ilz furent contraincts de quitter la route
Alexádrie, & chercher le port de Damiette, ou quási si tost qu’ilz
rent mis pied à terre, les deux plus ieunes moururent, les autres
ce bien estonnez & tristes, prindrent de lale chemin du Cayre,
apres auoir beaucoup souffert, s’en retournerent vers Italie, où
ay veuz & saluez, depuis nostre voyage acheué: mais deslors
e nous estions en Ierusalem nous en eusmes nouuelles, par le
oyen d’vne naue qui venoit dudit Damiette, en laquelle estoient
elques religieux d’Egypte, tellemét qu’ilz n’auoiet eu le moyen
veoir ladite terre saincte: surquoy aucuns des peres religienx
us disoient, que le mesme estoit aduenu à plusieurs, Dieu par ce
oyen donnant à cognoistre, qu’il veut & doit estre seruy, pre-
ier que le monde, & nostre sensualité & curiosité.
Quant à nous & à la trouppe pelerine, restee en Cypre, nous
usmes conseillez du patron de nostre naue, & autres noz amis
r recommandation, residens en l’Isle, d’y prendre vne Barque,
ur de la nauiger vers Iaffa: ce qui fut fait, & en laquelle nous
us embarquasmes dix sept Pelerins, specifiez par noms & sur-
oms, au premier liure chapitre huictiesme, le ieudy vingt qua-
esme Iuillet, veille de la feste S. Iacques l’Apostre, & en partant
us priasmes Dieu, en recitant l’Itineraire, les sept Pseaulmes,
ec les Letanies, le Saluéregina & autres oraisons propres &
mmunes pour les voyagers, desirans se recommáder en la garde
protection de Dieu: ce que nous faisions, soir & matin en com-
un, par l’exhortation d’aucuns bons peres qui estoient en no-
recompagnie, mesme souuent à part nous particulierement, se-
n que la deuotion ou l’apprehension de la mort, nous y incitoit:
r nous estions tous estónez de nous veoir sur vn si grand golfe,
d’auoir chágé d’vne naue grosse & grande comme vn chasteau
ne barquette si petite, qu’à peine y pouuions nous estre debout,
couchez, sans toucher l’vn à l’autre. La premiere pose que nous
smes, fut au promontoire dit Capo delle Gatte, pour les raisons
deuant alleguees, & pour y remplir noz barilz d’eaue à demy
ee, comme aussi pour attendre le vent propice, lequel nous vent noz mariniers telz que les ay depainctz au liure premier,
userent leurs voilles, & ayans nauigué iusques vers le soir, le
nt se fit si grand, & la mer à cause d’iceluy si furieuse, que nostre
barque

barque Acherontienne, ne fit que balancer & nous menacer de
renuerſer: La chacun de nous eſtoit ententif à prier Dieu,& à vo-
mir de telle ſorte, que de deux ou trois iours apres, peu de nous a-
uoient le courage de manger: qui plus eſt, noſtre Truchemã e-
ſtant Grec de nation, & marinier de profeſsion, voyant l'air ainſi
troublé, diſoit qu'il nous menaçoit d'vne grande & dangereuſe
tempeſte, & de fait nous conſeilla & aux mariniers, de retourner
en Cypre: mais eux parlans & crians fort haut, l'vn contre l'autre
en langue Moreſque à nous incognue, continuerent leur chemin,
auſsi la tempeſte ne fut telle, que ce viel Grec Trucheman, nous
l'auoir prognoſtiquée, bien nous fut le vent vn peu vehement &
contraire, parquoy nous nous meiſmes derechef en prieres,& o-
raiſons, auec tel cœur, que peuuent penſer ceux, qui ſe ſont trouuez en ſemblable danger, eſtant leſdites prieres accompagnées de
certains vœuz, chacun ſelon ſes deuotions : Auſsi à peine euſmes
nous acheué noſdites prieres & vœuz, que le vét ſe tourna en noſtre faueur, & ainſi voguaſmes deux iours & deux nuictz, ſans
veoir autre choſe, que ciel & eauë.

Or le ſamedy vingt ſixieſme dudit mois, vers le ſoir, nous com-
mançaſmes à deſcouurir, la Syrie & terre ſaincte, les Truchemã
& mariniers, nous montrans de loing, Ceſarea Paleſtina, nous
promettans que le iour enſuiuant, ilz nous liureroient au port de
Iaffa: mais, diſoient ilz, il nous conuient remonter la nuict, enuiron vingt ou trente mile plus haut, pour gaigner le vent de terre
à raiſon que nous eſtions deſcenduz trop bas, & qu'autrement ne
pouuions entrer audit port. Nous, d'alegreſſe & ioye, nous meiſmes tous à genoux, chantans le *Te deum laudamus*, & autres cantiques de louange, remercians Dieu des beneſices qu'il nous impar-
tiſſoit: mais noſtre ioye ſe changea en triſteſſe, & furent noz trauaux redoublez, pource que la meſme nuict, le marinier qui eſtoit
au gouuernail, s'eſtoit endormy, tellement que au lieu de monter
vingt mile, il en deſcendit beaucoup d'auantage, & ainſi nous demeuraſmes encor en mer le iour du S. Dimenche, & là nuict ſui-
uante, voguans çà & la, ſans tenir forme ne route. Or, quoy que
cognoiſsions touſiours terre ferme, toutefois noz Trucheman &
mariniers, perdirent la cognoiſſance du lieu ou nous pouuions
eſtre: d'autrepart, comme la peur nous maiſtriſoit, auſsi elle nous
adminiſtra beaucoup de ſiniſtres ſouſpeçons, alencontre de noſ-
ditz Trucheman & mariniers, cuidans vne fois, qu'ilz faiſoient
cecy par malice, pour tirer de nous double ſalaire, & autre fois
qu'ilz

qu'ilz auoient enuie de nous trahir, mal traicter, ou vendre à noz
ennemis, Turcs ou Arabes, encore nous aduint il autre accident,
c'estoit que voyât quelque forme de ville, l'vn des nostres eur demanda ce que c'estoit, lesquelz mariniers respondirent, que c'e-
stoit Cassara, youlans dire Cæsaria (car ainsi la prononcent &
appellent les Mores) & celuy qui l'auoit ainsi demandé, entendit
Gazera, ville de l'ancienne Palestine, sur les confins des desertz
d'Arabie, de quoy estant effrayé, pour cause (disoit il) qu'elle e-
stoit habitee, des plus cruelz & grands ennemis, que les Chrestiés
ayent en tout l'Orient, & que son aduis estoit, qu'il valoit mieux
tirer en bas vers Tripoly, pour nous pouruoir d'autre barque,
Mariniers & Trucheman, estimant que ceux-cy, ne nous feroient
que mauuais seruice. Qui plus est, aucuns des nostres entroient
en telle alteration & cholere, qu'ilz delibererent iecter ceux qui
nous menoient en mer, sans considerer le lieu, danger, & en quelz
termes nous estions, sans sçauoir la langue du pays, les marches
d'iceluy, ne l'art de nauiger : Ioinct que nostre fortune estoit accompagnee d'vne autre incommodité bien grande, c'est à sçauoir
que comme nous estions partis assez subitement, de la grâde naue
en Cypre, & que celuy qui auoit la charge & bourse commune de
toute la compagnie, pour faire les prouisions necessaires en ce
voyage, auoit (ou pour la haste, ou pour la nonchalance) fait tresmal son deuoir, tellement que quant l'appetit nous fut reuenu,
nous n'auions que manger ne boire, & n'eust esté que les freres
Mineurs (comme ilz sont ordinairement, leurs propres despens)
auoient vn sac de biscuit, & vn baril de vin, & moy des œufz &
fourmage, achetez en Cypre, nostre prouision ne pouuoit suffire,
pour deux iours seulement: en quoy nous vint fort bien à propos,
l'abstinence que les desgoustement & vomissement, nous auoient
fait faire les trois premiers iours.

Tellement, que ainsi mal embarquez que nous estions, & plus
mal auictuaillez, fatiguez, impatiens & desbauchez, voyans mesme les ventz plus propres, pour descendre que remonter, & qu'il
failloit estre encore trois ou quatre iours, pour regaigner le dessus du port de Iaffa: Ioinct qu'en estions d'autant descendus trop
bas : nous primes en fin resolution de suiure l'aduis de celuy qui
disoit estre expedient, de chercher la ville de Tripoly de Syrie, &
feismes en sorte, tant par force que autrement, vers noz Trucheman, & mariniers, qu'ilz nous y menerent : mais ayant passé au
deuant de Ptolomaide, Tyr, Sidon & autres lieux, & venans à

a

l'endroit

l'endroir d'Anefe villette ruinee, à cinq mile pres dudit Tripoly,
d'ou estoient residens lesditz mariniers, ilz ne voulurent aller
plus auant s'ilz n'estoient premieremét payez, ce qui fut fait, &
ayant touché argent, ilz tournerent leurs voilles vers ledit Anefe,
pour y mener le sel, qu'ilz auoient recueilly au Capo delle Gatte
en Cypre, ce qui nous eut retardé, d'entrer encore ce iour la audit
Tripoly: parquoy nous feusmes contraintz, de leur payer encore
la valeur de leur dit sel, & l'acheter au double, lequel neantmoins
nous leur laissames estans arriuez: Et ainsi par la grace & misericorde de Dieu, nous arriuasmes le lundy vingt huictiesme de Iuillet sur l'apres disner, audit Tripoly, ou à la premiere abordee, nous
feusmes recueillis de plusieurs gallefretiers Mores, qui se iecterent
dedás nostre barque, aucús desquelz se presentás pour nous ayder
à porter noz hardes iusques à la ville, distant de mil & demy de la
marine, & feirent leur debuoir pour peu de salaire, & les autres se
mirent à piller, ce qui nous restoit de viande & boisson, car ilz
sont tous fort pauures, toutefois, ces porteurs, nous venoient tres-
bien à propos, pour la chaleur qui lors estoit extremement grande.

Estans arriuez nous allames tous ensemble, vestuz de noz ro-
bes pelerines, iusques au Conuent des freres Mineurs, qui est assez
propre pour sa petitesse, & pour estre au milieu des infideles ennemis de nostre saincte religion: & y ayant logé, quelques nuictz
au mieux qu'il nous fut possible: Le lendemain aucuns prindrent
hebergement, au fontigue des François, ou y auoit vne chambre
vuide pour se retirer, & y mangeoit on à table d'hoste pour arget:
ceux qui voulurent demeurer au susdit Conuent, achetoient &
faisoyent accommoder ce qn'ilz vouloient manger. Ainsi ayans
demeuré audit Tripoly, iusques au mardy cinquiesme Aoust, nous
entrames vers le soir du mesme iour, en vne autre barque pour ti-
ter de rechef vers Iaffa: de la caducité de laquelle barque, & du
succes que y eusmes, ensemble comment nous feusmes contraintz
retourner audit Tripoly, i'ay aucunement discouru, à la fin du
huictiesme chapitre du premier liure, parquoy ie passeray outre,
sans le reiterer. Et en nous desbarquant (bien mouillez & trauaillez, le mecredy sixiesme dudit mois, iour de la transfiguration
de nostre Saulueur) nous trouuasmes nouuelle compagnie, &
prismes diuers consaulx nouueaux, finablement nous louïons vne
nouuelle barque & nouueau Trucheman comme i'ay dit au liure
premier.

Cecy estant effectué, & nous cuidans embarquer, le samedy Ici-
ziesme

iesme dudit mois d'Aoust, le Caddi nous enuoya faire deffence de
partir, sans ses passeportz & licences: ce qui nous engendra vne
nouuelle fascherie, & aiant differé, pour resouldre, si nous debuiós
obtemperer, pour estre chose inusitee & de nouuelle charge,
pensans aussi en euiter la consequence, pour ceux qui y viendroiét
apres nous, d'autant que ce n'estoit qu'vne inuention nómee van-
nue, pour attraper nostre argent: finablement craignant d'auoir
bois, & cognoissans que le delay & refus, nous eussent peu amener
plus grand inconuenient & retardement, nous feusmes contans
de ce faire: car au commencement il estoit d'acord, que ne prins-
sions qu'vn seul passeport pour tous ensemble, puis il vouloit que
ceux de chacune nation, le prinssent à part, & puis apres il s'arresta
de n'en bailler que par teste, nous voulans veoir tous vn a vn, &
que nous paiassions chacun, vingt sept ou trente maidins, dont
furent cause aucuns des nostres, lesquelz sans l'aduis ou à auertace
de leurs confreres, y estoient inconsiderement allez seulz: & faisoit cecy ledit Caddy, pour s'informer de quelle nation, chacun de
nous estoit, à fin que s'il eust trouué quelcun entre nous, qui eust
esté vassal de nostre S. pere le Pape, ou du Roy Catholique d'Espagne, l'apprehender & faire esclaue, du moins luy faire payer
grande rançon: mais en fin les Italiens soubz la faueur & protection du Viceconsul Venitien, & nous autres soubz celle de celuy
des François accompagnez des Truchemans d'iceux (qui estoiét
Iuifz, sachans toutes langues) nous obtimes nosditz passeportz,
hors mis vn pauure prestre Irlandois, nommé Guillaume Aillo,
auquel lesditz consulz, ne voulurent donner adresse, ne aussi le
pere Gardien du Conuent (lequel mesme luy interdit l'entrée d'i-
celuy, & ne voulut permettre, qu'il y celebrast la saincte Messe:
craignant que (pour auoir logé, mangé & conuersé fort familie-
rement, auec les Anglois, illec residens, & reputez pour heretiques) ledit Prestre ne fut si bon Catholique, comme il en faisoit
demonstration exterieure, allant à teste descouuerte, piedz nuds,
& estant vestu d'vn habillement vil sans chemise, portant au lieu
d'icelle vne peau de mouton, la laine contre sa chair, & se presentant souuent en tel estat, deuant les mosquees, quant les Turcs y
alloient faire leurs prieres, demandant l'aumosne, aussi au retour
du S. voyage, & ayant quitté cest habillement, nous ne trouuasmes en luy telle modestie & deuotion, qu'auions fait en allant:
neantmoins nous feismes tant, que le Truchemau du Viceconsul
le luy presenta, & luy fit aussi auoir son passeport: mais en

payant plus que nous autres. Et comme i'en demanday audit Iu
la raison, il me respondit, que l'opinion de ceux de sa nation
des Turcs estoit telle, que communiquant ainsi auec lesditz An
gloix, il estoit heretique & vne Ame perduë: car ainsi ilz repu
& tiennent, ceux qui sont desuoyez, comme il disoit, des religi
Hebrayque, Catholique, ou Turquesque, pour autant qu'il co
uenoit estre tout vn ou tout autre, pour estre sauué, dequoy i'au
volonté de rire, & repliquer qu'eux Hebrieux n'y les Turcs, n
sont si bons inquisiteurs des religions, ne amateurs de l'vniont
Chrestiens, comme ilz sont volontiers de l'interieur de noz bou
ses, quant par quelque voye que ce soit, ilz les peuuent examine
Et de faict ledit Iuif me pensa faire entrer & mettre le pied en
mosquee, ou ces donneurs de passeportz estoiet assis, ce qui m'eu
cousté aussi cher que ma religion ou la vie : mais Dieu me pr
serua de cest accident, car au commencement ie ne cuidois, qu
ce fust vne mosquee, toutefois en fin voyant les baings, qui es
oient deuant icelle, & les souliers des Turcs deuant l'entree,
m'en doubtay lors, sans en oser dire mot audit Iuif.

Apres que feusmes garnis de nosditz passeportz, & craignai
que l'on trouuast encore nouuelle inuention, pour gehenner no
dites bourses, ou noz personnes, nous feismes toutes diligences
nous possibles, pour auancer nostre embarquemét, tellement q
le Dimenche dixseptiesme iour d'Aoust, vers le soir estans emba
quez, nous feismes encore voile, vers l'Isle de Cypre : car comm
les ventz sont ordinairement audit quartier, deux ou trois mo
en vn estat, & en ceste saison contraires pour de Tripoly tir
droit vers Iaffa. Il conuient reprendre la volte d'Icelle Isle, iusqu
au Capo delle Gatte, auant que pouuoir prendre l'adresse dud
Iaffa, & commenceames à veoir ledit Capo, le mardy dixneufie
me dudit mois, ou estans arriuez (proche du Cap ou promontoi
nommé Sancto Andrea, à l'endroit duquel fut iadis, la ville ou ci
renommée de Constance, auparauant appellee Salamine, de l
quelle S. Spiridion, Epiphanius & plusieurs autres grãds perso
nages ont esté Euesques, comme i'ay monstré cy deuant) nost
Rays, ainsi nomment ilz les patrons des Nauires, y mouilla l'an
cre, attendant que du matin à l'ayde du vent de terre, il pourro
doubler (c'est à dire passer) ledit promontoire.

Le lendemain au point du iour, nous seruant ledit vent, & a
ans passé ledit Cap ou promontoire, nous veismes en allant
ville de Famagoste, ou guere loing de la vers le Cap ou Capo d
Gr

Grce, ou della Greca, comme par voix corrompuë, on la nomme
modernement) noſtre dit Rays ieſta derechef ſon Ancre en mer,
auquel lieu noſtre Trucheman, appellé Sabbatino More de nation
& religion reſident en Tripoly, meit pied à terre pour prendre de
l'eaüe fraiche, & des pommes de Grenades, qu'il nous vendit aſſez cherement. Et reprenans le matin enſuiuant ledit vent de terre,
nous arriaſmes le Ieudy vingt vnieſme du mois d'Aouſt, vers le
ſoir, à l'endroit de Salines, ainſi en trois iours & autant de nuictz,
nous ne feiſmes qu'enuiron ſoixante mile: Le vendredy vingt
deuxieſme ſur le ſoir, nous nous trouuaſmes proches d'vn autre
petit promontoire, nommé Capo Chiti, qui eſt entre l'antique A-
machuſe, & Limiſſo, ou nous demeuraſmes auſsi la nuict, puis
au point du iour par l'aſſiſtance du meſme vent, paſſames ledit
Limiſſo, & le Capo delle Gatte, & ſuiuiſmes la route de Iaffa, ou
nous arriuaſmes le lundy vingt cinquieſme iour dudit mois d'A-
ouſt, feſte de S. Barthelemy & S. Loys Roy de France, & ieſta
le Rays l'ancre au dehors du port, pour eſtre iceluy de premiere
abordee, fort difficile d'étree, & ſe leua le vent ſi impetueux, rendant la mer tant agitee, qu'il n'oſa tenter d'aller plus auant, & ainſi
demeurames toute la nuict en treſgrād peril, la force du vent eſtāt
ſi grande, qu'elle rompit la corde de l'vn des ancres, & ſembloit
que la mer nous deuſt engloutoir: & ce pendant n'auions autre
refuge, ny eſpoir de ſecours, qu'enuers Dieu, auquel nous ſuppli-
ames d'vne meſme voix, que ſa diuine Maieſté nous voulut pardonner les offences, qui nous cauſoient ia la troiſieſme fois le de-
ſtourbier de pouuoir véoir les lieux de luy tant aymez, & de nous
tant deſirez, & recherchez auec ſi grand trauail.

Le lendemain qui eſtoit le mardy vingt huictieſme dudit mois,
s'eſtant le vent vn peu adoucy, le Rays enuoya vn eſquif, pour
tenter de paſſer, & entrer au port: mais la mer eſtoit encore ſi fu-
rieuſe & l'entree d'iceluy port ſi dangereuſe, qu'ilz retournerent
incontinent au Nauire: quoy voyant ledit Rais, redoubtant que le
vent & la tempeſte ſe r'enforçaſſent, ioinſt a ce l'inſtigation d'aucuns timides, propoſa qu'il valoit mieux, refaire voile, & deſcendre auec la faueur du vent à Ptolomaïde autrement dite Accon ou
Acre diſtante de la enuiron quatre vingtz dix mile Italiennes, pluſtoſt que de demeurer la en danger de noz vies, & de tout perdre:
car, diſoit il, il y a bon port & de la pourrez aller par terre vers
Ieruſalem, n'y ayant que quatre ou cinq iournees de voyage, ou
bien retourner vers Tripoly, attēdant meilleur temps. Ce conſeil

fut accepté d'aucuns peureux, mais les plus feruens & resolu[s]
le voulurent approuuer, considerans les peines qu'auions ia endu-
rees, auant que venir iusques la, disans qu'a faute d'vn peu de patience, nous voulions perdre le fruict de nostre peregrination, &
ce seroit irriter Dieu, & auoir peu de confiance en sa diuine bon[té]
que de doubter qu'il n'auroit pitié de nous, en considerant noz
bonnes intentions, aussi qu'il n'estoit cruel, nous ayant condui[tz]
iusque la, pour nous y faire perir, & nous frustrer de noz deuo-
eux desirs, ne doubtans que moyennant qu'eussions ferme esperance en la diuine misericorde, auec repentance de noz faute[s]
nous feroit grace. Ceste ou semblable remonstrance & exhortation, eut tant de force en vers tous, que le premier conseil fut des-
ésté, tous prenans vne resolution d'attendre encore, & nous submettre à ceste saincte volonté, voire que chacun se metteroit en
debuoir d'implorer en esperance & foy, sa diuine faueur, & ce par
l'intercession de la glorieuse vierge Marie, & de tous les SS. de
Paradis, & vrayement tost apres, la tempeste & ventz cesserent
tellement que l'apres disner ledit Rays voyant la Mer plus bonace
r'enuoya derechef son esquif, lequel trouuant seure entree au port
nous ramena vne autre barquette auec la sienne, par le moyen desquelles, nous feusmes à diuerses fois mis en terre, mais non sans
danger, & sans estre bien mouillez des ondes marines, qui nous
assalloient & couuroient souuent.

Nous estans arriuez, & ayans mis pied à terre, chacun se pro-
sterna à genoux, baisant l'entree de la terre saincte, en remerci[ant]
Dieu du benefice à nous par luy concedé, & dessors nous oub[li-]
asmes, d'aise, les trauaux passees, puis quelque religieux, qui auoi[t]
encore autrefois fait le S. voyage, nous dit que ceux qui s'estoi[ent]
confessez en ce lieu auec contrition de leurs pechez, acqueroi[ent]
pleniere remission d'iceux. Sur ces entrefaites, nostre Truche[man]
enuoya aduertir de nostre arriuee, le Soubassa de Ramma, afi[n]
qu'a l'ordinaire, il nous vint querir; car il n'est permis, à aucu[n]
d'aller plus auant ou entrer en pays, sans son sceu & licence:
pendant pour la premiere nuict, nous logeasmes du long de la m[a-]
rine, couchans au mieux que nous peusmes par terre, entre [les]
ruines des murailles de l'ancienne Iaffa, qui sont assez gran[des]
Le lendemain matin, suruindrét quelques chameaux & des As[nes]
conduitz par les Mores, pour enleuer aucunes marchandises, d[e]
chargees sur la greue, lesquelz nous chasserent de noz places, p[ar]
quoy les gardiens du port, nous feirent retirer en certaines vou[-]

tes, ou on loge le beſtial durant les chaleurs du Soleil, eſquelles
auſſi on fait heberger communement les Pelerins : Nous feuſmes
deux iours en ce lieu , auec deux hommes demy nuds, du moins
bien pauurement veſtus, & armez d'arc & fleches , commis pour
noſtre garde. Durant lequel ſeiour , on nous apporta des lieux
circouoiſins, des poules, pouletz, œufz durs & des fouaces (qui ſont
tourteaux de farine cuitz ſoubz les cendres) pour pain, que nous
trouuames fort bon à cauſe de leur fraicheur , & qu'eſtions laſſez
d'auoir ſi longuement mangé, du biſcuit bien dur & maigre: mais
pour breuuage il conuint nous contenter, d'vne eaue aſſez mauuaiſe, que l'on va querir en vne ciſterne, qui eſt ſur la marine , iuſques à tant que certains Mores , nous en apporterent pour noſtre
argent, d'autre meilleure venant de deſſus le mont.

Or eſtans ainſi accommodez en ces lieux voultez, il aduint en
la ſeconde nuict (nous eſtans au milieu de noſtre ſommeil) que
noz ſuſdites gardes & Trucheman auec fraieur, nous vindrent eſ-
ueiller, pour nous faire bien haſtiuement remonter en noſtre Nauire, qui eſtoit lors au port attendant noſtre retour, & feuſmes ſi
haſtez, que nous laiſſames tout noſtre bagage audit logement: ceſt
alarme prouenoit, à cauſe de certains Arabes & voleurs, qui venoient à ladite marine, pour y prendre & embler, quelque marchandiſe, ou pour nous deſualiſer, car ilz ſçauent que les Pelerins
ne font ce voyage, ſans auoir de l'argent : mais le bruit des Mores
& gardiens deſdites marchandiſes, & ſpecialement la grace de
Dieu Omnipotent , nous preſerua de mal & de perte , loué ſoit il
perpetuelement. Amen.

Fin du ſecond liure.

*Lætatus ſum in his que dicta ſunt mihi: in domum Domini ibimus.
Stantes erunt pedes noſtri in atrijs tuis Ieruſalem. Pſal. 121.*

LE TROISIESME LIVRE,

Contenant la defcription & narration de tous les lieux Sainéts
& remarquables, qui fe voyent & vifitent par les Pelerins,
tant en Ierufalem, Bethanie, Montana Iudee, qu'autres lieux
de la terre faincte, commenceant à la Cité de Iaffa.

De Iaffa, CHAPITRE I.

LA tref-antique & defolée Cité de Iaffa, ou Zaffa (felon la prononciation Venitienne) en la faincte Efcriture appellée Iop- *Iofue 19.*
pe, qui fignifie beauté, eft affife à foixante cinq degrez quarante
minutes de longitude, & trente deux degrez cinq minutes de latitude, fur vne coline affez haulte, le long des riues de la mer medi- *Plin.lib.5*
terrance, furnommée de Phœnice, ou d'Egypte. Quant à fa fonda- *c.13.li.9.*
A 2 tion *ca.33.*

Mela li.1
Solin c. 47
Strab li.1 & 15.
Ouid.
Met li.4.
Eges.li. 3 c. 20.
D. Ieron. in epi-taph. Pau læ.

Iosep. li. 3 bel.c. 19.
D. Aug. li. 18. de Ciuit. Dei c.13.
Valla 6. Elegant

Iosué ca. 19.

3. Reg. 5. Paral c.2. & 3
Esd c. 3. & 5.

Ionæ 1.

tion, se'on le dire de Pline, Pomponius mela, Solinus & autres: e[lle]
le a esté bastie, dès au parauant le Deluge general, aucuns autheu[rs]
l'attribuent à Iaphet troissiesme filz du Patriarche Noë. Et (selo[n]
les susditz Strabon, Ouide, & entre les Chrestiens mesme, Ega[ip]
pe & S. Ierosme) ont regné en icelle, Phinée & Cephée freres [filz]
de Phœnix, (duquel la Phœnicie a prinse son nom) desq[uels ces]
deux freres, se trouuoyent encore quelques marques & inscri[p]
tions, aux frontispices des Temples, au temps du Consul Mar[c]
Scaurus: Ce Cephee restablit ladite Cité, & en memoire de C[assio]
siope fille d'Eole sa femme, la fit appeller Iopa ou Ioppe: Il fut p[ere]
de l'Andromeda, en ce lieu exposee, pour estre deuoree de la B[a]
luë, & monstre marin horrible, duquel, le susnommé Mar[c]
Scaurus, au temps de son Edilité, fit porter à Rome les osseme[ns]
ou costes, ayans plus de quarante piedz de longueur, & demon[s]
strans que la hauteur auoit esté plus grande, que celle du plus pui[s]
sant Elephant des Indes, mesme que les clauettes de l'espin[e du]
doz, estoyent espesses d'vn pied & demy: ceste exposition [&]
deliurance d'icelle Andromeda par Perseus ruant ledit monstr[e]
aduint (selon Eusebe) enuiron l'an du monde trois mille se[pt]
cents quarante, on en voyoit encore le rocher, les vestiges & cha[i]
nes, du temps de Ioseph, & de S. Ierosme, & en font aussi mentio[n]
S. Augustin & Loys viues son commentateur, sur son liure de [la]
Cité de Dieu: Euripide, & Ouide, au lieu susdit & au premi[er]
liure de l'art d'aymer, aussi apres eux Laurens valle, disent ce[cy]
stre aduenu en vne ville d'Ethiopie ou des Indes aussi nomm[ee]
Ioppe: mais cela n'est vray semblable, car Perseus qui estoit [le]
filz de Iupiter & de Danaé, n'eust prins tant de peine d'aller li[en]
pour vne femme negre, par quoy est apparent qu'il vault mie[ulx]
croire & suiure les opinions des autheurs cy dessus, que ce fut [en]
ceste nostre Ioppe: Laquelle tomba au sort de la lignee de Dan[,]
lors que Iosue partagea aux Hebrieux la terre de Canaam: elle [a]
depuis tousiours seruy ce port maritime à la Iudee & a la Cité [de]
Ierusalem, ores que possedee plustost des gentilz que des Iuifz[.]
Aussy par ce mesme port aborderent les pierres, bois de cedre [&]
autres materiaux venans du mont Liban, & des villes de Sidon [&]
Thir, dont le Roy Salomon, & depuis luy Esdras, edifierent [le]
Temple de Dieu en Ierusalem, comme nous lisons es liures de[s]
Roys, Paralipomenon, en Chroniques & en Esdras.

Ce fut en ce mesme port, que s'embarqua le Prophete Iona[s]
fuyant de deuant la face de Dieu vers Tharse de Celicie, lors qu[e]

nou

fut ietté en la mer & englouty par vne Balene, laquelle le reietta &
reuomist au troisie. me iour derechef vif en terre, selon que nous
est recité en son liure, & en Iosephe: duquel reuomissement, mentionné aussi par l'Euangeliste, parlent S. Ierosme & S. Augustin en
ceste sorte contre les Ethniques. Ceux a qui nous auons a faire, à
sçauoir lesditz Ethniques ou gentilz, ayment mieux se mocquer de
cecy, que de le croire: qui neantmoins croyent ce qu'est escript,
qu'vn Arion Milesien ioueur de harpe, ayant esté ietté en la mer, fut
porté par vn Daulphin en terre.

Ledit port selon le dire dudit Egesippe, Paul Emile, Tyrius &
autres autheurs, estoit fort propre & commode, aux Pyrates &
Corsaires de Mer, lesquelz y attendoyent les marchans & nauigans
d'Egypte en Phœnicie: aussi les Romains, François & autres nations, voulans conquerir la Iudee ou Palestine, que nous disons terre sainte, s'en sont presque tousiours seruy, tant en leurs expedi-
tions de guerre que autrement, nonobstant qu'il fust, comme il est
encor, estroict, difficile d'entrée, & malseur. Il fut autrefois muré
tout alentour, reserué du costé de Septentrion, ou est sadite entrée:
on voit iusques à present les vestiges desditz murs vn peu hors de
l'eaue, esleuez comme escueilz, furieusement batuz des flots ma-
rins, car en cest endroit la mer se courbe vers Septentrion: & à faute
d'entretenement d'iceux murs, le port est quasi tout remply de sable & plus guerre ne vaut.

Au regard des citoyens de ladite Cité, ilz ont esté la pluspart du
temps Gentilz, Idolatres, & ennemis des Iuifz: adorans selon Pline
& Diodore Sicilien, la fabuleuse Decreta, autremét dite Ascarten,
mere de Semiramis, qui fut femme du Roy Ninus, fondatrice ou
restauratrice, de la grand Babylone sur le fleuue Euphrate, comme
se dira cy apres plus amplement, en la description d'Ascalon.

Aux liures des Machabees, de Iosephe, & d'Egesippe, sont narrées
plusieurs choses memorables aduenues en ceste ville, à sçauoir,
comme elle fut bruslée, auec les naues de son port, par Iudas machabeus, à cause que les habitans d'icelle auoyent frauduleusement &
cruellement massacrez deux centz Iuifz, en ce lieu refugiez durant
la persecution d'Antiochus. Simon frere dudit Iudas, aussi y enuoya
Ionathas filz d'Absolomi, auec bon nombre de gens de guerre, pour
reprédre, comme il fit, le Chasteau, occupé des Syriens leurs ennemis: Pareillement se voit encore, comme Herode filz d'Antipater
la print, par l'assistence de Marc Antoine, lors qu'Antigone, (aidé
des Parthes) occupa le Royaume de Iudee, contre ledit Herodes,

A a 2

auquel,

Ioseph.
ant. li.
ca.11.
D. Hiero.
in act c.
10.
D. Aug.
li 14 de
Ciuit.
Dei.

Plin. li. 5.
ca.1.

1. Mach.
c.10.11.
13.14 &
15.
Mach.1:
ca.11.
Ioseph.li.
1 bell.c,
11 li 3.c.
1.& 13.

auquel , puis apres , Auguste Cesar (estant victorieux dudit Marc
Anthoine & de Cleopatra Royne d'Egypte) donna ceste Ioppé
auec la Samarie, Gadera, & la tour de Straton. Ceste mesme Ioppé
au temps de Neron Empereur , estant lors du nombre des Toparchies ayant Iurisdiction sur aucunes villes voisines , fut par deux
foix saccagee, bruslee & ruinee: la premiere fois, par Cestius Consul, & general de l'armee Romaine , & la seconde fois par Vespasien, esquelz deux saccagemens y furent occis, plus de douze mille
six centz Iuifz, pour leur rebellion.

    Or s'estans les Princes Chrestiens & latins (soubz la conduitte
du tref-noble Duc Godeffoi de buillon, & autres Princes croisez)
mis en deuoir pour conquerir la terre saincte: Le bruit de leur embarquement , estant paruenu iusques aux Sarazins habitans ceste
Cité , les estonna tellement , que se voyans desnuez de force pour
resister , l'abandonnerent aux Chrestiens Suriens , habitans entre
Guil. Ty-
rius li.1.
ca 9.li.11.
ca.23.
eux, retenans seulement le Chasteau demy ruiné. Mais estant saisie
des nostres, selon que dit Tyrius , elle leur seruit de beaucoup pour
l'arriuee des Geneuois venuz à leur secours , lesquelz fortifierent
tellement ladite Cité , qu'elle soustint deux furieux assaux que leur
donnerent depuis les Ascalonites.

    Le susdit Duc Godefroy, premier Roy esleu de Ierusalem d'en-
tre les Chrestiens , donna la quatriesme partie de ceste cité au Pa-
Tyrius li.
To.ca.4.
li.14.c.18
triarche dudit Ierusalem , à raison que ses predecesseurs en auoient
iouy mesme durant l'entreregne des Princes Sarazins. Le surplus
d'icelle Cité fut erigé en conté, par Baudouyn de bourg second du
nom & troisiesme Roy latin , puis par luy donnee à Hugues de
Pauset son parent, Gentilhomme natif du diocese d'Orleans venu
en ce lieu auec sa femme, pour visiter la terre saincte & le Roy: lequel Hugues estant decedé peu de temps apres, ledit Roy remaria
la vefue d'iceluy nommee Manilia , à Albert, frere du Conte de
Namur , auec confirmation du don fait audit Hugues :& ces deux
cõiointz, trespassez, Hugues Pauset, filz de Hugues susdit, qui estoit
demeuré en France, ou selon Lusignan en Apouille, vint aussi en
Ierusalem & obtint du Roy Foulques, successeur de Baudouyn, ladite Cité & ses dependances , comme patrimoine à luy deuolu par
la mort de ses pere & mere l'An 1097. Ce Hugues second espousa
Emolore, niepce d'Arnout lors Patriarche de Ierusalem , & vefue
d'Eustache Grenier Seigneur de Sidon & de Cesaree: mais il deceda
sans hoirs, parquoy la Seigneurie d'icelle Cité retourna au domaine dudit Roy, qui la donna à Amauri son filz & successeur au Roy-

aume

ume: Depuis ledit Roy Amauri, en dora la fille Sibille, auec Asca-
on, en espousant Guillaume Longu'espee, marquis de Montferrat:
u mariage desquelz, fut procrée Baudouyn cinquiesme du nom
Roy de Ierusalem, qui mourut jeune, & non sans soubçon de poi-
on. Ceste Sibile estant vefue, espousa Guy de Lusignan, qui à cause
elle, fut le 9. Roy de Ierusalem, & au troisiesme an de son regne,
sçauoir l'An de grace mil cent octante sept, luy & les Chrestiens
atins (par l'emulation, enuie, & trahison d'aucuns Princes, principalement du Conte de Tripoli) perdirent la possession de la terre
aincte, quatre vingts huict ans apres, qu'elle auoit esté par eux
conquise.

Depuis, estant ledit Comté de Ioppe ou Iaffa, auec le residu de
ladite terre saincte, vsurpé par les Sarazins, il n'y eut plus de Comtes, que de tiltre ou titulaires, selon que bon sembloit aux Roix de
Ierusalem, & est le dernier tiltre demeuré, en la famille des Conta-
rins gentils hommes Venitiens. Ladite Cité de Ioppe, fut lors aussi
ruinee par Saladin, Roy ou Souldan d'Egypte, & depuis a esté restablie, par Richart Roy d'Angleterre, qui estoit venu au secours des
Chrestiens, lequel la fournit de bonne garnison, pour resister aux
incursions desditz Sarazins aians reprins lors Ierusalem, desquelz,
estant derechef saccagee, fut rebastie par Conrard Archeuesque de
Mayence, & Henry Duc de Saxe: mais l'an mil cent nonante huict,
les susdits Sarazins & Barbares la reprindrent, tuerent tous les
Chrestiens qu'ils y trouuerent, & la raserent du tout. Ainsi (selon
plusieurs historiens) ceste pauure ville a esté encor depuis souuent Paul. E-
mile li. 6,
Zonaras,
Niceta
Choniate
ruinee par lesdits Barbares, & apres remise en estat, par les Roys &
Princes Chrestiens, signamment par les Empereurs Conrard troisiesme, Frederic premier surnommé barberousse, & l'An mil deux
cens cinquante, par Sainct Loys Roy de France. Finablement, les
Turcs l'ont tellement rasee, qu'à peine peut on cognoistre qu'elle
ait iamais esté habitee, si ce n'est en quelques endroitz ou se voyent
partie de ses murailles iettees par terre: le plus entier que l'on y trouue sont deux tourelles carrees, l'vne plus grande que l'autre, faites,
du moins renouuellees, depuis quelques annees en ça, es fenestres &
creneaux, desquelles sont mis quelques canons de fer, & harquebuses à croc: & y resident a present, les gardes de la marine & du port.

Il y a aussi certaines grottes voultees, en guise de caues, qui semblent auoir esté des magasins pour retirer des marchandises que
l'on y deschargeoit, lesquelles grottes ou cauernes sont en nombre
de quatre, en la premiere desquelles l'on vend du sel, grains, & le-

A a 3

gumes;

games: La seconde est muree, ie ne sçay pourquoy: & es trois &
quatriesmes, ilz y logent & retirent au midy, ou en temps de chaleur, leurs bestiaux, comme aussi on y fait loger, les Pelerins y arriuans, & en ladite quatriesme estoit nostre hebergement, laquelle
à de largeur & de haulteur enuiron vingt piedz & cinquate de profondeur. Toutes quatres tirent & voiment la montaigne ou colline, qui est au dessouz desdites deux tours, & sont massonnees, de
grosses pierres vsees, & fort consommées de l'Antiquité, & montrent auoir esté beaucoup plus longues & auancees vers la mer
qu'elles ne sont presentement.

D'auantage, ceste tres-antique & desolee ville, tost apres l'Ascension de nostre Seigneur, à esté honoree de la residence de S. Pierre,
Prince des Apostres, laquelle il fit en la maison d'vn Simon le tan-
neur, situee proche de ladite mer, comme declare S. Ierosme en diuers lieux, & semble que l'on y voit encore, proche d'vne cisterne,
quelques vestiges d'vne Eglise, qui depuis y a esté bastie à son honneur: En icelle maison, ledit Apostre receut la vision & nouuelles de
la conuersion de Cornille Centurion ou Capitaine de Cesaree, &
en ladite ville resuscita il la bonne Dame Tabitha seruante des A-
postres, comme nous lisons es Actes d'iceux: Si a aussi esté decoree
de siege Episcopal submis à l'Archeuesque de Cesaree. Au temps
que lesditz Chrestiens Catholiques ou latins, auoyent la possession
de la terre Saincte, mais presentement que la Cité est mise à neant,
ie n'ay encore trouué qu'aucun suffragan en porte le tiltre.

Iusques à ce lieu, le Gardien des freres mineurs du conuent de
Ierusalem, souloit venir au deuant des Pelerins pour les receuoir,
lors que par grandes trouppes ilz y alloyent sur les Galeres ou Ga-
lions Venitiens à ce ordonnez: mais ceste vsance n'est plus, depuis
que la deuotion des Chrestiens, à cause des heresies, est tant refroi-
die, qu'il n'y en va presentement tant d'hommes en nombre, qu'il
faisoit de centaines en ce temps la. Il n'y a que cinquate ans ou enuiron: aussi la nauigation moderne n'est telle, n'y en temps prefix
comme elle estoit lors, car à present chacun Pelerin, (selon la compagnie qu'il trouue) s'accommode comme il peut, auec les Naues
qui tirent vers la Syrie, ou pays de Leuant, comme l'ay amplement
declaré au liure premier. Quant au territoire de Ioppe ou Iaffa susdit, proche des riues de la mer, il est blanc & sablonneux, mais de
l'autre costé de la Cité ruinee, iusques par de la Ramma, il est fort
beau, noir & tresgras, meslé d'aucuns lieux areneux plain de pous-
siere, specialement proche dudit Ramma: le surplus est en plaine
tres-

belle enuironnee de certaines colines, donnant à presuppoſer
ger, que ſi cedit terroir eſtoit bien cultiué, il ſeroit ſuffiſant
porter deux fois l'an, car nonobſtant qu'il ny pleuue que bien
ment, ſi eſt ce que l'air frais, & la roſee des nuictz, y ſont ſi ordi-
es & abondantes, que c'eſt vn plaiſir de ſentir & voir au matin,
ment la terre ſe trouue humetee & nourrie. Or nous la laiſſe-
s pour paſſer plus outre, afin d'abreger matiere.

<hr>

De Iaſor, Lidda, & autres lieux circonuoiſins.

CHAPITRE. II.

Our retourner au diſcours de noſtre voyage, faut entendre que le Ieudy vingt huictieſme iour d'Aougſt 1586.
des deux ou trois heures du iour, le Soub-iſſa de Ram-
vint accompagné de trois ou quatres hommes, comme
l'Emir, (qui eſt le receueur des gabelles du grand Sei-
eur) & leur ſuitte, leſquels nous viſiterent, prindrent par
ript noz noms, & ſurnoms, qui ne ſont autres que les noms
noz peres, comme Pierre de Iehan, ou Iacques de Pier-
ſelon que i'ay cy deuant declaré, & pour ce prindrent au-
s ou vn peu plus, de ſalaire qu'il ne leur appartient. Ce fait
nous firent tous monter ſur chacun vn Aſne, comme il eſt
s amplement recité au premier liure, & ainſi nous condui-
nt le long du chemin de Ramma. Ayans cheminé enuiron
mile, nous trouuaſmes vn Caſal ou Village, en forme d'v-
grande metairie & hameau, de treſbelle ſituation, appel-   *Iaſor.*
des habitans Iaſor, bien pourplanté d'Oliuiers, & autres ar-
es fruitiers, ou ſe voyent les veſtiges, d'vn vieil Edifice,
monſtrant auoir eſté, quelque Chaſteau, Egliſe, ou autre
mblable baſtiment, beau & ſomptueux reſentant ſon anti-
ité, lequel, ſelon que par coniecture i'ay peu comprendre,
urroit bien auoir eſté le Mirabel, iadis appartenant à vn Ma-   *Mirabel*
illes, couſin & coneſtable de la Royne Meliſende, ſelon Ty-   *Chaſteau*
us en ſon liure de la guerre ſaincte.   *Tyrius li.*
                                                 17.c.14.
Ayans paſſé ce lieu, & tournans le chemin au tour d'iceluy Ca-
nous rencontraſmes, vne petite Moſquee (qui ſignifie ſelon
langue des Mahometiſtes Temple) eſtant carree & toute neu-
auant la voulſure de deſſus eſleuee en neuf boſſettes, ou petites
oupettes : à l'oppoſite de laquelle, y a vn puis ou ciſterne, dont
l'eaue

l'eaue se tire auec vn instrument ployable , comme vn chape[...]
garny de potz de terre, ainsi que l'on voit à vn moulin à Cruch[...]
les Campagnes d'alentour, sont assez fertiles & raisonnablem[...]
ensemensees de Miler, cotto, & augouries, qui est vne sorte de fr[...]
semblable quasi à noz Pompons, mais plus pleins de suc, rafraich[...]
sant extrememẽt , & aucunefois par trop, pour ceux qui en gra[...]
chaleur n'en vsent auec discretiõ: Trois ou quatre mille plus a[...]
se rencontre (tirant à la main droicte du grand chemin) vn au[...]
village bien petit , ayant quelque peu des pauures maisonnettes[...]
l'endroit duquel nous passames soubz certains arbres portans[...]
fruict semblable aux figues , mais beaucoup plus petit, & sont[...]
fueilles d'iceluy comme celles d'vn figuier , horsmis qu'elles so[...]
rondes sans incision, lequel fruict les Italiens nomment Gemelli[...]
les autres, figues de Pharaon, & en cest endroit est vn petit Edifi[...]
auec vn bac ou cuue de pierre pour abbreuer en passant les b[...]
stiaux.

<table>
<tr><td>

Lidda
Chasteau.

</td><td>

A main gauche du chemin Royal , & trois mille de Ramma[...]
void Lidda, Cité tresancienne, & dont est fait mention aux M[...]

</td></tr>
</table>

A main gauche du chemin Royal , & trois mille de Ramma[...]
void Lidda, Cité tresancienne, & dont est fait mention aux M[...]
chabees, laquelle S. Ierosme dit aussi auoir esté vne des Toparchi[...]
de la Iudee, & la cinquiesme en l'ordre des onze : Iosephe racõ[...]
que Cestius florus general de l'exercite Romain, & gouuerneur d[...]
celle Iudee, au temps de la rebellion des Iuifz : soubz Neron Em[...]
pereur) ne trouuant en icelle que cinquante hommes, les autr[...]
estans montez en Ierusalem pour la feste des Tabernacles , la lu[...]
print & brusla faisant occir tout ce qui se rencontroit. Il est a[...]
supposer, que peu au parauant elle estoit peuplee & habitee : car[...]
appert aux actes des Apostres, que S. Pierre y a aussi demeuré que[...]
que temps preschant l'Euangile, & y a guary vn Aeneas, qui auo[...]
esté paralitique l'espace de huict ans : Tyrius dit, que apres la ruin[...]
de Ierusalem, Tite filz de Vespasien y laissa huict cents hommes[...]
garnison: S. Ierosme tesmoigne aussi que de son temps on l'appe[...]
loit Trigida, & Diospolis, qui signifie Cité de Iuppiter , demõ[...]
trant auoir esté restablie, depuis qu'elle auoit esté ruinee, par led[...]
Cestius. Le mesme Archeuesque de Tyr , escript encore qu'on y[...]
veu, le Sepulchre du glorieux Martyr S. George, au temps que Go[...]
defroy de Buillon, conquist la terre Saincte, & que l'Eglise à luy[...]
diee & bastie en ce lieu par la singuliere deuotion de l'Empereu[...]
Iustinian, auoir esté (vn peu deuant la venue d'iceluy Godefroy[...]
des Chrestiens latins) rasee iusques aux fondemens par les Sara[...]
zins, craignans qu'iceux Chrestiens ne se voulussent ayder de[...]

bo[...]

ois, sommiers, poutres, & linteaux y estans de fort grand longueur, pour en faire des engins & machines de guerre, à batre la
cité de Ierusalem: neantmoins ladite Cité de Lidda fut en peu de
temps & sans aucune resistance, prinse des premieres par iceux
Chrestiens, lesquelz aussi tost y establirent vn Euesque, natif de
Normandie & du diocese de Rouen, auquel, à l'honneur de Dieu,
& du S. Martyr S. George, ilz la donnerent de droit perpetuel, a-
uec Ramma: offrans par ce moyen, les premiers de leurs conque-
stes en la terre Saincte, à ce grand Dieu. Quant à l'Eglise susdite,
nous trouuons qu'elle fut restablie & remise en estat, mais le nom
de celuy ou ceux qui la rebastirent nous est incogneu, bien est il à
coniecturer que ce peut auoir esté Richart Roy d'Angleterre, ou
quelque autre Prince Anglois: Car ce Roy a long temps seiourné
en la terre saincte, & fait beaucoup de prouesses & actes pieux &
genereux enuiron l'An 1191. Aussi les Roys Anglois, depuis ce
temps, & tant qu'ilz ont conseruez la saincte foy Catholique en ce
Royaume, ont eu le Martyr S. George pour leur patron & en grande veneration & reuerence. Lequel S. Martyr, selon Simeon Metaphraste, estoit natif de Capadoce de Pere & Mere nobles, mais
fut nourri en la Palestine patrie de sadite mere, laquelle estoit
Chrestienne, & souffrit martyre, soubz le Tyran Diocletian, l'an
deux centz octante six, ou selon Baronius, l'an deux centz nonante. Ceste mesme Eglise, rebastie côme dit est cy dessus (selon qu'escriuent la pluspart de ceux qui ont fait ceste saincte peregrination)
a esté veuë en estre, & y a esté long temps faict le seruice diuin par
des Caloiers, qui sont moynes ou Religieux Grecs: Frere Bonifa-
tio Stephani Raguseen, Euesque de Stagno (lequel a esté resident &
gardien du conuent de S. François en Ierusalem par plusieurs années) tesmoigne de son temps, (qui fut enuiron l'an 1556,) auoir encore veu le chef du susdit bienheureux martyr S. George. Les susditz Caloiers y ont encore quelque demeure, auec vne petite place
& accez en ladite Eglise, mais le surplus est occupé des Turcs Mahometistes, qui en font vne Mosquee, & y tiennent plusieurs lampes, continuellement ardantes à l'honneur dudit sainct, qu'ilz appellent en leur langue, *Deselerb Rozatel*, qui signifie, Cheualier au
cheual blanc. En faisant nostre chemin, comme dit est, nous laissames ceste Ville de Lidda à main gauche en vn petit valon, enuironnee de petites colines pourplantees d'Oliuiers, tellement qu'il
n'apparoist qu'vne partie de ladite Eglise & sa tour, plus haute que
les autres Edifices: & ainsi sans aucun destourbier, & n'ayant qu'vn

B b.

homme

homme seul dudit Soubaßa pour nous seruir d'Escorte & Sauf
conduit, par la grace de Dieu, nous arriuasmes sur l'apres-disner
en la ville de Ramma.

De la ville de Ramma, & ce que y fut veu & fait par nous.

C H A P I T R E   I I I.

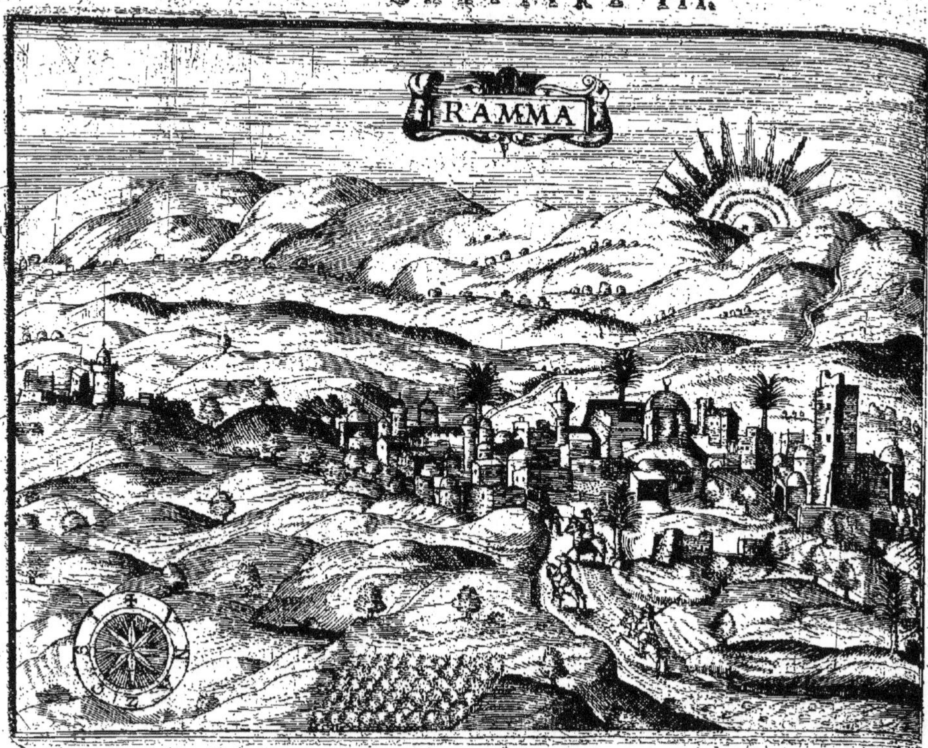

Ramma.   L Adite Ville de Ramma, des Arabes & Syriens dite Rammo-
la, qui signifie terre areneuse, est distante de Ioppe ou Iaffa
d'enuiron dix mile d'Italie, & estans arriuez en icelle, nous fumes
côduirz & logez, au lieu à ce designé & accoustumé, lequel se trouue en tournant à main gauche, proche de la porte: tellement que les
murs du Iardin seruent de closture à ladite Ville, & est appellé hospital: iadis construict (selon Breidenbach & autres) aux despens de
feu tresheureuse memoire, Philippe Duc de Borgongne surnommé le bon, & designé pour l'habitation d'aucuns religieux y faisans
l'office

l'office diuin, & receuans en passant à hebergement, les Pelerins
Chrestiens allans visiter la terre saincte. Ce lieu, monastere ou
hospital, ores que petit en son estandue, demonstre auoir esté fort
beau, bien proportionné & commode, ayant sa Chapelle & tous
les compartimés des Edifices voultez, dont à present se voyent encore plusieurs vestiges, comme deux ou trois places, ou se logent i-
ceux Pelerins, qui se couchent par terre esditz lieux n'ayans que
des Cailloux pour leur seruir d'oriliers : bien est il, que pour euiter
le relant & humidité de terre, ilz louent quelques mattes, qu'ilz appellent stoza, pour s'assoir & coucher dessus. La porte & entrée
dudit hospital, est si basse & petite : que nul cheual ou asne, n'y peut
entrer, ce qu'a esté fait, selon qu'on peut iuger, pour les raisons que
i'ay encore allegué en la description de l'Emisso en Cypre, à sçauoir, à fin que les Turcqs ou Arabes, arriuans en ladite Ville, n'y
puissent loger leurs cheuaux, montures & sommiers. Et la plus grãde commodité qui s'y trouue est vne Cisterne de bonne eaue, serui-
ant pour se bien rafraichir : car on n'y peut recouurer autre breuuage, sinon quelque fois, & secretement, vn peu de vin, ou d'vne liqueur composee, ressemblant au vin, estant l'eaue susdite, ordinairement meilleure & plus aggreable, lequel vin nous est vendu par
aucuns Chrestiens Suriens, surnommez de la Cincture, à cause des
cinctures de cuir large qu'ilz portent à l'honneur de celle de nostre
Dame, comme i'espere dire en son lieu. Ces mesmes Chrestiens,
nous administrent pour nostre argent & à raisonnable pris, des
poulles cuites, œufz, fruictz, angouries, gasteaux ou souaces (qui
sont des tourteaux ou pain cuit soubz les cendres), & autres semblables viures : Il y a aussi vn Concierge pour accommoder les passagers, & leur faire auoir leurs necessitez. Ce lieu ou hospital estoit
encore en estre, es annees mil quatre cenrz octante trois & nonante cinq, comme apert par la description de Breidenbach, & autres
faisans lors le sainct voyage, auec les Comtes de Solins, de Veldés,
de Nassau, Sarrebrugghe, & autres.

    Venant à la description du lieu, aucuns ont voulu dire, que c'e-
stoit iadis la demeure & pays de Nicodeme, lequel selon l'Euangile S. Iehan, vint de nuict à nostre Seigneur Iesu Christ, & ayda à
oster son diuin corps crucifié de la Croix auec Ioseph d'Arimathie : Ioan. 3. 7.
9.
Aussi en l'vne des chapelles dudit hospital, qu'on nous montra encore, a esté trouuee cy deuant, vne Croix tres-antique transportee
en la Cité de Lucca en Italie, ou elle est tenue en grande veneratiõ,
& fut transportee audit lieu, durant que les ennemis de la foy enua-

Bb 2   hirent

hirent la terre saincte, laquelle Crbix, selon la tradition des Pere,
a esté faite des mains propres dudit Nicodeme: Comme aussi ren-
rent de celle de la Ville de Rue en Picardie.

Quant a ceste Ramma, aucuns sont d'opinion, & ont laissé par
escript, qu'elle soit l'vne des cinq ou six villes de mesme nom mentionnees en l'Escriture S. signáment celle de laquelle le Prophete
Ieremie, & l'Euangile de S. Mathieu, disent, *Vox in Rama audita
est, &c.* mais c'est vn erreur, car ceste la est proche de Bethleem en
la lignee de Iuda, comme ie diray en son lieu, autres disent que ce
soit Rabratha Sophin, pays ou lieu de la residence du Prophete Samuel, ou bien l'Arimatie patrie du bon Ioseph, qui ceda son sepulchre
au Redempteur crucifié, ce qui est aussi erreur, car icelle estoit situee
a quarante stades, faisans enuiron six mile seulemét de Ierusalem selon Iosephe, & il y en a bien trente de ceste cy, aussi toutes les mentionnees cy dessus sont fondees es montaignes, & Rama en Hebrieu, signifie esleue, mais ceste cy est situee en vne plaine à recueil
garnie d'Oliuiers & Palmiers, en la contree ou lignee de Dan, partant ie tiens pour plus vray semblable, le dire de Guillaume Archeuesque de Thir, à sçauoir que ceste Rama ou Ramola, pourroit
bien auoir esté edifiee ou construite, de quelque Prince Arabe successeur de Mahomet ou Homar, à raison que le nom d'icelle ne se
trouue en aucun autheur ancien. Quoy que ce soit, elle estoit ville
fort celebre & frequentee de diuerses nations, mesme ceinte de
murailles, & garnies de grosses tours, lors que le preux Godefroy de
Buillon auec l'armee Chrestienne y arriua, mais les habitans es-
pouuantez de sa venue l'abandonnerent, & se retirerent en Ascalon, & de faict le Comte de Flandres, y estant enuoyé lors auec cinq
centz hommes d'armes pour la recognoistre & sommer de se rendre, la trouua vuide & ses portes ouuertes, neantmoins si bien pourueuë de grains, huiles, vins, & autres sortes de victuailles, que tout
le camp desditz Chrestiens en fut rafraichi & nourry en liesse l'espace de trois iours, durant lesquelz lesditz Princes fortifierent le
Chasteau, & y mirent garnison: & quant a la Ville (qui estoit d'vn
tresgrand circuit comme l'on apperçoit encore) elle fut pareux
donnee à l'Euesque de Lidda, comme i'ay encore dit cy dessus a-
pres Tyrius.

Il aduint quelques annees apres, & au temps du Roy Baudouyn
frere dudit Godefroy, que le Caliphe d'Egypte (pour deffaire, comme il disoit, ces bellistrailles de Chrestiens, ayans esté si osez que
d'enuahir les estatz) enuoya en Ascalon vnze milles cheuaux, &
vingt

ºgt mille pietons Egiptiens, ce qu'entendant le Roy Baudouyn,
s'en vint de Cesaree Palestine, nouuellement par luy conquise,
se rendit audit Ramma ou Ramola en attendant son ennemy,
quel estant arriué entre ledit Ramma & Lidda, il assaillit de si
que force, qu'il en obtint la victoire : mais miraculeusement, car
ºntre vne telle trouppe, il n'auoit que deux centz soixante cheux, & neuf centz hommes de pied, aussi auant que combattre ou
ºquer l'ennemy, il fit inuoquer par tous, l'ayde de Dieu, & porter
ºant les bandes, le sacré bois de la Saincte Croix du Redempteur
ºr les mains d'vn tres-deuot & venerable Abbé, qui l'auoit suiuy
º ceste expedition. Peu de temps apres, les mesmes Egyptiens Sa-
ºzins y reuindrent auec plus grandes forces, cause pourquoy le
ºoy susdit, se confiant trop en la bonne fortune, assez temeraire-
ºent les vint derechef affronter & attaquer, auec deux centz che-
ºux seulement, mais il y perdit tous ses hommes, & luy s'estant
ºuué seul audit Chasteau de Ramma, fut assailly & prins prison-
ºier, mais secretement apres deliuré par vn Prince Arabe, auquel
ºauoit au parauant faict quelque courtoisie.

D'auantage, il aduint durant le regne de Baudouyn quatriesme,
º'vn Armenien Chrestien renié nommé Iuelin, vint assieger la-
ºte Ville de la part de Saladin Souldan d'Egypte, auec grosse puis-
ºance d'hommes, & la trouuant mal defendue, la print & brusla, a-
ºec la Cité de Lidde sa voisine, comme est dit cy dessus, & depuis ce
ºps ie n'ay trouué qu'elle ait esté reparee, du moins de chose d'im-
ºortance, car enuiron douze ans apres, Saladin s'empara de tout le
ºoyaume, & en chassa cruellement & auec grande honte, tous les
ºhrestiens latins : aussi les Mahometistes Sarazins & Turcqs, ne
ºnt gens pour edifier, ains plustost, comme verges de Dieu, pour
ºut ruiner & destruire, neantmoins on apperçoit par les vestiges,
ºue ladite Ville doibt auoir esté grande, & decoree de plusieurs
ºomptueux edifices, & que les Chrestiens y residens, estoyent riches
º opulens, autrement ilz n'eussent en si peu de temps qu'ilz ont
ºté possesseurs de la terre Saincte, peu bastir les belles Eglises qui
ºoit, bien que reduites presentement en mosquees, l'vne desquel-
ºes & qui dure encore, estoit dediee à Monsieur S. Iehan, dont le nõ
ºuy est demeuré iusques au iourd'huy : l'autre est consacree à Dieu
º à la Vierge Marie, qui se nomme Sancta Maria ad Martyres, à
ºaison comme l'on tient, que soubz le grand Autel d'icelle reposent
ºlusieurs reliques & cendres des quarãte Martyrs, en ce lieu tran-
ºportez de Sebaste, Cité Metropolitaine d'Armenie, où ilz furent

                    marty-

martyrisez pour le nom de Iesu Christ soubz l'Empereur Lici[nius]
l'An de grace 316. selon S. Basile: La troisiesme Eglise, plus gra[nde]
que les autres, est hors de la porte par ou on entre venant de [la]
laquelle a vne tres belle tour, faite de pierres blanchatres, à la m[ode]
des Clochers des Eglises qui sont deça les montz, & fut autr[efois]
icelle, accompagnee d'vn beau Monastere dedié a Saincte So[phie]
auquel se voyent encore plusieurs sepultures anciennes de[s]
Chrestiens: Les entrees de toutes lesquelles Eglises nous sont d[e]
dues sur la vie, pour estre reduites en Mosquees, ainsi qu'auon[s de]
claré en nostre premier liure, tellement qu'elles sont à cause d[e]
aucunement entretenus à leur mode, mais non les maisons o[u]
tres edifices, sinon entant qu'ilz en ont à faire pour leur vsage, [car]
aussi que les habitans modernes, de ceste ville (reserue les gou[uer]
neurs & officiers du grand Seigneur,) ne sont que pauures Tu[rcs]
Mores, restans des anciens Sarazins, & des Chrestiens Surien[s &]
Grecz, n'ayans aucuns moyens, & se contentans de loger es ca[uer]
nes & restatz des edifices ruinez, pour estre à couuert.

Or, estans logez comme dit est, en ceste maison & hospital d[u]
Duc Philippe de Bourgongne, voire forcez d'y demeurer le v[en]
dredy 29. iour d'Aougst, sans en pouuoir sortir, nous fusmes co[n]
traints pour nous desennuyer, de nous pourmener sur les vou[tes]
desditz edifices, & de la, regarder les ruines de la ville desolee, [aus]
si de saluer de quelques Oraisons, les reliques des Sainctz, repo[sans à]
Lidde, & es Eglises susdites. Ce pendant vint vers le soir, le ch[ef &]
Roy des Arabes de ce quartier, qui estoit ieune homme assez ho[n]
nestement vestu de robbe longue, ayant les manches, mesme [de]
chemise larges, comme celles d'vn Surpelis de Prestre ferme[es]
dessoubz, la teste estoit couuerte d'vn petit bonnet enueloppe [d'vn]
peu de toille blanche en forme de Turban, lequel Roy s'accost[a pour par]
ler nous, touchant nostre sauf-conduit de ce lieu vers Ierusale[m]
comme il est accoustumé faire, & luy fut payé pour chacun de no[us]
vn zecquin, tant pour l'aller que pour le reuenir, & les freres m[i]
neurs, qui n'en souloyent payer que la moitié, payerent autant q[ue]
nous. Ce fait il se retira, & au lieu de venir, comme de coustume, [me]
ner les Pelerins, ou d'y enuoyer quelques vns des siens, il deliur[a à]
nostre Trucheman, son cimeterre, lequel auoit la garde & les bo[ucl]
eles de la ceinture argentees, & nous seruoit de passeport & d'e[n]
seignement, pour monstrer à tous Arabes, qu'il estoit satisfai[ct de]
nous, & qu'ilz nous laissassent passer paisiblement, & sur ceste [tel]
le asseurance, nous passames continuant nostre chemin.

Des lieux que l'on voit entre Ramma & Ierusalem.

CHAPITRE IIII.

A Le Chasteau du bon larron.   D Casal.

B Arabes de Cheual courans.   E Les Pelerins cheminans.

C Le puis S. Ioh.   F L'eglise de 7. freres Machabees.

Estans ainsi accommodez, & montez sur noz asnes, nous par-
tasmes dudit Rama le samedy penultiesme dudit mois d'Aoust
audit an 1586. deux ou trois heures deuant le iour, & apres auoir
cheminé vne bonne heure, nous trouuasmes (a l'endroit ou trauerse le grand chemin venant de Damas, & conduisant vers Gaza, &
de la

de là au grand Caire, en vn lieu vn peu esleué, & ayant forme d'
hostellerie, ou grace cense ruinee, vne Carouane, qui est vne troupe de Pelerins Turcs comme vn conuoy, tirás vers la Mecque pour
visiter le corps de leur faux Prophete, Mahomet, & estoyent de
montez, & couchez par terre, pelle mesle entre les chameaux &
autres montures, pour eux repoſer, & paſſer l'obſcurité de la nuict

Pourſuyuant noſtre chemin nous veümes au point du iour à
main gauche, vn peu plus bas que le chemin, en vn petit valon aſſez plaiſant & pourplanté d'oliuiers, vne petite Egliſe, auſſi conuer-

tie en Moſquee, & iadis dediee, ſelon le recit de frere Boniface Stephani Eueſque de Stagno, à l'honneur des ſept freres Machabees
cruellement martyriſez auec leur bonne mere, par le cruel Antiochus Roy de Syrie ſurnommé Epiphanes, c'eſt à dire illuſtre, lequel
les Grecs, pour ſa tyrannie & inſolence appelloyent, Epimanes au
lieu d'Epiphanes, ſignifiant furieux: Quant à l'hiſtoire deſdits martyrs, elle eſt recitee au ſecond liure des Machabees Chapitre 7, comme auſſi par Ioſephe & S. Gregoire Nazianzene, & dit on auoir
receu par tradition, qu'iceux ſept freres Machabees eſtoyent natifs
en ce lieu, & puis y en ſepulturez. Vn certain frere mineur ayant
vne autrefois fait le meſme voyage, nous montra ceſte Egliſe en
paſſant & nous la fit ſaluer de quelque oraiſon; il nous montra vn
autre lieu encor à main droite & quaſi à l'oppoſite ſur vne colline
lequel il nous dit auoir eſté cy deuant l'Egliſe du bon larron, acco-
modée d'vn grand & beau monaſtere en guiſe de forthereſſe, edifié
par l'ordonnance de S. Helene (mere de l'Empereur Conſtantin le
grand) à l'honneur du bon larrõ qui fut crucifié & pendu à la dex-

tre du Redempteur, & qui par ſa foy obtint (ſelon S. Luc) remiſſion
de ſes pechez, & la promeſſe deuoir eſtre le meſme iour auec luy en
Paradis, lequel larron s'appelloit Diſmas, natif de ce lieu, pour ce
appellé, Caſtello de buon ladro, auquel ledit frere Boniface en paſſant attribue l'oraiſon ſuyuante. *Dum iaceſſes in Cruce, tui ſolicitaſti,*
nunc in cælo cum Chriſto regnans, memor ſis mei, & ora eum qui te ſecum in
regnum duxit, vt me ſecum trahat. Amen. Parmy les ruynes de celle
ſe tient leſuſdit Roy des Arabes, auec aucuns de ſes gens, & depuis
Ramma on compte iuſques icy dix mile ou enuiron. Eſtans paſſez
quelque peu outre, & nous trouuans ſoubz trois ou quatre arbres
aucuns deſdits Arabes eſtans ſortis ouột lieu, à grand courſe de cheual vindrent crians comme enragez apres nous pour nous arreſter
mais voyans le Cimetoire de leur maiſtre, ilz ne dirent plus mot,
ains nous firent eſcorte iuſques à l'entree des bois & môtaignes, pui
nous

...us en vn chemin bien estroit bordé de rochiers, ilz nous
...rent, disans *Alikula*, qui vaut autant à dire, que donnez
...ay ans receu quelque petit droict ou gabelle qu'ilz appel-
...lare, s'en retournerent, d'ou ilz estoyent venuz.
Et en tirons, à main droicte en cheminant vers Ierusalem, doit
elle la Cité de Nobe ou Nob, cy deuant choisie de Dieu pour
la nourriciere & residence des Sacrificateurs & Prophetes, en
le Dauid se retira premierement à refuge, estant persecuté du
Saul son beau Pere, & y print d'Achimelech le grand Sacrifi-
ur, les pains de proposition sanctifiez, & le glaiue de Goliad,
luy mesme y auoit offerré Dieu pour trophee & signe de la victoire obtenue contre ledit Goliad, pour lesquelles actios, ledit Roy
fit tuer cruellement tous les Prestres & Sacrificateurs auec
femmes & enfans, mesme bruiler la Cité, comme nous lisons
liures des Roys. Tyrius dit, qu'au temps que les Chrestiens la
commandoyent sur la terre Saincte, ce lieu de Nobe estoit appellé Bethemeuble, & estoit situé en la descente des montagnes sur
premiere entrée des campagnes, & sur le chemin par ou on va à
ce que là aupres fus lors basty, pour rendre le passage libre,
autre esse nommée le Chasteau Arnould, & semble que ce pourroit bien auoir esté celuy qu'on nomme le Chasteau ou maison du
bon Larron descripte cy dessus, & edifié sur les ruines du monaste-
deuant dit.
Enuiron vn mile plus auant que ce Chasteau du bon Larron &
contigu au chemin, se trouue vn Puis, grand, antique, large, & autrement profond, tout muré au dedans, & auquel on entre par
le montee à degrez iusques à l'eaue pour puiser icelle, lequel Puis
vulgaire appellé, le Puis de Iob, disans que le sainct Patriarche
le ieuoit fait edifier, mais ledit frere Boniface n'est d'accord de
auec eux, à raison qu'il n'appert es escritures Sainctes, ne par
quelque autre historien, que ce bon Patriarche ait conuersé en ceste
terre, lequel Puis neantmoins, peut bien auoir esté fait, par quelque personnage de remarque, voire de mesme nom.
Plus outre que cedit Puis finit la plaine, & commencent les bois
montagnes, les desertz & aspreté des chemins, qui durent ius-
à saincte Cité de Ierusalem: voire plus on approche d'icelle, &
plus sont ilz facheux, arides, rudes, & pierreux, signifiant que pour
paruenir à la Ierusalem celeste figurée par ceste cy, il conuient plustost y acheminer par tribulations, que plaisirs & delices mondaines aussi des aridittez procedent en partie pour cause que le

territoire n'est si peuplé ny labouré, côme il estoit du passé,
met il sembleroit que ceste terre de promission tant fertile
en l'Escriture Saincte, n'auroit esté telle comme elle en a peu
Strab. l. 16 renom, & que le dire de Strabon, seroit plus veritable, que les
escritures. Mais il peult bien estre, qu'auparauant l'arruee des
brieux, elle estoit telle que maintenant, & que ledit Strabon a
raisõ, ainsi peult elle (à leur venue & respect, estãs iceux Heb
le peuple aymé de Dieu) auoir receu tant de benedictions, qu
seroit deuenue affluente, & toute fertilité, & que pour les p
d'iceluy, & des autres habitans en icelle, elle se seroit réduc
seconde & remise en son premier estat, suyuant les menaces d
S. Matth. 24. dempreur, qui dit en Sainct Matthieu, Ierusalem Ierusalem t
tué les Prophetes, & lapidé ceux qui te sont enuoyez, ta mai
ra laissée deserte &c. Sainct Ierosme sur ce mesme propos, d
D. Iero. epist. ad Paulã & Eusto. deuotz voyagers. Depuis que le voile du Temple se rompit,
terre suy violee par le sang espars du Seigneur, & que la Sa
Cité fut enuironnée de l'exercite Romain, nous auons congn
celle estre abandonnee & destruee de la garde des Anges, &
grace de Iesu Christ &c. A l'entree des bois susditz, trouua
chemin bien estroit, les Arabes mentionnez cy dessus, nous f
arrester, & nous côpterent vn à vn, puis ayans receu de nous q
ques maidins, se retirerent comme dit est, nous laissans d'entre
vn homme seul à cheual, pour nous conduire.

De là en poursuyuant nostre chemin, nous entrasmes es mon
Saron mont & ville. taignes, que ie tiens estre dependantes du mont Saron, duquel
region champestre (par laquelle nous auions passé en partie, &
dure depuis Ioppe ou Iaffa, iusques à Cesaree de la Palestine) est
appellee Sarone, Assaron, ou Lazaron, iadis tant grasse & fer
Isaïe 35. Sasb. in Ilaïe 33. Iosue 12. Ieron. in Isaïe 35. & in locis hebraicis. Tyrius li. 10 c. 20. Act. 9. qu'on la reseruoit pour le pasturage du bestial des Roys, de laquel
fertilité, parlent le Prophete Isaïe, Sainct Ierosme, Sasbout &
tres. Aussi il y auoit vne Ville portant le mesme nom de Saron
quelle fut prinse & son Roy tué par Iosue: il en est aussi fait men
tion aux actes des Apostres, & disent ces sainctz personnages,
comme le territoire d'icelle fructifioit, par la qualité & eschau
ment du Soleil, ainsi par la predication de S. Pierre, ce quartier
moit en la foy.

Sarith.

AYant cheminé trois ou quatre mile par ces boscages & mõtagnes, & nous trouuans proche d'vn edifice ruiné, des Mo-
es appellé Sarith, ou Serith, fut veu en vne partie de muraille re-
tee en pied, vne pierre carree contenant certaine inscriptiõ en let-
res Turquesques ou Arabesques, mais personne de nostre compa-
nie ne me sceut dire que c'estoit: En cest endroit, deux Baduins ou
rabes à pied & quasi tout nuds, nous arresterent, qui nous firent
ayer quelque Gafare, comme droict de passage: le mesme nous fi-
ent d'autres semblables, quelque mile plus auant, soubz vn certain
rbre ou ilz nous attendoyent: & montans tousiours, par ces che-
nins aspres & fascheux, le mesme nous fut encore fait, par des hõ-
es pauures & nudz, laids & noirs du hasle du Soleil, la pluspart sãs
rmes & habitz, ou aucuns d'iceux n'ayans seulement qu'vn arc &
es fleches, & vn peu de linge ord & salle, pour couurir leurs parties
onteuses: cesdictz hommes estans aufsi Arabes Scenites, qui vont
rrans par les bois & campagnes, cherchans lieux propres pour
aistre leur bestial, sans auoir aucune residence asseuree: La plus-
art de leurdit bestial, sont de grandes cheures, ayans le poil noir,
 les oreilles longues & larges pendantes iusques au museau, com-
ne celles des braques ou chiens courans: & de telle façon de viure,
nt vsez iceux Arabes de toute antiquité, comme faisoyent les Pa-
riarches Abraham, Loth, Isaac, Iacob, & ses enfans, qui se tenoyẽt

Arabes
Scenites.

Cc 2   en Taber-

Genef. 12.
11. 14. 20.
21. 24. 26.
&c.
A. &. 7.
D. Paul ad
hebr. 11.

en Tabernacles & tentes proche de Hebron, Mambre, Gera
Berfabee, Bethel, & en Egypte, mais non en telle pature, c
font ceux-cy, n'eftans non plus que ceux là n'eftoyent propri
& poffeffeurs d'aucunes terres, fors que ledit Abraham a
double fpeloncque dudit Hebron, par eux achetee, pour leur
de fepulture, comme nous lifons au Genefe, aux Actes, en S.p
aux Hebrieux &c. Lefquels fufditz vilains Arabes, furent f
gans, qu'à peine les pouuions nous contenter, & ce pendant
noftre Trucheman eftriue entre eux, leur nombre croiffo
fiours, nous moleftant, pour la fuyante, & empefchant q
de cheminer, tant qu'arriuans proche de l'Eglife & monaftere
S. Ieremie le Prophete, & eurent noftredit Trucheman, & l'ho
me de cheual qui nous feruoit de... conduit, grand peine de
contenter, & fans lefquelz, nous n'en euffios efté quittes pour tr
zequins, ou il nous eut efté forcé d'en receuoir quelque gra
plaifir, car il n'y a aucun taux, comme aux autres lieux fufdit
fe font payer a leur volonté, aufsi leur regard fauuage, furieux
hideux, & leur cry affreux & efpouuantable, auec ce qu'on n'enten
leur langue, ioinct a ce qu'ilz font les ennemis capitaux, tant de
ftre foy que de nous, fuffiroit affez pour intimider les plus ha
des Pelerins ou paffagers Chreftiens fe trouuans au milieu de
en ces deferts folitaires. Paffans ainfi, a demy tremblans de pao
pres de quelques Oliuiers, plantez fur vn hault tertre, & defcend
d'iceluy, fut par nous veu l'Eglife fufdite de S. Ieremie, qua
rout en pied, fauf qu'elle eft defcouuerte & prophanee, mais
encore fon Cimetierre mure, pres & contre le chemin.

PLuſieurs auec moy penſent, que ce lieu ſoit celuy, ou naſquit ledit Prophete Ieremie, & ou il acheta l'hermitage du filz de ſon
oncle Hananeel, appellé Anathot, Cité Sacerdotale & ordonnee
pour les Leuites en la lignee de Beniamin, de laquelle eſt ſouuent
fait mention es eſcritures Sainctes. Auſsi S. Ieroſme dit que de ſon
temps, elle eſtoit nommee la tour d'Anathot, & ce qui confirme
mon opinion, que cecy ſoit ceſt Anathot, eſt qu'en Nehemie, elle eſt
poſee entre ou bien proche de Nob, & Rama de Beniamin icy aſſez voiſines: Si eſt ce touteſfois que auec autres, nous en pouuons
doubter, à raiſon qu'il ſemble que l'Anathot ſuſdit, fut ſitué par dela
Ieruſalem ſur le chemin de Ierico, & eſtoit diſtant ſeulement de
trois mile, ou vingt ſtades (ſelon Ioſephe) deladite Cité de Ieruſalem, la ou de ceſte-cy il y a bien neuf mile de diſtance, ſi ce n'eſtoit
que la computation ancienne fut autre que la moderne, quoy qu'il
en ſoit, ou qu'il y ait eu deux Anathot ou non, il appert par les veſtiges de la belle Egliſe & beau monaſtere qu'il y a eu, dedié à Dieu
& à ſon Sainct Prophete Ieremie, que cedit Prophete y a eſté tenu
en grande veneration, ou que le lieu luy a appertenu: comme meſme il appert au premier de ſes Propheties, car de ſes reliques, il n'y
en a eu aucunes, pour eſtre demeurees en Egypte, au lieu de Thaph-
na proche du palais des Pharaons Roys dudit Egypte, ou il fut lapidé, enſepulturé, & quaſi adoré des Egyptiens, à raiſon que par ſes

Ieremiæ
Ierem. 32.
& in locis
hebraic.
Ieſué 21.
1. Paral. 6.
11.27.
Ierem. 1.
11.29.
& 32.
2. Reg. 23
3. Reg. 2.
Iſaïe 10.
2. Nehem.
11.
Ioſeph.
ant. li. 10.
ca. 10.

C c 3

prieres

prieres, & merites enuers Dieu, les serpens estoyent chassez, &
hommes guariz des morsures des Aspics, comme resmoignent
Ierosme, Epiphanius & autres.

Les susditz monastere & Eglise selon le dire de frere Boni-
Estienne Euesque de Signo, estoit encore en estre y peut auoir
uiron quatre vingtz, ou cent ans, & estoit gouuerné & admini-
par les freres de S. François du mont Sion, mais depuis il a esté
bandonné, pour cause qu'en vne nuict, les Arabes y entrere
estranglerent tous lesditz freres, mesmes spolierent & bruslere
lediz monastere & Eglise, comme on les voit encore à present,
costé gauche de la porte dudit monastere y a encore vne fon-
mal entretenuë auec des bacs ou baisins de pierre, esquelz on
fraichit les montures des passagers, & les hommes qui ont si
se voyent encore au deuant de l'Eglise du long du chemin, le
mes des iardins pour plantez d'oliuiers & autres arbres, à l'o
& fraicheur desquelz, les Pelerins se souloyent reposer & pr
quelque refection, mais pour le danger des Arabes on ne si ose
nement arrester, ains conuient patienter tant qu'on vient en la
lee du Therebinte, quelque alteration ou chault que nous eus
Estás passez quelque mile plus outre lesdites Eglises & mon-

nous vesmes à main droicté, entre les montaignes de Iudée, dit
latin, & en S. Luc, Montana Iudææ, vn mont plus haut que le
tres, ayant la cime ronde, & sur acelle les vestiges d'vne autre
se & grand edifice, cy deuant construict à l'honneur des magna-
ines Machabees, lesquelz, comme tresgrands zelateurs & prop
nateurs de la loy de Dieu & de leurs peres & ancestres, souslin
icelle, contre tous les effortz, qu'Antiochus & autres Roys
de Syrie leur firent, pensans de tout poinct l'abolir : & pour l'au
ainsi constamment maintenuë, ilz meriterent d'obtenir la sou
raine sacrificature & la dignité royale de Iudee, comme appert
plement aux liures d'iceux, en Iosephe, & autres autheurs a
descript leurs histoire. Ce mont est fort renommé, à cause de
Machabees, il s'appelle Modin, & cy deuant y a esté vne Cit
mesme nom, seruant de domicile, retraicte, & sepulture, au pre
homme Mathatias pere, & à sesditz enfans les tresvaillans Iudas
ses freres, surnommez Machabees, desquelles sepultures se voye
encore ce iourd'huy les vestiges, en forme de petites obelisque
marbre blanc,

POurſuyuant ainſi noſtre voyage, parmy ceſdites montagnes, la longueur de quatre à cinq mile, nous arriuaſmes en la valee de Therebinthe, diſtante encore de Ieruſalem, enuiron cinq mile Italiennes, laquelle valee eſt auſsi fort renommee, pour le combat qu'y ſouſtint & la Miraculeuſe victoire qu'y obtint ſur le Geant Goliad de Geth Philiſtin, le Royal Prophete Dauid, en ſa ieuneſſe & ſans armes, comme nous liſons es ſiures des Roys & en Ioſephe: & n'eſt ceſte valee autre choſe, qu'vne bien eſtroicte paſture ou prairie arrouſee des eaues pluuieuſes qui deſcendent deſdites montagnes de Iudee en temps de pluye faiſans le Torrent qui paſſe tãt le long du ſuſdit Modin, que le manoir de Zacharie, pere de S. Iehã Baptiſte, Sechrona & autres lieux, eſtãt ledit torrẽt, cõme les autres, bien ſouuent ſans eaue, & eſt ce celuy auquel ledit Dauid eſlut & print les cinq petitz cailloux, dont par le moyen de ſa fonde ietta le grand Geant par terre, & ſur ce meſme Torrent fut auſsi deffaict

Valee du
Therebin
the.

1.Reg.17.
Ioſeph.
ant.li.13.
c.8.

2.Mack.
16.

Cende-

Conduabeus par lesditz Machabées. Ceste dicte valée est [cō]
de plusieurs montagnes, sur lesquelles, à sçauoir celles qu'on
Occident tirant du costé du vent Auricus & lors nommées
estoyent campez les Philistins, ennemis Iuifz ou peupl[e]
& sur celles du costé d'Orient ayant vers midy, Azecha, esto[it]
le Roy Saul auec son armée, n'y ayāt que ceste dite valée entre
au milieu de laquelle, & au lieu ou fut faict le combat, se voye[nt]
ruines d'vne tresbelle Eglise, bastie des grosses pierres taillée[s]
rustique, par commandement de S. Helene, comme on dit, pro[che]
de laquelle Eglise, entre certains monts de cailloux, est vne lon[tai-]
ne iectante de fort bonne eaue, qui vient tresbien à propos,
rafraichir les passagers & Pelerins.

Contigu & proche des ruines dudit Monastere, & qu[i]
lieu de la valée, est vn lieu fort delectable, qui iadis fut
pourplanté d'arbres, auquel nous entrasmes desmonta[ns des]
asnes, pour prendre vn peu de refection, repos, & rafra[ic]
& là aucuns des nostres, se sentans (pour l'extreme chale[ur]
& fascheries du chemin) trop debiles, pour aller plus a[uant]
manger, desieunerent, & les autres par deuotion s'en absti[nd]
iusques à nostre arriuée en Ierusalem. Cependant nostre T[ruche-]
man contenta le guide à cheual qui nous conduisoit, & le [ren-]
disant, qu'estions hors du danger des voleurs & Arabes. E[n les]
dites ruines n'habite personne, mais nous trouuasmes à lad[ite]
came vne femme auec des garsons qui sembloyent estre le[s]
qui nous voulurent empescher de puiser de l'eaue, toutesfoi[s]
plusieurs estrifz & disputes, nous en eusmes à nostre contente[ment]
par le moyen de nostre Truchemant.

Au costé gauche deuers Septentrion, & au pendant de la m[onta-]
gne, se voyent vne petite mosquee, auec quelques maison[s]
& grotes ou cauernes, esquelles se logent aucuns Mores ou

lequel lieu on appelle, Colonia. Apres auoir par nous repo[sé]
ste valée vne bonne heure & fait noz petites deuotions, aua[nt]
remonter sur noz asnes, les Mouqueres, maistres d'iceux, vou[-]
estre payez, premieremēt de leur loüage, qui portoit demy S[e]
de chacun, & puis d'vne courtoisie forcee, ne portāt toutefois o[u-]
re, comme i'ay dit au liure premier. Ce fait & estans montez,
sortismes dudit iardin, en passant ledit torrent par dessus vn[pont]
de massonnerie qui est voisin des ruines dudit monastere, nou[s]
trasmes de là es chemins pierreux, rudes & fascheux, autant ou[plus]
que deuant, tirant vers deux arbres qui sont sur le hault des mon[ts]

es l'vn ayant, comme il semble de loing, la forme d'vn cocq, qui
rent par nous laiſſez à main gauche proche du chemin qui vient
Silo, Ramatha, Sophin, autrement dit S. Samuel & autres lieux
i ſe voyent eſtant ſur le hault de ladite montaigne : mais pource
ë ce lieu eſt proche de la Saincte Cité de Ieruſalem, nous parle-
ns au chapitre ſuyuant de noſtre arriuee en icelle.

Silo:
Ramatha
Sophin.

De noſtre arriuee en Ieruſalem.

CHAPITRE V.

A La Fontaine Gion & lauatoire   D Sepulchre des Turcs

B Moſquée   E Mont des Oliues

C Les Pelerins   F Sylo.

APprochant la Saincte Cité, ne fut veu autre chose, que les
vestiges de plusieurs edifices restans (selon mon opinion) de la
Cité d'AElia Capitolina, cy deuant construicte par ordonnance
d'AElius Adrianus Empereur apres la derniere destruction de Ierusalem par luy faicte enuiron l'an de grace cent trente sept, ladite AElia, depuis a esté ruinee, par Homar troisiesme successeur
Seducteur Mahometh, l'an six cents trente neuf ou quarante, comme i'ay dit au liure premier, & diray encore en son lieu plus amplement. Quant à la Cité de Ierusalem moderne, elle ne se peut voir
qu'on ne soit à demy mille pres sur la cime & couppeau d'vne montaigne, plus haute que celle de Sion, & ores qu'elle s'apparoisse
à plein, si ne voit on que deux faces de ses murailles, le Chasteau
& vne tour de Mosquee voisine, à raison que lesdites murailles
couurent le surplus des edifices d'icelle Cité pour estre assez hautes, & la Cité tirant en pente vers la valee de Iosophat. A l'instant
qu'elle fut ainsi apperceuë de nous, suyuant l'ancienne & treslou-
able coustume des deuots Pelerins y arriuans, nous descendismes de
noz Asnes & montures: & nous prosternans & baisans la terre, si
chanté le *Te Deum laudamus*, l'hymne *Vrbs beata Ierusalem*, & le Psal-
me *Letatus sum in his quæ dicta sunt mihi, &c.* auec aucuns autres Cantiques propres: & de telle deuotion que plusieurs d'entre nous à
chaudes larmes (glorifiant Dieu de sa bonté immense) le remercie-
rent humblement de ce que par sa diuine grace, il nous auoit conduitz iusques là, & faict dignes de voir les lieux Saincts & desirez:
aussi nostre ioye, à cause de ce, nous fit oublier toutes les fatigues &
peines passées, puis estans releuez, parfeismes à pied le chemin re-

stant iusques à la porte, & aucuns deschaux, à l'incitation & comme fit le preux Godefroy de Buillon & sa noble compagnie,
pour tirer ladite saincte Cité, des mains des Sarazins infideles, l'an
mil nonante neuf, ainsi que recite Guillaume Archeuesque de Tyr.

    Ceste Montagne dont ay parlé cy dessus, & sur laquelle nous
sions desmontez, est fort pierreuse & est celle qu'anciennement
on appelloit Gion, s'estendant en deuallant iusques à la porte vieille, & au long des murailles de la saincte Cité du costé d'Occident
tirant vers le midy, ou d'vne valee profonde, elle borne le Mont
Sion & ladite Cité. En icelle montagne est la source de la fontaine

ou piscine surnommée superieure de Gion, pres de laquelle, le Prophete Royal Dauid, fit (par le Prophete Nathan le Sacrificateur
Sadoc & autres) oindre & declarer Roy, son filz Salomon, pour regner en son lieu sur les Hebrieux, comme nous lisons aux liures

des Roys & en Iofephe. Cefte dite fontaine, à l'arriuee de Senacherib Roy des Affyriens, voulant afsieger la Sainéte Cité, fut auec les
autres eftoupee, & par certains canaux, fecretz taillez au roc conduite en la pifcine interieure de la Cité de Dauid, par Ezechias
Roy de Iuda: lequel conduit eftoit fur la voye du champ des Foulōs
& la ou Rapfacès, vn des generaux de l'armee dudit Senacherib,
degorgea fes blafphemes, pour lefquelz & pour ceux d'iceluy Senacherib campé en vne plaine qui fe voit à main droiéte vers le
midy, l'Ange de Dieu tua en vne nuiét cent oétante cinq mil hommes de fon armee, comme il eft efcript aux liures des Chroniques,
& autres lieux annotez au marge cy endroit, duquel Senacherib
font aufsi mention, Herodote, Berofe Chaldeen, & Methaftene
Perfien en leurs antiquitez. Il me femble que cefte fontaine foit la
mefme qu'ou voit encore à prefent audit cofté droit, enuironnee de
murailles, & accommodee par les Turcs pour feruir de lauatoir : A
la main gauche, font plufieurs iardins pourplantez d'arbres & de
vignobles aucunement enclos, & pres d'iceux fur le grand chemin
y a vne Mofquee nœuue ceinte de murailles, fur la porte de laquelle
fe voit taillé en la pierre (contre la loy des Turcs neantmoins) l'effigie d'vn Lyon, femblable à celuy qui eft fur la porte de S. Eftienne, dont ie parleray en fon lieu.

Cheminant ainfi à pied , comme dit eft, le long de ce chemin &
partie de la muraille de la Ville, nous arriuafmes à la porte de Iaffa,
voifine dudit Ghafteau, n'y ofans entrer, fans la licéce du Gouuerneur, aufsi fans prealablement aduertir le Gardien du Conuent des
freres Mineurs, de noftre venue , vers lequel fut enuoyé pour ceft
effeét: lefquelz freres (qui fouloyent auoir leur habitation au mont
de Sion) demeurent à prefent en vn petit monaftere appellé S. Saluator, fitué en vn coin de la Cité: ainfi fut par nous attendu à ladite
porte bien laffez du grand & fafcheux chemin qu'auiōs fait parmy
tant de chaleurs, nations barbares & rudes gens, iufqu'à tant que le
Trucheman dudit Conuent, nous vint trouuer auec aucuns hommes de Caddi ou Saniacco (qui font les Gouuerneurs de la Cité)
lefquelz apres nous auoir comptez, nous introduirent & menerent
dedans icelle Cité, & iufques à la porte du fufdit conuent: là ou e-
ftans, ilz vifiterent noftre bagage, & mirent nos noms & furnoms
par efcript, eftant noftre dit furnom feulement le propre nom de
noz Peres, comme Iehan de Pierre, fuyuant ce que i'ay dit de noftre
arriuee à Iaffa: en laquelle façon de faire, les Turcs imitent l'vfance
ancienne des Iuifz, car nous trouuons de Iofephe l'hiftorien, qu'on

D d 2

l'appelloit

3. Reg. 1.
Iofeph.
ant. li. 7.
6. 11.

2. Paral 32
4. Reg. 18.
19.
Efai. 36.
37.
1. Mach 7.
2 Mach.
8. 15.
Iofeph.
ant. li. 10.
c. 1, 2.

l'appelloit Iosephus ben Mathatie, qui signifie filz de Mathathie, vn autre, Iosippus ben Gorion, Iohannam ben Zachai (lequel à pres la destruction de Ierusalem, fut par Tite, constitué Prince des Iuifz restez & laissez en Labna, Oza, Bither & es villages circon-uoisins.) Eliezar ben Hircani, Eliezar ben Aruch, Simeon ben Nathanael, tous Rabbins & personnes signalées, entre lesditz Iuifz.

Ces choses atheues, le reuerend Pere Gardien, estant venu à la porte dudit Conuent, nous receut fort benignement, auec grande courtoisie, & nous mena par vne petite court ou courcelle au haut dudit Conuent, ou il nous laissa vn peu rafraichir & delasser: puis il reuint vers nous demandant à voir noz licences mentionnées au liure premier, dont il fit memoires, mesme de noz noms & propres surnoms, ensemble de noz patries, s'informant de chacun, pour-quoy il y estoit venu, ou par deuotion, gain, gageure, veu, inion-ction iudiciaire, ou quelques autres causes. Puis s'estát auec les fre-res preparé, on nous fit vne procession autour du cloistre, qui est bien petit, chantant le *Te Deum Laudamus* & autres Cantiques de louange à ce ordinaires, laquelle procession nous suyuions deux à deux, & icelle retournée en l'Eglise, apres l'office acheué, ledit re-uerend Pere Gardien se mit deuant le grand autel, & nous fit (cóme on souloit cy deuant faire à Ramma) vne petite exhortation & ad-monition, de ce qu'il nous conuenoit faire, laquelle estoit presque en substance, telle que s'ensuit. Ie loüe grandement (dit il) mes fre-

Exhorta-tion.

res Chrestiens, le zele pieux & deuot, qui (sans auoir esgard aux grandz perilz de voz personnes, trauaux & fraiz qu'il conuient supporter) vous a fait entreprendre, ce tres-digne & sainct voyage,

3 Reg. 10. / 2. Paral. 9. / Matth. 12.

en ce imitans la Royne de Saba, qui s'y achemina (comme il est es-cript aux liures des Rois, & des Chroniques, aussi en S. Matthieu) pour seulement voir & ouyr, ce qu'elle auoit entendu estre par bruict, de la sapience du Roy Salomon. Sainct Paul vaisseau d'ele-ction, y est aussi venu, depuis l'Ascension du Redempteur, trauer-sant plusieurs regions, pour visiter l'Apostre S. Pierre, & y assister

Act. 20. / 21. / Seuer. li. / 1. Sac. hist. / Euseb. li. / 6. c. 6. hist. eccl. / Theo. li. 1 c 18. / Ieroni in epist.

la Pentecoste: comme aussi S. Ierosme, Alexandre Euesque de Ca-padoce & Martyr, la bonne Dame S. Helene mere de Constantin le grand ia octogenaire, S. Paula & Eustochium sa fille tresnobles matrones & Dames Romaines, les deux Eudoxes Imperatrices, & vne infinité des sainctz & illustres personnages pleins de Pieté & religion, dont les Actes des Apostres, Martyrologes, Annales, & les escritz ou histoires de Sulpitius Seuerus, Eusebius, Theodoritus, Nicephorus, S. Ierosme, Zonaras, & autres font pleine foy, pour

desquelz

lesquelz declarer, les noms particulierement, nous seroit trop facheux, & noftre difcours trop prolixe, eftás tous venuz en ce lieu,
pour, comme vous, auoir ce bien, de pouuoir vifiter & voir à l'œil,
cefte Sainéte Cité de Ierufalem, laquelle fut cy deuant chef de l'ancienne Eglife Hebraique, & en laquelle eftoit l'vnique Temple de
Dieu, ou auffy a prins origine & fon inftruction l'Eglife Chreftienne & Catholique: C'eft la Cité efleue de Dieu, en laquelle il a voulu operer le falut du monde: ou fon Sainét nom a efté inuoqué, &
d'ou eft iffue la treffainéte parole, du nom de laquelle, il a voulu
fon Eglife eftre appellee, & le Paradis fon fiege celefte, Royale &
libre Cité de Ierufalem, cóme tefmoigne S. Paul: de laquelle auffi
trouuons efcriptes plufieurs louanges en l'Apocalypfe, es liures de
Tobie, Propheties d'Ifaie, Baruch, Pfalmes, & autres lieux trop
lóngs auffy à reciter. S. Ierofme efcriuant à ces fainétes Dames
Paula & Euftochium fa fille, dit que les Euefques, martyrs & hómes eloquens en la doétrine Ecclefiafticque, fe fuffent reputez
moindres en fcience, religió & vertu, s'ilz n'euffent efte en ce lieu,
duquel l'Euangile eft forty de l'arbre de la Croix: En icelle Cité, &
es lieux circonuoifins, on peut voir & vifiter les places ou Iefu
Chrift, filz vnique de Dieu, a voulu eftre conçeu, naiftre, conuerfer
& fouffrir, voire mourir, refufciter & monter au Ciel, pour noftre
falut. Ce S. Pere, dit auffi, que les Iuifz y accouroyent de toutes les
parties du Monde, pour la reuerence du Temple, bafty par Salomon que nous autres Chreftiens, recerchons les fepulchres des
fainétz martyrs, & eftimons à bon droiét la terre benite en laquelle S. Pierre & S. Paul, ont refpandus leur fang, pour le nom du
Sauueur: & fi d'eux (qui n'eftoyent que fes feruiteurs & hommes
mortelz) la memoire & la vifitation de leurs monumens eft glorieufe, comment ne la feroit à bon droit beaucoup d'auantage, mefme plus falutaire & plus honorable, la vifitation & veneration, du
fepulchre de leur createur & le noftre, qui eft Seigneur, maiftre,
voire ce grand Dieu & Redempteur. Les Iuifz veneroyent le *San-
ét[um] Sanétorum*, à raifon que les Cherubins y eftoyent auec le propi-
ciatoire, l'Arche du teftamét, la Manne, la Verge d'Aaron, & l'Autel d'or. Ne vous femble (dit il) que le Sepulchre d'iceluy Iefu-
Chrift, ne foit à venerer beaucoup d'auantage? Auquel, toutes les
fois qu'y entrons en contemplation, nous y voyons le Sauueur couché, enueloppé de linges, & y demeurant quelque peu, les Anges
feoir à fes pieds, & le fuaire gifant au chef, luy eftant glorieufemét
refufcité. En ce S. lieu, auec la Mere, pouuós plorer & eftre ioïeux:

Paul ad
Galat. 4.
Hebr. 12.
Apoca 20
21.
Tobie 13.
Ifaie 33.
Bar. 5.
Pfal 122.
Ieroni ad
Paul. Eu-
ftochi &
Marcellæ.

Niceph.
li 8. c. 5. li.
9. c. 32.
Theod. li.
c. 18.

Dd 3

montant

montant fur le mont de Caluaire, baifer le lieu du crucifiement, &
y voir le Redempteur eftandu en la Croix plein de douleurs pour
noftre falut: fur le mont des Oliues, nous pouuons aufsi de volonté
en efprit, & auec luy, monter au Ciel: En Betanie, voir fortir le Lazare du Sepulchre à fon mandement, & au Iourdain nous lauer des
eaues purifiees, par fon entree & baptefme en iceluy : Venans à
la villette de Chrift, chercher le lieu & fpelonque, ou il a voulu e-
ftre nay de la Vierge Marie, vifité des pafteurs, reuelé de l'Eftoille
& adoré des Mages ou Roys: & plus auant aller voir la fontaine en
laquelle S. Philippe a baptifé l'Eunuque de la Royne de Caudace
&c. Tous lefquels lieux, nous efperons vous monftrer, & plufieurs
autres narrez en l'Efcriture Saincte, & par ledit S. Ierofme, pour i-
miter icelles bonnes Dames Marcella, Paula, Euftochim, & tout
cœur deuot venant icy: lefquelles Dames, auec le Prophete Royal,

Pfal. 131.
& comme ie ne doute qu'auez faict aufsi, difoyent, en entreprenant
ce beau & fainct voyage. Ie n'entreray point au Tabernacle de ma
maifon, & ne monteray point fur le lit de ma couche, ie ne donneray point le fomme à mes yeux, & ne laifferay fomeiller mes paupieres ne le repos à mes temples, iufques à ce que i'auray trouué le
lieu du Seigneur, & le Tabernacle du Dieu de Iacob, lequel eftoit
en cefte Cité & contree: en laquelle eftans arriuez, pouuons auec

Ieroni. in
epift Pau-
læ ad Eu-
ftech.
ledit Prophete & ces fainctes Dames dire. Voicy nous l'auons ouy
en Ephrata (qui eft Bethleem) nous entrerons en fon Tabernacle,
nous adorerons au lieu, auquel fes diuins pieds fe font arreftez: ie
ploreray amerement auec la penitente Magdalene mes offences, &
de ioye & contentement, difant, qui m'a iugé digne, moy pauure
pecheur que ie fuis, de pouuoir entrer en la fpelonque du Seigneur,
en laquelle la Vierge a enfanté mon Sauueur, de baifer la Creiche
ou elle l'a mis repofer, les places ou il a fouffert, ou il eft mort, refufcité, & eft monté au ciel pour moy, ie chanteray en mon cœur, & diray auoir trouué celuy, qui mon ame defiroit, & le lieu que mon
Dieu a choifi, pour fa patrie, &c. O mes freres, que bien-heureux

Luc. 10.
font les yeux qui peuuét voir, comme dit S. Luc, ce que vous voyez,
& voirez aydant ce bon Dieu. Quelle fomme de deniers, pour cefte
faueur & grace, donneroyent volótiers, noftre fainct Pere le Pape,
tant de Cardinaux, Atcheuefques, & Prelatz Ecclefiaftiques, l'Empereur, les Roys, Princes & grands de Chreftienté, aufsi toute bonne & deuote perfonne, pour iouir, felon leur defir de ce fingulier
benefice qui vous eft octroyé, & goufter ce fruict fauoureux, qui
doibt adoucir tout voftre trauail paffé: quel gain en ropporterez en

vo_

voz ames, si auec deuë humilité, deuotion, larmes, & contrition de voz offences, visitez tous ces saincts lieux, & y adorez auec feruuer & reuerence, celuy qui vous a faict ceste grace d'y estre : autrement, ne vous persuadez (comme disoit & escriuoit S. Ierosme au religieux moyne Paulin) que vostre venue en Ierusalem, vous soit louable ou profitable, si n'y viuez & faictes tous deuoirs requis à vostre salut. Aufsi que vous profitera il, de vous estre mis en peine, & en si loingtain & facheux voyage & de tant de fraiz, si estans arriuez au lieu desiré, n'y viuez en vrays Pelerins, & vous proposez qu'estât de retour chez vous en vostre patrie, d'auoir en perpetuelle contemplation & memoire, ce qu'auez veu, ouy, & touché, auec actions de graces au Seigneur Dieu, & melioration de vie, pour par apres paruenir à la celeste Ierusalem en la gloire eternelle. Car (comme dit tref-bien Seneca qui estoit Payen, n'y par l'acces ou passage des montagnes, fame & fortune) on ne paruient au souuerain bien, ains par vn bon cœur & droit, qui est la matiere par laquelle on peut exprimer l'Image de Dieu : autrement nous serions les Pelerins desquels parle S. Ierosme, qui se transportans par mer & par terre es regions loingtaines, ne font que changer d'air, & nõ de mœurs ou de courage, & plustost empirent leur vie qu'ilz ne l'amandent. Mais vous mes freres ne faites ainsi, ains à fin de iouyr de la felicité de vostre voyage, recherchez icy Dieu en verité & esprit, lequel, ores qu'il ait cree & beneit toute la terre, & soit par tout, voire en voz pays, si est ce qu'il a aymé cestuy-cy, beaucoup plus que le reste de la terre, comme est apparu par tant de merueilles qu'il y a operé par sa diuine puissance, & grace donnee à ses feaux seruiteurs, mesme par sa presence, predication, miracles & frequentation corporelle de son filz vnicque & consubstantiel Iesu-Christ, l'ayant consacree par les vestiges de ses diuins piedz, & effusion de son trespecieux sang. Or cherchons donc, comme i'ay dit, en esprit & verité, & non par ambition, gloire, ou desir mondain, sans aucune esperance d'en receuoir honneur, gain, ou proufit terrien, soit pour auoir fait gagerie, ou vendu le vostre pour en receuoir le double à vostre retour (ce qui est tresmal faict & desaggreable à Dieu, pour estre espece d'vsure) car ceux qui le font, se rendront (auec le curieux Roy Herode, ou ceux qui ne cherchoyent seulemêt que de voir sa presence corporelle) indignes d'estre exaucez en leurs prieres, ou s'ilz paruiennent à quelque partie en leurs desirs, ilz ne reçoiuent que les mercedes viles & terriennes en ce monde inconstant, & souuent au detriment de leurs ames, selon que Iesu-

Christ

Ieroni. ad Paul.

Seneca li. 3. Epist. vlt. lib. 4. Epist. 31.

Luc. 2. Ioan. 12. Matth. 6.

Chrift a luy mefme declaré de fa diuine bouche: Rendez vous donc
aptes, de non feulemét dôner quelque fatisfaction & contentemét
à voftre deuotieux concept, en voyant de voz yeux corporelz, la Ierufalem terrienne, mais d'y voir & iouir en efprit, de la celefte par
elle figurée, pour y paruenir apres cefte vie mortelle, & pour ce
faire ie vous enfeigneray les moyens. C'eft que vous vous mettez
en eftat de grace par la voye de contrition & vraye confefsion de
voz fautes commifes: puis par la receptiô de la treffainéte communion:& par deuotes oraifons, implorez l'ayde de Dieu tant mifer-
cordieux, afin que voftre zele & pelerinage luy foit aggreable, &
vous vne medecine, pour d'icy en auant guarir & preferuer voz a-
mes de toute corruption. Il y a d'abondant icy a obtenir & gagner
plufieurs pardons & indulgences, que les fainétz peres Papes, in-
ftruitz du S.Efprit, & de l'auctorité à eux octroyee de Dieu, ont
concede & dôné à toutes perfonnes, qui deuotemét vifiteroyét ce-
fainétz lieux, pour tant plus y attirer les cœurs d'icelles, à deuotiô
& les affeurer de la remifsion de leurs pechez, & non feulement de
Papes modernes, mais des fainéts Peres & martyrs, qui ont eu cefte
dignité & puiffance des la primitiue Eglife, mefme de S.Siluestre
lequel par le baptefme qu'il donna au bon Empereur Constantin
furnommé le Grand, ouurit la liberté à tous de faire l'exercice de
la religion Chreftienne, d'edifier Temples, baftir oratoires publics
& de venir en ces fainétz lieux:a quoy mefme ledit Empereur &
Niceph.li.
8.c.5.li.9.
c.32.
Theod li.
1.c.18.
fainéte Helene fa mere, les incitoit & inuitoit, par les Eglifes fom-
ptueufes qu'ilz y firent baftir, fuyuât ce que Nicephore, Theodorite & autres hiftoriens Ecclefiafticques nous ont laiffé par efcrip
voire comme l'on peut voir encore à l'œil. Oubliez donc mes freres, dit il, tout mal-aife par vous eu & fupporté en ce voyage, pour
l'amour de celuy qui y a tant enduré pour nous, auquel referez &
dediez le fruiét d'iceluy:quoy faifant, en rapporterez vn contentement ineftimable, & vne ioye incorruptible:Si l'ennemy de voftre
falut, tendant fes lacqs, tafche vous diuertir de toute deuotion, & de
la vraye contemplation que deuriez auoir en ces fainétz lieux, vous
temptant de plufieurs penfees d'abftraction, voire d'incredulité &
vilipendence d'iceux, pour le peu d'apparence, qu'il vous pourra
fembler, que tant de grands myfteres y d'euffent eftre faits & para-
cheuez : ne vous en donnez que peu de peine, car c'eft fon ordinaire d'en faire ainfi, foit icy ou ailleurs ou on penfe exercer les vertus
& operations concernans l'honneur de Dieu & noftre falut : mais
reiettans, comme plufieurs ont fait, fes affauts, & ayant recours à la
Croi-

Croix de Iesu-Christ nostre vraye refuge, vous en demeurerez co-
metux victorieux.

Auecceste ou semblable exhortation en substance, ce Pere reue-
rand esmeut tellement noz cœurs, qu'oubliant tous les trauaux
passez, & nonobstant que fussions a nostre arriuee fort trauaillez
& extremement lassez des chemins & chaleurs, il nous sembloit
qu'estions remis en disposition, pour a l'heure mesme, aller visiter
les saincts lieux, sans auoir besoing d'autre rafraichissement ou repos. Cependant, & continuant ledit Pere Gardien son propos, il
nous aduertit encore, que s'il y auoit aucun d'entre nous, sentant mal de la foy ou Religion Catholique, Apostolique & Romaine, & ne se voulut confesser & receuoir la tressaincte Eucharistie,
que tel ne pensast, pouuoir entrer es Eglises du sainct Sepulchre en
Ierusalem, ny de la Natiuité du Redempteur en Bethleem : car il
ne luy seroit permis. Plus, il nous dit, que du matin & du soir, voire
tous les iours, quant bon nous sembleroit, nous pouuions faire noz
deuotions en leur Eglise, & y gaigner les pardons & graces, que cy-
deuant on obtenoit en celle du mont Sion. car le Pape Sixte quatriesme du nom (au temps duquel, les Turcs & leurs Santons, prindrent les saincts lieux & le monastere dudit mont, & en chasserent
noz Religieux) auroit transferé, ceux du lieu ou descendit le S. Esprit sur les Apostres & Disciples, au grand Autel d'icelle a present
leur Eglise : Ceux du sainct Cenacle, auquel le Redempteur celebra
la saincte Cene, & institua le Sacrement de son trespretieux Corps
& sang : A l'Autel qui est au costé droit dudit grand Autel : Et ceux
du lieu ou le mesme Redempteur entra à portes closes & s'apparut
alesditz Apostres & S. Thomas, a l'autre autel qui est a gauche : &
sont toutes ces indulgences, de plainiere remission a ceux qui disent
deuotement & auec contrition esditz lieux, l'Oraison Dominicale,
& la Salutation Angelique, à sçauoir. *Pater noster & Aue Maria.*

Il nous dit d'auantage, qu'il auroit l'auctorité de donner puissance aux Prestres, qu'il ordonneroit pour ouyr noz confessions, de remettre & absouldre tous pechez, & ayat conclud & finy les susdites
exhortations & aduertissemens, il nous donna la benediction, &
nous fit conduire es chambres ou deuions reposer, attendant l'heure du souper : laquelle venue, il nous fit appeller & traicter assez
honestement, en vn lieu separé des Religieux : Ainsi sont logez &
nourris audit monastere, les Pelerins y arriuans de tous les pays de
la Chrestienté, lesquelz au departir de la, pour retribution chacun
donne selon ses deuotions, moyens & qualitez, ce que bon luy sem-

E e

ble, &

ble,& selon la consideration qu'il a, des traictemens & seruices receuz d'iceux religieux: lesquelz,à l'auancement de l'hospiralité, hebergement, alimentation & secours des Pelerins, reçoiuét annuellement du Roy d'Espaigne , comme Roy de Naples & de Sycile,
bon reuenu ordonné cy deuant, des Roy & Royne d'iceux Royaumes, signamment de la Royne Iehanne , femme au Roy Robert,
mais à present celuy reuenu ne suffit pour satisfaire aux tribuz,
vannies, & demandes exorbitantes , tant ordinaires qu'extraordi-
naires,que lesdits Turcqs & leurs officiers,font ausditz religieux:&
ores que ceste fondation vint au profit & vtilité des Pelerins, si ne
seroit elle suffisante pour subuenir aux necessitez tant d'eux que
du monastere, parquoy ce seroit vne ingratitude trop grande, signamment pour ceux qui ont les moyens & facultez , de ne payer
du moins leurs despens,& quelque recognoissance des peines que
les Peres religieux prennent pour eux,auec vne aumosne pour l'e-
tretenement de leur Eglise , monastere & autres saincts lieux.

　　Apres que nous eusines achené de souper, lesditz Peres nous vindrent querir & nous menerent en vne petite cour ou courcelle, ou
estoyent preparez des cuuiers auec de l'eauë chaude, en laquelle on
auoit faict bouillir du rosmaryn,& autres herbes odoriferátes,&
nous faisans deschaufer, nous en lauerent les piedz , eux se tenans
rousiours à genoulx, & chantans certains Cantiques à ce ordonnez
& propres,puis les ayans essuyez de linges & baisez , ilz nous re-
menerent aux logemens ordinaires des Pelerins, pour nous reposer iusques au matin:aucuns des nostres ne voulurent au commencement permettre leur estre fait ce lauement par lesditz religieux,
neantmoins par la bonne volonté & honestete d'iceux,ioinct à ce
la coustume,ilz furent contraintz le souffrir : quant au logement
susdit,il est distinct de celuy des religieux , & auquel on va par vne
voulte qui est par dessus la rue publique,& souloit estre à deux estages,fort beau & commode,d'ou on pouuoit voir toute la ville:mais
par la malice & aduis d'aucuns enuieux & soubsonneux , le Caddi
depuis peu d'annees en ça,en a faict mettre bas la moitie.

Des lieux Sainctz, qui furent par nous visitez, la premiere iournee de nostre
sortie, par les rues de la Saincte Cité.

CHAPITRE. VI.

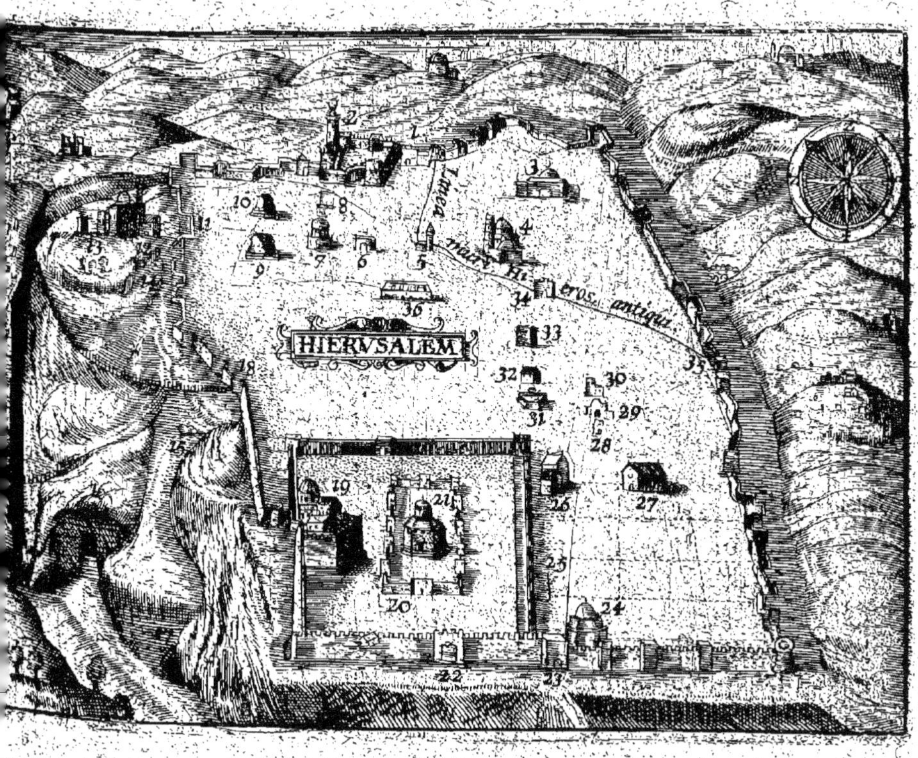

Le plan de la Saincte Cité de Hierusalem.

1 Porte de Iaffa
2 Le Chasteau
3 Le Conuent de Catho-
   liques
4 L'eglise du S. Sepulchre
5 La maison de Zebedee
6 La porte ferree
7 La maison S. Marc
8 La maison S. Tomas
9 L'eglise de S. Iacques
10 La maison d'Annas
11 La porte du mont Sion
12 La maison de Caiphe
13 Le S. Cenacle

14 Ou les Iuifs voulurent
   prendre le corps de la
   Vierge Marie
15 Ou S. Pierre pleura a-
   merement
16 La fontaine Siloe
17 La fontaine de la V. M.
18 Porte des siens
19 L'eglise de la presentation de la V. M.
20 La place du Temple
21 Le Temple de Salomõ
22 La porte dorée
23 La porte S. Estienne

24 L'eglise S. Anne
25 La piscine probatique
26 Le pretoire de Pilate
27 La maison d'Herode
28 L'arc de Pilate
29 l'Eglise du spasme
30 Simon Cirenee
31 La maison du riche
32 La maison du Pharisee
33 La maison de Veronica
34 La porte Iudiciele
35 La porte d'Effraim
36 Le marche dit Bazarre

LE lendemain de noſtre arriuee, qui fut le Dimenche dernier
iour d'Aouſt, auant que pouuoir aller par la Saincte Cité, on
nous fit payer pour le Gaddi à chacũ deux ſecquins ou ducatz, dont
pour la grace de l'entree en icelle: de l'inuẽtion premiere, deſquelz
deniers ainſi exigez, a eſté l'Autheur (ſelon que recite l'Archeueſque de Thyr) vn Tyran Caliphe d'Egypte nommé Hecquen, lequel
regna enuiron l'An de noſtre redemption mil & vingt, mais on ne
payoit lors qu'vn Ducat. Ce payement faict nous ſortiſmes dudit
monaſtere, allans & deſcendans par la rue ou eſt l'entree de l'Egliſe de la reſurrectiõ dite du S. Sepulchre de noſtre Seigneur & paſſant outre icelle, fut par nous veu vne grande maiſon, auec beaucoup d'edifices & vne Egliſe preſentement reduite en Moſquee, laquelle aucuns diſent auoir eſté la maiſon de Zebedee, pere de S. Iacques le mineur, & S. Iehan l'Euangeliſte freres & Apoſtres de Ieſus
Chriſt: ce que ie tiens pour erreur, car ſelon Nicephore & autres
antheurs, la maiſon de S. Iehan, eſtoit ſur le mont de Sion : & les
lieux dont preſentement eſt queſtion, meſme celuy de l'Egliſe du
mont de Caluaire dite du S. Sepulchre (toutes trois n'eſtans qu'v-
ne) eſtoyent lors hors de la Cité: mais faut preſuppoſer & comme
il eſt vray ſemblable, que ceſt edifice, auoit eſté baſty, auec la per-
miſſion du Souldan d'Egypte, par les Melſitains marchans & peuples de Melphe ville proche de Salerne au Royaume de Naples, leſquelz furent les premiers en ces marches, voire long temps auant
l'arriuee de Godefroy de Buillon, qui ſe haſarderent de trafiquer &
mener marchandiſes en Orient, & auſquels s'attribue l'honneur
de l'inuention & vſance de la boſſole ou compas tant neceſſaire &
vtile aux Nauigans, que nous appellons l'Eguille, frottee de la pierre d'Aymant, des Latins nommee magnes, & des Italiens Calami-
ta, attirant le fer à elle, laquelle eſguille monſtre touſiours le Sep-
trion, de nõz mariniers occidentaux dit le Nort, laquelle vſance fut
trouuee, ſelon Scipion Mazella Neapolitain l'an mil trois cent
par vn Flauio di gioia Malphetain, ayant pour ceſte cauſe la ville
de Melfe, eſté appellee Magnetida, d'vn Ioannes Pontanus, braue
Poëte: auſſi à ſa louange Anthonius Parnormitanus a faict ces vers
Prima dedit nautis vſum magnetis Amalphis, &c. Quoy qu'il en ſoit, Tyrius & Paul Emile diſent que ces Malpheriens, par leurs negocia-
tions, trafiques & addreſſe des marchandiſes, aggreables au Caliphe & les ſiens, ſe rendirent auec eux aucunement bien venuz, tellement que petit à petit, ilz obtindrent licence pour les Chreſtiens
Latins, de pouuoir viſiter librement la Cité Saincte, & finablement
d'y baſtir

Thyrius lib. 1. c. 10 & 11.

Niceph. lib. 1, 2, 3.

Tyrius li. 18 c. 4 & 5. P. Emilius lib. 5.

y bastyr vne maison de retraicte (comme ilz auoyēt en plusieurs
lieux maritimes, du domaine du Souldan) & qu'ilz auoyent faict e-
difier pour exercer plus librement leurs marchandises, comme les
batimens des fonttgues, que les François & Venitiens ont en plusieurs lieux de la Syrie & Egypte, & fut le commandement que ledit Calyphe fit au Gouuerneur de Ierusalem tel, qu'il eust à desig-
ner auditz Malphites ses amis, introducteurs des choses vtiles &
commodes pour ses pays, vn lieu grand & spacieux, en la partie ou
habitoyent les Chrestiens, pour y construire tel domicile qu'il leur
plairoit. Or estoit lors la Saincte Cité, diuisee en quatre parties
quasi esgales, desquelles la quatriesme seulement (en laquelle est ladite Eglise du Sainct Sepulchre appellee aussi de Golgotha) estoit
libre auditz Chrestiens: & les trois autres quartz (auec le Temple
de Dieu, autrement dit de Salomon) estoit occupee & appartenoit
aux infideles. Ledit Gouuerneur donc, suyuant ce, asigna vn lieu
assez proche de sa susdite Eglise, auquel lesditz de Melfe dresserent
vne maison spacieuse, auec vn monastere à l'hôneur de la glorieuse
Vierge Marie, lequel fut acheué auec ses offices commodes, tant
pour la reception des hostes qui y viendroyent de leur nation, que
pour l'vsage de quelques gens d'Eglise, & de faict ilz introduirent
& mirent audit monastere, vn Abbé auec des religieux de leur nation, des plus gens de bien, deuotieux & de bonne conuersation,
qu'ilz auoyent peu choisir: & fut ce monastere iusques à la venuë de
Godefroy de Buillon, appellé Sancta Maria Latina, à cause que
l'office diuin y estoit faict en langue Latine, selon l'vsance de l'E-
glise Romaine.

Quelque temps apres, les mesmes Malfites voyans que par le
moyen de ceste liberté par eux obtenne en ladite saincte Cité, y
accouroyent des Pelerins de toutes les contrees de la Chrestienté,
mesme des femmes: & ne trouuans bon qu'elles logeassent pesle
mesle auec les hommes, ilz firent aussy vn monastere, pour la reception des femmes deuotes, auquel ilz establirent vne Abbesse &
des religieuses, pour vser à l'endroit d'icelle des œuures d'hospitalité: mais côme ny l'vn, ny l'autre de ces monasteres & hospitaux,
n'auoyent & ne pouuoyent auoir aucun reuenu annuel pour subuenir aux necessitez & alimentation tant des religieux & religieuses comme des Pelerins & Pelerines: lesditz Malfites leurs fondateurs, faisoyent des questes par l'Italie, & en enuoyoyent l'argent
au susdit Abbé, qui auoit la charge comme Pasteur, des deux monasteres & hospitaux: & ainsi se maintindrent, iusques enuiron l'arri-

                                        uee de

uee de Pierre l'hermite, car lors, par la tyrannie & perſecution, q
d'vne treſgrande haine les infideles exerçoyent cruellement ſur
ceux Chreſtiens, iuſques à les eſtrangler par les rues quand ilz l
rencontroyent, principalement de nuict: & ceſſant à ceſte occaſi
le voyage & pelerinage d'iceux en Ieruſalem, ilz furent reduitz e
vne extreme pauureté, comme bien amplement le recompte T
rius en ſon hiſtoire de la guerre ſaincte. Toutefois ne laiſſoit ce b
prelat, de faire ce qu'il pouuoit, retrenchant charitablement les v
ures, accouſtremens de luy & ſes religieux, pour ſuſtenter les Pel
rins, & ſubuenir aux Chreſtiens & toutes pauures perſonnes la
goutreuſes: faiſant pour ceſte occaſion accōmoder partie de ſon m
naſtere & logement en hoſpital, & fit en iceluy dreſſer vn Autel,
l'honneur de Dieu & de S. Iehan l'aumoſnier. Et comme le nō
bre des pauures croiſſoit, tellement que luy & ſes Religieux, n
pouuoyent bonnement ſatisfaire au ſeruice d'iceux: Il eſtablit d
hommes & femmes, pour y vacquer, & vn chef par deſſus iceu
qu'on appelloit, recteur de l'hoſpital, & a duré ceſt ordre iuſques
la venue du ſuſdit Godefroy de Buillon accompagné des Chreſti
Occidentaux, leſquelz lors y trouuerent vn Recteur, nommé G
rard, homme de grande deuotion & louable vie: lequel fut le pre
mier, qui auec ſes compagnons, porta vne Croix blanche, ſur ſo
habit noir, & qui print l'obſeruation de la regle de ſainct Auguſtin
& exerça tellement l'hoſpitalité, en ſeruant pieuſement & charita
blement les Pelerins & pauures, voire enſeueliſſant les mortz: q
luy & ſes compagnons ſe rendirent tant aggreables aux Prin
Chreſtiens eſtans en ladite conqueſte de la terre ſaincte, que pl
ſieurs d'entre eux leur Aumoſnerent & aſſignerent de grands bi
& poſſeſſions, en diuerſes contrees & Prouinces de leurs pays.

A ce Gerard ſucceda vn nommé Raymond, au temps duque
les richeſſes de ces hoſpitaliers furent ſi grandes, qu'auec l'hoſpit
lité ilz exerçoyent auſſi la milice, tellement qu'ilz executerent pl
ſieurs beaux faictz & entrepriſes d'armes, contre les ennemis d
noſtre foy. A l'occaſion de quoy, & de l'honneur qu'ilz acquiren
ilz prindrent toute liberté, & s'emanciperent ſans plus vouloir po
ter d'obedience, non ſeulement à leur Abbé, mais auſſi au Patria
che de Ieruſalem & autres leurs ſuperieurs, & ne voulurent eſtr
ſubiectz ny commandez, qu'immediatement du S. Siege Apoſtol
que: duquel pour ceſt effect leur ordre fut confirmé, & faitz Ch
ualiers, nommez hoſpitaliers de S. Iehan de Ieruſalem, & d'iceu
ont prins origine les modernes Cheualiers de Malte. En ce meſm
                                                              temp

Tyrius li.
i.c.10.11.
12.
Lib.18. c.
5. & 6.

Inſtitutiō
& origine
des Che-
ualiers de
Malte.

temps de la reduction de la Saincte Cité, estoit Abbesse, audict
monastere de femmes dessus mentionné, vne noble & vertueuse
Dame Romaine nommee Agnes: & me semble que c'est le mesme
monastere ou resident encore presentement, certaines femmelettes viuans religieusemét selon l'ordre de S. Basile, appellees (comme les moynes Grecs) Caloiers: lesquelles vont iournellement
visitant les Sainz lieux à face descouuerte, & portent, pour couurir leurs corps, des heucques, quasi semblables à celles que portent les femmes en ce pays de flandre.

Passant vn peu plus auant que ladite grande maison ou hospital, & tournant premierement en vne ruelle, qui est à main gauche, & puis vne autre à la droicte, nous trouuasmes vne petite
porte trelantique, qui est la porte ferree, laquelle s'ouurit d'elle *Porte fer-*
mesme par permission diuine, la nuict que l'Ange tira S. Pierre *ree.*
l'Apostre, hors des prisons d'Herode, côme nous lisions aux Actes *Act. 12.*
des Apostres: de laquelle porte, ny de celles des Esseens & autres
qui estoyent en la Saincte Cité, n'est faict beaucoup de mention
en l'escriture Saincte, aussi ne sont elles nommees, ny nombrees
entre les huict principales, qui seruent à la fermeture d'icelle saincte Cité, mais de celles qui estoyent par dedans, és murailles sepa-
rantes la Cité superieure, de l'inferieure, autrement dite fille de
Syon, desquelles se voyent encore la es enuirons, aucuns vestiges,
comme aussi de quelque grand edifice: laquelle porte ferree est de
pierre blanche, voultee, estroite & basse, representant (comme dit
le venerable Bede sur ce passage) la porte qui côduit à la superieure & celeste Ierusalem, laquelle est pareillemét estroicte & ferree.
Apres auoir en ce lieu fait quelques oraisons tout debout, nous passames outre poursuyuans à main droicte, la mesme ruë par laquelle l'Ange menoit S. Pierre, & ou il dit, *maintenant ie sçay pour vray que*
le Seigneur a enuoyé son Ange, & m'a deliuré de la main d'Herode, &c. Et
ayant cheminé quelque peu, fut par nous veu la maison de Marie *La mai-*
mere de Iehan surnommé Marc, qui estoit vn des septante deux *son de S.*
Disciples de nostre Seigneur: lequel apres la descente du S. Esprit *Marie,*
par les Apostres, fut constitué compagnon du Disciple Sainct Bar- *mere de*
nabas en Cypre, & le premier Euesque de Biblis, selon que nous *Marc.*
escript Dorothee Euesque de Thyr: & fut ceste maison en laquelle
estoyent lors assemblez, les fidelles croyans, faisans prieres à Dieu,
pour la deliurance dudit S. Pierre: lequel arriuant en icelle, frappa
diuerses fois à la porte, auant qu'on luy donnast entree, comme plus
amplement est contenu ausditz Actes des Apostres chapitre 12.

Icelle

icelle maison estoit en la Cité superieure, mais a present c'est vne
Eglise bien antique & obscure, bastie selô Salignacus par les Chrestiens Grecs, ou y a en entrant vne petite cour fermee d'vne petite
porte, laquelle a present, est en la garde & administracion des prestres Syriens, auquel lieu ayant faict noz petites deuotions, troui-
mes en sortant a l'autre bout de la rue, & sur le coin d'icelle a main
droicte, vne chapelle toute deserte & ruinee, laquelle les habitans
nomment, la maison de S. Thomas l'Apostre, & selon ledit Saligniacus, de S. Berthelomy.

En passant plus oultre en vne autre rue, & tournant derechef
main gauche, nous entrasmes par vne autre petite porte, en vne
cour assez grande, fermee de plusieurs edifices, qui cy deuant fure[n]t
vn hospital, fabriqué auec vne Eglise, par les Espagnolz a l'honneur de S. Iacques le maieur frere aisné de S. Iehan l'Euangeliste,
c'estoit auparauant vne place ou se tenoit le marché public, en laquelle ledit S. Iacques, par commandeme[n]t du Roy Herode Agri-
pa, eut la teste tranchee, auec vn Iosias, qui le menoit au supplice,
comme nous lisons es Actes desditz Apostres, & es histoires Eccle-
siasticques d'Eusebe & Nicephore, mesme en Clement Alexandrin,
duquel marché est aussi faict mention, par Iosephe, disant qu'on
védoit le poisson, & autres marchandises, & que du temps que Florus gouuernoit la Iudée soubz Neron, il y fut faict vne cruelle tue-
rie de Iuifz. En la susdite Eglise, est vne Chapelle a main gauche,
honestement ornee, en laquelle pendét quelques lampes tousiours
ardentes, ou nous entrasmes à piedz deschaux, puis à genoux iusques à l'autel, soubz lequel y a vne pierre portant la marque d'vne
incisure ronde & profonde de trois doigtz, posee à mesme lieu
ou ledit S. Iacques fut le premier des Apostres martyrisé. Nosdi-
uotions acheuees, les Chrestiens Armeniens, qui ont ceste Eglise
en leur pouuoir & charge, nous presenterent par courtoisie, de
fort bonne eaue pour boire, qu'ilz tirerent d'vne cisterne estant
dedans l'entree de l'Eglise: & à l'instant le Pere Gardien nous incita leur donner quelques maidins en aumosne, disant qu'ilz estoy[en]t
pauures.

Les deuotz pelerins & benings lecteurs, seront icy aduertis, que
ce sainct lieu & en tous les autres par nous visitez, le reuerend Pere Gardien ou autre conducteur des Pelerins en son lieu, nous fi[t]
des petites exhortations & recit, de ce qui estoit faict & represent[é]
en chacun: puis fut chanté en iceux le texte de l'Euangile ou autre
partie de l'Escriture Saincte de ce faisant mention, & apres fi[n]

Antienne

Salign.
Tho. a. c.
4.

La maiso
S. Thomas

Act. 12.
Euseb. lib.
2. c. 9.
Niceph.
lib. 2. c. 11.
Beda in
act. 12.
Ioseph. li.
c. 2 ant.
li. 2 c. 14.
1516.

Aduertis-
sement.

Antienne, & la collecte appropriée (comme verrez au dernier liure) auec vne declaration des graces & indulgeces qu'on y acquiert pourtant plus attirer les cœurs des afsistens à deuotion, & cest aduertissement seruira pour tout le reste.

Sortant de ceste Eglise S. Iacques, ledit reuerend Pere nous mena vn peu plus auant, en vne autre Eglise appellee des Anges, laquelle est situee au lieu ou fut iadis, la maison du Pontife Annas, vers lequel (comme il est escript en S. Iehan) le Redempteur (estãt prisonnier, & entre les mains de ses plus cruelz & mortelz ennemis) fut mené premierement, puis interrogé de sa doctrine & disciples, & receut benignement & patiemment pour noz pechez, tãt de buffetades & opprobres, pour commencement de sa douloureuse passion, laquelle ledict Pere reuerend, nous exhorta mediter en Esprit, & de la suyure le Sauueur pas à pas, iusques à la maison de Caiphe, ou il nous mena apres. Ceste Eglise bastie au lieu de la maison d'Annas, est pareillement au pouuoir des Chrestiens Armeniés, petite & ceinte de murs, comme vn monastere, entre lesquelz murs iceux Armeniens ont des logettes ou ilz residét: A main gauche de l'entree d'icelle, est vn tresvieil tronc d'Oliuier iettant encore des rameaux vertz, auquel (selon la tradition des Orientaux) le Redempteur fut estroittemét lié & mal traicté de ces bourreaux, en attendant que ledit Pontife Anne fut apareillé, pour parler à luy: duquel arbre les deuotz Pelerins, prennent quant ilz peuuent, des petites branches, comme aussi des pieces des cailloux de chacun S. lieu, & les rapportent en leur pays, comme marques & memoriaux de la grace d'auoir veu lesditz sainctz lieux, & en iceux prins les choses susdites: auquel lieu ayans aussi faict noz prieres, nous fusmes menez hors de la Saincte Cité, par la porte du mont Syon, qu'on appelle encore la porte Dauid, regardant directement le midy hors de laquelle à main droite (enuiron cinquante ou soixante pas, sur ledit Sainct mont de Syon, proche des ruines de la tour & antique domicille du Prophete Royal Dauid, & du sainct Cenacle) est l'Eglise nommee Sainct Saluateur, laquelle est bastie au lieu & des propres murailles de la maison ou palays de Caiphe, qui estoit Pontife & grand sacrificateur en Ierusalem la mesme annee, que Iesu Christ souffrit mort & passion, comme appert es Euangiles S. Matthieu, S. Marc, S. Luc & S. Iean: En ceste maison, ledit Caiphe au conseil des Scribes & Phariseens illec asseblez, dit & prophetisa qu'il estoit expediér qu'vn hôme mourut pour tout le peuple: la aussi Iudas marchãda de leur liurer son Seigneur & maistre pour trẽ-

La maisõ
du Ponti-
fe Annas.

Iean 18.

Porte de
Dauid.

La maisõ
de Caiphe

Matth. 26.
Marc. 14.
Luc. 22.
Ioan. 18.

F f   te de

te deniers, & par sa trahison fut le Saueur en icelle maison côduit,
& faulsement accusé, iniustement buffeté, & vilainement traicté,
auec crachatz & autres ordures iettees contre sa diuine & Saincte
face, reueree des Anges, Archanges, & de toute la cour celeste: ceste diuine face y fut aussi voilee par mocquerie & battuë des bourreaux Iuifz, disans, *Prophetise nous Christ, qui est celuy qui t'a frappé.*

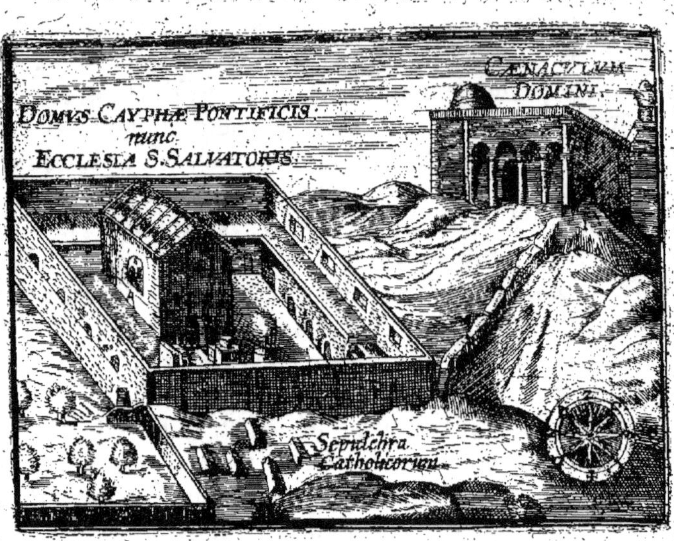

A. La maison de Caiphas.

B. Le pilon sur lequel le cocq chantoit.

C. Le lieu ou S. Pierre se chauffa auec les seruiteurs.

L A aussi ce tres-iuste Iuge & Aigneau innocent, par ledit Caiphe le Simoniaque, (ainsi le doibt-on nommer, car il auoit a-
cheté la prelature à beaux deniers contans, selon que disent S. Ierosme & Beda sur le 14. de S. Marc) fut declaré iniustement estre
digne de mort scandaleuse: En ce lieu mesme, il souffrit toute ceste
douloureuse nuictee, mille opprobres & martyres, tant par ledit
Caiphe Sacrificateur, que ses ministres & autres bourreaux &
Iuifz y assistens. En ceste mesme maison aussi, son Disciple S. Pierre le renia par trois fois, auant que le cocq eust chanté, comme il
luy auoit predit, mais le regardant puis apres d'vn œil misericor-
dieux, luy fit quitter la mauuaise compagnie des Satellites & recognoistre sa faute, & en sortant d'icelle, pleurer amerement: de ceste
maison

naiſon (conuertie en Egliſe) par le S. Cyrile, diſant aux Iuifz. *Arguit*   Cyrile
e domus Caypha per eam que nunc eſt. En icelle Egliſe la pierre de l'Au-   Catech. 13
el principal, eſt celle qui eſtoit deuant l'huys du monument, de laquelle eſt faict mention eſditz Euágiles des ſuſditz S. Matth. Marc   Matth. 27
& Luc, & ſelon que i'ay peu aucunement coniecturer, elle peult a-   28.
oir de groſſeur enuiron palme & demie, de longueur huict, & de   Marc. 15.
argeur quatre, reſerué vn coſté, ou elle eſt vn peu rompue.   16.
                                                              Luc. 24.

A La pierre qui eſtoit au deuant du monument du Seigneur.
B La priſon de Ieſus Chriſt.

L E meſme S. Cyrile, dit (pour teſmoignage qu'elle dure encore,)   Cyrile
que ceſte pierre qui fut roulee de deuát le monumét du Sauueur, eſt   Catech.
demeuree iuſques auiourd'huy: en la muraille du coſté gauche d'i-   13. 14.
celuy Autel, eſt vn petit lieu creux & quaſi quarré d'éuiron de trois
à quatre piedz par bas, & haut de ſept, auquel on entre par vn petit
huys, lequel lieu eſt nommé la priſon de Ieſu Chriſt, car ſelon la
tradition des Orientaux, il auroit eſté mis & ietté dedans iceluy &
gardé des ſatellites, vne partie de la nuict, & iuſques à tant, que
les Princes des Preſtres & des Iuifz, furent aſſemblez pour prendre conſeil, ou fut reſolu, qu'il ſeroit liuré au Preſident Ponce Pylate.

Ceſte Egliſe, comme dit Nicephore Calixte, fut edifiee ou ap-   Niceph.
propriee, par l'ordonnance de S. Helene, mere de Conſtantin le   Eccl. hiſt.
                                                              li. 8. c. 30.
                    grand,

grand, & dediee à S. Pierre Apostre: mais depuis, elle a esté comm
elle est encore presentement, intitulée & nommee de S. Saluad
En la petite court deuát ladite Eglise, qui est celle du Palays de l
uesque appellee en l'Euangile, *Atrium Pontificis*, vn peu à main ga
che de la porte en sortant d'icelle Eglise, est vn Orangier, plan
comme on dit, au lieu ou le susdit S. Pierre se chauffa en la comp
gnie des seruiteurs & gendarmes des susdits Princes, & ou il fi
derniere de ses negations, à l'endroit duquel Oranger, contr
mur de ladite Eglise, on nous môtra le pilier ou pilon d'vne colô
(assez semblable à celle qu'on voit à S. Iehan de Latrá à Rome
la place deuant le baptistere de Constantin) sur laquelle estoi
cocq, lors qu'il chanta par trois fois, comme lesditz orientaux tie
nent de toute antiquité.

Nous ayant ledit Pere reuerend, montré & declaré tout ce q
dessus: il nous mena sur la terrasse de certaines maisonnettes re
gees ensemble vers le midy, au dedás l'enclos de ce lieu, qui est fe
mé de murailles, comme vn petit monastere semblable à celuy
la maison du Pontife Annas mentionné cy dessus, esquelles peti
maisons, ou pour mieux dire chambrettes, resident aucuns prest
Armeniens, ayans ceste Eglise & monastere en charge: estans m
tez sur ladite terrasse, il nous môtra encore par vn pertuis ou tr
de la muraille (mais comme en secret, craignant d'estre veuz d
Santons, qui sont les prestres Turcqs) les lieux Sainctz du mo
Syon, non distans de là, que d'enuiron cinquante pas, comme te

moigne aussi Saligniacus: desquelz Sainctz lieux, ie parleray apr
auoir acheué brieuemēt, ce qu'ay à dire de ceste maison de Caïp
Elle estoit le Palays ordinaire des souuerains sacrificateurs ou Pô
fes des Iuifz: en icelle demeuroit le grand Pótife Eliasab, au teps

Nehemie, cōme il appert en son liure, Nicephore escrit, que Caïp
l'augmenta de quelque heritage qu'il acheta de S. Iehan l'Euāge
ste: Du temps que la S. Cité estoit assiegee par Tite, residoit en ice
maison, & y fut massacré & tué par les seditieux & mutins, le s
crificateur Ananias, mesme fut ledit Palays pillé & bruslé, sel

que nous ont laissé par escript Iosephe, & Guillaume Archeue
de Tyr. Sur les ruines duquel Palays (& au propre lieu ou le R
dempteur fut conduict prisonnier, interrogé de sa doctrine & d
ciples, & adiuré par ledit Pontife Caïphe) a esté bastie l'Eglise l
dite qui est demeuree en pied iusques à present.

Pour reuenir à nostre propos du mont Syon, si souuent metio
né en l'Escriture saincte, & des lieux venerables qui y sont, il s
catend

entendre que le lieu amafé qu'on y voit, felon que nous recite le
mefme Nicephore, eftoit la maifon de S. Iehan l'Euangelifte, par
luy achetee pour fon vfage des biens patrimoniaux a luy fuccedez
en Galilee par le trefpas de fon pere Zebedee, & venduz a cest effect. En icelle maifon Iefu Chrift auant fa mort & paffion, celebra
la derniere Cene & Pafque auec fes difciples, en laquelle il inftitua
le S. Sacrement de fon trefpretieux corps, tranffubftantiant le pain
& vin en fes diuine chair & fang: il y laua aufsi les piedz de fes A-
poftres: en ce lieu lefditz Apoftres & aucuns des difciples auec la
Vierge Marie, fe font tenuz cloz & enfermez pour la crainte des
Iuifz durant & apres la paffion dudit Redempteur: en ce lieu il s'eft
apparu a eux apres fa glorieufe refurrection: il y eft entré les portes
clofes fans aucune ouuerture: il y a mangé apres icelle refurrection,
& confirmé la foy de S. Thomas, par l'attouchement de fes playes
fainctes & viuifiantes: En cefte mefme maifon, le iour de la Pente-
cofte, defcendit le S. Efprit en forme de langues de feu, fur cent &
vingt croyans, & ou trois mille Iuifz furent conuertiz & baptifez
par S. Pierre: S. Mathias y fut fubrogué en l'Apoftolat au lieu de Iudas le traiftre: S. Eftienne auec fix autres y furent ordonnez Diacres: les Apoftres y celebrerent aufsi le premier Concile auant leur
feparation: finablement ladite maifon eft celle mefme, qui eft appellee le Sainct Cenacle, ou la trefentiere Vierge & pure mere de
Iefu Chrift, paracheua le furplus du cours de fa vie, & y trefpaffa
en la prefence des douze Apoftres, & aucuns de leurs difciples, illec
tranfportez en vn moment miraculeufement: felon que nous ont
daiffez par efcrit S. Matthieu, S. Marc, S. Luc, & S. Iehan en leurs
Euangiles. Plus le mefme S. Luc en fon traicté des Actes des Apoftres, S. Denis Areopagite, S. Ierofme, & autres grands perfonnages Docteurs de l'Eglife.

Au cofté gauche de la porte Septentrionale dudit S. Cenacle, furent inhumez les corps de S. Eftiene premier martyr, & Gamaliel,
apres que par reuelation diuine, ilz furent trouuez au lieu de leur
premiere fepulture. Tous lefquelz Sainctz lieux font comprins au
pourprix des edifices qu'on y voit, lequel cy deuant fut vne Eglife
baftie par ordonnance de S. Helene ou elle fit mettre & pofer (felõ
le tefmoignage de S. Ierofme & Nicephore) vne colõne tiree hors
des ruines de la maifon de Pylate, a laquelle noftre Redempteur a
uoir efté lié, durement flagellé & battu des verges, laquelle colõne
y eftoit encore du temps d'iceluy fainct Docteur. D'auantage, le
lieu où le fort fut ietté pour l'Apoftolat de Iudas & tomba fur Ma-

Ff 3　　　　thias

Matth. 26.
Marc. 14.
Luc. 22.
24.
Ioã 13.20.
Act.1 2.6.
15
Ieroni. epi.
27.tom. 1.
ad Euftoc.
Epift. 1.
tom 3. ad
Paulin.
Dionis.
Niceph.li.
3.c 30
Ireni ad
Euftoch.

thias, estoit en vne petite Chapelle situee audit lieu, deuant la porte
& degrez dudit S. Cenacle : mais ceste chappelle est a present ruinee & par terre, comme aussi celle du lieu ou residoit & est trespassee la glorieuse Vierge-mere du Sauueur, laquelle estoit vn peu
plus auant vers Orient:la voulte principale de ceste Eglise, (dediee
aux SS Apostres, de laquelle S. Cyrile faict aussi mention) est encore soustenuë de quatre piliers, & y auoit au milieu d'icelle vne
ouuerture, comme celle de *Sancta Maria*, surnommee la *rotonda* à Rome, ou celle du S.Sepulchre audit Ierusalem, en memoire que le S.
Esprit y descendit, laquelle les Turcqs ont faict fermer & couurir:
il y auoit aussi trois autelz fort preuilegiez, auāt que les Turcs l'eussent occupee.

Au dessoubz de ladite Eglise, est vne grotte pareillement soustenuë de quatre piliers, en laquelle on descend par neuf ou dix degrez:& à main gauche en entrant, se voit le sepulchre du sainct
Royal Prophete Dauid, aussi faict, (selon Nicephore) par la susdite
S.Helene:lequel sepulchre est de marbre blanc, esleué de la hauteur
d'vn Autel commun, carré par bas en s'estroicissant comme vn cercueil par le haut, lequel est couuert d'vn drap damasquiné fort enrichy de diuerses couleurs. Ce sepulchre est entre les Turcs en fort
grande veneration, y entretenans des lampes continuellement ardentes, auec des chandelles ou cierges de cire blanche, dont ilz n'v-
sent en nul autre endroit. Ilz ne permettent qu'aucun Chrestien y
entre. Et quant à eux ilz ne vont en ce lieu, sinon a piedz dechaux.

Ie ne sçay si c'est le mesme lieu, qui a seruy de Sepulture aux
Roys de Iuda, telz que ledit Dauid, Salomon, & aucuns de leurs
successeurs, duquel est faict mēiō es liures des Roys & des Chroniques, dit Paralipomenon : mesme es Actes des Apostres, disant S.
Pierre, qu'il estoit encore en estre & cognu entre les Iuifz, au temps
de l'aduenement du S. Esprit sur lesditz Apostres. Aussi dudit Sepulchre Royal Egesippe, Eusebe, Iosephe, Diō historien Ethnic,
& autre, ont escrit choses merueilleuses:à sçauoir, qu'vn Hircanus
filz de Simon Machabee, grand Pontife & Duc d'Israël, l'ouurit,
en tira trois mille talens d'argent, desquelz il en donna trois cents
au Roy Antioche, à fin de luy faire leuer, comme il fit, le siege mis
deuant Ierusalem. Long temps apres Herode surnommé Ascalo-
te, premier Roy estranger des Iuifz, attenta de faire ceste recherche, & ayant ouuert ledit Sepulchre, y entra de nuict (au desceu
des prestres & du peuple) auec aucuns de ses plus fideles & familiers amis, mais il n'y trouua nulz deniers mōnoyez comme Hirc.

us auoit faict, ains seulement force ioyaux precieux, auec des pa-
emens d'or, desquelz il enleua vne bonne quantité: & se trouuant
ar ce moyen alleché, de fouiller & aller plus auant iusques aux
ercueilz ou reposoyent les os desditz Roys Dauid & Salomon, v-
e grande flamme en sortit, laquelle deuora deux de ses hommes,
e qui estonna tellement ledit Herode, qu'il se retira de sa temerité,
& pour reparation d'icelle, il y fit bastir vn monument de marbre
lanc, lequel semble estre encore celuy dôt est parlé cy dessus. Eu-
ebe de Cesaree & Dion homme consulaire & gentil de religion,
isent que l'an de salut cent trente cinq, estant la guerre des Iuifz
onduite par le President Rufus au mandement d'Elius Adrianus
Empereur, enuiron deux ans deuant la derniere destruction & to-
ale ruine de Ierusalem & des Iuifz, le Sepulchre de Salomon, tenu
ar lesditz Iuifz en fort grand honneur & reueréee, s'ouurit de soy
mesme, & en sortirent des Lyons & hyenes, qui couroyent par les
ais & villes faisans hurlemens espouuantables, comme s'ilz eussét
oulu preaduertir lesditz Iuifz, de leur futur malheur. Quoy qu'il
n soit, ledit Sepulchre de Dauid, y est encore en estre, & ce qui
ous faict coniecturer que c'est le mesme, & qu'il est proche de l'ã-
ienne demeure & tour de Dauid, ou que du moins il y fut voisin,
& transporté audit lieu en fabriquant l'Eglise qu'on y voit iusques
a present, distante d'vn gect d'arc de la saincte Cité, côme elle estoit
ors (qu'estant es mains des ennemis de la foy) elle fut assiegee &
finse par Godefroy de Buillô & son armee, car le Comte de Tou-
ouse y auoit son quartier, selon le tesmoignage de l'Archeuesque
e Thyr. Ceste dite Eglise est assise iustement au sommet du mont
Syon, & au mesme lieu du sainct Cenacle, ou a esté bastie & insti-
uee la premiere Eglise Chrestienne, selon que nous trouuons en
diuers autheurs, telz qu'Ephiphanius & autres lesquels disent, signamment ledit Epiphanius, en son liure *De mensuris*, & auec luy le
fçrdocte Soranus en ses annales Ecclesiastiques, qu'au temps de la
derniere destruction des Iuifz dont ay parlé cy dessus, Elius Adria-
us Empereur venant d'Egypte, trouua toute la Cité de Ierusalem
ruinee & applanie, reserué quelques petites maisons & vne petite
Eglise, edifiee au lieu ou estoit le sainct Cenacle sur le mont Syon,
en laquelle les Chrestiens & leurs Euesques (qui sont mentionnez
& nommez par ordre au liure premier, depuis S. Iacques & S. Simeon son successeur, iusques au temps de Constantin le grand, lors
que l'Euesque Maximinus commãdoit audit Ierusalem, & que l'E-
glise de la resurrection a esté bastie, voire encore depuis) ont faict

l'office

Eusebe in
Chro &
hist eccle.
Dio in vi-
ra Adria-
ni.

Tyrius li.
8.c.1249.
li.21.c.16.
li.15.c.18.

Epiph.li.
de mensu-
ris.

l'office diuin. D'icelle les Propheres (Prophetisans que la religi
Chrestienne en debuoit sortir, & que par l'institution de la lac
Eucharistie, sa premiere Eglise y deuoit estre bastie) ont dit, D
exiuit lex, &c. Et ædificabit Dominus Syon & videbitur in gloria sua. Et en
core ailleurs. *Dilexit Dominus portas Sion super omnia tabernacula Iacob,*
aussi ce môt est appellé sainct & le mont du Seigñr, en diuers lieu
de l'Escriture saincte : Frere Franciscus Sorianus, qui estoit Per
Gardien du monastere du mont Syon, l'an mil quatre centz quatre
vingtz cinq, & y auoit residé plus de quatorze ans, dit en son liure,
que l'Eglise qu'y fit bastir S. Helene, auoit de longueur cent coul
dees, & cinquante de largeur : qu'elle estoit faite à trois nefz, toua
voultee ou lambrissee de marbre, & auoit le pauemêt, orné d'œu
ure Mosaïque, comme le môtre encore auoir esté l'Eglise de Beth
leem, qui aussi a esté bastie par ladite S. Helene : mais que de son
temps, n'en restoit en pied, que le cœur & le sainct Cenacle, ayant
esté le surplus ietté par terre par les Sarazins en vne fureur & e
motion populaire, l'an mil quatre centz soixante, aussi que depui
le Duc Philippus de Borgongne surnommé le bon, fit restablir cell
le Eglise, auec le monastere, donnant aux freres religieux de S. Fra
çois, residens en iceluy par aumosne, mille ducatz de rente, outre
par dessus quatorze mille ducatz, que luy auoit cousté ceste repara
tion, laquelle rente il a payee, tant qu'il a vescu : il donna aussi au
monastere, des riches tapisseries, dont on vse encores es iours plu
solemnels, pour aorner le lieu du sainct Sepulchre, ordonnant en
outre, que ses successeurs continueroyent le payemêt d'iceux mil
le ducatz de rente.

Le Compte de Solms, qui fit ce S. Voyage, enuiron l'an 1495, a
firme ce payement auoir esté encore faict de son temps : aussi le dit
frere Francisco, dit, que ledit Duc Philippe ordonna qu'apres sa
mort son cœur y seroit porté, auec six mille ducatz, pour estre em
ployez en achapt de rentes, pour dotter ledit monastere, & subue
nir aux necessitez & aliment des religieux & pelerins, mais sa vo
lonté ne fut effectuee, car l'Euesque qui les portoit, acheminant à
Venise en fut dissuadé, pour estre lors l'armee des Turcs deuã Ne
gropont, tellement qu'il ne passa plus auant que Rome, ou il fit ho
norablemêt poser le susdit cœur, en l'Eglise S. Pierre. Peu de temps
apres, grande partie de la mesme Eglise du môt Syon & le mona
stere interieur, furent derechef gastez & ruinez, par semblable se
dition & emotion, en mespris de la saincte Foy Chrestienne, prin
cipalement par induction de certains Iuifz : qui firent entendre aux

Sarazins

Isai. 2.
Miche. 4.

Psal 75.
78 86.131

...arazins, que soubz icelle Eglise, estoit le Sepulchre de leur Roy Dauid, ce qu'estant venu aux oreilles du Souldan, resident au grãd arc, il commanda que ce monastere & Sepulchre, fussent oltez ux Chrestiens, & dediez pour le cult de leur faux Prophete Ma-omet, tellement que partie fut ruiné, & le lieu osté aux religieux, esquels en eussent esté chassez totalement, si Ferdinand Roy d'Es-pagne en contre reuanche, n'eust ruiné toutes les Mosquees que les Mores & Sarrazins, auoyent en Espagne, reserué deux seulement, vne desquelles estoit à Tolede: & outre manda audit Souldan, que il ne cessoit de molester lesditz religieux & les Chrestiens residés en la Palestine, il feroit massacrer tous ceux de sa secte qu'il trou-ueroit sur ses iurisdictions:& par ce moyen lesditz freres demeure-rent pour ceste fois en paix, & en la iouissance de l'autre partie du susdit monastere, qui leur auoit esté baillé en garde, par Robert Roy de Sicile & de Naples, neueu du Roy S.Loys (selon que le sus-ditpere Sorianus, dit auoir leu, es annales & priuileges, de la terre Saincte) lequel Roy voyant ces saincts lieux & Eglises, tãt du S.Se-pulchre, du mont Syon, que de Bethleem, frustrees du vray cult di-uin & Catholique, fit tant auec Sanctia sa femme, qu'ilz obtindrẽt dudit Souldan d'Egypte lesditz sainctz lieux, mais non sans grande difficulté & fournissement de grande somme de deniers & finãces, & par ce moyen ilz firent restablir ledit monastere (qui auparauant auoit esté abbaye, selon Tyrius, & Rudolph Curé de Suchen en Westphale, lequel Curé fit le sainct voyage l'an 1336, & resida sur les lieux quatorze ans, disant ce estre aduenu de son temps : du de-puis fut changee en Eglise Collegialle de Chanoines reguliers, & par apres accõmodee pour la residence de douze religieux de l'or-dre de S. François, qu'on nomme Conuentuelz ou *Gaudentes*,) pour y celebrer le seruice diuin, selon l'vsance de l'Eglise Catholique, A-postolique & Romaine, autrement dite Latine, & pour y receuoir les Pelerins de la mesme religion. Duquel Souldan, fut obtenu let-tres patentes, pour y laisser lesditz religieux à perpetuité: comme aussi du Sainct Pere le Pape Clement cinquiesme, contenant, que le general dudit ordre de S. François auroit la charge d'enuoyer & entretenir audit lieu, des plus suffisans religieux dudit ordre, & de la meilleure vie qu'il pourroit trouuer. Depuis, pource que lesditz Conuentuelz, se diuorserent des obseruans, le Sainct Siege Apo-stolique, à la requeste de plusieurs Princes & potentatz Chrestiens, en fit retirer lesditz Conuentuelz, & au lieu d'iceux mit les Ob-seruans, non sans vne vraye prouidéce diuine, car Dieu ayme mieux

eſtre ſeruy des pauures & mendians, que non des riches & poſſeſſeurs . Depuis ce temps-la leſditz obſeruans y ont eſté maintenu
iuſques à preſent : neantmoins ilz n'ont plus la iouyſſance de tous
les lieux ſuſditz , leur ayant leſditz monaſteres des montz Syon &
d'Oliuet , eſté oſtez abſolument & de faict par les Turcs, l'an
cinq centz ſoixante vn, faiſans des Egliſes ſainctes, leurs Moſquées
à leur vſage, & des cloiſtres, la reſidence de leurs preſtres & Sancto
le ſurplus à ſeruy & ſert d'eſtables , pour les cheuaux du Saniac &
autres officiers dudit Turc : toutefois ilz ont aſſigné auſditz religieux de S. François & leurs pelerins, vne autre demeure au dedans
de la Cité, comme i'ay cy deuant dit au quatrieſme chapitre. Ainſi
les Chreſtiens, ſe rendans indignes par leurs pechez, d'auoir la poſſeſsion & iouyſſance de ces ſainctz & venerables lieux , s'en tro-
uent peu à peu chaſſez & exillez, & les voyent occupez par les ennemis de noſtre foy & religion, ne nous eſtant quaſi permis (non
plus qu'aux Iuifz au temps de l'Empereur Adrian) les regarder de
loing, eſtans ce pendant tenuz d'iceux Turcs, en treſgrande veneration , n'y entrans, comme dit eſt, que lauez & à piedz nudz.

    Quant à la forme du mont Syon, elle eſt comme vn arc ou demi
cercle, enuironnant grãde partie de la Saincte Cité du coſté de midy, duquel coſté il eſt beaucoup plus haut , qu'icelle Cité, auſsi il
ſeruoit de fortereſſe au temps des Iebuſeens, & ſe nommoit Mello;
voire il eſt ſi haut , qu'il eſt inacceſsible à cauſe des precipices &
profondes valees, qui l'enuironnent des trois pars , & côme on peut
preſuppoſer , plus aſpre lors qu'à preſent qu'il n'y a plus de Chaſteau ny de ville . Les premiers qui habiterent & fortifierent le dit
mont, furent leſditz Iebuſees deſcendans de Canaam, & le tindrent

iuſques à ce qu'ilz en furent chaſſez par le Roy Dauid, qui l'ayant
gaigné le fortifia au double & y eſtablit ſa maiſon & domicile, l'appellant la Cité de Dauid , comme nous liſons au ſecond liure des
Roys & ailleurs: deſquelz baſtimens on voit encore à preſent des
veſtiges vers la partie Occidentale, dont Tyrius faict auſsi mention
en diuers lieux. Or pour reuenir à noz premiers diſcours & narration de noſtre voyage: Apres que de loing & par le lieu ſuſdit, euſt
eſté par nous veu le lieu du ſainct Cenacle de noſtre Seigneur,
nous ſortiſmes de l'encloz & cloiſtre ou fut ladite maiſon de Caiphe, & à l'inſtant nous fut montré par deſſus vn petit mur & iardin qui eſt à main gauche, le Cimetiere & ſepulture des Chreſtiens
Catholiques mourans ſur le territoire de Ieruſalem, mais on ne les
y peut mettre, ſans la licence & compoſition du Gouuerneur Turc

au

aufsi n'eſt il permis les mettre en Acheldema , pour eſtre reſerué
pour leſditz Turcs & leurs Pelerins.

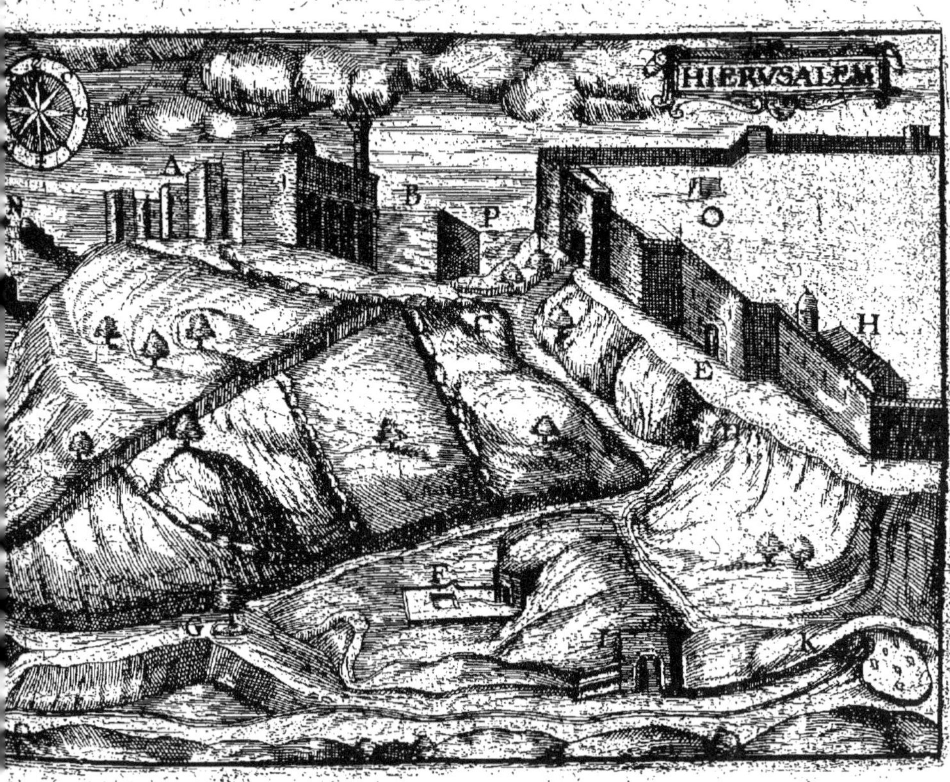

A Le S. Cenacle
B La maiſon de Cayphe
C Le lieu ou les Iuifs voulurent rauir
    le corps de la Vierge Marie
D Ou S. Pierre pleura amerement
E Porte Sterquiline
F La fontaine & natatoire de Siloe
G Quercus Rogel
H L'egliſe de la preſentation de la vierge

Marie
I La fontaine de la vierge Marie
K Le pont du torrent Cedron
L Acheldema
M Le lieu ou les Apoſtres ſe cacherent
N Le mont Mashit ou de l'offenſion.
O La maiſon d'Annas Pontife
P Le lieu ou on enſeuelit les Catholi-
    ques.

De ce lieu prenans noſtre chemin vers la porte de la Cité ſurnommée de Dauid, nous la laiſſames à main gauche , & eſtans entré en vne ruelle qui conduit, en deſcendant, du long des murailles
de la Cité, & la valee Tyropœon, vers la fontaine Siloe & la valee
de Ioſaphat, au commencement ou icelle ruelle ſe ſepare du grand
chemin, le reuerend Pere Gardien nous fit agenouiller ſur vn pe-

ut amas de cailloux qu'il disoit rester d'vn oratoire, faict au lieu
les Iuifz creuans de rage, pour l'honneur que les Apostres & disciples de Iesu Christ, faisoyent au corps de la vierge Mere trespassee
en le portant au Sepulchre de ses parens qui estoit en Gethseman,
voulurent arrester & forcer le cercueil, auquel reposoit ce corps
sainct & immaculé, pour le ruer par terre & mettre en pieces, mais
les mains du premier d'iceux, qui estoit vn des sacrificateurs, nommé Oza, à l'attouchement dudit cercueil, furent diuinement cou-
pees à plus pres des couldees, & demeurerent pendantes comme
collees à iceluy cercueil, iusques à ce, que se repentant & croyant en
la foy, elles luy furent restituees & remises miraculeusement par
l'Apostre S. Pierre, comme recitét Nicephore, Calixte & Epiphanius. Ces cailloux sont ramoncelez audit lieu par les Chrestiens
pour memoire de ce faict tant admirable, comme prouenans (comme
des ruines d'vne chapelle ou oratoire, basty autre fois en ce lieu par
noz deuotieux ancestres, ou par saincte Helene, laquelle selo le dire
des Orientaux, fit construire des Eglises & oratoires en la terre
le nombre de cinq centz & plus, desquelles le susdit Nicephore en
nomme beaucoup, mais la plus part sont tellemét desmoliez & ruinez, qu'à peine en trouue on les vestiges, & n'estoit la frequente
visitation, que de tous temps s'y est faite par les fideles, & pieux
Chrestiens, y arriuans de tous les coings & cantons de la terre habitable, & que sans intermission, il y en a tousiours eu de residens
pour enseigner & môtrer aux suruenás, les memoires de ces saincts
lieux tant remarquables, s'en fut facilement perdu la cognoissance que Dieu pour sa gloire & nostre salut, n'a encore permis, louē
en soit il eternellement.

Ayans surce tas de cailloux, fait nos petites deuotions, nous
uallasmes le long des murailles de la Cité, & partie de la valee de
Cropeon, iusques à celle de Iosaphat, & passant par deuant la porte
Sterquiline dite des caues (par laquelle nostre Redempteur enuoya
ses disciples preparer sa derniere Cene, & rencontrerent proche
d'icelle l'homme portant l'eaue, aussi par laquelle ledit Sauueur e-
stant prins au iardin d'Oliuet, fut introduit en ladite Cité & mené
à Annas le Pontife) nous fut montré vn autre & lieu souterrain non
gueres profond, auquel S. Pierre penitent, se retira pleurant amerement, apres auoir renié son Seigneur & maistre, comme recitét
S. Matthieu & S. Luc: auquel lieu aucuns contemplatifz tiennent
qu'il y soit demeuré, tant pour la faute par luy commise, que pour
la crainte des Iuifz, iusques au iour de la resurrection dudit Redempteur

de tout le monde, & qu'iceluy s'y soit apparu à luy selon que recite S. Paul. En ce mesme lieu on voit aussi quelques vestiges, tant d'vn oratoire autre fois appellé, *Galli cantus*, que aussi
des vieilles murailles de la saincte Cité, & y est la roche plus rou-
geastre, que aux autres enuirons d'icelle, laquelle rougeur aucuns
anciens, ont iugez proceder, du sang du Prophete Zacharie, occis
entre le Temple & l'autel, ce que S. Ierosme leur attribue à simplicité.

En cest endroit au dessus des murailles, se voit vne belle & ancienne Eglise, edifiee au lieu ou estoit le Courtil des Israëlites, &
le magnifique Portique, ou Porche de Salomó. Ainsi appellé, à cause que ce Roy y faisoit ordinairement ses prieres debout, selon le
mesme S. Ierosme: duquel portique & de la ruine, est faict mention
au liure des Roys, au Paralypomenon, & en Iosephe. Tertulian escriuant contre les heretiques de son temps, dit, que du Portique de
Salomon, vient nostre institution, & qu'en iceluy Iesu Christ & ses
Apostres, se sont souuent assemblez, ce que tesmoigne aussi S. Ieha,
& S. Luc es Actes desdictz Apostres. Au bas de ce Portique, estoit vne
tresbelle gallerie, ioignante le Temple & le Palays dudit Roy: &
au dessus estoit l'habitatió d'aucunes femmes vefues & chastes, qui
y viuoyent monastiquement, soubz vne saincte discipline, en veilles, ieusnes & oraisons, cóme estoit la bonne matrone Anna fille de
Fanuel, mentionné en S. Luc & quelques autres, auec lesquelles e-
stoyet recluses, certaines ieunes filles, pour estre enseignees en toute
pieté & artz feminins, du nóbre desquelles fut aussi la Vierge Marie, mere du Sauueur: & en cedit lieu, nul homme n'y pouuoit entrer: ce lieu estoit aussi distinct & separe des autres parties du Temple, & y auoit vne motée de quinze degrez, comme tesmoigne Iosephe, & autres autheurs dessus nómez, lesquelz degrez on tient a-
uoir esté montez par ladite Vierge seule, sans assistence & ayde humaine à l'aage de trois ans, lorsqu'elle y fut presentee par ses pares,
de laquelle presentation selon Gregorius Missenus, l'Eglise tát Latine que Grecque celebre & honore l'anniuersaire, & en font mention, non seulement les autheurs susdicz, ains aussi S. Ignace, Georgius Cedrenus, S. Bernard & autres. Nicephore liure premier chapitre 7. & Euodius cinquiesme successeur de S. Pierre en Antioche,
disent que ladite Vierge y demeura onze ans, & que ce lieu estoit
le Portique & Temple ou Iesu Christ a souuent presché, & d'ou il
dechassa les vendeurs & changeurs, comme il est dit en S. Iehan:
L'eglise qui est edifiee sur ce lieu, se moustre fort belle & faite à l'I-
talienne,

Notes marginales : in c. 14 / 1. Cor. c. 15. — Ieroni in 32. math. & Ephes. — † Le portique de Salomon. — D. Ieroni. in psl. 10 / 3. Reg. c. 6 / 2. Paral. c. 3. & 7. / Iosep ant. li. 3. c. 2. 6 / bell. c. 6. 7. / bell. 5. 14. / lib. 2. cót. Appion. / Ioan. 10 / Act. 1. & 5. — Luc. 2. — D. Amb. li. 2. de virgini. / D. Hiero. de ortu virg. / Orig. tract. 26 in math. / Cyril. aduersus Antropomor. 27.

Bern. in
P. fol. 90
fon. 10.

talienne, toute couuerte de plomb, (& selon le dire de Francisco Soriano) elle a cent coudées de longueur & quarante de largeur : les murailles de dedās, sont toutes croustées ou lambrissées de marbre : Il y a sept ordres ou rangées de colomnes de Porphyre & de Serpentine, qui sont marbres tresbeaux & excellēs. Les quinze degrez susditz sont encore au cœur principal d'icelle, tous dorez & tenuz en tresgrande reuerence par les Turcs, lesquelz le temps dudit frere Franciscus Sorianus, qui passé cent ans, à sçauoir mil quatre cēntz quatre vingt cincq, estoit Gardié dudit monastere. Et aussi selon le tesmoignage de ceux qui y residēnt presentemēnt, y entretiennent ordinairement mil à douze centz lampes allumées à leurs fraix, & n'est permis à aucun Chrestien d'y entrer sur peine de la vie : car ilz les reputent pour immondes n'estans circoncis, se fondans sur ce qui est escript en Isaye. Il ne se trouue par qui ny quel temps, ceste Eglise ait esté bastie, soit des Chrestiēs, ou des Mahometistes, bien est elle fort anciēne, car ie trouue qu'au temps Godefroy de Buillon & ses successeurs, ont commandez en ceste Cité & terre Saincte, il y auoit vn monastere de religieuses, quoy est à presupposer, veu qu'ilz n'y ont regnté que quatre vingtz ans ou enuiron, qu'en si peu de temps, ilz ne pouuoyent auoir faict faire tant d'Edifices, si materielz & sompuueux, ou bien que saincte Helene, saincte Paula, ou les Princesses Eudoxes, en pourroyent estre les fondatrices, car elles en ont faict faire plusieurs.

Le benins lecteur doibt icy admirer, le respect que portent lesditz Turcs & Mahometistes, tant à ce lieu, que aux autres lieux, principalement à ceux qui sont dediez à la glorieuse Vierge, veu qu'ilz les entretiennent si curieusement, & auec tant de deuotion, & scrupule, car les degrez susditz, sont particulierement tenuz par eux en telle reuerence, que pour le respect d'iceux, nul homme n'oseroit marcher dessus, aussi ilz sont en vn lieu tous treshōnorez, & tant s'en faut que nous leur faissōns tant d'honneur, veu les sainctz degrez, nommez *Scala sancta*, qui sont à Rome, & ont esté arrousez du tresprecieux sang de nostre Redempteur, soyent reuerez ou honorez de nous autres Chrestiens, comme sont ceux qui ont esté montez de la Vierge Marie en la tendre ieunesse, auant qu'estre mere de Dieu desditz Turcs, à nostre grād honte. Le respect & reuerence qu'ilz portent à icelle Vierge prouient la croyance qu'ilz ont, qu'elle soit mere de Iesus, & qu'iceluy soit elle conceu du S. Esprit, aussi que deuant, durāt & apres son enfantement, elle soit perpetuellement demeurée vierge sans corruption, tellemēt

...que l'on voit par cecy, que lesdiz Turcs croyent de la
...plus que les heretiques de nostre temps qui le disent

...Turcs confessent outre ce, selon la tradition de leur legi-
...faux Prophete Mahometh, aux chapitres d'Abraham, El-
...Elmeide Ebnela & autres de son Alcoran, que la naissance
...Iesus a esté annoncee par l'Ange a Marie, & que l'Ange luy a dit:
Marie Dieu t'a preferee a toutes les femmes, Dieu & son verbe
annoncent, que Iesus ton filz sera de grands prodiges & miracles
...telles, & son nom sera Christ, il sera sanctifie par le S. Esprit,
...de la vertu de Dieu, non par operation naturelle, & toy tu
...seras monde & nette sur toutes les femmes, &c. Cecy est
...par le P. Richard, en son liure contre l'Alcoran. Guillau-
Postel, Frere I. Benedicti, F. Pierre dore & autres qui ont tre-
...la Turquie. Et recite ledit Benedicti vne oraison qu'iceux
...prononcent ordinairement a la tressaincte & heureuse vier-
...tiree des premier, cinq, & septante quatriesme articles d'...
...Alcoran, disans: O Marie de tous hommes, & de toutes les
...la plus illustre, cherchant perseueramment a complaire au
...Dieu. O Marie, Dieu vous a par tout esleue, il vous a purgee &
...digne sur toutes les femmes des siecles. O Marie Dieu vous a
...donne la parole de son propre nom Iesus filz de Marie, qui sera
honorable es siecles present & futur: Marie le gouuernant, n'a rien
...de mauuais ou malicieux, parquoy nous luy offrons noz a-
...entre les hommes plusieurs ont esté parfaitz, mais entre les
femmes, nulle n'a esté parfaite, sinon Marie mere de Iesus: nul des
...d'Adam venant a naistre au monde, n'a esté sans estre touché de
...qui cause que quant il sort du ventre de la mere, il pleure,
hormis Marie & son enfant Iesus &c. En quoy s'accomplit en partie
...prophetie de ladite Vierge, contenant que toutes les generations
...diront bienheureuse. Quant a l'opinion qu'ilz ont d'iceluy Iesus
...Redempteur, ilz le disent auec Sabellicus, Arrius, Eunomius,
...hypocrates & semblables heresiarques, auoir esté le plus excellet
...creatures, tressainct, & le plus grand de tous les Pro-
...le disant estre la parole & l'Esprit de Dieu, nay d'vne vier-
...mais non Dieu, ne filz de Dieu, ayant esté enuoyé d'iceluy, pour
...la rigoureuse loy de Moyse, & par vne autre plus doulce, at-
...les hommes a viure selon sa volonté: toutefois eux, auec leur
...maistre Sathanique Mahometh, ne veulent qu'il soit Dieu, ou filz
de Dieu: car Dieu, disent ilz, ne peult ou doibt auoir de filz, autrement

ment entre le Pere & son dit filz, sourdroyent des Schismes, com[me]
si les dissentions ou altercations, estoyent de necessité entre le p[ere]
& le filz: En quoy ilz conuiennet aussi auec les Iuifz & Cerd[oniens]
lesquelz erreurs ont suiuy, les Manicheens & Donatistes qu[i]
vouloyent que Iesu Christ fut mort ny crucifié, ains vn autre q[ui]
ressembloit: Lesditz Turcs disent que Dieu l'a rappellé à soy du [mont]
des Oliues, & sur la fin du monde, le doibt renuoyer & fair[e de re]
chef apparoistre, pour combatre l'Antichrist, & apres qu'il d[oit]
mourir & resusciter, pour tenir le Iugement general auec Ma[ho]
meth, voyla leurs belles opinions, & plustost resueries. Aux ch[api]
tres Elparcera & Elmeides dudit Alcoran, Mahometh côfesse [que]
Iesu Christ a illuminé des aueugles, nettoyé des lepreux, resu[scité]
des morts, & faict plusieurs autres miracles, qui est l'occasion [que]
les Mahometistes, font si grand cas des lieux sainctz, ou Iesu Ch[rist]
& la glorieuse vierge-mere ont conuersez & faict des mirac[les]
entretenans auec reuerence & veneration, voulans d'iceux for[c]e[r]
re & chasser les Chrestiens, comme i'ay demôtré au liure prem[ier]
Or comme dit est la susdite Eglise se montre assez belle, par de[hors]
lesditz murs, & bien entiere: au dessoubz de laquelle, y a vn g[rand]
tout voulté, faict, selon Iosephe, par le Roy Herode, capable [pour]
y loger cinq à six centz cheuaux.

Reuenant a nostre pelerinage du premier iour, & côtinuant [no]
stre descente, nous arriuasmes à la Fontaine Siloe, qui est a[u pied]
des montz Syon & Moria, duquel lieu on peut cognoistre, de [quel]
le hauteur estoyent iceux môz, & l'acces difficile qu'il y auoi[t de]
saillir la Cité de ce costé. Quât à ladite fôtaine, elle sort auec b[ruit]
d'vn rocher bien dur & comme d'vne cauerne regardant o l'O[rient]
en laquelle nous entrasmes par deuotion, pour auec l'aueugl[e]
lauer noz yeux, puis ayant beu d'icelles, il nous sembla, selon l[e dire]
du venerable Beda, & l'Archeuesque de Tyr, que ces eaues est[oyent]
peu sauoureuses, à cause qu'elles ne courent pas continuellem[ent]
ains seulement quelque fois, de deux ou trois iours à autres, le[squelz]
les eaues s'escoulét parmy certains natatoires, esquelz les Iuifz [an]
ciennement, se souloyent lauer en este, & se vont rendre auec c[elles]
de la fontaine Gyon, passant parmy la valee Ennon ou Gehen[non]
au val de Iosaphat. Ceste fontaine de Siloe, est fameuse entre [les]
Chrestiens & Mahometistes, pour le miracle faict a l'endro[it]
susdit aueugle nay, lequel par commandement de Iesu Christ [lui]
na les yeux ointz, de la boue faicte de sa diuine saliue, mesle[e auec]
terre, dont il receut la veue, selon le recit de S. Iehan. En ce [iour]

Fontaine Siloe.

Beda in Esd li 2. c.18.

Tyrius li. 2. c.14.

Ioan. 9.

bastit vn Temple fort magnifique par S. Helene, comme dit
Nicephore, qui estoit appellé, l'Eglise de S. Saluateur, illumina- Nicep. li.
c. 30.
yant son Autel principal sur la source d'icelle fontaine, mais
en reste en pied autre chose, qu'vn peu de muraille, & a main
gauche, quelques quartures & vestiges du natatoire, anciennement
Piscine interieure, ornee d'aucuns petits pilliers. Les Mahometh-
comme tesmoigne Saligniacus, la tiennent si grand estime & Salig tō.
10. c. 1
eaues d'icelle fort prouffables pour le mal des yeux, aussi pour
oster la senteur bouquine qui leur est fort commune, tellement
qu'ilz s'en lauent souuent, & ont pour ce faire vn peu de pauemēt
qu'ilz tiennent pour Mosquee, ou ilz font iournellemēt leurs
deuotions en memoire du susdit miracle, ne permettas qu'vn Chrestien y marche : aussi nous y trouuasmes des Turcs qui beuuoyent
de l'eaue, lesquelz nous voulurent defendre l'entree de l'antre ou
source d'icelle, mais ilz furent de nous appaisez par le moyen de
quelques maidins. Ceste mesme fontaine (apres le retour des Iuifz
de Babylone, selon que nous disons en Esdras) fut ceinte de murs, 2. Esd. c. 9
par Selin filz de Chalhoia, au mesme lieu ou souloit estre le iardin
des Roys de Iuda & la montee, qui descendoit du mont Syon. Ou
l'on pardessus ce miracle de l'Aueugle nay, le narrer encore d'au- Ioseph li.
6 bel. c. 11
M. 2. hist.
tres merueilles d'icelle fontaine : principalement Iosephe l'Histo-
rien, & le maistre des histoires, car ilz dient, qu'a l'arriuee de Senacherib, Roy des Caldees (mesme auant que Tite vint mettre le
siege deuant Ierusalē durant la mutinerie des Iuifz) elle estoit toute
seiche, sans rendre eaue : & estant la Cité inuestie par l'armee d'iceluy Tite, qu'elle en donnoit si liberalement, que l'exercite Romain
plus hommes que bestial, en eut en abondance.
  Apres auoir esté par nous faict esdiz lieux, comme es autres, noz
petites deuocions, & prié Dieu aussi vouloir illuminer noz cœurs,
nous allasmes outre, & veismes en la valee qui est a main droicte,
la forme d'vn autre natatoire ou Piscine, carree & plus grande que
la premiere mentionnee cy dessus, ayant l'extremité ronde a cul de
four comme le cœur d'vne Eglise, mais on n'y voit point d'eaue,
car elle court par dessoubz terre, & se va rendre soubz vn pont que
le Roy Ezechias, fit faire aupres du chesne appellé, Quercus Rogel, Quercus
10 gel.
Epiph. de
proph.
vit. & in-
tent.
Ieroni. in
argum
proph. Isai
soubz duquel, selon Epiphanius & S. Ierosme, fut inhumé le noble
Prophete Isaia, apres auoir esté sié en deux d'vne sye de bois, par le
commandement du Roy Manasses, duquel il estoit oncle maternel. Auquel lieu, selon le dire du maistre des histoires, a aussi esté basti vn oratoire : & au lieu du susdit Chesne, a present y a vn meurier
H h bien

bien ancien, duquel aulcunes branches ſont ſouſtenuës de pierres
cailloux mis l'vn ſur l'autre ſans ciment ou mortier, & au jour
dit meunier par bas, eſt comme vn petit pictau rond, ſeruãt auſſi de
Moſquee aux Turcs. Il eſt eſcript que aux enuirons de ce lieu, Adonias filz du Roy Dauid, fit vn banquet ſuperbe, & ſacrifia ſur la pierre Zoheleth, grãd nombre d'ouailles, bœufs, & beſtes graſſes, voulant ſe faire Roy, comme nous liſons au premier chapitre du premier liure des Roys. Se voyent encore icy deux colines, dont l'v-
ne eſtoit anciennement appellee, le Roch des coulons. Ayans viſité les
ſainctz lieux, & trauerſé la valee ſuſdite de Hennon, nous remon-

Mont de l'offenſió.

**3.Reg.11.
4.Re.c.23.
Beda
quæſtio.
30.in lib.
reg.**

**4.Reg.23.
Igna.epiſt
ad Magne
ſian vs.
Ioſeph.ant
li.9.c.3.**

**Maiſon
du mau
nais Con
ſul.**

tames le mont appellé de l'offenſion, qui eſt à l'oppoſite de celuy de
Syon vers midy, lequel a eſté ainſi appellé, depuis que le Roy Salomon (ja vieil & ſeduit par ſes femmes eſtrãgeres) le prophana, pour
y auoir dreſſé des Autelz à Melchon, ou Moloch Dieu des Ammonites, & à luy faict ſacrifice, car parauant il ſe nommoit Mont de
venerable Bede, le nomme le mont des Idoles, car, dit il, la couſtume en l'eſcriture ſaincte, eſt d'appeller les Idoles offenſion, pource
qu'en iceux on offenſe Dieu, ou apportent offenſion & ruine à leurs
adorateurs. Telz autelz, ſouloyent eſtre conſtruits & ſituez, ès lieux
haults eſleuez dudit mont, à l'ombre de pluſieurs arbres, verdoyans
plaiſans & delectables, & pour ce nommez haults lieux, le diable
les choiſiſſant telz, pour par leur beauté y attirer les cœurs des hommes. Ceſte offenſe & Idolatrie encommencee par Salomon, dura
juſques au temps du bon Roy Ioſias, lequel les fit demolir, & ruiner
n'ayant encore que huict ou douze ans d'aage, comme il eſt eſcrit
au quatrieſme liure des Roys, auſſi ſelon S. Ignace martyr & Joſe-
phe, tant valut en luy la ſaincte inſtruction de ſa mere, le conſeil
des anciens & ſon bon naturel, qu'il corrigea les faultes commiſes
par les peres, & reduit ſon peuple à bien y viure, comme s'il euſt eſté
en aage vieil & ancien. Nous fut encore monſtré des antiques maçõ-
nerics au haut dudit mont & au milieu d'iceluy (les plus hautes
deſquelles, on dit eſtre les veſtiges des ſuſditz Temples, & les autres) de la maiſon ou les Princes des Preſtres tindrent conſeil de
mettre Ieſus Chriſt à mort, & pour ce appellee, *Domus mali con-*

Des lieux qu'on voit sur le mont Mashat dit de l'offension.

CHAPITRE VII.

A. le S. Cenacle & mont Syon. B. Quercus rogel. C. ou les Apostres se cachérent. D. Acheldema. E. le mont de l'offession. & maiso du mauuais conseil. F. Vallis Ennon.

Ontant vers le haut dudit mont, se trouue de premier abord, les lieux ou les huict Apostres se cacherent, durant le temps que le Redempteur souffrit mort & passion, car S. Pierre & S. Iacques estoyent ailleurs, & S. Iehan suyuoit la Vierge mere. Or pour declarer que c'est desditz lieux brieuement, ce sont plusieurs & diuerses grottes taillees en la roche de ladite montagne, qui auoyent seruy de sepulchres à quelques familles des Iuifz, estans en forme de petites chambrettes, ayant les entrees estroites & basses, par lesquelles on y mettoit les corps mortz, & puis se fermoyent d'vne grosse pierre qui se posoit au deuant, & non au dessus, ainsi que se mettent les tombes à nostre mode sur les fosses des trespassez; ny aussi, comme la pluspart de noz peintres, depeignent & representent le Sepulchre du Redempteur. Au deuant desquelz Sepulchres y a à chacun comme vn petit oratoire, en forme de station, ou les femmes Iuifues alloyent faire leurs lamentatiõs & prieres pour les mortz. Le reuerend Pere Gardien nostre conducteur, nous dit, estans sur ledit lieu, comme disent aussi les reuerends Peres, F. Boniface Stephani, en son liuret intitulé *De perenni cultu terræ sanctæ*, & F. Francisco Soriani ailleurs, ayans par plusieurs annees & long

temps, l'vn apres l'autre esté Gardiens du mont Syon) que le glorieux sainct Sepulchre du Redempteur, estoit en telle forme que
le montre auoir esté ce luy representé en ce pourtraict, c'est asça-

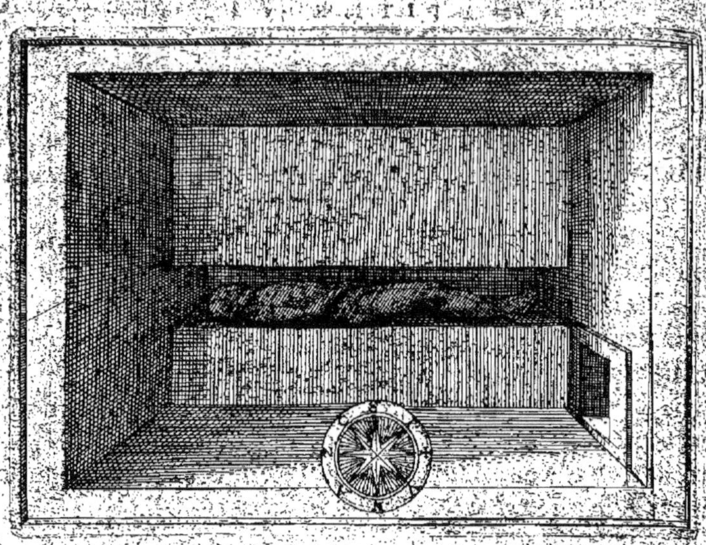

uoir que l'on cauoit & creusoit en la roche, vn lieu de sept ou huict
piedz de haut, autãt de long & quatre de large, auquel creux on entroit par vne petite ouuerture basse d'enuiron deux piedz & demy,
& pied & demy de large, par laquelle entroyent ceux, qui y mettoyent le corps mort qu'ilz posoyent le ventre en haut de la longueur en l'vn des costez ou les desdites grottes ou sepulchres, ainsi
creusé en forme d'armoire, & sont tout ainsi qu'on voit les lieux
ou cy deuant on a mis les corps des sainctz martyrs, es Catecombes
qui sont soubz l'Eglise S. Sebastien a Rome, & ainsi on laissoit lesditz corps, puis on serroit & fermoit seulemẽt ladite entree ou emboucheure, d'vne grosse pierre auec du Ciment, car on ne mettoit
iamais qu'vn corps en chacune sepulture, selon que lesditz deux peres Gardiens nous ont laissez par escript, & comme nous dirons
plusamplement, parlãt du sainct Sepulchre du Redempteur, lequel
ledit frere Boniface dit auoir veu, lors (qu'estant Gardien du mont
Syon) il eust charge du Pape Paul quatriesme, de l'Empereur Charles le quint & Philippes son filz Roy des Espagnes, auec la permission de Solyman, de le discouurir & faire reparer les ornemens &
couuertures de marbre y estans lors fort derompues pour le laps du
temps & malice des hommes.

O ij

Or ces grottes sepulchrales susdites, s'absconserent & cacherent, comme dict est, lesditz huict Apostres, sachans bien & estans asseu-rez, que pour la solemnité des Pasques, les Iuifz, craignans d'estre reputez pour immondes ou poluz, n'oseroyent y entrer. En ces mesmes grottes, se sont autrefois tenuz aucuns sainctz & deuotieux hermites, appellez des grecs Anachorites selon Volateranus, lesquelz au temps de l'Eglise primitiue, se tenoyent par les deserrz & lieux apres, eux separans du monde & viuans en toute extreme auste-rité sans aucune certaine regle, pour vacquer à la cotemplation des choses celestes, desquelz les premiers conducteurs & Princes, fu-rent S. Paul, S. Anthoine, & S. Hilarió, selo S. Ierosme, disant qu'ilz viuoyent par la Thebaide, Egypte & Syrie, tant, que s'estans mis à viure ensemble soubz vne regle composee on les a appellé moines: desquelz Anachorites ou heremites, par le amplemēt Nicephore & Euagrius, mesme Phylon le Iuif & aucuns de ceux-cy, ont demeuré (comme dit est) en ces grottes & cachotz desditz Apostres, dont ilz ont decoré les voulsures ou superficies, de fleurons de diuerses cou-leurs & de tres-antique peinture, pour l'honneur & reuerence de la saincteté desditz lieux.

Passant outre & enuiron trois traitz d'arc plus auant tirant vers l'occident, nous trouasmes vn lieu carré, mais plus long que large, muraillé tout autour, esleué & voulté comme vne caue à diuerses celles comme sont quasi toutes leurs mosquees & bains: ne rece-uant au dedans dudit lieu autre clarté, que par certains pertuis qui sont en ladite voulte, l'entree duquel lieu, est à vn costé entaillee au rocher, se ioignant vers le midy, à l'edifice par dessoubz la mu-raille. Ce lieu est le champ du potier, nommé en S. Matthieu & aux actes des Apostres *Acheldema* ou *Haceldemach*, signifiant champ de sang, lequel fut achepté par les Princes des Prestres, des trente de-niers qu'ilz auoyent liurez à Iudas pour le salaire de sa trahison, pour y ensepulturer les pelerins, comme auoit predit le Prophete Zacharie, duquel aussi S. Ierosme & Nicephore font mention: S. Ielaine le fit clorre & approprier pour la sepulture des Chrestiens estrangers & pelerins, en consideration qu'il auoit esté destiné par les premiers acheteurs, au mesme effect: Le venerable Bede asseure que c'est le mesme lieu, mais ie ne sçay si lesdites murailles, ont esté renouuellees par les Turcs, car elles ne se monstrent fort vieilles. Les Turcs l'occupér à present pour la sepulture de leurs pelerins, sans vouloir permettre qu'on y pose aucun corps de Chrestien: Sa longueur au dedans, est d'enuiron septante deux piedz, & sa lar-

Hh 3   geur de

Volate-
rã. lib. 8.

Niceph. li.
9 c. 15 li. 11
c. 27. Ieroni.
ta c. 50.
li. 6. c. 11.
Euag. li. 10.
c. 5.

Achelde-
ma.
Matth 27.
& c.

Zachar 11.
Ieroni. lo-
cis hebraï
& in actis
Niceph.
li. 1. c. 10.
Beda
quest in
lib. Reg.

geur de cinquante. On nous fit voir le dedans par vn perru...
au costé de la concauité de la montagne : & y auoit plusieurs...
mortz, qui furent par nous veuz estenduz & arrengez l'vn pr...
l'autre enueloppez en leurs suaires, sans estre endommage...
donner aucune mauuaise odeur. Grande quantité de la terre...
champ, a esté transportée de çà la mer, comme a Rome, en...
meilleur voisin de l'Eglise S. Pierre au Vatican, appellé *Campo...*
auquel on enterre les pelerins mortz. En Siene, au lieu aussi no...
mé *Campo-santo,* comme celuy de Rome: pareillement a Paris a...
metiere des sainctz Innocens, a Coulongne, & autres vil...
Chrestienté: laquelle terre nôz ancestres ont tenuë en tre...
veneration, voire en admiration, pour cause qu'on dit, & p...
le croyent, que la chair des corps mortz qui y sont enterrez...
sommée en vingt quatre heures, n'en restant que les os.

De la valée d'Ennon & de la fontaine de Bersabée.

CHAPITRE VIII.

CHeminant vn peu plus hault, on voit plus à plain, les yeu...
des hautz lieux & bastimens faitz par Salomon, & de la...
son du mauuais conseil, & descendans de lad.te montagne nous
tournalmes en ladite valée d'Ennon, qui est entre le mont de...
Funsion, & celuy de Syon, par icelle passe le ruisseau de la fon...
Gyon, la rendant fort propre & apre pour y faire de beaux iard...
La aussi commencoit le champ du Foulon, ou les Foulon...
doyent les draps, & dure depuis *l'Acheldema* iusques audit mo. G...
ceste dite valée est aussi nommée Gehennon ou Benhennon...
signifie la valée des fitz d'Ennon, d'autant que ceux en estoyen...
sesseurs, comme dit le maistre des histoires. En icelle estoit...
bernacle & l'autel de l'Idole Moloch, autrement dit Melchu...
des Ammonites, faits par Salomon & Achas, tant hays deu...
comme apert au Leuirique, aux liures des Roys & Paralipom...
non en S. Ieremie & actes des Apostres. Ceste Idole Moloch...
vne figure d'Airain creuse au dedans, ayant le corps ressembl...
vn tonneceau, ayant la teste d'vn veau. autour de ceste Idole...
soit vn feu fort grand tant qu'elle en estoit toute embrasee...
les peres & meres inhumains, par vne cruelle & abominabl...
uotion, mettoyét leurs enfans fiz & filles au creux de ladite Idol...
& le

Valée d'Ennon.

Camp des Foulons. 4 Reg.11.

Leuit.18. &20.
1.Reg.11.
4.Reg.16. &21.
2.Paral.28. &33.
Hiere.7.
19.32.
Act.7.
Ioseph. ant li.9.
&12.

& les immoloyent au Diable, qui par les faux prophetes leur per-
suadoit, que à l'imitation du Patriarche Abraham, & le Capitaine
Iephté, Dieu auoit ces sacrifices pour aggreables: & afin que les pa-
rents ni chetiz, par les clameurs & braiemens de leurs miserables enfans estans au tourment, ne fussent ni veuz à pitié, & que ce sacrifice
impudique, neantmoins plaisant à Sathan president en la statue, ne fut
ouy ou aboy, les prestres d'iceluy, remplissoyent d'air de sons
trompettes & tambours, tandis qu'il duroit: c'est pourquoy ladi-
te vallee a aussi esté appellee Tophet, qui signifie Tambour: de la   *Isaïe. 30.*
mesme le Prophete Isaïe dit ainsi, Tophet est dés hier, par le Roy
tres profonde & large ses nourrissemens sont feu, & beaucoup
de bois, & le vent du Seigneur est comme vn torrent de soulphre,
qui l'allume. Entre ceux qui se sont ainsi laissez abuser & qui ont
mis leurs semences, ou enfans en ces horribles immulations, ont esté
les Roys Achas & Manasses, mais ces abominables coustumes, ont
esté delaissees, mesme l'Idole brisee & rompue par le Roy Iosias, lequel pour rendre la cité valee mal plaisante y fit ietter les os des
morts, en quoy fut en partie accomplie la prophetie de Ieremie, di-   *Iere. 7. 19.*
sant en y cassant vne bouteille de terre. Ce lieu ne sera plus appellé   *32.*
Tophet, ne la valee du filz de Hennou, mais valee d'occision: en ceste maniere brûleray-ie le peuple & la Cité: i'anichileray le conseil
de Iuda, & Ierusalem en ce lieu icy, & des feray tomber par l'espee
& donneray leurs charognes, pour pasture aux oyseaux du ciel, &
bestes de la terre: ie leur feray mãger la chair de leur filz & leur
filles, durant le siege, & en l'angoisse, en laquelle leurs ennemis, &
qui chercheront leurs ames, les enserreront, pour l'effusion
du sang des innocens &c. Laquelle prophetie a esté aussi accomplie en la destruction de Ierusalem par Tite.
Or au nom de ceste valee Gehennou, & le tourmét execrable qu'y
enduroyent les petits enfans, l'Enfer ou les damnez sont eternellement tourmentez, a esté par Analogie appellé, Gehenne, comme
appert en S. Matthieu, S. Ierosme, le venerable Beda & ailleurs, le-   *Matth. 18.*
quel selon ledit S. Ierosme, luy a esté imposé par le Redem-   *21.*
pteur mesme, car on ne trouue en la saincte escripture, qu'il ait esté   *Ieroni in*
ainsi appellé auparauant. Pour le present ladite valee d'Ennou, est   *2. Par. c.*
pleine de iardins pourplantez d'arbres fructiers, & en icelle   *33. & in*
se voyent les limites & fins du partage, que Iosué fit, entre la   *Matth. 18.*
lignee de Iuda & de Beniamin, comme nous disons en son liure.   *Beda quæst. 10.*
Ayant trauersé ceste valee, nous passames, entre les ruines de la   *in lib. Re.*
maison du Roy Dauid, & le lauatoire ou on dit Bersabee   *Iosu. 15.*
femme

femme d'Vrie, s'estre lauee, quant elle fut conuoitee dudit Roy Dauid, se pourmenant sur le toict de sa maison, lequel estoit faict en forme de terrasse, cōme estoyent & sont encore tous des maisons de l'Orient, tellemēt qu'il estoit aisé de s'y pour voir mesme se coucher dessus en toutes saisons, diguammēt. Ausi estoyent ilz telz du temps dudit Iosué. C'est pou faillcot ceux, qui en la trāslation de la saincte Bible, interp le mot *solaria*, escript audit liure de Iosué & des Roys, pour tellement qu'ilz errent, par faute de n'auoir veu, comme disposez. S. Ierosme atteste aussi, que les toictz des maisons Palestine, estoyent platz, & que sur iceux les Docteurs auoyet sieges, pour parler au peuple, c'estoit d'vn tel toict, qu'ōt parle Euangelistes S. Marc & S. Luc, lors qu'ilz font mention du Sauueur guarit le Paralitique, porté sur vn lit & qui fut deuallé du toict.

Or pour reuenir à nostre propos de hist., les Capitaines de la maison de Dauid, & mesme le grand Pontife ou sacrificateur, auoyent leurs demeures à l'entour de son palais, tesmoigne Iosephe, lesquelz palais, maison & tout font site pente du mont Syon du costé d'Occident, & semble que la maison dudit Vrie ait esté proche de ceste Piscine ou lauatoire, enui ronnee de trois partz de sa quarrure, d'vne muraille bien ne, & de l'autre vers occident contre les champs, il est bon rocher proche du mont Gion & le champ du Foulon le ruisse

---

Marginal notes:

Les toictz des maisons Orientales.

Iosué 2.
2. Reg. 11.
Ieron. in
cap. 4.
Mach
Marc. 2.
Luc. 5.

A. Le S. Cenacle & mons Sion.
B. les ruines de la tour du Roy Dauid.
C. la maison de Caïphe.
D. le Chasteau
E. la porte de Iaffa.
F. aqueduc.
G. la fontaine de Bethsabee
H. le mont des Oliues

Ioseph li
7. anti. 7.

Fontaine de Beth-sabee.

...que passe parmy, comme par dessoubz une petite
...en divers endroitz, que S. Ierosme appelle *Piscina*
...la vallée des filz d'Ennon, du costé de midy, y a un point
...au milieu d'iceluy une massonnerie haulte esleuée, com-
...comme une Image, au dessoubz de laquelle est un bacq
...pour le bestail passant: car par dessus cedit pont, passe le
...chemin qui conduict de Ierusalem vers Bethleem, Hebron
De l'autre costé dudit lavatoire ou Piscine vers Septentrio,
...aqueduc ou conduict d'eaue, que les Roys Achas & Eze-
...feire, pour conduire les eaues de la fontaine Gyon par
...terre, en la Piscine superieure du temple, & pour en pri-
...des Assyriens & Senacherib venant assieger la saincte
...qu'il se lit aux liures des Roys & des Chroniques. Au-
...ment que ce conduict, est celuy que le Roy Salomon fit
...pour faire venir l'eaue de son Iardin (nomé *Hortus con-*
...nous parlerons en son lieu) en la fontaine du Temple,
...la Mer, cuuiers & bassins d'Airain: & ayant remonté
...ieux, & les murs & chasteau de la saincte Cité, par la
...Gyon & le chemin dit Assua, rentrames par la porte de
...monastin saudit monastere, pour prendre noz refe-
...ctios.

...de Iosaphat & autres lieux sainctz, qui seront par nous
visitez, la seconde iournée.

CHAPITRE IX.

...estoit le lundy, premier iour du mois de Sep-
...le Reuerend Pere Gardien nous mena des l'au-
...la voye douloureuse & la porte S. Estiene (desquel-
...cy apres) en la vallée de Iosaphat, située entre la S.
...cité (à laquelle elle sert comme de fosse) & le mont
...vers Orient. Ceste vallée est fort estroicte, mais lo-
...deux mille pas, en icelle court le Torrent Cedron,
...eaues pluuiales & neiges fondantes, sa longueur tire
...son vers le midy, puis se tourne vers Occident, on la
...anciennement, comme nous lisons au liure des Roys &
...niques. Semblablement en S. Ierosme & Iosephe, *Vallis Re-*
gia Cedron, vallée royale & vallée de Cedro. Le prophete
　　　Ii　　　Zacharie

Zacharie l'appelle valée des Motagnes: Nicephore outre ce nom
luy donne pour Epitete, la valée des pleurs , & le prophete Ioel la
nomme, valée de concilion & de Iosaphat, lequel nom elle retiet
encore auiourd'huy: En ceste mesme valée, les Roys de Iuda, Aza,
Ezechias & Iosias, firent brusler les simulachres des Idoles, Vespa-
sian & Tytus (assiegeans la saincte Cité) y mirent partie de leurs
legions, voire la plus part de leur exercite selō Egesippe , & lors elle
estoit fort profonde, mais estant la Cité arse & destruicte, elle fut
auec les autres, en partie remplie des materiaux qu'on y iettoit des
Edifices, murailles, tours & temples ruinez.

Les anciens peres & docteurs de nostre mere saincte Eglise, se
fondans sur les paroles desditz prophetes Ioel & Zacharie disans,
sçauoir ledit Ioel en la personne du Sauueur. Quant i'auray reduit
la captiuité de Iuda & de Ierusalem, i'assembleray toutes nations
& les meneray en la valée de Iosaphat & illec disputeray auec eux,
qu'ilz montent en la valée de Iosaphat, car la ie seray assis pour iuger toutes gens: Tous les peuples sont en la valée de concilion, car
le iour du Seigneur est prest en la valée de concilion: le Soleil & la
Lune sōt faitz tenebres & les estoilles ont retiré leur splēdeur, &c.
Et Zacharie: Le Seigneur sortira & bataillera contre ces gens-là,
comme il a bataillé au iour du combat , & ses piedz se tiendront
debout en ce iour la, sur la montagne des Oliues qui est contre Ierusalem vers Orient , laquelle montagne des Oliues sera coupee
par le milieu vers Orient & vers Occident, par vne grande rupture, & la moitié de la montagne sera separee vers Aquilon, & l'autre moitié vers midy, &c. Sont iceux Docteurs de ceste resolutio,
qu'en ladite valée, tous humains s'assembleront pour receuoir le
iugement dernier, & general par Iesu Christ. En quoy se conforme
aussi ce que les Anges (apres sa glorieuse ascension & en la mesme
heure dirent aux Apostres, comme appert es Actes d'iceux, en ces
termes: Hommes Galileens, pourquoy vous arrestez vous, regardās
au ciel , cestuy Iesus qui a esté esleué en haut d'auec vous au Ciel,
viēdra ainsi que vous l'auez veu aller au Ciel. Que comme la valée
est fort estroite, aussi selon le dire du Prophete, elle se doit elargir,
en quoy mesme est conforme l'opinion du faux Mahometh & de
ses sectateurs. Et qui plus est, on tient ce mot de Iosaphat signifier
le Seigneur Iuge.

Les lieux principaux qu'on y voit, sont l'Eglise de l'Assumption
de nostre Dame, l'oratoire du Redempteur, le iardin ou il fut liuré
par le traistre Iudas, & apprehendé prisonnier, le lieu de Getsema-

ni, ou il laiſſa les huiⁿt Apoſtres, & autres lieux que declarerons cy
apres particulierement, ſelon l'ordre qu'il nous fut montré.
Commençeant par la ſuſdite Egliſe noſtre Dame, qui a eſté baſtie
par commandement de ſainⁿte Helene, comme teſmoigne Nicephore, ſur le mauſole, monument ſepulchre, de la treſſacree Vierge-mere de Dieu: elle eſt ſituee quaſi au milieu de la ſuſdite valee,
au pied du mont d'Oliuet. Eſtát icelle Egliſe d'yne ſtruⁿure gráde

A. l'entree
B. feneſtre
C. l'entree
de l'oratoi
re de Ieſus
Chriſt.
D. le per-
tuis qui y
donne clar
té.
E. Place de
uát l'Egliſe
F. Vn lieu
ſeparé.

& aſſez haute d'eſtage, toute voultee au dedans tendante d'Oriene
vers Occident: laquelle n'a eſté deſtruiⁿe par les guerres, car elle
eſt ſoußterraine & donne pluſtoſt aide aux aſsiegeás, qu'empeſche-
ment, & eſt tellement ſoubz terre, que la voye publique paſſe au
deſſus, ſans qu'on apperçoiue aucune maſſonnerie, fors yne tour
carree & eſleuee en forme de Clocher, ou frontiſpice d'yne Egliſe,
aſſez beau & de pierres proprement taillees, laquelle tour ſe montre auoir eſté plus haute, & eſt à preſent toute platte au deſſus.

A. montée de XL. degrez.
B. citerne
C. le sepulchre de la S. Vierge Marie.
D. l'autel grand
E. lieu de Mosquée aux Turcs.
F. le sepulchre de S. Ioseph.
G. sepulchre des S. Ioachim & anne.

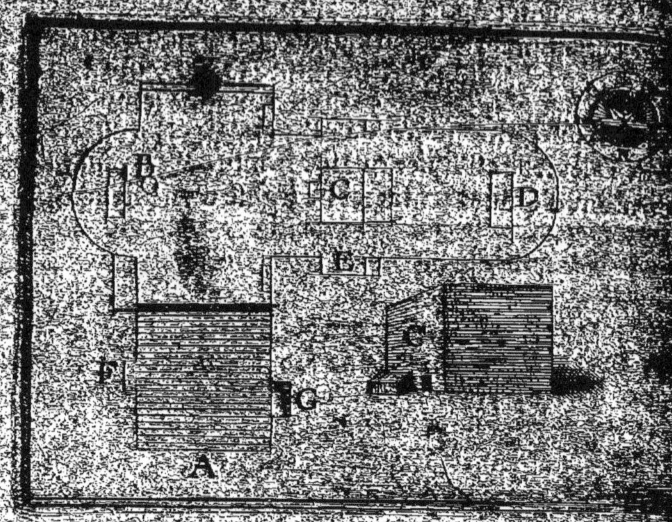

Sepulchre de S. Io-seph.

Epiph. heres. 78. Gerson serm. de natiuit. Virginis. Viguerius super mis-sus est. Bernard. in quodā sermo.

PAr ceste tour, qui est la porte ou entrée d'icelle Eglise, o[n des-]cend par quarante degrez de quinze coudées de longue[ur] jusques au pauement de ladite Eglise, aucuns en comprent plus [ou] moins, car peu en y a qui ne s'abusent en les coptant & nom[brant] aussi y a il peu de moyen de s'asseurer dudit nombre, à cau[se que les] Turcs y sont ordinairement au tour des Chrestiens. Auz [cos-] tez de ladite montée & quasi au milieu d'icelle, sont deu[x] chapelles enfoncées au gros de la massonnerie, & [dans i-] celle, esquelles, à sçauoir en celle qui est à gauche en entra[nt] inhume le corps de S. Ioseph, Espoux & gardiē de la vierge[,] père putatif & nourricier de Iesus Christ, filz de Dieu & [de la] vierge, lors de son enfance: lequel Ioseph deceda de ce siecle [en-] son l'an treisiesme de l'aage d'iceluy Iesus, selon le dire d'[Epiph-] nius & (suyuant aucuns pères contemplantz, entre autres [Ge-] Gerson, Viguerius, Bernardus de bust & autres, auec tous [o-] rientaux) son corps resuscita auec les autres sainctz, lors qu[e no-] stredit Sauueur souffrit mort & passion en Croix, quant [suyuant] le dire de S. Mathieu, ~~les monumens, ouuerts~~ & que beau[coup] de sainctz furent veuz entrer en la saincte Cité: aussi il ne s[e tro-]uue aucune relique de son corps en terre. Plusieurs d'iceux doct[eurs] sont aussi d'opinion, que ce Ioseph nestoit ia d'assez bon aage, [quant] il print la vierge pour espouse & en sa charge, à fin de mieu[x] porter, les fatigues & fardeau de tant d'ennuies, afflictions [...]

...fabriques, qu'il a pleu à Dieu leur enuoyer. Autres maintiennét, comment le mesme Epiphanius, que (comme Moyse, Aaron, & Chaleb) il auoit bien quatre vingts ans, estant neantmoins par la grace de Dieu fort & dispos, comme estoyent ces personnages, pour soustenir la charge qu'ilz auoyent, tát salutaire & honorable. Au costé droict de la susdite montee, & à l'opposite de la chapelle susdite, est encore vne autre chapelle dediee aux sainctz Ioachim & Anne, pere & mere de ladite vierge Marie, lesquelz (selon la tradition des peres) ont esté illec inhumez. Baptista mantuan dit, que la place, ou est ceste Eglise de nostre Dame, estoit le lieu & sepulchre des predecesseurs & parens de ladite Vierge-mere, car la coustume des Iuifz estoit, que chacune famille auoit son sepulchre distinctement, les vns en leurs iardins ou metairies, les autres es mótaignes, creusees à cest effect à leurs fraiz.

Reuenant donc à nostre narration, apres que nous eusmes salué les sepulchres de ces sainctz & venerables personnages, nous continuasmes la descente des degrez de la susdite montee, au pied de laquelle & au deuant d'vn Autel, quasi au milieu de l'Eglise, est vn puis ou cisterne, ou se trouue de la tres-bonne eaue; laquelle Eglise (qui est sans aucun ornement) est fort obscure, pour ne receuoir autre lumiere, que celle qui vient par la porte, & d'vne fenestre estant au dessus du grand Autel vers Orient, de laquelle mesme le iour est fort empesché par la montagne des Oliues, ou d'Oliuet. Par la profondeur d'icelle Eglise, se peut cognoistre de combien la valee de Iosaphat fut basse & profonde auant qu'estre remplie iusques au comble plat d'icelle Eglise, voire elle est si basse, que les eaues du torrent Cedron, lorsqu'il est abondant & enflé, remplissent toute l'Eglise iusques à en resortir, par la porte esleuee au dessus du pauement d'icelle d'enuiron quarante degrez comme dit est.

Quant au sepulchre venerable de la glorieuse Vierge mere, il est au milieu du coeur, denant l'Autel principal, totalement taillé en roche comme celuy du Redempteur, mais recisclé tout alentour, tellement qu'il n'en apparoist que la quarrure au dessus du paué, qui couure iceluy S. sepulchre, lequel au dedás peut auoir huict piedz ou enuiron quarré, & deux entrees, l'vne vers Occident, & l'autre ... lequel qui couure le sepulchre vers Septentriont. Il est aussi sans ornement, fors qu'au dedans il est tout crousté ou garny d'vn tres-beau marbre blanc & poly, mais au dehors il n'y a que pierre blanche & nue: aussi il n'y a autre lumiere, que celle qui ... de dix huict lampes, qui y pendent ardentes continuellement.

ment. Le lieu ou fut mis le corps immaculé de ladite Vierge mere
de Dieu, est couuert d'vn tres-beau marbre blanc, qui sert de pied
d'Autel, sur lequel on celebre la saincte Messe, & ne se montre ledit
lieu autrement: mais le pelerin & Chrestien deuot, considerant &
contemplant qu'en iceluy a esté mis, le tabernacle du S. Esprit,
l'Arche, l'Espouse & mere immaculee du verbe de Dieu, ceste Royne du Ciel, de la terre, & de toute pureté : il y reçoit vne douceur
surpassante toutes odeurs flagrantes, qui se sçauroyent imaginer &
sentir en l'ame, tellement qu'il peut lors bien dire, auec S. Iehã Damascene (apres y auoir salué la diuine Vierge, mere, selon que nous

enseignent, les peres religieux noz conducteurs) O des sacrez se-

pulchres, le plus benit, apres celuy du Sauueur, qui donna principe

la vie, & fut fontaine de resurrection: Ie parle à toy sepulchre, com-

me si tu auois quelque sentiment: Ou est cest or tres-pur, qui par les

mains des Apostres, fut posé & caché en toy? Ou sont les thresors,

qui ne se peuuent consommer? Ou est ce nouueau volume, auquel

sans main, le verbe de Dieu ineffable, a esté escript? Ou est l'abisme

de grace, la mer des guarisons? Ou est ce tres-desiré corps, de la

Vierge-mere de Dieu? Et il vous respondra (dit ce S. docteur)

Pourquoy cherchez vous au sepulchre, celle qui a esté transportee

aux celestes tabernacles? Pourquoy me recherchez vous, & ne l'a-

uez gardee, puis-ie resister au commandement de Dieu? Son tres-sa-

cré corps m'a sanctifié & reply de tresoueues odeurs, & m'a faict

vn tressainct Temple, en me laissant ses linges & suaires. Ce tres-

sainct corps, m'a esté rauy & transporté en haut, en la compagnie

des Anges, Archanges, & toutes dominatiõs celestes: & pour l'heure

ie suis enuironné des Anges, maintenant la grace diuine demeure

en moy: ie suis resté, boutique de medecine aux malades: Ie suis la

fontaine de perpetuelle guarison: Ie suis le remede, contre les Dia-

bles, ie suis franchise, pour tous ceux qui acourent apres moy, &c.

Voyla Chrestien lecteur, ce que dit ce sainct & ancien Docteur,
dudit sepulchre tresvenerable: au deshonneur & à la grand honte
& vergongne des heretiques de nostre temps, qui sont tellement
ennemis des choses sainctes, que s'ilz auoyent en leur pouuoir ce S.
sepulchre, ilz l'aboliroyent & mettroyét en pieces, tant ilz sont in-
solés, forcenez & diformez, au lieu de reformé comme ilz se disent
estre : Et ceste exhortation & exclamation faict beaucoup contre
eux, car ce sainct pere, estoit Iuif de nation, natif de la grand Cité
de Damas, & tresgrand Theologien: tellement que par la narratiõ
susdite, se voit clairement que de son temps ledit sainct sepulchre

se mon-

Ioan. Da-
mas. serm.
de obdor-
mitio Dei
par ce
virg.

monstroit (comme encore de present) eminent au dessus de ser-
me Ierosme & Nicephore afferment le mesme, disans, On voit
sepulchre de la vierge Marie iusques auiourd'huy, au milieu de
la valée de Iosaphat : mais on n'y voit rien dedans pour le present,
car il est vuide & n'y a seulement que le sepulchre. Guillaume Ar-
cheuesque de Tyr, en parle de ceste sorte: Au fond de la valée de Io- Tyrius li. 8. ca. li. 18. c. 31.
saphat est vne Eglise, construicte à l'honneur de nostre Dame, ou
on dit qu'elle fut ensepulturée, & de laquelle se voit encore auiour-
d'huy le glorieux sepulchre, par ceux qui viennent en ce lieu par
deuotion. Tous pelerins, ayans descrit le sainct voyage, en font métion. Les Chrestiens Orientaux, Grecs, Syriens, Etiopiens, Abissins,
Armeniens, Iacobites & autres, mesme les Latins, sont accoustumez
d'aller de toutes partz, & en grand nombre, pour annuellement y
celebrer la solemnité de l'Assomprion nostre Dame le quinziesme
iour d'Aougst, chacun selon sa façon & langue. Et lors c'est tres-
belle chose, d'y voir les ceremonies diuerses, & la multitude du
peuple deuotieux, qui s'y trouue audit iour : auquel iour l'Euesque
Grec, fait vn conuiue aux Euesques des autres nations, auquel est
aussi inuité, le pere Gardien des freres mineurs. Iournellement les
femmelettes religieuses habitantes en Ierusalem, appellées Caloiers,
(portantes la face descouuerte, & vne heuque quasi de semblable
façon comme sont celles de Flandres) y vont faire leurs deuotions,
comme font les Turcs leur Tsala, qui signifie oraison, se reseruant
à cest effect vn lieu propre, au costé droit de ce sainct sepulchre, auquel les Chrestiens ne peuuent mettre le pied : tant ilz ont la glorieuse Vierge mere, en grande reuerence, voire que si aucun d'eux
blasphemoit son sainct nom ou celuy de Iesu Christ, ou de S. Iehan
Baptiste, il en seroit autant griefuement chastié, comme s'il parloit
mal de leur Mahometh. Et s'il estoit Chrestien, il fauldroit qu'il
mourust ou renonceast à la foy, comme i'ay dit ailleurs. Ie ne dis cecy quant au faict de telle deuotion d'iceux Turcs, seulement par
ouïr dire, ains comme tesmoin oculaire, car nous y estans vne ou
deux fois pour faire les nostres, il y vint desditz Turcs pour prier à
leur mode, & d'autant que la celebration de la saincte Messe, & nostre communion duroit trop selon leur opinion, ilz commencerent
à crier & tempester, comme gens furieux & transportez de cholere,
voulans qu'eussions à sortir pour n'estre dignes d'y estre : néarmoins
nous & aucunes des susdites femmes deuotes, n'en voulumes bouger que le diuin seruice fut acheué, eux de ce faschez remon-
tans en hault, nous fermerent les portes, & ne nous voulurent doner qu-

rēt ouuerture, sinon à grandes prieres, & moyennant
de quelques marchins.

Le susdit Archeuesque de Thyrdie, qu'en ceste Eglise est-
il enseuelie, la noble & vertueuse Dame Melisende de
Ierusalem, fille du Roy Baudouyn, & femme au Roy Faulque,
ie n'en ay veu aucune remarque; ie trouue que l'Huguenots
romains sont quelque doubte du sepulchre susmentionné, ne
s'il eust veu l'antiquité; la lieu & du lieu, auec plusieurs
stances pour preuue de ce, il se fut asseuré de la verité du fait.

Il me semble benin lecteur, n'estre hors de propos d'insere
l'histoire du trespas, ceremonies de funerailles, & assomption
corps de la glorieuse Vierge mere de Dieu Marie, pour n'est
nu de chacun, & en feray se redit, selon que ie l'ay tiré des ...
uenal Patriarche de Ierusalem, Athanase Euesque d'Alexā
Simeon Metaphrastes, Euthimius, Nicephore, Onophrius, Mi
Singelus, Andreas Euesque de Crete & autres. L'histoire es
telle, qu'apres que la Vierge tressacree, eut receu par l'A-
briel, la palme resplandissante de victoire & de virginité, qu
les Oliues (comme ie diray en son lieu) & receut les conuie
ses nouuelles, que son tres-cher filz & Sauueur Iesus, l'au
soy, elle estant de retour en la chambre, qui estoit en la mai
S. Iehan l'Euangeliste, au mont de Syon (comme dit ci-deuan
cy deslus) se prepara pour son depart, ordonnant que ses deux
fussent apres son trespas donnees à deux temoieletes, vefue
mulieres & voisines; l'vne desquelles au temps de Mari...
reur, selon lesditz Nicephore & Iuuenal, fut mise en vne
construicte par la bonne Dame Pulcheria à Constantinople
le merite de sa premiere maistresse (de laquelle elle auoit
la saincte & tres-pure chair) se firent plusieurs miracles, & a
robbe & portee audit lieu, par Candide & Galbe freres, &
estans allez en pelerinage, visiter les sainctz lieux de Ierus
temps de Leon Empereur dit le grand, en ladite Eglise furen
mises, selon ledit Nicephore, le cercueil, le suaire, la ceinture,
ges des funerailles d'icelle, auec sa sacree quenouille, & ban
du Sauueur que l'Emperiere Eudoxe y auoit enuoyees de Ie
La tressaincte Vierge mere, s'estant ainsi que dit est, prepar
tendant l'heure du trespas, tous les Apostres dispersez & esc
par le monde, en diuerses & lointaines regions pour prescher
gile, se trouuerent en vn moment tous ensemble (hors-mis ...
mas) au lieu où elle estoit, & auec eux les SS. Hierotée ...

Tyrius li.
15. c. 31.

E. Bar tō.
Lann. Ec.

Histoire
du trespas
& assum-
ption de
la vierge
Marie.

Iuuenal.
in oratio
funeb. D.
Virg.
Athan. ser-
mo. Meta.
& Euthi.
In marty-
rolog.
Niceph. li.
2. c. 21, 22,
23. li. 15. c.
14.

Niceph. li.
14. c. 2. li.
15. c. 14.
Ioan Da-
mas. serm
de dorm.
D. Virg.

Areopagite & Timothee, disciples de S. Paul, comme ledit Areo- Dionif. Areop li. ? de diuinis nominibus
pagite declare & atteste escriuant audit Timothee Euesque d'E-
phese, duquel transport des Apostres il ne se faut esmerueiller, car il
n'y a rien impossible à Dieu, qui vouloit en ce honorer le decez de
la Vierge mere bien aymee, & y appeller tous les plus grands Pontifes & Euesques de son Eglise. Ainsi ont esté transportez, le Pro- Daniel c. 14 Act. 8.
phete Abacuc par l'Ange, d'aupres Ierusalem en Babylone d'Assy-
rie sur la fosse des Lions, pour donner à manger au Prophete Daniel: & S. Philippe, de Samarie en Bethsur, pour instruire & baptiser l'Eunuque de la Royne de Candace, comme nous lisons en Daniel & es actes des Apostres.

Or, pour retourner à nostre histoire encommencee: estant la bien
heureuse Vierge decedee, au grand regret de toute ceste honorable
& grande compagnie (l'an quarante huictiesme de nostre salut, ou
de la naissance du filz de Dieu selon Eusebe, comme plus ample- Eufeb. in Chronic.
ment recitent les autheurs dessusditz) son sainct & sacré corps fut
enseuely, selon la coustume des Iuifz, par lesditz Apostres, ses parēs
& amis, chantans des Psalmes, hymnes & Cantiques, à l'honneur
de Dieu & de la glorieuse trespassee: A quoy ilz furent accompagnez inuisiblement, d'vne grande multitude d'Anges, chantās me-
lodieusement au grand plaisir des assistans qui les entendoyent: ce
fait il fut par eux porté en Gethsemani, au milieu de la valee de
Iosaphat, ou ilz le mirent & poserent au sepulchre susmentionné,
lequel ayant serré & fermé, ilz demeurerent pres iceluy, l'espace de
trois iours, escoutans les diuines & melodieuses chansons, cantiques & hymnes de la cour celeste, selon S. Iehan Damascene & Iuuenal Euesque de Ierusalem, qui disent l'auoir receu par tradition
des anciens. Ie laisse ce qu'aduint à vn des sacrificateurs ennemy de
ladite vierge, pour en auoir fait le recit cy dessus. Nous auons aussi
dit, que S. Thomas n'estoit au commencement, assistant à cecy auec
les autres Apostres: mais icy nous disons, conformement aux autheurs dessusditz, qu'il y suruint audit troisiesme iour, Dieu le
permettant ainsi, pour manifester l'Assōption de ceste tresglorieuse
Vierge mere, comme à sa resurrectiō il auoit par l'incredulité d'i-
celuy Apostre, acertené que c'estoit veritablement luy Iesu Christ
Dieu & homme, qui estoit resuscité. Estant donc ledit S. Thomas
arriué, & marry d'estre venu trop tard, pour reuerer, baiser & toucher ce sacré corps, & ses confreres Apostres le voyās ainsi, pour le
cōtenter firent ouurir ledit sepulchre, & estāt ouuert, on n'y trouua que les linges & draps, esquelz il auoit esté enseueli, arengez

K k

chacun

chacun au lieu ou ilz auoyent esté, mis auec ce tressainct cõ[r]ps
n'y estoit plus. Les assistans de ce emerueillez, prindrent les[dits lin]-
ges, & auec grande reuerence les baiserent, receuans tresgran[de]
laigresse, à sentir les bonnes & suaues odeurs qui en sortoye[nt. Tes]-
re Boniface Stephani escript, que partie des susditz linges [& ault]-
res, ont par les Roys & Patriarches de Ierusalem, esté transfer[ez &]
transportez en Gaule, & auec grande reuerence & honorabl[e dili]-
gence, gardez en la Cité de Sens, & que depuis ilz ont esté d[iuisez]
& reparcis en diuers lieux. Le voile de son sacré chef se garde [en]-
core, en la Cité d'Assise patrie & lieu du Sepulchre de S. Franç[ois.]
Voyla ce que i'ay trouué bõ d'escrire, de ceste saincte histoire, po[ur]
attirer le pelerin à plus de deuotion & contemplation, se trouua[nt]
au lieu ou ceste chose si merueilleuse & admirable, est veritablement aduenuë.

Nous passerons donc outre, à la suitte de nostre princip[ale ma]-
tiere, & retournerons à ceste Eglise de l'Assomption: au cotté de laquelle, est vn puis comme vne cisterne, auquel on tient auoir [esté]
absconsé le feu sacré du Temple par les sacrificateurs, au temps [de]
la captiuité des Iuifz en Babylone, & ou Nehemias (reuenant qua]-
rante ans apres, pour restablir la Cité & le Temple, par permis]-
sion du Roy Cyrus) mena les neueux desditz sacrificateurs, pou[r]
recouurer ledit feu, au lieu duquel ne fut trouué autre chose que]
l'eaue grasse, laquelle Nehemias fit ietter sur les holocaust[es &]
bois mis pour les brusler, soudain il s'alluma par les rayons du so]-
leil, diuinement enuoyez, comme nous lisons au liure second de[s]
Machabees: dont lesditz sacrificateurs renouuellerent le feu,
depuis a esté cõserué. Et lors fut reinstituée & celebrée la feste d[es]
Tabernacles, dite & nommée en l'Euangile par voix grecque Sce[no]-
pegia, durant laquelle, le peuple Iuif faisoit des tabernacles de be[au]
bois fueillu, en forme de cabannes ou huttes, & laissans leurs mai]-
sons, y demeuroyent l'espace de sept iours, commenceans le quin]-
ziesme iour du septiesme mois, entendans aux decretz de la loy di]-
uine, & offrans des holocaustes par feu, tât en memoire, qu'à la for]-
tie d'Egypte, ilz auoyent demeurez es tabernacles par les deser[tz]
que de ce miracle aduenu, apres le retour de leur captiuité susdi[cte,]
comme il se trouue au Leuitique, en Nehemie, au second des Ma]-
chabees cotté cy dessus, & le venerable Beda sur ledit Leuitiq[ue.]
Au deuant de l'entrée de la susdite Eglise, est vne petite place qua[si]
quarree, ceinte d'vn petit mur qui aussi la separe du chemin & ce[me]-
ntoire circonuoisin, en laquelle place on descend par six ou sept [de]-
grez

Le puis du
feu sacré.

2.Mach.c.
7.

Io.7.
Esdr.2.

Leuit.2.
23.
Nehem.7.
c.1.
Beda in 23
Leuit.

grez,& femble que ce ait efté autrefois quelque chapelle ou habitation de gens religieux, gardiés de l'Eglife fufdite & des lieux faints
des enuirons: voire que ce pourroit bié auoir efté, ceux que le Roy
Godefroy de Buillon mit en cefte valee de Iofaphat, felon Tyrius: *Tyrius li.*
Au cofté de cefte dite entree, eft vn petit lieu enclos de murailles, *8 c.9.*
plus hautes que les deffufdites, lequel lieu, eft pourplanté d'arbres,
que les Turcs tiennent pour Mofquee, c'eft à dire, Temple ou lieu
d'oraifon, auquel il n'eft licite aux Chreftiens d'entrer, ores qu'il
foit fans fermeture ou portes.

CHAPITRE X.

SOrtant de la fufdite Eglife de l'Affomption noftre Dame, & allant enuiron trente trois pas vers le mont d'Oliuet contre Oriét
on trouue à main gauche vn petit fentier, duquel on defcend en v-
ne grotte, ou antre ou fouuent le Redempteur fe mettoit en prieres,
fpecialement la nuict de fa paffion trefdouloureufe, lors qu'il fut

trahy & prins, & ou (tombant en agonie, fuant fang & eauë) il fut *Math 26.*
confolé par l'Ange, ainfi qu'il eft recité en S. Matthieu, S. Marc, S. *Marc. 14.*
Luc, & S. Iehan : lequel fainct lieu eftoit lors en l'enclos du iardin *Luc. 22.*
des Oli-

Ioan. 18.

des Oliues, guere loing de Gethsemani. Ceste grotte ou concauité
semble aussi auoir esté la sepulture de quelque famille, car derriere
les piliers, on voit des troux ou les corps ont esté mis. S. Ierosme,
venerable Beda, Brocardus & autres, en ont escript, & ligna ainsi

Beda in 14
Marc.

ledit Beda en parle de ceste sorte. Iusques à ce iourd'huy, on leur
montre le lieu de Gethsemani, ou le Seigneur a prié aux racines du
mont d'Oliuet, & à present y a vne Eglise, edifiee par dessus, de laquelle on ne voit quasi à present aucuns vestiges, bien voit on que
la voulte, ou ciel d'icelle grotte, a esté painte ou coulouree & semee
des fleurs en forme d'estoilles (comme est la grotte des Apostres)
de bien antique peinture. Elle est toute ciselee grossierement au roc
de la montagne, & à quatre piliers principaux taillez du mesme roc
pour en soustenir la voulte, pres le premier desquels & plus proche
de l'entree, est vn pertuis seruant de respiral & fenestre, pour y donner clarté. Toute ladite grotte, a enuiron cinquante deux pas de circuit, quinze en diametre, & est quasi ronde: on tient que le lieu, ou
se voit vn autel de terre vers la montagne, est celuy ou le Redempteur a prié, & ou l'Ange estoit le reconfortant: mais ces distinctions
sont comme effacees & renuersees, tant par l'antiquité du temps
que par la malice des Iuifz & Mahometans. Si est-ce que les religieux Chrestiens (ayans aucunement remis l'autel, & roullé les piliers en leur lieu) nous les monstrerent, & ont bouché de muraille,
vne autre entree qu'il y auoit à cause que par icelle, les malueillans
& ennemis de nostre foy, y surprenoyent souuent lesditz Chrestiens
estans en leurs deuotions, car telles gens ne tiennent rien de la passion de nostre Redempteur, disans auec les Ebionites & autres he-
reticques, que Iesus Christ n'est point mort, ains estant le teps venu, qu'il deuoit sortir de ce monde, Dieu l'a appellé en corps & ame
au Ciel, du mont des Oliues, mais qu'vn de ses disciples le ressemblant, a esté prins & crucifié au lieu de luy, qui s'absconsa en ceste
grotte, lorsque les Iuifz (luy portans grande enuie) vindrent pour
le prendre: a raison de quoy, ilz à sçauoir les Mahometistes, y viennent aussi faire leurs prieres, & portent vne haine mortelle ausditz
Iuifz, par ce que leurs peres ont esté si meschans, que d'auoir voulu
faire mourir Iesus Christ, leur grand Prophete & bienfaicteur.

Ce lieu vrayement, nous dit le Pere reuerend, est fort deuotieux
& des plus sainctz qui y soyent, donnant grande consolation à l'a-
me contemplatiue: car il est consacré, par l'oraison & agonie, par
l'aspersion de la sueur & sang trespretieux du Redempteur, aussi de
la presece des Anges enuoyez du Ciel par Dieu le pere, pour le re-
conforter,

enforter, & qui reuerent encore la terre imbue de ceste diuine effufion. Il y faut aufsi entrer auec Iefus Chrift, & le contempler pro-
fterné à genouilz, plein d'angoiffe & apprehenfion de la mort, pour
prier Dieu le pere, & le fupplier (non comme luy) de nous ofter le
calice des tribulations, à nous, & non à luy, neceffaires pour noftre
falut, ains qu'il nous pardonne la caufe pour laquelle, il a fi grieuement faict endurer fon fils innocent pour nous, & que par le merite
de la pafsion d'iceluy, il efface noz forfaictz, & fi ne fommes exaucez du premier coup, profternons nous y fouuent longuement, come il a faict par trois fois pour appaifer l'ire de Dieu fon pere, conceuë iuftement contre le genre humain, & nous mettront en agonie
& contrition pour l'enormité de noz offenfes, puis que celuy qui
n'en auoit point, eftat trifte & foible, y a commencé fa douloureufe
pafsion pour nous fauuer. Arroufons ce lieu (qui a efté baigné d'v-
ne liqueur ineftimable) d'abondance de larmes, & remettons toutes chofes à cefte fainéte & diuine volonté, à fin que comme il eft
clement, benin & mifericordieux, il nous pardonne, & enuoye la
confolation requife, & faffe aufsi auoir le confort & vifion des Anges en l'article & angoiffe de noftre mort, & apres de la Ierufalem
célefte & glorieufe auec luy, ou la ioye & repos font perpetuelz.

Ayant faict la vifite de ce treffainct lieu, repaffé par deuant ladite Eglife noftre Dame, & trauerfant le chemin qui meine par le
mont d'Oliuet, vers Samarie, nous fut montré (à quarante pas ou
enuiron de l'oratoire noftre Seigneur & contre la clofture des iardins, ou il y a eu quelque chapelle, auec vn Autel dedié à l'honneur Le lieu ou
de Dieu & de la vierge Marie) vne place en laquelle, felon la tradi- S. Thomas
tion des anciens & tous les orientaux, la Vierge mere eftant portée receut la
au Ciel, laiffa cheoir fa ceinture, à l'Apoftre S. Thomas, qui n'auoit ceinture
efté prefent, comme dit eft, à fon trefpas: en l'honneur de laquelle de la vier-
ceinture, les Chreftiens Suriens fe furnomment aufsi de la ceinture, ge Marie.
& en portent ordinairement de bien larges, faites de laine blanche
& noire, ilz font aufsi comme de rubans, de la longueur du Sepulchre noftre Dame, & les vendent aux Pelerins, les faifans toucher
à iceluy fainct Sepulchre, & les rapportent en leurs pays, lefquelles eftans ceintes par les femmes groffes & au trauail d'enfant, icelles en reçoiuent foulagement, aufsi de fait plufieurs y ont trouué
grande allegeance. Quant à cefte ceinture venerable & fainéte de
noftre Dame, elle a efté mife fort honorablemét en vne tombe que
Pulcheria Augufta auoit faict faire en vne Eglife neuue, par elle
baftie en Conftantinople pour y mettre le corps immaculé de la-

dite Vierge-mere de Dieu, ladite Princesse estant lors ignorante
comme tesmoigne Nicephore, qu'il auoit esté transferé au Ciel, &
fut pour ceste cause icelle Eglise appellee, le S. sepulchre. De la nous

A　L'eglise du mont d'Oliuet
B　S. Pelagia
C　Le lieu ou Iesus Christ parla du der-
　　nier iugement.
D　Ou il enseigna le Pater noster.
E　Ou les Apostres composerent le simbo-
　　le.
F　Ou Iesus Christ pleura la Cité
G　Ou la vierge Marie se reposoit & re-
　　ceut la palme.
H　Viri Galilee
I　Ou S. Thomas receut la ceinture
K　Ou encor la vierge Marie se reposoit
L　Ou Iesus Christ meit ses trois Apo-
　　stres.
M　Ou il fut prins
N　Le dessus de l'oratoire de Iesu
　　Christ.
O　Gethsemani
P　Le Sepulchre de la V. Marie.
Q　Ou Iudas se pendit
R　Monument d'Absolon.
S　Le pont du Torrent
T　Les sepulchres des Iuifz
V　La valee du Figuier maudit
X　Le chemin de Britanie
Y　Le chemin de Hierusalem
Z　Le torrent Cedron & le iardin d'O-
　　liuet.

...s outre les cailloux, en ce lieu amoncelez & ſeruans de clo-
...tre le chemin, au iardin d'Oliuet tant celebre, mais à pre-
...uiſe en pluſieurs portions, & entrans vn peu auant, on nous
...a vne petite voulte à demy rompuë, qu'on dit eſtre vne des
...ou depuis l'Aſcenſion noſtre Seigneur, ladite Vierge-mere
...ſoit ſouuent, allant viſiter & contempler les lieux ſainctz, où
...ſ... cher filz Ieſus Chriſt auoit eſté prins. Les Chreſtiens prie-
...maintiennent auſsi, auoir receu par tradition des anciens, que
...glorieuſe Dame y eſtoit, à l'heure que S. Eſtienne premier
...yr fut lapidé, dont le lieu n'eſt diſtant que d'enuiron deux cents
...qu'elle le voyant prioit à Dieu, qu'il ne le laiſſaſt defaillir de
...ſtance & foy, ce qu'auec eux, nous croyons pieuſement.

Le lieu où la Vierge Marie ſe repoſoit.

...de meſme iardin, & vn peu plus auant, eſt vn petit tas & a-
...de pierres à triple coupeau, loing de l'oratoire ſuſdit de noſtre
...ueil d'vn bon get de pierre, & comme eſt eſcript en S. Mat-
...S. Marc & S. Iehan, c'eſt le lieu où le Redempteur venant du
...Cenacle, & allant faire ſes prieres, poſa les trois Apoſtres, S.
...S. Iacques & S. Iehan leur diſant. *Triſte eſt mon ame iuſques à la*
...*mort, ici & veillez auec moy, &c.* Auquel lieu ſelon Euſebe, a-
...uoit vne Egliſe ou oratoire, à preſent toute ruinee, n'en re-
...pied qu'vne petite muraille. Auſsi en ce meſme iardin d'O-
...quatre ou cinq pas plus bas en deſcendant, eſt vn petit lieu
...cloz de cailloux mis l'vn ſur l'autre ſans cimét, auquel cinq
...priants ſeulement, & vn ſeul du front ſe peuuent tenir : ce
...occupe preſentement ce ſacré iardin, ne veult permettre
...ladite place s'agrandiſſe & amplifie, ſi ne veut conſentir la con-
...ation d'iceluy, ſans la bonne recognoiſſance que les Chreſtiens
...ront. & eſt ce lieu l'ancienne entree dudit iardin ſainct, & où
...Redempteur, allant au deuant de ſes ennemis, fut par Iudas liuré
...qui tomberent à la renuerſe, par la vertu de la ſeule & puiſ-
...parole d'iceluy Sauueur, diſant, *iel a ſuis,* comme eſt eſcript en
...an, mais deſirant noſtre ſalut, & l'accompliſſemét des ſainctes
...ptures, il fut là prins, lié, garrotté, & treſinhumainement trai-
...eux, de ſon ſainct vouloir ineffable. Là il guarit l'oreille,
...Pierre auoit coupee à Malcus ſeruiteur du ſouuerain ſacrifi-
...nous trouuós qu'en ce meſme lieu auſsi autrefois a eſté ba-
...ne chapelle, de laquelle parlent Brocardus, Saligniacus & au-
...qui ont faict le ſainct voyage, à ſçauoir l'vn, l'an 1283. & l'autre
...1522. diſans que de leur temps, on en voyoit aucuns veſtiges,
...ne pierre ou roch l'impreſſion d'vne partie de la teſte auec

Le iardin d'Oliuet.

Matth. 26. Marc. 14. Ioan. 18.

Euſeb. li. 1. de vit. Conſt.

Ioan. 18.

Brocardus li. 7. c. 17. Salig. to. 9. c. 2.

les

les cheueux, & les mains du Saulueur, & que ladite pierre estoit
dure, qu'on n'en pouuoit rompre vne seule petite piece auec les instrumens qu'ilz auoyent, & neantmoins elle s'estoit bien amollie pour
receuoir les susdites sainctes marques: il y a encore aucuns oliuiers
bien anciens en ce iardin, du bois desquelz se fait des petites croix
garnies de pierrettes, prouenantes desdits sainctz lieux, autrement
dites dignitez, que les Chrestiens Suriens vendent à noz pelerins,
lesquelz aussi en prennent à la cachette quelques rameaux, quand ilz
peuuent, & les gardent pour la memoire & saincteté du lieu où ilz
croissent.

Icy doibt le fidele Chrestien pelerin, tant mentallement que ac-
tuellement, mediter en quelle angoisse & apprehension deuoit e-
stre l'humanité du Redempteur, se voyant & sentant lier, maltrai-
cter, & rudoier (comme il disoit) en larron & malfaicteur, voire
beaucoup plus mal: car l'affectio furieuse & meschäte, que les Iuifz
auoyent de le mettre à mort, ne procedoit d'vn zele, comme d'oster
de ce monde, vn homme meschant inutile & pernicieux, eux qui le
cognoissoyent sainct & iuste, ains luy portoyent ceste maueillance
mortelle par enuie & rage diabolique, sans considerer aussi, sa bonne
innocence & conuersation modeste & irreprehensible, voire les
miracles qu'il leur faisoit iournellement, & tant de benefices qu'ilz
receuoyent de luy: car outre ce, il les endoctrinoit pour leur salut,
guarissoit leurs malades, illuminoit leurs aueugles, deliuroit leurs
demoniacles, ouurit les oreilles à leurs sourds, & resuscitoit leurs
mortz, comme appert en plusieurs passages de l'Escriture saincte.
Estans donc, bening lecteur (soit en effet, ou par contemplation) en
ce sainct iardin, où le Redempteur a voulu estre prins, pour effacer
les pechez commis par noz premiers parens au iardin des delices,
Ieroni. in
Ioan. c. 18
comme dit S. Ierosme: prions luy qu'il nous apprehende, & nous
lie d'vne triple corde de foy, esperace & charité, & qu'il nous vueille, par le merite de sa douloureuse passion, pardonner noz offenses,
nous remettans au iardin susdit, qui est le paradis promis aux e-
leuz.

Partant de ce tressainct lieu, & allans par vne ruelle qui meine
vers le pont du torrent Cedron, droict à l'opposite de la porte do-
Getsema-
ni.
rec, le reuerend pere nous montra le lieu ou estoit le hameau ou
bourg, appellé Getsemani, distant du iardin d'Oliuet susdit, près
d'vn gect d'arc, l'enuiron duquel se montre auoir esté aucunement
fecond, beau & delectable, estant encore orné d'aucuns oliuiers
plantez au bord du torrent. En iceluy bourg, Iesus Christ (venant
de l'

ſaincte Cene, ayant paſſé ledit torrent, & ſe preparant à ſa paſſion (dit onc S. Matthieu & S. Marc) laiſſa les huict de ſeſdictz
diſciples. Continuant donc noſtre chemin du long dudit torrent,
lequel court, comme dit eſt, par le milieu de la valee de Ioſaphat (auquel lors n'y auoit point d'eaue, mais ſe voyoit qu'en
temps de pluye elle y eſt grande & vehemente, car des deux coſtez
ce torrent eſt borné de longues, haultes & larges montagnes)
nous arriuaſmes à vn certain petit pont de pierre, trauerſant ledit
torrent, & n'ayant qu'vne archeure, lequel torrent eſt ſitué proche
les ſepultures, du Roy Ioſaphat & d'Abſalon, filz du Royal Prophete Dauid, & droictement à l'endroit ou la muraille de la ſaincte
cité faict vn coing & ſe moncte vers le mont Syon: ſur lequel pont
noſtre Redempteur venant du ſainct Cenacle pour aller au jardin
en la nuict qu'il fut prins, ſelon que dit S. Iehan, mais il ne le
dit au retour, ou s'il y fut mené, les tiras Iuifz le pouſſerent du
pont, car au pied d'iceluy vers midy, ſe voyent encore iuſques aujourd'huy, les marques de ſes diuines mains & ſainctz
piedz imprimez au rocher d'embas, qui eſt au fond dudit torrent,
non neantmoins icelles marques & leur pleine & droicte forme,
comme eſt celle qui eſt au mont d'Oliuer, ains ſont en peu tor-
dues, comme d'vne perſonne tombee & qui eſt trainee & tiree par
force: ainſi que ſans doubte, eſtoit le Redempteur par ces cruels bourreaux. Surquoy quelques contemplatifz, eux fondans ſur ce que le
Pſalmiſte dit, *De torrente in via bibet*, &c. Il boira du torrent, en la
preſuppoſent, qu'eſtant le Sauueur fatigué & alteré de tant de
peines & angoiſſes qu'il ſupporta lors, auſſi pour accomplir ceſte
propheretie, ſe baiſſa pour boire, & qu'eſtant la multitude des hommes acharnez & furieux, ſi grande, que tous enſemble ou ſelon leurs
bendes ne pouuoyent paſſer par deſſus ledit pont, le trainerent
par bas d'iceluy, au trauers dudit torrent: pluſieurs deſdictes marques ſe voyent encore, mais aucunes d'icelles, par l'indiſcretion de
quelques pelerins qui les ſont martelees pour en auoir de petites
pieces, ſont ia toutes gaſtees & rompues: Ie l'appelle, ſoubz correctiõ,
vne ſtupidité, ores qu'elle ſoit couuerte du manteau de deuotion: quoy qu'elle n'ait auſſi accompagnee, car ſoubz ombre d'i-
celle les ſainctes marques ſont effacees & abolies pour l'aduenir
adorer: ce qui eſt vne grande faulte: toutefois ie ne veux icy
blaſmer totalement la bonne volonté & affection des pelerins,
pouruu que la diſcretion y ſoit obſeruee, pour prendre & rapporter en leurs domiciles, quelques pierres & terres venás des lieux

L l

ſainctz,

Matth.26
Marc.14

Pſal.109.

sainctz, sans rien gaster & efface: car ceste pieté a esté obseruee par
noz ancestres, comme tesmoignent S. Augustin, & S. Gregoire de
Tours, disãt que d'icelle terre sainct: mesl e auec de l'eaue, on souloit faire des petitz tourteletz, (comme encore presentement on en
faict des Agnus Dei) lesquelz estoyent portez & enuoyez partout
le monde, pour la guarison des malades, & obtenir les graces diuines: en quoy se voit l'ancienne pieté Chrestiéne, dit Baronius. Nou
lisons au second liure des Roys, que le Royal Prophete Dauid passa en ce mesme lieu du torrent, à teste descouuerte & à piedz deschaux, & alla ainsi vers la montagne des Oliues, lors que son filz
Absalon, le persecutoit & chassoit de sa Cité Royale.

Du mont dit du Scandale, des monumens d'Absalon, du Prophete
Zacharie, & autres sainctz lieux de remãque.

CHAPITRE XI.

AV deuant du pont du torrent susdit vers Orient, est vne partie du mont des Oliues, surnommé du scandale, comme appert au liure des Roys, à cause que le Roy Salomon, à la suasion de
ses femmes & concubines, y fit construire vn Autel, à l'Idole des
Moabites, Chamos, lequel depuis a esté brisé par le Roy Iosias. Sur
ce mont au temps des Machabées, estoit vn chasteau, duquel se voyent encore des vestiges, & qui fit beaucoup de mal aux habitans
de Hierusalem: au pied duquel mont sont entre plusieurs autres,
deux sepultures Royalles, entaillees au roc propre, l'vne desquelles
(à sçauoir celle qui est au bas & vn peu derriere l'autre esleuee, n'a-
yant autre ornement, que l'entree faicte d'œuure corinthienne, &
qui n'est par dedans qu'vne grotte cauee en la montagne) on tient
estre celle du Roy Iosaphat, donnant le nom à la valee: mais d'autant que l'escriture saincte dit, que ce Roy fut mis au sepulchre de
ses peres en la Cité de Dauid, & que le Roy Manasses fut enseuely
en son iardin, s'ensuit que c'est plutost le monument dudit Manasses, que celuy dudit Iosaphat, car le iardin desditz Roys, s'estendoit
iusques la.

A. le pont du torrent Cedron.
B. les marques de pied & mains nostre Seigneur.
C. le torrent Cedrõ & valée de Iosaphat.
D. le monument d'Absalõ.
E. celuy du Roy Manasses ou Iosaphat.
F. l'Eglise nostre Dame.
G. Hierusalem.
H. le mont des Oliues

L'Autre sepulture esleuée & carrée, (estant faicte d'œuure Dorique, & agéee par le dehors de demies colomnes & corniches doubles, puis d'vn base rond par dessus, portant vne pointe piramidale, aussi ronde & finissante auec vne coronne fleuronnée) est le monument qu'Absalon, filz du Roy Dauid, fit faire de son viuant, comme il est escript au second liure des Roys, & en Iosephe, mais il ny fut point inhumé, ains fut son corps mis en vne fosse, couuerte de pierres, pres du lieu ou il fut occis par Ioab, au de la le Iordain: Au haut de ce monument sont deux pertuis, qui demonstrent qu'il est creux, & au bas d'iceluy, iusques quasi le milieu du premier base, sont vn grand nombre de cailloux y iettez par les Mahometistes, Mores & Turcs, de tout agge & sexe passans par la, en detestation & mespris, de la rebellion que ledit Absalon commit, contre le Roy Dauid son pere : voire l'anatematisant, ilz prononcent telz propos. *Malheur soit au paricide Absalon, & à tous ceux qui iniustement persecutent leurs parens, qu'ilz soyent mauditz eternellement :* ce qu'ilz obseruent encore auiourd'huy. Aucuns ont opinion, que ce soit la sepulture de la femme du Roy Salomon, fille de Pharaon Roy d'Egypte, mais quoy qu'il en soit, on l'appelle communement le monument d'Absalon.

Le monument d'Absalon.
2. Reg. 18.
Ioseph ant. 7. c. 9.

La malediction des Turcs contre Absalõ.

Le ſepulchre du Prophete Zacharie.
2. Par. 24.
Matth. 23.
Egeſip. in vita prop.

VN peu plus auant, au meſme coſté & au pied de ceſte
gne, eſt vne autre ſepulture, ayant la ſuperficie carr
uee en forme de pointe de diamant, laquelle eſt haute, com
auſſi l'autre ſuſdite, de quinze à dixhuict pieds, & groſſe en
à l'aduenant. Ceſte derniere eſt reputee eſtre le ſepulchre
phete Zacharie filz de Barachie, ou de Ioiada grand preſtre
occis entre le Temple & l'Autel, comme eſt eſcript au li
Chroniques, en S. Marthieu, S. Ieroſme, Egeſipe & au
theurs: lequel ſepulchre eſt celuy duquel parle le Redemp
ſant. *Malheur ſur vous Scribes & Phariſeens Hypocrites, car vous*
ſepulchres des Prophetes, & ornez les monumentz des iuſtes, & dite
auſſi ſions eſté es iours de noz peres, nous n'euſſions eſté compagnons
des Prophetes, &c. Et d'autant que le Saueur nommoit Abel
mier des iuſtes occis, & Zacharie filz de Barachie, pluſie
ciens & ſainctz Docteurs, comme S. Cyrile Alexandrin
les raiſons ſont par S. Ieroſme tenues pour Apocriphes) O
Gregoire de Nice, Baſile, Hypolite martyr, Pierre d'Alexa
martyr & autres, ſont d'opinion qu'il parloit de Zacharie
S. Iehan Baptiſte, de ſon temps maſſacré entre le temple
par commandement du Roy Herode premier du nom
qu'on ne trouuoit ſon filz Iehã, qu'il vouloit faire mourir a
autres enfans des enuirons de Bethleem: car pour auoir oy
des merueilles aduenues à ſa naiſſance, il redoubtoit que ce

Cyril. aduerſ. Antyropmorphitas.
Orig. in Matth. tract. 26.
Greg. Niſ. de Chri. nat.
Baſil. hom. de hum. Chriſt. gê.

promis, qui deuoit remettre le Royaume qu'il vsurpoit en terre. Disent Epiphanius & le mesme Hypolite, que le pere dudit Zacharie s'appelloit Barachias, comme celuy de l'autre Zacharie des douze Prophetes, duquel Isaias chapitre 8. faict mention, & propheriza & exerçoit la fonction de sacrificateur, aux temps de Cyrus & Zorobabel, 483. ans auant Auguste Cesar, & 300 moururent, selon Eusebe, apres la mort de Zacharias filz de Ioiada sacrificateur, lapidé entre le Temple & l'Autel, par l'adueu du Roy Ioas, ingrat & mescognoissant le benefice receu de Ioiada, comme appert aux Chroniques: Lequel Zacharie filz de Barachie ce qu'en escript Dorothee (Archeuesque de Thyr au temps de Constantin le grad & Nicephore) mourut de la mort naturelle en grade vieillesse, & fut ensepulture au chap noeman en Beth a quarante stades de la Cité d'Eleutheropolis & cent cinquante de Hierusalem, ou son corps fut trouué par reuelation faicte au bouuier, s'estant ce Prophete à luy apparu en habit sacerdotal du temps d'Ephidus Euesque, & durant l'Empire d'Honorius. Parquoy ceste sepulture de laquelle nous faisons mention, pour estre sienne, ne de Zacharie filz de Ioiada susdit: lequel Ioiada estant decedé en l'aage de cent trente ans, fut ensepulture en la Cité de Dauid auec les Roys, & son filz Zacharie (estant lapidé comme dit est) fut par les Prestres mis auec son pere selon le mesme Dorothee: Ce monument est bien situé au iardin des Roys, mais non en la Cité de Dauid, parquoy me semble, soubz correctio, que ce soit celuy du Pere de S. Iehan Baptiste, car le Redempteur, ignorât le nom des peres de ces trois Prophetes, pour s'y abuser & prendre l'vn pour l'autre, combien que le mot de Ioiada & Barachie signifiét vne mesme chose es langues Hebraique & Siriac selon S. Ierosme: Aussi le Sauueur, ne parla aux Scribes & Pharisiens, du temps de Ioas, ains a ceux qui estoyent lors, comme le fait encore parlant de Montana Iudee.

Proche de ceste sepulture à main gauche, est l'entree d'vne grotte ou antre, auquel S. Iacques le mineur surnommé le frere du Seigneur, se tint caché l'espace de trois iours, durant le temps que le Redempteur souffrit mort & passion, & estoit au Sepulchre, ayant fait serment de ne manger pain, depuis qu'il auoit beu le calice du Seigneur, iusques a tant qu'il l'auroit veu resuscité, selon le tesmoignage de S. Ierosme: parquoy aussi, suyuat ce qu'en escript S. Paul, aucuns tiennent que le Redempteur, le iour de la resurrection, s'y seroit apparu a luy le consolant, & que pour ceste cause en son ap-

L l 3   parution

Ieroni. in Math li. 4 cap. 3. Hypol. de proph. vit & interi-tu. Alex. cat. 13. de venit. & cant. 3. de regul. eccl. Epiph. de vit & inter. Proph. Zachar. 1. Euseb. in Chro. & li. 8. de demonst. euang. 4. 2. Para 24. Do oth de vit. & inter. Proph. Niceph. li. 2. c. 3. &c.

Math 2.

L'antre de S. Iacques.

Ieroni. de script. Eccl. in Iacob. c. 2.

parution faicte à tous les Apostres, il luy auroit auant tous, donné
manger: Ce lieu plus que tous les autres ses semblables, est demeuré en son entier, signamment l'ornement de dehors faict de marbre & composé auec des colonnes comme vn portique, mais le dedans n'est qu'vne spelonque d'vne ancienne sepulture.

Ayans veu ces lieux remarquables, & passé le torrent Cedron
nous feusmes à vne fontaine, de tous Chrestiens, voire mesme d'
infideles, appellee la fontaine de la Vierge Marie, à raison, com-
disent les Orientaux, qu'elle y souloit lauer les drapelets de son d-
uin enfant Iesus, & est ceste fontaine surnommee du dragon en N-
hemie, en laquelle on descend par trente degrez pour venir à l'e-
uë, au dessus de laquelle est basty vn anciè edifice. A nostre arriue
nous y trouuasmes des Turcs, faisans leurs lauemens & ceremoni
nous empeschans d'en approcher, parquoy conuint nous conten-
de lauer seulement noz yeux, selon la coustume, auec vn peu d'eau
d'icelle que nous alla querir nostre Trucheman: Ce faict nous r-
tournasmes par le mesme chemin que nous estions venuz, saluā
en passant derechef les vestiges des piedz & mains du Sauueur
pied dudit pont de Cedron. Et venans au lieu ou fut Getsemani
pere Gardien nous monstra les ruines de quelque edifice comme v
voulte, vers le chemin de Bethanie, restante comme il disoit, du s
pulchre de Iudas le traistre, aussi souloit estre proche de ce lieu, l'a-
bre auquel (ce malheureux desesperé) se pendit & creua par le m-
lieu du ventre, comme nous lisons en S. Mathieu, & aux actes d
Apostres: le tronc duquel arbre estoit encore en estre enuiron l'a
1580. Es enuirons de ce lieu, qui est au costé gauche du mont d
Oliues, s'enterrent encore les corps des Iuifz, ainsi ces miserabl
ont choisi auec les reprouuez, la fenestre du grand iuge, & de faic
plusieurs d'entre eux, sentans le iour de leur deces approcher, se r-
tirent quant ilz peuuent en Ierusalem, à fin que mortz, leurs corp
puissent estre mis audit lieu auec ce traistre leur grand pere: Aucu
ont enseignez, ce mesme lieu de Iudas ailleurs, mais c'est abus, ca
S. Cyrille dit, que de Getsemani on le pouuoit monstrer au doig
aussi il n'y a guere de distance de l'vn à l'autre.

La fontai-
ne de la
Vierge
Marie.
Nehem.
fue 2. Esa.
c.7.

Sepulchre
de Iudas
le traistre.

Matth.27.
actes.1.

Cyrille ca-
thec.10.

*De la porte dorée, du lieu ou S. Estienne fut lapidé, de la porte des
ouailles & autres lieux.*

CHAPITRE XII.

DE l'autre costé de la muraille de la saincte Cité (laquelle à esté
en son circuit toute renouuelee l'an 1542. hors-mis en ceste
partie, ou elle est seulement reparee) se voit la porte tres-ancienne
appellee *Porta aurea*, ou dorée, à cause que cy deuant elle estoit couuerte de lames d'or, ainsi que dit Iosephe. Ceste porte est fort antique & de belle structure, ayant les corniches taillees d'œuures cô-
polee à fueillages, & a double entree auec vn pilier au milieu, comme ont ordinairement les grands portaux de plusieurs Eglises : aussi il est à voir & coniecturer qu'elle a plustost seruie d'entree au
Temple, que de porte à la Cité, qui cause, comme il me semble, que
Nehemie n'en faict mention.

La porte
dorée.
Iosephe.
li. 3. c. 2c

A. La porte dorée.   B. La porte S. Estienne.   C. Le lieu ou S. Estienne fut lapidé.
D. L'eglise du sepulchre nostre Dame   E. Le iardin d'Oliuet & valee de Iosaphat.
F. Le torrent Cedron.   G. Le pont du torrent.   H. Les sepultures des Turcs.   I. lieu
ou pour Mosquee.

Sa nomination neantmoins, est repetee en diuers lieux, demonstre Tyrius, disant. La porte de la court du Temple orient est appellee iusques auiourd'huy porte doree. Cecy mesme afferme par Vitriacus, Brocardus, Saligniacus & autres, le phete Ezechiel, a nommé Porte de sanctuaire, regardant vers orient elle a esté fermee par les infideles, dés le commencement leur regne, laquelle fermeture aucuns presupposent auoir esté faicte, à fin que le peuple venant de dehors ne souillast ou contaminast la place du Temple, toute pauee de beau marbre blanc sur quelle il n'est permis à aucun de marcher, s'il n'est circoncis pieds lauez & deschaux, comme ie diray cy apres: au reste dient les Mahometistes l'ont bouchee, pour respect de ce que par ce mesme Prophete, disant. *Le Seigneur me fit tourner à la voye de la porte du sanctuaire de dehors, laquelle regardoit vers Orient, & estoit fermee, & le Seigneur me dit, ceste porte sera fermee, & ne sera pas ouuerte, & n'y passera homme par icelle, pour ce que le Seigneur d'Israel y est entré :* qui se doit entendre, par la glorieuse entree qui a faicte Iesu Christ, six iours deuant sa douloureuse passion, ou bien de la virginité incorrompuë de la glorieuse Vierge Marie sa mere. Frere Boniface Stephani dit que luy estant Gardien du mont Syon, & familier de certains Docteurs en la loy Mahometique, il leur demanda vn iour, la cause pourquoy ceste porte estoit ainsi fermee, & pourquoy on ne l'ouuroit point comme les autres (car lors elle n'estoit encore maçonnee) & ilz luy firent responce, que son ouuerture se reseruoit à l'entree d'vn grand Roy, sans vouloir declarer qui seroit ce. Et cecy a quelque conformité, à ce que dit plus auant ledit Prophete. *Au prince appartient lequel sera assis en icelle, pour manger le pain deuant le Seigneur :* mais ledit Frere Boniface continuant son propos, d'abondant, i'entens ou ilz veulent venir, c'est qu'ilz veulent parler de leur Mahometh, car ilz croyent qu'au dernier iugement il sera assis sur le mont Moria ou ceste porte est situee, & Iesu Christ celuy des Oliues: recite encore ce religieux Euesque, que quand Soliman le grand, fit dependre les huisseries qu'il y auoit au nombre de douze (tant elles estoyét redoublees les vnes sur les autres, pour la faire muraisser) on trouua vne Croix d'Airain, de tresgrande antiquité, attachee à l'vne d'icelles : laquelle le reuerend Pere Bonauenture Carsetri, lors general de l'ordre S. François, acheta du Bassa à bien cher prix, & la fit mettre, auec les autres reliques de l'Eglise du S. sepulchre, ou elle est encore gardee soigneusement.

En ceste mesme porte, S. Ioachim, autrement appellé Ely, selon Luc, & S. Anne pere & mere de la Vierge Marie, se sont rencontrez, apres que ledit Ioachim fut par l'Ange reuoqué de l'exil volontaire qu'il auoit entreprins, pour raison des calomnies & vergongnes, que publiquement & au iour de Pasque, le grand Pontife luy auoit dit & faict, reiettant son offrande à cause de la sterilité de sa femme, auec laquelle puis apres il se retira en la maison qu'ilz auoyent en Ierusalem, & lors suyuant l'aduis dudit Ange faict à tous deux, l'immaculee conception de la Vierge tressacree Marie, se fit, selon qu'escriuent Epiphanius, S. Ierosme & plusieurs anciens Peres, tant Grecs que Latins. Ceste porte est aussi celebre entre les Chrestiens, pour l'humble, voire solemnelle & glorieuse entree, que Iesu Christ fit par icelle en la saincte Cité de Ierusalem monté sur vn Asne: ainsi qu'il est escript en S. Matthieu, S. Marc, S. Luc, & S. Iehan, & comme auoit esté predit par les Prophetes Isaie & Zacharie, conformement à ce qu'en disent aussi S. Augustin & le venerable Bede, l'vn en l'homilie sur le douziesme chapitre de S. Iehã, & l'autre sur l'onsiesme de S. Marc.

Passant outre du long dudit torrent Cedron, & laissant à main droicte le iardin & mont d'Oliuet, ensemble l'Eglise de l'Assomption nostre Dame, & remontant pour r'entrer en la saincte Cité (enuiron vn stade, qui sont deux centz vingt cinq pas, plus bas que la porte d'icelle, & ou les chemins des portes d'orée & des ouailles pour descendre en la valée, se souloyent rencontrer) le reueréd Pere Gardien, nous montra vne partie d'vn rocher descouuert, nous disant que sur iceluy auoit esté lapidé S. Estienne premier diacre & martyr, en la presence de S. Paul (lors encore adolescét gardant les vestemens des meurtriers & bourreaux) & ou à l'imitatió du Sauueur, il pria pour ceux qui le lapidoyent & mettoyent à mort, comme il est contenu aux Actes des Apostres. En ce lieu, seló Nicephore, Eudoxia femme de l'Empereur Theodose, fit bastir de fond en comble vne fort belle Eglise en l'honneur de ce glorieux protho-martyr, en laquelle elle fut inhumee l'an quatriesme de l'Empire de Leon le grand, mais à present on ne voit aucuns vestiges d'icelle Eglise. Quant au corps de S. Estienne, il auoit esté ensepulturé en Caphar Gamala, qui signifie ville de Gamaliel, & fut reuelé & trouué par vn Prestre nommé Lucian, auec les corps de Nicodeme (qui donna son sepulchre au Redempteur) Gamaliel precepteur de S. Paul, duquel est faict mention aux Actes, & Abidó son filz, l'an septiesme de l'Empire d'Honorius, qui fut enuiron 360. ans apres leur

M m

deces,

decez, eſtant lors Eueſque de Ieruſalem vn nommé Iehan: & eſtá
leſditz ſainɕtz corps hors de terre, & recogneuz par la ſoüaue
deur qui ſortoit de leurs cercueilz, & les grands miracles qui s'y fi
rent, ilz furent portez & honorablement enſepulturez en l'Egli
du mont Syon, où encore du temps de Godefroy de Buillon, ſelon
Tyrius, ſe voyoit leurs ſepulchres: on montre encore iuſques à pre
ſent, aux Pelerins qui ont moyen d'entrer en icelle Egliſe, le lieu &
ruïne d'iceux, mais les corps, ſignamment celuy de S. Eſtienne, du
rant l'Empire de Theodoſe le ieune, fut porté en Conſtantinople
& au temps que le Pape Pelagius premier du nom, commandoit
l'Egliſe Romaine, il fut tranſporté à Rome, & colloqué au ſepul
chre de S. Laurens Martyr, hors des murs, où il eſt encore: cecy eſt
recité par Niceta Philoſophe, Simeon Metaphraſtes & Sigebert
en leurs martyrologes & Chroniques, diſans qu'en la memoire de
la ſuſdite premiere inuention on celebre la feſte en l'Egliſe Catho
lique & vniuerſelle, le troiſieſme iour d'Aougſt, & aduint la der
niere tranſlation l'an de grace 418. S. Auguſtin en ſon liure de la Ci
té de Dieu, S. Gregoire Archeueſque de Tours, & pluſieurs autres
ſainctz peres, ont eſcript & rapporté de treſgrands miracles auoir
eſté faictz, par l'attouchement des ſainctz oſſemens & reliques du
corps d'iceluy.

Apres auoir faict en ce lieu noz petites deuotions, & remontan
vers la ſainɕte Cité, nous entraſmes en icelle par la porte du beſti
ou des ouailles, dite en Latin, *Porta gregis*, de laquelle eſt faict men
tion, aux ſeconds liures d'Eſdras & des Chroniques. Elle eſt auſſi
appellee, porte de la valee, pour raiſon qu'elle n'en eſt pas loing, &
eſt propre pour deſcendre en la valee de Ioſaphat: le nom de Porta
gregis, luy fut donné, pour eſtre aſſez proche & vers le marché, où
ſe vendoyent les ouailles, pour immoler au Temple de Salomon, &
de la Piſcine probatique, où on lauoit au parauant icelles ouailles:
elle eſt au meſme lieu où eſtoit l'ancienne, mais lors que le ſuſdit
Soliman fit reſtablir les murailles de la ſainɕte Cité, il la fit agran
dir ſur la meſure & grandeur de la porte d'orée, laquelle il fit lors
comme dit eſt, murer: on l'appelle auſsi, porte de S. Eſtienne, pour
les autres raiſons ſuſdites. Aux deux coſtez de ceſte dite porte, ſont
deux lyons taillez en marbre, s'entre regardans l'vn l'autre, ſembla
bles à ceux qui ſont ſur le frontiſpice d'vne Moſquee, qui eſt deuant
la porte de Iaffa: mais on ne m'a ſceu dire & n'ay peu entendre ce
qu'ilz veulent ſignifier, ny pourquoy les Turcs ont permis les faire,
car c'eſt contre leur loy, laquelle iudaïſant, defend les ſimulachres
ſeulement

feulement on dit, que celuy qui gouuernoit lors la fainte Cité, &
eftoit fuperintendent de l'ouurage, eftoit vn Chreftien renié, non
trop fcrupuleux, peult eftre, en icelle loy, ou qu'il auroit voulu (fouz
ombre de quelque fienne imaginee fignification) imiter l'Empereur Elius Adrianus, lequel fit tailler & pofer le pourraict d'vn
porc, fur la porte de cefte fainte Cité, conduifante vers le chemin
de Bethleem, pour depiter & fafcher les Iuifz.

Du Temple moderne de Salomon, & chofes remarquables
concernans iceluy.

CHAPITRE XIII.

Eftans r'entrez par cefte dite porte, en la fainte Cité, le premier
lieu que nous trouuafmes, eft vne rue mediocrement large cōme vn petit marché, s'eftendant d'vne part du long de la muraille
de la Cité, iufques à celle de la place du Temple de Salomon, & de
l'autre vers Occident, elle eft bornee de la Pifcine probatique. Anciennement, cefte place eftoit le fufdit marché des ouailles: auffi elle eft appellee *Hypodromus*, ou les cheuaucheurs, voulans entrer au
Temple, laiffoyent leurs cheuaux: lequel *Hypodromus* s'eftendoit encore plus auant, entre la porte d'oree & l'entree orientale du Temple. Il y a vers midy vne porte, pour entrer fur la place dudit Temple, furnommé de Salomon, pour raifon, que le Téple, qui fut premierement bafty par le Roy Salomon, renouuellé par Efdras, & a-
grandy par Herode, eftoit fitué en ce mefme lieu. Cedit Temple,
duquel ie pretends parler, eft le moderne, felon l'apparence exterieure, fort beau & de mediocre grādeur, compofé en forme fpheri-
que à huict faces, qui s'appellent octogone: par le haut, il eft bafty
& agécé, de thuiles ou petites briques, coulourees à la damafquine,
& par bas de marbre blanc bien poly, lequel ilz ont prins, es Eglifes
du S. fepulchre & de Bethleem: la couuerture d'iceluy eft en forme
d'vne coupe, auec vne efleueure que nous appellons lanterne, toute couuerte de plomb: La voulte du dedans, & la plufpart des parois, font enrichis d'œuure mofaique: & tel eftoit au temps de Ty- Tyrius li.
rius, il y a cinq centz ans: Il fe trouue encore là, entre certaines ran- l.c.2.
gees de coulomnes vn bout de rocher, cōme vne pierre groffe efle-
uee, laquelle les Mahometiftes, ont en trefgrande veneration, difans
que fur ce rocher (qui eftoit en l'aire d'Ornan Iebufeen fur le mont

                    Moria)

Moria) le Prophete Royal Dauid, vit l’Ange tenant en sa main vne
glaiue defgaine, menaſſant Ieruſalem, & ou, pour appaiſer l’ired
Dieu, il ſit dreſſer vn Autel & offrir des holocauſtes, comme eſt
eſcript au premier liure des Chroniques: à cauſe auſsi que ſur iceluy, Abraham long temps auparauant (eux croyans en ce la narration de Ioſephe) auoit voulu immoler ſon filz vnique Iſaac, ſelon
que Dieu luy auoit commandé. Ces pauures abuſez croyent encore, que leur ſeducteur Mahometh, ſelō ſon dire, a eſté conduit tout
en vn inſtant, de la Mecque en Arabie (diſtante de Ieruſalem quarante iournees) ſur ce rocher ou auoit eſté le Temple de Salomon,
& que la il trouua beaucoup de Prophetes enuoyez de Dieu pour
le receuoir honorablement, & luy dire beaucoup de bonnes nouuelles, & des merueilles qui luy deuoyent & aux ſiens ſucceder, &
qu’entre autres y eſtoyent Abraham, Moyſe & Ieſus filz de Marie
qui tous luy firent la reuerence, puis luy dirent, que ſur ce meſme
rocher, il ſeroit aſsis, & Ieſus ſur le mont des Oliues, pour faire le
dernier iugement general, & que toutes gens paſſeroyent, comme
en monſtre, entre eux deux, en la valee de Ioſaphat. Ie laiſſe (pour
euiter prolixité) beaucoup de reſueries, qu’ilz diſent encore eſtre
aduenues, en la perſonne de leurdit Mahomet à l’entour de ce rocher, lequel comme dit eſt, ilz ont en ſi grande veneration, que Homar troiſieſme ſucceſſeur & parent d’iceluy Mahometh, y a faict
baſtir le Temple, qui y eſt encore pour le iourd’huy, il y a quaſi mil
ans paſſez: & nul d’entre eux Mahometiſtes, allans ou retournans
vers la Mecque, viſiter le corps du ſuſdit Mahomet leur legiſlateur
& ſeducteur, n’a paracheué deuëment, & ne ſeroit aggreable à Dieu
ſa peregrination, comme il leur ſemble, s’il n’a auſsi entré audit
Temple, & faict en iceluy ſon *Tſala*, qui ſignifie Oraiſon, ſemblablement auſsi en Bethleem & Hebron: ce Temple pour les raiſons
que deſſus eſt appellé par eux le Temple à la roche, qui eſt tenu le
ſecond en honneur, apres celuy de la Mecque, ou tous les ans ilz
ſont tenuz aller, auec vne carouane de ſoixante mille chameaux.

Reuenant à noſtre narration, il y a ſoubz ce rocher vn lieu creux
comme vne ſpelonque, laquelle ſemble eſtre celle dont Nicephore
faict mention, diſant: qu’au temps que les Iuifz trauailloyent, pour
par la permiſsion de Iulian l’Apoſtat Empereur, rebaſtir leur Temple, deſtruit par Tite en plantant les fondemens d’iceluy, & remuãt
vne pierre à laquelle le dernier ſoubaſſement auoit eſté conioinct,
ilz trouuerent la gueule d’vne ſpelonque taillee dans le rocher, &
ne pouuans voir le fond d’icelle, à cauſe de ſa profondité, deſirant
neant-

auantmoins cognoistre que c'estoit, lierent l'vn des ouuriers à vne
corde & le deualerent dedans, lequel arriué au creux, y trouua de
l'eaue iusques à my iambe, ainsi enuironnant la fosse, & recher-
chant de part & d'autre, iugea ceste speloncque estre carree: or ainsi
qu'il retournoit vers son emboucheure, il rencontra vne colomne
posee au milieu de ceste cauerne, non beaucoup esleuee au dessus
de l'eaue, laquelle tatant de la main, trouua au hault d'icelle, quelque chose enueloppe dedans vn linge bien net & delié, l'ayãt prins,
il fit signe en braslant la corde à ceux qui l'auoyent la descendu, à fin
qu'ilz le retirassent, & soudain qu'il fut dehors, il montra ce qu'il
en rapportoit: & ilz virent que c'estoit vn liure comme tout nœuf
sans estre aucunement gasté ny endõmagé, nõobstãt qu'il fut trouué en vn lieu si profond, obscur & humide. Or ce liure deployé &
ouuert, effraya non seulement les Iuifz, mais aussi les Grecs, presens, car tout au principe & premier fueillet d'iceluy, il contenoit
en grandes lettres ces motz. *Au commencement estoit le verbe, & le verbe
estoit auec Dieu, & iceluy verbe estoit Dieu.* Et pour dire brieuement, ceste
escriture cõprenoit entierement l'Euangile de S. Iehan, en laquelle
est contenuë la parole de nostre Seigneur, predisant la desolation du
Temple & de la Cité: qui fut cause, auec beaucoup d'autres prodiges qui s'apparurent lors, que plusieurs Iuifz & Grecs crurent en
Iesu Christ. Tyrius parlant aussi de ceste cauerne, dit que deuant Tyrius li. 8.
c. 3.
l'arriuee de Godefroy de Buillon auec l'armee Chrestienne, & en-
cor quinze ans apres, elle estoit demeuree ouuerte & nuë, iusques à
ce que ceux qui furent deputez à la garde de ce lieu, la coutrirent
d'vn marbre blanc, & y bastyrent vn Autel par dessus, pour y celebrer la saincte Messe & office diuin. Quelques vns sont d'opinion,
que l'Arche du Seigneur fut cachee en ce mesme lieu, par le Prophete Ieremie, quãt Nabuchodonosor brusla le Temple & la Cité,
& que depuis elle n'a esté trouuee ny veuë: & que celle que Tite
print & porta en triomphe à Rome, estoit vne autre contrefaite,
sur la forme & semblance de la premiere. Iosephe recite aussi, que
Simon le dernier Prince seducteur d'entre les Iuifz & qui soustint
le Siege contre Tite, s'estoit en fin caché en quelque cauerne, au
dessoubz du Temple, & auoit prins auec luy des ferremens, pour
cauer quelque sortie plus auãt, ce que ne pouuãt effectuer, il en sortit au tiers iour, habillé des vestemens sacerdotaux, soy rendant à
la misericorde des soldatz Romains: mais il me semble que ce n'e-
stoit ceste ci, pour sa profondité, si ce n'estoit que lors il y eust quelque escuiller, toutefois que ce pouuoit bien auoir esté le lieu, où on

                                                             faisoit

faiſoit entrer les eaües des nettoyemens & lauemens des oblations
qui ſe faiſoyent au Temple, & que de la par certains conduitz ſoub-
terrains, elles decouloyent en Betheſda, qui eſt la Piſcine en l'E-
uangile appellee probatique.

Or le ſuſdit Temple, eſt aſſis au lieu propre ou eſtoit le Saǹcta ſan-
ǹctorum des Iuifz, au milieu d'vne courcelle eſleuee, carree & murée
tout a l'entour, ayant à chacun coing, comme vne tourelle ou petite
chapelle, & aux coſtez des degrez pour y monter: & tant la maſſonnerie que le pauement, le tout faict d'vn treſ-beau marbre blāc.
Ceſte place ainſi eſleuee, eſt ſituee en vne cour plus grande, contenant en diametre deux iects d'arc, auſſi carree & enuironnee de
murs hautz & fortz, & pareillement pauée de larges pierres de
marbre blanc, entre leſquelles ont eſté plantez aucuns figuiers &
oliuiers, depuis la derniere prinſe de la ſaincte Cité: eſquelles places & Temple, il n'eſt permis à aucun d'entrer, qu'a piedz nudz, &
lauez, & pour ce faire, il y a grand nombre de bacs de pierre, pour
receuoir & retenir l'eaüe de la fontaine qui eſtoit à la dextre du Tēple, laquelle eſt encore en eſtre, & dont eſt faict mention au chant
Eccleſiaſtique, en l'Aſperſion de l'eaue benite des Paſques, & en
Ezechiel & Ioël Prophetes. Cornelius Tacitus homme conſulaire
& Ethnique, l'appelle fontaine touſiours coulante, de laquelle les
Mahomeriſtes vient pour s'en lauer, comme dit eſt. Il y a cinq portes pour entrer en la ſuſdite place, dite Attre du Temple, à ſçauoir,
vne regardant l'Orient, qui eſt la d'oree métionnee cy deſſus, a preſent cloſe: l'autre vers Septétrion, proche de la Piſcine probatique:
la tierce eſt pres l'Egliſe de la preſentation noſtre Dame, ou eſtoit
le portique de Salomon & l'entree du palays Royal vers midy. Les
deux autres reſtans, ſont du coſté d'Occident, comme la quatrieſme
pres le Bazarre, (qui eſt leur marché public, tout couuert & vouſté
comme vne halle, ou ſe vendent toutes ſortes de danrees) la cinquieſme & derniere, plus haulte, plus belle & principalle de l'entree dudit Temple, eſt encore des fragmens de la belle porte, appellee *Porta ſpecioſa*, à laquelle S. Pierre & S. Iehan (allāt vers ledit Tēple pour prier) guarirent le boiteux leur demandant l'aumoſne, cōme nous liſons aux Actes des Apoſtres. En icelles portes, pendent
quelques lampes touſiours ardentes, il y a auſſi des gardes pour defendre l'entree aux immondes & incirconcis: contre chacune deſdites portes, y a vne tour haulte eſleuee, ſur leſquelles les preſtres de
la loy & ſuperſtition Mahometique, au lieu de cloches, par certain
cry mentionné cy deuant, appellent le peuple, & l'excitent à l'O-

raiſon

Ezech. 47.
Ioel. 3
Tacit. li.
21. c. 3.

Act. 3.

raison. Ilz tiennent ce Temple, comme i'ay dit, le second en honneur apres celuy de la Mecque, & n'y entrent qu'a piedz lauez & deschaux, comme ilz obseruent en toutes leurs autres Mosquees: aussi il n'est permis à aucun d'y apporter ou faire tant soit peu d'ordure ne mesmes y cracher ou parler, mais seulement y faire leurs prieres: ce qui doibt tourner à grand deshonneur à nous autres Chrestiens, qui faisons si peu de cas des Eglises & maisons de Dieu, où nous cognoissons estre sa diuine presence accompagnee des Anges ses ministres, que non seulement y entrons irreueremment, & les tenons sans aucū respect & dignité, mais aussi on y parle & negocie de toutes choses prophanes, sans quelque scrupule de conscience, voire il s'y faict des trafiques tant licites que illicites, mesmes des vilainies infectes & puantes, deuant Dieu & les hommes, indignes de reciter, aussi nous voyons comme il desplaist à Dieu auec noz autres pechez & offences, & quel chastiment iournellement nous en receuons.

Ce mesme Temple, comme recitent Paul diacre, Cœlius Augustinus Curionis, Georgius Oedrenus, Zonaras & plusieurs autres) fut basty enuiron l'an de grace 644. au temps de S. Martin Pape premier du nom, & de l'Empereur Constant, neueu d'Eraclius second, par Homar filz de Carab, neueu & troisiesme successeur de Mahometh, & fut commencé l'an dixiesme de son regne, lequel Homar, ainsi que disent les autheurs susditz & l'Archeuesque de Thyr, ayant prins la saincte Cité, n'vsa de telle cruauté & inhumanité enuers les habitans, qui tous estoyent Chrestiens, comme auoit faict Cosdroës Roy de Perse, quelques années auparauāt, ains pardonnant à si peu de peuple qu'il y trouua (encore qu'ilz eussent soustenu le siege contre luy par l'espace de deux ans) soubz condition qu'ilz luy seroyent tributaires & obeissans, si leur permit l'exercice de leur religion Catholique, d'auoir leur Euesque, & restablir l'Eglise du S. sepulchre auparauant saccagee par les Perses: & ayant ce Prince seiourné quelque temps en la saincte Cité pour soy rafraischir, il appella vers luy les principaux & plus apparens d'icelle, specialement le venerable Patriarche Sophrone, successeur de Modeste, comme a esté dit au Catalogue des Euesques & Patriarches) & s'enquist d'eux curieusement, du lieu où auoit esté placé, le triomphant & magnifique Temple de Salomon destruict par Tite, & en estant suffisamment informé, commāda qu'il fut reedifié, en fournissant à leur volonté, des ouuriers & toutes choses necessaires, tant de marbres, bois, qu'autres materiaux: finablemēt estant acheué se-

Diac. li. 19.
C. Aug. li.
1. Cedren.
& Zonar.
tom. 1.

Thyr. li.
c. 2.

ue selon son proiect & dessein, tel qu'on le voit encore pour le iour-
d'huy en Ierusalem, il le dota de rentes & grandes possessions pour
le perpetuel entretien d'iceluy, tant de la closture, côme de couuerture & luminaires, puis apres il le dedia au cult & rit, de son Prophete Mahometh. Les susditz Cedrenus, Paul diacre, l'Euesque Sophronius, & Tyrius, disent, que ce bastiment au commencement, ne
s'auançoit aucunement, ains plustost se rompoit & gastoit, dont es-
merueillé ledit Homar, il s'informa de la cause & estant persuadé
par aucûs Iuifz, que c'estoit à raison de certaine croix qui estoit dedans ou dessus l'Eglise du mont des Oliues, il la fit oster, & que ce
faict, l'œuure se paracheua, puis comme dit est, il fut dedié à l'abominable superstition du seducteur Mahometh, laquelle y a esté
exercée par l'espace de quatre centz soixâte trois ans, à sçauoir iusques à l'an de grace 1099. que le preux Godefroy de Buillon, auec
les Chrestiens Occidentaux prindrent la saincte Cité, & fit con-
sacrer ledit Temple à Dieu, & appeller Temple de Dieu, y con-
stituant des Chanoines prebandez, & pourueuz de reuenu pour
les entretenir honestement, les faisant loger alentour dudit Temple, pour y faire le seruice diuin : mais quatre vingts huict ans a-
pres, à sçauoir l'an de nostre Redempteur 1187. elle fut reprinse
par Saladin Souldan d'Egypte, à cause de la petulance, dissention
& desordre des mesmes Chrestiens, & de leurs pechez desplaisans
à Dieu, tellement que ledit Temple, fut remis en sa premiere pollu-
tion Mahometique, de laquelle, il est encore contaminé iusques à
present, noz pechez en estans cause. Les Turcs gardêt ledit Temple autant soigneusement, que feirent onc les Sarazins l'ayans
faict edifier, defendant aux Chrestiens & incirconcis d'y mettre
le pied, n'y mesme sur soubattre, sur peine de la vie, ou de renoncer
à la religion Chrestienne & accepter la Mahometique, comme i
esté ia dit ailleurs.

Vne chose est encore à remarquer, pour seruir d'exêple à nous
autres Chrestiens, touchant la reuerence que lesditz Turcs & Mahometans, portent audit Temple & autres leurs Mosquees, c'est
que comme ledit Saladin estant maistre de la saincte Cité, tenoit
ledit Temple pour immonde, à cause que les Chrestiens y auoyent
entrez, frequêtez & faicts le seruice diuin, selon le rit Catholique,
il le fit lauer totalement d'eauë rose, auant y vouloir entrer. Lequel
Temple, ensemble la place & attre qui est alentour, sont enuiron-
nez & fermez de haults murs & portiques si fortz, qu'il est capable
de defense, comme il estoit au temps des Iuifz : mesme pour le grâd
nombre

nombre de personnes qui y sont communément : Aussi à la prinse qu'en fit Godefroy de Buillon, l'Archeuesque de Thyr escript, que plus de dix mille Barbares, y passerent au fil de l'espee. Depuis ce temps ledit Temple & sa forteresse, ne sont diminuez, mais plustost augmentez. Voyla amy lecteur ce que ie trouue & ay veu de ce Téple moderne surnómé de Salomon, me déportant de parler de l'ancien, iusques à ce qu'il viendra à propos, & que toucherons, (auec l'ayde de Dieu) de la Ierusalem antique : Et retournant a noz premieres brisees, nous parlerons de la piscine probatique, qui y est contigue.

De la Piscine probatique, Eglise de la Natiuité nostre Dame,
& de la piscine inferieure.

CHAPITRE XIIII.

CEste Piscine probatique, est ioignante aux murs de l'attre ou place du Temple dit de Salomon vers Septentrion: elle s'esté en longueur, enuiron cent soixante pas, le long desdi z murs & la rue qui conduit de la porte S. Estiéne, vers les ruines de la tour Antonia, & les edifices, par erreur, appellez le palais de Pylate: sa longueur est d'enuiron trente pas, en forme d'estang carré, muree tout alentour: à sçauoir vers midy & Septentrion desditz murs du Temple & de la rue, vers Orient, d'vn edifice qui est contigu la porte Septentrionale d'iceluy temple: & vers Occident, des vestiges de la forteresse Antonia, & sert comme de fossé audit temple, pour le ministere duquel, ladite Piscine a esté aussi bastie par le Roy Salomon, & fut premierement nommee Estang de Salomon, selon Iosephe: son vray nom Hebraique estoit *Bethesda*, & aussi l'appelle S. Iehan en son Euāgile, mais celuy de probatique de deriuee du grec, voulant signifier Ouaille, selon l'interpretation de S. Ierosme & de Beda, a cause que les Nathineens qui seruoyent les Prestres de la loy Mosaique, y l'auoyent les Ouailles & victimes, auāt que les presenter aux Sacrificateurs, pour estre immolez : L'eauë qui estoit en ceste Piscine, prouenoit des pluies & lauemens qui se faisoyent audit temple apres les oblations & sacrifices faictz: Ceste eauë, en certain temps, esto t esmeuë & troublee par l'auge, & lors celuy des malades, qui apres ce mouuement, pouuoit descédre le premier en icelle, estoit guary de la maladie qui le trauailloit: pour ceste cause il

N ii   y auoit

y auoit cinq portiques & entrees, ou giloyent grand nôbre de malades & languissans, aueugles, boiteux, & paralitiques, attendant
ledit troublement: desquels cinq portiques, les deux sont encore
vers Occident, a demy ouuertz, mais les trois autres au costé Septentrional sont muraillez: En l'vn d'iceux portiques, comme dit S.
Iehan, nostre Saulleur par vn iour de Sabhath, guarit vn hôme qui
y auoit couché paralitique l'espace de trente huict ans. S. Ierosme
& apres luy le susdit venerable Beda, disent que de leur temps, il y
auoit comme deux places en ladite Piscine qui se remplissoyent de
l'eaue des pluyes en hyuer, en l'vne desquelles elle prenoit couleur
de sang, comme se ressentant encore de son ancien office, qui estoit
de receuoir le sang des hosties immolees: Or, que ce soit ceste mesme Piscine, tous ceux qui ont escript du S. voyage, l'afferment auec
les sainctz & bienheureux personnages dessusnommez, l'vn desquelz est S. Ierosme qui auoit frequenté en Ierusalem & la terre S.
qat l'espace de cinquante ans, & en fin mourut en Bethleem, l'an
422. & le venerable Beda, qui ayant faict la visite d'iceux, deceda
l'an 734. Aussi Guillaume Archeuesque de Thyr & Chancellier de
Ierusalem, l'an 1183. en parle en ceste sorte. *La Piscine ou iadis on lauoit des hosties qu'on vouloit sacrifier, & ou le miracle du paralitique aduint,
est encore en son entier.* D'auantage nous sommes certainement infor-
mez que depuis ledit temps, rien n'a esté innoué, ny rompu d'icelle
au dedans de la saincte Cité: parquoy, selon que nous dit le Pere reuerend nostre conducteur (nous la montrant par dessus vne petite
partie du mur, qui la ceint du costé d'Orient, contre la rue qui va
d la porte S. Estienne, vers la Septentrionale du temple) y pouuoir
encore voir en esprit, le Saulleur du monde, & le supplier que par
sa diuine misericorde, il veulle guarir noz langueurs & infirmitez
spirituelles.

Ayans faict ceste visite, on nous mena par la rue qui va du long
de ceste Piscine, bornee de ce costé la d'aucunes habitations de pauures gens, iusques à vne vieille archeure qui passe la rue côme vne
porte, & est enuiron quarante pas plus auant que le coin de la susdite Piscine, & passant outre icelle, ayant tourné tout court à main
droicte par dessoubz certains edifices, nous entrames en vne mediocre, mais tresbelle Eglise & monastere fabrique & basty, à la
façon de ceux de France, au lieu ou estoit la maison & domicile
qu'auoyent en Ierusalem SS. Ioachim & Anne, pere & mere de la
Vierge sacree Marie: estant, comme dit Tyrius, prochain vers O-
rient & la Piscine probatique, de la porte de Iosaphat (ainsi appellée

loit on auſſi la ſuſdite *Porta gregis*.) Ce Ioachim, autrement dit E-
liachim, ou Ely, ſainct perſonnage, ſelō le teſmoignage d'Epiphanius, Euſebe, Anſelmus Eueſque de Cantorbie, Beda, S. Iehan Da-
maſcene, S. Ieroſme & autres peres Grecs & Latins, eſtoit de la Cité de Nazareth de la lignee de Iuda & maiſon de Dauid, lequel eſpouſa en Bethleem vne femme du meſme lignage ſelon qu'eſtoit la
couſtume des Iuifz) appellee Anne: ilz eſtoyent tous deux de ſaincte vie, & tant pieux, qu'ilz repartiſſoyent leurs biens & facultez en
trois portions, l'vne deſquelles ilz diſtribuoyent au Temple & miniſtres d'iceluy: l'autre aux pauures: & la troiſieſme, ilz la reſeruo-
yent pour leurs neceſsitez, nourriture & alimens: & ainſi veſqui-
rent enſemble par vn long temps, ſans auoir generation procrée de
leurs corps: dequoy contriſtez pour eſtre a infœcōdité, reputée pour
malediction entre les Iuifz, comme appert en l'Exode & au Deuteronome, ilz furent en continuelle priere enuers Dieu pour obtenir vn enfant, le vouant vnanimement à ſon ſeruice s'ilz en pouuoyent auoir: Et comme pour à ce paruenir, le ſainct homme ſe
trouua à la feſte des tabernacles au temple de Ieruſalem, & ſe pre-
ſentant à l'Autel pour offrir ſon holocauſte, le ſacrificateur Eleazar
refuſant icelle, luy reprocha ſa ſterilité, dont il fut ſi vergongneux
& fasché, qu'il quitta la Cité & ſa famille, & ſe retira chez ſes paſteurs pres Zephoron, ou eſtant, l'Ange s'apparut à luy en le reconfortant, & luy annonça la naiſſance d'vne fille qu'il feroit appeller
Marie, laquelle ſeroit ſanctifiee dès le ventre de ſa mere, & enfanteroit le Meſsie Sauueur du monde, en ſigne de quoy, dit l'Ange,
retournant en Ieruſalem vous rencontrerez voſtre eſpouſe Anne,
à la porte doorée, comme il fit s'en retournant, laquelle Anne auoit
auſsi eu ſemblable viſion: Ainſi s'en allans enſemble en ceſtuy leur
domicile, la diuine Vierge fut conceuë, laquelle conception aduint
le huictieſme iour de Decembre, en l'aage ſeptieſme du monde, &
la ſoixante quatrieſme ſepmaine de Daniel: l'an 27. de l'Empire
d'Auguſte: le 17. du regne d'Herode: & en la 190. Olympiade, ſelon
le dire dudit Epiphanius aux lieux prealeguez, ſemblablemēt d'aucuns Rabbins Iuifz, & la tradition de l'Egliſe Catholique, Apoſtolique & Romaine. Neuf mois apres, aſçauoir le huictieſme de Septembre, icelle diuine Vierge fut nee en Nazareth Cité de Galilee, à
pareil iour, comme diſent les Hebrieux, que noſtre premiere mere
Eue, fut formée de la coſte d'Adam: mais aucuns autres (auec Tyrius, & tous les Chreſtiens Orientaux, meſme les Mahometiſtes)
maintiennent que ceſte Natiuité, fut en ce heu, à quel annuelle-

    ment

Margin notes:

Epiph. cō-
tr. Collyri-
dianos hæ-
ref 79. c. t.
Antidieo-
marianos
heref. 98.
Hier. ſerm.
de ort di-
ua virg.
tom. 4.

Exod 23.
Deut. 28.

ment le iour que se celebre la commemoration & sadite bienheureuse natiuité, ilz y vont tous faire leurs prieres & peregrinations
chacun selon son rit & ceremonies, comme font aussi les Catholiques, ainsi que par la grace de Dieu nous fismes, le huictieme iour
de Septembre l'an 1586.

Poursuyuant nostre histoire encommencee, quelques vns sont
d'aduis, que ledit S. Ioachim deceda de ce monde, huict iours apres
la naissance de sa fille la Vierge Marie, & que son frere Cleophas
(pour selon la loy procreer en sa belle sœur vn heritier masle) l'es-
poula, mais qu'il n'eut aufsi qu'vne fille à laquelle fut donné pareil
nom qu'à la premiere, à sçauoir Marie laquelle fut mariee a vn autre Cleophas, qui d'elle engendra S. Iacques le mineur, S. Ioseph
surnommé le iuste, S. Simon & Iudas Thadee, Apostres de Iesu
Christ, & disent ces autheurs, que ce fut ceste Marie Cleophé de laquelle est faict mention és Euagiles: Ilz disent aufsi, que ledit Cleophas pere ayant payé le tribut de nature, que le frere m'aisné de
Ioachim Salomas, print sa belle sœur à femme, pour l'occasion su-
dite & selon l'ordonnance de la loy, & qu'il n'eust d'elle aufsi qu'v-
ne fille, portant le mesme nom de Marie, par apres coniointe par
mariage à Zebedee, qui d'elle procrea S. Iacque le maieur ou le
grand, & S. Iehan l'Euangeliste, & que S. Anne mourut puis apres
par vn mardy, aagee de cinquante ans, lors estant ia la vierge Marie
sa fille aisnee enceinte du Saueur du monde Iesu Christ. Autres
autheurs telz que Gregorius Nissenus, Eutymius, Epiphanius,
Amidens, Georgius Cedrenus, Nicephorus, Lippomanus, Canisi
Iansenius, Baronius, Laurétius Cuperus & autres refutans ceste o-
pinion, disent au contraire que ces sainctz persōnages Ioachim &
Anne, auoyent esté long temps steriz & estoyent ia anciens, qui
au moyen de plusieurs vœux & prieres ilz obtindrent de Dieu, leur
sacree fille la vierge immaculee Marie, mesme que Ioachim auoit
attainct l'aage de 80. ans, S. Anne 78. & que la vierge glorieuse leur
fille (residente au temple auec les vierges & deuotes matrones ou
vefues) n'auoit qu'onze ans quant ses pere & mere decederent de
ce monde. Autres disent encore, mais par erreur, qu'Ismeria qui e-
stoit mere de S. Elizabeth mere de S. Iehan Baptiste, S. Anne, Cleophas & Salomas, estoyent freres germains, enfans d'Eliachim & S.
Emerentiane, nobles persōnages de la famille de Dauid. Autres
declarent encore ce Cleophas, auoir esté filz de Ioseph espoux de la
Vierge mere, mais d'vne autre sienne femme premiere, laquelle
opinion est aufsi amplemét refutee, par l'Illustre Cæsar Baronius,
lequel

lequel maintiét auec Eutymius, Theophile & vne infinité d'autres Euth &
Theoph.
in 19. Mat.
anciens peres, que la vierge Marie estoit fille vnique & heritiere de
SS. Ioachim & Anne, & que Ioseph estoit vierge ainsi que son espouse. Ne seruoit de rien que l'Euangeliste eust appellé Marie mere de S. Iacques, sœur de la Vierge, & S. Iacques auec ses freres, freres du Seigneur, qui selon l'humanité & la chair, n'estoit que belle
rante, & les Apostres que cousins au Redempteur: Car l'appellatió
de frere & sœur entre les parens, tels que cousins germains, estoit Gen. 11. 11
fort commune entre les Hebrieux, comme appert au Genese, & de
la mesme sorte S. Iacques le mineur, Simon Cananeeus ou Zelotes,
Iudas Thadee & Ioseph le iuste, ont esté appellez freres du Sauueur, & leur mere Marie Cleophé, autrement dite Marie Iacobé,
sœur à la Vierge, qui ne luy estoit que belle sœur, femme à Cleophas frere de Ioseph. Parquoy ceux qui diset S. Anne, auoit eu trois
maris & d'iceux trois filles, S. Ioseph deux femmes & plusieurs enfans, contreuiennent grandement à l'Escriture saincte, & maculent
effrontement la pudicité qu'on tient & attribue auec verité, auoir
esté en ces SS. personnages.

Or pour meilleure intelligence de leur genealogie, ie mettray i-
cy ce que i'en trouue, pour demonstrer que ceste bonne mere S. Anne, n'eut qu'vn mary, & apres auoir mis au monde, la fleur sur laquelle le S. Esprit a reposé, elle n'a eu autres enfans : & que Ioseph
(contre l'opinion du vulgaire) n'eut autre femme que son espouse
la Vierge-mere de Dieu, & que lors qu'elle luy fut mise en garde, il
estoit vierge, voire deuant & apres son fiancement, le tout tiré de Damaf. de
fid orth.
lib. 4. c. 15.
Euseb Ec-
hist. l. 1 c. 9
Cyril. cötr.
Nestor. Ie-
roni. in
Matth. c. 1
S. Iehan Damascene, S. Cyrille Alexandrin, S. Hypolite (lequel
souffrit martyre l'an de grace 250.) & diuers autres anciens Autheurs & Docteurs, disans. Que Mathan (selon S. Matthieu, estraict
de la generation de Salomon) & Mathat descendant de Nathan,
tous deux filz de Dauid, auoyent l'vn apres l'autre espousé Marie ou
Emerentiane Bethlehemite, & que de Mathan son premier mary,
(qu'aucuns disent auoir esté prestre) elle eut vn filz & trois filles, à
sçauoir Iacob, Marie, Soba (autrement dite Ismeria) & S. Anne : de
Mathat son second mary, elle eut Hely, lequel espousa Esthà, mais
il mourut sans generation, parquoy Iacob son frere Vterin, la print
à femme selon la loy des Iuifz, & engendra d'elle Ioseph espoux de
la Vierge Marie) & Cleophas (pere de Simeon deuxiesme Euesque
de Ierusalem) c'est pourquoy S. Mathieu appelle Ioseph filz de Iacob son pere par nature, & S. Luc filz d'Hely son pere selon la loy.
Quant à Marie la sœur aisnee, aucuns pensent, qu'elle ait esté fem-

me au ſuſdit Cleophas, ce qu'il ſemble n'eſtre vray ſemblable, pour
la difference de l'aage, à raiſon, que quant Ieſu Chriſt pendoit en
Croix, Marie Cleophé y eſtoit preſente, & appellee par S. Iehan
ſœur de la Vierge mere, & ceſte Marie eſtoit aiſnee de ſainte Anne, laquelle ſe maria à l'aage de vingt ans, depuis lequel mariage,
elle fut long temps ſterile, meſme treſpaſſa aagee de 78. ans, quatre
ans auant l'Incarnation de Ieſu Chriſt, lequel ſouffrit mort & paſſion en l'an trente troiſieſme de ſon aage : tellement que quant ceſte dite Marie n'euſt eu que quatre ans plus que ſa ſœur S. Anne, elle
fut eſté lors vieille d'enuiron ſix vingts ans : mais Marie Cleophé
ſuſdite, & Salomé, eſtoyent filles d'icelle Marie, & d'vn Salómas,
pourtant ladite Marie portoit le nom de Cleophas, & eſtoit appellee ſœur à la Vierge Marie, à cauſe de ſon premier mary, frere de
Ioſeph, comme dit eſt, lequel decedé, elle ſe remaria à Alphee, qui
d'elle engendra S. Iacques le mineur, appellé le frere du Sauueur,
Apoſtre & premier Eueſque de Ieruſalem, S. Simon ſurnommé zelotes, Iudas Thadee, tous deux auſsi Apoſtres, & Ioſeph dit le iuſte,
vn des ſeptante deux diſciples : Quelques vns, ont encore voulu dire, que ladite Marie eſtoit fille de S. Anne, & femme premiere de
Ioſeph, & qu'elle eſtant morte, il auroit eſpouſé la Vierge Marie,
auſsi que pour ceſte raiſon, les enfans d'elle, auroyét eſté freres dudit Sauueur, ce qui eſt extreimement faux, car comme il appert que
Marie Cleophé & Salomé ſa ſœur (femme de Zebedee & mere des
Apoſtres S. Iacques le maieur & S. Iehan Euangeliſte) eſtoyent auec
la Vierge-mere lors que le Redempteur fut crucifié, Ioſeph, qui e-
ſtoit ia mort enuiron vingt ans auparauant, ne pouuoit auoir eſté
veuf ne mary de deux femmes, voire de deux ſœurs en vn meſme
temps.

Quant à la ſeconde fille de Marie ou Emerentiane, nommee Soba ou Iſmeria, elle ſe maria à quelque perſonnage de la lignee ſacerdotale, duquel elle euſt Eliſabeth, femme du Preſtre & Prophete
Zacharie, qui fut mere de S. Jean Baptiſte, pour ce que nonobſtant
que par la loy fuſt ordonné, que tout homme deuoit prendre femme de ſa lignee, afin que l'heritage des enfans d'Iſraël, ne ſe remuaſt
point de lignee en lignee, ſi eſt il qu'ō trouue la race Royalle, auoir
eſté conioincte ſouuent à la ſacerdotale, comme appert en Aaron,
qui eſpouſa Eliſabeth fille d'Aminadab : comme auſsi Ioiaſſa ſoue-
uerain Pontife, qui print à femme Ioſabeth fille de Iorā Roy de Iuda : meſmes les Aſſamonéens (leſquelz on nomme vulgairement
Machabees, eſtans du lignage ſacerdotal) ont à l'occaſion d'aucunes de

Ioan. 19.

Num. vii.
Cap.

Exod. 6.
2. Para. 22.

nés de leurs femmes, regné & tenu le sceptre Royal, lequel ne de-	Genef. 49.
uoit estre esté de la lignee de Iuda, iusques à l'aduenement du Messias, selon la Prophetie du Patriarche Iacob: autrement on ne tien-
droit ce changement estre en Herode, ains en eux, c'est pourquoy
aussi Elisabeth, parente à la Vierge Marie, qui estoit de la race de
Dauid, est dite estre des filles d'Aaron.

Venant à la troisiesme fille d'Emerentiane, qui estoit S. Anne, elle espousa Ioachim, autrement dit Hely, & Heliachim (qui n'est
qu'vn mesme nom à la Syriaque) Galileen de nation, desquelz en
leur vieillesse est issuë, la glorieuse Vierge mere de Iesu Christ nostre Sauueur.

Pour continuer nostre premier propos encommencé, il faut entédre que ce domicille & lieu, duquel nous auons parlé, & qui nous
a faict entrer à la narration susdite, estoit la maison & demeure dessusditz SS. Ioachim & Anne, auquel la trespure & sacree Vierge a
esté conceuë, & selon aucuns nce:bien est il, que diuers sont d'opinion, que sa natiuité soit aduenuë en Nazareth : Tant y a que de
tout temps ce lieu a esté grandement reueré des anciens Chrestiés:
L'archeuesque de Thyr le declare aussi auoir esté tel, passe cineq	Tyrius li.
centz ans, comme il est encore presentement, sçauoir est, vn lieu	ca. 1.
voulté proche de la porte de Iosaphat & la Piscine probatique, ou
lors & des ledit temps demeuroyent trois ou quatre pauures, faisans
profession de vie deuote & religieuse:auec lesquelles se rendit la seconde femme de Baudouyn premier du nom Roy de Ierusalem &
frere du preux Godefroy de Buillon:mais non de son bon gré, ains
comme à ce forcee de son mary, lequel neantmoins pour le respect
d'elle feit beaucoup de biens audit monastere : Le mesme Autheur
dit qu'Inette fille maisnee de Baudouyn second, se rendit aussi en
en ce lieu religieuse par deuotion, pour l'amour de laquelle Meli-
sene sa sœur Royne & heritiere de Ierusalem, & femme de Foulques Conte d'Angers, fonda le monastere des moniales en Bethanie, ancien manoir & demeure de saincte Marie Magdalene, saincte Marthe & du Lazare leur frere, auquel monastere elle meit
ceste Inette, pour premiere abesse. Mais par qui le susdit monastere
& Eglise de S. Anne a esté edifié, ie ne le trouue point:Si est ce qu'ō
peut cognoistre, par la façon de sa structure qu'il a esté edifié par
les Chrestiens Latins, & en est l'Eglise bien belle, toute voultee &
de mediocre grandeur à present occupee des Turcs, lesquels pour
l'honneur de la Vierge Marie, la tiennent en tresgrande reueréce,
principalemét le cœur d'icelle, qu'ilz tiennét pour Mosquee a nous
									fermé

fermé & defendu. Toutefois on nous fit entrer en l'Eglise, par le
grand portail du frontispice, & trauersans la nef, nous feufmes menez par vne petite porte qui conduit du costé de la main droicte au
cloistre qui est ioignant ladite Eglise, auec le monastere y seruant,
auquel habitent aucuns Santons, qui sont les Prestres Turcs, auec
leurs femmes & mesnage: Ce cloistre est petit, carré & bien propre,
soustenu de diuers pilliers de marbre, le tout encore bien entier.
L'vn desditz Santons qui premier nous approcha, print de chacun
de nous vn maidin, puis nous bailla vne petite Eschelle, & la mei
en vne fenestre par laquelle on nous fit descendre en vn lieu aussi
voulté, qui est droictement soubz le grand Autel du cœur de l'E-
glise, & de tous tenu pour la chambre ou couchoyēt les susditz SS.
personnages Ioachin & Anne: Ceste place est fort orde & sale &
mal entretenu, neantmoins reseruée aux Chrestiens, pour aux solemnitez de nostre Dame, specialement de la conception & natiuité, y celebrer & faire leurs deuotions, mais en payant vn maidin
pour teste, lequel nous payames volontiers, pour y oyr la saincte
Messe le iour de la natiuité nostre Dame de l'an 1586. dont ie reds
graces à Dieu. Sortans de ce lieu sainct, nous fut montré au coste
Piscine in-
ferieure. droict vers Septentrion, les vestiges de la grande piscine inferieure, que le Roy Ezechias fit faire, comme nous lisons aux Chroni-
ques.

Du pretoire de Pylate, la tour Anthonia, & Palais d'Herode.

CHAPITRE XV.

Ontinuans nostre sainct voyage & reuenans en la grand rue
qu'auions laissee, nous trouuasmes l'apparēce d'vn grand edifice, auquel reside le gouuerneur de la saincte Cité, appellé Saua-
que: Ce lieu est communement appellé, mais par erreur, la maison
de Pilate, car il est vray semblable que ce lieu estoit cy deuāt le fort
Anthonia, premierement edifié par les Machabees, restably & enrichy par Herode, & finablement ruiné par les Romains soubz Ti-
Ioseph. li. 6
bell. c. 6. te, il estoit selon Iosephe, basty sur vn rocher, haut de cinquante
couldees, & inaccessible de toutes partz, regardant d'vn costé le
Septentrion & de l'autre l'Occident: ledit roc estoit couuert de
grandes pierres & tables de marbre, depuis le pied d'embas iusqu'
au hault, tant pour l'enrichissemēt du lieu, que pour faire glisser &
                                                        empescher

empescher ceux qui y voudroyent monter & descendre. Au dessus
duquel roch, estoit vne tour haulte esleuee de quarante coudees,
contenante au dedans vn palais Royal, assez large & spacieux pour
loger le train d’vn grand Prince : elle estoit construite en forme
d’vne bastille, pour assubiectir le Temple, aussi pour ceste occasiõ,
il y auoit ordinairement des soldats Romains & des gardes en armes comme en garnison, ainsi que i’ay declaré plus amplement, en
la description annale de la saincte Cité & du Temple, ou ie r’enuoye le curieux lecteur : Et pour entrer & monter en ceste forteresse, il y auoit des degrez en forme d’escaillier de ça & de la, par
lesquels les soldatz y montoyent & descendoyẽt, & de l’vn d’iceux,
à sçauoir de celuy qui estoit du costé de Septentrion sur la ruë publique, se voyent encore d’amples vestiges:& seruoit, non seulement
pour monter en la susdite forteresse, mais aussi en la maison ioignante, nommée *Curia* ou Pretoire, en laquelle se plaidoyent les cau- Pretoire
ses,tant ciuiles que criminelles:comme encore a present les Sauiaque, Caddi & Soubassa y tiennent leurs sieges de iudicature, & y
ont leurs demeures & logemés ordinaires, aussi le pourpris & enclos de de bastyment, & les murailles belles & haultes qui y sont,
demonstrent la magnificence du lieu, & estre la demeure des plus
grands Seigneurs de ceste saincte Cité. En ce mesme lieu de pretoire, le Redempteur estant presenté à Pilate, fut par luy interrogé &
enquis de son estre & doctrine, puis condamné par deux sentences,
l’vne pour estre flagellé, & l’autre pour estre mis à mort: Lesquelles Saligniacus (reiettant les vulgaires) qu’on dit commencer par,
Pontius Pilatus, &c. nous a laissez par escript, disant, les auoir tirees
d’aucunes tresanciennes annales, dont la teneur de la premiere est
telle que s’ensuit. *Iesum Nazarenum virum seditiosum, & Mosaicæ legis*
contemptorem, per Pontifices & Principes suæ gentis accusatum, expoliate, liga-
*te & virgis cædite. I. lictor expedi virgas.*Et la forme de la seconde, appellée la maieur, il dit la teneur estre en ceste sorte. *Iesum Nazarenum,*
subuersorem gentis, contemptorem Cæsaris, & falsum Messiam, vt maiorum
suæ gentis testimonio probatum est, educite ad communis supplicij locum, &
cum ludibrio regiæ maiestatis, in medio duorum Latronum cruci affigite. I. li-
ctor expedi cruces.

 En ce mesme pretoire, comme nous lisons aux Actes des Apostres, furent aussi mandez S.Pierre & S. Iehan, apres auoir guary & Act. 4. 5.
faict cheminer le Boiteux:puis apres tous les Apostres y furent batuz & fustigez de verges, auec defense à eux de ne plus annoncer
le nom de Iesu Christ: mais ce lieu, selon que dit Iosephe, fut bruslé

Q o   (auec

Ioſephi 2.
bell.17.24
l.1.bell.16
li.6.bel.6.

(auec les palais, tãt du ſouuerain ſacrificateur, celuy du Roy Agrippa, que celuy de Berenice ſa ſœur) par aucuns ſeditieux, pour abolir les chartres & les obligations des debiteurs, leſquelles y eſtoyẽt conſeruees, au temps que Florus gouuernoit la Iudée. Sur ce lieu a eſté dés long tẽps erigé vne treſ-belle Egliſe ornee de beaux marbres, pour ſouuenance & recordation des opprobres & peines que le Sauueur du monde y a ſouffertes pour la redemption du genre humain, mais depuis, les Mahometiſtes ſe ſont ſaiſies d'icelle, & lors adaptee pour la demeure des gouuerneurs & officiers du grand Turc.

Le Reuerend Pere, frere Boniface Stephani & auec luy le gardien moderne du conuent de la ſainɗte Cité & aucũs des religieux dudit Conuent (qui vont plus ſouuent en ce lieu qu'ilz ne deſirent, ſoit pour eux racheter des exactiõs qu'õ leur impoſe, & qu'ilz ſont contraintz bien ſouuẽt payer ſur peine d'auoir leur Egliſe & maiſon ruinees, & eux eſtre chaſſez, ou pour s'excuſer des maluerſations, dont pour attraper argent, on les accuſe faulſement, ou pour obtenir quelque grace du Sauiacque) nous ont affermé, ce lieu eſtre encore en ſon entier, & le pauemẽt d'iceluy fort beau, faiɗt de pierres de diuerſes couleurs bien polies, larges & carrees, le tout ſe mõſtrant de treſ-ancienne ſtructure, y ayant des petites chambres pleines d'Images peintes ſur les parois, repreſentantes Ieſu Chriſt, & Pilate parlant à luy: leſquelles chambrettes ilz eſtiment auoir eſté autrefois les chapelles d'icelle Egliſe, conſtruɗtes ſeparemẽt aux lieux où ledit Pilate parla ſecretement & particulierement au Redempteur, comme il eſt eſcript en l'hiſtoire de ſa treſſacree paſſion. Veritablemẽt c'eſt merueille & choſe admirable, que ces barbares, ennemis de la Foy Chreſtienne, (Iudaïſans en beaucoup d'ẽdroitz de leur loy, comme auſſi quant à la defence des ſimulachres, & ne croyans icelle treſ-neceſſaire & ſaluraire paſſion auoir eſté ſoufferte) laiſſant ainſi ces figures en leur entier, & que Dieu, (comme il faut croire pour ſa gloire, & la memoire d'icelle) a permis demeurer en leur eſtre, des Images ſi anciennes, leſquelles pour tout certain y ont eſté faiɗtes ou peintes y a plus de mille ans: car il y a plus de nœuf cents ans que le Mahometiſte commande & eſt maiſtre de la ſainɗte Cité: & encore que telles Images euſſet eſté faiɗtes du temps que les Chreſtiens Latins y ont eſté & commandé, ſi eſt ce qu'il y auroit bien cinq cents ans, mais pour le peu de tẽps qu'ilz y ont regnez, qui eſt de quatre vingtz huiɗt ans ſeulement, ilz ne peuuent auoir faiɗt faire, tant d'edifices pieux, qu'õ y voit eſtre baſtis par

ſtis par tout, ores que prophanez la pluſpart, à raiſon que leſdiz
Chreſtiens, auoyent beaucoup d'affaires à ſe maintenir & defendre
contre les incurſions & aſſaux des infidelles leurs ennemis. Mais
ſoit que de l'vn ou de l'autre temps telles Images ſoyent peintes,
leur antiquité demõſtre touſiours par cela, qu'elles ſont receuës dés
le commencemẽt, es Egliſes Latine & Grecque, à la honte & con-
fuſion de l'opinion meſchante, & allegations menſongeres & mal-
ſodees des Caluiniſtes & autres heretiques Iconoclaſtes & briſeurs
d'Images de ce noſtre temps & triſte ſiecle, quant nous n'aurions
(cõme nous auons ſuffiſament) autre matiere & preuue de ceſte antiquité, pour faire paroiſtre qu'elles ont eſté de tous temps approu-
uees,& au lieu icy mentionné & ailleurs, poſees par noz pieux anceſtres, pour remarque & recordation, de tant de haults myſteres,
qui y ont eſté faictz & executez pour noſtre ſalut, qui autremẽt
ſe pourroyent oublier, à cauſe que les Chreſtiens ne frequentẽt plus
leſditz lieux, que bien rarement: honte diſ-ie à noz heretiques, qui
ſe diſent Chreſtiens, & toutefois leſditz Turcs & Mahometiſtes,
ennemis de noſtre Chriſtianiſme, ſe montrent plus gens de bien,
qu'eux, pour l'eſgard de la conſeruation deſdites Images, & en
pluſieurs autres actes, dependans de leurs faulſes religions & opinions. Or de ce ie laiſſeray, contre eux plus amplemẽt diſputer, noz
ſages Theologiens, & retourneray à ma premiere narration, qui
commencera à l'entree de ceſte maiſon pretoriale, laquelle va du
long de la ruë à main gauche, tirant d'Oriẽt vers Occident, au bas
de laquelle y a vne porte, aſſez belle & magnifique, faicte & entre-
meſlee de pierres de couleurs blanche & rougeaſtre.

Soixante ou quatre vingt pas plus auant ſe voit à main droicte le
long deſditz edifices, vne ruelle,& au bout d'icelle vn palais mag-
nifique & beau, baſty de marbre de diuerſes couleurs, au lieu ou on Le Palais
du Roy
Herode.
dit auoir cy deuant eſté, celuy du Roy Herode, auquel Ieſu Chriſt
fut enuoyé par Pylate & ou il fut mocqué, meſpriſé & interrogé de
pluſieurs choſes, auſquelles il ne voulut reſpondre : & ou il fut veſtu d'vn habit blanc, & ainſi r'ẽuoyé audit Pilate; Ce palais eſt vulgairement appellé le Palais d'Herode, & ne faut pas que les Chreſtiens l'approchent, ou faſſent ſemblant d'y vouloir entrer: Car l'E-
mir, qui eſt le receueur general du grand Turc, y reſide & faict ſa
demeure auec ſes gens, & ſert comme de maiſtre d'Eſcole, tenant
academie à ceux qui eſtudient en la loy Mahometique, leſquelz
ſont tous grands ennemis de noſtre ſaincte & ſalutaire religion
Chreſtienne, leſquelz retenants & imitãs la ferocité & malice du-

O o 2

dit He-

dit Herode, vsent en nostre endroict de beaucoup de derisions &
mocqueries: Cheminant vn peu plus auant, se trouue au costé gauche, le lict & place des degrez, dont i'ay cy dessus faict mention, &
par lesquelz on montoit sur la tour Anthonia & au pretoire, s'aua-
ceans quelque peu de l'vn des costez sur la rue, & de l'autre costé
les marches desditz degrez, estoyent entrez au mur du pretoire qui
est bien haut: lesquelles marches en nombre de vingt huict, auec
trois huisseries de marbre, ont par saincte Helene, esté transpor-
tees en la Cité de Rome, mis & posez au Palais de son filz Constantin, tenant à l'Eglise S. Ichan surnommé de Latrã: ou en pieuse
veneration & reuerence, à grande multitude & presse du peuple, on
les monte deuotement à genouilz, en memoire & recordation, que
le Redempteur les a montez & descédus, par plusieurs fois en grãde angoisse: La premiere, quant il fut liuré à Pilate au Pretoire, &
de la enuoyé à Herode: La secóde, quant ledit Herode le r'enuoya,
& les descendit pour estre flagellé: la troisiesme fois quant il les remonta, son trespretieux sang decoulant abondáment par ruisseaux
de son diuin corps, & de son sacré chef couróné d'espines, puis descendant encore, comme il est croyable, estát ainsi piteusement traicté, couronné & chargé de sa pesáte & dure Croix, pour estre Crucifié. Ces sainctz degrez, appellez à Rome, *Scala sancta*, sont d'vn
marbre blanc, & de tel que y en a beaucoup es enuirons de Ierusalé,
plusieurs places & endroitz desquelz degrez, ont esté traillissez &
chancellez de fer, ausquelles, au temps de ceste saincte Imperatrice,
& encore presentement on voyoit des goutes & marques de
ce trespretieux sang respandu: & comme le Pape Sixte quint, a renouuellé le susdit Palais l'an 1588. ainsi au mesme temps, a il faict
transferer ceste *Scala sancta*, en vn lieu plus commode & plus proche de la chapelle nommee, *Sancta sanctorum*, ou *Santo Saluatore*: si a
faict decorer les parois des deux costez & par hault, des figures de la
passion, taillees en tres-beau marbre, & faict enrichir le lieu de diuers beaux ornemens, pour exciter les Chrestiés à deuotion, comme il se peut voir audit Rome: mais comme i'ay commencé à dire,
le lict & place ou estoyent desditz degrez en Ierusalem, se voit encore auiourd'huy, & ne se faut esmerueiller, si ceste place & le lieu
de la tour Antonia, ne se montrent esleuees si haultes, comme Iosephe escript, car les ruës, comme celles de l'ancienne Rome, ont e-
sté haulsees par decombres & materiaux des edifices ruinez par
Tite & Adrian Empereurs.

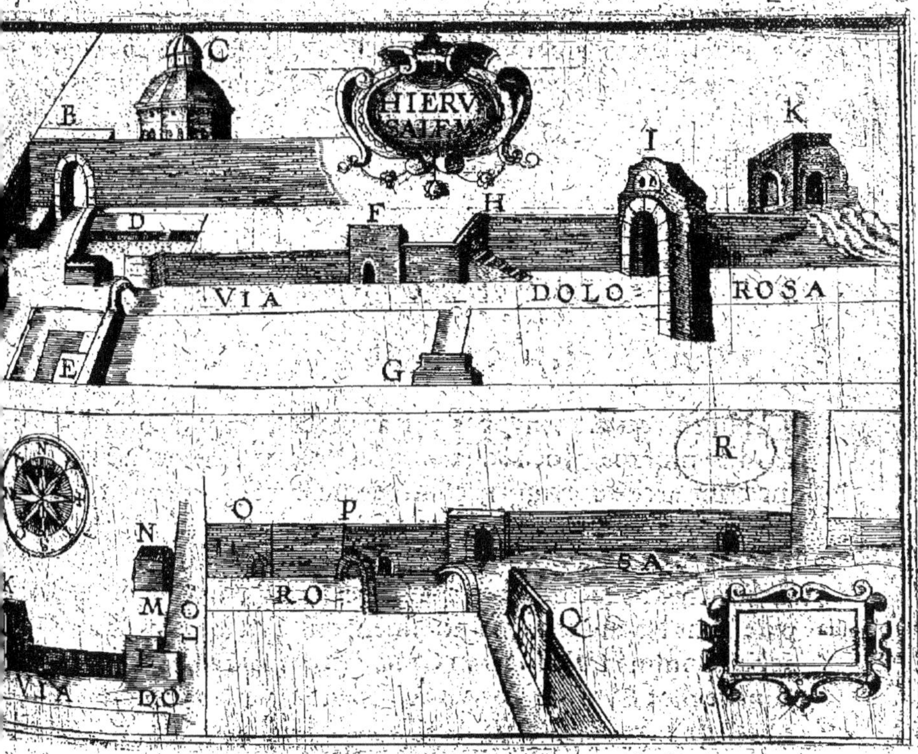

A porte de S. Eftienne
B porte de la place du Temple
C le Temple moderne de Salomon
D la Pifcine probatique
E l'Eglife S. Anne
F l'entrée du Pretoire
G la maifon d'Herode
H le lict de la montée
I l'arc de Pilate ou lithoftratos
K l'Eglife du S pafme

L le lieu où Simon Cyrenee fut contraint de porter la Croix
M où le Redempteur parla aux filles de Hierufalem
N la maifon du riche
O la maifon du Pharifeen
P la maifon du Veronique
Q la porte Iudiciele
R le mont de Caluaire

DE ce lieu paffant outre en auant, iufques au mont de Caluaire, la ruë publique eft par les Chreftiens appellee, *via dolorofa*, Voye douloureufe, à caufe que le Redempteur (couronné d'efpines, portant fa tref-dure & tref-pefante Croix, & refpandant de toutes les parties de fon diuin & tédre corps, fon trefpretiéux fang, bouillant de charité & d'amour, en cherchant auec tant de trauaux, angoiffes & douleurs, la faluation des pauures pecheurs) marcha & fut mené par icelle, pour receuoir mort honteufe fur ledit mont de

Voye douloureufe.

O o 3

Caluaire

Caluaire: Ce qui doibt esmouuoir tout cœur humain y passant, larmoyer, & auoir memoire dés maux & peines, que pour noz pe chez il y a souffertz; considerant aussi, que soubz les pouldres & o dures, dont la rüe est conuerte, y a encore de la terre imbuë & tar &te d'iceluy trespretiux sang.

De Lythostratos: lieu de la flagellation de nostre Redempteur: Palais de Pilate, & Eglise du Spasme.

CHAPITRE XVI.

ENuiron quatre vingt pas plus auant & distant du pied de la su dite montee, proche du coing du Pretoire, se trouue vne tre ancienne arche ou voulte, comme vne fausse porte qui trauerse rüe, estant attachee aux edifices de l'vn & l'antre costé d'icelle, laquelle les pierres sont toutes noires, & leurs liaisons & ioinctur incogneuës de vieillesse: aussi tous ceux qui en ont escript, prin palement les anciens, maintiennent que c'est le mesme lieu, en Iehan nommé *Lythostratos* en Grec, & *Gabbatha* en Hebrieu, sign fant ce mot Lythostratos, vn lieu paué de pierres, comme cestuy est encor à present, restant de la gallerie ayant plusieurs arches archades de Iosephe appellee *Xistus* : Laquelle seruoit pour alle

Lythostra
tos.
Ioan. 19.

couuert du Palais du President ou gouuerneur, tant au Pretoire lieu de iudicature, (duquel ay faict mention cy dessus) qu'au fo d'Anton

d'Antonia & au Temple. En cedit lieu, se tenoit aussi le siege de
Iustice, & la se prononçoyent les sentences & harangues, au temps
de la preparation de Pasques, lors que les Iuifz n'osoyent entrer au
pretoire, de peur qu'ilz ne fussent souillez quant ilz deuoyent manger l'Agneau paschal, ou quant pour la mutinerie & sedition des
Iuifz, lesditz gouuerneurs n'osoyent se trouuer auec eux, ains par-
loyent librement d'enhault: comme feit le Roy Agrippa, voulant
persuader par ses harangues, au peuple seditieux, de ne se reuolter
contre les Romains: car ayans de l'vn des costez ladite tour Antonia, & de l'autre le Palais, auec bonne garde, ilz se tenoyent en ce
lieu asseurez, selon que dit Iosephe, faisant diuerses fois mention de
ceste Gallerie. Lesquels parlemens, (comme l'Ostension que Pilate
fit de Iesu Christ nostre Sauueur, flagellé & couronné d'espines, disant. *Ecce homo*, Voycy l'homme &c. Mesme la presentatió des malfaicteurs, pour les deliurer aux Pasques cómme Barabas) se faisoyét
par vne fenestre, haulte & large (qui est encore du costé regardant
l'Orient) faicte à deux petites voultes diuisees au milieu d'vne coulomne: & quant au peuple escoutant ou criant, ainsi qu'ilz firent au
temps de la passion du Redempteur, il estoit en la ruë, n'osant pour
les raisons dessusdites entrer au pretoire.

Iosep li. 2.
bel. c. 16.
Lib 5 bel.
c. 6. lib. 7.
bel. c. 13.

Ce sainct lieu a aussi esté arrousé du trespretieux sang de Iesu-
Christ, & cy deuant les Chrestiens & religienx y souloyent auoir
bon accez pour faire leurs deuotions, comme aussi la liberté de l'en-
treteuir, mais à present, on n'y va que bien rarement, & si en faut il
donner quelque bonne recognoissance au Sauiaque: aussi il est aisé
à veoir, que les Chrestiens n'y vont gueres, & qu'il se gaste par dessus, à faulte de couuerture, quoy que la massonnerie soit faicte de
pierres grosses & larges, & cimentee si proprement, qu'il semble
que cest edifice ne peut estre ruiné, sinon par force de bons ferremens: mesme à cause de son antiquité, comme il se mótre estre, tous
tiennent que c'est le mesme qui estoit au téps de la passion du Sauueur, & qui est iusques auiourd'huy demeurée en pied par permissió
diuine pour nostre instruction, & de faict les Chrestiens ahciens
pour ceste cause, y ont faict tailler en grosses lettres latines bien
vieilles, ces mots. *Tolle tolle, crucifige eum*, denotant aux Iuifz, qu'ilz
ont choisi de tous les supplices, le plus ignominieux, pour faire
mourir leur Messie, filz de Dieu viuant, createur du Ciel & de la
terre: car il est escript au Deuteronome. Maudit de Dieu est l'hóm   Deut. 21.
me qui pend au bois: icy fut remarqué par le reuerend Pere Gardien nostre conducteur & par tous ceux de nostre compagnie, que
                                                                    les

les Turcs mefme, honorent aucunement ce fainct lieu, & defaict vn d'entre eux (fe montrant homme de qualité, & veftu d'vne longue robbe de Damas rouge à leur mode, qui fut par nous rencontré en ceft endroict) nous fit figne par l'inclinatiõ de la tefte, & la main mife fur fa poictrine en forme de falutation, qu'euſſiõs à faire quelque reuerence à ceft arc : mais comme ilz ne croyent la paſsion du Redempteur eftre aduenuë, nous ne fceufmes lors penſer, à quelle occafion il le faifoit, d'autant que nous eftions toufiours en doubte de faire chofe qui leur peuft defplaire, tellement que nous paſſames outre le plus modeftement qu'il nous fut poſsible, rendant honeftement fon falut audit perfonnage.

Palais de Pilate & lieu ou le Sauueur a efté flagellé Au regard du Palais de Pilate, il n'eftoit comme plufieurs ont penfé, au lieu du pretoire fufmentionné, ains a l'oppofite de l'autre cofté de la ruë, dõt les veftiges ne font du tout effacez, car en allant comme deffus eft dit, il s'en voit encore fur pied à main droicte, vn lieu voulté & rond, lequel eftoit du pourpris & faifant partie dudit Palais de Pilate: & depuis la ruine d'iceluy (pour eftre ce lieu, ou le Redempteur par la cohorte des gendarmes de Pilate, & feruiteurs des Princes des Preftres, fut defpouillé nud, attaché à vne coulomne, & cruellement fuftigé & flagellé de verges, puis reueftu d'vn vieil manteau de pourpre, courône d'efpines, & auec vn rofeau mis en fes diuines mains par mocquerie, falué Roy des Iuifz) a eftébafty cefte place ronde, pour oratoire ou chapelle, par les Chreftiens ou par faincte Helene mere de Cõftantin le grand, de laquelle chapelle, helas, à noftre grand deshonneur, maintenant ces miferables Mahometiftes fe feruent d'eftable, pour mettre leurs cheuaulx & muletz.

O Chreftiens fideles, combien nous doibt defplaire l'oppobre & mefpris, qu'en ceft endroit & beaucoup d'autres, ces barbares font au facré & diuin fang de noftre Sauueur Iefu Chrift, illec fi largement refpandu pour nous, le couurant fans aucun refpect, d'ordures & fiétes de cheuaulx & autres beftes brutes, voire eft encore par eux mefme prophané & comblé d'infamies, & peut eftre de vilanies les plus abominables de ce monde, nous incitãs de dire en partie auec le Prophete Royal. "O Seigneur Dieu, iufques à quand cõtinuera fur nous voftre ire : Iufques à quand laiſſerez vous fi vilainement prophaner par voz ennemis & les noftres, ces lieux faincts & arroufez de voftre pretieux fang, & ou il vous a pleu lãt endurer pour effacer noz pechez enormes: Iufques à quant, O Sauueur Iefu Chrift, nous priuerez vous de la veuë apperte & libre d'iceux

ceux, & d'estre dignes les pouuoir toucher de noz leures, & lauer „
de noz larmes, (comme fit la pecherelle voz piedz sacrez) pour a- „
uoir perpetuellement engraué en noz cœurs, vostre douloureuse „
passion, & par le moyé & merite d'icelle, estre purgez de noz grie- „
ues offenses: finablement vous voir face à face, en la Ierusale celeste „
& glorieuse, ou les tribulatiōs & la mort mesme, n'ont plus de do- „
mination. Et à la verité tout cœur Chrestien & deuot, se doit bien „
lamenter & estre triste, en meditant profondement les choses dessusdites.

Mais de crainte de trop nous esloigner, nous retournerōs à nostre narration delaissee, touchant ceste triste estable, de laquelle ausi bien que du pretoire susdit, l'acces est fort difficile aux Chrestiens,
à cause de la presence du gouuerneur, la multitude de ses femmes
& concubines ou esclaues, & de ses domestiques: neatmoins le re- F. Bonif.
Steph. li. 2.
de perenni
cultu terræ
sanctæ.
uerend pere & Euesque Boniface Estienne dit, qu'estant gardié du
mont Syon, il auoit par l'espace de sept ans, cherché les moyens d'y
entrer, pour adorer en ce lieu, ou tant de pretieux sang auoit esté
respandu. Finablement que par le moyen de beaucoup de presens,
remuneration, prieres & sollicitations enuers vne vieille femme, il
obtint ceste saincte visite, tandis que le Prince & ses domestiques,
estoyent allez hors de la saincte Cité, & y estant, il dit y auoir enté-
du sans voir personne, donner des coups incessamment, & faire du
tumour, comme si auec grande furie, on eust fouetté quelqu'vn cō-
tinuellement, & demandant à ceste vieille, mesme à ses confreres
s'ilz oyoient ce bruict, ilz respondirent qu'ouy, & lors ladite vieille femme d'abondant, dit, qu'elle auoit demeuré & frequenté en ce
lieu, l'espace de soixante ans & plus, & que nuict & iour, elle l'a-
uoit tousiours ouye, puis estant interrogee par ledit pere Gardien,
que ce pouuoit estre, elle dit auoir entendu, par traditiō de ses ancestres, que c'estoyent dés Iuifz, detenuz en ce lieu en horrible
prison, iusques au dernier iugement general, & que lors ilz descé-
deroyent aux Enfers, pour y auoir flagellé leur Messie: & comme
le reuerend pere luy repliqua, que ceux qui auoyent commis ce
faict, estoyēt les satellites de Pilate, elle respōdit, qu'iceux estoyēt
Iuifz mauditz, & ainsi luy & ses freres, sortirent de ce lieu, craignans d'y estre surprins: Aucuns ont laissé par escript, que par la cō-
duite de certain Chrestien renié ayant grand credit, ilz auoyent
veu en certain lieu soubzterrain de Ierusalem, vn homme sec &
hideux, continuellement mouuant le bras, comme s'il vouloit encore donner des bufferades à quelqu'vn, & que ce lieu est vers la

Pp   porte

porte Sterquiline : toutefois il n'est vray semblable , que ce soit ce
mesme lieu, pour estre par trop distant de celuy duquel nous faisons presentement mention, & mesme de la maison de Cayphe, ou
le Redempteur receut des soufflets par les seruiteurs d'iceluy. Aussi ie ne trouue aucun Autheur autentique qui en fasse mention:
neantmoins comme les secretz & iugemens de Dieu sont merueilleux, ie laisse ces choses ainsi , sans autrement le nyer ou approuuer.

Enuiron cent pas plus auant que le susdit arc ou voulte du Pretoire dit Lythostratos, & du mesme costé d'iceluy, se voient les vestiges d'vne petite Eglise fort anciéne, edifiee par S. Helene, à l'hóneur de la glorieuse Vierge-mere, dicte du Spasme, pour raisó qu'
celle Vierge allant auec aucunes femmes ses parentes, pour voir ce
qu'on feroit de son trescher & diuin enfant Iesu Christ , & le rencontrant en ce lieu, tant miserablement & piteusement traicté, flagellé, couronné d'espines , sa belle face couuerte de sang , crachatz
& autres vilenies, battu, poussé & portant sa Croix, sur laquelle il
deuoit estre attaché & crucifié: elle esmeuë de compassion maternelle, & son cœur tendre & dolent luy defaillant , tomba en terre
en ce lieu, pasmee de tristesse & douleur: La pierre sur laquelle elle
cheut, & qui fut arrousee de ses sainctes larmes, a esté par la susdite
S. Helene, mise deuant le principal Autel de ladite Eglise, laquelle
est religieusement gardee, & souuent baisee par les Chrestiens deuotz: mais estant icelle Eglise occupee, ruinee & prophanee par les
infideles, (selon qu'escript ledit frere Boniface) le reuerend Pere,
frere Bonauenture Cursetti , l'obtrint de Currbei Saniaque & du
Caddi de son temps, faisant transporter & poser icelle honorablement, en l'Eglise du Conuent du mont Syon, lors encore au pouuoir des freres mineurs. De ceste Eglise passant plus outre, & enuiron nonante pas plus auant, est le coin de la susdite ruë , laquelle se
rend en celle, qui de la porte d'Effraim (Septentrionale de la saincte Cité) va vers le marché, qui est vne place toute voultee, appellee Bazarre, & vers la porte du Temple, appellee la belle, ou *Porta
spetiosa* es Actes des Apostres : de laquelle de mon temps les Turcs
auoyent faict des baings nouueaux tout voultez diuerses coupet-
tes, l'vne desquelles estoit fleuronnee comme vne couronne.

Du lieu ou Simon Cyrenee fut prins, & contrainct de porter la Croix
du Redempteur: des maisons du faux riche, du Pharisien,
de la Veronique, & porte vieille.

CHAPITRE. XVII.

EN ce mesme endroit, & au tournant de ladite ruë allant vers midy, on tient asseurémét, que le Sauueur attenué de douleurs, tomba soubz sa pesante Croix, & que Simon Cyrenee, qui estoit pere d'Alexandre & Rufus (lesquelz depuis ont esté martyrisez, pour le nom de Iesus Christ) venant d'vn vilage, y fut prins & forcé de porter icelle Croix, (comme il est escript és Euangiles de S. Mathieu, S. Marc, & S. Luc) craignans les malheureux Iuifz, que si Iesu Christ eust defailli soubz ce fardeau en chemin, ilz ne l'eussent peu faire mourir à leur plaisir à la Croix : Les Turcs sont en ceste erreur auec les Basilidiens heretiques, que ce Simon fut crucifié au lieu du Sauueur, lequel ilz disoyét estre impassible. Au mesme lieu, ou vn peu plus auant, est le lieu ou le Redéptéur se retourna vers les femmes qui le suyuoyent, lamentantes & pleurátes, leur disant, selon qu'il est escript au chapitre susallegué de S. Luc, *Filles de Ieru-* *salem, ne pleurez pas sur moy, &c.* Esquelz deux lieux, ont aussi esté cy deuant, quelques remarques & oratoires, à present abolies & seulement retenuës en memoire, par tradition & frequente visitation. Quelque peu plus auant, au costé gauche & retournant de la susdite ruë, se voit vne maison (ayant des murs bien haultz & entiers) laquelle, par semblable tradition, on tient auoir esté la demeure du mauuais riche, lequel mourant, comme dit le Sauueur, fut enseuely aux enfers, pour auoir mesprisé & n'auoir eu pitié du pauure Lazare mendiant plein d'vlceres: ce qui denote & montre (suyuant les escriptz de S. Ierosme, Irenee & autres peres anciens & modernes) que la declaration que le mesme Sauueur en fit, comme appert en S. Luc, n'estoit parabole, ains narration historiale de chose vraye & aduenuë. Ceste maison par le dehors, paroist auoir esté belle & somptueuse, mais en passant fut par nous veu à vne fenestre, qu'on s'en sert d'estable à mettre des cheuaux De la, laissant la ruë qui tire vers le midy, le Bazarre & téple, fut par nous reprins vne autre ruë, qui conduit derechef vers Occident, laquelle cómence à l'opposite & vis à vis l'entree de ladite maison du mauuais riche, sur le coing de laquelle à main gauche, on nous montra vne autre mai-

Pp 2

son assez

Maison du
Pharisien.

son assez belle, edifiee au lieu ou auoit esté celle du Pharisen laquelle nostre Saueur estant inuité pour manger, Marie Magdelene penitente le vint trouuer, luy lauat ses diuins piedz de ses larmes, & les essuyant de ses cheueux, & ou Iudas murmura, pour l'onguent pretieux versé sur son diuin chef, par lequel œuure, elle y obtinst remission de ses pechez, comme dit le mesme S. Luc. Icelle

Luc. 7.

dite maison, sert encore de demeure a certain Pharisen ou Legisperit Mahometiste, en laquelle il n'est aussi permis a aucun Chrestien d'y entrer.

Passant quelques soixante pas plus auāt en ladite rue, & au mesme costé, outre vne petite arche ou voulte antique côme vne façon porte, est vne autre maison bien vieille & caduque, ayant vne montee de mesme antiquité à quatre degrez ou marches, auec vn peu huis-bas pour son entree, laquelle maison, selon la tradition des anciens, fut la residence de ceste bonne, pieuse & saincte Dame Berenice, vulgairement appellee Veronique, qui par compassion, presenta à nostre Redempteur passant par la & allat a la mort, vn linge, ou selon aucuns son couurechef, pour en essuyer sa tres-diuine face, couuerte de sāg, sueur, crachatz & autres vilenies : par lequel œuure elle merita de le r'auoir, auec l'impressiō d'icelle saincte face : lequel linge se voit encore ainsi en la cité de Rome. Le venerable Beda, parlant du suaire & linge tressainct du Saueur, dit pour histoire, que de son temps, il aduint par iceluy vn cas merueilleux entre les Iuifz & Sarazins : à sçauoir que comme biē tost apres la resurrection du Redempteur, iceluy auoit esté robé, ou secretement tenu par quelque Iuif Chrestien, il paruint finablement es mains d'vn de sa race, lequel deuint extrememét riche, & estoit son opinion que sa prosperité procedoit par la presence de ceste digne relique, ainsi qu'estoit aduenu à la famille d'Obed Edō, par l'Arche du Seigneur estant en leur maison. Venāt donc cest homme a l'article de la mort, il demanda à deux filz qu'il auoit, lequel retiendroit pour son partage, ou le sainct suaire du Saueur, ou ses richesses & biens temporelz. L'aisné choisit iceux biens, tellement au ieusne resta ceste relique seulement : quelque temps apres, ledit aisné deuint extremement pauure, & au ieune, ses biens & facultez croissoyent de iour a autre, auec la foy, laquelle les siens eurent & maintindrent, iusques à la cinquiesme generation & plus auant, tous s'enrichissans tant, qu'en fin les heritiers de l'vn & l'autre, de ceste lignee, vindrent en dissention & debat, a raison de l'heredité dudit Suaire, pour duquel different iuger, ilz choisirent & esleurét pour

Maison de
S. Veroni-
que,

Beda de
locis san
ctis to. 5.
c. 5.

luge, Muanias Roy des Sarrazins, regnant du temps dudit Beda,
comme il dit:lequel fit faire vn feu bien grand, & fit ietter ce sainct
Suaire dedans iceluy, disant comme par mocquerie. *Que Christ de-*
cide ceste cause, si pour le salut des siés il s'est daigné auoir ce linge sur son chef.
Et tout soudain ledit linge sortit hors du feu, voletant & montant
bien hault en l'air, ou il se tint longuement, comme en iouät, en fin
il descendit & se mit a la veuë de tous, au sein d'vn Chrestien, tellement que le lendemain, tout le peuple de grande deuotion, l'alla
baiser & reuerer. Et comme dit ce sainct pere, il a huict piedz de
long, qui font enuiron trois aulnes de ce pays, ce qui me fut quasi
confirmé, par vn prestre qui disoit l'auoir veu desployé & hors de
la quaisse d'argent, en laquelle on le montre:mesme que la figure de
la face du Saueur ne se voit, sinon quant il est mis en ses vrays replis. Aussi le voyant se remarque non des traits & lineamens parfaitz d'vne face comme en vne belle & subtile peinture, mais vne
forme noircie & imprimee d'icelle sacree face, par l'abondance du
precieux sang, qui decouloit de son diuin chef, par les sainctz cheueux, front, sourcilz & tout le long d'icelle face deifiee & barbe dudit Saueur: mais le reuerend Prothonotaire & Escolatre de Bruxelles, affirme d'auoir eu permission de la veoir de bien pres & d'é
faire tirer vne copie, laquelle donne a cognoistre que c'est vne face tresbelle & tresparfaicte, demoustrant vne graue humilité &
douceur, non refroignée, ains seulement les ioües vn petit retirees
de douleur, & y remarque on deux froissures bleuës, l'vne sur le
front de la batture du roseau, & l'autre sur la ioue gauche du coup
que luy donna le seruiteur du Pontife, & en voyant ceste saincte figure, elle esmeut fort le cœur du Chrestien, pieux & deuot a larmoyer, & crier a Dieu misericorde & pardon de ses pechez. Bien
est vray qu'on ne peut asseurer au vray, si le venerable Beda parle
de ce linge appellé le Veronique, ou de l'autre qui fut mis sur le
chef du Redempteur, au sepulchre.

De ceste maison de le saincte Veronique enuiron cent seise pas
plus auant (passant par vne rue pleine de ruines, & la pluspart couuerte d'vne vieille voulte, rompue en plusieurs endroitz, & trauersant vne petite rue, venant aussi de la porte Septentrionale, ou
d'Effraim, conduisant vers la place du Temple) on trouue vne porte tresancienne, a demy muree & ruinee, au dehors de laquelle, se
voit encore sur pied au costé droict, vne colomne ayant le chapiteau rompu, restante seule de deux qui y souloyét estre posees, pour
memoire que le Redépteur sortit par icelle, pour souffrir mort &

                    passion

passion sur le mont de Caluaire, qui pour lors estoit au dehors de la
saincte Cité, & distant d'icelle porte, d'enuiron deux centz pas, &
du pretoire d'ou il commença à porter sa pesante & dure Croix
enuiron huict centz, comme nous dirons plusamplemēt, Dieu aydant, en la description d'icelle saincte Cité. Ladite porte à autrefois esté aucunement voisine, de la porte des poissons, qui est celle
de Iaffa, & a eu diuerses nominations, cōme apert en la saincte Escriture: car en Nehemie elle est appellee, anciēne ou vieille, à cause
de son antiquité, aussi on tient pour certain qu'elle à esté des premieres, edifiee par les Iebusees, & non ruinee par les Assyriens, ny
des Romains: elle est aussi dite, *Porta Iebus*, à cause de ses fondateurs.
Pareillement elle est appellee, *Porta Iudicialis*, ou *Iudicaria*, à raison
qu'en icelle, les anciens seoyent exerçans la Iudicature, selon qu'il
auoit esté ordonné par Moyse, au Deuteronome, & comme nous lisons auoir esté faict en icelle de Bethleem au liure de Ruth: d'aua-
tage, elle auoit ledit nom de *Iudicialis*, ou Iudiciaire, par ce qu'on menoit par icelle, les condemnez, pour estre executez à mort hors de
ladite Cité, comme nostre Sauueur & Redempteur, condemné iniustement a esté, selon qu'escriuent S. Iehan & S. Paul, & comme
nous lisons auoir esté ordōné & prefiguré aux Nombres, tant de la
mort que de la sepulture d'iceluy Sauueur: Le Prophete Royal
parlant desditz iuges, dit. *Ceux qui seoyent en la porte, ont parlé contre*
moy, &c. Le Prophete Amos dit, *Ilz ont hay celuy qui reprenoit en la porte.*
Et plus auant: haissez le mal, faictes le bien, & constituez le iugement à la porte.

Neb.c.3.
12.

Deut.21.
Ruth.c.4.

Ioan.19.
ad Heb.13
Num 19.
Psal.68.

Amos. 5.

Or de tous ces saincts lieux, nous n'eusmes autre contentement
que de la veuë en cheminant, ne nous estant permis autremēt nous
y arrester pour les honorer, & y faire prieres, ny quasi semblant de
les regarder d'vn œil asseuré, & moins les deseigner, pourtraire ou
marquer, pour crainte que quelqu'vn des Mahometistes, fort soubsonneux, en apperçoiue quelque chose. Ainsi en poursuyuant la ruë
tirant vers Occident, qui est entre la susdite porte vieille, & le sacré
mont de Caluaire, ou Eglise du S. sepulchre, qui fut par nous laissee
à main gauche, nous fut besoin retourner en nostre monastere,
pour reposer le reste du iour, remerciant Dieu de ses diuines graces
à nous imparties, & faisant memoires de ce que nous auions veu ce
iour. Vne chose i'auois icy obmis, sçauoir est: que ce fut à ceste porte, on Heraclius Empereur (reuenant victorieux de Perse, & rapportant le sacré bois de la saincte Croix du Redempteur, que Cosdroës auoit emporté l'an de grace 624.) fut arresté diuinement sans
pouuoir cheminer outre: mais par l'exortation & instructiō de l'E-
uesque

uesque Zacharie, retournant auec luy des prisons, luy disant ces
mots. *Sire Empereur, vous pouuez cognoistre par ceste retētion, qu'estant ainsi
pompeusement & royalement vestu, vous n'imitez l'humilité du Sauueur, qui
est passé par ceste porte, chargé & courbant soubz la pesanteur de ceste sienne
Croix, auec grād pauureté, misere & douleurs.* Ledit Empereur & adioustant soy aux paroles de ce sainct Euesque, descendit de son cheual,
se mit auec tous les siens en chemise, & a l'instant, il fut deliuré de
cest empeschement, & passa librement ladite porté, rapportant a-
uec ioye & larmes ladite saincte Croix, en l'Eglise de Golgotha,
d'ou elle auoit esté emportée. Depuis lequel temps, a esté celebré
annuellement en l'Eglise Catholique, la feste de l'exaltation de la
saincte Croix, le 14. Septembre. Ceste histoire nous est recitee, par
Simeon Metaphraste, Odo, & Andreas Euesque de Crete, en leurs
martyrologes: comme aussi par Sabellicus, Blondus, Zonaras, Platina, Paul Diacre, Celius Augustinus, Paul Emile, & autres histo-
riographes & legendaires.

Sabel. E-
neid. li. 6.
Blond. li. 9
dec. 1.
Zonaras
to 3.
Diac. li. 18.
de reb. Rō.
Cælius li. 1

---

*Des lieux Sainctz, qui furent par nous visitez, la troisiesme iournee,
comme la porte Effraim, le mont d'Oliuet, & lieux
de remarque qui y sont.*

CHAPITRE XVIII.

LE iour ensuyuant, qui fut le mardy deuxiesme de Septembre,
le suidit reuerend Peré, nous mena par la Porte Effraim, dite
(par aucuns de S. Estienne: mais improprement selou mon opiniō)
à present Porte de Damas, situee au mur Septentrional de la saincte, ancienne & moderne Cité: elle a euē aussi le nom de *Porta equo-
rum*, & principalement d'Effraim, pource qu'elle regardoit la voye
qui conduisoit vers la contree de la lignee d'Effraim, comme à present elle regarde celle qui va vers Damas: d'icelle porte est faict
mention aux liures des Roys, des Chroniques, & des antiquitez Iudaiques, escript par Iosephe: Estans sortis de la saincte Cité, cheminant le long des murailles d'icelle tirant vers Orient, nous arriua-
mes à vn coing qui est proche de l'Eglise S. Anne, & ou anciennement estoit, *Porta anguli,* & *Turris nebulosa:* lesquelles murailles portans au temps du Roy Amasias, quatre centz couldees de longueur,
de l'vne porte à l'autre, furent rompues par Ioas Roy d'Israël, pour
par icelle bresche entrer triomphant en la saincte Cité, de laquelle

Porte d'Ef-
fraim.

4. Reg. 14.
1. Para. 25.
Ioseph. 9.
ant. 10.

4. Reg. 14.

il se

il se fit maistre, mais iceux murs furent restablis par Ozias Roy
Iuda. Par ce mesme costé, ladite Cité fut assaillie par les Assyrie
& prinse par les Romains, comme aussi par Godefroy de B
& sa noble compagnie. Ces murs, estans au temps de Tite
lez les murs seconds, a cause d'vn autre mur, qui y estoit lo
uellement edifié par le Roy Agrippa bien fort & magnifique
ceindre l'aggrandissement de la Cité par luy faicte & nommée
sera, (qui signifie, Ville nouuelle) comme plus amplement
claré au liure premier & en la description annale de Ierusale
quelle (selon la prophétie de Ieremie, disant. *Ab Aquilone pandetur*
ne malum) a tousiours esté assaillie & forcée dudit costé Septentri
nal. Arriuans a la porte des Oüailles, & reprenant la voye qu
celle conduit, tant en la valée de Iosaphat, qu'au Torrent Cedro
trauersans pardeuant l'Eglise soubterraine de l'Assomption no
Dame, nous continuasmes nostre chemin, en remontat par vn
tier, qui est au dessus du iardin de Gethsemani, autrement dic
liuet (auquel le Sauueur fut apprehendé) au mont des Oliue
stant de la saincte Cité, selon que nous lisons aux Actes des A
stres, la longueur de la voye d'vn Sabath, qui porte mille pa
dit, à cause qu'il n'estoit licite aux Iuifz, de faire plus grand vo
ge, par vn iour de Sabath.

A L'Eglise ou Iesus Christ laissa les ve-
stiges de ses SS. pieds montant au
Ciel,
B La spelonque ou S. Pelagia fit peni-
tence.
C Le lieu ou le Seigneur parla du iuge-
ment dernier.
D Ou il enseigna le Pater nostre à ses
Disciples
E Ou les Apostres composeret le Sym-
bole ou Credo
F Ou le Seigneur pleura la S. Cité.
G Ou la vierge Marie se reposoit sou-
uent.
H Viri Galilæi.

CE mont est bien le plus haut, de tous ceux qui enuironnent la
saincte Cité: & d'iceluy par vn temps clair & serain, on peult
voir la grand mer, qui est la Mediterranee vers Occident, ensemble
vers Orient, la mer Morte, le fleuue Iordain, les montz d'Arabie, &
entre autres, ceux d'Abarim & Nebo, qui sont au dessus de Ierico,
outre ledit fleuue Iordain au pais des Moabites, d'ou Moyse regarda
la terre de Canaan, autrement dite de promission, & ou il mourut,
comme il est escript au Deuteronome: aussi au dessus de la susdite
mer Morte, on voit le mont Seir, qui est au pais ancien des Ammo- Deut. 32.
nites & 34.

Qq

nites: d'icelles montagnes venoiét & viennent encore en le[urs]
des moutós excellés & bons, ayás la chair fort delicate (a caufe [des]
bonnes herbes qu'ilz y pafturent) & les queues d'vn quartier & [de]
my de large, & demy quart d'efpaiffeur, cóme font ceux de [dont]
eft faict mention au liure fecond en la defcription de Cypre. I[l] [fe]
voit encore vers le pays de Samarie, entre les deferrz, ou plus ou[l]-
tre qu'iceux, le fommet du mont de la quarantaine, auquel le Sa[u]-
ueur ieufna quarante iours & quarante nuitz. Quant audit mo[nt]
dont nous parlons en ce chapitre, il porte le nom & Epitete d'O[li]-
uet, ou des Oliues, à caufe de la multitude des Oliuiers qui y croi[f]-

2.Reg 15.
Iofephe.
ll.7 ant.
c 8.
Zach. 14.
Act 1
Iofeph li
20.ant.c.
12.6.bell.
c 3. & 13.
Daniel.11

fent auec grand nombre de Palmiers, Datiers, Figuiers, Pins, Cypres, Mirtes & autres femblables arbres, mefme des vignobles, [car]
il eft tresfertil. & luy a efte ce nó attribué, de fort grande antiqui[té]
comme appert aux liures des Roys, Prophetie de Zacharie, es Act[es]
& en Iofephe. Il eft fouuent nommé, cóme en Daniel, mont faint[z]
mont gras, mont du Seigneur, & Eleon en Grec, felõ ledit Iofeph[e]
lequel dit le fommet d'iceluy eftre diftant de Ierufalem de fix fta[-]
des, par ainfi fa haulteur feroit de quatre ftades, qui portent fep[t]
centz cinquáte pas, ou trois quarts d'vn mile, & depuis le pied d[e]
celuy, iufques à la fainte Cité, deux ftades, qui font deux cez cinquáte pas, faifans cóme dit eft mille pas ou la iournee d'vn Sabat[h]
S. Auguftin & S. Ierofme, fur le premier chapitre des Actes des A-
poftres, luy donnét encore beaucoup d'autres furnoms & epitet[es]
cóme mont du Chrifme, mont Vnguentaire, Lucide, de Guarifo[n]
des Trois lumieres, &c. pour les raifós, trop lógues à reciter icy, [&]
ie feroie trop prolix, fi ie vouloisicy amener, tout ce que l'Efcri[p]-
ture fainte, les Peres, & les hiftoires facrees & prophanes en dif[ent]
Parquoy delaiffant cela, & beaucoup d'autres chofes (quoy que remarquables:) il m'a femblé meilleur, de retourner à la narration
des principaux lieux fainctz qu'on y montre aux Pelerins, comm[e]
ceux qui font en montant par la voye dite pied-fente fainte, qui
eft fouuent frequétee, & ou ont marché & touché, les diuins pied[s]
propres du Redempteur, de fa chere mere & de fes Apoftres, qui a[l]-
loyent & venoyent de Galilee en Ierufalem.

    Le premier lieu donc, qui nous fut montré, eft comme au milie[u]
de la haulteur du mór, fur vne petite pointe aplanié à main gauch[e]
ou cy deuant a efte vn Oratoire, duquel fe voyent encore quelqu[es]
veftiges, & qui eft a prefent tenu par les Turcs pour Mofquee. &
eft ce le lieu ou le Redempteur (eftant affis, comme dit Beda, & regardant la fainte cité auec le Temple, & preuoyant leur ruine
proche

Lieu ou
Iefus
Chrift
pleura la
Cité.
Beda in
Marc. 13.

proche à venir, comme escriuent S. Marc & S. Luc) p'eura par co-
pulsion, & en predit la future desolation: car de ce lieu, ladite cité,
le Temple, & tous leurs edifices se voyent tout plainement: les Romains, venans pour y mettre le siege, de premiere abordee, poserét
leur camp sur ce mont, selon le tesmoignage de Iosephe. Montant
quelque peu d'auantage, se trouue à main droicte, vne autre petite
place, ayant vne voulte vn peu rompuë au dessoubz, restant de l'E-
glise qui autrefois y a esté, comprenante ces deux lieux ensemble,
& par tradition on tient, qu'en ce lieu, les douze Apostres (apres a-
uoir receu le S. Esprit & auant leur separation) cõposerent le Symbole des douze articles de la foy, laquelle Eglise fut appellee, l'Eglise de la diuision d'iceux Apostres, dont annuellement se celebre la
feste au mois d'Aougst. Plus hault en montant, se montre le lieu ou
le Redempteur fut assis, enseignant ses Apostres à prier: auquel lieu
a aussi esté edifié vn Oratoire, appellé *Domus panis*, à present tout
ruiné. De ce lieu là, & quasi au plus hault du mont (droit à l'opposite du Temple & proche d'vne vieille cisterne & les ruines d'vne
chapelle, de laquelle se voit encore vn pilier couché par terre entre
certains Oliuiers) est le lieu ou souuent le Redempteur a esté assis,
preschant & instruisant ses Apostres, de la destruction de Ierusalé,
de l'aduenement des faux Prophetes, de la fin ou consommation du
monde: & comme se feroit le dernier iugement, ainsi qu'est escript
ès Euangiles S. Mathieu, S. Marc & S. Luc. En cest endroit, commence le sommet de la montagne à s'applanir, & est au regarder
vn lieu tres-delectable, ayant au milieu les ruines d'vne tre sgran-
de Eglise & monastere en forme de chasteau, dõt les murs sont aucunement haultz, & n'a qu'vne porte pour y entrer. Ceste Eglise
(ainsi qu'escriuét Eusebe, Socrates, Sozomene, Sulpitius Seuerus,
Nicephore & autres) a esté bastie par l'Empereur Constantin le
grand, ou S. Helene sa mere, au lieu ou le Redempteur, à la veuë
de la Vierge mere, ses Disciples & amis, monta au Ciel vers Dieu
son Pere, comme nous lisons en S. Luc, & aux Actes des Apostres.
A celle Eglise estoit encore enestre, enuiron l'an six centz quarante
six, lors que Homar troisiesme successeur de Mahomet, fit bastir le
Temple de Salomon, comme plus amplement a esté dit en son lieu,
mais Tyrius, faisant mention d'vne procession solemnelle qu'y firent les Princes & gendarmes Chrestiens, auant que donner le second assault à la saincte Cité par eux assiegee, n'en parle point, qui
me faict doubter, que d'slors elle pouuoit auoir esté ruinee par les
infideles, pour estre icelle hors l'enclos de la Cité : toutefois faut

qu'elle fut esté par apres restablie, car nous trouuons, specialement en Volateran, que depuis ce temps, il y a eu Abbé & religieux de l'ordre de S. Augustin: neatmoins on voit bien aux vestiges du lieu qu'il y a long temps qu'il a esté bruslé & saccagé. Ce nonobstant les Turcs le tiennent en telle reuerence, qu'ilz reputent les Chrestiens indignes, de mettre le pied au clos des ruines qui restent d'iceluy: signamment en vne petite chapelle octogone ou a huict coings faicte de marbre & structure à le dorique par dehors, n'ayant de creux, selon que i'ay peu comprendre qu'enuiron douze piedz de diametre: laquelle chapelle (comme sont les sepulchres de Iesus Christ, & de sa Vierge mere, aussi la chambre d'icelle en Lorette) est situee quasi au milieu des ruines de l'Eglise principale, au lieu propre, ou le Redempteur (de sa vertu diuine) est monté au Ciel, comme appert par les formes & marques de ses diuins piedz qui y restent imprimez au rocher, comme en la Cire, & si polyment & de piedz tant parfaictz, que c'est chose admirable: mais il n'y en a plus qu'vn, ayans les Mahometistes, faict cyseler & tirer l'autre hors pour le mettre (selon qu'on dict) en leur Temple, ou ilz le tiennent en tresgrande reuerence, comme ilz font aussi cestuy-cy, ayans depuis peu de temps en ça excluds les Chrestiés, de le plus voir, à raison qu'ilz croyent que Iesus filz de Marie, qui est nostre Sauueur, esté de ce lieu esleué au Ciel, ou Dieu le retient iusques au dernier iour qu'il reuiendra en la mesme place, pour donner le iugement general auec Mahomet, qui sera, selon leur faulse opinion, assis sur le mont Moria.

Continuant donc la narration encommencee, desdites venerables marques, S. Ierosme & le venerable Beda, disent les auoir encore veus de leur temps, & n'y a doubte qu'elles ne soyent demeurées, au moins l'vne, côme dit est, iusques a present. S. Paulin Euesque de Nobe, Sulpitius Seuere, Eusebe, Socrates, Sozomene, Nicephore & autres, nous ont laissez par escript, ces mots. En fabriquant par ordonnance de S. Helene ceste Eglise, vn cas admirable y aduint: c'est à sçauoir, que les massons & ouuriers, faisans le pauement d'icelle, & voulás couurir le lieu auquel lesdites SS. marques estoyent imprimees pour la derniere fois, lors qu'il se leua au Ciel en vne nuee, ledit lieu ne s'est peu couurir de carreaux pour continuer la paué, car la terre, côme non accoustumee de soustenir choses prophanes, refusoit tout ce qu'on y appliquoit, & faisoit souuent resalir les marbres & ciment, contre les faces des paueurs: En vn autre lieu ilz ont dit. Les marques qu'on y voit encore imprimees

seruent.

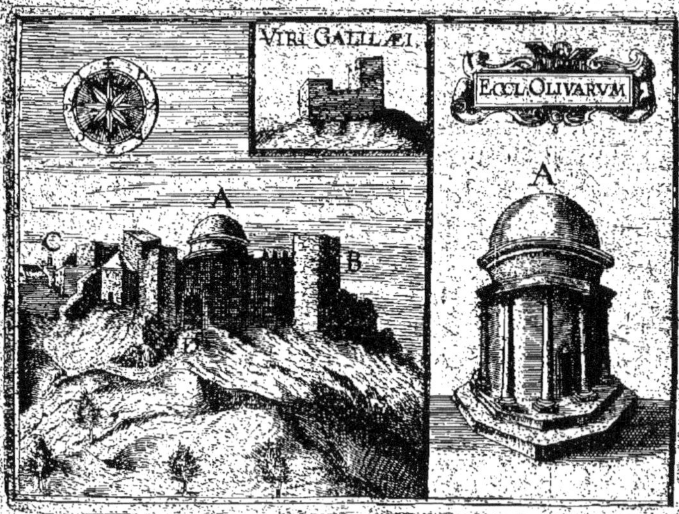

A. la chapelle de l'Ascensiõ en laquelle sont les marques des pieds du Sauueur. B. la elle de S. Pelagia. C. les vestiges des ruines de l'Eglise & monastere. D. la porte ou entrée,

seruent de preuue perpetuelle, que la poudre a esté pressée des piedz ,,
de Iesu Christ, & plusieurs accourans ensemble en ce lieu iournel- ,,
lement, par foy, deuotion, & à l'enuie l'vn de l'autre, rauissent la ,,
poudre marquee, toutefois le sable ne perd les traitz des marques, ,,
de sorte que la mesme terre en retient encore sa forme, côme sellée ,,
des vestiges & marques empreintes: S. Ierosme parlant encore de
ceste Eglise, afferme qu'on n'a iamais peu couurir le toict de l'endroict du lieu d'où le Redempteur s'estoit esleué, à sçauoir au dessus de ces sainctes marques, & furent les ouuriers côtraintz le laisser ouuert: On sçait & est vray, que depuis la mort de Côstantin le
grand & des susditz SS. Peres icelle Eglise, comme aussi la saincte
Cité, sont demeurez au pouuoir des Princes Chrestiens, iusques au
temps que ledit Haumar s'en empara, mesme que luy & les Mahometistes, ont tousionrs faict cas d'icelles marques & lieux sainctz,
representãs les œuures de nostre Sauueur, parquoy n'est à doubter,
que ce ne soyent les mesmes lieux, & marques desquels ces bons
peres font mention, laissées & imprimées par le Sauueur pour son
honneur, & pour memoire de son admirable ascension, voire pour
nous asseurer, qu'elle est veritablemét aduenuë: ainsi que pour memoire de sa douloureuse passion, il a laissé encore pareilles marques, au pied du Torrent Cedron, & de sa glorieuse resurrection &
apparition sur le lac de Tyberias, comme l'ay dit, & diray encore
en son lieu: quoy que ce soit, il semble, pour le faict desditz sainctes

Q q 3

marques

marques, que ce qui estoit lors pouldre ou terre boueuse, se soit
puis endurcy & reduit en pierre dure, ainsi que nature a faict en
plusieurs endroitz, ou que lesdites marques ayent atteint iusques
au rocher vif.

Or ce sainct lieu est presentemēt reduit, comme dit est, en Mosquee où Temple Mahometique, & selon S. Ierosme, il est aussi
distant du lieu de la Passion du Sauueur de quinze stades, chasque
stade faisant la huictiesme partie d'vn mile, contenant mille pas:
mais pour noz pechez les Chrestiés en sont bannis, sur la peine &
amende de deux centz ducatz, à payer par celuy des Chrestiens qui
y auroit mis le pied. Neantmoins il aduient quelque fois, que les
Santons ou Prestres de leur loy, residens en certaines tours & ruynes du susdit monastere, y introduisent secretement aucuns religieux & pelerins, moyennant bon salaire : toutefois il ne nous fut
possible, de paruenir a ce bon heur, pour y auoir lors trop d'esbat,
& que n'osions, ny voulions nous y fier, crainte d'estre trahis : par
quoy il conuint nous contenter de la veuë d'iceluy, & de le saluer à
l'entree de la porte seulement : Aussi, suyuant l'interpretatiõ qu'aucuns peres & docteurs anciens ont faict sur le cõtenu du premier
chapitre des Actes des Apostres, se fondans encore, sur ce qu'est escript en Isaie, Zacharie, & Daniel cy deuant citez, le Sauueur viendra du Ciel, en ce mesme sainct lieu, pour tenir le dernier Iugement
general, en la mesme forme qu'il y est monté, & de ceste opinion
sont aussi, comme dit est, les Turcs & Mahometistes.

Contigu & proche le frontispice ou deuant desdites Eglise ancienne & monastere, du costé vers midy, se voit comme vn appen-
tis, ou iadis fut vne chapelle, edifiee au lieu où saincte Pelagia (en
son ieune aage fameuse courtisane, surpassante en beauté, richesse,
delices, & luxure, toutes les femmes d'Antioche de son temps, apres
auoir esté conuertie & baptisee par S. Nonnue) fit vne logette, &
iusques à sa mort, vne tresdure penitence, en habit de religieux, selon S. Ierosme, Surius & autres, & y fut inhumee apres son decez.
Du costé de Septentrion, la susdite Eglise est comblee de beaucoup
de ruines, lesquelles on tient estre dudit monastere, mais les vestiges des edifices qui s'y voyēt, demõstrent quasi, qu'il y a eu quelque
chasteau & autres habitations conioinctes : aussi aucuns sont d'opinion, que ce fut le chasteau, auquel le Sauueur estant arriué en
Bethphage, enuoya deux de ses disciples querir l'Anesse & son Anon, pour faire sa glorieuse entree en Ierusalem : Autres sont de
contraire opinion, & veulent que le Redempteur disoit. Il vint à

bellum quod contra vos est, parloit de la mesme Ierusalé, ce qui me semble n'estre vray semblable, car Ierusalem en nul lieu, n'est appellé
chasteau ny bourg, ains Cité, & non seulement Cité simplement,
comme les autres, mais auec addition & Epitetes de *Cité de Dauid,
Cité du grand Roy, Cité de Dieu, &c.* Aussi la saincte Escriture, nom-
mat aucuns lieux, *Castellum*, entend selõ la mode d'Italie, des bourgs
& bourgades assemblez, & quelque fois ceintz de murs, comme e-
stoit Betanie, aussi il est bien à presupposer, que sur le mont des O-
liues, pouuoit lors auoir quelque bourgade, nommee chasteau, ayát
en la pente des villages, tels que ledit Bethphage vers Orient, &
Gethemani entre ledit mont & la saincte Cité vers Occident, ioint
que toutes les montagnes de la Iudee, estoyent ainsi habiteez, comme a tresbien remarqué Siglerus.

Ledit mont d'Oliuet a trois coupeaux esleuez, selon qu'il se peut
voir par le pourtraict d'iceluy cy dessus representé. Sur le coupeau
du milieu qui est le plus hault, est aduenu l'admirable Ascésion du
Sauueur, & sur l'autre, qui est vers Septentrion, se voit vne vieille
tourette ou maison, vulgairement appellee, *Viri Galilei*, non pour ce   Viri Gali-
que les Anges, parlans aux disciples apres l'Ascension, ayent esté   lei.
veuz en ce lieu, car il n'y a apparence d'aucune Eglise, Oratoire ou
chapelle: mais il est appellé Galilee, selon l'opinion de plusieurs, à
cause que ceux qui venoyent de Galilee en Ierusalem, si logeoyent
& rafraichissoyent ordinairement: aussi semble il que les Apostres
ne pouuoyent encore estre si esloignez du lieu de l'Ascension, quát
ilz eurent la vision desditz Anges, car il en est bien distant de cinquante pas: mesme il appert que la premiere apparition qu'eurent
lesditz Apostres de la personne de Iesu Christ, apres sa resurrectiõ
en Galilee, fut sur le lac de Tyberias, ou aussi la pluspart d'eux a-
uoyent esté appellez auparauant à l'Apostolat. Toutefois S. Ierofme dit, que le Sauueur s'apparut à eux, sur le mont de Galilee peu
distant de Ierusalem, qui faict sembler aussi que ce pourroit bien e-
stre ce lieu cy, ainsi appellé pour estre (comme dit est) l'hebergement des Galileens, ou bien à cause que le chemin Royal, venát de
Samarie & Galilee y passoit: & pour ce que le Sauueur y a souuent
esté, allant ou retournant vers ceste contree reputee sa patrie. Le
reuerend pere, nostre conducteur, nous y fit faire nostre petite deuotion: & retournát vers le premier mot, nous fut mõtre en vn petit creux qui est à l'étre deux desdits deux coupeaux, & ou se prét le
susdit chemin, vne reste de rocher à descouuert, ou cy deuát a esté
vn oratoire (selon Nicephore & autres Autheurs citez cy deuant,   Niceph. li.
                                                                    2. c. 21.
en l'hi-

en l'histoire de la mort & Assomption nostre Dame, & selon qu'é-cript le Venerable Beda en diuers lieux) en memoire que l'Ange Gabriel, qui auoit esté le messager portant nouuelles à ladite Vier-ge glorieuse, de la venuë & naissance du filz de Dieu, luy annonça encore en ce lieu, qu'elle deuoit laisser le mōde, & aller vers luy au Royaume celeste, dont pour signal, il luy donna vne palme luysan-te, qui fut portee deuant son sainct & immaculé corps, lors qu'on le portoit pour estre inhumé en Gethsemani, au sepulchre de ses pa-rens.

Beda in Samuel. li. 1. c. 1. In Esdr. 2. c. 27. & in Cant. c. 6.

Le lieu ou la vierge receut la palme.

Quant au troisiesme coupeau, dudit mōt d'Oliuet, il est verament dy, tirant vn peu vers Occidēt, sur la valee de Iosaphat, & a esté ap-pellé, mont du scandale, à cause que le Roy Salomon à la suasion de ses femmes estrangeres & payennes, y dressa des Autels à Chamos Dieu des Moabites : mesme au temps des Machabees, il y auoit vn chasteau, comme à esté encor dit cy deuant.

Mont du scandale.

Au partir des lieux susdits, nous reprismes le chemin qui conduit le long des ruines dessus mentionnees, en trauersant la montagne vers le fleuue Iordain, Ierico, la Samarie & Galilee, & de la estant sur le costé d'Orient, le reuerend Pere gardien nous montra les som-mets des montz de la saincte Quarantaine, Seïr, Abarim & Nébo, desquelz ay parlé cy dessus : comme aussi la grande campagne de terre, longuë de deux centz trente stades, & large de six vingtz, qui font vingt cinq & quinze mille, s'estédante depuis Gennabara, ius-ques à la mer Morte selon Iosephe, auquel lieu Absalō poursuyuoit le Prophete Royal Dauid son pere, comme nous lisons au second liure des Roys : en icelle campagne court & passe le fleuue Iordain. C'est aussi le mesme lieu, ou on dit estre la femme de Lot, conuer-tie en statue de sel, mentionné au Genese. Et descendant de ladite montagne des Oliues, tirant vers Betanie à main droite : le pre-mier lieu par nous rencontré au pendāt d'icelle, esloigné demy mil ou enuiron, de l'Eglise de l'Ascension du Sauueur, fut vne petite plaine, sur laquelle estoit situé Bethphagé, hameau ou petit village sacerdotal, d'ou le Redempteur enuoya deux de ses disciples, querir l'Anesse & son Asnon, sur lequel il monta allant en Ierusalé, cōme trouuons escript en S. Mathieu, S. Marc, & S. Luc : mais ce lieu est du tout ruiné, & ne s'y voit vestiges d'aucunes habitations. Au bout de ladite montagne, & proche du susdit chemin de Ierico, nous fut montré vne fontaine ou cisterne, faicte en forme de puis, prés la-quelle le Sauueur, venant de Galilee & Samarie vers Bethanie, dit à ses Apostres. *Ecce ascendimus Hierosolimam, &c.*

Ioseph. li. 5 bel. c. 4. 2. Reg. 15. 17.

Genes. 19,

Bethfage.

Matth. 11. Marc. 11. Luc. 19.

Matth. 20. Marc. 10. Luc. 18.

En continuant ledit chemin, & deſcente de la montagne, laiſſant
Bethanie a main droicte, nous entraſmes en vne petite campagne,
diſtante enuirō d'vn mile du ſuſdit Bethphage, en laquelle ſe voyét
certains petitz rochers d'enuiron trois piedz de hault, qui ſont ſe-
paration des terres, comme s'ilz fuſſent faictz à propos en guiſe de
cloſtures de iardins: eſquelles cloſtures, les Mores & habitans cir-
cōuoiſins, batent & preparent le peu de grains qu'ilz recueillent
de leur labeur, & pour leur vſance ſeulement: puis ilz les mettent
en certaines grottes & cauernes, qui ſont la es enuirons, pour le cō-
ſeruer. Entre leſquelz lieux & rochers, ſe trouue la place de la par- La maiſō
ticuliere reſidence de S Marthe, ou par pluſieurs fois, comme bōne S. Marthe.
& pieuſe hoſteſſe, elle a receuë, logé & traicté noſtre Redempteur
Ieſus, lequel en ce monde n'a ſceu trouuer place honeſte, ſinon en
vne eſtable pour naiſtre, ny aucune maiſon pour demeure fixe:
pierre propre pour repoſer ſon diuin chef: ny ſepulchre à luy apartenant, pour eſtre enſepulturé, ainſi que luy meſme teſmoigne, &
qu'il eſt eſcript en S. Luc. Sur lequel lieu a eſté anciennement baſtie vne Egliſe, mais il ne s'en voit à preſent aucun veſtige. Enuirō
vn geĉt d'arc plus auant, tirant vn peu vers Septentrion, ledit Pere
reuerend nous montra entre les ſuſditz rochers, vne pierre griſatre marquetee de blanc, vn peu plus eſleuee que les autres: ſur laquelle le Redempteur eſtoit aſsis, quant ladite S. Marthe, puis Marie Magdelaine ſa ſœur, le vindrent trouuer, diſantes (ſelon que recite S. Iehan) *Domine ſi fuiſſes hic.* Seigneur ſi fuſsiez eſté icy, mō fre- Luc. 10.
re ne fut pas mort, &c. Ladite pierre eſt fort belle, mais treſdure:
auſsi ſa proprieté eſt telle, qu'il ſemble que ce ſoit vne des œutres
merueilleuſes de Dieu, car combien que depuis ce temps là, les pelerins en ayent prins, & en prennent tous les iours, elle ne diminuë
en rien, comme pluſieurs l'ont laiſſé par eſcript.

A L'Eglise du mont d'Oliues
B Bethphagé
C La fontaine des Apostres
D La maison S. Marthe
E La pierre sur laquelle nostre Seigneur fut assis.
F La maison de la Magdalcine
G Le Sepulchre de Lazare, & Bethanie
H La maison du Lazare.
I Celle de Simon le lepreux
K Le Figuier maudit
L Le chemin de Hierusalem
M Le mont Syon.

VN traict d'arc ou enuiron plus outre, vers Orient & la mer Morte (laquelle on voit encore de la quelque peu) y a certains monts ou amas de cailloux, & quelque partie des fondemés de l'Eglise, qui y fut aussi autre fois faicte à l'honneur de Diéu & de S. Marie Magdalene, pour ce auoir esté là sa demeure particuliere: & de ceste Eglise, ensemble de l'autre susdite, S. Ierosme faict mention. Ayans estez lesditz lieux par nous visitez: nous conuint reprédre nostre chemin vers Bethanie, & ce bien hastiuement, à cause que les Arabes commençoyent à s'assembler alentour de nous.

De

Du bourg de Bethanie & lieux sainctz qui y sont.

CHAPITRE. XIX.

CE Bethanie, au temps de nostre Redempteur, estoit vn bourg appellé chasteau, depuis fort fameux, pour y auoir esté les demeures & domiciles, dé ces nobles personnages, Lazare, Marthe, & Marie Magdaleine frere & sœurs, & pour le grand miracle que le Sauueur y fist, resuscitant & remettāt en vie ledit Lazare, ia mort de quatre iours, ainsi qu'escript S. Iehā : il fut appellé chasteau, pour les raisons alleguees cy dessus, c'est a sçauoir, pour ce que c'estoit vn bourgade, comme ceux d'Italie, fermez de murailles, n'estans a reputer pour villes & Citez: Sa situatiō est entre le Midy & l'Oriēt, outre & au costé dudit mont d'Oliuet, lequel il fault passer pour y aller, soit au dessus par Bethphage, estant ce chemin le plus court & aisé, ou par le ply qui est entre le mont principal, & celuy du scandale (dont ay faict mention cy dessus) & cōme dit S. Iehan, il est distant de Ierusalem, quinze stades, qui font vn peu moins de deux mile italiennes. Ledit lieu se montre auoir autrefois esté fort delectable, amiable & bien habité: appartenant, comme plusieurs affermēt, audit Lazare & ses deux sœurs, nobles de race, mais plus illustres en vertu, saincteté de vie, & conuersation, ayans la grace d'estre honorez du tiltre, des bien aymez & amis de Iesu Christ: quasi au milieu dudit Bethanie, (qui est interpretee maison d'obedience) selon S. Ierosme, Theophilacte, le venerable Beda, Hugues de S. Victor & autres, est le lieu ou ledit Lazare fut ensepulturé, & y auoir esté quatre iours, quād il fut resuscité par le Sauueur, estant lors de sa mort, aagé de trente ans, & qu'apres estre resuscité, en vesquit encore aurant, suyuāt Epiphanius. En memoire de ce grād miracle, S. Helene fist bastir sur ce lieu vne Eglise, & vn monument de marbre, ou ledit Lazare auoit esté mis, ainsi que Nicephore rapporte, laquelle ledit S. Ierosme, & le venerable Beda, dient auoir encore esté en estre de leur temps, & en grande reputation & deuotion visitee par les Chrestiens, comme aussi la maison de Simon le lepreux. D'auantage, Guillaume Archeuesque de Tyr, parlant de la Royne Melisende, (de laquelle est fait mētion cy dessus es d'escriptions des Eglises nostre Dame, en la valee de Iosaphat, & de S. Anne) dit que pour le salut de l'ame d'icelle Royne, de sesparens, son mary & enfans, principalement pour l'amour de sa sœur Iuerte religeuse

Rr 2

Marginalia: Bethanie. — Ioan. 11. & 11. — Epiph. cōtra Manicheos hærel. 66. Niceph. li. 8. c. 30. Ieroni. Iocis hebraicis & Beda In Euang. Marc. 1 L. Luc. 5. Iohan. 11. Tyrius li. 1. c. 26.

ligieuſe au monaſtere S. Anne (ce lieu eſtant lors poſſedé par les Chanoines du S. ſepulchre, auſquelz pour en ſortir, ladite Royne donna en recompenſe la ville de Tecua) elle fit reſtablir & reedifier l'Egliſe ſuſdite , & y adioindre vn monaſtere de Moniales ou Nonnains, appellees de S. Lazare, mettant ſa ſœur en ce lieu, pour premiere Abbeſſe: puis dota ladite Abbaye de grãds reuenuz & heritages, entre autres elle y dõna la ville & territoire de Ierico. Outre ce elle l'orna de grande quãtité de ſacrez vſtenſiles & vaiſſeaux d'or, d'argent & pierres pretieuſes, enſemble de paremens d'Autelz & riches tapiſſeries pour decorer la maiſon de Dieu, voire de toutes ſortes d'ornemenz d'Egliſe, pour ſeruir aux Preſtres & Diacres ainſi que la diſcipline & ordre Eccleſiaſtique le requeroit.

Le lecteur deuot, peut icy conſiderer, quel grand dommage & deſtruction, les heretiques de noſtre temps deplore, ont faict, pillé & abatant les Egliſes, dediees & conſacrees pour le ſeruice diuin, voulans abolir la belle & ancienne vſance d'icelle, & la deuotion que les Princes, Princeſſes & gens de bien des ſiecles paſſez, ont eu à la decoratiõ deſdites Egliſes & celebratiõ du ſeruice diuin. Mais quoy, ilz ont montré qu'ilz ſont conduitz du Diable eſprit de menſonge, qui leur a mis les armes en main, pour commettre les cruautez, ſacrileges, & ſanglantes tragedies qu'ilz ont executees, tant en ces pays bas, Allemaigne, France, Angleterre que autres pays: dont le Ciel, la Terre, & noz republiques pleurét & pleurerõt à iamais. Ainſi ceſte noble Princeſſe Meliſende, par charité, deuotiõ, & pieté remit la ſuſdite Egliſe en bon & ſuffiſant eſtat, y fourniſſant tout ce qui eſtoit neceſſaire, pour l'entretenement du ſeruice diuin: Imitãt en ce, la pieté du bon Empereur Cõſtantin, lequel ſelon S. Cyrille, Euſebe & autres, meit peine & grand ſoing, d'orner l'Egliſe du S. ſepulchre, dite de la reſurrection du Sauueur, de riches threſors & ornemens. Et outre ce d'autant que le ſuſdit lieu eſtoit lors quaſi deſert & ſolitaire, comme il eſt encore preſentement, expoſé aux incurſions & dangers des ennemis infideles. Icelle Royne y fit edifier vne forte tour de pierres de taille, en laquelle eſtoyent les offices dudit monaſtere, à fin que les filles cõſacrees & vouees à Dieu, fuſſent aſſeurees, comme en vn lieu lors imprenable, contre les aſſauts ſubits deſdits ennemis. Auquel monaſtere furét miſes & nourries, pluſieurs filles nobles, meſme des Princeſſes & filles des Roys, & entre les autres, Sibile, fille d'Americ & ſœur germaine de Baudouyn quatrieſme du nom Roy de Ieruſalem, comme recite Tyrius. De ceſte fortereſſe ſe voyent encore à preſent quelques veſti-

Euſeb. in
vit. Conſt.
Cyril. Cat.
14.

Tyrius li.
21. c. 2.

es, comme vne reste de vieille tour grosse & massiue de massōne-
e, mais quāt au monastere, peu de chose en reste sur pied, fors par-
edes murailles de l'Eglise & de son pauement, auec le monument
d Lazare, qui sont tenuz par les Turcs en grand reuerēce & pour
sosquee, non point qu'ilz pensent, le corps du Lazare y estre en-
ore, car auec nous ilz sçauent que depuis sa resurrection il est mort
pour seconde fois, estant lors Euesque de Marseille en France, ains
cause du miracle tresgrand, que Iesu Christ y a faict, en la person-
e dudit Lazare, & pour ceste raison, ilz en ont mis hors les Chre-
tiens. Ainsi les Turcs, comme les heretiques, nous priuent des E-
glises & lieux pieux, fabriquez non par eux, mais par noz deuanciers Chrestiens & deuotz Catholiques. Neantmoins, par la solicitation d'vn pere Gardien dudit mont Syon, s'estant aduisé, par inspiration diuine d'vne vieille montee, par laquelle on descendoit
udit gros edifice, comme du second estage, en l'Eglise (car le tout
est fort rehaussé au dehors, par les ruines des edifices, & le lōg laps
du temps) fit tant vers le Saniac, qu'il obtint de luy ce lieu, moyen-
ant bon pris d'argent, & l'appropria si bien pour la deuotion des
Chrestiens, que par icelle montee, on descēd en deux petites grottes, accommodees comme petites chapelles, l'vne plus basse que
autre, n'estans pauees que de sable, seulemēt en chacune desquel-
les y a vn Autel. En la premiere, se voit encore la pierre qui fermoit   Le monu-
ment du
Lazare.
le monument dudit Lazare, dont mention est faicte en l'Euangile,
laquelle y sert de pierre d'Autel: & peut bien estre que ce lieu, estoit
anciennement l'antesepulchral, ou les femmes alloyent pleurer le
mort, selon l'vsance des Iuifz, & encore obseruee par les Tucs. En
la seconde chapelle, qui est plus basse & soubzterraine, est le propre
lieu du monument, ou gisoit le corps mort dudit S. Lazare, quant   Ieroni. in
cap. 11.
Ioan.
Iesu Christ l'appella & resuscita, estant lors vne spelonque, comme
escript S. Ierosme.

Toute nostre compagnie estant descenduë en ces petites chapelles pour y faire noz deuotions, les Mores habitans de Bethanie desolee, qui s'estoyent là assemblez, ne nous voulurent laisser sortir,
sans leur payer à chacun vn maidin, qui pouuoit lors valoir, cinq
liards de Brabant, sortis de là nous feusmes conduitz par les ruines
d'vn grand edifice, distincte du lieu susdit, auquel se voyent, cōme   Le cha-
steau du
Lazare.
les vestiges d'vn petit chasteau, edifié de grosses pierres, larges & fa-
cees, y ayant encore l'apparence de fossez à l'entour, & est appellé
le Chasteau du S. Lazare: mais si ce a esté sa demeure, ou quelque
reste du monastere ou forteresse dessusditz, cela ne se peut aisemēt

R r 3

iuger.

iuger: aussi ie doubte du dernier, à raison qu'il est assez esloigné de
la grosse tour susdite. Passant outre lesditz fossez remplis, & par
dessus vn vieil mur, nous feusmes conduitz en la maison ou habitoit Simon le lepreux, assez proche de là: en laquelle iceluy Simon
fit vn conuiue à nostre Redempteur, auquel il fut accompagné de
Lazare nouuellemét resuscité, & ou Marie Magdalene sa sœur, ré-
pandit sur son diuin chef, l'onguent precieux: qui donna occasion à
Iudas de murmurer, & trahir son Seigneur & maistre: cecy aduint
selon S. Iehan, six iours auant sa douloureuse passion, & suyuant S.
Ierosme, le iour de deuant sa glorieuse entree en Ierusalem. Mais
entre tous les lieux SS. de là es enuirons, ceste maison est demeuree
la plus entiere, composee d'vne quarrure plus longue que large. La
chambre ou sale en laquelle se fit ce dit sacre conuiue (qui fut entre
les persones les plus illustres & remarquables du Ciel & de la Terre, à sçauoir du Createur de l'vn & de l'autre: d'vn homme ayant
deux fois prins vie en ce mőde, qui estoit ledit Lazare, de deux net-
toyez de lepre, l'vne de la spirituelle, qui fut ladite Magdalene, &
l'autre humaine, comme ledit Simon. Aussi se peut il croire pieusement, que la Vierge mere & les disciples, premieres de la Ierarchie
de l'Eglise de Dieu, n'y estoyent oubliez. Pareillemét est il croyable
que les Anges inuisiblement y assistoyent, & seruoyent leur Createur: icelle chambre est accommodee & bastie en forme de chapelle, ayant vn Autel faict à demy cercle en la cőcauité de la muraille.
Ce lieu est aucunement entretenu par les Chrestiés, mesme par les
Mahometistes. Les voultes & autres ruines du surplus des edifices
de ce lieu, demonstrent qu'il a esté assez grand & spatieux, mais sert
à presét d'estable pour loger les bestiaux, sans auoir apparéce qu'aucun homme y fasse sa residence ou demeure: En ceste place, pource
que nous auions faict assez grand chemin, & que la chaleur du iour
commenço t à croistre, ledit Pere reuerend nous fit prendre vn peu
de pain & vin, qu'il auoit faict apporter auec luy pour nostre rafraichissement: & ainsi feusmes, par la grace & clemence de Dieu
repeuz, au lieu ou il auoit dagné prendre sa refection humaine auec
ses amis.

Sortans de ce lieu & entrans & continuans le grand chemin
pour retourner vers la saincte Cité, nous tenions tousiours le mont
d'Oliuet à main droicte, & passans aupres d'vne grãde pente & vallee, pleine d'Oliuiers, Figuiers & semblables arbres fruictiers, qui
est à main gauche, tirant vers le midy; ledit Pere reuerend nous mő-
tra sur le bord d'icelle, le lieu ou estoit le Figuier que nostre Redempteur

dempteur (venant de Bethanie) maudit, pour l'auoir trouué sans
bruict, comme escriuent S. Mathieu & S. Marc. Et faut icy noter,
qu'il y auoit en Iudee, deux Bethanies, comme dit S. Ierosme: l'vne
qui est ceste cy: l'autre outre le Iourdain, en laquelle S. Iehan baptiste baptizoit.

Poursuyuans donc nostre chemin, nous passames au dessus du
lieu, ou Iudas Iscariot le traistre desesperé, se pendit: & trauersans
la valee de Iosaphat & le Torrent Cedron, pardeuant l'Eglise de
l'Assomption nostre Dame, nous r'entrames en la saincte Cité, par
la porte S. Estienne, puis laissant la grand ruë appellee *Via dolorosa*,
dont auons parlé cy deuant, fut prins nostre chemin, par derriere
le palais d'Herode, passant par certaines ruelles & plusieurs ruines
de grande apparence: Ce faict, r'entrans audit monastere, nous y
reposames, iusques enuiron les vingt-trois heures, selon la computation Italienne, qui est vne heure auant soleil couchant, lors sortans dudit monastere, nous feusmes menez & introduitz, en l'Eglise
du S. sepulchre, de laquelle nous traicterons amplement au chapitre qui suit.

Matth. 21.
Marc. 11.
Ieroni. in
Ioan. c. 1.
& in loc.
hebr.

Di l'Eglise du S. sepulchre nostre Seigneur, & des lieux & choses
remarquables, qui sont en icelle.

CHAPITRE XX.

Avant qu'entrer en la description, de ceste Eglise du S. Sepulchre, tant celebre, nous parlerons premieremēt de son assiette. Elle est donc situee sur le mont de Caluaire, lequel au iour de la
mort & passion de nostre Sauueur, estoit hors de la saincte Cité,
& y est demeuré iusques à l'an de grace cent trente quatre: qu'Helius Adrianus Empereur, paracheuant de ruiner, pour la rebellion
des Iuifz Iudaisans, ce qu'estoit resté & restably, depuis la demolition faicte par Tite filz de Vespasien: Il fit acheuer de remplir les
caidins & autres profonditez, seruans par dehors de fossez, pour la
compassion qu'il eut, passant par la Iudee, voyant la desolatiō d'v-
ne telle Cité:& faisant applanir aucunes montagnettes, fit reedifier
vne nouuelle Cité, laquelle il fit appeller de son nom, & d'vne statue
de Iupiter Capitolin qu'il auoit faict eriger au lieu ou auoit esté le
Temple de Salomō, *Helia Capitolina*, laquelle a duré iusques au têps
d'Heraclius Empereur, ou de Constantin son petit neueu, regnant
enuiron

enuiron l'an 640. comme i'ay dit au liure premier & ailleurs: il fit
commencer ladite nouuelle ville, à la porte vieille, qui seruoit lors
de fermeture vers Orient, au lieu qu'auparauant elle serroit la Cité
vers Occident: puis fit continuer le residu sur le mont Gyon, comme appert par les vestiges qu'on y voit encore: tellement que par ce
moyen, ledit mont de Caluaire, fut enfermé & comprins, au dedans
de ladicte saincte Cité.

Quant aux places remarquables des lieux du Crucifiement & sepulture tressaincts, ledict Empereur Payen, voyant côme les Chrestiens, & croyans en Iesu Christ, y alloyent faire leurs deuotes visitations & adorations, pour les empescher de ce faire, comme par
forme de defense, il y fit mettre des Idoles, à sçauoir celle de l'impudique Venus, au lieu ou Iesu Christ auoit esté crucifié, à fin qu'y
ant icelles en abominatió, ilz s'abstinssent d'y frequenter: ou qu'y
allant, il semblast, qu'ilz adorassent lesdites Idoles, car il leur en
laissa la libre habitation, premierement par disposition diuine, secondement pour remuneratió de leur fidelité enuers les Romains,
& pour auoir esté persecutez & tresmal traictez par lesditz Iuifz,
à cause qu'ilz n'auoyent voulu adherer à la faction de Barchoche-
bas, ou Barchosbas leur chef & conducteur. Ceste Idole demeura
erigee sur ce sainct lieu par l'espace de 150. ans, & tant que saincte
Helene, mere de Constantin le grand (estant conuertie à la religion
Chrestienne) y alla par deuotió, pour visiter les saincts lieux de nô-
stre Redemption, & les fit demolir, auec leurs Temples & Autelz,
mesme ietter les demolitions & immondices bien loin de ce lieu
pour le nettoyer: Ce fait elle y fit bastir vne tresbelle & somptueuse Eglise, ainsi que les Peres anciens, & les historiens Ethniques, cy
deuant citez au liure premier, nous ont laissez par escript.

Estant ladicte Eglise du S. Sepulchre acheuee, l'Empereur Constantin ordóna par lettres, au Patriarche de Ierusalem Maxime, de
celebrer en toute solemnité, la dedicace d'icelle, & l'a douee de tresgrandes richesses, comme escriuent Theodoret, S. Cyrille Ierosolimitain & Eusebe, en laquelle Eglise, selon le dire des mesmes Autheurs, se sont tenuz plusieurs Conciles; Elle comprend en soy, le S.
sepulchre & fut anciennement appellee l'Eglise de la Resurrection
du Saueur: d'icelle est aussi faict mention, au quarantiesme des institutions de l'Empereur Iustinien, & semble que ceste Eglise ait e-
sté diuisee de celle du crucifiement, ou du mont de Caluaire, nômé
Golgotha: aussi sont elles de diuerses structures, comme entendrez
cy apres. De celle de Golgotha parle souuét le bon Pere S. Cyrille
Patriarche

Theod. li.
i.c. 30.
Cyrill.
Cath. 14.
Euseb. in
vit. Const.

Patriarche de Ierusalem (qui estoit du temps de l'Empereur Constant, filz de Constantin le grand) en ses Catecheses, si comme en la troisiesme, ou il dit. *Rends graces à celuy qui a esté pour toy crucifié en ceste montagne de Golgotha. Or Golgotha est interpreté lieu de teste, auquel Iesu Christ le vray chef, souffrit en Croix. Il y a estendu ses mains, pour comprēdre les bouts de la terre, car ce mont Golgotha, est le milieu de la terre.*

Et pour demonstrer, que ces Eglises estoyent lors diuisees, mesme qu'il y en auoit encore vne sur le mont de Syon, ce veritable & sainct personnage, parlant de cecy & interpretant certaine prediction, du Prophete Sophonias, qui dit: *Appareille toy, leue toy au matin, car tout le germe sera corrompu,* à sçauoir des Iuifz, *entre lesquelz ne demeurera vne petite branche de salut,* &c. *Prepare toy & attends la resurrection au matin,* &c. *Pour ceste raison attends moy, dit le Seigneur, au iour de la resurrection en martyrion.* Sur quoy S. Cyrille dit. *Regarde le Prophete, qui a aussi preueu le lieu de la resurrection, qui deuoit estre appellé martyrion, comme qui diroit, tesmoignage. Car pour quelle raison, ce lieu cy, n'est point appellé de resurrection, seulement Eglise, à l'imitation des autres Eglises, qui sont au mont de Golgotha, mais aussi martyrion.* Plus auant il dit. *Les Roys qui sont maintenant par pieté & deuotion, reuestans d'or & d'argent ceste saincte Eglise de resurrection du Sauueur, en laquelle nous sommes à ceste heure, l'ont bastie & faite resplendissante de munimens d'argent.* Encore plus bas, parlant de la mesme Eglise du S. sepulchre, il dit. *Le lieu qui appert encore est la maison de ceste saincte Eglise, bastie & edifiee par feu de bonne memoire, Constātin l'Empereur, & enrichie cōme vous voyez:* au Catechese dixhuictiesme. Il dit encore: *Apres le sainct & salutaire iour de Pasques, & autres iours de la semaine, vous ferez voz assemblees, apres la communion au sainct lieu de la resurrection du Sauueur.* Et faisant mention des Eglises de Golgotha & mōt Syō, il dit ainsi. *Nous recognoissons le S. Esprit qui a parlé par les Prophetes, & au iour de la Pentecouste est descendu sur les Apostres, en forme de langues de feu, icy dans Ierusalem, en ceste Eglise des Apostres, qui est cy dessus: car les enseignemens de toutes ces choses sont auec nous: Icy Iesu Christ est descendu du Ciel: là le S. Esprit. Et a esté fort conuenable, qu'ainsi comme nous preschons, les choses que Iesus Christ a faictes en Golgotha, en la mesme montagne de Golgotha, nous parlions aussi du S. Esprit en icelle Eglise, qui est cy dessus. Et pour ce que celuy qui en ce lieu descendit, ioyst pareillement icy de la gloire du Crucifix, pour ce aussi, nous preschons*

S f

fchons icy de luy qui là defcendit,&c.

Mais reuenant au narré de la fuf-dite Eglife du S.fepulchre, elle fut fort magnifiquement fabriquee & baftie en forme ronde, & ne receuoit veuë, que par l'ouuerture qui eft au toict, iuftement deffus le S.fepulchre, ainfi qu'on voit celle de *sancta Maria rotōda* à Rome, & telle eft elle encore pour le iourd'huy, mais non fi bien decoree, comme Conftantin l'auoit faict faire; laquelle eft demeuree en bon eftat, iufques au temps de Phocas Empereur, qu'elle fut faccagee & fort gaftee, par Cofdroës Roy de Perfe, enuiron 300. ans a-près fa fondation. Puis, enuirō dix ans apres, Heraclius Empereur ayant deffait ledit Cofdroës, la fit reftablir à fes frais, mais elle n'eftoit parfaicte, lors que Homar, troifiefme fucceffeur de Mahomet, print la Syrie & la fainête Cité. Lequel Homar, or que de religion contraire à la Chreftienne, ayda toutesfois de fes deniers au bō Pa-triarche Sophronius, pour la paracheuer. Depuis ce temps, la fain-ête Cité a fouuent changee de Seigneurs, & tous Mahometiftes, les vns bien, & les autres mal traictables: neantmoins cefte faincte E-glife eft demeuree en fon entier, iufques au temps d'vn mefchant Hecquen Calyphe d'Egypte, lequel (s'eftant faict ennemy des Chreftiens, pour vn reproche qui luy fut faict d'eftre filz d'vne me-re Chreftienne) derechef la prophana & faccagea, y eftat lors pour Euefque le venerable Orefte, oncle maternel dudit Tyran, lequel penfant par ce moyen effacer & deftruire la fource de la religion Chreftienne, felon que recite Tyrius, commanda a vn fien Lieute-nant, refident à Ramola, de l'abatre iufques aux fondemens, enuiro l'an 1011. Mais trente fept ans apres, ledit Hecquen eftant mort & regnant fon filz Daber fur l'Egypte & Syrie, vn nommé Romain, Empereur de Conftantinople, renouuella l'alliance ancienne que le pere d'iceluy Daber auoit rompuë, & obtint de luy permiffiō pour les Chreftiens habitans en Ierufalem, de pouuoir rebaftir leur E-glife: à quoy l'Empereur Conftantin, furnommé Monomache, fuc-ceffeur dudit Romain, ayda tellement (à la requefte de Nicephore lors Patriarche) qu'elle fut remife en tresbel eftat, l'an de l'Incar-nation noftre Seigneur 1048. qui eftoit cinquante vn ans, auāt que les nobles Princes Chreftiens Latins, l'euffent conquife, & qu'ilz eftablirent pour Roy, le preux Godefroy de Buillon.

Tyrius li.
1.c.3.4.
li 7.c.2.
23.li.9.c.
9 15.li.11.
c.15.li.16.
c.17.li.18.
c.20.

Cefte Eglife (baftie d'vne muraille de telle efpeffeur, qu'on voit bien que les defpens & materiaux, n'y ont efté efpargnez) eft la mefme Eglife ronde, qu'on y voit encore prefentement: car depuis lors, il n'y a eu aucune rupture, fors que les Calyphes ou Souldans
d'Egypte

d'Egypte, en ont osté plusieurs ornemens de beaux marbres, dont elle estoit reuestuë au dedans, pour en enrichir leurs Mosquees & Palais, comme plus amplement ay discouru en l'histoire Annale de la saincte Cité. En ladite Eglise saincte, se faisoit ordinairement l'election des Roys & des Patriarches. Aussi nous trouuons que le dit Roy Godefroy, Prince Chrestien, d'vne singuliere deuotion & liberauté és choses concernans la decoration de la maison de Dieu, y offrit les premices de son administration, instituant en icelle, & au Temple faict par Homar, des Chanoines honestemét prebendiez, comme il appartient en vn tel college, aussi des Archidiacres & autres dignitez : mais quelque temps apres, cest ordre fut changé, par vn Patriarche nommé Arnulphe, lequel y mit des Chanoines reguliers, ce qu'affirme aussi Volateranus. Nous trouuons encore, qu'il y a eu des Prieurs du temps des-dits Chrestiens Occidentaux : l'vn desquelz fut Archeuesque de Sydó, vn autre nommé Almeric, natif de Neele en Fráce, au Diocese de Noyon : durant ce temps y auoyent aussi esté des Doyens, Chanoines, & semblables Prelatz, assistans les Patriarches.

Le mesme Archeuesque de Tyr, dit, que le-dit Godefroy de Buillon, premier Roy Latin de Ierusalem, ne confirma seulement à Dabert (Archeuesque de Pise, & premier Patriarche Latin de ceste S. Eglise) le quart de la sainct Cité auec l'auctorité, dót auoyét iouy, les Patriarches Grecs, durát l'entreregne des Mahometistes, mais il luy donna aussi entierement, la ville de Iaffa : toutefois apres la mort de ce Prince, la-dite donation n'eut lieu, & en aduindrent de grandes questions entre leurs successeurs. Neantmoins il leur fut accordé la iouissance du sus-dit quart, ainsi qu'auparauant leur venuë, les Patriarches Grecs, auoyent eu de cas fortuit, par permission d'vn Calyphe nommé Bomensor Elmonstensabr lequel (apres auoir dechassé les Turcs de la Syrie & la saincte Cité qu'ilz auoyét commencé d'occuper) ordonna que par dessus les peages, tailles, subsides & tributz, que payoyent les habitans de chacune ville, ilz feroyét restablir les murailles d'icelles villes, rompuës par les-dits Turcs, sur peine de la vie. Et comme les pauures Chrestiens habitans en Ierusalem, n'en auoyent le moyen, ilz prierent le Calyphe, d'en pouuoir faire vne queste parmy les Chrestiens de la Grece, ce que leur fut accordé, & de faict, ilz remonstrerent à l'Empereur de Constantinople, les dangers ou ilz estoyent tous, tellemét que meu de compassion, il leur permit de leuer deniers sur ses Tresoriers de Cypre, pour fournir aux-ditz fraiz, & par ce moyé, ilz restablirent

les murailles de la quarte part de la saincte Cité, s'estendante par
dehors depuis la porte de Iaffa (comprenât les ruines de la tour angulaire, appellee la tour de Tancrede qui se voyent encore) iusque
à celle d'Effraim: ce qui fut si aggreable audit Calyphe, qu'auec b
petite poursuite, le Patriarche obtint de luy, la iurisdiction de cel
quarte partie, separee au dedans, de la ruë qui de droict fil va de l
dite porte d'Effraim, iusque au Bassar & marché public, ou sont l
boutiques, en laquelle partie est comprinse l'Eglise du S. sepulchr
l'ancié hostel Dieu, faict par les Amalphites, auec deux ou trois m
nasteres. Plus, ce Patriarche eut l'octroy, que les Chrestiens qui d
meuroyent lors pesle mesle auec les Infideles, se pourroyent retir
tous en ceste dite partie, sans qu'aucun circoncy peust prendre ha
bitation parmy eux. Cecy fut obtenu, par la faueur de Dieu, aya
pitié de son peuple affligé, menacé de mort & de deuolition de la
Eglise) l'an de l'Incarnation de nostre Seigneur 1063. trentes
ans auant l'arriuee de Godefroy de Buillon, ainsi qu'est recité, ta

Tyrius li.
10.c.4.li.
11.c.18.

par le mesme Archeuesque, que par Frere Estiéne de Lusignan, (
la maison Royale de Cypre, religieux & Docteur en Theologie
Paris) en son traicté des droitz & prerogatiues, que pretende
plusieurs Princes, spirituelz & temporelz, audit Royaume de Ieru
salem. Le Roy Baudouyn, obtint du Pape Paschal, que ladite Egl
du S. sepulchre (qui est celle mesme, dont nous faisons presente
ment mention) & le Patriarche d'icelle, auroyent l'entier gouue
nement & Iurisdiction Ecclesiastique, sur toutes les Prouinces
Citez, qu'il auoit pleu, & plairoit à Dieu, remettre en l'obeissanc
des Chrestiens. Mais ces biens & auctoritez, ne durerent qu'enui
quatre vingtz ans, car Saladin Calyphe d'Egypte, reoccupant d
rechef la Palestine, abolit ces dons, & print le tout pour soy & s
successeurs, qui en iouissent encore presentement.

Or ceste Eglise cathedrale, estoit seulement la ronde en laque
le est le sainct sepulchre, & quát au residu (à sçauoir le lieu de Ca
uaire ou le Redempteur souffrit mort & passion, iceluy ou son d
uin corps mort fut oinct d'onguéts aromatiques, appellé la pier
d'Onction) estoyent au dehors d'icelle: & y auoit sur le mont d
Caluaire ou de Golgotha, vne Eglise particuliere, comme i'ay d
cy dessus, & le reste estoyent aussi des chapelles & oratoires, ma
ayans les susditz Princes Chrestiens, heureusement conquis la sain
cte Cité & Royaume de Ierusalem, ilz amplifierent & augmente
rent ceste Eglise saincte, des lieux susdits & autres que specifieron
en ce traicté, n'en faisans qu'vne Eglise, côme resmoigne le mesm

Autheu

Autheur (qui en ce temps là, estoit Chancelier du Royaume de Ierusalem) & que se peut apperceuoir encore presentement à la structure du cœur, occupé des Grecs, qui est tout autre que celle de l'e-
dificeancien de l'Eglise ronde: tellement que c'est vn vaisseau tresgrand, contenant en soy plusieurs lieux remarquables & sainctz.
Faut icy considerer, que au dehors & és enuirons d'icelle, elle est
fort couuerte d'edifices, à cause de quoy, on n'en peult voir que le
Clocher démy abatu, & les deux portes de l'entree : auec vn petit
accez qui souloit conduire au sainct mont de Caluaire : on ne voit
aussi du toict, que deux esleueures, l'vne couurant le S. sepulchre, &
faicte de bois de Cedre couuert de plomb, l'autre au dessus du cœur
faicte de massonnerie, voultee & ayant des pierres boutátes au dehors: seruans de montee, pour aller iusques au sommet & hault d'i-
celuy.

Au regard des susdites deux portes, & vniques entrees de ladite
Eglise, elles sont contigues l'vne de l'autre, toutefois assez grandes
& larges, & seruoyent cy deuant l'vne pour sortir le Clergé auec le
peuple qui suyuoit en faisant les procesions, & l'autre pour y r'entrer, à fin de ne donner empeschement les vns aux autres, ou commettre quelque desordre. Quant à l'vne desdites portes, à sçauoir
celle qui est la plus proche du sainct mont de Caluaire, est presentement muree & bouchee de massonnerie, ne restant ouuerte que
celle qui est au plus pres du Clocher, & neantmoins bien fermee
d'vn bon huis de bois à trois serrures, dont les clefs sont gardees,
vne par le Saniac, la deuxiesme par le Caddy, & la troisiesme par
l'Emir, & ne se peut ouurir sans la licence d'iceux ou de leurs commis. Et quant on est entré dedans ladite Eglise, ilz la referment cōme deuant. Reste que pour administrer les viures & necessitez, à
ceux qui y sont enfermez, y a vn pertuis au milieu de l'huisserie,
seruant à distribuer lesditz viures, car ordinairement dedans ceste
Eglise, il y a entre les Chrestiens de chacune nation, quelque religieux ou Prestre, comme de la nostre Latine s'y trouuent d'ordinaire, quatre ou cincq freres Mineurs, qui y font l'office diuin, chacun selon son rit & Idiome, & entretienent les lampes ardantes
continuellement, lesquelz y mangent, boiuent & reposent, sans en
pouuoir sortir, tant qu'il y en voise d'autres en leur lieu, ou qu'on
les en r'appelle.

Tyrius li.
.c. 5.

LEfdites deux portes font d'affez belle ſtructure, façonneesi
l'antique, auec leurs piliers, corniches, chapiteaux enfueilletez
& architranes de meſme, toutes de pierre griſatre: auſquelz architranes ſont entaillees pluſieurs hiſtoires, à ſçauoir, de la reſuſcitatiõ
du Lazare: de l'entree du Sauueur en Ieruſalem : de la chaſſe qu'il
fit des vendeurs & changeurs hors du Temple & autres. Entre leſdites deux portes, eſt vn ſiege de maſſonnerie, en forme de banc, ſur
lequel, s'aſſient les Turcs & ceux qui ont charge de compter les entrans dans ladite Egliſe. Au coſté gauche de laquelle eſt la tour ou
clocher, eſleué d'aſſez bonne proportion, & fut autrefois couuert
d'vne pomme plôbee, laquelle a eſté iettee auec les cloches du haut
en bas, par ordonnance de Saladin Souldan d'Egypte, à raiſon que
la loy Mahometique, n'en permet aucunes. Au coſté droict, en entrant en ladite Egliſe vn peu plus hault que la porte muree, eſt vne
feneſtre qui regarde ſur la place de deuant de ladite Egliſe, & donne clarté en la chapelle du mont de Caluaire : Au deſſoubz de laquelle

quelle est vn lieu par dehors comme vn portique, couuert & voulté, soustenu aux quatre coings de certaines colomnes, qui luy seruent d'ornement: & pour moter en icelle chapelle, y a dix ou douze degrez, sur le quatriesme desquelz (a l'endroict d'vn pillier demy
rompu) a esté faict vn mur, pour abolir & fermer la susdite entree.

Quant a la place quarree, qui est au deuant du frontispice d'icelle
Eglise, elle est enuiron deux fois plus longue que large, & toute pauee de beaux carreaux, aussi enuironnee de plusieurs edifices a diuerses entrees, par l'vne desquelles, & qui est la plus petite & derniere, du costé du mont de Caluaire, ayant au deuant quelques marches, on va au lieu appellé le sacrifice d'Abraham, dont nous parlerons cy apres. Deuant l'entree & a l'opposite d'icelle Eglise, est en-
core la prison publique, en laquelle, comme on dit, S. Pierre Apo- La prison de S. Pier-
re.
Act. 4. 5
Ioseph li.
6 bell. c. 6
stre a esté enfermé par Herode, & deliuré par l'Ange, ainsi qu'est
escript aux Actes des Apostres. Et semble que ce soit celle, que Iosephe nomme Betiso, qui estoit en la cité inferieure, separee de la superieure par le troisiesme mur, auquel estoit la porte ferree, dont a-
uons cy deuant parlé. Icelle prison a autresfois esté dediee en Eglise
a l'honeur dudit S. Pierre, mais depuis remise en son prinstin estat
de prison, par les infideles iusques a ce iourd'huy.

Or nous fusmes conduitz & introduitz, comme dit est, en la susdite Eglise du S. sepulchre, dite aussi de la resurrection, le mesme
iour qu'auions visité le mont d'Oliuet & Bethanie, (qui fut le mardy 1. Septembre) vne heure deuant le Soleil couchant, mais auant
que y aller, faut demander licence, & pour icelle fournir l'impositiõ
de neuf Secquins ou ducas d'or pour chacun. Et ceste grande exaction ne se paye, que par les Latins & Abissins du pays du preste
Iehan: & quant aux autres Chrestiens, residens és prouinces subiet-
tes au grand Turc, ilz ne payent qu'vn, deux, ou trois ducatz, selon
la taxe qui leur en est faicte. Laquelle imposition a esté inuentee,
non des Turcs & Sarazins (lesquelz l'ont seulement augmentee,)
mais des Pisans, lors qu'ilz auoyent partie de la domination de la
Terre saincte: aucuns inferent cecy a leur appetit d'auarice, & les
autres a l'entretenement de leurs gés de guerre: Quoy qu'il en soit,
elle y est encore entretenue. Et semble (sauf l'attribution qu'en deuons a l'ineffable vouloir & prouidence de Dieu) que ce lucre est
en partie cause de la conseruation d'icelle Eglise, laquelle ilz
menacét d'abatre, quant ilz veulent exiger des religieux & Chrestiens habitans en Ierusalem, aucune gabelle, comme ilz ont faict
de tout temps, neantmoins ilz font courir le bruict, que l'argent qui
vient

vier de cest impost, est employé à la nourriture des Pelerins Turcs
qui viennent en Ierusalem, pour visiter le Temple dit de Salomon,
lesquels pelerins y sont nourris & alimentez en vn certain hospital
l'espace de trois iours entiers, sans rien payer.

Outre les neuf Secquins, nous conuint encore donner, chacun
quarâte maidins, pour acheter du sucre & quelques confitures, qu'ô
presente à l'Emir & autres, gouuernans la saincte Cité: aussi faut il
donner la courtoisie au Caddy. Ce qu'estant execute, & auant que
l'ouuerture soit faicte d'icelle Eglise, les Turcs (qui sont assis sur le
dit banc de massonnerie, qui est entre lesdites deux portes) nous
demanderent nos noms, & compterent combien nous estions
de Pelerins: à cause de ceste exaction, qu'ilz prennent, côme dit est,
de chacun, puis nous firent entrer en ladite Eglise. Il fut encore
donné audit Pere Gardien, par chacun de nous vn Secquin & demy, pour les Cires necessaires aux procession, qui se font à la venuë des Pelerins Chrestiens és Eglises, tant du S. sepulchre, que de
Bethleem, comme il sera dit cy apres.

Des choses, qui se font & voyent en l'Eglise du S. sepulchre,

CHAPITRE. XXI.

Toute nostre compagnie estant entree en ladite saincte Eglise,
les Turcs commis à l'ouuerture d'icelle, en refermerent & re-
cacheterent les portes, tellement que nous y fusmes enfermez toute la nuict, iusques au lendemain matin vne heure ou enuirô apres
Soleil leué. Ceste Eglise est en forme de Croix, tendant directemêt
d'Orient vers Occident, & de Midy vers Septétrion: mais la croisee ne passe outre de droicte ligne. Quant à l'entree, elle est soubz le
sainct mont de Caluaire, lequel luy sert de croisee à main droicte
en entrant: & voit on bien que ladite Eglise a esté faicte, comme dit
est, à diuerses fois, voire que les deux ont esté coniointes ensemble.
Et tout ainsi que i'ay parlé cy dessus de l'exterieur, ainsi ie declareray à present de l'interieur d'icelles, du moins comme elles estoyêt
lors que par la grace de Dieu, ie les ay veuës & visitees, qui fut l'an
1586. & commenceray à l'Eglise de la resurrection, qui est vers Occident du costé gauche en entrant, seruant à l'autre comme de nef
laquelle est de forme spherique ou ronde, ayant deux encloistres
comme galeries l'vne dessus l'autre, à deux estages & de composition

ſitions contraires, car celuy d'embas, eſt baſty à deux colônes qua-
rees, & d'vn pilier rond entre deux, & celuy d'enhault de deux piliers & vne colomne quarree, qui ſont en tout ſeptante trois, toutes
eſlengées ſur leurs baſes, & de trente pieds de haulteur, eſtât fort ma-
terieles & de fabrique bien groſſiere & mal polie, toutefois on voit
bien, comme l'ay dit ailleurs, que le zele de ceux qui l'ont faict faire, n'a manqué, & n'ont eſté auſsi eſpargnez les materiaux, qui y e-
ſtoyent neceſſaires. Mais ce qui faict montrer ceſt edifice ſi groſ-
ſier, eſt que les Sarazins, Souldans ou Calyphes d'Egypte, en ont o-
ſté des belles tables de marbre, de diuerſes couleurs, dôt ceſte Egliſe eſtoit décorée & lâbriſſée: leſquels marbres auec ceux qu'ilz ont
prins de l'Egliſe de Bethleem, ilz ont appliquez à leur Temple dit
de Salomon, & en leur palais au grand Caire.

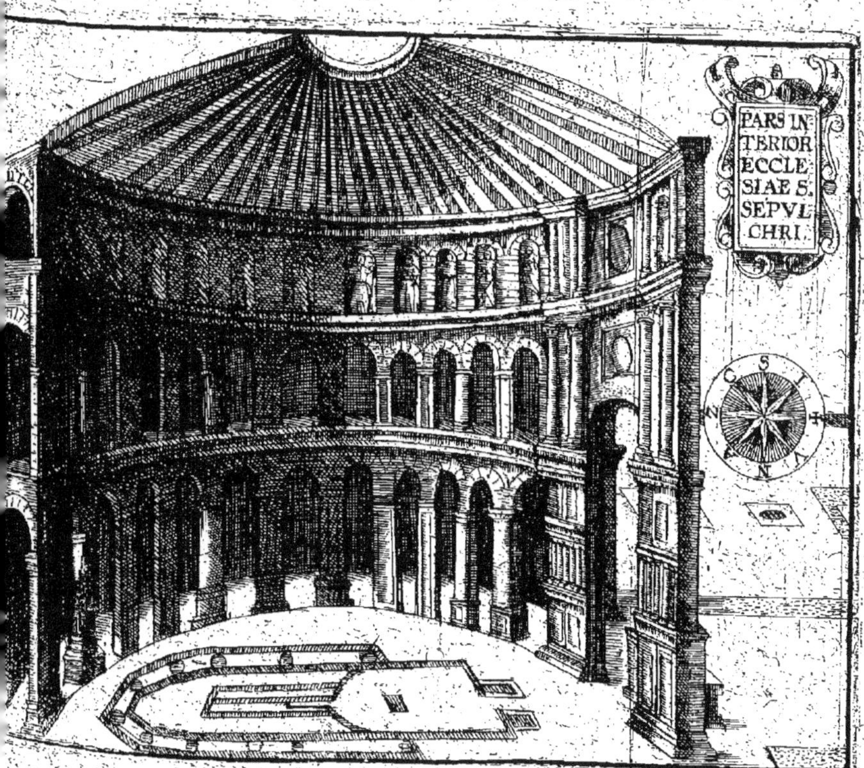

A Le plan du SS. Sepulchre   C L'ouuerture du toiết

B L'entrée du cœur   D Le dedans de l'Egliſe.

                          Tt   Iuſtement

Iustement au mi lieu de ce bastiment, & au del oubz de l'ouuerture, d'enhault, est le tressainct sepulchre de nostre Saueur, en la
forme que ie diray cy apres: Entre les pilastres d'embas & les murs
externes de ceste Eglise, les Chrestiens Armeniens, Coptes, Suriés
& autres nations, ont leurs retraictes, oratoires & chapelles, esquelles ilz font leurs offices & prieres, chacun selon son rit & coustumes. Ceste partie d'Eglise, peut auoir de largeur en diametre, entre
les colomnes d'embas, enuiron soixante douze piedz. Quant aux
murs & parois, qui sont au dessus des deux cloistres & ordres de
colomnes, iusques au toict (lequel est assez grossemét faict de bois
de Cedre, & par dehors couuert de plomb) ilz sont enrichis d'œuure mosaique doree, contenant plusieurs personnages & figures de
Prophetes, Apostres & autres sainctz: entre lesquelles figures, sont
aussi les effigies de S. Helene & de Constantin le grand, Empereut
son filz, à l'opposite l'vne de l'autre, mais elles sont fort effacees, à
cause du laps de temps & de l'humidité.

L'autre Eglise conioincte à ceste cy, ne faisans qu'vn corps ensemble, estát appellee de Golgotha, est situee vers Orient, seruant
comme de cœur à l'autre: Elle est bastie de pierres grises, belles &
bien taillees, ayant des piliers prenans depuis la terre iusque en
haut, entierement faicte à la façon des Eglises de deça les Alpes.
Derriere le cœur, elle est tournee à cul de lampe, comme en demy
rond: & tout au tour dudit cœur y a vn beau cloistre dit Carole,
accompagné de chapelles, deuotes & belles.

Ces deux Eglises, ainsi annexees l'yne à l'autre, font vn fort grad
edifice quasi tout rond, qu'aucuns ont voulu dire, auoir mille pas de
tour. Au milieu dudit cœur au dessoubz d'vn tabernacle de bronze
est vne pierre au paué, ayant vn trou ou fossette rônde, designant,
selon qu'aucuns disent, le milieu du monde, eux se fondans sur ce
que dit le Psalmiste ou Prophete Royal. *Deus operatus est salutem in*

medio terre, &c. S. Ierosme parlant du commandement donné par

Iesu Christ à ses Apostres, sur le premier des Actes d'iceux dit aussi.
Predicaturos eos predixit per quos quasi rote radios, de media terra, bi salute
operatus est gratia spiritualis & salutaris doctrina per totum orbem defluxit.

S. Cyrile en son Catechese tresiesme, dit encore en ceste sorte. *Il a*
estandu ses mains, pour comprendre les boutz de la terre, car ce mot Golgotha est
le milieu de la terre. Et le Prophete dit. Il a operé & procuré le salut au milieu
de la terre. Ceste saincte diction ne se doibt pourtant entendre, selon
la computation des Mathematiques, lesquelz tiennent, comme il
est vray, que le globe du Monde est rond, & le firmament qui l'en-
uironne,

bironne pareillement rond, ayāt les deux poles artique & antarcti-
que quasi fixes cōme assis, sur lesquelz tout le dit firmament tire &
tourne d’vn mouuement continuel comme vne rouë. Or ce firmament est encore diuisé en cinq zones ou cercles, desquels le cercle
du milieu (appellé l’equinoctial, equateur ou ceinture du premier
mouuement) tient le milieu entre les deux poles. Pour ceste raison
aussi, on peut bien tenir ou dire, que ce qui est soubz iceluy, doit e-
stre le milieu du Monde, comme y ayant le moins d’ombre. Estant
faux aussi ce qu’aucuns ont voulu dire, qu’en Ierusalem est vn puis
(ie croy qu’ilz veulent dire la fossette susdite, qui peult auoir demy
pied en diametre, & trois ou quatre doigts de profondeur) auquel
le Soleil donne ses raions, directement iusque au fond, sans aucun
ombre oblique de l’vn des costez, ny de l’autre, & que son orison
soit droictement en croix : ce qui ne se peult faire, pour estre ladite
saincte Cité trop distante, non seulement dudit cercle Equinoxial,
mais aussi de celuy qui est plus proche de nous, nommé Tropique
de Cancer: duquel la S. Cité, est distāte encore de cinq à six degrez,
à cōpter soixante mile pour chacun degré, & par consequent audit
Equinoxial, enuirō trēte degrez: car elle est situee au degré soixāte
sixiesme de lōgitude, & 31. degrez 40. minutes de latitude, ayāt son
orisō oblique vers l’hemisphere arctique ou Septētrionale. Pour en
parler encore autremēt: representez vous vne boule rōde (cōme on
tiēt qu’est la Terre) en laquelle soit fiché le poinct: lors à ce poinct,
est le milieu de ceste boule, quant à la superficie: autrement le milieu est au centre. Faut noter que le centre du Ciel & de la Terre, est
le lieu egalement distāt de toute la superficie: auquel cētre le Redē-
pteur n’a operé le salut du genre humain, car au contraire c’est l’enfer, ou n’y a nulle redemption, comme nous afferme le Prophete.
Mais pour entendre comment se doibt approprier le dire dudit
Prophete, disant Ierusalem estre au milieu de la terre : il conuient
entendre, que les anciens n’ayans cogneu que les trois parties du
Monde, à sçauoir, l’Asie, l’Europe & l’Afrique, considerant que de
l’vn des bouts de la Mer iusques à l’autre, comme vers Orient,
Occidēt, Midy & Septentrion: on trouue que l’vn n’est guere plus
distant de Ierusalem que l’autre. Car (ainsi qu’a remarqué Frere
Franciscus Sorianus, en vn petit liure imprimé à Venise l’an 148 5)
de ladite saincte Cité, iusques au dernier de la terre fermie sur la
mer Iādique, vers Orient, & les Moluques, ou se trouuent seize
cētz Isles, on compte qu’il y a de distance trois mille deux centz
miles: d’ailleurs dudit Ierusalem vers Occident du costé de l’Affri-

T t 2

que,

que, iusques au destroit de Gibraltar, le nombre trois mille
centz miles (pour ce que lors le Peru & autres regions des Indes
Occidentales, n'estoyét encore cogneues,) de l'autre costé vers le
dy, iusques à la Mer d'Ethiopie, aux confins de l'Affrique &
du Prestre Ichan, est aussi compté trois mille cent cinquante miles:
vers Septentrion iusques à la Cité Imperiale de Trabisonde, sur la
Mer Serique (vsurpée par le Turc sur le dernier Empereur nommé Dauid) on compte trois mille cent miles: mesme de ladite
Cité, iusques en Noruegue, derniere partie de l'Europe, y a semblablement trois mille deux centz miles. Et tous ces pays & confins ou limites, sont quasi les distances egales, voulant donner à cognoistre, que Ierusalé seroit au milieu de la terre habitable des susdites trois parties du mōde, ausquelles on peut aller, sans passer aucune mer, comme il fault passer pour trouuer le Peru, ou monde
nouueau des Indes Occidentales: si ce n'est pour la droicture ou
abbreuiation du chemin. Aussi pour mesme occasion, l'appellation
generale de la mer, qui est entre l'Affrique, Asie & Europe, ou pour
mieux dire, entre la Barbarie & l'Espagne, la France, l'Açamanie,
la Morée & Caramanie, Aboutissant aussi à la Phœnicie & la su-
dis Iudee, est appellee, *Mare mediterraneum*, mer mediterrane. Toutefois nous laisserons la dispute de cecy aux Cosmographes & Ma-
thematiciens, & r'entrerons en nostre Eglise de Golgotha, laquelle
est toute voultée & platte au dessus, comme les autres edifices d'O-
rient, hori-mis vne coupe ou dome, qu'elle a haulte esleuee com-
l'ay dit cy deuant: & ce qui luy sert de croisee vers le midy, est le
mont de Caluaire, appelle en Hebrieu Golgotha: ainsi vers Septentrion y a vne chapelle, nommee la prisō du Seigneur, pour les rai-
sōs que ie diray en sō lieu, mais elle est cōme hors de l'edifice principal, & d'vne autre forme de structure plus basse & plus ancienne,
ainsi qu'est aussi celle de l'apparitiō & quelques autres edifices ioi-
gnans. Neanmoins, comme dit est, tout est d'vn mesme corps &
soubz vn mesme toit: laquelle Eglise a enuiron neuf centz pas de
longueur & cinquante cinq de largeur. Entrant en icelle, (outre les
neuf Secquins) il nous conuint encore donner chacun vn maidin à
ceux qui en auoyent les clefz: & estans dedans, laissant le S. mont
de Caluaire à la main droicte, nous passames pres la pierre de l'onction, (laquelle ayant esté par nous baisée, & tirant de la main
gauche) nous conuint trauerser l'Eglise de la resurrection, par deuant le tressainct Sepulchre du Saunéur, pour estre menez en la
susdite chapelle de l'apparition, en laquelle les Freres mineurs de

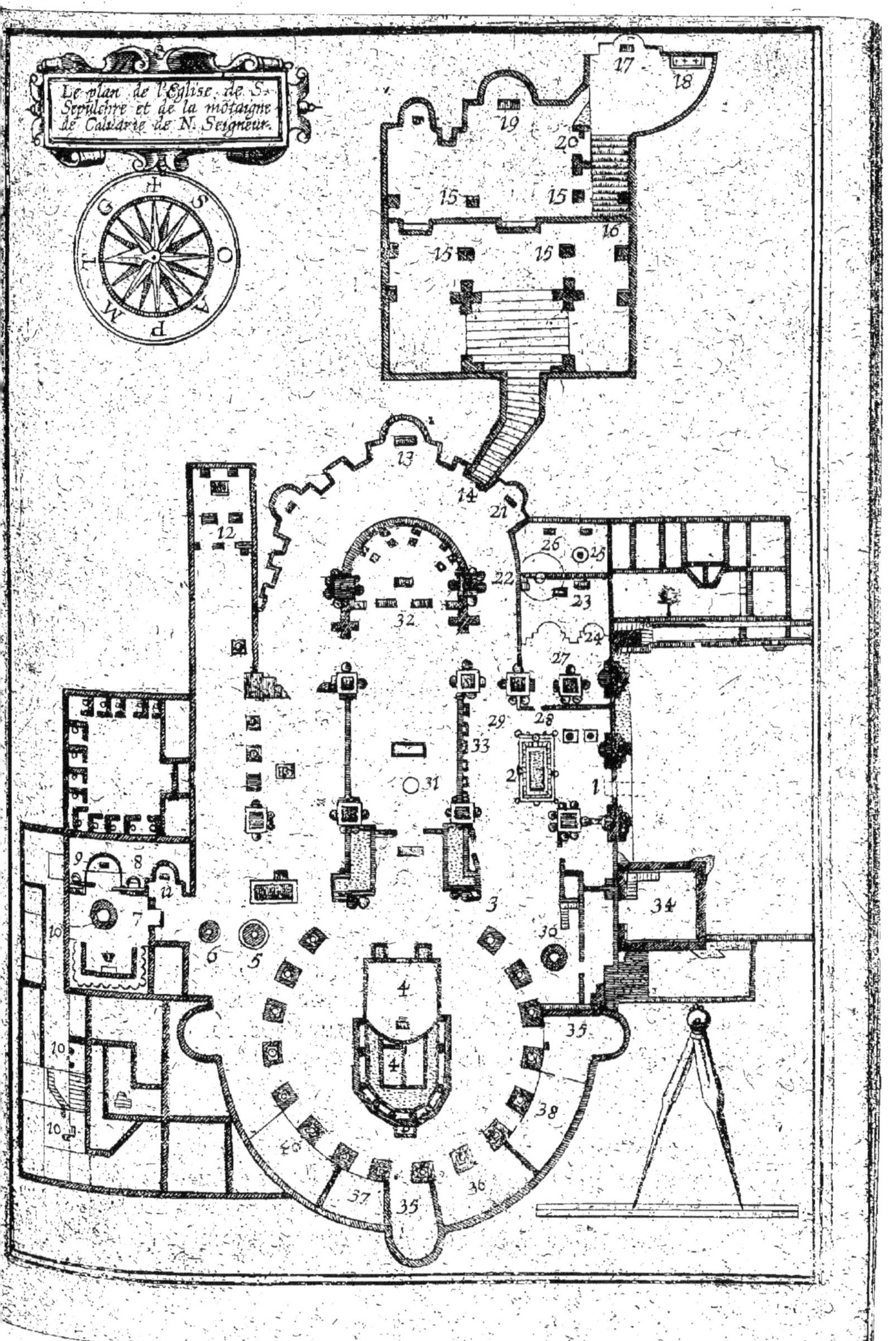

Le plan de l'Eglise de S.
Sepulchre et de la môtaigne
de Caluarie de N. Seigneur.

l'ordre S. François noz conducteurs, representans l'Eglise Catholique Apostolique & Romaine, font ordinairement l'office diuin, selon leur regle; pres de laquelle ilz ont leurs logemens & retraictes, pour manger, boire & reposer, mesmes pour les Pelerins Catholiques, es nuitz qu'ilz font entrez en icelle Eglise. Lequel lieu me semble auoir seruy autrefois, aux religieux & chanoines reguliers, ou bien aux cheualiers Templiers, desquelz Tyrius & Volateran font souuent mention.

La chapelle de l'Apparition.
Ambr. de excell. virg c.9.
Rup. de diuinis offic.
Metaph. de virg.
Mur.
Sophro serm. de Assumpt.

La susdite chapelle, est appellee de l'apparition, à cause qu'on tient selon la tradition des anciens, qu'au temps de la passion de nostre Redempteur, il y auoit vne maisonnette, en laquelle la vierge Marie se tenoit lors, & ou ledit Sauueur s'apparut à elle; & la consola le iour de sa glorieuse resurrection, de laquelle apparition, font mention S. Ambroise, Rupertus, Simeō Metaphrastes, Sophronius & autres. On tient encore, suyuant les mesmes traditions, qu'en ce lieu, par ordonnance de S. Helene, furent esprouuees les trois croix nouuellement trouuees, par Machaire lors Euesque de Ierusalem, en la forme que i'espere dire qnant nous parlerons de l'inuention d'icelles: Il y a en ceste chapelle trois autelz, posez vers Orient; dot

l'vn-

n qui est au milieu, dedié à Dieu & à la Vierge Marie, est plus
fonce que les deux autres, faisant comme le cœur de ladite cha-
lle. Celuy du costé dextre, est dit de la saincte Croix, à cause qu'v-
grande partie d'icelle y a esté posee par longue espace de temps,
Jusques à ce que Sultan Solyman, estant indigné côtre les Chrestiens Catholiques, mit les religieux du mont Syon en prison, & les
dit quatre ans, durant lesquels les Armeniens trouuerẽt moyen
s'en saisir, & la transporterent à Sebasten de Capadoce, leur cité
etropolitaine, dont depuis on en a recouuert vne partie : l'autre
utel qui est à main gauche contre l'entree de la chapelle, est ap-
llé de la flagellation de nostre Seigneur, au dessus duquel, en vne
oncauité qui est au mur, traillissee de fer, est conseruee vne par-
e de la saincte Colomne, en laquelle le Redempteur fur lié &
agellé en la maison de Pilate, comme disent S. Mathieu & S. Iean. De laquelle maison, icelle colomne fut ostee par S. Heleine, &
see en l'Eglise du mont de Syon, qui lors auoit esté nouuellemẽt
relle bastie, ou elle estoit encore tenue en tresgrãde veneration
u temps de S. Ierosme, ainsi que luy mesme tesmoigne, recitant
ussi comme depuis elle a esté rompuë par les infideles, & que les
hrestiens en ont recueilli les pieces, & mis ceste cy au lieu dessus-
t, laquelle a enuiron trois quartiers de hault & quatre d'espes-
ur. F. Boniface Stephani, escript qu'ẽ son temps il renouuella cest
utel d'ornemens de marbre, & y mit ceste piece, enuoyant le reste
r portions, au Pape Paul quatriesme du nom, à l'Empereur Fer-
nand, à Philippes second Roy des Espagnes, au Roy de France, à
Seigneurie de Venise, (laquelle en solemnise vne feste le 18. Aupar chacun an) à la Seigneurie de Raguse & à plusieurs autres
ux remarquables & principaux de la Chrestienté : les autres na-
ons Chrestiennes, residentes en Ierusalem, en eurent aussi leur
art, aucunes desquelles, signamment les Costes en dônent de petes pieces, aux deuots Pelerins qui leur font quelque aumosne. La
ouleur de ceste colomne est meslee & tirant sur le táné, & vn peu
us brune que le porphyre, ayant quelques taches rougeastres,
l'aucuns ont estimé estre encore du sang trespretieux du Sauueur,
uquel elle a esté largement arrousee & teinte, ce qu'afferme enco-
e pere Brocardus, ayant faict le sainct voyage, l'an 1273.
En ceste mesme chapelle, quelque peu de temps apres qu'y fus-
es entrez les peres & freres de l'ordre S. François, se reuestirent
Aubes, Chasubles, Chappes & Tuniques, pour conduire & mon-
er aux Pelerins les sainctz lieux qui sôt en ladite Eglise, & se fait
ceste

L'autel S.
Croix.

L'autel de
la flagel-
lation.

Math. 27.
Marc. 15.
Ioan. 19.

Ieroni. ad
Eustoch.
Epist. 27.
tom. 1.

ceste conduicte, comme vne procession solemnelle, portans
& encensoirs, ayans chacun desditz religieux, comme aussi le
pelerin, vne chandelle ardente en leurs mains. Puis estant
en ordre, on commença la station au susdit Autel de la flagell.
& là fut chanté, comme aussi à tous les autres lieux saincts par-
culieremét, quelque hymne ou cantique, auec des Colectes &
priees, apres lesquelles, le Pere Gardien ou autre religieux ordonné, faict en chacune station, vne petite exhortation, pour inciter à deuotion, declarant les mysteres qui y sont, & les indulgences
qu'on y acquiert.

Ayant là acheué, & sortant la procession d'icelle chapelle (les
sieurs chantans, icelle tourna tout court à main gauche: lesdits Peres allans deuant, & lesditz pelerins apres deux à deux, portans
ditz Cierges ardens), les testes descouuertes, & les plus deuots

piedz deschaux) pour faire nostre visite en la chapelle appelée la
prison du Sauueur Iesu Christ, pour ce que, suyuant la tradition ancienne, on tient qu'il y fut mis, despouillé de ses vestemens (attaché
à son diuin corps, à cause de ses playes sanglantes que lors luy fu-
renouuellees) ou seant sur vne pierre, il fut abbreué de vin mellé de
Myrre, tandis qu'on apprestoit la Croix, & que le trou se faisoit pour
l'aficher, ensemble ce qu'il conuenoit pour le crucifier, comme il e-
stoit predit, aux Psalmes & propheties, & ce qu'est escript par S.
Mathieu, S. Marc & S. Iehan. Icelle chapelle est fort basse, humide
& obscure, & semble auoir esté quelque cisterne taillee au roc,
au dehors de laquelle est encore vn Autel, & au deuant d'icelle au
pauement, vne pierre, ayãt deux pertuis fort reuerez par les Chrestiens Orientaux, croyans que les piedz dudit Sauueur auroyent e-
sté mis en iceux, comme en vn cep. Ces deux lieux sont à la garde
& charge des Grecs & Georgiens, ditz Gostes, qui les entretien-
bien petitement. Noz denotions estant là acheuees, ceste procession
retourna vn peu en arriere, & à main gauche elle entra en la
Eglise de Golgotha, passant par deuant vne chapelle & Autel, où
deuant a esté conserué, le tiltre que Pilate fit attacher à la Croix, au
dessus du chef du Sauueur, & qui est presentement à Rome en l'E-
glise, dite Saincte Croix de Ierusalem, où on le montre en certaines
iournees de l'an: auquel lieu, moy pauure pecheur indigne, i'ay esté
plusieurs fois.

Passant outre icelle chapelle sans y faire aucune station, nous
sumes de là, en vne autre chapelle, (qui est iustemét derriere le grand
Autel du cœur, en la charge des Armeniens) edifiee au lieu où géné-

gendarmes & bourreaux diuiserent les vestemens dudit Saulueur
crucifié, & iecterent le sort pour auoir sa robbe, qui estoit sans cou-
sture, comme est escript en S. Iehan, & qu'auoit predit le Prophete
Royal Dauid: S. Cyrile parlant de ce lieu, dit que les chantres chãtans les Psalmes, imitoyent les armees celestes celebrans tousiours
à Dieu des louanges, & n'ont esté lassez de chanter & dire, *En ce S.*
Golgotha, ilz ont diuisez mes vestemens, &c.

Sortans d'icelle chapelle nous fusmes conduitz, par vne petite
porte proche de la, & par vn escaillier ou montee de trente degrez,
faits de marbre, ayans de longueur enuiron six piedz chaçun, en v-
ne chapelle dediee à S. Helene, en laquelle y a deux Autelz fort
grands, l'vn intitulé de la saincte Croix, & l'autre du bon Larron,
qui par sa penitence (ores que tardiue) obtint l'entree du Paradis,
comme est escript en S. Luc. En laquelle chapelle, qui est la plus
grande de toutes celles de l'Eglise, y a quatre colomnes de marbre
blanchatre d'assez bonne grosseur, qui soustiennent la voulte : lesquelles par la fraicheur du lieu, qui est soubzterrain, & de leur naturel, iettent quelque fois aucunes goutes d'eauë, estimees pieusement des simples gens, que ce sont larmes, comme si le marbre auoit
encore quelque resentiment de la douloureuse passion du Redempteur, ainsi qu'il eut au iour qu'elle aduint, & dont se voyent en ce
lieu les apparences tresgrandes: Au costé gauche de l'vn des Autelz,
& sur le bout d'vne autre montee d'onze degrez (par laquelle on
descend encore plus bas) est vne chaire de marbre blanc, sur laquelle on dit que S. Helene, ia octogenaire, estoit assise, pendant
qu'on cherchoit en ce lieu, la Croix du Redempteur. Laquelle derniere montee d'onze degrez, est taillee au mesme rocher dudit mõt
de Caluaire: au bas & pied de laquelle, on entre en vne cauerne faicte en forme de chapelle, ou y a aussi vn Autel: & vn autre lieu plus
auant en la concauité dudit mont, ou pendent quelques lampes,
tousiours ardentes, & la est le lieu, ou furẽt trouuees les trois croix,
sçauoir est, celle du Saulueur, & celles des deux larrons crucifiez a-
uec luy: aussi y furent trouuez le tiltre, la lance, l'esponge, la couronne d'espines & les cloux.

De l'inuention & recouurement desquelles, n'est hors propos ny
impertinẽt, d'en inserer icy l'histoire, comme ie l'ay tiree d'Eusebe,
Paulinus, Seuerus Sulpitius, Nicephorus, Theodoretus, Ruffinus,
histoire Tripartite, S. Ambroise, S. Ierosme, Zonaras, & diuers autres Autheurs. Mais auant qu'en parler, il faut entendre que ceste
concauité, ou ces sainctz mysteres de la passion, furent trouuez, selõ

V v

l'opinion

Ioan.19.
Psal.21.
Cyril.
Cath.13.

Chapelle
de S. He-
lene.

Luc.23.

Le lieu
ou furent
trouuez
la Croix,
le tiltre,
cloux &
couronne
du Sau-
ueur.

Euseb. in
vita Cõst.
li.3.c.42.
Eccl. hist.
li.18.c.4.
Paul. epi.
2. ad Se-
uer.

Seuer. li. 2
hist. sac.
Niceph.
li. 8. c. 29
Theod.
li. 1. c. 18.
Ruff. li. 1.
c. 7. & 8.
Hist. Trip.
li. 2. c. 4.
Ambr. in
oration.
func.
Theodo-
sy Imp.
Ieroni.
tom. 1. E-
pist. 13. ad
Seuerum
ad Paul. &
in act. A-
postol.
Eutrop. li.
11. de reb.
Rom. In
8a. Conft.
Greg. Tu-
ro.
Onofrius.
Platina.
Paul.
Diac. l. 11
Socrat. li.
1. c. 17.
Sofom.
li. 2. c. 1.
Chrisost.
homil.
84. & in
c. 7. & 19
Ioan.
Iustinian
in Conft.
28.
Cyril. ad
Constan-
tiani.

l'opinion de Brocardus & plusieurs autres, comme aussi il est vrai-
semblable, estoit le lieu que le Prophete Ieremie, chapitre 31. & Lyr.
sur iceluy appellent, *Vallis cadauerum:* à cause qu'en icelle on iettoit
les charognes mortes, mesme les corps, ossemés & cendres de ceux
qu'on executoit par iustice sur le mont de Caluaire, qui estoit lors à
ce destiné: & y auoit vn Cauin ou fondriere, entre le mont de Syon
& celuy de Caluaire, seruant de fossé à la Cité, venant de la porte
dite Piscium, & la porte iudicielle, auquel fossé les Iuifz iettereut la
croix & les autres choses susdites, auec les croix & corps des Larrons, les couurans d'immondicitez: à fin que la memoire de l'iniuste sentence donnee contre le Redempteur, se perdist. Et lors de la
destruction d'icelle cité faicte par Tite, elle fut du tout remplie de
materiaux & ruines des edifices bruslez & abatuz. D'auantage,
quant Helius Adrianus Empereur, restablit & r'edifia icelle plus
vers le mont Gyon, elle fut toute comblee, tellement que le costé
de la muraille & de la vieille porte qui seruoyent auparauant d'exterieur, lors furent interieur, à cause de quoy ladite porte surdicte
Orientale, qui premierement estoit Occidentale à la saincte Cité,
& par ainsi ledit mont de Caluaire, qui aussi estoit au dehors, fut
enfermé en l'enclos d'icelle. Donc en cedit fossé, estoyent cachees
les admirables richesses dessusdites, principalement le Tiltre, la Couronne, les Cloux, & la Croix qui auoit porté le pris de nostre Redemption, & par laquelle le Lion de la lignee de Iuda Iesu Christ
auoit vaincu & triomphé du Diable, & appaisé l'ire que Dieu son
Pere auoit conçeuë contre le genre humain: c'est celle qui est le trophee de sa victoire, trempee & arrousee de son tresprecieux sang.
Depuis la mort duquel Sauueur, & tant que les Iuifz furent encore
maistres de la saincte Cité, à sçauoir trente-sept ans ou enuiron, de-
pres l'Ascension dudit Sauueur, & iusques à la venuë de Vespasien,
iceux Iuifz defendirent à ceux qui se montroyent Chrestiens, d'en
approcher, ou y toucher. Depuis la mesme defense fut continuee par
les Gentilz: & iusques à tant que l'Empereur Constantin fut conuerty à la foy Chrestienne, & que sa mere S. Helene, se transporta
en Ierusalem pour visiter les lieux sainctz, & faire chercher icelle
tressalutaire Croix, laquelle par permission diuine auoit esté perduë, du moins enfouye & incogneuë l'espace de deux centz nonante
deux ans, à fin que par l'enuie des Iuifz, ignorance desditz Gentilz,
malice des heretiques du temps de la primitiue Eglise, ces dignitez
& pretieuses reliques, ne fussent mises en pieces, ou par eux con-
sommees. Mais estant le temps venu, que le Soleil de Iustice res-
plendis

splendissoit:que la paix generale,& la liberté furent rendues à l'E-
glise Chrestienne par la conuersion dudit Empereur,elles furét re-
uelees & mises en euidence, pour son honneur & le salut des fideles Chrestieus. Ce qu'aduint vn an apres que le Concile general de
Nice fut tenu,par trois centz dixhuict Euesques,contre l'heresiarque Arrius, l'an de grace 329. & le seisiesme de l'Empire d'iceluy
Constantin surnommé le grand.

Estant donc ceste deuote & saincte Princesse, mere dudit Con-Zonar. la
stantin,arriuee en Ierusalem,auec nombre conuenable de soldatz,vit. cost.
& plusieurs notables personnes , elle s'enquist du lieu ou auoit esté
operee nostre Redemption : puis en estant informee & y trouuant
la statue de l'impure Venus,faicte de marbre blanç, mise en ce lieu
y auoit enuiron 192. ans par ordonnance d'Elius Adrianus, elle fit
ietter icelle statue par terre auec les Autelz, & transporter les immondices & demolition d'iceux,bien loing de la saincte Cité. CeHistoire
faict elle demanda ou estoit la Croix viuifiante du Saueur, maisde l'inue-
nul des Chrestiens y residens, ne le pouuoit montrer, pour estre e-tion de la
strangers descendus des Romains, Grecs & autres nations, intro-S.Croix.
duitz en la saincte Cité , par ledit Elius Adrianus, lequel en auoit
banny tous les Iuifz, Chrestiens & autres,mesme faict mourir tous
ceux qu'on cognoissoit estre de la lignee de Dauid,& parens de Iesu Christ,selon la chair, tellement que ceste vertueuse & deuote
Dame estoit en peine de trouuer ce sainct & sacré tresor. Finablement elle fut aduertie,que les anciens Iuifz encore Iudaisans,par la
tradition de leurs peres, en pouuoyent bien sçauoir quelque chose,
toutesfois eux de ce enquis , faignoyent d'en estre ignorans,à cause
dequoy ceste deuote Princesse,cognoissant leur obstination, les fit
menacer de mort, pour laquelle euiter & tous effrayez, liurerent
vn d'entre eux nommé Iudas,asseurás que nul d'entre eux, ne pouuoit mieux sçauoir,ou les choses qu'elle cherchoit,estoyent,que cestuy Iudas:auquel s'estát adressee, elle luy dit ces mots ou sembla-
bles.La vie ou la mort te sont preparez, si ne me faitz ostention &
monstre,du lieu ou est la Croix de Iesus, crucifié par tes peres. Ce
Iudas tergiuersant , & s'excusant fort & ferme, differa de ce faire,
parquoy il fut mis en vne cisterne,ou fosse sans eaué, en laquelle il
demeura six iours,sans qu'on luy baillast pendant ledit temps , aucune nourriture ny aliment : tellement qu'au septiesme iour, il se
sentit matté & affoibli de faim,requerant,qu'on le retirast de là, a-
uec promesse de satisfaire à la demáde de l'Imperatrice:il ne se faut
esbahir, si cest homme a esté si longuement sans manger & boire,

Vv 2 car

car selon le temoignage de Nicephore, & Philon Iuif, parlans de
anciens Anacoretes, les Orietaux, tant par la faueur de leur clima
comme par la temperature de leur naturel, peuuent estre forti
guement sans manger & boire.

Ce personnage donc, pour s'acquiter de sa promesse, & craigna
de mourir de faim, fut conduit au lieu, vers lequel il pensoit estre la
saincte Croix, & faisant prieres à Dieu qu'elle luy peut estre mon
tree, subitement la terre trembla, & en sortist vne vapeur tressoue
ue & odoriferante: Quoy voyant la saincte Dame qui la estoit, co
manda qu'on fouillast es enuirons dudit lieu. A quoy chacun obei
& tant firent, que le tout nettoyé, on y trouua les choses qui ensui
uent: à sçauoir, les cloux, la couronne d'espines, le tiltre que Pilat
auoit faict attacher à la Croix du Redempteur, mais separé d'icel
le, auec trois croix: Lors se trouua grãde difficulté & doubte entre
les assistãs, pour discerner laquelle pouuoit estre celle du Sauueur
à fin que par erreur, on ne consacrast & reuerast le gibet du larro
au lieu de la salutaire Croix d'iceluy nostre Sauueur: Lors Macair
Euesque de Ierusalem, par inspiration diuine, conseilla d'auoir re
cours audit Sauueur par deuotes prieres, à fin que par sa misericor
de, il luy pleust leur reueler celle qui auoit esté arrousee de so
trespretieux sang, & sanctifiee par l'attouchemēt de son diuin corp
Durant que ces choses se failloyent, aduint par la volonté de Die
que fut apporté pres de la, le corps d'vne noble Dame trespasse
aucuns disent grieuemēt malade: ledit Euesque de ce aduerty, aue
esperáce & foy, s'aduisa d'esprouuer icelles trois croix, par l'attou
chement dudit corps mort ou malade, ce qui fut faict: ainsi les deu
en furent attouchees en vain, mais si tost que la troisiesme croix
fut, ladite Dame en presence de toute la multitude assistãte, se dre
sa sur piedz toute saine & guarie. Laquelle probation, selon la tra
dition des Orientaux, se fit au mesme lieu, ou est la susdite chapell
de l'apparition. Plusieurs d'entre la troupe presente, qui estoyen
Iuifz & Gentilz, voyans ce grand miracle, se conuertirent à la foy
& auec les Chrestiens, louerēt Dieu de ses diuines graces, du no
bre desquelz, fut aussi le susdit Iudas, qui se faisat baptiser, & pri
le nom de Quiriacus, *à quærenda Cruce*, qui depuis par voix corro
puë, a esté appelle Cyriacus: lequel puis apres alla par le mode pr
schant l'excellence & vertu de la Croix du Sauueur, & selon S
bellicus, Marc Anthoine, Boldu, Platina, Onofre, Philippe de B
gamo, Paulo Morigia & autres, il fut Euesque & fondateur, d
moins restaurateur de l'ordre des croisez, ou crucigeres: & de c

ordre en ay beaucoup veu en Italie, vestus de violet, & portans des petites croix d'argent en leurs mains, pour tousiours auoir memoire de la saincte croix & passion de Iesu Christ. Finablemét ce grád personnage, fut martyrisé en la croix, par les Gentilz, ou Iulia l'Apostat Empereur selon plusieurs, le quatrieime iour de Mars l'an 365. Et a esté son corps transporté en Italie, & mis en l'Eglise Cathedrale d'Ancone, appellee de son nom, en laquelle on celebre sa feste le 8. iour d'Aougst. Et en memoire de l'admirable recouurance de ceste saincte croix, a esté par S. Syluestre institué la solemnité de l'inuention d'icelle par toute l'Eglise Catholique. Cause pourquoy il fut ordonné de Constantin par edit Imperial, que de la en auant nul officier n'vsast plus de croix aux supplices des malfaiteurs: ainsi celle qui auparauant la mort du Redempteur estoit reputee ignominieuse (cóme il est escript au Deuteronome) a depuis esté louee, & singulierement reueree de S. Paul, des autres Apostres, Martyrs, Confesseurs & sainctz Peres, faisans profession du Christianisme.

Deut 21.

Galat 6.

La saincte Princesse Helene, fit enchasser en argent, vne partie de ladite saincte croix, laquelle elle laissa en Ierusalem, aucunes autres parties furent portees auec elle à Rome & Constantinople, & le reste a esté distribué par tout le monde, selon le tesmoignage de S. Cyrille, lequel fut le troisiesme Euesque de Ierusalem, apres le susdit S. Macaire. Aussi ceste premiere partie est demeuree longuemét depuis en Ierusalem, comme declare le mesme S. Cyrille, parlant de la passion du Sauueur, & disant ces motz. *Le sainct bois de la Croix le tesmoigne, qui se voit auiourd'huy parmy nous, aussi ceux qui d'icy en vindrent, & en ont quasi desia rempli tout le monde.* D'auantage il appert qu'elle y estoit encore, & qu'elle fut emportee par Cosdroës Roy ou Satrape des Perses, l'an 614. & y fut rapportee par Heraclius Empereur, dix ans apres. Pareillement les Chrestiens Occidétaux, estans maistres & Seigneurs de la terre saincte, se sont seruis du merite d'icelle par plusieurs fois, en leurs batailles contre les infideles, la faisant porter par vn Euesque ou autre Prelat, deuát leur armee, encore que la saincte Cité eust esté occupee par les Mahometistes, plus de quatre cents ans deuant leur arriuee: mais depuis elle fut perduë & prinse, par Saladin Souldan ou Calyphe d'Egypte, l'an 1183. lors qu'il deffit lesditz Chrestiens, & les chassa de ladite terre saincte. Neantmoins il y en est demeuré quelque portió, iusques à ce iourd'huy, en la garde des freres mineurs. Et pour finir ceste histoire, nous dirós encore que ceste partie de vraye croix,

Cyril.
Cath. 4.
10. 13.

Catech.
10.

          mise

mise à Rome par saincte Helene, en l'Eglise dite saincte Croix
Ierusalem, a esté aussi fort diminuée, & le surplus y est encore c
seruee auec le tiltre d'icelle, & plusieurs autres reliques & di
tez.

Or pour r'entrer en nostre premiere narration, il conuient a
entendre qu'en l'inferieure chapelle, où la saincte Croix fut tr
uée, se voit la creueure du mont de Caluaire, qui se fit à l'heur
la douloureuse mort du Redempteur, laquelle va fort profon
ment, comme ie diray cy apres. Ayans faict noz deuotions es d
tes deux chapelles, & estans remontez les degrez d'icelles, po
suyuant nostre encommancée procession, elle s'arresta dere
deuant vne chapelle voisine, qui est dessoubz le mont de Calu
laquelle est fermée d'vn treillis de bois, & en l'administration
Abissins, Indiens noirs du pays de Preste Iehan. Soubz l'Aute
ceste chapelle, qui est au milieu d'icelle, est vne piece de colon
bien grosse, d'vn marbre gris, meslé de blanc, ayant enuiron d
piedz & demy de haulteur, & des treillis de fer qui l'enserrent.
De la co-
ste colône est appellée, *Columna impropery*, laquelle est reueree, p
lomne
auoir seruie de siege Royal au Sauueur en la cour du Preto
d'impro-
quant les felons Iuifz & gendarmes, le firent seoir sur icelle
pere.
sanglant, apres l'auoir cruellement flagellé, pour le coronner d
pines, vestir d'vne vieille robbe de pourpre, & luy bailler vn
seau en ses diuines mains, pour sceptre, & ou ilz le saluerent
mocquerie, pour Roy des Iuifz, comme nous lisons en sa dou
reuse passion, escripte par les quatre Euangelistes.

Du Sainct mont de Caluaire.

CHAPITRE. XXII.

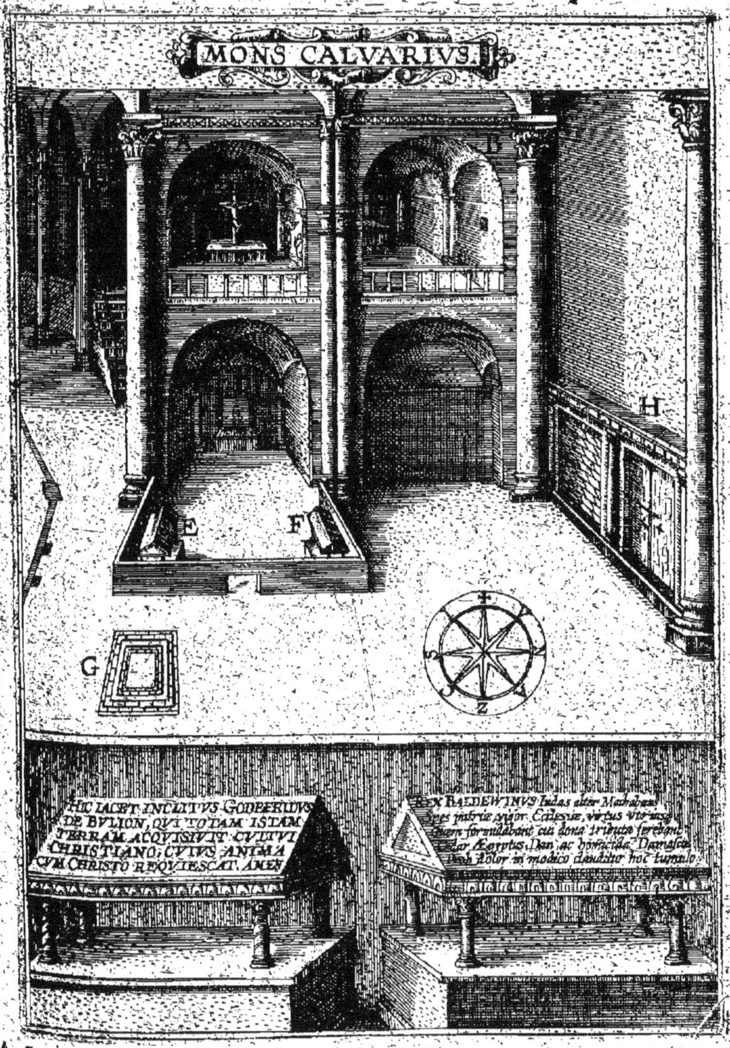

<table>
<tr><td>A</td><td>La premiere chapelle</td><td>F</td><td>Celuy du Roy Baudouyn</td></tr>
<tr><td>B</td><td>La seconde</td><td>G</td><td>La pierre de l'onction</td></tr>
<tr><td>C</td><td>La creuoure du mont</td><td>H</td><td>La montee du mont</td></tr>
<tr><td>D</td><td>On se garde la teste de Adam</td><td>I</td><td>La retraicte des Abyssins</td></tr>
<tr><td>E</td><td>Le sepulchre de Godefroy</td><td>K</td><td>L'entree de l'Eglise</td></tr>
</table>

PAssant huict ou dix pas plus auant, se trouue au mesme costé
vne vieille montee de bois, ayant dixhuict marches, outre vne
dixneufiesme faicte de la muraille qui est percee, par laquelle on
monte sur le sainct mont de Caluaire, au mesme lieu ou le Redempteur a esté pendu en Croix, & a souffert mort & passion ignominieuse, pour reconcilier le genre humain, auec Dieu son Pere, & le
deliurer de la captiuité infernale. Ce sainct môt, comme appert au
Genese, estoit au lieu de vision, ainsi appelle par Abraham, le Seigneur voit. Par ce que deslors en Isaac, il faisoit voir en figure, l'o-
beïssance de son filz vnique nostre Saueur, ensemble la foy & o-
beïssance du Patriarche Abraham, ainsi que demonstrerons plus
amplement cy apres. Ieremie le Prophete le nomme Goatha, signifiant en Hebrieu, gent pecheresse, ou peuple de peché, aussi propre
à son interpretation: car le peché de l'homme y a esté nettoyé, par
le sang de l'Agneau innocent Iesu Christ. Et que ce soit ce mesme
mont dont il parle, & qu'iceluy deuoit estre enclos entre les mur-
de la saincte Cité, il en appert par la prediction du mesme Prophete, disant. *Voicy les iours viendront, dit le Seigneur, & la Cité sera edifiee au
Seigneur, depuis la tour hananeel, iusques à la porte du coing, & sortira outre
le niueau de la mesure en sa presence, sur la petite montagne de Gareb, laquelle i'estime estre en partie celle appellee Gyon, & ira autour de Goatha & de toute la vallee des corps moriz & des cendres, qui est aussi la vallee dite, Vallis cadauerum, où a esté trouuee la tressaincte Croix, mentionnee cy dessus, & de toute la region des moriz, qui estoit le mont ou
la mort dominoit, auant la resurrection du Saueur, comme dit S.
Paul, iusques au torrent de Cedron, & iusques au coin de la porte Orientale
des cheuaux. Le sainct lieu du Seigneur ne sera plus osté hors, & ne sera plus
destruict à iamais.* Ce lieu dont est parlé en ceste prophetie, est le
mont de Caluaire. O la tresbelle prediction de la situation de ceste
Ierusalem moderne, prononcee par tant de siecles auant sa destruction & reedification, par laquelle ce sainct mont, qui à la mort dudit Saueur estoit au dehors, a esté, ainsi qu'il est encore a present,
enclos au dedans d'icelle saincte Cité.

Les Euangelistes S. Mathieu, S. Marc, & S. Iehan, appellêt ce dit
môt en Hebrieu, Golgotha, qui signifie selon eux, comme aussi selon S. Luc, S. Ierosme, Theophylacte, Beda & autres peres, anciens
& modernes, lieu de Caluaire, ou du test, ou des decapitez: d'autât
que sur iceluy, les condemnez estoyent mis au dernier supplice.
Mais comme il estoit lors ignominieux & espouuantable aux hômes, à present c'est l'Asyle & asseuré refuge des pauures pecheurs.
il estoit

Gen. 22.

Iere. 31.

Math. 27.
Marc. 15.
Ioan. 19.
Luc 23.
Ieroni.
loc. heb.
& in Mat.
Marc. Be-
da. Theo-
phil.
Ibidem.

il eſtoit fuy & en horreur comme tous lieux patibulaires, & à preſent il eſt ſouhaitté & viſité de toutes les nations du Môde. C'eſt la
conſolation & contentement des fideles ames contemplatiues, en
iceluy, les mal-viuans eſtoiét mis à mort temporellement: & maintenant, les corps & ames condemnées à la Gehenne perpetuelle,
du feu d'enfer, y ont eſté rachetees & rendues capables de la vie e-
ternelle, par le merite de l'effuſion, du treſpretieux ſang, de la mort
& paſſion y ſoufferte par noſtre Redempteur. Pour ces cauſes, con-
ſiderez, benin lecteur, en quel eſtat ſe doibt trouuer le deuot Pelerin, quant apres vn ſi grand trauail, chemin long & penible par luy
ſupporté, en fin il paruiét iuſques à ces ſainctz lieux, & en quelle reuerence, il y doibt entrer, contempler & voir en eſprit, ſon Dieu,
ſon Createur, ſon miſericordieux Sauueur, innocent, ſans peché, &
le Sainct des ſainctz, corôné d'eſpines poignantes, ſon diuin corps
couuert de playes, depuis le ſommet de la teſte, iuſques aux plantes
des piedz, comme dit le Prophete, attaché de gros cloux à l'arbre
de la Croix, pour noz pechez & preuarications. Certainement, le
cœur de celuy qui s'y trouue, doibt eſtre bien dur & aceré, s'il n'en
a quelque compunction & eſtonnement en ſon ame, iuſques à luy
faire dreſſer les cheueux & ſe fondre en larmes: voire quant on ne
le voudroit point, côme ſi ce ſainct lieu, auoit la proprieté, de nous
y aſtraindre, & auquel, ſans doubte, ne defaut la frequentation des
Anges ſe reſiouiſſans de la redemption du genre humain en ce lieu
racheté: & ne ſçauroit la plume eſcrire, ny la langue exprimer, la
conſolation que l'Ame fidele y reçoit: Partant ie prieray auec S.
Cyrille, que celuy qui au Brigant, ouurit le Paradis en ceſte ſaincte   Cyril.
montagne de Golgotha, nous faſſe pareille grace: & auec cecy ie me   Cath L
deporteray faire plus ample diſcours, pour pourſuyure mon enco-
mencee narration, deſcription eſſentielle & ſimple, de ce ſainct
mont, ou le vray Dieu & homme, Createur du Ciel & de la Terre,
a reſpandu ſon treſpretieux ſang, & tant enduré. Lequel mont n'a
anciennement eſté guere hault, n'y de grand eſtandue, & encore
moins à preſent, car on ne voit rien d'iceluy, ſinon vne partie qui
deſcend au lieu de l'inuention de la ſaincte Croix, & au ſacrifice
d'Abraham: ayant le ſurplus eſté retranché, ciſelé, aplany & mis à
l'egal, comme ſe voit en la partie dont icy nous faiſons mention, &
ſur le coſté du dedans de l'Egliſe.

    Ainſi les ſuſditz dixneuf degrez, par nous montez à piedz nudz, le
premier lieu ſainct qui ſe rencontra, fut celuy ou noſtre Redempteur fit ce ſacrifice ſanglant, treſſainct & treſneceſſaire, pour noſtre

                              X x   ſalut

falut, eſtant par les Iuifz pendu en Croix, la face vers Occident, ce
qu'ilz firent pour de tant plus l'iniurier, luy mettant le doz vers la
ſaincte Cité & le Temple de Dieu. Mais les pauures aueuglez igno-
roient le myſtere ſecret qui en dependoit. Ce ſainct & ſacré lieu en
entrant, eſt à main gauche contre le mur, eleué du pauement d'enuiron deux piedz, faict en forme d'Autel, large de ſept piedz, & long
de dix, entre le lieu de la Croix du bon Larron, & celle du mauuais,
lequel Autel eſt de routes partz, couuert d'vn marbre blanc bien
poly. Le trou, pertuis ou foſſe, auquel la ſaincte Croix fut fichée &
plantée, eſt quaſi au milieu dudit Autel, reſerué que vers le coſté
de midy, ou eſtoit ladite Croix du mauuais Larron, il y a plus de diſtance que de l'autre, à cauſe de la creuaſſe, qui eſt entre deux, lequel ſainct pertuis eſt rond & profond quaſi de deux piedz, & large
en diametre de demy pied bien meſuré, & tout taillé en la vraye roche, ayant l'emboucheure enrichie d'vne platine d'argent, en laquelle eſt figuree la paſſion du Saueur, d'œuure releué en boſſe.
Conſiderons, combien ce pertuis ſainct, a eſté arrouſé du precieux
ſang, decoulant le long du bois ſalutaire de la Croix: & (ſoit en eſprit ou corporellement, quant Dieu nous en faict la grace) nous le
deuons baiſer, & pour noz pechez le lauer de noz larmes, comme
ont faict tant de ſaincts perſonnages deuant nous. Car ſans doubte
c'eſt encore le meſme pertuis ou fut poſee la vraye Croix du Sauueur, lors qu'il endura mort & paſſion pour noz pechez: n'ayant
eſté rompu, ny par les Iuifz, ny par les Payés, quoy que l'Empereur
Adrian, ait faict mettre ſur iceluy, la ſtatue de l'impudique Venus.
Et de faict, Euſebe dit qu'au temps de Maximin Empereur, & long
temps deuant l'arriuee de S. Helene, S. Lucia Eueſque d'Antioche,
eſtant mené deuant le tribunal du preſidét du lieu, pour eſtre martyriſé & rendre raiſon de ſa foy, entre autres propos diſoit. *Nous*
ſommes abuſez, ne ſeduitz par aucune perſuaſion humaine erronee, ny auſſi de
ceux, par la tradition indiſcrete de noz peres & meres: car il y a au mont de
Golgotha, le trou ou fut plantee la croix qui porta le pretieux corps du Redemp-
teur, & le ſepulchre qui a tedu ſon corps en pleine vie, reuny auec l'ame. S. Cyrille qui eſtoit Eueſque, ou Patriarche de Ieruſalem, au temps de
Conſtant Empereur, filz de Conſtantin le grand, & de Iulian l'A-
poſtat, donne ſemblable teſmoignage diſant. *Ceſtuy cy a eſté veritable-*
ment crucifié pour noz pechez, que ſi tu le veux nier, ceſte place (parlant de
ce ſainct pertuis) *dont il appert, te conuaincra, & ceſte ſaincte montagne de*
Golgotha, en laquelle maintenant nous nous reiouiſſons, frappans des mains
pour l'amour de celuy, qui ſur elle a eſté mis en croix: & l'arbre de la Croix
decouppé en pieces, dont toutes les parties du Monde, ont eſté remplies. Le meſme ſainct

ct personnage, parlant de la verité de la passion du Redem-
pteur, dit encore ailleurs. *Si ie le voulois maintenant nier, ce mont de Gol-*
gotha me convaincroit, pres duquel à present nous nous tenons tous, côme feroit
feroit le bois qui est espais de ce lieu en plusieurs parcelles par tout le Monde.
Plus bas il dit encore. *Il ne devroit estre penible d'oyr parler du Seigneur*
couronné, & principalement en ceste montagne de Golgotha. Et plus auant.
Seigneur a esté crucifié, vous en auez receu les tesmoignages, vous voyez ce
lieu en Golgotha, qui est ledit trou. Par lesquels tesmoignages, il appert que ce sainct pertuis, estoit encore en estre, quatre centz ans a-
pres l'Ascension du Sauueur. Nous sommes aussi certains, que depuis il n'a esté rompu, & que la saincte Cité n'a esté sans Chrestiens
habitans, iusques à present: ores qu'elle ait esté en la puissance des
infideles, comme plus amplement ay discouru au liure premier. Au-
les Princes Chrestiens, n'eussent mis tant de fraiz, pour orner y-
ne chose saincte ou apostee.

Quant aux Croix des deux larrós crucifiez auec le Redempteur,
lors que le rocher a esté retranché & applany, on a laissé deux le-
tes aux deux costez du susdit autel, & sur icelles deux petits piliers
pour marque du lieu ou elles estoyent plantees. La Croix du costé
droict, estoit celle à laquelle pendoit le bon larron, distante du trou
dudit quatre piedz & demy : & l'autre en est distante de six piedz,
à cause de la creueure ou fente, portant les trois quartz d'vn pied,
laquelle se fit du mont de Caluaire, à l'heure mesme de la mort de
nostre dit Sauueur, comme tesmoignent les Euangelistes, disans,
Les pierres se sont fendues, & le voile du Temple deschiré, depuis le haut ius-
ques au bas.

A Le trou ou fut fichee la Croix du Redempteur.
B Les lieux des Croix des Larrons
C La creueûre du mont
D La chambre des Gostes
E L'autel des Catholiques
F Le lieu ou le Redempteur fut attaché à la Croix
G L'entree du mont

Ceste creueûre est entre la Croix de nostre dit Sauueur, & celle du mauuais Larron, qui est au costé gauche, à vn pied & demy ou enuiron, pres d'icelle : elle va tout à trauers de l'Autel, voire selon qu'aucuns estiment, iusques au centre de la terre, signifiant, selon l'interpretation d'aucuns sages Theologiens contemplatifs, la separation & retranchement, dés mauuais & incredules de l'Eglise de Dieu. On voit encore ladite creueûre dessoubz ledit mont, & au bas ou furent trouuees lesdites croix: elle est quasi aussi ouuerte audit bas, qu'en haut, en laquelle iettant vne petite pierre, on entend bien longuement la descente d'icelle. S. Cyrille parlât de ceste creueûre, dit ainsi. *On montre iusques à present, ou les pierres ont esté fendues pour*

La creueûre du mont de Caluaire.

Cyril. Catec. 11.

pour

pour Christ. Sur l'Autel où est ce pertuis, les prestres Catholiques ne
peuuent celebrer la saincte Messe, ny semblablement les Grecs:
mais bien y faire leurs prieres & deuotions, baiser, & venerer ledit
S.pertuis, car il est au pouuoir & es mains des Gostes, lesquels & les
Abyssins, sont amis des Catholiques Latins : & pour ce qu'ilz sont
trespauures, les peres Cordeliers les recommãdent en noz aumosnes & bienfaitz. En la mesme chapelle, au deuant dudit Autel, pendent ordinairement quarante sept lampes ardantes continuellement.

Au costé gauche dudit Autel vers le midy, en vn lieu separé par
certains piliers & colomnes soustenans la voulte, est vn petit Autel
auec vn autre plus grand, où les Catholiques celebrent, & au pauement du deuant dudit grand Autel, est vne quarrure oblongue, faicte de thuisleaux de diuerses couleurs, en façon de compartiment
fort beau : sur laquelle quarrure, il n'est permis marcher ou passer,
ains est tenuë en fort grand reuerence, pour estre le lieu, où le Redempteur souffrit tant de douleurs, & respandist treslargement son
pretieux sang, par l'extension de ses membres, nerfs, & perceures de
ses sacrees mains & piedz, lors que sur ceste propre place, il fut attaché & cloué, auec de gros cloux, sur l'arbre de la Croix. Ce sainct
lieu, ainsi qu'est ia dit, est au pouuoir des Catholiques, & est par eux
orné & entretenu honestement, auquel y a aussi trente trois lampes ardentes continuellement. Lesdites deux chapelles sont d'vn
mesme comprins, & peuuent ensemble auoir trente sept piedz en
quarrure, ayant au milieu vne colomne, qui en soultient la voulte,
laquelle n'est guere haut esleuee, mais toute enrichie d'œuure mosaique doré, ia fort gasté & noircie de la fumee des lampes : contre
les murs desditz Autelz par derriere, y a des tapis de velours noir,
où sont les effigies du Sauueur crucifié, & de la vierge Marie, auec
S.Iehan l'Euangeliste, faictes de broderie. Sur le deuant vers Occident, est vne ouuerture, laquelle regarde du haut en bas en l'Eglise:
vers le midy y a deux fenestres, respondantes sur la place exterieure de ladite Eglise, qui donnent clarté & air à ladite Chapelle, pres
l'vne desquelles, se voit l'entree d'vne petite chapelle, qui est au dehors, à present bouchee, & edifiee, selon la tradition des Oriétaux,
au lieu ou estoit la vierge Marie & S.Iehan, quant le Redempteur
pendant en Croix, les recommanda l'vn à l'autre, comme escript le
mesme S.Iehan. Et peut ce lieu estre distant de celuy ou fut plantee
la saincte Croix, d'enuiron huict pas.

Iustement dessoubz le lieu de Golgotha, & crucifiemét du Sau-

X x 3   ueur

ueur est encore vne chapelle: mais non si grande ne si profonde
que celle d'enhaut, dite la chapelle de S. Iehan l'Euangeliste, ou
l'onction: a raison que la pierre, sur laquelle le corps mort de Iesu
Christ fut oinct, est illec voisine. Au costé de l'Autel de laquelle chapelle, se voit encore ladite creueure du mont, & en icelle est touiours vne lampe ardente, a cause, que selon le dire & tradition des
Orientaux, nostre premier pere Adam, y a esté enseuely, & au dedans, est vne teste de mort fort grande, reputee pour la sienne, ayãt
donné au mont ce nom de Caluaire, signifiant, selõ Origene, le lieu
du chef, & qu'en iceluy, le chef du genre humain, trouuera la resurrection, auec le peuple vniuersel, par la resurrection du Sauueur,
qui y a esté crucifié & resuscité. Tertulian aussi, parlant de ce nom
de Caluaire, dit auoir receu asseurement, par tradition de ses ma-
ieurs, qu'il a esté imposé, pour y estre le premier homme ensepul-
ré. Le mesme Origene, dit aussi, auoir esté informé de pareille tradition, que le corps d'Adam premier homme, est inhumé, ou
Sauueur a esté crucifié a fin que tout ainsi, que deuons tous mourir
par Adam, soyons aussi viuifiez par Iesu Christ. Et finablement
Basile, S. Athanase, Epiphanius, S. Iean Chrysostome, S. Augustin
S. Ambroise, Theophylacte, Euthimius, S. Cyprian & plusieurs autres, sont aussi de cest aduis. Aussi S. Ierosme, escriuant a la vierge
Eustochium dit en ceste sorte. Le lieu auquel le Seigneur a esté
crucifié, s'appelle Caluaire, pour y estre le test ou Caluaire de l'home ancien enseuely, a fin que le second Adam, & le sang de Christ
distillant de la Croix, vint a lauer le peché du premier pere Adam
tombant sur sondit chef, par le moyen de la fente ou creueure du
mont, ou ladite teste est encore presentement. Aucuns autres sont
d'opinion, que non en ce lieu de Caluaire, ains en Hebron, le corps
d'Adam soit ensepulture, comme ie diray en son lieu. Autres dißent
encore, que premierement ce a esté icy, mais que depuis, le corps
fut transporté audit Hebron, & le chef laissé en ce lieu. Quoy que
ce soit, ceste lampe, & la teste du mort, denotent quelque chose de
tel. Mais pource que les opinions & disputes des peres anciens sur
ce, sont ainsi en doubte, ie me deporteray d'en resouldre, & retourneray à ma premiere narration de ceste dite chapelle, laquelle est
aggrandie en longueur, de quelque basse closture de mur, enuironnant les sepulchres des nobles Princes Godefroy Duc de Buillon,
& premier Roy Latin de Ierusalem, & de Baudouyn son frere &
successeur. Celuy dudit Godefroy en entrant, est a main droicte, &
l'autre a gauche, quasi tous deux, d'vne mesme forme, a scauoir cement

Orig.
tract. 35.
In Marc.

Tert. côtr
Marchió.

Basil. in
Louit. c. 5.
Athan. de
Pass.
Epiph. in
Ruopañarí
& contra.
Tatianos
ser. 46.
Chrisos.
In Ioan.
Homil.
84.
August de
Teonp.
Serm. 71.
& in
quest. in
Gene.
161.
Ambros.
lib. 5.
Epist. 9.
Theophil.
In Matth.
27.
Euthi.
Ibidem.
Cypria.
Sermo de
resur.
Ieroni in
Epist.
Paula &
ad Mar-
cellam.

me vne tombe ou cercueil, esleuez sur quatre petitz piliers, ayans
leurs inscriptions, de l'vn des costez de la tombe principale, en langue latine & lettre antique lombarde, ou romaine bastarde, dont la
teneur ensuit.

Hic iacet inclitus Godefridus de Buillon:
qui totam istam terram, acquisiuit cultui Christiano:
cuius anima cum Christo requiescat. Amen.

L'autre Epitaphe, contient ces motz.

Rex Balduinus, Iudas alter Machabeus
Spes patriæ, vigor Ecclesiæ, virtus vtriusque:
Quem formidabant, cui dona tributa ferebant
Cedar, Egyptus, Dan, ac homicida Damascus.
Proh dolor in modico clauditur hoc tumulo.

J'ay dit cy dessus auec le legat Vitriacus, que cedit dernier epitaphe
est de Baudouyn premier du nom: quelques autres sont d'opinion,
que c'est celuy du second, à raison qu'il fit la guerre aux Egyptiens,
Damasceniens, & autres, plus que le premier. Et selon l'Archeuesque de Tyr, il semble que ce fut Baudouyn troisiesme, qui exigea
tribut desditz Egyptiens.

Pres & ioignant ceste dite chapelle, est vn autre lieu soubz le mot
de Caluaire, ou se retirent les Abyssins. Aussi deuant les susditz sepulchres, & le bas du mont de Caluaire, distant d'iceluy enuiron
trente pas, se voit à l'endroit de l'entree de l'Eglise, & au pauemét
d'icelle, vne pierre verdatre, platte comme celles qu'on met sur les
monumens, laquelle est vn peu esleuee, ayant de huict à neuf piedz
de longueur, & deux piedz & demy de largeur. Au dessus de ceste
pierre, est vne table de marbre blanc, cimentee sur ceste premiere,
auec vne bordure de petites pieces de marbre rouge & noir, en forme deschecquier, pour ornement tout à l'entour: ayant vne petite
fueille de fer, esleuee du pauement, d'enuiron vn pied. Pres & au
dessus d'icelle pierre, pendent huict lampes continuellement ardé-
tes, desquelles en est entretenuë vne, par chacune nation Chrestiéne qui sont en l'enclos de ladite Eglise. Ladite pierre est appellee,
pierre de l'onction, à cause que sur ceste table de marbre blanc, qui
est tranchee de la montagne, le corps mort du Sa.ueur, descendu
de la Croix, a esté enbausmé, oinct de myrre & aloës, & enueloppé
d'vn suaire de fin linge, selon la mode des Iuifz, par Ioseph d'A-
rimathie & Nicodeme, hommes riches, aymans ledit Sauueur &
sans les disciples secretz, accompagnans la vierge mere, S. Iehan,
Marie Magdalene & autres ses familiers, comme tesmoignent les
quatre

quatre Euangeliftes : Lequel fainct fuaire, fe montre encore en la ville de Turin, Cité metropolitaine de Piedmont.

Dix ou douze pas ou enuiron plus auant, allant droict vers Occident, & vn peu outre le clocher, eft encore audit pauement, vne autre pierre grife, rôde, & enuironnee de certains cercles de mefme eftoffe, au deffus de laquelle pend aufsi, vne lampe toufiours ardente, mais noftre proceffion & les peres religieux n'y firent aucune ftation ne reuerence. Toutefois les Orientaux, & auec eux Saligniacus & autres anciens, certifient qu'en ce lieu eftoyent la vierge Mere, S. Iehan, & les femmes deuotes qui l'accompagnoyent, quâd le Redempteur à l'heure de fa douloureufe mort, parla à eux: car il eft vray femblable, qu'ilz n'eftoyent foubz fes bras, feparez comme les peintres les figurent, mais eftoyent tous deux enfemble, auec lefdites deuotes Dames au deuant de fa diuine face: & eft cefte place en la pente ou plaine de la montagne, affez loing de la Croix, comme n'y pouuans approcher de pres, pour crainte de la multitude des peuples & gendarmes le crucifians, & regardans quelle feroit fa fin : neantmoins ilz peuuent bien auoir efté en diuers lieux, car il eft à prefuppofer, que noz deuots anceftres, n'ont mis cefte marque en vain.

Entre la fufdite pierre, & celle appellee de l'onction, contre le mur du cœur de l'Eglife, font encore des fepultures bien anciennes, & haut efleuees, des Roys Latins de Ierufalem, leurs Roynes & enfans, fucceffeurs dudit Godefroy de Buillon: defquelles les infcriptions font fort effacees, referué celle de Baudouyn feptiefme, lequel deceda en enfance. La mort duquel engédra les haines & diffentions qui furuindrent entre le Roy Guy de Lufignan, & Raymond troifiefme du nom, Compte de Tripoly, lequel machina la ruine dudit Roy & Royaume de Ierufalem. Duquel Epitaphe, la teneur enfuit.

Septimus in tumulo puer. Hic regum tumulatus
Eft Balduinus Regum de fanguine natus,
Quem tulit & mundo fors prima conditionis
Vt Paradifiace loca poffideat regionis.

Du Sainct Sepulchre de nostre Seigneur.

CHAPITRE. XXIII.

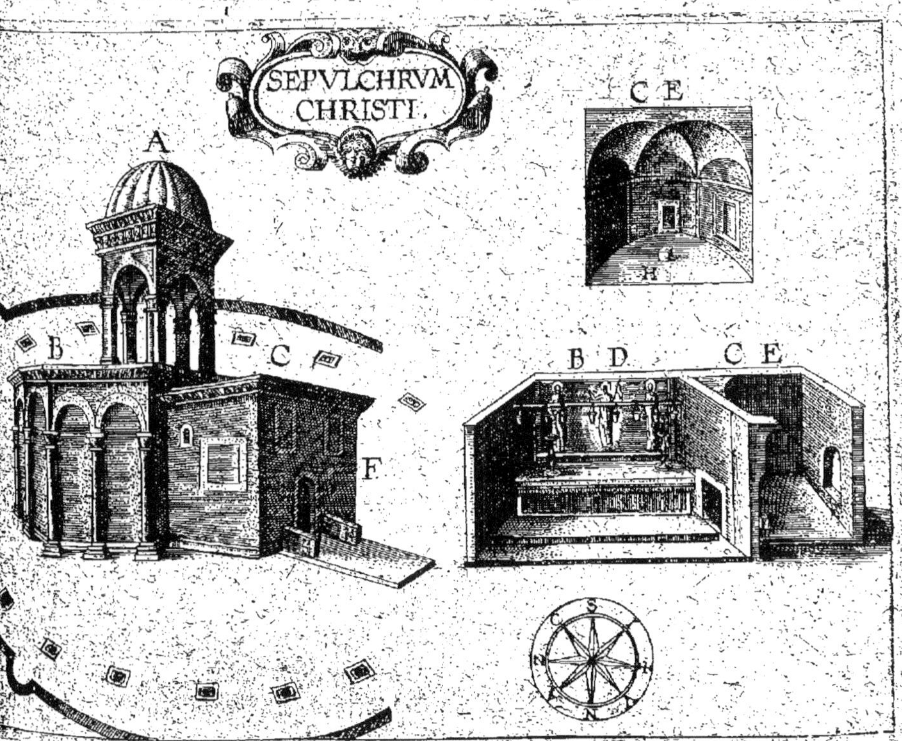

A	La coupette seruant de couuerture	F	La premiere entree
B	Le sainct sepulchre	G	La seconde & principale basse
C	L'auant chapelle	H	La pierre sur laquelle fut assis l'Ange.
DD	L'autel qui est au dedans		
CE	Le dedans de l'auant chapelle		

AYans, tous les lieux saincts que dessus, esté par nous visitez, ladite procession nous mena, vers le tressainct Sepulchre, qui est distant de ladite pierre d'onction, enuiron trente pas, qui font du lieu du crucifiement, en tout soixante quatre pas, & cent huict piedz depuis le dernier degré, de la montee dudit mont de Caluaire. Ledit sainct Sepulchre au iour de la passion dudit Sauueur,

Y y   estoit

estoit tout nouuellement taillé au rocher du iardin appartenant
dit Ioseph d'Arimathie: Aussi nul corps mort n'y auoit encore
mis, quant celuy de Iesu-Christ y fut posé, comme declarent
quatres Euangelistes. Auquel S. Sepulchre estans arriuez, & ayant
tourné à l'entour, les peres religieux demeuret et au deuant d'iceluy
acheuans leurs Cantiques encommencees : & ce pendant, le
gardien ou autre tenant son lieu, auec nous autres pelerins, entrames dedans, faisant ledit pere son exhortation, comme aux autres
lieux sainctz, & nous auec luy noz prieres & deuotions, non sans
effusion de larmes : Le lieu ou Oratoire ou est le sainct Sepulchre
est directement soubz l'ouuerture du toict de l'Eglise ronde, tel-
ment que quant il pleut, l'eaue tombe dessus : Il estoit taillé par
ledit Ioseph en la pente du mont de Caluaire, ou il auoit son iardin
mais Saincte Helene, appropriãt le lieu pour y bastir vn corps d'E-
glise, le fit retrancher & applanir tout à l'entour, n'y laissant qu'vne
masse assez grosse, en laquelle est contenu le lieu du tressainct Sepulchre, vn peu eleué au dessus du pauement, & est par dehors en
forme de chapelle, terminante à demy cercle, nommé cul de lampe
pentagone, ou à cinq faces, tout couuert & lambrissé de tables de
fin marbre blanc fort poly : aussi y a il des corniches du mesme, &
chacun coïng vne colomne : Au dessus il est tout plat, hor[s]mis que
iustement dessoubz l'ouuerture du toict (par laquelle seule, cette
grande machine d'Eglise, reçoit le iour & veue) il y a vne coupe
ou tribunal, couuert de plomb, ayant aussi des corinches larges
d'œuure corinthienne, soustenu de douze piliers assez hautz & delicatz, posez deux à deux, soubz vn mesme pilon ou chapiteau,
tout estant de la couleur de porphire, mais ie ne sçay si c'est marbre, ou bois peint, & à fin que l'eaue tombante dessus, par l'ouuerture du toict n'y demeure, il y a des petitz canaux de plomb, par
lesquelz elle decoule, autrement ladite eaue tomberoit, entre le rocher, & lesdites planches de marbre (qui peuuent auoir seulement
deux ou trois doigs d'espesseur) les detacheroit, & feroit tomber,
ce qu'aduenant, les religieux ne pourroient faire remettre icelles
sans la licence du Saniac, laquelle licence, ne se peut obtenir sans
l'acheter à bien cher pris: & quant ce ne seroit, que pour vne lame
ou planche seule, il en faudroit payer, soixante, octante, ou cent
ducatz, plus ou moins, selon leur volonté.

Quant à l'interieure de ce tressainct lieu, contenant en soy le sa-
crosainct & tres-venerable sepulchre de nostre-dit Sauueur Iesu-
Christ, il faut entendre, qu'il y a vne double cauerne, taillée & ca-

Auant
chapelle
du S. Se-
pulcre.

ce dedans le rocher. La premiere desquelles, estoit anciennement tousiours ouuerte, ayant vne entree basse, ou les femmes Iuisues alloient iournellement pleurer leurs mortz, comme elles & celles des Turcs, font encore presentement : & se voyent quasi des lieux semblables, au deuant de tous les monumens anciés. S. Cyrille interpretant les propos du sage en ses Cantiques. *Veni co-lumba mea in foraminibus petræ, in cauerna maceriæ &c.* dit en ceste sorte. Il appelle le trou de la pierre, le trou qui pour lors estoit, deuant l'huis du monument du Saulueur, entaillé en la mesme pierre, ainsi qu'est de coustume, deuant les monumens. Maintenant on ne le voit point, d'autant que l'entree est ralee, pour l'ornement qui y est presentement, & parauant cest enrichissement royal, & appareil du sepulchre, l'entree estoit deuant la porte. Aussi ceste premiere place par dehors, est toute couuerte de marbre blanc, tout vny & poly, sans aucunes colomnes comme l'autre : sa superficie en est aussi plus basse d'vn pied, & est l'entree d'icelle, par vne petite porte de hauteur de six à sept piedz ou enuiron. Le creux de dedans, qui pareillement est eslargi, pour la commodité de ceux qui y vont faire leurs deuotions, peut auoir douze piedz en quarrure, reserué à l'en-droit de l'entree du sacré monument, ou il est basti en demy rond, à façon d'vn cul de lampe, tout enrichy de marbre blanc, & s'appelle ce lieu, la chapelle des Anges, à cause que les trois sainctes dames, asçauoir Marie Magdalene, Marie mere de S. Iacques, & Salome, y veirent au iour de la glorieuse resurrection du Saulueur (allans visiter le monument pour l'oindre, comme escriuent S. Mathieu & S. Marc) l'Ange assis sur la pierre, qui fermoit l'entree d'iceluy monument, leur annonçant ladite resurrection, leur monstrant le lieu ou il auoit esté mis vuide, & le suaire & linges demeurez en leur place : laquelle pierre sert à present de pierre d'Autel, en l'Eglise de sainct Saluateur, qui est au lieu mesme, ou estoit la maison & palais de Cayphe, & autres souuerains Pontifes, comme i'ay dit en son lieu. De ceste pierre, parle aussi S. Cyrille, disant. Ceste saincte montagne de Golgota, qui est bien en veuë & haute eleuee, tesmoigne du sepulchre de saincteté, aussi faict la pierre là posee iusques auiourd'huy. Bien est vray que ie ne sçay, s'il parle de ceste pierre, ou d'vne autre qui y est encore, grosse d'vn pied, & large en quarrure d'enuiron pied & demy couchante sur le pauement de la-dite auant chapelle, deuant l'huis ou entree du tressainct sepulchre, qui seruoit d'appuy à l'autre plus grosse, sur laquelle on maintient que les Anges ont aussi esté assis : Dont le venerable Beda fait men-tion, &

Yy 2

tion, &

Cant. 2.
Cyril.
Catech.
2.14.
"
"
"
"
"
"
"
"
Math. 28.
Marc. 16.
La pierre
qui estoit
au deuant
du monu-
ment.
Cyrill.
Catech.
10.
"
"
Beda de
gest.

Angl. l. 5.
c. 17. &in
Marc. c.
vlt. 5.

La forme
du S. se-
pulcre.

Beda in
Marc.
c. 16.

tion, & pour ceste cause elle est veneree de tous.

Au regard dudit tressainct sepulchre, il conuient entendre que ce n'est vn sarcueil, vaisseau ou tombeau creusé en la pierre, comme les paintres nous le representent & figurent, & ne fut la pierre susdite, mise sus comme pour couuerture, ains c'estoit vn lieu creusé & ciselé en la roche, ayát huict piedz ou enuiron de longueur & hauteur, & de largeur quatre : ce qu'afferme aussi ledit venerable Beda, auquel n'y a ouuerture ne veüe quelconque, que par l'huisset qui est haut (selon la mesure que i'en ay prinse) de trois piedz, & large d'vn pied trois quartz, prenant le pied de dix poulces. Le chassis duquel huisset est de pierre grise & tellement bas, qu'il se faut baisser pour entrer dedans, comme firent les Apostres S. Pierre, S. Iean, & les susdites sainctes dames, & conuient s'encliner ou mettre à genoulz pour y entrer, ainsi que font plusieurs pelerins deuotz: contre laquelle entree, estoit mise & appuiee la susdite pierre grosse qui est en la maison de Cayphe pour la fermer, comme seruante d'huis, & non comme on la peint. Aussi n'est escript en l'Euangile, que les femmes dirent, qui nous leuera ou roulera la pierre de dessus le sepulchre, ains arriere de l'huis du monument. Et au regard du lieu ou fut mis le diuin corps du Redempteur, il est au dedans de ce creux, entaillé au paroy du costé dextre en entrant, à sçauoir vers Septentrion, non point aussi en forme de bacq, arche ou tombeau, comme dit est, ains comme si on y auoit caué vne place pour mettre vne armoire, eleuee du pauement d'enuiron trois palmes, tout ainsi qu'on voit estre les lieux, ou les fideles Chrestiens de la primitiue Eglise, mettoient les sainctz corps des martyrs es catecombes & autres anciens cimetieres soubzterrains, qui sont à Rome, signamment à S. Sebastien. En quoy se conforme aussi ledit Venerable Beda, au lieu preallegué. On voit encore plusieurs anciens sepulchres, semblables es enuirons de Ierusalem, signamment au lieu qui se nomme *Latibulum Apostolorum*, mentionné cy deuant. Et en ces encaueures se mettoient les corps mortz, le surplus demeuroit vague, pour seruir aux personnes, maniantes lesditz corps, lesquelz sortis hors, on bouchoit l'étree de quelque grosse pierre, auec du ciment & ferrailles: & lors qu'on vouloit y r'entrer, comme desiroient faire les sainctes dames pour oindre le corps du Redempteur, on en ostoit la pierre, car telle estoit la coustume des Iuifz, pour rendre iceux corps incorruptibles. Le sepulchre du Lazare estoit semblable, car nostre Seigneur ayant fait oster la pierre de deuant iceluy, ne dit. Lazare leuez vous, ains Lazare venez & sortez

dehors,

dehors, comme il est escript en S. Iehan. Aussi si c'eust esté vne tōbe, Ioan. II.
les trois Maries & les Apostres, n'auoient que faire d'y entrer, ains
le tenir debout ou courbez à l'entour, pour regarder dedans, mais
estant vne concauité en forme de chambrette, il y falloit entrer.

Reste à parler de la disposition moderne, dudit lieu tressainct, &
afin qu'il ne semble que ie contredise à tant d'autres qui en ont escript, disans qu'il à de tous costez, huict piedz en quarrure, il faut
entendre qu'en partie le dessus est ainsi : car ce qui est au dessus du
lieu où à reposé, le corps pretieux du Saueur, est cifelé & en à on
osté l'espesseur de quatre piedz ou enuiron, estant la superficie de
ce retaillement, couuerte d'vn tres-beau marbre blanc, pour seruir
d'Autel, horsmis vne petite partie du costé de l'huis, par laquelle on
fait toucher les chapeletz & autres pieces de deuotion au tressainct
sepulchre, sur lequel (estant ledit sainct sepulchre au dessoubz) on
celebre l'office diuin, qui peut auoir enuiron trois piedz de hauteur: mais le pauement en bas, & le lieu iusques au dessus dudit Autel, n'a que son ancienne largeur, & comme le tout estoit aupari-
uant. Lesquelz pauement & paroys, sont couuertz bien richement
& poliement d'vn tres-beau marbre blanc, & se peuuent tenir en
la longueur, quatre personnes de front. Contre le paroy, qui est au
dessus de l'Autel, se voit vne peinture, representant la glorieuse resurrection du Saueur, mais elle est quasi toute effacee pour son antiquité. La voulte de ce sainct lieu, est du mesme rocher nud, selon
qu'il semble, car le tout est obscur, & noircy à cause de la fumee des
lampes qui y sont pendantes, en nombre de cinquante sept, & continuellement ardantes, à cause de quoy, on ne peut cognoistre, si
elle a aussi esté croustee ou lambrissee de marbre & enrichie d'œuure Mosayque, ou nom.

Le lieu ou le tressacré corps de Iesus-Christ gisoit, ne se voit point
pour estre (comme celuy de la vierge, sa benoiste mere) couuert de
marbre: mais on nous à faict cognoistre, qu'il est directement dessoubz l'Autel, sur lequel les Prestres Catholiques celebrēt le sainct
sacrifice de la Messe. Toutefois le reuerend prelat frere Boniface,
nous à laissé par escript de l'auoir veu, disant auoir encore trouué
en iceluy de la mirre. Les autres Chrestiens Schismatiques, ne peuuent faire sur iceluy aucun office, fors leurs prieres, & ce à certaines heures: Aucuns nous ont vouluz persuader que le vray lieu du
sainct Sepulchre, est plus bas au dessoubz dudit Autel, estant couuert d'vn drap broché d'or, mais qu'on le tient caché & celé, pour
crainte que les infideles y entrans de furie, ne le brisent. Disent

Yy 3   encore,

encore, que les Grecs ont quelque acces secret, pour y arriuer &
entrer, mesme que cy deuant on y alloit en procession, par la chapelle de Saincte Helene & quelques portes qui sont du coste de la
premiere môtee. A quoy i'eusse prins de plus pres garde, si i'en eusse
esté aduerti au parauant : toutefois le susdit Prelat, dit l'auoir veu
à descouuert au lieu propre, qu'est celuy dont nous parlons. Quoy
que ce soit il est en cest endroit, & n'auons faict noz visites & oraisons en vain, car soit dessoubz ou dessus, c'est le mesme lieu ou le
diuin corps de Iesus-Christ, qui a esté crucifié pour nous, à reposé
iusques au troisiesme iour : auquel, par sa propre puissance, il l'a reprins & rendu plein de vie: Aussi l'antiquité des edifices de l'Eglise
& du pauement d'icelle: signamment celuy qui est à l'entour, de
montrent que c'est le mesme, que S. Ierosme & autres anciens peres, ont veu & descript, quoy que le temps y ait apporté quelque
changement, quant à l'exterieur. Le pelerin deuot doibt donc icy
considerer, auec quelle reuerence, on y doibt entrer, & comme (a-
uec les Apostres, les trois Maries, & tant de gens de bien) il y faut
cercher la racine de Iesse Iesus-Christ, qui y est leué, c'est à dire resuscité, pour le signe des peuples, par lequel ce sepulchre est sainct
& glorieux, ainsi que dit le Prophete Isaye: Le pauement de deuant
Isay 11.
la premiere entree d'iceluy, depuis ledit sainct sepulchre, iusques au
cœur de l'Eglise (occupé des Grecs) est eleué plus que le reste d'i-
celle Eglise, enuiron d'vn pied: & aux deux costez sont des bancs de
massonnerie, de cinq à six piedz de long.

Sepulcres
de S. Io-
seph d'A-
rimathie
& ses en-
fant.
  Sur le derriere du sainct sepulchre vers Occident, les Oostes ou
Gostes, qui sont Indiens noirs subietz au Preste Iean, ont attaché
vne petite chapelle, d'œuure assez grossier, en laquelle ilz font l'office selon leur rit & coustume: comme ilz font aussi en vne autre à
l'opposite, ou se montrent des monumens ouuertz, qu'on dit estre
ceux de Ioseph d'Arimathie (qui enseuelit le corps du Redempteur,
& luy donna son sepulchre neuf) & de ses deux filz: lesquelz sont
comme fosses longues & quarrees, taillees au roch, mais sont vuides sans aucunes reliques, ayant esté trouuees en ce lieu, lors sale &
ord, selon le recit qui s'en faict en l'Eglise, & y furent trouuees par
la reuelation de Gamaliel, pedagogue & precepteur de S. Estienne,
S. Paul, & S. Barnabé.

  Noz petites deuotions estant faictes audit S. Sepulchre, la procession chemina quinze pas plus auant vers Septentrion, puis s'arresta pres de deux pierres rondes de marbre blanc, enrichies de cercles de semblable marbre, blanc & gris: lesquelles ont esté mises au
pauement

[…]ement, pour marque, qu'en ce lieu le Sauueur resuscité, s'appa-
[…] saincte Magdalene, en forme d'vn iardinier, côme tesmoigne
[…] Marc, & S. Iehan. La plusgrande desdites pierres, est celle ou e-
[…] iceluy nostre Sauueur, & la plus petite (distante cinq pas de
[…]tre) est en la place de la S. Magdalene. Assez pres de la, y a vne
[…] Chapelle, nommee des Anges & *Noli me tangere*, ayant vn
[…] en vn coing contre l'entree de celle de l'apparition. En cest
[…]roit estoit vn iardin, dont S. Cyrille faict mention, disant. C'e-
[…]t vn iardin, la ou Christ fut Crucifié, car combien que pour le
[…]sent, ce lieu soit annobli & orné de dons Royaux, toutefois c'e-
[…]oit vn iardin auparauant, & de cecy demeurent encore les signes
[…] reliques: & me semble que c'estoit le iardin propre de Ioseph
[…] Arimathie, auquel il auoit preparé son sepulchre, suiuant la mode
[…] anciens Iuifz: & estoit necessaire, que comme le peché de nostre
[…]mier pere Adam, auoit esté commis, & la mort venue au iardin
[…] bois, qu'aussi l'expiation d'iceluy, & la mort eternelle fut a-
[…]lie, au iardin & au bois. Sur quoy neantmoins me semble que le
[…]graphe ou le translateur desdites Catheceses pouroient bien
[…] errez mettant le mot de crucifié au lieu d'enseuely. La station
[…]uee en ce lieu, ladite procession, à sçauoir les religieux & pele-
[…]s'entrerent dedans la susdite chapelle de l'Apparition, & apres
[…]oir salué la vierge mere de Dieu, lesditz peres religieux depose-
[…]leurs ornemens. Quant aux pelerins, aucuns allerent reposer
[…]certains lieux à ce designez, attendant l'heure de chanter les
[…]nes fur venue, qui est a minuit, les autres plus deuotz, reitere-
[…]te pendant, a diuerses fois & par mesme ordre, la visitation
[…]ditz lieux sainctz, auec les luminaires qu'on nous auoit donnez:
[…]demeurans ainsi toute la nuict, en comtemplation, vacquans en
[…]son, chacun se disposa pour se reconcilier à Dieu par confession
[…]paration de receuoir la saincte communion, à la Messe qui se
[…]te apres les matines, audit sainct sepulchre.

[…]pres que les matines, qui se chantoient en la chapelle de l'Ap-
[…]tion, furent par nous ouyes: mesme la Messe solemnelle au S.
[…]ulchre, aussi veu, durant le reste de la nuict, les ceremonies des
[…]s nations Chrestiennes: ceux d'entre noz pelerins qui estoient
[…]stres, celebrerent aussi la saincte Messe, les vns au sainct mont de
[…]uaire, les autres au sainct sepulchre: Finablement le matin e-
[…]t venu, apres les deux ou trois heures de iour, les Turcs vin-
[…]t'ouurir la porte de l'Eglise, nous faisant sortir d'icelle, sans
[…] a nous compter de rechef, pour la deffiance qu'ilz auoient,
que

Marc. 16.
Ioan. 20.

Cyrill.
Catech.
14.

que quelqu'vn y fut demeuré contre leur volonté, car seulement les freres Mineurs, par ordre du pere Gardien, ont licence d'y demeurer plus long temps.

Or comme i'ay dit au premier liure, touchant l'instruction du Pelerin, nous deuions estre introduitz par trois fois en ladite Eglise, pour noz nœuf secquins ou ducatz d'or, mais à present, il faut que la pluspart des Pelerins, se contentent de deux fois seulement: tellement que pensant par nous r'entrer en icelle Eglise, pour la seconde fois le vendredy ensuiuant vers le soir, il suruint quelque empeschement au Saniacq, cause pourquoy on nous remit iusques au lendemain: Neantmoins comme les freres, ont accoustumé tous les vendredis, aller ensemble faire quelques prieres en la place qui est deuant ladite Eglise, ilz furent lors de nous accompaguez, & estans, le pere Gardien nous mena (par vne petite porte, qui est derriere à main gauche, en sortant d'icelle dite Eglise) en vne allée tant obscure, qu'il fut besoin nous conduire le long d'vne corde tendue à cest effet, tant qu'arriuasmes en vne courcelle, laquelle passee, nous montames à diuerses fois, par vne mechante monté d'enuiron trente deux degrez, en vne petite chapelle, gardee des Gostes, laquelle est sur le mont de Caluaire, derriere le lieu ou le Saũueur fut attaché & cloué à la Croix, en laquelle estans entrez fut par nous veu au milieu d'icelle, vne place enfoncee au pauement faicte & enrichie de plusieurs petites pieces de marbre de diuerses couleurs, comme vn plat à lauer mains, & si proprement accommodee, comme si c'estoit peinture ou marqueterie: lequel lieu ie reuere & baise, comme les autres lieux saintz, à raison que sur iceluy, (selon la tradition & dire des Orientaux) le Patriarche Abraham (pour obeyr au commandement de Dieu) deliberoit d'immoler son filz vnique Isaac, comme il est escript au Genese. Au dehors de laquelle chapelle, se montre le tronc d'vn Oliuier tres-ancien, estant au lieu mesme ou estoit le buisson, auquel ledit Patriarche (à la voix de l'Ange qui luy defendit d'occire son filz) veit vn belier retenu par les cornes, lequel au lieu de sondit filz bien aymé luy seruit d'holocauste. Ce fut la aussi qu'il oyt la voix de Dieu, luy disant. I'ay iuré par moy mesme, pour autant que tu as faict ceste chose, & que tu n'as pas espargné ton filz vnique; ie te beniray & multiplieray ta semence, comme les estoilles du Ciel, & le sablon qui est sur le riuage de la Mer: elle possedera la porte de ses ennemis, & toutes nations de la terre seront benites en icelle, pour ce que tu as obey à ma voix. Aucũs peres anciens sont d'opinion auec

Iosephe,

Genes.
22.

Iosephe, que ce sacrifice d'Abraham se fit sur le mont Moria, ou depuis Dauid fit dresser vn Autel, & Salomon son filz le Temple de Dieu, au lieu ou presentement est ce luy dont se seruent les Mahometistes en Ierusalem. Mais S. Ierosme dit, selon Baronius, auoir apprins des anciens Iuifz, que certainement ilz cognoissoient, que ce fut au lieu propre, ou depuis Iesus-Christ à esté Crucifié. S. Augustin alleguant ledit S. Ierosme, est de mesme opinion. Le venerable Beda, dit que de son temps, au lieu ou Abraham auoit approprié vn Autel pour immoler son filz, estoit vne table de bois bien grande, sur laquelle le peuple apportoit les aumosnes, qu'il vouloit donner aux pauures.

Tous les Orientaux auec ces sainctz personnages, sont instruitz par tradition de leurs peres, qui ont basti cest edifice bien antique, qu'aussi ce a esté en ce lieu icy ou Dieu à voulu que la verité ensuiuit la figure, & que comme le belier y a esté arresté par la teste, entre les ronces, qu'Isaac y auoit porté le bois pour estre bruslé en sacrifice pour obeyr à Dieu: ainsi Iesus-Christ coronné d'espines sur son sacré chef, y portast sa Croix, & fut vrayement & reellement immolé, pour le peché de l'homme. Par la lecture de ceste histoire, il appert qu'Abraham fut trois iours pour venir de sa residéce, iusques à la montagne, pour y faire le sacrifice de son filz, qui a faict doubter aucuns, que ce ait esté plus auant que Ierusalem: D'autant que de la iusques à Mambre, ou aucuns pensent que le Patriarche habitoit lors, il n'y a qu'vne iournee. Mais ilz ne considerent, que plustost sa residence estoit en Geraris, proche ou au lieu mesme ou estoit Bersabee, derniere ville de Iudee vers Midy & les desertz d'Arabie, tirans vers Egypte, distant de Ierusalem enuiron cent quarante, ou cent cinquante mile, qui sont bien trois bonnes iournees. Et si c'estoit de Mambre, il faut aussi coniecturer que le bon Patriarche, plein de douleur, angoisse & compassion, de la mort de son seul enfant tres-aimé, qu'il deuoit faire mourir de sa propre main: & ledit enfant encore ieune & delicat, cheminoient fort doucement, tellement qu'il pouuoit bien auoir mis autant de téps, pour arriuer à ceste montagne. D'autrepart s'il venoit de Geraris, de laquelle nous parlerons en son lieu, qu'il se hasta beaucoup tant il estoit plein de foy, & volonté pour accomplir le commandement de Dieu. Aussi S. Ierosme tesmoigne, que ce a esté en ceste Geraris, qu'Abraham habitoit lors.

Donc pour reuenir à nostre premier propos, reste à dire que ioignant ceste chapelle, & soubz vn mesme toict, directement contre

Zz

celle

Iosep. l. 7 ant. c. 10

Ieroni. in Math. 15. August. serm 71. de tepore Beda de loc Sanc. c. 1.

Ieroni. in locis Hebr.

l'Autel, du sacrifice de Melchise. dech.

celle ou le Redempteur pendit en Croix, est vne autre chapelle, en
laquelle iusques à present est conserue & tenu en grand veneration
vn Autel tres-ancien, reputé par les Chrestiens Orientaux, estre
cestuy mesme, sur lequel le graud Prestre & Roy Melchisedech
(comme est escript au Genese, & en l'Epistre que S. Paul escript aux
Hebrieux) offrit en sacrifice à Dieu du pain & du vin. Tellement
qu'il semble que les mysteres figuratifz, tant en l'institution du
Sacrement de son diuin corps & sang, soubz les especes de pain &
vin, que le reel sacrifice par luy faict en l'arbre de la Croix, pour
l'expiation de noz pechez, ayent esté faictz en vn mesme lieu en
ceste montagne de Caluaire : Le sacrifice de Melchisedech, à pre-
cedé celuy d'Abraham, & à esté souuent reiteré : Aussi le Sauueur
Prestre eternel selõ l'ordre de Melchisedech, à institué le sainct Sacrement de l'Autel, auant sa mort, & a ordonné que iusques à la fin
du monde, il soit continué, en memoire de sa doulourense passion :
Abraham n'a presenté qu'vne fois son filz en oblation, aussi Iesus
Christ n'a qu'vne fois offert le sacrifice sanglant, & la vie de son humanité, à Dieu son pere sur ceste dite montagne. Les peres anciens & Docteurs Ecclesiastiques, sont differens en opinion, touchant les lieux ou les sacrifices de Melchisedech & d'Abraham
ont esté faitz, les vns tenans, que ce a esté sur le mont de Caluaire,
autres au contraire, disent, que le premier à esté faict en Salem, &
celuy d'Abraham, sur le mont Moria, ou le Temple de Salomon
en Ierusalem à esté. Et comme ie me tiens insuffisant, de decider &
resoudre, vne si grande question, ie me contente d'auoir veu l'vn &
l'autre lieu, signamment cestuy cy, qui par son antiquité demonstre
estre plus grande que celle du reste de l'Eglise de Golgotha, ioint
ce que par la tradition, il est remarqué pour tel.

　　En sortant de ces lieux, & descendant par la conduite de la
corde, puis tournant par le derriere desditz edifices à main gauche,
on nous monstra le lieu ou le Sauueur (le iour de sa resurrection)
r'encontra & salua les trois Maries, reuenantes de le chercher au
Sepulchre, comme escript S. Mathieu. Mais ce sainct lieu, non plus
que beaucoup d'autres, pour estre en la rue publique, n'est tenu en
reuerence conuenable, & telle que besoin seroit.

De l'ordre qu'on tient à Grec les Cheualiers du sainct Sepulchre.

CHAPITRE. XXIIII.

I'ay dit cy dessus, que la pluspart des pelerins n'entrent que deux fois en l'Eglise du sainct Sepulchre, mais pour raison que trois de noftre compagnie, defquelz (par la promotion de quelques religieux venuz auec nous, & par commandement du pere Gardien) moy indigne, en fus l'vn, eurent l'honneur d'eftre faitz Cheualiers qui vrayement belle, deuote & de grande inftruction, qui aufsi fut le plus fecrettement que faire ce peut, de crainte que par entre les autres Chreftiens, fpecialement les Grecs, grans emulateurs des Latins) n'en facent rapport aux Turcs, & qu'iceux (pource qu'ils luitte contre eux) n'vfent en noftre endroit, de leurs rigueurs & malice ordinaire, pour fe faifir de noz perfonnes & argent nous eufmes ce bien d'y eftre introduitz pour la troifiefme fois, qui fut le iour de fa natiuité noftre Dame, huictiefme Septembre 1585. vers le foir, à l'heure ordinaire, en donnant vn ducat pour tous, à ceux qui gardent les clefz.

Eftans entrez en icelle Eglife, apres les vifites accouftumées & matines chantées, à l'heure qu'on dit la Meffe ordinaire, Le reuerend pere Gardien fe prepare, & fe reueft d'ornemés Pontificaux, la mitre en tefte, & en la main le bafton Paftoral, que nous appellons croffe: puis fortant de la chapelle de l'Apparition, fut faict vne proceffion es enuirons du S. Sepulchre, laquelle finie, ledit pere Gardien y entra, auec fes Diacre & foubz Diacre, pour y celebrer en perfonne la fainte Meffe, comme il fit folemnellement, & fur la fin d'icelle, la fainte communion fe donne par luy aux futurs Cheualiers, & des autres pelerins, fi aucuns en ont deuotion: Ladite Meffe eftant acheuée, auant que fe deueftir de fes habitz Pontificaux, il appelle lefditz futurs Cheualiers, pour entrer au lieu du Sepulchre, leur reiterant les propofitions & inftructions ia aurauant à eux faictes, par vne exhortation, telle ou femblable en fubftance, que celle qui enfuit, mais en langue Italienne.

Seigneurs, Amis & freres trefchers en Iefus-Chrift, qui vous prefentez icy, pour receuoir l'ordre de Cheualerie, de Chrift noftre Redempteur, foubz le tiltre de fon fainct Sepulchre ou par fa diuine grace, nous fommes prefentement affemblez. Auant qu'en foiez

inueftis,

inuestis, ie vous prie considerer, que ce n'est peu de chose, de l'honneur & dignité en l'ornement de voz personnes, que pretendez auoir: Car prealablement, il est necessaire que soiez douëz, naturellement, ou par grace, de toutes les qualitez requises au Cheualier, comme l'extraction, la probité, & sur tout la vertu, (fondement & principe de toute noblesse) aussi qu'ayez renoncé à tous vices, rancunes & inimitiez, que pouuez auoir contre vostre prochain. Ioinct qu'il est aduenu, qu'vn particulier, ayant eu querelle contre vn plus noble que luy, & que ce noble ne voulant combatre, sinon à son egal, le moins noble vint icy, pour estre anobly par le moyen de cest ordre honorable, mais estant son intention cognuë, on le r'enuoya comme il estoit venu, pour n'auoir cherché le Saueur & ceste qualité de Cheualier si honorable, auec deuotion & contrition conuenable, & fut cest homme tellement fortuné & desuoyé en chemin, qu'à peine peut il reueoir sa patrie: parquoy il est requis de n'y aspirer, pour telle occasion, n'y par presumption, ambition & desir, d'estre veu & estimé plus grãd entre les mondains, mais cõme la tourbe deuote, qui suiuoit Iesus-Christ au desert, non pour en obtenir des estatz, dignitez ou richesses corruptibles, car il estoit reputé bien pauure, n'en ayant icy à donner, ains seulemét pour ouyr ses diuines paroles, & enseignemens salutaires. Ainsi donc de tout voz vostre cœur, force & facultez, auec ferme propos & bonne volõté

aymez, suiuez & seruez fidelement, celuy duquel demandez estre soldatz, combatez constamment ses ennemis, defendant virilement son honneur, & la saincte croix, son enseigne & trophee: semblablement sa treschere espouse, l'Eglise Catholique, Apostolique & Romaine, & ses feaux ministres: comme aussi les vefues & orphelins, iniustement oppressez. Et si guerre apperte s'esmeut par les Princes Chrestiés pour la reconqueste de ceste terre & cité saincte, vous y viendrez en personne ou enuoyrez autre homme idoine pour cõbatre en vostre lieu. Ce que mesme deuriez faire, comme ie ne doubte que le ferez, par generosité & zele Chrestien, quant l'occasion se presentera, ores qu'il n'y eust ceste obligation. Sur tout corrigez charitablement vostre prochain mal viuant, ainsi que vrais ministres de Dieu: poursuiuez le chastiment, & aydez à refrener les insoléces des blasphemateurs & pariures de son sainct nom: les larrons, violeurs, sacrileges & homicides: fuiez comme la peste les iurongneries, personnes infames, les vices de la chair, l'ambition, vaine gloire, & les personnes, & lieux suspectz d'heresie: n'allez pour lucre ou gaing desordonné, à la guerre que cognoistrez estre iniuste: ne prouoquez ou commettez aucun duel, & vous abstenez

ſtenez de toutes actions vicieuſes & repugnantes à la loy diuine :
Mais pluſtoſt frequétez les lieux pieux & dediez au ſeruice de Dieu :
aſſiſtez iournellemẽt & vous trouuez au ſainct ſacrifice de la Meſſe
le plus ſouuent qu'il vous ſera poſſible : ſoiez charitables aux pauures & indigens : Cherchéz de compoſer paix & concorde, entre
les fideles Chreſtiens, que ſçaurez eſtre en diſſenſion : procurez la
tuition & augmentation de la republique Chreſtienne : Et pour le
faire court, efforcez vous d'eſtre irreprehenſibles, deuant Dieu &
les hommes : diſpoſez & diriguez tellement voz actions, que par
voſtre vie vertueuſe, religieuſe & Chreſtienne, voſtre deuotion,
piete, zele ſainct & exemplaire, ſoiez cauſe de reduire les errans
& deſuoyez, attirans par ce moyen les mal-viuans à vous imiter :
auſſi iceux vous en reſpecteront, renderont graces infinies à celuy qui vous aura dotez de tant de benefices, & pour recompenſe
ilz ſupplieront vous remunerer en ce monde, de tout bon heur
& contentement : & apres ceſte vie caduque & miſerable, de la
palme & coronne bien-heureuſe d'immortelle ioye, dont il honore & beatifie ſes eſleuz en ſon regne Celeſte : auquel par ſon
immenſe bonté & miſericorde, il nous vueille tous conduire,
Amen.

Or, dit il, afin que ſachiez quel eſt l'honneur, qu'on vous cõcede
à preſent, vous deuez entẽdre, que c'eſt le meſme ordre, qu'on donnoit cy deuant aux Cheualiers, ſurnommez Templiers, à raiſon
qu'ilz demeuroiẽt proche du Temple, en ceſte ſaincte Cité : leſquelz
pour vn temps ont farct de grans ſeruices & fruitz en ceſte region,
contre les infidelz & ennemis de la foy Chreſtienne, & qui pour
leurs bonnes actions, ont eſté bien renommez, tant en vertus que
richeſſes. Mais abuſans d'icelles, & s'adondans à vices abhomina-
bles, pour leurs iniques deportemens, les ont en vn meſme temps
perdus, auec leurs vies : auſſi leurs biens & poſſeſſions, ont eſtez re-
partiz, entre les Princes & Cheualiers de S. Iehan, tenans l'Iſle de
Malte, pour auoir touſiours maintenu leur ordre & vertueuſe inſti-
tution, Dieu leur donne la grace d'y perſeuerer. Pour ces cauſes,
leur dignité & eſtat, eſt plus recherché pour le reuenu temporel
qui le ſeconde, que ceſtuy cy : lequel neantmoins, on ne communi-
que ordinairement, qu'aux grands & nobles d'extraction : & quelquefois, à aucunes perſonnes, leſquelles par le rapport de leur
bonne, honeſte, pieuſe & religieuſe vie, demonſtration des vertus
y requiſes, meſme de pouuoir viure ſans faire œuure mechani-
que, outre le zele Chreſtien, qui de ſi loingtain pays, par tant de

perilz

perilz & grans despens, les a conduitz & insliguez a faire ce
voyage, bien que sainct, digne & salutaire: car telles personnes
rendent capables d'estre anoblis, & meriteroient d'auoir acquis
reputation de nobles: aussi pource que desirós augmenter tousiours
le nombre des obligez à combatre pour nostre saincte Patrie:
pour paruenir à la cognoissance de ce, il conuient nous referer aux
tesmoignages de ceux qui viennent icy, car il cousteroit beaucoup
de fraiz, peines & temps, auant que pouuoir faire quelque deue
formation de leurs qualitez & facultez, ce qui est cause, qu'on
dóne, à ceux qui semblent le meriter, s'estant sa saincteté reseruée la
puissance, comme les Princes temporelz, d'anoblir ceux qu'elle voit
en estre dignes. Donc pour creer noz Cheualiers, nous v'sons des
ceremonies, ordonnees & introduites des anciens, toutes autres
que celles qui s'obseruent par les Princes seculiers, à l'endroit de
ceux qu'on veut honorer de ceste prerogatiue: Ausquelz neantmoins
nous n'entendons en rien deroger, ny diminuer les puissances, dignitez & preeminences, ains pour en faire seulement vne distinction, & vous montrer & instruire à viure d'oresnauant, plus spirituellement que temporellement.

Considerez, pourtant que cest ordre de Cheualerie, s'exhibe par
vne personne spirituelle, à sçauoir nostre sainct pere le Pape, vicaire
de Iesus-Christ en terre, ayant puissance de lier & deslier les pechez
des hommes, en terre & au Ciel: C'est luy qui consacre les Euesques,
Prestres & Sacrificateurs: met le Diademe aux Empereurs, Rois,
Ducs & Princes. Et si ce n'est de sa main propre, c'est par celuy qui
tient son lieu, & en a la commission & auctorité. Si la cheualerie
que donnent les Princes temporelz, est quelquefois accompagnee
d'estatz, honeurs & richesses corruptibles, & le Cheualier honoré
du nom de confrere, Payr & Cousin par iceux: ceste cy l'est de remission des pechez, fruiction des biens celestes, & du corps tresprecieux de son Redempteur, Dieu & Seigneur, lequel comme le
chef & capitaine luy promet (obseruant ses sainctz commandemens, & militant sincerement soubz son enseigne) la participation de son Royaume Celeste & eternel. Si l'autre Cheualerie se-
culiere, se donne en la presence des Princes, hautz Barons, & nobles courtisans, ceste cy se confere, en la presence des Anges, saincts
& sainctes de Paradis, lesquelz sans doubte (estans au Monde, &
ayans conuerse & receu tant d'alegresse & contentement en ce
sainct lieu, & à present sont iouissans de la vision de celuy qui les a
beatifiez) en ont encore memoire, & inuisiblement le visitent. Le
Cheualier

Cheualier de la cour des Princes mondains, à la reception de son
ordre, s'habille ponpeusement, & ne s'y presente sans quelque scin-
tille d'Orgueil, Ambition & conuoitise d'estre admiré & respecté:
celuy cy, non sans vne occulte prouidence diuine, est vestu pauurement, du moins simplement, & se doibt (de quelque qualité & condition qu'il puisse estre) humilier & aspirer, seulement d'estre bien
cogneu & reçeu, en la cour celeste, eleuer son cœur vers son Dieu
& Capitaine, qui resiste aux superbes & exalte les humbles. L'ordre
temporel, se donne & reçoit souuent es sales spatieuses, tendres ou
parees de riches tapisseries, & autres ornemens, auec senteurs d'â-
bre, musc, & autres odeurs arromatiques: le nostre est en cest
autre & estroite chambrette embaumee & parfumee de mirrhe &
aloes, detrempez auec le sang trespretieux de Iesus-Christ, des larmes de sa glorieuse mere, & autres sainctz personnages, presens à
sa sepulture: Où a esté mis & posé, celuy qui est le sainct des sainctz,
le souuerain sacrificateur, le Roy des Roys, Dieu, createur & Monarque du Ciel & de la terre, le tres-grand & iuste Iuge, lequel tout
l'vniuers ne peut comprendre, ayant le costé, les mains & piedz
percez, estant depuis le sommet de la teste iusques aux plantes d'i-
ceux piedz, comblé de playes, receuës pour noz pechez, combatât
le Diable, l'Enfer, le Monde, la chair & la mort, pour nous en deliurer, & d'où au tiers iour, en la presence des Anges & Ames heu-
reuses par luy tirees du Lymbe & prisō infernal, il s'est par sa propre
vertu & puissance, glorieusement resuscité: sortant du sepulchre,
sans oster la pierre n'y en rompre le seel ou cachet, comme il estoit
issu du ventre de sa benoiste mere, sans rompre sa virginité, pareillement sans pouuoir estre empesché des iniques gardes, que les
Princes de Prestres y auoient mises, où les Anges sont apparuz, o-
stans la pierre tres-grosse (laquelle vous auez veuë, en la maison de
Cayphe reduite en Eglise, au mont de Sion) qui estoit icy deuant
l'huis ou emboucheure, de ce sacré monument, lors remply de Celeste lueur, faisans aux femmes deuotes (le cherchantes de cœur
entier & sincer) ostention du lieu où il auoit esté mis, & des linges esquelles elles auoient aidé à enueloper, son pretieux corps.
　Vous donc mes treschers seigneurs, freres & amis en ce mesme
Iesus-Christ, seant maintenant tout puissant, Dieu & homme, à la
dextre de Dieu son pere, où auec le S. Esprit procedant d'eux deux
en triple personne, ilz sont adorez vnis pour vn seul Dieu eternel
& parfait, lequel par sa bonté vous a elargi la grace, d'estre paruenuz & introduitz, en ce tressainct & admirable lieu: ouurez voz

yeux

yeux contemplatifz, & le voyez icy, estédu mort pour noz pechez,
considerez en esprit, la gloire, la clarté & la ioye dont il estoit remply, au iour de sa triomphante resurrection, recognoissez y la compagnie qui y estoit lors, & comme dit le Prophete royal: riez vous
auec les iustes, de la terreur & espouuante, que les gardes mechan-
tes & iniques y eurent, tombans comme mortz quant ilz virent ceste grande clarté, sentans le tremblement de terre, voyans l'Ange
descendu du Ciel roullant la pierre & se seoir sur icelle, ayant le
regard comme vn esclair, & son vestement blanc comme neige:
Resiouissez vous auec les bonnes Dames, les Apostres & disciples
du Sauueur, en l'attendant en sainct espoir. Pensez apres a l'honeur
qui vous y est eslargy, qui n'est qu'vne figure & ombre de celuy à
vous preparé la haut au Ciel: suiuez vaillamment les enseignes &
vestiges, de vostre chef & Capitaine Iesus-Christ: reiettez les œuures des tenebres, endossez les armes de lumiere & le halecret
de iustice, prenez le bouclier de la foy, le heaume de salut, & le glaiue de l'Esprit: à fin que puissiez resister, aux embusches du Diable
& tous autres ennemis, en attendant la bien-heureuse esperance,
& aduenement de la gloire de Dieu, laquelle par sa diuine maiesté,
son immense bonté & misericorde, il nous veuille a tous conceder,
Amen.

Telle exhortation ou semblable en substance estant faicte par
ledict reuerend pere, il print vn liure, ou sont contenuz les statuz,
ordonnances & obseruations esquelles les Cheualiers du S. Sepulchre sont tenuz & obligez, qui sont telles: 1. Qu'il promet d'ouyr
tous les iours la saincte Messe, quant l'opportunité s'offre. 2. S'il est
besoin de faire la guerre ouuerte & vniuerselle, contre les infideles,
pour le recouurement de la terre saincte, d'y aller en personne, ou à
ses fraiz y enuoyer vn homme capable pour combatre. 3. De defendre la terre saincte, & les fideles Chrestiens y habitans, contre leurs
aduersaires. 4. Qu'il doibt fuir & euiter toutes guerres iniustes, gages vilains & gens hazardeux, combatz en duel & choses semblables. 5. Doibt procurer la paix & concorde entre les fideles Chrestiens: estre zelateur de la republique, & icelle augmenter: ayder
les vefues & orphelins: procurer le chastiment de tous iuremens
execrables, pariures, blasphemes, rapines, vsures, sacrileges & homicides, fuyr iurõgneries, lieux suspectz & personnes infames: mesme les vices de la chair, & à son possible les euiter & s'en garder:
aussi se montrer irreprehensible, deuant Dieu & les hommes, &
somme digne de tel honneur, hanter les Eglises, & procurer l'augmentation

mentation du seruice diuin. Lesquelz pointz & articles lesditz cheualiers iurent, & promettent d'obseruer à leur pouuoir.

Apres cela, & quelque fois deuant, à l'issue de la Messe & saincte
communion prinse par iceux Cheualiers, on chante l'Hymne. *Veni Creator Spiritus*: puis *Emitte Spiritum &c.* auec la colecte. *Deus qui
corda fideliu &c.* Quoy finy, le pere Gardié, mitré & reuestu de lesditz
ornemés Pōtificaux, demāde en lāgue Latine. *Quid queris, vel queritis,*
& il, ou eux respōdent. *Quero effici miles SS. Sepulchri Domini nostri Iesu
Christi.* Il demāde derechet. *Cuius conditionis es.* Il respōd ou respondēt.
Nobilis genere ou, *Parecib[us] generosis, probis & Christianis natus.* Ledit pere
demāde encore. *Habes vnde honeste viuere & conseruare possis statū & mi-
btier in dignitate, absque mercibus & arte mechanica:* Il respond. *Habeo Dei
gratia.* Ce faict le pere Gardien prend l'espee d'orée, & si elle n'est
consacree, il la benit, & la tenant nue en la main, il dit ceste oraisō.
*Adiutorium nostrum in nomine Domini &c. Oremus. Exaudi quasumus Do-
mine Deus preces nostras, & hunc ensem quo se famulus tuus hic cingi desiderat
Maiestatis tua dextera dignare benedicere, quatenus posset esse defensor Ecclesia-
rum, viduarum, orphanorum, omniumque Deo seruientium contra sauitiam
Paganorum aliisque sibi insidiantibus, sit terror & formido, prestans ei æque
persecutionis & iusta defensionis effectum. Per Christum Dominum nostrum
Amen. Oremus. Benedic Domine sancte pater omnipotens Deus, per inuocatio-
nem nominis tui, & per aduentum Christi filij tui Domini nostri, & per donum
Spiritus sancti hunc ensem vt hic famulus tuus qui hodierna die tua concedente
pietate pracingitur visibiles & inuisibiles inimicos prosternat & conculcet victo-
riaque potitus maneat semper illesus. Per Christum Dominum. Amen.* En a-
pres se disent, les prieres suiuantes. *Psalmus. Benedictus Dominus Deus
meus, qui docet manus meas ad pralium: & digitos meos ad bellum. Misericor-
dia mea & refugium meum, susceptor meus, & liberator meus: Protector Meus, & in ipso sperani: qui subdit populum meum sub me. Gloria patri &c.
Saluum fac seruum tuum Domine Deus meus sperantes in te. Esto ei Domine
turris fortitudinis. A facie inimici. Domine exaudi orationem meam. Et clamor
&c. Dominus vobiscum. Et cum spiritu tuo. Oremus. Domine sancte pater ōnipo-
tens æterne Deus qui cuncta solus ordinas & recte disponis, qui ad coercenda mali-
tiam reproborum & tuendam iustitiam, vsum gladij in terris hominibus tua sa-
lubri dispensatione permisisti & militarem ordinem ad populi protectionem insti-
tui voluisti, quique per B. Ioannem militibus ad se in deserto venientibus vt neminem concuterent sed proprijs contenti essent stipendijs dici fecisti. Clemētiam
tuam suppliciter exoramus, vt sicut Dauid puero tuo Goliad superandi largitus
is facultatem, & Iudam Machabeum de feritate gentium nomen tuum non in-
uocantium triumphare fecisti: ita & huic famulo tuo. N. qui nouiter iugo*

A a a

militia

militiæ colla supponit, pietate cælesti vires ac robur ad fidei & iustitiæ defensionem tribuas presteſque ei fidei, spei & charitatis augmentum & tui timorem pariter & amorem, humilitatem, perseuerantiam, obedientiam & patientiam cunctaque in eo recte disponas, vt neminem cum gladio isto vel alio iniuste cædat, & omnia cum eo iusta & recta defendat, & sicuti ipse de minori gradu ad nouum militarem prouehitur honorem, ita vt veterem hominem deponens cum actibus suis nouum induat hominem, vt te timeat & recte colat, perfidosque fortia vincet, & suam in proximum charitatem extendat, præposito suo in omnibus recte obediat, & suum in cunctis iuste officium exequatur. Per Christum Dominum nostrum. Amen.

Cela estant faict, le pere Gardien appelle celuy qui doibt estre faict Cheualier, lequel il faict mettre à genouilx, deuant le sainct Sepulchre, & luy met la main sur la teste, disant. *Et tu esto fidelis, strennuus, bonus & robustus miles Domini nostri Iesu Christi & SS. eiusdem Sepulchri, qui te cum electis suis in gloria sua collocare dignetur. Amen.* Puis ledit pere faict mettre au Cheualier, des esperons dorez aux piedz nuds, demeurant à genouil: & à l'instant il luy baille l'espée nue es mains, faisant trois fois la croix, & disant. *Accipe N. sanctum gladium. In nomine Patris & Filij & Spiritus sancti. Amen. Et vtaris eo ad defensionem tuam & sancta Dei Ecclesiæ & ad confusionem inimicorum crucis Christi ac fidei Christianæ & quantum humana imbecillitate poteris eo neminem iniuste lædas, quod ipse prestare dignetur. Qui cum patre & Spiritu sancto regnat. Per omnia secula seculorum. Amen.* Apres lesquelles prieres, on remet l'espée en son fourreau & est ceinte au Cheualier par ledit pere Gardien, prononçant ces paroles. *Accingere N. gladio tuo super femur tuum potentissime. In nomine Domini nostri Iesu Christi, & attende quod sancti non in gladio sed per fidem vicerunt regna.* Lors le Cheualier se leue, & les genouilz ployez, auec la teste courbee sur le sainct Sepulchre, le pere Gardien pront ladite espée nuë, & en donne trois coups sur les espaules du nouueau Cheualier, faisant trois fois le signe de la croix en disant. *Ego constituo & ordino te N. militem SS. Sepulchri Domini nostri Iesu Christi. In nomine Patris, & Filij, & Spiritus sancti. Amen.* Puis apres il le baise, & luy met au col, selon la mode des anciens, vne chaine d'or, portant au bas vne croix pour bague: aussi le Cheualier baise le tressainct Sepulchre, & demettant ces ornemens il les rend au Diacre, ou autre a ce ordonné. Lors se presentent les autres, qui doibuent estre aussi creez, deux ou trois à la fois, selon le nombre: car il n'en peut d'auantage audit lieu du sainct Sepulchre. Et le tout acheué, les peres & confreres pelerins, congratulent, baisent & saluent les nouueaux Cheualiers, Ainsi par vne nouuelle procession
alentour

alentour du S. Sepulchre, chantans le *Te deum laudamus*, on s'en retourne vers la chapelle de l'Apparition: & la ledit pere Gardien
chante, *Domine exaudi orationem meam:* le cœur respond, *Et clamor meus
ad te veniat. Oremus. Da Ecclesiæ tuæ misericors Deus, vt sancto Spiritu con-
gregata hostili nullatenus incursione turbetur. Omnipotens sempiterne Deus
super hunc N. vel hos* (s'ilz sont plusieurs) *famulum tuum qui eminenti mu-
nitione circumcingi desiderat, gratiam tua benedictionis infunde, eundemque
dextra tua virtute munitum fac contra cuncta aduersantia celestibus armari
presidijs, quibus nullis in hoc seculo tempestatibus bellorum turbetur. Per Dominum nostrum. &c.* Tout cecy acheué, chacun se retire pour prendre vn peu de repos, & aucuns reiterent la visitation des sainctz
lieux, selon leur deuotion, attendant le iour, & que la porte de l'E-
glise soit ouuerte pour sortir.

Voyla lecteur fidele, ce que par la speciale grace & clemence de
Dieu, i'ay veu & cogneu desdites ceremonies, & ce que i'ay peu
remarquer & escrire, de la disposition & situation des sainctz lieux,
contenuz es enuirons de ladite saincte Cité de Ierusalem, signamment en ce sacré vaisseau d'Eglise: Mais il n'est en mon pouuoir tres-
debile, n'y en toutes les langues & plumes du monde d'exprimer,
declarer, ne exalter à suffisance, les dignitez de chacun d'iceux, n'y
le contentement que l'Ame deuote y reçoit: principalement au S.
mont de Caluaire, & tres-venerable monument, ou a esté mis le
diuin corps du vray Messie, filz vnique de Dieu, & Sauueur de noz
Ames, qui a souffert mort & passion, & vaincu la mort mesme, auec
le peché, le monde & leur prince, anulé le decret de l'eternelle dá-
nation decerné contre le genre humain, par la preuarication de noz
premiers parens, accomplissant toutes les Propheties & profonds
mysteres, preditz de luy: duquel monument, apres auoir penetré &
rompu les portes d'Enfer, au tiers iour il est glorieusement resuscité, nous donnant asseurance certaine de la resurrection des morts,
sans laquelle, nostre foy seroit vaine, comme disent S. Paul & S.
Cyrille, qui en parlant de ceste matiere dit. Estant Christ Crucifié
& enseuely, s'il estoit demeuré au Sepulchre, nous en aurions hôte:
mais maintenant, luy qui a esté crucifié en ceste môtagne de Golgotha, est monté au Ciel du mont des Oliues, qui est vers Orient. D'abondant, en ces sainctz lieux, la glorieuse vierge Marie sa
saincte mere Royne des Cieux, dolente & ioyeuse, à ietté innu-
merables larmes: ausquelz sainctz lieux, plusieurs milliers de personnes deuotes d'entre le peuple Chrestié, y sont venuz des extremitez de toutes les parties du Monde, sans auoir esgard aux fraiz,

Corin. 15.
Cyrill.
Catech 4.

trauaux, perilz de mer & de terre, pour voir & visiter les saincts
memoriaux de nostre redemption, deuant lesquelz comme dit S.
Ierosme, les Diables tremblent, comme s'ilz estoient deuant le tribunal de Iesus-Christ, & eux ayât prins possession de quelque corps
humain en ont esté chassez. Semblablement lesditz sainctz personnages & Chrestiens deuotz, y sont encore venuz, pour, par la contemplation & visite d'iceux sainctz lieux, y obtenir vne parfaicte
contrition, & remission de leurs pechez, auec vne indicible alle-
gresse & contentement, d'auoir esté dignes, de les pouuoir voir,
toucher, baiser & arrouser de larmes, mesmes pour y gaigner &
auoir le fruict des indulgences, concedees par les sainctz peres Papes, à tous Chrestiens fideles & deuotz, tant en general, qu'en particulier.

Nous laisserons donc ces meditations, pour n'attedier & fascher
le lecteur, & retourneray à la narration encommencee, de nostre
sainct & salutaire voyage: Specialement celuy allant de Ierusalem
en Bethleem, & de Montana Iudee: laissant la description particuliere de la saincte Cité, & des Sepulchres des anciens Roys de Ierusalem, pour faire icelles en son lieu propre.

---

*Du voyage allant de Ierusalem vers Bethleem, & des lieux sainctz
qu'on y voit.*

CHAPITRE XV.

LE dit iour de mecredy troisiesme de Septembre 1586, aprez
diiner sur le tard, nous sortismes de la saincte Cité auec aucuns
peres Religieux allans vers la Cité de Bethleem (distante de Ierusalem enuiron sept mile) par la porte de Iaffa & tournames tout
court à main gauche prenâs nostre chemin du lôg des murailles, tât
du chasteau, que de ladite saincte Cité, par vne partie de la valee du
môt Syon appellee cy deuât Asuia iusques à la fôtaine Bersabee (de
laquelle est faict mention cy dessus) & trauersant par dessus vn pôt
qui est au deuant d'icelle montagne en haut tirant tousiours vers
midy, par vn chemin assez aggreable, pour estre les deux costez d'i-
celuy, garnis d'assez belles colines pourplantees de vignes, figuiers,
coingners, oliuiers & semblables arbres fruictiers, mais pauurement
cultiuees: esquelles sont plusieurs tourelles en forme de petites
maisons de plaisance destruites, ou les vignerons & ceux qui en-

trecientiennét ces iardins, se logét & s'accommodét comme des bestes.

Ce beau & délectable pays, dure & continué iusques au monastere de Sainct Helie le Prophete, situé quasi au milieu du chemin
d'entre Ierusalem & Bethleem: poursuiuant dont ainsi nostre voyage, & ayant cheminé enuiron deux mile, par vne voye assez ample
comme vn chemin royal, la premiere chose qui fut par nous ren-
contree de remarque, est vn fort ancien & tres-bel arbre, dit Terebinthe, planté en la haye d'vn iardin: lequel arbre, selon Matheole
sur dioscoride, s'appelle en Grec Terminthus, en Latin Terebin-
thus, & par les Arabes baton, boton & albotin, qui (apres les vignes de Baulsme) iette la meilleure gomme ou resine qui soit, appellee Terebinthine, de laquelle la plus blanche est la plus requise, ayant de grandes proprietez, & en croist beaucoup en l'Arabie pierreuse, la Syrie Palestine & Cypre. Les Chrestiens Orientaux, mesme
les Turcs, tiennent cest arbre icy en tres-grande reuerence: disans
que la vierge Marie, allant o venant de Bethleem en Ierusalem
auec son cher enfant, signamment quant elle l'alla presenter au
Temple, se reposoit ordinairement soubz iceluy: duquel arbre, qui
est nommé le Terebinthe de la vierge Marie, si les Pelerins Chrestiens, en veulent prendre quelque petite branche, il la conuient tirer secretement, & comme en cachete. Saligniacus fait mention
d'vn semblable Terebinthe, estant proche de Bethel, & soubz lequel
l'homme de Dieu maudissoit le Roy Ieroboam, sacrifiant aux Idoles, dont est faict mention au liure des Roys.

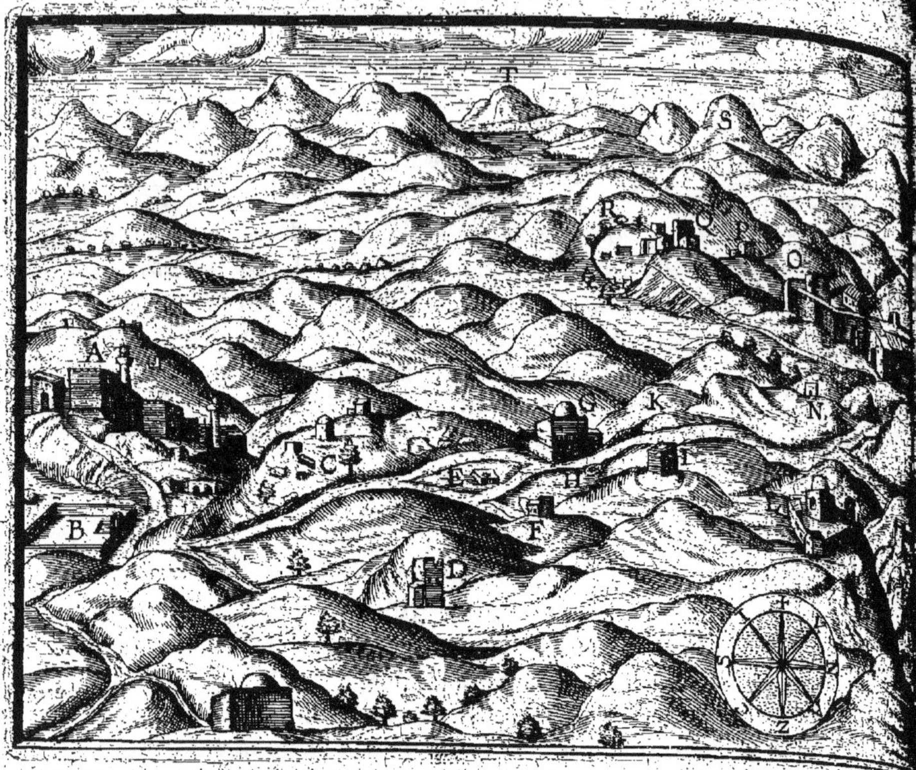

A	Hierufalem		L	Le fepulchre de Rachel
B	La fontaine de Bethfabee		M	Rama
C	Le Terebinthe de la vierge Marie		N	La cifterne de Dauid
D	La maifon de Simeon le Iufte		O	Le monaftere de Bethleem
E	La cifterne des Mages		P	La maifon de Iofeph
F	La chapelle d'Abacuc		Q	Le village des pafteurs
G	l'Eglife de S. Helie		R	Le lieu des pafteurs
H	La forme de fon corps		S	Tecua
I	La maifon de Iacob		T	Les monts d'Arabie
K	Le champ de Iacob		V	Le monaftere S. Croix.

La maifô de S. Symeon le Iuſte.

AV cofté droit vers Occident, & enuiron deux miles dela, fe voit fur vne coline, vne tour fort anciêne & de bône hauteur, laquelle on appelle la maifon de Simeon le iufte, qui en la préfentation de l'enfant Iefus au Temple, & le tenant fur fes bras, dit. *Nunc dimittis feruum tuum Domine: fecundum verbum tuum in pace.* &c. côme ef

Luc. 2. cript S. Luc. En memoire duquel S. Simcõ, dôt le corps repofe en la ville de Zara en Dalmace, comme i'ay dit au liure fecond) les freres Mineurs auoyent en cefte tour, vn lieu, ou tous les ans ilz alloyent faire

ref l'office diuin, mais les Turcs l'empeſchent à preſent, ayant de ce
eu fait vne moſquee.

Enuiron vn mile plus auant, ſur le chemin royal allant de Ieruſalem vers Bethleem, eſt vne ciſterne ayant l'emboucheure quar-
re, laquelle on nomme la ciſterne des Mages, à raiſon, ſelon la tra-
ion des anciens, & opinion des Orientaux, que les trois Mages
u Rois, venuz d'Orient, pour adorer le Chriſt & Roy d'Iſrael nou-
eau nay, reueirent la l'Eſtoille leur guide, qu'ilz auoyent perduë
le veu entrans en Ieruſalem & allans vers le Roy Herode, ſelon
que recite l'Euangeliſte S. Mathieu.

Vn bõ geel de pierre plus loing, ſe voit à main droite ſur le môt,
quelque partie d'edifice en pied, reſtant d'vne Egliſe & monaſtere,
qui eſtoit cy deuant en la charge deſditz freres Mineurs, & à preſent
tout ruiné, lequel a eſté premieremẽt fondé au meſme lieu ou l'Ange print le Prohete Abacuc, le tranſportant par les cheueux, iuſques
à la cauerne des Lyons en Babilone, pour repaiſtre le Prophete Daniel, qui y auoit eſté ietté par ſes aduerſaires, comme nous liſons
au liure dudit Daniel.

Demy mile plus auant que la ſuſdite Ciſterne des Mages, & ſur
le meſme mont à main gauche du chemin, eſt vn monaſtere de Religieux ditz Caloers Grecs, appellé ſancto Helia, fondé au lieu ou
(ſelon la tradition & opinion des Orientaux) le ſainct Prophete
Helie

Le mona-
stere du
S. Helie
le Pro-
phete.

Helie auoit son domicile. Ce monastere est quarré, & tout enuironné de hautz murs, en forme de forteresse, pour garantir lesditz
Religieux, de l'incursion des Arabes & autres infideles ou larrons:
mais le cloz n'en est fort grãd: ledit chemin & voye publique passe
deuant la port d'iceluy monastere. A l'opposite duquel & à l'endroit
d'vne autre cisterne, se voit entre les rochers descouuertz, vn lieu
portant la forme d'vn homme couché & courbé, comme si c'estoit
vn moule graué & poly pour ietter vne semblable figure en plastre
ou cire, representant bien parfaictement, la teste, genouilz, & le
surplus d'vn corps humain, auec les replis de ses vestemens, laquelle
forme est profonde & creuse de trois à quatre doigtz: & est desditz
orientaux tenue estre celle du corps dudit S. Prophete Helie, disans
que tant de fois & si souuent il y souloit coucher, regardant en pitié
la saincte Cité de Ierusalem, qu'il y a ainsi caué le rocher. Mais il
semble que si ce sont les marques de ce S. Prophete, elles peuuent
bien auoir esté faites miraculeusemét, ainsi qu'il est dit estre aduenu &
auoir esté faict de la robbe du Saueur, en vn rocher sur la môtagne
de Nazareth, comme le nous a laissé par escript le venerable Beda.

Genes.
c. 35.
La maisõ
de Iacob
le patriar-
che:

Proche de là se voiet encor les vestiges d'vne autre Eglise & monastere au lieu ou residoit le Patriarche Iacob, & auquel mourut sa
femme bien aymee Rachel, selon le Genese, & est enuiron demy
mile plus auant, laquelle Eglise pour ceste cause fut en ce lieu edifiée. Au deuant desquelz edifices, à l'autre costé du chemin, & dista
d'iceux enuiron deux iectz de pierre, est vn petit champ sablonneux
& sterile, ou se trouuent certains petitz cailloux de la grosseur & ayant la forme de poix ou pisches, que les habitans & mouquers
cueillent, comme font les Pelerins quant ilz peuuent, lesquelles
pierres ilz exposent en vent ausditz Pelerins, pour argent ou pour
des eguillettes, dont ilz font fort grand cas, lesquelles pierres se
gardent à l'honneur de la vierge Marie: laquelle (selon que maintiennent lesditz Orientaux, auoit en passant maudit la semence d'vn
laboureur, qui se moquoit d'elle: mais cecy ne se trouue en l'Euangile, ny escript par aucun remarquable autheur, neantmoins tels
petitz cailloux, ne se trouuent de telle forme ailleurs.

Le sepul-
chre de
Rachel.

Poursuiuant nostre voyage & vn mile & demy plus vers le Midy,
se voit à main droite dudit chemin, (conduisant selon l'escriture
saincte à Effrata, qui est Bethleem) vne sepulture bien entiere,
faite en forme de tombe, eleuee de cinq à six piedz de hauteur, longue & estroite, toute plastree de ciment blanc, en façon d'vne biere
ou cercueil reuestu comme on faict aux funerailles des mortz chez

les Catholiques : au deſſus duquel monument, eſt vn edifice baſti
à iour ſur quatre piliers, ſouſtenans vne voulte auſſi quarree & finiſ-
ſante en coupe ronde, le tout de maſſonnerie, bien entretenue par
les Turcs, pour eſtre le ſepulchre de la vertueuſe Rachel, femme
bien aymee du Patriarche Iacob, qui le fit faire, comme nous liſons
au Geneſe, & ainſi qu'ateſte S. Ieroſme. Au coſté droit & derriere
ledit Sepulchre, ſont encore deux petitz edifices, faitz de la meſme
forme du plus grand, reſerué qu'il n'y a aucuns monumens dedans:
& eſt tout le circuit de ce lieu, enuironé d'vne muraille baſſe, cóme
ſont celles des cymetieres des Chreſtiés, & le tiénent leſditz Turcs
pour Moſquee. Breidembach eſcript, que de ſon temps on y voioit
encore les veſtiges du tiltre que ledit Patriarche auoit mis, qui e-
ſtoient douze pierres, pour le nombre de ſes filz.

Geneſ. 35
Ieroni.
in 2.
Math.

A l'endroit d'icelle ſepulture, & enuiron deux mile plus auant, ſe
voit au pendant d'vne montagne ou coline, la noble ville de Rama,
qui ſe montre encore à preſent, eſtre aucunement bonne ville, appellee par S. Ieroſme & Theophilacte, Cité de Saul, laquelle eſtoit
au partage de la lignee de Beniamin, dernier filz de la ſuſdite Rachel qui mourut en l'enfantant, comme il appert audit Geneſe &
au liure des Iuges. De ceſte ville eſt auſſi fait mention, es propheties d'Iſaye & Ozee, meſme en Ieremie & S. Mathieu, parlans de
l'occiſion des enfans innocés, faicte par ordonnance du Roy Tyran

Rama
ville

Ieroni. in
loc. heb.
Theophil
in 2.
Math.
Geneſ.
35. 48.
Iudic. 17.
Iſay. 10
Oſee 5.

Ieremi. 31
Math. 2.

Herode:lequel se voyãt deceu des Sages ou Mages d'Oriẽt,& desirãt
abolir la race de Dauid,en fit tuer quatorze mille,es ẽuirõs de Beth-
leẽ & lieux circõuoisins ou habitoient ceux de ladite race.Ce qn'af-

Géneb.
ann. l. 2

ferme le docte Genebrard,auoir tiré & trouué en la Liturgie des E-
thiopiés & ealendrier des Grecs.Le Prophete dit aussi d'icelle ville,
« La voix a esté ouye en Rama, cõplainte,pleur & gemissemens:Ra-
« chel plorant ses filz refusoit d'estre consolee, pource qu'ilz ne sont
plus:lequel nom de Rachel,ledit Theophilacte applique à la Cité de
Bethleem, Cité de Dauid, comme ie diray en son lieu:Par ceste
Rama,passe le chemin qui conduit de Ieruslam en Hebron, & en
Bersabee ou Geraris. Mais afin que le curieux lecteur sache discerner,de quelle Rame chacun lieu de l'escriture saincte parle,ie metteray icy par ordre, celles desquelles lesdites escritures font mẽcion.
La premiere donc est celle cy dont nous parlõs à present, & la mesme dont le Prophete Ieremie & S.Mathieu parlent,comme est dit
cy dessus. La seconde est Ramatha Sophin en Sylo,autrement dite
Arimathia, patrie de Ioseph qui donna son Sepulchre au Redempteur. La troisiesme est en la lignee de Neptalin, voisine du chasteau nommé Sephet. La quatriesme est aupres de Sephorim.La
cinquiesme situee proche de Gabaa, desquelles ie parleray quant il
viendra à propos.Et quant à Rama, autrement dite Ramola, qui
est entre Iaffa & Ierusalem, faisant la sixiesme en nombre, il n'est
faict mention d'ieelle en l'escriture.saincte,ainsi que i'ay dit cy de-

Ieroni in
locis he-
braic.

uant en son lieu. S.Ierosme dit sur ce propos, que toutes les susdites villes de Rama, s'escriuoient par lettres ou caracteres diuers;
mais que le son en la prononciation estoit conforme.

La cister-
ne de
Dauid.

Or approchans & venans à l'endroit du sepulchre de la susdite
Rachel, on nous fit laisser le grand chemin pour en prendre vn autre,qui est à main gauche,tirant vers la Cité de Bethleem.A demy
mile pres de laquelle, se voit encore la cisterne, dont est faict mention au deuxiesme liure des Roys, & au premier des Chroniques:

2.Reg 13.
1.Paral.11

esquelz est escript, qu'estant Bethleem assiegee des Philistins, le
Roy Dauid qui estoit campé de l'autre costé, eut desir de boire de
l'eauë d'icelle cisterne, & que trois hommes fortz, percerent l'armee desditz Philistins & luy en apporterent:mais se repentant d'a-
uoir mis ces hommes au danger de mort,n'en voulut boire. Et de
reuoquer en doubte que ce soit la mesme cisterne, l'antiquité de sa
structure le demonstre, comme fait la narration que de siecle à autre, les voiagers de la terre saincte en ont faite, specialement par
leurs escriptz:bien est vray, qu'elle n'est plus voisine de la porte de
ladite

ladite Cité, comme elle estoit lors, à raison qu'ayant icelle porte esté ruinee par les infideles, elle à esté transferee par les Chrestiens, plus proche du lieu de la Natiuité du Redempteur, & est ceste cisterne, sur le haut du pendant de la montagne, regardant vne tres-belle valee pourplantee d'oliuiers.

Laissans ceste cisterne, on nous mena droit, en la Bethleem moderne, qui est à present en pauure estat, & mal habitee, n'y ayant plus que des petites cabanes, & vieux edifices ruinez : les Bethlehemites & habitans d'icelle sont tous pauures gens Mores, c'est à dire Arabes Mahometistes & Chrestiens Suriens, les vns viuans de si peu de labeur & assassinement qu'ilz sont : les autres, qui sont Chrestiens, à seruir de Truchemans aux Pelerins, faisans des chapeletz & croix de bois, qu'ilz nous vendent, & pour ceste cause ilz ont accoustumez, d'enseigner à leurs enfans la langue Italienne: tellement que de pere en filz, ilz maintiennent ceste coustume entre eux, & bien que leur langue soit corrompue, ilz se font neantmoins bien entendre, & ilz nous entendent aussi. Ilz ont apprins & se cognoissent pareillement, à faire des marques & croix de Ierusalem, sur les bras & autres parties du corps, des pelerins qui le desirent, ce qu'ilz font, en ouurât vn peu la peau de celuy qui veut porter ceste croix, d'vne pointe deguille, puis ilz frottent le lieu de certaine poudre grisatre, qui garde à tousiours ladite marque, sans effacer.

De la Cité de Bethleem, & lieux sainctz qu'on y voit.

CHAPITRE XXVI.

CEste Cité de Bethleem, qui a aussi esté appellee anciennemēt, Lahem ou Lehem & Effrata, comme appert au Genese, est tres-antique, & selon l'opinion d'aucūs, ce nom d'Effrata & à toute la region adiacente, luy a esté imposé d'Effrata femme de Chaleb, lequel auec Iosuë fut par Moyse enuoié pour espier la terre de Canaan, & qui seul auec ledit Iosué, entra en icelle terre de toute la troupe Hebrayque qui estoit sortie d'Egypte, comme nous lisons au liure des nombres, des Iuges, de Iosué, des Chroniques & en Iosephe. Mais le nom de Bethleem luy à esté donné par le Patriarche Iacob, lors qu'il paissoit son bestial la es enuirons: icelle Cité est situee sur la coste d'vn petit mont long & estroict, & auoit sa porte

                    principale

Genes. 35. 48.

Iud. 1.
Num. 31.
Iosué 14. 15.
Paral. 1. c. 2
Ioseph. ant l. 3. c. 13.
l. 5. c. 1.

Iud. 12.

Ruth, 1. 4.

2. Paral. 2.

1 Reg. 16.
Math. 1.
Luc. 3.
Ieroni in
locis he-
bra & in s.
Michee.
Ioseph.
ant. 6. c.
14.

principale vers Occident proche de la cisterne susdite. D'icelle cité estoit natif Abessan septiesme Iuge sur Israel, lequel engendra trete filz & autant de filles, & apres son decedz, il a esté inhumé en ce mesme lieu: Il se trouue aussi que Elimelech, Boos, Obed, Iessé, le Prophete Royal Dauid, & S. Mathias Apostre, estoient tous Beth- leemites. Cest Elimelech, fut celuy lequel estant pressé de la famine, se retira auec Noemy sa femme & deux de leurs filz, en la terre des Moabites outre le Iourdain, ou l'vn de leursditz filz espousa Ruth, laquelle depuis fut femme dudit Boos, qui d'elle engendra Obeth pere de Iessé, & grand pere dudit Dauid Prophete & Roy, duquel ceste ville à esté appellee cité de Dauid, ainsi qu'il est escript aux li- ures des Roys, en S. Mathieu, S. Luc, S. Ierosme, en Iosephe & al- lieurs. Le mesme S. Ierosme dit, que de son temps on voioit encore en icelle ville, les Sepulchres desditz Iessé & Roy Dauid pere & filz: toutefois il appert en beaucoup d'endroitz de l'escriture saincte, que ledit Dauid a esté ensepulturé, sur le mont de Syon en Ierusalem, ou encore pour le iourd'huy les Turcs le reuerét: mais il peut bien estre, qu'il y auoit faict preparer sa sepulture, auec celle de sondit pere, & que quelque partie de son corps, ou intestins, y ayent esté inhumez. Il n'y a pas long temps, qu'on y voioit encore pres de la chambrette S. Ierosme, celle d'Archelaus Roy, filz d'Herodé Roy de Iudee.

2. Paral.
11.

1. Reg.
20.
Ioseph. l.
6. ant. 14.

Nous lisons au secód des Chrouiques, que Roboam Roy de Iuda filz de Salomon, fit fortifier ceste cité, lors que les dix lignees d'Is- rael se rebellerét cótre lúy, & choisirent Ieroboam pour leur Roy. En fin il appert que c'estoit vne des principales citez de Iuda, car on y celebroit annuellement vne feste solemnelle, par ceux de ladicte lignee & tribu de Iuda, selon que nous lisons au premier liure des- ditz Roys & en Iosephe.

Iud. 19.
Ruth. 1.
Mich. 5.
Math. 2.
Ioseph.
ant. l. 5.
c. 11.

Esditz liures des Iuges & de Ruth, des Prophete Michee, S. Ma- thieu & Iosephe, ceste ville est appellee Bethleem Iuda, en diffe- rence d'vne autre Bethleem qui estoit au district de la lignee de Za- bulon en la Galilee, & que celle cy estoit escheuë au partage dudit Iuda, de laquelle le susdit Prophete dit. Et toy Bethleé terre de Iuda, tu n'es pas la plus petite entre les Princes de Iuda, car de toy sortira le Conducteur qui gouuernera mon peuple d'Israël: Predisant que le Sauueur, non seulement dudit peuple, mais de tout le Monde, y deuoit naistre: comme mesme ont entenduz les scribes & docteurs de Ierusalé, qũant les mages ou Roys d'Orient le sont venuz cher- cher & adorer. Ce mot Bethleem, selon l'interpretation de Sainct Ierosme,

Ierofme, S. Gregoire, Theophilacte, le Venerable Beda, & autres peres & docteurs de l'Eglife, fignifie en Hebrieu, *Domus panis*, c'eft à dire maifon de pain, conuenant fort bien a ce qui y eft aduenu. Car veritablement le verbe de Dieu, le pain vif qui eft defcendu du Ciel, & qui donne, comme dit S. Iehan, la vie eternelle à ceux qui le mangent, y a voulu naiftre, de l'immaculee & toufiours vierge Marie, l'an quarante deuxiefme de l'Empire d'Augufte, eftans Cornelius Lentulus & M. Valerius Meffala Confulz: L'an fept centz cinquante deuxiefme de la fondation de Rome, le trentiefme du regne d'Herode le grand premier du nom & eftráger. De la creation du Monde, cincq mil cent nonante neuf, en l'an troifiefme de la cent nonante quatriefme Olympiade, & en la deuxiefme annee de la foixante cinquiefme femaine de Daniel, lors que par edit de Cæfar Augufte, fe fit la premiere defcription generale du Monde, & que le premier cens fut payé, foubz le Prefident Quirius, autremét dit Cirenus: lequel denombrerent & cens Eufebe appelle le premier, à la diftinction du fecond: duquel premier leué au temps du Roy Herode, Iofephe ne faict aucune mention, mais bien du fecond, qui fe cœuilla par le mefme Cirenus & Coponius, onze ans apres, du Regne d'Archelaus, filz dudit Herode: laquelle defcription de cens, eftoit vn denombrement, que chacun faifoit de fes biés & facultez fló ledit Iofephe, Eufebe & Nicephore: l'ay bien voulu dire cecy en paffant, pour donner l'intelligence de la fupputation des temps, afiu qu'il ne femble, que l'Euangelifte & Iofephe foient difcordans, car l'vn dit que ce fut au temps d'Herode, & l'autre d'Archelaus.

Pour reuenir à la fuitte de noftre matiere, cefte merueilleufe, tref-neceffaire & fupernaturelle natiuité du Sauueur, eft aduenue en vne grotte, taillee dedans le rocher, feruant d'eftable pour y mettre le beftial, felon l'vfance du pays, foit au midy pour la chaleur, ou ne nuict pour le froit, laquelle eftoit, comme elle eft encore en l'extremité & contre les murailles de la cité vers Orient. Ie ne reciteray icy l'hiftoire de cefte fainéte natiuité, à raifon que l'Euangelifte, S. Luc, Eufebe, & Nicéphore, en leurs hiftoires Ecclefiaftiques, & plufieurs autres autheurs bien vulgaires, la declarent tout amplement, aufsi pource qu'elle eft notoire à tous Chreftiens. Ce fainct lieu & autres, comme efcriuent S. Ierofme, Theodoret & autres, eftoit vifité & fort reueré des fideles croyans en Iefus-Chrift, iufques au temps que les Romains, eurent du tout affubiectv la Iudee à leur Empire, principalement Elius Hadrianus, lequel penfant

Bbb 3

abolir

abolir les Religions Chreſtiéne & Iudayque, & qu'il s'emblaſt que
les Chreſtiens y allás pour faire prieres à Dieu (ainſi que i'ay dit en
la deſcription du S. Sepulchre, & du mont de Caluaire) adoraſſent
les Idóles, il y fit mettre le Simulachre d'Adonis, migñó ou amoureux de l'impudique Venus, de laquelle la ſtatue eſtoit audit mont
de Caluaire , & celle de Iupiter au S. Sepulchre : & y ſont demeurees, par l'eſpace de cent quatre vintz ans , & iuſques à la venue de
S. Helene en Iudee & terre ſainćte, qui les fit oſter & abatre , faiſant edifier eſditz ſainćtz lieux , de belles & ſomptueuſes Egliſes &
oratoires, ſelon que nous recitent Euſebe, Socrates, Nicephore
& autres: leſquelz parlans de ladite ſainćte Dame diſent: Elle fit
encore edifier à ſes propres fraiz , deux Temples fort magnifiques:
l'vn en Bethleem, ſur la Spelonque ou Ieſus-Chriſt print naiſſance,
diſtant de Ieruſalem ſix mile pas , dédans la circonference duquel
ſacraire, elle comprint auſſi l'eſtable ou eſtoit la creche , dans laquelle auoit eſté poſé le Sauueur, enſemble la ſainćte cauerne, ou
il auoit eſté nay: & l'autre Temple, ſur la cime du mont des Oliues.

Quant à ceſte Egliſe de Bethleem, elle a eſté vne des amples, belles & plus riches en baſtiment, qui pourroit eſtre au Monde, ores
qu'elle ne ſoit des plus grandes, comme en partie apert encore en
pluſieurs endroitz, car elle à de longueur cent cinquante cinq braſ-
ſes ou couldees, & cinquante cinq en largeur, en laquelle y à trois
nefz voultees; celle du milieu, diſtinćte & ouuerte iuſques à la
couuerture entre les colomnes; & les deux autres nefz plus baſſes,
dont les voultes ſont ſouſtennës, de deux rangees de colomnes de
marbre rouſſatre , meſlé de blanc & iaune, groſſes d'éuiron deux
aulnes de tour, & hautes de vingt quatre piedz, chacune d'vne ſeule
piece, fort belles & riches à voir: leſquelles colomnes ſont diſtantes
l'vne de l'autre, tirant vers le cœur de l'Egliſe, d'enuiron ſept piedz
& de treize par le trauers.

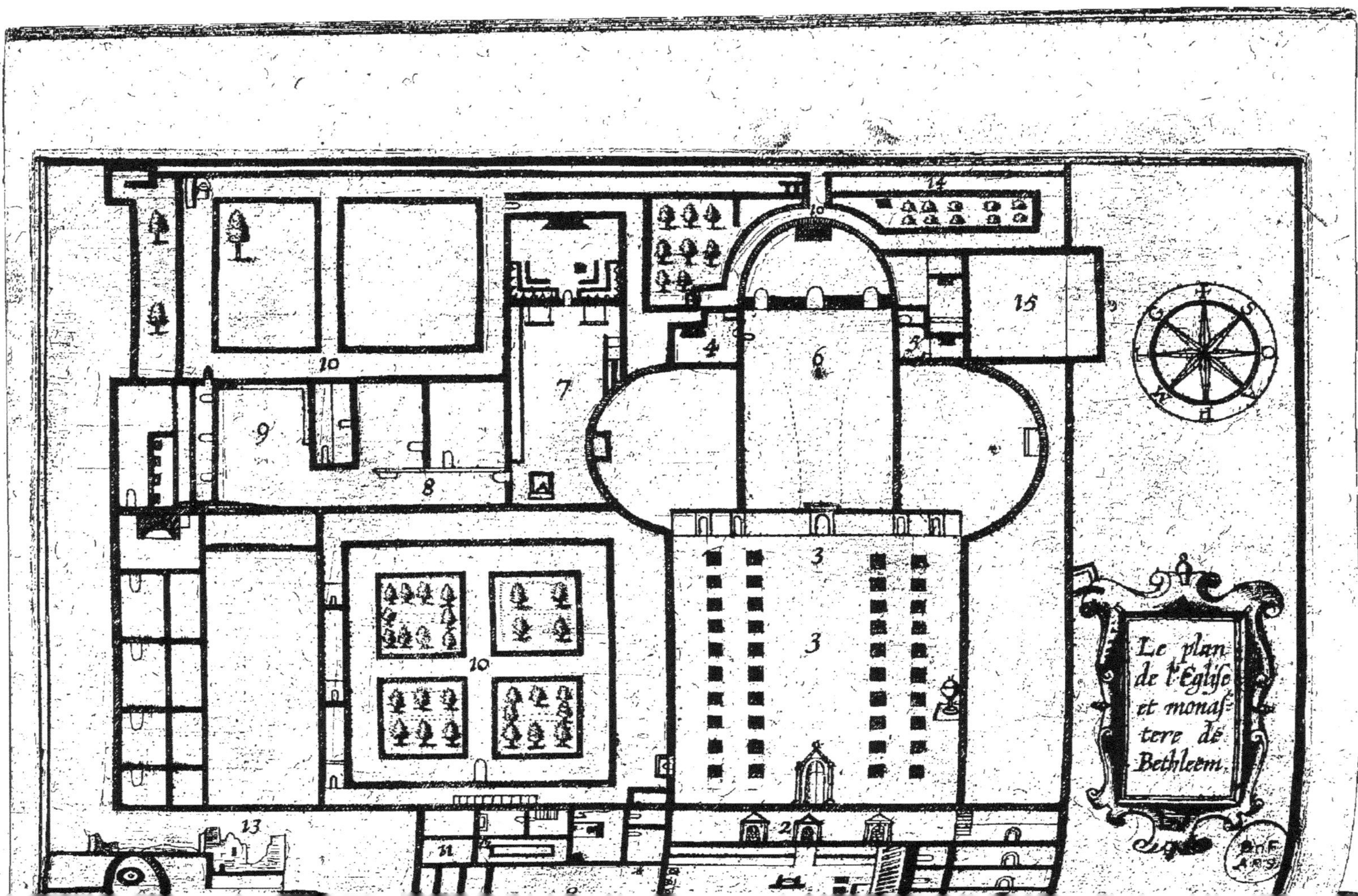

Le plan de l'Eglise et monastere de Bethleem.

Le mur ou paroy de la nef du milieu au deſſus des aſcintes où ſont les feneſtres, depuis les colomnes iuſques au toict, a eſté peint & enrichy d'œuure Moſayque doré, contenant par perſonnages, les hiſtoires du vieil teſtament, iuſques à l'aduenement de noſtre Redempteur, & au cœur, celles du nouueau, auec leurs ſignifications eſcriptes au bas, en lettres Grecques & Latines, comme es tapiſſeries: mais, helas, le tout eſt quaſi effacé, par le laps & iniure du teps, & par faute d'entretenement: car les Turcs, imitans en ce les Iuifz, ne font aucunes figures ou image, neantmoins par quelques ynes, on recognoiſt encore, quelles hiſtoires elles repreſentoiẽt: & quoy que le Turc n'en admet, comme dit eſt, en ſes Loy & Moſquées,ſi eſt il qu'il le tollere aux Chreſtiens en leurs Egliſes ſans les effacer ou deſtruire: Si y a il enuiron mil ans, que comme i'ay dit allieurs, ilz occupent la terre ſaincte, ſans que les Chreſtiés ayent eu moyen ny licence pendant ce temps, d'y faire baſtir ou reſtablir aucune Egliſe, & moins quelque image ou figure humaine: toutefois, ne celles cy, ne autres, n'ont eſté par eux effaçees n'y rompues, auſſi elles n'ont eſté refaites par les Chreſtiens:enquoy on peuſt cognoiſtre l'antiquité & vſage d'icelles en l'Egliſe de Dieu. Quant au toiſt de ladité Egliſe, la charpenterie eſt de bois de cedre & cipres, le dehors eſtant couuert de plomb. Contre le pignon du grand portail ſe voyent encore les veſtiges de l'arbre de Ieſſe, faict auſsi d'œuure moſayque : & eſt le pauement du bas, faict de marbre, de diuerſes couleurs par vne treſ-belle proportion. Le cœur eſt clos & ſeparé de la nef, comme es Egliſes de pardeça, & y monte on par trois degrez, qui ſont en long de la largeur de toute l'Egliſe, & eſt ledit chœur fermé de murs contre les caroles, leſquelles auec ledict cœur, ſont voultez d'vne ſeule voulte, ſouſtenue de groz pilliers quarrez de maſſonnerie, accompagnez de colomnes rondes fort hautes, de ſemblable couleur que ſont celles de la nef: leſquelles caroles enuironnantes le cœur, & qui ſeruent auſsi de croiſee à l'Egliſe, ſont fermees, & y entre on ſeulement par des petites portes qui ſont

l'vn & l'autre cofté: Les parois & murs d'enbas, eftoient tous crou-
ftez & lambriffez de planches ou tables d'vn tref-beau marbre
blanc, comme font celles qui font reftees au lieu de la naiffance du
Sauueur: mais celles de l'Eglife, comme i'ay dit en la defcription
du S. Sepulchre, ont la pluſpart, efté emportees par les Turcs & Sarazins, pour en embellir leurs Mofquees & palais Royaux, tellement qu'à prefent il n'y refte que les parois & murs emplaftrez de
chaux. En la carole du cofté droict vers le midy, eft vne chapelle
appellee de la Circoncifion, edifiee ainſi qu'on eftime, au lieu ou le
Redempteur a efté circoncis, & ou long téps a efté gardé ſon ſainct
prepuce: celle qui eft à l'autre cofté du cœur vers Septentrion, fe
nomme des innocens, pour y auoir efté cy deuant gardez pluſieurs
ſainctz corps d'iceux.

Au regard du grand Autel du cœur, il eft iuftement au deſſus de
la ſpelonque ou antre, & lieu ou la Vierge mere, enfanta noſtre
Dieu & Sauueur prenant chair humaine, & à chacun cofté dudit
Autel, il y a vne porte fermee d'huis de bronfe faict à treilles, par
lefquelz on y va & defcend par fix degrez de marbre comme porphire: à main gauche vers midy on voit encore douze degrez, par
lefquelz on montoit en la treſorerie, à prefent muree. Pres de laquelle, s'apperçoiuent les veftiges d'vne belle tour ruinee, les fene-
ftres de laquelle, & qui feruoient à y donner clarté, font compaf-
fees, ordonnees & faictes d'vn tref-bel ordre: Mais reuenant à cefte
Eglife, elle ſouloit cy deuant eftre ornee à l'aduenant, & dotee de
pluſieurs riches ornemens, pour faire le feruice diuin: enfemble de
calices & vaiffeaux d'or & d'argent, donnez tant par Saincte Helene, l'Empereur Conftantin, que autres Princes du temps paffé.

Ioignant cefte Eglife, y a vn monaftere fort beau & commode,
faict d'antique ftructure, ayant ſes offices, iardins, & clofture aucunement propres, felon le temps & façon de la fabrication ancienne: lequel monaftere eft, comme on croit, l'vn des quatre, que la
noble & bien-heureufe Paula, fit edifier en Bethleem au temps de
S. Ierofme: dont l'vn eftoit pour les hommes & les trois autres, pour
les vierges & femmes. En l'vn defquelz elle & fes filles, à ſçauoir
Euftochium & Bleſilla, ont fainctement & deuotement fermé la
periode de leurs iours, comme ie diray plus auant traictant de leurs
fepultures: mais d'iceux quatre Monafteres, ne refte que ceftuy cy
ſur pied, qui eft bien enfermé de murs & tourions, cy deuant faitz
par les Chreftiens, pour la tuition d'iceluy & des freres, contre les
incurſions des voleurs & infideles.

C cc

Donc

Dóc arriuãs proche dudit Monastere, qui seul y reste auec l'Eglise
susdite, & quelques pauures maisonnettes, de ceste tant celebre &
Royale Cité, bien que petite, les peres & freres Religieux de sainct
François y residens vindrét, comme par vne reception fort honeste,
au deuant de nous, iusques a l'etree d'vne place comme vne cour,
es enuirons de laquelle, se voyent plusieurs ruines, & trois anciennes cisternes : à main droite vers Midy, souloit estre vne chapelle, a present reduite en estable de cheuaux par les Turcs, & passant outre, on nous fit entrer en la premiere porte de la susdite E-
glise, laquelle porte est basse & muree, tellement que pour y entrer,
il nous conuint baisser & leuer les iambes comme à vn passage, a-
ant esté accommodé expres de telle façon, afin que les Turcs n'y entrent auec leurs cheuaux, asnes & autres bestiaux.

Ceste premiere porte estant passee, on entre en vn lieu qui est en
forme de portique ou gallerie toute voultee, & semble qu'il a autrefois seruy de cloistre au deuant de l'Eglise, orné de tres-belles
colomnes: mais craignant que les Turcs le voyans, ne prennent
enuie de l'occuper & appliquer à leur vsage, il est aussi tout muré,
auquel portique, se trouue vne autre grand porte, haute & magni-
fiquemént elabouree à l'antique, par laquelle on va en l'Eglise. En
laquelle, estans entrez, le Religieux superieur dudit Monastere,
nous mena le long de la nef, vers les degrez du cœur, ou estoit le
Caddy de Bethleem, reputé pour grand Prince & Seigneur, &
Gouuerneur dudit Bethleem, estant assis par terre sur vn tapis velu
à la mode Turquesque, ayant les iambes croisees, comme sont assis
les cousturiers par deçà, sur lequel tapis ilz mangent & dorment par
terre, sans vser d'aucun banc, escabelle ou chaire. Estans arriuez
deuant luy, ledict pere Religieux nous commanda luy faire la reuerence, & luy d'vn clin de teste sans oster son turban, demonstra
quelque signe d'amitie comme estans les bien venus, & nous dóna
licence de nous retirer. Ce faict nous fusmes conduitz par vne petite porte ou huis, qui est au fond de ladite nef, au susdit Monastere:
puis estans lauez & nettoiez, ledit Religieux nous mena en vne petite Eglise, nommee de saincte Catherine, laquelle est contigue de
la grande: tellement que par quelques degrez, on va de l'vne à
l'autre.

En laquelle Eglise de saincte Catherine, lesditz Religieux de S.
François font ordinairement leur office diuin, pour estre ladite
grande Eglise occupee en partie par le susdit Caddy, son train &
mesnage, & par les autres nations Chrestiennes : estans en ladite
Eglise

Eglise de saincte Catherine, on nous donna à chacun vne chandelle de cire en la main, puis les Religieux mis en ordre, nous fusmes conduitz ainsi qu'en l'Eglise du S. Sepulchre, à la visitation des
lieux sainctz comme en procession, laquelle se souloit faire par la
grand Eglise, mais estant occupee du Turc, comme dit est, ladite
procession passa par vne voye occulte & soubz terraine, en laquelle
on descend par vingz trois degrez, & trauersant vne concauité appellee la chapelle des Innocens, elle entra auec toute nostre compagnie, au lieu auquel nostre Sauueur fut nay de la glorieuse vierge
Marie, où il fut mis en la creiche, & adoré des Mages d'Orient.
Lequel sacré lieu, n'estoit lors qu'vne petite grotte, taillee au ro-
ther contre les murs de la cité vers Orient, en laquelle, selon l'v-
sage du pays, on mettoit le bestial, pour les causes qui ont esté dites
cy dessus : & est ceste grotte, spelongue ou cauerne, en forme de
cripte directement soubz le grand Autel du cœur de ladite Eglise
principalle, laquelle ne reçoit veüe, clarté ou lumiere quelconque,
que des lampes qui y pendent continuellement ardantes, ou d'autre
luminaire (qui est fort peu) qu'on y apporte par les treillis des portes & degrez susditz.

A. Le lieu
ou le Re-
dempteur
nacquit.
B. Le lieu
du S. Pre-
sepe ou
Creiche.
B l'Autel
des Ma-
ges.
D. Les mō-
tees qui
viennent
de l'Eglise.

Icelle spelongue ainsi l'appelle Sainct Ierosme, n'estoit au temps
passé qu'vne petite chapelle, ne comprenant autre chose, que les
sainctz lieux de la natiuité & creiche, ou presepe : mais depuis par la
deuotion

Ieroni ad
Marcell.

deuotion des bons & fideles Chrestiens, elle a esté ampliffiee & aggrandie, iusques a quarante piedz en longueur, & douze en largeur, totalement cifelee en la roche: & sont les costez & pauemens
d'icelle ornez & lambrissez, de tables de fin marbre blanc, luisat &
poly, lesquelz sont iusques au nombre de quarante tables: dont les
anciens escriuent & racomptent vne chose merueilleuse & admirable, mesme les modernes habitans asseurent l'auoir reçeu de leurs
mayeurs, & ne le puis passer soubz silence, pour donner contentement aux curieux lecteurs, ores que ie ne l'ose affermer pour
veritable, ny aussi le nier, ou contredire à noz peres deuanciers,
car Dieu tout puissant en ses œuures, faict tout ce qu'il luy plaist.
Ilz disent donc qu'vn Souldan d'Egypte, faisant oster semblables
tables de marbre qui estoient en l'Eglise superieure, pour en embellir ses mosquees & palays, il ordonna que celles icy, fussent pareillement enleuees: & comme ses ouuriers les approcherent auec
leur ferremens pour les detacher, voicy venir vn grand serpent sortant de la roche, lequel en mordant de grandforce, toutes icelles
tables l'vne aprez l'autre, les chassa toutes en la presence dudit
Souldan & sa suitte, puis se disparut: dequoy ledit Souldan espouuanté, & portant respect & reuerence a ce sainct lieu, comme font
tous Mahometistes, il changea & reuoqua son premier propos, ordonnant que de la en auant on ne toucheroit plus ausditz marbres.
Sy disent d'abondant que depuis les pieces ainsi cassees, se reioi-
nirent ensemble, comme sans casseures, y demeurant seulement v-
ne marque large d'enuiron vne paulme de main, comme si c'estoit
bruilure, ainsi que d'vne playe se faict la cicatrice: laquelle se voit
encor, mais si ceste marque vient du naturel, ou d'vne veine, ou si
elle procede de la cause susdite, ie n'en ose rien asseurer, tant y a que
pour ce respect, le Turc (tenant l'histoire pour veritable) n'est si
hardy que de les en oster. La superficie ou voulte de ceste spelonque, est du mesme rocher est nuë, & a esté enrichie d'œuure Mosayque, a present fort obscurcy, par les fumees des lampes & d'autres
luminaires qu'on y apporte: & quant à la hauteur d'icelle voulte,
elle peut estre d'enuiron cinq couldees.

Le lieu de la natiuité du Sauueur. Il y a au chef d'icelle spelonque vers Orient, vn Autel, long d'enuiron six piedz & large de trois, sur lequel est vne table peinte, con-
tenant l'histoire de la natiuité dudit Sauueur: le dessoubz duquel
Autel est creux, & se termine sa concauité par derriere à demy
cercle en forme d'hemisphere. Quant au bas & sur terre, le pauement est faict de marbre blanc, portant vne estoille à quatorze

rayons

rayons ou pointes, faictes aussi de marbre de diuerses couleurs: au
milieu de laquelle estoille est vn petit rond enfoncé d'enuiron deux
doigs ayant demy pied en diametre, lequel est faict d'vne pierre
serpentine, qui est aussi vn marbre brun vert, portant des taches de
vert gay: icelle pierre ronde, toutes les nations Chrestiennes, mesme les Turcs, Persiens, Sarazins & Mahometistes, reuerent, baisent & souuent arrousent d'abondance de larmes, & y est mise pour
enseignement du propre lieu, ou Iesus-Christ (qui est reputé desditz Mahometistes, pour le plus grand de tous les Prophetes enuoyez de Dieu, sainct & immortel: & des Chrestiens, pour le vray
Messie, filz vnique de Dieu, Saulieur & Redempteur du Monde)
a esté enfanté de l'immaculee vierge Marie: & deuant lequel tressacré lieu, pendent aucunes lampes, continuellement ardantes.

l'Effigie
de S.
Ierosme.

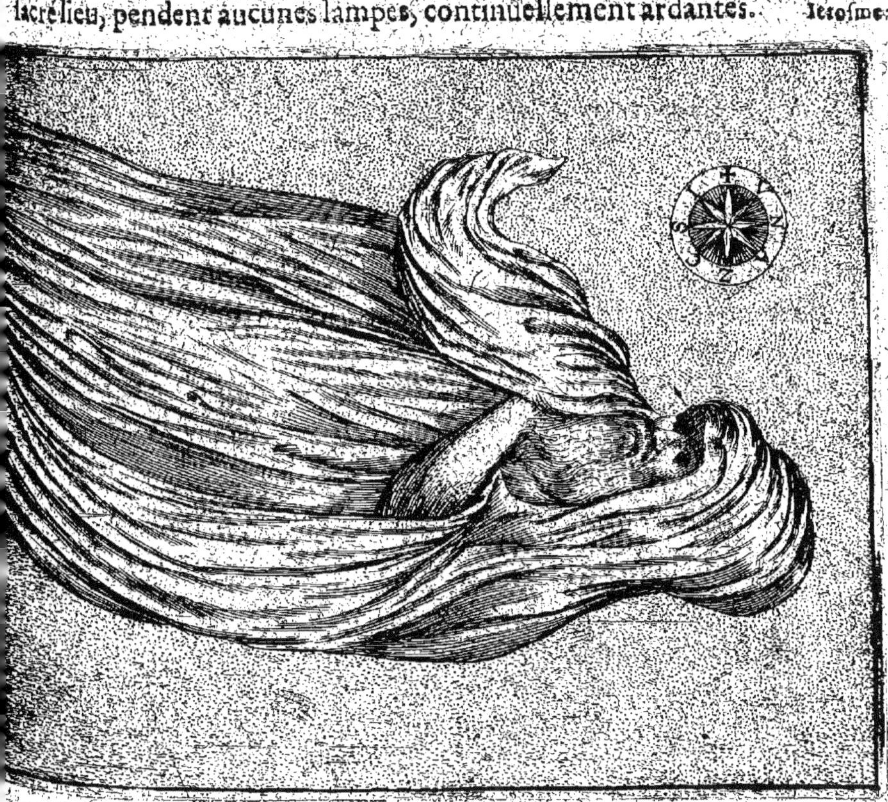

Vers le Midy à la main droite, outre l'vne des portes & de degrez
qui conduisent en l'Eglise d'enhaut, est vne petite Chapelle, ayant
trois colomnes de marbre au deuant, qui soustiennent le roc de la

Le lieu
de la
Creiche.

Ccc 3

voulte,

voulte, en laquelle on descend par trois marches, pour aller au lieu
du sainct Presepe ou Creiche, en laquelle ledit Saudeur nouuellement nay, fut mis sur le foin, entre l'asne & le bœuf. lequel lieu du
sacré Presepe, est vers Occident soubz la concauité de la roche
taillee en guise de voulte s'enclinant & penchant vers iceluy sainct
Presepe, lequel est releué d'vn bon pied plus-haut que le pauement,
& autant peut il auoir de largeur, mais quasi le double plus en lon-
geur: il est d'vne quarrure oblongue, ainsi qu'vne quaisse, de demy
pied de profondeur, tout crouste & lambrissé de marbre blanc &
poly, comme le residu de la chapelle ou antre, mais les costez sont
plus hautz que le deuant: en l'vn desquelz costez à sçauoir au marbre qui est le long de la cripte, vers Septentrion, se voit distinctement & naturellement imprimee la figure d'vn vieillart, ayant la
barbe longue, le vestement iusques aux piedz, & le chaperon mo-
nachal en teste: laquelle figure, aucuns speculatifz, conduitz d'vne
simplicité pieuse, reputent estre l'effigie de S. Ierosme, miraculeusement & par permission diuine empreinte sur ceste pierre, à cause
que ce sainct personnage, estoit en son viuant tant affectionné ama-
teur, seruat & deuot zelateur, diceluy S. Presepe, côme suffisammēt
il a demôtré, escriuant à Marcelle vefue, à la bien-heureuse Paula &
Eustochium sa fille, tres-nobles & riches dames Romaines, les incitant de laisser les superbes palais de Rome, & de venir voir ceste
spelonque, hostellerie de la vierge mere Marie, disant. *Verum vt ad*
villulam Christi & Mariæ diuersorium veniamus (plus enim laudat vnusquis-
que quod possidet) quo sermone, qua voce spelucam tibi possumus saluatoris
exponere. Et illud Presepe in quo infantulus vagiit silentio magis quam infimo
sermone honorandum est &c. comme nous dirons plus auant: aussi a il
prins son habitatiô proche de ce sainct lieu, & y a finy ses iours, ainsi
que i'espere de montrer en son lieu.

A l'entour duquel S. Presepe, sont aucuns petitz piliers, soustenans la voulte du rocher, qui est nud sans ornement, & à vn coing
d'iceluy du costé de Midy est vne leuee quarree en forme d'appuy,
aussi couuert de marbre, sur lequel, selon qu'on tient par tradition,
furent mis les presens & offrandes, que firent les Mages & Roys,
qui adorerent le Sa>ueur. Le benin lecteur doibt entendre qu'au
temps que Iesus Christ y fut mis & posé, la creiche estoit de bois, &
apperceuant l'Empereur Heraclius, que les infideles Mahometistes,
commençoient à enuahir les prouinces des Romains, & qu'apparemment ilz en feroient ainsi de la Palestine ou terre saincte, côme
aussi ilz firent depuis, il emporta auec plusieurs autres dignités, celle
sacree

sacree creiche en Constantinople, laquelle depuis à esté transportee à Rome, ou elle est soigneusement gardee & Reueree, en l'E-
glise appellee *Sancta Maria Maior*, ou elle estoit en vn Autel faict a
propos, deuant le cœur en la nef, ou aussi reposoient les reliques de
S. Ierosme. Mais de mon temps le Pape sixte quint les a faict mettre en vne tressomptueuse Chapelle, par luy edifiee expres en la
mesme Eglise; quoy que ce soit, le lieu ou elle estoit premierement en Bethleem, est encore en estre, decoré de marbre, & visité comme i'ay dit cy dessus, & declareray encore en son lieu, Dieu
aydant.

    Faut aussi entendre, qu'en la mesme Chapelle du sainct Presepe
audit Bethleem, contre l'entree vers Orient, est vn petit Autel, dit
l'Autel des Mages, à cause qu'on tient, la vierge mere auoir esté assise en ce lieu, ayant son enfant Iesus sur son giron, quant lesditz
Roys d'Orient le vindrent adorer, & selon que dit S. Mathieu, offrir or, encens & myrhe. Aux veines du marbre de cest Autel, se
voit (comme au sainct Presepe, ou est l'effigie du vieillart susdit) la
representation de ladite adoration & offertoire desditz trois Roys,
comme si elle auoit esté tiree au pinceau, d'vn excellent peintre,
toutefois naturellement, qui est vne chose de grande admiration :
n'ayans esté iceux marbres trouuez ainsi figurez & si à propos, sans
la prouidence diuine. Que diront icy les Iconoclastes, briseurs des
Images & representations du Saueur Crucifié, de sa vierge mere,
& les sainctz : Car celles cy n'ot esté faictes par les mains des hommes, contre le commandement de Dieu, escript au Deuteronome,
ains de Dieu par la nature mesme. Aussi ce n'est en ce lieu seulemet
qu'on voit telles figures, representees naturellement es veines des
marbres, bois & semblables matieres; Mais il s'en trouue encore assez ailleurs, signamment à Rome, Venise, Rauenne & autres: auquel Rauenne se voit entre autre chose sur le marbre, vn Prestre reuestu comme pour celebrer la saincte Messe, vne teste de mort, deux
tourterelles s'entrebaisans, le tout naturellement & sans aucun artifice. Et quant à ceste figure de l'adoration des Mages, on la montre fort peu & bien rarement: car pour ce que les Turcs la pourroient oster ou rompre, on la tient fort cachee. Vis a vis de cest Autel, contre le paroy de la Chapelle ou Cripte principale vers Septentrion, est encore vn Autel, sur lequel on celebre aussi l'office diuin: & aux deux costez d'icelle spelonque, iusques au fond, sont des
marbres comme escabelles, sortans des parrois des deux costez,
seruans d'apuis aux Pelerins & autres qui y font leurs deuotions.

Icelle

Ou les
Mages
adorerent
le Redem-
teur.

Math. 2.

L'adora-
tion des
Mages re-
presentez
naturele-
ment au
Marbre.

Deut. 22.

Icelle Chapelle, grotte & autre soubzterrain, voire spelonque,
comme la nomment S. Cyrille, & Ierosme, Origene, Euſebe, Nicephore & autres qui en ont eſcript, eſt veritablement encore la
meſme, dont ces bons peres ont fait mention, car depuis leur temps,
il n'y a eu nul changement en iceux, comme i'ay demonſtré au liure
premier. & ſont encore les meſmes Egliſe & Monaſtere, qu'ot faict
baſtir Saincte Helene & Paula, d'autant que les Chreſtiens n'ont
eu garde de les abolir: & quant aux Mahometiſtes, ilz leur portét
grand reuerence, comme entenderez ailleurs. Auſsi ledit S. Cyrille
parlãt de Bethleem & de la ſaincte Creche, dit a ceux de Ieruſalem
Cyrill. « en ceſte ſorte. Quant eſt du lieu de la naiſſance de Chriſt en Beth-
Catech. « leem, tu le ſçais veu que tu es Ieroſolimitain: le ſainct lieu de la
10. & 12. « Creche teſmoigne, que Ieſus-Chriſt a eſté nay: la place de la Creche
Orig. « qui reçeut le Seigneur, confondera les incredules Iuifz. Origene
cout. « dit auſsi. En Bethleem ſe montre vne ſpelonque, en laquelle eſt
Celſum « nay Ieſus, que les Chreſtiens adorent. Depuis ce temps, tous ceux
lib. 1. « qui en ont eſcript denotét ainſi le meſme lieu. Et d'auantage, cõme
i'ay encore dit, ce ſainct lieu (du tẽps des Ethniques & Payés, auãt
l'aduenement du treſ-chreſtien Empereur Conſtantin, & ſa pieuſe
mere Saincte Helene) eſtoit remarqué de la ſtatue d'Adonis: tellement qu'il ne peut auoir eſté oublié ny aboly, eſtant le lieu le plus deuot, & ou l'Ame contemplatiue peut receuoir plus de douceur &
contentement ſpirituel, qui ſoit ſoubz le Ciel: car les ſainctz lieux
de Ieruſalem, Rome & autres grandes Citez, ne nous repreſentent
que ſpectables, eſpouuãtables, horribles & ſanguinolés, comme les
martyres & mortz cruelles du filz de Dieu & de ſes ſainctz, les douleurs, pleurs & gemiſſemens de la vierge Mere. Mais en ce lieu cy
nous conſiderõs toute ioye, allegreſſe, amour & plaiſir, meſme toute
profonde humilité: pource que celuy qui par le pere Celeſte (portã
affection à ſes creatures) auoit eſté promis au genre humain, dés
Patriarches, Prophetes & Ange annoncé, & dés peres eſtans au
lymbe, attendu & grandement deſiré, par l'eſpace d'enuiron quatre
mille ans: luy qui ſortoit du Palays le plus magnifique & incorruptible: luy Roy du Ciel & de la terre, qui donne l'eſtre, la beauté, richeſſes, nourriture & vie, à toutes creatures, & au nom duquel, tout
genouil, tant celeſte, terreſtre, que infernal, ſe flechiſt, comme au
filz de Dieu, voulant prendre chair & noſtre nature humaine, s'eſt
tant humilié, que pour faire ſon entrée au Monde, il a voulu naiſtre
de la vierge Marie (qui l'auoit conceuë du S. Eſprit en Nazareth le
25. de mars, elle n'agee ſeulemẽt de quatorze ans ſelon S. Auguſtin,

Orose & S. Iehan Chrisostome) en ce lieu lors abiect, & n'estant qu'vne cauerne taillee en la roche, seruant d'estable, pleine d'immondicité & fiante d'animaux. Quel plaisir de le voir la en esprit, tendrelet enfançon, enuelopé de drapeletz, ores sur le foin en la creche, ores riant entre les bras, ou sur le giron de la douce, ieune, delicate & royale vierge immaculee, sa mere: Qui ne cessera de le baiser & adorer: D'ouyr encore par les oreilles de la foy, les chantz melodieux des Anges, se resiouissãs de la naissance du Soleil de iustice, & de la verité illec issue de la terre, & de l'aduenemēt de celuy, qui par sa charité & obedience, deuoit appaiser l'ire, que Dieu son pere auoit conceue, contre le genre humain par la preuarication de noz premiers parens.

Aug. l. 4. de Trinit. c. 5. 1. cōr. Iude Paga & Arrian. Orof. l. 1. c. 12. Chrisoft. In Luc. & homi. de Natal. domini.

La de l'oeil mental, on apperçoit les pasteurs venir de nuict, pour voir ce qui leur estoit annoncé, par les Anges & Ierarchies celestes, & les rustiques caresses, que selon leur mode & deuotion ilz luy firent. Comme aussi l'arriuee de ces grands, doctes & nobles Mages, venuz de si lointain pays Oriantal, & ne l'ayans mescogneu, pour la vilité du lieu, ne la pauureté de sa mere & son pere putatif, ny laissé à l'adorer & faire offrande, comme à Dieu & Roy qu'il estoit: Commēt donc s'y doibt le Chrestien resiouyr? Et dire auec la bōne matrone Paula & S. Ierosme. Ie vous salue Bethleem, maison de pain, en laquelle nasquit le pain, qui est descēdu du Ciel: qui m'a faict digne, pauure Ame pecheresse, de pouuoir voir & baiser la Creche, en laquelle mon Seigneur en son enfance, à laissé ouyr sa voix puerile, de prier en la spelonque, ou la vierge a enfanté mon Sauueur: en laquelle terre & spelonque, ie veux chercher mon repos, car c'est la patrie de mon Dieu, i'y demeureray, car le Seigneur l'a eleuë: Icy comme le plus petit & le moindre de tous Chrestiens ie veux prendre ma residence entre les rochers Bethleemites, pour l'expiation de mes pechez. C'est la, comme dit le Prophete Isaye, ou le boeuf a cogneu son possesseur, & l'asne la creche de son Seigneur, mis au milieu d'eux, & eschauffé de leurs haleines: S. Ierosme, excitant les nobles Dames, de laisser les grandeurs, magnificences & delices de Rome, & s'acheminer, vers ce lieu aggreable de Bethleem: apres vn long discours il leur dit. Venons à la villette de Christ, à la tauerne de Marie, pour laquelle louër ie ne sçay quelz propos tenir, ne comment ce pourra suffisamment expliquer, la reuerence deuë à la spelonque du Sauueur, & ceste creche en laquelle il a pleuré comme enfant: mais il vaut mieux par silence, que par insuffisantes paroles l'honorer. Car en ce Bethleem, en ce petit

Luc. 2. Epiphan. contraantidico Makianos heref. 78.

Ieroni in Epitaph Paula & ad Theodorum viduam Epist. 6. lib. 3.

Isay. 1.

Ieroni ad Marcell. Epist. 71. lib. 2.

D.dd. troù

« trou de terre, le Createur est nay, & a esté enuelopé de drapeletz,
« Il y a esté veu des Pasteurs, montré par vne estoille, & adoré des
« Mages &c. Celuy (comme dit frere Pierre doré, auec les peres anciens) qui par sa benignité & clemence, filz vnique & consubstantiel à Dieu, auec l'immortalité, y a adioinct la mortalité : à l'eternelle, la temporelle : De maistre des Anges & seigneur de tous, il a
prins forme de seruiteur : & le sainct des sainctz, a prins la similitude
du pecheur, quant à la nature : d'inpassible, il s'est faict passible, le
tout puissant s'y est faict debile & foible : La sapience & eloquece de
Dieu le pere, y a esté faicte enfant, n'ayant vsage de parler : de tresriche, il s'y est faict trespauure : le pain des Anges, y a esté faict fa-
melique : celuy qui a reuestu les oyseaux du Ciel de leurs plumages,
y est venu tout nud : celuy qui le Ciel & la Terre ne peuuent comprendre, s'est tenu en ce vil diuersoire. O admirable & incompara-
ble humilité de telle Maiesté. Si selon le dire du mesme Sauueur,
toute mere se resiouyt, & ne se souuient plus de ses douleurs, quant
elle voit son enfant nouueau nay, estant néantmoins consceu en
peché & subiet à toutes infirmitez & à la mort mesme : De combien plus y deuoit estre ioyeuse, la glorieuse vierge mere, tenant
son enfant, par elle conceu sans aucun peché par l'operation du s.
Esprit, & illec enfanté sans douleur, & sans corruption de sa virginité, le cognoissant estre le filz de Dieu eternel, le Messias promis
en la loy ? Considerons aussi, que si ceste glorieuse vierge, consola-
trice des affligez, & aduocate des pecheurs, ayme d'estre seruie en
aucuns lieux particuliers : de combien cestuy cy luy doibt estre a-
greable, & cōbien elle y doibt exaucer les Pelerins deuotz qui re-
clament l'asistance de ses prieres, enuers son trescher filz ? Vrayement ie m'y pertz, & me trouue esgaré de mon propos, quant ie re-
memore en mon esprit, la consolation que le Chrestien ressent, en
son Ame, se trouuant en ce lieu tant delectable, plein de deuotion
& d'alegresse, par la contemplation de si grands mysteres, qui y sōt
aduenuz : & pour lesquelz, il est non seulement visité & reueré des
Chrestiens tans ortodoxes, que Schismatiques, mais aussi des Sarazins, Turcs, Barbares, infideles Mahometistes, & ennemis de la
Croix de Iesus-Christ : & seulement noz heretiques auec leur maistre Sathan l'abhorrent & n'y oseroient entrer, voire ilz l'aboliroiēt
s'il estoit en leur pouuoir, pensans faire sacrifice agreable à Dieu,
comme ceux qui brusloient leurs enfans en l'Idole Moloch. Mais ie
vous puis asseurer qu'iceux Mahometistes, ont ce sainct lieu en telle
veneration, qu'ilz font honte, & vergongne à nous autres Chrestiens, à

...iens, à raison que nous n'y faisons telz deuoirs d'honorer & seruir
Dieu, qu'eux, i'excepte la verité de nostre Foy & Religion. Et de
telle leur deuotion, ie parle comme tesmoin oculaire, les y ayant
eu venir faire leurs prieres & ceremonies iournalieres, de telle
erueur, reuerence & deuotion, du moins comme il sembloit, &
selon leurs demonstrations exterieures, que i'en fus emerueillé, &
nostre compagnie aussi. Lesquelz infideles, n'estimeroient auoir
satisfaict au deuoir de leurs peregrinations, quant ilz vont vers la
Mecque & Medina talnabi (qui sont villes situees sur les confins de
Arabie heureuse) pour visiter le sepulchre de leur faux Prophete
& seducteur Mahomet, s'ilz n'auoient visité & faict prieres, en
leur Temple qui est en Ierusalem, en l'Eglise des sainctz Patriarches, Abraham, Isaac & Iacob, en Hebron, par eux reduite en mosquee, & en ce sainct lieu, ou Iesus filz de Marie, le plus-gràd de tous
les Prophetes, a esté nay de la vierge Marie, comme i'ay dit ailleurs.
Et pour declarer quelque partie de leurs façons de faire en leurs
deuotions, ie laisseray icy la poursuite de nostre procession encommencee pour la continuer en autre lieu, & diray seulement, pour
n'y donner tant d'interual: qu'estant icelle acheuee, lesditz Religieux nous firent honestement traiter & prendre nostre refection,
puis nous menerent en vn lieu pour reposer, & la minuit venue, on
nous appella pour assister aux Matines, lesquelles finies, chacun selon sa deuotion reitera à sa bonne volonté, la visite des sainctz
lieux, attendant que l'Aube du iour approchant, lesgens d'Eglise
celebrassent la saincte Messe, au lieu susdit de la natiuité du Redempteur. Or comme il y auoit six ou sept Prestres, noz confreres
Pelerins, disans Messe l'vn apres l'autre: ilz ne peurent auoir si tost
acheuez, que les Turcs, accoustumez d'y aller faire leur Tsala, c'est
à dire oraisons, tous les iours de bon matin, se presenterét aux portes de cuiure, crians que nous eussions à nous haster & sortir de là,
pour leur ceder la place: neantmoins nous ne peusmes auoir si tost
faict noz deuotions (ne desirans volontiers nous en retirer, pour le
contentement qu'auions d'y estre, ioinct que lesditz hommes d'E-
glise, pretendoient tous d'y celebrer) que voicy vn Santon, qui est
comme vn de leurs Prestres, lequel auec vn autre Turc, impatiens
de tant attendre, y entrerent par l'vne desdites portes de la grand
Eglise, & pour la reuerence du lieu sainct, ilz laisserent leurs souliers à l'entree, & de premier abord, ilz s'inclinerent fort deuotemét,
de tout le corps en terre, deuant l'Autel de la saincte Natiuité: puis
s'esleuans, ilz se recoucherent de rechef, reiterans ceste façon &

La deuo-
tion des
Turcs en-
uers le
lieu de la
naissance
de nostre
Sauueur.

Ddd 2

ceremo-

ceremonie par neuf fois, & à chacune fois, ilz baiserent auec effusion de larmes, la pierre rôde qui est au dessoubz de l'Autel: ce faict,
ilz entrerent au sainct Presepe, & y firent les mesmes reuerences,
comme aussi à l'Autel des Mages, puis ilz prindrent la chandelle de
l'vn de noz Pelerins, & s'en allerent es chapelles des saincz Innocens & de S. Ierosme, à chacun Autel & sepultures desquelz lieux,
ilz firent pareilles ceremonies. Et comme à leur retour, l'vn de noz
hommes d'Eglise, s'estoit mis à l'Autel & disoit la saincte Messe, ilz
demeurerent long temps debout le regardans; mais en fin, sans
nous dire mot, ilz se retirerent en l'Eglise superieure, d'ou ilz estoient venuz, & nous firent dire peu apres, que le Seigneur de Bethleem y vouloit venir, & que nous eussions à nous haster. Vne chose
ie remarquay encore en eux, à sçauoir, que se retirans arriere dudit Autel, ilz ne luy tournerent onques le doz, ains alloient en re-
culant, faisans continuelles reuerences & inclinations de la teste.
Par cecy on peut considerer, en quelle estime ilz ont ce lieu sacro-
sainct, & de combien leurs deuotions, & le respect qu'ilz portent
aux lieux dediez à Dieu, surpassent les nostres. Et de cecy ie n'a-
uance rien de moy mesme, mais pour l'auoir veu de mes propres
yeux ie l'ose bien escrire, finissant à tant le present Chapitre, pour
continuer au suiuant, ce qui reste de la visite desditz saincz lieux.

Des autres lieux sainctz, qui se voyent en l'Eglise de Bethleem.

CHAPITRE XXVII.

Tland des lieux souterrains qui sont au lieu de la Natiuité du Redempteur.

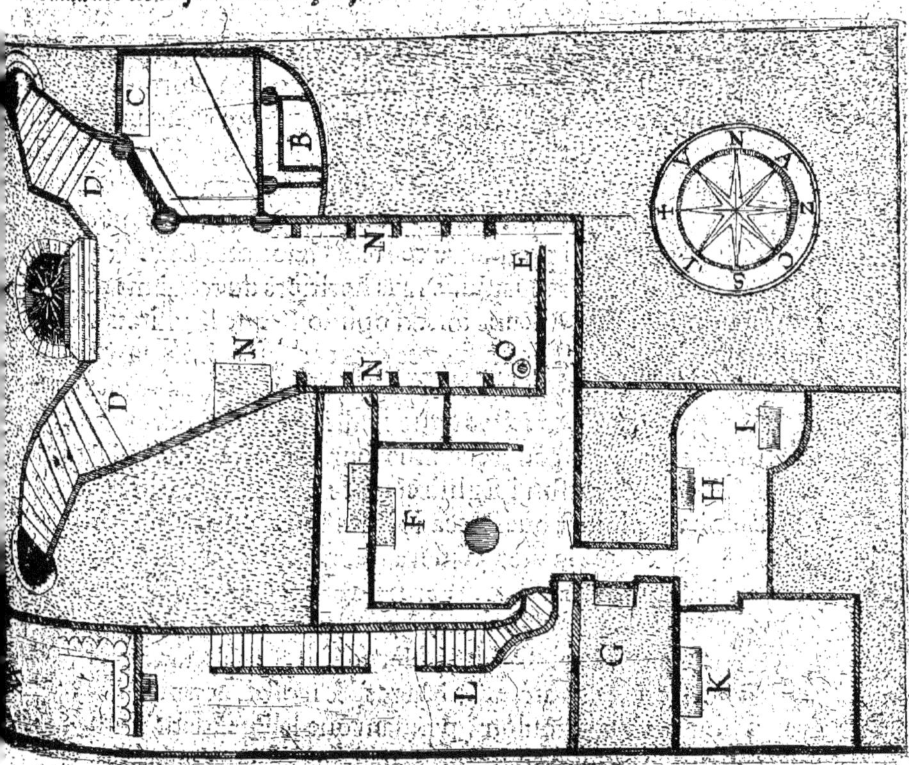

A Le lieu de la SS. Natiuité
B Le lieu du SS. Presepe
C l'Autel des Mages
D La descente de l'Eglise
E L'entrée souterraine venant du Mona-
   stere.
F La Chapelle de sainctz Innocens
G Le sepulchre de sainct Eusebe
H Le sepulchre de S. Paula & Eustochiæ
I Le sepulchre de sainct Ierome
K La chambre de sainct Ierome
L Les degrez pour monter en l'Eglise
   saincte Catherine
M l'Eglise saincte Catherine
N Vn Autel & apuis
O Vn pertuis.

Poursuiuant nostre matiere encommencée, vous auez entendu
benin lecteur, que nous fusmes conduitz en procession, au

lieu tressainct de la Natiuité de nostre Saueur, duquel vous ay representé l'estre & situation, auec les deuoirs qui y furent par nous
faitz, ores que non si suffisans qu'il appartenoit : & iceux acheuez,
nostredite procession sortant de ce lieu, nous remena premieremét
en la chapelle des sainctz Innocens, qui sont les petitz enfans, que
le Roy Herode fit mourir tyranniquement, desquelz nous dirons
icy quelque chose, auant que passer plus outre. Donc ledit Herode
se trouuant deçeu par les Mages, pensant faire aussi occir auec les
autres, le vray Roy des Iufz Iesus-Christ, cóme escript Sainct Mathieu: (laquelle occision aduint, enuiron deux ans apres ladite Natiuité, dont appert par le texte de l'Euangile) qui dit qu'il fit tuer
tous les enfans venuz iusques a cest aage, & en desoubs, ce qu'il fit
executer plustost en Bethleem & es enuirons, qu'en autre lieu, à
cause que le Prophete Micheas auoit predit, que le vray Duc d'Israel
en deuoit sortir: aussi pour estre ce lieu, l'habitatió de ceux qui des-
cendoient de la race de Dauid, vrays heritiers du royaume qu'il oc-
cupoit iniustement. Aucuns sont d'opinion, que la visitation & a-
doration des Mages se fit en fin des deux ans, apres la bien-heureuse
Natiuité, mais Ammonius Alexandrin, Nicephore & plusieurs autres y contrarient, & recitent que lesditz Mages vindrent trouuer
&adorer Iesus-Christ au treiziesme iour apres icelle siéne Natiuité,
& que pour ceste raison l'Eglise celebre au treiziesme iour, la feste
de l'Epiphanie, ioinct que l'occasion des enfans, ne s'effectua si tost,
car il est certain que la vierge mere, obserua les quarante iours dela
purification ordoné par la Loy, ores qu'elle n'en eust besoin,& qu'a-
pres elle se presenta au Temple de Ierusalem, auec son enfant,cóme
il est escript en S. Luc. Quant à Herode, il n'estoit aussi si tost certain, de la secrete retraicte des Mages, & n'osoit attenter à l'execution de son mauuais vouloir, pendant que le President Cyrinus &
Varrus, estoient en la contrée, recueillans le cens, ou tailles impo-
sées par Auguste Cæsar, & faisant la description du peuple suiet à
son Empire: lequel mauuais vouloir, ledit Roy Herode auoit conçeu, pour deux raisons: l'vne, pour la crainte qu'il auoit, qu'vn autre
vint de la maison & famille de Dauid, pour luy oster & à sa posterité
le royaume: & l'autre, soubz ombre de vouloir oster toutes causes
de seditions & guerres ciuiles, faisoit semblát de vouloir complaire
(en ce faisant) à Auguste & aux Romains, desirans seulz dominer
au Monde.

Ces tres-heureux enfans, comme dit Irenée, ont esté les premiers qui sont mortz,& ont souffert martyre pour nostre Seigneur
Iesus-

Iesus-Christ, mais en innocence, & non pour la profession de Foy
comme S. Estienne. Apres ceste cruauté execu tee sur lesditz Innocens, grande partie de leurs corps assemblez, (estans les Iuifz curieux de leur sepulture) furét mis en vne cocauité, taillee au rocher,
laquelle se voit par dessoubz vn Autel, qui est en ceste chapelle vers
Orient: Et selon les Liturgies des Ethiopiens, & le Calendrier des
Grecs, le nombre d'iceux Innocens, excedoit quatorze mille. Ceste
chapelle est aussi en lieu soubz-terrain, & dessoubz l'Eglise principale, toute voultee, ayát vn pilier rustiquement faict au milieu, qui
souliient icelle voulte, n'y ayant aucune clarté, que des luminaires
qu'on y apporte. A l'endroit duquel pilier, a main gauche, est vne
petite allee, par laquelle ladite procession entra en vne autre petite
Chapelle, comme vne grotte: en ceste petite allee se trouue le sepulchre de S. Eusebe, qu'aucuns, mais par erreur, pésent estre d'Eusebe
Pamphile Euesque de Cezaree en Palestine. Car selon S. Cyrille, Cyrill. E-
Patriarche de Ierusalem, ce sepulchre est de S. Eusebe de Cremone. pist. ad 5.
Prestre, disciple & successeur (en administration, aussi grand imi- Augusti. de
tateur, tant en eloquence, qu'en doctrine & saincteté de vie) à sainct Miraculis
Ierosme, auquel il assista & ayda mesme à traduire & escrire la D. Iero-
saincte Bible, en ce lieu de Bethleem: sa sepulture est eleuee en for- nimi.
me de tombe, contre le mur, tellement que la pierre qui couure
icelle, sert de table d'Autel: duquel Eusebe, auec S. Cyrille, en font
encore mention Volateranus, Philippe de Bergamo & plusieurs autres historiens.

Entrant plus auant dedás la grotte, faite en forme de petite cha- Segulchre
pelle, se voit à main gauche, vne autre tombe eleuee, qui est le se- de l'heu-
pulchre des sainctes & bié-heureuses Paula, Eustochium & Blesilla, reuse
mere & filles: laquelle Paula, estoit vne fort noble & tref-riche da- Paula.
me Romaine, extraicte, selon le tesmoignage dudit S. Ierosme,
des familles des Gracques & Scipions tant renommez, mesme du
costé maternel, de la race du Roy Agamennon. Elle auoit esté conioincte par mariage à Toxotio descendant de la maison d'Eneas &
Iules, duquel elle auoit plusieurs enfans, entre autres ceste Eustochium vierge, aussi dite Iulia, vraye heritiere des vertus de sa mere.
Ceste bonne dame estant vefue, se transporta en la terre saincte, &
au lieu de ses Palays splendides & dorez de Rome, elle prefera vne
pauure demeure, qu'elle choisit en Bethleem, se rendant disciple de
S. Ierosme, lequel à beaucoup escript à son honneur, des bonnes
parties & vertus qui estoient en elle, mesme de sa foy, constance,
piete & autres qualitez qu'on pourroit rechercher en vne personne
                                                saincte,

saincte. Elle fit baftir en Bethleem, quatre monafteres, comme i'ay
dit cy deuant, & fe tint par l'efpace de trois ans, en vne petite &
vile chambre, iufques à l'acheuement de l'ouurage, auec fa fille &
autres vierges qui la fuiuoient comme leur Abbeffe. Auffi fit elle
faire des hofpitaux, pour loger les Pelerins, y allas vifiter les faincz
lieux: aufquelz lieux, le Createur & Roy des Roys, fa faincte mere &
Iofeph fon nourricier, n'auoient peu trouuer hefbergement, fors en
vne orde eftable. Laquelle ayant vefcu en grade aufterité en ce lieu
l'efpace de vingt ans, s'y endormit au Seigneur par fon trefpas, qui
aduint le vingt feptiefme iour du mois de Ianuier an quatre cens
& nœuf, aagee de cinquante fix ans, & fut enfepulturé en ce fainct
lieu fort honorablement, par le Patriarche de Ierufalem, S. Ierofme
& autres Euefques, auec grande folemnité, pleurs & gemiffemens:
puis apres auffi fes filles. Et ont leurs reliques efté tranfportees auec
celles de S. Ierofme, & la faincte Creche qu'ilz auoient tant aymee,
en la Cité de Rome.

Sepulchre
de fainct
Ierofme.

Victorius
iu vita B.
Ieroni.
Bremar.
Rom.

Vie de S.
Ierome.

Quafi à l'oppofite dudit lieu, en vn coing qui eft à main gauche
de cefte chapelle, eft vne autre fepulture, fort femblable à celle de
ladite Paula, mais mieux reffemblant vn Autel eleué & non ioint
au paroy, foubz laquelle a efté premierement inhumé le corps du
dit S. Ierofme, qui de fon temps fut vn des quatre plus folides pilliers & celebre docteur de l'Eglife Catholique, appellé par Volateranus, le Prince des Docteurs, natif de Stridonia ville de Sclauonie,
comme i'ay dict aux liures premier & fecond. Il vefquit au temps de
l'Empereur Conftance, filz de Conftantin le grand, il eftoit homme
fort lettré & docte en plufieurs langues: En fa ieuneffe il vint à Rome, ou il eftudia es artz liberaux, foubz Donat: puis apres il alla en
Antioche ou il ouit Apolinaire de Laodicee: de la en Alexandrie, fe
rendant en ce lieu auditeur de Dydimus. En Ierufalem & Bethleem
il fe fit difciple à Barrabanus & Nicodemus Iuifz, pour fçauoir la
langue Hebrayque, ne fe donnant peine de fe faire enfeigner par
hommes, puis que doctes, qui eftoient de religion cotraire à la fiene,
car leur enfeignement luy proffita beaucoup, en l'intelligence des
efcritures fainctes, comme luy mefme tefmoigne: Il fut depuis en
Afie, ou il apprint la langue Grecque, & eftudia es fainctes lettres
foubz S. Gregoire Nazianzene en Conftantinople, pour d'icelles
coferer puis apres, auec les moines & hermites Paleftins: auffi pour
mieux contempler à fon ayfe, les beatitudes celeftes, & faire vne
trefafpre abftinence, il fe retira vers eux en la forte folitude des
defertz, proche du fleuue Iourdain & du mont ou le Sauueur auoit
ieufné

fuit & eust tempté du Diable. Il trouua & inuenta certains caracteres ou lettres nouuelles pour sa nation esclauonique, toutes
differentes des Grecques & Latines.

Il fut faict Prestre par S. Paulin, Euesque d'Antioche, en la compagnie duquel il fut à Rome, & auec S. Epiphane Euesque de Constance, ou Salamine en Cypre, qui a escript contre octante heresies
qui estoient de son temps: & estant audit Rome il fut fait Prestre
Cardinal, par S. Damase Pape. Mais pour mieux vacquer à la lecture & contemplation diuine, il retourna en Syrie, se retirant en
vn monastere, qui est es susditz deserrz, proche du fleuue Iordain,
non tres loing du lieu, ou le Sauueur se fit baptizer par S. Iean Baptiste, duquel monastere se voyent encore de grans vestiges, dont ie
parleray en son lieu. Auquel monastere ayant faict demeure & menant vie fort austere, macerant son corps par assidues abstinences, accompagnées de larmes, ayant esté suiuy d'vn Lyon l'espace de quatre ans. & apres qu'il eust visité toute la Palestine, & par deuotion,
où les lieux sainctz qui y sont, il se retira absoluement & de faict
à Bethleem, & y ferma sa residéce, au monastere, faict par saincte
Paula, y instituant certaine reigle de viure monastiquement: tra-
duisant en ce lieu les liures du vieil & nouueau testament auec plusieurs autres des langues Hebraique, Caldaique & Grecque, en la
Latine. De laquelle traduction ou version on a vsé & vsera en l'E-
glise Catholique, Apostolique & Romaine, iusques au siecle dernier. Il escriuit encore plusieurs autres liures selon les Historiens
Ecclesiastiques: lesquelz, comme tres doctes, & de tres-grande e-
rudition, se trouuent quasi en toutes Bibliotecques.

Le lieu susdit de sa residence audit monastere de Bethleem, & où La Cham-
il labouira à tant d'œuures excellens, se monstre pres du lieu de sa se- bre de S.
pulture, estant bien ancien: & y entre on par vn huis à main droite, Ierosme.
qu'il a quasi quatre, receuant clarté par vne fenestre ou deux. Il y a
vn Autel contre le mur vers Orient. On souloit auoir accés en
ledit lieu, par autres costez, mais à cause des infideles, ilz sont bouchez & muraillez. Ce sainct personnage trauaillant en ce lieu, y
vesquit l'espace de cinquante ans six mois, & y deceda de ce mortel
siecle, penultiesme Septembre l'an nonante vniesme, ou neufiesme selon aucuns, de son aage, & de nostre Redemption quatre
cents xx. ou xxij. durant l'Empire de Theodose le ieune, & Honorius. Il fut honorablement ensepulturé, par son disciple Sainct
Eusebe, assisté de ses moines, & selon son ordonnance, son corps
mis en vn sac de lin, par lequel se sont faict depuis, plusieurs grands
E ee   miracles,

miracles. Ses sainctes reliques ont esté, tansportées de Bethleem à
Rome, & mises auec le sainct Presepe, en l'Eglise de Sancta Maria
Mayeur. Puis par Sixte quint Pape l'an 1586. en la chapelle qu'il
edifice fort magnifiquement au costé de ladite Eglise, comme a esté
dit cy dessus. Et a ledit Pape restably richement, l'Eglise intitulee
de son nom, proche du lieu appellée Ripetra, deuant le Tibre à
Rome.

Ayans solemnellement & auec ladite procession, visité ces
deuotz & tressainctz, nous fusmes remenez par la mesme
montee que nous y estions descendus, en la susdite Eglise de saincte
Catherine, vierge & martyre: En laquelle Eglise ceux qui veulent aller au mont Synay, gaignent les indulgences y concedées
pour la visitatio des sainctes reliques d'icelle royale vierge, laquelle
selon la tradition des peres & Orientaux, seroit venue en ce lieu
pour voir la creche du Saueur, & y receut par l'apparition d'iceluy,
luy, prediction de son martyre, auec promesse de ne l'abandonner
& de luy faire participation de sa gloire celeste. Ladite proces-
ceremonies, deuotions & exhortations en chacun lieu acheuées, on
nous fit tres-bien souper, & puis montrer les chambrettes &
où deuions prendre vn peu de repos, iusques à l'heure de minuit
quelle venuë, nous fusmes appellez pour ouyr les matines, telle-
que nous passames le residu de la nuict, au mieux qu'il nous fut possible en deuotio & reuisites des susditz lieux sainctz, chacun se con-
fessant, & se preparant a receuoir la saincte communion au mesme
lieu, où le pain des Anges descendu du Ciel, auoit voulu prendre
chair humaine, pour reparer la faute du premier homme, & nous
rendre la felicité perdue par icelle.

Mais auant que passer plus outre en ma narration historiale, ie
suis meu & instigué, de dire encor vn mot en passant, contre ceux
qui sont si indiscretz, que d'oser diuertir les cœurs deuotz, d'aller
visiter les sainctz lieux de la Palestine ou terre saincte, disans que
tout a esté ruiné & qu'on n'y voit plus rien. Car en premier lieu, ie
faict apparoir suffisammét, que la saincte Spelonque de la Natiuité
du Redempteur a esté cogneue par la frequente visite que les fideles
les Chrestiens faisoient d'icelle, du temps mesme d'Elius Adrian
Empereur Ethnique: & qu'iceluy pour la contaminer, & à fin qu'il
semblast, que lesditz Chrestiés, (y adorás Dieu) fissét homage aux
Idoles, ou que les ayans en abhomination, ilz desistassét d'y aller,
 il fit mettre en icelle le Symulachre d'Adonis, mentionnée aux
Metamorphoses d'Ouide, qui y demeura enuiron cét quatre vingtz
douze

douze ans, & iusques à la venue de ladite saincte Helene, & lors
elle fut abatue: & sur le lieu purgé & nettoyé, elle fit construire vne
tresbelle Eglise, restablie & enrichie par l'heureuse Paula au teps
de S. Ierolme, comme i'ay assez demonstré cy deuant: qui est encore
la mesme Eglise qui se voit presentement, bien entiere de murailles
couuerture & fabrique, excepté que l'ornement & les riches peintures d'œuure Mosayque sont gastees & effacees, de l'iniure & longueur du temps, dissipateur de toute chose, faute aussi d'entretene-
ment. Car il appert, par ce qu'en escript Tyrius qu'estant Gode- **Tir. lib. 7. C. 24. Luc. 24.**
froy de Buillon auec ses trouppes, arriué à Nicopolis, qui est l'E-
maux mentionné en S. Luc, non guere distant de Ierusalem, que
les habitans de Bethleem le prierent d'en auoir soin & garde, craignans que les barbares & infideles, s'assemblans de toutes partz, tant
pour la defence de la saincte Cité, que pour s'y retirer à sauueté, ne
leur courussent sus, & entrans de furie en ladite ville, ne ruynassent
ladite Eglise, selon les menaces qu'ilz leur en faisoient eux l'aiant contregardee iusques lors, par le moyen de beaucoup de presens
d'or & d'argent: suiuant laquelle requeste, ledit Seigneur Duc leur
enuoya le vaillant Cheualier Tancredé, auec cent lances, qui y furent fort honorablement receuz, & du clergé, & des bourgeois, a-
uec Hymnes & Cantiques: & furent conduitz en ladite Eglise, ius-
ques au lieu de la naissance du Sauueur. Le mesme autheur dit en- **Tir. lib. 8. C. 14.**
core, qu'estant la saincte Cité de Ierusalem conquise par lesditz
Chrestiens, & ledit Godefroy constitué Roy les Princes allerent en
cœur contrit, & en esprit d'humilité visiter tous les lieux sainctz de
nostre Redemption, apprenans de foy oculaire, ce qu'ilz auoyent
entendu de parole & doctrine, selon que dit le Prophete Royal, *Vi-* **Psal. 47. 77.**
dimus omnia quæ annunciauerunt nobis patres nostri. De la estans conduitz
finellement en Bethleem, ilz y celebrerent le iour & feste de la
Natiuité de nostre Seigneur, & virent la creche, & l'admirable spelonque, en laquelle la saincte mere de Dieu & porte de salut, enue-
loppa de drapeletz, le reparateur du Monde, & l'alaicta de ses ma-
melles, crians à la façon de tous enfans nouuellement nais. Il dit **Tir. lib. 10. C. 9 lib. 12. c. 12. Tob. 5.**
encore que Baudouyn Conte d'Edesse (qui est le Rages mentionné
en Thobie) frere & successeur audit Godefroy de Buillon au royaume de Ierusalem, fut par vn iour de Noel mil cent & vn, sacré
Roy en ceste Eglise de Bethleem: & à sa poursuitte, icelle Eglise,
qui lors n'estoit qu'vn Prieuré, fut erigee en Archeuesché, & dotee de grans reuenus. Ainsi le premier Archeuesque y faisant l'office, & qui fut pourueu en ceste qualité, fut Aschinus, qui auparauāt

estoit Euesque d'Ascalon, apres fut vn Radulphe: auquel succe-
nomm. Gerard, lesquelz ioyrent de ceste Archeuesche, & demanderent tant & si longuement, que les Chrestiens eurent confession libre, de la terre saincte.

Donc, par ce que dessus, on cognoist clairement l'antiquité
ceste saincte Eglise, laquelle nous ne trouuons auoir oncques
par aucune guerre, ny des infideles, mais enuieillie par le laps
temps & tombee en caducité: elle a bien esté reparee, tant par la
ble dame Paula, qu'autres bons Chrestiens, specialement par
Princes susditz. Car pour si peu de temps qu'ilz ont eu la direc-
tion & gouuernement de la terre saincte, à sçauoir quar-
huict ans seulement, ilz n'ont peu auoir le loisir, les facile
moyens, de bastir vn si riche & somptueux edifice, comme
ire auoir esté, & est encore ceste dite Eglise, aussi la structu-
celle, n'est en rien ressemblante, aux bastimens des Egli-
quartiers Occidetaux, ne celle qu'ilz ont faict reparer en Ga-
D'auantage, depuis son edification premiere, & iusques
elle a toufiours esté possedee des Chrestiens, encores que les
zins & Turcs se soyeut emparez de la terre saincte, y a qua-
passez, & ce par les moyens declarez au traicté du mont Syon
qui a esté dit en ce chapitre, touchant la reuerence, que les
meristes portent à icelle dite Eglise. Parquoy ie m'estonne
trouue des hommes si impudentz, qui osent dire contre la
commune, qu'on n'y voit plus rien, que tant de personnes
se feroient peinez en vain, voire abusez d'y penser voir quelque
se, & que le tout a esté destruict & aboly. Ce que veritablement
ne voudroient dire, s'ilz auoient eu la grace & le bon-heur
uoir esté, & veu les sainctz lieux comme nous: & s'ils en trou-
cuns, ayans faict les voyage, & n'en sçauent rien dire: à ceux
uient il attribuer, vne vraye temerité & ignorance, voire peu
deuotion, & moins de foy. Mais pour y suppler & pour comp
au Pelerin deuot i'ay prins la peine d'esplucher de prez le tout,
uant que Dieu m'en a donné la grace, & ay faict ceste narration, pour l'instruire de combien il doibt (auec tant de grands personnages qui nous ont precedez) respecter les lieux sainctz,
pourra voir en ce la uraire voyage; Car ce n'est rien de venir,
ne sçait & cognoist ce qu'on voit, non plus que de lire vne langue
qu'on n'entend pas. Aussi qui voudra sçauoir les beaux offices diuins, que de tous temps les Chresties & Religieux ont faitz es lieux
sainctz de la Palestine, par la permission & en la presence des

tres & Sarazins: cela ce peut voir en vn petit traicté qu'en a faict
le reuerend pere F. Boniface Estienne, Euesque de Stagno en Liburnie intitulé, *De perenni cultu terræ sanctæ*, lequel Euesque a esté fort
longue espace de temps Gardien du mont Syon.

De la tour Ader & autres lieux des enuirons de Bethleem.
CHAPITRE XXVIII.

EN poursuiuant donc noz premieres erres, vous auez entendu,
benin lecteur, comment au lendemain de nostre arriuee, les
Turcs nous proffererent de sortir du lieu de la Natiuité de nostre Redempteur, pour aussi y faire leurs prieres: ce qu'estāt effectué par vn
iuedy quatriesme de Septembre 1585. (apres que tous les Prestres
de nostre compagnie y eurent celebré, & les laies communié:) vn
Religieux à ce deputé par le pere Gardien, nous mena hors de
Bethleem en vne valee, pourplantee de grand nombre d'oliuiers,
distante dudit Bethleem, enuiron deux miles d'Italie: laquelle valee est appellee, mesme encore à present, le champ de Iacob, à cause   Camp de
que le Patriarche Iacob, apres le trespas de la femme bien aymee   Iacob.
Rachel, y tedit ses tabernacles ou tentes, pour y paistre son bestial,
comme il est escript au Genese, & est ce lieu appellé en l'escriture   Genes. 35,
saincte, *Turris Ader*, qui signifie tour de bestial. Ceste valee est fort
belle, delectable & fertile entre les montagnes: le plantage des o-
liuiers y croissans, est attribué aux anciens Romains, aussi iceux pa-
roissent fort vieux. Cheminans par ladite valee ou plaine, & lais-   Le lieu où
sans vn village surnommé des Pasteurs à main droite, nous arriuas-   les ancēs
mes au lieu où l'Ange annonça aux Pasteurs (veillans de nuict sur   parlerent
leurs troupeaux) la naissance du Sauueur, ainsi qu'il est escript en   aux Paste-
Luc, Lequel lieu, a esté decoré par saincte Helene, d'vne Eglise   urs.
à l'honneur des Anges selon Nicephore, de laquelle ne reste plus sur   Luc. 2
pied qu'vne chapelle basse & voultee, mais le reste des vestiges de-   Niceph.
monstre qu'il y a eu de grans edifices, aussi aucuns sont d'opinion,   lib. 8. C.
que la tour Ader, mentionnee au Genese estoit en ce mesme lieu.   10.
Approchans duquel, plusieurs paisans Mores ou Arabes, residens
au village susdit, vindrent au deuant de nous, mais non pour nous
accueillir ou cōgratuler nostre arriuee ou nous môtrer la place
où leurs predecesseurs auoiēt eu la vision celeste, & reçeu les bonnes nouuelles susdites, ains pour nous en empescher l'entree, si ne
leur donnions quelques maidins.

Noz deuotions estans la faictes, ledit Religieux nostre cond[ucteur]
&eur nous montra hors des ruines de la susdites Eglise, tirant vers
Midy: vn petit reste de rocher descouuert, remarqué, pour le
lieu (selon la tradition des anciens) ou les bien-heureux pasteurs
estoient lors que l'Ange s'apparut à eux. De la on voit vne montagne
ronde, sur laquelle les Chrestiens, auoient cy deuant faict vn fort
imprenable, ou ilz se sont maintenuz plus de quarante [ans]

Tecua. apres que Saladin eut recoquis la Cité de Ierusalem & terre sainte
sur les successeurs dudit Godefroy de Buillon, mais par faute de secours, & leur nombre diminuant, ilz furent contrainctz l'aban-
doner; & pour leur vertu ledit fort fust appellé Bethulia, encore que
ce fust le mesme lieu, ou estoit Tecua, patrie des Prophetes Abac[uc]
& Amob, comme ie diray en son lieu. Apres la visite des susditz lieux
sainctz, & retournans vers Bethleem, ledit Religieux nous mena
par le susdit village des pasteurs, auquel en vn canton de rue, est vne
cisterne, (& faut sçauoir, qu'en ce pays la, on vse communement
de ceste appellation, mesme souuent en l'escriture saincte, soit pour

Fonteine des Pasteurs. cisterne, ou fontaine, le tout est comprins soubz ledit nom) de
l'eaue de laquelle cisterne, (selon la relation des Orientaux & prin-
namment des habitans du lieu) la benoiste Vierge Marie demanda
vn iour à boire, & les vilains ne luy en voulans tirer ny donner,
maisque l'eaue d'icelle, de soy mesme remonta iusques à la bonde
haut d'ou elle le puisoit, tellemét qu'elle en print & beut à son saoul.
Nous donc, & tous Chrestiens passans, croyás pieusement ces choses, desirames aussi boire de ceste eauë, tant par deuotion, que pour
nous rafraichir, mais la race de ces mechans ne le voulut aucune-
mettre, si ne donnions encore des maidins.

La maisõ de Ioseph　　Vn peu au dehors dudit village, tirant vers Bethleem, nous fut
montré les ruines d'vne petite Eglise, fondee au lieu ou S. Ioseph
espoux & gardien de la Vierge mere, apres la purification d'icelle
s'estoit accommodé pour habitation & demeure, & auquel il receut
commandement de Dieu par l'Ange, qu'il eust à prendre l'enfant &

Math. 2. sa mere, & s'enfuir en Egypte, pour le preseruer de la furie d'Herode, côme il est escript en S. Mathieu. Or l'Ange ne luy dit point
prend ta femme & ton filz, ains l'enfant & sa mere: ce qui denote la
virginité de l'vn & de l'autre, contre l'opinion de plusieurs here-

Theoph. in. 2. math. ques, de ce temps deploré. Theophilacte sur le mesme chapitre de
S. Mathieu, dit, qu'à la naissance du Sauueur Ioseph ne sceut trouuer maison, ains fut l'enfant nay & recliné en la creche estant en la
spelonque, mais que veritablement depuis il en recouura vne, qui
doit

que estre ceste cy: sur laquelle la saincte dame Paula, bastit, selon
l'opinion de plusieurs, l'vn desditz quatre monasteres. Icy nous
eusmes de rechef vne nouuelle alarme des susditz mauuais pasteurs.
Qui ne se contentans que par deux fois ilz nous auoient faict ouurir
bourse, ilz accoururent apres nous, accompagnez d'autres des
enuirons de Bethleem, armez d'Arcs, fondes & bastons, crians &
se tempestans furieusement, comme s'ilz nous eussent voulu massacrer ou engloutir tous vifs, ne cessans tant que leur eussions donné encore chacun vn maidin, qui peut valoir enuiron vn patar &
liart de Brabant, ou quinze deniers de France.

Poursuiuans ainsi nostre chemin en retournant vers ledit Bethleem, & arriuez que fusmes à vn ject de pierre, pres du monastere
de Bethleem, le pere Religieux nostre conducteur, nous fit entrer vne grotte assez grande & profonde, encauee dans le rocher,
&, au dedãs & quasi au milieu d'icelle, vn Autel sur lequel quel-
quesfois on celebre la saincte Messe, & est ceste grotte ou antre appellee l'Antre de la Vierge Marie: la terre duquel est aussi appellee
Laict d'icelle Vierge. A raison qu'elle estant cachee la dedans, attendant que Ioseph preparast son voyage pour aller en Egypte, la
glorieuse Vierge mere de Dieu, y laissa cheoir de son sacré laict
virginal, dont elle auoit grande abondance, suiuant la foy commune
des Orientaux, tant Chrestiens que Mahometistes, lesquelz
pour ceste cause tiennent icelle grotte en tres-grande reuerence:
comme prennent de ladite terre, qui est blanche comme laict, & la
donnent auec du vin, eaüe, ou autre liqueur, à boire à leurs femmes,
nourrices, bestial, brebis & autres, quãt elles sont en faute de laict:
& ilz la portent vendre en Egypte, Ethiopie, par toute la Syrie
&c. pour seruir à telle propriete & remede, tout ainsi qu' õ faict
de la terre sigillee de Lemnos, bonne pour la dissenterie. Ce que res-
content aussi tous ceux qui ont faict le sainct voyage, entre autres frere Iehan Benedicti, lequel appelle cest antre, vne grotte la-
ctement que tous Pelerins en rapportent, & moy comme les
autres i'ay rapporté, dont par plusieurs fois i'ay faict bonne experience, & trouue en icelle terre telle efficace, que i'en ay trop peu reserué pour en donner à toutes les femmes qui m'en demandent. le
Cosmographe Teuet dit que la mesme terre faict conceuoir, ce qui a
esté affirmé par aucunes dames d'honneur. La fut encore faict
esclauer à noz bourses par les habitãs ou tributres du pays, mais
pour chacun vn maidin, nous en fusmes quittes. Neantmoins ilz
regardoient si nous ne toucherions à leurs grains amoncelez par terre

au

au dehors de la fuldite grotte, & marqué de certaine ch[o]-
ferr de feel: laquelle marque nul n'oferoit toucher, fur p[e]in[e]
mis à quelque vaine & amande, comme i'ay encor[e] di[t] au
premier.

Ce lieu ayant efté ainfi par nous reueré, nous retour[nafmes au]
monaftere pour difner, lequel eftant acheué, fut par nous vifité
recherfous les lieux fainctz que la nous auions veu aupar[auant]
entrans en la grand Eglife, pour voir l'Autel de la Circon[cifion qui]
eft à main gauche du cœur, nous trouualmes encore, le d[it pre-]
fis fur les degrez deffus mentionnez, auquel nous fei[mes reue-]
rence. Aucuns font d'opinion que la Circoncifion du Sau[ueur fe]
fit en ce lieu, toutefois il femble que fi, du moins proche de [le]
telmoignage de S. Ierofme, qui dit & attefte que ladite Circon[cifion]
fut faicte, pres du lieu de fa Natiuité, y ayant effe cy deu[ant]
fon fainct prepuce. On nous montra auffi au cofté de c[e]
les refidences des Chreftiens, Grecs, Armeniens & autre[s]
pour faire l'office diuin, felon leur rit & ceremonies.

Toutes ces vifites & deuoirs par nous faictz, ayan[s remer-]
cié peres religieux de leurs peines & bon traictement, prena[ns]
ftement congé d'eux, & remontant fur noz afnes, nou[s]
noftre chemin en retoarnant vers Ierufalem, par la citern[e de]
uid, de laquelle nous eufmes de l'eaue en payant quelque [chofe]
pour boire en recordation dudit Prophete Royal. Or en [parlant]
de ceft œuure i'ay difcouru en ceft endroit quelz & d'ou eft[oient les]
Mages & Roys & l'eftoile qui les guidoit, venus d'Orien[t pour ado-]
rer le Chrift nouueau nay, & fondant iceluy difcours fur [plufieurs]
auctoritez & telmoignages, tant des anciens peres Ecclef[iaftiques]
que d'aucuns Ethniques: mais comme il feroit affez gr[and,]
ce que ie defire euiter prolixité, ie me fuis refolu de le ref[eruer a]
vne autre fois, au cas qu'on trouue ce mien trauail agr[eable,]
que ie cognoiffe qu'il foit recherché, afin que i'aye occaf[ion de le re-]
uoir & augmenter.

Le voyage de Montana Iudes & ce qui y a efté remarqu[é.]

CHAPITRE XXIX

LE lendemain vendredy, cinquiefme iour du mois de Sep[tembre]
audit an 1586. le Rouerend pere Gardien, nous fit con[duire]

on matin, par deux freres religieux, vers les montaignes de Iu-
é, & selon la coustume, noz Asnes nous furent amenez au de-
ors de la saincte Cité, car le Turc ne permet qu'aucun Chre-
ien cheuauche parmy icelle sur quelque monture que ce soit.
Nans donc montez sur lesditz Asnes, nous fusmes conduitz
ur la plaine du mont Gyron, plus bas que la fontaine, ou se
rouuent plusieurs sepultures Turquesques, & de grandes ruines
e la Cité d'Ælia, bastie par Ælius Adrianus Empereur, & depuis
estruite par Homar: ou en passant on nous y montra les vestiges
un grand Edifice, qu'on dit estre celuy, auquel Salomon fut
oinct & proclamé Roy, par commandement du Roy Dauid son 3. Reg. 1
ere, comme est contenu au troisiesme liure des Roys. Et chemin ns tousiours outre, entre midi & occident, vers le vent Gar-
bino des Italiens, & passant par des fascheuses & bien aspres montagnes, en fin nous arriuasmes a l'Eglise sainct Iehan Baptiste, distante de Ierusalem de sept a huict miles ou enuiron. Ces môtagnes
sont appellees Montana Iudee, pour estre trauersantes le destraict
du partage de ceux de la ligné de Iuda, côme fôr les Appenins l'Italie, & s'estédât depuis Emäs iusquespar dela Hebrô & é icelle souloient estre plusieurs villes & places de remarqué. Entre lesqueles
ladite Eglise de sainct Iehan baptiste, laquelle est encore bien en- l'Eglise de
tiere quant au bastiment, demontrant auoir esté de belle structure, S. Iea bap-
comme aussi decoree de peintures à la Mosaique: mais à present elle tiste.
est priuee de tout ornement & respect conuenable à vn lieu sainct,
car on n'y voit que fientes & ordures des mores & Arabes, couchans & y logeans assauoir hommes, femmes, enfans & les be-
staux tout pesle, mesle.
Au costé droict du grand Autel de ceste Eglise, est vne Chapelle,
& en icelle vne Cauerne assez profonde encauee au Rocher, en la Niceph. lib
quelle, côme dit Nicephore, la bonne & saincte Dame Elizabeth 1. C. 14
femme au sainct Prestre & prophete Zacharie, du reng d'Abia Paral. 1. c
mentionné aux Chroniques & en sainct Luc) cacha son enfant 24. Luc. 1.
Iehan Baptiste, pour le preseruer de la main cruelle & sanglante d'Herodes, lors qu'il fit tuer & chercha d'occire, tous
les enfans masles, estans aux enuirons de Bethleem. Les orientaux tiennent aussi qu'au mesme lieu ou est icelle Eglise, ledit
sainct & admirable personnage à esté nay & circonci, puis caché
comme dit est. Ils disent encore, que la parole ostee audit Zacharie pere dudit sainct Iean, par la vision de l'Ange luy annonçant la naissance de sondit filz, luy fut icy renduë, & que

Fff

remply

remply du sainct Esprit, il y composa & chanta le Cantique Prophetique, *Benedictus Dominus Deus Israel &c.* contenu en sainct Luc : lequel cantique l'eglise a ordonné estre iournellement aux Laudes des matines. Ceste Eglise est toute seule de bastiment, sans y auoir aucunes maisons à l'entour, fors au bas de la valée, ou se voit vn lieu, an-
ciennement c'estoit vne metairie. En icelle Eglise, les freres de Ierusalem souloient aller trois ou quatre fois l'an, faire l'office deuotement aux iours sainct Iean Baptiste. Frere Boniface Euesque de Stagno, dit qu'en icelle mesme Eglise, a long temps esté
gardé & tenu en grande veneration, le Cunable ou Berceau de S.
Iehan, auquel il couchoit estant petit enfant.

Enuiron vn iet de pierre plus bas que ceste dite Egli-
se est vne fontaine, appellée des habitans mores, la fontaine de la vierge ou de sainct Iean baptiste, pour cause comme ilz disent, que la glorieuse vierge estant enceincte du verbe diuin & sainct de sa
ieunesse ensemble les parens, s'en sont souuent rafraîchy les
pelerins y passans, en memoire de ce en boiuent auec deuotion, car
en est l'eau tresbonne & sauoureuse, appellée Nephton. Au
traict d'arc plus auant, au pied d'vne montaigne abondante d'oliuiers & belles vignes, est la maison ou residoit le prophete Zacharie, & Elisabeth sa femme, vers laquelle la vierge Marie sa cousine apres auoir receuë l'annonciation
vint de Nazaret en toute diligence par vn long che-
 min, pour la saluer, & pour voir aussi plus clairement cest euure du Pere
phore, ce que l'Ange luy auoit dict d'elle, non par vn
doubte, mais pour tant plus magnifier Dieu en les œures merueilleuses, comme ayant vne femme sterile & ancienne, &
sans cognoissance d'homme, rendues enceintes d'enfans. En ce
lieu ou l'enfant d'Elisabeth, n'ayant encore esté porté droit,
à la voix de la vierge se resiouist au ventre de sa mere, &
tant la bouche d'icelle prophetisa, en la nommant mere de son seigneur, disant qu'elle estoit beneiste par dessus toutes femmes, &
que le fruict de son ventre estoit beniste. Ce fut la aussi, que la glorieuse vierge Marie, remplie du sainct Esprit, magnifia Dieu, sans
iactance ou vaine gloire, prophetisa que de toutes generations seroit dite bienheureuse, ainsi qu'il appert en sainct Luc. Et
 de faict il n'y a nation soubz le Ciel, qui ne l'ait reuere & qui ne la
reuere encore, la saluant comme il apartient auec reuerence,
La mere de Dieu; voire mesme les Barbares & mahometans

mis de la foy chrestienne, ainsi que i'ay demonstré ailleurs, & n'y a
que les heretiques superbes de nostre temps, engeance maudite &
enragee, lesquelz (suiuans en ce l'opiniastreté & instigation de Sathan capital ennemy d'icelle) taschent luy oster l'honneur deu, disans que sainct Augustin & les autres sainctz & anciens Docteurs
de l'eglise, ont commis erreur & Idolatrerie, en requerant l'assistence de ses intercessions.

Il ne déplaira au tresdocte, laborieux & Illustrissime Cardinal,
Baronius, si soubz toute deuë reuerëce & hûble correctió, ie prens
la hardiesse de le contredire, en ce qu'il allegue, contre l'opinion &
asseurance de tous voiagers, la demeure susdite de zacharie auoir

Baronius
an. To. 9

esté en hebron, & non au lieu dessusdit, fondât mon dire auec preuue vaillable, & le consentement de tous ceux qui ont faict & escript
dudict sainct voiage: assauoir le pere Bonauenture, Brocardus des
l'an 1283. Rudolphus pasteur de Suls en vvestphale l'an. 1350.
Stephanus de Gompenberg l'an 1449. Rudolphus Langius Chanoine de Munster l'an. 1466. Brenard Bredenbach doien de Mai-

ence

écel'ã.1483. Frãcisco Soriano Gardiẽ du mõt Syon l'an.1485.Bartolomeus de Saligniaco Protenotaire & cheualier.1522.Lereuerẽd Euesque de Stagno, ayãt aussi esté quinze ãs gardien du mesme lieu,& vne infinité d'autres en partie nommiez en nostre liure I. Auparauãt tous lesquelz, a encores escript Iacobus Pãtaleõ Patriarche de Ierusalé l'ã.1247.& leurs escriptz & opiniõs tous coformes les vns aux autres,pourle regard du faict dont à preset il s'agist. C'est aussi chose vraie, notoire & cõmune,que les Religieux & Chrestiẽs residens sur les lieux, tant latins,que Grecs & Suriés tienét pour veritable, par traditiõ de leurs predecesseurs & de pere en filz, que é ce lieu estoit la maisõ de Zacharie. Et de faict, nõ seulemét la Cité d'Hebrõ, a esté assignee aux Leuites & Prestres,é la portion de la lignee de Iuda,mais aussi, cõme nous lisõs au liure de Iosué & aux Chroniques Eschemo, Lobna,Dabir,Ain,Iether & Iethã:n'estãt seule ladit Hebrõ situee es mõtagnes de Iuda,ais aussi lesdictz Iether & Iethan,selon S. Ierosme,qui dit que de son téps les habitans de Iether & Ain, estoient tous Chrestiens, & lesditz Iether & Iethan situees entre Ierusalem Eleuteropolis & Geth, tirant vers Occident en la Palestine: Il me semble aussi, que le grand chemin, allant de l'vne Cité a l'autre, passe deuant la maison de Zacharie, mesme qu'en ce lieu peut bien auoir esté situé Iether ou ledict Iethan,du moins leurs faux bourgs: car les Prestres,demeuroient aussi bien aux faux bourgs, qu'es Citez, cõme appert au secõd des Chroniques. D'autre part Matathias & ses enfans surnommiez Machabees ou Assamodees, estoient aussi de la lignee Sacerdotale, & auoient leur residence en la Gité de Modin,qui se voit es mesmes montagnes, de la susdite maison de Zacharie, à l'opposite du premier desert sainct Iehan, mentionné ci deuant: & n'est le Modin specifié au liure de Iosue comme aussi n'est Nobe, où residoit & fut massacré par ordonnance du Roy Saul, ⁎ chimelech & les Prestres, aians receu Dauid fugitif. Quant à la demeure d'Helie Thesbite,de la lignee d'Aaron,elle estoit sur le chemin entre Ierusalem & Bethleem, comme il se voit encore par l'Eglise & monastere illec basti par saincte Hélene selon le dire de Nicephore: ledit lieu estant encore en estre,& habité par des moines Grecs. La tour restee de la maison de Simeon le Iuste, est en la valee de Raphaim, comme i'ay declaré cy deuant. Et puis le mesme Nicephore dit, que Zacharie filz de Barachie grand sacrificateur estoit issu d'vn Bourg nõmé Chophat, & que ses reliques apres furent trouuez dans le Chãp Noeman proche de Betharia,

Iosue. 15.
21. 1Paral.
6.

Ieroni. In
loc.hebr.

2.Paral.
C.11.

2.Reg. 21.
22.

Niceph.lib
8.C.30.

Luc.2.

Nic.ph.lib
14.C.8.

...haria, a quarante ſtades de la ville d'Eleuteropolis (qui ſont cincq
...ille) ſeló Dorothee Euesque de Thyr, & me ſemble, que Zacha-
...e pere de ſainct Iehan, pouuoit bien deſcédre de ce Prophete,
...r les noms demeuroiét ordinairemét a la poſterité & es lignees
...ómme appert en ſainct Luc. 1. Auſsi que ce Noeman, Chophat, &
...etharia, ne pouuoient eſtre guerre loin de ce lieu, ou nous voiós
...Egliſe encore entiere baſtie ſur la grotte, en laquelle (ſelon le
...eſme Nicephore) ſaincte Eliſabeth garda ſon enfant ſainct
...han, pour euiter la main ſanglante d'Herode, cherchát de le tuer
...uec les autres enfans de la contree de Bethleem, & de la race ou
...amille de Dauid. Puis ſe voit encore l'autre Egliſe ruinee qui eſt
...deux ieatz d'arc de la ſeulement, edifiee ſur la maiſon de Zacha-
...ie es murs de laquelle ſe voiént des Images reſtans de l'antiquité.
...à auſsi eſt la fontaine qui eſt entre deux, ſelon qu'elle a eſté ci-
...deuant reprepentee: & la troiſieſme petite Egliſe, auec ſes edifices
...à deux milles de la, ſur le premier deſert & autre de ſainct
...han. Outre toutes ſes preuues ſi preignantes, i'adioute la re-
...uerence que encores portent eſditz lieux, tant les Chreſtiens que
...Mahometiſtes, pour la memoire de ce grand Prophete: ce qui nous
...aſſeure ſans en faire aucũ doubte, que c'eſtoit en ce lieu, la demeu-
...re dudit Zacharie, & non en Hebró, ou ne s'en voit aucune remar-
...que: ni en Ieruſalem, ſelon l'opinion du maiſtre des ſentences & au-
...tres, diſans que la Cité de Iuda mentionee au texte de l'Euangile,
...eſt Ieruſalem, enquoy ilz errent; Car ores qu'en icelle, euſt eſté le
...ſiege Royal des Roys de Iuda, depuis que Dauid en ietta les Iebu-
...ſiens, ſin'eſtoit elle au deſtroit & portion de la lignee de Iuda, ains
...totalement de Beniamin, eſtant le terme & limittes de l'vne & de
...l'autre lignee ou tribu, en la valee Ennon ou Tophet, bornante du
...coſté de midi le mót Syon: auſsi elle n'eſtoit Cité Sacerdotale, ains
...Royale, & y venoient les Preſtres d'alieurs faire leur office, chacun
...ſelon ſon tour & ordre. Par quoy ie ne doubte nullement, que ſi
...l'illuſtriſſime Baronius & autres de ſon opinion, euſſét veu leſditz
...lieux, enſenble les edifices treſanciens, & les apparences de la
...veriſimilitude, ilz ſeroient contraitz de ſuiure l'aduis du vene-
...rable Brocardus & de tous les auteurs deſſuſditz & les Pelerins
...Ieroſolimitains. Et quant aux ſubmentionez Zacharies, i'en ay
...encore eſcrit cy deſſus au Capitre xj. Or donc ſur ceſte maiſon
...(ſanctifiee par la preſence de Ieſus Chriſt, & de ſa benoiſte vierge
...mere, par S. Iehan Baptiſte, Prophete Zacharie & Elizabeth ſes
...pere & mere, & ou la vierge a demeuree l'eſpace de trois mois,
...quant que s'en retourner vers Nazaret, comme recitent S. Luc,

Doroth.
in vit. Pro
phet.

Niceph. lib
1. cap. 14.

F ff 3   & S.

Luc.1.
Ambrof.
homil. In.
1.cap.Luc.

& sainct Ambroise, & ou tant de sainctz colloques & paroles diuines ont esté propherées) a esté bastie vne Eglise & monastere, mais
il n'en reste en pied que les murailles de la Closture, vieilles & espesses, & partie de l'Eglise qui estoit au dedans, esleuée à deux estages: sur les murs de laquelle, sont encore peintz d'vne tres-antique
façon, aucuns images de sainctz à la mode des grecs. Les ruines &
masures de ceste Eglise, sont habitées & entretenues, comme celle de
sainct Iehan mentionnee ci dessus, & ne nous y fut permis l'entrée,
sans paier quelques maidins: à quoy nous forcerent les hommes, en
ladite Eglises S. Iean, & icy les femmes criantes comme forcenées.

Defert pre-
mier de S.
Iean Bap.

Aiás faict esditz lieux noz deuotiós, selô le deuoir des Chrestiés,
& au moins mal qu'il nous fut possible, Il nous print volonté d'aller visiter le premier désert, auquelle ledit sainct Iehan baptiste, s'est

tenu en son enface, lors qu'il auoit vn Ange & l'esprit de Dieu pour

Luc.1.Ni-
cep.lib. 5.
cap.14.

maistre & conducteur, (ainsi que disent sainct Luc, Nicephore &
autres) iusques au iour qu'il se montra en Israel, preschant le baptesme & penitence, qui fut selon sainct Luc l'an quinziesme de l'empire d

Tetrarche, gouuernant ou presidente, la Ponce pilate, pour
nom dudict Empereur. Soubz lequel pilate, Iesu-
christ il mort, & passion pour nostre salut, & c'est ledit desert,
voux mille de la maison dudit Zacharie. Et estans paruenuz
es chemins fascheux & dangereux, audit premier desert, ainsi
pour la difference des deux autres, esquelz ce sainct personnage a esté comme ie diray plus auant, nous fusmes tous fort
aise de voir vn lieu tant delectable, bres qu'il soit situé, comme
l'austere solitaire & aspre desert, esloigné de toute habitation
humaine, pour la consideration seule, que ce sainct homme y a re-
pomuersé, n'vsant pour viande selon Nicephore au lieu
dit, que des extremitez des arbres & rameaux, & ne portant
aupcrture sur son corps, que la peau d'vn chameau, & par
vne ceinture de cuyr. L'autre auquel il demeuroit, & où il
aymoit de habiter les lieux solitaires esloigné du peuple, &
fait mention l'hymne qui se chante, el Eglise a la solénité, disant

Antra deserti teneris sub annis

Ciuium turmas fugiens petiisti, &c.

estant en vn rocher, contre le pendant d'vne montagne en pre-
mierre & pleine de buissons au dessus d'vne profonde val-
descoulent les eaues pluuiales de l'autre costé ayant le mont
ou il estoit le mont des machabees, qui de là se montre fort
lequel Antre est assés grand au dedans, & y a au bout vne le-
ctiue, vn lit, où ce sainct personnage se reposoit & couchoit,
& depuis a seruie d'Autel pour celebrer l'office diuin. Il y a
pertuis seruant de fenestre. L'acces & entrée de cest Antre,
dure & estroite, allant en descendant, tellement que si le pied
on seroit en danger de tomber & se tuer, prés de laquelle
est vne petite fontaine d'eaue viue fort sauoureuse, de la-
m peult puiser en deux endroietz, assauoir en hault ioignant
& au bas a l'endroit dudit Antre, au dessus duquel a esté
basty vne petite Eglise, auoisinee d'vn petit monaste-
la se voient encore les vestiges, comme on peult congnois-
la figure de la representation desdict lieux qui est cy des-
au naturel, comme sont toutes les autres figures, qui sont
mis le second que au present liure.
auquel mont y a plusieurs buissons & arbres, portant des costes
les fort longues ressemblantes celles des feues, mais plus gran-
lesquelles selon matheole les apoticaires latins appellent *siliqua*,
les Grecs *malia*, les Arabes *Charub*, les Italis *Carobe*, les Espagnols
Alfarobas,

Alfarobas, les francois Carognes, & les Allemans. S. Iohans brot
voulans dire que ce sainct personnage en vsoit pour viande, ores
que fraischement prinses, elles aient vne odeur assez fascheuse,
mais estans sesches, aucuns les mangent volontiers, neantmoins elles engendrent mauuaises humeurs, selon Dioscoride, Pline & Galien, qui disent estre meilleur, les laisser en lieu
ou elles croissent: toutesfois Matheole dit, qu'il en croist aussi au
Royaume de Naples, en la Pouille & en la terre de Labour es enuirons de Fondi, Itri & Mola, sur le lieu appellé *la via Appia* elles sont
souuent mises en œuure par les apoticaires pour Capobalsamum:
ses fueilles sont ciselees, comme celles du fraisne, mais plus larges
& rondes: l'escorce de l'arbre tire sur le pers, ledit fruict a quelque
douceur sade à le mâger, neantmoins cela se gouuerne selõ le goust
des personnes: estans fraisches, elles laschēt le ventre, & seches le
reserrēt rēdāt les persõnes cõstipees, en fin elles sõt fort nuisibles à
l'estomach. Aucuns Pelerins prénent des bastõs de ce bois pour en
faire des bourdõs & les porter en memoire dudit desert S. Iehan.

 Finablement ayans visité tous lesditz lieux, & en iceux fait noz
petites deuotions, le Reuerend pere Gardien nous y fit prendre du
pain & du vin, qu'il auoit faict apporter auec nous, & estans vn peu
rafraischis de l'eau de la susdite fontaine, nous conuint remonter
sur noz Asnes, & nous destournans vn mile & demy, du droit chemin de Ierusalem, on nous fit passer par vn village, assez bien habité, dont ie n'ay sceu sçauoir le nom, duquel estoit chef vn guide
qu'auions prins pour nous mener par ces chemins fascheux, & sans
lequel, les vilains de la côtree, nous eussēt couru sus & exactiõnez.

 Estans passez quatre mile loing du desert susdit, nous arriuasmes à la fontaine en laquelle S. Philippe baptisa l'Eunuque de
Candace Royne d'Ethiopie, estant le premier des Gentilz, selon
Nicephore, qui a creu en Iesus-Christ & a esté baptizé, suiuant la
Prophetie de Dauid, qui dit, Ethiopie preuiendra & estendra ses
mains vers Dieu. Ceste fontaine est encore assez belle & entiere,
eleuee de massonnerie, & aiant des deux costez des bacs de mesme,
par lesquelz l'eaue court le long du mur, pour abbreuuer
le bestial en passant: car le chemin Royal, menant de Ierusalem
vers Gasa & Egipte, passe par deuant: Au costé droit d'icelle fontaine, se voient les ruines de quelque Eglise & autres edifices aucunement grands: & comme nous pensions (en memoire du faict
que dessus) nous lauer de l'eaue de ladite fontaine, & en boire
pour rafraichir ou estaindre l'alteratiõ que nous causoit l'excessiue
ardeur

Diosco. C
110. Plie.
villt. natu.
lib. 15.
C. 25.
Galen.lib.
2. de alim
Fac. lib. 7.
simp. med.

La fonte-
ne de sainct
Philippe.
Act. 8. Ni-
cep. lib. 2.
C. 5. Psal.
68.

ardeur du Soleil & ce penible chemin, les enfans ioüans pres de ce
lieu, nous voiaus venir, la troublerét, tellemét qu'on n'en pouuoit
boire. Et esperás qu'elle s'esclerciroit, tādis que feriōs noz petites
déuotiōs & oraisōs, apperceusmes venir droit vers nous, vne trouppe de Cheuaucheurs, qu'estimions estre Arabes & voleurs, ce qui

causa que remontás hastiuemēt sur noz Asnes, pour cheminer vers
le monastere de saincte Croix & y estre a sauueté, mais ilz nous r'a-
tendirent auant qu'y pouuoir arriuer, & nous composerent chacun
adeux maidins: neantmoins en recompense, ilz nous firent long
temps escorte, & cogneusmes que c'estoit vn Soubassa de Ierusalé
auec ses gens, qui comme vn preuost des mareschaux, ou capitaine
de Campagne, alloit par les champs pour tenir les chemins libres
des voleurs, desquelz eux mesme exercent bien souuent le mestier.
Ainsi estans satisfaitz, ilz nous demanderent si auions du Nibith,
qui signifie vin en leur langue, & tenions que si nous eussions dit
qu'ouy, ilz n'eussét faict scrupule de le boire, ores que ce leur soit

Ggg   defendu

defendu par leur loy, & que ce fut lors leur Caresme, durant lequel
ilz ne peuuēt boire ni māger iusques au soir que le soleil est couché.
　　Pour reuenir donc à nostre soiaine S. Philippe, elle sort du pied
d'vne mōtaigne, sur laquelle estoit assise la forteresse nōmée Bethsur, Bethsor, Bethsura & Bethserō, qui signifie en lāgue hebraique,
maison d'Angoisse, roche muree, ou forteresse: c'estoit vn lieu
tresfort & le mieux muni de toute la Iudee, comme appert en plusieurs endroitz de l'Escriture sainćte, & en Ioseph, ou nous lisons
que Roboan filz du Roy Salomon (lors que les dix lignees d'Israel
s'emanciperēt ou se diuorserent de son obeissance, & prindrent Ieroboam pour Roy) fit fortifier ledit Bethsura auec Bethleem, Tec-
na, Etha, Soch, Ip, Maresa, Adurā, Lachis, Ziph, Azech, Sarē, Elom,
Hebron & Odolla, toutes en la terre de Iuda. Nous trouuons
aussi, que Nehemias filz d'Asbotz (qui fit r'edifier la partie de la
saincte Cité de Ierusalem, contre le sepulchre du Roy Dauid, la
Piscine & la maison des fortz) estoit Prince & seigneur de la moitié dudit Bethsura. Es liures des Machabees & é Ioseph est declaré,
que durāt les guerres desdit Machabees, elle a esté par plusieurs fois
prinse & reprinse. S. Ierosme en parlant, dit en ceste sorte, *Bethsur in*
tribu Iuda vel Beniamin hodie est Bethsura vicus euntibus nobis ab belia chebrō,
in vigesimo lapide, iuxta quam fons ad radices mōtis ebuliens ab eadem in qua
gignitur, sorbetur humo & Apostolorū acta referunt Eunuchū Candacis reginę
in hoc esse baptisatum à Philippo. Ie laisse icy la forme & l'histoire du
baptesme dudit Eunuque, pour estre amplement contenu es actes des Apostres, & es histoires ecclesiastiques. Mais quant à la question de scauoir, qui estoit le S. Philippe baptisant, s'il estoit Apostre,
disciple, ou vn des sept diacres mentionnez esditz actes, le venera-
Beda maintient que c'estoit ledit disciple, car, dit il, si c'eust esté l'A-
postre, il eust peu par imposition des mains comme Euesque, faire
descendre le S. Esprit sur les croians par luy baptisez en Samarie,
entre lesquelz estoit le premier & pere des heresiarques Simon le
magicien, car tous Apostres estoient constituez Euesques par Iesus-Christ, mais n'en ayant la puissance, S. Pierre & S. Iean y furent
enuoiez: enquoy se voit que l'auctorité Ecclesiastique, est limitee
entre les personnes de dignité, & qu'il n'est a tous permis, s'ingerer en la fonction d'icelle, comme veullent faire les heretiques de
nostre temps, auec Nadab & Abiu, offrans feuz estranges, & le Roy
Ozias excedant sa charge & n'estant consacré. Le mesme Beda dit
que c'estoit ce S. Philippe, appelle l'euangeliste, ayant sa maison &
quatre filles Prophetesses en Cesaree maritime, chez lequel S. Paul

print

Bethsur,
Fortres.

I. esue. C.
15.
Paral. 1.
C 2.
2. Paral.
C. 11. Io-
sep. ue t. lib.
8. C. 3.

Esdras lib.
2. C. 3.

Machab.
C. 4. 6. 9.
10. 11. 14.
2. Machab
Cap. 11. &
13.
Ioseph. ant.
lib. 12. C.
14. lib. 13.
C. 9.
Ieroñi. In
loc. hebra.

Act. 8.

Beda. In
C. 8. act.

leuit. 10.

2. Paral.
C. 26.

ſant logis, comme nous liſons auſsi aux Actes des Apoſtres, & laquelle maiſon a eſté ſelon S. Ieroſme, edifiee depuis en Egliſe, viſitee par S. Paule, Dorotheé Eueſque de Thyr, au temps de Conſtantin le grand, & martyr ſoubz l'Empereur Iulian l'Apoſtat, en vn petit traicté qu'il a faict, de la vie & mort des Prophetes, Apoſtres & diſciples, dit que ce S. Philippe, fut conſtitué Eueſque de Trazelli, Cité d'Aſie, & l'autre qui eſtoit l'Apoſtre, fut enuoié preſcher l'Euangile aux Schites, & a eſté Crucifié en Ierapolis Cité de Phrigie. Hieron. in Epitaph. Paula ad Euſtochiū

Continuant donc noſtre narratiõ & deſcription, du lieu ou nous eſtions lors que ladite fontaine fut par nous laiſſee, qui eſtoit vne treſbelle valée entre les montaignes, ayant touſiours eſté fertile, come elle eſt encore preſentement, en bleds, vinobles, Oliuiers, & toutes ſortes de fruictz, & comméce proche de Ieruſalé & s'eſtéd bien amplement du Septentrion vers le Midy, eſtant celle meſme, qu'on appelloit, *vallis Raphaim & Gigantum*, c'eſt a dire des Geantz, de laquelle eſt faict métion au ſecõd liure des Roys, au premier des Chroniques, & é Ioſephe, ou ſouuét les Philiſtins ont eſté cãpez, & desfaict, par le Roy Dauid: auſquelz lieux de l'eſcriture côme auſsi és Propheties d'Iſaye, eſt declaré la fertilité. Or la partie de ceſte vallée, qui eſt proche de ladite fontaine S. Philippe, s'appelle auſsi Nehel-Eſcol, ſignifiãt ce mot de Nehel, torrét & eſcol, *botrus* en latin, c'eſt a dire, branche de vigne auec la grappe de Raiſin: à cauſe qu'en ce lieu, les explorateurs ou eſpies enuoiez par Moyſe, pour recognoiſtre la terre de Canaan, y trouuerent & emporterent grande abondance de Grenades, figues & autres fruitz, meſme couperent vne branche auec ſon Raiſin, laquelle deux hommes portent auec vn leuier, comme il eſt eſcript au liure des nombres. Entre leſuſdit Bethſura & Bethleem diſtant enuiron deux mile de l'vne & de l'autre, eſt vn village appellé Bezec, ou Saul nouuellement oinct Roy, aſſembla le Peuple d'Iſraël, lequel s'y trouua en nombre de trois centz mille, & celuy de Iuda trente mille contre Naas Ammonite, qui fut desfait par eux, auſsi qu'eſt eſcript au premier liure des Roys: lequel village eſt habité par des Chreſtiens, & Suriens, & y croiſt le meilleur vin de la Paleſtine. Raphaim valée. 2.Reg.23. 1.Paral.11 14. Ioſep. ant. lib.7. c. 4.Iſay. 17. Neheleſcol Num.13. Bezec. 1.Reg.11.

Non guerre loing dudit Bethſura, eſt Sicelech, que le Roy Achis de Geth, aſsigna pour demeure a Dauid & ſes hommes, qui eſtoiét en nõbre de ſix centz, fuïans auec luy la perſecution du Roy Saul. Mais Dauid qui fort l'aimoit, eſtant allé auec ſeſditz hommes hors Sicelech.

Ggg 2.   dudit

dudit lieu, pour se representer au seruice dudit Roy de Geth
les Amalechites & Egiptiens vindrent audit Sicelech, le prindrent
bruslerent, saccagerent & emmenerent Achinoë & Abigail, femmes
dudit Dauid, auec les femmes & enfans de ses durz hommes, lesquels
retournans neantmoins le mesme iour & quasi à l'instât (Dauid ayant consulté promptement cest afaire auec le Sacrificateur Abia-
thar) il poursuiuit si diligemment ses ennemis, se resiouissans d'al-
legresse, pour les despouilles qu'ilz emportoiét: qu'il les surprint en
desordre, & les deffit legerement, recouurant par ce moyen, tout
le butin. Ce mesme iour fut donnee la sanglante bataille, entre les
Philistins & Israelites, en laquelle moururent Ionathas, fidel amy
de Dauid, Aminadab & Melchisua a Saul leur pere & Roy, sur la
montaigne de Gelboe. En ceste Sichelech se presenta aussi le ieune
Amalechite à Dauid, luy annonçant la deffaite des hebrieux, ésem-
ble la mort de Saul & ses filz, & luy presenta le Diademe Royal &
braceletz qu'il luy auoit osté estant expiré: & lors Dauid par ordo-
nāce de Dieu laissa ce Sicelech, & se retira en Hebron ou il fut esleu
Roy sur tout Israel, comme nous lisons aux liure des Roys & en
Iosephe.

1. Reg. 27.
28. 29. 30.
31. 2. Reg
1. 2. Iosep.
ant. l.b. 6
C. 14, 15.
lib 7. C, 1.

Mais reuenant à nostre voiage encommencé, vous auez entendu cy dessus, côme en vn chemin pres de la fôtaine S. Philippe, nous
feusmes poursuiuis & attaintz du Soubassa de Ierusalé, & comme
il nous conduisit assez long temps en chemin, deuisant auec nostre
conducteur & Trucheman, puis nous laissa aller prenant son chemin vers les montaignes: duquel depart nous fusmes bien ayses,
car nous estions en crainte que ledit Soubassa né nous fist desplaisir.
Or ce chemin ou il nous trouua, & qui vient de la fontaine sainct
Philippe, & mene de Ierusalé vers Gaza, & trauerse la vallee des Geantz, autrement dite Raphaim, est le lieu ou les miserables Iuifz de
toute sexe & aage, ont par trois fois esté menez en captiuité, premieremét selon S. Ierosme par Nechar Roy des Babiloniens, vers
Egipte comme nous lisons au quatriesme liure des Roys: secondement, ceux qui furent menez pour esclaues en Alexandrie, par
l'ordonnance de Titus: & tiercement, le grand nombre qui fut vendu à la foire du Therebinte d'Abraham, au temps d'Helius Adria-
nuz. Estans aussi eschappez de ce Soubassa, & continuans nostre
chemin, par le bas de la maison ou tour de sainct Simeon le Iuste,
mentionnee cy dessus au voiage de Bethleem, & l'Euangile sainct
Luc au second Chapitre.

Ierom. in
C. 31. Iere-
mie.
4. Reg. 23.

Luc. 2,

Finable-

Finablement nous arriuons en vn petit quartier de la susdite vallée Raphaim, assez bien cultiué, auquel entre plusieurs oliuiers est
vn monastere dit de saincte Croix, occuppé & gouuerné, par vn
Euesque & Religieux, de la secte des Georgiens qui sont schismatiques, non seulement de l'Eglise Catholique & Romaine, mais aussi
de la Grecque schismatique, neantmoins ilz font leur office & seruice, en langue Grecque. Et ont leur origine & demeure principale,
és confins des Perses, Medes & Assiriens, selon Iacobus de Vitria-
to, & sont appellez Georgiens, de S. George leur patron. Lequel
Euesque nous ayant faict ouuerture, nous receut bien humainement & honorablement, nous menant premierement en son Eglise, belle & grande raisonnablement, edifiée selon la tradition des
anciens Orietaux, par saincte Heleine: & doibt aussi estre, vne des
trente, dont Nicephore faict mention: Les murs de laquelle Eglise
sont peinctz au dedans, & ornez par tout de representations & I-
mages de sainctz, comme Patriarches, Prophetes, Apostres, Martyrs, Euesques, & Vierges, en platte peinture tresanciene: & au lieu
que (suiuant l'vsance Catholique) on met à S. Priere des Clefz, à S.
Paul vne Espee, a saincte Catherine vne roué, a saincte Barbe vne
tour, & autres aians chacun la marque de leur martyre pour les difcerner: ceux ci n'ont rien, ains estans quasi tous vestus d'vne mesme mode & façon bien simplement, ilz ont seulement leurs noms
escriptz a leurs costez, ou au dessus de leurs chefz. Mais ce qui se
voit de plus remarquable en ceste Eglise, & qui la faict nommer de
saincte Croix, est vne fosse ronde treillicee de fer, estant dessoubz
le grande Autel, par derriere, en laquelle on montre encore le trouc
de l'Arbre, dont a esté faicte la saincte Croix du Redempteur, auquel tronc ilz portent fort grande reuerence, mesmes les
pierres du pauement d'alentour, sont ordinairement oinctes d'huille Aromatique, pour y donner bonne odeur: Ayans la faict noz deuotions, & estans sortis de l'Eglise, ledit Euesque nous fit courtoi-
sement presenter du pain & du vin, pour nous rafraichir, & puis
en personne nous mena voir son monastere, qui est petit,
& fort amassé, ne pouuant auoir selon mon aduis, plus de cent
pas en Diametre, si est tout quarré comme celuy de la maison
d'Helie sur le chemin de Bethleem, & celuy de la maison de
Zacharie, tous ceintz de bons, espais & hautz murs: les portes de leurs entrees, fort basses, & les huisseries bandees de
fer, pour crainte des incursions des Arabes, larrons, &

Ggg 3

infr.

Vitria. C.
20. Salig-
niacus Tô.
8. C. 1. Tô.
10. C. 4.

Nicep. lib.
8. C. 30.
In fine.

infideles: Les tables de leur refectoire, mesmes leurs couches, sont faictes bien grossierement de massonnerie, & viuent iceux Religieux simplement & en grande austerité, en partie selon la regle de S. Basile.

Ayans seiourné en ce lieu enuiron vne heure, & estans rafraischiz & repeuz, tant corporellement, que spirituellement par la veuë dudit lieu, & estans remontez sur noz anes, en continuant nostre chemin, nous arriuasmes d'heure competant en Ierusalem, ou nous seiournames encor trois iours, reuisitans pendant iceux les lieux sainctz, comme i'ay declaré cy deuant.

Le lundi huitiesme iour de Septembre, qui estoit le iour de la natiuité nostre Dame, toute nostre compagnie (ayant prins resolution d'aller de rechef voir l'Eglise S. Anne) partit de bon matin pour ouyr la saincte Messe, en la chambre ou la vierge Marie mere de Dieu, a esté née: Laquelle (comme i'ay dit en son lieu) est soubz terraine, & directement soubz le cœur d'icelle Eglise tenue des Turcs pour mosquée. De la nous allasmes en l'Eglise du Sepulchre nostre Dame, en la vallee de Iosaphat, ou nous auions deuotion de prendre la saincte cōmunion: mais a faulte d'hosties, & estans pressez de sortir de l'vn & l'autre lieu, par les Turcs, y voulans aussi faire leurs deuotions, nous feusmes frustrez de ce grand bien. Or ce pendāt que nous estions assis au deuāt de ladite Eglise du Sepulcre nostre Dame, vn Turc y passa, portant des figues nouuellement cueillies, lesquelles le pere Religieux nous fit acheter, pour nous rafraischir, craignāt que ne fusions malades, auant que de reuenir au monastere, car il faisoit extremement chault, toutesfois ie n'en voulu prendre, ains retourner à ieun, esperant de trouuer encore quelque Prestre, qui n'auroit celebré, & pēdant que mes confreres pelerins desiunoiét, ie m'en allay faire mes petites deuotions, en la grotte & oratoire du Sauueur, qui est proche de ce lieu: & quoy qu'il fust tard & proche du midy, auant que retourner audit monastere, pour ce que nous auiōs aussi reuisité tous les autres sainctz lieux des enuirons, neantmoins ie ne fus frustré de mon attente, car arriuant au monastere, ie trouuay vn religieux allant a l'Autel, lequel ayda à l'accomplissement de mon desir. Ce mesme iour le pere Gardien, nous eust bien voulu faire partir, & sans nostre sceu ny adueu, auoit faict venir les mouqueres auec leurs anes: mais a cause qu'aucuns des nostres requirent d'estre faictz Cheualiers, nostre voiage fut differé, d'autant que pour ce faire il nous conuint derechef entrer la nuict en l'Eglise du S. Sepulchre, ou se firent les ceremonies de-

clarees

...ées cy deuant.

Le lendemain matin, qui estoit le mardy neufiesme dudit mois
Septembre, ledit pere Gardien fit tant que ladite Eglise nous fut
...erte plus tost que de coustume: & retournans au conuent, nous
...uasmes nosdites montures appareillees, de façon que tout no-
...loisir, ne fut qu'a prendre diligemment noz patentes & hardes
...c vn petit deiuner, puis nous mettre en chemin pour retourner.
...partement si subit, fut a plusieurs d'entre nous, bien fascheux,
...eussions bié voulu dilaier, pour écore recreer noz espritz, de la
...ue & contéplation des lieux les plus sainctz & remarquables de
...uliers: & non seulemét ceux qui ia nous auoiét esté montrez, &
...sót les pl° dignes & principaux, mais aussi Hebró le fleuue Ior-
...in, les montz de la quarantaine, Thabor, Nazareth & autres, que
...uions encore peu voir. Toutesfois ledit pere Gardien ayant eu
...ent que le Turc soubsonnoit, ou faindoit qu'il y auoit en nostre
...uppe quelque grand seigneur, enuoié du Roy D'espagne son
...us grand ennemy, pour espier ses terres & forteresses, crain-
...t qu'a luy & a nous, ne fut faict quelque moleste, soit par empri-
...nemét ou imposition de vanies (ainsi appellét ilz les exactions
...ées) comme il luy fut faict apres nostre partement pour la mes-
...occasion: qui fut cause que pour estre pressez de ses prieres, re-
...strances & protestations, nous fusmes contraintz luy obeyr,
...algré nous abandonner le contentement, & la douceur qu'a-
...ns commencé a gouster en la saincte Cité, de laquelle selon le
...phete Royal, sont dictes grandes choses & glorieuses, represen-   PSAL. 16.
...t icy en terre, la Ierusalem Céleste, & les sainctz admirables de
...eu, lequel apres ce mortel & fascheux pelerinage nous y veille
...conduire, & receuoir, Amen.

...t audiuimus sic vidimus in Ciuitate Domini virtutum, in
Ciuitate Dei nostri, Deus fondauit eam in eternum. Psal. 47.
Et adorauimus vbi steterunt pedes eius. Psal. 131.

LIVRE QVATRIESME,
CONTENANT LA DESCRI-
PTION DE PLVSIEVRS CITEZ

anciennes, *Villes, Montaignes, & Fleuues, qui*
sont, & se voyent encore en la Terre
Saincte, dicte Palestine.

Aduertissement au Lecteur.

AMY Lecteur, ores que nous Pelerins, n'aions eu ce bien de
rassasier noz espritz, par la veue des autres lieux remarquables de la Terre Saincte, si est il que pour vous donner
contentement, & faire entendre quelz ilz sont, ie n'ay
laissé pourtant, de vous les mettre icy par ordre, selon
qu'en certains Autheurs ie les ay recueilliz, & que par le
recit de ceux qui les auoient veuz, i'ay peu apprendre, &
rognoistre de l'oreille ce qu'estoit denie à l'œil : toutefois assez succinctement,
afin de ne desgouster, par la grandeur de l'œuure, ceux qui auront enuie se
rendre possesseurs de ce mien trauail. Mais ou ie le trouueray estre bien receu,
& qu'il soit besoin le reimprimer (comme a esté ia (graces à Dieu) par trois
fois, celuy qui a esté par moy premierement mis en lumiere en langue Italienne, moyestant en la grande Cité de Rome l'un mil cincq tentz quatre-vingtz
sept, i'ay de la matiere preparee pour l'augmenter, & illustrer de plusieurs
discours & belles Histoires, propres à le rendre, & la visite des saincts lieux
plus desirable & aggreable. Nous commencerons doncq icy, par le Chapitre suiuant.

Du Roy.

Du voyage de Ierusalem vers Hebron, & des lieux, qu'on voit en iceluy.

CHAPITRE I.

POur aller de la saincte Cité de Ierusalem vers Hebron, ou sont ensepulturez les sainctz Patriarches Abraham, Isaac, & Iacob auec leurs femmes, il conuient prendre le chemin droict par le monument de Rachel & sa ville de Rama, ou par Bethleem, duquel Hebron est encore distant d'enuiron quinze miles. Le premier lieu remarquable qu'on trouue à deux miles de là vers le midy, est le Iardin du Roy Salomon, appellé aux Cantiques, *Hortus conclusus,* fort bien clos, & fermé de toutes parts, non de murs, de bois, ou de fossez, mais naturellement de montagnes haultes & precipiteuses, delectables & tresfertiles: & ores que ce Iardin ne soit entretenu, à tout le moins fort peu, si y trouue on encore plusieurs sortes de plantes rares, à sçauoir le Nardus, Crocus, & autres herbes medicinales & fort souueraines, comme aussi des arbres Grenadiers, Cidres, Citronniers, pommes d'Adam, & beaucoup d'autres sortes rares, sans estre cultiué, que bien petitement: Il y a encore ceste belle fontaine, qui au mesme lieu des Cantiques est nommée, *Fons signatus,* iettant des eaues douces en tresgrande abondance, & sortent d'vn antre que le dict Salomon auoit faict accommoder & enrichir d'oeuure Mosaique, auecq vn siege en forme de chaire taillé en la Roche, ou il se seioit quelque fois, prenant ses delices et rafraichissemens: les eaues d'icelle fontaine, se receuoient anciennement en trois grandes Piscines, dont se voient encore quelques vestiges, & en estoit ledit Iardin arrousé: puis estoient conduites par vn canal en vn aqueducte, qui se voit en plusieurs lieux par le chemin, passant encore au trauers de la vallée Gyon, au dessus de la fontaine ou lauatoire de Bethsabee, & par iceluy est ladite eaue conduite en la fontaine qui est encore au costé dextre du Temple de Salomon, appellee, *Fons perennis,* qui souloit s'escouler en la mer & Couche d'Airain: auquel les fontaines & Iardin, ensemble à ce qu'en est dit esdites Cantiques mystiquement, est comparée la vierge mere, comme est aussi l'Eglise, Espouse de Iesus Christ.

En poursuiuant ce chemin, on trouue à main droicte à six mille de Bethleem, la Spelunque Odolla, donnant son nom à vne ville

& au

& au territoire voisin, en laquelle le Prophete Dauid (à la premiere fuite qu'il fit pour s'exempter de la furie du Roy Saul, &
estant eschappé des mains d'Achis Roy des Philistins) se cacha
seul, & ou ses freres, auec aucuns de ses parens & amis, en nom-
bre de quatre centz, tous hommes robustes, se retirerent, luy of- **1. Regum 21. 22.**
frans leur seruice, comme nous lisons aux liures des Roys, des **1. Para. 11.**
Chroniques, & de Iosephe: En ceste mesme Spelonque se sauue- **Iose. ant.**
rent aussy les Chrestiens de Tecua, selon Tyrius, lors qu'au **lib. 6 c. 6.**
temps de Foulques troisiesme Roy Latin de Ierusalem, les Turcs **Tyrius H.**
passerent le Iordain, bruslerent & saccagerent ledict Tecua. **15. cap. 6.**

De la ville du mesme nom, assauoir Odolla, ou Adolla estoit **Odolla**
Sue femme de Iudas vn des douze filz de Iacob, & progeniteur de **ville.**
la lignée portant ce nom de Iuda, de laquelle il eut trois filz, à
l'aisné duquel, il donna pour espouse Tamar, qui trompa (estant
vefue) son beaupere, & conçeut de luy Phares, duquel est descendu Dauid Roy, & par consequent nostre Redempteur selon la
chair, comme est contenu au Genese, & en sainct Mathieu. **Gene. 38.**
Le Roy d'icelle ville fut vn des trente, qui furent desfaictz par Io- **Math. 1.**
sue, & fut aussi ladite Cité fortifiée auecq Bethsur, par Roboam **Iosue 12.**
Roy de Iuda, filz de Salomon, lors que les dix lignées se reuolte- **2. Para. 11.**
rent de luy. Nous lisons encore que Iudas Machabeus, estant empesché à combatre ses ennemis, s'y retira auec les siens, pour y ce- **2. Esd. ca.**
lebrer le Sabbath, & d'elle est souuent faict mention es liures **11.**
d'Esdras & des Machabées. Sainct Ierosme dit que de son temps, **2. Mach.**
ce n'estoit plus qu'vn village, & à present elle est peu habitée. **cap. 12.**
Ierony. in
loc. Heb.

Quelque mile plus auant, tirant tousiours vers le midy, est Be- **Bethaca-**
thacaron, ou Bethacara, situé en vn lieu fort eminent, & fut edi- **ron.**
fiée selon Iosephe par le Roy Salomon, pour la bonne temperatu- **Iose. ant**
re de l'air, & abondance de bons fruictz, & autres commoditez, **lib. 7.**
qui s'y trouuoient (laquelle edification, se prend souuent pour le
Restablissement) : D'icelle estoit Prince au temps d'Esdras, Mel- **Ieremi. 6.**
chias filz de Rechab, qui reedifia la porte Sterquiline, ou du fu- **Esd. 2. c. 3.**
mier, de Ierusalem. Sainct Ierosme dit que d'icelle on voit l'Ara- **Ierony. in**
bie, iusques au mont Seir, auec tous les lieux circonuoisins, & la **Ieremi.**
mer morte: semblablement le Iordain, iusques à Setim, & le mont
Abarim vers Orient : & de l'autre costé vers Occident, on voit
Ioppen, & la riue de la mer Mediterranee.

Approchant l'Antique Hebron, on trouue la vallée de Hebron, **Mambre**
vulgairement dite Mambre, ayant prins son nom de Mambres, **vallée.**
amy d'Abraham, mentionné au Genese : laquelle vallée est fort **Gene. 14.**

a a

bonne

bonne & fertile. En icelle lediƈt Patriarche Abraham fit ſon habitation, ayant par le commandement de Dieu laiſſé & quitté
la Meſopotamie & la ville de Carras ſa patrie. Or Abraham eſtoit
filz de Tharé, filz de Nahor, lequel eſtoit filz de Saruch, filz de
Rehu, qui fut filz de Phaleg, au temps duquel aduint la mutation
des langues. Ce Phaleg fut filz de Heber, & d'iceluy les Hebrieux
& leur langue ont prins leur ſurnom. Heber eſtoit filz de Salé,
filz d'Arphaxat, & luy de Sem filz du Patriarche Noé, ainſi qu'eſt
escrit au Geneſe. Et ſelon la tradition des Hebrieux (comme dit

Geneბ 10. escrit au Geneſe. Et ſelon la tradition des Hebrieux (comme dit
11.12. Genebrard, alleguant Suidas, & le Bereſchit d'iceux) Taré eſtoit
tailleur de ſtatues, auec ſes freres Nachor & Aran : ceux cy laiſſerent la ville des Caldees, nommée Vr, pour par l'inſtigation
d'Abraham aller demeurer en la terre des Cananeens : mais venans à Haram en Meſopotamie (laquelle eſtoit Carras ou Car-
Aƈt.7. ran mentionnée aux Actes des Apoſtres, rendue fameuſe par la
deffaite de Craſſus) ilz y demeurerent pour quelque temps, & y
mourut Tharé aagé de deux centz quinze ans. Lors Abraham ſon
filz auecq Sara ſa femme & Loth frere d'icelle, laiſſans Nachor
& Aran en Carras, vindrent en la terre de Canaan : Nachor engendra Bathuel & Rebecca femme à Iſaac filz d'Abraham : Bathuel fut pere de Laban, duquel le Patriarche Iacob filz d'Iſaac
eſpouſa les filles Lia & Rachel.

Quant au reſte de l'hiſtoire d'Abraham, aſſauoir comme il eſ-
chappa le feu des Caldees, ſelon Philon, & en quel an de ſon aage
mourut le Patriarche Noé, & qu'aduint la mutation ou changement des langues, meſme l'origine de la circonciſion, ie le laiſſe à
preſent pour euiter prolixité. Mais pourſuiueray ſeulement la deſcription de Mambre, ou ledit Abraham print ſon habitation, depuis que Loth ſon beaufrere & neueu, ſe fut ſeparé de luy, ayant
prins reſidence en la ville de Sodonie.

L'Arbre
d'Abra-
ham. Abraham donc ficha ſes tabernacles & tentes en ladite valée
de Mambre, proche d'vn arbre appellé *Ilex* en Latin, en Grec Pri-
nos, & en Arabicq Carmas, ayant les fueilles ſemblables au Len-
tiſque, mais vn peu plus grandes, & le fruiƈt comme le gland du
Cheſne : auſſi les François en leur langue l'appellent Cheſne, comme ilz font le *Quercus* des Latins, qui eſt le Dris des Grecs, &
Chullet des Arabes, different ſeulement es fueilles, & eſtant le
fruiƈt fort ſemblable en forme & operation, au celuy du dit Ilex,
comme teſmoigne Matheole, par l'auƈtorité de Theophraſte en
ſes commentaires ſur Dioſcoride.

Pluſieurs

Plusieurs afferment, que cest arbre n'estoit ne Ilex ni Chesne, ains vn Terebinte : en quoy s'accordent Iosephe & Egesippe, disans, qu'au lieu de la residence d'Abraham, distant six stades ou enuiron de la ville de Chebron, on le voioit encore de leur temps d'vne merueilleuse haulteur, & y auoit esté (selon le bruit commun, disent ilz) dés la creation du monde, & qu'on l'appelloit, Ogis. Sainct Ierosme dit, l'auoir veu aussi tres-antique, & Nicephore Calixte, Sozomene, & autres tesmoignent, qu'en temps d'esté, il s'y faisoit de grandes assemblées de gens, de toutes nations: & qu'on y celebroit des foires & des sacrifices, tant sanglans, que autres, chacun selon sa coustume & religion : les Palestins Iuifz, Phœniciens & Arabes, faisoient cela pour cause que ledict Patriarche & Prince de leur nation, y estoit exalté: les Grecs, à raison que les Anges y estoient venuz : & les Chrestiens, pour commemoration qu'a cest amy de Dieu s'estoit apparu le Filz d'iceluy, & qu'y auoit esté predict long temps auparauant, ce qu'a esté accomply en la Vierge Mere.

Constantin le grand, ayant entendu, qu'entre ces sacrifices, se commettoient des abominations & scandales, tansa aigrement les Euesques de la Palestine, signamment Eusebe, celuy de Cesarée, pour ce qu'ilz permettoient icelles abominations, & negligeoient le seruice diuin : Si ordonna, que les Autels des Gentilz fussent abattuz, qu'au lieu d'iceux vne Eglise somptueuse y seroit edifiée, qui estoit soubz cest Arbre, ou Abraham auoit salué, & traicté le filz de Dieu, & les Anges, ratifiant les promesses à luy faictes, que sa race seroit multipliée comme les estoilles du Ciel, & le sable de la Mer : mesme, que sa femme ia vieille & sterile, enfanteroit vn filz. Aussi l'aduertirent de la ruine de Sodome & Gomorre.

Quelques vns nous ont laissé par escript, que cest Arbre seichâ au temps de l'Empereur Theodose le ieune : mais que de son tronc sont sortis de nouueaux reiettons & rameaux, qui ont engendré vn nouuel arbre, duquel Brocardus, Saligniacus & autres disent auoir prins du bois, tant vieil que nouueau, pour le rapporter en leur pais. Il m'en fut donné aussi par quelque bon Religieux de Ierusalem, lequel ie garde encore, pour memoire du lieu, dont il procede. L'Eglise mentionnée cy dessus a aussi durée fort long temps, mais à present elle est tout ruinée : neantmoins on en voit encore des vestiges. Quant à cest arbre, c'est vne chose difficile à croire, qu'vn arbre ayt peu durer si long temps : toutefois nous le

a 3

croions,

Ioseph l.
5 bel. Iud.
cap 7.
Eges. libr.
4 cap. 17.
Iose. ant.
lib. 1 c. 10.
Ierony in
loc. Hebr.
Sozome.
hist. ec. li.
2 c 4. & 5.
Nicep. li.
8. cap. 30.

M. Histo.

Brocard.
lib. 7. c. 64
Salig. to.
10, cap. 5.

croions, par l'auctorité des personnages deſſus nommez, qui
nous l'ont laiſſez par eſcrit, ioinct que deuons croire que Dieu
les a conſeruez, auec autres ſemblables memoriaux, pour ſa gloire & noſtre inſtruction.

Six ſtades ou enuiron loing de la demeure d'Abraham, & ladi-
Cte vallée de Mambre (faiſans les dites ſix ſtades, vn peu plus d'vn
mile, & les trois miles vne lieue) eſtoit Hebron ou Chebron, premierement appellée Arboc ou Arbée, qui ſignifie quatre ou qua-
te, & Cariatharbee, c'eſt à dire, cité de quatre, à raiſon que les quatre Patriarches, Adam, Abraham, Iſaac, & Iacob y ſont enſepulturez, comme nous liſons en Ioſué & au Geneſe, interpretez du
Venerable Beda. Bien eſt vray qu'aucuns ont opinion qu'Adam
ayt eſté inhumé au mont de Caluaire, & que le quatrieſme ſoit
Chaleb, compagnon de Ioſué & Prince dudit Hebron, ſelon le
recit de S. Ieroſme, comme i'ay dit en la deſcription dudit mont
de Caluaire. Le nom de Hebron luy a eſté donné par Hebron filz
de Mareſe, qui fut filz de Chaleb, duquel eſt faict mention aux
Chroniques: Icelle Cité eſt ſituée ſur vne montagne, eſtant premierement ville Royalle, Metropolitaine des Philiſtins, & l'habitation des Geans filz d'Enachim: aiant eſté fondée (ſelon que nous
liſons au liure des Nombres & en Ioſephe) ſept ans deuant celle
de Memphis en Egypte appellée Tanin audit liure des Nombres,
laquelle eſt preſentement vne partie du Grand Cayre: auſsi du
temps dudit Ioſephe elle eſtoit ia baſtie & vieille de deux mil
trois cents ans. Abraham, Iſaac, & Iacob, ont habité en icelle comme eſtrangers parmy les Cananeens, auſsi qu'appert en pluſieurs
lieux du Geneſe, & audit Ioſephe. Or eſt il, que quatre centz ans
apres, Dieu ayant tiré le peuple Hebrieu de la ſeruitude d'Egypte par la main de Moyſe, & eſtant par Ioſué conduit en la terre
de Canaan, ceſte cité de Hebron appertenoit à aucuns de la race
des Geans: deſquelz leur Roy ſe nommoit Oham, qui auecq ceux
de Ieruſalem, de Lachis & d'Eglon, fut pendu, comme nous liſons
au liure dudit Ioſué. Ces Geans, ſelon le recit de Ioſephe, & qu'il
ſe trouue au liure des Nombres, eſtoient monſtres, ne reſemblans point aux autres hommes, de ſtature ny de face, ains eſtoient
horribles aux regardans, tellement que les Iuifz en comparaiſon
d'eux, ne ſe monſtroient que fort petits, ou comme ſauterelles.

Ceſte cité fut donnée aux Leuites, & ordonnée pour franchiſe,
à ceux qui caſuellement commettoient quelque homicide: mais le
territoire d'icelle, eſcheut en partage à Chaleb de la lignée de Iuda, lequel

a, lequel fut vn des douze que Moyse enuoya pour espier la terre
e Canaan, & qui seul auec Iosué demeura suruiuant, de tous ceux
ui estoient sortis d'Egypte, comme il est escrit au liure des Nom-
res, & de Iosephe. En ceste mesme cité se retira, par ordonnance
e Dieu, le Prophete Royal Dauid, auec Archinoé & Abigail les
emmes, & aucuns de leurs domestiques, apres la mort du Roy
aul, & y fut esleu Roy des Hebrieux, aussi y nasquirent six de ses
lz, assauoir, Ammon, Chaleab, Absalon, Adonias, Saphetias, &
ethraam: il y regna sept ans & six mois, assauoir, iusques a ce qu'il
ust conquis Ierusalem sur les Iebusees Cananeens, ou depuis il
olloqua & mit son siege Royal : Aussi en Hebron fut commen-
ee la coniuration d'Absalon, contre Dauid son pere, par le con-
eil d'Achitophel, ainsi qu'est escript aux liures des Roys, dudict
Iosephe, & aux Chroniques. Roboam filz de Salomon, la fit torti-
er, depuis laquelle fortification, elle a esté du tout ruinee, dont
e voient encore de grands vestiges, demonstrans sa splendeur
antique.

A trois geetz d'arc plus auant, vers Midy, en tirant sur l'Orient,
contre le vent que les Italiens appellent Sirocco, & les Mariniers
Occidentaux Suytoost, est la nouuelle Hebron, bastie sur la double spelonque, que le Patriarche Abraham acheta, pour la sepulture de luy & des siens, en laquelle spelonque sont inhumez, le Patriarche renommé Adam, & Eue, noz premiers pere & mere, ou
Chaleb au lieu d'Adam, selon aucuns : aussi Abraham & Sarra,
Isaac & Rebecca, Iacob & Lya, estant Rachel en son sepulchre
particulier, pres de Bethleem, comme i'ay dit au liure precedent.
Sur ceste spelonque a esté edifiée vne fort belle Eglise : laquelle au
temps des Grecs, & auant la venüe des Princes Latins, estoit vn
prieuré, qui fut erigé en Euesché, par Almeric Roy de Ierusalem, selon Tyrius & Volaterranus, pour le respect des seruiteurs
de Dieu illec reposans : duquel Euesché le Suffragant d'Vtrecht
porte le tiltre.

Pour confirmation que lesdicts Patriarches sont ensepulturez
en Hebron, le Docte Genebrarde dit, que les Iuifz, es offices &
prieres, qu'ilz font pour leurs mortz, chantent ordinairement,
Patres, qui dormitis in Hebron, portæ Paradisi Eden huic aperite, &c. C'est à
dire : Peres qui dormiez ou reposez en Hebron, ouurez à cestuy cy
les portes du Paradis Eden. Depuis quelque bon nombre d'années
ceste Eglise susdite a esté ostée aux Chrestiens, par les Mahometistes, lesquelz la tiennent en tresgrande veneration, tellement que

tous

tous ceux d'entre eux, qui vont en pelerinage vers la Mecque, sont
obligez d'y passer, & la visiter, pour l'amour dudit Patriarche
Abraham, duquel ilz se vantent estre descenduz, pres & contrela-
quelle, ilz ont faict vne forteresse, bien fournie de munitions, auec
vng hospital fort riche, le reuenu duquel est par les Turcs distribué en œuures pieuses ausditz Pelerins, à l'exemple d'Abraham,
& s'y donne chacun iour grand nombre de pain aux pauures:
mesmes lesditz Pelerins, en quelque nombre qu'ilz soient, y sont
sustantez trois iours entiers sans riens payer.

Du Champ, ou le premier pere Adam fut creé, & autres
lieux circonuoisins.

CHAPITRE II.

Campus
Damas-
cenus.

DE la nouuelle Hebron, enuiron d'vn geçt d'arc vers Occident, est le champ appellé, *Campus Damascenus*, fort celebré
par la renommee d'iceluy (& suiuant la tradition des anciens Hebrieux & des Oriétaux, recueillie par Genebrard, Gaillart & autres) que nostre premier pere Adam, y a esté formé du limon de la
terre, par la main de ce grand Dieu tout puissant, le sixiesme iour
de la premiere semaine de la creation du monde, & cincq mil, cent
nonanteneuf ans auant la naissance de nostre sauueur Iesus Christ.
Ceste vallée ou campagne est extremement belle & fertile: specialement approchant dudit Hebron, dont la terre est roussatre: aus-
Iosep. an.
lib. 1. c. 11.
si, selon Iosephe, ce mot Adam en langue Grecque, signifie Roux,
& fut ledit Adam formé de ceste terre rousse destrempée: laquelle
formation se dit auoir esté faicte, quasi au milieu dudit champ,
ou se trouue vne fosse plus longue que large, mais non guere
grande, produissant vne terre (comme dit est) rousse, grasse, molle
& flexible, comme la cire ou terre de Potier, de laquelle les circonuoisins, tant Chrestiens que Mahometistes, font des chapeletz
& petites boules, mesme les Religieux, des Agnus Dei, qu'ilz donnent aux Pelerins: de ceste terre, les Turcs & Mores portent vendre en Egypte, Ethiopie, & aux Indes, affermant icelle estre du
lieu propre, ou ledit Adam a esté formé, ayant la proprieté & vertu, de garder de cheoir, ceux qui la portent sur eux, ou s'ilz tombent, de ne se faire mal. Ilz disent encore, qu'elle les preserue de
eux noyer, tombans en l'eaue, mesme de toute nuisance de bestes
veneneuses. Ilz afferment aussi, que combien qu'on tire beaucoup
d'icelle

d'icelle terre de ladite fosse, que neantmoins de soy mesme elle se
remplit tous les ans.

Aucuns ont pensé, qu'en ce lieu, pour sa bonté & fertilité, ou
non guere loing d'iceluy, doibt auoir esté le Paradis terrestre, ou
Adam fut transporté apres sa formation, eux fondans sur ce que S.
Cyrille Ierosolymitain declaire, que Dieu le chassa hors du Para- *Cyrill.*
dis pour son peché, mais par sa debonnaireté, il le mit tout vis à vis *Catech. 2*
d'iceluy, afin qu'il vist le lieu, dont il estoit chassé, & cogneust
que de telz biens & felicité que Dieu luy auoit faictz, en quelz
malheurs il estoit tombé : disant outre, qu'apres, par penitence il
fut sauué.

Les Orientaux disent d'auantage, qu'Adam, estant deietté d'i- *Le lieu*
celuy Paradis, il reuint demeurer en ceste campagne, ou il en- *ou Caym*
gendra ses enfans: & la on monstre à vn traict d'arc de la grotte, *tua son*
le lieu ou Caym tua son frere Abel, & selon l'opinion d'aucuns, *frere Abel*
ledict champ fut appellé Damasec : car Damasec ou *Damascenus,*
signifie en Hebrieu, Potation ou mixtion de sang. Aussi Dieu, appellant Caym, & l'accusant de son peché, luy dit: *La voix du sang de*
ton frere, crie vers moy de la terre, comme il est escript au Genese. *Genel. 4.*

Demy mile de ce lieu, tirant vers Occident, & assez proche du *La demeu-*
chemin de Gaza, est vne spelonque au rocher, ayant de creux en *re d'Ada.*
quarrure, enuiron trête piedz, en laquelle on tient, selon la tradition des Iuifz & des Orientaux, que lesdictz Adam & Eue ont eu
leur residence, apres auoir esté iettez dudit Paradis terrestre, &
qu'ilz furent contraincts viure de l'agriculture, faisans penitence
de leur transgression, pleurans par l'espace de cent ans, la mort de
leur filz Abel. Iceux Iuifz & Orientaux fondans leur opinion sur
ce qu'est escript au troisiesme du Genese, assauoir, que Dieu en- *Genel. 3.*
uoya Adam hors du Iardin de volupté, pour labourer la terre, de *Iosue 14.*
laquelle il auoit esté prins, &c. & Iosué dit : Le nom de Hebron
parauant estoit appellé Cariatharbe, Adam le plus grand entre
Enachim est la situé, lequel Adam n'est pas nostre premier pere,
ains vng des Geans. En ceste spelonque, antre ou cauerne, se voyent les lieux cauez au rocher, ou on dit qu'ilz couchoient pour
reposer: Il y a aussi vne fontaine sortant d'icelle, dont ilz beuoy-
ent, & tiennent par tradition que la moururent, assauoir, Adam
agé de neuf centz trente ans, & Eue l'ayant suruescue de dix ans, *Genel. 4.*
selon Molanus Scotus, ayans veu les enfans de leurs enfans iusques *Ioseph.*
à la septiesme generation, comme fit aussi Caym, comme il appert *ant. lib.1.*
au Genese, & en Iosephe. Ilz furent ensepulturez par Enoch cin- *cap. 2.*

b   quante

quante sept ans auant sa translation, & soixante neuf ans deuant
la naissance du Patriarche Noé filz de Lameth, non le parricide,
qui occit le susdit Caim, ains estoit filz de Mathusalem, & iceluy
Mathusalem filz dudit Enoch, lequel Mathusalem vesquit deux
centz quarante deux ans auec Adam, & six centz auec ledict Patriarche Noé, mourant la mesme année, qu'aduint le deluge Gé-
neral, selon les Rabbins Isaac & Samuel, dit Genebrard.

Des villes & lieux, qui sont entre Hebron & Bersabée,
terme ancien de la Iudée.

CHAPITRE III.

QVatre miles d'Hebron, tirant vers le Midy, est l'ancienne cité de Dabir, autrement dire Cariathseima, ou Cariath-se-
phet, signifiant en langue Hebraique, cité de lettres, d'Vniuersité,
ou d'Academie. Le Roy de laquelle, Iosué fit passer au trenchant
de l'espée, & ladite ville fut par luy prinse & destruite, comme il
se lit en son liure. Et Chaleb compagnon de Iosué, aiant prins Hebron, & chassé les Geans filz d'Enachim, dit : Qui frappera Ca-
riath-sephet, & l'aura prinse, ie luy donneray pour femme ma fille Axa. Othoniel son frere moindre d'ans (ou selon aucuns, auec
S. Ierosme, filz de son frere, lequel fut Iuge d'Israël apres Iosué)
la print, ainsi qu'est escript aux liures dudit Iosué, des Iuges, & des
Chroniques: neantmoins elle fut donnée, auec Hebron & autres,
pour l'habitation des Leuites, mais les champs des enuirons demeurerent à Chaleb. Sainct Ierosme dit, que de son temps on
l'appelloit, Deima cité de Iudée, en difference d'vne autre Dabir, cité des Amorreens sur le fleuue Iordain, en la portion de la
lignée de Gad.

Cincq mile dudit Hebron, prenant le chemin à la main gauche, est le desert de Iudée, duquel faict mention sainct Mathieu
disant, que Iehan Baptiste vint preschant au desert de Iudée,
& qu'il disoit: Faictes penitence, car le Royaume des Cieulx
est prochain.

Est à noter, amy Lecteur, que selon qu'on trouue par tradition
& par escript, specialement en Eutimius Zigabenus & autres anciens peres, sur le troisiesme Chapitre de S. Mathieu, que S. Iehan
Baptiste a frequenté & habité & trois deserts diuers. Le premier
desquelz, est celuy qui est es montaignes de Iudée, auquel des son
enfance,

enfance, il fut fortifié du S. Esprit, iusques au iour de sa manife-
station en Israël, selon S. Luc, & de ce desert ay parlé cy deuant, au *Luc. 1.*
liure troisiesme. Le second desert est celuy, dont a present nous *Deuxies-*
traictons, situé pres de Hebron, tresaspre, entre les motaignes, di- *me desert*
stant vingt cincq mile du premier, auquel il alla en son adolescen-
ce, preschant la penitence, auant que se retirer au troisiesme. Le- *Troisies-*
quel troisiesme, est le desert de la grande solitude, proche du fleu- *me desert*
ue Iordain, vers Salim & Bethabara, ou il baptizoit, selon le re- *de S. Iean*
cit de Sainct Iehan l'Euangeliste, & d'iceluy ie parleray en son *Ioan. 1.*
lieu cy apres.

Mais quant au susdit second desert, ou conuersoit ce sainct personnage, i'ay opinion que c'estoit plustost celuy, qui est entre Hebron & Ziph vers Orient, que cestuy de Maon vers le Midy, pour
estre plus approchant la mer morte & le Iordain, que l'autre.

Prenant la voye de main droite, en tirant d'Hebron vers le midy, & declinant vn peu vers Occident, à vne iournée dudit Hebron, sont les villes de Bersabée & Gaza, fins & limites de la Iudée, & ou est le chemin pour aller vers Egypte, & le mont Sinay:
desquelles villes nous traicterons aussi ailleurs, pour faire vn circuit, depuis ledit Hebron & Bersabée, par les confins des Amalechites, & la mer Morte, pour retourner vers Bethleem: & pour à
ce paruenir, ie commenceray audit desert Maon.

Du desert Maon, les Montz Carmel & Seir, & desert Pharan.

CHAPITRE IIII.

CE desert Maon, est entre les citez d'Hebron, Dabir & Ziph, *Desert*
prenant son nom d'vne ville ainsi appellée, située proche du *Maon.*
mont Carmel, laquelle Iosephe nomme Emmon. Iceluy desert est *Ioseph 6.*
fort obscur, & y sont plusieurs antres & cauernes, esquelles le pro- *ant. ca. 14.*
phete Royal Dauid, a souuent frequenté, s'y retirant en seureté
contre la persecution de son beaupere le Roy Saül, comme nous
lisons aux liures des Roys & en Iosephe: En ce desert est situé le *1. Reg. 22*
mont Carmel, mais non celuy mont, auquel demeurerent les *25.*
Prophetes Hely & Helisée, & ou l'ordre des Carmelites a prins *Ioseph.*
son origine, ains est celuy ou habitoit le rude, riche, & insen- *ant. lib. 6.*
sé Nabal, de la lignée de Chaleb, duquel le nom signifie, fol en *cap. 14.*
Hebrieu. *Mont Carmel.*

Or est il, que ce Nabal, faisant vn festin aux tondeurs de ses troupeaux, portans, selon ledict Iosephe, trois mil brebis, & mil cheures, il refusa des viures audit Dauid, qui se tenoit auecq les hommes audit desert Maon : parquoy ledit Dauid delibera de le destruire auec toute sa maison, & s'y achemina, accompagné de quatre centz hommes pour l'effectuer. Mais la sage & belle Abigail femme audit Nabal, sans le sçeu de son mary, qui estoit yure, chargea ses asnes de deux centz pains, deux barils de vin, cincq moutons, cincq mesures de froment cuit, auec cent liens de raisins, & deux centz masses de figues seches : & allant ainsi au deuant d'eux, fit tant par sa prudence & ses presens, qu'elle appaisa l'ire de Dauid, lequel depuis entendant la mort de Nabal aduenue dix iours apres, la print pour femme.

Ledit mont Carmel est fort fertil en pasturages, en eaues tresbonnes, herbes & fruictz : mesme y a des vignes qui produisent de tresexcellens vins. Sur lequel mont, ainsi qu'est escript au premier liure des Roys, le Roy Saul dressa vn arc triomphal, pour memoire de la victoire par luy obtenue sur les Amalechites : la Region desquelz en est proche & adiacente. Le Roy Osias auoit des vignes & vignerons sur ce mesme mont, ensemble du bestial, selon qu'est contenu au quatriesme liure des Roys, & second des Chroniques. Au temps de sainct Ierosme, il y auoit vn village sur ledit mont, lequel estoit encore en estre, lors que les Latins commandoient en la terre saincte, car Tyrius dit qu'Almeric Roy de Ierusalem, y dressa son Camp, lors que pour la seconde fois il fut assailly de Saladin Souldain d'Egypte, pource que la commodité des eaues y estoit telle, qu'vn estang ancien suffisoit, pour l'vsage de toute l'armee.

Au regard du susdit desert Maon, il s'estend le long de la Mer Morte, iusques à Cades Barne, le mont Seir, & le desert de Sinai, & se confine auec les Regions des Ammonites & Amalechites.

Le mont Seir, & outre la Mer Morte, vers le vent appellé en Latin, *Vulturnus*, & des Mariniers Occidentaux Suytoost : lequel (comme plusieurs autres du mesme nom, qui sont tant en la terre de promission, que au dehors) a prins son nom d'Esau, comme ie diray allieurs : au tour de cestuy cy les enfans d'Israël tournerent par plusieurs iours, ainsi qu'il est escript au Deuteronome Chapitre second.

Dudit desert de Pharan en Cades, Moyse enuoya douze hommes, assauoir vn prince de chasque lignée, pour espier la terre de Canaan à eux promise : entre lesquelz furent Iosué, autrement

nom-

nommé Ozée & Iehu Filz de Naue ou Nun de la lignée d'Ef-
raim qui fut fucceffeur à Moyfe, & Chaleb filz de Iephone, de la
lignée de Iuda: lefquels Iofué & Chaleb feulz, entre tous les Hebrieux fortis d'Egypte, entrerent en ladite terre de promiffion,
fuiuant le contenu du liure des Nombres. Car à caufe du peché Nume. 13.
dudit peuple, toufiours murmurant, ilz furent quarante ans va- & 14.
gans par les deferts, auant qu'entrer en icelle terre: autrement ilz
auoyent moyen d'y eftre en peu de iours, par le chemin commun
& le plus droit qu'on prend ordinairement, pour aller au mont
Sinai: le voyage duquel, ie traicteray vne autrefois, & parleray
pour fuyure l'ordre encommencé, de ce qu'on voit au retour de
Cades Barne, vers Bethleem, lequel Cades eft vers la fin de la Cades
mer Morte, de laquelle nous parlerons prefentement, au Chapi- Barne.
tre fuyuant.

De la mer Morte.

CHAPITRE V.

IL fault entendre, comme dit le venerable Bede & plufieurs Beda in 1.
autres, que toutes grandes congregations d'eaues, font appel- Genef.
lées, fpecialement par les Hebrieux, Mers: Ores que ce ne foyent
que d'eaues pluuiales, ou des neiges fondues venans des haultes
montaignes: n'eftans neantmoins que des lacs, comme ceux qui
font prés de Lucerne, Como, Geneue, & celuy qu'on nomme le
Lac maior en Suiffe. Ainfi la mer Morte, la mer de Genafareth ou
de Tyberiade, ne font que lacs: & de faict Iofephe en plufieurs en-
droicts, appelle cefte mer Morte, le Lac Afphaltide, c'eft à dire de
Betume, & Lac Sirbonide, comme font femblablement Strabon Strab 1 16
& Cornelius Tacitus: au liure de Genefe, elle eft dite Mer tref- Tacit. lib.
falée: aux Liures de Iofué & des Roys, mer du defert, & mer 21.ca.2.
Morte. S. Ierofme. *Mare almarum, id eft, mortuum:* Le Prophete Iofu.3 15
Ezechiel, mer Orientale: au liure d'Efdras, elle eft nommée mer 4 Reg. 14
de Sodome. Ieron in
　　　　　　　　　　　　　　　　　　　　　　　　　　　　　　loc Hebr.
Galien en fon liure des fimples, l'appelle auffi Lac de Syrie 4. Efd. 5.
ou de la Paleftine: mais fon nom plus vulgair, eft celuy de 47.
mer Morte: En quoy fe conforment auffy Paufanias & autres, Pauf. in
à raifon qu'elle ne fupporte, ne nourrit, ny produit chofe aucune Eliacis.
qui ait vie: mefme que par les vapeurs mauuaifes, elle fait mourir
les animaux, arbres & herbes qui luy font proches. Les poiffons

b 3　　　　　　　　　du fluue

du fleuue Iordain se trouuans en ce Lac, meurent subitement, &
sont iettez au dessus de l'eaue. Pline attesse, sa longueur estre de
cent mile, sa largeur de vingt cincq, & le plus estroict seulement
de six. Strabon luy donne mille stades, qui sont cent vingt cincq
mile de circuit, & deux centz stades en longueur : mais Iosephe,
auquel nous deuons plustost adiouster foy, pour estre naturel du
païs, & reputé veritable en ses relations, dit, qu'elle n'a que cinq
centz quatre vingtz stades, qui sont soixante douze mile & demie
en longueur, de Septentrion vers Midy, & de largeur d'Occident
vers Orient cent cinquante stades, qui sont dixsept mile & six stades, desquelles les huict sont vn mile d'Italie contenant mil pas,
ainsi le stade comprent cent vingt cincq pas, ou six centz vingt
cincq piedz. Beda le dit long de cincq centz stades, iusques à Zoa-
ras d'Arabie, & cent cinquante de large iusques aux conins de
Sodome.

Ceste Mer, selõ Ptolomée au moins le milieu d'icelle, est à soixante six degrez cinquante minutes de longitude, & trente vn degrez dix minutes de latitude, estant bornée du costé d'Orient de
l'Arabie Pierreuse & du mont Seir, vers Occident des montz
d'Engaddi & la Iudée, vers midy du desert de Pharan & Cades
Barne, & du Septentrion elle a la vallée de Ierico & le fleuue Iordain qui se pert en icelle. Elle est d'vne profondeur terrible, & son
eaue tant salée, grasse & pesante, comme resmoignent tous les autheurs dessusditz, & auec eux Solinus & Tacitus, auec l'experience iournaliere qui le demonstre, que les Taureaux, cheuaux,
l'homme inexpert à nager, mesme le metail pesant & graue, estans
iettez dedans icelle, ne peuuent aller au fonds, ains reuiennent
incontinent au dessus, & sont soustenuz sur ladite eaue, comme
seroit vn batteau. Iosephe & Egesippe nous ont laissez par escript, que l'Empereur Vespasien estant en Iudée, alla veoir ce lac,
& pour experimenter ce que dict est, y fit ietter aucuns ignorans
l'art de nager, ayans les mains liées : & en presence de tous ils
flottoyent au dessus.

La superficie de ceste eaue, change de couleur trois fois le
iour, & donne au Soleil vne splendeur emaillée, qui nuit à la veüe.
En plusieurs endroits, elle iette des Lopins noirs de Betume, &
quelquefois fort gros, lesquels en voit nager, aucuns en forme &
de la grosseur d'vn Taureau sans teste. Strabon au lieu dessus allegué, dit, que de son temps ce Betume (qui est vne liqueur noire,
glueuse & molle, cõme celle dont on poisse les batteaux, laquelle
est com-

est composée) sortoit du fonds de l'eaue & nageoit au dessus d'icelle, par grands bouillons bouillonnans, comme vne escume ou gresse: tellement que la mer s'enfloit premierement comme vn chaudron bouillant, dont sortoit vn brouillas ou fumee espesse, puante & obscure, rendant le cuyure & l'argent enrouillé & noir, mesmes l'or bruny terni: puis ce Betume sort, & s'endurcit si dur au Soleil, qu'il le fault rompre a coups de haches & autres ferremens: estant ainsi recueilli par les circonuoisins, ou ceux qui en trafiquoyent en diuerses façons & modes & en grande quantité, mesme tandis qu'il estoit encore mol & liquide, ilz le portoyent vendre en Arabie & en Egypte principalement, ou selon Diodore Sicilien, Strabon & autres, on en embaulmioit les corps morts des pauures gens, n'aians moyen le faire de Baulme, Myrrhe, Safran & Aloes, pour les conseruer de putrefaction & corruption: Desquels corps les Medecins & Apoticaires se seruent au lieu de Mumie, & les appellent *Pissasphaltum*, dont parle assez amplement Matheolus en ses commentaires sur Dioscoride. On se sert aussi de ce Betume, contre tous venins & plusieurs maladies, suiuant le conseil dudit Dioscoride, Serapion, Auicenne, Galien, Pline & autres, estimans iceluy de Iudée estre le meilleur de tous: car il en croist aussy es Isles de Sicile & de Zante aussi voisin de la Valone en Albanie (lequel se porte à Venise, pour en poisser les nauires) & en vn lac pres de l'ancienne Babylone, duquel, selon Dio Cassius, les pierres & briques des murs d'icelle Babylone estoyent conioinctes & massonnées, au lieu de ciment, voire si dur, que le fer n'y pouuoit mordre.

A present ce Betume, appellé des Apoticaires *Gluten Iudaicum*, ne se pesche si diligemment ou communement que le passé, tant à raison qu'on n'en embaulme plus les corps morts, comme aussi pour ce que les Turcs & Mores ne trafiquent pas beaucoup, & ne se soucient de trauailler pour viure plus opulement qu'ilz n'ont accoustumez: mais aucuns seulemét, & peult estre des Iuifs, qui ordinairement sont adonnez à l'auarice, se contentent de recueillir, ce qui se trouue figé & venu à bord, par la conduite des vents & ondes, s'estant endurci par le soleil & la terre, qui deseichent & hument son humeur liquide.

Quant à l'eaue de ce Lac ou mer Morte, elle est premierement veue blancheatre, comme saumure espesse & tresamere, aussi est elle tellement salée, que quiconque s'en laue, se trouue subitement tout saulpoudré, & chargé du sel bien menu, aspre & mordant:

mesme

Matth. li.
1.cap. 85.

Galen. li.
4 cap. 10.
sim. med.
Plinius,
li. 7. ca. 15.

Cas. in vita Traia.

mefme iettant en icelle d'autre fel, il ne s'y fond point: laquelle caue eft fi mauuaife, puante, voire fa vapeur fi ardente & venimeu-
fe, qu'elle rend fterile, non feulement le Lac (infructueuz pour
nourrir ou fouftenir poiffons ny oifeaux accouftumez de hanter
les eaues) ains par fon air peftilentieux, tue les oifeaux paffans en
l'air par deffus. Auffi le païs circonuoifin de cincq a fix mille es
enuirons en eft rendu fterile & priue de toutes herbes, germe &
verdure: feulement s'y trouuent aucuns arbres portans des pommes, trefbelles à veoir en apparence par le dehors, mais au dedans
il n'y a que cendres infectes, horribles & puantes.

Eft à confiderer, que les eaues d'iceluy Lac, n'ont point d'iffue
comme les autres Lacs, defquelz ordinairement fort quelque riuiere ou fleuue: mais fe tiennent en leurs bornes fans defborder,
comme les paludes d'eau couuate, or qu'elle reçoiue en foy, plufieurs ruiffeaux de fontaines, des torrens, & l'ample fleuue Iordain, qui eft vne chofe merueilleufe & digne d'admiration, entre
les œuures de Dieu, d'abondant, il ne fe trouue en aucun autheur,
que l'vn ou l'autre foit abforbé, ou mené par certains meats &
conduits par deffoubs terre, ou qui vienne refurgir en quelque
region: fors que les Mahometiftes veulent dire, que l'eaue dudit
Lac, fe remôtre au lieu appellé en l'Exode & Iofephe, Marach au
defert de Sur, qui eft la fontaine amere, adoulcie par Moyfe, pour
en abbreuer le peuple d'Ifraël, ayant paffé la mer rouge: Dieu qui
cognoift fon œuure, fçait mieux que les hommes ce qui en eft. Ilz
ont femblable opinion du fleuue Iordain, côme ie diray cy apres.

Ce territoire, fignamment du cofté Occidental d'iceluy fleuue,
eftoit anciennement tant beau, delectable & fructueux, que la
plus grande partie auant l'abomination de Sodome & Gomorre,
eftoit appellé la valée noble & illuftre: & eftant arroufée du Iordain, elle eftoit comme le Paradis du Seigneur, ainfi que nous lifons au Genefe. Cefte valée, eftant comprinfe auec celle que Saint
Ierofme appelle Aulon, s'eftendante en trefgrande longueur, enclofe de montaignes contigues & adherentes l'vne à l'autre, depuis le mont Liban, iufques au defert de Pharan & Cades Barne:
mais de l'autre cofté dudit Iordain, vers l'Arabie & l'Orient, elle
eftoit nommée fauuage, pour n'eftre fi bonne ny fructueufe, ains
auoit des puis, defquelz furgeoit & fortoit le Betume, qui prefentement fort du fond dudit Lac: mais ladite vallée eft en partie en-
gloutie & fubmergée auec icelles villes & lefditz puis.

En ladite vallée dicte Noble & Illuftre, eftoyent fituées les villes de

Exod. 15.
Iofeph.
lib. 3. ant.
cap. 1.

Gen. 13. 14

Sodome
& Go-
morre
villes.

les de Tiberias, Salem, Ierico, Sodome, Gomorre, Adama, Seboim, Bale, qui est Segor & autres places florissantes en delices,
pour la beaute, bonte & tresgrande fertilité de la vallée, produi-
sante du Cinamome, & Cannamelles (dont on faict le sucre) des
Palmes & autres herbes & fruictz precieux & delicatz en abondance: tellemet que les Roys & peuples de Sodome, Gomorre &
leurs circonuoisins, refuserent a Chodorlahomor (qu'aucuns estiment auoir esté Ninus Roy de Sennaar, qui estoit l'Assyrie, accō-
paigné du Roy des Elamites, qui sont les Perses) de luy payer le
tribut exigé sur eux, & quasi sur tous les peuples d'Asie, douze ans
auant qu'il vint & saccageast lesdites villes de Sodome, Gomorre
& autres iusques au desert de Pharan: lequel Roy de ce indigne, y
vint, & desfeit en bataille, les Roys desdites villes & leurs alliez,
qui s'estoyent mis aux champs pour defendre leur liberté:mais ledit Chodorlahomor auec les compaignons furent poursuyuiz &
trouuez pres de Dan, par Abraham & ses seruiteurs, (lequel Dan
est Cesarea Philippi:) tellement que les prisonniers furent re-
ceus, entre lesquelz estoit Loth, son neueu, auec la pluspart du
butin, comme nous lisons au Genese & en Iosephe.

 Sainct Seuere Sulpice dit, que la susdite bataille donnée en ladite vallée, à esté la premiere, dont l'Escriture saincte & tous autres autheurs, font mention:elle se fit, selon Eusebe, enuiron l'an
du monde trois mil deux centz quatre vingt trois. Genebrard
ayant voulu esplucher les années de plus pres, dit, que ce fut l'an
deux mil quarante nœuf, vingt six ans apres la diuision des langues, & partage du monde faict, par les filz de Noë.

 Depuis ceste desfaite, les ditz Sodomites estans remis en leur
liberté (laquelle des le commencement du monde, a esté debatue
& defendue entre les hommes, comme appert en cest acte icy) &
enflez de leurs richesses & delices, se maintindrent de la en auant,
comme gens debordez, pleins de vilains outrages enuers les hōmes, & d'impieté enuers Dieu: tellement que oublians les benefices, denioyent toute hospitalité aux estrangers:Outre ce, ilz estoyent adonnez à paillardises infames & contre nature, inuenteurs
du peché tresabominable, portant le nom d'icelle ville : de quoy
Dieu irrité, enuoya du Ciel vn foudre & pluye de soulfre & feu,
qui consommerent & abismerent, lesditz de Sodome, Gomorre,
Adama, Seboim & partie de Segor, estant l'autre partie saunée &
garantie, par les prieres & pour la commodité de Loth, qui seul,
quoy qu'estranger, fut reserué auec ses deux filles, de ce tant hor-

Genef. 14
Ioseph.
ant.lib. 1.
c. 9 10.11.
Seuerus
lib. 1. hist.
sacr.

c
rible

rible & efpouuantable iugement & punition de Dieu. Et cecy aduint l'an centiefme de l'aage d'Abraham, & vingtcincq ans apres
qu'il les eut deliurez des mains dudit Chodoriahomor, voire le
lendemain que ledit Abraham eut receu les Anges foubz le Therebinte, qui fut la mefme année, qu'Ifaac fon filz nafquit, ainfi que
le tout appert au Genefe, Deuteronome, liure de Sapience, és
Propheties d'Ifaie, Ieremie, Ezechiel, Ozee & Amos : femblablement en Sainct Luc, Sainct Iudas Apoftre, en fon Epiftre Cano-
nique & en Iofephe.

    Lequel foudre & punition, ainfi aduenu, ne fe trouue feulement
en l'Efcriture fainéte, mais eft auffi rapporté par aucuns autheurs
Ethniques : comme Strabon, lequel parlant de ce Lac, dit, que tre-
ze citez, defquels Sodome eftoit la principale, aiant de circuit foixante ftades, qui font fept miles & demye, par tremblement de
terre, exalations de feu, & par les eaues chaudes & fulphurées,
ont efte brullées & englouties, & qu'a caufe des fontaines de Betume qui eftoyent fur le bord d'vn Lac, & maintenant font au
fonds, le Betume pouffe des fourgeons des eaues, vient au deffus :
attribuant ainfi à la nature, ce qu'eft aduenu par vengeance diuine, pour ne confeffer la puiffance de Dieu des Hebrieux, croyant
neantmoins, que leur faux Dieu Iupiter, a moyen de foudroyer ce
qu'il veult. Auffy ne fçait il donner raifon, de l'air peftilencieux
qui prouient de ce Lac, ni pourquoy les fruictz des enuirons
d'iceluy, eftans beaux à la veüe, font fi infeétz au dedans, comme
i'ay dit cy deffus.

    Cornelius Tacitus (ores qu'auec ledit Strabon, il dife des cho-
fes menfongeres & eftranges, de l'origine des Iuifz & leur conducteur Moyfe, mefme fe mocquant de leurs ceremonies, comme
lefditz Iuifz faifoyent de celles, dont les autres nations vfoyent à
l'endroit de leurs faux Dieux & idoles, ledit Tacitus ne reco-
gnoiffant le vray Dieu) en parle neantmoins plus à la verité, difant, qu'aupres du Lac Afphaltide, eft vne capagne, laquelle on dit
auoir efté autrefois tresfertile & habitée de grandes villes, brullées par foudres tombez du Ciel, dont l'apparence, dit il, refte encore, & la terre qui femble haule, a perdu fa vertu de produire des
fruictz, car tout ce qui naturellement y vient, ou qui y eft planté
par main d'homme, foit qu'il paruienne feulement, iufques à mó-
ter de l'herbe ou de la fleur, ou qu'il croiffe en fon efpece accou-
ftumée, eft noir, vuide & tourné en cendres : Quant à moy, dit il,
tout ainfi que ie fuis bien d'accord, que les villes de Iudée, ont efté
bruflées

Genef. 19
Sap. 10
Deut. 29
Ifai. 13
Ierem. 50
Ezech. 16
Ozee 11
Amos 4
Luc. 17
Iofeph 1
ant. ca. 11
Strab. L. 16
Tacit l. 21

uslées du feu du Ciel, aussi ie pense que la terre est infectée, par
aleine du Lac, que l'air de dessus corrompt, & pour ceste causse
s moissons & fruictz d'automne, pourrissent, ayans la terre &
ir aussi pestilentieux l'vn que l'autre.

Iulius Solinus, Dio Caisius & Ziphilinus, escriuent en sub- Solin 4.
ance, comme faict ledit Tacitus, eux conformans a ce qui s'en
oit encore au iourd'huy, & ce qu'en est recité par Iosephe, qui dit Iosephl.i.
uec nous, qu'on voit les reliques de ce feu diuin, & les traces des 5. bell.
illes foudroyées par l'ire de Dieu, auec les cendres, renaissantes cap. 5.
u milieu du fruict, lequel, si on s'arreste a la couleur, semble bon
manger, mais quád on le prend de la main, tout se resoult en fu-
ée, cendres & puanteur. En quoy, parlant fidelement, Dieu iu- Aduertis-
ement courroucé, propose vn grand exemple, a ceux qui viuent sement.
al, & est vn memorial de l'ire de Dieu, de voir partie de ceste
allée, iadis tant florissante & delicieuse, iusques a estre comparée
u Paradis & iardin de Dieu, que maintenant, & dessors, pour les
echez des hommes, elle a esté maudite tellement qu'il semble
que ce soit la region de la mort, & la gueule de l'Enfer.

l'ay dit cy dessus, que cen'est qu'vne partie de ceste vallée qui a
esté ainsi froudroyée: a raison que la maledictiõ, ne s'estend guere
plus auant, que le Lac, & qu'approchant a six miles de Ierico, elle
a retenue sa pristine fertilité & bonté, si elle estoit cultiuée deuement: aussi quelque fois, en temps fort clair & serain, on peult
voir soubz l'eaue, quelques vestiges des villes submergées, signamment de celles qui estoyent les plus proches de la riue: mais ce
temps clair n'aduient guere, car le plus souuent le Lac est couuert de brouillatz & bruines espaisses, demonstrant encore, combien le peché puny, passé ya tant de milliers d'annees, a esté & est
abominable deuant Dieu.

Aussi ie veux en partie coniecturer, que veu les belles loüanges
& qualitez qu'on donne a ladite vallée, que de mesme, l'eau passant ou se rendant en icelle (comme les Torrens Zared & Arnon,
auec le fleuue Iordain) deuoit estre soüefue & bonne, ainsi qu'encore elle est au dessus de Ierico & Tiberiade, & qu'il y auoit quelque Lac, par lequel elles se perdoyent dessoubz terre: mais que
par l'enormité du peché, celles dudit Lac, ont esté rendues pestilencieuses & mortelles, comme sortantes du centre des enfers,
ainsi que sans doubte elles sont: estant vray semblable ce que disent les Mahometans, que le fleuue Iordain (ou tant d'oeuures ont
esté faictes par la puissante main de Dieu, estant consacré par le

Baptesme de Iesu Christ) pour ne se mesler auec les pestiferées, mortelles & infernales eaües du Lac Sodomitique mauditdit, s'engouffre en la terre, & par certains meatz & conduitz secretz, vient surgir, non guere loing de la Mecque, affermans que là y a vn fleuue, courant vers l'Arabie Heureuse, ayant l'eaüe de semblable goust, & qui nourrit tel poisson, que faict le Iordain: qui n'est chose difficile a croire, car on trouue encore en plusieurs autres lieux, des fleuues se perdans, & passans par dessoubz terre, comme j'ay dit au liure second, en la description de la Morte, & telz qu'il s'en voit vn en Espaigne, appellé le fleuue Guadiano, au *champ d'alcozzer* au royaume de Tolede, estát reputé l'vne des trois merueilles desdites Espagnes:dont les deux autres sont,le pont de Segouia, & Madril, ou l'Escurial, selon Anania.

　　Le mesme lieu, (ou est presentement ledit Lac, ou mer Morte) estoit auant ce foudre aussy appellé Penthapolis, (comme celuy de la region du Lac de Genazereth Decapoleos) pour les cincq villes qui y estoyent liguées ensemble, telles que Sodome, Gomorre, Seboim, Adama & Segor, & les souloit ledit fleuue Iordain arrouser, cóme il faict encore Tiberias,Capharnaüm,Bethsaïda & autres,par le Lac ou Mer de Genazareth, rédant le territoire d'icelles, par son inondation fertile, comme faict le Nille pays d'Egypte. Cecy me semble suffire quant à present,touchant ceste matiere, & partant retourneray à la narration des lieux qui sont le long de la riue de ceste mer Morte & la vallée salée, iadis dite illustre,ainsi qu'a esté dit cy dessus.

　　Les premiers lieux donc, qui se trouuent aux confins du desert de Cades Barne, & à la fin ou bout de ladite mer regardant le midi, aboutissant contre la montée du Scorpion, (qui est vn mont audit desert, mentionné en Iosué) sont les montaignes d'Engaddy, finissantes & s'estendantes iusques à la vallée de Ierico. Et comme est escript au premier liure des Roys & en Iosephe,elles sont en beaucoup d'endroits garnies de Rochers inaccessibles, frequentées seulement de boucs sauuages: Se trouuent aussy en icelles plusieurs cauernes grandes & amples, esquelles Dauid s'est souuent caché auec ses gens s'y retirà à sauueté,pour se preseruer de la fureur du Roy Saul:en l'vne desquelles (estát bien estroite & obscure à l'entrée, & spatieuse au dedans)ledit Saul, (poursuyuant Dauid auec trois mil hommes d'eslite, & estant surprins d'vn mal de ventre)se retirà pour le purger;tellement que Dauid,estant au dedans auec quatre centz hómes, de ce aduerti par ses seruiteurs,

mesme

mesme instigué par eux de le tuer, & ne laisser eschapper si belle
occasion pour se venger de son ennemy capital, l'alla trouuer secretement, & se contenta de luy couper le bord de son manteau,
lequel il luy montra en sortant, pour luy faire cognoistre, qu'il ne
l'auoit voulu offenser, quoy qu'il en eust eu lors le moyen, selon
qu'il est contenu aux lieux dessus mentionnez.

Ces montaignes prennent leur nomination, d'vne tresanciéne
cité appellée Engaddy, situee sur le coupeau de l'vne d'icelles mô- **Engaddy,**
taignes, qui est d'vn costé tant en precipice, haulte & penchante, **Cité**
vers la susdite mer Morte, qu'elle fait horreur à ceux qui la regardent, semblât qu'elle doibue choir en icelle mer. Anciennemet on
nommoit ceste cité Asasonthamar, distante de trois centz stades de
Ierusalem, elle appartenoit aux Amorrheens lesquelz furét batuz
par Chodorlahomor, lors que les Roys de Sodome, Gomorre & **Genes. 14**
leurs voisins, furent par luy desfaitz, comme nous lisons au Gene- **Ioseph.**
se & en Iosephe. Pres d'icelle, les Moabites, Ammonites & Ara- **ant. libr.**
bes, au temps du Roy Iosaphat, vindrent mettre leur Camp pour **c. 1. c. 1**
guerroyer les Iuifz: mais ilz se desfeirent d'eux mesme, ainsi qu'il **Paral. 2.**
est escript es Chroniques. **cap. 20.**

Grand nombre de Palmiers, qui sont Dadiers, croissent au ter-
rouer de ceste Cité, c'est pourquoy elle fut appellée Asasonthamar, qui signifie, Cité des Palmes, tombée au sort de la lignée de
Iuda: elle fut la neufiesme en l'ordre des Toparchies. Au temps
de la derniere ruine des Iuifz par Tite, selon que dit ledit Iose- **Ioseph.**
phe, ladite Cité estoit petite, & fut à l'improueue assaillie, par **li. 5. bell.**
certains assassins, brigans & meurtriers, qui se tenoyent en la **cap. 3.**
forteresse de Massada, & y tuerent plus de sept centz Iuifz celebrans leurs pasques, ou la memoire de la deliurance de la terre
d'Egypte, puis la pillerent & bruslerent: & ne se trouue qu'elle ait
esté restablie depuis, fors que S. Ierosme, dit, que de son temps **Ieronym.**
c'estoit vn bourgade, lequel à present est tout ruiné. Il est aussy **loc. Hebr.**
faict mention d'icelle en Ezechiel & aux Cantiques: aux enui- **Ezech ca.**
rons de laquelle souloit croistre le vray Baulme, qui s'appelloit **47.**
vigne d'Engaddy, & de ceste vigne, le venerable Bede, sur le pas- **Cant.**
sage des Cantiques, parle en ceste sorte: *Tout ainsi qu'en l'isle de* **Cant. 1.**
Cypre, le raisin surpasse en grosseur tous autres raisins, ainsi les vignes d'En-
gaddy en Iudée, sont les plus nobles de la terre: car d'icelles distille vne li-
queur, non de vin, ains de Baulme, qu'on appelle Opobalsamum, & pour ceste
cause dit le texte desdit Cantiques: Mon amy est vers moy, comme la grappe
de Cypre es vignes d'Engaddy.

C 3

Mais

Baulme
de Iudée
& d'Egy
pte.

Ioseph.
ant.lib.8.
cap. 2.
Zonar.
Tom. 1.
Li. 1.bell.
cap. 13. &
ant. 15.
cap. 5.

Mais pour parler plus particulierement, de ceste tresnoble vigne (si ainsi se doibt appeller) elle fut premierement plantée, par le Roy Salomon, d'vne plante que luy en apporta la Royne de Saba en Ethiopie, laquelle selon qu'escriuent Ioseph & Zonaras, multiplia tant, qu'il y en eut grande quantité, au terroir dudit Engaddy, & de Ierico: ceste plante estoit tenue en tresgrande estime, & dura iusques au temps que Marc Anthoine (suiuant le mesme autheur) la donna à son amie Cleopatra Royne d'Egypte: laquelle pour la hayne qu'elle portoit au Roy Herode le Grand, la cuida destruire, & en print tout ce qu'elle peut, pour la faire planter en son Royaume, ou elle croist encore en vn iardin, ayant deux traictz d'arc en longueur, & en largeur vn gect de pierre, situé entre Babylone & Memphis, ou à present est la grande Cité du Caire. Ce iardin est enuironné de murailles, & si estroitement gardé, que personne ny entre, & ne peult estre cuilly, que par ceux qui à ce sont commis du grand Seigneur, sur peine de la vie, Il est arrousé d'vne fontaine, appellée vulgairement, la fontaine de la vierge Marie, pour l'opinion qu'ont les habitans & Orientaux, que ladite vierge mere, pendant qu'elle demeuroit refugiée en Egypte, s'en seruoit, & y lauoit les drapeaux de son diuin enfant: en memoire de quoy, y a cy deuant esté bastie vne Eglise par les Chrestiens. Les Turcs & Mahometistes se bagnent en icelle, ensemble leurs enfans, pour oster de leur corps ceste puanteur qui leur est naturelle.

Strab.l.16
Theoph.
lib.9.ca.6.
Galen. li.
6.simpl.
Diof.li. 1.
cap. 18
Iust.li. 36.
Plin. li.12
cap. 25.

En ce lieu seul, croist presentement ledit Baulme, comme il souloit faire cy deuant en Iudée (ou au temps passé selon que recitent Strabo, Theophraste, Galenus, Dioscoride, Iustinus l'Historiographe & Pline) il se trouuoit en deux iardins appartenans au Roy de Iuda, l'vn proche de Ierico, contenant enuiron vingt iugeres, qui sont iournaux ou perches, & l'autre beaucoup moindre vers Engaddy: mais depuis que les Romains, se sont faitz seigneurs de la Iudée & du Baulme, pour l'affection qu'ilz auoyent d'amplifier leur republique de toutes choses riches & precieuses, le multiplierent grandemét par iettons & prouins, dont ilz tiroyent de grandes gabelles & profit, tellement que le champ ou il croissoit, enuironné de mótaignes, qui luy seruoyent de clostures, contenoit, selon Iustinus, enuiron deux centz mille iournaux.

Pline au lieu dessus allegué, dit pour chose notable, que cest arbre aussi bien que la nation du pays, fut rendu tributaire & serf, mesme mené en triomphe à Rome, par Pompee le Grand, estant

aussy

aussy monstré côme chose tresinguliere, par les Empereurs Vespasien & Tite, dont appert que Cleopatra ne le destruisit du tout.
Le mesme Pline dit, que de son temps le publique Romain auoit soin
de le faire gouuerner & planter, mais que les Iuifz rebelles exerce-
rent par armes leur cruaute, aussi bien contre ceste noble plante,
comme ilz faisoyent contre les officiers & soldatz Romains, &
ainsi a elle esté quasi extirpee, ioint que les rameaux restez, dont
s'en trouue encore aucuns(par les guerres continuelles, desertion
ou destruction des pais, & faulte d'estre cultiuez, specialement par
la malediction que Dieu a donnee à la nation Iudaique obstinee)
ont auec icelle, perdu leur noblesse, bonte & vigueur.

Quant à la forme de ladicte plante, elle croist en arbrisseau,
hault d'enuiron deux couldees, & produit beaucoup de reiectons,
comme le Citisus, la fueille est semblable à la Rue, mais plus
blanche, demeurante tousiours verde: son fruict est de la forme, grandeur & couleur, que celuy de l'Arbre qui iette la tor-
mentine, & est plus odoriferant que le Baulme mesme: pour le-
quel auoir, (comme alleguent Theophraste & Dioscoride) on
entame l'escorce de la partie superieure du tronc de l'arbre, d'a-
graffes ou crochetz de fer. Ledit Pline & Cornelius Tacitus, auec
plusieurs autres, disent au côtraire, que si l'arbre est touché de fer,
les parties vitales viennent à deseicher, tellement que l'arbre pert
la vigueur, & meurt incontinent: Mais qu'il conuient luy ouurir
l'escorce d'vne pierre, ou de quelque piece d'vn pot cassé, soit de
terre, ou de verre, ou bié d'vn cousteau faict d'os. Ioseph dit, que
c'estoit auec des pierres bien dures & aigues, & se receuoit ou
cueilloit la liqueur, auec de la laine, dedās certains petitz cornetz:
laquelle methode, s'obserue encore pour le iourd'huy en Egypte,
au plus chault de l'esté.

Ledit Baulme est vne liqueur ou gomme, semblable à l'huyle
grasse, blanche & gluante, & quand elle est vieille elle se iaunit,
endurcit & se faict luisante, mais la plante n'en rend pas beaucoup, car on n'en sçauroit tirer en vn iour, vne cocquille pleine.
Le mesme Pline escript auec Dioscoride, que quand Alexandre le
Grand faisoit la guerre en Iudee, il ne fut à peine possible recueillir de toutes lesdites vignes, vne couche pesante neuf liures,
par vn iour d'esté: mais pour en parler auec verité, c'est bien la
plus precieuse, penetratiue & mieux flairante gomme, de toutes
celles de l'Vniuers. Au temps dudit Pline, elle se vendoit au double
poix d'argent: toutefois beaucoup d'auantage à present, pour estre
plus

plus rare & sa vertu mieux cognue. Les Medecins & Apoticaires l'appellent, *Opobalsamum*, lequel nous est souuent, aussy bien
qu'aux anciens, sophistiqué, dont Theophraste, Dioscoride, Galien & Pline se lamentent, & enseignent comment on doibt recognoistre le bon, d'auec le falsifié, comme fait aussy Matheolus en
son Commentaire sur ledit Dioscoride, disant que la couleur du
vray Baulme d'Egypte, lors qu'il est nouueau est blancheastre, &
celuy des Indes noirastre, & non si bon ny vtile à prendre par la
bouche. Le bois de son arbre s'appelle *Xylobalsamum*, & quant à la
methode de les cognoistre, & ce qui en depend, ie le laisse pour
euiter prolixité.

Reuenant donc à nostre description, des lieux qui se trouuent
entre Engaddy & Bethleem, laissant Segor & la mer Morte à
main droite, & tirant vers le vent dit *Magistralis* en Latin, Maestro en Italien, & Nordvvest des mariniers Occidentaux. Il se
trouue le chasteau de Massada, à six mile dudit Engaddy, qui
eſtoit iadis forteresse, assise sur le mont Achille, estant à dextre du
desert Ziph, ou Dauid aussy se retira souuent, auec ses hommes: ce
fut en ce lieu, ou auec deux des siens, il entra de nuit secretement,
en la tente du Roy Saul, tandis que les gardes d'iceluy dormoyét,
y prenant la lance & le gobelet dudit Roy, lesquelz il emporta sur
la montaigne, s'escriant & les monstrant aux commandeurs de
l'armée, comme il est escript au liure premier des Roys & en Iosephe, ce chasteau de Massada, selon ledit Iosephe fut premierement basty par Ionathas grand Sacrificateur: lequel (selon qu'il
semble par le liure des Machabées) doibt auoir esté frere & successeur, du vaillant Iudas surnommé Machabeus: & estant destruit
d'Antiochus, fut restably par Herode le Grand, lequel en fit vne
place inaccessible & imprenable, & la fournit des viures & munitions, pour s'en seruir d'vne retraicte & asyle contre ses ennemys, selon que bien amplement declare ledit Iosephe: aussy depuis ce temps, les Roys y mettoyent leurs tresors, & y tenoyent
garnison ordinaire.

Ceste forteresse fut la derniere, apres la prinse de Ierusalem,
pardue de toutes les places de la Iudée, qui resista contre les Romains, & estoit gardée par les rebelles & Sicaires, soubz la conduite d'vn Eleazar, lequel Eleazar, se voyant finablement forcé,
fit tant vers ses gens par ses harangues & beau parler, que tous
ses compaignons & complices, choisirent plustost la mort: que de
se rendre, ainsi que firent ceux de Sagonce en Espaigne, au teps de
Hanni-

Massada.

Mont
Achille.
1. Reg 23.

1. Reg.
cap. 16.
Ioseph
ant. li. 6. c.
14.l.5 bel.
ca. 3. lib. 7
bell ca. 21
1. Mach. 9

Hannibal. Mettans premierement tous leurs biens ensemble, &
esbruslerent, puis choisirent par sort dix hommes d'entre eux,
pour tuer tous les autres, s'estans rangez pres de leurs femmes &
enfans, prosternez par terre, & les tenans embrassez, attendoyent
d'vn courage dispose, les coups de ceux qui executoyét vn si malheureux office: puis iceux dix ayans tué tous les autres sans aucune frayeur, se preparerent à vne mesme condition de mort, de
maniere que celuy à qui le sort tomba, de suiure les autres occis,
se voyant seul, regarda si en ceste multitude de mortz, il y en auoit
encore, qui eust besoin de sa main, & ayant acheué de tuer, alla
mettre le feu au Palais de ceste place, & d'vne main violente, se
perça tout outre de son propre glaiue. Le nombre des occis en ceste place, tant hommes que femmes & enfans, fut de neuf centz
soixante: & n'y eut aucun qui eschappa de ceste furieuse & in-
humaine tragedie, qu'vne vieille femme & vne autre qui estoit
cousine d'Eleazar, auecq cincq petitz garsons qui s'estoyent cachez en quelques voultes: laquelle Histoire est rapportée par Io- Egesip. li.
sephe & Egesippe, aux lieux annotez en la marge du present liure. 2. c. 10, li.
5. cap. 53.
A l'endroit dudit chasteau, se borne le desert de Ziph, duquel Ziph ville
ay commencé à parler cy dessus, qui est ainsi appellé à l'occasion & desert.
d'vne ville nommée de ce mesme nom, située entre ledit Massada & l'antique Hebron à la main gauche: de laquelle ville, esto- 1. Reg. 23.
yent les hommes qui aduertirent le Roy Saul, que Dauid & ses 26.
gens se cachoyent pres d'eux au desert, & en la montaigne d'A-
chilla, auquel desert vint Ionathas filz dudit Saul, ayant faict confederation auec Dauid, comme nous lisons au liure des Roys. Ce
desert de Ziph, est semblable à celuy de Maon, qui luy est conioint du costé de midy, ayant vers Occident la cité d'Hebron vers
Orient le susdit Massada, & vers septentrion Tecua, duquel ladite
ville de Ziph est distante dix mile, & Tecua quatre de Bethleem.

Tecua dessusdit, est aussy vne ville, assise sur vn mont hault es- Tecua.
leué, pointu & rond: les habitans de laquelle, aux Chroniques &
en Esdras, sont appellez Thecuens ou Thecuites. D'icelle esto- 1. Par. 27.
yent natifz & y residoyent les Prophetes Abacuc & Amos: Ledit 2. Esdr. 3.
Amos qui estoit Prophete & Pasteur, eut les temples percées
d'vn clou, par le Roy d'Israel, lequel tout nauré qu'il estoit &
respirant encore, se retira en sa maison où il mourut, & on voyoit
on encore le sepulchre au temps de S. Ierosme, comme luy mesme Ierony. in
tesmoigne: mais ce n'estoit lorsqu'vn village, distant neuf mile loc. Hebr.
de Ierusalem. De ce mesme lieu estoit aussy ceste femme, laquelle

soubz

soubz ombre d'vne complainte & par ambages, reconcilia Absalon auec le Roy Dauid son pere, apres auoir faict occir son frere

2 Reg. 14
Ammon, selon qu'il est contenu au second liure des Roys.

Guillaume Archeuesque de Thyr dit, que les habitans dudit
Tyrius
lib 8 ca.
& 7.li.15.
ea.6.& 26
Tecua & de Bethleem, estoyent Chrestiens lors que Godefroy de
Buillon, s'esforça de conquester la terre saincte, & que lesditz habitans frequentoyent en son camp: mais les Turcs surprenans vne
fois ledit Tecua, tuerent tous ceux qu'ilz y trouuerent. La Royne
Melisende, donna ce lieu aux Chanoines de l'Eglise du S. Sepulchre, en eschange de Bethanie, pour les raisons qui seront dictes
en son lieu.

Depuis ce temps, ayant Saladin Souldan d'Egypte, reprins des
mains des Chrestiens toute la Palestine & terre saincte, plusieurs
d'iceux Chrestiens s'y retirerent à sauueté, & l'ayant fortifiée la
tindrent quarante ans apres, faisans des inuasions, courses & sur-
prinses sur les ennemis, esperans tousiours que quelque secours
leur viendroit d'Occident pour derechef recouurer le tout: mais
tel secours leur manquant, ilz abandonnerent ledit lieu & se retirerent au mont Liban, ou leur race appellée Druses, se maintient
encore, ainsi que l'ay declaré ailleurs : ce lieu est a present appellé
Bethulia, & tout ruiné.

Vallée de
benedi-
ction.
Entre ledit Tecua & Engaddy, est la vallée surnommée de benediction, à cause que le Roy Iosaphat & le peuple Iudaique, y firent leurs benedictions & chanterét loüanges à Dieu, apres auoir
sans coup ferir, & seulement par prieres & ieusnes, obtenuz victoire sur leurs ennemis, les enfans de Moab, d'Ammon, & les ha-
1.Par. 20
Ioseph.
ant.lib. 9
cap. 1.
bitans des montaignes de Seyr : l'appellant Beraca, qui signifie
vallée de benediction ou de loüanges, ainsi qu'il est escript au
Chroniques & en Iosephe.

Mais à la mienne volonté, que chacun fit souuent lecture, en la
saincte Bible de l'aduenu de ceste belle victoire, & la mit bien en
sa memoire: car sans doubte on feroit meilleur deuoir de supplier
Dieu, nous donner (es guerres qu'auons à faire contre vne multitude d'ennemis, qui se sont mis aux champs pour destruire son
Eglise) des Princes, Chefz & Conducteurs semblables à ce bon
Roy Iosaphat, & qui procurassent qu'en toute crainte & deuotion, on fit des supplications à ce grãd Dieu, en chantãt ses loüanges, au lieu de permettre que sans correction & chastimét, on pro-
nonce tant de blasphemes & reniemens de son sainct nom, & de
faire les insolences & pechez enormes qui se commettét iournellement

lement, tant par eux mesme, que par le commun peuple & soldatz
qui doiuent côbatre pour son heritage : cela causant sans doubte,
qu'il nous denie la victoire & la paix, nous comblant plustost d'afflictions & miseres, que de nous les octroyer. Ou au contraire,
nous le pourrions voir batailler pour nous, comme il fit pour les
Iuifz, au temps dudit Roy Iosaphat, & plusieurs autres fois : permettant que noz ennemis, se desfians d'eux mesmes, & discordans
en leurs opinions, s'entre desferoyent l'yn l'autre, comme firent
lors les Moabites, Ammonites & Idumées.

Pour ne nous trop esloigner du progres de nostre discours ou
description, par la digression & changement de propos, ie feray
fin à ceste remonstrance, laissant telle matiere aux predicateurs,
qui sont à ce constituez, & retourneray vers ledit Tecua, entre lequel & Bethleem, quasi au milieu du chemin en vne vallée, se
voyent les ruines d'vn tresgrand Monastere, lequel est, par Brocard, Saligniacus & autres, nommé de Saint Cariathot, Abbé de *S. Caria-*
plusieurs moines, y viuans sainctement, & lesquelz, apres le de- *thot Abbé.*
cez de leur dit Abbé, le suyuirent tous par mort temporelle, *Broc. li. 7.*
aux celestes tabernacles : de ce sainct personnage ie n'ay encore *cap. 70.*
Salign.
trouué la legende en aucun lieu, ni sceu en quel temps il viuoit, *Tom. 10.*
ou s'il a esté predecesseur ou successeur au renommé Prelat Saint *cap. 4.*
Sabas Capadocien : lequel ayant laissé sa patrie, pour visiter les *S. Sabas*
lieux sainctz de la Palestine, se fit disciple de Sainct Euthyme, re- *Abbé.*
sident aussy en ces contrées, & profita tellement en saincteté de
vie & doctrine celeste, qu'il fut Abbé & Superieur, selon aucuns,
de plus de quatorze mil Moines & Hermites, demeurans par les
desertz & en son Monastere : duquel les celules ou chambrettes
estoyent la plus part taillées es rochers, dont se montroyét encore
de grandes vestiges, aux voyages que firét le Comte Stephanus de
Gompenberg l'an mil quatre cétz quaráte nœuf, & Iean Tuchern
de Nuremberg l'an mil quatre centz soixante dix nœuf, representans comme les ruines d'vne grande ville. Mesme celuy, ou ceux
qui ont escript lesditz voyages, affermét encore, qu'il y auoit lors
en ce Monastere, tel nôbre de Moines Grecs, qu'ilz oserét soustenir l'assault, côtre treize mil hômes Sarazins, que le Souldan d'E-
gypte y auoit enuoyéz pour les destruire, desquelz ilz en tuerent
six mil, de quoy irrité ledit Souldan, il y renuoya plus grand nombre de Soldatz, lesquelz destruisirét ledit Monastere & Religieux :
toutefois frere Felix Fabri, Liseur du conuent des freres Prescheurs à Vlm, & qui fut au voyage sainct, auec le Côte de Simbre

& autres Seigneurs Allemans, l'an mil quatre cent; quatre vingtz
trois, escript qu'ilz y trouuerent encore six Caloyers Grecs, qui
leur montreret le mesme monastere appellé Laure, auec la cellule
ou chambre dudit S. Sabas, ensemble son sepulchre, duquel on dit
les reliques & offemens estre à Venise.

Quant à la vie merueilleuse de ce S. Pere, elle est escripte par
Simeon Metaphraste, Lippomanus, Surius, & signamment par vn
S. Cyrille, estant en son temps moyne dudit Monastere de la Laure, Nicephore Calixte, dit aussy, que les Sainctz Peres Euthyme,
Theoctiste, Theodose & Sabas, gouuernoyent vne multitude
presque innumerable de moines, tant par les monasteres, comme
viuans parmy les desertz: iceluy S. Sabas, fut par deux fois enuoyé
par Helie Archeuesque de Ierusalem, en Constantinople, pour
appaiser l'ire de l'Empereur Anastase, fauorisant les heretiques
Nestoriens, & contredisans le sainct Concile quatriesme de Cal-
cedone. Mesme estant ledit Helie (Euesque Orthodoxe) par lesditz heretiques destitué de son siege Archiepiscopal, S. Sabas y
vint par deux fois, auec les moines, pour le maintenir par force,
comme il fit, & à la seconde fois, ilz chasserent de la saincte Cité,
le gouuerneur & tous ses gendarmes, & rendit l'Euesque subrogé
au lieu d'Helie, de Nestorien qu'il auoit esté, grand Professeur de
la pure & vraye religion Catholique.

Pour ceste cause, le docte & illustrissime Baronius, infere &
conclud, estre licite aux gens d'Eglise prendre les armes, pour la
defence de la foy, puis que ces sainctz personnages & leurs religieux, nourris en contemplation & humilité aux desertz, ne se
sont espargnez de venir vers la saincte Cité, trauaillée par lesditz
heretiques, pour la deliurer, & le Prelat d'icelle, de ceste oppres-
sion, mesme s'opposer aux gendarmes & mandemens de l'inique
Empereur, la mort duquel fut reuelée audit S. Sabas & Helie
Archeuesque, la mesme nuict qu'il decedà. Quant à ce grand personnage Sabas, il trespassa, de ce siecle, l'an cincq cent; trente
trois, aagé de septante trois ans, au temps de Iustinien Empereur,
qui reuocqua d'exil tous les Euesques & sainctz Peres, propu-
gnateurs, defenseurs & qui auoyent maintenuz la saincte Foy
Catholique & les quatre Conciles generaux, ou le mauuais Anastase, les auoit releguez.

Retournans du Monastere susdit, qui est à deux mile seulemét
de Bethleem, pour aller vers la saincte Cité, on passe par la vallée, en laquelle sont la tour Ader & l'Eglise de l'apparition des
Anges

Lippoma
nus.
Tom. 5.
Surius
Tom. 6.
Niceph.
li. 16. c. 52
33. 34. lib.
17. c. 24.

Baronius
Tom. 6.

Anges aux Pasteurs, desquelz est faict mention cy deuant, & de là
on reuient en Ierusalem par Bethleem.

Description du voyage, allant de Ierusalem, vers Ierico & le mont de la
Quarantaine, auec les lieux de remarque qu'on y voit.

CHAPITRE VI.

DE Ierusalem, pour aller vers Ierico & les montz de la Qua-
rantiane, les Pelerins partent ordinairement dudit Ierusalem sur le soir, pour cheminer de nuict, à cause des grandes chaleurs qu'il fait le iour, à l'aube duquel, on arriue audit Ierico, pour
employer tout le iour, à visiter les lieux sainctz qui y sont, puis on
retourne la nuict suyuante, vers ledit Ierusalem. Pour faire lequel voyage, il conuient auoir le congé du Sangiac, ou du Caddy,
qui pour iceluy prennent des Pelerins ce qu'ilz veulent exiger, &
selon le nombre d'iceux, sans tenir aucun ordinaire. Cela fait, il se
fault accommoder auec le chef des Arabes de ce quartier, comme **Arabes.**
on fait auec celuy qui est pres de Ramma, pour seruir d'escorte &
sauf conduit aux voyagers contre les Arabes & voleurs leurs sup-
potz : lesquelz Arabes viennent de l'Arabie deserte, ne viuans
d'autre trafique, que de paistre leur bestial & piller leurs voisins
& les passagers : ceux n'ont aucuns edifices ou residéces arrestees,
ains sont errans çà & là, ou ilz trouuent de l'herbe & viures, estás
pour ceste cause appellez Nomades par Strabon & autres autheurs, & les plus opulens Scenites, pour auoir des tentes ou pa-
uillons : car *Scana*, en Grec, signifie tente : Plusieurs autheurs parlent de leur mestier de volerie, entre les autres Diodore Sicilien, **Sicil. libr.**
lequel viuoit au temps de Auguste Cesar & deuant selon Volate- **2. cap. 14.**
ran. Et S. Ierosme parlant d'eux, dit : *Arabes gens latrociniis dedita vs-* **Ieron. in**
que hodie incursitat terminos Palestina & descendentibus de Ierusalem in Ie- **9.c. Iere.**
rico, obsidet vias: cuius rei & Dominus in Euangelio recordatur: ce qui demontre, que ce n'est du iourd'huy, qu'ilz y sont accoustumez. Oultre ce que dessus, il se fault pouruoir d'vn Truchéman pratiqué &
fidele, car il y fait dangereux.

On prend pour faire cedit voyage, le chemin de Betphagé, trauersant le torrent Cedron, la vallée de Iosaphat, & le mont des
Oliues, ou se trouuent lesditz Arabes à cheual pour gardes, & les
Mouqueres auec les asnes ou autre monture. Le premier lieu de
marque qu'on rencontre, en descendant le dit mont, est vne fontaine

La fontai
ne des
Apostres.

taine des Apostres: à cause, que le Sauueur montant ou descendāt
iceluy mont auec sesditz Apostres, se sont souuent rafraichis en
icelle. Ce fut prés de la, ou il leur dit peu deuant sa passion. *Ecce ascendimus Hierosolymam, &c.* Voycy nous montons en Ierusalem, & le
filz de l'homme sera liuré aux Princes des Prestres & aux Scribes,
qui le condemneront à mort, &c. comme nous lisons es Euangi-

Matth. 20
Marc. 10.
Luc. 18.
Iof. 15. 18.

les de S. Mathieu, S. Marc, & S. Luc. Ceste fontaine se voit en la
vallée, au pied dudit mont d'Oliuet : & me semble que c'est celle
qui au liure de Iosué, est appellée la fontaine du Soleil & Ense-
mes, en la tribu de Beniamin.

Non guere loing de ladite fontaine, vers Oriēt, au chemin Ro-

Boen
Ruben.
Iosué 15.

yal tirant vers Bethanie, est la pierre de *Boen Ruben,* dite en Hebrieu Aben Ruben, dont est aussy faict mention audit liure de Io-

Bathurim

sué & allieurs. Vn peu plus auant, est Bathurim, ou Bahurim,
dont estoit natif Semei filz de Gera, qui ietta des Maledictions &

2. Reg. 16.

des pierres, contre le Roy Dauid fuyant son filz Absalon, qui s'e-
stoit faict Roy en Hebron, comme il est escript au liure des Roys:
& estoit ce Bathurim au partage de la lignée de Beniamin. Il sem-

Ieromy in
loc. Hebr.

ble que ce pourroit bien estre le Bethoraba de S. Ierosme, ou se
voyent encore les vestiges d'vn fort chasteau.

Adomin.

A huict mile de Ierusalem, est le bourg ou chasteau Adomin, signifiant lieu de sang, pour la frequente effusion, qui se faisoit du
sang humain, par les assasins, voleurs & meurtriers qui y hantoy-
ent, destroussoyent & esgorgeoyent les passagers, parquoy, selon

Ieron. in
loc. Hebr.
& in Epi-
taph Paul.
Luc 10.

S. Ierosme, il fut appellé par voix corrōpue. *Male Domini,* En Grec,
Anaba, en Latin, *Ascensus russorum siue Robeniium.* Ce lieu est celuy,
selon ledit sainct Docteur, duquel le Redempteur parle (soit par
narration historiale, ou en parabole) assauoir, de l'homme lequel
descendant de Ierusalem en Ierico, cheut entre les brigans, & fut
par la cure d'vn Samaritain, guari de ses blessures. Ledit Adomin
est aussy sur les confins des terres des lignées de Iuda & Beniamin, comme appert au liure de Iosué : c'est vn lieu fort redoubté,
comme il a esté de tous tēps, à cause que son aspect est espouuāta-
ble & tresperilleux, ainsi qu'vn vray repaire de larrons, tellement
qu'il n'y a faict iamais bon passer, comme il ne faict encore presentement, sans seure compaignie, ou conuoy: à raison de quoy du
temps de S. Ierosme il y auoit vn chasteau, auec garnison, pour asseurer les chemins & passagers, lequel chasteau est ruiné & le lieu
reduit en vn pauure village abandonné, ayant le mont de la Quarantaine à main droicte: le pais des enuirons, mesme depuis Ieru-

salem

ſalem iuſques à Ierico, eſt fort deſert & montueux, auec beaucoup
de precipices & cauernes, ſignamment tirant vers Orient, le fleuue Iordain & la mer Morte.

En approchant la plaine de Ierico, on rencontre le Sicomore, *Le Sico-*
ſur lequel monta Zachée le Publicain, pour voir Ieſus Chriſt paſ- *more de*
ſant par là & allant vers Ierico, ainſi qu'eſt eſcript en S. Luc. *Zachée.*
S. Ieroſme dit que de ſon temps, ceſt arbre eſtoit encore entier, *Luc 19.*
mais que depuis il eſt deuenu ſec: neantmoins on en voit encore *Ieron. in*
le tronc & les veſtiges d'vne chapelle, qui y à autrefois eſté baſtie, *Epitaph.*
auec vne tour de la maiſon dudit Zachée, qui eſt proche de la, en- *Paul. & in*
tre les ruines de la premiere & ſeconde Cité de Ierico. Au regard *loc. Hebr.*
de la nature de ceſt arbre, dict Sicomore, Galien, Theophraſte &
Dioſcoride diſent: qu'il eſt ordinairement grand, & ſemblable au
Meurier tant en la forme que fueille, demeurant touſiours vert,
ores qu'il ſoit couppé, s'il n'eſt mis au fond de l'eaue: & cognoiſt
on qu'il eſt ſec, quant il vient au deſſus d'icelle, & que ſon bois
ſoit dur, noir & ferme. Son fruict eſt ſemblable aux figues, leſ- *La nature*
quelles ſont ſans graines, & eſt ledit fruict produit tout au con- *du Sico-*
traire des fruictz des autres arbres, à ſçauoir en germe de ſon *more.*
tronc meſme & non en l'extremité des branches, il ne ſe meurit
s'il n'eſt egratigné, pour en faire ſortir le ſuc, qui eſt blanc
comme laict, & le quatrieſme iour enſuyuant il eſt bon pour
cueillir, & puis apres il y en vient d'autre, iuſques à trois ou quatre fois l'an.

Pres de la, ſont les ruines d'vne Egliſe, baſtie non guere loing *Ou deux*
du chemin, au lieu ou eſtoyent aſſis les deux aueugles, crians *aueugles*
au Sauueur y paſſant & venant de Ierico, la ſepmaine meſme de *furent il-*
ſa Paſſion, Seigneur Filz de Dauid, ayez pitié de nous: & leſquelz *luminés.*
furent par luy touchez & guaris, comme nous liſons en Sainct
Mathieu. Auſſy le lieu ou Barchimeus filz de Timeas fut guari, *Matth. 20*
n'en eſt guere loing.

On vient de la en Ierico, iadis Cité treſbonne, gráde, riche, bien *Ierico*
peuplée & inexpugnable, ſelon Ioſephe, qui la dit eſtre diſtante *Cité*
de Ieruſalem de cent cincquante ſtades, faiſans dixhuict à dix- *Ioſeph.*
nœuf mile Italiennes, & du fleuue Iordain, ſix à ſept mile, ou ſoi- *ant. lib. 4.*
xante ſtades: toutefois il me ſemble, ſuyuant ce qu'en eſcriuent *cap 1.*
les modernes, qu'il y a bien trente mile de Ieruſalem. Ceſte Cité
fut la premiere, que les Hebrieux prindrent en la terre de Canaam ou de promiſſió ſoubz la códuite de Ioſué, apres auoir paſſé le fleuue Iordain à pied ſec, mais non par force humaine, ains

mira-

Iosué 1.
5. & 6.
Ioseph.
ant. lib.5.
cap.1.
Theoph.
li.1.cap.
Matth.
Genebr.
l.1.chron.

miraculeusement, comme nous lisons au liure dudit Iosué, & en Iosephe, & furent tous les habitans tuez, mesme iusques aux femmes, enfans, bœufz, asnes & ouailles, excepté Rahab ou Rachab paillarde, & sa famille, laquelle fut sauuée, pour auoir preserué de mort les espies dudit Iosué. Theophylacte dit qu'aucuns cuident, que ceste Rahab, soit la Rahab mentionnée en la genealogie du Sauueur, escripte par S. Mathieu, de laquelle Salmon engendra Boos grand pere de Iesse, pere de Dauid Roy. Genebrard alleguant le dire de Rabbi Moïse & Seder Olam Hebrieux, dit qu'elle ne fut seulement femme à Salmon, ains premierement à Iosué, lequel mourut auant ledit Salmon.

Iosué 6.

Ledit Iosué ayant faict mettre le feu en ceste Cité, la fit du tout demolir, maudissant tous ceux qui attenteroyent de la reedifier, adioustant, que celuy qui mettroit la premiere pierre de ses fondemens, peust perdre son filz aisné, & qui penderoit la porte, deust estre priué du maisné, ainsi qu'il est escript au liure dudit Iosué, & en Iosephe au lieu sus allegué (interpreté par le venerable

Ioseph.
ant. lib.5.
cap. 1.
Beda.qu.
30.in lib.
Reg.&
de ratio-
ne tem-
porum.
3.Reg.16
Matth.20
Luc.19.

Beda) laquelle malediction fut effectuée es personnes & enfans d'Ahiel de Bethel, au temps d'Helie le Prophete, d'Achab Roy d'Israël, & d'Asa Roy de Iuda, selon qu'il est narré au troisieme liure des Roys & en Iosephe au lieu susmentionné. Neantmoins elle n'a laissé apres d'estre fort belle, magnifique, & honorée de la residence du Prophete Helisée, comme aussi de la presence, predication & miracles du Redempteur, y ayant illuminé les aueugles, & benit la maison de Zachée, depuis erigée en Eglise.

Solinus
cap. 47.

Solin & Polihistor disent que de leur temps ladite ville fut metropolitaine de la Iudée, estant Ierusalem destruicte: Il y auoit en icelle des edifices & Palais fort somptueux, auec vn Amphiteatre (auquel Herode premier du nom assembla sa gendarmérie) & vn Hippodrome (qui est vn lieu pour courir & picquer cheuaux) tout fermé de murs, ou ce tyran fit enclorre, plusieurs des plus notables des villettes & bourgs de la Iudée: ordonnant à sa sœur Salomé, que si tost qu'il auroit rendu l'esprit, elle les fit tous tuer, afin que les parens d'iceux, fussent contraintz de pleurer à sa mort, au lieu d'en estre ioyeux. Cedit Roy y deceda, & Archelaus son filz

Ioseph.
li.1.bell.
ca 21.
ant. li.17.
cap.10.

y fut declaré son successeur, comme est contenu aux liures de Iosephe, lequel dit aussy, que Gabinius Proconsul de la Iudée au temps d'Hircanus grand Sacrificateur, y establit le quatriesme siege Iudiciel, mesme il appert que par apres, elle a esté vne des onze Toparchies.

Ceste

Ceste Cité fut destruite par Vespasien, estant deuant Ierusalem, pour la perfidie des habitans, soustenans les voleurs & mauuais garnemens, qui faisoyent beaucoup de maux en son camp, se-
lon qu'est rapporté par Iosephe & S. Ierosme, & depuis fut resta- **Ieron. in loc. Hebr.**
blie par Ælius Adrianus Empereur, dont se voyet encore au iour-
d'huy quelques vestiges, comme aussy des deux autres premieres:
mais de toutes trois, il n'en reste quasi en estre, huict demeures
faictes de terre, quoy que sa situation soit en vne contrée la plus
belle & aymable de toute la Iudée, appellé le grand champ &
Aulon, s'estendant depuis Gennabara, de S. Ierosme dite Inabara, **Aulon plaine de Ierico.**
situee sur les confins des regions de Traconitide & Itarée, iusques **Ieron. in loc. Hebr.**
à la mer Morte: elle a, selon Iosephe, de longueur deux centz tren- **Ioseph. lib. 5. bell.**
te stades, & de largeur cet vingt, & passe parmi le fleuue Iordain. **cap. 4.**
Mais la plaine particuliere de Ierico, ou croissoyent les Palmes
ou Dadiers, & ou estoit le plusgrand & principal iardin du Baul-
me, les Palais & habitations exquises, selon Strabon, ne contient **Strabo libr. 16.**
que cent stades seulement: bien arrousée d'eaue & fontaines, aussy
bornée de deux montaignes, aspres, rudes & desertes s'inclinan-
tes vers icelle, & la rendent en forme de Theatre: L'vne desquelles montaignes, suyuat le dire de Iosephe, est de fort longue estandue vers le Septentrion & le Midy, commenceant proche de Scitopolis, & terminant aux boutz de la mer Morte: en icelle est cō-
prinse, le desert & mont, nommé la Quarantaine, ou nostre Sauueur ieusna quarante iours & autant de nuictz, & se laissa tenter
du diable, comme aussy est en ce mesme lieu la rigoureuse solitude de S. Ierosme, dont ie parleray cy apres. L'autre montaigne est
à l'opposite s'estendant le long du fleuue Iordain, prenant son cō-
mencement du costé de Septentrion, proche de Iuliade, & finit à
Somor en l'Arabie Petrée, ou elle se viét ioindre aux montaignes
de Seir, qui s'estendent iusques au pais des Moabites.

Quant à ladite ville de Ierico, au temps du susdit Herode, elle
fut par Marc Anthoine donnée à Cleopatra, laquelle l'accorda
(auec le reuenu du Baulme) en admodiatiō audit Herode. Et pour
finir nostre propos encommencé touchant ladite Cité nous le
conclurons par ce mot: à sçauoir, qu'au temps que les Chrestiens
Latins & Occidentaux, estoyent possesseurs de la terre saincte,
Godefroy de Buillon leur premier Roy de Ierusalem, la donna à
l'Eglise du S. Sepulchre: mais Arnulphe Patriarche d'icelle, la tirant hors de Patrimoine de l'Eglise, la donna en mariage auec vne
sienne niepce, à Eustache Garnier, Seigneur de Sidon & Cesarée,

                    vaillant

vaillant son reuenu lors, selon Tyrius, cincq mil escuz per an.
Depuis estant retournée au domaine du Roy, la Royne Melisende femme du Roy Foulques, en enrichit le Monastere des Nonnains de S. Lazare en Bethanie, qu'elle auoit fait edifier & fon-
der. Finablement, les Sarasins ayans chassez iceux Chrestiens de
la terre Saincte, l'ont destruite auec les autres, & n'a plus esté restablie : car, comme i'ay dict ailleurs, ilz sont plus prompts a ruiner, qu'a edifier.

Deux mile dudit Ierico, en la susdite plaine, tirant vers le fleuue Iordain & l'Orient, est l'antique Galgala, de Sainct Ieroime
appellée Galgal & Golgol, signifiant en Hebrieu roue ou reuolution. En ce lieu Iosué, estant auec les gens passe le Iordain, y posa son camp : & la furent, par le commandement de Dieu, tous les
hommes Iuifz, naiz au desert, circoncis, car tous les autres sortis d'Egypte, estoyent mortz audictz desertz, pour leur incredulité, excepté Iosué & Chaleb. La fut aussy dressé vn Autel des douze pierres, que (selon le nombre de leurs douze lignees) ilz auoyent tirées du fond dudit fleuue Iordain, lors que par permission
diuine, ilz y passerent a pied sec, & en mirent autant d'autres
qu'ilz prindrent sur la campaigne, les posans au milieu de l'eaue,
où ilz auoyent passé : Et les Prestres portans l'Arche, demeurans
ce pendant au milieu de la fosse, s'arrestante l'eaue miraculeusement, pendant que cecy se faisoit, comme il est escript au liure de
Iosué & en Iosephe. Aussy en ce lieu ilz celebrerent les premieres Pasques, du pain sans leuain, de la farine de la mesme annee, &
y mangerent du fruict de la terre, leur faillant lors la Manne, dont
ilz auoyent esté substantez au desert, quasi l'espace de quarante
ans, & demeurerét en ce lieu, iusques à tant qu'ilz furent guaris de
leur circoncision, & qu'ilz eurent prins la ville de Ierico.

Enuiron deux gectz d'arc plus outre, tirant encore vers Orient,
& au pied du mont de la Quarantaine, est la fontaine, de laquelle
est faict mention, au quatriesme liure des Roys, semblablement
en Iosephe & Egesippe, appellée la fontaine d'Elisée : à raison que
ce Prophete rendit l'eaue d'icelle (qui au parauant estoit amere,
sterile & pestilentieuse) doulce, fertile & salubre à boire : la
source de laquelle est proche des ruines de la premiere Ierico, &
iette si grande abondance d'eaue, qu'elle faict tourner diuers
moulins : les ruisseaux de laquelle, diuisez par Archelaus filz d'Herode, arrousent bien soixante dix stades de pais en longueur, &
s'espand par la plaine la largeur de vingt stades, humectans les

iardins

Tyrius
li. 11. c. 15
li. 15. c. 26

Galgala.

Ieron. in
loc. Hebr.

Ios. 4. & 5.
Iose. ant.
li. 5. cap. 1

La fontai-
ne d'He-
lisée.
4. Reg. 2.
Iosep li. 5
bell. cap. 4
Egesip.
lib. 5. c. 17

iardins ou croiſſoyent les Palmes, le Cinamome, Baulme, Cypres, Mirabolans & ſemblables plantes & fruictz, les plus exquis de l'vniuers, La on trouue auſſy les roſes, appellees de Ierico, deſquelles les effectz ſont merueilleux & rares.

Au parauant que le ſuſdit Prophete Heliſée euſt prins ſa reſidence en Ierico, ceſte fontaine eſtoit ſi mauuaiſe, que non ſeulement les eaues d'icelle amortiſſoyent les fleurs & fruictz de la terre & des arbres, mais auſſy faiſoit auorter & mourir les enfans dedans les ventres de leurs meres. A cauſe de quoy ledit Prophete, voulant recompenſer les habitans dudit Ierico de la beneuolence dont ilz vſoyent en ſon endroit, fit tant par les prieres enuers Dieu (mettant au fond de ladite fontaine, vne cruche neuue pleine de ſel, & verſant des oblations doulces en icelle, auec eleuation des mains vers le Ciel) qu'en fin il obtint, qu'au lieu de ſterilité, elle cauſa vne fertilité treſgrande : en quoy Dieu montra, que non ſeulemét les prieres, ains auſſy les ceremonies, dont vſent ceux de ſon Egliſe, luy ſont aggreables.

Il appert encore, de la ſterilité de ceſte campaigne, és liures des Roys, en Ieremie, & Ioſephe : & qu'en icelle Sedechias, dernier Roy de la race de Dauid, fut prins par les Babyloniens, & mené en Reblata, lors ville de Syrie, & depuis appellée Antiochie ſelon S. Ieroſme : lequel Ioſephe faict encore mention d'autres proprietez & vertus de l'eaue de ceſte fontaine, laquelle par vn aqueducte & conduit eſtoit menée en la Ierico moderne, comme ſe peult cognoiſtre par les veſtiges d'iceluy.

Paſſant plus outre, & enuiron demy mile de ladicte fontaine d'Heliſée eſt le deſert & le mont nommé de la Quarantaine, à cauſe qu'en iceluy le Redempteur a ieuſné quarante iours & quarante nuitz, & y a eſté tenté du diable, ainſi qu'eſcriuent S. Matthieu, S. Marc, & S. Luc en leurs Euangiles. Et eſt ce mont cóprins au deſert qui s'eſtend depuis le pais ou plaine de Galgala vers Tecua, le mont Engaddy & la mer Morte (dont eſt faict mention cy deſſus) il eſt de plus hault, & de plus difficil acces, qui ſoit en toute la Iudée, à cauſe de quoy peu de Pelerins n'ont le cœur aſſez hardy, pour y oſer monter : neantmoins il y en a aucuns qui le font, & ceux qui par maladie, peu de hardieſſe, ou laſſitude en ſont empeſchez, attendent a la ſuſdite fontaine leurs compaignós, qui y montent, auec les Arabes & gardes.

A coſté dudit mont vers Orient ſont trois Chapelles, aſſauoir deux petites & vne gráde, decorées au dedás d'aucunes peintures tresan-

---

Marginalia:

4. Reg. 25.
Ierem. 39
52.
Ioſe. ant.
li. 10. c. 10

Le mont de la Quarantaine.
Math. 4.
Marc. 1.
Luc 4.

trefanciennes, repreſentans les images de Saũueur, de la vierge
Marie, & de S. Iean Baptiſte, auec aucuns Anges : leſquelles chapelles ont eſté baſties & peintes par ordonnance de S. Helene
niere de Conſtantin le Grand. Aſſez pres deſquelles, eſt vne grotte
ou antre, auquel (*vt pie creditur*) le Saũueur a faict ſouuent les prieres, & y fut premierement tenté du diable.

Encore ſe trouue la, vne grande ciſterne, qui eſt proche de la
plus grande chapelle, en laquelle les Anachoretes ou Hermites
habitans pres ce lieu, conſeruoyẽt l'eaue pluuiale pour leur vian-
ce. Comme auſſy eſt encore vne autre grotte ou antre treſgrãd
voiſin dudit lieu, appellé, le Sepulchre des Anachoretes penitens
deſquelz grand nombre reſidoit, & viuoit ſainctement & treſau-
ſterement ſur ce mont, & es deſertz circonuoiſins, au temps de S.
Ieroſme & depuis.

Frere Boniface Stephani Eueſque de Stagno, ayant eſté lõg
temps Gardien du mont Sion, eſcript, comme font auſſy pluſieurs
autres Religieux qui ont eſté en ladite grotte (entre autres frere
Pierre vanden Ende, dit *A ſine*, encore viuant) aſſeurent y auoir
veu pluſieurs corps mortz d'iceux Anachoretes, tous entiers: Les
vns eſtans encore à genoulx, autres tenans les mains & yeux le-
uées vers le Ciel, autres couchez par terre, auec les bras eſtandus
en forme de Croix, & d'autres en autre façon & guiſe, comme
s'ilz eſtoyent viuans, ſans qu'il leur defaille aucuns de leurs membres, ni meſme leurs cheueux, ou poilz de leur barbe : choſe fort
admirable à voir, & ſont ſans doubte ainſi conſeruez, auec ladite
grotte en leur eſtre, par le vouloir de Dieu, pour confirmer les
bons en iuſtice, & mettre les penitentz & contritz en eſpoir d'obtenir remiſsion de leurs pechez.

Non guere loing de la, ſur vn coupeau de la montaigne regardant Bethel & Hay, eſt vne autre petite Chapelle aſſez entiere, &
en icelle vn Autel, au deſſus duquel on voit peint vn Satan vaincu, & couché ſoubz les piedz de l'image de Ieſus Chriſt noſtre
Saũueur vainqueur : laquelle peinture eſt treſancienne, demontrant à noz hereriques Iconoclaſtes & briſeurs d'images de ce
temps, l'antique vſance d'icelles en l'Egliſe Catholique.

Ce coupeau, qui eſt le plus hault de tous, s'appelle, le mont du
diable, à cauſe que Sathan y tranſporta le Redempteur à la troiſieſme tentation, luy montrant & offrant tous les regnes du monde, s'il euſt voulu adorer. Pour monter ſur ces montaignes, il n'y a
autres degrez que des trouz, ou on ſe peult attacher des mains &
piedz,

piedz, estant le Rocher si droit, hault & en precipice, qu'on a horreur de regarder d'iceluy en bas, tellement que celuy qui eschap-
peroit ou glisseroit d'en hault, tomberoit comme en vn abisme.
Et ayans les Pélerins plus hardis visité & contemplé ces sainctz
lieux, ilz descendent au mieux qu'ilz peuuent, & s'en retournent
vers leurs compaignons les attendans, puis s'estans vn peu rafraichis à la fontaine, ilz se mettent en chemin, pour retourner vers
Ierusalem, par la voye de la Cité de Bethel, de laquelle ie parleray
cy apres, pour au parauant traiter icy, de ce que voyent & doibuét
faire ceux, qui veulent aller au fleuue Iordain.

Du voyage de Ierico, vers le fleuue Iordain, & des lieux qu'on y voit.

CHAPITRE VII.

LEs Pelerins qui desirent aller au fleuue Iordain, & visiter les
lieux circonuoisins, prennent leur chemin de la fontaine d'E-
lisée, par la campaigne de Galgala, mentionnée cy dessus: à present
autant sterile, qu'elle fut iadis tresfertile, ou se voyent encore les
vestiges des douze pierres que Iosué y fit mettre, fort reuerées des
Orientaux, & mesme des Mahometistes. A vn mile de la, est la val- Achor
lée d'Achan ou Achor, ainsi nommée pour vn Achor, lequel ayant vallée.
robé & caché quelque tresor, de la prinse de Ierico, y fut par commandement de Iosué lapidé, comme nous lisons au liure d'iceluy. Iosué 7.
De la on va droit vers le fleuue Iordain, & au lieu, ou par permission de Dieu, les Prestres de la Loy auec le peuple, le passerent à
pied sec, & mirent au milieu d'iceluy douze autres pierres prinses
en terre ferme, ainsi qu'à ia esté dit parlant de Galgala.

Quatre mile dudit Ierico, en vn lieu bien desert, se trouuent les Monaste-
ruines d'vn Monastere & d'vne belle Eglise, edifiée cy deuant, cō- ré de S.
me dit Nicephore, par S. Helene, sur la cauerne ou iadis S. Iean Iean.
Baptiste, auoit sa retraicte: au pied de laquelle ledit fleuue passoit Niceph.
lors, & en ce lieu (selon la tradition des peres) le Sauueur aagé de lib. 8. c. 30
trente ans ou enuiron, volut estre & fut par luy baptizé. Le lieu ou
le Sau-
ueur fut
baptizé.

S. Gregoire de Tours, recité par Baronius, dit que ce sainct lieu Theoph.
est demeuré tresce,lebre & d'efficace en miracles, & outre qu'il in Mat. 3.
auoit apprins de son Diacre, que les Lepreux s'y lauans souuent, Greg, Ta-
estoyent n'ettovez & guaris: Le venerable Bede escript que de rón li. de
son temps, ledit lieu estoit marqué d'vne Croix de bois de la haul- gloria
teur d'vn homme ou enuiron, laquelle souuent estoit cachée en mart. c 17
Beda de
locis san-
ctis. ca. 13.

l'eaue, quand le fleuue s'enfloit, mais (estant la riue Orientale d'iceluy haulte & fascheuse, pour y descédre) on auoit faict sur l'Occidentale vn petit pont en Archades, allant depuis le grand Monastere S. Iean, iusques à la susdite Croix: & par iceluy on y alloit adorer Dieu, qui en triple personne s'y est laissé ouyr, toucher & voir, assauoir le pere par sa voix, le filz en l'eaue (se faisant baptizer) & le S. Esprit descendant sur iceluy en forme de Colombe, selon S. Iean.

Ioan. 1.

Pres de ce lieu, se voyent les ruines d'vne petite Eglise laquelle souloit estre, sur la riue du bord du fleuue, & edifiee, selon la tradition des peres Orientaux, au lieu ou furent mis & gardez les habitz du Sauueur. Notez que i'ay dit, que ladite Eglise souloit estre sur le bord du fleuue, & à present ses ruines en sont esloignées, pour ce que iceluy fleuue Iordain s'est retiré de son cours ancien (comme font souuent, tous fleuues rapides, changeans de fosse) d'enuiron deux mile plus auant, vers l'Orient & l'Arabie.

S. Sosime Abbé.

Dudit Monastere S. Iean a esté Abbé S. Zozisme, qui administra le S. Sacrement d'Eucharistie a S. Marie d'Egypte, faisant pénitence és desertz outre le fleuue Iordain: mesme, selon ledit Nicephore, Volateranus & autres (parlans des Anachoretes & Moynes de la Palestine) ce Zosime y vesquit cincquante trois ans, & ne conuenoyent luy ne les Moines ensemble que le dimenche, pour en leur Monastere & Eglise celebrer le seruice diuin & prendre la saincte communion: puis pour passer le surplus de la sepmaine, ilz prenoyent quelque peu de pain, & s'en alloyent peregrinans par les desertz cherchans & visitans les peres, qui habitoyent en iceux, referoyent au retour à leurs compaignons, ce qu'ilz auoyent trouué de bon & exemplaire. Ainsi Zosime, vaguát & se pourmenant par les desertz, trouua la susdite S. Marie d'Egypte, proche du fleuue Iordain: de laquelle, ensemble dudit personnage Zosime, la legende a esté escripte, par Sophronius Patriarche de Ierusalem. Il se trouue que ceste saincte penitente, vesquit tresausterement en ces desertz par l'espace de quarante sept ans, & y mourut, enuiron l'an de grace cincq centz & vingt, au temps de Iustin le vieil Empereur.

Niceph. lib. 17. c. 5 Volat. in li. 21. Anthropoligia.

S. Marie d'Egypte.

Pour conclusió, le Monastere susdit, a duré en son estre, iusques à la venue des Mahometistes en la terre saincte, lesquelz l'ont destruit: depuis ce temps les Freres Mineurs du mont Syon y souloyent aller tous les ans, durant l'octaue de l'Epiphanie, celebrer l'office d'icelle feste, en cómemoration du sacré Baptesme du Redempteur

dempteur, mais maintenãt, ilz n'y vont seulemẽt, que quand l'occasion s'offre, d'y accompaigner les Pelerins: l'Eglise d'iceluy Monastere estoit consacree au nom du S. Saluateur baptizé, & de S.
Iean Baptiste, & fut cy deuant fort visitee en memoire du grand
Baptesme, & mystere de nostre ablution y prinse, par celuy qui a
sanctifié les eaues, & puis voulu par son tresprecieux sang n'ettoy-
er les macules, causees a nostre ame par le peché. Laquelle Eglise, & le lieu du Baptesme du Redempteur, sont distans de deux
mile de celuy ou les Hebrieux trauerserent ledit fleuue.

Vn peu plus outre vers le midy à main gauche, se trouue la so-
maine, en laquelle par l'espace de quatre ans, ce S. & tresdocte
personnage, fit vne tresaspre penitence, affligeant son corps de
ieusnes & veilles continuelles & s'y voyent encore les vestiges
d'vne belle & grande Eglise, auec vn Monastere y ioint, duquel
luy mesme a escript à S. Damase Pape: Plus se voyent contre les
murs du cloistre dudit Monastere aucuns vestiges & restes des
peintures, contenans ses vie & gestes, ensemble son effigie au naturel, mais fort effacés, par l'antiquité & la malice des infideles
(abhorrans, comme les Iuifz & les heretiques de nostre miserable
siecle, les memoires & peintures des sainctz) aians aussy en partie
ruiné ses beaux & sainctz lieux, dependans du desert de la Quarantaine. On y voit aussy quelques fragmens d'vn aqueducte, qui
y conduisoit l'eaue de la fontaine d'Elisee, & de quelque piscine
ou viuier, auquel anciennement les religieux nourrissoyent du
poisson, pour leur aliment & nourriture.

Or les Pelerins, ayans visité lesditz sainctz lieux, puis prins vn
peu de refection & rafrachissement, vont au fleuue de Iordain,
ou deuotement ilz entrent dedans & se bagnent en l'eaue d'iceluy, en commemoration que le Saueur y a voulu estre baptizé.
Ceux qui ne sçauent nager, ou n'osent entrer auant audit fleuue,
s'y lauent la teste, les yeux, mains & piedz, les autres emplissent
d'eau aucunes petites bouteilles, pour emporter auec eux.

En cedit fleuue Iordain, qui a bonne raison peult bien estre nõ-
ueilleuses, qu'on le doibt biẽ adiurer, & pour sa dignité le reuerer.
Premierement, il se trouue escript au liure de Iosué & en Iosephe,

pour

pour la presence de l'arche d'alliance du Seigneur. Les Sacrificateurs portans icelle, se tenoyent au milieu dudit fleuue tout debout sur le granier, qui estoit ferme au fond soubz leurs piedz, tant que tout le peuple, fut passé a gué & a pied sec: & pour memorial de ce passage miraculeux, y furent mises douze pierres comme i'ay dict cy dessus.

4. Reg. 2.
Ecclel. 48. Secondement, nous lisons au quatriesme liure des Roys, & en l'Ecclesiastique, que le Prophete Helie y voulant passer, auec son disciple Helisee: (peu auât qu'il fut raui en vn chariot de feu) print son manteau, & l'ayât enuelopé, & d'iceluy frappé les eaues, elles se separerent, tellement que comme le susdit peuple, ilz passerent à pied sec à trauers d'iceluy, côme fit encore apres Helisee, retournant apres auoir perdu son maistre.

4. Reg. 5. Tiercement, au mesme liure des Roys, nous trouuôs que Naaman, Prince de l'armee du Roy de Syrie, s'estant laué sept fois en ce fleuue (suyuant le commandement dudit Prophete) fut guari de la lepre ou ladrerie: ce que Gregoire de Tours afferme auoir encore esté faict à plusieurs Chrestiens, depuis que le Sauueur a esté baptizé, comme i'ay dict cy deuant.

4. Reg. 6. Quartement, au sixiesme dudit liure des Roys, est aussy faict mention, qu'vn des filz des Prophetes, ainsi nommoit on les disciples, coupant du bois proche de ce fleuue, laissa choir sa coignee de fer en iceluy, tellement que le Prophete Helisée, lors present, la fit reuenir du fond, (nageant sur l'eau comme chose legere) & reioindre à son bois.

Ledit S. Iean Baptiste, precurseur de nostre Sauueur, y a baptisé du Baptesme de penitence, ceux qui à son exhortation & sermons, se sont presentez à luy: comme aussy ledit Sauueur mesme, qui (par l'attouchement de sa chair trespure & nette, conioincte à la diuinité) a sanctifié l'eaue d'iceluy, & s'est apparue la saincte & indiuidue Trinité, ainsi que i'ay dit cy deuant.

Clem. l. 4 S. Clement recite, que ledit Sauueur y a baptizé S. Pierre son Apostre: & que S. Pierre puis apres y a baptizé les autres ses confreres & collegues. Et à la verité, beaucoup d'autres merueilles y ont esté faictes par le vouloir & toute puissance de Dieu, côme il se lit en plusieurs endroitz de l'Escriture saincte, & es Histoires & Annales antiques, que pour brieueté ie laisse, à fin de parler de l'origine & cours, de ce tresnoble fleuue, pour m'acquitter de la promesse que i'ay faicte au traicté de la mer Morte.

Origine
du fleuue
Iordain.
Ieron in
loc Hebr.
& alibi. L'origine donc dudit fleuue, selon S. Ierosme & la pluspart des

autres

autres autheurs, vient de deux fontaines, ayans leurs sources à peu de distance, au pied du mont Liban: l'vne appellée Ior, & l'autre Dan, autrement dite Danus, Paneas & Paneus, quatre mile au dessus de la Cité de Cesarea Philippi, aux murailles de laquelle les eaues desdites fontaines s'assemblent en vn seul ruisseau, & du mesme lieu ioignent leurs deux noms en vn, & font appeller le fleuue en naissant, Iordan, qui se dit pour plus douce prononciation, Iordain.

Iosephe entré les autres au contraire, dit, que sadite source vient d'vne autre fontaine, nommée Phiala, au pais de Traconite, distant dudit Cesaree, cent vingt stades, qui font quinze mile: laquelle fontaine est comme vn estang, sans sortir hors de ses riues, & sans croistre ou descroistre: alleguant d'auantage, comme plusieurs autres, que passant son eaue par desoubz terre, le ruisseau d'icelle vient surgir, & engendre les deux susdites fontaines Ior & Dan: & le premier qui decouurir ce secret, selon ledit Iosephe, fut Philippe le Tetrarche dudit pais de Traconite, par le moyen de certaine paille, qu'il fit ietter en Phiala, laquelle on retrouua en la fontaine Dan: Ladite fontaine Phiala est aussy appellée, des Sarazins & Arabes en leur langue, Mamedan, qui vault autant à dire, que l'eaue de Dan, car Me, signifie eau: aussy le territoire circonuoisin (qui estoit le pais de Sainct Iob) souloit estre appellé Magedan. Iosep li.3 bell. ca. 18 Phiala fontaine.

Pline & auec luy S. Ieroime confirment l'opinion de ceux qui disent sa source venir de la fontaine Paneas, qui est Dan, situeé en vn tresbeau lieu, & fort embelli, par les liberalitez du Roy Agrippa, suyuant Iosephe. Pline li.5. ca.15

Tacitus & Strabon disent semblablement, que ce fleuue sort du mont Liban, & qu'il est le plus grand de la Iudée, comme de verité il est, commençant son cours à Cesarea Philippi, de la, diuisant la Iudée de l'Arabie, le Traconite de l'Iturée, & mipartissant les champs Aulon: il passe par la Galilée superieure, puis faisant vn grand detour, laisse Seleucia à main gauche, & entre en vne vallée ou il faict vn Lac, lequel n'est tousiours plein d'eaue, ains seulement quand les neiges du mont Liban se fondent, & que par les pluies les eaues sont abondantes. Tacitus lib. 11. c. 2 Strab. l. 16 Le cours du fleuue Iordain.

Ce Lac s'appelle Maron, Merom & Semachonitis, selon Iosephe: il est long de soixante stades, qui font sept mile & demy, & large de trente stades, qui font enuiron quatre mile, ayant le pais de la demie tribu de Manasses à gauche, & celuy de Neptalin à Merō lac.

f

main

Strab.l.16 main droite. Strabon le nomme Macra, & dit apres Possidonius, qu'autrefois on y a trouué vn Dragon ou Serpent, ayant de longueur quasi vn iugere, qui porte, selon Columelle, deux centz piedz, selon Fabius, deux centz quarante, & suyuant Varro, autant que deux bœufz pourroyét labourer en vn iour, & estoit cest animal si gros, que deux hommes à cheual, estans d'vn costé & d'autre d'iceluy, ne se pouuoyent entreueoir, & auoit la gueule large à l'aduenant, aussy que de chacune escaille de son corps, on pouuoit faire vne Targe, pour seruir à vn homme de guerre.

Animaux qui se trouuent au Iordain

Et partant, il fault dire que ce fleuue entretient de telz animaux, qui sont comme vne espece de Crocodilles, dont le Nil en Egypte est grand nourricier. Aussy en la Legende de S. George Martyr, il est faict mention d'vn pareil Dragon, qui fit beaucoup de maux à ceux de Baruth, qui n'est guere loing de ce Lac, comme nous dirons en son lieu.

Ziglerus auec autres, disent, que le Lac & Palus de Cendeua, proche de Ptolomais, est aussy infecté de telz serpens. Outre ce, Bartholomeus de Saligniaco, noble Cheualier & Iuriscõsulte, qui fit le voyage sainct l'an mil cincq cérz vingt deux, en la descriptiõ qu'il a faicte d'iceluy, afferme qu'estát luy & ses cõfreres Pelerins audit fleuue Iordain, vn Medecin François (nageant audit fleuue, & s'estát trop auácé en iceluy) fut par vn Crocodile, ou autre grãd animal, prins, englouty & perdu tout à l'instant, au grand regret & estonnement de sesditz compaignons & autres spectateurs.

Salig. to. 2. cap.6.

Iosué 11. Nous lisons au liure de Iosué, que à la semonce de Iabin Roy de Iasor, s'assemblerent plusieurs Roys Cananeens, aupres desdites eaues de Meron, auec grande multitude d'hommes pour cõbatre Israël: laquelle multitude, selon le dire de Iosephe, estoit en nõbre de trois centz mil hommes de pied, dix mil cheuaux, & vingt mil chariotz, & que ceste armée fut desfaicte, & mise à vauderoute par iceux Israëlites. Lesdites eaues de ce Lac se deseichent la pluspart en esté, & n'y demeure que le courant du fleuue: en la plaine & aux riues duquel croissent le Cinnamome, & le Ioncus Odoratus, auec plusieurs beaux arbrisseaux, en guise de bosquetz, bien espais & touffus, esquelz frequentent plusieurs Lions, Ours & autres bestes sauuages, venans des grandes forestz & montaignes, desquelles on y souloit faire des chasses Royales.

Iose. ant. lib.5.ca.1.

Aroseth ville. Finablement ledit fleuue Iordain, sortant de ce Lac, il court tortueux par l'interual de cent vingt stades, tracassant çà & là par la vallée, laissant la ville d'Aroseth (de laquelle est faict mention
Iud c.4.

au liure

au liure des Iuges,& estoit à Sizara conducteur de l’armée du suf-
dit Iabin Roy d’Asor,estát proche de Capharnaum & Corosaim)
il entre au Lac de Tiberiade:mais quant aux villes & citéz qui luy
sont voisines,i’en parleray cy apres.

Entre ces deux Lacs,est vn Pont appellé le Pont de Iacob,pour   Le pont
ce qu’il fut passé par le Patriarche Iacob, auec ses femmes, famille de Iacob.
& bestiaux, venant de Mesopotamie , & ayant l’uicté auec l’An-
ge outre vn autre fleuue, assez proche de cestuy cy, lequel se nóme
Iaboc,dont il fut blessé à vne hauche, & appellé Israel , comme il
est escript au Genese & en Iosephe,par dessus lequel Pót on passe   Genes. 32
aussy, pour aller de la Palestine & la Galilée vers Damasco.   Iose. ant.
                                          lib 1.ca.8.
Le Lac,autrement dit, mer de Tiberiade , de Galilée, Genase-   Le Lac de
ret,ou de Genereth, (car tous ces noms ne sont qu’vn) n’est autre Tiberias.
chose,qu’vn Lac faict du fleuue Iordain,& des eaues pluuiales,as-
semblées en ceste basse plaine:il est appellé Mer, seló le venerable
Bede, à la mode des Grecs, lesquelz nommét ainsi toutes congre- Beda in
gations d’eaues,soyét douces ou salées:Pline & Strabon l’appellét Luc. 5.
Lac de Genasareth , produisant le Iuncus Odoratus & Calamus Pline,
Aromaticus : Beda au lieu dessus allegué , ensemble Iosephus & li.5.ca.14.
Egesippus,luy attribuent le nom de Genesar,à cause de sa nature, Strab l 15
qui est d’engédrer à soy mesme vn air qui l’agite & esmeut conti- Iosep.li.3
nuellement, cóme signifiant Genesar , selon les Grecs , engendre bell.ca.17,
vent.S. Luc le nóme Lac, & S.Iehá Mer de Genasereth: plusieurs 18.
sont d’opinió,que c’est plustost à cause de deux villes,anciennemét Egesip.
ainsi nommées, qui estoyent sur la riue d’iceluy, la principale des- li.3.ca.26
quelles est Tiberias,(comme i’espere dire en son lieu.)S. Mathieu, de excidio
S.Marc,& S.Iehan,ainsi que i’ay dit cy dessus,l’appellét aussi Mer Ierof.
de Galilée,à cause de la Prouince adiacente.   Luc.5.
                                      Ioan. 6.
                                      & 21.
                                      Math.4.
                                      Marc.1.
                                      Ioan.6.
Selon le mesme Pline,sa longueur est de dix miles,& sa largeur
de six. Egesippe dit qu’il est de sept vingtz stades de longueur, faisans dix sept mile & demy,& quarante stades de largeur , reuenás
à cincq mile:Iosephe le riét long de cét stades, & large de quaráte. Iose.lib.3
Autres plus modernes,disent sa conference porter, enuiron vingt bell c.8.
mile: desquelles distáces & mesures le different est petit,en esgard
que bien souuent telz Lacs, par la vehemence du cours des riuieres,& par le mouuement & assemblée des sables & choses semblables,se peuuent croistre,eslargir & diminuer, consideré aussy, que
les Autheurs dessusditz n’ont escript en vn mesme temps.
Quant à l’eaue de ce Lac, selon ledit Egesippe & Iosephe,icelle
est douce & plus plaisante à boire,que celle des fontaines, n’ayant

f 2   rien

rien de semblable auec les eaues espesses & grossieres des maretz:
car elle est deliee & pure, n'ayant au bord que du granier menu, &
la riue bien propre a la puiser. Elle est, contre la nature des autres
Lacs, tresfroide en tous temps : & si en esté elle est mise de nuict
au serain, elle deuient froide comme glace. Au reste il s'y nourrit diuerses sortes de bons poissons, differens en espece & en goust
à ceux qui se trouuent en d'autres lieux & eaues de la Palestine: ce
Lac estant engendré par ledit fleuue Iordain, iceluy passe parmi,
côme faict le Rosne au trauers du Lac de Lausane ou de Geneue.

Iceluy Lac ou mer de Genasareth a esté honoré, sur tous autres ses semblables, de la presence & attouchement corporel de
nostre Sauueur Iesus Christ, lequel le choisit pour y operer des
choses admirables & supernaturelles: car il a marché sur ses eaues
à pied sec, & raict ainsi venir a luy S. Pierre son Apostre, lequel
auec S. André son frere, S. Iacques le Maieur, & S. Iean Euangeliste, aussy freres enfans de Zebedee, peschoyent dessus, & y ont par
luy esté appellez a l'Apostolat, ainsi qu'escriuent S. Mathieu, S.
Marc, S. Luc, & S. Iean: aussy nostre dit Sauueur y a souuent na-
uigé & passé d'vne riue a l'autre, & en la nacelle presché l'Euangile, proposé plusieurs paraboles & similitudes, il a dormi dessus,
puis estant esueillé, il y a commandé aux vêtz, ondes & tempeste,
finablement il y est apparu a ses disciples apres sa resurrection.

Math. 4. 8.
13. 14.
Marc 4. 6.
Luc 8
Ioan. 6. 21

Au long dudit Lac sont plusieurs bonnes villes & citez specialement Tiberiade, dont ce Lac porte à present le surnom, côme ie diray en son lieu. Or ledit fleuue Iordain, sortant en ce lieu
dudit Lac, est augmenté du costé d'Orient de la susmétionnée riuiere Iaboc, puis diuisant l'Arabie de la region de Samarie, passe
les campaignes dites, *Campestria Moab*, & de la Iudée, puis miparris-
sant la vallée illustre, continuant son cours depuis ledit Lac, iusques a la mer Morte, par trois centz trente stades, & laissant Salim & Ierico vers Occident (entre lesquelz lieux le Baptesme du
Sauueur, & autres merueilles, ont esté operées, selon que i'ay dict
cy dessus) puis estant accreu de plusieurs torrens, fontaines, ruisseaux & riuieres: comme le torrent de Taphua (descendant du tribu Manasses, selon que nous lisons en Iosué) celuy de Carith, sur
lequel le Prophete Helie fut nourry des Corbeaux (ainsi qu'est escript au troisiesme liure des Roys) Cison, descendât du mont Tabor, la fontaine d'Helisée & autres, y entrans du costé d'Occident.
Pareillement celle de Dibon, Iesrael, & Calliroe, (qui est vne fontaine d'eaue chaude, pres du chasteau Macheronta, auquel S. Iean

Baptiste

Baptiste fut mis prisonnier, & decapité par commandement du
Roy Herode) ensemble des fleuues Iaboc saisdit, Iazer, & Arnon
(qui separe le pais des Moabites de celuy des Amorrheés) ce fleuue benit, faict encore plusieurs detours, comme s'il vouloit fuir,
ou que contre son gré & mal volontiers, comme dit aussy Pliné, Pline,
il meslait les eaues salubres, louables, fertiles & douces, auec les li. 5. ca. 15.
pestilencieuses, abominables, steriles & tresameres dudit troisiesme Lac, qui est la mer Morte de Sodome & Gomorre, auquel il
est contraint s'engouffrer, six mile loing du lieu ou le Redépteur a
esté baptizé, & autant de Ierico: tellement qu'on voit le poisson,
dont ce sainct fleuue abonde, reculer en arriere, sentant vn si grád
changemét d'eaue: mais cóme ledit fleuue court d'vne grád vites-
se, si ledit poisson est enueloppé esdites eaues puantes, subitemét il
meurt, ce qu'afferme aussy Cornelius Tacitus aucteur Ethnique.

L'eaue dudit fleuue Iordain est souuent trouble, à cause de la
vehemence de son cours, mais en peu d'heure, estant mise en quelque vaisseau, elle deuient belle, tresclaire & aggreable à boire, cóme faict celle du Tibre à Rome. Aucuns escriuent que cedit fleu-
me, comme le Rosne au Lac de Geneue, passe au trauers de la mer
Morte, & que son eaue nage au dessus comme huile, retenant sa
douceur: mais venant outre au desert de Cades Barne, qu'il entre
en vne horrible & grande cauerne, & là se pert. Autres sont d'opinion, comme les Mahometistes, que ne voulant, ou pouuát mesler
ses eaues tresdignes & benites de Dieu, auec les maudites de Sodome & Gomorre, auant qu'entrer en icelles, elles s'engouffrent
en terre, sans qu'on s'en puisse apperceuoir, & courantes par dessoubz, ou par l'vn ou l'autre costé, elles viennent resurgir & sortir
de terre pres la Mecque: car illec se trouue vn fleuue, ayant son
eaue & produisant poisson semblable à celuy du Iordain: de mesme disent ilz, que les eaues de la fontaine amere de Maron, au desert de Sin, procedent de la mer Morte, comme i'ay dit ailleurs.
Nous trouuons d'abondát, que Dieu parlant à Iob, dit que Behe- Iob 40.
mot engloutira le fleuue, & ne s'esmerueillera point, & a fiáce que Ieron.
le Iordain coulera en sa gueule. Ce qu'estant interpreté par les ibidem.
sainctz Docteurs, S. Ierosme, Hugues le Cardinal & autres, prennent par Behemoth (comme nous pouuons dire, le Golfe Sodo-
mique ou Infernal) la gueule de Sathan qui engloutit le fleuue,
signifiant les mondains & Ethniques, & le Iordain les baptizés:
car pour le Iordain on prend le type de Baptesme, comme aiant
en iceluy prins commencement.

Or toute la longueur du cours de ce merueilleux fleuue, depuis ſa ſource iuſques à ladite mer Morte, peult porter enuiron cent mile, & aux deux coſtez de ſes riues le territoire eſt bien vni, plat & egal, treſplaiſant & fertil, s'il peult eſtre cultiué: il eſt ceint tout du long de montaignes haultes & contigues l'vne à l'autre, comme le Liban, Hermon, Seir & autres, n'eſtans que comme vn meſme & ſeul mont: mais differens en noms, ſelon la diuerſité des contrées, ou elles ſont ſituées, ou des peuples deſquelz elles ſont habitées: ainſi que ſont les Alpes & Apenins, qui ſeparent la Suiſſe & l'Allemaigne de l'Italie, & la Toſcane de la Lombardie.

D'auantage, le terroir circonuoiſin, appellé la vallée illuſtre, tant louée par Egeſippe, Ioſephe & autres Autheurs, pour ſa beauté & fertilité admirable, eſt pres du Lac de Tiberias d'enuiron vingt ſtades de largeur, produiſant abondamment de ſon naturel, diuerſes ſortes de bons fruictz, vignes & plantes excelletes: tellement qu'il ſembloit que nature, ne luy auoit rié denié, & y eſt l'air ſi bien temperé, qu'elle s'accommodoit egalement, tant aux fruitz aymans le froid, que ceux qui appetoyent le chault: leſquelz fruitz ſe pouuoyent meſme garder dix ou onze mois, ſans corrompre. Mais ceſte fecondité & gloire, par l'incredulité & pechez des hómes, eſt maintenant perdue, & le tout rendu deſert, meſme le repaire des Lyons, Ours, Serpens & voleurs treſinhumains.

I'eſtois deliberé, amy Lecteur, de faire en ceſt endroit mention des Citéz, villes, chaſteaux, fleuues & montz qui ſont au de la le fleuue Iordain, ayans auſſy eſté en la poſſeſsion des enfans d'Abraham, tant legitimes que naturelz, pour par la lecture donner meilleure ouuerture à la cognoiſſance des paſſages & hiſtoires contenues és Eſcritures ſainctes: mais comme il me faudroit encore beaucoup trauailler à l'eſcrire, & que ce volume par ſa grandeur, ſeroit peult eſtre ennuieux, à cauſe des fraiz & trop grande prolixité, à ceux qui deſireroyent s'en faire poſſeſſeurs, ie m'en deporteray quant à preſent: ioint auſſy, qu'il n'y a quaſi aucun Pelerin, qui ait moyen d'y aller, ores qu'il y ait des lieux de treſbelle remarque. Toutefois pour accomplir en partie ma promeſſe, & ſatisfaire au deſir des curieux, i'eſpere, auec la grace de Dieu, leur faire veoir quelque iour tout ce qui y eſt, du moins, ſi ie cognois, que ce mien trauail leur ſoit aggreable: me contentant à preſent de deſcrire brieuement les lieux principaux, qui ſont de deça ledit fleuue, & auant qu'entrer en la Samarie & la Galilée, ie

lée, ie prendray les places, qui depuis la mer Morte, sont le long
dudit fleuue, en montant contre mont, iusques au Lac de Genasereth: & ce pour tant mieux prendre la route de la Galilée, commençant au Septentrion, pour reuenir de Damasco vers le midy
& la saincte Cité de Ierusalem.

Des Villes, Citéz, & autres lieux de Remarque, qui sont le long du fleuue
Iordain, depuis la mer Morte, iusques au Lac de Genazareth.

CHAPITRE VIII.

L A premiere ville, qui est approchante ledit fleuue, sur la lan- Segor ville.
gue de la mer Morte vers Septentrion, est Segor, autrement
dite Zoara & Bala en l'Escriture saincte, située au pied du mont
d'Engaddy sur le bord de ladite mer, à l'opposité de l'Arabie. S. Ie- Ieron. in loc. Hebr.
rosme dit, que Segor est la nominatió Hebraique, & Zoara la Sy-
riaque, tous les deux signifiãs, petite ou ieune: aussy c'estoit la plus
petite de la contrée de Penthapolis, ainsi appelloit on ancien- Penthapo-lis regió.
nement ceste region, ou estoyét Sodome, Gomorre, Seboin, Ada-
ma & ladite ville de Segor, pour estre ces cincq villes liguées en-
sembles, ayans neantmoins chacun son Roy particulier, cóme appert au Genese, tout ainsi qu'est la contrée proche du Lac Tibe- Gen. 18. 19
rias, à cause de dix semblables villes, appellée Decapoleos.

Fault noter que ladite ville de Segor estoit condemnée d'e-
stre abismée & suffoquée du feu celeste de l'yre de Dieu, auec les
quatre autres: mais par la priere de Loth, qui par le commandement des Anges estoit sorty de Sodome, auec sa femme & ses
deux filles, & pour la commodité d'iceluy, elle fut en partie pre-
seruée dudit feu, ainsi qu'est rapporté au Genese & par Iose- Genes. 19. Iose. ant. li. 1. ca. 11
phe, neantmoins on y voit encore des pierres des edifices, toutes
noires de l'antiquité & dudit feu. Il y a aussy sur le bord de la
mer, des arbres portans des pommes aggreables à voir par le dehors, mais toutes cendreuses & puantes au dedans, comme i'ay
dit cy deuant.

A costé de Segor, és montaignes d'Engaddy, se montre encore
la spelonque, en laquelle Loth se retira auec ses filles, qui se nommoyent, à sçauoir l'vne Olla, & l'autre Oliba, (selon le venerable
Bede, n'osant ledit Loth, demeurer en ladite ville de Segor) en la- Beda in 19. Genes.
quelle spelonque sesdites filles l'eniürerét, pour l'induire à les cognoistre charnellemét, pensans que tout le móde fut peri, dót elles

conceu-

conceurent Moab & Ammon, Princes ou Peres des Moabites, &
Ammonites. Sur ce subiect S. Ierosme dit, que la bienheureuse Paula, allant visiter les lieux sainctz, & venant a ceste cauerne, se print
à pleurer, exhortãt & conseillant, auec S. Paul, les filles qui estoyẽt
auec elles, de se garder du vin, auquel y a de la luxure.

Entre Engaddy, Segor & la mer Morte, on tient encore estre la
femme dudit Loth, muée en statue de sel, pour punition de sa des-
obeissance & curiosité, regardante contre le commandement des
Anges derriere elle sur les Citez foudroyées, comme il est escript
au Genese, Iosephe, le liure de Sapience, Seuere Sulpice & plusieurs autres autheurs: Ceste statue, memoire perpetuelle de la punition diuine, selon l'opinion de tous, demeurera en estre iusques à
la consommation du monde, laquelle se voioit encore au tẽps de
Iosephe: plusieurs de ceux qui ont faict le sainct voyage, disent l'a-
uoir veue, mais nul d'entre eux, n'en declare la forme, ne precise-
ment en quel lieu elle est, parquoy ilz se rendent suspectz, & peu
croyables, car elle est difficile à trouuer, quoy que sans doubte, il
y en doibt auoir encore quelque vestige, mais il est impossible de
la rechercher à loisir, sans se mettre en grand danger de la vie,
tant pour l'air infecté de la puanteur du Lac, l'ardeur excessiue du
Soleil, la multitude des Serpens, Crocodilles & autres animaux
nuisibles, l'aspreté des montaignes, & les hommes mauuais, comme brigans & voleurs qui y frequentent.

Non guere loing de la, ou la mer Morte commence à s'eslargir,
& enuiron vingt cincq mile, ou deux centz stades de Ierico, assez
pres aussy du Monastere de S. Sabba, sont les ruines des Bourg,
Palais & Chasteau nommé Herodion, edifié (par Herode surnommé le Grand qui fit occir les Innocens) en vn lieu fort de situation entre les montaignes: auquel lieu il auoit deffait les Iuifz
le poursuyuãs, lors que de paour des Parthes & Iuifz, il s'enfuioit
vers son chasteau de Massada à quatre mile de la, aussy basti par
luy: auquel estant mort en Ierico, il fut aussy en tresgrande pompe
porté en sepulture, & y furent ses funerailles celebrées autant
somptueusement, (ainsi que dit Iosephe) qu'on peult lire d'auoir
esté faict à aucun Prince terrien, ores qu'il en estoit indigne, aussy
pour brieueté, ie n'en feray presentement autre narration. Seulement ie diray, que Pline faict aussy mention dudit Herodion, la
mettant du nombre des Toparchies de la Iudée, & est demeurée
des dernieres en estre, auec Massada & Macheron, lors que Ierusalem fut destruite par Tite, car les voleurs s'emparerent de ces

places,

Iero̅n. in
Epit. Pau.
Ephes. 5.

Genes. 19.
Ioseph. li.
1. ant. c. 11
Sap. 10.
Seuerus
Tom. 1.
hist. Sac.

Iose. ant.
li. 14. c. 25.
li. 17. c. 10
Li. 1. bell.
ca. 11. 16.
& 21.
lib. 2. ca. 1
Pline,
lib. 5. c. 14

places, & les tindrent long temps depuis, faifans de grands maux
& dommages à l'armée des Romains.

Sur les confins de Iuda & Beniamin, à deux mile du fleuue Iordain & de la mer Morte, tirant vers Ierico, font les veftiges d'vn
ancien Monaftere, ou demeurent encore à prefent des Moynes ou
Caloyers Grecs, viuans fort pauurement & aufterement, felon la
regle de S. Bafile, lequel Monaftere fut edifié cy deuant au lieu ou
eftoit la Cité de Bethagla, & au parauant, ainfi qu'eft porté au
dernier du Genefe, Area-Arad, qui fignifie l'aire d'Arad, ou le Patriarche Iofeph & fes freres, auec les anciens d'Egypte aborderent premierement, eftans paffez le Iordain auec le corps de leur
pere le Patriarche Iacob mort en Egypte, pour l'enfepulturer
auec Abraham & Ifaac, en la fpelonque double de Hebron, & en
ce lieu ilz s'arrefterent, celebrans les obleques de leur dit pere,
auec grans pleurs & lamentations par fept iours, tournoyans au
tour dudit corps mort: parquoy, les habitans du païs eftonnez, appellerent ce lieu, le dueil d'Egypte, & les Hebrieux Bethagla, qui
fignifie, maifon de pleurs.

Puis apres, paffant la plaine de Galgala, & les ruiffeaux de la
fontaine d'Helifée, comme auffy le defert S. Ichan, ou le Sauueur
fut baptizé & dont i'ay parlé cy deffus, on vient à Doech, iadis
ville & fortereffe, à dix mile de Galgala, ou furent frauduleufe-
ment ruéz Simon Machabée & fes filz, par Ptolomée fon gendre,
felon qu'il eft efcript au liure des Machabées & en Iofephe: De la
on vient au Torrent Carith, defcendant des montaignes, pres vn
lieu appellé Fafello, proche duquel le Prophete Helie fut nourry
des Corbeaux: l'eaue duquel torrent court au fleuue Iordain, cõme i'ay dit ailleurs, & qu'il eft contenu au troifiefme liure des
Roys. Puis apres à l'endroit de Samarie, qui eft vers Occident fur
vne montaigne, eft Thanathfelo, & le Torrent Taphue (fortant
d'icelle montaigne) dont eft faict mention au liure de Iofué chapitre feiziefme.

Paffant plus outre, à fçauoir entre Taphue & Bethfan, au terroir des Sichimites (fur ledit fleuue Iordain, pres d'Ennon & le
mont Garifim, à vn mile pres de Sichem) eft Salem, autrement dite Salin, de laquelle eft efcript au Genefe ce qui enfuit: *Et Iacob partant de Sochot, paruint en Salem Cité de Sichem, qui eftoit le païs de Canaan,
& habita pres de la ville, & acheta des enfans de Hemor, pere de Sichem, vne
portion du champ auquel il auoit tédu fes tabernacles:* S. Ichan en fon Euágile dit auffy ces motz: *Et Iehan baptifoit en fon Ennon pres de Salim, &c.*

g   Laquelle

Bethagla.
Genef. 50.

Doech
ville.

1. Mac. 16.
Iofe. ant.
lib. 13. ca.
14. & 15.

3. Reg. 17.

Thanath-
felo ville.

Taphue
torrent.
Iofué 16.
Salem
Cité
Genef. 33.

Ioan. 3.

Laquelle Salem ou Salim aucuns difent eftre fondée par Sale petit filz de Sem, & pere de Heber, duquel eft auffy parlé audit Genefe: mais il n'appert que Sale foit forty la Mefopotamie.

　　Eft à noter, que plufieurs font d'opinion, que c'eftoit de cefte
Salem, que Melchifedech eftoit Roy, & non de Ierufalem, en quoy
fe confirment le chapitre quatorziefme du Genefe, & Iofephe en
fes antiquitez Iudaiques, quand ilz difent ainfi: *Apres qu'Abraham eut
obtenu victoire fur Cordoholamor Roy des Affyriens, &c. Le Roy de Sodome
vint au deuant de luy, iufques au lieu qui eft appellé, le champ Royal.*
Plus auant ledit Iofephe dit encore: *Melchifedech auffy Roy de Salem, qui fignifie Roy iufte, & Salem a efté appellée Ierufalem.* Ce dire de
Iofephe eft receu de plufieurs. Mais S. Ierofme, Lyra, & autres le
refutent, difant ledit S. Ierofme, que felon l'arbitre dudit Iofephe, & de beaucoup des noftres, Salem n'eft point Ierufalem, qui
porte vn nom compofé du Grec & Latin, ains eft vne ville proche de Scitopolim, qui eft Bethfan, iufques au iourd'huy appellée Salem affez pres d'Ennon, ou S. Ichan baptifoit, en laquelle on
montre encore, dit il, les ruines trefanciennes du magnifique
Palais de Melchifedech.

　　Il fault prefuppofer, que cefte Salem ou il regnoit, n'eftoit
point au lieu ou eft prefentement Ierufalé: car il eft efcript au Genefe & en Iofephe, côme eft encore dit cy deffus, que les Roys de
Sodome & de Salem venoyent au deuant d'Abraham, en la vallée
de Saba, qui eft la vallée Royale, autrement dite illuftre & Auon,
eftant le long du Iordain, felon S. Ierofme. Si donc ces Roys fe
prefentoyent en icelle vallée, ilz ne pouuoyent venir de Ierufalé,
diftante d'vne grande iournée & plus de là. Auffy la voye de Dan
vers Hebron ou Mambre, ou Abraham refidoit lors, & moins
celle de Sodome, ne paffe par ladite Ierufalem, puis qu'il venoit
par ladite vallée Royale ou illuftre.

　　Ma volonté eftoit, de traicter plus auât de cefte matiere, & faire
entendre d'ou vient ledit Melchifedech, en quel temps il fut, de
fes pere & mere, & autres chofes touchant iceluy, ainfi que ie l'ay
trouué es Autheurs anciés: mais comme elle doibt eftre fort prolixe & de grandes contradictions & difcours, ie la pafferay prefentement foubz filence, pour continuer, felon ma petite capacité,
la defcription encommencée des lieux qui font fur la riue dudit
fleuue Iordain, iufques au Lac de Genafareth, laiffant les fufditz
Sichem & mont Garifim, pour en toucher vn mot, ayant traicté
de la Galilée & du Royaume de Samarie.

Conti-

Continuant donc, la premiere & principale place qui suit estat situee dans vne plaine, entre le mont Gelboe, dont nous parlerons cy apres, & le lieu ou ledit fleuue Iordain sort du Lac de Tiberias, est la Cité de Bethsan, autrement dite Scitopolis, faisant la separation du territoire, appartenant a la demie lignée de Manasses au deça du susdit fleuue, & celuy d'Isachar, comme appert aux liures de Iosué & de Iosephe : En ceste Cité, les Philistins victorieux porterent les corps du Roy Saul & de ses trois filz, a sçauoir Ionathas, Abinadab & Melchisua, mortz en la bataille donnee sur ledit mont Gelboe, leur ayant premierement coupé les testes, & mis les troncs des corps en croix sur les murailles de ceste Bethsan, ainsi qu'il est escript aux liures des Roys, & du susdit Iosephe.

S. Ierosme la nomme Sintopolis & Bethsan, disant que les Hebrieux n'en peurent onc expulser les premiers habitans leurs ennemis. Pline, & apres luy Volateranus, la mettent au nombre des dix Citez de la Region de Decapoleos, disans qu'au parauant on l'appelloit Nysa, du pere Bachus qui y enseuelit sa nourrice, & y conduisit premierement les Scites, desquelz elle fut dite Scitopolis, c'est a dire ville des Scites. A quoy se conforme aussy Polibius, & semble qu'Eusebe veult faire le mesme, quand il dit, qu'estant Semele fille de Cadmus accouchee de Bachus, Iuno par ialousie la fit mourir, & fut l'enfant emporté par Mercure, & caché en vne spelongue en Nysa, qui estoit entre Phœnicie & le Nil. Mais Strabon au contraire, dit cecy estre aduenu à Nysa proche des Indes, restablie par Bachus : Volateranus & autres, font mention de ceste la, & d'vne autre Nysa par vn simple I. en Bœce de Grece, aussy dediee à Bachus.

Le susdit Strabon parle bien de Scitopolis, proche de la Galilee, sans dire autre chose de son nom : ie trouue aussy que quelquefois les Scites sont entrez en Syrie, & qu'ayans saisi ceste ville, luy ont imposé ce nom, & peult bien estre que lors Bachus leur Prince les accōpaignoit, & l'a faict appeller Nysa en memoire de celle de sa naissance aux Indes.

Herodote parle aussy d'iceux Scites, & de leur regne en Syrie & Asie, ayant duré vingt huict ans seulement, mesme qu'ilz persesentcelle Syrie, iusques à Ascalon, au temps de Psammitiche Roy d'Egypte, Xyaxarxes pere grand de Cyrus Roy des Medes, en la trente huictiesme Olympiade, qui fut enuirō l'an du mōde quatre mil cincq centz soixante dix, regnāt en Iudée, selō Eusebe, Iosias,

g 2   Iosephe

Iose.lib.2
bell.c.19.

Iosephe rapporte l'Histoire d'vn estrange cas, aduenu en ceste Scitopolis durant les dernieres guerres des Iuifz, lors gouuernez par Florus: à sçauoir que les Scitopolitains, soubz ombre d'amitié, firent sortir de leur ville tous les Iuifz leurs concitoyes, auec promesse de les assister à combatre leurs ennemis les Romains. Mais estans sur les champs, ilz se ruerent sur lesditz Iuifz, & en meurdrirent en vn bois enuiron treize mil, sans auoir esgard à sexe ny aage. Ce que voyant vn ieune homme Iuif, robuste & courageux, nay de bonne lignée : considerant qu'il ne pouuoit eschapper la main de ses cruelz Scitopolitains, il empoigna son pere, ja fort ancien, par les cheueux, & luy fourra tout debout l'espée au trauers du corps, ce qu'il fit aussy à sa mere, sa femme & enfans, puis se iettant sur les corps mortz d'iceux, il s'en fit autát, pour ne tomber à la mercy de ces inhumains assassins.

　　Depuis ce temps la, ie ne trouue chose de ceste Cité digne de recit, fors qu'elle a laissé ce nom de Scitopolis, & reprins celuy de Bethsan, à laquelle commence la vallée pleine, ou vallée illustre aussy dite Royale ou Sabée, dont i'ay parlé souuent cy dessus, s'estendante iusques à la mer Morte: S. Ierosme dit, que de son temps elle estoit encore bonne ville de Phœnicie. Tyrius aussy declare que du sien elle estoit Metropolitaine de la Galilée, & qu'elle fut surprinse par les Chrestiens Latins: aussy que lors on cognoissoit, par les ruines de ses anciens edifices, & la grande quantité de toutes sortes de marbres qui se trouuoyent en iceux, qu'elle auoit esté magnifique : mais depuis reduite en vne pauure villette, honorée neantmoins d'vn siege Archiepiscopal, ayant soubz soy nœuf Eueschez pour Suffragans: toutefois en fin elle fut reprinse par Saladin Prince des Sarazins, & du tout aneantie, auec plusieurs autres places.

Ieron in
loc. Hebr.
Tyrius li.
12 ca. 20.
li. 22. c. 16

　　Nous laisserons en cest endroit le fleuue Iordain & les autres villes qui sont le long d'iceluy, pour derechef commencer nostre description à Cesarea Philippi, & remonter de la, par la region de Decapoleos & la Galilée vers Ierusalem, ou vers Bersabée, qui est l'autre ancien terme ou limite de la Iudée, & ce pour la commodité de ceux, qui ont enuie & moyen, de faire le voyage par terre & par Damas.

De Cesarea Philippi & la region de Decapoleos.

CHAPITRE IX.

Cesarea

CEsarea Philippi, Cité iadis assez illustre, est située au pied du mont Liban, en vne plaine aucunement feconde, ou les deux fontaines Ior & Dan (ou bien le ruisseau en procedant, faisant le fleuue Iordain) s'assemblent, comme i'ay dit en la description dudit fleuue: Il y a de distance d'icelle iusques à la mer Mediterranée, enuiron vingt mile, ou vne petite iournée, & iusques à la ville de Sidon autant: iusques à celle d'Asor, six mile: & deux iournées iusques à la Cité de Damas.

Auparauant l'entrée des Hebrieux en la terre de Canaan, on la nommoit Lesem, & estant prinse & restablie par ceux de la lignée de Dan, elle fut appellée Lesemdan, comme est declaré au liure de Iosué: Pline & Iosephe disent, que comme les Grecs nõment la fontaine Dan, Paneas, aussy faisoyent ilz la ville: Nicephore Calixte declarant la raison pourquoy les Grecz la nommoyent ainsi, dit que c'estoit pour cause, qu'en icelle auoit esté dressé le simulachre de leur Dieu Pan. S. Ierosme luy attribue tous les trois noms, à sçauoir Lessem, Paneas, & Dan, lequel nom de Dan, luy est le plus commun en l'Escriture saincte: les limites ou bornes du Royaume Iudaïque, vers Septentrion, comme estoit Bersabée vers le midy, de laquelle elle est distante par ligne directe au trauers d'iceluy royaume, d'enuiron trois centz miles, qui est toute la longueur d'iceluy Royaume, ainsi qu'appert aux liures des Roys, ou il est dit en ces motz: *Et tout le peuple d'Israel s'est assemblé, depuis Dan iusques à Bersabée, &c.*

En ceste Cité & en Bethel, Ieroboam premier Roy d'Israel, fit mettre des veaux d'or, pour les faire adorer par les peuple des dix lignées, qui s'estoyent reuoltées de la maison royale de Dauid, disant, que c'estoyent la les Dieux, qui auoyent tiré leurs peres de la seruitude d'Egypte: ce qu'il fit pour mieux faire entretenir à icelles lignées leur rebellion & la suitte de son party, craignant qu'allant adorer au temple en Ierusalem, ilz se reconciliassent à Dieu & auec Roboam filz & successeur de Salomon leur Prince legitime, comme il est escript au troisiesme liure des Roys.

Il plaira au Lecteur, considerer & se remettre en memoire, combien de nostre temps, nous auons veu iouer de semblables tragedies, par les chefz des rebelles & heretiques, incitant les peuples par eux abusez, à commettre choses execrables, exorbitantes & abominables contre Dieu, son Eglise & le Prince: & apres telz actes commis, ilz leur mettent en auant la grauité de l'offense, à fin que perdant l'espoir de remission, ilz soyent assistez à se

g 3   main-

Cesarea Philippi.
Iosué 19.
Plin. li.5.
cap.15.
Iose. ant.
li.18.ca.3.
Niceph.
li.10.c.30
Ierony. in
loc. Hebr.
liter. L P.
& D.
1. Reg. 3.
2. Reg. 3.
17.24.
3. Reg. 12.

maintenir contre ceux à qui ilz deuoyent toute obeissance &
respect.

Mais laissant ce discours, nous retournerōs aux veaux d'or, l'vn
posé en Bethel : l'autre en ceste susdite Dan, & non sur quelques
montaignes es enuirōs de Samarié, cōme aucuns ont escript, aussy Iosephe afferme que c'estoit en ceste Dan situee sur le petit Iordain : ie dis le petit Iordain, pour la distinctiō qu'aucūs font du nō
de ce fleuue, appellant le petit, celuy qui court entre ceste Cesarea
ou Dan, iusques au Lac de Genazareth : & le grand, cestuy qui est
depuis ledit Lac ou Bethsan, iusques a la mer Morte ou il se pert.

Or ceste Cité de Dan, fut ruinee par Benadab Roy de Syrie &
de Damas, au temps que Baasa regna sur Israël, & qu'Asa fut Roy
de Iuda, comme nous lisons aux Chroniques : mais elle a esté restablie & fort anoblie d'edifices, par Philippes filz aisné du Roy
Herode le Grand, estant Tetrarche de Traconite & Iturée, duquel est faict mention en S. Luc, & lequel changea le nom d'icelle
ville, & à l'honneur de Tibere Cesar, la fit appeller Cesarea, auec
l'Epitete de Philippi, à la difference des autres Cesarees de Capadoce & de Palestine, pour auoir esté reedifiee par ledit Philippe, &
par ce nom elle est cognue en l'Escriture saincte du nouueau Testament, & en Iosephe : Le Roy Agrippa, pour plaire à l'Empereur
Neron, la fit appeller Neronia, mais ce nom ne luy dura guerre :
car S. Ierosme par tous ses escriptz, ou il en faict mētion, l'appelle
de son premier nom Paneade, & Ptolomée, Cesarea Paneadis.

Guillaume Archeuesque de Thyr, dit qu'au tēps que les Chrestiens Latins, tenoyent la terre saincte, elle fut souuent prinse &
reprinse, tant desditz Chrestiens, que de Tegelmelud & Dolde-
quin, Roys de Damas : & lors on la nommoit, ainsi que presentement par les habitans on la nomme encore, Belinas ou Velenas :
& fut enuiron l'an mil cent trente huict, durant le regne de Fulco
Roy de Ierusalem, erigee en Euesché.

Ce fut en la contrée de ceste Cité, que le Sauueur demanda à
ses disciples. *Que disent les hommes qui ie suis, &c.* De ce mesme lieu,
selon le resmoignage d'Eusebe & Nicephore, estoit la femme, qui
par l'attouchement du bord de la robbe de nostre dit Sauueur, fut
guarie du flux de sang, comme il est escript en S. Mathieu : laquelle femme, pour recognoissance, luy fit dresser pres d'vne fontaine, vne image d'airain le ressemblant, laquelle y estoit encore
du viuant du susdit Eusebe Pamphile, Euesque de Cesarea de
Palestine, qui fleurissoit durant l'Empire de Constantin le Grand,
ainsi

ainsi que recitent Zozomenus, l'Histoire Tripartite, Nicephore & autres: au pied de ceste image, croissoit vne herbe, qui apportoit remede tres-soudain, a beaucoup de maladies, specialement au flux de sang & au mal Etique : laquelle herbe n'a plus esté veue ne trouuee, depuis que Iulian l'Apostat Empereur (ayant quitté le Christianisme, & reprins le Paganisme,) a faict briser ladite image:ne mesme n'a esté ladite herbe cognue auparauant des Medecins, ou ceux qui s'estudioyent en la recherche de la nature & qualité des herbes. Le mesme Iulian, Empereur tresperuers, ayant faict abatre la susdite saincte representation, sit mettre la sienne en sa place:mais tost apres elle fut rompue par le foudre du Ciel, & les pieces de celle de Iesus Christ, furét recueillies par les Chrestiens, & mises honorablement en leurs Eglises, comme tesmoignent les Autheurs dessusditz: en quoy se montre encore l'ancien vsage & la reuerence, que de tout temps on a portee, aux remembrances & images de Dieu & ses Sainctz.

   A ceste Cesarea Philippi, Dan, Paneas ou Velenas, Cité ancienne des Phœniciens (& depuis tombée au sort de la lignée de Neptalim, mais deuolue par droit de guerre, a celle de Dan)commence la Iudée : specialement la Galilee & la Prouince de Decapoleos,comprinse en ladite Galilée, estant dite Decapoleos, pour le nombre de dix Citez qu'elle comprenoit : mais fort renommée, pour auoir esté frequentee & illustree des miracles que ledit Saulueur y a fait,comme le rapportét S.Mathieu, & S.Marc, contenant ceste Prouince en diametre, enuirõ trente mile, selon Brocardus & Iacobus de Vitriaco(Cardinal & Legat en la terre saincte, au temps de Federic Empereur second du nom, enuiron l'an de grace mil deux centz vingt) laquelle region se terminoit devers Orient a la mer de Galilee, qui est le Lac de Tiberias, & vers Occident a Sidon & la mer Mediterranee: les Citez principales d'icelle, estoyent ladite Cesarea Philippi, Capharnaum, Bethsaida, Corosain, Bethsan, Tiberias, Sepheth, Cades, Neptalim, Asor & Iorapata. S. Ierosme auec Tyrius & aucuns autres, mettent au lieu de quelques vnes d'icelles villes, Gadera, Caldera, Hippa & Pella, qui sont au dela le fleuue Iordain : & le venerable Beda, la met toutes outre ledit fleuue Iordain. De ceste opinion sont aussy Pline & Volateranus, mais ilz y nomment des Citez diuerses, y comprenant Damasco, Opoto, Philadelphe, Raphanum, Scitopolis, (qui est Betsan deça le Iordain) Gadera, Dion, Pella, Gelasa & Canatha : peu desquelles sont cognues en

l'Escri-

Zozom.
li.5.ca.20
Hist.Trip.
li.6.ca.41.
Niceph.
li.10.c.30

Decapoleos regiõ

Math.4.
Marc.7.

Ieron in
loc. Hebr.
Tyrius,
li.16.c.13
Beda in 7.
Marc.

Math. 4. l'Escriture saincte, mais le texte de l'Euangile S. Mathieu, dit ainsi : *Et moult grande multitude le suyuoit de Galilée & Decapolis, de Ierusa-*
Marc. 7. *lem & de Iudée, & d'oultre le Iordain :* D'autre part en S. Marc sont escriptz ces motz : *Iesus sortant des confins de Tyr & Sidon, vint à la mer de Galilée, par le milieu de la region de Decapolis.* Qui donne assez à presupposer, qu'elle estoit, du moins la plusgrande partie, au deça ledit Iordain, neantmoins i'en laisse le iugement à ceux qui en peuuent auoir choses plus asseurées que moy.

De la Galilée.

CHAPITRE X.

VEnant donc à la description de la Galilée en general, (en laquelle la region de Decapoleos doibt estre comprinse, du moins vne partie) celle contient vn tiers de la Iudée : & est vne Prouince tresbelle, platte & bien fructueuse, de laquelle est souuent faict mention en l'Escriture saincte, celle s'estend depuis le mont Liban, ou Cesarea Philippi, iusques à la Samarie vers le midy, & d'Orient vers Occident, depuis le Iordain iusques aux confins des Tyriens, Ptolomais & le mont Carmel sur la mer Mediterranée : Elle est diuisée en deux parties : l'vne dite la Galilée su-
Galilée des gétils perieure, l'autre l'inferieure : laquelle inferieure, qui appartenoit aux lignées de Nephtalin & Aser, se terminoit entre Cesarea susdite, Capharnaum, le Lac Maron, Sidon, Thyr, Ptolomais & le mont Carmel sur la mer, contenant en longueur & largeur par diametre, vne iournée & demie de chemin : Le Prophete Isaïe & S. Ma-
Isaï. 9. thieu, nomment ceste cy, *Galilea gentium :* à raison que la meilleure
Math. 4. portion d'icelle, estoit lors occupée & habitée des Cananeens, Gentilz & Idolatres, voisins du territoire des Tyriens & Phoeniciens, selon S. Ierosme & Iosephe. Ceux qui disent que ceste Gali-
Iose. lib. 3 lee des Gentilz est en la contrée des Gaulanites, situee en Arabie
bell. ca. 2. au de la du fleuue Iordain, s'abusent, car il appert suffisamment du contraire.

Les vingt villes que le Roy Salomon offrit à Hyram Roy de Tyr, pour remuneration des dons & presens qu'il luy auoit faict pour la fabrication du Temple de Dieu en Ierusalem, & lesquelles ledit Hyram refusa & les appella Chabal, comme dirons en son
3. Reg 9. lieu, estoyent en ceste Galilée, ainsi qu'est escript au troisiesme liure des Roys : en icelle estoit aussy, *Via maris,* c'est à dire : voye de la mer,

mer, mentionnée efditz Ifaie, S. Mathieu & S. Ierofme: laquelle le *(Ifai. 5. Math. 4. Ieron in loc. Hebr.)* prenoit de Sidon tirant droit vers la mer de la Galilee, tellement qu'elle menoit d'vne mer a l'autre.

Quant a la Galilee fuperieure, felon le mefme S. Ierofme, elle s'eftendoit le long de ladite mer de Galilee, autrement dite Genafareth, ou Tiberias, contenant en longueur enuiron vingt mile, & en largeur quatorze : anciennemét appartenát par partage aux Tribus de Zabulon & Hachar : C'eft auffy vne region fort abondante en vin, froment, palmiers, huille & toutes fortes de bons fruitz : elle eft encore riche en torrens, ruiffeaux & fontaines. Iofephe dit, que cefte Galilée eftoit tellement fertile, qu'elle prouoquoit les peu foucieux du labourage à la cultiuer. De ce mefme lieu, toute la Iudée & particulierement les Freres Mineurs, qui font en Ierufalem, reçoyuent leurs grains & venaifon : car ores que les Iuifz & les Turcs ne mangent de la chair de porc, ilz ne laiffent à y chaffer & tuer les Sangliers, pour les vendre aux Chreftiens, dont nous fumes feruis, lors que Dieu me fit la grace, d'eftre en Ierufalem.

Et outre, ladite Galilée a cefte prerogatiue d'honneur, fur tous les Royaumes & contrées de la terre, comme le dit auffy Eufebe, *(Eufeb. in præparat. Euang. li. 9, ca. 8.)* que noftre Sauueur y a efté conceu, nourry & eleué, qu'il y a refidé, frequenté & faict plufieurs grands miracles, & a cefte occafion a efté furnommé Galileen, & les Chreftiens Galileens: non feulement par Iulien l'Apoftat, qui le faifoit par Yronie & iniure, mais de diuers autres : comme il appert és Hiftoires Tripartite & Ecclefiaftiques. Plufieurs grands perfonnages mentionnéz aux vieil *(Hif. Trip. li. 6. ca. 4. 6. 17. 47. Niceph. lib. 10. ca. 4. 20.)* & nouueau Teftament, & les principaux Apoftres: à fçauoir S. Pierre, S. André, S. Iacques le Maieur, S. Iehan Euangelifte, S. Barthelemy, & S. Mathieu, les Prophetes Hely & Helifée, enfemble Tobie, Ioachim pere de la Vierge Marie, Debora, Iudith, Hefter & beaucoup d'autres, eftoyent tous Galiléens, comme i'efpere de montrer plufamplement, en la defcription des lieux dont ilz font iffus. Iofephe efcript, que les Galiléens fur tous les *(Iofe. bell. lib. 3. ca. 8)* Iuifz, eftoyent tellement addonnéz au labeur, que nul ne s'y trouuoit oifif ou inutil, & n'y auoit anglet de terre, qui ne fut cultiué.

Il y auoit auffy en icelle, bonne quantité de Bourgades & Villes, & grand nombre de Villages bien peuplez, de forte qu'en la moindre de fes contrées, il y auoit quinze mil combatás, comme à trefbien remarqué Iacobus Ziglerus, declarant bien exactemét,

 comment

comment cela ſe pouuoit faire & entendre : les hommes de Galilée, ſelon le meſme Ioſephe, eſtoyent belliqueux dés leur enfance:
& ne fut ladite Galilée iamais en neceſsité & faulte de viures, côme il s'eſt veu par experience, en la guerre qu'ilz ont eue contre
les Romains, eſtant ledit Ioſephe lors gouuerneur d'icelle.

Pluſieurs & diuers Princes, ont eu la domination d'icelle Galilée, & de faict, auant l'arriuée des Iſraëlites, elle eſtoit habitée des
Heuées & autres enfans de Canaã fiz de Cham, dont deſcendirét
pluſieurs petitz Roys, leſquelz chaſſez & deffaiz par Ioſué, elle
fut donnée aux lignées d'Aſer, Zabulon, Neptalim & Iſachar: depuis elle a eſté reduite, auec les autres huict lignées, en vn ſeul
Royaume, ſoubz les Roys Saul, Dauid & Salomon. Et quelque
temps apres, en la diuorce que firent les dix lignées, qui ſe reuolterent de l'obeiſſance de Roboam, la Galilée ſe rengea auec Ieroboam & ſes Succeſſeurs Roys d'Iſraël, regnans en Samarie, ſoubz
leſquelz elle demeura, tãt que Salmanaſar Roy des Aſſyriens, trãſ-
porta & mena leſdites dix lignées en la captiuité de Babylone.

Apres ce temps elle fut ſubiette, tantoſt auſditz Aſſyriens, ores
aux Perſes, Macedoniens & Parthes, puis finablement aux Romains, leſquelz la donnerent à Herode, filz d'Herode le Grãd,
qui en eſtoit Roy au temps que Ieſus Chriſt noſtre Redépteur fut
crucifié, côme il appert en l'Euangile: puis eſtant derechef retournée au pouuoir d'iceux Romains, elle y eſt demeurée iuſques au
temps d'Heracle Empereur, & lors les Sarazins l'enuahirent &
emblerent. Mais les Chreſtiens Occidétaux, ſoubz la conduite de
Godefroy de Buillon, la recouurerent & y conſtituerét des Princes particuliers de la maiſon des Luſignans & Roys de Cypre.
Toutefois Saladin Prince deſditz Sarazins, la reprint quatre
vingtz ans apres, & l'ont ſes ſucceſſeurs Sarazins commandée &
maintenue, iuſques à l'an mil cincq centz dix ſept, que le grand
Turc Selim les en chaſſa, ſe faiſant ſeigneur de toute la Syrie, Paleſtine & Egypte : & ainſi deſlors, comme au temps des Aſſyriens,
voire touſiours depuis, les Galiléens ont veſcu ethniquement, de-
laiſſans le vray Rit Moſaique. Et depuis l'occupation qu'en ont
faite les Sarazins & Turcs, elle eſt demeurée iuſques à maintenant embourbée à l'impure Loy de Mahomet, & comme priuée
de la vraye foy & religion Chreſtienne, auſſy l'eſt elle de la priſtine fertilité & felicité.

Voyla quant à la deſcription generale de la Prouince de la Galilée, eſtimée & tenue pour vn tiers de la region Iudaique. Mais
pour

pour faire defcription de la particuliere, en montant de Cefarea
Philippi vers la Samarie & Ierufalem, ie pafferay foubz filence,
les fituations & ruines de plufieurs villettes defcriptes au partage
des lignées de Neptalim, Zabulon, Ifachar & Afar mentionné au
dixneufiefme chapitre de Iofué : feulement ie parleray de celles
efquelles ont efté faictes chofes memorables & remarquables.

Des lieux particuliers de la Galilée.

CHAPITRE XI.

DOnc les lieux premiers de remarque qui fe trouuent en la Bethma-
Galilée, partant de Cefarea Philippi, font Bethmaca & Abe- ca & Abela : l'vne fituée pres du petit Iordain, & l'autre plus auant vers Oc- la.
cident fur le chemin Royal : en icelles fe trouuerent Seba filz de
Bochri (qui fit reuòlter les hommes d'Ifrael, contre le Roy Dauid) & la femme qui pour fauuer la ville du Siege, que Ioab Lieu-
tenant & Capitaine general dudit Roy y auoit mis, trencha la te- 1. Reg. 2o.
fte audit Bochri, & la ietta par deffus les murailles audit Ioab, qui
de ce fe contenta & leua le fiege, comme nous lifons aux liures des
Roys & de Iofephe.   Iofe. ant.

Nous pafferons icy la ville de Roob, qui eftoit vers Sidon, au li 7. c. 9.,
partage des enfans d'Afer. Mais pourfuyuerons le long du fleu- Cedes
ue Iordain, & la terre efcheue au fort de Neptalim : dont la pre- Neptalim
miere place qui s'y trouue, eft Cedes, furnommée de Neptalim,
à la difference d'vne autre qui eftoit au tribu de Iuda. Cefte cy
eftoit Cité Sacerdotale & de franchife pour les fugitifs, felon S.
Ierofme, diftante vingt mile dudit Sidon, de laquelle eftoit Barac, Ieron. in
qui par le commandement de Debora Propheteffe, guerroya le loc. Hebr.
Prince Sifara.

Six mile de la fufdite Cefarea, & nœuf mile de la mer Mediterranée, en vne plaine, eft Afor, dite Hafor & Azera, iadis Afor vil-
ville bien peuplée, opulente & vne des Metropolitaines des Ca- le.
nanéens, en laquelle ont regné entre autres, deux Iabins, Roys
d'Afor : le premier defquelz, comme Roy fouuerain de Canaan,
fit affembler vingt quatre Roys, pour s'oppofer aux Hebrieux,
conduitz par Iofué, mais furent par luy desfaitz, la ville bruflée Iofué 11.
& rafée iufques aux fondemens, comme il eft efcript au liure
dudit Iofué. L'autre Iabin Roy eftoit au temps de Debora Propheteffe, & de Barac Capitaine d'Ifrael, lequel par l'ordonnance

de la ſuſdite Debora, combatit Sizara Prince de l'armée d'iceluy
Iabin: entre les mains duquel, le Seigneur auoit lors baillé les Hé-
brieux pour leurs pechez, & furent de luy tyranniſez & faitz tributaires, l'eſpace de vingt ans. Ce Iabin eſtoit puiſſant, car il menoit en guerre trois centz mil hommes de pied, dix mil cheuaux,
& trois mil chariotz, ſelon que nous liſons aux liures des Iuges,

Iud. 4.
1. Reg. 12.
Ioſe. ant.
li. 5. ca. 6.

des Roys & de Ioſephe. Ce fut auſſy entre ceſt Aſor & Dan,
qu'Abraham deffit les Aſſyriens, & deliura ſon neueu Loth de
leurs mains.

Eleutere
fleuue.

Non guere loing de la, eſt la ſource du fleuue Eleutere, qui
deſcend en la mer Mediterranée, entre Sarepta & Thyr, & cou-

Plin. li. 9.
cap. 10.

roit par les contrées d'Emath, & Roob. Ce fleuue, ſelon Pline, en
certain temps de l'année abonde en tortues venans de la mer, côme à Tripoli: Ionathas Machabéen conuoya iuſques audit fleuue Ptolomée Philopater Roy d'Egypte, allant faire la guerre à
Alexandre. Roy de Syrie : il chaſſa auſſy les gens de Demetrius
ſucceſſeur audit Roy (eſtant venuz pour combatre les Hebrieux)
iuſques outre ledit fleuue, ſeruant lors de borne à la Iudée : il ſe
trouue auſſy, que Marc Anthoine, ayant oſté aux Roys de Iudée
& d'Arabie, partie de leurs Royaumes, donna à Cleopatra Royne
d'Egypte, ſon amie, toutes les villes qui eſtoyent depuis ledit Egypte, iuſques à cedit fleuue, excepté Thyr & Sidon, comme eſt eſcript és liures des Machabées & de Ioſephe. L'Archeueſque de

1. Mach
11. 12.
Ioſe. li. 15
cap. 4.
Tyrius,
li. 13. c. 8.

Thyr, eſcript pareillement, que l'an mil cent vingt & trois, Dol-
dequin Roy Sarazin de Damas, aſſit auſſy en ce lieu ſon camp, venant pour combatre les Chreſtiens, poſſeſſeurs de la terre ſaincte,
mais il ſe retira ſans les oſer attendre.

Neptalim

Plus auant, à ſçauoir trois miles de Naaſon, autres trois miles
de Doraim & Bethſaida, & vn de Sephet, à l'endroit des eaues de
Meron, eſtoit la Cité de Neptalin ou Nephtali, patrie du bon Pe-

Tob. ca. 1.

re Tobie, ſituée ſur la voye de la mer mentionnée cy deſſus, &
pres d'vne montaigne, qui du coſté d'Occident, luy ſert de rem-
part. Cy deuant elle eſtoit Cité bien fournie, & de nature forte,

Iſai. 9.

n'eſtant acceſſible que par vne voye eſtroicte, qui eſt vers Orient.
Toutefois elle fut prinſe auec les autres Citéz de la Galilée, par
Salman-aſſar Roy d'Aſſyrie ou de Caldée, pere de Senacherib
(qui fut deffait par l'Ange de Dieu deuant Ieruſalem) & mena ledit Thobie en captiuité auec les autres Iuifz des dix lignées du

2. Reg. 4.

Royaume d'Iſraël, en Babylone, l'an douzieſme du regne d'A-
chab Roy de Iuda. Au temps du Roy Salomon, eſtoit Preuoſt de

ceſte

ceste Cité vn Achimaab, qui auoit espousé Basemath fille dudit Roy, ainsi que lisons au liure des Roys.

Aucuns, voire plusieurs sont d'opinion que ceste Neptalin estoit la Iotapata, en laquelle Iosephe Historien, Sacrificateur & Gouuerneur de la Galilée, le defendit si prudemment & vaillamment, par l'espace de quarante sept iours, contre l'exercite Romain conduit par Vespasien, mais abusiuement, comme ie diray en vn autre lieu cy apres, a mon aduis plus conuenable: & ce qui à meu aucuns de penser, que Neptalim soit ladite Iotapata, est à cause que la situation est assez semblable à celle qu'on attribue à Neptalim: aussy en l'Histoire de Iosephe ni en Egesippe, n'est faict mention de Neptalim, ni en la Bible de Iotapata.

Seulement vn mile de la, sont les ruines de Sephet, iadis ville du partage de la lignée de Neptalim, & située sur vn mont assez hault, en vn trelbeau lieu esloigné de la mer Mediterranée ou Phœnicienne, d'enuiron dix miles, de Cades Neptalim quatre, du chasteau Zabub & du mont, nommé la table de Christ, trois miles: Iosephe la nomme Iaphe, & fut ruinée par les Romains, durát le siege de Iotapate, mais depuis elle fut restablie, car elle estoit en estre du téps des Chrestiens Occidétaux ou Latins, selon Tyrius.

Trois mile de Neptalim, vers midi, estoit l'ancienne Naason, de laquelle est pareillement faict mention au liure de Tobie & en Tyrius au lieu susdit. Se trouue aussy entre Neptalim & la ville de Sephora, la vallée de Sennin, en laquelle estoit le tabernacle ou tente de Iahel, qui osa tuer Sisara, d'vn clou qu'elle luy ficha au trauers de la ceruelle, cóme est escript au liure des Iuges. Approchant le fleuue Iordain, se trouuent les ruines de Haroseth des Gentilz, ou ledit Sisara residoit. Entre ledit Haroseth & Capharnaum, est le pont, sur lequel on passe le Iordain, pour aller vers Damas, qui est encore presentement appellé, le pont du Patriarche Iacob, comme i'ay dit cy deuant.

Poursuiuant la riue dudit fleuue Iordain, & quatre miles du Lac de Genasareth, se trouue vn village presentement appellé Capharnachim, amassé de quelque petit nombre de maisonnettes ou loges de pescheurs, au lieu ou estoit iadis la grande & riche ville de Capharnaum, principale de la region de Decapoleos, & Metropolitaine de la haulte Galilée, distante de Sueca & Cedar (qui sont situées outre le Iordain) de quatre lieues. Le Redempteur ayant delaissé Nazareth esleut sa residence en ceste Capharnaum: en laquelle, suyuát la Prophetie d'Esaie, il fit ses premieres

h 3　　　　predica-

Sephet ville.

Iose. lib. 3 bell. ca. 11

Tyrius li. 21. c. 25. Naason ville. Tob. ca. 1. Tyrius li. 21. c. 28 Sennin vallée. Iud. 4.

Haroseth.

Caphar- naü ville.

Esaie 9.

Ioan. 6.

predications publiquement, & felon S. Iehan, il parla de la manducation de ſa diuine chair : il y deliuꝛa deux demoniacles, l'vn deſquelz eſtant muet, receut la parole : il y illumina auſſy deux aueugles:icy s'addreſſa à luy le Centurion, le priant pour ſon ſeruiteur malade, & confeſſant qu'il n'eſtoit digne le receuoir en ſa maiſon: la femme tourmentée du flux de ſang, par l'attouchement des franges de ſa robbe, y receut ſanté. Iairus le principal de la Synagogue y auoit ſa maiſon, en laquelle le Sauueur entrant, y reſuſcita ſa fille morte.

Le ſuſdit Centurion, affectionné à la religiõ Iudaique, ores que Payen, fit baſtir en ceſte meſme ville, vne belle Synagogue, en laquelle noſtre dit Sauueur preſcha ſouuét le Royaume de Dieu, & a faict pluſieurs miracles: La auſsi fut deualé par deſſus le toict, & preſenté deuant luy vn Paralitique couché ſur vn lict, qui receut guariſon. S. Mathieu y eſtát peager & Publicain, fut par luy appellé à l'Apoſtolat, & faict ſon Euágeliſte treſfidele, lequel y eut l'hõneur, de le pouuoir traitter en ſa maiſon & à ſa table. En ladite ville, S. Pierre auoit auſſy ſa demeure: ſa belle mere y fut guarie de la fieure : Brief, ceſte ville eſt à admirer & le lieu ou elle eſtoit, pour les merueilles que Dieu y a faitz, plus qu'en nul autre, cõme nous liſons en S. Mathieu, S. Marc, S. Luc, & S. Iehan. C'eſt d'elle, ſelon ledit S. Mathieu, que le Prophete Eſaie parle, diſant: *La terre de Zabulon & de Neptalim : la voye de la mer, outre le Iordain, Galilée des Gentilʒ : & le peuple qui habitoit en tenebres, à veu vne grande lumiere, &c.* Car elle eſtoit ſituée aux confins des partages des deux lignées Neptalim & Zabulon.

Math. 4. 8
9. 11. 13.
Marc. 1. 2.
3. 5. 9.
Luc. 4. 5. 7
8. 10.
Ioã 2. 4. 6.
Math 4.
Iſai. 9.

Au téps des Romains, il y auoit en ladite ville, garniſon de leur part, cõme appert en ce qui eſt rapporté du Centenier payen, qui vint parler au Sauueur: Elle eſtoit bié marcháde & riche, & encore en eſtre, lors que S. Ieroſme frequéta la Paleſtine: mais depuis, elle eſt deuenue pauure & abiecte, cõme dit eſt, ſuyuant la malediction & Prophetie, ſur elle prononcée par ledit Sauueur, diſant en S. Mathieu. *Et toy Capharnaum ſeras tu eſleuée iuſques au Ciel? tu ſeras abaiſſée iuſques en enfer, car ſi en Sodome euſſent eſté departies les vertus & graces, qui ont eſté faictes en toy, elle fut demeurée iuſques à ce iour, &c.*

Ieron. in
loc. Hebr.

Math. 11.

Corozaim,

Outre ledit fleuue Iordain, vn peu plus auant vers Orient ſur l'autre coſté d'iceluy, & ſur l'emboucheure du Lac de Tiberias, eſt Coroſaim, auſſy menacée par noſtre dit Sauueur, comme i'eſpere traicter plus amplement, en parlant des autres villes du Traconite & Iturée, qui ſont auſſy de l'autre coſté dudit Iordain.

Sur le-

Sur ledit Lac de Genazareth, au cofté Occidental & deftroit La table de Chrift.
de la Galilée, à trois miles de Capharnaum & huict de Sephet, eft
vne montaigne nommee le mont ou table de Chrift, n'eftant proprement montaigne du cofté de terre ferme, ains feulement vne
plaine, aucunement eleuée en coline, en laquelle fe recueille grâde
quantité de foin & biedz, mais fur ledit Lac & le long d'iceluy,
elle fe monftre haulte & en precipice: d'icelle fe decouure la Galilée iufques au mont Liban, & le pais de la le Iordain, iufques à
Cedar; n'ayant de longueur qu'enuiron deux traictz d'arc, & de
largeur vn bon gect de pierre. Elle a efté fouuent montée par le
Redempteur, qui y à enfeigné à fes Apoftres les huict beatitudes
recitées par S. Mathieu, & autres grans myfteres de noftre Foy.
Il y a guari plufieurs malades : & de fept pains & quelques petitz
poiffons raffafié quatre mil hommes, fans les femmes & petitz
enfans : il s'y cacha auffy, quand le peuple le voulut faire Roy, &
plufieurs fois il y demeuroit la nuict en prieres, ainfi qu'eft efcript
en S. Mathieu, & S. Marc. Nicephore dit, que S. Helene y fit baftir Math. 5. 6
de fon temps, vne fort belle Eglife, appellée le Temple des douze 7. 8. 15. Marc. 8.
trofnes, lequel la bienheureufe Paula, felon S. Ierofme, vifita en- Niceph.
core de fon temps. lib. 8. c. 30 Ieron. in

Il y a encore vn autre mont, pareillement appellé la table de epit. Pau-
Chrift, fur lequel noftre Sauueur de cincq pains & deux poiffons, nourrit & fuftenta cincq mil hommes, comme efcript le
mefme S. Mathieu : lequel mont aucuns eftiment eftre proche de Math. 14.
Tiberiade, mais il eft vrayfemblable, qu'il foit pluftoft au dela du 16.
Iordain, pres la ville de Gerafa : Au pied du fufdit premier mont
de Chrift, à trente pas de la mer, eft la fource d'vne fontaine
nommée Caparnaum, laquelle, comme le Nil d'Egypte, fe de- Capar-
borde quelque fois, & couurant le territoire des enuirons qu'il naum fon-
engraiffe, & ou s'engendre certain poiffon, femblable à quelques taine.
vns dudit Nil, appellé des Orientaux Latins & Italiens Coruo &
Coracino : ce mefme poiffon eft auffy fort frequent, en vn Lac
proche d'Alexandrie d'Egypte & non allieurs. Pres d'icelle fontaine eft vn village, nommé prefentement Tingiblet-fait, ou fe Tingiblet-
paye quelque Caffare ou Gabelle. fait.

Gueres loing de cefte fontaine, fur vn coin ou ledit Lac fe Bethfaida
courbe, entre Septentrion & Occidét, eft la Cité de Bethfaida, pa- Ioan. 1. 12
trie des fainctz Apoftres, à fçauoir Pierre, André & Philippe, felõ Ieron. in
S. Iehã, & S. Ierofme, & ou S. Pierre auoit vne maifon, laquelle S. loc. Hebr. & in 7.
Helene fit auffy dedier en Eglife, comme dit Nicephore Calixte. Marc.
Niceph. lib. 2. c. 13.

Or cefte

Or ceste Cité estoit encore vne des principales de la region de
Decapoleos, distante trois mile de Iotapata, ayant vers Septentrion vn ruisseau de la susdite fontaine, qui arrouse son territoire.
Iosephe escript que du temps d'Herode le ieune, ceste ville n'e-
stoit qu'vn village: mais que Philippe le Tetrarche de Galilée son
frere, en fit vne forme de ville, l'appellant Iuliada, à l'honneur de
Iulia fille de Cesar, comme auoit faict Herode Betharampta, en
faueur de Iulia femme de Cesar. A present ladite Bethsaida auec
son Eglise susdite, sont en ruine, qui est l'execution de la malediction, qui luy donna le Sauueur auec Capharnaum & Corosaim
(qui en est distante de huict mile, mais de la le Lac outre le Iordain) selon qu'il est rapporté en S. Mathieu & S. Luc, n'y restent
que sept ou huict pauures maisonnettes des pescheurs, lesquelles
seruent pour remarque du lieu ou elle estoit: la voye publique qui
mene de Damas vers Egypte, & celle qui va vers la mer & la Galilée des Gentilz, dont le Prophete Isaie faict mention, qui sont assez proches dudit lieu, seruent aussy à ceste remarque.

En la susdite description de Neptalim & de Bethsaida, i'ay parlé de Iotapate, estimant auec plusieurs autres, que Iotapate &
Neptalim n'estoit qu'vne: toutefois le pere Brocardus, en sa carte
de la terre saincte, les met distinctement à trois miles de Bethsaida vers Occident, estant vray semblable qu'il est ainsi. Car Neptalim est plus vers Septentrion sur le Lac Meron, en vne Campaigne rase: & ceste cy vers les montaignes, non loing de Magdalon,
laquelle fut fortifiée, auec les villes de Tarichee, Tiberiade, Sephoris, Bersobe, Selamen, Capharath, Comosgana, Nephapha,
Itaburim, & la spelonque des Arbeliens, par Iosephe Sacrificateur & Historien, qui en fut Gouuerneur, pour resister aux forces Romaines, conduites par Vespasien & Tite, comme luy mesme tesmoigne au liure qu'il a escript de sa vie.

Trois miles ou enuiron de Bethsaida, tirant vers midy, est aussy
le Chasteau anciennement nommé Magdalum, situé sur la riue
du susdit Lac de Genasareth, quasi à l'opposite de Gerasa, qui est
de l'autre costé dudit Lac: de ce Chasteau (& non de Magdalon
d'Egypte, mentionné en l'Exode & Ieremie, ainsi que plusieurs
afferment) portoit le nom & estoit Dame, saincte Marie Magdalene, premierement grande pecheresse, & puis le miroer de tous
penitens, bien aimée de nostre Redempteur, ainsi que tesmoignet
les sainctes Euangiles, & comme i'ay aucunement declaré en la
description de Betanie. Ceste Magdala ou Magdalum, a vne campaigne

paigne tresbelle & large entre le Septentrion & l'Orient, qui
estoit anciennement garnie de bonnes & fortes tours, & selon S.
Ierosme, Magdalum signifie turrite ou tourrée. Iosephe dit qu'au
commencement de la guerre que mena Vespasien contre les
Iuifz, le Roy Agrippa y enuoya vne armée, soubz la conduite
d'Equus Modius, pour prendre ce Chasteau de Magdala : & dit
Nicephore qu'en ce lieu la Magdalene fut guarie, & que saincte
Helene y fit bastir vne Eglise en l'honneur des Apostres, dont à
present on ne voit quasi aucun vestige.

De Tiberias, Tarichée, Bethulia & Dothaim, Citéz encore de la Galilée.

CHAPITRE XII.

OR poursuyuant la riue du Lac de Genasereth, à trois miles
de Magdala, est Tiberias anciennement nommée Genereth,
située sur ledit Lac au pied d'vne montaigne, en vne contrée des
plus fertiles de la Galilée : elle s'appelloit premierement Genereth, donnant son nom audit Lac ou mer, comme appert aux liures de Iosué & des Nombres: depuis elle a esté nommée Genasereth, ensemble ledit Lac : ayant esté ruinée par Benadab Roy de
Syrie (ainsi que nous lisons au liure troisiesme des Roys) Herode
Antipas le Tetrarche la fit reedifier, & à l'honneur de Tibere Cesar, nommer Tiberiade, l'ornant de plusieurs sumptueux edifices
& fortifications : lors ledict Lac, qui au parauant portoit le surnom de Genereth, receut le nom de Genasereth & Genesar, cōme
aussy l'Epitete de Tiberiade lequel il porte encore iusques à present. C'estoit vne des principales villes, & celle qui faisoit la borne des dix Citéz de la region de Decapoleos & l'vne des Galilées,
distante de trente miles de la Cité de Tyr: telle est aussy la largeur
de ladite Galilée ou Iudée, à sçauoir de l'vne mer à l'autre, en cest
endroit. Vers le midy elle a des baings chaultz, fort vtiles pour la
santé des corps humains, selon Pline, ou se voyent encore les ruines des riches edifices, dont ilz ont esté decoréz.

Proche de ceste Cité, en la plaine vers Bethsaida, le Sauueur
s'apparut pour la troisiesme fois apres sa resurrection, à ses Apostres estans allez pescher : & pres de la il leur commanda de ietter
leurs retz en la mer, au costé droit de leur nasselle, quoy faisant,
ilz prindrent grande abondance de poisson, & estans descenduz
en terre, ilz trouuerent du poisson mis sur le brasier, & du pain:

                    i   Ce fut

Ce fut là aussy, ou par trois fois ledit Sauueur demanda audit S.
Pierre s'il l'aimoit, & qu'il commanda de paistre ses ouailles, selō
que recite l'Euangeliste S. Iehan. En ce lieu on voit encor, cōme
au mont des Oliues, aucunes marques du corps & des piedz de
nostre dit Sauueur, engrauez en la roche, qui est entre les ruines
d'vne belle Eglise, que S. Helene y fit bastir, selon Nicephore.

Iosephe racompte, qu'en icelle ville & en Tarichée, il a eu de
grandes affaires, pour appaiser les tumultueux, disposez en trois
factions diuerses : La premiere estant composee d'hommes principaux & riches, qui ne demandoyent que la paix, & demeurer
en l'amitié des Romains : La seconde des gens mecaniques & du
commun populaire, ne desirant auec opiniastreté, que remuemēt
& la guerre contre iceux : & la troisiesme estoit vne trouppe du
menu peuple de toutes sortes, conduitz & subornez par vn nommé Iustus, homme riche, & qui par menées secrettes, aspiroit de
paruenir à quelque puissance : mettât en auant audit peuple, qu'au
temps d'Herode restaurateur d'icelle Cité Agrippa l'ancié & Felix Gouuerneur de la Iudée, leur dire Cité auoit esté la capitale de
la region, & que maintenât elle auoit perdu sa preeminēce, depuis
que Neron l'auoit donnée à Agrippa le ieune, & que Sephoris, qui
au parauant luy estoit submise, auoit esté eleuée par les Romains
& enrichie des archines & chambre des comptes du Roy, au detriment de leur Cité de Tiberiade. Par telles paroles emmielées,
semblables à celles dont vsent aucuns seditieux de nostre temps,
ce personnage agaçoit le peuple, l'excitant à rebellion, qui fut cause que ladite Cité eut beaucoup de maux, iusques à estre contrainte le rendre à Vespasien, mais elle fut preseruée de ruine, par les
prieres d'Agrippa son Roy.

Encore estoit elle en estre à la venue de Godefroy de Buillon,
qui fut Roy de Ierusalem, lequel la donna au Duc Tancrede qui
s'en intitula Seigneur, & y fit, comme aussy aux Eglises de Nazareth & de Thabor, de beaux dons & fondations : mais ledit Tancrede estant par son oncle Boemond, fait Prince d'Antioche, la
rendit à Baudouyn, frere & successeur du susdit Godefroy, qui y
mit pour Gouuerneur, vn vaillant Cheualier, nommé Hue de S.
Omer, & quelque temps apres, il la donna au Prince Iosselin, neueu du comte d'Edesse.

Finablement, durant le regne de Gui de Lusignan, dernier
Roy habitant & commandant entre les Chrestiens à Ierusalem,
elle fut grieuement assiegée, par Saladin Souldain d'Egypte &
de Da-

Ioan. 21.

Triste
desfaite
des Chre-
stiens La-
tins.

de Damas: & venant ledit Roy auec les siens, pour la deliurer du siege, luy & toute la force Chrestienne, y furent entierement desfaitz en vne bataille, ledit Roy prins, & toute la noblesse perdue & tuée: Mesme le venerable & salutaire bois de la Croix du Sauueur (seul asile & gage fatal des fideles, estant ordinairement porté par quelque Euesque, deuant l'armée allant combatre les infideles) tomba és mains des Barbares Mahometistes: neantmoins quelque temps apres, ce gage tresprecieux a esté racheté à grand pris d'argent.

Ceste bataille fut perdue, comme recite l'Archeuesque de Tyr, l'an mil cent quatre vingtz sept, dont les causes furent, à sçauoir que ledict tressainct bois n'estoit plus tenu en telle reuerence, ne si deuotement manié, comme il estoit accoustumé: mesme par la trahison de Raimond Comte de Tholouse & de Tripoli, lequel pour son ambition & malueillance qu'il portoit au susdit Roy, fit des secrettes alliances auec le susdit Saladin, & pour ce faire renonça à la Foy Chrestienne, & se fit circoncir: puis venāt au combat, il mit l'armée des Chrestiens en desroute, & quittant icelle se rengea auec les Barbares, à la ruine desditz Chrestiens, & au grand auantage dudit Saladin: lequel ayant ainsi deffait l'armée Chrestienne, print incontinent apres, les villes de Ptolomaide, Bible, Baruth & Tiberias, mesme la saincte Cité de Ierusalem & toute la Palestine, autrement dite terre saincte, & en expulsa les Chrestiens Latins: ausquelz depuis, elle n'a peu estre restituée, ains iusques à present, elle est demeurée soubz le ioug des infames & Barbares Mahometistes, au grand deshonneur des Princes Chrestiens.

Au regard de la susdite Tiberias, elle fut deslors destruite, & l'est demeurée iusques à present, auec plusieurs autres, estant tellemēt hanté d'vne multitude de Serpens, qu'à peine on l'ose approcher: i'ay encore entendu dire, estant en ladite terre saincte, que le grād Turc l'a souuent accordée aux Iuifz, à la charge de la rebastir & anichiler ces vermines: mais, ou par la permission diuine, ou autrement, ilz ne l'ont sceu ou osé faire iusques à present.

Nous passerons outre, & dirons, que à ladite Cité de Tiberias finit le territoire, qui fut de la portiō du Tribu ou lignée de Neptalim: & cōmence celuy qui fut à celle d'Isachar, de laquelle portion, la premiere ville estoit Tarichée, distante de trente stades de ladite Tiberias: selon Iosephe & Pline, elle est de semblable situation que Tiberias, à sçauoir sur vn coing du mesme Lac, & au pied

i 2　　　　d'vne

d’vne montaigne : Il y a grande apparence qu’au temps dudit Iosephe, ladite Tarichée n’estoit qu’vn village, car la Bible n’en faict

Ioseph. 2.
bell. c. 26.
li. 3. bell.
ca. 17. 19.

aucune mention: toutefois il appert par le recit dudit Iosephe
qu’estant par luy fortifiée, pour resister à Vespasien & Tite, il y
auoit quarante mil Citoyens, sans les mutins de la Galilée Gau-
lanite & Traconite, qui s’y estoyent retirez aussy pour la mesme
cause : lesquelz oserent bien sortir & faire de gaillardes saillies sur
l’armée Romaine. Mais s’y estant esmeu des dissensions entre les
habitans & les estragers, Vespasié assaillit la ville du costé du Lac,
la print par force, & le premier qui y entra fut Tite : estant la tue-
rie si grande, que l’eaue du Lac deuint rouge du sang des occis.
Neantmoins il pardonna aux habitans, & reserua six mil hommes
des plus robustes d’entre les mutins, pour les enuoyer à l’Empereur Neron : lequel lors faisoit trauailler & fouir, pour couper
l’Isthme de Corinthe, côme i’ay dit au liure second : outre lesquelz
six mil, en furent vendus plus de trente mil, & deslors, le pauure
peuple Iuif commença à cognoistre sa ruine, & sentir l’ire & vengeance de Dieu, d’auoir iniustement faict mourir son filz vnique
Iesus Christ nostre Redempteur.

Bethulie.

Six mile desditz Tarichée & Tiberiade, trois du chasteau de
Magdalum, & autant distante dudit Lac, sur vne belle & haulte
montaigne, estoit située Betulia de Galilée, au mesme Tribu d’I-
sachar, de laquelle estoit la belle, chaste, prudente & magnanime

Iud 6.8.
9. 11.

Iudich, qui trencha le chef à Holofernes, Prince de l’armée du
Roy Nabuchodonosor, soubz le nom duquel, ceste Bethulie estoit
aisiegée, comme nous lisons au liure d’icelle Iudich. On voit encore en ce lieu les vestiges d’aucuns grans edifices, & au bas dudit
mont, les ruines d’vn chasteau. En la plaine entre Dotain, Belina
& le champ d’Esdrelon, se montre encore le lieu, ou estoit assis le
camp dudit Nabuchodonosor.

Dotaim
ville.

Ledit Dotain ou Dotaim, estoit vne ville assise à deux mile de
ladite Bethulia vers midy, à six mile de Naason & autant de Neptalim, en vne plaine bien fertile, enuironnée de belles colines ou
petites montaignes, desquelles sortent plusieurs fontaines, qui
rendent le champ bien propre au pasturage: aussy ce fut la, ou Ioseph aagé d’enuiron seize ans (estant enuoyé par son pere le Patriarche Iacob, resident en Hebron) fut trouué de ses freres, pais-
sans leur bestial en Sichem, & mis en vne cisterne sans eaue, puis
vendu par eux aux Madianites & Ismaelites allans en Egypte,
ainsi que nous lisons au liure du Genese : lesquelz Madianites &

Ismae-

Ismaelites, Iosephe appelle Arabes, issus d'Ismael, aussy ce n'est qu'yne gent d'vn nom general, appellez Arabes, comme ie diray ailleurs : Ceste cisterne se voit encore au milieu d'vn champ proche du chemin qui va de Galaad vers Bethsaida, & s'vnit auec celuy qui passe de Syrie vers Egypte, par lequel venoyent les susditz marchans.

Helisée le S. Prophete auoit aussy sa demeure en ceste ville de Dotaim, laquelle estant assiegée par les gens d'Adad Roy de Syrie, pour prendre & faire mourir ledit Prophete, il les alla rencontrer au chemin preallegué, leur demandant ce qu'ilz cherchoyent, & eux respondans que c'estoit le Prophete Helisée, il promit le leur liurer, s'ilz le vouloyent suyure iusques à la ville ou il estoit : mais eux, par la permission diuine, aueuglez & d'yieux & d'entendement, le suyuans, se trouuerent en Samarie, distante d'vne iournée de la, au milieu des gens du Roy Ioram leurs ennemis, ainsi qu'est rapporté aux liures des Roys & de Iosephe : ce fut en la mesme Dotaim, que ledit Prophete fit voir à son seruiteur, grand nombre de cheuaux & de chariotz de feu, qui venoyent à son secours.

4. Reg. 6.
Iose. ant.
li. 9. c. 2.

Bethsan autrement dite Scitopolis, n'est guere loing de la, située sur le riuage de la mer ou Lac Tiberiade & le fleuue Iordain, comme est aussy Salem, desquelz lieux ay parlé cy dessus. Le mont de Tabor n'en est aussy fort distant, mais ie le passe, pour dire cy apres ce que i'en trouue. Donc ie m'arresteray aux montaignes de Gelboé, qui sont entre ledit Bethsan ou Scitopolis & Iesrael, lesquelles ont vingt deux miles d'estandue, d'Oriet vers Occident, & se conioignent auec les montz Hermon, Hermonion & le grand champ d'Esdrelon.

Gelboé
montaignes.

Sur ceste montaigne de Gelboé fut campé & deffait par les Philistins, le Roy Saul, ses filz Ionathas, Aminadab & Melchisua, auec l'armée du peuple Hebrieu : ce qu'entendant le Prophete Royal Dauid, souhaita malediction ausdites montaignes, disant : *O Montaignes de Gelboé, que la rosée ny la pluye, ne descendent sur toy : & qu'en toy ny ait plus les champs des premices, car le bouclier des fortz & le bouclier de Saul, y a esté deietté, &c.* Selon qu'est contenu au liure des Roys. Plusieurs sont d'opinion, & disent qu'à raison de la susdite malediction, il ne tombe ne pluye, ny rosée sur iceux montz (qui sont appellez Gelboe, suiuant le dire de S. Ierosme, à cause d'vne petite villette ainsi nommée, qui est sur iceux) mais il n'est ainsi : car il y pleut & tombe de la rosée, comme ailleurs, reserué en vne

1. Reg. 31
2. Reg. ca.
1. & 21.
1. Par. c. 10
Iose. ant.
lib. 7. c. 15

Ieron. in
loc. Hebr.

petite partie d’iceluy mont, laquelle est tousiours aride, seche &
pierreuse, qui faict croire, qu’en icelle partie opere la susdite malediction, & que lesditz Saul & sesditz filz, y auroyent esté occis
& feroyent là tombéz, soubz le trenchant des glaiues de leurs
ennemis.

Tebes
Cité.

Poursuyuant le chemin de Scitopolis ou Bethsan, vers Samarie
& Sichem, à treize mile de là, est vn petit village, au lieu ou autrefois fut la Cité de Tebes, de la demie lignée de Manasses, patrie
du Prophete Helie, & ou les Sichimites se refugierent, quand

Iud. 9.
Iose. ant.
li. 5. c. 9.

Abimelech le tyran, filz bastard de Gedeon (vsurpant le gouuernement & la Iudicature du peuple d’Israel) eut ruiné leur Cité, &
ou ledit tyran les poursuyuant, fut tué par vne femme, qui luy ietta d’vne tour ou ilz s’estoyent retiréz, vne pierre sur la teste, comme nous lisons aux liures des Iuges & en Iosephe.

Vers Orient, approchant le fleuue Iordain, est le lieu ou estoit

Aser
Machmas

Aser Machmathat, ou Machmas, terme ou limite de la demy lignée de Manasses, de laquelle est faict mention au liure de Io-

Iosué 17.

sué, & ou furent campéz les Philistins, auec vn exercite de trois
centz mil hommes de pied, trente mil chariotz & six mil cheuaux, pour batailler contre le peuple d’Israel & Saul, nouuellement faict Roy d’iceluy, & fut tellement espouuanté, que nul ne
s’osoit montrer, fors Ionathas son filz, lequel auec son escuier,

1. Reg. 14

en tuant vingt Philistins, fit miraculeusement fuir toute la susdite multitude, ainsi qu’est rapporté au premier liure des Roys &

Iose. ant.
li. 6. ca. 7.
Besec.

en Iosephe.

Assez pres de là, tirant vers Samarie en s’esloignant du fleuue, estoit Besec, ou Saul & Samuel assemblerent leur camp, &
nombrerent le peuple qui les suyuoit, pour faire leuer le siege mis
par les Ammonites, deuant Iabes Galaad, selon qu’il est aussy es-

1. Reg. 11.

cript audit premier liure des Roys. Et plus auant tirant contre le

Tenac.

midy, allant vers la fontaine Taphue, estoit Tenac, de laquelle le

Iosué 12.

Roy fut tué par Iosué: ce lieu fut aussy appartenant à la demie lignée de Manasses. Et passant plus outre, est le ruisseau de la susdite fontaine Taphue: plus, la ville de Tanatzelo, & la petite
riuiere nommée Carith, sur laquelle le Prophete Helie fut
nourry des Corbeaux: desquelz lieux i’ay cy deuant faict description, auec les autres qui sont le long du fleuue Iordain, iusques à la mer Morte, par quoy ie n’en feray plus icy mention, &
laisseray la Samarie illec voisine, pour reprendre les places qui
restent en la basse Galilée, approchantes la mer de Phœnicie, &
qui sont

qui sont depuis le mont Antilibanus, iusques aux susdites montaignes de Gelboe.

Des autres lieux de la Galilée Maritime, qui sont depuis le mont
Antilibanus, iusques à Nazareth.

CHAPITRE XIII.

Laissant les villes de Bethmaaca, Abela, Cesarea Philippi & **Rohob ville.**
la region de Decapoleos, dont est faict mention cy dessus,
on trouue au pied du mont Antilibanus, tirans vers Sidon, les
ruines de la ville de Rohob, iusques à laquelle les espies de Moyse
passerent la terre de Canaan & ou commence le partage de la
lignée d'Aser, comme nous lisons aux liures de Iosué & des **Iosué 19.**
Nombres. Se trouue plus bas Halcath, limite & terme dudit **Num. 13.**
partage contre ledit mont, de laquelle est pareillement faict men- **Halcath.**
tion audit liure de Iosué, & ou passe le fleuue Eleutere, descen- **Iosué 19.**
dant vers Sidon.

Quant à ladite Sidon, à raison qu'elle, ni Sarepta, Thyr, Ptolomais & les autres villes & Citéz situées le long de la riue de la
mer Mediterranée, autrement dite de Syrie ou Phœnicie, n'ont
esté en la domination & pouuoir du peuple Hebrieu, ore que mises en leur partage: ie n'en diray icy rié, mais reserueray d'en parler cy apres, au liure cincquiesme qui sera le suyuant, ainsi que i'ay
faict au liure Italien, imprimé à Rome, & selon les moyens, qu'a-
uons eu de les voir en nauigeant.

Non guere loing dudit fleuue Eleutere, sur yne petite montai- **Belfort**
gne pres de Horma, & en vn tresbel aspect, estoit vn lieu assez **Chasteau**
beau & fort, nommé pour ceste cause Belfort, duquel l'Escriture
saincte ne faict aucune mention: qui me faict penser qu'il peult
auoir esté edifié par les Chrestiens Latins, ausquelz il seruit &
vint bien à propos, apres vne deffaite qu'ilz eurent contre Saladin Soldan d'Egypte, selon qu'escriuent Tyrius, Vitriacus & He-
roldus: lequel Chasteau appartenoit lors au Seigneur de Sidon,
& depuis aux Cheualiers du Temple.

Outre le susdit fleuue Eleutere, est le territoire Chabul métion- **Chabul.**
né au troisiesme liure des Roys: auquel Chabul estoyent les vingt **2 Reg. 9.**
villes que le Roy Salomō donna à Hyrá de Thyr, en recōpense des
presens de luy receuz, pour seruir à l'edificatiō du Temple du Seigneur en Ierusalē: mais à raison qu'elles ne luy furent aggreables,

il ne

il ne les voulut accepter, & les appella Chabul, qui signifie, des-
plaisantes: il y auoit aussy vn chasteau ainsi nommé en la vallée de
Sennin, pres du lieu ou Iahel perça d'vn clou les temples de Sysara, Prince de l'armée de Iabin Roy d'Asor, comme i'ay recité cy
deuant, parlant dudit Asor: lequel n'est aussy guere loing de Neptalim & Naason.

Sephet.   Quatre mile pres dudit Chabul vers midy, est le chasteau de Sephet, situé sur vn mont & lieu tresbeau & delectable: de ce cha-
Tob. 1.   steau est faict mention au liure de Tobie, & n'est guere distant que
de deux miles de Neptalim vers Septentrion, & dix de la Mer
Mediterranée. En iceluy se sauua Baudouyn, quatriesme du nom
Roy de Ierusalem l'an mil cent cincquante cincq, estant son ar-
mée deffaite, par Noradin Roy de Damas, & lequel lors apparte-
noit aux Cheualiers du Temple. Finablement il fut prins par Sa-
ladin, & d'iceluy il vexa & trauailla toute la Galilée: à present le
Gouuerneur d'icelle s'y tient auec bonne & forte garnison. Plus
Osa.   bas en tirant vers la ville de Thyr, est Osa aussy mentionnée au
Iosué 19.   liure de Iosué.

Toron   Guere loing de la, est vn lieu, selon Tyrius, ou le noble Hugues
chasteau. de sainct Omer, Gouuerneur de Tiberias, edifia vn beau & tresfort chasteau, en l'an mil cent sept, dont se voyent encore les vestiges és montaignes d'Asor, nommées Tyberim, entre le mont
Antiliban & la mer, distant dudit Asor, enuiron huict miles, vingt
de Tiberias: dix de Cesarea Philippi, & autant de Tyr (qui tenoit
lors encore, le party des Sarazins) lequel chasteau seruoit de re-
traite aux Chrestiens, estans continuellement en guerre, contre
ceux dudit Tyr & de Sidon, autrement dite Sur. Ce chasteau
estoit assis en vn lieu ou l'air est bien temperé, doux & salubre,
ayant vn territoire fertil & planté de vignobles & bois, selon le
Tyrius.   recit de Guillaume Archeuesque dudit Tyr & Vitriacus. Il fut
lib.11.c.5. nommé Toron: duquel, au temps de Baudonyn troisiesme du
Vitriac.   nom Roy de Ierusalem, en fut faict Seigneur vn Hemfrede Co-
c.43.93. nestable dudit Roy, & fort vaillant Cheualier: qui en fin mourut,
auec plusieurs autres nobles & vaillans hommes, en vne bataille,
Tyrius.   pour sauuer la vie audit Roy: lequel Hemfrede fut enterré en vne
li.21.c.27 Eglise qu'il auoit faict bastir en son dict chasteau, à l'honneur de la
glorieuse vierge Marie, selon ledit Archeuesque: & de faict, luy &
sa posterité ont prins leur surnom dudit Toron. Or enuiron vn
mois apres sa mort, Saladin mit le siege deuant ledit chasteau,
mais en vain, pour estre bien defendu par le filz dudit Hemfrede,
ainsi

inſi nommé,& qui fut pere d'vn autre Hemfrede, auſſy Coneſtable du Royaume de Ieruſalem & Seigneur dudit Toron, Chaſteau nœuf & Paneade, qui eſt Ceſarea Philippi: lequel eut en mariage Elyſa fille du Roy, parquoy ceux de leur noble famille en
France, ayans retenu le ſurnom de Toron, pretendent auſſy auec
autres, droit au Royaume de Ieruſalem, ainſi qu'eſcript frere
Eſtienne de Luſignan. En ce Chaſteau, dont fut fait depuis vne
villette, ſe retira Guy de Luſignan Roy de Ieruſalem, tandis que
le ſiege eſtoit deuant Ptolomaide occupée par les Sarazins : comme fit pareillement l'Empereur Henri ſixieſme du nom, auec ſes
Allemans, eſtant en la terre ſain-cte.

En approchant à deux mile pres de Tyr ſur le chemin Royal, ſe trouuent quatre fontaines appellées puis, dont la principale, eſt celle que Salomon en ſes Cantiques nomme le puis des eaues viues: deſquelles fontaines les eaues ſont fort claires & ſalubres, & par vne temperie d'air, doux & amiable, donnent rafraichiſſemét aux habitans circonuoiſins, contre les chaleurs exceſsiues de l'e-
ſté: Ceſte fontaine principale, a ſon origine ou ſource, en vn lieu le plus bas de toute la contrée : neantmoins par artifice de maſſon-
nerie, elle eſt tellement eleuée, qu'elle arrouſe abondamment tou-
te la region adiacente, pour eſtre enuironnée d'vn mur carré, faict de pierres de taille, ayant de longueur & largeur quarante coul-
dées, & dix de haulteur : tellement que de loing il ſemble que ce ſoit vne tour, & les eaues venans iuſques au comble, ſe reſpandent par deſſus ledit mur, & ſont conduites apres par canaux ou veullent les habitans.

Puis des eaues viuantes. Cant.4.

L'Archeueſque de Tyr dit, que de ſon temps, il y auoit encore des degréz tout à l'entour, par leſquelz on montoit iuſques au ſommet, meſme à cheual : les trois autres fontaines ſont ſembla-
blement murées de la haulteur d'vne lance, & ont de largeur en quarrure vingt cincq couldées, l'eau deſquelles ſe renuerſant de tous coſtez, eſt auſſy menée par petitz ruiſſeaux, pour arrouſer les iardins circonuoiſins, & les lieux ou croiſſent les Cannanielles, qui ſont les cannes ou roſeaux dont on faict le ſuccre, duquel le gouuerneur de Tyr, annuellement tire grand proufit: il ſort ſi gráde abondance & affluence d'eaue de ces quatre fontaines, qu'en ſi peu d'eſpace qu'il y a d'icelles à la mer, qui n'eſt que d'vn bó traict d'arc, elles font tourner ſix moulins, & d'icelles la Cité de Tyr tát renommée, n'eſt diſtante que d'vn mile d'Italie, mais pour les raiſons deſſuſdites ie n'en parleray en ceſt endroit.

Tyrius. lib.13 c.3.

k

Trois

Scanda-
lion Cha-
fteau.

Trois mile ou enuiron dudit Tyr vers Orient, & defdites fontaines vn mil & demy regardant le Midy, font les ruines d'vn ancien Chafteau, premierement edifié par Alexandre le Grand, &
appellé Alexandrion, lors qu'il eut afsiegé ladite Cité de Tyr:
lequel ayant efté deftruict, fut reftably par Baudouyn premier du
nom Roy Latin de Ierufalem (& frere dudit Godefroy de Buillon) pour la mefme caufe, l'an de falut mil cent dixfept. Et fut def-
lors appellé par mot corrompu, Scandalion, au lieu d'Alexandrion, comme il eft encore iufques à prefent : car Scander en langue Syriaque & Arabefque, fignifie Alexander, comme plus amplement ay declaré au liure fecond du prefent traicté, parlant du

Tyrius.
li.11.c.30

Prince Scanderbeg. Lequel Scandalion, felon Tyrius, eftoit afsis
en vne plaine, belle & fertile, pourplantée de figuiers, Oliuiers,
Vignes, & autres arbres fruictiers, en vn lieu fort propre pour
dompter cefte orgueilleufe Tyr.

Saron
mont.

Proche de ce Scandalion vers Septentrion, commence le pied
du mont Saron, lequel on voit aifement de la mer qui en eft diftante & Ptolomais de fix mile. Ce mont eft abondant en ruiffeaux de fontaines, iardins & vignobles, mais mal entretenuz:
il eft fouuent faict mention d'iceluy en l'Efcriture fainte. Auf-

Ifai. 33.

fy fa fterilite eft predite par le Prophete Ifaie, difant: *Le Li-
ban eft confus & eft deuenu fourd, & eft faict Saron comme vn defert, &c.*
Au pied dudit mont, vers Occident fur la mer, à fix mile de
Ptolomais, & quatre de Scandalion, eft vn lieu fort delectable

Cafale
Lamperti

& beau, appellé Cafale Lamperti ou Ramberti, qui eft prefentement defert, n'y reftant de tant d'edifices, que les anciens difent y auoir efté, que la forme d'vne pauure metarie, de laquelle, ny aufsi de la premiere magnificence & grandeur qui y eftoit,
ie ne trouue le fondateur.

Se trouue plus outre, en pourfuyuant le riuage de la mer,
à fix mile dudit Cafal, la Cité de Ptolomais, de laquelle ie
ne feray pareillement icy aucune mention, ains pourfuyue-
ray les lieux mediterrains, iufques au Torrent Cifon, & commenceray audit mont Saron. Au pied duquel mont, à huict
miles dudit Ptolomais & Toron, font les veftiges de trois anciens chafteaux: à fçauoir, vn vers Septentrion, qui s'appelloit

Mont-
fort Iu-
din &
chafteau
real for-
tereffes.

Montfort: vers midy celuy de Iudin, tous deux regardans la
vallée nommée Sennin: & le troifiefme edifié en vne trefbel-
le vallée entre les montaignes, iadis nommé chafteau real: defquelz trois chafteaux, nous ne trouuons rien par efcript, foit
en l'Ef-

en l'Escriture saincte, en Iosephe ou en S. Ierofme, qui faict presuppoſer, qu'ilz ont eſté edifiez depuis leurs temps, meſme par
les Chreſtiens Latins, leſquelz y ont longuement eu des garni-
ſons, durant la guerre que leur mena Saladin, ſpecialement de
Cheualiers Teutoniques.

Ie ne trouue rien auſſy, és ſuſditz Autheurs, d'vn lieu ſitué à
deux mile de Iudin & dix de Ptolomais, en vne vallée treſfertile entre les montaignes, appellé vulgairement Caſale di S.   Caſale de
Georgio, auquel les Orientaux diſent, que le Martyr S. Geor-   S. George
ge a eſté eleué & nourry par ſa mere, qui eſtoit de la Paleſtine,
depuis que ſon pere fut mort en Capadoce, comme pluſamplement ay declaré, en la deſcription de Lidda, au liure troiſieſme.
La vallée ou eſt ce Caſal, eſt belle & fructueuſe en froment, qui
s'eſtend entre les montaignes, par l'eſpace de vingt mile, iuſques
à la mer de Tiberiade: laquelle vint par ſort, à la lignée d'Aſer, ſelon qu'il auoit eſté predit par le Patriarche Iacob pere d'Aſer, di-   Geneſ. 49
ſant. *D'Aſer prouiendra le pain gras, qui donnera delices aux Roys,* comme
il eſt contenu au Geneſe. En icelle vallée à huict miles dudit Caſal, eſtoit la ville de Naaſon, de laquelle eſt cy deuant faict mention, comme auſſy de Beth-Dagon, terme ou limite Oriëtal de la
lignée d'Aſer, diſtante de trois mile dudit Naaſon.

Plus outre, en paſſant certaines montaignes, ſe trouue vne autre vallée nommée Ieptael, en laquelle on tient que Gedeon, auec   Ieptael
trois centz hommes ſeulement deffit les Madianites, comme nous   vallée.
liſons aux liures des Iuges & de Ioſephe.   Iud. 7. 8.
                                                                   Ioſe. ant.
                                                                   lib. 5. ca. 8
Au pendant d'vne montaigne, qui eſt du coſté Meridional
de ceſte vallée & proche d'vne autre qui s'eſtend iuſques à Sephoron, auſſy à dix mile de Ptolomais, eſt la Cité de Cana, di-   Cana Ga-
te Cana Galilée, & Cana maior, à la diſtinction d'vne autre Ca-   lilée.
na, qui eſtoit au tribu d'Effraim. Ceſte cy eſt ſituée en la Galilée des Gentilz, & appartenoit à la lignée de Zabulon, ou ſelon aucuns, à celle d'Iſachar, mais S. Ierofme l'attribue à celle   Ieron. in
d'Aſer. Ce fut en ceſte cy, ou noſtre Sauueur fit ſon premier mi-   loc. Hebr.
racle, conuertiſſant l'eau en vin, aux nopces ou il eſtoit inuité,
auec ſa glorieuſe vierge Mere, ainſi qu'il eſt eſcript en S. Iehan.   Ioan. 2.
Quelques vns ſont d'opinió, que c'eſtoyët les nopces de ce S. Iehá
Euangeliſte, mais il ſemble, que telle opinion ſoit erronée, & con-
tradiſante à l'Euangile, qui le declare auoir eſté vierge. Nicephore   Niceph.
Calixte & autres, diſent: que c'eſtoit de S. Simon l'Apoſtre, ſur-   li. 2. ca. 30
nómé Cananéen, frere de Iudas Tadée, & de S. Iacques le Mineur,

k 2   dit le

dit le frere du Seigneur, tous natifz de ceste Cana, & parens du
Redempteur, felon la chair, ainfi que rapporte Abdias. Ce S. Simon fut dit Cananéen, non pour eftre de la race de Cham ou de
Canaan, ains de ceste Cana : il fut dit Zelotes, à raifon que Cana
fignifie en Hebrieu, zele ou enuie, comme attefte auffy le venerable Beda.

　　Mais le lieu, ou les nopces fufdites furent celebrées, & honorées
de la prefence corporelle dudit Sauueur, & fa benoifte vierge
Mere, & de fon premier miracle, fe montre encore foubz le cœur
d'vne Eglife baftie en ce lieu, par commandement de S. Helene,
felon ledit Nicephore : icy ie veux bien aduertir le Lecteur, &
les curieux, qu'il ne fe fault efmerueiller, fi la plufpart des lieux
fainctz font foubz-terrains & femblent de grottes ou criptes : à
raifon, que comme à Rome, la terre eft accrue & les maifons en-
terrées, par les fragmens & decombres, procedans des ruines des
villes & Citéz, aduenues auant l'Empire de Conftantin le Grand:
à caufe de quoy, plufieurs d'iceux fainctz lieux, font demeurez
couuerts iufques aiors, & les Chreftiens defireux de voir & vifiter iceux, les ont deterrez, & en iceux faict aucuns degréz poury
defcendre plus aifemét. Au temps de S. Ieroime, cefte Cana eftoit
encore villette, mais à prefent elle eft ruinée comme les autres.

　　Defcendant au bas dudit Cana, eft vne tref belle vallee, nommée par Iofephe, Carmelo. Outre laquelle iur vne autre montai-
gne, eft l'antique & fameufe Sephora, autrement dite Saphora,
Sephoron, Diocefarea & Antocratorida, diftante de fix mile de
Cana, vers le midy au tribu d'Afer : laquelle eftant reftablie par
Herode, fut faicte Metropolitaine de la Galilée, commandant
pour fa grandeur, opulence & forterefle, iur plufieurs lieux circonuoifins : au temps des Romains, Gabinius Gouuerneur de la
Iudée, y mit vn cincquiefme fiege de Iudicature d'icelle Iudée.
Depuis les bourgeoys de cefte Cité, appellez Sephorites, s'eftans
rebellez pour leurs richeffes, comme il aduient fouuent, le Gouuerneur Varrùs foubz la conduite du filz de Gallus, reprima leur
audace, par vn long fiege deuant leur Cité, & l'ayant prinfe de
force, enuoya les habitans en feruitude.

　　Quelque temps apres, voire durant la reuolte generale & que
Vefpafien enuoyé de Neron, vint pour dompter & ruiner les
Iuifz, Iofephe l'Hiftorien, eftant Gouuerneur de la Galilée, permit qu'elle fut encore fortifiée, pour refifter aufditz Romains:
mais au contraire, elle fe rendit à iceux, & leur feruit de refuge &
retraicte.

retraicte, selon qu'escript le mesme Iosephe & Egesippe : de ceste
Cité, selon la tradition des anciens peres, estoit natif S. Ioachim,
pere de la glorieuse vierge mere de Dieu: on tient qu'alentour d'i-
celle Cité, il s'estoit retiré auec ses bergers, pour la vergongne
qu'il reçeut du Pontife en Ierusalem, ayant reietté son oblatió, en
luy reprochant publiquement la sterilité de sa femme S. Anne.

Enuiron deux mile de la vers Orient, sur le chemin de Tiberias, estoit Geth, surnommé Epher, en difference de Geth cincquiesme ville des Philistins, & patrie de Goliad le Geant. Ceste
Geth-epher, depuis dite Rouina, estoit au destroit de la lignée de
Zabulon, dont est faict mention aux liures de Iosué & des Roys:
ou il appert qu'Obed Edom & Ethay, en estoyét natifz, & qu'elle
fut prinse par Hazael, Roy de Syrie, au temps de Ioas Roy de Iuda : les habitans d'icelle se sont aussy vantéz, que le Prophete Ionas, y auoit esté nay, ce que n'accorde S. Ierosme, ny les autres anciens autheurs, comme il se pourra montrer en autre lieu.

Sur le chemin de Tiberias, & trois mile dudit Geth-epher, est
Belma autrement dite Menla & Abelma, demonstrant par ses
ruines & colomnes de marbre, auoir autrefois esté Cité magnifique, située sur vn mont en lieu bien asseuré au pais de Dotaim, qui
n'est qu'vn mile de la. De ceste Belma estoit natif le grand Prophete Helisée, comme nous lisons au troisiesme liure des Roys:
par icelle passa Holofernes auec son armée, s'estendant depuis ledit Belma, iusques à Chelma, proche du champ d'Esdrelon, pour
aller mettre le siege deuant Betulie, ainsi qu'il est escript au liure
de ceste prudente Iudich. Et pour auoir cy deuant parlé de ladite
ville de Betulie, Dotaim & autres lieux, qui sont plus auant, du
costé du Iordain, ie ne poursuiueray ce chemin plus outre, ains
reprendray celuy, qui de Sephora nous mene vers Nazareth, Tabor, & le champ d'Esdrelon.

Or partant du susdit Sephora, on entre en vne vallée ou est vne
fontaine, aussy nommée Sephora : en laquelle vallée les Roys de
Ierusalem assembloyent ordinairement leurs armées, quand ilz
vouloyent combatre les infideles, pour en estre le lieu fort propre, comme il se fit l'an mil cent soixante treize, par le Roy Almeric, pour resister aux forces de Saladin: ainsi que Guy de Lusignan
le dernier Roy proprietaire de la saincte Cité fit encore, lors que
deux iours apres, par la trahison du Comte de Tripoli, les Chrestiens perdirent la malheureuse bataille, le bois de la S. Croix &
le Royaume.

Egesip.
li. 1. c. 30.
Iose ant.
li. 14. c. 10
lib. 18 c. 3
bell. lib. 2
cap. 25. 27
li. 3. cap. 1
& 3. & in
vita sua.
Getheper
ville.

Iosué 19.
4. Reg. 6.
15. 18.
4. Reg. 12.

Abelma
Cité.

3. Reg. 19

Iud. 7.

Sephora
fontaine.

Tyrius.
li. 2. c. 16
& lib. 23.
cap. 7.

k 3   A quatre

Nazareth Cité.

A quatre miles d’icelle fontaine, plus outre ladite vallée à quatre autres miles du mont Tabor, & quatorze de Ptolomaïde, prenant le chemin parmy ladite vallée vers le midy, declinant vn peu vers Orient, à la dextre du pendant d’vn mont, est la glorieuse Cité de Nazareth, en laquelle a esté faicte, par l’Archange Gabriel, à la glorieuse vierge Marie, l’Annonciation bienheureuse de l’Incarnation du Filz de Dieu, & ou il fut conçeu en son ventre immaculé, par cooperation du S. Esprit : mesme nourry & eleué apres son retour d’Egypte, à cause de quoy il a esté appellé Nazaréen, comme il estoit predit par le Prophete, selon le mesme S.

Math. 2.
Luc. 1.
Ioan. 19.

Mathieu : aussy ce surnom luy fut attribué par Pilate, au tiltre qu’il fit attacher à sa Croix, ainsi que dit S. Iehan. Mais prenant ce nom mystiquement, il ne se trouue seulement deriuer de ceste Cité de Nazareth, ains de la signification de son nom, qui est sanctifié & separé. Et au vieil Testamét, ceux qui se separoyent du commun viure populaire, comme font les plus austeres Religieux de nostre temps, s’appelloyét Nazareens, qui vault autant à dire que sanctifiéz & separéz du monde, desquelz est faict mentió, au liure

Num. 6.
Iose. ant.
li. 4. cap. 4
Iud. 13.

des Nombres, és Lamentations de Ieremie & en Iosephe Iuif. Du nombre desquelz sanctifiéz, estoit Samson le fort, duquel est escript au liure des Iuges, que l’Ange s’apparut à sa mere, disant: *Tu conceueras & enfanteras vn filz, qui sera Nazaréen de Dieu des son enfance, & des le ventre de sa mere, &c.* Telz furent aussy reputéz le Prophete Helie, S. Iehan Baptiste, & autres grands personnages, mentionnéz en l’ancien Testament: comme fut aussy le Sauueur, suyuant la prediction du Prophete Isaïe, laquelle en ces

Isai. 11.

motz, dit : *Il sortira vne vierge de la racine de Iesse, & la fleur montera d’icelle.* Les Hebrieux disent au lieu de ce mot de fleur : *Le Nazaréen consurgera de ceste racine:* Aussy ceste interpretation, en Hebrieu & en Latin, se conforme en signification, car, comme dit est, le mot de Nazareth, signifie l’vn & l’autre, à sçauoir, fleur, sainct, consacré & oinct.

Les Ethniques du temps passé, ignorans le secret de l’Etymologie & efficace de ce mot, mesme l’essence & qualité de Iesus Christ, l’appelloyent par opprobre Nazaréen, & les fideles Chrestiens croyans en luy, Nazaréens. Et S. Ierosme parlant d’iceux, dit

Ieron.
Thren.
Tom. 5.

en ceste sorte : *Tant & si longuement que les Nazaréens n’ont rien regardé de contaminé ne de mortel, s’abstenans du vin & de tout ce qui pouuoit eniurer, ou diuertir la conscience de son integrité, & qu’ilz nourrissoyent vne saincte cheuelure: ilz se sont faictz aggreables à Dieu, & ont rendu son*

Eglise

Eglise resplandissante, &c. Suyuant ceste leçon, ie voudrois que ceux qui de noftre temps, ont entreprins se laisser croistre vne hure ou cheuelure, hideufe, orde & puante, penfassent à ceste institution, & regardassent d'imiter, auffy bien qu'en ceste façon, toute la vie Nazaréenne, & bien toft nous pourrions voir, les tourbillons de diuision s'euaporer, & noftre siecle retourner en fa priftine sereni-té: mais au contraire, nous auons veu, auec grand regret, com-mençer ceste façon de faire, par ceux qui eftoyent les vrays ennemis coniurez de la sainéte Eglife Catholique, Apoftolique, Ro-maine, & rebelles à fa maiefté: auffy, les Catholiques ayans telles gens en horreur, les ont appellez pour ceste caufe, Hureluz.

Pour reuenir donc, à noftre premier propos, touchant la Cité de Nazareth, elle a efté grande & vne des Metropolitaines de la Paleftine, fituée fur vne montaigne, entre les montz Hermon, Gelboé & Tabor, au tribu Zabulon, mais du temps de S. Ierofme, elle eftoit ia ruinée & reduite en vn pauure village, comme elle eft encore à prefent: l'Eglife qui eftoit fur le mefme lieu, ou fut le do-micile de la vierge Marie & Iofeph, lors qu'elle reçeut la falutatiõ Angelique, a efté conftruite par l'ordonnance de S. Helene, ainfi que recite Nicephore, mais elle a efté deftruite des long téps: cõ-me a efté le Monaftere ioignât, & à prefent, on n'y voit qu'vn peu des reliques de leurs fondemens, auec vne Grotte au deffoubz d'i-celle Eglife, qui auoit deux ftances en forme de deux chambrett-tes, efquelles on defcend par aucuns degréz, comme on faiét en Bethleem au lieu de la natiuité de noftre Redempteur. On tient pour tout certain, que la glorieufe vierge Mere, auoit, auec Iofeph fon Efpoux, fa demeure en icelles, qui font en partie taillées dans le Rocher pour la chaleur, & le refte faiét (ainfi que font quafi toutes les maifons dudit Nazareth) de Carreaux en forme de bri-que, faiétz de boue cuite feulement au Soleil, & neantmoins tref-dure, comme il fe voit encore en Lorette en Italie, ou par le my-niftere des Anges, la fuperficie de ceste chambre, a efté miraculeu-fement tranfportée, & ou, pour les grands miracles, qui s'y font iournellement, elle s'eft rédué fort renommée, par toute la Chre-ftienté, & tenue en grande reuerence.

Comme auffy la Grotte (demeurée en Nazareth, & appellée la maifon ou Eglife de noftre Dame de Grace) eft quarrée, au milieu de laquelle, font deux colomnes de marbre, qui paffent outre la conuerture, de la haulteur d'vn hôme, demonftrantes que l'eftage en a efté plus hault eleué. On croit pieufemét, qu'elles font pofées

aux lieux

Niceph. lib 8. c. 30

La maifon noftre Dame de Loreue.

aux lieux propres, ou estoyent la glorieuse Vierge & l'Ange, à
l'heure de la tressalutaire Annonciation. A l'entrée de ceste grotte, il y a vn huis de fer, lequel se tient tousiours fermé par les
Turcs, qui n'y admettét personne, sans leur licence, & sans payer
quelque bonne courtoisie: mais par vne petite fenestre, on y voit
vn Autel & vne lampe, que les Chrestiens y entretiennent tousiours ardente.

Au temps des Chrestiens Latins, il y auoit vn Euesque en ladite Eglise, & au Monastere vn Abbé & des Religieux, selon Tyrius & Vitriacus Legat: lesquelz furent chassez par Saladin. Depuis ce temps, par le benefice & solicitation, de Robert Roy de
Naples, les Religieux de S. François, furent reintroduitz en la terre saincte, & lors ilz se raccommoderent en ce sainct lieu, & y
ont continué le seruice diuin, iusques à quelques années en ça, que
les infideles en ont massacré aucuns, & tellement mal traicté le
reste, qu'il à esté force de l'abandonner: neantmoins ceux de Ierusalem y vont deux ou trois fois l'an, par permission desditz Turcs
pour celebrer les solemnitez nostre Dame, specialement celle de
l'annonciation: & lors s'y faict aussy vne foire, ou se trouuent
toutes sortes de nations circonuoisines, à sçauoir Chrestiens Galiléens, Iuifz, Arabes & Mahometistes, & s'y faict vne feste fort
ioyeuse & solemnelle, à l'honneur de ladite glorieuse & benoiste
vierge Marie: mesme que la pluspart des Arabes & Mahometistes visitent ladite chambre, & y entrans sont forcéz de pleurer,
tant se trouue l'ame esmeue de deuotion & compunction, considerant qu'en ce lieu, comme croyent aussy lesditz Mahometistes,
le Verbe diuin, par vne merueilleuse operation du S. Esprit, &
annonciation d'vn Archange, a prins chair humaine, au ventre de
la tousiours-vierge: aussy que Iesu Christ, estant retourné d'Egypte, y a esté eleué & conuersé, rendant toute obeissance à ses pauures parens, luy qui estoit & est le grand Dieu, le Createur & le
tout puissant, Dominateur & Monarque du Ciel, de la Terre &
des Enfers.

Tout contre ladite Cité & au pied d'icelle, enuiron vn geét de
pierre de ceste saincte chambre, est vne fontaine d'eaue tresdouce,
tousiours pleine, murée tout à l'entour, & voultée au dessus comme vne chambrette, ayant vne fenestre & vne descente de seize
degréz: laquelle les Mahometistes habitans nomment encore, la
fontaine de Marie, ou de l'Ange Gabriel, disans, que quand ladite
vierge, ou son filz Iesus y alloyent querir de l'eaue, l'Ange Gabriel

les ser-

Tyrius.
li.13 ca.2
li.12. c.13
li.14.c. 12
Vitriac.

les seruoit, & disoit à la Vierge, *Salech Maria*, qui vault autant à dire en langue Turquesque, ou Arabesque, *qu'Aue Maria* en Latin, ou *Ie te salue Marie*.

Entre les ruines de ceste Cité, & au plus hault d'icelle, se montre le lieu de la Synagogue, ou le Sauueur souloit disputer auec les Iuifz & leurs Scribes, duquel lieu, lesditz Scribes, ne pouuans resister à sa sapience, le chasserent, & voulurent precipiter du hault du Rocher, mais par sa toute puissance, il euada de leurs mains, n'estant encore son heure venue; aussy qu'il ne deuoit mourir de telle mort, ny en ce lieu, comme il est escript en S. Mathieu, S. Marc, & S. Luc. La place ou cecy aduint, est comme vn petit desert, à deux getz d'arc des vieux murs de la Cité vers le midy: ou se voyent encore iusques auiourd'huy, les lineamens & vestiges de ses vestemens, imprimez en la Roche viue, ainsi qu'afferment mesme S. Ierosme & le venerable Beda.

Baudouyn quatriesme du nom Roy de Ierusalem, se deuestit du Royaume en ceste Cité de Nazareth, l'an mil cent quatre vingtz trois, à cause de sa lepre, & en muestit Guy de Lusignan conte de Iaffa & d'Ascalon mary de sa sœur, dont sourdirent les diuisions & trahisons, qui furent cause de la perte du Royaume, & cult diuin en iceluy, selon Tyrius. Or, dudit Nazareth iusques à Ierusalem & aux montaignes de Iudée, (ou residoit Elisabeth femme de Zacharie & mere de S. Iehan Baptiste, laquelle la vierge Marie, apres auoir receu la salutation Angelique, alla visiter) y a soixante & dix mile, qui font trois iournées: & se prent le chemin de Ierusalem à la main gauche, & celuy des montaignes à la droite.

Mais partant de Nazareth, on chemine par vne vallée estroite, tant qu'on vient en vne campaigne tresgrande, nommée Esdrelon ou Maguedo, à cause d'vne ville du mesme nom, qui luy estoit voisine: laquelle campaigne, s'appelloit aussy quelque fois, la plaine de Galilée, & de ce temps, elle se nomme le champ de Sabe, à cause d'vn chasteau ainsi nommé.

Ceste campaigne est fort delectable à voir, & tresfertile, produisant abondance de vin, froment, huylle, herbage, & toutes choses necessaires à la vie de l'homme & des animaux: elle est bornée vers Orient, du fleuue Iordain & la mer de Tiberias, vers midy, du mont Effraim & Samarie: au costé d'Occident, elle a le mont Carmel sur la mer, & vers Septentrion la Phœnicie: laquelle campaigne s'estend vingt mile en longueur, & douze mile en

I   largeur:

Math. 13.
Marc 6.
Luc. 4.

Ierony. &
Beda in
Luc. 4. &c

Tyrius li.
22. cap. 25

Le champ
d'Esdrelon.

largueur : nature n'ayant rien oublié, de ce qui luy pourroit ſeruir d'ornement & de bonté, fors qu'elle n'eſt habitée par gens de bien: En icelle fut deffait Siſara, Prince de l'armée de Iabin, treſpuiſſant Roy de Canaan, par Barac & Debora Propheteſſe, ainſi que nous liſons au liure des Iuges. Ce fut auſſi en ce meſme champ, ou fut tué en bataille Ioſias Roy de Iuda, d'vn coup de fleſche par les gens de Nechar Roy d'Egypte. Comme auſſi y fut occis Ioram Roy d'Iſrael par Iehu, lequel luy emblala royaume, Dieu le voulant ainſi, ſelon qu'il eſt eſcript aux liures des Roys & des Chroniques, eſquelz paſſages, comme auſſi en Zacharie le Prophete elle eſt appellée le Champ de Maguedo.

Ionathas Machabéen, abuſé par Tryphon, y laiſſa deux mil de ſes gens, s'en allant en Ptolomais, ou il fut frauduleuſement maſſacré, auec mil hommes de ſa ſuitte, dont eſt faict mention au premier liuré des Machabées, ou cedit lieu eſt nommé le grand champ. Depuis ce temps, & long temps apres, les Chreſtiens Latins, meſme les Mahometiſtes, s'y ſont ſouuent campés l'vn contre l'autre, comme nous liſons en diuers lieux és liures de l'Archeueſque de Thyr.

Iudic. 4.

2. Para. 35
4. Reg. 9
1. & 3. Eſ.

1. Macha.
12.

Du ſainct Mont de Thabor.

CHAPITRE XIIII.

QVaſi au milieu & au plus beau du ſuſdit Champ d'Eſdrelon eſt le beau & delectable mont de Thabor, des ſeptante Interpretes dit, *Itabirium*, ou, *Tabyrium*, & par Ioſephe, *Itabirius*, diſtant quatre mile de Nazareth, & dix de Sephoron, ainſi que dit meſme S. Ieroſme: lequel mont ſeruoit de limites aux Tribuz Zabulon, Neptalim & Iſachar, comme appert aux liures de Ioſué & de Ioſephe. Ce mont eſt d'vne merueilleuſe rondeur, ſeul n'adherant à aucun autre mont, & hault de trente ſtadés, qui ſont pres de cinc mile, auſsi on le voit de bien loing, & de la mer: Il eſt difficile à monter, & vers Septentrion du tout inacceſsible: en ſoy il eſt fort fructueux en vignes, Oliuiers, herbes & fleurs de diuerſes ſortes & odeurs, & ordinairement chargé de roſée, voire orné d'aucuns arbriſſeaux touſiours verds: auec cecy il eſt accompaigné d'vn air treſſalubre & temperé, qui amene ſur ce mont vne frequente conuerſation d'animaux ſauuages, appreſtant aux Princes, grand plaiſir à les chaſſer: Au ſommet duquel y

Thabor mont.

Ieron. in loc. Hebr.

Ioſué 19.
Ioſep. an.
lib. 5. c. 1.

a vne

a vne plaine de vingt stades, qui sont deux mile & demy, aussi tresfertile, delectable & commode, pour ceux qui ont moyen d'y pouuoir resider.

Sur lequel mont, comme en lieu tresseur, se sont dressees plusieurs armées: assauoir, celle de Barac, qui estoit de dix mil hommes, pour combatre le susdit Sisara : Antiochus filz de Seleucus, surnommé Callinice, faisant la guerre à Ptolomée Philopater, pour le Royaume de Syrie, s'empara aussi dudit mont, selon qu'escript Polibe Megapolitain, lequel l'appelle Mastadius, & la ville qui estoit au dessus Atabyre: Iosephe rapporte, qu'Alexandre filz d'Aristobulus, s'y retira auecq trente mil hommes, pour s'opposer à Gabinius Consul Romain, & qu'il fit enuironner ladite plaine superieure de murailles & tours en quarante iours, pour tenir fort contre l'armée de Vespasien: mais le Capitaine Placidus, ayant par Ruse, & comme auoit faict Antiochus, tiré les Iuifz du fort en campaigne, il les deffit, empechant les finards d'y remonter, & par ce moyen la print facilement. Comme aussi ont souuent faict les Chrestiens, ainsi que rapporte Tyrius en diuers endroitz, ausquelz, pour brieueté, ie renuoye le curieux Lecteur.

Neantmoins la cause principale, qui a redu ce sainct mont tant renommé & fameux par tout le monde, est à raison que le redempteur est souuent monte sur iceluy auecq ses disciples pour prier, signamment pour y faire sa magnifique & glorieuse Transfiguration, par laquelle il monstra à S. Pierre, S. Iacques & S. Iehan ses Apostres, quelle deuoit estre la gloire celeste & beatitude eternelle. La fut lors aussi ouye la voix de Dieu le Pere, donnant tesmoignage à ceste saincte assemblée, que Iesus Christ (parlant à Moyse & au Prophete Helie, ayant la face luisante comme le Soleil, & ses vestemens blancs comme la neige, ainsi que nous lisons en S. Mathieu, S. Marc, & sainct Luc) estoit son filz bien aymé. En memoire de quoy, selon le souhait de S. Pierre, & comme escript Nicephore, S. Helene mere de Constantin, y fit bastir vne fort belle Eglise, à l'honneur desdits Apostres qui y virent ceste diuine vision, en laquelle elle laissa grande somme d'argent, pour la nourriture & entretien de ceux, qui y deuoyent demeurer, pour faire l'office diuin: Quelque temps apres vn Roy d'Hongrie amplifia le lieu d'vn beau monastere bien doté, auquel ont longuemét residé plusieurs moines Hongres de l'ordre de S. Paul premier Hermite.

L'Archeuesque de Thyr escript, que du regne des Chrestiens

Latins,

I 2

Latins, en la terre saincte, Tancrede, seigneur de Tiberiade, enrichit fort ceste Eglise, ensemble celles de Nazareth & de Tiberiade, de grans biens & ornemens, estant icelle Eglise lors gouuernee par vn tresprudent Abbé: Il se trouue aussy, qu'au temps d'Almeric Roy de Ierusalem, il y auoit vn Euesque, nommé Bernard, lequel fut faict depuis Euesque de Lidda, qui fut l'an mil cent soixante huict.

Il semble par les vestiges des murs, tours & edifices, qu'on y voit encore, que, selon le dire de Polibius & Iosephe, il y a eu cy deuant yne ville ou cité close, de laquelle & du Monastere susdit, n'en reste qu'vn petit iardin planté d'arbres, enuironné en partie de murailles caducques, auquel y a quelques fontaines qui l'arousent, des eaues desquelles & des pluuiales descendantes dudit mont, se faict le torrent Cison: au regard de l'Eglise, il n'en est demenré en pied, que trois petites Chapelles, qui sont au lieu des trois Tabernacles, que S. Pierre y desiroit estre faitz, selon S. Mathieu, lesquelles sont encore entretenues de couuerture, tenues & reputées par les Mahometistes pour Mosquées: Esquelles dictes Chapelles, signamment en celle du milieu, on voit encore d'vne tresantique peinture, la figure de ceste Transfiguration, ou se voit representé le Saueur, puis à son costé dextre Moyse, & à senestre Helie: sans qu'elles ayent esté effacées ou brisées par lesditz Mahometistes, ores qu'il soit defendu en leur loy d'en faire, mais Dieu le permet ainsi, pour remarque de son honneur & gloire, mesme en confirmation de nostre saincte Religion, & confusion des Iconoclastes.

Fault que le Lecteur soit icy aduerti, que l'entrée desdites Chapelles est defendue aux Chrestiens par lesdits Mahometistes, comme est l'acces de la montaigne par les Ours, Lions, & semblables bestes furieuses & sauuages, qui y repairent en grand nombre: ce qui certainement se faict, pour par noz pechéz nous estre renduz indignes, d'y pouuoir en esprit contempler (auecq les trois Apostres) le filz de Dieu transfiguré, parlant auec lesditz Moyse & Helie, & ouyr la voix du Pere Celeste: tellement, que peu de gens y vont, tant pour lesdites difficultéz & perilz, comme pour le manquement de deuotion, & peu de volonté, qu'ont les Princes Chrestiens, de chasser de ce lieu tressainct, & des autres semblables, ces bestes feroces, & les Barbares, qui les vsurpent.

En montant sur ceste montaigne sacrée, du costé vers Nazareth, se trouuent les ruines d'vne Chapelle, bastie sur la place ou

nostre

noſtre Saũueur defendit à ſes diſciples, de reueler ſa dite Transfiguration,iuſques apres la reſurrection, ainſi qu'il eſt eſcript en S.
Mathieu. De l'autre coſté d'icelle mõtaigne,vers le chemin d'En- Math. 17.
dor & celuy qui meine de Syrie en Egypte, ſe voyent auſsi les veſtiges d'vne autre Egliſe, auſsi edifiée par ordonnance de S.Hele-
ne,ſelõ Nicephore, au lieu ou on dit, Melchiſedech auoir rencon- Niceph.
tré Abraham,retournãt victorieux de la deffaite des quatre Roys, lib. 8.c. 30
& ou il luy preſenta pain & vin,comme nous liſons au Geneſe.

Au pied dudit ſainct mont vers Orient, commence le Torrent Ciſon
Ciſon,lequel ſe forme d'aucuns ruiſſeaux de fontaines, & des ea- Torrent.
ues pluuiales,qui deſcendent des monts Tabor, Hermon,& Hermonion,lequel Torrent ſe diuiſe en deux parties: la moindre deſquelles court vers Orient, & ſe va rendre proche de Bethſan, au
Lac de Tiberias. Ce fut ſur ceſtuy la , que le Prophete Helie fut
nourri des corbeaux,comme i'ay dit cy deſſus:l'autre partie prent
ſon cours parmy les champs d'Eſdrelon vers Occident,& paſſant
pres la ville de Naim, ſe va rendre en la Mer Mediterranee,ſur-
nommée de Phœnicie , entre la Cité de Ptolomais & la ville de
Caiphas, ainſi que plus particulierement i'eſpere encore dire en
mon cinquieſme liure, qui eſt le ſuyuant: ſur ceſte ſeconde partie
de Torrent, le meſme Prophete Helie tua les quatre centz cincquante faux Prophetes de Baal, ſelon qu'il eſt recité aux liures 3. Reg. 18.
des Roys.

Deux mile ou enuiron dudit Mont de Tabor (outre vne vallée Hermon
qui commence au pied d'iceluy, vers le vent,dit des Latins Eurus, mont.
des Italiens Sirocco, des Mariniers Septentrionaux & Occidentaux Suidoſt) eſt le mont Hermon, lequel, en longueur de vingt
deux mile d'Occident vers Orient,s'eſtend quaſi iuſques au fleuue
Iordain : Il eſt fort fertile & propre au paſturage : auſsi en iceluy
eſtoyent nourris les beſtes, qu'on offroit en Holocauſte au Temple du Seigneur en Ieruſalem : Duquel mont le Prophete Royal Pſal. 132.
parle,diſant: *La roſée de Hermon deſcend ſur la montaigne de Sion: car il-*
lec le Seigneur a enuoyé benediction & vie à touſiours. Allieurs il dit en- Pſalm 41.
core: *I'auray ſouuenance de toy, de la terre du Iordain, de Hermon, & de la*
petite montaigne: laquelle eſt celle qui luy eſt voiſine, appellée Hermonion, par mot diminutif d'Hermon, comme nous dirons
cy apres.

Or ſur ledit mont Hermon & deux mile de Tabor, eſtoit la Endor
ville d'Endor, dont faict auſsi mention le Pſalmiſte: en laquelle ville.
Endor reſidoit la Phitoniſſe ou femme deuinereſſe, à laquelle le Pſalm 82.

I 3

Roy

Roy Saul se conseilla, sur le faict de la guerre qui se presentoit contre les Philistins, & qui à son instance, luy fit voir l'esprit du Prophete Samuel, & parler à luy, comme est contenu au premier liure des Roys, & en Iosephe. Au temps de S. Ierosme, ceste Endor n'estoit plus qu'vn petit village, à present ce n'est quasi autre chose, que le repaire des Voleurs.

Quant au Mont Hermonion, appellé de Dauid, *Mons modicus,* pour estre plus bas & plus petit que celuy de Hermon, il s'estend aussi en longueur de huict mile, iusques au lieu ou le fleuue Iordain sort du Lac de Tiberias: Il n'est distant de celuy de Tabor, que d'enuiron deux miles, & de Nazareth cincq.

Au costé duquel Mont vers Aquilon, non gueres loing d'Endor, & cincq miles de Tabor, estoit la ville de Naym, selon sainct Ierosme, deuant la porte de laquelle, se voyent les ruines d'vne Eglise, iadis edifiée au lieu, ou le Sauueur resuscita de mort le filz vnique d'vne vefue, ainsi qu'est escript en sainct Luc: icelle Cité est au regard dudit Tabor, située vers le vent Labanotus des Italiens dit, Libeccio, & des Mariniers Occidentaux, Suidwest: elle est encore aucunement peuplée & entiere, comme elle estoit du temps de sainct Ierosme & de Tyrius, qui la nomme Ville tresancienne: Il y a long temps aussi qu'elle subsiste, ce qui peult proceder de la commodité, qu'elle a, des pasturages, & du Torrent Cison le Maieur, qui passe par icelle: neantmoins les habitans sont tous paures gens, & la pluspart Arabes, n'ayans en proprieté vn pied d'heritage, qu'ilz ne les louent des Officiers du Grand Turc, qui seul occupe tout ce qui est de son domaine generalement.

Mais entre les susditz montz Hermon & Gelboé, s'estendans d'Occident vers Orient, par la longueur de vingt deux mile, dont i'ay icy deuant parlé au Chapitre douziesme du present liure, n'y a qu'vne plaine ou valée large de quatre miles, laquelle se conioinct à celle qui s'appelle Illustre: elle a Hermon vers Septentrion, & Gelboé vers le Midy: En laquelle valée se sont faictes de grandes & cruelles batailles, assauoir, celle de Gedeon contre les Madianites: de Saul Roy contre les Philistins: du Roy Achab contre les Assyriens: & celle des Tartares contre les Sarazins, ainsi que nous lisons aux liures des Iuges, & des Roys, és Histoires de Tyrius, Herold, & autres.

Poursuiuant le cours de la riuiere ou torrent Cison, vers la partie Occidentale du mont Tabor, & l'Australe du mont Hermon, est la eſt la ville de Suna, au temps de ſainct Ieroſme dite Sanim, diſtante vingt deux mile de Bethſan ou Scitopolis, en laquelle le Prophete Heliſée a ſouuent hebergé, chez vne femme ſurnommée Sunamite, allant du mont Carmel vers Galgala & Ierico, ou il reſidoit auec les fils des Propheres, ainſi nomme l'eſcriture ſainéte les diſciples: A ceſte femme ledit Prophete fit auoir vn filz, lequel eſtant mort, il reſuſcita, ſelon qu'eſt eſcript au quatrieſme liure des Roys: Abiſac la iouencelle, qui fut choiſie pour coucher auec le Roy Dauid, afin de le rechauffer en ſa vieilleſſe (& qu'Adonias filz aiſné dudit Roy, requit auoir en mariage, pour n'auoir eſte corrompue, ou touchee charnellement de ſon dict pere, & pour laquelle demande le Roy Salomon ſon frere le fit mourir) eſtoit auſsi Sunamite, c'eſt à dire, de ladite ville de Suna, de laquelle eſt pareillement parlé és Cantiques & és liures des Roys, & en Ioſephe.

Sur le meſme Torrent Ciſon, de l'autre coſté vers Occident, & à deux miles du mont Hermon, eſt le Caſal de Meſra, & autres deux miles de la, tirant entre le Midy & ledit Occident, ſe voyent les ruines d'Aphec, ou les Philiſtins auoyent aſsis leur camp, quand pour la derniere fois ilz combatirent, & vainquirent le Roy Saul, comme il ſe lit au premier liure des Roys: En ceſte ville d'Aphec ſe ſauua auſsi Benadab Roy de Syrie, eſtant deffait par Achab Roy d'Iſrael, en la Campaigne d'Eſdrelon, auecq trente deux Roys ſes confederés, & cent mil hommes de pied, qui tous furent deffaitz & tuéz par ſept mil deux centz trente deux Iſraelites ſeulement: leſquelz Syriens s'enfuyans en ladite ville d'Aphec, les murailles d'icelle, par la volonté de Dieu, tomberent ſur partie du reſidu de leur armée, montant à deux centz ſeptante mil hommes: & apres ceſte cheute de murailles, leſdiétz ennemis reſtans en bien petit nombre, auecq leur dict Roy Benadab, luy & eux s'eſtans veſtus de ſacs, & mis des cordes à l'entour de leurs teſtes, ſe rendirent à la miſericorde dudiét Roy Achab. Mais tel malheur leur aduint, à cauſe de leur blaſpheme, faiét à lencontre de Dieu, ſelon qu'il nous eſt rapporté, par les liures des Roys, & de Ioſephe.

Quatre miles plus bas, à l'entrée du deſert du mont Carmel, vers Orient (au regard dudit mont) & quatre autres miles loing du ſuſdit Torrent Ciſon vers le Midy, eſt vne petite montaigne, ayant ſur icelle vne fontaine & vn Chaſteau, appellé Caimot, ediſié

edifié au lieu, ou conuersoit ordinairement Caym, filz d'Adam,
durant sa fuite, apres auoir homicidé Abel le Iuste son frere, ce fut
la aussi ou il fut tué d'vn coup de flesche, que luy tira Lamech son
nepueu en la septiesme generation, comme il est escript au Genese
& en Iosephe.

Genes. 4.
Iosep. an.
lib. 1. c. 2.

Non guere loing de ceste grande campaigne d'Esdrelon, & tirant dudit Chasteau de Caimot vers le Midy, est la ville de Maguedo, donnant aussi son nom à la susdite campaigne, comme est
dit cy dessus, & a vne montaigne voisine, entre le Chasteau des
Pelerins, & Cesarée de Palestine: Icelle Maguedo estoit ville tresancienne, ayant son Roy particulier, allié auec autres qui furent
desfaitz par Iosué, ainsi qu'il se trouue escript par son liure.

Maguedo
ville.

Iosué 12.

Ceste ville fut restablie par le Roy Salomon, qui y mit pour
gouuerneur, Bana filz d'Ahilud, comme il se lit au troisiesme liure
des Roys: aussi est rapporté au quatriesme, comment Ochosias
Roy de Iuda y mourut, s'y estant sauué pendant la poursuite de
Iehu, lors qu'il chassa Ioram Roy d'Israel, & fit ietter la peruerse
Iesabel sa mere, femme de Achab aux chiens. On voit encore au
mesme liure que le bon Roy Iosias y fut porté aussi, ayant esté occis par Pharao Nechao Roy d'Egypte.

3 Reg. 4.
9.
4. Reg. 9.
2 3.

Remontant derechef vers la montaigne de Gelboé, entre Naym
& Bethsan, au pied d'icelle montaigne & au bord du grand champ
d'Esdrelon, se trouuent les ruines de Iesrael, iadis Cité grande &
puissante, en laquelle les Roys d'Israel se retiroient souuent, comme fit, entre autres, Ioram filz d'Achab, ayant esté blessé deuant
Ramoth-Galaad, y ayant esté poursuiuy & tué, par le susdit Iehu,
& puis laissé au champ du bon Naboth Iesraelite, estant deuant la
porte d'icelle Cité, lequel champ, appellé Vigne par l'Escriture
saincte, auoit esté prins de force par ledit Roy Achab, audit Naboth, qui, pour l'auoir refusé, en fut lapidé par le commandement de ladite Iesabel, ainsi que plus amplement est declaré aux
liures des Roys & de Iosephe: Il y a pres dudit champ de Naboth, vne fontaine nommée Iesar, en laquelle fut accomplie la
Prophetie d'Helie & Michée, ayas predit que tout ainsi qu'Achab
& Iesabel auoyent laissé leicher des chiens le sang de Naboth innocent, par eux lapidé, le leur seroit semblablement mangé d'i-
ceux: Car Achab ayant esté tué deuant Ramoth-Galaad, & son
corps mené en Samarie, il aduint que son chariot tout ensan-
glanté, fut laué en ceste fontaine, ou les chiens beurent de ceste
eaue ensanglantée: tellement que par ce moyen les chiens leiche-

Iesrael
Cité.

3. Reg. 9.
Iosep. li.
8 cap. 7.

rent

ent le sang du Roy, & mangerent la chair de Iesabel, iettée en
bas des fenestres de son palais par Iehu.

Cette Cité de Iesrael estoit au Tribu de Manasses, qui seruoit
de borne au Tribu d'Isachar, & estoit changée au temps de sainct
Ierosme, en vn grand Bourg sans murailles, lequel, selon l'Archeuesque de Tyr, durant le regne des Chrestiens Latins, fut saccagé,
pillé & ruiné par le Soldan Saladin, mais on ne l'appelloit plus
Iesrael, ains le petit Gerondin: Il y est encore presentement demeuré quelque reste d'vn village, nommé Careth, contenant enuiron vingt petites maisons, situé en vn lieu de si beau regard, que
d'iceluy on peult decouurir quasi toute la Galilée, les montz Carmel, Liban, Tabor, & Effraim, mesme ceux de Galaad, qui sont au
dela le Iordain: Aussi entre la fontaine Gesar, ou Iesrael & Bethsan, le Roy Saul assit son dernier camp, pour combatre les Philistins en Aphec, comme dit est.

Plus auant vers le Midy, sur le grand chemin qui meine vers
Ierusalem & Samarie, sont les ruines du chasteau Gilim, ou Gi-
lita, selon Iosephe, à present dit Iauin & Zanin, lieu iadis fort &
bien muni, situé au pied des montz d'Effraim, à huict mile de Iesrael, & quatorze du Iordain, ou la Galilée & le grand Champ
d'Esdrelon prennent fin, & ou commence la Samarie. Au bas desditz montz, ou estoit le Bourg dudit Gilim, se voyent les vestiges
d'vne belle Eglise, cy deuant bastie au lieu ou les dix Lepreux se
presenterent à nostre Sauueur Iesus Christ, pour estre guariz
comme ilz furent, selon S. Luc, pres duquel lieu est vne fontaine
fort commode aux Passagers.

Ie laisseray encore à parler icy de la susdite Samarie, & pour-
suyueray la description des autres lieux, qui sont à main droicte
approchans le riuage de la Mer Mediterranée, autrement dite de
Sona ou de Phœnicie, depuis ledit Gilim, iusques à Iaffa. Le premier de remarque qui se rencontre, tirant vn peu vers Occident,
est Ephra, patrie & lieu de la sepulture de Gedeon, Iuge ordonné de Dieu sur Israel, & qui auecq peu d'hommes deliura miraculeusement son peuple de la tyrannie des Madianites: lequel
aussi demanda à l'Ange, s'apparoissant à luy soubz vn Chesne qui
est pres de la, que pour signe de la victoire, qu'il luy promet-
toit donner au nom de Dieu sur ses ennemis, il accordast & per-
mist, que la toison de laine, qu'il auoit la chez soy, fust seule arrousée, & que la terre d'alentour demeurast seiche: puis au contraire, que ladite toison fut rendue seiche, & la terre mouillée, ce

Ieron. in
loc. Hebr.
Tyrius li.
22. cap. 16

Gilim
chasteau.
Iosep. li.
3. bel. c. 12.

Ephra
ville.

m   qui luy

Iudi. 6.7. qui luy fut concedé, comme nous lifons au liure defdictz Iuges.

Ce Gedeon auoit foixante dix filz legitimes, & vn baftard, nomé Abimelech, lequel fit mourir tous fes freres, referué vn feulemét, fur vne pierre qu'on montre encore audit Ephra, & s'eftant fait Roy des Sichimites, viuant tyranniquement, il fut tué à Tebes trois ans apres, d'vne piece de meule, qu'vne femme luy ietta fur la tefte, ainfi qu'il eft amplemét efcrit au neufiefme des Iuges.

Affez pres d'Ephra commence le mont Garifim, duquel fera parlé cy apres, enfemble de Samarie & Sichem. A l'oppofite duquel mont Garifim, vers Occident, eft le mont Gaas, fur lequel

Tamnath fare cité. eftoit la Cité de Thamnath-fare au Tribu de Dan : ou ce grand guerrier, & premier Iuge d'Ifrael Iofué, a eu fa fepulture, apres auoir gouuerné le peuple, l'efpace de vingt fept ans, & tué trente deux Roys, felon qu'il eft contenu au dernier Chapitre de

Iofué vltimo.
Iofep an. lib. 5. c 1.
Ieron. in loc. Hebr. fon liure & en Iofephe : laquelle fepulture fe monftroit encore, vers Septentrion, au temps de fainct Ieroime, comme luy mefme le tefmoigne, l'appellant Thamna, difant qu'en icelle Iuda, l'vn des douze filz du Patriarche Iacob, tondoit fes brebis, lors qu'infciemment il cogneut charnellement Thamar fa belle fille, engendrant d'elle Phares & Tharé, defquelz eft faict mention au

Math. 1.
Gene. 38. Genefe & en fainct Mathieu : fur laquelle fepulture de Iofué les Turcs ont faict vne Mofquée, qui eft encore en eftre. Et non guere loing de la eft Gafer, Cité feparée pour les Leuites, de laquelle aufsi ie parleray plus bas, auecq les autres qui font es montz d'Effraim.

Saron mont & ville. Doncq paffant plus outre, eftoit la ville & le mont Saron, donnant fon nom à toute la contrée, qui eft depuis Cefaréa de Paleftine iufques à Lidda : laquelle contrée eft tellement belle & propre au labourage, qu'il fe peult iuger auec verité, que fi elle eftoit deuement cultiuée, elle feroit affes fuffifante & bonne, pour fructifier & rapporter deux fois l'an : Le Roy de ladite ville fut oc-

Iofué 12. cis, auecq les autres, par Iofué, ainfi qu'il appert en fon liure. Apres cela, tirant vers la mer, entre lefditz Cefaréa & Ioppen, eft Antipatrida, de laquelle ie traicteray aufsi au liure fequent, parlant des lieux maritimes, comme i'ay faict au commencement du troifiefme, de Ioppen, Lidda, Ramma & autres qui en font voifines, entre ledit Ioppen & Ierufalem : parquoy m'en retournant en arriere, ie reprendray ce qui eft en la region de Samarie, depuis le Chafteau Gilim, mentionné cy deffus, afin de traicter le tout par bon ordre, & fans confufion.

De la

De la Samarie.

CHAPITRE XV.

EN partant du ſuſdit Chaſteau Gilim, & tirant vn peu vers le
vent dit Eurus en Latin, Sirocco en Italien, & Suidooſt des
Mariniers Occidentaux, il fault paſſer par vne vallée aſſez belle,
pleine d'Oliuiers & autres arbres fruictiers, & de la on entre en
la region de Samarie, ſeconde partie de la Paleſtine, ſituée entre la
Galilée & Iudée, à laquelle elle n'eſt guere diſſemblable en mon-
tuoſité, ayant d'vne part aucunes plaines aſſez delectables &
fertiles, & d'autre part beaucoup de montaignes & colines:
neantmoins toutes propres à faire fruictz, ſi elles eſtoient labou-
rées, plantées & cultiuées: Les eaues y ſont fort douces & ſalubres à boire: il y a auſſi grande abondance de foin & herbages
pour le beſtial, comme teſmoigne Ioſephe.

Ladite vallée de Gilim eſtant paſſée, on voit à main droite vne
montaigne, ſur laquelle eſtoit ſituée l'ancienne Cité de Samarie,
Metropolitaine, & donnant ſon nom à toute la region adiacente,
& ou eſtoit le ſiege Royal des Roys d'Iſrael, commandant ſur les
dix lignées des Hebrieux: leſquelles lignées, apres la mort de Salomon, ſe diuorſerent des autres deux, (aſſauoir celles de Iuda &
Beniamin) choſiſſans Ieroboam pour leur Roy, & laiſſans Roboã
 filz dudit Salomon, à cauſe qu'il ſuiuoit mauuais conſeil: & fut la
difference des noms de ces deux Roys telle, que celuy qui regnoit
en Ieruſalem, s'appelloit Roy de Iuda, & l'autre des dix lignées,
(qui eſtoient Neptalim, Aſer, Iſachar, Symeon, Manaſſes, Dan,
Gaad, Effraim, Ruben & Zabulon) s'appelloit Roy d'Iſrael.

Or, le principal fondateur de ceſte Cité fut Amry ou Ambry,
cinquieſme Roy d'Iſrael: auparauant lequel, ſes predeceſſeurs reſidoient en Sichem, ſur le mont Effraim, & en Therſa, laquelle
eſtant bruſlée auecq le Palais, par Zamar occupateur du Royaume: Ceſt Amry acheta la montaigne, & y edifia vne nouuelle Cité, qu'il appella Samarie, d'vn nom compoſé, aſſauoir, de Ma-
reon (ainſi on nommoit ladite montaigne, ſelon Ioſephe) & de
Samar, nom d'iceluy de qui elle fut achetée, ce qui ſe voit auſſi au
troiſieſme liure des Roys: toutefois ie trouue au liure de Ioſué,
que le nom de Samareon eſtoit attribué à ladite montaigne long
temps auparauant. Au ſecond des Chroniques on l'appelle Seme-
ron, ou eſt eſcript qu'Abia Roy de Iuda, monta ſur iceluy, criant

Ioſep. li.
3 bel. c. 2.

Samaria
Cité.

Ioſep. an.
lib. 8. c. 7.

3. Reg. 16.
Ioſué 18.

2. Para. 13.

m 2 à haulte

a haulte voix, pour inciter le peuple d'Israel, a se reioindre & remettre auec leurs freres, a son obeissance.

Quant audit Roy Amry, & les Roys ses successeurs, ilz ont
tousiours augmenté la cité d'edifices & bastimens superbes, ayans
leur Palais au plushault de la montaigne, laquelle se voit de Cesa-
réa Palestine & de la mer : en icelle ont residé tous les Roys d'Israel, qui ont esté depuis ledict Amry, iusques a Osée le dernier de
tous : au temps duquel, & d'Ezechias Roy de Iuda, ladite Cité, le
Roy & le Royaume d'Israel fut le tout destruit, & mis a neant, par
Salmanasser Roy des Assyriens, assauoir neuf centz quarante sept
ans apres la sortie des Hebrieux hors d'Egypte : huict centz ans
apres le gouuernement de Iosué, & deux centz quarante sept ans
sept mois & sept iours apres, que les dix lignées se reuolterent de
Roboam filz de Salomon, & suiuirent le parti de Ieroboam, comme nous lisons au quatriesme liure des Roys, en Iosephe, & es
Chroniques d'Eusebe.

Ces dix lignées auec leur Roy Osée, furent lors menéz en Perse & Mede, par ledit Salmanassar vainqueur, & confinéz aux ex-
tremitéz de sa domination, sans que depuis elles soient reuenues
en leur patrie : mais il enuoia des hommes Persans, demeurans sur
le fleuue Chut, en Samarie & autres lieux aians appartenu ausdites dix lignées, pour y faire nouuelle colonie, ainsi que declarerons plus amplement cy apres. Toutefois icelles dix lignées ne furent apparemment subiugées & transmuees tout en vn coup, encore qu'il semble que ledit Iosephe le veult ainsi dire : au lieu de
susdit : car aux quinze & seiziesme Chapitres du quatriesme liure
des Roys, & au neufiesme des Antiquitéz Iudaïques dudict Iosephe Chapitre treiziesme, il appert qu'Assar (autrement dit Tiglat
Phulassar pere de Salmanassar, au temps de Phacée Roy d'Israel,
& d'Achab Roy de Iuda) emmena premieremét les deux lignées
& demie residétes en Galaad, au dela du fleuue Iordain, puis prenant les villes d'Ailon, Abelmenla, Cedes, Asor en la Galilée, &
autres de la lignée de Neptalim, emportant seulement les veaux
d'or qui estoient en Dan, & les rendit ses tributaires. Mais Osée se
rebellant, & refusant le tribut audit Salmanassar : iceluy vint auec
grand nombre de gens d'armes, & tint le siege par l'espace de trois
ans deuant Samarie : au bout desquelz il la print, & destruisit auec
le Royaume, depeuplant tout le pais des enuirons, ensemble toute la Galilée : Il mena aussi tout le peuple captif en Perse, comme
nous auons ia dit, entre lesquelz estoit le bon Tobie, de la ville de
Neptalim,

Neptalim, ainſi qu'il appert par le premier de ſon liure.

Mais pour ce que la vie deſditz Roys d'Iſrael a eſté fort tragi-que, & de peu de durée pour leurs grands pechez, il m'a ſemblé bon, d'en inſerer icy quelque choſe en paſſant. Doncq le premier d'iceux Roys fut Ieroboam, homme de baſſe condition, duquel l'aduenement eſt eſcript au troiſieſme liure des Roys & en Ioſe-phe, commençant ſon regne, ſelon Euſebe, enuiron l'an du mon-de quatre mil deux centz & trois: ceſtuy cy fit mal deuant le Sei-gneur Dieu, faiſant idolatrer le peuple, & adorer des veaux d'or, qu'il mit en Dan & en Bethel, afin d'eſtranger le cœur dudit peu-ple du cult Diuin (qui ſe faiſoit ſeulement au Temple de Dieu en Ieruſalem) & de l'obeiſſance du Roy leur Prince legitime: neant-moins il regna vingt deux ans, & à luy ſucceda Nadab, qui ne du-ra que deux ans, car il fut tué en trahiſon par Baaſa en Gabath: lequel Baaſa, s'eſtant faict Roy, fit occir toute la race & parenté de Ieroboam, puis fit manger leurs charoignes, ou corps mortz, par les chiens & oiſeaux: ceſtuy Baaſa regna vingt quatre ans, & eſleut Therſa pour ſon habitation. Hela ſon filz fut Roy apres luy, mais au bout de deux ans il fut pareillement tué, & toute ſa famille eſteincte, par Zamry Duc de la moitie de ſa cheualerie, & ainſi ce Zamry ſe fit par ce moyen le cincquieſme Roy. Ce pen-dant le peuple d'Iſrael, qui eſtoit campé deuant Gabath, entedant ledit meurtre, eſleut Amry ou Ambry pour Roy, qui vint aſſieger Zamry dedans la ville de Therſa, laquelle il print de force: & ledit Zambry, s'eſtant retiré au palais Royal, y mit le feu, pour ne tom-ber és mains de ſes ennemis, & s'y bruſla auec ledict polais, ayant regné ſept iours ſeulement.

Amry eſtant par force confirmé au Royaume, contre Thebui auſſi eſleu, regna douze ans, & fonda ladite ville de Samarie, com-me eſt dit cy deſſus. Tellement qu'à Amry ſucceda ſon filz Achab, qui regna auſſi vingt deux ans, ayant eſpouſé Ieſabel, fille d'Ito-bal Roy de Thyr & Sidon, Idolatre, faiſant de ſon temps grande perſecution des Prophetes de Dieu, du viuant des Prophetes He-ly, Abdias, Iehu, Ozias & Michée: auquel temps les merueilles, qui ſont contenues és trois & quatrieſme liures des Roys, & és Anti-quitez de Ioſephe, aduindrent.

Ochoſias regna apres Achab ſon pere enuiron deux ans, & apres luy Ioram ſon frere, auſſi filz dudit Achab, qui fut le huict-ieſme Roy d'Iſrael, ſelon l'ordre d'Euſebe, lequel regna douze ans: durant leſquelz, le Prophete Heliſée fit les œuures admira-

m 3   bles, qui

bles, qui sont escrites audit quatriesme liure des Roys, & en Iosephe: entre autres la multiplication de l’huylle, auecq laquelle la
vesue du bon Prophete Abdias (qui auoit esté maistre d’hostel du
Roy, selon Iosephe) paya les debtes faictes par son feu mary, en
nourrissant cent Prophetes, qu’il tint cachéz secrettement en sa
maison, les preseruant de la main cruelle d’icelle Iesabel, qui cherchoit de les faire mourir.

Ledit Roy Ioram fut occis pres de Iesrael, auec Ochosias Roy
de Iuda, par Iehu son capitaine general, ayant esté oinct & faict
Roy sur Israel, par ordonnance de Dieu, lequel Iehu aussi fit ict-
ter Iesabel, mere dudit Ioram, par vne feneftre du Palais sur le
paué, ou les chiens mangerét sa charoigne: ledit Iehu regna vingt
huict ans, faisant tuer tous les enfans & parens d’Achab, auecq les
faux Prophetes, & adorateurs du Dieu Baal, abolissant le cult de
ceste Idole: mais il n’osta les veaux d’or mis en Bethel & Dan, par
Ieroboam premier Roy d’Israel.

Iehu estant morr, Ioachas son filz fut subrogué en son lieu, lequel regna dixsept ans, comme fit apres luy son filz Ioaz par seize
ans, au temps duquel mourut le Prophete Helisée: Ce Ioas des-
fit Amasias Roy de Iuda, & pillant Ierusalem, il print tout l’or
& l’argent, auecq les vaisseaux pretieux, qu’il trouua au Temple de Dieu, & en la maison du Roy, & les enuoya en Samarie,
ou tost apres il mourut: A luy succeda son filz Ieroboam, second du nom, qui regna quarante vn an. Apres lequel Zacharias filz dudict Ieroboam regna aussi, estant le treizieme Roy
d’Israel, lequel au bout de six mois, fut publicquement massacré par Sellum, qui occupa le Royaume, mais il n’en iouyt que
trente iours. Car Manahen, Chef de l’armée de Zacharias,
vengeant la mort de son Roy, tua Sellum, & se saisit de la
Couronne.

Par ce moyen Manahen regna dix ans en grands excez & cruauté, & estant decedé, il laissa son filz Phacea heritier du Royaume: lequel au bout de deux ans fut aussi tué en sa maison & tour
Royale de Samarie, banquetant auecq ses familiers, par Phacé filz
de Romelias son Capitaine, qui se fit le dixseptiesme Roy d’Israel,
& regna vingt ans: De son temps fut faicte la premiere transmi-
gration des enfans d’Israel, en Perse & Mede, comme est ia dict cy
dessus, par Teglath Phal-assar, que Methastene Prestre Persien
appelle Phul-assar, pere de Salman-assar, enuiron le temps que
les Grecs commencerent à compter par Olympiades, pour les

ieux

ieux quadriennaux, qui furent lors inſtituéz, ainſi que i'ay declaré pluſamplement au liure ſecond, en la deſcription de la Morée: finablement, le ſuſdit Phacé fut, durant ſon regne, irreligieux
& iniuſte deuant Dieu, & fut aſſaſiné & meurtri par vn de ſes
plus familiers, nommé Oſéa, lequel regna neuf ans, vſurpant
le Royaume iniuſtement, eſtant le dixhuictieſme & dernier Roy
d'Iſrael.

Le ſuſdit Oſéa eſtoit homme peruers & contempteur de Dieu,
auſsi fut il fort trauaillé de guerres, par le ſuſdict Salman-aſſar:
quarante deuxieſme Roy d'Aſſyrie, ou de Babylone apres Nembroth, & en fin forcé de luy obeir & donner tribut, lequel puis
apres il refuſa: que fut cauſe, que Salman-aſſar reuint auecq vne
groſſe armée, & mit à neant & abolit abſoluement ledict Roy
& le Royaume d'Iſrael, menant tout le reſte du peuple des dix
lignées captif en Perſe & en Mede, l'an deuxieſme de la huictieſ-
Olympiade, & de la creation du monde, ſelon Euſebe, l'an quatre
mil quatre centz cincquante cincq : tellement que depuis on n'a
plus parlé d'aucun Roy, ny dudict Royaume d'Iſrael. Lors furent leſdites dix lignées ſerrées entre les Montaignes, ſituées
ſur la fin de noſtre Hemiſphere vers Orient tirant en Septentrion, & (ſelon l'opinion, & tradition des Iuifz, recitée par
Poſtel, apres Haiton Roy d'Armenie) illec ſont elles gardées de
Dieu, iuſques à ce qu'il permettra qu'ilz en ſortent, pour venir à
l'ayde des autres Iuifz, eſtablir le regne terreſtre de l'Antichriſt,
qui ſera leur Meſsie attendu.

Eſtans donc leſditz Iſraelites ainſi menéz en captiuité, & bannis de leur patrie, ilz ſe retirerent & eurent l'habitation à eux ordonnée, aſſauoir, partie de ça & partie de la les montz Imaes, en
la terre d'Arſareth: leſquelz montz Alexandre le Grand, comme
recitent Egeſippe & autres autheurs, fit clorre, & fermer de murs,
craignant que ceſte gent, qui auoit touſiours reſiſté aux Monarchies de Syrie, ne fiſt de meſme en Perſe & Orient : auſsi depuis
ce temps on n'a plus ouy parler d'eux, ſinon qu'enuiron l'an de
grace mil deux centz, ainſi qu'allegue le docte Genebrard, vne
grande & terrible multitude de peuple, nomméz Tartares, eſt
ſortie, comme miraculeuſement, de ces montaignes, & que la mer
de laquelle ilz eſtoient ferméz & bornéz du coſté Septentrional,
s'eſtoit retirée comme pour leur faire voie. Qui fait preſuppoſer,
que ces Tartares deſcédent deſdits Iſraelites: ioint qu'ilz ont retenu la circonciſió, meſme que le mot Tatare ſans R en la premiere
ſyllabe

Poſtel. li.

Egeſip. li.
5. cap. 50.

syllabe, en langue Hebraïque & Syriaque, signifie delaissé ou desert: & aussi qu'ilz habitent proche du Royaume de Perse, terminant leur habitation à la Mede & Assyrie du costé de Septentrion. Ilz occupent à present vn tresgrand pais, confinant depuis lesditz montz, à la Russie, Lituanie, Pologne & Moscouie, iusques à Catay, outre la fin de nostre susdit Hemisphere Oriental. Ilz ont vn Prince, beaucoup plus puissant que le Turc, qu'ilz nomment le Grand Cham, descendant de la race de leur premier Prince, Changui ou Cinghibchan, auparauant mareschal ou febure de son mestier, qui les tira & mena hors de la prison monteuse dessus declarée.

Pareillement, selon que discourent ledit Postel & autres, sont sortis d'iceux Tartares, les Ottomans, Princes des Turcs, qui faict sembler pour tout vray, que lesditz Turcs & Tartares, ministres de l'Antichrist (reseruez & enuoyéz pour le chastiment du monde tresmauuais) soyent sortis desdites dix lignées, & de la ligue d'Ismael, laquelle, au parauant eux, auoit aussi esté menée en captiuitie, par Teglath Phul-assar. Et conuient icy considerer, qu'il n'a esté octroyé à nul peuple la retraicte des caues pour sa deliurance & liberté, fors qu'ausdits Iuifz en la mer Rouge & au fleuue Iordain: puis icy en la mer Septentrionnale, & cecy tiennent les Iuifz pour certaine promesse & secrete doctrine receuë de leurs peres.

I'auois deliberé de faire icy mention de la succession des Roys d'Assyrie, pour faire cognoistre, quelle difference il y a des noms que leur imposent les nations, à ceux qui leur sont donnez en l'Escriture saincte : plus, quelz ont esté ceux, qui ont trauaillé & caressé le peuple Iudaique & la saincte Cité de Ierusalem: mais, pour brieueté, ie le laisse à present.

Or, laissant ceste matiere, ie retourneray aux Samaritains & leurs Roys, qui ont donné vn exemple merueilleux à tous Princes & peuples, de ne laisser la Foy Orthodoxe, ny par vsurpation occuper les prouinces d'autruy, ou par rebellion, laisser le vray heritier naturel & legitime, pour prendre vn estranger à leur fantasie, afin d'estre maintenuz en vne nouueauté perilleuse. Car comme tous les Roys d'Israel ont mal vescu, & faict pecher le peuple, par sedition & idolatrie, le progres de leurs dominations ne sont terminéz qu'en diffusion de sang, guerres, meurtres & tyrannies, ny ayant esté que Iehu qui ait eu successeur procreé de son corps, en la quatriesme & cincquiesme generation : bien est vray que

quelque-

quelque fois Dieu l'a permis & ordonné, pour le peché & fai-
neantife des vrays heritiers, comme du temps de Roboam filz de
Salomon, à Ieroboam, & en celuy de Ioram filz d'Achab & Iefabel, audict Iehu : Mais s'en eftans lefditz Ieroboam & Iehu rendus indignes par leur ingratitude enuers Dieu, aufsi toft leur race
en a efté excluë, voire mife à neant : ce qui n'eft aduenu en la genealogie des Roys de Iuda, ores qu'entre eux il y ait pareillement
eu de grands pecheurs. Toutefois, comme l'eftabliffement de ce
royaume a efté approuué de Dieu, & que Dauid auoit merité enuers luy d'auoir la promeffe, que fon regne feroit pardurable, &
que de fa lignée fortiroit le Mefsie, duquel le royaume feroit eternel : il eftoit neceffaire, qu'elle demeuraft iufques à l'aduenement
de Iefus Chrift, qui en eft iffu felon la chair, vray Monarque immortel du ciel & de la terre : Aufsi ceux de la race dudit Dauid ont
eftez fucceffiuement Roys de pere en filz, ou de frere à frere, tant
que le Royaume a duré, affauoir, iufques à Sedechias, & que les
Affyriens l'ont puis apres anichilé, n'y laiffans que des Princes du
peuple, foubz le ioug defditz Affyriens, comme Zorobabel filz de
Sedechias, & les defcendans de luy, qui ont efté Princes, iufques
au temps des Macedoniens, ou des fucceffeurs d'Alexandre le
Grand : lefquelz n'ont feulement tafché (par inftigation de Satan,
afpirant d'empefcher la fufdite promeffe, & la venuë de Iefus
Chrift) de leur ofter cefte fuperintendance, mais aufsi les biens &
la vie, craignans que la nobleffe de leur extraction, & l'auctorité
& puiffance qu'ilz auoyent fur le peuple, les incitaft de reclamer
quelque iour leur droict legitime & hereditaire, & qu'ilz ne fuffent fuiuis du peuple à caufe de ce, pour la recouurance de leur liberté & Religion. Ainfi ont fait Herode, Vefpafien, Tite, Adrian,
Domician & autres, comme nous lifons és Hiftoires.

Mais pour reuenir à noftre matiere encommencée, faut remarquer qu'eftant, comme dit eft, le Royaume d'Ifrael aboly ou mis à
neant, & le peuple mené captif bien loing de fa patrie : Salman-
affar pere de Senacherib le blafphemateur, enuoya en Samarie
vne nouuelle colonie du peuple : affauoir des Affyriés, Auatheens,
Ematheens, Sapharniens, & principalement des Cutheens, venans d'vne Prouince, nommée Cutha, à caufe du fleuue Cuth en
Perfe, felon Iofephe, & le quatriefme liure des Roys : aufsi pour
cefte raifon les Hebrieux d'vn nom commun, les appelloient Cutheens, & les Grecs, Samaritains, à caufe de Samarie leur Metropolitaine.

n   A l'arri-

4. Reg. 17
Iofep. an.
lib. 9. c. 14

A l'arriuée, ces nations apporterent en ce païs cincq sortes de
Dieux, chacune nation ayant le sien, qu'ilz adoroient & seruoient
selon le rit & coustume de leur patrie : de quoy le vray Dieu irrité, il darda vne peste vehemente parmy eux, & leur enuoya des
Lyons, qui les deuoroyent par les champs : de quoy estans aduertis, & admonestéz qu'il falloit seruir le Dieu de la terre, adoré
par les Iuifz : ilz enuoyerent vers le Roy d'Assyrie, le priant qu'il
leur enuoyast quelques Sacrificateurs, de ceux qui auoyent esté
menéz en captiuité entre les Israelites, pour leur enseigner
le cult diuin, à la mode des Iuifz, ce qui fut faict, neantmoins
ilz meslerent l'Idolatrie auecq le Iudaïsme, acceptans les cincq
liures de Moyse, & l'opinion des Saduceens, touchant la resurrection des Mortz & l'immortalité de l'Ame : parquoy ilz furent appelléz demy Iuifz : Aussi pour ceste cause ilz estoyent en
vne continuelle controuerse auecq les Ierosolymitains, & d'i-
ceux tenuz comme excommuniéz, n'estant permis à aucun Iuif
de les hanter ou frequanter : suiuant quoy, iceux Iuifz, par opprobre & contumelie, ont souuent appellé nostre Sauueur, Samaritain, ainsi qu'il appert en l'Euangile de S. Iehan.

Ioan 8.

Iosephe escript, que quelquefois, lors que les Iuifz estoyent en
prosperité, iceux Samaritains les nommoient cousins & alliéz,
se vantans estre descenduz de la lignée de Ioseph, assauoir du Tribu de Manasses & Effraim : mais variant le temps, & eux estans
oppresséz des ennemis, ou de quelque calamité, comme ilz furent
par Antiochus, ilz les renioyent, disans n'auoir rien de commun
auec eux, ny de meurs, ny de race, ny mesme de leurs superstitions
du Sabath & adoration du Dieu qui n'auoit point de nom : ains disoient estre descenduz des Sidoniens, Perses & Medes, illec enuoyéz pour habiter.

Iosep. li. 9
ant. ca 14
li. 11. ca. 8.

Ibid. ant.
li. 12. ca. 7

Quant à la Cité de Samarie, du temps des Roys d'Israel elle
estoit fort magnifique & superbe, tant en Palais que Temples
somptueux : entre lesquelz estoit le Palais Royal & le Temple de
Baal, edifié par le Roy Achab, pour gratifier à Ithobal Roy de
Thyr, pere de Iesabel sa femme : lequel Temple fut ruiné par Iehu : Il y auoit des rues toutes voultées, & les voultes soustenues
de grandes colomnes de Marbre, dont se voyent encore des vestiges bien amples : Elle fut destruicte par ledict Salman-assar, depuis reedifiée par les Cutheens, & derechef ruinée par Hircanus
Prince & grand Sacrificateur des Iuifz, descendant des Machabées, selon Iosephe : puis remise en estat par Gabinius Consul Romain,

Iosep. an.
li. 13. c. 18

main,& amplifiée par Herode Afcalonite,qui la ferma d'vne forte muraille, côtenant vingt ftades en circonference,& la fit nommer Sebafte,à l'hôneur de Cefar Augufte: & pour laquelle repeupler,il y fit venir fix mil eftrangers,aufquelz il diftribua les terres
de labour, & pafturages: Il la fit aufsi fortifier, pour s'en feruir de
lieu d'affeurance, y faifant fa refidence la plufpart du temps. Ce
fut encore en cefte mefme ville, ou il fit mener & eftrangler fes
deux filz, Alexander & Ariftobulus,pour les caufes,& comme efcript le mefme Iofephe.

 Cefte Cité eftoit encore en eftre, lors que le Sauueur du monde
Iefus Chrift conuerfoit corporellement & vifiblement auecq les
humains en terre: mais il ne fe trouue qu'il y ait entré, ores qu'il
foit approché bien pres d'icelle,& fur le puis de Iacob,ou il parla,
& demanda à boire à vne femme,qui eftoit Samaritaine,ainfi
qu'eft rapporté par S. Iehan : car s'il euft conuerfé auec les Samaritains,les Iuifz,pour les raifons fufdites, euffent prins plus d'occafion de le calomnier: Pour cefte caufe, ce qu'eft dict aux Actes
des Apoftres, affauoir,que ceux de Samarie auoient receu la Foy,
par la predication de S. Philippe,ne fe doit entendre des habitans
de la Cité de Samarie,ains d'vne autre ville de la contrée d'icelle,
nommée Sichem,laquelle,depuis fa derniere ruine, eftoit la ville
principale defditz Samaritains, tefmoing Iofephe.

 Et qui plus me faict coniecturer cecy, eft, que lefdictz Samaritains, aufsi bien que les Iuifz, ont toufiours efté grands ennemis
des Chreftiens,& leur ont faict de trefcruelles perfecutions, bruf-
lans leurs Eglifes,Sanctuaires, liures & reliquaires, comme recite
Nicephore Calixte. Dauantage, foubs la faueur & conniuence,ou
pluftoft inftigation de l'Empereur Iulian,furnommé l'Apoftat,ilz
ont tiré les offemens des Sainctz Prophetes,Iehan Baptifte,Heli-
fée & Abdias, hors de leurs farcueilz,& les meflans auec d'autres
os de beftes brutes,les ietterent en diuers lieux parmy les champs,
puis craignans qu'ilz fuffent recueilliz,ilz allerent les releuer,
pour les brufler & confommer en cendres: Mais il aduint,que par
la prouidence diuine,à l'inftant y arriuerent certains moines venans de Ierufalem, en intention d'aller vifiter & faire leurs deuotions au fepulchre defdits faincts perfonnages:lefquelz voians cefte impieté abominable,fans auoir crainte de la mort,ilz fe mefle-
rent parmi ceux qui ramaffoiêt ces treffainctes reliques,& au lieu
de les ietter au feu, ilz les cacherêt & retindrent,pour les porter à
leur Abbé Philippe. Ceft Abbé les ayât receuz,fe reputoit indigne

Ibid. ant.
li.13.c. 11
li.14.c. 10

Ioan.4.

Act.8.

Iofep.an.
lib.11.c.8

Niceph.
li.17.c.24
li.10. c.13

n 2   & infuf-

& insuffisant, pour garder vn tresor si grand, parquoy il les enuoia
par son Diacre, nommé Iulian, à Athanase Euesque d'Alexandrie,
lequel les mit au lieu le plus secret de la Sacristie de son Eglise,
(craignant la fureur des Ethniques) ou elles sont demeurées iusques à ce que par permission de l'Empereur Theodose, le Temple
de Serapis fut nettoyé d'Idolatrie, & par l'Euesque Theophile,
dedié au cult du vray Dieu & de son Precurseur S. Iehan Baptiste:
ce que nous ont laissé par escript Ruffin, Theodoret, S. Ierosme &
autres Autheurs tresantiques.

Ruffin.
hist Eccl.
li. 11. c 18.
Theod.
li. 3. c. 6.
Ieron. in
Mat. c. 14,
Marc. 6.

D'iceux Samaritains, assauoir de ceux de la ville de Gitta, sont
sortis ces meschans Heresiarques Menander & Simon le Magicien, auquel S. Pierre fit la guerre par longues disputes, signamment en Cesarée de Palestine & à Rome: lequel Simon par ses
œuures magiques, se fit attribuer des honneurs diuins, & finablement porter par deux Diables en l'air, feignát de monter au Ciel,
comme Iesus Christ nostre Sauueur auoit faict de sa propre puissance: mais par les prieres & commandemens de S. Pierre & S.
Paul, ilz le laisserent miserablement choir en terre, de laquelle
cheute il mourut tost après, auec grande vergoigne, comme nous
lisons és Actes des Apostres, & és escriptz de Iustin Philosophe &
Martyr, Arnobius, Seuerus Sulpitius, Eusebius, S. Clement, Tertulian, Epiphanius, S. Patianus, S. Ambroise, S. Augustin & diuers
autres Peres anciens.

Act. 6.
Iustin.
Mart. in
2. Apol.
pro Chri-
stianis.
Arnob. l.
2, contra
gentes.
Seuerus
Sulp. hist.
fac. lib. 2.
Euse. hist.
eccl. li. 10.
c. 19. lib. 2.
cap. 13.
Clem. li.
6. c. 9. con
stit. Eccl.
Tertul.
lib. 1. c. 20
Epiphan.
tom. 2. l. 1
Patian.
epist. 2. ad
Sempro.
Ambr. to.
3. ser. 66.
de sanct
Aug. to. 6
de heres.
Ieron. ad
Eustoch.

Poursuyuans noz premiers propos, touchant la Cité de Samarie. Elle estoit encore en estre, au temps des Roys Latins de Ierusalem, Godefroy de Buillon & ses successeurs, & lors decorée
d'vn siege Episcopal; mais à present elle est toute par terre, ruinée
& sans habitation: neantmoins parmi ceste ruine, il s'y voit encore plus de vestiges & antiquitez de Palais & somptueux edifices,
qu'en Ierusalem: entre autres celles de deux belles Eglises, cy deuant edifiées par les Chrestiens deuotieux. L'vne au pendant du
mont, au lieu ou estoit le Sepulchre desditz Sainctz Prophetes Iehan Baptiste, Helisée & Abdias, lequel Sepulchre est d'vn marbre
tressin & transparent, sans y auoir aucune chose dedans, à cause
que les reliques & ossemens en ont esté tirez hors, ainsi que i'ay
dit cy dessus, duquel Sepulchre S. Ierosme faict aussi mention
en l'Epitaphe de la bien-heureuse Paula: & est icelle Eglise encore vn peu entretenue pour Mosquée, & ledit Sepulchre reuerè
par les Turcs, qui ne permettent qu'aucun Chrestien, ou autre s'il
n'est de leur secte, y entre: comme i'ay dit ailleurs, ilz ont aussi de-

uotion

uotion, à aucuns de noz sainctz, & de faict ilz tiennent S. Iehan
Baptiste, pour vn grand Prophete, defendans de iurer & blaſphe-
mer par ſon nom, mieſme ceux de Ieſus Chriſt & de la Vierge Marie, ſur peine de treſgrieue correction.

L'autre Egliſe eſtoit ſur le ſommet dudit mont, au lieu ou a eſté
le Palais Royal: il y a vn petit Monaſtere ioignant, auquel par per-
miſſion du Turc, habitent aucuns Moines Grecs, nommez Caloiers, leſquelz montrent vn certain lieu en ladite Egliſe, où ilz
diſent S. Iehan Baptiſte auoir eſté detenu priſonnier, & depuis decapité par commandement d'Herode, qui ſont friuoles, car ſelon
le recit de Ioſephe, ce fut en Macheronta ville & chaſteau treſ-
fort, au dela du fleuue Iordain pres la mer Morte, reſtabli & muni
par ledit Herode, pour ſeruir de frontiere à l'Arabie, lors qu'il
auoit la guerre contre Aretas Roy Arabe ſon beaupere : mais ceſte ignorance peult bien proceder, à raiſon que depuis que les
Grecz ſe ſont diuorſez & rendus Sciſmatiques de l'Egliſe Catholique, ilz ſe ſont forgez ceſte opinion, à faulte de ſçauoir & auoir
l'intelligence des hiſtoires & eſcriptz des anciens peres.

Au regard de ceſte Macheronta & de Salome danſereſſe, (car
ainſi eſt nommée par Ioſephe la fille d'Herodias concubine dudit
Herode, qui demanda le Chef de S. Iehan, comme appert en S.
Mathieu) ie reſerue à en parler, iuſques à tant qu'il viendra à propos, & que i'aye moyen de toucher des lieux admirables, qui ſont
outre le Iordain.

Mais quant à la ſuſdite Egliſe, i'ay opinion qu'elle y a eſté edifiée, en memoire & à l'honeur dudit S. Iehan Baptiſte, pour auoir
eſté trouué ſon chef, caché en ce lieu meſme, ou eſtoit le Palais
d'Herode Tetrarche de la Galilée, par Herodias ſa concubine,
femme de ſon frere encore viuant : & pour auoir ledit S. Iehan,
blaſmé ſon adultere, elle pourchaſſa ſon empriſonnemēt & mort:
Ce que recite encore ledit Ioſephe, diſant que depuis ce temps, le
dit Herode n'eut aucune proſperité en ſes affaires, & ce par iuſte
vengeance de Dieu, pour auoir mis à mort ceſt homme de bien,
lequel excitoit les Iuifz à l'exercice de pieté enuers Dieu, vertu &
droicture enuers le prochain, meſme les inſtruiſoit pour venir
au Bapteſme.

Quant à la reuelation dudit ſainct Chef, elle fut faicte, ſelon S.
Cyprian, aux Moines ſuſditz, pour recompenſe de leur pieté : le
venerable Beda diſant, que ce fut au temps de l'Empereur Martian, & que leſditz Moines porterent ce Chef en Edeſſa. Au re-

n 3   gard du

Marginal references:

Ioſep. an.
lib. 18. c 7
lib. 14. an.
c. 10. lib. 7
bel. c. 25.

Math. 14
Marc. 6.
Luc. 7.

Teſmoi-
gnage de
S. Iehan
Baptiſte
par Io-
ſephe Iuif
ant. lib. 18
cap. 7.
Cyprian.
Carth.
ſerm. de
inuent. &
traſl. Cap.
D. Ioan.
Bapt.
Beda in
6. Marc.
Soſom.
hiſt. Eccl.
lib. 7. c. 11
Niceph.
li. 17. c. 49
hiſt. Trip.
lib. 9. c. 43

gard du lieu ou il est presentement, les Autheurs sont en dispute, comme on peult voir par les escriptz du docte & curieux Baronius: neantmoins par ceste Histoire & plusieurs autres semblables, dont les Autheurs sont icy citéz en marge, les Chrestiés pou-
uent cognoistre, combien est ancienne & aggreable à Dieu la deuote peregrination & visite des reliques de ses sainctz, contre l'o-
pinion meschante des Heretiques de nostre temps, lesquelz imitans les impietéz des Ethniques Samaritains & de Iulian l'apostat
leur fauteur, veullent mespriser & empescher ceste deuotió, aians
bruslés en plusieurs lieux les reliques d'iceux saincts, entre autres,
le corps du glorieux Confesseur & Euesque S. Martin en la ville
de Tours en Touraine, au pais de France, la visite desquelles reliques de S. Martin a esté fort recommandée par les Peres anciens,
assauoir, S. Gregoire, Sulpitius Seuerus, S. Fortunat, Ammonius,
S. Gregoire de Tours, Sigibertus & plusieurs autres. Zonaras dict
aussi, qu'vn Iob Religieux d'Antioche, apporta la main de ce saint
personnage S. Iehan en Constantinople, du temps de l'Empereur
Constantin, filz de Leon.

Voila, amy Lecteur, le principal de ce que ie trouue de ceste antique Cité de Samarie, depuis nommée Sebaste, & à present derechef Samaria, mais deserte, comme dict est, n'y ayant plus rien
d'entier, qu'vne partie desdites Eglises & Monasteres, ou habitent
les Caloiers Grecs, & Santons ou Prestres Turcs.

Se voient encore, à six mile de Samarie, tirant vers Orient, sur
la cime d'vne Montaigne, les ruines de l'ancienne residence des
Roys d'Israel, dicte Tharsia: laquelle fut ruinée, quand Zamar,
vsurpateur dudict Royaume d'Israel, se sentant poursuiuy, y mit
le feu, & s'y brusla auec le Palais, comme il est escrit au troisiesme
liure des Roys, & és Antiquitéz de Iosephe.

De Bethel, Dan, Sichem, le Champ de Iacob, & le puis de la Samaritaine.

CHAPITRE XVI.

IL se voit de l'autre costé, tirant vers le Midy, à quatre miles de
Samarie, vn mont assez beau & hault, appellé Bethel, & vn autre estant vn mile plus auant, nommé Dan: sur lesquelz, selon aucuns, Ieroboam, premier Roy d'Israel, mit des veaux d'or, les faisant adorer, pour faire pecher le peuple qui s'estoit rangé de son
costé, pour luy faire oublier la cognoissance du vray Dieu, & l'adoration, qu'il auoit accoustumé de faire au Temple de Ierusalem,
ensemble l'obeissance qu'il deuoit au Roy Roboam, legitime successeur,

ceſſeur des Roys Salomon & Dauid. Nous liſons au liure troiſieſ- *3 Reg. 12.*
me des Roys, que pour ceſte meſme occaſion, il chaſſa de ſon royaume tous les Preſtres & Leuites, & s'addonna du tout à l'Idolatrie. Il y a difficulté entre les Autheurs, touchant l'eſtabliſſement
de ces deux Idoles, voulans les vns que ce ait eſté ſur leſdites montaignes, les autres, que ce fut és Citéz de Bethel & de Dan, qui eſt
Ceſaréa Philippi, à raiſon que c'eſtoient les termes & limites du
Royaume d'Iſrael, vers Midy & Septentrion.

En vne vallée du coſté de ces deux môts, à huict mile de Sama- Sichem
rie, ſe voient les veſtiges de l'ancienne Sichem, cité iadis fort fleu- Cité.
riſſante, ſituée en vn lieu treſfertile, entre les montz Effraim: dedans & alentour de laquelle Sichem, les Patriarches Abraham &
Iacob ont ſouuent frequentéz: En icelle, Dina fille de Iacob, fut Gene. 33.
auſſi violée, par Sichem filz de Hemor Prince de la Cité, pour le- 34.
quel violement, Simeon & Leui, freres de Dina, ſaccagerét ladite
Cité, ainſi qu'il eſt eſcript au Geneſe & és Antiquitéz de Ioſephe. Ioſep. an.
Pres d'icelle Cité les filz du Patriarche Iacob, chefz des douze lib. 1. c. 18.
lignées d'Iſrael, paiſſoient ordinairement leur beſtial, auquel lieu
ledict Iacob enuoya vers eux leur ieune frere Ioſeph, qu'ilz haiſſoient, lors qu'il les trouuoit en Dothaim, ou ilz le prindrent &
vendirent aux Iſmaelites: Le venerable Beda dit, que les os ou re- Beda in
liques dudict Patriarche Ioſeph, eſtans ramenéz d'Egypte, furent Act. Apo.
enſeuelis en ceſte Sichem: Ioſephe eſcrit auſſi, que Iolue eſleut ce- Ioſep. an.
ſte Cité pour ſa demeure, & ayant eſté reſtablie, elle fut derechef lib. 5. c. 1.
deſtruite par Abimelech, filz baſtard de Gedeon Iuge d'Iſrael, à
raiſon, que comme il s'en eſtoit fait Prince par force, le peuple d'i- Iud. ca. 9.
celle ſe rebella contre luy, & l'aiant ruinée & bruſlée, il y fit ſemer
du ſel, comme il eſt declaré au liure des Iuges & en Ioſephe. Ioſep. an.
Nous trouuons aux liures troiſieſme des Roys, ſecôd des Chro- lib. 5. c. 9.
niques, & Antiquitéz de Ioſephe, qu'apres la mort du Roy Salo- 3. Reg. 12.
mon, tout Iſrael s'aſſembla audit lieu de Sichem, afin de recognoi- 2. Par. 10.
ſtre Roboam, filz dudict Salomon, pour Roy & ſucceſſeur de ſon Ioſep. an.
pere au Royaume, & que là fut faicte la diuiſion des deux Royau- lib. 8. c. 3.
mes, aſſauoir, de Iuda & Iſrael: les deux lignées de Iuda & Beniamin ſuiuans le parti de Roboam, leur Prince naturel, & les dix
autres, Ieroboam, ſeruiteur dudict Salomon, lequel chaſſa Roboam de là, faiſant reedifier la Cité, pour ſa reſidence.
Quelque temps apres, les Roys d'Aſſyrie, aians enuoié de nouuelles colonies en Samarie, & qu'Alexandre le Grand eut deſtruic
icelle, ainſi qu'eſcript Ioſephe, ceſte Sichem fut tenue pour la
Metropo-

Metropolitaine des Samaritains : & est à presupposer, comme le dit aussi le venerable Beda, que la Samaritaine, à laquelle selon S. Iehan, le Sauueur parla proche d'vn puis, aussy les Samaritains mentionnez par S. Luc, & S. Iean, tant en son Euangile, qu'es Actes des Apostres, estoyent encore de ceste Sichem, lors nommé Sichar, par mot corrompu, & non de Samarie, car Samarie s'appelloit lors Sebasten.

     Ceste Sichem, fut prinse auec autres places par Vespasien, estat lors nommée Mabertha & Neapolis, qui signifie Cité nouuelle, duquel nom de Neapolis, elle estoit encore appellée, aux temps dudit venerable Beda & de S. Ierosme : mais pour le present les Barbares & habitans, par mot corrompu, la nomment Pelosa ou Naplosa, n'estant plus qu'vn village, à cincq mile de Bethel & trois de Luza. D'icelle Cité estoit natif S. Iustin Philosophe & Historie, lequel souffrit martyre à Rome, soubz Antonin Empereur, l'an de grace cent vingt deux, selon qu'escript Iacques Philippe de Bergamo, duquel & de ses escriptz, S. Ierosme & Nicephore, font mention fort honorable.

     Lors que les Chrestiens Latins eurent prins Ierusalem, ceux de ceste Cité, (laquelle estoit encore la principale des Samaritains) enuoyerent vers Godefroy de Buillon, pour eux rendre & mettre en sa protection : & en l'an mil cent vingt, il y fut tenu vn sainct Synode, ou assisterent le Roy Baudouyn second du nom & plusieurs Prelatz, selon que recite l'Archeuesque de Thyr : mais peu de temps apres, elle fut du tout destruite, par Bezzangue Gouuerneur de Damas & Conestable de Syrie, tellement que depuis elle n'a esté restablie : bien voit on encore, les vestiges & ruines d'icelle au pendant du mont Effraim, desquelles les habitans ont resabriqué aucunes petites maisons, à la mode du pais, en vne vallée estroite qui est au pied du mont Garisim, distant enuiron deux geetz d'arc de l'antique Sichem : depuis elle est tant augmentée qu'elle s'estend quasi vn mile en longueur, & en largeur vn traict d'arbalestre, sadite longueur tirat vers Orient & le champ du Patriarche Iacob, estant fort frequantée des Iuifz & Mahometistes, à cause du Sepulchre du Patriarche Ioseph : côme aussy des Chrestiens, au moyé du puis de la Samaritaine, qui est situé en ce châp, lequel ledit Patriarche Iacob donna à sondit filz Ioseph, disant, comme il est escript au Genese : *Ie te donne vn part entre tes freres, laquelle i'ay conquestée par mon glaiue & mon arc, de la main des Amorrheens.* Ie ne sçay pourquoy il parle de l'auoir ainsi conquesté veu qu'il

appert

Beda in
Act. 8.
Ioan. 4.

Act. 8.

Sichem.

Iosep. li.
3. bel. c. 4.
Plin. li. 3.
cap. 3.
Beda in
Act. 7.

Bergam.
hist. Iero.
de viris
illustrib.
Niceph.
lib. 3. cap.
26. 27. 28.

Tyrius li.
12. cap. 13

Champ
de Iacob.

Gene. 48

appert audit Genese & au liure de Iosué, qu'il l'acheta cent ieunes
agneaux du Roy de Sichem, nommé Hemor.

En cedit Champ est le Sepulchre dudict Ioseph, duquel les os,
par son commandement, furent gardez & transportez d'Egypte
par Moyse, & depuis enseuelis en iceluy, comme nous lisons audit
Genese & en l'Exode. Les Mahometistes ont faict bastir sur ce sepulchre vne Mosquée, en laquelle les Chrestiens ne peuuent entrer. Pres de ce lieu, tirant vn peu vers le Midy, se voient les ruines
d'vne Eglise, iadis nommée de Sainct Saluateur, & edifiée par les
Chrestiens, sur le puis, appellé le Puis ou fontaine de Iacob, autrement dict de la Samaritaine, à cause que ce fut sur iceluy, que le
Sauueur Iesus Christ parla à ladite Samaritaine, & luy demanda à boire, ainsi qu'il est escript en S. Iehan.

Sur ce lieu se voient encore les vestiges d'vn Monastere, ou au
temps passé residoiet plus de cent vierges religieuses, lequel estoit
encore en estre, lors que la bienheureuse & deuote Paula passa de
Rome en la Palestine, pour visiter les lieux sainctz, suiuant le dire
de sainct Ierosme: mais puis après & des long temps il a esté ruiné
auec son Eglise, de laquelle ne se voit autre vestige, que deux petites & basses Colomnes d'vn Marbre gris, peu elcuées de terre, &
posées au lieu ou estoit le grand Autel, & seruent d'enseignement
que dessoubz iceluy estoit ledit Puis, presentement tout rempli de
decombres & ordures, comme se voit proche du grand chemin,
qui meine de Samarie vers Ierusalem, entre Sichem & le môt Ga-
risie: lequel champ de Iacob est entre ledit Sichem & Salem, large de deux miles & long de quatre, estant le plus delectable & fertil, en tous biens de la terre, qu'il y eut en toute la Samarie, & encore pour le iourd'huy les Religieux du monastere S. François de
Ierusalem, en reçoiuent leur prouision de bled.

Au bout de ce Champ & de la Vallée illustre (sur le fleuue Iordain, entre Bethsan & le Torrent Taphne) estoit Salem, autrement dite Salim, cité Roiale de Melchisedech, laquelle estoit aussi
de la region des Sichemites, comme i'ay dit cy deuant en son lieu.

Du Mont Garisim, & de son Temple.

CHAPITRE XVII.

Areillement estoit de ceste Region, le Mont Garisim, distant
d'vn mile dudict Sichem, terminant au Champ de Iacob: le-

o

quel

quel mont est des deppendances des montz d'Effraim, aiant deux
couppeaux ou sommets, desquelz l'vn retient le nom de Garisim,
l'autre s'appelle Hebal: tout ainsi que l'vn de ceux du desert Sin, se
nomme Sinai, & l'autre Oreb, sur l'vn desquelz Moyse receut les
commandemens de Dieu, & sur l'autre le Prophete Helie se retu-
ra, pour euader la cruelle main de Iesabel Royne d'Israel.

Iosué aiant obtenu Ierico & Hay (suiuant l'ordonnance par luy
receue de Moyse, estant encore au dela du fleuue Iordain) fit monter vne partie de son armée sur le sommet de ce mont Garisim, &
y edifia vn Autel de pierres non polies, sur lequel, en presence de
l'arche d'alliance du Seigneur, il fit publier les benedictiõs, qu'ob-
tiendroient ceux qui obserueroient les commandemens d'iceluy:
& sur l'autre sommet nommé Hebal ou Gebal, selõ Iosephe, & ou
estoit l'autre moitie de l'armée, fut edifié vn semblable Autel, ou
on denonça les maledictions ordonnées à ceux, qui les trãsgresse-
roient: faisant engrauer tout cecy esdits Autels, ainsi qu'il est escrit

Deut. 11. aux liures du Deuterome, de Iosué, & des Antiquitez de Iosephe.
Iosué 8.
Iosep. an. D'auantage, Ioathan dernier filz de Gedeõ, preserué du meur-
li 1 c. vlt. tre commis à ses soixante neuf freres, par Abimelech leur frere ba-
lib. 5. c. 1. stard, monta sur ceste montaigne, pour commander seul, & cria,
admonestant les Sichimites de quitter le parti dudict Abimelech,
Iudic 9. comme il est aussi escript au liure des Iuges & en Iosephe. C'est de
Iosep. an. ce mont, dont parloit la Samaritaine au Sauueur en S. Iehan, di-
lib. 5. c. 9. sant: *Noz peres ont adoré en ceste montaigne, & vous dictez qu'en Ierusalem*
Ioan. 4. *est le lieu ou il fault adorer, &c.* La cause pourquoy les Samaritains
faisoient si grand cas d'icelle montaigne, estoit à raison qu'anciennement, & auant que Salomon eust faict edifier le Temple en Ierusalem, plusieurs Iuifz y alloient faire leurs prieres, en commé-
moration, que la benedictiõ y auoit esté donnée à ceux qui main-
tiendroient & obserueroient la Loy de Dieu.

Outre plus, ceste montaigne estoit encore respectée, comme dit
Iosep. an. Iosephe, pour le Temple, qui y fut basti par vn Manasses, frere du
l. xi. c. 7. 8. grand Sacrificateur Iaddus, qui receut Alexandre le Grand en
Téple de Ierusalem, à l'occasion, que ledit Manasses (aiant espousé la fille de
Garisim. Sannabaleth Cutheen de nation, & gouuerneur des Samaritains,
soubz Darius Roy de Perse) fut debouté & redargué par son frere
& les anciens du peuple, pour s'estre allié, contre le commandement de Dieu & la loy de leurs Peres, à vne femme estrangere de
Nation & Religion: Lequel Manasses de ce fasché, & en ayant
quelque remords de conscience, vouloit repudier sa femme, plustost que

tost que d'estre priué de la Sacrificature, qui estoit de tresgrand
estime & honneur entre les Iuifz, & laquelle il auoit de race : ce
que voyant son beaupere Sannabaleth, il promit, que non seulement il luy garderoit la Sacrificature , ains luy feroit obtenir le
souuerain Pontificat, auecq la principaulté ou Gouuernement de
toute la Prouince:pourueu qu'il retint sa fille:puis adiousta à ladite promesse,qu'il luy bastiroit vn Temple en la montaigne de Ga-
rizim:semblable à celuy de Ierusalé: de quoy Manasses enorgueil-
li,demeura auec son beaupere,& à son exéple &exhortation,plu-
sieurs Sacrificateurs & autres Iuifz , embroulléz en telz mariages
illicites,cõme aussi ceux qui auoiét commis des crimes,& violé le
Sabath,se rangerét de son costé, ausquelz pour ceste cause, Sannabaleth dõna argét, chãps à labourer, & des maisons pour habiter.

Ce pendant, Darius Roy de Perse fut deffait, par ledit Alexandre le Grand, cause pourquoy Sannabaleth, prenant l'occasion &
la fortune, quitta le parti de son premier maistre, & suiuit celuy
dudit Alexandre,se presentant au fiege de Tyr,auec huict mil hõmes à son seruice: puis ayát gaigné vn peu de credit vers ledit Alexandre,il obtint le pouuoir de faire bastir ce Temple, luy propo-
sant, que par ce moyen, il diuiseroit la force des Iuifz , contre lesquelz ledit Alexandre estoit lors fort irrité,pour luy auoir esté par
eux refusé des viures,munitions & obeissance:Ainsi fut fait ledict
Temple, & ledict Manasses constitué Sacrificateur souuerain d'i-
celuy: lequel puis apres a esté en telle reputatiõ entre les Samaritains,qu'ils l'ont tousiours voulu depuis preferer à celuy de Ierusalem : mesme du téps des successeurs du susdit Alexádre le grand,
selon qu'escript Iosephe : dont sourdirent des dissensions conti- Iosep.an, lib.12. c.1.
nuelles entre eux & lesditz Iuifz, voulans chacun maintenir, que
le sien estoit le vray Sanctuaire du Seigneur.

Mais Antiochus Epiphanes Tyran, prophana ce Temple,car
pour tourméter le peuple,il y fit mettre la statue de Iupiter l'Hospitalier,ou le Grec,comme au Temple de Ierusalem, il auoit fait
poser celle de Iupiter Olympe,ce qu'il fit à l'instigation des Samaritains, vacillans souuent en la religion: & aduint cecy en la cent
cincquante troisiesme Olympiade,vn peu deuant que le Zelateur
Matathias print les armes contre ledict Antiochus, selon que le Iosep.an. li.12. c.7. 2.Macha. 5.&6.
tout est rapporté au second des Machabées & en Iosephe.

Finablement, ce Temple fut du tout ruiné par Hircanus pere Iosep.an. l.17.c.16.
d'Aristobulus grand Sacrificateur en Ierusalem, descendant de la
race des Machabées, comme escript Iosephe, en la cent soixante

O 2   deuxiesme

deuxiefme Olympiade, qui eſtoit deux cents ans apres qu'il auoit
eſté fabriqué, & enuiron cent trente ans auant l'Incarnation du
Redempteur. Ce meſme Hircanus print Sichem & Gariſim, ruât
grand nombre des Samaritains, autrement dictz Cutheens: auſsi
quand la Samaritaine parloit au Sauueur ſur le Puis de Iacob, elle
ne faiſoit aucune mention dudict Temple, mais bien de la montaigne: comme ne faict pareillement Ioſephe l'Hiſtorien, diſant
qu'vn nombre infiny de Samaritains s'y vouloient fortifier, pour
reſiſter aux forces de Veſpaſien, duquel nombre y en furent tuez
onze mil ſix cents. Ainſi n'ont duré, & ne dureront que pour quelque temps (moyennant la grace de Dieu) les conuenticules & aſ-
ſemblées illicites des Heretiques & Schiſmatiques.

Quoy que ce ſoit, dedit mont Gariſim eſt le plus hault de la Samarie, beau, rond, & tresfertil en toutes ſortes des fruictz & herbages: auſsi eſt il riche en fontaines, qui font vn ruiſſeau, lequel
paſſe à Sichem: Dudict mont ſe voyent Hay, Bethel, Doech, le
mont de la Quarantaine, le Iordain & pluſieurs autres lieux, en
partie mentionnéz cy deſſus: Il eſt, comme dict eſt, des appendan-
ces des montz d'Eſfraim, leſquelz s'eſtendent depuis ledit Bethel
& la Plaine de Delbora, iuſques à Sarona, par neuf miles en longueur: entre leſquelz & la ville de Hay, eſt le Deſert d'Eſfraim,
mais non celuy ou mourut Abſalon, car ceſtuy la eſt outre le Iordain: De ces montaignes eſt ſouuent faict mention és liures de Ioſué & des Iuges: elles ſont ainſi nommées, pour eſtre ſituées au de-
ſtroict du partage des enfans d'Eſfraim, ſecond filz du Patriarche
Ioſeph, & furent iadis autant peuplées & habitées, que nulles autres en Iſrael.

De Bethel, Hay, Luza, Gabaon, & Arimathia.

C H A P I T R E   XVIII.

Tirant vers Orient & Ierico, ſur le chemin qui conduit dudit
Ierico, & Bethel ou Naples vers Ieruſalem, ſe trouue la Cite
de Bethel, laquelle premierement s'appelloit Luza, ſituée au iadit
tribu de Beniamin, en vn lieu eminent & bien fertil, comme appert au Geneſe, en Ioſué & S. Ieroſme: Ce nom de Bethel luy fut
impoſé par le Patriarche Iacob, lors que (fuyant la fureur de ſon
frere Eſau vers Meſopotamie) il y dormit, ayant la teſte ſur vne
pierre, & voyant en viſion les Anges, qui montoient & deſcen-

doient

doient par vne eschelle, qui touchoit d'vn bout en terre & de l'autre au Ciel, ou Dieu le Pere estoit, parlant audict Patriarche: en memoire de quoy il oignit ladite pierre d'huylle, auec vœu d'y offrir la disme de toutes choses qu'il auroit, s'il pouoit retourner en paix & prosperité à la maison de son pere, comme il fit: tellement, qu'il appella ledit lieu, Bethel, qui signifie, Maison de Dieu, & porte du Ciel: Abraham, son grand pere, y auoit aussi, au parauant luy, dressé vn Autel, & faict sacrifice, selon que nous lisons aux susditz lieux du Genese & de Iosephe.

Long temps apres, il aduint que Ieroboam, premier Roy d'Israel, y fit dresser & en Dan des veaux d'or, pour les faire adorer, & diuertir le peuple d'aller sacrifier en Ierusalem, comme il est escript au troisiesme liure des Roys, & en Iosephe: & pour ceste cause, les Iuifz Orthodoxes appellerent ceste Cité, Bethaim, en lieu de Bethel, selon S. Ierosme, signifiant, maison des Idoles: Ce Roy changea premierement en ce lieu tout l'ordre receu par les Hebrieux, touchant les Ceremonies & Sacrifices qu'on deuoit faire à Dieu seul, faisant vne harangue aux dix lignées reuoltées & rangées de son costé, telle & semblable, que font encore en plusieurs endroitz les Heretiques de nostre temps, pour retirer le peuple, abusé par eux, de la frequentation des Temples & Eglises Catholiques, ou s'obserue le vray cult Diuin: Laquelle harangue recitée par Iosephe estoit telle que s'ensuit.

Hommes Israelites, ie pense vous estre tout notoire, qu'il n'y a lieu ou Dieu ne soit, & qu'il n'a point de place assignée, mais en tous lieux vit, & voit ceux qui le seruent: parquoy il ne me semble bon, de vous enuoyer maintenant si loing adorer en Ierusalem: car vous sçauez, que ceste ville la vous est ennemie: Le Temple, qui est dedans, a esté dressé par vn homme mortel: comme i'ay consacré deux genisses d'or, surnommées du nom de Dieu, l'vne en Bethel, & l'autre en Dan, afin que ceux d'entre vous qui habitez pres de ces villes, voisent adorer Dieu plus commodement: Au reste, ie choisiray d'entre vous des Sacrificateurs, afin que n'ayez besoin de la lignée de Leui, ny de la race d'Aaron: pour quoy, pour estre Sacrificateur, qu'il immole à Dieu vn veau & vn mouton, comme on dict, que le grand Prestre Aaron fit premierement, &c. Ie laisse le surplus, pour euiter prolixité.

Neantmoins, ces veaux d'or, leurs Autelz & Simulachres, furent destruitz & bruslez, mesmes les os de leurs Prestres & faulx Prophetes, par le bon Iosias, Roy de Iuda, selon qu'il auoit esté predict par l'homme de Dieu, non nommé en la Bible: mais Iosephe, au lieu susdict, l'appelle Iadon, habitant de Ierusalem. Les

 Prophetes

Prophetes Helie & Helisée frequantoient souuent alentour de
ceste ville: & vn iour, comme plusieurs petitz enfans crioiét apres
Helisée, disans par mocquerie, *Monte chaune, monte chaune*, quarante
deux d'iceux furent deuouréz par deux Ours, sortans de la forest
voisine, ainsi qu'il est escript au quatriesme liure des Roys.

    Ladite ville auec Effram, qui luy est voisine, furent destruictes
par Vespasien, lequel y laissa garnison, allant mettre le siege deuat
Ierusalem. Au temps de S. Ierosme, elle n'estoit plus qu'vn village
mal habité, au bas duquel on monstroit le Sepulchre de Debora,
nourrice de Rebecca femme du Patriarche Isaac, qui estoit soubz
vn vieil Chesne ou Ilex, des Grecs appellé Balanus, signifiant, selon S. Ierosme, Chesne de dœul, duquel est faict mention au Genese. Le mesme S. Ierosme dit, qu'au lieu ou ledit Patriarche Iacob auoit veu la susdite vision, auoit esté edifiée vne belle Eglise,
en laquelle a esté long temps conseruée la pierre, que Iacob mit
soubz son chef, laquelle on dict aussi, auoir esté posée depuis par
les Mahometistes, au Temple de Salomon, dont ilz font leur
Mosquée. Aux enuirons dudict Bethel ou Naplosa sont des montaignes fort fecondes, & pleines d'herbes, arbres & plantes aromatiques, frequantées de Cheureaux, Cerfz, & Biches: c'est,
pour qnoy il est dict aux Cantiques : *Retourne-toy , mon bien ay-*
mé , sois semblable au Cheureau & au Bichelot des Cerfz , sur les Mon-
taignes de Bethel.

    Or, le Pere Bonauenture Brocardus, en sa Description exacte,
qu'il a faicte de la terre saincte (y a trois ou quatre cétz ans) veult
soustenir, auec aucuns autres, que Bethel soit Ierusalem: en quoy
il erre grandement, car nous lisons au Genese & au liure de Iosué que Bethel & Hay estoient prochaines l'vne de l'autre, & distantes dudict Ierusalem enuiron de douze à quatorze miles: ce
qu'est aussi confirmé au troisiesme liure des Roys & en Iosephe:
On montre encore la le lieu, d'ou on a leué la pierre, que Iacob
erigea en tiltre, comme aussi le Sepulchre de Debora, bien esloi-
gnéz de Ierusalem.

    S. Ierosme, ayant longuement residé, visité, & frequanté la Iu-
dée, n'eut obmis à le dire en ses escriptz, mais au contraire, aux
lieux Hebraiques il dit que Bethaim, au parauant nommée Luza
& Bethel, maison de Dieu, estoit vne villette proche de Hay, à
douze mile d'Ælia, qui est Ierusalem, sur le chemin de Neapolis:
& ceux qui sont de ceste erronée opinion, se fondent, comme dict
Brocardus, sur vn certain Vers sans autorité, contenant ces motz:

                                              Solyma,

4. Reg. 2.

Gene. 35.

Cantic.
Cantico-
rum ca. 2.

Genes. 12.
13.
Iosué 7.

3. Reg. 13.
Iosep. an.
lib. 8. c. 3.

Loc. Heb.
lit. B. & L.

Solyma, Luza, Bethel, Ierusalem, Iebus, Aelia,
Vrbs sacra Ierusalem dicitur, atque Salem.

Mais le composeur de ce Vers ne sçauroit montrer par aucuns
passages, des vieu & nouueau Testament, ny par Iosephe ou S. Ierosme, que Ierusalem soit appellée Luza & Bethel : aussi au liure
de Iosué & au partage des Hebrieux, Iebus (qui est Ierusalem) &
Luza qui est Bethel, sont nommées toutes deux separemét: Toutefois definant ce nom par Equiuoque, toutes Eglises ou Temples
de Dieu peuuent estre appellées Bethel : voila ce qui me semble,
auec autres de ceste opinion & dispute, laissant le surplus à la discretion des plus sages.

Il y a encore vne Luza, distante deux mile de Bethel, tom- Luza Ci-
té.
bée au sort de la lignée d'Effraim, de laquelle sainct Ierosme faict
mention, ayant encore retenu son ancien nom. Aussi de l'autre
costé vers Midy, & deux miles de Bethel est Hay, seconde ville Hay Cité.
que les Hebrieux prindrent en la terre de Canaan, de laquelle le
Roy fut prins & pendu, & douze mille habitans occis par Iosué, apres auoir ruine Ierico: Iosephe appelle ceste Hay, Ain, disant que Senacherib Roy d'Assyrie passa par icelle, venant pour
assieger Ierusalem.

Quatre mile de Bethel, sur le chemin, qui meine vers Ierusa- Gabaon
Cité.
lem, est Gabaon, Cité iadis Royale, & Metropolitaine, selon S.
Ierosme, des Gabaonites Amorréens, lesquelz entendans les merueilles, que Dieu faisoit par Iosué, & comme il auoit destruict Ierico & Hay, firent composition, par laquelle ilz obtindrent de luy
la vie sauue, & de pouuoir demeurer en leur Cité, auecq les Hebrieux: de quoy les Roys voisins irritéz, assauoir, Adonisech Roy
de Iebusalem, Oham Roy d'Hebron, ceux de Ierimot, Lachis, &
Eglon, ils vindrent pour mettre le siege deuant Gabaon. Mais Iosué de ce aduerti, vint au secours de ses alliéz, commandant au Soleil & à la lune, d'arrester leurs cours, iusques à tant qu'il auroit
vaincu, comme de fait il vainquit lesditz cincq Roys ses ennemis,
& les astres susdictz obeireut à la voix & commandement d'vn
homme, demeurans fermes au Firmament, l'espace de plus d'vn
iour naturel, comme il est escript aux liures dudit Iosué & de Io- Iosué ca.
9. & 10.
sephe: & n'a il esté veu deuant, ny apres vn tel miracle. Iosc. ant.
li. 5 ca. 1.

Dauantage il y auoit pres de ceste Cité, vne petire fontaine, lib. 7. c. 1.
appellée Piscine par ledict Iosephe, & au deuxiesme liure des 2. Reg. 2.
Roys, à l'endroict de laquelle, Abner general de l'armée d'Is-
boseth, filz du Roy Saul, & Ioab, ayant charge de celle de Dauid

nouuelle-

nouuellement esleu Roy des Hebrieux, rengerent leurs batailles,
voulans combatre pour le droict du Royaume, faisans premierement faire vn duel de douze contre douze, & puis ioindre leurs-
dites armées, ou celle d'Abner fut deffaite & mise en fuite: pour
ceste cause, ce lieu fut depuis nommé, le Champ des Robustes en
Gabaon, n'estant distant de Ierusalem, sinon que de quarante stades, qui font cincq mile : Es enuirons de ce lieu, le susdit Ioab tua
traistreusement son parent & compaignon le Prince Amasa, ainsi
qu'est escript au second liure des Roys & en Iosephe.

2. Regum
20. 21.
Iosep. an.
li. 7. c. 10.

Fault icy noter, que ledit Roy Saul, contre tout droict, & le serment faict par Iosué ausdits Gabaonites Amorrheens, ordonna
d'occir vne partie d'iceux: dont Dieu, pour venger ce tort, enuoya
vne sterilité, par l'espace de trois ans, sur les Hebrieux. Depuis le
Roy Dauid entendant la cause de ce mal par le Prophete, il donna
par l'aduis & commandement d'iceluy, ausdits Gabaonites, sept
hommes de la race & maison de Saul, pour en faire à leur volonté, lesquelz ilz pendirent, & ce faict, ladite sterilité cessa.

En ce temps, & auant la structure du Temple de Dieu par Salomon en Ierusalem, le peuple sacrifioit sur vn hault lieu en Gabaon, & estant ledit Salomon paruenu au Royaume paternel, il y

3 Reg. 3.

offrit sur vn Autel mil holocaustes, & merita d'y ouyr l'oracle de
Dieu, & auoir les dons de richesses non demandées, auecq la sapience, qu'il demandoit, & promesse de longue vie, s'il obseruoit
les commandemens de Dieu: Ceste Cité estoit à la lignée de Beniamin, & separée aux Leuites: Au temps de S. Ierosme, elle estoit
reduite en vn village, portant le mesme nom, mais à present, à peine y a il six pauures maisonnettes habitées, estant distante de Silo,
d'enuiron deux miles, & d'Emaus huict vers Occident: desquelles
Silo & Emaus ie parleray cy apres, pour poursuyure le chemin
droict vers Ierusalem.

Ramatha
Sophin
ou Ari-
mathia.

Vn peu plus hault, & à cincq ou six miles dudict Ierusalem, est
Ramath de Silo, autrement dicte Ramatha, Ramathaim & Arimathia, & pour estre située sur vne partie du mont Effraim, surnommé Sophin, aussi (pour la difference des autres Rames) elle
est appellée Ramatha Sophin, ordonnée aux Leuites: elle confine
aux lignées de Beniamin, Effraim, & Dan, aussi on la voit, estant

Ierony in
loc. Hebr.

passé la vallée & Torrent du Terebinte : S. Ierosme estime que
c'est la Rama, ou tenoit son siege Abimelech, filz bastard de Gedeon, qui tua ses septante freres, pour estre seul Iuge & Gouuerneur d'Israel, & qu'elle s'appelloit de son temps Rempus, & au
parauant

arauant Arimathia. Cefte Ramatha Sophin eftoit la patrie de
Helcana & d'Anne fa femme, pere & mere du Prophete Samuel,
defquelz eft faict mention au premier liure des Roys & en Iofephe. C'eftoit la refidence ordinaire dudict Prophete, vers lequel
Dauid fe retira la premiere fois qu'il s'enfuit de deuant la face du
Roy Saul : Nous lifons encore au fecond liure des Chroniques &
aux Antiquitéz de Iofephe, que Baafa Roy d'Ifrael la print &
roulut fortifier, pour feruir de frontiere, contre Afa Roy de Iuda,
mais Afa l'aiant mis en fuite, print les materiaux preparéz, & en
efit Gabaa & Mafpha. Et depuis, eftant la Syrie occupée par Demetrius, iceluy Demetrius la donna à Ionathas, frere & fucceffeur
de Iudas Machabée, ainfi qu'il eft efcript au premier liure d'iceux
Machabées.

Auffi S. Ierofme & le venerable Bede difent, que d'icelle Cité
eftoit natif le noble & pieux Iofeph, furnommé d'Arimathie : lequel, comme nous lifons és Euangiles, obtint de Pilate le corps
pretieux de Iefus Chrift noftre Redempteur mort & crucifié, lequel il enfeuelit au fepulchre neuf, qu'il auoit preparé pour foy :
Depuis cefte mefme Cité a efté appellée par les Chreftiens, S. Samuel : à raifon que ce fainct Prophete de Dieu, y a efté nay, y a refidé, & eftant mort, enfepulturé, felon que nous lifons au premier
liure des Roys. On voit mefme encore la de grands veftiges d'vne
Eglife ruinée, qui fut baftie fur le Sepulchre dudict Samuel, par
l'Empereur Iuftinian : mais fes reliques ont efté tranfportées de
Ramath en Trace, fuiuant le dire de S. Ierofme en fon Epiftre à
Vigilance Heretique, en laquelle il traicte de la veneration des reliques des Sainctz, & de l'obferuation des veilles. Pres de la font
les Montz Gaas & Thanaſſaraa, demeure derniere de Iofué, dont
i'ay faict cy deuant mention.

De Lebna, Elbir, Machinas, Gabaa, Silo, & Gabaath.

CHAPITRE XIX.

SEpt miles ou enuiron de la fontaine de Iacob, tirant vers Ierufalem, eftoit le Cafal de Lebna : Il eft dit Cafal ou village, à
la difference d'vne autre Cité ainfi nommée, proche de Bethleem
au Tribu de Iuda, de laquelle eft faict mention au liure de Iofué.
Plus bas fur le chemin de Ierufalem vers Nazareth, en vne vallée
eftroicte & dangereufe (à caufe des larrons qui y frequentent) fe

p   trouue

Elbir. trouue Elbir, toute deſtruite, horſmis vne vieille Egliſe, que les Mahometiſtes entretiennent, quoy que petitement: laquelle y fut cy deuant edifiée en l'hôneur de la glorieuſe vierge Marie, au lieu ou on dit qu'elle s'apperceut, venant de Ieruſalem, d'auoir perdu ſon treſcher filz Ieſus, lors ſeulement aagé de douze ans, & lequel elle trouua trois iours apres audit Ieruſalem, diſputant entre les *Luc. 2.* Docteurs, comme il eſt eſcript en S. Luc.

Machinas *Ierony.in* *loc Hebr.* *1.Reg.14.* *Ioſep.an.* *lib.6. c 7.* Ce lieu eſt en vne petite Plaine pierreuſe, en la vallée de la ſuſdite Ramatha: elle s'appelloit anciennement Machinas, ſelon S. Ieroſme, & faiſoit les fins & termes d'Effraim, vers Midy. Nous liſons au premier liure des Roys & en Ioſephe, que c'eſtoit en ce lieu de Machinas, que les Philiſtins eſtoient campéz auecq trois centz mil hommes de pied, trente mil chariots, & ſix mil hommes de cheual, eux propoſans de deſtruire Iſraël en la preſence du prophete Samuel & du Roy Saul: leſquelz Philiſtins furent deffaictz & mis en fuite miraculeuſement par Ionathas filz dudict Roy Saul, & ſon eſcuier ſeulz.

Bira Cha- *ſteau.* Au temps que les Chreſtiens Latins eſtoient poſſeſſeurs de la terre ſaincte, il y auoit ioint à la ſuſdite Egliſe, vn Monaſtere & vn Chaſteau nommé Bira, appertenant aux cheualiers du Temple, à preſent tous ruinéz, excepté vne Ciſterne qui en reſte, laquelle on appelle fontaine. Ce Machinas ou Elbir, eſt diſtant deux miles de Silo, qui eſt à la main droicte du chemin, autant de Ramatha Sophin, & cincq miles de Ieruſalem.

Gabaa *Bēiamin.* Semblable diſtance y a il de Gabaa, dite Gabaa Beniamin, à la differéce d'vne Gabatha, qui eſt proche de Bethleē. En ceſte cy fut cōmis le grand forfait en la perſonne de la femme d'vn Leuite, qui cauſa que toute la lignée de Beniamin fut deſtruite par les autres Hebrieux, excepté ſix centz hommes ſeulement: meſme la ville bruſlée, & les habitans occis, iuſques aux femmes & petitz enfans, *Iudic. 19.* *Ioſep.an.* *lib.5. c.2.* *1.Reg.15.* *Ioſep.an.* *lib.6. c.9.* ainſi qu'il eſt eſcript aux liures des Iuges, des Roys & en Ioſephe. Il ſe lit auſsi, que ledit Roy Saul auoit ſon Palais & ſa reſidéce ordinaire en ceſte Gabaa, de laquelle eſt encore fait mention en pluſieurs lieux de la Bible, ſignamment en Ioſué & au liure des Iuges.

Ioſué 9. *21.* *Iudic. 19.* *Bethorō* *2.Para. 7.* Paſſant outre & vn peu plus auant, eſtoit Bethoron, auſsi du tribu de Beniamin, edifiée par Sara fille d'Effraim, comme il eſt eſcript au liure des Chroniques: Pres de laquelle, en vne vallée furent deffaitz les cincq Roys, venuz pour deſtruire les Gabaonites, amis & alliéz de Ioſué, lors que ledit Ioſué fit arreſter le ſoleil, cōme eſt dict cy deſſus. Salomon Roy des Hebrieux la fortifia, com-

me eſt

me eſt eſcript au liure des Roys & Chroniques. En ceſte meſme   3. Reg. 9.
vallée Iudas Machabée deffit auſsi l'armẹe d'Antiochus le tyran   2. Paral. 8.
Roy de Syrie, ainſi qu'eſt rapporté au premier des Machabées: 1. Mac. 6.
Il y auoit Bethoron ſuperieure & Bethoron inferieure, leſquelles
par diuerſes tempeſtes de guerre ont eſté deſtruites.

    Duquel lieu, tirant vn peu entre l'Orient & le Midy, ſe trouue
Silo, diſtante deux miles ſeulement de Ieruſalem, deux de Rama-   Silo cité.
tha Sophin, & autant de Gabaon: ceſte Cité eſt ſituée ſur vn mont
aſſez hault, laquelle on voit en paſſant la vallée du Therebinte.
Elle fut autrefois aſſez ample, & depuis que les Hebrieux ſe mirent en poſſeſsion de la terre de Canaan ou de Promiſsion, l'Arche d'alliance & le Tabernacle du teſmoignage, que Moyſe auoit
faict faire au deſert, y furent poſéz, & pour ceſte cauſe Silo fut appellee la maiſon de Dieu. En icelle furent auſsi faitz les partages
de la terre Cananeenne conquiſe, entre les enfans d'Iſrael, & y
demeura l'Arche ſuſdicte, iuſques au temps du Prophete Samuel
dernier Iuge, & qu'elle fut portée en bataille contre les Philiſtins,
& par eux prinſe & emportée, cóme vainqueurs à cauſe du peché
du peuple & des filz de Samuel, comme nous trouuons aux liures   Ioſué 18.
de Ioſué, des Iuges, des Roys, & és Antiquitéz de Ioſephe.   19.
                                                        Iudic. 21.
    Pres d'icelle eſtoit auſsi Gabaath, ſurnommée de Phinées, en   1. Reg. 4.
laquelle Eleazar le grand Sacrificateur filz d'Aaron, a eſté enſe-   Ioſep. an.
pulturé, eſtant encore des dependances des Montz d'Effraim,   l. 5. c. 1. 2. 5
cóme il ſe voit au dernier de Ioſué. Mais de ceſte cité, celle de Silo,
& de la pluſpart des autres, on n'en voit à preſent que les ruines.

T Rois miles de Ramatha Sophin, laiſſant le chemin de Ieruſalem, & prenant celuy qui va droict contre le Midy, quatre
mile de Bethoron, huict de Gabaon, vingt deux ou enuiró de Ramula, trente cinc de Iaffa, & ſoixante ſtades, qui font ſept miles &
demy, de Ieruſalem vers Occident, quatre du Modin des Machabées & de la demeure de Zacharie, qui luy ſont vers le Midy, eſt
l'ancienne Emaus, par laquelle paſſent ſouuét les Pelerins, venans   Emaus
ou allans de Iaffa vers Ieruſalem, ou vers la Galilée: Laquelle   Cité.
Emaus eſt recommandable, à raiſon que le Sauueur eſtant reſuſcité de mort, s'y eſt apparu à deux de ſes diſciples, en forme de Pelerin, ainſi qu'eſcriuent S. Marc & S. Luc.   Marc. 16.
                                                          Luc. 24.
    On montre encore la le lieu, ou ledict Sauueur faignoit d'aller

comme plus loing, sur vn chemin triangulaire, l'vn venant de Ierusalem, l'autre allant vers Ioppen & la marine, & le tiers tirant vers la Galilée. On y voit les vestiges d'vne Eglise, que la bonne & heureuse Paula fit bastir sur la maison de Cleophas, vn desditz deux disciples, laquelle ledit Sauueur se fit cognoistre, par la fraction du pain audit Cleophas & son compaignon. Dont fait mention sainct Ierosme, en l'Epitaphe d'icelle Paula. Lequel Emaus n'estoit qu'vne Bourgade, côme celles, qu'on nomme en Italie & Espaigne, Castelli, qui sont Bourgs ou Villages, petitemét ferméz de murs & portes sans fosséz, esquelz les laboureurs se tiennent, sans auoir des maisons châpestres ou distinctes, côme il s'en trouue en Allemaigne, France, & és Pais Bas, appellées en ladite Frâce Metaries, Censes & Fermes: aussi que nous appellons Chasteau qui est garni de forteresse, lesdictz Italiens le nomment Rocca.

Icelle Emaus, autrement dite Emmaus, estoit située au Tribu de Dan, en vne vallée bien feconde, garnie de plusieurs Arbres, & abondante en fontaines, entre lesquelles il y en auoit vne d'eaue tressalubre, au lieu ou les trois chemins se separent, dont Sofomenus & Nicephore font mention, disans qu'elle auoit la vertu de guarir, non seulemét les infirmitéz des hommes, mais aussi des animaux: laquelle vertu on dit luy estre laissée par Iesus Christ, y lauant ses diuins piedz comme Pelerin, auec Cleophas & son condisciple, auant qu'entrer en la maison dudit Cleophas, qui estoit son parent selon la chair, & pour ceste cause, est encore ladite fontaine tenue en reuerence par les Turcs.

En laquelle Emaus se sont dresséz plusieurs camps & des batailles données, à cause de la commodité des eaues, & d'icelle est souuent faict mention aux liures des Machabées: Iosephe rapporte en ses escriptz, que durant les troubles des Iuifz, au temps d'Auguste Cesar & Archelaus Roy de Iudée, vn Athrongeus se fiant en la force corporelle, & en la hardiesse de quatre de ses freres bergers, osoit bien aspirer à la dignité Royale, & s'en mettre le Diademe sur la teste, aussi auecq aucuns brigans enuahir le païs circonuoisin, massacrant autant de Romains & de gens du Roy Archelaus qu'ilz rencontroient, iusques à attaquer l'armée des dictz Romains pres dudict Emaus, de Iosephe dicte Ammaus, laquelle armée ilz eussent deffaite, sans le secours que luy donna Gratus, chef d'vne troupe venant de Sebaste: Parquoy Varus brusla ledict Emaus: neantmoins elle ne fut tellement ruinée, que Tite (apres la destruction de la Iudée, & de la saincte Cité de Ierusalem) n'y

laissast

laiſſaſt des maiſons aſſez, pour y loger huiɕt centz de ſes ſoldats en garniſon, ce qu'auec Ioſephe afferme auſsi Zonaras. Zonaras.
tom. 2.

Iulius Africanus, duquel S. Ierofme faiɕt auſsi mention au Catalogue des hommes illuſtres, eſtant enuoyé en ambaſſade vers l'Empereur Marc Aurele Antonin, au temps d'Origene, l'an de grace deux centz vingt deux ou vingt cincq, obtint congé de reſtablir icelle Emaus, à condition de la faire nommer Nicopolis, qui ſignifie Cité de viɕtoire (comme i'ay dit parlant d'Aɕtiũ Promontorium en l'Acarnanie) à raiſon que lors les Romains eſtoiét du tout viɕtorieux des Iuifz: & depuis, comme teſmoigne S. Ierofme, elle a eſté Cité des plus inſignes, & vne des onze Toparchiés de la Paleſtine, meſme du temps des Chreſtiens Latins decorée d'vn ſiege Epiſcopal, toutefois depuis les infideles Mahometans l'ont ruinée & miſe en cendres. Ierony. in
Luc. 24.

Quelques cincq miles plus bas, tirant vers le vent Africus, entre le Midy & l'Occident, & approchant le chemin de Lidda ou Ramula, & la terre des Philiſtins, eſtoit Cariathiarim, Cité appartenante anciennement aux Gabaonites, & depuis à la lignée ou tribu de Iuda : En laquelle fut auſsi portée l'Arche du Seigneur, (apres auoir eſté renuoyée par les Philiſtins, & miſe en la maiſon d'Aminadab, homme de bien & de la race de Leui) ou elle fut gardée vingt ans : & de la Samuel la tranſporta en Maſphat, depuis auec Saul en Galgala, & encore par ledit Saul en Nobe, de Nobe en Gabaa, & de ce lieu elle fut tranſportée par le Roy Dauid en la maiſon d'Obed-Edom, apres cela en Sion, & finablement par Salomon au Temple, qu'il auoit edifié à Dieu ſur le mont Moria en Ieruſalem, comme nous liſons aux liures des Roys, en Ioſephe & Sulpitius Seuerus. Ceſte Cité eſtoit l'vne des bornes, d'entre les deſtroitz de Iuda & Beniamin, ſituée ſur vne coline: d'icelle eſtoient iſſus les Prophetes Vrie & Zacharie, ſelon aucuns: S. Ierofme diɕt, qu'elle s'appelloit auſsi Cariathbaal. Et aſſez pres de Cariathiarim, commence le mont Seir, troiſieſme du nom, & dure iuſques aux confins d'Aſotum & Aſcalon. Cariath-
iarim Ci-
té.

1. Reg. 4.
5. 6.
2. Reg. 6.
Ioſep. an.
lib 5. ca.
vltimo.
lib 6. c. 1.
Sulp. Seu.
hiſt. ſacr.
lib. 2.
Seir môt.

Mais quatre mile plus auant, entre ledit Cariathiarim & Azotum ville des Philiſtins, eſtoit le village ds Bethſames, dite de Iuda, pour la difference d'vne autre qui eſtoit au Tribu de Neptalim, & encore qu'elle fut dite de Iuda, toutefois elle eſtoit à ceulx de la lignée de Dan : En ce village l'Arche du Seigneur fut miraculeuſement conduite par deux vaches, eſtant icelle Arche renuoyée par les Philiſtins: & côme l'hiſtoire de cecy eſt merueilleuſe Bethſa-
mes vil-
lage.

P 3   & digne

& digne de recit, pour montrer qu'il n'eſt licite ny permis à tous
de toucher les choſes ſacrées, ny de s'ingerer d'exceder & paſſer
ſon eſtat & vocation (encore qu'elle ſoit aucunement vulgaire, du
moins remarquée en la ſainĉte Bible) ie la toucheray neantmoins
icy en bref pour exemple.

C'eſt que les Philiſtins aians gaigné la bataille ſur les Iuifz, &
emporté l'Arche du Seigneur en Azotum, ville premiere deſditz
Philiſtins (ſelon que i'ay encore declaré cy deſſus, parlant de Silo)
ils la poſerent en leur Temple, auec les autres deſpouilles, deuant
le Simulachre de leur Dieu Dagon. Le lendemain matin, eux entrans audiĉt Temple, pour luy faire ſacrifice, ilz trouuerent leur
Dieu Dagon abatu & ietté par terre deuant l'Arche, neantmoins
ilz le remirent, & y reuenans le iour enſuiuant, le trouuerent derechef renuerſé : puis eſtant iteratiuement remis en ſa place, au
tiers iour ilz virent le tronc du corps en ſon lieu ordinaire, la teſte
& les mains coupées & iettées deuant l'Arche ſur le paué. Outre
ce, les habitans de la ville & de la contrée circonuoiſine, furét in-
feĉtéz d'vne maladie merueilleuſe, aians les entrailles tellement
gaſtées & rongées de maladie, qu'elles leur ſortoient du ventre, &
mouroient auecq grande douleur. Dauantage, le pais eſtoit plein
de ratz, qui mangeoient & gaſtoient les bleds & fruitz de la terre,
ſans rien eſpargner.

Les Azotiens Philiſtins, eux ſentans ainſi preſſéz de ces calamitéz, & craignans que ce fut à cauſe, qu'ilz auoient l'Arche en leur
ville, prierét ceux d'Aſcalon, la vouloir faire tranſporter allieurs:
à quoy les Aſcalonites obtemperans, la receurét en leur ville, mais
à leur malheur, car ilz furent affligéz, comme auoiét eſté les Azotiens. Par quoy ilz l'enuoierét de ville à autre, par leur diſtriĉt, qui
toutes ſentirent le fleau du Seigneur, comme auoit faiĉt Azotum.

Or les principaux des cincq villes Philiſtines, voyans cecy, s'aſ-
ſemblerent pour aduiſer ce qui eſtoit beſoin de faire ſur ceſte oc-
currence, tellement que les vns conſeilloient de la renuoyer aux
Hebrieux, autres s'y oppoſans, maintenoient qu'il n'en eſtoit de
beſoin, & qu'on ne deuoit imputer ſes maulx à la prinſe de l'Arche, car, diſoient ilz, s'il y eut eu ſi grande vertu en icelle, & que le
Dieu des Hebrieux en eut fait cas, il n'euſt permis qu'elle fut tombée és mains des ennemis, & qui eſtoient d'autre religion qu'eux:
puis attribuoient tous ces accidens à la nature, & aux mutations
ordinaires, qui ſuruiennent, tant és corps, que és terres & plantes,
par la reuolution des temps & ſaiſons.

Finable-

Finablement, la resolution fut entre eux prinse, qu'elle ne seroit renuoyée, ny retenue, ains qu'au nom des cincq villes Phili-
stines : assauoir, Ascalon, Accaron, Gaza, Geth & Azotum, qui
auoient esté affligées, on feroit cinc culs ou statues, selon Iosephe,
& autant de ratz d'or, pour les dedier à Dieu, & que ces offrandes
seroient mises en vne chasse sur ladite Arche, auisi qu'on feroit vn
chariot propre pour la voiturer, estant attelé de deux vaches, ayans faict nouuellement leurs veaux, & que lesdictz veaux seroient
detenuz en l'estable, afin que leurs meres se hastassent de cheminer vers le lieu, ou elles voudroient aller: Ce qu'estant effectué, le
chariot attellé desdites vaches, fut mené par eux en vn Carefour,
ou il y auoit trois ou quatre chemins diuers, puis les laisserent la,
disans : si elles vont vers le pais des Hebrieux, nous croirons que
les calamitéz, qu'auons souffertes, procedent de l'Arche: mais si elles prennent vn autre chemin, c'est vn argument infaillible, que
l'Arche n'a aucune force ny vertu.

Ainsi lesdites vaches d'elles mesmes cheminerent, sans conducteur, & entrerét au vray chemin, tirans droit vers le pais des Hebrieux, les principaux des Philistins les suiuans, pour voir ou elles
s'arresteroient: tellement qu'elles cheminerent tant, qu'en fin elles arriuerent au susdict village de Bethsames, & la s'arresterent.
Ceux dudict village, moissonnans le grain, voyans cecy, laisserent
leur besoigne, & accoururent vers l'Arche, pour voir ce merueilleux spectacle, & l'ayans ostée du chariot auec la chasse ou quaisse susdicte, la poserent sur vne pierre, qui estoit au milieu du
champ, prenans les deux vaches, qu'ilz immolerent en sacrifice à
Dieu, menans grand ioye auec action de graces, pour l'Arche qui
estoit recouuerte.

Toutefois, ceste ioye leur fust tost apres connertie en dœul &
lamentation, car septante hommes des principaux de Bethsames
moururent de male mort, parce que n'estans sacrificateurs ou prestres, ilz auoiét osé toucher l'Arche sacrée de leurs mains prophanes: en quoy se voit le secret iugement de Dieu, qui a bien permis,
qu'elle fut indignement maniée par les infideles & Idolatres, pu-
nissant neantmoins son peuple esleu & circonci, pour l'auoir tou-
chée, ne leur estant permis de ce faire : Surquoy il y a beaucoup
de choses à dire au temps present, mais ie remetz le tout à la discretion des sages Theologiens. Reuenant donc à nostre propos,
les Bethsamites voians que Dieu estoit courroucé contre eux, &
qu'ilz n'estoient dignes de loger l'Arche d'iceluy, ilz aduertirent
Samuel

Samuel de la recouurance d'icelle: lequel tresioyeux, la vint querir, & en toute reuerence poſer en la maiſon d'Aminadab en Cariathiarim, qui eſtoit proche dudict Bethſames, comme dict eſt cy deſſus.

Dudit Bethſames vers le vent Euroauſter, des Italiens dict *Sirocco mezzo giorno*, & de noz Mariniers Occidentaux Zuid Zuidooſt, & trois miles plus auāt qu'Accaron, laquelle eſt à huict miles *Saraa.* dudict Bethſames, droit vers le Midy, eſt vn lieu nommé Saraa, au partage de la lignée de Dan, dont eſtoiét Manue & ſa femme, pe-*Iud. 13.* re & mere de Samſon le fort, côme nous liſons au liure des Iuges.

Et quelques miles plus auant, non guere loing de la maiſon de Zacharie, tirant vers le vent Eurus, qui eſt le Sirocco des Italiens, *Eleutero-* & Zuidooſt des mariniers Occidétaux, eſtoit Eleuteropolis, dont *polis Ci-* ſouuent parle S. Ieroſme, la tenant pour vne bonne ville: mais ie *té.* *Ieron. in* n'en trouue rien en l'Eſcriture ſaincte, ny quel nom elle auoit an-*loc. Heb.* ciennement, fors qu'aucuns veullent dire, que ce a eſté Philiſtim, donnant le nom à la Philiſtine ou Paleſtine, pres de laquelle ville commencent les montaignes de Iudée, eſquelles eſt ſituée la maiſon de Zacharie pere de S. Iehan Baptiſte.

Outre ces montaignes, & tirant dudit Eleuteropolis vers Oriét, *Maceda.* & des dites môtaignes vers Midy, eſtoit Maceda, en laquelle s'en-*Ioſué 10.* fuyrent les cinc Roys deſſaitz par Ioſué deuant Gabaon, & ſe ca-*Ioſep. an.* *lib. 3. c. 1.* cherent en vne cauerne, ou ilz furent prins, & apres auoir eſté pé-duz & eſtranglé, reiettéz en icelle, puis ladite cauerne bouchée des cailloux, ainſi qu'il eſt eſcript au liure dudict Ioſué, & de Ioſe-*Bethſur.* phe. Vn peu plus auant vers le vent Vulturnus, eſt Bethſur & la fontaine S. Philippe, dont eſt parlé cy deuant au liure troiſieſme, & pourtant ie n'en feray icy autre mention.

Tirant droit de la ſuſdite Maceda vers le Midy, entre Bethſur *Eglon* & Lebna, ſont les veſtiges d'Eglon, de laquelle le Roy fut pendu, *Cité.* auec les autres mentionnéz cy deſſus, & vn peu plus auant ſont Dabir, Ziph, & à main gauche la vallée de Mambre & Hebron, deſquelz lieux eſt auſſi traicté en ce preſent liure.

Lebna Ioſué mena ſon armée de ladite Maceda vers Lebna, illec aſſez *Cité.* proche, tirant vers le vent Africus, & print icelle Lebna, mettant à mort tous les habitans auecq leur Roy, comme il ſe trouue en *Ioſué 10.* ſon liure, & eſt ceſte Lebna ſurnommée, de Iuda, pour la diſcerner d'vne autre qui eſtoit de la lignée d'Eſſraim.

Lachis Quatre mile plus auant, tirant vers le vent dit des Italiens Li-*Cité.* beccio, & des Mariniers Occidentaux Zuidweſt, eſtoit Lachis, de laquelle

aquelle le Roy fut aussi pendu, & fut prinse au second iour qu'elle fut assiegée par Iosué, apres auoir deffait deuant icelle Horam
Roy de Gazéra, qui estoit venu à leur secours. De ceste Lachis Iosué tira vers Orient, & print Eglon, puis Hebron, & apres Dabir,
non gueres distantes l'vne de l'autre : & pource que d'icelles est
faict ample mention cy deuant en ce liure, ie m'en tairay presentement.

Poursuiuant le chemin, qui de Lachis conduit vers le Midy, se
trouue à deux mile d'icelle la ville de Bersabée, qui est l'vne des   Bersabée
villes faisant le terme ou la borne de la Iudée vers Midy, comme   Cité.
est Dan, autrement dite Paneas & Cesarea Philippi, vers Septentrion, selon qu'il est escript aux premier & secod liures des Roys: 1. Reg. 1.
estant la distance de l'vne à l'autre par ligne directe, trauersant   2. Reg. 3.
tout le Royaume de la longueur de trois centz miles seulement.   17. 24.
Ceste cité estoit du Tribu de Iuda, limitrophe à celuy de Simeon,
finissant la Iudée de l'Arabie Petrée & des grands deserts, qui s'estendent de la iusques à l'Egypte, bien qu'ilz se nomment diuersement, selon les lieux de remarque, qui luy sont les plus voisins,
aussi le desert qui est pres de ceste Cité, s'appelloit desert de Bersabée, auquel s'en alla Agar seruante d'Abraham, auec son enfant
Ismael, filz bastard dudict Abraham, estant chassée par Sara: Le
Prophete Helie s'y retira aussi, fuiant la persecution de la peruerse Iesabel, comme nous trouuons au Genese, au troisiesme liure   Genes. 21.
des Roys, & en Iosephe.   3. Reg. 19.
                                                              Iosep. an.
En ceste Cité & aux enuirons d'icelle ont longuement residéz   lib. 1. ca.
les Patriarches Abraham, Isaac & Iacob : le nom de laquelle Cité   12. libr. 8.
signifie, assauoir Bersa en Hebrieu, Puis de confederation ou de   cap. 7.
iurement, Sabée ou Bersabée, fontaine ou puis septiesme de iure-   Genes. 13.
ment & d'abondance, à cause d'vn puis, que les seruiteurs d'Abra-   21. 22. 26.
ham y auoient caué, sur lequel ledict Abraham, & apres luy Isaac   28. 46.
ou filz, firent alliance auec Abimelech Roy de Gerar, laquelle alliance estoit auec serment de ne point nuire l'vn à l'autre, & pour
esmoignage que ledict puis estoit à Abraham, il donna sept agneaux audict Abimelech, qui est la cause, qu'il fut dit aussi Puis de
sept, & d'abondance, pour l'abondance d'eaue qu'il iettoit: fina-
lement pour l'alliance & serment, il fut dict Puis de confederation. Tyrius dit, que de son temps on appelloit la ville de Bersa-   Tyr. li. 19.
bée en Arabicq, Beth-Gebrun, qui vault autant à dire, côme mai-   cap. 22.
son de Gabriel, sans dire pour quelle cause: Le premier qui habita
ceste Cité de Bersabée, & y planta des arbres, fut le Patriarche

q   Abraham

Abraham: & pour la residence continuelle que le Patriarche Isaac
y faisoit, ce lieu fut appellé la ville d'Isaac.

Depuis la mort de ces deux Patriarches, nous ne trouuons rien
faisant mention de Bersabee, iusques au temps de Samuel, dernier
Iuge sur Israel: Lequel Samuel estant deuenu vieil, & ne pouuant
plus supporter la charge de iuger le peuple, substitua Ioel & Abia
les filz en son lieu: l'vn desquelz tenoit son siege en Bethel, & l'autre en ceste Bersabee, come nous lisons au premier liure des Roys,
& en Iosephe. Mais leur gouuernement ne fut tel, ny faict en
crainte de Dieu, comme celuy de leur pere: aussi il aduient souuent,
dit Iosephe, que les peres n'ont tousiours des enfans, qui les res-
semblent, & bien souuent les peres mauuais ont de bons enfans, &
des bons peres sortiront des enfans mauuais, comme il aduint lors:
car ces deux ieunes hommes furent du tout dissemblables à leur
bon pere, se laissans corrompre par dons, opprimans la iustice, &
aians plus d'esgard au gain, qu'à la verite: Ilz estoient aussi addon-
nez à toutes voluptez, sans tenir compte des ordonances de Dieu,
ny de leur bon pere. Finablement, ilz furent cause que le peuple
voulut auoir vn Roy, comme les autres Nations: ainsi par le comportement sinistre de ceux qui sont commis aux Gouuernemens
des Republiques, sont souuent causes de grands changemens.

S. Ierosme dict, que de son temps ceste Bersabee estoit encore
vne bonne ville, seruant de garnison aux Romains. Lors que Fulco quatriesme Roy Latin regnoit en Ierusalem, elle estoit ruinée,
& fut par luy restablie, mesme fortifiée de murs, boleuertz, repars,
tours & fossez, & fournie de gens de guerre, pour refrener les ennemis de la ville d'Ascalon: puis elle fut donnée en garde aux Freres Hospitaliers de S. Ieha de Ierusalem, à present ditz Cheualiers
de Malte, lesquelz l'ont maintenue, tant que la domination des
Latins a duré, & que Saladin leur osta le Royaume, selon Tyrius.

Aucuns ont pensé que c'est le lieu qu'on appelloit lors Gibilin
& Hibelin modernement, mais par erreur: car, suiuant ledict Tyrius, ledit Hibelin fut edifié par lesditz Chrestiens, pour la mesme
occasion, au lieu de la ville de Geth, comme ie diray en son ordre. Autres estiment aussi que Bersabee & Geraris soit vn mesme
lieu: neantmoins considerant bien le texte du Genese, on trouuera qu'il y auoit de la difference & distance, mais Bersabee estoit
bien de la contrée de Geraris, terre des Philistins: aussi les Patriarches habiterent en tous les deux, & fut Isaac nay en Geraris,
non en Bersabee, Mambre ou Hebron, selon S. Ierosme.

De la Region des Philistins.
CHAPITRE XXI.
AV LECTEVR.

IVsques icy, benin Lecteur, vous auez aucunement veu la description des lieux, aians cy deuant appartenuz à la posterité & enfans des Patriarches Abraham, Isaac, & Iacob, ditz Hebrieux, Israelites & Iuifz (du moins ce qui est entre la Mer Mediterranee,
dite de Syrie & le fleuue Iordain, laissant pour le present ce qui est
au dela d'iceluy pour vne autrefois) selon la promesse que Dieu
leur en auoit faicte, ensemble des choses memorables, qui y sont
aduenues, & qui y ont esté operées par la diuine puissance de celuy, qui a tant voulu trauailler & souffrir pour nostre salut, le tout
prouué par les Escritures sainctes, le tesmoignage des sainctz peres, & autres pesonnages dignes de foy: reste a parler de la saincte
Cité de Ierusalem, Metropolitaine de tout le contenu en ceste description: toutefois, côme elle merite bié vn volume entier & particulier, pour les choses admirables, merueilleuses & dignes d'eternelle memoire, qui y ont esté executées & practiquées depuis sa
fondation, iusques a present. Ie reserue pareillement de le faire, au
moins mal qu'il me sera possible (auec l'aide de Dieu) iusques à vne
autre fois, & que ie cognoistray que ce mien labeur soit bié receu.

Mais il me semble n'estre hors de propos, de dire quelque chose
en passant, de la Regio ou Prouince des Philistins, qui ont esté tant
& si grads ennemis des Iuifz, pour estre icelle Prouince située entre lesditz Iordain & la mer Mediterranee, estant aussi tombée au
sort desdits Israelites ou Hebrieux: toutefois nô possedée par eux,
non plus que Ptolomais, Sidon & autres de la Phœnicie, qui sont
aussi assises sur ladite mer, & ce pour les causes alleguées au liure
des Iuges, desquelles Ptolomais & autres i'espere neantmoins dire   Iudic. 3.
quelque chose au liure sequent, comme nous les auons veües en
passant, & selon qu'il viendra mieux à propos. Ie declareray donc
succinctement, qu'elle estoit la Region des Philistins, de qui elle a
eu son nom, & comment elle l'a faict imposer à la Iudée, tellement que plustost on l'appelle Palestine que Iudée.

Premierement, icelle Region cômence à Dora & Cesarea Stra-
tonica, surnômée de Palestine, & va tout le long de la marine, iusques à Gaza & Geraris, & n'auoit que cincq villes principales: assauoir, Ascalon, Gaza, Azotus, Accaron & Geth, les autres côme
Hebrô, Geraris, Sicelech & Thamnatha, où Samson print femme

& deſchira le Lyon, &c. eſtoient de peu de moment, & ſubiectes
aux cincq autres ſuſdites, iuſques, à ce, qu'elles ont eſté prinſes &
poſſedees par les Iuifz.

Son fondateur & premier Prince fut Chaſloim, autrement dit
Philiſtin, l'vn des filz de Meſra, ſecond filz de Cham, duquel Meſra, ſont auſſi venuz les Egyptiẽs: les autres huict filz d'iceluy, poſ-
ſederent toute la regiõ depuis Gaza, iuſques aux extremitez d'E-
gypte, dont ceſte cy fut auſſi dite d'eux Philiſtin, & des Grecs par
voix corrompue, ſelon leur idiome, Paleſtina, ſelon Ioſephe, & cecy eſt confirmé au Geneſe & en S. Ieroſme. Aucuns ſont d'opiniõ,
que ce nom procede d'vne ville, appellee Philiſtin, depuis dicte
Eleuteropolis, dont a eſté cy deſſus faict mention: & ſont leſdictz
Philiſtins comprins au nombre des Cananéens, car il eſt dict, que
le terme des Cananéens s'eſtendoit depuis Sidon, iuſques à Ga-
ſa & Gerar.

Deſquelz Philiſtins eſt ſouuent faict mention és liures des Iuges & des Roys: Ilz ont touſiours faict grandes guerres aux Iuifz,
mettans quelquefois trois centz mil hommes de pied, trente mil
chariotz & ſix mil caualiers en campaigne, ainſi qu'il a eſté montré cy deſſus. Ilz ont auſſi rendu leſditz Iuifz leurs tributaires, l'eſpace de cent cincquante ans, commandans iuſques au fleuue Iordain & la ville de Sciropolis: entre iceulx Philiſtins y auoit des
Geants & hommes de haulteur extraordinaire, telz que les Enachim de Hebron & Goliath de Geth, & ſes freres.

Et de faict, leur force & domination ſur toute la Iudée, a eſté
cauſé, que les Hiſtoriens Ethniques, ſpecialement les Grecs, ont
appellé & mieux cogneu la generalité de la Prouinſe & Royaume par le nom de Paleſtine, qu'autremẽt: auſſi ilz les fauoriſoient
plus, pour eſtre de leur Religion Idolatre, & trafiquans en Egypte, Cypre, & autres lieux eſtrangers, que non les Iuifz, qui meſpri-
ſoient leurs Dieux, & eſtoient, ſelon leur opinion, vſurpateurs d'i-
celle Region: Finablement, leſdictz Philiſtins ſont demeurez en
leurs forces & habitations, exigeans tribut des Iuifz, iuſques au
temps du Royal Prophete Dauid, qui, par l'aſsiſtance de Dieu, les
deliura de ce ioug, & les força eſtre eux meſme les tributaires,
comme nous liſons aux liures des Iuges, des Roys, & és Propheties d'Amos, &c.

Laiſſant ce diſcours general, & venant au particulier, ie commenceray à la ville de Gaza, qui ſert de borne & limite à la Paleſtine, contre les deſerts d'Arabie, & la terre de Canaan, laquelle eſt

demeu-

Ioſep, an.
lib. 1. c. 6.
Gene. 10.
Ieronym.
quæſ. He-
braic. in
Geneſim.

1. Reg. 14.

Iudic. 19
13. 14. 15.
16.
1. Reg. 4.
5. 6. 7. 13.
21.
Amos 1.
Gaza vil-
le.

demeurée aucunement en son entier, pour estre sur le passage &
le dernier lieu, ou se preparent & assemblent ceux qui veullēt passer lesditz desertz, soit pour aller vers Egypte, le Cayre, Mont Si-
naï, ou la Mecque: estant icelle ville, comme la Metropolitaine de
toute la Region, que tenoient lors les Philistins, selō qu'il est souuent declaré és Histoires tant Ecclesiastiques que Prophanes.

Ceste ville de Gaza est distante de la susdite Bersabée vers Occident de huict miles seulemēt, & est situee en terre ferme à vingt
stades de la Mer, qui font deux miles & demy: & non obstāt qu'el-
le fust du partage de la lignée de Simeon, ou de Iuda, selon Iose- Iosep. an.
lib. 5. c. 3.
phe, si ne fut elle par eux possedee, ains est demeurée vne des prin-
cipales des Philistins: laquelle, comme les autres, fut punie par la
presence de l'Arche, ainsi qu'est dict cy deuant: Et long temps auparauant, Samson le fort leur estant ennemy, auoit tué mil hommes d'icelle, de la machoire d'vn asne: & y conuersant chez vne
paillarde, fut guetté d'eux, pour le prendre & massacrer, mais luy
se leuant à minuict, arracha les huisseries des portes, auecq leurs
gonds, posteaux & serrures, & les ayant chargées sur ses espaules,
les porta & posa sur vne mōtaigne, qui regarde Hebron. Neantmoins, s'estant depuis laisse deceuoir par Dalida, il fut priué de ses
forces, prins, & mené en ceste Gaza, ou ses ennemis luy creuerent
les yeux, le tenans enfermé en vne prison, tant que par vn iour de
leurs solemnitéz (& qu'eux assemblez en la place d'vn grand edifice, firent des festins les vns aux autres, & des oblatiōs a leur Dieu
Dagon, pour la ioie qu'ilz auoient, d'estre au dessus d'iceluy Samson, leur ennemy capital & redoubté) ilz le firent amener la, pour
leur seruir de risee, mais luy, entendant ceste mocquerie, en eut
bien la raison, car comme aueugle il requist estre conduict, pour
s'appuier contre certains piliers soustenans tout l'edifice, faignant
se vouloir reposer, ou estant, & cognoissant ses forces estre re-
cruës & augmentées, auec ses cheueux, il embrassa iceux piliers &
les esbranla, de sorte qu'il les renuersa, faisant tomber tout ledict
edifice, sur trois mille personnes desditz Philistins qui furent tous
accablez, & luy mesme auecq eux tué, ainsi qu'il est escript aux li- Iudic. 15.
Iosep. an.
li. 5. c. 10.
3. Reg. 9.
Iosep. an.
lib. 8. c. 2.
ures des Iuges & de Iosephe.

Or, depuis ce temps, comme est rapporté au troisiesme liure
des Roys & Antiquitéz de Iosephe, ceste ville a esté du tout bruslée, & les habitans mis à mort par vn Pharao Roy d'Egypte, qui la
donna en dot auec sa fille au Roy Salomon, lequel la fit restaurer,
& demeura ainsi iusques au temps d'Alexandre le Grand, qui par

q 3

force

force l'osta des mains des Assyriens, Perses & Arabes, qui y estoyent en garnison, au nom du Roy Darius, & la fit derechef ruiner,
selon Arrianus de Nicomedie & Iosephe: Depuis, elle fut reedifiée par Ptolomée filz de Lagus, onze ans apres, mais non du tout
sur le lieu ou estoit l'ancienne & derniere destruite par Alexandre, (de laquelle & de ses Palais, Cisternes, & autres somptueux
edifices se voient encore iusques à present, de tresgrands vestiges:
entre lesquelz on tient aussi estre ceux du Temple de leur faulx
Dieu Dagon, rompu par Samson. Aussi ceste Gaza est celle, qui
aux Actes des Apostres, est appellée deserte, selon le venerable Beda, & la nouuelle fut prinse & gastee, par Simon frere de
Iudas Machabeus.

Elle fut derechef restablie par ordonnance de Gabinius Consul
Romain, au temps de Iulius Cesar, & appellée Gadera: mais en vn
autre lieu plus proche de la Mer, neantmoins non guere distant de
la premiere. Les bourgeois & habitans de ladite Cité de Gaza ont
tousiours maintenuz l'Idolatrie, suiuãt le dire de Iosephe, & pour
ceste cause, Auguste l'osta, auec Hippon, du Royaume des Iuifz, &
les adioignit au gouuernement de Syrie. D'icelle Gaza, dicte Gadera, est aussi faict mention es Histoires Ecclesiastiques. Philemon,
auquel S. Paul a escript vne Epistre, en fut le premier Euesque, selon Dorothee Euesque de Tyr. Theodorite parle encore d'vn As-
clepias Euesque de Gaza, lequel defendit la cause du grand Athanase contre les Arriens, au Concile de Tyr. Eusebe & Nicephore
en diuers endroitz de leurs escriptz, parlent de plusieurs braues &
hardis Gazeens, aians combatu vaillamment pour la Foy Chrestienne, iusques à receuoir la couronne de martyre: assauoir, Alexandre Euesque dudict Gaza, qui souffrit auecq le Pape Vrbain,
soubz Diocletian Empereur & Tyran: S. Siluain Euesque du mesme lieu, aussi auec trente neuf de ces compaignons, & vne infinité d'autres grands personnages.

Le mesme Eusebe, en la vie de Constantin le Grand, dit qu'estãt
ladicte Cité fort accrue en la Foy, & au traficq de marchandise,
l'Empereur Constantin l'honora de son nom, la faisant appeller
Constantia, mais ie n'ay trouué, que ce nom luy soit attribué ail-
lieurs. Elle est demeurée soubz la diction des Romains, iusques au
temps que Homar troisiesme, successeur de Mahometh, enuahis-
sant la Syrie, la print de force, & y mit le feu, tellement que deslors elle demeura deserte, iusques à tant qu'elle fut restablie par
Boudouyn troisiesme du nom, & quarriesme Roy Latin de Ieru-
                                                                salem,

salem, pour tenir Afcalon & les Egyptiens en bride: lequel reſta-
bliſſement fut faict des ruines de l'anciᵉnne, donnant encore grãd
argument & preuue, qu'elle auoit auparauant eſté, ſelon que dict
Tyrius, & apres luy Vitriacus, car on n'y voit plus a preſent, que
des veſtiges de temples, amples Palais, marbres & pierres de merueilleuſe grandeur: meſme grand nõbre de ciſternes & puis d'eaux
viues. Elle fut commiſé en la garde des Cheualiers Templiers,
l'an mil cent quarante huict, & derechef honorée d'vn ſiege Epiſcopal. Finablement, elle courut meſme fortune que tout le reſte
du pais, ſoubz Saladin, les ſucceſſeurs duquel, depuis lors, iuſques
à preſent, en iouiſſent : n'eſtant plus qu'vn village , & grand paſ-
ſage , ſur le chemin qui meine de Syrie vers l'Egypte & au mont
Sinai , duquel ladite Gaza ou Gazera eſt diſtante de douze à quatorze iournées.

A dix mile dudit Gazera vers Occident, eſt Afcalon, ville ſituée
ſur la Mer, qui a eſté premierement fondée par Afcalon, frere de
Tantalus, & tous deux enfans d'Hymeneus, enuoyé auec vne armee en Syrie, par Acianus Roy de Lydie, ſelon Volaterranus,
apres Zanthus: Elle n'eſt tant grande, comme noble & ancienne,
eſtant iadis l'vne des Satrapies ou Citez Royales des Philiſtins,
& eſt encore vne place des mieux fournies de garniſon, qu'aucunes de celles que le Turc tient en la Paleſtine, ainſi qu'elle a eſté
du temps paſſe, tant durant le gouuernement des Princes Egyptiens, Romains, que Chreſtiens, & eſt diſtante de Ieruſalem d'enuiron quatre vingtz onze miles : Ceſte Cité eſt platte & longue,
du coſté de la Mer, vers Occident, & vers terre ferme regardant
l'Orient, Septentrion , & Midy, elle ſe courbe en Hemiſphere,
comme vn arc bandé, & ſemble qu'elle ſoit en vne foſſe qui pan-
che vers la marine , elle a auſsi de bons rempars artificielz, tours,
baſtions, plateformes & bouleuers , aſſez proches l'vn de l'autre, & de conuenable haulteur & eſpaiſſeur , & ores qu'elle ſoit
ſans fontaines, toutefois l'eaue y eſt aſſez abondante, tant au dehors, qu'au dedans, par le moyen de pluſieurs Puiz , & grand
nombre de Ciſternes , ou ſe conſeruent les eaues pluuiales : Du
coſté vers la Mer il n'y a point de port, ou les nauires & galeres
ſe puiſſent retirer à ſeureté en temps venteux, ains ſeulement vne
plage , comme à Limiſſo & à Tripoli, & y eſt la Mer fort tempe-
ſtueuſe, ainſi qu'a Iaffa.

Il y a quatre portes en ceſte ville, accompaignées de Tours,
bonnes & haultes, ſon terroir eſt fort ſablonneux & ſteril, ſans
aucun

Tyrius li.
17. ca. 12.
Vitriacus,
cap. 40.

Afcalon
Cité.

Volaterr.
& Zanẽ
hiſt. Lyb.

aucun labeur, si ce n'est en quelques vallées vers Septentrion, ou
les habitans ont des iardins à arbres fruictiers, arrousez par grand
labeur, d'eaue de puis ou cisterne : neantmoins, ilz ont des viures
en abondance, qui leur sont apportés d'Egypte, & ainsi elle a esté
plus de mil ans, comme racomptent Tyrius & Vitriacus, mesme
maintenue par bien grand soing par les Caliphes d'Egypte & les
princes Turcs : Elle appartenoit premierement aux Philistins Cananéens, & fut sur eux prinse à force par les lignées de Iuda & Simeon, comme nous lisons au liure des Iuges & en Iosephe : mais
quelque temps apres, iceux Philistins la recouurerent, & depuis
elle est demeurée ennemie des Iuifz.

Samson tua trente Ascalonites, pour de leurs robbes & chemises, faire payement aux compaignons qui exposerent son enigme.
Lesditz Ascalonites souffrirent aussi grand interest, par la reception de l'Arche de Dieu, ainsi qu'il est declaré cy deuant, parlant
de Gadera : d'icelle est aussi faict mention aux liures de Iosué &
Iosephe : mesme ès Propheties de Ieremie, Sophonias, Amos, &
Zacharie : parlant ledict Iosephe principalement de l'assault que
les Iuifz mutinéz leur donnerent, au temps de Marc Anthoine,
estant ia ladite ville au pouuoir des Romains. Tyrius aussi en diuers lieux en escript de choses grandes. & de fait, iceux Ascaloni-
res n'ont esté seulement mortelz ennemis des Iuifz, ains aussi des
Chrestiens, à l'endroit desquelz, ilz ont vsez de cruautez execrables & non ouyes, durant l'Empire de Iulian l'Apostat : entre les
autres (selon que rapporte Theodorite) ilz prindrent des personnes constituées en dignité Sacerdotale, & aucunes filles, ayans
faict profession de perpetuelle virginité, ausquelz, à l'aide de ceux
de Gaza, ils ouurirent le ventre, & les remplirent d'orge, puis y firent manger les pourceaux, comme dedans vne auge.

Dauantage, au temps que les Chrestiens Latins possedoient la
terre saincte, ladite Cité d'Ascalon se maintint contre eux l'espace de cinquante quatre ans, au bout desquelz, assauoir, le douziesme iour du mois d'Aougst, l'an mil cent cinquante quatre, elle fut
prinse de force, par Baudouyn quatriesme du nom, Roy de Ierusalem, lequel l'erigea en Comté, & la donna à Amauri son frere,
auec la Comté de Iaffa. Peu de temps apres, Saladin Caliphe d'E-
gypte & de Syrie, la reprint, & la ruma en partie ; puis Richard
Roy d'Angleterre, estât en la terre saincte, la fit restablir. Le mesme Archeuesque de Thyr en escript encore beaucoup d'autres
choses memorables, lesquelles, pour euiter prolixité, ie passe presentement

sentement soubz silence, seulement ie diray encore vn mot en
passant, d'aucunes choses grandes qui iadis y sont aduenues, & feray mention d'aucuns grands personnages, qui en sont issus.

Herodote Halicarnassee, dit que le Temple plus ancien, qu'a- *Hero. li. 1.*
uoit la deesse Venus Vrania, estoit en Ascalon, & que celui de Paphos en Cypre, estoit pourtrait sur icelui: lequel fut pillé des Scites, au téps de Cyaxares pere d'Astiages Roy des Medes, & beaupere de Cambises Roy de Perse & pere de Cyrus.

De ceste ville estoit la fameuse Semiramis, de laquelle sont aus-
si escriptes choses merueilleuses, par Elius, Dinon, Ouide, Dio- *Diod. lib.*
dore Sicilien & autres, tant de sa naissance, mariage auec Ninus *17. ca. 11.*
ce grand Monarque, son gouuernement apres la mort d'iceluy,
que des bastimens qu'elle fit en Babylone: mais ie le laisse pareillement en surceance, & me contenteray de dire, qu'elle imitant
son mari fut auec luy inuentrice de l'idolatrie, faisant par ses subietz attribuer quelque diuinité au simulachre de la mere Decreta, au troisiesme liure des Roys nommée Astarten & Atergaten *3. Reg. 11.*
deesse des Sidoniens, aussi adorée par les Syriens: ayant la teste
d'vne femme, & le reste du corps en forme de poisson, à raison
qu'elle s'estoit precipitée & noyée en vn Lac, ce que confirme aussi
Ciceron, au liure qu'il a escript de la nature des Dieux, ou il l'ap- *Cicero de*
pelle la troisieme Venus, fille de Cyrius, & Cyria qui espousa *nat. Deo.*
Adonis. *lib. 3.*

I'ay dit que ceste Semiramis, imitoit en ce Ninus son mary
pour ce qu'au parauant elle, il auoit faict dresser des statues, ressemblantes son pere Belus (qui est l'Assur nommé au Genese, filz *Genes. 10.*
de Nembroth, fondateur de la tour & Royaume de Babylone: &
ce Belus aussi fondateur de Niniué & Royaume des Assyriens) lequel pardonnoit tous les crimes & mesuz, à tous malfaicteurs, qui
se voudroient refuger en icelle statue: ce qui causa que chacun
commença, tant pour ce priuilege, que par aucuns flatteurs, desirans plaire au Roy, de leur porter & attribuer des honneurs diuins. Aussi à ceste exemple plusieur grands, ont fait des simulachres à leurs plus chers amis trespassez, & les peuples rudes, à
ceux qui leur auoiét apportéz, ou enseignez quelques vtilitéz, iusques à les adorer: par le moyen de quoy, Sathan y assistant pour
abolir le vray cult, honneur & adoratió, deue à Dieu seul, & aueu-
glissant les ignorans par certains signes & oracles procedans de
son astuce, l'abominable idolatrie est premieremét entrée au móde entre les hommes, ayans ia perdu la cognoissance du vray Dieu.

r

Quant

Quant à ladite statue, simulachre ou idole de Belus, elle fut aussi par laps de temps, nommée diuersement, selon le changement & diuersité des nations & langues, ainsi que nous trouuons en plusieurs lieux, des vieil & nouueau Testament, comme des noms de Bel, Behel, Bal, Bahal, Baalim, Belphegor, Belzebub & Baal, aiant au temps du Prophete Daniel, vn tresmagnifique Temple en Babylone. Durant le regne de ce Ninus & Semiramis, Abraham nasquit, lequel auoit attaint l'aage de cincquante vn an, lors que ladite Semiramis mourut.

Plusieurs autres grands personnages signalez, sont encore sortis de ceste Ascalon, assauoir Antiochus Philosophe eloquent, qui eut pour auditeur Ciceron, & fut Pedagogue de Luculle, selo Volateranus, Plutarque & autres. Comme aussi en estoyent natifz, Pius Sosius, Signus, Dorotheus Historicus, Artemidorus, qui a escript les Annales Bithiniques, & Antipas ou Antipater pere d'Herode le grand surnommé l'Ascalonite, lequel (Nicephore, Iosephe & quelques vns) disent auoir esté homme riche, industrieux & de grande auctorité: mais Eusebe auec autres, dit au contraire, que son pere estoit Iduméen, sa mere Arabe, seruás au Temple d'Hercules en Ascalon, comme ie declareray, auec la genealogie & progres des personnes & enfans dudit Herode, en nostre secōde edition, si Dieu nous donne la grace de la pouuoir faire: car c'est chose qui merite d'estre leue & entendue, assauoir que la race de cest homme, descendu d'vn origine si obscure & basse, soit monté à tel degré que d'estre Roy, & promouuoir sa primogeniture à semblable dignité: qui a aussi faict faire des forteresses & edifices somptueux, en tant d'endroitz, iusques à renouueller le Teple de Dieu en Ierusalé, & remis quasi icelui en plus bel estat & magnifique, que n'estoit celui, qui auoit esté basti par Salomon: Embellissant encore ceste siéne ville d'Ascalō, laquelle il auoit obtenue de l'Empereur Tibere, pour en faire present à sa sœur Salome.

Huict mile du susdit Ascalon, en vn lieu situé sur les confins des montaignes nommées Iudin, és partages des lignées de Simeon & Iuda, estāt encore des terres des Philistins, fut basti par Fulco ou Foulques, Roy de Ierusalem, vn second Chasteau, nommé Clermont ou Blanchegarde par les François & des Latins & Italiens, *Alba specula*, & des Arabes Telessaphi, selon Vitriacus & Tyrius, qui seruoit pour reprimer les incursions de ceux du susdit Ascalon, aiant eu ainsi ce nom, pour auoir esté faict de pierres blanches.

En des-

En defcendant vers Iaffa & le Septentrion, à dix miles d'Afca- *Azotum ville.*
lon, eft vn petit village, au lieu ou iadis fut la ville d'Azotum, Cité
des Philiftins & des Geans Enachim, de laquelle eft faict mentiõ
au liure de Iofué, Efdras, Ieremie, Amos, Sophonias & des Roys: *Iofué 11.*
affauoir, qu'elle tomba au fort de la lignee de Iuda: mais non par *13. 15.*
2. Efdr. 4.
eux poffedée, pour n'en auoir peu chaffer les Philiftins: En cefte *13.*
ville, eftoit le Temple du Dieu Dagon, ou fut portee premiere- *Ierem. 15.*
Amos. 1.
ment l'Arche du Seigneur, lors que lefditz Philiftins l'eurent cõ- *Sopho. 2.*
quife fur les Hebrieux, comme a efté narré cy deuant. Le Prophe- *1. Reg. 5. 6*
te Ifaie dit, que Tharthan chef de l'armee de Sargon Roy d'Affy- *Ifaie 20.*
rie, la print de force: il eft auffi efcript au premier des Machabees, *1. Mach. 9*
10. 11.
& en Iofephe, que fur vne montaigne proche d'icelle ville, fut tué *Iofep. an.*
li. 12. c. 19
le preux & vaillant Iudas Machabee, combatant pour la Loy de *lib. 13. c. 8*
Dieu contre Bachides.

Ionathas frere dudit Iudas, ayant vaincu Apollonius Darius,
conducteur de l'exercite d'Alexandre Roy de Syrie, print cefte
mefme ville d'Azotum, & la brufla auec ledit Temple de Dagon:
neantmoins i'ay opinion qu'elle a efte reftablie, par quelque Roy
d'Egypte, car en icelle fut trouué S. Philippe, prefchant l'Euangile, apres auoir baptizé l'eunuque de Candace Royne d'Ethiopie, *Act. 8.*
comme il fe lit és Actes des Apoftres: S. Ierofme dit, que de fon *Ierony. in*
loc. Hebr.
temps elle eftoit encore en eftre, comme elle eftoit durant le regne des Chreftiens Latins, felon Tyrius & Vitriacus, mefme,
qu'elle fut lors erigee en Euefché, & de laquelle le Suffragan de
Treues, porte ordinairement le tiltre: mais à prefent ce n'eft derechef plus qu'vn village habité de Mores.

Accaron quatriefme Cité Royale des Philiftins, ou l'Arche du *Accaron ville.*
Seigneur eftant conduite, fit les effetz declarez cy deuant, n'eft
plus auffi qu'vn village habité de Mores: de laquelle Cité, eft pareillement faict cy deuant metion, ou eft parlé d'Azotum, Gaza,
Geth & Afcalon. Elle eft fituée à huict miles dudit Azotum, vers
Septentrion, aiant Bethfemes auffi à huict miles vers Orient: en
icelle Dauid tua deux centz Philiftins, defquelz il print les prepu-
ces, & les apporta ainfi qu'il luy auoit efté enioint, par le Roy
Saul, auant que pouuoir efpoufer fa fille Michol, comme nous li- *1. Reg. 18.*
fons, au premier liure des Roys.

C'eftoit en cefte Accaron, que le faux Dieu ou idole de Beelfe-
bub eftoit adoré, vers lequel Ochofias Roy d'Ifrael, enuoya pour
confulter de fa maladie, pour laquelle offenfe Dieu, par fon Prophete Helie, luy annonca la mort, ainfi qu'il eft efcript au qua-

f 2   triefme

triesme liure des Roys. Ce Beelsebub estoit Beel ou Baal, duquel ay parlé cy deuant, signifiant Zebub en Hebrieu, Mouche, & luy estoit ce surnom de Zebub donné des Iuifz par mocquerie, à raison que son Temple & son Idole estoient ordinairement chargez de mouches, pour le mauuais odeur du sang des bestes, qui s'y immoloient, mesmes ilz donnoient ce nom au *Demoniacle*, c'est-à-dire au Prince des Diables, comme il appert en l'Euangile S. Marc, & qu'allegue le venerable Beda sur iceluy. Lequel Beda dit encore, que S. Denis Areopagite, Euesque d'Athenes, & depuis Apostre des Gaules (à present dicte France) & Sergius Paulus Proconsul, estoient natifz de ceste ville d'Accaron.

Sept ou huict miles plus auant, estoit Geth, cincquiesme ville des Philistins, distante quatre miles de Iamnia vers Orient, autres quatre de Bethsames vers Occident, & de Ioppen vers Septentrió huict, gueres distante de la Mer. Elle estoit tombée en la portion du tribu de Dan, sans en prendre possession, en icelle estoit la demeure des Geans filz d'Enachim, comme il est escript au liure de Iosué: Goliath le Geant & bastard en estoit natif, ayant six coudées & vne paulme de hauteur, lequel fut tué par Dauid, en la vallée du Therebinte, ainsi que i'ay dict en son lieu, & qu'il est escript au premier liure des Roys. La fut aussi portée l'Arche, & Dauid fuyant la face du Roy Saul, s'y retira, & fut receu d'Achis Roy de ceste Geth, qui luy donna Sichelech: elle fut premieremét ruinée par ledict Dauid, puis restablie par Roboam son petit filz, & apres dereches destruite par Ozias Roy de Iuda, comme nous lisons au premier des Chroniques & en Iosephe, n'ayant trouué que depuis elle ait esté reedifiée.

L'Archeuesque de Tyr & le Legat Vitriacus disent, que l'an mil cent trente huict, le Roy Foulques (pour dompter les Ascalonites ses ennemis mortelz) fit bastir sur vne coline voisine, des pierres & materiaux restans de ceste ville, vn chasteau tresfort, & le commit en garde & gouuernement d'vn Gentilhomme nommé Balian, pere de Hugues, Baudouyn, & Balian le ieune, tous fort vaillans hommes, lesquelz, & toute leur posterité, ont prins le surnom dudit chasteau, qui estoit appellé Hibelin ou Gibelin par les Arabes, mais à present ce n'est qu'vne ruine, des habitans modernes dite Ibilis & Ibelim.

S. Ierosme dit, que de son temps, Geth estoit vulgairemét nommée Githa: mais ce n'estoit de ceste cy, comme aucuns pensent, qu'estoit natif le bon Obed-Edom, en la maison duquel fut mise

l'Arche

l'Arché du Seigneur : ne aussi Ethay Getheen amy de Dauid : ny ceste Geth, qui fut prinse par Hazael Roy de Syrie, au tēps de Ioas Roy de Iuda, comme est escript au secōd & quatriesme liures des Roys, car c'estoit Geth surnommée Epher, en la lignee de Zabulon, mentionnée cy deuant en son ordre.

Quatre mile plus bas que Geth, sur la riue de la Mer, & ou les eaues du Torrent, procedant des montaignes de Iudée, mesme, selon que ie puis presupposer, celuy de Cedron, se desgorgent en ladite Mer, sont les vestiges de l'ancienne Iamnia, autrement dite Ianua & Iabne, selon S. Ierosme, distante de Ioppen ou Iaffa d'enuiron quatre miles, & de Ierusalem deux centz quarante stades, qui font trente miles: laquelle Iamnia estoit aussi des depédances de la susdite Geth, & l'vn des principaux portz de la Iudée. Le territoire circonuoisin d'icelle iusques a Antipatrida, est tresbon, & souloit estre si peuplé, que Strabon Autheur Ethnique, dit y auoir eu moyen de mettre quarante mil hommes en armes du peuple qui y habitoit. Ses murs furent abatuz auec ceux d'Azot & Geth, par Ozias Roy de Iuda, estant lors es mains des Philistins, comme nous lisons au second des Chroniques : Pres d'icelle Iamnia Iudas Machabeus deffit Gorgias, chef de l'armée d'Antiochus. Et estans les Iamniens en deliberation de massacrer tous les Iuifz qui habitoient parmy eux, comme auoient fait ceux de Iaffa ou Ioppen, ledit Iudas les surprint de nuict, & brusla leur port, & tous les nauires y estans, dont le feu fut veu iusques en Ierusalé, ainsi qu'il est escript aux liures des Machabées & en Iosephe. Guillaume Archeuesque de Tyr dict, que les Chrestiens Latins, commandans en la terre saincte, l'erigerēt en Euesche soubz l'Archeuesche de Cesarée Palestine : & icy, comme estant ceste Iamnia la derniere dont auois enuie de parler, ie fineray ce present liure à l'honneur de Dieu, & plaisir ou vtilité du prochain, qui le veuille prendre de bonne part.

Quanta audiuimus, & cognouimus, & patres nostri narrauerunt nobis. Psal. 77.

LIVRE CINCQVIESME,

CONTENANT TOVT LE SVCCES,

QVE LES AVTRES PELERINS DE CE VOYAGE EVRENT AV RETOVR D'ICE-

luy : auec la description de plusieurs lieux principaux,
qui sont, & se voient entre Iaffa & Venise, lesquelz
n'ont esté absolument mentionnéz cy deuant,
aux liures deux & troisiesme.

OVS auons discouru audict troisiesme liure, comment le Pere Gardien du Conuent S. François de Ierusalem, nous fit partir hastiuement de la saincte Cité, le Mardy, nœufiesme iour du mois de Septembre, de l'an mil cinq centz quatre vingtz six : apres auoir esté toute la nuict precedente (graces à Dieu) pour la troisiesme fois, en l'Eglise du tressainct Sepulchre, pource qu'aucuns y furent faictz Cheualiers, comme a esté declaré en fin dudict liure : laquelle Eglise, par ordre dudict Pere Gardien, nous fut ouuerte plustost que les autres fois. Ainsi estans sortis dudict sainct Sepulchre, & arriuez au Conuent dudict S. François, nous trouuasmes des montures toutes prestes pour partir ; tellement que tout nostre loisir fut, de prendre seulement noz patentes & certifications, auec noz petites hardes, & vn peu de refection pour desiuner, afin de nous mettre en chemin pour le retour.

Lequel partement si subit fut fort fascheux à plusieurs d'entre nous, lequel volontiers eussions bien voulu encore prolonger, pour tousiours rassasier noz espritz de la veue de tant de lieux sainctz & dignes d'admiration : afin aussi de pouuoir visiter le fleuue Iordain, du moins les lieux plus signalez, de ceulx que i'ay en partie descriptz au liure precedent. Mais le reuerend Pere nous conseilloit & pressoit de partir, craignant, comme il disoit, qu'il ne nous fut faict quelques fascheries par les Turcs, pour l'opinion qu'ilz faignoient auoir conceue, qu'il y auoit entre nous, quelque grand personnage, enuoye du Roy d'Espaigne, leur ennemy capital, pour espier le pais. Et peurent tant les remonstrances & protestations dudict pere Gardien, que nous fusmes contrainctz luy rendre obeissance, &, malgré nous, quitter la saincte Cité : de laquelle, selon le Prophete Royal, sont dites choses grandes & glorieuses, comme estant sur toutes les autres Citéz, consacrée de Dieu, mesme par l'effusion du trespretieux sang de son filz vnique Iesus Christ, nostre Redempteur, & dont la douceur nous

donna

donna tant de delectation & contentement, que toutes les peines, trauaux
& fascheries, que nous y euffent peu faire, & faifoient, les ennemis de no-
ftre faincte Religion, nous fembloient, & euffent femblé chofes legeres, &
de peu de moment.

De noftre partement de Ierufalem, d'Antipatrida & Cefarea de Paleftine.

CHAPITRE I.

AInfi noftre partement d'icelle faincte Cité fe fit, comme dict
eft, le Mardy, neufiefme iour de Septembre, auquel nous arriuafmes vers le foir à Ramma: mais en l'approchant à demy mile pres, noz Moncqueres nous firent mettre pied à terre, afin de
ne paffer à cheual, ou auecq noz afnes, au lieu, ou font les Sepulchres des Turcs: aiant demeuré audict Ramma, iufques au Ieudy,
on nous fit cheminer vers Iaffa, ou arriuez, nous nous embarquaf-
mes fur le foir, pour faire voile la nuict fuiuante, comme nous fif-
mes, en voguant auecq vent raifonnable enuiron feize mile: mais
ledit vent fe changeant, & nous eftant contraire, le Rais (ainfi nô-
ment ilz les Patrons des nauires) fut côtrainct ietter l'ancre à l'endroict de l'ancienne Antipatrida, fituée pres de la Mer, à huict
mile des mont & ville de Saron, comme i'ay dict cy deuant.

Cefte Antipatrida fut baftie par Herode, furnommé le Grand,
& Afcalonite, en vne câpaigne appellée Capharfaba & Capharfalama, felon Iofephe, ou, fuiuant Vitriacus, Capharnaum, aiant
vn territoire tref-beau, humide, bofcageux, & garni des grands
pafturages: lequel Herode à l'honeur de fon pere Antipater, la fit
nommer dudict nom Antipatrida. Et auparauant elle s'appelloit
Appolonia, côme il femble en Ptolomée: Iudas Machabeus deffit
pres d'icelle Nicanor, conducteur de l'armée de Demetrius filz de
Seleucus Roy de Syrie, comme nous lifons au liure premier d'i-
ceux Machabées, ou il appert auffi, que Capharfalama n'eftoit en
ce temps qu'vn village, fitué en la mefme campaigne, & que le fufdit Herode en fit vne ville, luy changeant le nom. S. Paul paffa de
nuict prifonier par icelle Antipatrida, eftant conduict par quatre
centz foixante dix foldats, lors que Lyfias, Capitaine ou Gouuerneur pour les Romains en Ierufalem, l'enuoya au Proconful Felix en Cefarée, comme appert aux Actes des Apoftres.

S. Ierofme appelle cefte Antipatrida, ville de feruitude, & demi
rompue.

Tyrius.
li.9.c.18.
li.10.c.14.

rompue. Et l'Archeuefque de Tyr dit, que du temps de Godefroy
de Buillon, il y auoit vne forterefse nommée Arfur, tellement garnie d'hommes & de toutes chofes neceffaires pour la guerre, que
ledict Godefroy de Buillon ne l'ofa attaquer: mais Baudouyn fon
frere, l'affaillant par mer & par terre, auec l'afsiftance des Geneuois, la print par compofition, conduifant la garnifon & les habitans, vies & bagues fauues, iufques en Afcalon: depuis laquelle
prinfe, il la fit fortifier & l'erigea en Euefché. Quelque temps
apres, elle fut commife en la puiffance & tuition des Cheualiers
Hofpitaliers de S. Iehan, à prefent ditz de Malte: mais fut finablement ruinée, comme les autres, par les Sarazins, & en voit on encore quelques veftiges en paffant.

Cefarea
de Pale-
ftine cité.

Quatre mile plus bas, tirant vers Septentrion, eft Cefarea furnommée Paleftine, pour la differéce des autres, & eft fituée fur la
Mer mediterranée, autremét dite de Syrie ou de Phœnicie, laquelle la baigne du cofte d'Occident, & vers l'Orient elle eft d'vn Lac
d'eaue douce, abondant en poiffon & beftes veneneufes, comme
Cocodrilles & femblables. De ce Lac, qui eft accreu des eaues des
paluds circonuoifins & des torrens venans des montz Garifim &
autres, fort vne riuiere, qui entre en ladite mer du cofte de ladite
Cité vers Midy.

Icelle Cité à eu diuers noms, comme Pyrgos pour le premier,
puis apres, *Turris Stratonis*, pour n'eftre lors qu'vne tour, edifiée
par vn Straton, que ie prefuppofe auoir efté Roy d'Arade du
Arrian. in
vit. Alex.
lib. 2.
temps d'Alexandre le grand, felon Arrianus de Nicomedie, ou
d'vn autre Straton Sidonien, grand amy de Neocles Roy de Cypre, comme dit Volateranus, pour luy eftre compaignon en gour-
mandifes & delicateffes de conuiues: ou bien d'vn Straton Grec,
qui la reduit premierement en forme de ville, comme il femble
Iuft. coft.
10.
eftre entendu, en certaine ordonnance de Iuftinian Empereur.
Quoy qu'il en foit, le fufdit Herode, la fit orner d'edifices fomptueux, & à l'honneur d'Augufte Cefar, qui la luy donna, il la fit
nommer Cefarea. Vefpafien la fit appeller Flauia, mais apres fa
mort, fon nom de Cefarea luy fut rendu, & le retient encore iufques à prefent: aufsy les Mores, Arabes & habitans circonuoifins,
en leur prononçiation la nomment Caffaria, comme i'ay declaré
au liure premier.

Et pour brieueté, ie laiffe a defcrire particulierement, la magnificence des baftimens de cefte Cité, & la fuperbité de fon port,
tout autre que celuy qu'auoit iadis Oftia (port Maritime des Romains)

mains) si nous deuons croire Iosephe, auquel ie renuoye le lecteur curieux: aussi on n'en voit que des ruines. D'auantage, il
semble que son edification, ou plustost restauration & les jeux
quinquiennaux, y ordonnéz faire à l'honneur dudit Auguste Cesar, furent faits & instituéz par Herode, enuiron dix ans auant
la natiuité du Redempteur: & y habitoyent lors des Iuifz & Syriens pesle mesle, dont sourdirent souuent plusieurs debatz entre eux, tellement qu'en vne emotion tumultuaire, causée pour
la presseance & auctorité, au temps de la presidence de Florus,
& que Felix gouuernoit la Iudée, il y eut plus de vingt mille
Iuifz tuéz.

Ladite Cesarea est longuement demeurée en sa gloire & opulence, tellement que les Gouuerneurs des Iuifz, commis par les
Romains, y ont plustost prins leur residence, qu'en Ierusalé: mesme estant icelle Ierusalem destruite, elle a esté tenue pour la Metropolitaine de la Palestine, comme appert par le tesmoignage de
Cornelius Tacitus, Paul Diacre, & par la susdite ordonnance de
l'Empereur Iustinian. En icelle residoit & estoit en garnison, le
Capitaine ou Centenier d'vne bande Romaine, nommée Cornelius, qui fut le premier baptizé d'entre les Gentilz, par S. Pierre
Prince des Apostres, & apres ordonné Euesque de l'Eglise erigée
en sa maison, selon que dit Simeon Metaphraste.

Ce fut en ceste mesme Cité, ou S. Paul fut aduerti par le Prophete Agabus, qu'il deuoit estre lié en Ierusalem & liuré entre les mains des Gentilz. S. Philippe, non l'Apostre, mais vn des
sept Diacres, & Disciple de nostre Sauueur Iesu Christ, y auoit
aussi sa demeure, auec ses quatre filles Prophetesses: lequel S.
Philippe baptiza l'Eunuque de la Royne de Candace, en la fontaine pres de Bethsur: aussi il conuertit & baptiza le peuple de
Samarie, & entre les autres Simon le Magicien: il logea encore
S. Paul, & fut surnommé l'Euangeliste, pour l'office de ses predications, selon le venerable Beda. Dorothée escript qu'il fut
par ledit Sainct Paul constitué Euesque de Traselli Cité d'A-
sie, & eut sa maison erigée en Eglise, laquelle saincte Paula vi-
sita au temps de Sainct Ierosme, comme il tesmoigne en l'Epitaphe d'icelle.

S. Paul fut detenu prisonnier en ceste mesme Cesarea, l'espace de deux ans, soubz les Presidens Felix & Portius Festus, &
ce pendant, il conuertit quasi ledit Felix auec Drusilla sa femme, fille du Roy Agrippa. Il y disputa plusieurs fois auec les

Iuifz

Iosep. a.
l. 16. c. 13.
li. 20. c 6;
Bell lib 1.
c. 16. li. 2.
cap. 39.

Tacitus
li. 1. c. 15.
Diac li. 7.

Act 8. 10.
11. 12. 21.
23. 24. 25.
26. 27.

Dorot. li.
de vit. &
interitu
Apost.
Ieronym.
Epist. ad
Eustoch.

Iuifz ſes ennemis, es preſences dudit Roy Agrippa, Berenice ſa
femme & ledit Feſtus, qui l'enuoya a Rome. La encore Herode,
ſurnommé Agrippa par Ioſephe, & qui fut le penultieſme Roy
des Iuifz, (& fit mourir S. Iacques, & auoit empriſonné S. Pierre,
lors qu'il fut deliuré par l'Ange) ſe mit en grande pompe & ornement Royal ſur vn theatre, eſtant veſtu d'vne robbe tiſſue
d'argent, reluiſant au Soleil, ou il harangua fort magnifiquement: tellement que le peuple & les flateurs, le reueroyent comme Dieu, & luy le ſouffrant, ſans repouſſer cette mechante adu-
lation, (dit Ioſephe) ſe trouua incontinent chaſtié & frappé de
l'Ange, & rongé des vermines, tant qu'il rédit l'eſprit, apres auoir
ſouffert beaucoup de douleurs, durant le temps de cincq iours: ce
qu'eſt auſſi confirmé par les Actes des Apoſtres.

Ie laiſſe icy pour brieueté, a pourſuiure les opinions des Peres, touchant le faict dudit Sainct Philippe, aſſauoir ſi c'eſtoit l'A-
poſtre, ou non: comme auſſi la ſucceſſion des Eueſques qu'il y
a eu, durant l'Egliſe primitiue, & beaucoup d'autres choſes, qui
y ſont aduenues, pour euiter prolixité, & ne rendre ce liure re-
iettable, a cauſe de ſa grandeur: car pour y mettre tout ce que,
par la grace de Dieu, ay recueilli tant de cette cité, comme de
toutes les autres deſcriptes cy deuant, & celles dont nous parlerons encore, le volume ſeroit au double pluſgrand & de plus
grands fraiz, ce que ie n'ay encore voulu entreprendre, ſans
voir premierement, ſi ce liure ou epitome ſera aggreable & receu & ſuffira au lecteur ceſt aduertiſſement general.

Toutefois ie diray encore icy en paſſant, que du temps que
les Chreſtiens Latins, auoient la domination & commandement en la terre ſaincte, il y a eu en icelle Ceſarea, pluſieurs
Archeueſques, aians, ſelon Tyrius, vingt Eueſques Suffragans: mais depuis que ladite cité a eſté ruinée, & la Foy Catholique perdue, le tiltre de ceſte Eueſché a eſté reſerué aux
Suffragans de Paris & Sens en France: & fut ſa derniere deſtruction, faicte par les Turcs, enuiron l'an mil deux centz
ſoixante ſix, ſelon Paul Emile, ne trouuant qu'elle ait eſté reſtablie depuis: tellement que à preſent, ſes ruines treſamples, ne
ſont habitées que de pauures gens & de volleurs Arabes.

Du Chasteau des Pelerins, Dora, Atrrit, le mont Carmel, &
l'origine de l'Ordre des Carmelites.

CHAPITRE II.

NOus estans ainsi arrestéz à l'ancre, à l'endroit des susdites Antipatrida & Cesarea, pour nous estre le vent contraire, y demeuralmes iusques au dimenche, quatorziesme du mois de Septembre, lorsque sur le matin, le Rais ou marinier fit tirer sa barque à rames par son esquif, tant qu'il eut passé vn petit promontoire: & de la, le vent nous seruit, & nous conduit iusques à vn lieu ancien, nommé *Petra incisa*, & *Castel Pelegrino* en Italien, estant à dix mile de la susdite Cesarea. Ce lieu fut fortifié & appellé Chasteau des Pelerins, aiant esté faict anciennement pour rendre les chemins & la nauigation libre, aux Pelerins allans vers la terre Saincte: il est situé sur vn petit Golfe, au lieu ou estoit l'antique Dora, des Hebrieux anciens nommée Naphadhdor, iadis bien fournie & trespuissante cité: de laquelle le Roy fut aussi tué par Iosué, comme nous lisons en son liure, & qui escheut au partage de la demie lignée de Manasses, mais elle ne fut par eux possedée, à cause que les Cananéens n'en peurent estre par eux chasséz.

Castel Pelegrino

Dora cité

Iosué 12.
12. 17.

De ceste Nephadhdor estoit Seigneur Benabinadab, qui eut pour femme Tapheth fille de Salomon, comme nous lisons au troisiesme liure des Roys. Au premier des Machabées & en Iosephe est escript que Triphon, vsurpateur du Royaume d'Asie, & grand ennemi des Iuifz, aiant meurtri Ionathas, frere de Iudas Machabeus, & estant poursuiui par Antiochus Pius filz de Demetrius Nicanor, s'y sauua & y fut assiegé par ledit Antiochus d'vn exercite de six vingt mil hômes de pied & de huict mil cheuaux, auec grand nombre de nauires par mer. Au temps des Romains, les Iuifz auoient vne Synagogue en ceste cité, en laquelle aucuns ieunes hommes Dorites, poserent la statue de Tibere Cesar, dont Agrippa Roy des Iuifz se plaignit audit Empereur Cesar, lequel par lettres redargua les faicteurs de ce, ordenant à tous, de laisser les Iuifz paisiblement iouir de leur Loy.

3. Reg. 7.
1. Mac. 13.
Iosep. an.
li. 13. c. 12

Ibid. ant.
li. 19. c. 5. 6

Ceste ville estoit ruinée au temps de S. Ierosme, comme il appert par ce qu'il dit, que la bienheureuse Paula s'esmerueilloit, de la magnificence qu'elle auoit veue par ses ruines,

Ieronv. in
Epitaph.
Paulæ ad
Eustoch.

ſ 2　　　　　y auoir

y auoir esté : desquelles s'en voient encore aucunes, auec vne forme de vieil Chasteau, appellé des habitans Tortora, sentant quelque chose de son nom ancien. Il semble, que durant le regne des Chrestiens Latins en ladite terre saincte, il y auoit encore quelque Cité erigée en vne Euesché suffragante à l'Archeuesché de Cesarée : & à icelle commencoit anciennement la Phœnicie.

Quant au fort nommé le Chasteau Pelerin, il estoit en ce temps gardé des Cheualiers Templiers, & n'estant guere distant de Maguedo, Bethsemes & de Engamin situées en terre ferme, comme i'ay dit au liure precedent. Pres de ce fort, nous fusmes contraintz encore mouiller l'ancre, & y demeurer la nuict, ou nostre Trucheman s'estant faict mettre à terre, s'en alla par des chemins tortuz, trouuer les Arabes y demeurans, & nous commanda de ne nous montrer à eux.

Le lundi quinzieme dudit mois ledit Rais s'aidant du vent de terre, nous fit cheminer quelque peu, & tant qu'arriuasmes pres d'vne pauure villette, appellée des Arabes Attrit, située au pied du mont Carmel : ou estans, & le vent nous y faillant, l'ancre fut derechef ietté, y seiournant iusques à minuict, que le mesme vent de terre, nous aida à passer le Promontoire du mont Carmel & les villes de Caiphas & Acre, autrement dite Ptolomaide.

Attrit villette.

Iceluy Promontoire du mont Carmel se boute fort auant en la mer : ce mont est celuy, duquel estant de fois faict mention en l'Escripture saincte, iadis tresfertil, mais à present infructueux, pour n'estre cultiué, produisant neantmoins de sa nature, plusieurs sortes d'herbes odoriferantes : il est appellé mont Carmel sur la mer, à la difference de l'autre, aussi nommé mont Carmel, qui est au desert Maon, ou habitoit le rustique Nabal : & cestuicy dont à present nous parlons, s'estend vers Orient, iusques aux plaines de la Galilée & le grand champ d'Esdrelon, ou sont les villes de Maguedo & Caymot.

Le Mont Carmel.

Sur iceluy le Prophete Helie, mena le Roy Achab, mari de Iesabel, auec ses quatre cétz cincquante faux Prophetes & le peuple d'Israel, pour y faire sacrifice, afin d'obtenir de la pluie, comme nous lisons au troisiesme liure des Roys & en Iosephe. Ledit Prophete Helie & Helisée son disciple, ont fort frequenté ceste montaigne, comme ont faict aussi plusieurs autres sainctz personnages apres eux : on y montre encore la Spelonque dudit Prophete

3.Reg.18. Iosep.an li.3.c.7.

Helie,

Helie, surnommé Thesbite, sur laquelle S. Helene, ainsi qu'escript Nicephore, a faict bastir vne Eglise, dediee a la vierge Marie, & n'est icelle distante que d'vn mile du Chasteau des Pelerins: depuis elle a esté accompaignee d'vn Monastere, duquel, ny de ladite Eglise, ne se voit rien a present, qu'vne forme de petit chastelet, & vne fontaine de tresbonne eaue. *(Niceph. li. 8. ca. 6.)*

En ceste motaigne ont prins origine l'ordre & le nom des Carmelites ou Carmes, desquelz le premier & le chef fur ledit sainct Prophete Helie, lequel y viuoit & residoit enuiron neufcentz quinze ans auant la natiuité de nostre Redempteur. Il fut le premier, selon S. Ierosme, qui mena vie chaste, sans se marier, obseruant en ceste montaigne, les trois pointz substantielz de Religion, assauoir, Pauureté, Obedience & Chasteté, desquelz fait mention vn nommé Iehan, quarante quatriesme Patriarche de Ierusalem, escriuant de l'Institution des Moines, a Caprasius Prieur du mont Carmel. Duquel Iehan rendent tesmoignage, Prosper d'Aquitaine, Vincent en son Miroir Historial, Sigebertus en sa Chronique, Gennadius entre les hommes illustres, & plusieurs autres. I'eusse passé cecy brieuement, comme beaucoup d'autres choses semblables: mais pour satisfaire au desir d'aucuns qui m'en ont prié, ie mettray icy ce, que iusques à present i'en ay trouué. *(Origine de l'ordre des Carmelites ou Carmes. Ieron. li. 1. contra Iouinian. & li. 1. de Virginit. Prosper Eccl. hist. lib. 2. Vincent. li. 20. ca. 7. Sigitb. in Chron. Gennadius libr. de viris illust.)*

Or est il, qu'au grand Prophete Helie succeda son disciple Helisée, lequel aussi print sa residence en ceste montaigne, auecq plusieurs filz de Prophetes, dont le nombre accreut de telle sorte, que le Prophete fut contrainct mener vne partie d'iceux vers le fleuue Iordain, ou ilz coupperent du bois, pour eux faire de nouuelles demeures, separees des Citez & du vulgaire, & y viure solitairement en cõtemplation, comme appert par le quatriesme liure des Roys: Sainct Ierosme dit, comme faict Nicolas de Lyra, que lesdictz filz des Prophetes n'estoient enfans engendrez d'iceux Prophetes, selon la chair, ains hommes Religieux, colleguez, vacans en oraisons & contemplations, & viuans d'herbes & fruictz sauuages, desquelz aucuns eurent l'esprit de Prophetie. Et de ceux cy y en auoit la du temps de Samuel, comme nous lisons au premier liure des Roys. Rabbi Salomon dict, que ce mot, Enfans, signifie Disciples des Prophetes, & qu'il y en eut aussi en Bethel, Ierico, & Samarie: ce qu'afferme encore l'Abbé Ioachin, de l'ordre de sainct Benoist, en sa Concordance du vieil & nouueau Testament. *(4. Reg. 6. Iero. epist. ad Rustic. Lyra. in 4. Reg. ca. 2. 1. Reg. 10.)*

Ainsi lesditz enfans ou disciples dudit sainct Prophete, aians par

conti-

continuation de temps maintenu leur refidence en cefte montaigne, & aians finablement receu la doctrine & Foy des Apoftres,
auec l’obferuance des commandemens de Dieu & la Regle d’Helie : fabriquerent audict mont vne Eglife, à l’honneur de la glorieufe vierge Marie, ia d’eux prinfe & choifie pour protectrice
& Patrone : continuans cefte maniere de viure, iufques enuiron
l’an de grace quatre centz & douze, ayans lors vn Prieur ou Superieur nommé Iehan (qui depuis fut le quarante quatriefme
Patriarche de Ierufalem, & duquel eft faict mention cy deffus)
homme docte & fainct : lequel à l’inftigation de fon fucceffeur
audict Prieuré, nommé Caprafius, mit par efcript certaine
Regle, tirée de celle dudict grand Prophete Helie, comme des
trois vœuz effentiaux, & de fainct Bafile, laquelle Regle fut receue & obferuée par tous lefditz Freres Carmelites, lors intitulés
de diuers noms : affauoir, Religieux, Hermites, Anacoretes, Moines, & Freres de noftre Dame, pour eftre leur Eglife & Monaftere dediée à icelle.

Plufieurs, n’ayans penfé à cecy, & nouuellement l’illuftrif-
fime Baronius, Tome fixiefme de fes Annales, mal à propos tirent contre l’antiquité dudict Ordre, cent argument, affauoir,
que s’ilz euffent efté des ce temps la, fainct Ierofme en euft faict
mention. Car oultre que telle Conclufion, tirée par vne Ne-
gation, à couftume eftre reiettée d’auffi loing qu’elle vient, &
qu’il ne s’enfuit, que cy ce fainct perfonnage n’en a parlé, qu’ilz
n’eftoient pas, & s’il n’en a faict mention foubz le nom de Carmes, il en a parlé foubz le nom commun d’Hermites, comme lefdictz Carmes fe font toufiours intitulez foubz le nom d’Anachoretes, Moines, & autres, bien que pour le iourd’huy ilz ne fe donnent telz tiltres.

Au mefme temps deffus mentionné, comme en celuy du Prophete Helifée, le nombre de ces Freres eftoit fi grand, qu’ilz
furent contrainctz fe feparer les vns des autres : aucuns fe main-
tenans audit Mont Carmel ou és defertz & lieux incultiuez, pour
viure folitairement, & les autres s’en allerent demeurer en Ierufalem, au Mont Sion, en Bethleem, & au Mont Sinai, eux
tenans neantmoins tous fubiects au Prieur dudict Mont Carmel. Mais au temps de l’Herefiarque Eutyches, & que Cof-
droes Roy de Perfe, affaillit l’Empire Romain, & faccagea la
faincte Cité de Ierufalem, enuiron l’an fix centz & fix, la plufpart
des Monaftéres & habitations de ces fainctz perfonnages en la

Syrie,

Syrie, furent destruictz, & Anastase moine tresillustre, & sainct, auecq soixante & dix de ses freres, furent couronnez du diademe de Martyre.

Touteſois, quelque temps apres, Heraclius Empereur, ayant vaincu le Perſan, & rapporté le bois de la Saincte Croix de noſtre Saulueur, meſme, ramené le Patriarche Zacharias en Ieruſalem, pluſieurs deſdictz Religieux, eſpars ça & là, reuindrent, leſquelz reſtablirent leurs Egliſes, Monaſteres, & Hermitages. Mais peu d'annees apres, le Diable enuieux de la felicité Chreſtienne, taſchant d'abolir tout le cult Diuin, engendra ſon filz aiſné & Antichriſt, le treſmeſchant Seducteur Mahometh, lequel, auecq Homar ſon troiſieſme ſucceſſeur, en peu de temps vſurpa par force la Syrie, Phœnicie, Cilicie, l'Egypte, & la Paleſtine, & ruina derechef tous ces Monaſteres, faiſans mourir plus de quarante mil Religieux & Hermites: ce qu'afferment Nicolas de Lyra, Hugo Floriacenſis, Platina, Cyrille Prieur du Mont Carmel, & pluſieurs autres: cecy aduint enuiron l'an ſix centz trente ſix.

Neantmoins, la furie eſtant paſſée, cedict Homar permit aux Chreſtiens, de viure ſoubz luy, ſelon leur Loy, mais il ne voulut permettre, que ceſdictz Religieux Carmelites portaſſent chappes blanches, comme ilz auoyent accouſtumé faire, ſuyuans, & imitans en ce leur premier Pere & Fondateur ledict Prophete Helie: Ce que ce Tyran fit, à cauſe que c'eſtoit l'habit ordinaire de ſes Satrapes: Auſſi, leſdictz Religieux s'en abſtindrent, de peur d'eſtre cogneuz, & mal traictez des Infideles.

Depuis ce temps, & enuiron l'an mil nonante nœuf, eſtant la ſaincte Cité gaignée, auecq tout le païs des enuirons, par les Chreſtiens Latins, ſoubz la conduicte de Godefroy de Buillon, & inſtigation de Pierre l'Hermite, leſdictz Religieux furent derechef remis en liberté, & ayans reſtabli leurs Egliſes & Monaſteres, ſe ſoubmirent à l'Egliſe Catholicque, Apoſtolicque, & Romaine, & par ce moyen ilz demeurerent en paix, tant que quatre vingtz quatre ans apres, Saladin Souldan d'Egypte, reoccupa iteratiuement le tout: lequel eſtant aucunement debonnaire de ſon naturel, & ayant ces Religieux Carmelites en aſſez bonne eſtime (pour la ſimplicité & modeſtie de leur vie (les laiſſa demeurer paiſiblement audict Mont Carmel.

Il ſe

Il se trouue encore, que enuiron l'an douze centz, ainsi que recite Iacques Philippe de Bergamo, vn Patriarche de Ierusalem,
nommé Albert, leur reforma, & donna vne seconde Regle, tirée
des autres precedentes: c'est pourquoy cest Albert, est d'aucuns
estimé pour Fondateur, au lieu de Reformateur dudict Ordre.
Aussi en ce mesme temps, vn Prieur nommé Brocardus, General
dudict Ordre, homme menant vie tressaincte & austere, institua,
& ordonna que les Freres Laiques, non estans Prestres, ou ne sachans lire, diroient au lieu des Heures Canoniales certain nombre de *Pater noster* & *Aue Maria*, qu'on dit Chapellet ou couronne
de la Vierge Marie.

La susdite Regle d'Albert fut approuuée par le Pape Honorius
troisielme du nom, en vn Chapitre general tenu à Pesulano, auec
ordonnance ausditz Religieux, de reprendre par eux l'habit ou
Chappe blanche, comme ilz firent. Ce que voians les Sarazins &
leur Souldan (au lieu qu'auparauant ilz les aimoient & nourris-
soient d'aumosne) ilz les prindrent en haine, & les chasserent de
leur territoire & domaine: parquoy ilz furent contraintz, eux retirer en diuers lieux de l'Europe. Mais auparauant que cecy aduint, S. Loys Roy de France, au voyage de la terre saincte, estant
ietté par vne bourasque & tempeste en la coste dudict mont de
Carmel, & contrainct de descendre à terre, fut visiter le Monastere desditz Religieux Carmes, & inuité par la piete, & vie austere
d'iceux, en demanda quelques vns au Prieur dudict lieu, lesquelz
ilz amena à Paris, & les logea au lieu ou sont à present les Celestins, & de leurs chappes qu'ilz portoient encore barées, print son
nom la porte voisine des Celestins, la porte des Barréz. Laquelle
chappe i'estime auoir esté de telle estoffe, comme les portent encore en Syrie ou Palestine, plusieurs pauures gés, mesme les Chrestiens, appellez Maronites au quartier de Tripoli de Syrie, faict
grossement de poil de Chameau ou Cheure, rayé & bigarré de
blanc & noir.

Estans lesditz Religieux ainsi habituéz par deça, le Pape Innocent quatriesme modera leur Regle, & fut icelle Moderation cô-
firmée par le Pape Nicolas quatriesme. Puis le Pape Iehan vingt-
deuxiesme, les mit au nombre des quatre Ordres Mendians: Eu-
genius quatriesme, & Pius second les dispenserent, de pouuoir
manger chair, moderant aussi certaines ieusnes trop estroictes, à
eux commandées par les susditz Albert & Innocent, considerans
la difference qu'il y a en la temperature de l'air d'Asie outre Mer,

à celle.

à celle de deçà en Europe. Et comme il y auoit beaucoup d'emulateurs, desirans lors empescher l'accroissement de cest Ordre, le
Pape Nicolas cinquiesme du nom excōmunia tous ceux qui vouloient empescher la reformation & Regle de viure à eux donnée.
Voila le commencement & progres de ce sainct Ordre, lequel a
produit plusieurs hommes illustres, excellens & doctes. Et comme il a apporté & retenu le nom de Carmes, à cause de ce Mont
Carmel, ainsi ie veux presupposer, que les Religieux ou Religieuses de Nazareth, Betanie, Bethleem, Sion, Thabor, & autres semblables, ont ainsi prins leurs noms desditz lieux, aians voulu donner à leurs Monasteres, les mesmes noms qu'auoient ceulx, qui
estoient en la terre saincte, auant que d'estre dechassez par les
Infideles.

De Cayphas, & Acre ou Ptolomaide, villes: Cyson
& Belus fleuues.

CHAPITRE III.

NOstre nauire passa le Promontoire du mont Carmel, ou la
Mer se courbe en forme de demy Cercle, & bagne les riues
des villes de Cayphas & Ptolomais: lequel Cayphas est vne peti- *Cayphas ville.*
te villette, des habitans modernes dite Caface, située sur le Torrent Cison le Maieur, lequel proche d'icelle villette entre en la
Mer. Elle s'appelloit premierement, selon le dire de Tyrius, *Tyrius. li.9.c.13.*
Helpha, Porphiria & Porsena: c'est la Helba mentionnée au pre- *li.10.ca.6.*
mier des Iuges, tombée au sort de la lignée d'Aser, mais non par *& 10.l.13*
elle possedee: laquelle estant ruinée, fut restablie par le Pontife *c.2.lib.14 cap.11.*
Cayphas, duquel est parlé en la passion du Sauueur, & à icelle il
imposa son nom, qu'elle a retenu iusques à present. Aussi elle
estoit encore en estre du temps du preux Godefroy de Buillon,
qui la donna au vaillant Tancrede, nepueu de Behemond,
Prince de Tarente & d'Antioche, & estant par luy restituée
au Roy Baudouyn, frere dudict Godefroy de Buillon, iceluy la
donna au noble Hugues de sainct Omer: & lesdictz Princes y
establirent vn Euesque, Suffragan & subiect à l'Archeuesché de
Sur ou Sidon.

Pres de ceste cité, entre en la Mer le susdict Torrent Cyson le *Cyson fleuue dit Torrent.*
Maieur, ainsi dict pour le discerner de l'autre qui court en la Mer
de Tiberias vers Orient, aians neantmoins tous deux leurs sources és

ces, és montaignes de Thabor, Hermon, Hermonion, Effraim, Samarie & autres: cestuy-ci courant le long des murs de la Cité de Naim, & passant par le champ d'Esdrelon & celuy de Maguedo, se desgorge en la mer de Syrie, proche, comme dit est, de ladite ville de Cayphas. Sur ce Torrent, le Prophete Helie tua les quatre centz cincquante faux Propheres du Roy Achab: lequel Torrent n'est distant du Monastere des Carmes, qu'enuiron six mile, soixante de Iaffa, & autant de Tripoly de Syrie.

3.Reg.18.
Iosep.an.
lib.8.ca.7

Deux mile plus auant, est la renommée Ptolomais, autrement dite Acre, Acron, Accon, Ace & Coth, ainsi que S.Ierosme à escript en l'Epitaphe de la bienheureuse Paula, tombée au sort de la lignée d'Aser, neantmoins maintenue par les Cananéens & Phœniciens, comme nous lisons au premier des Iuges. Vitriacus, donnant raison pourquoy elle a deux noms, dit auecq Tacitus, qu'elle a esté fondée par deux freres gemeaux, l'vn nommé Ptolomeus, & l'autre Acon. Pline dit aulsi, que de son temps on l'appelloit Colonia Claudij: elle est située sur le riuage de la Mer Mediterranée, autrement dicte de Phœnicie, à soixante mile de Iaffa, & autant de Tripoli de Syrie: Elle est en forme triangulaire, bien murée & forte, ayant plusieurs tours bien entieres, & vn port tref-beau, & seur pour les nauires: c'est aussi encore la plus entiere & plus marchande de la Palestine: Il en est faict souuent mention aux liures des Machabées, & és Antiquitéz Iudaiques de Iosephe, donnant à cognoistre qu'elle estoit la Metropolitaine, & le Siege Royal des Roys de Syrie, Successeurs d'Alexandre le Grand, telz que les Antioches, Demetries & Alexandres, mesme des Roys d'Egypte.

Ptolo
mais ou
Acre cité.
Ieron.ad
Euftoch.

Vitri.c.25
Tacit.
li.21.ca.2.

2.Mach. 5
10.11 12
13.
2.Mac.13
Iosep.an.
libr.13.

Ce fut en ceste mesme Cité, ou Ionathas frere de Iudas Machabeus, fut trahistreusement introduict & meurti, auecq mil de ses hommes, par Tryphon occupateur du Royaume de Syrie: Les Perses la tenoient munie & fortifiée, comme frontiere contre l'Egypte. Les Romains y auoient aussi garnison ordinaire, depuis que Pompée conquit la Iudée, selon Egesippe, & venant pour dompter les Iuifz, y aborda premierement auec son armée nauale. Sainct Paul seiourna en icelle vn iour entier auec les freres venans de Tyr, comme il est escript aux Actes des Apostres: Il y a eu en icelle plusieurs Euesques, tát Orthodoxes qu'Arriens: mesme l'Heresie de Sabellicus en print son origine, selon

Egefip.
lib.3.ca.2.

Act.21.

Nicepho-

Nicephore: & porte le Suffragan de Munster en VVestphale encore le tiltre de cest' Euesché.

Beaucoup de grandes choses sont aussi aduenues en ladite ville, tant du temps des Chrestiens Occidentaulx, que des Sarazins
& Turcs, lesquelles ie laisse presentement, pour euiter prolixité.
Ce a esté la derniere, que lesdictz Chrestiens ont tenue en Syrie:
mesme, estant prinse & ruinée par Helphi Sultan d'Egypte l'an
douze centz nonante, par la diuision des Princes & Republiques
Chrestiennes, l'ayans en garde, elle fut apres refaicte par les Sarazins, contre leur naturel, qui est de plustost destruire, qu'edifier, mais ce fut pour la commodité de la nauigation & l'entrée
de Syrie.

Elle est diuisée en deux par le petit fleuue Belus qui passe parmy, naissant és montaignes circonuoisines & du Lac Cendeuia,
qui est à deux stades de la Cité, en vne campaigne ou estoit l'admirable sepulchre de Memnon, ainsi que dit Iosephe. Pline nomme ceste petite riuiere Pagida, & Strabo, Belus: des sables de laquelle, mesléz auecq du nitre, & mises en la fournaise, se faict
de tref-beau Verre & Cristail, comme le dict mesme Cornelius Tacitus.

Ayant passé Acre ou Ptolomaide on rencontre vn Promon-
toire, appellé *Capo Bianco*, ou *Promontorium Album* & *Ecdipa*: & estant
passé outre iceluy, le vent nous defaillit derechef, & n'y pouuant
ietter l'ancre, pour estre le fond tout pierreux, nous demeurasmes toute la nuict vireuoltant, auecq les voiles tenduz, sans pouuoir faire quasi vn mile de chemin, puis sur l'aube du iour, en
passant les montz Saron, ou est le chasteau Iudin, furent par nous
veuz les Bourgs Achsaph (duquel est faict mention en Iosué)
Giscala patrie de S. Paul, selon S. Ierosme: Le Chasteau de sainct
George, & *Casale Lamperti* à six mile: Le Chasteau Scandalium, &
les Puis des eaues viuantes, qui sont à vn traict d'arc de la Mer
seulement: desquelz lieux, pource que i'en ay parlé au liure quatriesme, ie n'en feray icy autre mention.

Le Mercredy, seiziesme iour de Septembre audit an, du matin,
le vent de terre nous vint reueiller, & fut si gaillard, qu'il nous
mena pardeuant Tyr, Sidon, Barut & autres lieux, dont ie parleray au Chapitre suiuant, & iusques en Tripoli de Syrie, ou
nous demeurasmes iusques au Lundy, treiziesme d'Octobre ensuiuant, attendant le partement des naues allans vers Venise.
Et en attendant la poursuite de nostre partement, nous dirons icy

Niceph.
li. 6. ca. 7.

Belus
fleuue.

Iosé. lib. 2
bell. cap. 9
Plin. li. 5.
ca. 19.
Strab. l. 16
Tacit.
li. 21. ca. 2

Ieron. in
Cathal.
scri. Eccl.

t 3   succin-

ſuccinctement vn mot des citéz de Tyr, Sarepta & Sidon, comme
auons promis cy deſſus.

De Tyr, Sarepta, & Sidon, Citéz.

CHAPITRE IIII.

TOut ainſi comme i'ay commencé à faire la deſcription generale des autres lieux, mentionnéz aux Chapitres precedens,
ie feray auſsi du meſme des autres reſtans, mais ſuccinctement,
pour les cauſes deſſus alleguées, afin de donner quelque petit cō-
tentement aux Lecteurs & Voyagers curieux. Ie commenceray
donc à la treſantique cité de Tyr, laquelle eſt à deux mile plus bas
que les fontaines des eaues viuantes, ſituée ſur l'orée de la Mer, diſtante vingt mile de Ptolomaide, nœuf de la ville d'Aſor, vingt
vn mile de Ceſarée Philippi, trente de Tiberiade, & trois du
fleuue Eleutere : elle s'appelle en langue Syriaque Sor ou Zor,
& Sara, & vulgairement Sur, dont toute la Region eſt dicte
Surie, & les habitans d'icelle Suriens: Anciennement elle eſtoit la
Metropolitaine de Phœnicie, & dire dame de la mer, comme le dit
auſsi Aule Gelle. Son premier fondateur fut Tyras, ſeptieſme filz
de Iaphet filz du Patriarche Noé, ainſi qu'il eſt eſcript au Geneſe,
en Ioſephe, & en Beroſe.

Depuis, & au temps de Ioſué, comme eſcript Euſebe, elle fut
reſtablie & amplifiée par les enfans d'Agenor Roy de Tebes,
outre l'Egypte, en la Region appellée Tebeïenne ou Thebaide,
leſquelz s'aborderent premierement au lieu, encore à preſent nō-
mé Paletyr, ſignifiant, ſelon Pline & Strabon, ancienne Tyr: mais
eſtans moleſtéz de ceux d'Aſcalon, ilz s'en retirerent, & edifierent
vne autre ville à trente ſtades de la, qui eſt la Tyr moderne, qui
fut enuiron l'an du monde trois mil ſept centz quarante cincq, &
ſelon Ioſephe, deux centz quarante ans auant l'edification du
Temple de Ieruſalem : ainſi ceſte Paletyr eſt la premiere qui fut
fondée par le ſuſdit Tyras.

Ceſte cité tomba auſsi au partage de la lignée d'Aſer : mais ilz
n'en eurent onques la iouiſſance, ains les Phœniciens l'ont
touſiours maintenue auecq l'Idolatrie. Les filz du ſuſdict Agenor, qui fut fondateur ou reſtaurateur d'icelle Tyr, eſtoient, aſſauoir, Cadmus, (edificateur de la cité de Tebes en Bœcie de Grece)

Tyr cité.

Aulus,
Gell. li. 14
cap. 6.
Geneſ. 10.
Ioſep. an.
li. 1. c. 6.
Beroſ. l. 4.

Ioſep. an.
lib. 8. c. 2.

Cilix

Cilix Prince de la Cilicie, à present dire Caramanie & Phœnix
qui a donné le nom à la Phœnicie (comme le dit aussi Zenofonte) *Zenoph. in Equiu.*
lesquelz eurent vne sœur nommée Europa, laquelle fut rauie par
Iupiter vn des Roys de Crete, à present nommée Candie, luy
estant, suiuant le dire d'Ouide & Berose, transformé en Taureau, *Ouid. li. 2 Meta. Berof. lib. 4.*
ce qui s'entend, selon Lactance Firmian, qu'il estoit monté & na-
uigeoit par mer sur vn basteau, portant pour marque ou enseigne *Lact. lib. 1 de falsa relig.*
le Taureau : Herodote Halicarnasséen faict aussi mention de ce *Herod. li. 1. hist.*
rauissement, & de l'occasion de plusieurs autres semblables, que
ie passe pour brieueté.

Mais pour reuenir aux Roys de Tyr, il fault entendre que au
susdit Phœnix, par laps de temps, a succedé vn Abibal pere de
Hyram Roy de Tyr, lequel Hyram vsa de grandes liberalitez à
l'endroit de Dauid & Salomon Roys de Ierusalem & de la Iudée,
leur fournissant des materiaux & ouuriers pour l'edification du
Temple de Dieu en Ierusalem, comme nous lisons aux liures des
Roys & en Iosephe, amenant les auctoritez de Menander Histo- *2. Reg. 5. 3. Reg. 5. Iosep. an. lib. 8. ca. 2. & contra Appione.*
riographe Grec & Dius, contre Appion, lequel Hyram y regna
en grande felicité & richesses trente quatre ans : en la cour duquel estoit vn ieune homme nommé Abdemon ou Abdumon, qui
donnoit solution à tous les Enigmes du Roy Salomon: lequel Abdemon on tient estre le Marculphus, duquel se trouue vn liure
imprimé & intitulé, *Marculphi & Salomonis Dialogus.*

A ce Hyram succeda son filz Beliastart, puis Abdastart, apres
lequel Astart son filz regna, & apres luy Astarim son frere, occis
par leur maisné Phelletes, lequel fut aussi tué par Ithobal Prestre
de la Deesse Astarten, apres auoir regné seulement huict mois,
estant ledit Ithobal ia aagé de soixante huict ans, occupât neantmoins le Royaume, par l'espace de trente deux ans. Cest Ithobal fut le pere de la peruerse Iesabel, femme d'Achab Roy d'Israel, grande persecutrice des seruiteurs de Dieu, comme appert
aux liures des Roys. Duquel Ithobal & ses successeurs est aussi issu Pigmaleon Roy de Tyr, qui fut frere de Dido Royne, fondatrice de Carthage en Affrique: & reuient le temps, depuis le regne
dudit Hyram (au douziesme an duquel, fut encommencé le Temple de Salomon) iusques à la fondatiõ dudit Cartage, de cent cincquante six ans & huict mois, & plus antique de soixante douze
ans, que la cité de Rome, dont sont tesmoins Eusebe, Trogue *Trog. Iustin. li. 18. Iosep. an. li. 9. ca. 14.*
Pompée, Iustin, Iosephe & plusieurs autres.

Plusieurs choses merueilleuses & dignes de recit, sont aussi aduenues en ceste cité, mesme d’vne Isle, elle a esté faicte Peninsule par Alexandre le Grand : aussi elle a faict plusieurs grandes resistances aux assaux de tous ses ennemis. Outre la susdite Cartage, les Tyriens ont encore basti Vtice, & Lepti en Affrique, & faict diuers actes memorables : & tout cecy ie passe legerement, pour euiter prolixité. Ie parlerois aussi de l’origine & pescherie des Pourpres, dont se faict l’escarlate : mais ie le laisse aussi, pour les causes susdites.

Tyrius.
li. 13. ca. 1.

On attribue pareillement ausditz Tyriens, l’inuention & art de nauiger, & de porter les marchandises d’vne region à autre : & ce qui est plus signalé & à remarquer, on leur porte l’honneur d’auoir esté les premiers, qui par l’excellence & viuacité de leurs espritz, ont donné signification par notes & marques conuenables, c’est à dire, inuenté des lettres & caracteres, pour escrire la parole

Plin. lib. 5
cap. 12.

& volonté humaine. Pline dit, qu’ilz sont aussi inuenteurs de l’Astrologie & de semer le bled froment.

La grandeur & gloire de ceste cité, à esté fort diminuée par Nabuchodonosor & Alexãdre, & puis par les Sarazins & Turcs, selõ

Isaie 23.
Ierem. 47
Ezech. 26
27. 28.
Ioel. 3.
Amos. 1.
Zach. 9.
Arrian. in
vita Alex.

les Propheties d’Isaias, Ieremie, Ezechiel, Ioël, Amos & Zacharias : & n’en fut Alexandre venu à bout, sans l’assistance des Sidoniens, Bibliens, Cypriens & autres ses propres voisins, enuieux de sa splédeur & prosperité. Arrianus de Nicomedie dit, qu’a la prinse d’icelle cité, y furent tuéz huict mil hommes, & autres trente mil prins, vendus & faitz esclaues. Diodore Sicilien parle d’vn autre nombre, & dit qu’Alexandre y constitua pour Roy, vn appellé Ephostion, qui estoit au parauant vn pauure iardinier.

Estant depuis ladite ville refaite, elle s’est rendue amie & confederée aux Romains, & de fait elle enuoya du secours de nauires à Pompée, contre Cesar, dont il luy print mal : elle s’est montrée fort prompte à la reception de la Foy de Iesus Christ & ses Apostres, entre lesquelz S. Paul y a conuersé, comme appert aux

Act. 21.

Actes, & fut retenu du peuple par sept iours, & voulant partir de la, vne grande multitude d’hommes, femmes & enfans le conuoierent, iusques au riuage de la mer, ou tous se mirent les genoilz en terre pour faire des prieres ensemble : tellement que, suiuant le recit de S. Ierosme, le venerable Beda & plusieurs autres,

Ieron. in
Epit. Pau-
læ.
Beda in
Act. 21.

les marques de leurs genoilz se voient au sable, en vn lieu entre Tyr & Ptolomaide.

Il y a eu en icelle, plusieurs Euesques grands personnages, desquelz les Histoires Ecclesiastiques font honorable métion. Beau-

COP

coup de grands & sainctz Peres, y ont souffert Martyre, à cause de quoy(comme disent Eusebe & Nicephore)ceste cité a esté sancti- **Euseb.** fiee par l'arroulement du sang d'iceux. La Cananée louée pour sa **lib.8. ca.7** Foy par le Redempteur en S. Mathieu, estoit aussi de ceste cité. **Niceph.** Le grand Origine y a conuersé & y est mort, les vestiges de la se- **li. 7.cap.7** pulture duquel, se voioient en l'Eglise dite du sainct Sepulchre, **Math. 15.** laquelle est à present reduite en Mosquée Mahometane, ou Guil- **Marc.7.** laume Archeuesque de Tyr, Vitriacus & plusieurs autres, disent **Tyrius.** l'auoir veue. En la mesme Eglise, fut aussi inhumé l'Empereur **li.13.ca.1.** Frederic, surnômé Barberousse, estant mort és guerres qu'il me- **Vitriac.** na contre les infideles, selon Baptista Egnatius & autres.   **cap.9.**

    Egna.l.3.

    D'auantage, estant ladite cité prinse par les Chrestiens Latins, l'an mil cent vingtquatre, elle fut erigée en Archeuesché, aiant soubz soy quatorze Euesques Suffragans:& ont ces Archeuesques eu plusieurs successeurs, les noms desquelz ie passe presentement soubz silence. Ce a esté la derniere tenue par lesditz Chrestiens, & la derniere rendue aux Infideles, l'an douze centz quatre vingtz neuf:depuis lequel temps iusques à present, elle s'est pauurement soubmise, soubz le ioug desditz Infideles.

    Quant à sa situation, elle est enuirônée du costé de terre ferme, de tresbelles plaines, & bié arrousée de fontaines, entre lesquelles est la fontaine d'eaue viue tant renômée, dont Salomon faict mé- tion en ses Cantiques, & de laquelle est ci deuant faict descriptiô au liure quatriesme. En la plaine vers Sarepte, à vn quart de mile de ladite cité, se montre le lieu ou le Sauueur prescha, & vne fem- me lui cria, comme nous lisons en S. Luc: *Bienheureux est le ventre* **Luc. 11.** *qui te porta, &c.* Auquel lieu souloit estre vne pierre sur laquelle il estoit assis, depuis portée à Venise & posée en la Chappelle de S. Iehan, en l'Eglise S. Marc. Il y a encore plusieurs grandes choses à escrire de ceste cité, mais pour n'ennuier le Lecteur, ie m'en tairai à present, pour suiure le progréz de nostre heureux voiage & le chemin de la marine.

    Donc à six mile de Tyr, entre en la mer le fleuue Eleutere, du- quel ay parlé en la description de la Galilée. Et quatre mile plus bas, se voit Sarepta des Sidoniens, dite en Latin, & au troi- **Sarepta.** siesme liure des Roys *Sarepta Sidoniorum*, située sur la voye pu- blique en vne belle plaine, non guere esloignée de la mer:En **3. Reg 17** icelle le Prophete Helie fut nourri chez vne pauure vefue, de la- **Iosep an.** quelle il resuscita le filz mort: lequel filz les Hebrieux, & auec **lib.8.ca.7.** eux Epiphanius & autres disent auoir esté le Prophete Ionas.

          On y

On y moñtre encore le lieu de la residence d'icelle vefue, que vifita la bienheureufe Paula, ainfi qu'efcript S. Ierofme en fon Epitaphe.

Icelle Sarepta eftoit fituée en vne fort belle contrée, abondante en trefbonnes vignes, dont fe recueilloit vn vin fort celebré par
les Poëtes, entre autres de Sidonius qui dit:

Vina mihi non funt Gazetica, Chia, Falerna,
   Quæque Sareptino palmite miſſa bibus.

Mais à prefent icelles vignes auec la cité, font tellement en ruine,
qu'à peine s'y trouue il huiĉt maifonnettes habitées, & l'appellent
les habitans Sapheth, corrompans le nom ancien de Sarphath, que
luy donnoyent les Hebrieux: au temps des Chreftiens Latins, elle
eftoit decorée du tiltre Epifcopal, dont ioyt encore le Suffragan
de l'Euefque de Tournay.

Paffant outre & quatre mile plus bas, en vne campaigne tref-
belle ioignant la mer, fe voient les ruines d'vne cité fort grande,
nommée à prefent Sayt, & cy deuant Sidon, fondée par Sidon
filz aifné de Canaan filz de Cam & neueu du Patriarche Noé, felon S. Ierofme, Iofephe, Pline & autres. Sa fituation eft fort belle,
plaifante & commode, aïant vn air treffalubre & vers Occident
la mer qui la bagne, vers Orient le mont tresfertil nommé Antiliban, & à onze miles, la cité de Cefarea Philippi: Strabó dit qu'elle s'egaloit & auoit contention auec Tyr, pour la preferêce, antiquité & prerogatiue fur la Phœnicie: elle fut reftaurée & poffedée, par Agenor Roy de Tebes auec Tyr, & depuis luy, ces deux
villes ont toufiours efté fubiettes à vn feul Roy, du moins iufques
au temps que les Affyriens & Perfes fe font faitz maiftres de la
Phœnicie: cefte reftauration aiant efté faiĉte, felon Eufebe, l'an
dixhuiĉtiefme Iofué, Iuge & Duc d'Ifrael, & le vingtfixiefme de
Remeffes, autrement dit Egyptus Roy, ou Pharao d'Egypte; car
Pharao n'eft que le tiltre de la dignité, comme dit Iofephe: auffi
Manethon Preftre Egyptiê l'appellant Pharao Menophi, dit que
ce fut l'an trentiefme du regne d'iceluy.

Pomponius Mela efcript que cefte cité de Sidon, eftoit la plus
grande & plus opulente de toutes les Maritimes: à quoy fe conforme auffi ce qu'en eft efcript au liure de Iofué: en icelle y auoit vn
trefbon port gardé de deux chafteaux, & vn peuple fort indu-
ftrieux & expert en plufieures fciences, comme appert aux fecod
& troifiefme liures des Roys, aux premier & fecond des Chroniques, en Efdras & Iofephe: Cefte mefme Sidon tomba au fort de
la li-

Ieron. ad
Euft. & in
loc. Hebr.

Sidô cité.

Ieron. qu.
Hebr. in
10. c. Gen.
Iofep. an.
li. 1. ca. 6.
Plin. lib. 5
cap. 19.

Eufeb. in
Chron.

Iofep. an.
li. 7. cap. 2
li. 9. ca. 14

Mela. li. 6

Iofué 19.
3. Reg. 11.
Efdr. 1. c. 3
Iofep. an.
lib. 3. ca. 2
li. 11. ca. 4
& contra
Appioné

la lignée d'Aſer, mais icelle lignée n'en peut onoques dechaſſer
les Cananeens idolatres, adorans Baal, Aſtaroth & Aſtarton, auſquelz Salomon à l'inſtigation de ſes femmes Sidoniennes, ſacrifia.

Apres qu'Alexandre le Grand, eut vaincu Darius Roy de Perſe, ceſte Sidon ſe rendit au vainqueur, meſme l'aſſiſta en la conqueſte de Tyr & Gaza : & depuis elle eſt demeurée à la deuotion
des ſucceſſeurs d'iceluy, iuſques au temps que les Romains, ſe
ſont faitz maiſtres de la Syrie & Paleſtine ; & eſt demeurée ſoubz
leur obeiſſance iuſques à l'Empire de Heraclius, que Homar troiſieſme ſucceſſeur de Mahomet, la leur oſta, & auec icelle, la Syrie & Paleſtine.

Elle fut repriſe & oſtée des mains des Sarazins, par les Chreſtiens Latins, l'an mil cent & onze, ſoubz la conduite de Baudouyn premier Roy de Ieruſalem, par l'aſſiſtance des Norwegeois,
venuz au ſecours des Chreſtiens en la terre ſaincte par le deſtroit
de Gibraltar : & lors elle fut erigée en Eueſché, dont le Suffragan
de Mayence porte le tiltre : & donna ledit Roy Baudouyn la ſeigneurie temporelle d'icelle cité à vn noble Cheualier nommé
Euſtache Grenier.

Le Redempteur luy à fait tant d'honneur, que de la viſiter en
perſonne, & l'endoctriner, voire meſme la priſer & louer, comme
appert en S. Mathieu & S. Luc: Depuis qu'elle a eſté en la puiſſance deſditz Chreſtiés, elle fut repriſe & deſtruite par les Sarazins,
l'an onze centz quatre vingtz ſept : puis reſtablie & diminuée de
la grandeur l'an douze centz cincquáte, par S. Loys Roy de Fráce, ſelon Herold : & l'an douze cetz quatre vingtz & nœuf, elle fut
reoccupée par les Sarazins Mahometiſtes, qui l'ont tenue iuſques
à l'an mil cincq centz dix ſept, que Selim Empereur des Turcs
deffit Campſon le dernier Souldan de Babylone & d'Egypte, abo-
liſſant le regne & nō des Sarazins, en eſtabliſſant celui des Turcs
ſur la Syrie, Paleſtine & Egypte: ſoubz le ioug deſquelz, giſt auſſi
en cendre, ceſte cité de Sidon, iadis tant floriſſante, métionnée en
l'Eſcriture ſaincte & és Hiſtoires, eſtant habitée pauuremét d'vn
tas de voleurs, meurtriers, larrons, aſſaſins & Druſes: hors la porte
de l'antique Sidon vers Leuāt, ſur le chemin de Ceſaré à Philippi,
ſe montrent les veſtiges d'vne Chapelle, anciennement baſtie au
lieu, où le Sauueur exauça la requeſte, que luy fit la Cananée pour
la deliurance & guariſon de ſa fille, comme nous liſons en S. Matthieu : en quoy ſe demontre la diligence, dont vſoient noz deuotieux anceſtres, à bien remarquer les lieux ſainctz.

v   Iuſques

Tyrius.
li 11, c. 18.
16.
Vitriac.
cap. 27.

Math. 15.
Luc. 6. 10.

Herold.
lib. 4. ca 3
1. 3. ca. 4.

Math. 15.

Iufques à cefte cité de Sidon s'eft anciennement eftandue la
terre fainâe, des Iuifz dire au parauant terre de promifsion, qui
auoit en longueur depuis ledit Sidon, le mont Liban & Celarea
Philippi, autremét dite Dan, iufques à Berfabée, affauoir de Septentrion vers le Midi trois centz mile, & de largeur depuis la mer
Mediterranée ou de Phœnicie, iufques au fleuue Iordain, enuiron
quatre vingtz feulement: & depuis ledit fleuue, iufques aux montaignes de Galaad, de trente fix à quarante, qui font enfemble enuiron fix vingtz mile d'Occident en Orient: laquelle terre, fut
aufsi premierement nommée, mefme depuis le deluge general,
terre de Canaan, pour auoir efté poffedée (auant l'arriuée de Iofué auec les Hebrieux en icelle) par Canaan troifiefme filz de
Cam: lequel la pertageant auec onze de fes enfans la reduifit en
douze portions & generations. Lequel Iofué furuenant & ayant
conquife icelle terre, la diftribua aux douze lignees d'Ifrael, qui
(felon le dire du Sauueur, en S. Mathieu & S. Luc, doibuent eftre
aufsi iugées par les douze fes Apoftres. Et c'eft chofe admirable,
qu'vne regió fi petite & eftroite a fouftenu & nourri, vne fi grande & quafi innumerable multitude de peuple, comme eftoit celle
des Hebrieux ou Iuifz, car nous lifons au fecond liure des Roys
& en Iofephe, que faifant le Roy Dauid nombrer le peuple, on
trouua treize centz mil hommes aptes & propres à combatre.

    Aufsi le mefme Iofephe dit encore, qu'en vne fefte de Pafques,
le peuple en nombre de trente fois cent mil hommes, s'efleua par
exclamations vers Ceftius Gallus, pour fe plaindre de la cruauté & rude gouuernement de Florus. Le mefme Autheur dit encore, que ce Ceftius voulant donner à entendre à Neron Empereur,
qu'elle eftoit la force & fleur de Ierufalem, il requift aux Sacrificateurs, que le peuple fuft nombré, s'il fe pouuoit aucunement
faire: pour à quoy acquiefcer, iceux Sacrificateurs, par vne fefte de Pafques, trouuerét qu'il y auoit deux millions fept cetz mil
hommes offrans holocauftes, fans tous les autres qui ne faifoyent
oblation, & qui eftoyent demeurez en leurs maifons.

    Plus, à la prinfe de ladite fainâe Cité, & durant la guerre, com-
me recite encore au mefme lieu ledit Iofephe, y furent prins le
nombre de quatre vingtz dix fept mil hommes, & de tuez onze
fois cent mil: aufsi en furent trouuez, qui s'eftoyent occis eux
mefme & enterrez ou mortz de faim, plus de deux mille. Ce qui
femble eftrange & quafi incroyable, à caufe, comme dit eft, de
la petiteffe de la region: mais prenant efgard à ce qu'en a conie-
âuré

Le diftriâ
de la terre
fainâe.

Math. 18.
Luc. 22.

2. Reg. 24.
Iofep. an
lib. 7. c. 10

Iofep. 2.
bell ca. 13
lib. 7. bell.
cap. 17.

ſuré Iacobus Siglerus Bauarus, on trouuera qu'il eſt bien vray
ſemblable. Car, ores que ledit païs ſoit eſtroit, ni gueres long,
quant au plan, il ſe trouue plein de montaignes & colines, leſquelles eſtoyent toutes cultiuées & habitées : tellement que me-
ſurant leur haulteur & circonference, auec les coſtez en montant & deualant, on y trouuera deux tiers de païs d'augmentation. Auſsi les villes ſituées aux ſommetz des montaignes, les
bourgs & villages aux coſtez d'icelles, eſtoient tant proches l'vn
de l'autre, qu'il ſembloit que le tout n'eſtoit qu'vn manoir, ou
bourgade amaſſée, dont procedoit vne ſi grande multitude de peuple : ioint que les femmes Iuiſues, eſtoient fort fecondes, & y en
auoit peu de ſteriles entre elles. Adiouſtant à cecy, que la promeſſe de Dieu, faite aux Patriarches Abraham, Iſaac & Iacob, (aſſauoir que leur ſemece ſeroit multipliée, comme le ſable de la mer,
& les eſtoilles du Ciel) deuoit eſtre accomplie, auant la ſubuer-
ſion de la gent Hebraique & leur poſterite, car Dieu eſt veritable
en toutes ſes promeſſes & parolles.

Or de toute ceſte multitude de peuple, & de la region, eſtoit
principale & Metropolitaine, la ſaincte & glorieuſe Cité de Ieruſalem, en laquelle ont eſte faictes des choſes merueilleuſes,
recitées tant és hiſtoires ſainctes, comme és prophanes : deſquelles ni meſme d'icelle ſaincte Cité, ie ne feray autre mention, pour auoir eſcript vn volume particulier, de ſa fondation,
ſituation, & de ce qui y eſt aduenu depuis lors, iuſques à preſent.
Mais ie pourſuiueray l'hiſtoire encommencée, du progres de
noſtre dit voyage.

De Barut, Liblus, Botris, Anephin & Teuproſopo,
Cité & Promontoire.

CHAPITRE V.

Ingt mille plus auant que Sidon, ſe trouue Barut, iadis cité ſarut cité
tres-celebre, de la Phœnicie, premieremét fondée par Gere-
ſeus, cinquieſme filz de Canaan & Geris, appellée depuis Berit ou
Beritus, du Dieu ou Idole Berith, qui y auoit ſon Téple, & duquel
eſt faict mention au liure des Iuges, ſoubz le nom de Baal Berith : Iud.9.
Elle eſt ſituée ſoubz le mont Antilibanus, aiant la mer vers Occident, & au coſté d'Orient, des campaignes fertiles & belles : ladite
cité fut ruinée par Triphon, & reſtablie par les Romains, qui la

nommerent Iulia Fœlix & le domicile d'iceux Romains, selon
Strabon, & en Iosephe en la narration qu'il faict du iugement qui
y fut donné contre les deux filz du Roy Herode, à la poursuite d'i-
celuy Herode: lequel auec Agrippa l'embelliret de Temples, d'vn
Theatre fort magnifique, d'vn Amphiteatre & de baings; Galleries & porches: Auguste Cesar donna aux habitans d'icelle les priuileges des bourgeois Romains; & au temps de l'Eglise primitiue, & des Chrestiens Latins, elle fut honorée de siege Episcopal,
comme appert par les Histoires Ecclesiastiques, & par les escriptz de l'Archeuesque de Tyr.

Il y a eu vn tresbeau Monastere & Eglise de S. Saluator, ou depuis peu d'années en ça, ont encore resté dés Religieux de l'Ordre de S. François. Outre ce il y auoit vne maison erigée en Chapelle, en laquelle les Iuifz perfides prindrent, il y a long temps, l'I-
mage d'vn Crucifix, faicte de bois par Nicodeme, selon la tradition des anciens, laquelle y auoit esté laissée de quelque Chrestien
y aiant eu la demeure, & fut ceste Image, par lesdiz Iuifz flagel-
lée, & par grand despit crucifiée, comme si c'eust esté encore Iesus
Christ mesme: & miraculeusement il sortit de ceste Image, grande abondance de sang, lequel fut recueilli par l'Euesque du lieu,
& par petites ampoules ou fioles, enuoyé en diuerses parties du
monde, guarissant plusieurs malades, & furent par ce miracle
iceux Iuifz, & plusieurs Infideles, conuertis à la Foy Chrestienne.
Ce que mesme S. Athanase escript, en vn sien Sermon qui fut leu
au septiesme Concile general, & le second tenu à Nice, auquel as-
sisterent trois centz cincquante Euesques: il y a encore hors de la
cité, sur le chemin de Biblis & proche d'vn Lac, les ruines d'vne
Eglise, cy deuant dediée à Dieu & à son glorieux Martyr S. George, & edifiée au lieu ou ledit S. Martyr tua le serpent, & deliura la
fille du Prince de Barut.

Pres duquel lieu, est encore vne spelonque aiant sept pertuis &
entrées, ou cest animal repairoit & espioit les passagers, pour les
assaillir & deuorer, & là on montre vne fosse, en laquelle on le
tient auoir esté enterré. Ce qui nous est referé de plusieurs, qui ont
veu les choses susdites, & n'est rien de nouueau que telz animaux,
(lesquelz i'estime estre Crocodilles) y ont hanté: car comme i'ay
encore dit ailleurs, nous lisons en Strabon, amenant pour tes-
moing, l'ancien Possidonius, qu'on y a veu vn Dragon ou Serpet,
frequentant la vallée ou Lac de Macca, non guere distant de Barut, si grand & gros que deux hommes de cheual, estans l'vn d'vn
costé

cofté & l'autre de l'autre, ne fe pouuoient entreuoir, aiant la longueur à l'auenant, auec la gueule fi large, qu'vn homme de cheual
y fut bien entré : Finablement, icelle Cité de Baruth a efté tant
de fois prinfe & reprinfe, qu'elle n'a plus rien retenu de fa priftine beauté & fplandeur.

A dix mile de Barut, eft Bible, dict *Biblus, Bibles* & *Biblium*, pre- Biblis cité
miere cité du Patriarchat d'Antioche, & fondée d'Eueus fixiefme
filz de Canaa, & de luy appellée Eue ou Euea, & par les Hebrieux
Gebal & Gobel. Elle eftoit anciennement dediée à Adonis, & s'y
tenoit le fiege Royal des Roys Cimiris & de Trilo, le dernier defquelz fe rendit à Alexandre le Grand, & l'accompaigna au fiege
de Tyr, felon Diodore Sicilien. Quelque temps apres, elle vint au
pouuoir d'Antigonus pere de Demetrius Roy de Syrie, duquel eft
faict mention és liures des Machabées. Strabon dict qu'apres, elle Strab. l. 16
fut gouuernée par vn Tyran, lequel Pompée fit decapiter: l'efcriture faincte en parle fouuent, cóme és Pfalmes, és liures des Roys,
& aux Propheties, fpecialement d'Ezechiel, qui appelle les habi- Ezech. 27
tans les anciens & prudens de Biblus. Le peuple d'icelle a preparé
les bois & pierres que le Roy Hyram enuoya au Roy Salomon, 3. Reg. 5.
pour l'edification du Temple & de fon Palais.

Cefte cité a aufsi eu des Euefques, tant au temps de la primitiue
Eglife, que depuis, mais ilz en ont efté chaffez par les Infideles, qui
l'ont ruinée, & faict d'icelle vne fpelonque de larrons & pauure
habitation de Mariniers, qui prefentement l'appellent Giblet ou
Geballa, refentant le nom que luy donnoient iadis les Hebrieux,
felon fainct Ierofme.

Paffant Biblis & dix mile plus bas, fur la mefme orée de la Mer,
font les veftiges de l'antique & opulente Botris ou Botrus, iadis Botris ci-
aufsi cité Epifcopale, premierement edifice par Ithobal Roy de té.
Tyr & pere de la peruerfe Iefabel, felon Iofephe. Icelle Botris, di- Iofep. an.
te prefentement Petrona, eftoit fituée entre les vallons & colines lib. 2. ca. 7
du Mont Antiliban, renommée pour les bons vins qui y croiffent,
mais femble eftre deferte, & fans habitation.

En pourfuiuant la mefme cofté maritime, il fe trouue vn grand
Promotoire, nommé de Pomponius Mela, Strabon & autres Eu-
profopon, fignifiant, *Dei Frons*, Front de Dieu: & à prefent, par mot
corrompu on l'appelle *Capo pofo*, fur lequel fe voient les veftiges de Capo po-
certaine fortereffe, qui fut ruinée par Pompée: lequel promontoi- fo, Pro-
re fe montre de fort loing, aufsi il s'auance beaucoup en la Mer, montoire
& montre vne face en precipice, fur le derriere duquel, il fem-

     ble y

ble y auoir quelque valon, comme si on l'eust voulu retrancher de
la Montaigne.

Des montz Antiliban, Liban, & des Leopards.

CHAPITRE VI.

*Antiliban
môtaigne
Iosep. an.
lib. 1. ca. 6.*

LE mont Antilibanus, par Iosephe (selon que semble) dit Aman,
commence à vn mile de Sidon, au lieu où le fleuue Eleutere
entre en la Mer, & s'estend vers Septentrion iusques à Archis, qui
est par delà Tripoli : la longueur d'iceluy est de trente miles &
plus, s'esloignant quelquefois vn, deux, ou trois miles de la Mer, &
quelquefois il en est bagné. De l'autre coste vers Orient, il s'estend
*Ieron. in
loc. Hebr.*
iusques au territoire de Damasco, selon qu'ont escript S. Ierosme,
Brocard, Breidenbach, & plusieurs autres.

Iceluy Mont est tresfertil, aymable, & en belle assiette, abondant en vignes, herbes medicinales, & toutes sortes de fruictz,
mesme de bestes sauuages, & est dict Antiliban, pour estre situé à
l'opposite & contre le mont Liban, comme emulateur d'iceluy,
faisans leur concours comme par enuie, iusques aux territoires de
Tripoli & dudict Damasco, n'y ayant qu'vne vallée longue &
branchue entre deux, qui les separe, laquelle est merueilleusement belle, & fructueuse en herbages, pasturages, vignobles,
iardins à arbres fruictiers, & terres à labeur, produisans de tres-
beau froment : où se trouuent aussi des animaux, volatilles &
autres bestes de toutes sortes & especes, mais n'estant le tout ainsi
qu'anciennement.

*Mont Li-
ban.
Tacit.
li. 21. ca. 2.
Plin. li 5.
ca. 10.*

Au regard dudict mont Liban, selon le tesmoignage de Cornelius Tacitus & plusieurs autres, il est le plus hault & le plus fecond de toutes les montaignes de Syrie & Phœnicie, commençeant à Cesarea Philippi & Sidon, terminant outre Tripoli &
Damasco, s'estendant en longueur (selon Pline) par quinze centz
stades, qui font enuiron cent quatre vingtz sept miles Italiennes :
Les Hebrieux le nommoient Lebanon & Liban, & les Grecs,
Leuscamos, qui signifie, reluisant, blanc, ou blanchissant, à cause
qu'il est tousiours couuert de neige : dont Tacitus s'esbahissant,
dit, qu'il trouuoit merueilleux, qu'en vn pais si bruslant, ce mont
fust tousiours couuert de bois & de neiges : Mais ie ne sçay s'il entendoit qu'en la seconde region de l'air, en laquelle se trouuent les
cimes de ce mont, il y faict vn froid continuel, & qu'il n'y court
aucun

aucun vent: aufsi au liure des Nombres il eſt appellé, Montaigne-
ne treſ-haulte, & vrayement ſi haulte, qu'en nauigeant, voire meſme en cheminant par terre, on le voit de quarante miles loing.

Pluſieurs Cypres, Sapins, Oliuiers & autres eſpeces d'arbres rares croiſſent en abondance ſur ladite montaigne, & ſur tout des
Cedres treſ-haults & branchuz, le bois deſquelz on tient eſtre incorruptible, & que ce fut pour ceſte cauſe que les Roys Dauid &
Salomon en demanderent a Hyram Roy de Tyr, pour l'edificatiõ
du Temple de Dieu: entre les autres on en voit encore vingt trois
treſanciens & grands (leſquelz on tient eſtre reſtez du temps deſditz Roys) aians les fueilles ſemblables à celle du Geneurier, pluſieurs eſtans rangees enſemble ſur vne queue, en forme de houp-
peau au deſſuz des branches s'eſleuãtes vers le Ciel, & ainſi le porſe
encore ſon fruict, ſans qu'il y ait rien au deſſoubz deſdictes branches: lequel fruict eſt quaſi ſemblable à celuy du Sapin, mais plus
court, plus gros, & plus rond, aiant ſes eſcailles plus plattes, tendres, larges, & plus ſerrees.

De ce mont eſt ſouuent fait mention en l'Eſcriture ſaincte, ſpecialement aux Cantiques de Salomon: Il eſt preſentement habité
de grande multitude de peuple, appellé Druſes ou Truiches, ſe vã-
tans eſtre deſcenduz des anciens François & Chreſtiens Latins,
qui ſe ſauuerẽt, quand Saladin (par la trahiſon du Compte de To-
louſe & Tripoli) les chaſſa de la terre ſaincte. Leſquelz Druſes y
viuent ſans aucune Foy ny Loy, & s'y ſont tellement multipliez,
fortifiez, & armez, occupans les parties inacceſsibles dudit mont,
que iuſques à preſent le Turc ne les a peu dompter, ny exſtirper,
quelque effort qu'il en ait faict, & fit encore en l'an mil cinc centz
quatre vingtz cincq, ainſi que i'ay pluſamplement narré aux Annales de la ſaincte Cité.

Les Maronites, qui ſont Chreſtiens Suriens (ditz de la Cincture, pour raiſon de la Cincture noſtre Dame, comme i'ay dict au liure troiſieſme) y ont auſsi leur ſiege principal, & trouuons en
l'Hiſtoire de l'Archeueſque de Tyr, qu'enuiron l'an onze centz Tyrius. l.12. ca.1.
quatre vingtz & deux, quarante mil de leurs hommes, gens belliqueux, ſe ſont preſentez à l'Egliſe, & ont abiuré leurs erreurs, pour
accepter la ſaincte Foy & Religion Catholique, Apoſtolique, Romaine, & ſe ſoubmettre à l'obeiſſance du ſainct ſiege Romain: Le
meſme ont ilz encore faict, apres eſtre derechef retombéz en leur
premiere Hereſie: mais ilz ont obtenu congé, de pouuoir celebrer
l'Office

l'Office Diuin en langue Syriaque: l'ay ouy la Messe de leurs Prestres en Tripoli, laquelle n'ay trouué differer en rien a la Latine, soit en ceremonies, ornemens, Calices, & façons de dire, le *Confiteor*, *Dominus vobiscum*, eleuation du *Corpus Domini*, & ce qui reste de la Messe, fors qu'en la prononciation de leur langue.

Iceux Prestres sont comme Religieux, demeurans és montaignes du Liban, en deux petits Monasteres, l'vn appellé de S. Anthoine, & l'autre de *Sancta Maria in Canobin*: les ceiules ou chambrettes desquelz Monasteres sont quasi toutes taillées en la roche, & n'y a en tout l'Empire Turquesque des Cloches, qu'en cedict Monastere de *Sancta Maria*, ou reside leur Patriarche, qui auparauant le tenoit en Antioche: Lesquelz Religieux viuet fort estroictement, soubz la Regle de S. Basile, & sont pauurement vestus d'vne Casaque longue & vn petit chaperon noir. Ils reçoiuet fort ioieusement & humainement les Chrestiens & Pelerins Latins, sonnans, par alegresse de leur venue, leurs petites cloches.

Enos pre miere vil-le du mo-de.

Beaucoup d'Autheurs sont d'opinion, que la premiere ville du monde, edifiée par Caym en ceste montaigne, selon Berose Caldée tresancié Annaliste, & appellee Enochia, Enosa, Enos, Enoch (apres son fils aisné, comme il est escript au Genese & en Iosephe) ait esté assise au lieu ou ce Monastere de Canobin est situé.

Genes. 4.
Iosep.an. lib.1. ca.3

L'escriture saincte & les Histoires, tant prophanes que autres, font souuent mention de la fertilité de ceste montaigne, & des riuieres qui en sortent: entre lesquelles sont la Chrysorea, le Iordain, Eleuterus, Leon, Lycus, Adonis, à present dict le Chien, & *Fons rigans hortorum*, dont ie parleray cy apres. Elle est aussi louée, & grandement estimée, pour la quantité des Simples & herbes medicinales, mesmes pour les excellens vins qui y croissent, surpassans en force, selon mon iugement, tous autres que i'ay iamais goustez.

Ozée 14.

Le Prophete Ozee compare aussi a iceluy les conuertis en la Foy, disant, *Memoriale eius sicut vinum Libani*. Son memorial sera comme le vin de Liban: c'est pourquoy il est mal possible de le boire en Tripoli (ou il se dispense) sans y mettre de l'eaue au double, si ce n'est pour corriger la dissenterie, causée par les eaues de neige qui descendent dudict mont, & peu d'estrangers eschappent sans l'auoir.

Mont des Leopards.

Des dependances duquel mont est encore, selon qu'il semble, vn autre mont, qui se voit rond & hault, au dessus de la ville de Tripoli, vers Septétrion, & à deux mile d'icelle, appellé, *Mons Pardorum* ou *Leopardorum*, duquel est faict mention aux Cantiques,

Cant. 4.

s'estens'estendant iusques à trois mile pres de la ville d'Archas, fondee par Aratheus filz de Canaan fils de Cam, comme appert au Genese: laquelle ville est situee au territoire ou finissent les montz Liban & Antiliban : En ce mont des Leopards, du costé d'Aquilon, se voit vne spelonque, & en icelle vn monument d'excessiue longueur, lequel les habitans circonuoisins disent estre celuy de Iosué, & le reuerent pour tel, en quoy ilz errent, car son corps fut ensepulturé en Tamnatzare, comme i'ay dict en son lieu, mais ce peult bien estre celuy de Canaan, ou d'aucuns des siens aians eu leur residence aux enuirons de cedict mont.

Pour reuenir à la suitte de nostre premier propos, passant le susdit Promontoire, appellé Capo polo, se voient le long de la riue de la Mer certaines petites Plaines assez belles & plaisantes, & cincq milé plus auant, l'antique Nephin, autrement dite Nephrus, & des modernes Anephe, Chasteau cy deuant garni de trente tours, & quasi enuironné de la Marine, appartenant iadis aux Princes d'Antioche, & y souloit croistre de tres-bon vin, mais à present le tout est en ruine, & n'y a que des pauures Mariniers & Pescheurs, qui y habitent. Quant à la beauté de ceste coste, ie puis bien asseurer le curieux Lecteur, que non obstant que la riue de Genes, iusques à Sauone, soit merueilleusement belle, & bien prisee, toutefois ceste cy, depuis Ioppen iusques à Tripoli, l'a cy deuant passee de beaucoup, &, selon mon opinion, il semble qu'en tout l'Vniuers n'y en a eu vne pareille, bornee de tant de belles, riches & magnifiques Citez, Bourgades, & Montaignes, si peu distantes l'vne de l'autre qu'en ceste cy.

Archas ville.
Genes. 10.

De la Cité de Tripoli de Syrie.

CHAPITRE VII.

PAssant deux mile plus auant qu'Anephe, se trouue vne large & ronde Plaine, s'auançant dans la Mer comme vn grand Promontoire, mais tant platte & basse, que si la Mer voisine croissoit comme faict l'Ocean, elle passeroit souuent au dessus, & la noyeroit. Au bout de laquelle Plaine, vers la montaigne, est situee la grande & marchande Cité de Tripoli, surnommée de Syrie, pour la difference de celle d'Afrique, appellée vulgairement, Tripoli de Barbarie. Or ceste cy, a le mont Liban vers Orient &

Tripoli cité.

X
vers

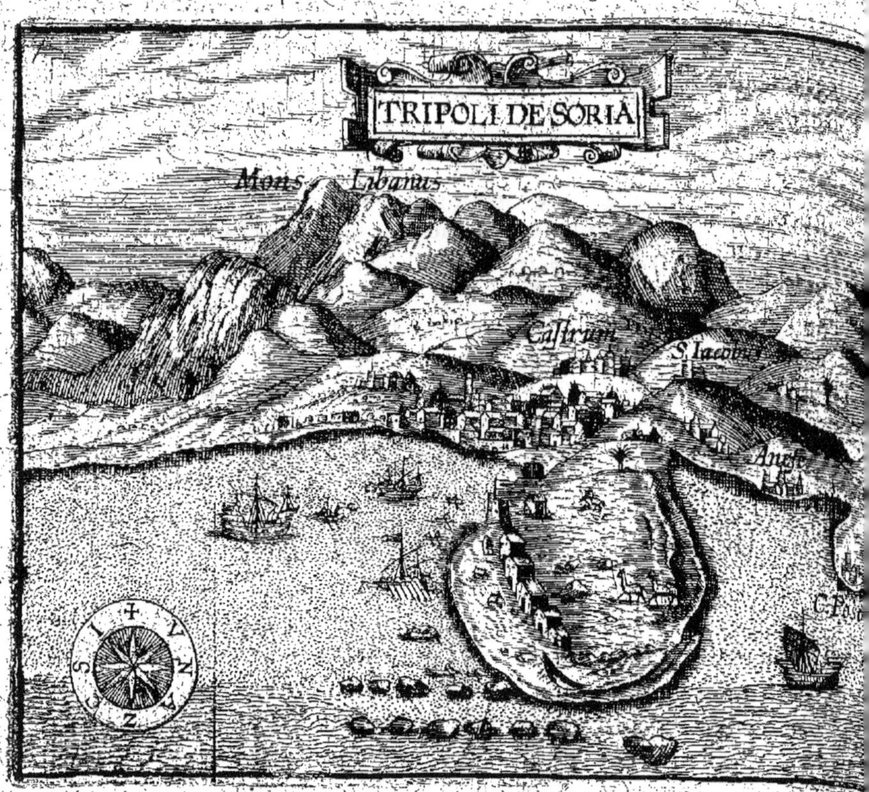

vers Occident, la grande Plaine fufdite, & la mer en cest endroit,
furnommée encore de Syrie ou Phœnicie, à caufe de la Region
renommée des Phœniciens, iadis commençante au mont Carmel,
Dora & Chasteau des Pelerins vers le Midy, & finiffant au fleuue
Valanus vers Septentrion. Laquelle Cité de Tripoli est peuplée
& frequentée de toutes fortes de Nations, Chrestiennes, Iuifues,
& Mahometanes, mefme de Perfans, ores qu'ilz foient en guerre
contre le Turc. Il y a en icelle cité plus de quatre mille perfonnes,
qui viuent de recuillir & preparer la foie que font les vers, entretenuz & nourriz de fueilles de Meuriers, dont il y a grande quantité, & ces gens font tellement tailléz, que le grand Seigneur
prent certain droict ou gabelle de chafcun arbre.

Il arriue en cefte Cité toutes fortes de marchandifes Leuanti-
nes, venans de Perfe, Mede, Mefopotamie & des Indes Orientales,
mefme des efpiceries & drogues odoriferantes de l'Arabie Heu-
reufe:

reuse: lesquelles viennent premierement par les fleuues Eufrates
& Tigris, & puis sont portées par terre auecq des chameaux &
muletz en Alepo, & d'illec en Tripoli, distante de quatre iournées
dudit Alepo, ou elles se dispersent & enuoient par toutes les parties du monde, par la commodité des naues qui y viennent d'Alexandrie, Venise, France, & autres lieux Occidentaux.

Elle est dite Tripoli, pour auoir esté colonie de trois Citéz, assauoir, Tyr, Sidon & Arados, & par les habitans ou fugitifz d'icelles fondée en temps de guerre, selo Strabon: aussi pour auoir esté
triple en forme soubz vn seul gouuernement. La premiere située
vers la Montaigne. La deuxiesme vers la Marine, sur la plage, laquelle est entierement rombée, par vn tremblement de terre, qui
aduint au mois de Iuing, l'an onze centz soixante dix, côme rapporte Guillaume Archeuesque de Tyr, Chancelier du Royaume Tyrius.
de Ierusalem, au temps du Roy Almeric, disant, apres auoir parlé li.20. c.17
des autres Citéz, aians couru semblables fortunes: *En Phœnicie sem-*
blablement la noble & populeuse Cité de Tripoli, laquelle le dixneufiesme iour
de Iuing, enuiron la premiere heure du iour fut subitement esbranlée auec telle
impetuosité, par ce tremblement de terre, qu'a peine vn seul de tant de peu-
ples qu'y furent trouuez dans le pourpris de ceste grande ville, peult il trouuer
voye de salut: de façon qu'elle fut quasi toute reduicte en vn monceau de
pierres, & faicte le tombeau des Citoyens, oppressez en sepulchre publiq.
Aussi on y voit encore plusieurs vestiges de ceste destruction,
faicte & aduenue par l'occult iugement de Dieu, mesme on y voit
des grands montz de murailles brisées, & vne porte à demy entiere, proche d'vn bel Hospital, qu'ilz appellent Carauatsara,
estant tout neuf, fondé & faict d'assez belle structure, par le
benefice d'vn More Sarazin, ou tous Voyagers de leur Secte
sont receuz.

Reste donc la troisiesme Cité ioincte à la premiere par la ruine
de la seconde, tellement augmentée, qu'elle est vne des belles, grãdes & populeuses de tout l'Orient, du moins de la Palestine &
Phœnicie, autrement ie ferois tort à Alepo & Damasco, qui la precedent: neantmoins elle peult bien estre nombrée pour la troisiesme, pleine de beaux edifices & Eglises, apparamment ci deuãt basties par les Chrestiens: car les Turcs, nõ plus que noz heretiques,
ne sçauroiet montrer qu'eux ne leurs predecesseurs, en aiet fait de
si anciénes, belles & grandes, mais ilz pourront bien montrer d'en
auoir rauf aux Catholiques (ausquelz de toute ancieneté elles ap-
partenoiet) vn grand nombre, pour en faire des Mosquées, Temples

ples ou Seminaires de leurs faulses doctrines. Encore les Turcs en
edifient aucunes à leur mode, & entretiennent les vieilles, mais
noz heretiques, les destruisent du tout, comme si c’estoit abomination d’en auoir.

De ceste façon les Turcs occupent cesdites Eglises, & les ont
reduites en Mosquées (ainsi appellent ilz leurs Temples) & au lieu
de cloches, ilz y ont basty de tours estroites & mediocremēt haultes, sur lesquelles montent leurs Prestres, appeliez Santons, pour
conuoquer & inciter le peuple à prieres: ce qu’ilz font à certaines heures du iour, disans, *Alla Hillala Mahemeth Rasur Alla*, qui vault
autant à dire, comme, Dieu, vn seul Dieu, & Mahometh nonce de
Dieu: De nuict ilz crient le mesme à toutes les heures, commençant à celuy du chasteau le premier, auec le son d’vn Chalumeau,
& puis les autres respondent de tour à autre, designans par ce cry
les heures de la nuict, car ilz n’vsent de cloches ny d’Orloges arti-
ficielles, mesmes ilz les ont en mespris.

Aucun Chrestien ne peult entrer en leursdictes Mosquées sur
peine de la vie, ou d’estre contraint renoncer à la Foy (comme i’ay
dict cy deuant) pour n’estre circonci: aussi ilz ont des hommes qui
gardent les entrées & portes d’icelles, ou pédent des lampes continuellement ardentes: Au deuant desdites Mosquées se trouuent
des fontaines ou lauatoirs, comme en noz Eglises des Benoistiers:
mais leursdictz lauatoirs sont au dehors, & és atres d’iceulx: les
Turcs, auant qu’entrer en la Mosquée, se lauent, specialement le
membre dont ilz ont offensé: afin de n’y entrer souillez, pensans
par ce lauemēt estre purgez de leurs pechez: Il n’y va que les hommes & non les femmes, & entrent esdites Mosquées à piedz deschaux, laissans leurs souliers en vne place au deuant d’icelle, &
estans entrez dedans, ilz n’oseroient parler l’vn à l’autre, ne y porter aucune ordure, ny mesme cracher sur le paué: Leurs prieres se
font pour auoir & obtenir du bien temporel, & que les guerres &
dissentions Chrestiennes puissent durer, & augmenter, afin que
par ce moien ilz puissent gaigner sur leurs côtrées, comme ilz ont
tousiours faict depuis enuiron mil ans.

Helas Chrestiens, que responderons nous deuant ce grand
Dieu, quand leurs deuotions (ores qu’infructueuses, par le manc-
quement de Foy & Baptesme) & la reuerence à l’endroit de leursdictes Mosquées (qui sont vuides de toute representation ou reliques de saincteté, ains plustost pleines d’abomination & blasphe-
me contre nostre Sauueur Iesus Christ) seront posées en iugemēt

contre

contre noſtre indeuotion, irreuerence & impieté, à l'endroit de
noz Temples & maiſons dediees à Dieu, y eſtans, entrans & ſor-
tans d'iceux, auec toute immodeſtie, pleins d'arrogáce & d'enuie,
plus curieux d'eſtre honoréz du monde & regardez auec noz habitz pópeux, ſurpaſſans en richeſſe ceux de noſtre prochain, parler & diuiſer en iceux de noz folies, trafiques & proces, pluſtoſt
que de cœur & d'affection aſſiſter & eſtre entetif (côme il appartient pour noſtre ſalut) à l'office diuin, qui s'y faict à l'honneur de
Dieu, & le remercier des biens & graces, qu'il nous impartit miſe-
ricordieuſemét tous les iours: toutefois ſi nous voulós bien conſiderer ou nous ſommes, nous rrouuérós que ce ne ſont granges ou
Moſquées vuides, ains maiſons de Dieu & maiſons d'oraiſon, côme nous enſeignét non ſeulemét les Prophetes, mais auſſi le meſme Sauueur, eſquelles nous ſont adminiſtréz les ſacremens, & an- Math. 21.
noncée la parole de Dieu: ou ſe conſeruét pluſieurs ſainctes digni- Marc. 11.
tez & reliques des ſainctz triôphans au Ciel & prians pour nous: Luc. 19.
ou eſt auſſi la preſence des Anges, accompaignans & honorans le Ioan. 2.
venerable Sacrement, auquel la diuinité eſt conioincte à l'huma- Iſaie 56.
nité de Ieſus Chriſt, en ſa chair & ſang pretieux, ſoubz les eſpeces Ierem. 7.
de pain & vin.

Ie dis cecy en paſſant, Lecteur deuot, me recordant de l'enuie
que ie porrois à ces miſerables & abuſez Mahometans, les voyans
nous ſurpaſſer en ceſt endroit, au deuoir de reuerence, que ſommes obligéz porter à noz Temples & maiſons dediees à Dieu: ie
le dis encor à fin qu'il vous plaiſe implorer ſa grace, pour obtenir
que nous puiſſions du moins en ce imiter ces pauures eloignéz de
ſalut, & tellement viure en ce monde, que puiſſions meriter d'eſtre
ſoulagéz & exemptz, de tant de calamitéz qu'endurós dès ſi long
temps: & que par noſtre faulte & ingratitude propre (abuſans des
treſors & biens, qui iuſques à preſent nous ont eſté concedéz, par
la bonté diuine) noz Temples, les Sacremens, la parole, & tout ce
qu'auons receu de ce bon Dieu, ne nous ſoit oſté, comme à beaucoup d'autres nous ſeruans d'exemple.

Or reuenant à noſtre premier propos & ſuccincte deſcription
de ceſte cité triple dite Tripoli, les places publicques, que nous
appellons marchéz, & eux Bazarres (ou ſe vendent toutes danrées neceſſaires à l'homme, comme draps, toiles, ſouliers, ferailles,
eſpiſſeries, chairs, fruictz, pain & toutes viandes cuites ou crues,
meſme de pierreries) ſont toutes voultées, comme noz Egliſes:
Quant aux femmes aians quelques ouurages faictz à l'outil, on à

X 3   l'eſguille

l'efguille (dont s'en trouue de fort beaux) elles ont leur lieu à part, & la face couuerte d'vn voile noir: il y a encore vne place defignee, ou fe rendent particulierement les efclaues de tout fexe & aage.

Les hommes y font habillez d'vn veftemét long iufques en terre, chacun felon la mode de fa natio & qualite: les Turcs d'vne façon, & les Grecs & Iuifz d'autre, auffi les Chreftiés Latins, fe veftent differemment, tellement que par l'habit & le Turban, on les peult difcerner l'vn de l'autre: mais nul ne porte Turban, que les Mahometiftes, & les Iuifz des Barretins rouges, les autres portét des bonnetz ou chapeaux, comme bon leur femble. Au regard des femmes, elles font toutes veftues de linge blanc, & ont le vifage couuert d'vn petit fandal noir, elles portent des chauffes longues, comme les mariniers Occidentaux, auec des brodequins larges de cuir iaune ou rouge: tellement qu'au contraire des autres natiós, les femmes y font court veftues, auec chauffes lógues, & les hommes font long veftus fans haulx de chauffes: les vefues ou repudiées, portent leur dor pédant, (attaché fur vne bande de velours, de foye ou de linge) fur le front, & ainfi les petites filles ont des maidins, au lieu de pieces d'or. Les enfans s'y portent à cheuauchó fur l'efpaule, au contraire de ceux de par deçà qui font portez fur le bras, tellement que celuy qui les porte, les tient par vne iambe, à laquelle ilz ont des anneaux d'argent, les vns plus gros que les autres, felon la faculte des parens: quelques vns en ont à toutes les deux iambes, mefme au bras: lefdites femmes pour fe parer, noircissent les paupieres de leurs yeux & les leures, ce qui me femble laid en eftre vne vfance trefancienne, reprochee à Samarie & Ierufalem citez pecherefles, par le Prophete Ezechiel.

Ezech. 23.

Quant aux baftimens & maifons, icelles font plattes au deffus, comme font quafi toutes celles d'Oriét, fans auoir faiftes ou toictz cleuez en pointe: ce qu'eft auffy felon la façon antique, comme i'ay dit encor parlant du Palais du Roy Dauid & du toict, duquel il veit & connoit à Berfabee femme d'Vrie: fur lefdictz toictz faictz en plateforme, on fe peult pourmener, feoir & coucher, aians chacun vn petit mur fi bas, qu'on le peult eniamber pardeffus, & aller de l'vn à l'autre, fans mettre le pied en la rue: & ainfi nous allames librement du Monaftere des freres Mineurs, iufques en la maifon appellée Fontigue des François: & à ce mur efté ordonné de Dieu, par fon legiflateur Moyfe, comme nous lifons au Deuteronome, ou il eft dit, parlant aux Hebrieux: *Quand tu edifie-*

Deut. 22.

ras vne

*ras vne maison nouuelle, tu feras à l'entour de son toict vn mur, à fin que le sang
ne soit respandu en ta maison, & ne sois coulpable, pour la cheute de quelqu'vn en bas.* Et à propos de ces toictz, le venerable Beda dit, que ce
que les Latins nomment, *Tectum,* les Grecs l'appellent *Doma,* dont
il est escript aux Prouerbes, *Melius est sedere in angulo domatis, &c.* Prou. 21,
Mieulx vault se seoir au coing d'vn toict, qu'auec la femme noi- 25.
seuse & en la maison ample.

D'vn semblable toict, dit en la Bible, *Solarium,* ledit Roy Da- 2. Reg. 11.
uid veit & connoist a ladite Bethsabée, & non d'vn grenier, comme aucuns l'ont voulu traduire : S. Ierosme sur la correction du Ierony.
Psaltier en parle aussi, disant : *In ædificio doma in Orientibus prouincys,* epist. ad
ipsum dicitur, quod apud Latinos tectum: in Palestina enim & Ægypto, veluti Suniam
scripti sunt diuini libri vel interpretati, non habent in tectis culmina, sed do- & Fretam
*mata, quæ Romæ, vel solaria, vel meniana vocant, id est plana tecta, quæ
transuersis trabibus sustentantur. Denique & in Actis Apostolorum Petrus
quando ascendit in doma, in tectum ædificy ascendisse credendus est. Et quando præcipitur nobis vt faciamus domati nostro coronam, hoc præcipitur, vt in
tecto faciamus per circuitum quasdam eminentias, ne facilis in præceps lapsus
sit. Et in Euangelio, quæ inquit auditis in aure, dicetis super domata, id est super tecta, & in Esaia, &c.*

Quasi toutes les maisons ont au dedans des courcelles ou des
iardins, sur lesquelz correspondent leurs fenestres principales,
sans en auoir du moins bien peu, sur les rues : lesquelles rues sont
communement assez estroites & eleuees des deux costez vers les
maisons, mais elles ont vne rigole platte & large au milieu, pour
y passer les chameaux & autres bestes de voitures ou portans des
hommes & fardeaux, & pour escouler les eaues, qui en temps de
pluies descendent en grande abondance, des montaignes circonuoisines. Plusieures desquelles rues, ont des portes qui se ferment
de nuict: il y a esdites rues, grande quantité de fontaines, qui souloient sortir par les murailles des maisons, pour la commodité
des passagers & animaux, mais à faulte d'entretennement, elles
sont la pluspart gastées : Neantmoins par cecy on voit, qu'elle a
esté la curiosité de l'ancien peuple de ceste ville: aucunes desquelles fontaines sont encores entretenues, es maisons des Grecs & es
baings, dont il y en a grand nombre. Et procedoient icelles fontaines, de celle que l'Escriture saincte nomme *Fons hortorum,* dont
nous parlerons plus bas.

Plusieures natiós, assauoir les Italiés, Frãçois, Anglois & Iuifz,
y ont des maisons contenantes plusieurs demeures & magazins,
ou logent

ou logent les marchans trafiquans, auec leurs Consulz & Viceconsulz, aians toute iudicature & auctorité sur leurs suppoz : &
sont ces maisons nommees fontigues, serrees & amassees, comme
celle des Ostrelins, situee en la ville d'Anuers, mais non si somptueuses & belles, neantmoins tellement priuilegees, que les Turcs
n'y oseroyent entrer, si ce n'est pour le trafficq, n'y donner empeschement quelconque à l'office diuin, qui s'y faict iournellement à
la Romaine es Chapelles à ce dediees : il y a aussi en ceste cité, vn
petit Monastere de Religieux de S. François, lesquelz y sont encore librement leur office diuin, & auquel arriuent premieremēt
les Pelerins, puis s'en departissent, s'il est besoin d'y seiourner,
pour se loger par les fontigues de leur nation, où chacũ s'accommode comme il peult, en vne des chambrettes, sans lit ny
vstanciles, mais on se sert de son matelas pour coucher, & y mége
on comme à table d'hoste.

Entre ladite ville & le mont est vn chasteau, lequel se voit de
tous costez, pour estre situé en hault lieu, basti de murailles &
tours, comme ceux d'Alemaigne ou de France, c'est pourquoy il
est croiable, qu'il peult auoir esté edifié par les anciens Comtes
de Tolose, lesquels par le benefice des Roys de Ierusalé, ont aussi
estéz Comtes de ceste Tripoli, comme ie declareray cy apres, &
portoyent pour Armories esquarrelé auec les armes de Tolose,
vn chasteau d'or en champ de gueule, qui estoyent celles de Tripoli : au pied de ce chasteau court vne riuiere, qui a sa source des
fontaines & neiges fondues descendantes du mont Liban, & specialement de la fontaine, appellée aux Cantiques de Salomon,
Cant. 4. *Fons hortorum*, sur laquelle sont plusieurs pontz, dont l'vn d'iceux
plus proche du susdit chasteau est nommé, *Ponte di Rodamonte*, ie ne
sçay pourquoy il est ainsi appellé, & si c'est à cause d'vn Rodomōt,
mentionné en l'Ariosto.

De ceste riuiere, au moins de l'eaue d'icelle, toute ladite ville
est grandement accommodée & rafraichie, & les iardins & prai-
ries humectéz & arrouséz : car par vne façon gentile, ilz la conduisent par petitz canaux où ilz veulent, & enbouchent les sor-
ties pour inonder la terre & iardins des enuirons : c'est pourquoy
ie tiens, qu'elle a acquis ce nom de *Fons rigans hortorum, &c.* Ceste
eaue nourrit grand nombre de Tortues, & est pernicieuse & cō-
traire à la santé de l'homme qui la boit, car pour estre meslee d'eaue de neiges fondues, elle engendre la dissenterie & vn flux de
ventre fort dangereux, tellement que peu d'estrangers eschappent

sans

ſans l'auoir: mais on la corrige , tant par le fort vin, qui vient du mont Liban, que par la terre ſigillée & autres medicamens qu'on trouue ſur le lieu & chez les Medecins des ſontigues:toutefois ladite eaue eſt treſutile aux arbres fruictiers & herbages , comme afferme Aulu Gelle, apres Ariſtote , diſant cecy auoir eſté diſputé en ſa preſence.

Aul. Gell.
l.19. ca.5.

Icelle ville n'a aucunes murailles , ni rempars particuliers , ni auſſy des foſſez qui la ceindent,comme la Cité de Ieruſalem, ains les maiſons ſont ſeulement baſties de pierres griſatres taillées , & tellement ioignantes enſemble , que par le dehors le tout ſemble n'eſtre qu'vn edifice: neantmoins elles ont de feneſtres,reſpondã-tes ſur les champs, par leſquelles on a moyen d'en ſortir,mais ie ne ſçay s'il ſeroit permis: & telles eſtoient celles de Ierico & de Da-maſco , par leſquelles Raab ſauua les eſpies de Ioſué & les fideles S.Paul: il eſt bien vray qu'il y a des petites portes qui ſe ſerrent de nuict:Brief,il n'y a fortereſſe autre,que le chaſteau auec la multi-tude du peuple , & quelque compaignie de Genitiaires de cheual & de pied, leſquelz s'exercent ſouuent aux armes : & les pietons & bourgeois s'entrebattent pour plaiſir fort lourdement , du ba-ſton & bouclier: les cheuaucheurs s'adextrans à cheual auec l'arc & la iaueline: & les ay veuz tirer des fleches en vne boule de cuir miſe au bout d'vne perche plantée en plaine campaigne , en cou-rans d'vne carriere treſ-viſte.

Pour aller de ladite cité à la marine , on paſſe premierement vne partie de la vallée fertile,& puis par vne belle campaigne,in-cultiuée & ſablonneuſe, quelque peu eleuée en Coline, ou les Mores & Arabes montaignartz , eſtallent & vendent les cendres, d'vne herbe qu'ilz trouuent & bruſlent és montaignes, leſquelles ilz apportent par charges de deux , trois ou quatre centz cha-meaux:deſquelles cedres ſe faict le criſtail & le ſauon blanc , tant audit Tripoli qu'à Veniſe & allieurs,ou on en porte grāde quātité par mer. Le ſurplus de ceſte belle campaigne , eſtant comme vne peninſule,entre deux mers,eſt ſterile & vague: toutefois il ſemble que ſi elle eſtoit cultiuée , on en feroit de beaux paſturages & ter-res de labeur, ou des iardinages , comme il y a de l'autre coſté, ou la riuiere paſſe,reduite en diuers canaux.

En ce meſme lieu, ſont auſsi les ſepulchres des Turcs, entre leſ-quelz il y en a de fort magnifiques, eleuéz en forme de Chapelles, & autres aians des pierres aux deux boutz, comme bornes, por-tant des inſcriptions en lettres Turqueſques . Pluſieurs plantent

y   des her-

des herbes odoriferantes, ou des arbrisseaux sur iceux, ausquelz à
force de les arrouser souuent, ilz font predre racine: & la les femmes vont pleurer tous les matins leurs maris deffunctz, vsans de
ceremonies estranges & barbares.

Les Iuifz ont aussi leur cimetiere en vn autre champ, plus proche de la ville, & ont leurs sepulchres quasi semblables à ceux des
Turcs, auec des inscriptiōs en lettres Hebraiques. Mais les Chrestiens Catholiques, (ore qu'ilz aient leurs Fontigues & le petit
Monastere S. François en la ville,) ilz n'y peuuent enterrer leurs
mortz, fors à deux mile d'icelle, en vn petit lieu, dependant du
mont Antiliban: ou y a vn Hermitage nommé S. Iacques, auquel
reside certain Caloier ou Moine Grec, encore ne les y peut on
porter ou inhumer sans la licence du Caddi, qui compose & se
faict paier du droit, qu'il en pretend. Cest hermitage se voit en la
mer, au dessus d'Anephe : & y a si bon air, que les indisposez y
vont pour se refaire.

Vn petit plus bas que ledit Hermitage S. Iacques, s'en trouue encore vn autre, appellé *Sancta Marina*, ou demeure aussi vn
autre Caloier: lequel Hermitage on va visiter par grande deuotion, auec la grotte en laquelle on dit que la patiente vierge S.
Marine, à faict penitence tresgrandē en habit de Religieux, apres
auoir esté faulsement accusée, d'auoir abusé & engrossi la fille
d'vn meusnier. Le corps de laquelle Saincte est presentement à
Venise en vne Eglise dediée en son nom.

De l'autre coste, sur le chemin d'Alepo, & deux mile de la ville,
est vne fontaine belle & grande, murée tout à l'entour, en laquelle
on conserue & nourrit grande quantité d'vne certaine sorte de
poisson, qui est tant appriuoisé, qu'il vient manger du pain en la
main de celuy qui leur en veult presenter: mais nul n'est si osé, que
d'en prendre vn seul: il y a la aussi vne tour pour garde, seruant
de Mosquée aux Turcs.

Il se trouue en la plaine ou campaigne dessus mentionnée, &
aux enuirons de ladite ville, grand nombre de Cameleons, qui
sont des petites bestes à quatre piedz, de la grosseur d'vn grand
rat, aiant quasi la forme de lezardes, mais beaucoup plus laidz,
& ne sont venimeux: lesquelz estans prins & mis pres ou sur
du drap ou autre matiere de couleur, incontinent il se change en icelle couleur, & vient leur peau toute telle, horsmis la
couleur de rouge & de blanc. Pline dit, qu'elles viuent de l'air
& hantent fort les Palmiers & Figuiers, & se laissent prendre le-

dre legerement, ce que i'ay veu aufsi par experience.

Finablement, cefte ville de Tripoli, eft en vne des belles fituations, qu'on fçauroit imaginer, ayant d'vne part vers Orient, le
regard du tref-beau & fructueux mont Liban, luy fourniffant de
tref-excellens vins & des chairs de toutes fortes belles & bonnes,
& de l'autre part la marine, qui luy apporte les marchandifes &
danrées de toutes les parties du monde: En icelle tous Chreftiens
font libres, fignamment les Pelerins & marchans y faifans quelque commerce, moyennant qu'on ne faffe aucun defplaifir aux
Turcs, en quoy il conuient fe conduire auec grande difcretion,
car pour peu de chofe, ilz font offenfez & ont des faux tefmoings
à leur plaifir, pour en faire les accufations: ce qu'ilz font principalement, pour attrapper l'argent des Chreftiens, ou pour eftre caufe de leur faire renier leur foy & religion: en quoy ilz penfent faire facrifice à Dieu & à leur Mahometh.

Iceux Chreftiens ordinairement refidens en cefte cité, fe veftent la plufpart à la Grecque, affauoir de robbes longues iufques
à terre, & fur la tefte portent vn bonnet large, comme faict le
vulgaire à Venife: les Iuifz s'accouftrent quafi de la mefme façon, referué qu'ilz fe couurent la tefte d'vn Baretin hault eleué, de
couleur rouge, & n'en peuuent porter d'autre fur peine de groffe
amende, & ne leur eft permis d'y porter le turban iaune, comme ilz fouloient, & comme ilz font encore, quant ilz viennent en
Italie, Venife, Ancone & allieurs, pour trafiquer & eftre cogneuz
pour Leuantins.

Au regard des Suriens & habitans naturelz, foient Chreftiens
ou autres, ilz font communement pauures, & comme efclaues des
Turcs, & ceux qui font Chreftiens, portent fur leurs teftes vn petit barretin noir, comme eft le fond d'vn chapeau, & fe veftent le
corps de toile, & au deffus d'vne pauure robbe, d'vn gros tiffu
faict de poil de cheure, raié de blanc & noir. Quant à ceux qui
font Mores & Mahometiftes, pour y faire difference, iceux enue-
lopent leurs barretins d'vn peu de linge blanc, au lieu de turban,
s'eftiment meilleurs que les autres.

Mais quant aux Turcs, qui font les moindres en nombre, commis feulement pour regir & gouuerner la republique, iceux portent des Turbans grands & larges, mignonnement accommo-
déz de toile de coton blanche & fine, & ont les robbes longues
de drap ou toile d'or & d'argent, de damas ou autre forte de
foie & de laine, felon leurs facultéz, & de toutes couleurs,
y 2   horfmis

horſmis de verte, laquelle n’eſt permiſe, fors à ceux qui deſcendét de la lignée de Mahomet, appellez Cirifi, & fault que les Chreſtiens ſe donnent bien garde d’en vſer.

Le grand Turc a en ceſte cité, beaucoup d’officiers: aſſauoir, le Baſſa ou Bacha, qui eſt le Gouuerneur general d’vne Prouince ou d’armée: Le Saniac, Gouuerneur d’vne ville: Le Mufty, ſouuerain des Preſtres ditz Caſsis (ſans lequel, le Baſſa ne peult rien conclure:) L’Ephteriaire, qui eſt le Receueur general: Le Cadi, Capitaine ou Chef de la iuſtice: Soubaſſy, Preuoſt de la campaigne: & Laga, Chaſtelain du Chaſteau: Puis il y en a qu’on appelle Sufca, qui ſont Hermites portans des barrettes blanches aſſez haultes, auec vn ſandal bleu raié de blanc à l’entour: Les Ianizeri ou Ianiſſaires, ſont ſoldatz & miniſtres de la iuſtice, & portent quelque fois le turbã, & par les champs des feutres blancs ou rouges: les Chouſmeſchiar, ſont Sergens: & les Monchari, ſont Meſſagers ou Voituriers, donnãs des montures à louage: il y a encore d’autres Chouſmeſchiars, que les Italiens appellét Guardiani, qui ſont auſsi Sergés ou Eſpies de l’Emir de la douane, & ceux qui gardent les marchandiſes & magaſins, portãs és mains des baſtons longs: puis ledit Emir ou Emin, eſt celuy qui à la maiſtriſe & ſuperintendence de la douane, & eſt de grande reputation, auctorité & richement habillé, comme vn des principaux: lequel Emir, reçoit tout le droit prouenant des gabelles & marchandiſes, qu’il tient à ferme, dont il rédoit de noſtre temps, quatre centz mille Sultanins ou ducatz.

Quant à la maiſon ou ladite gabelle & droit ſe reçoit, elle eſt aſsiſe au bout de la plaine, vers la mer ou on decharge leſdites marchandiſes, qui eſt auoiſinée de pluſieurs magaſins, ou elles ſont miſes, & de pluſieurs boutiques, eſquelles on achete toutes ſortes de danrées & de viures, le tout eſtant pres & ioignant vne tour quarrée, qui defend l’entrée du port. Laquelle tour, eſt ſecondée d’vne autre, à demi mile pres de la, & de cincq autres, quaſi toutes ſemblables, poſées ou edifiées le long de la plage marine, pour la garder des fuſtes & voleurs: entre leſquelles il y en a vne, non guere loing du lieu ou ſont les ſepulchres des Turcs, aſſez nouuellement baſtie, aux fraiz & pour le rachapt de la vie, d’vn marchant Venitien, trouué auec vne femme Turque, commettant le peche de luxure: car autrement ſelon leur Loy, meſme celle des Chreſtiens, il deuoit eſtre bruſlé vif.

Or d’autant que les groſſes Naues, à faulte de fond ne peuuent

appro-

approcher la terre, les marchandises estans en icelles, sont des-
chargées par des esquifz & barquettes, & mises sur le sable de la
plage, ou elles demeurent, tant riches qu'elles soient, quelquefois
sept ou huict iours, sans estre mises és magasins ou enleuées, comme furent noz coffres ou quaisses & materaz, estans la si seuremēt,
qu'aucun ne les oseroit prendre ou toucher, que le maistre à qui
elles appartiennent, ou sans paier la douane: ce qui ne seroit si biē
obserué entre les Chrestiens, sans y trouuer de la perte. Quant à la
monnoie dont on y vse, du moins de mon temps, ie l'ay declaré au
liure premier, parquoy ie m'en deporte a present.

En ladite ville de Tripoli s'assemble aussi vne partie de la grande Carouane, qui par Damas va vers la Mecque, visiter le Sepulchre de leur faulx Prophete Mahometh: & nous estans la au mois
de Septébre l'an mil cinc centz quatre vingtz six, elle fut par nous
veüe forte de deux mille Chameaux, chargéz d'hommes, femmes,
& marchandises, & doibuent estre (selon le dire des Religieux du
lieu, & marchans y traficquans) le nombre de soixante mil, auant
que desloger du Caire, ou entrer en ladicte Mecque, ou est ledict Sepulchre.

Ie cogneuz, veis, & fus informé en ceste ville, de beaucoup
des façons de faire, Foy & Religion desdictz Turcs ou Mahometistes: mais comme il seroit trop prolixe, pour le mettre en
ce liure, ie le passe soubz silence, attendant melieure opportunité, & d'en faire vn volume particulier, si i'apperçois qu'il soit
aggreable.

Reste maintenant à dire briefuement, quel succes y ont eu les
Princes anciens de ceste mesme ville: mais pour n'auoir encore
peu trouuer rien de ce qui s'y est passé deuant le temps d'Alexandre le grand, & la deffaicte de Darius Roy de Perse par iceluy, ie
commenceray à ce qui y aduint lors, qui estoit, que les Capitaines
dudict Darius s'y sauuerent auecq huict mil hommes, selon Diodore Sicilien. Ie trouue encore, qu'Antigonus pere de Demetrius, l'vn des successeurs dudict Alexandre, y fit faire vn Arsenal,
comme à Bible.

S. Clement parle aussi du traictement, qu'y receut S. Pierre l'A-
postre. Et Guillaume Archeuesque de Tyr dit, que le Prince d'i-
celle, ore que Sarazin, donnoit assistance bien grande de viures, à
l'armée de Godeffroy de Buillon, mais aiant changé d'opinion, il
se rendit leur ennemy, pourquoy la ville fut assiegée par l'espace
de sept ans, & par l'assistance des Geneuois, prinse, l'an onze centz

(foubz Baudouyn premier du nom frere dudit Godefroy Roy de
Ierufalem) par Bertram Comte de Tolouse, auquel ledit Roy la
donna auec fa Comté, pour la tenir de luy en fief, & y eftablirent
vn Euefque: mais le feptiefme de fes Succeffeurs, nommé Raymond, (s'eftant formalifé contre Gui de Lufignan Roy de Ierufalem) s'accorda auec Saladin Souldan de Babylone d'Egypte, &
par vne folle & infenfée vindicte, fit perdre par fa trahifon le Roy,
plufieurs Princes, & vne infinité des Chreftiés, auec le Royaume
de Ierufalem: & qui plus eft, le facré bois de la Croix du Redempteur, qui fut auffi prinfe par les ennemis, en vne bataille qui fut
donnée proche de Tiberiade, par la perte de laquelle bataille, les
Chreftiens Latins, furent honteufement chaffez de tout l'Orient,
fans depuis y auoir fceu plus obtenir aucune domination : & aduint cefte lamentable perte l'an onze centz quatre vingtz fept au
mois de Iuillet.

    D'auantage, ce malheureux Comte eftant retourné en Tripoli,
fe montra beaucoup plus cruel à l'endroit des pauures Chreftiens
affligéz, que n'auoit faict le Prince Barbare, car il les fit attrendre,
& batre, mefmes voler fur les chemins, tout ce qui leur auoit efté
laiffé par lefditz Barbares: mais il en fut diuinemét puni: car comme il auoit deliberé rédre fes ville & Comté à Saladin, il fut trouué la nuict de deuant mort en fon lict, & circoncis: tellement qu'il
s'eftoit montré trahiftre & rebelle, non feulemét à fon Roy & freres Chreftiens, mais auffi à Dieu mefme, comme a efté efcript par
Frere Eftienne de Lufignan (de la maifon Royale de Cypre) He-
roldus & autres. Depuis il n'y a eu que des Comtes titulaires à la
difcretion des Roys de Cypre: Car toft apres Saladin la print,
puis Melechedech Roy Sarazin la brufla, l'an douze centz quatre vingtz nœuf, & depuis iufques à prefent, elle eft demeurée
au pouuoir des Sarazins & Turcs.

CHAPITRE VIII.

EStans en cefte Cité de Tripoli, il nous conuint y feiourner, attendans le partement des Naues pour retourner vers Venife,
depuis le feiziefme iour de Septembre, iufques au Lundy treizief-
me d'Octobre enfuiuant: auquel iour (eftans embarquéz fur vne
Naue,

Naue, appellée la Morifina, de laquelle eſtoit Patrõ Meſſer Gioan Negro, & faiſans voile ledict iour) nous arriuaſmes à l'endroit de l'Iſle de Cypre, le Mercredy quinzieſme dudit mois, & la nous furent les vent & calmes ſi côtraires, qu'il falut y demeurer iuſques au Samedy 25. ſans pouuoir auancer vn mile de chemin.

Ce iour fut par nous veu de loing vers le ſoir, deux ou trois galeres Turqueſques, qui ſembloient venir droict à nous, & le Patron doubtant de l'euenement de combat (ne ſachant que faire, pour eſtre ſi proche de l'Iſle ennemie, ores qu'il fuſt aſſez fort) nous exhorta d'auoir recours à noz prieres enuers Dieu & la glorieuſe Vierge Marie. Et veritablemét, comme chaſcun s'eſtoit mis en ce deuoir, le vent ſe leua en noſtre faueur: tellement qu'à noſtre veue icelles Galeres furent contraintes caler voile, & r'approcher terre, lequel vent nous fut ſi propice, que le lendemain, qui fut le Dimenche du matin, nous perdiſmes l'Iſle de veüe, noſtre vaiſſeau tirant touſiours en pleine Mer, en tenant la route du Ponant ou Occident, iuſques au Dimenche neufieſme iour de Nouembre, ſans voir autre choſe, que le ciel & l'eaue: pendant lequel interual de temps, s'éſleuerent pluſieurs bourraſques ſur Mer, qui nous tourmenterent fort. Signamment vne entre les autres, qui dura vn iour & demy, auecq ventz, pluies, eſclairs & tonnerres ſi grands & horribles, que nous penſions tous voir noſtre dernier iour, lequel eſclair, que les Italiens appellent Saietta, tomba contre l'Arbre de la Mezzana, & en bruſla à charbon, vn grand eſclat.

Orage & tempeſte de mer.

Mais le plus eſpouuentable de ceſte tempeſte eſtoit, de voir cecy de nuict, & la mer irritée batre furieuſement noſtre Naue: Finablement apres minuict, enuiron trois heures deuant l'aube du iour, eſtant ladicte tempeſte en pleine vehemence, & parmy vne eſpouuantable obſcurité, il apparut premierement en la chebe, ſecondement ſur l'antenne, & puis ſur la croix du maſt ou arbre principal, vne lumiere grande, comme nous voyons eſtre les eſtoiles, mais vn petit plus nebuleuſe, laquelle s'y tint l'eſpace d'vne heure: de quoy les Mariniers angoiſſeux, furent fort reſiouis, diſans que c'eſtoit quelque Sainct, venu à noſtre aſſiſtence, & reclamans à genouilz & chef deſcouuert, en forme de Litanies, tous les Sainctz & Sainctes, qu'ilz ont accouſtumé inuoquer: leſquelz Mariniers eſtiment ce Sainct eſtre celuy ou celle, duquel ilz prononcent le nom, quand ladicte lumiere ſe diſparoiſt, ce qui aduint lors, en nommant la Madonna de Chioggia,

& celle

& celle de l'Arſenal de Veniſe : à cauſe dequoy tous delibererent les aller viſiter & remercier, ſi Dieu nous faiſoit la grace d'y pouuoir arriuer.

Au regard de ceſte lumiere, qui ainſi s'apparoiſt és orages, elle eſt admirable à ceulx qui ne l'ont oncques veüe, & les Mariniers Italiens & Grecs nomment ordinairement, *Il Fuoco di S. Elmo*, le feu S. Elme : Et c'eſt le meſme feu que les Ethniques anciens appelloient Pollux & Caſtor, leſquelz ilz inuoquoient auſsi, és tempeſtes, augurans eſtre mauuais ſigne, s'il n'en apparoiſſoit qu'vn ſeul, & bon heur, s'il y en auoit deux, comme pluſamplement ſe peult voir, en ce qu'en ont eſcript, Diodore Sicilien, Valerius Flaccus, Glaucus Pontique és Tables de Philoſtrate, & le venerable Beda.

Nous apperceumes de loing, le meſme iour quelque terre, & le lendemain dixieſme dudit mois, nous euſmes cognoiſſance, que c'eſtoient les Iſles de le Zante, & la Cheſaleine : mais ſur le ſoir, le vent vehement, accompaigné de nouuel Orage, tonnerres & eſclairs, nous fit paſſer outre, ſans y pouuoir aborder, tellement que ledit vent nous pouſſa ceſte nuict, auec le trinquet ſeul, plus de cent cincquante mile de la, & l'aube du iour venue, trouuaſmes que nous eſtions pres l'Iſle de Corfou : auquel lieu nous print vn calme, qui nous y retint deux iours, ſans pouuoir auancer tant ſoit peu de chemin : puis vn nouueau vét maeſtral nous defendit l'entrée du Golfe de Veniſe.

Lors s'apparurent plus de deux centz Daulphins nageans à l'entour de noſtre naue, auecq grands ſoufflemens, ce qu'aucuns eſtimoient nous predire ou prognoſtiquer quelque nouuelle tempeſte, ce que le patró ne print de bonne part, diſant cela eſtre faux : toutefois nous ne feuſmes gueres d'heures, ſans on eſtre accablez, & fut par nous veu derechef le feu S. Elmo & le Soleil tirer l'eaue de la Mer, par gros & larges ſions, reſemblans des colomnes haultes depuis l'eaue iuſques aux nues, & l'eaue marine s'eſbatre au deſſoubz, comme s'il y euſt eu vne bataille de poiſſons : pour ceſte cauſe les Mariniers nous dirent lors, que ſi vne naue ſe trouuoit en ceſt endroit, qu'elle ſeroit enleuée ou abiſmée, tant groſſe ou peſante qu'elle fuſt. Mais le Patron voiant cecy, il demanda vn couſteau à manche noir, & aiant recouuert vn, il le print, & auecq certaines ceremonies, que l'on doibt tenir pour ſuperſtition, il en fit des Croix & benedictions, à l'encontre de ladite colomne, diſant cela ſeruir à les trencher, les faire diſparoir & rompre.

Et le

Du feu S. Elme.

Diod. Sic. lib. 5. ca. 1. Beda in Act. 28.

Grand nombre de Daulphins veuz en la mer.

Et le vendredi quatorziesme iour dudit mois de Nouembre, le vent se changea, tellement que nous entrasmes au Golfe de Veni-se, passans entre les escueilz de Fano, Sassono, qui sont du costé d'Albanie (desquelz ay faict mention au second liure du traicté de ce voyage) & le Cap de sancta Maria d'Ottranto en la Pouille, au-quel endroit, ledit Golfe est le plus estroit & y finist la mer Ioni-que, comme i'ay encore dit audit second liure. Et comme en ice-luy i'ay traicté des lieux qui bornent ledit Golfe, du costé de l'I-strie, Liburnie, Sclauonie, Dalmacie, Macedoine & Albanie, ob-mettant ceux qui sont du costé d'Italie ie feray en cest endroit, se-lon ma promesse, le mesme des lieux obmis, qui sont d'icelle Ita-lie, sans faire mention des autres, afin de n'vser de redites, & que le Pelerin voyager ait aussi dequoy s'occuper au retour, comme il a eu en allant. Mais pour n'interrompre la suitte encommen-cée, ie poursuiueray premierement, le cours de nostre voyage & arriuee à Venise.

Ainsi le samedi quinziesme iour dudit mois de Nouembre, nous passasmes à la veue de la Chimera & la Valona: toutefois la nuict suiuante, s'esleua derechef vn orage, plus vehement que les precedens, la mer estant esmeue, furieuse & extremement esleuee par bourrasques, passa à trauers de nostre Naue, laquelle sembloit estre au dessoubz de l'eaue, & par dessus la pluie tomba en tel-le abondance, qu'il n'y auoit lieu si bien serré qu'elle ne per-sast: & le pis fut encore pour nous, que la corde de l'vn des beas du trinquet de la proue (auec lequel seul nostre Naue vo-guoit) se rompit, & nous mit en tresgrand doubte de souffrir naufrage. De sorte qu'il n'y auoit marinier si experimenté, & qui fust si hardi, d'y mettre la main, chacun pensant deuoir pe-rir: car auec ce que la nuict fust longue, tres-obscure & espou-uantable, aussi le danger se monstroit plus eminent, pour estre à l'endroit de l'Isle de la Pelegosa, tres-dangereuse pour les na-uigeans, à cause qu'elle est fort auoisinée d'escueilz & rochers, aucuns couuertz d'eaue.

Ie laisse à considerer au Lecteur, si en ce peril eminent, le moins deuot n'apprint lors à prier Dieu, & luy recommander son ame, sans oublier à se souhaitter en terre ferme, & au plus triste lieu de sa Patrie: Mais ce bon Dieu, se contenta de la peur qu'a-uions eue. Toutefois ceste tempeste estant passée, nous fusmes derechef tourmentez d'vn calme & de pluies continuelles, qui fut cause qu'il n'y auoit quasi home sur la Naue, qui n'en fust malade:

Neantmoins petit a petit, nous passasmes, en costoiant les montaignes de Raguse & la Sclauonie, mesme les Isles de la Caccia, Pelegosa & autres.

Le mercredi dixhuictiesme du mois de Nouembre, le vent Maestro Tramontano, nous mena entre les Isles de Lusta, Liessna, Ossera & Cherso, ou on parle Esclauon, & appartiennet a la Seigneurie de Venise: la nous conuint demeurer a l'ancre, iusques au ieudi vers le midy, & y prinst le Patron quelque rafraichissement, & puis nous passasmes le Golfe Carnero. Et le vendredi ensuiuat vingt premier dudit mois, aiat laissé Pola, nous demeurasmes tout le iour a l'endroit de Parenzo cité d'Istria, pensans comme a l'ordinaire, entrer au port de la Quiete, qui est huict mille plus auant, mais à cause du changement du vent nous ni peusmes aborder: & ne se presentant aucun Pilote, comme ilz ont de coustume, pour conduire les Naues seurement, le Patron se hasarda de tirer droit vers la cité de Venise, aspirant d'estre le premier, retournant du voiage de Leuant, & ainsi arriuasmes prés du port d'icelle, le iour S. Clement Pape & Martyr, estant lors vn dimenche, vingt troisiesme Nouembre mil cinc centz quatre vingtz six. Dont soiet rendues graces immortelles à Dieu.

Nostre acheminement estant en si bon estat, estans les voiles de nostre vaisseau abbaissées, le Patron fit tirer vn coup d'artillerie, pour signal de nostre venue, & afin qu'on nous vint secourir de quelques viures & autres necessitez: mais les ventz estoient si grands & tempestueux, qu'il ne se presenta personne pour nous visiter. Quoy voiant le Scriuano, qui est le Cassier ou Clerc, tenant compte des marchandises & despens, se hasarda d'entrer en la fregate, & se faire mener à rames vers la cité: toutefois la tempeste se trouua si forte, qu'ilz furent contraintz ietter leur arbre & voile en la mer, eux contentans de se loger à Lyo, sur les lagunes.

Et le lundi apres auoir montré leurs patentes & certifications pour cognoistre que ne veniõs de lieu infecté de la peste, on nous enuoia vne licéce d'entrer & conuerser librement en la cité, comme il fut octroié à deux autres Naues, l'vne appellée la Naue, & l'autre Balbianetta: neantmoins à cause de la fureur du vent continuel de Septentrion, qu'ilz appellét Tramontano, nous demeurasmes tout ce iour sur la Naue, endurans vn froid autant grand, que de ma memoire ie pense auoir enduré & souffert.

Finablement le lendemain mardi vingt cincquiesme dudit mois

de Nouembre, qui estoit le iour de S. Catherine vierge & martyre,
certains mariniers de la cité, s'enhardirent de nous apporter deux
barilz de vin, que le Scriuano nous enuoya : & lors Melsire Philippe de Merode, Baron de Frentz, Iehan d'Espinau Prouençal &
moy, feismes tant qu'a la requeste du Patron, nous entrasmes en
leur barquette, en paiant chacun vn Ducat. Ainsi, non sans grand
peril & peur, nous arriuasmes ledit iour sains & sauf en ladite
cité de Venise, dont sommes tenuz grandement, rendre graces &
louanges immortelles & continuelles a Dieu nostre Sauueur,
Protecteur & Conducteur : signamment d'auoir enuoyé ceste
barquette si a propos, pour nous tirer vn iour deuant, du danger
ou furent lesdites Naues, qui coururent grande fortune le lendemain, & furent en mille dangers de se perdre, auec tous ceux qui
estoient dedans. Car les ventz se renforçans, furent tant horribles, vehemens & furieux, qu'ilz rompirent les mastz & voiles:
aussi quelques basteaux, venuz pour descharger les Naues, se bri-
serent & furent les principales marchandises perdues, auec trois
mariniers qui perirent miserablement, à la veue de la cité. Tellement que de plusieurs hommes, estans en vn Libe seruant à nostre
Naue, il y en eut peu de sauuez, auec deux hommes d'Eglise anciens & inexperimentez à l'art de nager, l'vn nomé Melsire Martin vanden Zande Chanoine à S. Gery de Cambray, & l'autre
Frere Martin Basere, Religieux de l'Ordre des Freres Prescheurs
d'Arles en Prouence, lesquelz furent poussez miraculeusement
par les Ondes, en terre ferme, par l'assistace de la glorieuse vierge
Marie, à laquelle ilz auoient eu recours & faict vœu d'aller visiter
sa maison de l'Orette, comme plusamplemét i'ay descript au liure
Italien, imprimé à Rome. & en furent composez ces vers suiuans.

Appulerat pius Adriacas Martinus ad oras,
 Ereptus dubia per freta longa via:
Conturbata ratis, scopuloq, allisa repente
 Mergitur, & vitæ certa pericla videt.
Ille Deum venerans, animi nil territus, alto
 Spumosum assurgens tollit ab amne caput.
Vota facit; Christumq, humilis, tumulumq, salutat,
 Quem visens lachrymis tinxerat ante pijs.
Audit omnipotens, qui salsa per AEquora Petrum
 Nutantem sicco iusserat ire pede.
Felix qui medio rediuiuus gurgite Romam
 Aspicis, & supplex limina sancta teris.

Voyla, benin Lecteur, le progrez en brief de noſtre heureux &
treſ-beau voyage, faict par l'eſpace de quatre mois & demi ou enuiron, aſſauoir, partant & reuenant a Veniſe: lequel nous pouuios
faire en beaucoup moins de temps, ſi nous euſſions eſté bien ſeruis
de Barque en Cypre, & accompaignéz de melieure patiéce, comme i'ay dict plus amplement au liure premier. Neantmoins, nous
n'auons autre occaſion, ſi non de gandement louer & remercier
noſtre bon Dieu, de la miſericorde vſée en noſtre endroict, pour
nous auoir fait dignes de voir les lieux ſainctz de ſa naiſſance, cõ-
uerſation, mort, ſepulture, reſurrection, & admirable aſcenſion &
puis nous auoir remis en noſtre patrie terreſtre, meſme donné le
moyen de faire part a noz Comparriotz de noſtre contentement,
& leur adminiſtrer l'occaſion de cõtempler en eſprit, ce que nous
auons cogneu & veu de noz yeux corporelz: attendans que par ſa
miſericorde, il nous face ſemblablement dignes de voir la Ieruſalem, noſtre patrie celeſte, & vraye terre de promiſſion, a laquelle,
apres ceſte vie caduque, miſerable, & mortelle, il nous veuille
tous conduire. Amen.

Du Promontoire de Sancta Maria, de Caſtro, Ottranto, Brindiſe, Polignano, Barri, & autres Citez Maritimes.

CHAPITRE IX.

POur ſatisfaire à la promeſſe que i'ay faicte au Chapitre precedent, & au ſecond liure de ce Voyage: aſſauoir, que ie donne-
rois quelque coignoſſance au Pelerin & Lecteur curieux, des
Citez & lieux qui ſont du loing des riues de la Mer ou Golfe de
Veniſe, ſur la Coſte d'Italie, comme i'ay faict au liure ſecond de
ceux de l'Iſtria Dalmatie, Albanie, & autres Prouinces adiacentes
au meſme Golfe. Ie les mettray donc icy en ordre, comme s'il
conuenoit les voir au retour, & commenceray au ſuſdit promontoire ou Cap de S. Maria d'Ottranto (ſitué ſur la Mer Ionique,
quaſi a l'oppoſite de l'Iſle de Corfou) en la neufieſme regiõ d'Italie, iadis nommée Iapigia, & a preſent Calabria: Lequel Promontoire, qui eſt celuy que les anciens nommoient, *Promontorium Iapi-*
gium ou *Salentinum,* appellé par Pline, *acra Iapigia,* & par Strabon,
Scopulus Iapigius, eſt ſitué fort auant en la mer, fermant l'entrée du
Golfe de Tarente, cõme font les Chimeres, celles de la mer Ionique a l'étrée du Golfe de Veniſe: On l'appelle a preſent *Capo d'Ot-*
tra to pour eſtre en la cõrée de la Cité ainſi nommée, & *Capo di S.*
Maria,

Maria, pour la belle & riche Eglise qui y est, dediée à la glorieuse
Mere, tousiours Vierge Marie, près du lieu où anciennemēt estoit
l'opulent & tres-beau Temple de Minerue, duquel se voiēt enco-
re les vestiges, à vn gect de pierre d'icelle Eglise, & auquel Æneas   Aeneid. 3.
Troien, venant de Butintro en Epire, & mettāt pour la premiere
fois pied à terre en Italie, fit ses offrandes, selon que recite Virgile.

   Sur la mesme coste est la Cité de Castro, où se faict l'estaple &   Castro
marchandise des huilles, laquelle estant assiegée des Turcs l'an   cité.
1537. se rendit à eux auecq condition d'auoir les vies & facultez
sauues, mais leur Chef Barbare, entrant en icelle, ne leur tint promesse, ains la saccagea, & aiant fait tuer les hōmes inutilz, il print
les autres prisoniers. Ce qu'entēdant Sultan Soliman, il fit mourir
ledit Chef, & renuoia iceux prisoniers auec leurs biens en la ville.

   Quelques vingt mile plus auant, est vn autre Promontoire nō-
mé *Capo Leuca*, qui n'est distant de l'Escueil de Sassono que de cin-   Capo
quante mile, & en cest endroit est l'emboucheure où entrée de la   Leuca.
mer Adriatique, autremēt dit Golfe de Venise, en son plus estroit.
Ce fut en ce lieu, où le Roy Pirrus & Marcus Varro voulurēt faire vn Pont, pour conioindre la Grece à l'Italie, comme i'ay aussi
dict au liure second: Duquel destroit parle encore Virgile, disant: Aeneid. 3.

   Prouehimur Pelago vicina Ceraunia iuxta:
   Vnde iter Italiam, cursúsque breuissimus vndis.

   A Quatre mile de là est ladite Cité d'Ottrante, que Pomponius   Ottrante
Mela nōme *Hydrus*, Ptolomée *Hydria*, Appian Alexandrin & Pro-   cité.
copius *Hydruns*, Strabo *Hydruntum*, & Pline *Hydruntium*, à present
tres-bonne cité, & Metropolitaine de la terre d'Ottrante, anciennement dite des Salentins. Elle est assise sur vne roche en precipice, regardante l'Albanie, & à vers le Midy vn Chasteau tres-fort,
basti par Alphonse deuxiesme du nom, Roy d'Arragon & de Sicile, apres auoir reprins la Cité des mains des Turcs, lesquelz l'a-
uoiēt prinse de force l'an 1481. soubz Mahometh second du nom,
qui print aussi la noble Cité & Empire de Constantinople. Et
estās lesditz Turcs entrez en icelle cité d'Ottrante, l'Archeuesque
du lieu leur voulant resister, se vestit de ses habitz Pontificaux, &
ainsi s'en alla auec la pluspart des habitans, à l'encontre desdictz
ennemis, exhortant ceux de sa compaignie, de demeurer fermes,
& mourut en la Foy Chrestienne, comme ilz firent: car ces Barbares inhumains, sans aucune compassion, les mirent incontinent
tous à mort, & enuiron huict centz qu'ilz auoient reseruez, furent conduitz en vne vallée, où ilz massacrerent tous ceux, qui ne

z 3

voulu-

voulurent abiurer la Foy & Religion Chrestienne, laquelle vallée pour ceste cause est encore nommée, la vallée des Martyrs, les os desquelz reposent en vne Chapelle de l'Eglise principale & Archiepiscopale de la Cité.

Rocca chasteau.
Huict mile plus outre se voit sur vn escueil en Mer le tresfort Chasteau, nommé Rocca, aussi edifié par ledict Roy Alphonse, *Sancta Contrada Bourgade.* contre les Turcs. Et autres huict mile de là est sancta Contrada, Bourgade, & autant plus auant, se voit vne tour, qui est au port de Lese, ville assez marchande.

Brindise cité.
Plus auant, enuiron autres huict miles, se trouue Brindise, Cité Archiepiscopale, fort renommée pour le passage que Iulius Cæsar fit d'icelle en Epire, poursuiuant Pompée: Laquelle Brindise, selon *Trog. l. 12* Trogue, fut edifiée par les Etoles Grecs, compaignons de Diomedes, & en peu de temps fut faicte puissante, & Metropolitaine des *Liui. l. 19.* Salentins, depuis colonie des Romains, comme escriuent Tite Liue & Lucius Florus: Pomponius Mela, Ptolomée, Cæsar, Pline, Solinus, Appian, Tacitus & autres l'appellent Brundusium, à laquelle finist la Calabre, & commence la Pouille: Strabon dict aussi, qu'elle a esté gouuernée d'aucuns Cretois, qui y sont venuz auecq Thesee: Finablement, les habitans de ceste ville, discordans l'vn contre l'autre ont bruslez leurs propres edifices, & gasté du tout la beauté de leur Cité.

Son port, duquel Florus faict mention, est double, & le plus celebre & beau de l'Vniuers, auquel les naues & galeres sont bien asseurées des vents & tempestes, aiant deux fortes tours, qui en serrent & gardent l'entree: mesme vn Chasteau reputé imprenable, assis sur vn escueil, edifié par ledict Roy Alphonse. Il y auoit du temps passé des chaussees, qui alloient dudict Brindise à Rome, dont l'vne s'appelloit, *Via Appia*, laquelle se voit encore bien entiere en plusieurs lieux, qui s'estendoit en longueur trois cenz soixante miles, car autant y a il de l'vne des Citez à l'autre.

Villa noua.
Or, apres Brindise, commence la Pouille, dicte *Apulia Peucecia*, à present appellée, Terra di Bari, de la Cité de Bar, chef de ceste contrée. & le premier port qui s'y trouue, s'appelle, *Villa noua porto Dostuno*, & quatorze miles de là est vn village, restant de l'antique Cité d'Egnatia, de laquelle Ptolomée, Pline, & Pomponius Mela font honorable mention. Et quatre mile plus auant, est *Sancto Ste-* *Sancto Stephano* *phano*, forteresse assise sur vn escueil en Mer, appartenant aux Chenaliers de Malte.

Monopoli cité.
Deux mile encore plus outre, est *Monopoli*, ville neufue, faite des

ruines

ruines d'Egnatia, selon Volaterranus, ou se faict grand traficq de vins & huilles : de laquelle Frere Leandre escript, qu'en vne saison seule on y a recueilli vingt mille sommes d'huilles : aufsi les Oliuiers sont la en telle quantité, qu'ilz sont comme des forests & grands bois: Cinc miles de la, sur vn hault rocher en precipice, se voit de bien loing la Cité & Marquisat de *Polignano*, ou sont reue- ^{Poligna-} rez les reliques & corps des Sainctz Vite, Modeste, & Crescens no cité. Martyrs: en l'honneur duquel S. Vite a esté bastie sur la Marine, sept miles plus auant, vne tres-belle & antique Eglise, Aufsi deux mille plus bas, est vn Chasteau tref-fort, nommé Molla, edifié par Molla le Marquis de Polignano, pour garder la riue de la Mer. chasteau.

Enuiron dix miles plus outre, est Barri, Cité Archiepiscopale, Barri cité tresancienne & primate d'icelle Region, laquelle est fort marcha- de, frequentée & renommee pour le corps de S. Nicolas Euesque de Myrre & Confesseur, qui y repose, & y est tenu en tresgrande veneration, duquel corps sort encore vne liqueur, nommee Man- ne, estimee fort pretieuse, recueillie par les Prestres, & enuoyée par tout l'Vniuers. Pomponius Mela, Ptolomee, Tacitus & autres la nomment *Barium*, Pline *Barionon*, & Strabon *Barin* & *Baretum*, Le mesme Pline dict, qu'elle a esté fondée d'vn Iapix, filz de Dedalus, & par ainsi premieremét nommee, & la Region Iapigia, à son oc- casiõ. Depuis par Barion son restaurateur elle a esté appellée Bar- ri: en laquelle on souloit couronner les Roys de Naples & de Si- cile, & ou on conserue encore les vestemens & enseignes Roiales.

Douze mile de là est *Iuuenazzo*, aussi Cité, de laquelle estoit na- Iuuenaz- tif Nicolas de Iuuenazzo, compaignon de S. Dominique, & Fon- zo cité. dateur de plusieurs Monasteres en Italie. Cheminant trois miles plus outre, suit Marfetta, autrement dicte Morfita & Molfetta; & Marfetta vn mile de là est vne Eglise, appellée, *Sancta Maria ad Martyres*, ou se cité. font iournellement plusieurs grands miracles. Sancta Maria ad Martyres. Sur vn hault rocher, à quatre mile dudict lieu se montre Biseil- Biseille le, dicte en Latin *Vigilia*, en laquelle, au temps de l'Empereur cité. Charles cincquiesme du nom, selon Frere Leandro, furent reue- lez à Messire François de Baux, Duc d'Andre, & trouuéz les os- semens de S. Maur Euesque, S. Serge & S. Pantaleon nobles Mar- tyrs: lesquelz ledit Duc fit mettre en honorable sieltre, ou depuis se font faictz de beaux miracles.

Approchant la cité de Trani, de Pline dite *Trinium*, est sur vn col de terre en forme d'Isthme, vn Conuent des Freres Mineurs, appellé *Sancta Maria de Colonna*, & sur la porte dudict Trani, se trouuent

uent entaillez, comme recite ledit frere Leandro, (duquel i'ay tiré
en partie la description des lieux d'Italie dessus mentionnez) & le
Cosmographe Theuet, ces motz suiuans : *Tranium à Tyreno filio
Diomedis, & à Traiano instauratum*, qui signifie que Trane fut batie
par Tyreno filz de Diomedes, & par Traian restablie & appellée
Traianopolis, selon Pandulphe Callenuce : mais par abreuiation
& pour suiure l'antiquité, on la nomme communement, Trani.
Quant à l'ancien chasteau qu'on y voit, il fut faict par l'Empereur
Frederic deuxiesme, l'an douze centz quarante deux. Le territoi-
re de ceste cité est fort bon, & y commencent les bois des grands
Oliuiers, Amandiers, Orangers, Limonniers & autres arbres
fruictiers, continuans de longueur, iusques à l'arente.

Barletta se trouue à six mile dudit Trani, des Latins dite *Baru-
lum*, qui est vn Bourg ou Castello selon les Italiens, petitement &
mal muré, toutefois fort peuplé & riche : lequel fut encommencé
ou refait par ledit Empereur, & depuis augmenté par les habitans
de Canuse, aians esté forcez de quitter leur ville, durant les guerres d'entre les Roys de France & d'Arragon, pour les Royaumes
de Naples & de Sicile.

En cest endroit, ni mesme depuis Brindise, il ne se trouue aucun
port d'importance, & n'est la riue de la mer, qu'vne plage auec
peu de fond, aussi il n'y peult arriuer que des petites Barques:
mais il y a tout du long d'icelle de demi mile à autre, des tours ou
se font les gardes, pour l'abordée des Pirates & Turcs, & si tost
qu'on apperçoit quelque Naue ou Galere en mer, venant de la
Valona, ou autres lieux tenuz par le Turc, il se faict quelque signal, assauoir de iour par fumée, & de nuict par le feu, & cecy se
faict incontinent de tour à autre, tellement qu'en peu de temps
tout le Royaume de Naples est sur pied & en armes.

Trois mile plus outre que Barlette, la riue de la mer est fort
belle, pourplantée de vignobles, & se separe & fine la Pouille
Peucene ou Ausone (à present dite, terre & Duché de Bari) y commençant la Pouille Pleine, ainsi nommée pour les belles campaignes & plaines, qui sont en icelle, ou le fleuue Lofante, qui est
l'*Aufidus*, des anciens, entre la mer. Laquelle Pouille, est la onziel-
me region d'Italie.

Anciennement on la nommoit *Apulia Daunia*, d'vn Roy qu'elle
eut, auant la guerre de Troye, nommé Apulus, & depuis Daunia,
d'vn autre Roy appellé Daunius, beaupere de Diomedes, selon
Pline & autres : ainsi que l'autre partie susdite, est presentement
                                                                    dite

dite terre de Barri, *Appulia Ausonia*, du mesme Appulus & Auso-
nius Roy d'Armenie, lequel chassé des siens y print habitation, au
temps d'Arabius septiesme Roy des Assyriens, selon Berose : depuis elle a esté surnommée *Appulia Peucetia*, d'vn Peucetius, filz de
Lycaon, lequel auec ses peuples Peucetiens, y mena la premiere
colonie Grecque, enuiron trois ou quatre centz ans, auant la susdite guerre de Troye, ainsi qu'escriuét Dionysius Halicarnasseus,
Mirsillus Lesbius, & Zenofons : & sont toutes lesdites deux Pouil-
les, tres-fertiles en toutes choses necessaires à la vie de l'homme.

Berof. au
lib.5.

Halicar.
lib. 1. hist.
Zenofons
in Equiu.

De Salapia, Manfredonia, Siponte Citéz Maritimes, le mont
sainct Ange & la Cité de Bestia.

CHAPITRE X.

Vingt miles au dela du fleuue Lofante, se trouuent les ruines de l'antique Salapia, fondée par Diomedes & renommée és escriptz de Strabon, Ptolomée, Appian, Tite Liue, Varro
& autres anciens : specialement pour vne dame demeurante en
icelle qu'Hannibal y caressoit : laquelle Salapia, estoit abandon-
née pour son mauuais air, mais du temps de M. Ostilianus Consul, elle fut reedifiée plus auant en terre ferme, qui est encore
pour le present, appellée Salapia. Pres de ceste ancienne, se trouue
vn Lac à present appellé Andoria, qui est celuy que Pline nomme
Mandurium, lequel est tousiours plein d'eaue à fleur de terre, sans
iamais desborder.

Passant vn petit plus auant, le fleuue Candilare entre en la
mer, par lequel les grains & fruictz sont portéz & conduitz à Siponte & Manfredonia, distant de huict miles dudit fleuue : laquelle Manfredonia, est situee sur vn rocher fort hault, regardant
la mer, & fut edifiée par le Roy Manfrede, filz de l'Empereur Frederic second du nom, l'an douze centz, des ruines de ladite Siponte : & en celle fut transferé le siege Archiepiscopal qui y estoit,
toutefois elle a retenu le tiltre de Sipontin : Collenuce dit qu'au
parauant, ce lieu fut appellé Porto di Capitaniata, à cause du
port qu'il y accommoda d'vn tres-beau Mole, auquel est vn chá-
steau sur la riue de la mer, cy deuant assiegé, mais en vain, par
Odet de Lautrec, guerroyant au nom de François premier du
nom Roy de France contre l'Empereur Charles le Quint, pour le
Royaume de Naples.

Salapia
cité.

Appia li.1
Liui. l. 26.
36. 37.
Plin. li. 3.
ca. 106.

Andoria
Lac.

Manfre-
donia
cité.

Collenu.
li. 4. hist.
Neap.

a a   Les

Les vestiges de laquelle Siponte, iadis tant honorée à cause du
dit siege Archiepiscopal, est à vn mile de là, l'Archeuesque resident en Manfredonia, enporte encore le tiltre, comme dit est : &
de ce appert par la creation faicte l'an mil cincq centz cinquante,
du Pape Iules troisiesme, au parauant nommé, *Ioannes Maria de
Monte, Archiepiscopus Sipontinus :* Pline, Strabon, Mela & Ptolomée
nomment ceste cité *Sipontum :* Sillius l'appelle, *Sipum, Littora Sipus,*
& les Grecs *Sepiuntem,* à cause de Sepia, dite Seche en François, qui est vn poisson fort estrange, ayant le corps gros & lourd
comme la mulette d'vn veau, la teste duquel est garnie de plusieurs piedz en forme de houppe, desquelz il prent ce qu'il veult
manger : mais à propos de ce poisson, i'ay veu quelques vns, qui
leur donnoyent la main entre lesditz piedz, qui sont longs &
molz, comme queues de ratz, lesquelz piedz s'attachoyent à l'entour de ladite main & les endormoient, tellement que cest animal
les eut bien mangez sans le sentir : duquel poisson il s'en prend assez là és enuirons : ladite cité, ainsi qu'il se voit par ses ruines, à
esté riche & opulente, mais fut en partie ruinée des Sarazins, tenans toute la Pouille au temps de Charlemaigne, qui les en chaf-
sa, le reste a esté destruict par les dissentions ciuiles & tremble-
mens de terre.

La commence le mont, appellé Garganus des anciens, comme de Pline, Strabon, Mela, Virgile, Lucanus & autres, lequel
prent sa naissance des Apennins, s'estendant fort auant en la
mer, qui le mouille de trois costéz. Ceux qui ont escript la legende de l'apparition en ce mont, de S. Michel l'Archange, se

peuuent bien estre abusez en disant, que le nom de Gargan luy à
esté donné d'vn riche homme lors ainsi appellé, veu que bien
long temps au parauant, les autheurs susditz, le luy ont attribué
& donné.

On trouue que Diomedes, a pretendu retrencher le col d'i-
celuy mont, ayant deux miles en largeur & vint en longueur,
pour en faire vne Isle, laquelle selon Strabon, eut eu deux
centz mile de circuit : ou suyuant le dire de Pline, cent trente six seulement : mais son dessein ne sortit effect, pour estre pre-
uenu de mort : Ce mont est fort hault & en precipice sur la
mer, & au contraire il est sur le doz chargé de plaines, bofquetz, pasturages & lieux fort delectables & abondans à produire des simples & herbes medicinales : il y a aussi des Lacs, ou se
trouue grande quantité de poisson : entre lesquelz Lacs, est celuy ap-

luy appellé Lac de Verrano, qui a trente mile de circuit, aux enuirons duquel sont aucuns Villages & Bourgs, nommez Castelli en Italien.

Au sommet duquel mont & à six miles de Manfredonia sur le
regard de la mer, est aussi vn Bourg, nommé Castel di S. Angelo, *Castel di*
auquel est la tresdeuote & admirable Spelonque, côsacrée à S. Mi- *S. Angelo*
chel l'Archange, laquelle fut de luy manifestée à tel iour qu'on en
celebre la feste : assauoir le huictiesme du mois de May, suyuant
Sigebert, l'an quatre centz nonante trois en l'an deuxiesme du
Pontificat de Gelase, & le quinziesme de Zenon, ce qui est assez
vray semblable, car ledit Zenon mourut l'an quatre centz nonante quatre. Et depuis ce mont a quitté son nom ancien, &
prins, en mémoire de ladite apparition, ceste appellation du mont
sainct Ange.

Quant à la disposition d'icelle Spelonque ou Grotte saincte,
reuerée & visitée iournellement, d'vn nombre infini de peuple
deuot : ie n'en puis parler de moymesme, par ce que ie n'ay eu
ce bien de la voir : mais selon la description qu'en a faicte Frere
Leandre Alberti, & apres luy André Teuer, on y descend par
cincquante cincq degrez entaillez dans le roc, & n'estoit qu'il y
a quantité de fenestres, on n'y pourroit aller sans luminaire:
la Chapelle ou est l'Autel principal de S. Michel tout au bas,
est vers Orient, estant toute lambrissée & pauée de marbre blanc
& rouge, comme aussi sont le portail, degrez, colomnes & Autelz, finablement le lieu est fort beau & propre à deuotion : le
chasteau surnommé de S. Ange estant voisin, est de forte assiette
& inaccessible : aussi les Sarazins l'ont tenu long temps, commandans sur toute la Pouille, en despit des Chrestiens, tant
qu'ilz en furent chassez, par Charles Roy de Sicile, filz de
Charles, frere du Roy S. Loys de France, & se voyent encore
là en aucuns endroictz, aucunes de leurs Sepultures, taillées au
rocher selon leur vsance.

Tout au bas dudit mont S. Ange, se trouue la petite cité Epis- *Bestia cité*
copale de Bestia, ainsi dite par le vulgaire & par mot corrompu,
au lieu de *Vesta* ou *Vestice*, ainsi qu'anciennement elle estoit nommée, à cause du Temple que la Deesse Vesta y auoit : au temps du
Concile de Trente, en estoit Euesque Hugo bon Compagno, qui
puis apres a esté Pape nômé Gregoire treiziesme, décedé l'an mil
cincq centz quatre vingtz cincq. Et est ceste Euesché de peu de reuenu, ne passant gueres deux cerz escuz, selô qu'il nous fut certifié.

Le fleu-

Le fleuue Fortore entre la mer, quelque miles loing de Vestia, lequel separe la Pouille de l'Abruffe.

____

Des Isles de Tremiti.

CHAPITRE XI.

Tremiti
Isles.

SE voyent, à l'endroit du fleuue Fortore, trois Isles, nommées d'vn commun Tremiti, & particulierement la principale, *Teutria*, l'autre Caprara, & la tierce S. Domino, separées seulement de quelque interual de mer : elles sont toutes trois essoignees de la terre ferme de l'Abruffe, d'enuiron vingt cincq à trente miles, & de la Dalmatie ou Isle de Lieffena, de cent & trente, & de Venife quatre centz cincquante.

Homer.
Illiad.
lib. 4. 5.

Icelles Isles, estoient anciennement appellées, les Isles de Diomedes, à caufe d'vn Diomedes fiz de Tidée & Deiphile, Roy & Royne d'Etholie en Achaie de Grece, selon Homere, qui exalte extremement les promeffes : iceluy Diomedes à son retour de la guerre de Troye, laiffa son pais à caufe de l'adultere de fa femme, & s'en vint en la Pouille, ou il print fa refidence y fondant plufieurs Villes, comme aufsi en l'Abruffe. Et a eu en cefte Isle fa Sepulture & fon Temple, auquel il a efté adoré comme vn

Strabon.
lib. 2. 5.
Plinius
li. 3. ca. 16.

Dieu, felon que declarent Strabon & Pline : de laquelle Sepulture, auec autres qu'on eftime eftre de fes enfans, fe voyent encore les veftiges cauées en la roche pres de la porte du Fort & Monaftere qui y eft. Vn Religieux duquel Monaftere, que ie trouuay à Rome, me recita que dedans l'vne defdites Sepultures, a cy deuant efté trouué vn grand trefor, difant : lors qu'il parlaà moy, que depuis enuiron dixhuict ou vingt ans, on y auoit defcouuert le corps d'vn homme, d'extreme haulteur & longueur, aiant encore l'efpée auec la ceinture garnie de boucles d'argent couchée le long de fa iambe.

Les fables Poëtiques difent, qu'à l'abordée que fit Diomedes à ces Isles : il perdit par naufrage quelques nefz & plufieurs de fes hommes, & qu'iceux furent transforméz en Oifeaux, telz que ceux qu'on y voit encore pour le iourd'huy, fans qu'il y en ait de femblables à autres lieux des enuirons : lefquelz Oifeaux on appelle encore les Oifeaux Diomedians, eftans aucunemét grands, & de plumage fufque, meffé d'vn peu de blanc foubz le ventre, lefquelz iettent vn cry reffemblant la voix humaine, fignamment

à l'arrià l'arriuée des estrangers : & pour ceste cause, les Grecs eurent opinion, que leur nation seule en estoit caressee, de quoy Virgile, Pline, Ouide & plusieurs autres, font mention.

De cecy parle semblablement S. Augustin, disant en ceste sorte : Les Grecs vainqueurs, laissans Troye destruicte & retournans en leurs maisons, furent rompuz & vexez, par diuerses & horribles calamitez : & toutefois par icelles, ilz accreurent encore le nombre de leurs Dieux : car ilz ont faict Diomede Dieu, lequel, disent ilz, par vne punition qui luy fut enuoiée de Dieu, ne reuint point en son pais, & que ses compaignons, furent conuertis en Oiseaux : Ilz l'afferment, non pas pour vne fabuleuse & Poëtique mensonge, ains par vne attestation historique, ausquelz estant mesme faict Dieu, comme ilz pensent) il ne peult luy mesme leur reuoquer la nature humaine, ou a tout le moins, ne sceut l'impetrer de Iupiter son Roy, comme nouueau manant & habitant du ciel : Et d'auantage, ilz disent, qu'il y a vn Temple de luy, en l'Isle Diomedée, non guere loing du mont Gargan, qui est en la Pouille, & que ces Oiseaux volent & habitent à l'entour de ce Temple : & si les Grecs y viennent, ou ceux qui sont natifz de la lignee des Grecs, non seulement ces Oiseaux sont en repos, & ne disent mot, mais aussi volent dessus : toutefois s'ilz voient que les suruenans sont estrangers, ilz volent au bas & leur naurent la teste, de si grands coups, que mesme ilz les tuent, car on dict qu'ilz ont pour cest effect les becs durs & grands, qui leur seruent d'armes.

Plus auant, ce grand Personnage dict encore : Mais touchant les Oiseaux Diomedians, à cause qu'on tient que leur race dure encore par succession de semence, ie ne pense point, que les hommes aient esté changez en iceulx, mais bien que les Oiseaux ont esté supposez, au lieu des hommes qui furent rauiz, d'autant que ces illusions n'estoient point difficiles à faire aux Diables, Dieu le le permettant ainsi : & a on pensé qu'ilz aient esté conuertis en ces Oiseaux, lesquelz furent conduitz secrettement en ce lieu & Isle, d'autre lieu ou ilz sont frequantz, & soudain mis en la place des hommes rauiz & transportez par les Anges vangeurs & malings : & quant à ce que ces Oiseaux portent de l'eaue en leur bec, pour arrouser le Temple de Diomede, & qu'ilz caressent ceux qui sont du sang Grec, & poursuiuent les estrangers, il ne fault s'esbahir, si cela est faict par l'art & industrie des Diables : l'interest & auancement desquelz est, de faire croire aux hommes, que Diomede est deifié, afin de les tromper, & faire tort au vray Dieu.

Voyla en somme, ce que dict S. Augustin, touchant la susdicte matiere, confirmant que ceste Isle & les Oiseaux ont esté renommez dudict Diomedes : mais maintenant elle est famée, pour les miracles, qui s'y font iournellement par l'intercession & merite de la glorieuse vierge mere, à qui elle est dediée, & pour ce appellée

pellée, *Sanctâ Maria di Tremiti*: Il y a aussi vn beau & riche Monastere, officié & administré, par certains Religieux, ou Chanoines
Reguliers, de l'ordre de S. Pierre Darra, quasi semblables à ceux de
S. Augustin, lesquelz sont honestement rentéz en l'Abrusse, & ont
la melieure race de cheuaux, qui soit en toute la Prouince. Le monastere, qui est en l'Isle principale, est faict en forme de forteresse,
gardée d'aucuns soldats, pour la tuition du lieu, contre les incursions des Larrons, Pirates, & Infideles.

L'Eglise duquel Monastere est aussi fort visitée & frequentée
de Pelerins, qui y vont faire leurs deuotions, & y vient on de l'A-
brusse, la Pouille, & d'Italie, par barques. Aucuns des nostres en
allant, (comme nous estions à l'ancre à cause des grands ventz) s'y
firent mener par la fregate, entre lesquelz estoit le reuerendissime
Euesque de le Zante & Chefalcine, qui furent fort humainement
receuz du Prelat du lieu, comme i'ay dict cy deuant, au liure second du present Traicté.

Des Citéz & lieux Maritimes, qui sont de l'Abrusse
& Marche d'Ancone.

CHAPITRE XII.

REtournant à la Coste Marine, depuis le fleuue Fortoro, où
commence l'Abrusse (qui estoit anciennement le siege des
Samnites & Frentanis) ne se voient guere de lieux d'importance,
du moins où soient aduenues choses memorables, côme aux lieux
dessus mentionnéz: neantmoins, i'en nommeray aucuns, pour ne
discontinuer nostre œuure encômencee. Les premiers lieux donc,
qui se rencontrent, sont Campo Martino: puis Termule, située sur
vn col ou bras de terre, honorée du tiltre Ducal. En apres se trouue Guasto, de Pline dicte Istonium, où se voit vn beau Palais &
vn Theatre, edifiéz par les Marquis du lieu, aucuns desquelz ont
esté bien renomméz pour leurs vaillantises, au temps de l'Empereur Charles le Quint.

Quelques miles plus auant, entre en la Mer le fleuue Sangue,
qui descend des Apennins, & là, près d'vn Promontoire, est l'ancienne cité d'Ortona, premierement nommée, selon Strabon, *Pe-*
tra Piratorum, comme fondée par aucuns pirates & voleurs de mer,
En icelle y a vne belle Eglise, où reposent les reliques de l'Apostre
S. Thomas, tenues audict lieu en tresgrande veneration. Il y a aussi vn

Campo
Martino.
Termule.
Guasto.
Plin. lib. 3

Sangue
fleuue.

Ortona
cité.

ſi vn petit port, ou abordent les naues & marchandiſes de Sclauonie. Et non guere loing de la ſe degorge auſsi en la Mer le fleuue
Peſcara, des anciens dict Aterno, paſſant par la principaulté &
Cité de Sulmone, patrie de l'elegant Poëte Ouide, & eſt ce fleuue reputé pour le plus froid & plus rapide de toute l'Italie, & de
ce Sulmona le Prince eſt de la noble Maiſon de Lannoy.

 Aſſez prés dudict lieu eſt la Cité de Peſcara, Sainct Angelo,
Fleumento, Iulianoua, Grote, Fermo (d'ou eſtoit Lactance Firmian) & Ciuita Noua : partie deſquelz lieux eſtans de l'Abruſſe,
& l'autre de la Marca d'Ancona. Auſsi n'y a il guerez de portz
d'importance, iuſques audit Ancone, combien qu'il y ait pluſieu-
res riuieres, abordates & ſe degorgeates en l'onde Marine, la derniere deſquelles eſt la tortueuſe Potenze, ſur laquelle eſt la Cité
de Recanate, au dela eſt la Cité & Egliſe renommee de Noſtre
Dame de Lorette, laquelle ſe voit de la Mer, aſſiſe ſur vn Coſtau,
eſloigné de deux mile d'icelle Mer, au lieu ou eſtoit anciennement
Cupra Montana.

 Mais parlant de ce ſainct lieu de Lorette, tant renommé entre les Chreſtiens, & duquel nous dirons vn mot en paſſant. Aucuns ſont d'opinion, qu'vne riche Dame luy a donné ſon nom
de Loretta : les autres diſent qu'à cauſe d'vn petit bois ou boſquet
de Laurier, il fut appellé Laureto, lequel boſquet ou boſca-
ge eſtoit au meſme lieu, ou a eſté porté & poſé par le miniſtere
des Anges, la venerable & ſaincte Chambrette, en laquelle la glorieuſe & touſiours Vierge Marie habitoit en Nazareth, & ou elle receut l'Angelique Salutation : meſme y conceut le Verbe Diuin & Filz Vnicque de Dieu, prenant chair humaine en ſon
ventre virginal, pour le ſalut du monde, par operation du ſainct
Eſprit.

 Et eſt choſe admirable, que ceſte venerable Chambrette a eſté
ainſi tranſportée en diuers lieux & Regions loingtaines : car premierement elle le fut de Nazareth, en certain lieu de Dalmatie, & depuis oultre la Mer au pais des Picenes, qui eſt la moderne Marche d'Ancone. Finablement, l'an mil deux centz quatre vingtz & quinze, elle fut miſe au lieu, ou elle eſt preſentemet,
tant honorablement accommodée & frequentée des Pelerins, venans de toutes les parties de la Chreſtienté. Auſsi il n'y a lieu
en toute l'Europe, plus deuot, ny plus viſité, & ou ſe font plus
de Miracles à l'endroict de ceulx, qui reclaiment l'aſſiſtance de
la Vierge Mere en leurs neceſsitéz, qu'en ceſtuy cy, comme il ſe

voit

voit par vn nombre infini de tableaux, attachez & penduz en
l'Egliſe qui y eſt baſtie treſmagnificquement, à l'entour d'icelle
ſaincte Chambrette.

Or, nous paſſerons outre, craignant d'en parler fort ſobrement
& moins dignement qu'elle ne merite, ioinct que i'en ay encore
touché vn mot, faiſant mention de Nazareth, meſme pour n'interrompre noſtre reſolution, aſſauoir, d'eſtre brief, & ne traicter
que des lieux Maritimes, qu'on voit en nauigeant: & me deporteray d'en parler icy d'auantage, attédant, que, comme i'eſpere (Dieu
& ladicte glorieuſe Vierge m'aidans) i'en puiſſe faire plus ample
narration, en temps & lieu.

Mont
d'Ancone

A quinze mile de Lorette, ſe voit le mont & Promōtoire d'Ancone, anciennement dict, *Promontorium Cimeria* ou *Cumerum*, ſelon

Plinius,
li.3.c.14.

Pline: & en ceſt endroit l'Italie ſe courbe, comme le coulde d'vn
bras: Ledict Promontoire eſt treſ-hault, eſtant encore des dependances des montz Apennins diuiſans l'Italie en deux, duquel Promontoire iuſques à Pola en Iſtrie, n'y a que cent mile d'interual
par Mer: Sur iceluy Promontoire eſtoit iadis vn Temple magnifique, dedié à Venus, duquel fait mention Iuuenalis, diſant:

Ante domum Veneris, quam Dorica ſuſtinet Ancon.
Mais à preſent il y a en ce lieu vn Monaſtere, contenant pluſieurs
grottes & petites cabannes, où habitét des Hermites, s'aſſemblans
en certain temps, pour faire l'Office Diuin en leur Egliſe.

Il y a auſsi ſur le ſommet dudict mont, regardant la Mer & la
Cité, l'Egiſe Cathedrale dediée à S. Cyriaque, lequel on dit auoir
eſté le Iuif, qui fut forcé par S. Helene, de luy monſtrer le lieu où
eſtoit cachée la Croix du Redépteur, lors qu'elle la cherchoit en
Ieruſalem, & qui la voyant trouuée, & faiſant des miracles, ſe fit
Chreſtien, aiant eſté depuis Eueſque: auſsi ſon corps, auec ceux de
deux de ſes enfans, meſme de S. Oliuier Hermite, filz d'vn Roy
d'Armenie, & pluſieurs autres corps ſainctz, repoſent en ceſte
Egliſe, deſquelz i'obmetz les noms, pour brieueté.

Reſte à parler de la principale piece de ce lieu, eſtant en bas &
au pendant de ce mont: qui eſt l'ancienne, belle, fameuſe & riche

Ancone
cité.

Cité d'Ancone, à laquelle ſouloit terminer l'Italie, auec les Gaule Togée & Senoiſe. Ses premiers fondateurs furent Grecs, leſquelz l'appellerent Picena: depuis Ancus Martius la rebaſtiſſant,
luy donna ſon nom d'Ancone: Icelle Cité eſt baſtie magnificque-
ment au dedans, & eſt induſtrieuſement fortifiée en ſon circuit,
dont ie paſſe en brief les particularitez. Son port regarde le Septentrion,

rentrion, & est vn des plus beaux & somptueux en edifices, qui
soit en l'vniuers, enuironné à demi cercle du susdit mont. Lequel
port, a esté restabli, & sa closture faite à degréz de tres-beau marbre blanc, par l'Empereur Traian, comme demonstre l'inscriptiõ,
qui est au dessus d'vn braue Arc triomphal, par lequel on passe
pour aller au bout & fort dudit port, qui est vne tour grosse & rõ-
de, garnie de munitions, & gardée par aucuns soldatz: & est ladi-
te inscription, telle que s'ensuit, en lettres maiuscules Latins.
IMP. CÆS. DIVO NERVÆ TRAIANO OPTIMO
AVG. GERMANICO DACICO PONT. MAX. TR.
POT. XV. XIII. IMP. IXI. COS. V. IP. P. PROVI-
DENTISSIMO. PRINCIPI. SENATVS. P. Q. R.
QVOD ACCESSVM ITALIÆ. HOC ETIAM ADITO
EX PECVNIA SVA. PORTVM TVTIOREM NAVI-
GANTIBVS REDDIDERIT.
Laquelle inscription est iustement au milieu: & puis aux deux co-
stez sont encore celles qui ensuiuent. Assauoir au coste droit.
PLOTINÆ   DIVÆ MARCIANÆ
      AVG.   & au costé gauche   AVG.
CONIVGI. AVG.   SORORI AVG.
Cedit port est fort renommé & frequanté de Naues & Galeres,
venans de Venise, Dalmatie, Sclauonie & de Leuant, comme est
aussi la Cité: laquelle à ceste occasion est enrichie de grand commerce & hantise de marchans venans de tous costez, aussi bien
de Iuifz & Turcs, comme de Chrestiens: tellement qu'en traficq,
elle est bien la seconde en Italie, apres Venise: quant au surplus de
ses bastimens & beautéz remarquables, ie les laisse à present, pour
les raisons souuent declarées: or depuis ceste cité, iusques à Venise, ne se trouue plus nul port qui vaille, parce que la mer ne fait
qu'vn plage bien plat, du costé d'Italie: toutefois il ne laisse pourtant d'y auoir de belles citez & places de remarque, de quelques
vnes desquelles nous ferons aussi mention succinctement.

Premierement, à douze mile dudit Ancone se voit vne tour
estant munie d'artillerie & de garnison (à la diligence & fraiz des
citoyens dudit Ancone) pour la garde du pais, contre les Pirates
& voleurs de mer, appellée *Rocca al Fumesino*, à cause de la riuiere   La tour
Fumesin, (qui est l'Aesis de Pline, Strabon, Mela & autres) qui y   de Rocca
passe, n'aiant encore changé de nom: car fiume en Italien, signifie   al fuime-
fleuue, & Esino, Aesis, & la y a vn pont estant long d'vn quart de   sino.
mile, non point à raison que ledit fleuue soit si large ordinairemẽt

b b   ou iour-

qu'iournéllement, mais à cauſe de l'accroiſſement qu'il prend en
temps de pluyes. Lequel fleuue ſert de borne, à la Marca d'Ancone, & la Gaule Togée, preſentement dite Duché d'Vrbin.

Caſa ab-
bruciata.

Secondement, à vn mile plus auant, ſur le bord de la mer, ſe
voit *Caſa abbruciata*, qui eſt vne hoſtellerie, aſſez forte & belle, ainſi nommée, pour auoir ſouuent eſté bruſlée par les Larrons, Pirates & Turcs. Or pour abbreger, nous finirons cecy, & paſſerons
outre en noſtre Hiſtoire.

Des lieux qui ſont depuis Senegaille, iuſques à Veniſe.

CHAPITRE XIII.

Senegail-
le cité.

NEuf mile plus bas que Caſa abbruciata, eſt Senegaille petite
Cité, mais bien belle, fortifiée contre les auenues des Turcs,
dite en Latin, ſelon Pomponius Mela & autres, *Senogallia*, pour
auoir eſté premierement baſtie des Senonnois Gaulois : aucuns
deſquelz, aians ruiné la Cité de Rome, & eſtans deffaitz par Ca-
mille, auec Brennius leur Duc, vindrent icy prendre habitation.

Douze mile ou enuiron de ladite Senegaille, entrent en la
mer deux petites riuieres, la premiere nommée Ceſano, laquelle

Metro
fleuue.

n'a point de pont, & l'autre Metro, autrement dite de Strabon,
Mela & autres, *Metaurum*, ſur laquelle y a vn pont de demi mile de
longueur. Et pource que les eaues d'icelle, ſont extrememeut rapides & vehementes, il y a d'aſſignation annuelle, quatre centz
ducatz pour l'entretenir : & eſt ce fleuue remarqué, pour la belle
victoire, que ſur icelle eurent les Romains, ſoubz la conduite de

Liui.li.27

Liuius Salinator, & Claudius Nero, à l'encôtre d'Aſdrubal, comme recite Tite Liue.

Trois mile dudit Metro, eſt *Fano*, Cité appartenante au ſainct
ſiege Apoſtolique, laquelle eſt raiſonnablement grande & belle,
& aucunement fortifiée du coſté de la mer : & comme appert en
pluſieurs autheurs, principalement en Cornelius Tacitus, elle
eſtoit appellée *Fanum fortuna*, à raiſon qu'il y auoit iadis vn treſ-
ſuperbe Temple, dedié à la fortune, duquel ſe voient encore quelques veſtiges, comme auſſi d'vn Arc triomphal, bien elabouré auquel eſt engraué en lettres cubitales, ces motz.

AVGVST.

AVGVSTO PIO CONSTANTINO PATRI DO-
MIN. Q. IMP. CÆSAR DIVI. F. AVGVSTVS.
PONT. MAX. COS. XIII. TRIBVNÆ POTEST.
XXX. IMP. PATER PATRIÆ MVRVM DEDIT.

Et au bas, se trouue encore.

CVRANTE L. TVRCIO SECVNDO APRONIA-
NI. PRÆF. VRB. FIL. ASTERIO. V. C. CORR.
FLAM. ET PICENI.

Et pource que sa haulteur, a esté en partie ruinée, on a engraué au
bas, les vers suiuans, pour demonstrer quelle elle estoit.

EFFIGIES ARCVS AB AVGVSTO ERECTO PO-
STEA. TORMENTIS ET PARTE DIRVPTI BEL-
LO PAVLI. CONTRA FANENSES. M. CCCC.
LXIII.

Ceste cité de Fano, fut premierement ruinée, par Totilas Roy
des Gotz, & restablie par Belissaire Duc de l'armée de l'Empereur
Iustinien, selô Blondus en ses Histoires: & y passe la *Via Flaminea.*

Enuiron cincq mile dudit Fano, ou s'embouche en la mer le
fleuue Isaure, presentemét dit Foilla, est Pesaro assez bonne Cité, *Pesaro cité.*
située entre deux montaignes, qui fut des anciens nommée *Pisau-*
rum, comme disent Procoppe, Agathias, Cesar & Liuius: laquelle *Proco. l. 1.*
est assez marchande & fortifiée de bons murs & fossez à fond de *Agath. l. 2* *Liuius.*
cune. Le Duc d'Vrbin y a sa residence ordinaire en hiuer, car en *lib. 33. 41.*
esté il y a mauuais air. *Cæsar li. 1* *bell. ciuil.*

Deux mile plus auant sur la mesme coste marine & non guere *La Catho*
distant du mont Pesaro, est vn petit lieu nouuellement fermé de *lica.*
Bouleuertz & rempartz, par ordonnance du Pape Pie quint,
contre les incursions des Pirates & bannis, nommé la Catholica,
auquel il n'y a quasi que des hostelleries.

Quinze mile de là, est l'antique *Arimini* vulgairement dite Ri- *Rimini*
mini, de laquelle est faicte honorable mention, és escriptz & hi- *cité.*
stoires de Cato, Polibius, Strabo, Pline, Liuius, Mela, Appien Alexandrin, Tacitus, Procopoius, Agathias, Antonin, Ptolomée,
Blondus, Platina & plusieurs autres: aiãt esté decorée de plusieurs
grands & somptueux edifices, par Auguste Cesar, entre autres,
d'vn pont qui est sur le fleuue Rimino, aiant cincq arches, & estant
large de quinze piedz, & loing de deux centz: en l'vn des costez
duquel est graué. *Imp. Cæsar diui. F. Augustus. Pontifex Max. Cos. xiiij.*
Imp. xx. Tribunæ potestat xxxvij. P. P.

Et de l'autre costé. *Tib. Cæs. diui Augusti. F. diui Iulij N. Augusti.*

Pont. Max. cof. iiij. Imp. viij. Trib. poteſt. xvij. dedere. Lequel Pont eſt du
coſté Occidental de la cité, ſur le fleuue Marechia, anciennement
dict Ariminum, ou la voie Flaminee ſe conioint à la Emiliane. La
Porte Orientale, qui conduit vers Peſaro, eſt en Arc Triomphal,
faict pareillement dudict Empereur Auguſte, comme appert par
ſon inſcription, contenante en vn coſté : *Coſ. Sept. deſignat Octauum.*
V. Celeberrimeis Italiæ vicis Cònſilio Senatus, Pop. Ta. C. S. vsimileis. Et de
l'autre coſté : *Imp. Cæſar. Diui Iul. F. Auguſtus, Pont. Max. Coſ. xiij. Trib.*
Pont. xxvij. P. P. murum dedit. Curante. L. Turno ſecondo Apromani. Præf.
Vrbis ei âcteio. V. C. Corect Flam. & Piceni. Se voient auſſi ſur les riues
de la Mer, les veſtiges d'vn Theatre faict de briques.

Ceſte Cité a touſiours eſté ſubiecte aux Romains, tant que leur
Empire & puiſſance a duré : Depuis elle a eſté ſubmiſe aux Lombards : & apres eſt tombée à la maiſon de Malateſta, ſortie d'Allemaigne : comme en eſt auſsi ſorti l'Empereur Otto troiſieſme : finablement, elle eſt venue au pouuoir du Pape : il y a beaucoup de
belles Egliſes, enrichies de pluſieurs corps ſainctz de Martyrs
& aultres : En ceſte meſme cité fut tenu vn Conciliabule au temps
de S. Ieroſme, lequel a eſté reprouué.

Cincq mile ou enuiron plus auant, ſe trouue vn ancien Palais,
nommé *Belaere* : pres duquel a ſon cours le fleuue Rubicone, à preſent dict Piſſatello, ſur lequel eſtoit anciennement vn Pont, defendu à tous Capitaines de paſſer (retournans de quelque guerre)
auecq armes, ſans la licence du Senat & Peuple Romain, ſur peine d'eſtre declaréz ennemis de la Republique : Laquelle defenſe y
eſtoit grauée ou ciſelée en vne Table de pierre, poſée à l'vn des
coſtéz dudit Pont, à preſent ruiné. Toutefois Iulius Ceſar, retournant des Gaules, le paſſa auec ſes forces, ce qui fut cauſe des guerres Ciuiles entre les Romains, & de l'abolition de leur premiere Monarchie.

**Porto Ce-
ſenatico.
Ceruia
petite Ci-
té.**

Il ſe trouue auſsi à cincq mile de la, Porto Ceſenatico, lieu de
peu d'importance, comme eſt auſsi Ceruia, petite cité ou ſe faict
grande quantité de ſel. Puis on voit vne foreſt de Sapins. Et encore apres, ſe troue la petite bouche du fleuue Caudiano, quaſi au
lieu ou cy deuant, le fleuue Sauio ſe deſgorgeoit en la mer, lequel
y faict vn des plus beaux & meilleurs portz d'Italie, & ou l'Empereur Auguſte, ſouloit tenir vne bonne armée, pour la garde de
la mer Adriatique, comme teſmoignent Suetonius Tranquillus & Tacitus : & ſelon Pline, il y auoit vn Phare, pour de nuict
auec la lumiere, addreſſer les nauigeans, lequel port eſtoit ce-

luy,

luy, surnommé de Rauenne : qui depuis estant augmenté d'habitations en forme de Cité, fut appellé *Classe*, dont font aussi mention Elius Spartianus, Paulus Diaconus, Agathias & Blondus, & fut icelle Classe saccagée par Luitprand Roy des Lombards, mais à present il n'y en reste qu'vne tres-belle Eglise & Monastere, dedié à sainct Appollinaire premier Archeuesque de Rauenne, duquel les Reliques, auec celles de douze autres Archeuesques, y reposent. Laquelle Eglise fut edifiée par l'Empereur Iustinian l'an cincq centz trente quatre. Quant audit port, il est tellement ruiné & rempli de sable, & ledit fleuue Sauio retiré si loing, & iusques à huict mile de là, qu'à peine croiroit on, qu'ilz y aient iamais esté : ainsi se changent en plusieurs endroitz, les affaires du monde & la gloire des humains.

A trois mile de là, est la tresantique Cité de Rauenne, edifiée, *Rauenne cité.*
selon plusieurs, enuiron trois centz ans apres le deluge general, & souloit aussi estre bagnée des eaues marines, la ou à present elle en est esloignée de sept miles. Pourquoy ie n'en feray icy autre plus ample mention, ores qu'elle le merite, à cause des antiques raritéz qui sont en icelle : aussi se peult elle vraiement vanter de la saincteté de ses ancies Prelats, desquelz elle tient quasi tous les ossemés. Et entre plusieurs, il y en a onze corps au Domme, qui ont receu les couronnes de martyre : aussi entre grand nombre de singularitéz, on y voit vne tres-belle petite Eglise ronde, pour cette cause nommée *Sancta Maria Ritonda*, laquelle est couuerte d'vne seule pierre vuidée au dedans, & au dehors releuée en forme de Coupe, aiant auecq ses corniches du moings trente cincq piedz en Diametre.

De Rauenne iusques à Choggia proche de Venise ne se voit aucun lieu d'importance, fors seulement les rameaux du grand fleuue Pau, nommé *Padus* & *Eridanus* en Latin, auquel entrent trente autres fleuues, tellement qu'il est forcé se separer, & par sept bouches se desgorger en la Mer, voire si violemment, qu'il n'est apte à faire portz nauigables, comme il se dira, quand par forme d'itineraire, ie pourray descrire les lieux Mediterrains & circonuoisins, que Dieu nous a laissé voir : Et comme i'ay aucunement parlé de Adria, Choggia, & autres semblables lieux, au liure second du present Traicté, ie m'en deporteray presentement, pour n'vser de redites, & declareray briefuement, ce que i'ay apprins, de la fondation de l'admirable, magnifique, & trespuissante Cité de Venise, esperant que ce sera chose aggreable au Lecteur, de l'entendre , mefme à ceux qui l'ont veue , ou qui font defireux de la voir.

De la Cité de Venife.

CHAPITRE XIIII.

Fondatiõ
de Venife

LA fondation admirable de cefte Cité de Venife, faicte non par tirans, voleurs, Pirates ou infideles, comme plufieurs autres, ains par hommes nobles & Chreftiens fuians la rauage cruel des Gotz & Huns, aduint & fut enuirõ l'an de grace quatre centz vingt vn, Zozime tenant le fainct fiege Apoftolique, & l'Empire Honorius & Arcadius, enuiron que Pharamond eftablit le regne des François en Gaule. L'occafion donc de cefte fondation fut, que les peuples Venetes, habitans és Citéz de Heraclée, Aquilée, Concorde, Altine & Padoue (efpouuantéz de la fureur defditz Gotz & Huns, qui ia auoient faccagé & ruiné, non feulement lefdictes Citéz, ains auffi rauagé toute l'Italie, mefme la grande Cité de Rome) abandonnans leurs domiciles, fe fauuerent auecq leurs femmes, enfans, & ce qu'ilz auoient de pretieux, és petites Ifles, fituées au milieu des paluz, lagunes & eftangs d'eaue falée, qui eftoient & font, comme fe voit encore, au bout ou dedans la gorge du Golfe Adriatique, aucuns defquelz, eftant le premier orage defdictz Huns paffé, fe retirerent en leurs lieux, & reftablirent ce qui auoit efté gafté. Mais l'an quatre centz cincquante, Attila Roy defdictz Huns, foy difant le fleau de Dieu, venant du fac d'Aquilée (qui auoit fouftenu vn fiege par trois ans) vers Padoue: les nobles, robuftes & ieunes hommes, deliberéz d'expofer leurs vies à la defenfe de leurs Citéz & patrie, enuoierent derechef leurs vieillards, femmes, enfans & biens en ces lagunes, pour eftre à fauueté, & eftans encore vaincuz par lefditz Huns, ceulx qui reftoient en vie, allerent les y trouuer, & lors commencerent à y faire des Cabanes & petites maifons de bois & de rofeaux ou Cannes, pour y habiter, fignamment au lieu de *Riuo Alto*, à prefent encore dict, par corruption & abbreuiation de langage, Rialto: lequel lieu, felon aucuns, fut auparauant occupé par vn Pefcheur Candiot, nommé Eutinope, auquel auffi on attribue le commencement de l'Eglife S. Iacques l'Apoftre, fituée en la place dudict Rialto. Mais elle fut augmentée par les Padouans, pour l'accompliffement d'vn vœu par eux fait (comme appert par le memorial
de Mar-

de Marbre blanc, pofé en ladite Eglife, contenant la datte du téps)
eux fe trouuans oppreſſez par vn feu vehement, lequel ilz ne peurent efteindre, que par l'interceſsion dudit fainct, qu'ilz inuoque-
rent auec vœu d'acheuer fon Eglife, ce qu'aduint audit an quatre
cerz vingt vn, au cómencement deleur aſſemblée en ce lieu, & fut
acheuée le vingtcincquiefme de Mars, à tel iour que, felon les Docteurs, le monde fut creé, & que le Redempteur fut cóceu & print
chair humaine, au treffacré ventre virginal de la glorieufe vierge Marie.

Cecy fut le principe de la fondation de cefte dicte admirable &
noble Cité, laquelle fut accrue par le concours des autres peuples
d'Italie, mefme de Rome, fuians la rage des fufditz Barbares, qui
mettroient tout à feu & à fang, & fe trouuerent lefdictz peuples fi
bien pour la forte fituation du lieu, qu'ilz refolurent d'y edifier
Palais & maifons, pour y faire perpetuelle demeurance, chafcun
felonles moiens & qualitéz: Et tant augmenta ce peuple, que petit à petit, foixante Iflettes, feparées l'vne de l'autre, furét peuplées
& habitées, & auec peu de temps conioinctes enfembles, par le
moyen de plufieurs pontz, qui font prefentement en nombre de
quatre centz & plus, par lefquelz on va de l'vne en l'autre, & en
tous lieux, par terre & par Mer, eftans les maifons de l'vn des co-
ftéz, affauoir fur le deuant, garnies de rues terriennes & pauées de
bricques maffonnées, & par derriere, de canaux d'eaue marine au
lieu de rues, feruis de plus de huict mille barquettes, qu'ilz nomment gondoles (aucunes appartenantes aux particuliers, les aultres aux Mariniers) qui vous feruent d'aller par toute la Cité: Elle
s'augmenta auſsi grandement, quand les Lombards, autrement
dictz Longobards & Herules, coururent & rauagerent l'Italie,
tellement qu'en peu de temps, elle deuint riche & puiſſante, en
nombre d'hommes & poſſeſsion de terres.

Au commencement d'icelle fondation, chafcun peuple auoit
fon Iflette, & chafcune Iflette fon Tribun & Magiftrat particulier, dont fourdirent fouuent des difcordz & querelles entre eux:
mais fe voians aſſaillis defdictz Lombards & autres leurs voifins, enuieux de leur profperité & liberté, (car ilz ne fe voulurent
fubmettre à aucuns) ilz s'accorderent de viure par enfemble, en
vne Rebublicque, gouuernée par Confulz & Tribuns. Et pour
mieulx refifter à leurs emulateurs & aduerfaires, & eftre maintenuz en concorde, ilz efleurent par commun aduis, enuiron l'an
de grace fept centz, vn Duc, qu'ilz appellent Doge, lequel eftant
                                                    mort,

mort, on en eslisoit vn autre, par lotissement appellé Balotage, comme ilz font encore. Plusieurs desquelz Ducs ont esté maltraictéz & occis, par la petulance & mutinerie du peuple, comme il se voit en leurs Histoires & Annales : ce que ie passe icy soubz silence, pour brieueté auec l'ordre de leurs successiõs. Or ce Duc, a auctorité Royale, qui luy fut concedée enuiron l'an mil cent & sept, par le Pape Alexandre troisiesme & l'Empereur Frederic, surnommé Barbarosse, comme i'ay encore escript au liure second. Auquel temps aussi, les deux colomnes qui sont sur le bord de la mer en la place S. Marc, furent apportées de Constantinople, auec vne qui tomba dans ladite mer : comme pareillement fut faict le premier pont de bois de Rialto, sur le Canail principal, lequel est long de cent trente pas & large de quarante, & presentement il est faict de massonnerie & voute aiant des maisons dessus.

Quant ce Duc marche, on porte deuant luy vn coussin ou quarreau de drap d'or, auec vne chaire de mesme parure, vne espée, vn cierge de cire blanche, huict estandars de soye tres-fine, desquelz les deux sont de couleur grise, les deux autres soie blanche, & les quatre rouges : on porte encore six trompettes d'argent droits & longues de trois brasses, & derriere luy vne ombrelle de toile d'or. Il est vestu d'vn saie long de drap d'or, d'argent, velours, satin ou damas, & dessus ledit saye, vn manteau long iusques à terre, fourré & aiant le rebras d'Hermines ou autre riche fourrure, à la Royale : puis il porte sur sa teste vne corne ou barrette ducale, enuironnée d'vne petite coronne, ornée de pierres precieuses de tresgrande valeur. Et en cest ornement il est suiuy de soixante Senateurs ou plus, tous quasi gris & chenuz, allans deux à deux, habilléz de robbes longues & rouges ou violettes, les vnes de velours, autres de damas, armosin, ou d'vn drap fin d'escarlate, lesquelz portent sur l'espaule gauche, d'vn estole ou cornette, large d'enuiron vn quartier, assauoir les Cheualiers de drap dor, & les autres de velours violet ou rouge, ou d'escarlate, selon leurs qualitéz & offices : puis sur la teste vn petit barretin sans bord, comme le fond d'vn chapeau. Et ainsi ledit Duc se montre quatre ou cincq fois l'an, publiquement par la cité : & és iours solemnelz, aux offices diuins en l'Eglise S. Marc, contigue de son Palais.

Il est subiect, de faire quatre conuiues l'an, assauoir vn, le lendemain du iour de Noël, ou sont appelléz les Conseillers & Officiers

ciers

tiers principaux: le deuxiefme fe faict le iour S. Marc, & y font
conuiez les Gentilzhommes de moien aage: le tiers le iour de
l'Afcenfion noftre Seigneur, auquel iour il va efpoufer la Mer, &
lors font inuitez ceulx qui fe fuiuent à Lyo: & le quatriefme, le
iour de SS. Vite & Modefte, ou fe trouuent les plus ieunes Gentilzhommes admis au Confeil.

Outre ce, il fe fait en cefte Cité, le iour & fefte du *Corpus Domini*, La grãde
vne Procefsion folemnelle, à l'entour de la place S. Marc (laquelle Proceßiõ
eft quafi toute couuerte de toile & drap, contre la lueur & ardeur de Venife.
du Soleil.) En icelle Procefsion premieremét marchent les Confraries pieufes & penitentes, qu'ilz appellent *Scole*, les Confreres
defquelles font tous veftuz d'vn cilice blanc, qui eft vn vefte-
ment long iufques à terre, n'aians que deux petitz pertuis au
Chaperon, pour voir par celuy qui en eft veftu, ou il va: mais
pour difcerner les compaignies, l'vne de l'autre, chafcun Confrere porte vne marque fur l'efpaule, & font fix Confraries en nombre: affauoir, celle de S. Marc, celle de la Miféricorde, de S. Iehan
Euangelifte, de la Charité, de S. Roch, & de S. Theodore, inftituées
pour s'exercer à faire toutes œuures de pieté: comme de procurer
l'entretenement des malades, de confoler, conduire, & enfeue-
lir les condemnez à mort par iuftice, marier les pauures filles, &
autres femblables œuures de Charité: lefquelz Confreres ont
des Chambres tref-magnificques, ou fe font leurs affemblées,
pour confulter fur le faict de leurs offices & charges: ilz font
porter efdictes Procefsions, deuant eux, des Chandeliers longs
& haultz, les vngs d'argent, & les autres de bois doré ou
argenté.

Apres lefquelles Confraries, fuit vn grand nombre d'enfans, fils
& filles: les filz accouftrez en guife d'Anges, & les filles en petites
vierges à l'antique, portans chafcun en leur main vne paire de
gands & quelque vaiffelle d'or ou d'argent. Puis fe voyent les
fieltres des corps fainctz, qui font portez foubz des baldaquins.
Apres lefquelz fuyuent les Confanons, les Muficiens, & les Confraries des meftiers, tous portans des bafsins, aiguieres, & autres
argenteries fort riches. En apres fuit le grand Capitaine, auecq
les Officiers de la Seigneurie: & puis marchent les Religieux
des Monafteres, tant de la Cité, comme des Ifles circonuoifines,
reueftuz des plus riches ornemens qu'ilz ayent, portans aufsi és
mains des Calices & vaiffelles d'or ou d'argent: lefquelz font fuiuis des Preftres Seculiers, de tous les Colleges & Paroiffes, auec

 le Pa-

le Patriarche de Venife, furnommé encore d'Aquilée : lequel eſt
ſuiuy des domeſtiques du Prince, & vne infinité d'hommes portãs
flambeaux ou haches de cire blanche.

Tout le College de l'Egliſe ſainct Marc, marche apres les deſ-
ſuſdictz, auecq le S. Sacrement de l'Autel, poſé en vn Ciboire
fort grand de fin or, porté ſur les eſpaules de quatre Preſtres, re-
ueſtuz d'ornemens fort riches, ſoubz vn baldequin ou tunbre
de meſme richeſſe, porté auſſi par ſix Cheualiers : Puis derriere
vient le Duc, accompaigné du Legat & Ambaſſadeurs des Princes eſtrangers, ſuiuy de ſes Conſeillers & Senat, comme eſt dict
cy deſſus. Et lors les plus honorables d'iceulx Conſeillers,
mettent à leur coſté droict, les Pelerins deſirans faire le tres-
ſainct Voyage de Ieruſalem : ainſi que i'ay dict en noſtre liure
premier.

Mais nous dirons vn mot en paſſant, des Ceremonies obſer-
uees apres la mort dudict Duc : le corps duquel apres ſon treſ-
pas, eſt porté auecq grand pompe, veſtu de ſes ornemens, en vne
Salle baſſe, nommée Piouechi, accompaigné de vingt Gentilzhommes, veſtuz d'Eſcarlate : & la demeure ledict corps
trois iours, couuert d'vn drap d'or, ayant l'eſpée & les eſpe-
rons dorez. Ce pendant, le Palais eſt cloz & fermé, & n'y a que
les petites portes ouuertes, auecq gardes pour entrer & ſortir.
Pendant lequel temps que ledict corps eſt là, ceulx du Conſeil cy apres nommez, ne ſe peuuent bouger du Palais, iuſques à la creation d'vn nouueau Duc : aſſauoir, les ſix Conſeillers, trois Chefz de la Quarantie, auecq le plus ancien deſdictz
Conſeillers, lequel on tient comme Viceduc, ou Vicedoge (car
ce mot de Doge eſt ſeul attribué au Duc de Veniſe, pour faire la
difference des autres Ducs d'Italie, leſquelz s'appellent en ſingu-
lier, Duca :) pour ce qu'il fait l'office de Duc, iuſques à ce qu'il y en
ait vn nouueau creé.

Les trois iours eſtans paſſez, ledict corps, accompaigné des
Confraries, Clergé, & Senat, eſt porté en l'Egliſe des ſainctz Iehan & Paul, ou on faict ſes obſeques, auec telles ceremonies &
magnificence, que requiert ſa perſonne : & icelles eſtans acheuées, le grand Chancelier faict conuoquer le grand Conſeil,
auquel tous Gentilzhommes, au deſſus de l'aage de vingt cincq
ans, peuuent entrer, & donner voix : voire les plus ieunes,
ayans ſeulement attaint l'aage de vingt ans, y ſont bien admis,
mais ſeulement pour ouyr, & apprendre : Lequel grand Conſeil

feil eſt compoſé de quinze ou ſeize centz Gentilzhommes, n'y
pouuant aucun aultre entrer, pour eſtre ceſte Republique gouuernée en Ariſtocratie, c'eſt à dire, par les Nobles ſeulz, lequel
grand Conſeil s'aſſemble tous les huict iours, & aucunefois deux
fois la ſepmaine, pour la conſtitution des nouueaux Magiſtratz
& Officiers.

Or, pour parler du renouuellement du Duc en ce Conſeil, il   L'election
ſe declare lors en ceſte compaignie la cauſe de l'aſſemblée: c'eſt   du nou-
pourquoy à l'inſtant ſont eſleuz cincq Correcteurs, & trois In-   ueau Duc
quiſiteurs : Cela faict, le Viceduc ſe leuant, parle au Conſeil, lou-
ant les vertuz du treſpaſſé, & incite chaſcun d'en eſlire vn aultre, qui ſoit vtile & honorable à la Republicque : Ce pendant,
les Correcteurs regardent, s'il n'y a rien à changer és Loix &
Office Ducal : & les Inquiſiteurs s'informent de la vie du Duc
treſpaſſé, pour ſcauoir s'il a bien obſerué les Loix par luy iurées,
& s'il eſt trouué, qu'il y ait commis quelque erreur, ilz ſont ſubiectz de l'accuſer tellement qu'il fault que ſes parens & heritiers portent la peine que le treſpaſſé auoit meritée, mais pe-
cuniaire, comme n'eſtant raiſonnable, qu'ilz la portaſſent
aultrement : Et ceſte couſtume de faire a eſté introduicte pour
exemple de tous.

Quant aux Loix generales, elles ſont corrigées & retranchées,
ſelon la volonté du grand Conſeil, par balottage : & ſelon l'exi-
geance du cas & du temps, pour l'vtilité de ladicte Republicque,
ſans ſe vouloir ſoubmettre au droict eſcript : non obſtant qu'ilz
ayent touſiours eu, & ont encore, des hommes bien inſtruictz
en iceluy.

Le iour enſuyuant, ledict Conſeil s'aſſemble derechef, mais   Façon de
nul n'y peult lors entrer, qu'il ne paſſe l'aage de trente ans, &   baloter à
y eſtans tous arriuez à la fin du ſon d'vne Cloche, la Salle ſe fer-   l'election
me, puis on nombre tous ceulx qui y ſont entréz : cela faict, on   du nou-
prent vne vrne, n'ayant qu'vne ouuerture au couuercle, en   ueau Duc
laquelle ſe mettent trente balottes dorées, groſſes comme des
eſtœufz, & autant d'argentées, que porte le nombre de ceulx qui
y ſont arriuez. Puis apres, le plus icune des Conſeillers va en
l'Egliſe de Sainct Marc, qui eſt ioignante & contigue du Palais,
& apres auoir faict ſon oraiſon, & la reuerence à l'Autel dudict
Sainct Euangeliſte (Patron de la Cité de Veniſe) il prent vn enfant ignoble qu'il y trouue, & le meine auecq ſoy au Conſeil,
pour tirer les bales de l'vrne ſuſdicte : parquoy ceſt enfant eſt

CC 2   appellé

appellé Balotin, mesme auancé de marcher dela en auant deuant
le Duc en procession, voire instruict & pourueu (venu en aage)
d'estat de Secretaire,

Et la se balotte aussi par sort, lequel des bancs, ou tous ces gentilzhommes sont assis, doibt estre le premier balotté, qui le deuxiesme, le troisiesme, & ainsi tant qu'il y en a : au premier on deliure iusques à cincq bales, puis autant aux autres à tour de rolle,
tant que tout soit tiré, & ceulx à qui viennent les bales argentees,
subitement sortent de la salle : les autres, ausquelz tombent les
dorées, demeurent, & sont à l'instant menéz en vne chambre,
à ce destinée, par deux Secretaires, ou leur nom estant declaré à
haulte voix, on appelle tous les parentz, oncles, freres, cousins &
domesticques, ausquelz on baille à chascun vne bale argentée,
puis ilz sortent aussi de la Salle : ainsi faict on aux trente personnages, ausquelz tombent les trente balottes dorées, & estant le
surplus dudict grand Conseil licentié, on r'appelle les trente, pardeuant le Magistrat ancien, lesquelz on faict soir sur deux bancs,
puis on prent vingt vne bales argentées, & nœuf dorées, lesquelles sont tirées en la maniere dicte, par le Balotin, entre ces
trente : ceux, ausquelz eschéent les argentées, s'en vont, & quant
aux autres des nœuf dorées, ilz sont derechef menéz en la chambre, ou ledict Magistrat les vient trouuer, & leur fait faire sermét,
de faire bonne & loyale election, des personnes qu'ilz doibuent
eslire : mesme y demeurent enferméz, tant qu'elle soit faicte. Assauoir, de choisir quarante Gentilzhommes idoines, de quarante
familles diuerses.

Pour faire ceste election, eux estans assembléz, ilz balottent
entre eux, qui doibt parler le premier, qui le deuxiesme, qui le
tiers, & ainsi par ordre, iusques au dernier, & ayant le premier nommé quelqu'vn, il est balotté entre eux, sans autrement
faire ouuerture, ou declarer verbalement ce qui en semble, tellement que celuy à qui tombent les sept bales des nœuf, est retenu pour l'vn des quarante, & continuent ainsi, tant qu'ilz
ayent ce nombre plein : Cela faict, ilz font scauoir au Grand
Chancelier, qu'ilz ont faict leur election, lequel de ce aduerti, faict derechef assembler le Grand Conseil, & apporter en
vn escript, auecq deux Secretaires, les noms de ceulx, qui
sont esleuz, & s'il y en a des absentz, on les va tout à l'instant
chercher & querir, puis ilz sont amenéz par force au lieu destiné, sans leur donner le loisir de parler à personne, & estans

separéz

feparez des autres, le refide eft licentié & les quarante menez
en vne chambre, & puis derechef en la falle, ou ilz font encore balottez, comme ont efté faicts les trente fufditz: affauoir par
vingt huict bales argentées & douze dorées, de forte que les vingt
huict fe retirent, & les douze font menez en vne chambre ou ilz
donnent le ferment, de faire bonne election de vingt cincq perfonnes qualifiées, d'autant de familles diuerfes: & doibuent ces
vingt cincq auoir chacun neuf bales ou fuffrages, comme les quarante en auoient eu fept.

Cefte election eftant encore faicte, on mande derechef le grand
Confeil, ou leurs noms font proclamez publiquement, puis feparez des autres, & balottez par feize bales argentées & nœuf dorées: & tout ainfi qu'ont faict les autres, ceux cy en elifent quarante cincq, de quarante cincq familles diuerfes, lefquelz aufsi à
la maniere fufdite, font diminuez par trente bales argentées &
onze dorées: & ceux la par femblable ordre, en elifent par nœuf
bales, quarante vn, d'autant de familles: par lefquelz eftans ap-
prouuez par ledit grand Confeil, eft eleu le Duc, c'eft pourquoy à
l'heure de leur affemblée, fe chante la Meffe du S. Efprit en l'E-
glife S. Marc, & chacun d'eux faict ferment folemnel, de fe defpo-
uiller de toute pafsion humaine, & faire deuoir d'elire vn, qui
leur femblera propice & vtil à la republique, promettans tenir
fecret, ce qui fera dict & faict entre eux.

En apres, ceux cy fe retirent en vne chambre, fans aucun miniftre ou Secretaire, ou ilz ne font veuz ni entenduz de perfonne: puis elifent les trois plus anciens d'entre eux, qu'ilz appellent
Prieurs, ou les premiers auec deux des plus ieunes, pour feruir de
Secretaires: iceux Prieurs ou premiers, font afsis deuant vne table, fur laquelle y a deux baffoles ou boites iointes enfemble, en
l'vne defquelles font, quarante vne bales marquées, pour doubte
qu'il n'y ait de la fraude, & les deux Secretaires font quarante vn
billetz, lefquelz eftans repliez, les diftribuent auec vne bale, aux
prefentz, qui font par leurs noms appellez deuers lefditz Prieurs,
pour efcrire chacun le nom de celuy, qu'il trouue idoine d'eftre
efleu pour Duc, & les laiffans fur la table, les Secretaires tiennent
notte de ceux qui font nommez lefquelz peu fouuent, paffent le
nombre de fix ou huict, à raifon qu'on n'en trouue guere d'auantage qualifiez, à monter à telle dignité.

Ainfi ces fix ou huict noms, ou autant qu'il y en a, font mis en
vne vrne, & par fort tirées hors: le premier defquelz fortant, s'il

est du nombre des electeurs, il fault qu'il se separe de l'assemblée, & voise en la salle de la Quarantie, ou il est enfermé: puis est donné l'auctorité à chacun des electeurs, de dire tout ce qui luy plaist contre iceluy, & les causes pourquoy il n'est digne de tel degré, mesme est leur dire annoté, par lesditz deux Secretaires: apres ces choses, il est mandé & luy est leu le tout, ayant licence d'y pouuoir contredire, & se defendre: & n'y trouuant cause de refutation, il est balotte, aussi s'il se trouue vingt cincq bales à sa faueur, il est retenu pour Duc, si non, on tire & balotte tant des autres susditz noms, qu'il arriue à ce nombre, & ne peuuent lesditz Electeurs sortir la chambre, tant que l'election soit acheuée.

Ledit Duc estant ainsi creé, ces personnages le font sçauoir par le grand Chancelier, à la Seigneurie, laquelle faict sonner les cloches, & vient incontinent le caresser & congratuler. Ses parens & amis font le semblable, & au mesme temps se forge de la nouuelle monnoye de son coing, nom & armes: à l'instant, il est par lesditz Electeurs mené en l'Eglise Sainct Marc, & apres auoir remercié Dieu, ilz le montrent au peuple, comme leur nouueau Seigneur & Prince: lequel leur promet d'estre bon administrateur de sa charge. Lors le peuple, dont l'Eglise est incontinent remplie, luy souhaite à haulte voix tout bonheur.

Cela faict il va à l'Autel, ou il faict quelque offrande, & le serment d'obseruer les loix. Puis le Primicier de Sainct Marc, luy met vn estandart en la main, lequel apres est porté deuant luy: mais vn de ses plus proches parens, precede auec vne tasse d'argent, pleiné de pieces d'or & d'argent, nouuellement forgées, auec ses nom & figure: lesquelles il iette par tout, en signe de largesse: estant iceluy Duc sorti de l'Eglise, les mariniers de l'Arsenal, le prennent auec son siege, & le portent tout aux enuirons de la place S. Marc, iusques au pied de la montée du Palais, & là les Conseillers & Chefz de la Quarantie, l'attendent, & venant en hault, le plus vieil desditz Conseillers, luy met vne petite coeffe blanche, & puis la barette Ducale sur la teste, le menant en vne salle, ou chacun le salue. Ce qu'estant faict, on le conduit au lieu ou il doibt resider, & la chacun prent son congé, pour se retirer chez soy: duquel lieu ledit Duc ne peult plus sortir, sans la licence & compaignie, de quelques Senateurs. Et si quelqu'vn refusoit ceste charge, estant esleu, il seroit banni & son bien cófisqué, comme ne voulant seruir à la republique.

J'ay

I'ay parlé cy deſſus des habitz & accouſtremens du Duc, &
des Conſeillers, demonſtrans vne graue & honorable Maieſté, autant comme ie penſe, que fit oncque l'antique Senat Romain, ou Athenien : & n'y a republique qui a tant durée, ou
qui ſe ſoit maintenue en ſa ſplendeur, grandeur & puiſſance,
autant que ceſte-cy, ayant ſa durée enuiron douze cents ans, &
qui a en ſi peu de temps acquis tant de terres, Prouinces & Royaumes, comme elle : il y a auſſi en icelle vn tel & ſi bon ordre de
gouuernement, qu'il ſemble qu'il ne puiſſe eſtre iamais corrompu : ſi ce n'eſt par leurs propres diſſenſions, cauſées de leurs trop
grandes richeſſes & libertez, enuies, emulations, paillardiſes &
pechez enormes (pour leſquelz les cincq Citez de Paleſtine,
ont eſté abiſmées : & l'Italie auec la Gaule, miſes à ſac & deua-
ſtation, par les Gotz, VVandales & Huns, conduitz par Attilla,
ſelon Paradin & autres Hiſtoriens.) ou bien par le changement
de la vraye Religion Catholique, ce qui eſt fort à craindre, pour
ce qu'on admet à reſidence, en ceſte cité de Veniſe, beaucoup
d'eſtrangers libertins, leſquelz y vont pour viure à leur fanta-
ſie : car on n'y recherche perſonne du faict de la conſcience, & chacun ſçait, comment ces galans ſont diligens d'attirer
les autres à leur cordelle : pour leſquelles cauſes, Dieu leur
pourroit bien enuoyer quelques diuiſions & chaſtiment, meſme
des diſſipations de leur eſtat, comme eſt aduenu aux autres
Monarchies.

Et tout ainſi qu'il eſt procedé au faict de l'election dudit Duc,
auſſi de meſme ſont choiſis tous les autres Magiſtratz, Gouuerneurs & Officiers, ſans qu'il y puiſſe auoir aucune faueur ou corruption : & ainſi faiſant, il n'y a danger d'eſtre reprins, ou mal
vouluz pour leurs aduis, car on n'y parle que de la main, & encore ſi ſecrettement, qu'il eſt impoſſible de cognoiſtre ce qu'ilz
ont en la volonté, mettans le bras en vne boiſte double, diſtinguée
au dedans, & peinte au dehors, aſſauoir celle du conſentement de
couleur blanche, & l'autre verde.

Icelle cité ou republique a pluſieurs membres, qui ſont treſ-biẽ
ordonnéz, ſçauoir eſt en premier lieu, le Duc qui eſt comme le
Chef ou Doyen d'vn chapitre, ſon auctorité & puiſſance eſtant
tellement limitée, qu'il ne peult rien faire ou ordonner, ſans l'aduis des ſix Conſeillers, ni eux ſans luy : ains a ſeulement l'honneur, d'eſtre tenu & reſpecté, comme leur Roy, de ſorte que
parlant à luy, ilz ſe tiennent, voire iuſques aux plus grands, debout &

bout & deſcouuertz. Auſsi toute la monnoie, ſe forge de ſon
coing: les mandemens, les deſpelches, les commiſsions, les legations & reſponſes des miſsiues aux Princes & Potentatz eſtrangers, ſe font ſur ſon nom & ſon cachet: ſon eſtat eſt à viage, ſi ce
n'eſt que de ſon propre mouuement, ou pour quelque iuſte cauſe,
il en ſoit depoſé. Sa femme eſt reueree comme luy, & porte vn
habillement, diſtinct à celuy des autres Dames Venitiennes: &
n'auoir de noſtre temps pour ſon traictement extraordinaire, que
quinze centz ducatz par an.

Des Con-
ſeils &
Magi-
ſtraz. Ce Duc va tous les mercredis par tous les offices & magiſtratz, les admoneſtant de faire bonne iuſtice & leur deuoir: il y a
outre ledit Prince, diuers conſeilz & offices tous adminiſtrez par
Gentilzhommes, portans la pluſpart barbes longues & blanches,
& les robbes iuſques en terre, à manches fort larges, repreſentans
vrayement vne admirable grauité.

Mais pour contenter le curieux Lecteur, i'adiouſteray icy en
brief, la ſpecification d'iceux conſeilz & offices, auec les charges
Le grand
Conſeil. & auctoritez de chacun d'iceux. Le premier deſquelz eſt celuy
qu'on appelle le grand conſeil, compoſé, comme dit eſt, de la con-
gregation de tous les nobles de la cité.

Pregadi,
qui eſt le
Senat. Le ſecond, eſt celuy des Pregades, qui eſt le corps, proprement
appellé le Senat, & ſont tous honorables vieillards, en nombre de
ſix vingtz, entre leſquelz il n'y en peult auoir que cincq d'vne famille. Auquel conſeil, entrent auſsi le Doge, les ſix conſeillers, &
ceux du conſeil de dix, quand ilz en ſont requis: & la ſont traictez
tous les grands affaires de la republique, comme les deliberations
de la guerre & de la paix, des loix & iugementz: en iceluy eſt cree
& eſleu le Capitaine general, le Prouoyeur des armées, qu'ilz appellent Proueditori, & trois Magiſtratz, nommez *Saui grandi*, *Saui
di terra ferma*, & *Saui di mare*, & le tout par baletage.

Collegio. Quant au troiſieſme Magiſtrat, c'eſt celuy qu'on nôme. Il Collegio, fort honoré de grande reputation, & compoſé de ſeize gentilzhommes anciens, aſſauoir des ſix Saui Grandi, cincq Saui de
terre ferme, & cincq de la mer. Le Duc y entre auſsi, auec les ſix
Conſeillers & trois chefz de la Quarantie: Ce Conſeil s'aſſemble
tous les iours, l'eſpace de deux heures apres ſoleil Leuant: auquel
ſont leües lettres, que la Seigneurie reçoit. On y donne audience
aux Ambaſſadeurs & Orateurs des Princes, & y diſpoſe on de
toutes les cauſes ciuiles: finablement, ce Conſeil eſt celuy qui tient
la main à tous les autres.

Au re-

Au regard desditz Saui Grandi dessus nommez, lesquelz motz signifient, les grands sages, sont six en nombre, & des hommes de reputation meilleure de toute la cité, & procurent les affaires de la guerre & de la paix : ilz escriuent & respondent aux Princes, conseillent & gouuernent la republique, proposans les premiers leurs opinions au Conseil des Pregadi : ce Magistrat & les deux subsequens, sont renouuellez de six mois à autres, & à deux fois, assauoir trois à chacune : & peuuent ceux cy traicter des affaires desditz deux Conseilz, absens ou presens. *Saui Gr di.*

Les Saui ou Sages de terre ferme, sont en nombre de cincq, & ont la mesme auctorité qu'ont les Saui Grandi, auec lesquelz ilz administrent & traictent les affaires de terre ferme, tiennent compte des Soldatz leuez, stipendiez & entretenuz par la Seigneurie. *Saui di terra ferma.*

Les Saui di Mare, autrement ditz de *Glordini*, c'est à dire les Sages de la Mer ou des ordres, sont aussi cincq, & ont charge des affaires maritimes, tant au temps de paix que de guerre : en iceluy se mettent des hommes de moyen aage, & quelquefois des ieunes, à fin de les exercer & introduire, au maniment de la republique à l'exemple des vieux : aussi sont ilz de moindre reputation, que ceux des deux Conseilz precedentz. Et ces trois Conseilz de sepmaine à autre constituent vn Preuost ou Chef sur eux mesme, lequel propose & met en memoire au College, les negoces & affaires dependans de leur office. *Saui di Mare.*

Il y a encore six personnages nobles, des plus graues, experimentez & honorables de la cité, qui sont employez au Conseil & affaires d'importance, proprement appellez Conseillers, & sont six en nombre, selon les six quartiers ditz Sestiers, en quoy la cité est diuisée, assauoir trois de delà, & trois de deçà le grand Canal, qui la separe en deux : ces Conseillers seent auec & au costé du Doge, & determinent de tous affaires auec iceluy, signamment des choses priuées : comme de donner audience, lire les lettres publiques, conclure des preuileges, & choses semblables, & peuuent resouldre du tout, sans le Duc & non le Duc sans la presence de quatre d'iceux : ilz ont aussi auctorité particuliere, de proposer toutes choses occurrentes, tant au grand Conseil, en celuy des Pregades, que en celuy de dix. Ce Magistrat dure vn an, mais ilz n'exercent leur office, que le terme de huict mois : les autres quatre font par eux employez au Conseil de la Quarantia criminelle, ou continuellement seent & assistet, deux d'entre eux, *Consiglieri*

dd

comme

comme Chefz, & ces deux sont appellez Conseillers d'embas.

Encore y a il le Consiglio de Dieci, c'est a dire Conseil de dix, qui est vn corps de tresgrande importance, cognoissant de tout l'estat, pour quelque negoce que ce soit, voire quand il requiert celerité, & d'estre faict secrettement ou occultement: ceux cy ont l'auctorité sur ceux qui violent la maiesté dudit estat, sur les falsificateurs des monnoyes, sur les Scoles, c'est à dire confraries, & Chancellerie, sur les Sectaires, Sodomites & autres crimes: ilz manient quelques deniers: ilz ont soing de l'Artillerie, & ont des Galeres en l'Arsenal, marquées de C. & X. ilz traictent encore des matieres, comme pour esmouuoir quelque guerre, ou conclure vne paix, & quand telle chose vient au terme d'en deliberer, le Duc, les Conseillers, les Chefz des Quaranties, les Saui Grandi, Auogadores & Procuratori, s'y trouuent: & neantmoins ceste assemblée ne s'appelle autrement, que Conseil de dix. Leur office dure aussi vn an, & ne peuuent leurs sentences estre rappellées ne retractées, que par eux mesme.

D'auantage il y a l'office de Procuratori di S. Marco, qui est aussi vn Magistrat de grande reputation, nonobstant qu'il ne soit de ceux, desquelz depend l'energie de l'administration de la republique: mais pour estre viager, comme celuy du Duc. Et bien souuent d'entre la lignée d'iceux, est prinse ou choisie la personne de celuy qui doibt auoir la dignité Ducale: Ceux cy ont la charge des Eglises, & du merueilleux tresor dit S. Marc. Ilz peuuent contraindre tous Heritiers, d'executer la derniere volonté des testateurs: & sont nœuf en nombre, portans le vestement à la Ducale, & ceux cy peuuent auoir vn seruiteur pour les suiure: ilz precedent à tous Magistratz, fors qu'és processions, les six Conseillers, les trois Chefz de la Quarantia, vont à leur dextre: on leur assigne quelque demeure, ou soixante ducatz par an, au lieu d'icelle: ilz vont tous au Conseil des Pregadi, mais seulement trois d'entre eux au Conseil de dix, & ne peuuent auoir l'office d'autre Magistrat, que celuy des Saui Grandi, & en l'adionction du Conseil de dix: ilz n'entrent aussi au grand Conseil, sinon quand on faict election d'vn nouueau Duc: ilz se tiennent ordinairement en quelque lieu, qui est soubz le Campanile ou clocher de S. Marc, accompaignéz d'aucuns hommes de l'Arsenal, afin que s'il y suruenoit quelque desordre ou tumulte, ilz fussent prestz à y remedier.

Le Tribunal de l'Auogaria del Commune, est pareillement vn Ma-

vn Magiſtrat de grand importance, & remarqué entre les principaux, tant pour ſon auctorité que pour les grands affaires qu'on
y traicte : il n'y a ſeulement que trois perſonnages des plus venerables, veſtuz comme ceux du Conſeil de dix, aſſauoir de robbes
violettes, & l'eſtole d'eſcarlatte ſur l'eſpaule . Ceux cy ont la
charge de faire obſeruer les Loix & Preuileges, repreſentent la
iuſtice, accuſent & impoſent les criminelz, apres la formation ou
information de leur proces faict pardeuant la Quarantia criminale: auſsi ont ilz l'autorité d'introduire leurs cauſes au Conſeil
de la Quarantia ciuile.

Apres ces Conſeilz ou Magiſtratz, il y en a encore pluſieurs Peticione.
autres de moindre auctorité & puiſſance, comme celuy qui ſe
nomme Peticione, cognoiſſant de toutes cauſes & litiges, qui ſe
font pour des ſommes excedantes cincquante ducatz, tant grandes qu'elles ſoyent : ilz viſitent & cognoiſſent ſur le deguſt aduenu aux marchandiſes qui ſont en la douane: ilz font obſeruer toutes pactions faictes, ſoit par inſtrument, ou autrement, meſmes
iugent des difficultéz, qui ſont entre les Patrons des Naues & les
marchans, horſmis des naulages ou portz : ilz taxent les deſpens
des pupiles, à la requeſte des Commiſſaires & tuteurs, quand les
Procurateurs ne ſont leſditz Commiſſaires ou tuteurs. Et quand
quelque point doubteux interuient, en l'interpretation des Te-
ſtamens, ces Iuges l'eſclarciſſent.

Ce qu'ilz appellent la Court del Foraſtiero, ſont Iuges des dif- Corte del
Foraſtie-
ro.
ferendz qui interuiennent entre les citoiens dudit Veniſe & les
eſtrangers, & entre l'eſtranger & l'eſtranger: ſemblablement des
matieres des louages des maiſons, des naugales, des repartitions
des marchandiſes & dommages, quand par neceſsité de fortune
& de peur de perir, on iette dans la mer les marchandiſes qui ſont
au deſſus deſdites Naues : en icelle Court ne s'accepte aucune
queſtion, ſinon pour ſommes excedantes dix ducatz: ilz procedēt
ſommairement ſans eſcritures en icelle.

La Court del Mobile, ſont les Iuges des actions mobilieres, Corte del
Mobile.
qui cognoiſſent de toutes cauſes n'excedátes la valeur de cinquáte ducatz, meſme des meubles leguéz par teſtament : & donnent
ſentence des cedulles ſignées de la main du debteur, ou de deux
teſmoings.

Procuratori eſt vn office ou on iuge des affaires des *Procuratori* Procura-
tori.
aſpectanti, c'eſt à dire Procureurs attendans, & des Legatz quand
les Procuratori di San Marco, ſont eux meſme Commiſſaires
dd 2   & tu-

& tuteurs. Ilz ordonnent des possessions foraines, & oyent les dames, qui se plaignent d'estre mal mariées.

L'office del proprio consiste en quatre membres: assauoir és matieres prouenantes de la faulte des paiemens des dotz de mariage, des partages qui se font entre les freres des successions qui viennent *ab intestato*, & des limites ou confins, des fabriques: ilz traictent aussi des causes qui sont entre parens prochains: cognoissent encore des crimes ordinaires.

Examinatori sont ceux qui examinent les tesmoings à futur, & cognoissent si les venditions sont bien ou mal faictes selon l'ordonnance de la Loy: ilz interuiennent aux alienations, qui se font par aucuns commissaires ou autres personnes: ilz soubz-signent les instrumentz des donations, par lesquelz on peult demander aucuns biens meubles, encore qu'il y ait proscription: ilz ont auctorité de faire sequestrer les biens des debiteurs, mesme tiennent nòte des legations, & de leurs conditions, afin que rien ne s'aliene contre la volonté du testateur: donnent cognoissance aux prochains & collateraux, de l'inuestiture des proprietéz faitz par iceux: ilz font les sentences, sur les documens & mes-uenditions, & les cognoissances des gages. Cest office est corres-pondant & appliqué à celuy mentionné cy dessuz, appellé del Proprio.

L'office de Cathaueri est ceux que nous nommons fiscaux: & temperateurs du bien public: ilz leuent les successions & biens, de ceux qui meurent sans faire testamens, n'ayans suc-cesseurs: reçoiuent les amandes ciuiles: plus, ilz iugent les differends d'entre les Comires, les Pelerins de Ierusalem, & les Patrons des Naues: pareillement des biens & tresors trou-uéz: ilz vendent par cry public, les biens du commun, & iu-gent encore d'aucunes appellations, des matieres de peu de valeur.

Quant aux Iuges nomméz Pioueghi, mot corrompu de Publi-co, ilz cognoissent des contratz vsuraires, & ont la charge que les chemins & voyes publiques, sautiers & canaux, ne soyent occu-péz d'aucun edifice priué: ilz iugent des sommes, qui ne passent vingt liures. Mais à Rialto, (ou ilz ont aussi leur siege) ilz cognois-sent & iugent de toutes sommes vsuraires.

Sindichi ou Sindichs, ont esgard que les despens, que les Ad-uocats, Procureurs, Notaires & autres semblabes ministres de iustice, demandent ou se font payer en aucune litispendence ou proces,

proces, ne ſoient ſuperfluz & exorbitans, ou tournent à la ruine de ceux qui plaident.

Sopra Caſtaldi ſont les Iuges des executions des ſentences, qui Sopra Caſtaldi. vendent les biens ſentenciez: ilz oient les differens qui ſourdent ſur les intromiſsions, executions, contradictions, & choſes ſemblables. Le matin ilz ſeent à S. Marc, & apres le diſner à Rialto: Par deſſus ceſt office, il y en a encore vn aultre, nommé Superiori, & Superiori. ceſtuy la cenſure & reforme les ſententes & actions deſdiz Sopra Caſtaldi, ſi erreur ou faulte y a. Et d'icy on peult encore appeller par deuant les Auogadori.

Les Auditori Vecchi, c'eſt à dire Auditeurs anciens, reçoiuent Auditori Vecchi. les Appellations de toutes Sentences, qui ſe donnent és offices qui ſont à S. Marc & à Rialto, ou és autres lieux de la cité. Auditori Auditori Noui. Noui ſont Auditeurs dictz nouueaux, leſquelz font le meſme, des ſentences données au dehors de la cité, mais non en tous cas: Ilz s'entremettent és ſentences arbitraires, ou les Iuges auroient comis quelque erreur, pardeuant leſquelz il leur conuient finir toutes les cauſes, dans trois mois: Ilz oient auſsi les appellations pour biens d'Egliſe, Monaſteres, Hoſpitaux, & autres lieux ſemblables, & ce pour cauſes paſſantes cincquante ducatz. Auditori nouiſsi- Auditori Nouiſsin à. mi font le ſemblable, és matieres de moindre valeur, comme de celles qui ſont au deſſoubz deſdictz cincquante ducatz, pour ſeruir auſsi les pauures.

L'office des Signori di Notte Ciuili eſt, de cognoiſtre les cau- Signori di Notte Ciuili ſes qui ne ſont du tout criminelles ny ciuiles, & font executer les Sentences de la Court Foraſtiere, pour louages des maiſons: pareillement les taxes des deſpens faictz és proces, & les ſentences foraines: Ilz iugent auſsi les differens qui aduiennent entre les maiſtres & ſeruiteurs.

Celle des Signori di Notte Criminali, qui ſont ſix en nombre, Signori di Notte Criminali. ont le ſoing de regarder aux feux, aux homicides & incurſions, qui aduiennent de nuict: Ilz ont encore regard ſur les larrons, & puniſſent iuſques au ſang les ſoubzteneurs & receleurs d'iceux, meſme les acheteurs des larcins: ilz condemnent à groſſes amandes les maris qui ont plus d'vne femme, & les femmes qui ſouſtiennent plus d'hommes que leurs maris. Plus, ont cognoiſſance ſur le rapt & violemens des filles, & chaſtient les Iuifz, quand ilz cognoiſſent charnellement quelques Chreſtiennes: comme auſsi les Medecins & Chirurgiens, qui ne denoncent les bleſſez qu'ilz ont és mains.

dd 3

Les

Quarãtia
Vecchia &
Noua.

Les Quaranties Vecchia & Noua cognoiffent femblablemēt beaucoup de caufes:fignamment des differends qui font entre parens,comme entre le pere & fes enfans,entre les freres,la mere,& la fille,& autres de femblable proximité: mefme des caufes priuilegiées,des mercedes,prifonniers, alimentation de pupilles, & de plufieurs autres differends: Ilz entendent deux fois le mois fur les matieres qui viennent par appel, de l'Ifle de Candie: & fouloyent faire de mefme pour celles de Cypre, auant que le Turc l'eut occupée, mais leur office ne dure que huiĉt mois: Aux Anciens fuccedent les Nouueaux,diĉtz Quarantia Noua, & ceux de la vieille entrét en la Quarantia Criminale,& la nouuelle fe cree toufiours de nouueau : laquelle aufsi entéd vne fois le mois aux caufes Candiennes: & tous deux ont des Chefz ou Prefidens, diĉtz Vicecapi, qui fe changent de trois mois à autres.

Quarãtia
criminale

La Quarantia Criminale eft de trefgrande reputation,& auant l'ereĉtion des deux offices fufdiĉtz, ilz fouloient aufsi iuger des matieres ciuiles : ceux qui en font,portent des robbes violettes,& en leur Confeil le Duc y fouloit mefme foir : mais n'y pouuát plus entendre, pour l'agrauement des affaires , routefois en fon lieu y vont deux ou trois des Confeillers:Ilz iugent les caufes criminelles,qui ordinairement fe plaident deuant eux , & font fort tardifz & pefans,à condemner les malfaiĉteurs à mort.

Collegio
de vingt.

Le Collegio ou Cõfeil de vingt cognoift & iuge diffinitiuemét des caufes,n'excedantes la valeur de trois centz ducatz:lefquelles ilz doibuent definir dedans le terme de deux mois, comme aufsi tous leurs autres Confeilz ont leur terme prefix & limité, pour vuider les procez.

Signori
all'aque.

Au regard des Signori all'aque: ilz commandent fur l'entretainement des eaucs,Lagunes & Canaux, & fur les bafteaux & barques,qui occupent lefdiĉtz Canaux dedans la Cité:Et les Signori

Signori
delle Biaue.

delle Biaue ont l'office de prendre garde fur les grains & le pain: aufsi de procurer que la cité ne foit en faulte.

Signori
alla Sanita

Signori alla Sanita font aufsi de grande auĉtorité , & ont leur office & fiege voifin & proche de la Mer, ne permettans que perfonne ne mette pied à terre , ny qu'on defcharge aucune marchandife, fans leur licence & permifsion, & qu'auant ilz n'aient de leur part prins les certifications partinentes, pour eftre affeuréz, qu'elles ne viennent de lieu fufpeĉt de Pefte : Ilz ont la charge de garder la Cité, & n'admettre chofe aucune, par laquelle elle puiffe eftre infeĉtée d'icelle maladie, foit par les immondici-

mondicitez, ou par laiſſer vendre quelque choſe ou hardes &
marchandiſes gaſtées & corrompues, tant par mer, comme par
terre: Ilz tiennent auſſi regiſtre & note des Putains & Courtiſanes: Les Medecins & Chirurgiens n'y peuuent excercer leur art,
ſans eſtre par eux admis, & ont puiſſance ſur la vie des hommes
en temps de la contagion.

Les Signori alla Dogana de mare voient & viſitent tout ce que Signori
les Galeres, Naues & Barques apportent de marchandiſe, & ne alla Do-
permettent rien ſortir de la douane, que premier ilz ne ſoiét paiés gana.
des Daces ordonnées.

Il y a auſſi pluſieurs Magiſtratz & Officiers, au lieu qu'on ap- Signori
pelle Rialto, qui ne ſont à S. Marc: comme les cinq della Pace, leſ- della Pace.
quelz iugent & cognoiſſent des matieres & choſes vilaines, des
bleſſures, battures & iniures qui ſe diſent ou qui ſe font, & ont le
ſoing d'appaiſer les inimitiez, & compoſer paix entre les perſonnes querellantes.

La Iuſticia Vecchia cognoiſt & punit ceulx, qui ont faulx poix Iuſticia
& fauſſes meſures: ilz apprecient les frui&z & choſes ſemblables: Vecchia.
annotent les garçons apprétifz, qui ſe viénent accoſter à quelque
maiſtre, & le pris de leurs conuentions & ſalaires: Tous Arti-
ſans luy ſont ſoubmiz & ſoubz ſa iuriſdiction: de façon que nul
ne peult mettre ou renouueller enſeigne de ſa boutique, ſans
leur congé.

Les Conſoli de Marcanti eſt vn office ſuperintendant de toutes Conſoli
venditions & achapts qui ſe font & iugent ordinairement. deMarcáti.

Sopra Conſoli eſt vn Magiſtrat, qui a cognoiſſance ſur tous Sopra
marchans, qui faillent & font banqueroute: ſur les gages & pleges: Conſoli.
Il donne la ſeureté & ſauf conduict: preſerué les debiteurs d'eſtre
mis en priſon: Il deſcrie les fugitifz, & vend leurs biens, pour ſa-
tisfaction des crediteurs, & s'ilz auoient quelque choſe en depoſt,
appartenant à aultruy, cela eſtant apparu, & ſuffiſamment prouué aux Seigneurs de ce Conſeil, ilz la rendent au vray Poſſeſ-
ſeur: Ilz donnent auſdictz defaillans ou faiſeurs de banqueroute, libre accez en leur cité, pour le terme d'vn mois, pour ce
pendant, s'accorder auecq leurs crediteurs, & ſi telz crediteurs ſont trop difficiles, ilz y entremettent alors leur auctorité, laquelle s'eſtend totalement ſur le faict de ceſte ſuſdicte matiere.

L'office de ceux qui ſont appelléz Sopra le Pompe, ſont auſſi Sopra le
de treſgrande auctorité, donnans l'ordre qu'au veſtir & man- Pompe.
ger,

ger, il n'y ait de superfluité, & qu'à cause de ce, pour viure immo-
derement, on ne dißipe ſes facultez. Celle qui eſt dite, Alla Fari-
na, a regard ſur la farine qui ſe met en monition, pour la vendre &
renouueller, par bon poix & meſure, auant qu'elle ſe gaſte ou ſoit
corrompue.

Signori
alla fari-
na.

Plus, il y a vn autre Office ou Iuſtice fort honorable & graue,
nommée Gouernatori del l'intrate, laquelle a charge de receuoir
tout le reuenu du domaine de la Seigneurie. Ilz donnent à louage
les daces & gabelles, & chaſtient les daciers & officiers à eux ſubiectz, quand ilz font contre leur deuoir.

Gouerna-
tori dell
entrate.

Sopra Datij ſont ceux, qui pourſuiuent le recouurement des
arrerages des daces & gabelles finies, & font les exactions d'icelles auec peine: Ilz ont cognoißance, ſi les breuetz & factures deſdictes daces, tant des marchandiſes entrantes que ſortantes, ſont
faictes iuſtement, auecq auctorité de punir les defaillans.

Sopra
Datij.

Ceux de la Iuſticia Noua ont la cure ſur les hoſtelleries, tauer-
nes & magaſins, ou on vend le vin: Ilz reçoiuent les gabelles d'i-
ceux, & ont eſgard, qu'on ne vende aucuns vins corrompuz
ou gaſtez.

Iuſticia
Noua.

Par deſſus ce Magiſtrat eſt vn aultre nommé celuy des Sette
Sauij, qui reçoit les appellations qui en viennent: & a cognoiſſance de ceulx qui logent, ou donnent des chambres à louage aux
eſtrangers.

Sette Sa-
uij.

Signori al Sale ſont ceux, qui cognoißent du reuenu & faict du
ſel & des ſalines, & de ceux qui les font & vendent.

Signori
al Sale.

Les Signori Sopra i Conti ont auctorité, de recouurer toutes
les debtes deües à la Seigneurie, meſme ſur les Galeres & Bale-
ſtrerie, tant d'icelles que des naues.

Signori
Sopra i
Conti.

Proueditori di Commune eſt vn office ou corps, qui a ſoing que
les naues ſoient faictes de grandeur proportionnée, & qu'elles ne
ſe chargent outre meſure: ſemblablement que les chemins, rues,
& Pontz publicz ſoient deuement entretenuz: Ilz ſont ſuperin-
tendens des Eſcoles ou Confraries petites, aux tragnetz, & ſur les
Libraires, pour mettre pris aux liures: & encore puniſſent les
tranſgreſſeurs de leurs ordonnances.

Prouedi-
tori di
Comune.

L'office nommé Sopra le Camere, eſt celuy, qui a la ſuperintendence des Receueurs des domaines, qui ſe reçoiuent és citez &
villes ſubalternes.

Sopra le
Camere.

Ceux qui ſont dictz Dieci Officij, ont charge d'exactionner
les deniers des daces, non appoſez abſolument des douanes de terre &

Dieci Of-
ficij.

re & de mer: pareillement, fur les matieres des naulages des
groffes Galeres.

Les Cafudi font ceux, qui ont charge de recouurer les debtes   *Cafudi.*
deües à la Seigneurie, pour compte des tailles & des difmes non
paiées: mefme les debtes du reuenu d'icelle Seigneurie, que les
Officiers n'ont peu receuoir.

Dieci Saui eft vn Magiftrat, qui a efgard fur les difmeurs, afin   *Dieci Sa-*
qu'il n'y ait quelque fraude: Ilz reçoiuent les conditions & con-   *ui.*
tratz des poffeffions, tant dedans que dehors la Cité: femblablement les transportz, defheritances & adheritances d'iceux, quand
on les tranfporte de main à autre. Plus, on appelle deuant iceluy
des matieres iugées à Rialto, fpecialement des fommes qui n'ex-
cedent les cinquante Ducatz.

Ragioni Noue font ceux qui recouurent, auec amende, les de-   *Ragioni*
niers des fermiers des Daces & gabelles.   *Noue.*

Et ceulx qui font dictz Ragioni Vecchie, tiennent compte &   *Ragioni*
note des defpens, qui fe font par la Cité, és arriuées de quelques   *Vecchie.*
Princes ou Ambaffadeurs, & ont charge de les faire bien & honorablement traicter & receuoir.

L'office del Dacio del vino eft reputé pour fort ancien: Il a co-   *Dacio del*
gnoiffance des matieres des vins, qui viennent ou par terre ou   *Vino.*
par mer, & des daces qu'on en paie, portans lors que i'y eftois,
deux centz mil ducatz, & fi ont auctorité de punir pecuniaire-
ment ceulx qui y font quelque fraude.

Ternaria Vecchia eft vn office, qui faict le femblable fur les huil-   *Ternaria*
les, qui entrent & fortent de la Cité.   *Vecchia.*

Signori della Grafcia font ceux: qui ont la fuperintendence, au-   *Signori*
ctorité, & iudicature, fur ceulx qui vendent les fromages, chairs   *della*
falées, & autres denrées, deppendantes de la grefferie.   *Grafcia.*

Signori di panni a oro ont la charge d'auoir regard, que les Tif-   *Signori*
ferans, qui font les brocades & thoillettes, d'or, d'argent, draps de   *di panni*
foye & de laine, ne faffent fraulde en leurs ouurages.   *a oro.*

Signori alla Marcantia font cincq en nombre, aians charge de   *Signori*
regler les marchandifes: auffi ont ilz regard fur les excedz & fa-   *alla Mer-*
laires des ouuriers.   *cantia.*

Signori alla Secreta font ceux qui ont charge de recueillir tous   *Signori*
les anciens liures des Comptes: lefquelz apres ne fe peuuent plus   *alla Se-*
voir, fans la licence des Seigneurs du Confeil de dix.   *creta.*

Le Camere de Monti font trois Colleges, dont l'vn fe nom-   *La Ca-*
me, Monti Vecchi, l'autre, Monti Nouiffimi, & le tiers, Camera   *mere de*
    Monti.

e e   del

del Subſidio, ceux cy reçoiuent & paient toutes choſes neceſſaires
& ordinaires d'eſtre paiees par, & pour la cité.

Auogado-
ri Fiſcali.

Auogadori Fiſcali, ſont comme les Aduocatz Fiſcaux, & ont
auctorité ſur les exactions.

Camer-
linghi di
Comune.

Camerlinghi di Commune, ſont les Receueurs generaux, de
tout le reuenu de la Seigneurie, & ne les peuuent diſpenſer, ſans
les ordonnances du College, auec les ſignatures des Conſeillers
& Saui Grandi.

Signori
eſtr'ordi-
narij.

Signori eſtr'ordinarij ſont ceulx, qui recueillent les deniers
prouenans des Naulages des groſſes Galeres, & des Naues des
perſonnes priuees. Auſſi ne peult on changer aucunes danrees
ou marchandiſes, ſans leurs breuez ou licences, & ſans iceux on ne
peult auoir ceux des iſſues ou ſorties.

Tauola
dell' Vſci-
ta & dell'
Intrata.

La Tauola dell' Vſcita eſt vn office, ou ſe reçoiuent les Daces
des marchandiſes, qui ſortent la cité: & ceux de la Tauola dell'In-
trata, les Gabelles de celles qui y entrent.

Meſſeta-
ria.

Ceux appellez Meſſetaria ou Conſali, cognoiſſent des pris &
achaptz des marchandiſes, & en reçoiuent deux deniers du cent.

Ce me ſeroit, amy Lecteur, choſe trelpenible, de mettre icy par
le menu, le nombre de tant d'offices, qui ſont encore a declarer, &
qui reſtent en ceſte Cité & Republique : par quoy ie vous prie
d'eſtre content de ce, que i'ay ſuccinctement remarqué des principaux, pour perceuoir & cognoiſtre la diligence & prudence,
dont vſe ce venerable & graue Senat au gouuernement d'icelle.
Et les fondemens faictz, non par Tyrans, Païens, Pirates, Voleurs,
ou perſonnes infames, comme i'ay cy deuant dict, mais par Cita-
dins & Gentilzhommes Chreſtiens, ſauuez du miſerable ſaccage-
ment de la noble Italie, faict par les barbares Gotz, Huns, Lombards, & Vandales : & comme la pluſpart de ces Fondateurs
eſtoient Veneres, tous d'vn commun accord, l'appellerent Vene-
tia, ou Vinegia.

En icelle Cité ſe voyent des hommes & marchands, traficquans en toutes les parties & de tous les quartiers de l'Vniuers,
veſtuz en diuerſes & eſtranges ſortes d'habitz, & parlans pluſieurs ſortes de langues, chacun s'accommodant ſelon la couſtume de ſa Region.

Nombre
des Egli-
ſes & Mo-
naſteres.

Il y a en icelle Cité ſoixante dix Paroiſſes, onze Egliſes, plus
quarāte cinc Monaſteres, aſſauoir, vingt vn de Religieux, & vingt
cinc de Nonnains: vingt Hoſpitaux pour les malades, pelerins &
pauures paſſagers : Quaſi chacune Egliſe a ſa place, ou ſe vendent

le Mer-

le Mercredy toutes fortes de denrées, comme en vn marché public : & en cefte place de S. Marc le Sabmedy feulement.

Icelle place de S. Marc eft compofée de trois places, vnies en- Place S.
Marc.
femble, longue de quatre centz pas, & large de cent trente, toute
enuironnée de beaux & fomptueux edifices de Marbre, prefque
tous d'vne mefme façon, auec galleries ou portiques, deffoubz
lefquelles font de belles boutiques de toutes fortes de marchandifes : laquelle place fe peult nombrer & reputer pour la plus fu-
perbe & magnifique de l'vniuers.

A l'vn des boutz d'icelle place, vers la Marine, font dreffées,
comme i'ay dict allieurs, deux Colomnes de Marbre gris, haultes
& groffes, fur l'vne defquelles eft pofé l'effigie d'vn Lyon aiflé, re-
prefentant S. Marc l'Euangelifte, Patron & protecteur de la cité,
auec les armes d'icelle, & fur l'autre S. Theodore : entre lefquelles
deux Colomnes fe faict la iuftice des malfaicteurs : Au cofte droit
de cefte place, venant de la Marine, eft le Palais de la Seigneurie,
auquel refide le Duc, & ou fe raffemblent les principaux confeilz :
chacun d'eux y aiant leurs chambres & fales particulieres, toutes
ornées & enrichies de tref-belles & excellentes peintures, la plufpart faictes de la main du trefexpert Titian : mefme des pourtraitz
de tous les Ducs.

Encore y a il des aultres Chambres & Sales haultes, appellées
l'Armórie fecrette, ou font gardées & mifes par ordre plufieures
armes anciennes, cy deuant rapportées des defpouilles des victoires, obtenues par ladicte Seigneurie fur plufieurs Princes
eftrangers, & d'autres bien rares, qui leur ont efté prefentées &
données : affauoir, grand nombre de Brigandines, couuertes de
fatin, velours, & toiles d'or frizé de toutes couleurs : des Corfe-
letz dorez, auec les Armóries de ceux qui s'en font feruis : Plus, y
a grand nombre d'Arbaleftres, Arcs à la main, Flefches, Efpées,
Cimeterres Turquefques, Halebardes, Pertuifanes & chofes femblables, tous à l'antique.

D'auantage, il y a encore vne Couleurine de fer, fort induftrieufement elabourée, garnie & ferrée, mefme fes roües, d'argent, en
partie doré : vne lanterne, telle qu'on met fur les Naues ou Galeres Admirales, eftant de Criftail de Roche, aiant les corniches
& pied d'argent.

Comme auffy f'y voient des habillemens de drap de foye, auec
vn Cimeterre, que les nepueux ou Ambaffadeurs du Roy de Iap-
pon y ont laiffez pour memoire, & beaucoup d'autres chofes

rares, magnifiques & admirables a voir, le tout trop long à reciter.

l'Eglise de S. Marc　Ioignant & contigu ce braue Palais, est la somptueuse Eglise de S. Marc, longue de cincq centz piedz, & large de cent & trente, toute fabriquée & bastie de tres-fins Marbres, par grand artifice & frais extreme. Car premierement elle a vn Portique voulté, & la voulte toute decorée d'Histoires de l'Ancien Testament, faictes d'œuure Mosaique doré : estant cedict Portique soubstenu de cent quatorze colomnes ou piliers, de Porphyre, Pierre Serpentine, & autre Marbre fin, ayans quatorze piedz de haulteur. Et au dessus de la premiere corniche, y a vne autre Gallerie, de cent quarante piliers moindres, soubstenans vne autre corniche, qui embrasse vne Gallerie descouuerte : de laquelle iusques à la sommité de l'Eglise, les murs sont faictz en forme de chapiteaux enfueilletez de Marbre, & decorez de semblables histoires, que celles cy dessuz.

Toute la voulte d'icelle Eglise est pareillement au dedans ornée de telles histoires, faictes d'œuure Mosaique, & soustenue de trente six colomnes, toutes d'vne piece & de Marbre tresfin, grosses de deux piedz en Diametre, & haultes à l'auenant. Les murailles ou parois d'icelle sont lambrissez de fin marbre de diuerses couleurs : le pauement estant fort industrieusement lastriqué, par diuers compartimens & de plusieurs sortes de marbre : mesme d'aucunes pierres pretieuses, comme Iaspe, Agathe, & plusieurs autres semblables de grande valeur. Il y a vne desdictes pierres, deuant le pulpitre des Musiciens, estimée deux mil escuz.

Quant audict Pulpitre, & celuy ou se chante l'Epistre & l'Euangile, ilz sont aussi soustenuz de petitz piliers de tel marbre, comme est encore le tabernacle du grand Autel, duquel la Table, rapportée de Constantinople, est toute d'or & d'argent, enrichie de plusieurs histoires, faictes de pierres precieuses, & de perles de tresgrande valeur. Derriere cest Autel sont quatre colomnes d'Alebastre transparentes, assises à deux pas près l'vne de l'autre, pour l'ornement du repositoire, de la Saincte Eucharistie, & des reliques du glorieux & bienheureux Euangeliste sainct Marc, apporté par aucuns marchans d'Alexandrie d'Egypte, à Venise, enuiron l'an de grace huict centz & dix, ou huict centz vingt nœuf, selon aucuns, & enuiron ce mesme temps fut encommencée la susdicte Eglise.

Le tresor de S. Marc　En laquelle Eglise, & près de la porte qui est vers le Palais, est vn lieu, comme vne Salle, ou se conserue le Royal & tresriche

riche tresor de la Seigneurie, appellé de Sainct Marc, auquel
sont plusieurs riches & rares pieces, & entre les autres, douze
couronnes & autant de pectorans de fin or, ornez de plusieurs rares Balais, perles, Saphirs & autres riches pierres: Est aussi gardée
en ce lieu la Barette du Duc, enrichie de mesme, & ayant au bout
vne Escarboncle tresgrande, estimée valoir deux centz mil escus:
il y a encore grand nombre de rubis, Diamans, Emeraudes, To-
pases, Chrysolites, Escarboncles, Saphirs, Balais & autres pierres
riches non mises en or, d'extreme gradeur & valeur, excedans aucunes d'icelles la grosseur d'vn œuf de Poulle, auec grand nombre
de tresgrosses pierres.

On voit aussi en ce tresor, vn Calice tresgrand auec les paix,
encensoirs, porquins & chandeliers, tous de fin or, Deux Licor-
nes, longues d'enuiron quatre piedz & vne moindre: grand nombre de Vases d'or, de Iaspe, Cornaline, Agathe & d'autre semblable riche matiere, bien grands & transparens: entre les autres y a
vne escuelle creuse & grande, & vne autre qui sont, l'vne d'vne
Turquoise & l'autre d'vne Agathe, qui peult tenir en grandeur,
enuiron vne bonne pinte, auec ce est encore vn seau, ayant son ance tout de Grenade.

Plus, il y a encore vn petit Sceptre Royal, au bout duquel faict
en forme de fleuron de lis, est vn Diamant estimé deux mil escus,
lequel fut donné à la Seigneurie, par Henri troisiesme du nom,
Roy de France, retournant du Royaume de Poloigne: se voient
encore grand nombre de coffres, pleins d'or & d'argent mon-
noyé auec tant d'autres meubles, vaisselles & richesses, qu'il seroit
quasi impossible les declarer & estimer, la pluspart desquelz se
mettent sur le grand Autel, en public, es iours solemnelz signamment à celuy de S. Marc.

Ceste Eglise par dehors est encore decorée d'infinies statues &
images des sainctz, excellemment taillées, entre lesquelz on estime beaucoup vn Adam & Eue, faictz d'Andrea Riccio. Au dessus
d'icelle, qui luy sert de couuerture, y a des domes, ou coupes eleuées, couuertes de plomb, portantes chacune vne Croix dorée: ladite Eglise est toute bastie de pierres & de fer, sans aucun bois, si ce
ne sont les sieges des Prestres.

Sur la porte principale d'icelle regardante la place & l'Eglise
S. Geminian, sont posez quatre Cheuaux de metail doré de la
grandeur d'vn cheual naturel, cy deuant rapportez de Constantinople: & au deuant de ceste porte, sont trois antennes tres-haul-

tes, faictes en forme de mas de nauire, eleuées fur de beaux bafes
de bronze, aufquelles antennes, on attache aux feftes principales
de grands eftandars de foye, reprefentas la Seigneurie & les Royaumes de Candie & Cypre: vis à vis defquelz font encore deux
autres, auprès des cheuaux fufditz, fur le portique de l'Eglife, tout
ainfi qu'au chafteau S. Ange à Rome.

A l'oppofite de cefte Eglife de S. Marc, & diftant d'enuiron
quatre vingtz piedz d'icelle, (qui eft la largeur de la place en ceft
endroit) eft la tour ou clocher, dit, *Il Campanile di S. Marco*, hault de
deux centz quatre vingtz piedz, & large en quarrure de quarate:
ayant fon efcailler ou montée, tellement & fi induftrieufement
noué & practiqué fans marches, dans la groffeur de la muraille,
qu'on y va fi facilement iufques au fommet, qu'il ne femble pas
qu'on y monte: & de ce Campanille fe contéple & voit tout à l'ai-
fe, la grandeur & beauté de la cité: la porte ou entrée eft depuis le
bafe iufques en hault, ornée de fort belles fculptures, rapportées,
comme on dit, de la ville d'Altine, auec les deux colomnes qui
font deuant l'entrée du Palais: la logette eftant au pied dudit
Campanille, eft aufsi decorée de tref-belles fculptures, faictes de la main de Iacobus Sanfouinus, excellent fculpteur Florentin.

Il y a de l'autre cofté de ladite place vne fauffe porte, qui meine
vers Rialto par terre, fur laquelle eft vne tref-belle horologe, mô-
trant le cours ordinaire des douze fignes du Zodiac, auec les heures & au deffus d'icelle, l'Image de la Vierge Marie, & les trois
Roys qui au fon de la cloche, fuiuent vne Eftoile guidée par vn
Ange, fonnant la trompette, & en paffant au deuant de ladite
Image, ilz ôtent leurs couronnes & font la reucréce à icelle: derriere le fufdit Campanille, & la fuitte des maifons ou eft le Palais
de la librairie, eft le lieu de la Zecca, ou fe bat la monnoye: à caufe
de quoy leurs Ducatins d'or, du poix & grandeur de ceux d'Hongrie, font appelléz Zecquins.

Mais parlant de cefte ample cité, elle a enuiron nœuf mile de
circuit, fans l'Ifle appellée la Zudecca, qui en a aufsi du moings
deux: ladite cité eft diuifée en fix quartiers, qu'ilz nomment Se-
ftieri. Le premier defquelz eft appellé Caftello, contenant douze
paroiffes & trois autres Eglifes, auec quatre Monafteres d'hommes & nœuf de femmes: entre lefquelles Eglifes, eft celle de S.
Pierre bien ancienne, ou eft le fiege Patriarchal. Le fecond quartier eft celuy de S. Marc, auquel font feize paroiffes, quatre autres
Eglifes,

Eglises, deux Monasteres d'hommes, & seulement deux de femmes. Le troisiesme est nommé Cañarareo, & y a treize paroisses,
quatre Monasteres d'hommes & six de femmes. Au quatriesme
appellé S. Paulo, sont dix paroisses & vn Monastere d'hommes.
Au cincquiesme est celuy de S. Croce, ou sont huict paroisses, trois
Monasteres d'hommes, & vn autre Eglise. Et au sixiesme nommé
d'Orioduro, ou ladite Zudecca sont onze Paroisses & trois autres
Eglises, sept Monasteres d'hommes & huict de femmes: entre tous
lesquelz Monasteres y a douze Abbayes, & entre les Eglises susdites, sont les plus belles & principales S. Marco, tenue pour la chapelle du Duc, estant la plus riche & plus magnifique de toutes les
autres, y ayant des Chanoines & Chantres, auec deux Orgues.
Laquelle Eglise couste auec les cires & autres choses necessaires
à l'entretenir, pour faire le seruice & office diuin, plus de dix mil
ducatz chacun an.

Les autres Eglises plus remarquables, sont S. Stephano, les
Fratri S. Maria de Miracoli, S. Francisco delle Vigne (ou demeurent les Freres Mineurs) S. Ieremia, S. Saluator, les Carmelites
S. Redemptore (faicte nouuellement par le Senat) & SS. Ioanni
& Paulo (laquelle est la plus grande, & ou on faict ordinairement
les enterremens & obseques funerailles des Princes, & des plus signalez personnages de la cité, desquelz on y voit plusieurs Sepultures & Epitaphes assez somptueuses) au cimetiere d'icelle Eglise se voit vn cheual de Bronze doré, sur lequel est la figure d'vn
homme, portant en son base de marbre blanc, aucunement eleué,
l'inscription qui s'ensuit : *Bartolomeo Colaoneo Bergomensi ob militare*
Imperium optime gestum. S. C.

Toutes lesquelles Eglises auec plusieurs autres, sont en la masse
principale de la cité : & au dehors d'icelle sont encore S. Georgio
Maior, S. Georgio d'Alega, S. Clement, S. Spirito (en laquelle se
voyent de tres-belles peintures de Titian, & d'Andrea Saluiati) S.
Angelo di Concordia, S. Nicolao, S. Helena & quelques autres. Et
est vn plaisir d'y ouyr iournellemét, toutes les heures Canoniales
& l'office diuin, qui se chante par vne merueilleuse melodie musi-
cale & instrumens diuers, aussi bié par les Religieuses enfermées,
comme par les Religieux & Colleges.

Outre cecy on montre esdites Eglises, grand nombre de corps
sainctz tous entiers, ainsi que i'ay cy deuant dit : comme à Sainct
Marc, le corps dudit S. Euangeliste : à Saincte Helene, qui est vn
Monastere de Dames, celuy d'icelle saincte mere de l'Empereur
Constan-

Conſtantin le Grand,& qui trouua en Ieruſalem la ſaincte Croix
& autres myſteres, auec leſquelz le Sauueur a opere noſtre ſaluation. Il y a auſsi en icelle Egliſe quelques oſſemens de la poitrine
de S.Marie Magdalene:le corps de S. Nicolas d'Elio eſt encore en
l'Egliſe portant ſon nom , auec celuy de S. Theodore Archeueſque,& vne des ſix Cruches, eſquelles Ieſus Chriſt conuertit l'caue en vin aux Nopces de Cana Galilée.

Au Monaſtere des porte-Croix,ditz *Crocigeri*, (qui ſont Religieux fórt riches , portans ordinairement vne petite Croix d'argent en la main) eſt le corps de S.Barbe Vierge & Martyre , auec
quelques os de S. Chriſtofle & de S. Martin . A S. Marine & S.
Lucic, qui ſont deux Egliſes, ſont auſsi les corps d'icelles ſainctes
Vierges. A S.Pierre in Caſtello, Egliſe Patriarchale, ſont ceux de
S.Serge & S. Bachus Martyrs . En l'Egliſe de la S. Trinité eſt le
corps de S. Anaſtaſe. En celle de S. Clement, celuy de S.Ananias
diſciple de S.Marc. En l'Egliſe de S. Croce in Zudeca, le corps du
grand Athanaſe, Archeueſque d'Alexandrie, aduerſaire des A-
riens,& qui (eſtant caché en vne Ciſterne ſans eaue,par l'eſpace de
ſept ans, chez S. Maximin Archeueſque de la cité de Treues) y a
compoſé le Symbole de la Foy , qui ſe chante ordinairement aux
Primes ; commençant par les motz: *Quicumque vult ſaluus eſſe : ante
omnia opus eſt,vt teneat Catholicam fidem.*

En l'Egliſe de Saluator eſt le corps de S. Theodore Martyr,fort
reueré des Venitiens. A S. Zacharia eſt celuy dudit S. Pere de S.
Iehan Baptiſte, auec ceux de S. Gregoire Nazienzene, S. Theodore Conſeſſeur,SS.Nerée, Achille & Pancrate Martyrs, & ceux
de S. Dabine Martyre, S. Lazare & S. Taraſo . Comme auſsi en
l'Egliſe S. Patrian ſont les corps de S. Gordian & S. Epimache
Martyrs. A S. Iulian eſt celuy de S. Florien Martyr,& grande partie de celuy de S. Paul premier Hermite. A S. Apolinaire eſt le
corps de Ionas le Prophete. A S. Anthonio eſt celuy de S. Sabba
Abbé, duquel i'ay parlé au liure quatrieſme, & a eſté rapporté de
la cité de Ptolomaïs dit Acre. A S. Rochus eſt auſsi le corps d'iceluy ſainct, laquelle Egliſe eſt petite, mais merueilleuſement bien
ornée, & y ont les confreres dudit S. Roch vn Oratoire & vne
chambre ou ilz s'aſſemblent, appellée par eux Scola, la plus belle & plus riche en peintures excellentes,qui ſoit en toute la cité.

Pareillement en l'Egliſe de ſancta Maria de Muran , ſont les
corps de S.Girard & S. Donat. A S. Albin audit Muran, ſont ceux
dudit ſainct, & de S. Orſo, & S. Dominique Hermite,rapportez
d'Arme-

d’Armenie. En l’Eglise de Grado (ou estoit anciennement le siege
Patriarchal d’Aquilée) sont les corps des SS. Hermacore & Fortunato. A S. Antonio de Torcello, est celuy de Saincte Christine
Martyre.

D’auantage il y a encore plusieurs corps sainctz en diuerses
Eglises, côme S. Isidore, S. Maximin, beaucoup d’ossemens des petitz Innocens occis par Herode, & de diuers sainctz personnages,
trop longs à reciter: mesme les Chefz d’aucuns SS. Apostres, tous
lesquelz on montre aux Pelerins & estrangers, qui ont le loisir &
desir de les veoir. I’ay obmis à dire, qu’il y a encore à S. George
Maior (qui est vn tres-beau Monastere, au dela du grand Canal à
l’opposite de S. Marc) les corps des SS. Cosme, Damian & Paul
Martyrs, le bras gauche auec la main de S. George, & vne partie du corps de Sainct Estienne Pape & Martyr, d’aucuns reputé,
(mais par erreur) pour le premier Martyr, mentionné aux Actes
des Apostres.

Tous lesquelz sainctz reliquaires & vne infinité d’autres, le
Pelerin deuot, comme i’ay dit, a moyen de veoir & visiter, seiournant audit Venise, & pour estre en trop grand nombre, aussi ne les sachant tous nommer, ie me contenteray de ce que i’en
ay dict, pour paracheuer la description de la cité: Pour à quoy
satisfaire, ie prendray le grand Canal, commençant entre la place S. Marc, & le susdit S. George: lequel Canal est loing de treize
centz pas, diuisant la cité en deux. Aussi ce Canal est quasi le plus
beau, & le plus plaisant de ladite cité de Venise, pour les magnifiques & beaux Palais qui se voyent du long d’iceluy: estant chose admirable, comment on les a faictz, & qu’ilz se font encore
iournellement, de telle grandeur & pesanteur de murailles (aians
le pied en la mer qui ne se retire iamais) sur vn fond si aquatique
& marescageux.

Neantmoins il fault considerer, que Dieu donne tousiours
aux hommes, des espritz & industries, pour se preualoir aux incommoditéz de leurs regions & residences: & ay veu audit Venise, que voulant ouurer à ses superbes bastimés, les ouuriers deualent des ais, auec terre glueuse & d’argille, comme celle de potier, & de ce ilz font des doubles digues, surpassantes la haulteur
de l’eaue, puis ilz espuisent celle qui est entre deux, & y asséent
leurs fondemens auec la chaux viue: mais ce semble vn miracle,
que d’edifier en pleine mer, comme ilz ont faict depuis mon partement au pont dudit Rialto: lequel, du temps que i’y estois, qui

fut l'an mil cinq centz quatre vingtz sept, estoit encore de bois,
toutefois depuis il a esté faict de massonnerie tant large, qu'il y a
trois rangées de maisons au dessus, assauoir vne double au milieu,
& vne à chacun costé, & si n'a que deux Archures, embrassantes
ce Canal, qui en cest endroit est large de quarante pas. Aussi il n'y
a sur ledit Canal, autre pont que c'estuy cy, mais on le passe bien
en nœuf endroitz, par Gondoles, lesquelles attendent en certains
lieux ordinaires, nommez Traguetti.

Reste a parler de l'Arsenal tant renommé, non moings admirable à voir, que le surplus de la magnificence de ceste cité: il peult
auoir enuiron trois miles de circuit, & est tout cloz de murailles,
ayant au dedans vn Canal d'eaue marine, fort propre pour y entrer ou en sortir toutes sortes de vaisseaux & Galeres, qui y sont
faictes, introduites & conseruées à couuert: estans ordinairement
au nombre de trois centz sans les cincquante, que la Seigneurie
tient en mer, & les nouuelles qui s'y fabriquent iournellement,
qui sans estre montées, sont mises par pieces en certains lieux à ce
designez, tellement qu'ilz ont moyen d'en dresser vne toute com-
plete en vn iour, comme ilz firent paroistre au recueil de Henri
troisiesme du nom Roy de France, venant de Pouloigne.

Il y a des greniers, chambres & sales, pleines de Picques, Cor-
seletz, Arbalestres, Arcs à la main, Harquebuses, Mousquetz, Cou-
telas, Targes, & toutes sortes d'armes mises en bõ ordre, auec plus
de vingt mille picques, de sorte qu'en vn instant, ilz ont cõmodité
d'armer cent mil hommes. Aussi il y a des magasins, ainsi que des
sales, grandes comme granges, pleines d'Artilleries de toutes sortes de grosseurs, mises par ordre & de suitte, pour tant mieux en
accommoder & approprier les Galeres, Galeasses & Nauires.

Beaucoup d'autres lieux sont pleins de Cordages, Voiles, Maz,
Antennes, Timons, Gouuernailz, Auirons, Rames & Ancres, cõme aussi de balles d'Artilleries, de toutes sortes & grosseurs, chacune grosseur mise apart. Il y a encore des lieux particuliers, ou
besoignent les Forgerons, Ferronniers, Charpentiers, Fondeurs,
Cordiers & autres semblables mestiers, ausquelz on fournit les
materiaux propices & necessaires. Aussi y a il des femmes, filantes
& cousantes, ou accommodantes de voiles. Et sont tous ces ouuriers & femmes, besoignans iournellement en nombre d'enuiron quinze centz cincquante: pour ceste cause il y a des Commissaires deleguez, appellez Signori de l'Arsenale, qui matin & soir
les content & enregistrent à l'entrée & issue, & tous les mercredis
les

les paient: lefquelz Seigneurs ont leur comptoir & retraiête à la porte, de façon qu'auec vn peu de cognoiffance, ilz en donnent l'entrée aux eftrangers.

C'eft vrayement vn lieu tref-beau à voir, & tref-difficile à particularifer, ou par le menu declarer ce qu'il y a en ceft Arfenal, qui doibt à bon droit eftre tenu pour l'vne des merueilles de noftre fiecle. On garde aufsi à couuert in iceluy, & nageant fur mer vne groffe Galere, nommée le Bucentore, toute peinte & dorée, tant au dedans qu'au dehors: fur lequel Bucentore le Duc va vifiter, qui fe dit efpoufer la mer, le iour de l'Afcenfion noftre Seigneur, accompaigné du Patriarche, Senat & Ambaffadeurs. Lequel Arfenal fut quafi tout bruflé par feu de mechef, non fans fufpicion de quelque trahifon, ou intelligence Turquefque, l'an mil cincq centz foixante nœuf: mais depuis reftabli & remis en fon priftin eftat, & la on met la matiere de la poudre de Canon, chacune a part foy, toute preparée, tellement qu'il ne les fault qu'affembler & faire grener quand on en a affaire:ce qu'ilz font pour la crainte & doubte du feu.

Encore y a il a veoir plufieurs Iflettes, non conioinctes au gros de la cité, les vnes contenantes certaines forterefles, & les autres des Eglifes & Monafteres: entre lefquelz y a Muran, lieu Epifco- Muran, pal, ou fe font les plus beaux verres de l'vniuers, reffemblans en fplandeur & netteté, le Criftail de roche: lequel verre fe faiĉt de certaines cendres, qu'on rapporte de Tripoli & du mont Liban, comme i'ay dit en fon lieu. Et font ces Ifles, mefme les lagunes & la cité garanties de la fureur des flotz de la mer, par vne certaine digue ou terre appellée *Il lito*, faiĉte, non de main d'homme, ains de cefte excellente ouuriere, la nature, eftant en courbe, com vn arc, le tout ceignant, comme les dunes font les Ifles de Zelande: & fur icelle font fituées les Citéz de Chioggia, Malamocco, & Caftelli. Sur laquelle digue y a cincq ruptures ou ouuertures, par lefquelles la mer & les bafteaux entrent efdiĉtes lagunes.

I'ay obmis de dire, que la Nation des Grecs a aufsi derriere le Palais vne tref-belle petite Eglife, ou ilz font l'office Diuin, felon leur rit & ceremonies: les Iuifz y ont pareillement leur habitation enclofe, comme ilz ont en plufieures autres villes d'Italie & d'Allemaigne.

Refte à parler de la façon des habillemens & veftemens des nobles de cefte illuftre Cité, tous diuers à la façon des aultres

 Citéz

citéz & nations: car ilz ne portent ny chappes ny manteaux, ains
des longues robbes comme les Preſtres, en eſté ouuertes, & en hyuer ceintes & fourrées, à manches eſtroites aux mains, & aucunement larges & ouuertes au ployant du bras , leſquelles ilz appellent à la Dogaline . Il n'eſt permis à aucun, d'eſtre ainſi veſtu s'il
n'eſt Gentilhomme, ou reputé pour tel , par permiſsion du Senat:
& ſont ordinairement ceſdites robbes de couleur noire , excepté
celles de ceux qui ſont dudit Senat ou Magiſtrat, leſquelz les portent rouges ou violettes, chacun ſelon ſon degré , & à manches
fort larges, pendantes, ouuertes depuis la main iuſques à terre, leſquelles robbes on nomme à la Comée ou Ducale.

Les Cheualiers & Docteurs en droict les portent comme ilz
veullent, aſſauoir de velours, damas ou ſatin incarnat, auec l'E-
ſtolle de drap , ou toilette d'or ſur l'eſpaule : & quant aux Senateurs, iceux portent l'Eſtole de velours. Sur la reſte ilz n'ont qu'vn
petit baretin rond ſans bordure, couurant ſeulement les cheueux:
au lieu duquel ilz ſouloyent porter des chaperons à larges pen-
dans , leſquelz ſont conuertis és ſuſdites eſtoles, deſquelles ilz ſe
couurent le Chef, quand il pleut : auſsi nul d'entre eux ne porte
eſpée, fors le grand Capitaine, qui a la robbe fendue, au coſté gauche, & luy voit on porter ladite eſpée, pédant du long de la iambe.

Ces Gentilzhommes quelques grands ou riches qu'ilz ſoyent,
ne peuuent eſtre accompaignéz d'aucun ſeruiteur, par les rues, ny
aller en plus grande reputation, que les moindres ou les plus pauures, reſerué ceux qui ſont en office & eſtat : & ne peuuent leurs
Barquettes ou Gondoles, eſtre parées ou couuertes que d'vne
ſorte de drap noir de petit pris . Tous les Gentilzhommes indif-
feremment ſont traictéz ou qualifiéz, du tiltre de Magnifico &
Clariſsimo Signor , & les Docteurs en Medecine d'excellence, &
les Cirurgiens d'excellente.

Les Dames s'habillent des robbes buſquées, deuant & derriere,
à corps aſſez long, toutes quaſi de drap, ſerge, ou raſe noire, ſans
pouuoir exceder le prix ordonné, & ſont faictes toutes d'vne façon & d'vne meſme meſure : car les petites les font rembourer à
l'aduenant, eſtans montées ſur des patins ou pinelles, de haulteur conuenable à leur ſtature, tellement qu'il y en a qui paſſent vn bon pied de haulteur , & ainſi elles ſemblent en marchant, eſtre toutes d'vne meſme haulteur & groſſeur, & ne peult
on bonnement apperceuoir , ſi elles ſont haultes ou petites, fors
qu'aux bras, qui ne ſe peuuent ralonger.

Celles

Celles qui font mariées, vont à face defcouuerte, ayans les cheueux en forme de deux cornes, efleuéz quafi de demy pied au deffus du front : & fe font ces cheueulx blonds par artifice, & lauement fouuent reiteré : Elles ne portent rien au tour du col, qu'vn
chapelet de perles, de nombre limité, mais les vnes plus riches que
les autres, iufques aux poures, qui en ont de contrefaites de Criftail. Sur la tefte elles portent vn crefpe noir, qui leur pend iufques
au bas des efpaules : fur le deuant, leurs robbes font ouuertes &
enuafées, depuis lefdictes efpaules, & font nues & defcouuertes
iufques aux boutons des mamelles, chofe affez lubrique à voir, &
qui ne fe faict ailleurs parmy l'Italie: mais allant en quelques aultres villes, elles s'habillent fort pompeufement. Elles ne peuuent
aller par les rues ne és Eglifes, fans eftremenées & accompaignées
de quelque aultre femme, tant par ceremonies, que pour la difficulté qu'elles ont, de cheminer auecq leurs pinelles : neantmoins
i'en ay veu baller, & faire des capriolles auecq icelles, fans les
defchauffer.

Les vefues & ieunes filles, allantes en public, ont les faces couuertes d'vn crefpe noir, qui leur pend iufques à la cincture, lequel
elles foufleuent de la main, pour voir ou elles marchent. Mais les
ieunes Damoifelles de qualité, depuis l'aage de quatorze ans, ne
fortent de la maifon, & ne font plus veües tant qu'elles foient mariées, fi ce n'eft au iour de Pafques, qu'elles vont à la faincte Communion. Quant aux hommes plebées & artifans, ilz ne peuuent
porter la robbe longue, fans licence, mais ilz fe veftét courts, comme les autres Italiens.

Voyla, amy Lecteur, le principal de ce que i'ay peu remarquer
& annoter, de cefte admirable & trefmagnifique Cité & Republique, heureufement adminiftrée, pendant le temps d'enuirô deux
mois que nous y feiournafmes, attendans noftre partement vers
la terre faincte: & ay vraiement cogneu, qu'elle eft maintenue, en
premier lieu, de la grace de Dieu, fecondement, par la bonne police & loix des hommes fages, prudens & vigilans, la gouuernans
en bonne vnion, cherchans l'vtilité publique, & conferuans à leur
poffible, & bien eftroictement les ordonnances & ftatuz. Ce qui
l'a tellement faict fleurir & augmenter, en grandeur, richeffes, &
puiffance, qu'elle s'eft faicte maiftreffe de plufieurs Prouinces &
royaumes: voire, a duré plus que nulle aultre, fans eftre infeftée
de guerres ciuiles, vraye ruine des Monarchies & Principautéz,
ainfi qu'il fe voit amplement és Hiftoires facrées & prophanes, &

ff 3   comme

comme nous auons aſſez veu & cogneu, à noſtre grand regret, durant noſtre ſiecle miſerable.

En ceſt endroit, bening Lecteur, i'ay deſiré mettre fin au trauail que i'ay prins, pour baſtir ceſte mienne rude & mal limée deſcription, vous ſuppliant neantmoins, la prendre pour aggreable, ſupportant charitablement les faultes que i'y puis auoir commiſes, par ignorance ou aultrement, meſme les corriger hardimét, comme eſtans de celuy, qui ſe ſubmet treſ-volontiers à la cenſure de ceux qui ſçauent, & ont moyen de faire & dire mieulx que moy, vous aſſeurant, que ce que i'en ay faict, ou ce que ie deſire encore faire par augmentation (dont i'ay de l'eſtoffe aſſez, ſi Dieu m'en donne la grace) a plus eſté, pour ſeruir & ſatisfaire aux amis, qui m'en ont importuné, & à ceux qui deſirét cognoiſtre que c'eſt dudict ſainct & ſalutaire voyage de Ieruſalem, comme i'ay fait auſſi la premiere fois eſtant à Rome, que de preſomption de moy meſme, ou d'en retirer quelque vaine gloire ou profit, ce que cognoiſt noſtre Redempteur, à qui en doibt redonder tout honneur, gloire & louange : & auquel ie ſupplie octroier à moy pauure pecheur, ſemblablement à tous fideles Pelerins, que par le voyage de la Ieruſalem terreſtre & opprimée, ſoit effectualement ou mentalement, nous puiſſions eſtre conduitz en la Ieruſalem Celeſte & libre, pleine de gloire eternelle.

Et comme ceſte œuure ſert audict Pelerin, principalement de conduite & enſeignement, ie le prie, que ſe trouuant aux lieux ſainctz, ou ie me ſouhaite encore auec luy, il luy plaiſe auoir memoire de m'en recompenſer d'vne petite oraiſon : pareillement à ceux, qui par la lecture de ceſte œuure ſeront inſtiguéz de le faire en eſprit: afin que ce bon Dieu, qui y a voulu operer tant de merueilles, & noſtre ſalut, nous faſſe auſſi, en tout bon propos, aſſiſtance & miſericorde. Amen.

Non Hieroſolymis fuiſſe, ſed Hieroſolymis bene vixiſſe, laudandum eſt.
D. Hieronym. ad Paulam.

FINIS.